本书为:

教育部人文社会科学规划项目"中国画历代题画词整理与研究"

（项目编号18YJA760082）阶段性成果；

天津美术学院校级科研项目"中国传统文学与绘画关系研究"

（项目编号2017024）阶段性成果

歷代題畫詞全編

于广杰 张世斌 编著

上册

天津出版传媒集团
天津古籍出版社

图书在版编目（CIP）数据

历代题画词全编 / 于广杰, 张世斌编著. -- 天津：天津古籍出版社, 2025.3
ISBN 978-7-5528-1295-4

Ⅰ.①历… Ⅱ.①于…②张… Ⅲ.①词（文学）—作品集—中国—古代 Ⅳ.①I222.82

中国版本图书馆CIP数据核字（2022）第240506号

历代题画词全编
LIDAI TIHUACI QUANBIAN

于广杰　张世斌 / 编著

出　　版	天津古籍出版社
出版人	任　洁
地　　址	天津市和平区西康路35号康岳大厦
邮政编码	300051
邮购电话	（022）23517902

选题策划	赵　娜
责任编辑	王海燕
封面设计	鞠佳美

印　　刷	北京捷迅佳彩印刷有限公司
经　　销	全国新华书店发行
开　　本	787毫米×1092毫米　1/16
印　　张	110.5
字　　数	668千字
版次印次	2025年3月第1版　2025年3月第1次印刷
定　　价	799.00元（全三册）

版权所有　侵权必究
图书如出现印装质量问题，请致电联系调换（022-23517902）

编辑委员会

于广杰　张世斌　张静阳　荣长雪　邢伟伟
张旭圆　张铭玥　史宝莉　苏　涛　李小刚
曲　宁　路潇濛　常丽娜

人间好词丹青拟

——由"题画词"谈及"词意画"——

日前,在天津美术学院共事多年的张世斌教授要我为她与于广杰教授倾力编纂的《历代题画词全编》作一小文。一直以来为朋友、为学生之需,虽然也写了不少书画评论方面的文字,但是,为纯文学领域的著述写序还是第一遭,不免心生忐忑,不过世斌教授交办的事情自然是必须要做的,也就毫不犹豫地承接下来。然而见到多达1700多页的《历代题画词全编》书稿时,不禁为其体量所惊愕、所震撼,同时又揣度着自身实力,为当初的贸然允诺而暗生悔意。静下心来仔细一想,对于作为诗词门外汉的我来说,这又确实是一个难得的学习机会,所以立即开始了专心的赏读,并很快被词章的优美文辞带入情境。

编纂此书的二位教授是词学领域的专家,他们二人呕心沥血完成的此编至少具有两大意义:一是其开创意义,迄今为止有关历代题画诗的编著甚多,题画词的全编尚未得见,可见其卓识与慧眼;二是其集大成意义,他们搜尽自五代两宋至清末民初的千百年间浩如烟海的古籍文献,从中找寻出与画有关的万余首词篇,可谓至难至艰,这份劳作不但是对意志力的极限挑战,也是对学术基本功的全面考量。只此两点,就足使我们叹服不已。相信此书也会进一步确立世斌、广杰两位教授在词学界的地位。

所谓"题画词"的产生,可能是词人对某一具体画作的形象描述,也许是见物生情的观画有感,更可能是在浓郁的主观情绪作用下,将对画作的审美过程衍变为某种意绪的借题发挥,故而"题画词"与画作之间是一种若即若离的关系。

就诗画结合最为密切的山水诗与山水画而言,诗画相得益彰,"诗意图"已然发展成为传统中国画中的一个重要创作母题。作为在砚田瀚海劳作数十年的画者,我因专业视角的限定,自然要从绘画的角度来端详"题画词"对于绘画创作的作用。特别是因为此前我曾创作"唐诗百图"系列,颇得好评,而《历代题画词全编》的问世,又提供了一个足以驰目骋怀、开疆拓域的新境地,于是也就萌生接着画一个"词意百图"系列的念头。也正是基于这样的想法,开始了这次较为系统的美词赏读,并期待着从中找寻出一系列的画意与画境,所以也就有了此番对"词意画"的推敲。

"恋霭山光几上摊。心胸写出水云寒。天机意匠许多般。销白昼,寄清闲。泉石襟期在笔端。"(《天仙子·写画》)明人高濂在这里道出了画家在将文学意象转变为视觉形象时经常遇到的一个问题,即因读词的感受是多重复杂的,故由此引发的想象与联想也是变化多端的,但绘画形式的表现特性决定我们必须要从"天机意匠许多般"中筛选并固化出一个画意、一个画境。因为只有这样,当"泉石襟期在笔端"时,才有可能断然从容地遣笔使墨,所以,明确因词意而产生的画面主题与主体就显得非常之重要了。

画有"画眼",词有"词眼"。如何通过对"词眼"的捕捉,进而诱发对"画眼"的确定及具体形象的塑造,就成为考验画家真本领之关键所在。从诗词赏析的角度讲,"诗眼""词眼"都有相对特指处,一般不会有太大差异。但是,并非所有的文字形象都可以顺利地转换为绘画形象,尤其是当一首词中出现的"眼"不具备可视性,或者有两个及两个以上的"眼"同时出现时,画家的主动选择与认定就显得非常重要了。

同时,我们还不能不看到,不仅画家读词与词人读词的着眼点不尽相同,就是同为画家,因视角各异,对词意的感悟也各不相同;又,词中所展现的情怀与意象之多样化,与画面时空场景表现相对固化的局限之间存在着多重可能性,这也决定了画家对"词眼"的认定有很大的主观性;更何况,在由"词眼"转变为"画眼"的过程中,又会产生许多变异。

正因为有如此多的因由,所以我们不能将"词意画"理解成简单的图解词意,而应该将其看作形象化起兴的一个切入点,同时也必须知道画家在画面中所塑造的"画眼"不过是画家自身断定的"词眼",并非都能符合文学家的判断标准。宋人杨无咎"画可信笔,词难命意"(《柳梢青·目断南枝》跋)说的正是文学与绘画表现差异所导致的不对应性。

不妨随机选取《历代题画词全编》中的一首词,进行一番"词意画"创作前的构思解析,或许有助于进一步解读上述认知。如张璠《风入松·题宋石门溪山岚霭画》:

> 万山深锁白云中。烟雾迷空。苍苍古树连青岱,枫林时见残红。茅屋数椽潇洒,江流几派清漴。　　石桥斜渡小溪东。一径遥通。科头不整冠和履,对松萝倚杖吟风。何处负囊人至,疑童疑友疑翁。

从题目可知这首词是张璠读画的观后感,但是我们不妨由此反推原画可能呈现的形象特征。词中提及了万山、白云、古树、茅屋、枫林、江流、石桥、小溪、行人等特定的形象,这些形象的组合构成了一个有近有远、有主有次的画面场景。从词中烘托的氛围看,这是一个润泽恬静,还略带一丝超然意味的秀润小景,所呈现的是一种精致灵动、轻巧洒脱的词境,而非恢宏复杂的诗境。这与通常五代北宋山水画那种苍茫雄浑、博大深邃的境界追求应该全无关联,与元代倪瓒所代表的文人画那种寂寥幽玄、荒寒空疏的意趣也似乎不太搭界。

熟知山水画的人都清楚,如果细分山水画的画面感觉,大致可以分为状物—组景—造境—抒情—写心五个阶段。

若只是在画面中将词中物象做简单集合,这不过是初级阶段,而状物、组景基本属于写实阶段,能不能"借景言情",会不会"托物起兴",进而达到造境、抒情、写心的表意阶段,这才是判断画家水准高低的要则。

无论是山水词还是山水画,人们时常会用有无意境来衡量作品的艺术水准。说到意境的生成,其实许多情况下,不好区分究竟是"先有意再寻境"还是"先有境再生意",更多的是电光石火般的瞬间击中,是寻寻觅觅而一朝得之的豁然开朗,当然也有冥思苦想后的有意为之。

由于张璠的这首词对《溪山岚霭》画面景物的客观描述多于审美感受,更几乎没有涉及自身感兴,此种情况下,所谓"词眼""画眼"的找寻与设定,恐怕就要倚仗画家根据自身的感触、感兴做出更多再度意象性创造了。所以,若想据此构建一个充满意境的画面,需要画家更多地"据境生意"。其实若仔细品味张璠词中细腻的景观描述,不难体悟到作者隐含其间的一种清新、清爽、清净的审美倾向,而这种理想境界也正是那个时代文人的普遍主观意求。

如果我们确立了如上述的境界与意求,在组织画面时,就不但有了基本调性,也有了笔墨语言处理的总体倾向。于是,景物的造型组合、构图的主宾安排、色调的铺陈调控等画面诸要素,也就可以在画家脑海里逐渐聚合出较强的画面感。在此基础上再经过几番推敲,最终就可以进入"毫端写兴"的实操阶段了。

再如李渔《浣溪纱·题三老看云图》:

家在云中不识云。偶来山下送游人。同看不觉自销魂。　　看去既成云世界,原来身住锦乾坤。而今才识下方贫。

参以此词中的情怀再体味张璠的词意,想必会有进一步的灵感闪现吧。而我的"词意百图"将来进行时,或许就由此而有了出发点。

我读《历代题画词全编》后感到，其中的绝大部分题画词都是观画者有感而发的题跋，由画者自撰自题于画上的或依据他人词意而作画的少而又少。可见不仅词画兼善者与诗画兼善者完全不在一个数量级上，而且词意画与诗意画也难以并论。对此现象形成因由的细究，应该是一个好课题，相信二位教授接下去的研究会给我们提供理想的解答。

　　再次感谢张世斌、于广杰二位教授为我等画家提供如此丰富的创作素材。

喻建十（天津美术学院学术委员会主任、中国画学院教授）
壬寅冬日于津门小易简楼南窗下

目 录

上册

五代两宋卷

3	李 煜		14	杨无咎
3	俞紫芝		15	高 登
4	苏 轼		16	赵彦端
5	秦 观		16	袁去华
6	刘 泾		17	葛 郯
6	仲 殊		17	陆 游
7	晁补之		18	王 质
8	周 纯		18	吕胜己
9	惠 洪		19	赵师侠
10	张继先		20	汪 莘
10	陈 克		20	韩 淲
11	周紫芝		21	高观国
11	李 纲		22	刘学箕
12	吕本中		23	王 柏
12	蔡 伸		23	李曾伯
13	李弥逊		24	吴文英
13	张元干		27	李 演
			27	程 武
			28	刘辰翁
			29	周 密
			31	王沂孙
			32	李 震
			32	刘 沆

33	蒋 捷	59	张 埜
34	陈德武	59	陆行直
34	张 炎	60	陆 留
41	刘将孙	60	王 铉
42	陈 深	60	元 卿
42	白君瑞	61	叶 衡
42	胡惠斋	61	卫德嘉
43	无名氏	61	施可道
		62	曹方乂
金元卷		62	卫德辰
		62	赵由俊
47	蔡松年	63	陆承孙
47	王 寂	63	徐再思
47	元好问	63	竹月道人
49	马 钰	64	郝 贞
50	尹志平	64	刘则梅
50	白 朴	64	张 雨
51	王 恽	65	冯子振
52	胡祗遹	66	张可久
52	魏 初	67	吴 镇
53	卢 挚	71	许有壬
54	姚 燧	71	张 翥
54	刘敏中	74	王国器
55	程钜夫	77	沈 禧
56	赵孟𫖯	79	陆祖允
56	滕 斌	79	张 翚
57	陆文圭	80	金 炯
57	吴 存	80	宋 褧
58	虞 集	81	苏大年
58	王 结	81	谢应芳

82	倪瓒	106	马洪
82	束从周	107	倪谦
83	汤弥昌	109	邱浚
83	萨都剌	109	顾恂
84	邵亨贞	110	姚绶
86	柯九思	111	王越
87	吴瓘	113	沈周
87	马需庵	116	张宁
88	凌云翰	118	彭华
88	韩奕	118	史鉴
89	善住	119	吴宽
90	崔英妻	120	倪岳
		120	程敏政
		121	桑悦
		121	李东阳

明代卷

93	贝琼	123	张旭
93	梁寅	124	魏俌
94	刘基	124	吴洪
95	杨基	125	赵宽
96	王蒙	125	符俊
96	王行	126	祝允明
97	高启	128	李堂
97	瞿佑	130	谢承举
101	花纶	130	唐寅
101	程本立	131	顾潜
102	张肯	132	朱朴
103	王达	132	陈霆
104	李祯	142	李泛
105	朱有燉	143	边贡
106	沈愚	143	陆深

144	姚惟芹	170	陈继儒
144	朱彦汰	170	郑以伟
146	夏　言	171	李日华
148	崔　桐	172	杨　涟
148	陈　淳	172	刘荣嗣
149	孙承恩	173	施绍莘
150	张　綖	173	吴正志
151	杨　慎	174	周拱辰
154	朱东阳	175	张　璠
154	徐应丰	175	吴　山
155	杨　仪	176	徐尔铉
156	张　铁	176	吴　骐
156	苏志皋	177	沈宜修
157	彭　年	179	马士英
157	蔡宗尧	179	曾异撰
158	陈士元	180	王　屋
160	陆　楫	186	彭孙贻
160	周思兼	187	吴　熙
161	徐　渭	190	沈　麐
162	王世贞	190	徐石麒
163	王祖嫡	190	恽　格
163	王世懋	191	王　翃
164	夏树芳	192	商景徽
165	高　濂	192	吴　绡
166	宫抚辰	193	黄淳耀
166	焦　竑	194	陶日发
167	岳和声	194	贺贻孙
169	陈荐夫	195	陈子龙
169	成　岫	195	魏学濂
169	冯　琦	196	葛　筠

196	李天植	234	顾贞立
197	易震吉	235	徐元端
199	徐士俊	235	沈 榛
202	黄周星	236	贺 洁
203	李 渔	236	卓人月
205	张令仪	237	曹元方
207	陆世仪	238	吕 潜
208	钱澄之	239	曹亮武
209	金 堡	239	陆繁弨
216	钱光绣	239	李 素
216	俞汝言	240	黄媛介
216	钱继章	240	路永昌
217	叶小鸾	241	顾景星
217	胡 介	241	周而衍
218	余 怀	241	朱 衣
220	钱肃图	242	张 琮
221	王夫之	242	沈 恒
222	来集之	242	吴景旭
224	方以智	243	钱宛鸾
224	曾 灿	244	于 清
225	陈孝逸	244	毛 莹
225	顾 姒	246	屈大均
226	陆嘉淑	247	释大汕
226	陆宏定	248	陈恭尹
227	查 容	248	张 风
228	柴贞仪	249	李伊玉
229	柴静仪	249	张学典
229	万惟檀	249	纪映钟
230	唐元甲	250	王端淑
232	朱一是	251	曹 堪

252	冯肇杞	264	马琼琼
252	许之渐	264	梦　庵
253	储福畤	264	无名氏
253	江士式		
254	洪华炳	## 清代卷	
254	于启璋		
255	柳人月	267	王崇简
255	崇尔甫	267	陈衍虞
255	高宇泰	268	徐　籀
256	梁善娘	268	来　镕
256	俞　湛	269	徐咸清
256	吾德凝	270	程康庄
257	丁文策	272	王　庭
257	陈大成	274	李　雯
258	黄宝书	278	傅静芬
258	钱灵修	278	梁清远
258	荆　舫	279	张　怡
259	叶子眉	279	吴伟业
259	严　怡	281	陈　洁
259	张道介	281	陆嘉淑
260	计　能	282	潘廷章
260	计　敬	282	刘壮国
261	陆祖先	283	王　岱
261	陆　敏	287	陈世祥
261	傅静芬	288	郑侠如
262	释本昼	289	陆世仪
262	徐继思	290	唐祖命
263	释超华	290	吴　乔
263	释济日	290	吴景旭
263	自闲道人	291	刘体仁

292	冯肇杞	330	张 瑛
292	许之渐	330	吴 骐
293	储福畤	331	沈 谦
293	释本昼	332	郭士璟
293	江士式	334	释行悦
294	曹 溶	337	孙枝蔚
296	宋 琬	345	毛先舒
301	丁文策	345	梁清标
301	沈九如	350	宋征壁
302	张道介	351	陈 璘
302	冒 襄	351	李 蓓
302	邓林梓	352	陆 鼎
303	龚鼎孳	352	钱 珵
305	陆瑶林	352	孙 煌
305	余 怀	353	张圯授
307	余兰硕	353	方亨咸
308	曹尔堪	354	魏学渠
310	蔡 羲	354	魏允札
311	王豸来	355	卢 紘
311	陆求可	356	袁国梓
312	邓汉仪	356	黄 云
312	宋征舆	357	黄 永
313	尤 侗	358	浦映渌
316	赵进美	358	许 风
319	张网孙	359	任绳隗
319	吴秉仁	360	顾景星
319	吴 绮	360	林云铭
326	茅 麟	361	徐之凯
326	赵维烈	362	邹祗谟
327	徐旭旦	365	张光曙

366	徐喈凤	420	赵吉士
368	朱中楣	422	董以宁
368	丁澎	423	朱彝尊
370	张锡怿	430	缪永谋
370	董元恺	430	徐履忱
372	吕霦	431	季振宜
373	洪氏	431	贲琮
373	徐倬	432	徐旭龄
375	陈祚明	432	万树
376	杨在浦	436	释原诂
376	董汉策	436	陆葇
377	严绳孙	438	陈恭尹
379	毛奇龄	439	方炳
383	沈荃	439	汤焻
383	许顾青	440	徐嘉炎
384	史唯圆	441	周金然
385	陈维崧	443	叶舒颖
404	徐元琜	444	彭孙遹
405	韩纯玉	447	宋俊
405	陆进	448	徐乾学
407	释随时	448	彭桂
408	俞士彪	451	储贞庆
409	沈丰垣	451	龚胜玉
409	朱茂晭	452	杨仙枝
410	何采	452	吴棠祯
415	王世禄	453	丁炜
416	仲恒	455	吴兴祚
418	贺宽	456	贺易简
419	袁惇大	456	贺对达
420	安致远	457	贺巽

457	吴嘉枚	499	周斯垣
459	范箴	500	梁允植
459	王顼龄	500	顾贞观
460	岳宏誉	502	顾衡
461	杜首昌	505	曹亮武
463	高层云	506	先著
464	范荃	509	周纶
466	毛际可	510	叶映榴
468	吴本嵩		
469	释大汕	**中册**	
470	曹贞吉		
472	王士禛	511	陆敏
474	宋荦	511	黄埙
475	陆繁弨	513	李符
476	李良年	517	谢起蛟
480	章晒	517	钱芳标
481	倪濂	520	汪懋麟
481	王晫	523	汪耀麟
482	查容	524	陈玉璂
483	孙琮	526	王度
484	沈榛	529	周在浚
484	徐釚	532	沈皞日
488	潘江	532	薛斑
489	叶奕苞	533	金烺
489	陆次云	534	孙致弥
490	陆本征	537	戴鉴
491	江闿	538	傅燮詷
493	陈维岱	539	王辂
493	沈华蔓	540	邹溶
494	周斯盛	541	韩魏

541	阮士悦	570	沈 翼
541	龙 燮	571	戴 锜
542	潘 眉	571	岳 端
543	查士英	572	汪 森
543	高士奇	573	李兴祖
545	顾 汧	574	张曾禔
546	王 概	574	邵 瓛
547	尤 珍	576	张 翼
547	董儒龙	577	沈三曾
553	谢超宗	578	毛升芳
553	刘淑章	578	钱陆靖
553	许尚质	579	胡绁荪
554	蒋景祁	579	郑熙绩
556	王 蓍	580	俞公穀
556	金人望	581	侯 晰
557	马鸣銮	581	周在建
558	韩 裴	582	纳兰性德
558	林麟焻	584	顾 姒
559	张 潮	584	徐 瑶
559	孔毓埏	585	高不骞
560	侯文耀	587	许嗣隆
561	钮 琇	588	宫鸿历
562	周稚廉	589	汪 灏
564	顾 彩	589	俞星垣
565	张学典	589	吴梅鼎
565	沈岸登	590	姜兆锡
566	查慎行	591	张 梁
568	佟世思	595	曹 寅
568	余光耿	595	吴贯勉
570	吕履恒	597	张大受

598	龚翔麟	637	王　锡
602	叶宏缃	637	郑允达
603	叶李晫	638	赵熊诏
603	吴启元	638	程　庭
605	邹祥兰	643	华文炳
605	陈汝楫	643	孙一致
605	陈至言	643	张　兰
607	朱　樟	644	杜　诏
607	陈聂恒	647	缪　谟
610	孙在中	648	倪　蜕
614	焦袁熹	651	王国琏
616	汪文柏	651	楼　俨
617	唐祖命	652	曹士勋
620	屠文漪	653	陆　震
621	孟　湛	655	邹天嘉
621	陈王猷	656	周廷谔
623	顾瑶华	657	伊　麟
623	徐映玉	657	吴　焯
624	罗文颉	659	柳人月
626	朱　经	659	沈时栋
626	柯　煜	660	袁寒篁
627	郁承烈	661	钱宛鸾
627	许华存	661	陈敬璋
628	吴廷桢	661	吴玉辉
628	堵　霞	662	梁无技
630	商　采	662	诸葛羲和
630	盛　枫	663	蔡文熊
631	赵执信	663	范　邃
634	傅世垚	664	王崇炳
635	陈鹏年	666	范光斗

667	梁云构	686	李中素
667	叶光耀	687	沈 泌
667	叶承宗	687	王士禄
668	朱 隗	688	戴继麒
669	林时跃	688	沙张白
669	高尔俨	689	周清原
670	马世杰	689	倪 粲
670	傅维鳞	690	唐梦赉
670	孙蕙媛	691	吴任臣
671	纪映钟	692	计 善
671	汪 观	692	沈尔璟
672	钱肃润	693	祝尚矣
674	陈结璘	693	吴兆宽
675	吴 乔	694	吴农祥
675	张尔歧	695	钱柏龄
676	陈 轼	696	毛际可
679	叶树廉	696	恽寿平
679	高 咏	697	曹 霂
680	张 夏	698	江 皋
681	计南阳	698	吴陈琰
681	宗元鼎	699	陆繁弨
682	宋实颖	700	陶孚尹
682	胡亦堂	700	王 晫
683	田茂遇	701	陈 论
683	华长发	701	柯崇朴
684	项 奎	702	柯维桢
684	夏 基	702	徐林鸿
685	米汉雯	703	释宏伦
685	陆宏定	704	沈晫日
686	王永命	704	蒲松龄

705	龙燮	726	曹溆
705	唐之凤	726	姚之骃
706	王顼龄	727	姚炳
707	吴仪一	728	鲁之裕
707	吕律	728	王遵扆
708	沈心友	729	邓裴
708	侯文耀	729	王鹏
709	蒋进	730	魏荔彤
710	沈岸登	730	田实发
711	李应机	732	孔传铎
712	陈梦雷	734	史周沅
713	毛升芳	735	许逸
714	沈淑兰	736	顾陈垿
714	秦济	738	孔传志
715	郭徵	743	程梦星
715	曹鉴伦	745	王霖
716	陈枋	746	苏始芳
716	李崧	747	李滢
717	侯文灯	747	秦时昌
717	赵维藩	748	金秉恭
718	徐麟吉	749	赵昱
718	秦道然	749	杨士凝
719	陆泉	751	钱杓
719	蔡衍锟	751	柴才
720	钱牧	753	沈湘
720	吴应莲	753	张振
723	周铨	753	沈堡
724	叶舒璐	757	姚大祯
725	詹贤	758	贺桂
725	曹焴曾	758	纪迈宜

759	查　涵	813	查　学
759	黄之隽	814	徐　坚
760	张　钘	815	查　礼
760	王时翔	819	金　焜
761	田同之	821	陶元藻
761	叶之溶	822	储祕书
763	唐　英	823	金兆燕
763	陆　培	843	吴　烺
768	吴培源	847	茹敦和
769	张世进	847	冯　珍
770	厉　鹗	848	朱方蔼
777	查为仁	852	吴　镇
778	何梦瑶	855	王鸣盛
778	郑方坤	857	王金英
780	保培基	860	王　昶
791	韩　骐	874	钱孙钟
793	陈　章	877	杨学林
794	胡天游	880	朱　昂
795	金肇銮	883	陈　皋
795	储国钧	889	金　理
797	傅　涵	889	蔡邦烜
797	吴敬梓	890	顾列星
798	马曰璐	892	赵文哲
799	陈　沆	894	蒋士铨
801	王又曾	915	靳荣藩
807	钱　载	915	江　昉
808	周天度	917	胡慎容
809	董元度	918	庄肇奎
811	杨　鸾	919	戴文灯
811	张四科	924	何　琪

925	吴省钦	991	熊琏
927	黄璋	997	吴翌凤
929	方成培	1000	邵晋涵
933	朱彭	1001	王陶
935	郭维翰	1002	黄易
935	吴骞	1006	李翩
938	黄立世	1013	刘可培
941	施朝幹	1015	翁矗
943	詹肇堂	1016	曹玢
948	沈彩	1018	纪遂宜
949	汪士通	1020	沈德潜
950	王梦篆	1021	沈钟
951	陆锡熊	1023	施用中
952	蒋元龙	1026	赵执管
956	邵塈	1030	李果
957	张素	1030	陈撰
958	高文照	1031	顾栋高
959	姚念曾	1031	江炳炎
960	余集	1042	方学成
967	徐志鼎	1049	汪仁溥
969	李汝章	1051	纳兰常安
972	刘汝薯	1051	边寿民
974	钱孟钿	1054	董均
976	江干	1056	张希杰
979	潘亦隽	1060	张宗松
983	赵帅	1062	孙鼎煊
985	沈起凤	1067	张奕枢
988	王汝璧	1069	闵华
989	汪大经	1069	俞忠孙
989	陈昌图	1072	施沧涛

1075	陆钟辉	1118	朱　研
1075	袁　栋	1118	杨天禄
1076	顾诒禄	1118	邹方锷
1079	沈大成	1119	贺双卿
1079	陆士揆	1119	朱元载
1080	梁　浚	1121	田中仪
1081	齐召南	1128	许在璞
1082	安而恭	1129	陆　烜
		1131	朱若炳

下册

		1133	王　璐
		1134	姜恭寿
1083	李馥玉	1135	孙扩图
1083	高继祖	1135	徐廷柱
1086	朱廷钟	1139	程晋芳
1087	张　栋	1139	杨逢春
1087	江　昱	1140	朱景英
1091	姚宗璜	1141	顾奎光
1094	丁素心	1142	叶观国
1095	邹　稷	1143	谢　墉
1096	史承谦	1143	万廷兰
1098	沈双承	1144	孙士毅
1099	吴天仁	1144	汪　棣
1100	福增格	1148	韦谦恒
1100	邵　玘	1149	李饮冰
1111	刘　纶	1149	汪　宪
1112	张宗橚	1150	张玉谷
1115	陆　炌	1156	江　声
1115	陈　素	1157	蒋良平
1115	朱云翔	1158	张九钺
1117	姚大昌	1161	金士芳

1161	汪仲鈖	1218	许宝善
1162	爱新觉罗·弘晓	1222	江 立
1164	吴泰来	1225	彭景休
1165	顾怀德	1226	姜贻经
1166	吴元润	1226	陈泽泰
1167	陈 朗	1227	汪玉轸
1174	吴 斐	1228	爱新觉罗·永忠
1175	俞大鼎	1228	沈范孙
1178	薛廷文	1230	方 熏
1179	张熙纯	1230	毛大瀛
1180	沈 楳	1231	范洪铸
1180	程名世	1232	张凤翼
1181	徐映玉	1233	汤舟桼
1181	鲍廷博	1235	范来宗
1182	汪景龙	1240	孔继燇
1182	陶维垣	1241	俞玉海
1186	李 荧	1241	吴 钧
1188	姜 藻	1244	郑 沄
1191	费承勋	1246	李旦华
1191	沈 初	1247	周 暚
1192	朱 黼	1251	刘一明
1193	吴兰庭	1251	孔继涵
1193	王初桐	1253	彭云鹤
1201	任 蕃	1259	高宗元
1203	陈 涛	1259	沈振鹭
1206	曹仁虎	1267	张 锦
1206	朱泽生	1268	何承燕
1209	张 埙	1277	王韵梅
1213	顾光旭	1278	魏晋锡
1216	汪 焘	1278	杨殿梓

1279	钱 榮	1391	程 瑜
1280	杨 抡	1394	王 沼
1288	仇梦岩	1395	王启曾
1292	李树谷	1399	赵怀玉
1292	潘庭筠	1426	张云璈
1293	熊宝泰	1432	马振仲
1296	林蕃钟	1433	王 复
1297	瞿 颉	1435	黎 简
1300	陈 燮	1435	缪祖培
1301	何文焕	1436	张 芬
1301	张思孝	1436	庄 焘
1302	吴蔚光	1437	董邦直
1315	方正澍	1438	陆 敬
1318	任安上	1439	陈 鼎
1319	潘允喆	1440	黄景仁
1320	俞廷举	1444	张 诚
1320	蒋 基	1445	金德舆
1321	董邦超	1446	李鼎元
1325	储润书	1447	李 斗
1326	陈邦栋	1448	倪象占
1328	刘锡嘏	1454	储梦熊
1340	陈世熙	1456	金 焘
1341	周敬燮	1458	周嘉猷
1342	李 淦	1459	袁 钧
1342	奚 冈	1461	金 翀
1343	洪亮吉	1464	费 融
1346	朱 栋	1465	沈璧琏
1347	李 澧	1466	屈为章
1359	吴锡麒	1467	韦佩金
1391	萧 抡	1468	钱 东

1469	戴 澩	1539	殷 圻
1472	杨瑛昶	1539	高 云
1474	沈长春	1541	周之琦
1477	唐仲冕	1547	李 本
1485	金文城	1548	吴 会
1486	杨芳灿	1551	陈声和
1490	陈 銮	1555	杨 揆
1491	王 洲	1557	袁 棠
1493	殷如梅	1562	王 昙
1494	沈在秀	1563	吴文徵
1495	黄 理	1564	张惠言
1497	汪世隽	1565	钱 枚
1499	陈廷庆	1568	鲍之芬
1501	许肇封	1570	尤维熊
1502	汪如洋	1586	鲍 份
1503	石 钧	1587	姚尚桂
1504	李懿曾	1588	管 椰
1506	李若虚	1589	管 亶
1509	汪梅鼎	1591	管兆蘐
1510	施 晋	1592	焦 循
1513	吴 鼒	1595	张若采
1525	王 㡿	1595	沈 缥
1527	黄湘南	1596	王翰青
1528	凌廷堪	1600	雷 晼
1530	吴应咸	1600	孙云凤
1531	恽 敬	1605	孙云鹤
1532	张玉珍	1608	李方湛
1536	沈清瑞	1611	严 烺
1536	方维甸	1612	徐裕馨
1538	高 鹗	1614	舒 位

1615	胡成浚	1663	张冕
1617	乐钧	1664	范安澜
1627	史蟠	1664	范捷
1631	屈秉筠	1665	吕纶
1634	王贞仪	1665	姜文载
1635	吴琼仙	1666	史发蘂
1636	戴珊	1666	倪一擎
1638	周青	1667	郑廷旸
1638	王铮	1667	李秉彝
1639	葛秀英	1668	沈光裕
1640	李佩金	1668	朱文桥
1645	屠元淳	1669	计椿
1646	江浩然	1669	浦安
1647	胡作肃	1670	朱剡光
1647	吴廷采	1670	张梦鳌
1647	王陈梁	1671	缪绥武
1648	杨谦	1671	王湘
1649	焦妙莲	1672	朱休承
1649	范铎	1673	朱齐
1650	丁如琦	1673	陈鸿业
1650	冯金伯	1673	魏攀龙
1651	吴廷燮	1674	冯沄
1659	谈起行	1674	陈济
1660	张玉轮	1675	朱莅恭
1660	李宗潮	1675	周夀华
1660	李氏	1676	曹自鉴
1661	毛健	1676	郑达
1661	李均	1676	邵炎
1662	李天根	1677	金蓉
1662	莫玉文	1678	郑宗彝

1678	周 錞	1685	金式珪
1679	卞树毓	1685	王壮寿
1679	司马锡朋	1686	李 莹
1679	廖云锦	1686	杨 蟠
1680	杨之灏	1687	徐应坤
1680	王绍舒	1687	庄 棫
1681	庆 兰	1689	谭 献
1681	孙慰祖	1694	冯 煦
1681	王开沃	1702	王鹏运
1682	徐大容	1705	郑文焯
1682	李 隽	1708	陈 锐
1683	周 迪	1710	文廷式
1683	熊 钰	1712	况周颐
1684	曹三选	1719	朱祖谋
1684	顾 修	1721	王国维

1723　**书目引用**

五代两宋 卷

李煜（937—978） 2首

字重光，号钟隐、莲峰居士，江苏徐州人。南唐中主李璟第六子。北宋建隆二年（961）继位，称臣于宋。开宝四年（971）十月，宋太祖灭南汉，李煜去除唐号，改称江南国主。开宝八年（975），宋军攻破金陵，李煜被迫降宋，被俘至汴京（今开封），封为右千牛卫上将军、违命侯。李煜精于书法绘画，通音律，诗、文、词均有较高造诣。其两首题画词始见于刘道醇《五代名画补遗》，曰："卫贤，京兆人，仕南唐为内供奉。初师尹继昭，后刻苦不倦，执学吴生。长于楼观殿宇，盘车水磨，于时见称。予尝于富商高氏家观贤画《盘车水磨图》，及故大丞相文懿张公第有《春江钓叟图》，上有南唐李煜金错书《渔父词》二首。"诸家选本均作李煜词。

渔父

浪花有意千里雪，桃李无言一队春。一壶酒，一竿身。快活如侬有几人。

又

一棹春风一叶舟，一纶茧缕一轻钩。花满渚，酒满瓯。万顷波中得自由。

俞紫芝（？—1086） 1首

字秀老，一字无本，浙江金华人，流寓扬州。少有高行，性恬静，百事过人，终生不娶。得浮屠心法，道意淳熟，病在好说俗禅。工于诗歌，清逸秀雅。尝从黄庭坚、秦观游。王安石退居金陵，紫芝游其门下，尤得爱重，每见于诗。王安石诗曰："公诗何以解人愁,初日芙蕖映碧流。未怕元刘争独步,不妨陶谢与同游。"紫芝诗"夜深童子唤不起,猛虎一声山月高"之句尤为安石激赏,称其诗峭拔淡逸。元祐初卒,惜当时少奖拔发明之者,遂不得与林逋之流概见于隐逸。黄庭坚《书王荆公赠俞秀老诗后》曰:"秀老作《唱道歌》十篇,欲把手牵一切人同入涅盘场。虽未见策名释迦之室,然林下水边,幽人衲子,往往歌之,以遣意于万物之表。厌而饫之,使自趋之,功亦过半矣。"元人吴师道曰:"弟澹清老……二人志操修洁,为诸公所称。然秀老恬静,而清老颇使酒好歌。张公诩《青溪图》,秀老手书一词。"

临江仙　题清溪图

弄水亭前千万景,登临不忍空回。水轻墨澹写蓬莱。莫教世眼,容易洗尘埃。　　收去雨昏都不见,展时还似云开。先生高趣更多才。人人尽道,小杜却重来。

苏轼(1037—1101)　1首

字子瞻,号东坡居士,眉州眉山(今四川眉山)人。仁宗嘉祐二年(1057)进士,官至翰林学士、知制诰、礼部尚书。他曾力陈王安石新法之弊,被视为政治保守派的喉舌,屡遭贬斥。卒,追谥文忠。在散文、诗歌、词、绘画、书法方面都堪称一代巨擘。有《苏文忠公集》行世。其好友章质夫曾寄仕女画《崔徽真》,苏轼题诗曰:"玉钗半脱云垂耳,亭亭芙蓉在秋水。当时薄命一酸辛,千古华堂奉君子。"此诗开秦观诸人题《崔徽真》词的先声。苏轼《墨竹词》作于贬居黄州时,集杜甫《严郑公宅同咏竹》、白居易《画竹歌》等诗为词题墨竹。在词内,苏轼增句成之,是亦接近熔铸之类。虽为游戏之作,却浑然天成、清新流畅。明人沈际飞《草堂诗余》卷一评曰"末二句翻杜老案,便自超达"。

定风波

元丰五年七月六日,王文甫家饮酿白酒,大醉。集古句作《墨竹词》。
雨洗娟娟嫩叶光,风吹细细绿筠香。秀色乱侵书帙晚,帘卷,清阴微过酒尊凉。　　人画竹身肥臃肿,何用,先生落笔胜萧郎。记得小轩岑寂夜,廊下,月和疏影上东墙。

秦观(1049—1100)　1首

字少游,又字太虚,号淮海居士,高邮(今属江苏)人。少从苏轼游,文辞为苏轼兄弟赏识。与黄庭坚、晁补之、张耒称"苏门四学士"。元丰八年(1085)进士。任秘书省正字,兼国史院编修官等职。坐元祐党籍,累遭贬谪。秦观诗词皆工,因诗歌情韵清丽婉转,时人谓其诗如词。有《淮海集》若干卷传世。苏轼《章质夫寄惠崔徽真》诗称章质夫以仕女图《崔徽真》"卷赠老夫",少游为东坡门下士,当能获见并题词。关于崔徽真的来历,元稹《崔徽歌》注云:"崔徽,河中府娼也。裴敬中以兴元幕使蒲州,与徽相从累月。敬中使还,崔以不得从为恨,因而成疾。有丘夏善写人形,徽托写真寄敬中仪容曰:'崔徽一旦不及画中人,且为郎死。'发狂卒。"清人卞永誉《式古堂书画汇考》卷三十四《历代名画大观高册》第五幅著录《苏东坡题唐崔徽自写真》:"唐纸本,着色。崔徽自写真。乌云欲坠,秋波凝愁。珠饰绀衫,春尖横指。虽貌丰肌润,而有惨淡怀人之意。款书:'崔徽病中写寄裴使君,但徽不及卷中人矣。'"苏轼诗中,写画中崔徽形象是"玉钗半脱云垂耳,亭亭芙蓉在秋水",十四个字只作大略形容。秦观用"水剪双眸点绛唇"七个字,写她的眼睛和嘴唇,给人的印象便自不同,如工笔画之于剪影,精细很多。这正体现诗词性质之不同,如夏承焘先生所说:"东坡写的是七言古诗,宜用大笔勾勒,故粗;少游写的是小词,容许加意点染,故细。"

南乡子

妙手写徽真,水剪双眸点绛唇。疑是昔年窥宋玉,东邻,只露墙头一半身。
往事已酸辛,谁记当年翠黛颦?尽道有些堪恨处,无情,任是无情也动人。

刘泾（1043—1101） 1首

字巨济，号前溪，简州阳安（今四川简阳）人。熙宁六年（1073）进士。王安石荐其才，召见，除经义所检讨，迁太学博士，知处、虢、真、坊四州。元符末，除职方郎中。泾与苏轼、米芾为书画友。善作枯槎竹石，笔墨放逸，体制拔俗。撰《成都府古石刻总目》一卷、《前溪集》五卷。

减字木兰花

凭谁妙笔，横扫素缣三百尺。天下应无，此是钱塘湖上图。（刘泾）
一般奇绝，云淡天高秋夜月。费尽丹青，只这些儿画不成。（仲殊）

仲殊 4首

本名张挥，字师利，安州（今湖北安陆）人。早年曾举进士，因与妻不和出家为僧，住杭州宝月寺。与苏轼等文人为友。宋徽宗崇宁年间自缢。有《宝月词》，存词46首。仲殊长于词，宗花间遗风，论者谓"篇篇奇丽，字字清婉，高处不减唐人风致"。写景揣貌清丽工致，寄情深远，往往能得神理，如《南歌子》"绿杨堤畔闹荷花"、《踏莎行》"雨中花色添憔悴"句，似与两宋山水小景风格相类。《蝶恋花》曰："欲仗丹青，巧笔彤牙管。解写伊川山色浅。"见北固山周围景色宛如天开图画，欲以画笔写之，将北宋诗家诗情画意融入词中，开词画交融的新形式。

减字木兰花　李公麟山阴图

山阴道士，鹤目龟趺多秀气。右领将军，萧散精神一片云。　东山太傅，落落龙骧兼虎步。潦倒支公，穷骨零丁少道风。

减字木兰花

谁将妙笔,写就素缣三百匹。天下应无,此是钱塘江上图。　　一般奇绝,云淡天低秋夜月。费尽丹青,只这些儿画不成。

惜双双　墨梅

庾岭香前亲写得。子细看,粉匀无迹。月殿休寻觅。姑射人来,知是曾相识。　　不要青春闲用力。也会寄、江南信息。著意应难摘。留与梨花,比并真颜色。

点绛唇　题雪中梅

春遇瑶池,长空飞下残英片。素光围练,寒透笙歌院。　　莫把寿阳,妆信传书箭。掩香面,汉宫寻遍,月里还相见。

晁补之(1053—1110)　1首

字无咎,号归来子,济州巨野(今山东巨野)人。年十七,著《七述》,谒杭州通判苏轼,受知于苏轼,"苏门四学士"之一。元丰二年(1079)进士,授澶州司户参军,转北京国子监教授。元祐初,为太学正,召试,除秘书省正字,迁校书郎。绍圣中,坐党籍贬监信州酒税。徽宗立,召还。为北宋时期文学家,工书画,能诗词。词风受苏轼影响,气象雄俊沉郁。尝自画《莲社图》,较李公麟所画细腻丰富,笔法用晋唐以来名家笔,人物、山水各有所本,颇见文人绘画的学识、才情与趣味。又作《白莲社图记》,《满庭芳》词即载其事。有《鸡肋集》七十卷、《晁氏琴趣外篇》六卷。

满庭芳　用东坡韵题自画莲社图

归去来兮,名山何处,梦中庐阜嵯峨。二林深处,幽士往来多。自画远公莲社,教儿诵、李白长歌。如重到,丹崖翠户,琼草秀金坡。　　生绡。双幅上,诸贤中屦,文彩天梭。社中客,禅心古井无波。我似渊明逃社,怡颜盼、百尺庭柯。牛闲放,溪童任懒,吾已废鞭蓑。

周纯　3首

字忘机,成都华阳(今四川双流)人,久留荆楚,故亦自称楚人。少为浮图,弱冠游京师,以诗画为佛事,都下知名。与王寀最相亲,政和八年(1118)坐累编管惠州。能诗词,工绘画。其山水师李思训,衣冠师顾恺之,佛像师李公麟,尤精画梅。尝谓"书画同一关捩",故作画落笔便成,气韵生动,清韵绝俗。

蓦山溪　墨梅,荆楚间鸳鸯梅,赋此

江南春信,望断人千里。魂梦入花枝,染相思、同心并蒂。鸳鸯名字,赢得一双双,无限意。凝烟水。念远教谁寄。　　毫端写兴,莫把丹青拟。墨客要卿卿,想临池、等闲梳洗。香衣黯淡,元不浣缁尘,怜编袂。东风里。只恐于飞起。

满庭霜　墨梅

脂泽休施,铅华不御,自然林下真风。欲窥余韵,何处问仙踪。路压横桥夜雪,看暗淡、残月朦胧。无言处,丹青莫拟,谁寄染毫工。　　遥通。尘外信,寒生墨晕,依约形容。似疏疏斜影,蘸水摇空。收入云窗雾箔,春不老、芳意无穷。梨花雨,飘零尽也,难入梦魂中。

菩萨蛮　题梅扇

梅花韵似才人面。为伊写在春风扇。人面似花妍。花应不解言。　在手微风动。勾引相思梦。莫用插醾醾。醾醾羞见伊。

惠洪（1071—1128）　4首

俗性彭,字觉范,后易名德洪,筠州（今江西高安）人。以医术往来张商英、郭天信之门,与苏轼交游密切。为北宋后期文学家,著有《石门文字禅》三十卷、《冷斋夜话》十卷。他长于画,富有禅趣,邓椿《画继》评曰:"觉范能画梅竹。每用皂子胶画梅于生绢扇上,灯月下映之,宛然影也。其笔力于枝梗极遒健。"

千秋岁　题《崔徽真》

半身屏外。睡觉唇红退。春思乱,芳心碎。空余簪髻玉,不见流苏带。试与问,今人秀整谁宜对?　湘浦曾同会。手搴轻罗盖。疑是梦,今犹在。十分春易尽,一点情难改。多少事,却随恨远连云海。

浣溪沙　妙高墨梅

日暮江空船自流。谁家院落近沧洲。一枝闲暇出墙头。　数朵幽香和月暗,十分归意为春留。风撩片片是闲愁。

凤栖梧　华光墨梅

碧瓦笼晴烟雾绕。水殿西偏,小立闻啼鸟。风度女墙吹语笑。南枝破腊应开了。　道骨不凡江獐晓。春色通灵,医得花重少。爆暖酿寒空杳杳。江城画角催残照。

西江月　华光墨梅

入骨风流国色,透尘种性真香。为谁风鬟浣新妆,半树入村春暗。　雪压枝低篱落,月高影动池塘。高情数笔寄微茫,小寝初开雾帐。

张继先(1092—1127)　1首

字嘉闻,信州贵溪(今属江西)人。北宋末著名道士,道教正一派第三十代天师,崇宁四年(1105)赐号"虚靖先生"。著有《虚靖真君词》。

临江仙　郑恒甫画六鹤于浑沦庵,请予题,遂作

莫怪精神都素淡,全谙千载松头。羽人幽意苦相投。殷勤争点写,展转动吟酬。　况有咸阳兄弟事,教人闻见忘忧。我生曾是眷仙标。一从挥洒后,相继未能休。

陈克(1081—1137)　1首

字子高,自号赤城居士,临海(今属浙江)人,寓居金陵。高宗绍兴初,应吕祉辟任幕府参谋,淮西事变后为敕令所删定官。陈振孙《直斋书录解题》著录有《天台集》若干卷。尤工词,词格颇高婉闲丽,晏、周之流亚也。有《赤城词》一卷。

虞美人

曹申甫以著色山水小景作短制,思极萧散,方倅袭明邀予为咏。
越罗巧画春山叠。个里融香雪。满身空翠不胜寒。恰似那回偷印、小眉山。　青骢油壁西陵下。仿佛当时话。而今眼底是高唐。拂拂淡云疏雨、

断人肠。

周紫芝（1082—1155） 1首

字少隐，号竹坡居士，宣城（今属安徽）人。绍兴十二年（1142）进士，历任监户部曲院、枢密院编修官、右司员外郎，出知兴国军。从张耒、李之仪、吕本中游，尽得前辈作文关纽。工诗，有《太仓稊米集》《竹坡诗话》若干卷。自谓少时酷喜晏几道词，其所自作，有似其体制者。

浣溪沙　和陈相之题烟波图

水上鸣榔不系船。醉来深闭短篷眠。潮生潮落自年年。　　一尺鲈鱼新活计，半蓑烟雨旧衣冠。庙堂空有画图看。

李纲（1083—1140） 1首

字伯纪，邵武（今属福建）人。政和二年（1112）进士。历官太常少卿。钦宗时，授兵部侍郎、尚书右丞。南渡，拜尚书右仆射，兼中书侍郎。后屡上疏主战，终不得行。为御史所劾，罢为观文殿大学士，知潭州、荆湖南路安抚，忧郁而死。谥"忠定"。有《梁溪集》若干卷。其词俊丽清壮，似其为人。

水调歌头　李太白画像

太白乃吾祖，逸气薄青云。开元有道，聊复乘兴一来宾。天子呼来方醉，洒面清泉微醒，余吐拭龙巾。词翰不加点，歌阕满宫春。　　笔风雨，心锦绣，极清新。大儿中令，神契兼有坐忘人。不识将军高贵，醉里指污吾足，乃敢尚衣嗔。千载已仙去，图象耸风神。

吕本中(1084—1145)　1首

　　字居仁,号紫微,世称东莱先生。其先河南人,南渡后为金华(今属浙江)人。著名文学家、理学家。少以荫入仕,官祠部员外郎。绍兴六年(1136)赐进士出身,历中书舍人、权直学士院。以忤秦桧,罢职,提举太平观。卒谥文清。有《东莱集》《紫微诗话》《紫微词》《江西诗社宗派图》。文章典雅,长于史学,其诗得黄庭坚、陈师道句法,发展了江西诗派的风格。其词以婉丽见长,感情浓郁,语意深沉。

宣州竹　墨梅

　　小溪篷底湖风重。吹破凝酥动。一枝斜映庾门深。冷淡无言香泛、月华清。　　已经轻瘦谁为共。魂绕徐熙梦。耻同桃李困春容。肯向毫端开发、雨云中。

蔡伸(1088—1156)　2首

　　字伸道,号友古居士,莆田(今属福建)人,蔡襄之孙。政和五年(1115)进士。宣和中,任太学辟雍博士,知潍州北海县,通判徐州。南渡后,历知滁州、德安府、和州。任浙江安抚司参议官,秩满,提举台州崇道观。蔡伸少有文名,擅书法,得乃祖笔意。工词,有《友古居士词》一卷。

卜算子　题扇

　　玉斧斫冰轮,中有乘鸾女。鬓乱钗横襟袖凉,只恐轻飞举。　　青冥缥缈间,自有吹箫侣。不向巫山十二峰,朝暮为云雨。

踏莎行 题团扇

落日归云,寒空断雁。吴波浅淡山平远。丹青写出在霜缣,佳人特地裁团扇。　渔艇孤烟,酒旗幽院。些儿景趣君休羡。五湖归去共扁舟,何如早早酬深愿。

李弥逊(1089—1153)　1首

字似之,号筠溪翁,连江人,居吴县。大观三年(1109),登进士第。累官起居郎、中书舍人、户部侍郎。以争和议,忤秦桧意,乞归。遂以徽猷阁直学士知漳州。绍兴十二年(1142)落职。晚岁隐连江西山。有《筠溪集》。

一寸金

尚书生日,光州作。光州芍药甚盛,尚书为品次图之,故末句云。

仙李盘根,自有云仍霭芳裔。更溜雨霜皮,临风玉树,紫髯丹颊,长生久视。鹤帐琅书至。长庚梦、当年暗记。佳辰近,回首西风,渐喜秋英弄霜蕊。

暂卷双旌,鸣金吹竹,萱堂伴新戏。对壁月流光,屏山供翠,碧云乍合,飞觞如缀。早晚岩廊侍。终不负、黄楼一醉。丹青手、先与翻阶,万叶增春媚。

张元干(1091—1170)　2首

字仲宗,自号芦川居士,长乐(今属福建)人。向子𬤇之甥,曾为李纲行营属官,官至将作少监,从李弥逊等游。有《芦川归来集》。在南宋词坛上,张元干是最早将宋金战争风云融入词中的爱国词人。张元干隐居之后,怡情山水,往往将山水胜景比作画家笔下丘壑。如《宝鼎现》"山庄图画,锦囊吟咏,胸中丘壑",即以李弥逊筠溪山庄之景比作北宋画家李公麟的《山庄图》。《永遇乐·宿鸥盟轩》"摩诘丹青,营丘平远,一望穷千里",将其退隐所居之第鸥盟轩优美的景色比作王维清丽的山水画和李成平远山水画。又《卜算子》"芳信着寒梢,影入花光画",以眼前所见之梅花比作华光和尚的墨梅。宋诗中以某一画家特定风格的山水画比喻眼前风物始自文与可,而宋词中相同的手法当从元干始。

渔家傲　题玄真子图

钓笠披云青嶂绕,绿蓑细雨春江渺。白鸟飞来风满棹。收纶了,渔童拍手樵青笑。　明月太虚同一照,浮家泛宅忘昏晓。醉眼冷看城市闹。烟波老,谁能惹得闲烦恼。

念奴娇　题徐明叔海月吟笛图

秋风万里,湛银潢清影,冰轮寒色。八月灵槎乘兴去,织女机边为客。山拥鸡林,江澄鸭绿,四顾沧溟窄。醉来横吹,数声悲愤谁测。　飘荡贝阙珠宫,群龙惊睡起,冯夷波激。云气苍茫吟啸处,鼍吼鲸奔天黑。回首当时,蓬莱方丈,好个归消息。而今图画,谩教千古传得。

杨无咎(1097—1171)　5首

字补之,清江(今江西樟树)人,寓居洪州南昌。自号逃禅老人、清夷长者、紫阳居士。词多题画之作,风格婉丽。今存《逃禅词》一卷。杨无咎酷爱梅花,尝谓因赏梅瘦损。《柳梢青》词曰"谁赋才情,画成幽思,写入新诗",又曰"为爱冰姿,画看不足,吟看不足"。他长于绘画,尤擅墨梅,赏爱不足,继之吟咏,吟咏不足,托于丹青。有《四梅图》卷传于世。此图写梅花未开、欲开、盛开、将残四种状态。卷后自书《柳梢青》词四首,分咏四梅。又自题曰:"范端伯要予画梅四枝,一未开,一欲开,一盛开,一将残。仍各赋词一首,画可信笔,词难命意,欲之不从,勉徇其请。予作有《柳梢青》十首,亦因梅所作,今再用此声调,盖近时喜唱此曲故也。"

水龙吟　赵祖文画西湖图,名曰《总相宜》

西湖天下应如是。谁唤作、真西子。云凝山秀,日增波媚,宜晴宜雨。况是深秋,更当遥夜,月华如水。记词人解道,丹青妙手,应难写、真奇语。

往事输他范蠡。泛扁舟、仍携佳丽。毫端幻出,淡妆浓抹,可人风味。和靖幽居,老坡遗迹,也应堪记。更凭君画我,追随二老,游千家寺。

柳梢青

未开梅

渐近青春,试寻红璊,经年疏隔。小立风前,恍然初见,情如相识。
为伊只欲颠狂,犹自把、芳心爱惜。传与东君,乞怜愁寂,不须要勒。

欲开梅

嫩蕊商量,无穷幽思,如对新妆。粉面微红,檀唇羞启,忍笑含香。
休将春色包藏,抵死地、教人断肠。莫待开残,却随明月,走上回廊。

盛开梅

粉墙斜搭,被伊勾引,不忘时霎。一夜幽香,恼人无寐,可堪开匣。
晓来起看芳丛,只怕里、危梢欲压。折向胆瓶,移归芸阁,休熏金鸭。

将残梅

目断南枝,几回吟绕,长怨开迟。雨浥风欺,雪侵霜妒,却恨离披。
欲调商鼎如期,可奈向、骚人自悲。赖有毫端,幻成冰彩,长似芳时。

高登(？—1148)　1首

字彦先,漳浦人。宣和间为太学生。绍兴二年(1132)登第,授富川主簿,迁古田县令。后以事忤秦桧，编管漳州。有《东溪集》。

好事近　黄义卿画带霜竹

潇洒带霜枝，独向岁寒时节。触目千林憔悴，更幽姿清绝。　　多才应赋得天真，落笔惊风叶。从此绿窗深处，有一梢秋月。

赵彦端（1121—1175）　2首

字德庄，魏王廷美七世孙，鄱阳人。绍兴八年（1138）进士。十二年（1142）为左修职郎，钱塘县主簿。乾道三年（1167），自右司员外郎，以直显谟阁为江南东路转运副使。四年（1168），任福建路转运副使，后为太常少卿。六年（1170），以直宝文阁知建宁府。有《介庵集》，不传。

谒金门　题扇

朱槛曲，妆浅鬓云吹绿。半尺鹅溪凉意足，手香沾柄玉。　　午梦已惊难续，说与翠梧修竹。蓬海路遥天六六，乘鸾何处逐。

浣溪沙　题扇

冰练新裁月见羞，墨花飞作淡云浮。宜歌宜笑不妨秋。　　约腕半笼衫草碧，洗妆初失黛蛾愁。嫩凉轻暑奈风流。

袁去华　1首

字宣卿，奉新人。绍兴十五年（1145）进士。知善化县，又知石首县。有《袁宣卿词》一卷。

青山远　题王见几侍儿真

花竹亭轩,曲径通幽小洞天。翠帏苒苒隔轻烟,锁婵娟。　　画图初试春风面,消得东君著意怜。到伊歌扇舞裙边,要前缘。

葛郯(？—1181)　1首

字谦问,归安(今浙江吴兴)人。葛立方之子。绍兴二十四年(1154)进士。乾道七年(1171),任常州通判,守临川。有《信斋词》一卷。

念奴娇　再和咏杜庵高君忻聚画屏

蓬莱一岛,卧长烟千柳,西溪幽趣。苜蓿盘中初日上,不把截臑充俎,和月栽松,饶云买石,只此为家务。倚楹清啸,断霞斜倚天暮。　　闻道磊块浇胸,槎桠肝肺,劲笔端风雨。壁上潇湘秋一帧,影落荻花洲渚。暗浦潮生,寒矶雪化,无复风尘虑。此时渔父,短蓑合在何处。

陆游(1125—1210)　1首

字务观,号放翁,山阴(今浙江绍兴)人。以荫补登仕郎,历枢密院编修官。绍兴三十二年(1162)赐进士出身,为州别驾。范成大帅蜀时,为参议官。嘉泰初,诏同修国史,升宝章阁待制。有《渭南词》。

桃源忆故人　题华山图

中原当日三川震,关辅回头煨烬。泪尽两河征镇,日望中兴运。　　秋风霜满青青鬓,老却新丰英俊。云外华山千仞,依旧无人问。

王质（1127—1189） 2首

字景文，号雪山，郓州人，寓居兴国军（今湖北阳新）。绍兴三十年（1160）进士。孝宗朝为枢密院编修官，出判荆南府，奉祠山居。有《雪山集》。

西江月　和王道一韵促画屏

㿠㿠红中烟润，梢梢翠尾风斜。闲轩幽树少啼鸦。此处最宜君画。

望眼不知天阔，归心常恨山遮。见君江浦到芦花。意在琵琶亭下。（轩外有石榴芭蕉，壁间有所画《江浦芦雁》。）

泛兰舟　谯天授画像

萧萧乌帽黄衫。烟水拍云岩。风清月白，一双碧眼莹秋潭。四海九州，茫茫东北，渺渺西南。松霜杉露毵毵。　龙门隔如参井，青城佳气与天参。蔽山充野，牡丹红外茯苓甘。鹤顶凝丹，隙驹蹀躞，尽百年闲。乾坤云海风帆。（谯名定，涪陵人。受道于伊川。后弃乡里，隐河洛。复归蜀，居青城之老人村，至今尚存。）

吕胜己 1首

字季克，建阳人。受学于朱熹。以荫为湖南干官，历倅江州，知杭州，官至朝请大夫。有《渭川居士词》。其词有道学气，然流连景物之作，多有以画喻者。如《减字木兰花》"面面青山如展画"；《满江红·观雪述怀》"群雀耐寒枯树顶，扁舟独钓平沙觜。把江南、图画展开看，都难比"；《如梦令》"花上娇莺哑咤。着色江南图画"。

好事近　和人题渭川钓渔图韵

风景好樵川,郭外三洲烟渚。过尽古今清逸,奈天公不与。　　地灵人意会符同,留待烟霞侣。一棹轻舟开岸,弄滩声风雨。

赵师侠　3首

字介之,燕王德昭七世孙,新淦(今江西新干)人。淳熙二年(1175)进士。淳熙十五年,为江华郡丞。有《坦庵长短句》。其词善于摹景,得韵外之致。与南宋荒寒淡远的山水小景风味相近。他好像对宋代流行的潇湘题材绘画颇有兴趣,于词中多将触目之风景比作《潇湘八景图》。如《凤凰阁》"平生奇观,颇快江山寓目。日斜云定晚风熟。白鹭飞来,点破一川明绿。展十幅、潇湘画轴";《南柯子》"傍岸渔舟集,横空雁字轻,凭阑凝眼增明。一片潇湘、真个画难成"。

酹江月　题赵文炳枕屏

枕山平远。记当年小阁,牙床曾展。围幅高深春昼永,寂寂重帘不卷。棹舣西湖,人归南陌,酒晕红生脸。困来无那,玉肌小倚娇软。　　堪恨身在天涯,曲屏环枕,此意何由见。想象高唐无梦到,独拥闲衾展转。物是人非,山长水阔,触处思量遍。愁遮不断,夜阑依旧斜掩。

菩萨蛮　可人梅轴

琼英为惜轻飞去。可人妙笔移缣素。潇洒向南枝。永无开谢时。　　闺房难并秀。自是春风手。何必问逃禅。人间水墨仙。

菩萨蛮　韵胜竹屏

多情可是怜高节。濡毫幻出真清绝。雨叶共风枝。天寒人倚时。　萧萧襟韵胜。堪与梅兄并。不用翠成林。坡仙曾赏音。

汪莘（1155—?）　1首

字叔耕，休宁（今属安徽）人，自号方壶居士。屏居黄山。研究《易》义，傍究韬钤、释、老诸书。嘉定中，尝诣阙三上书，不报。徐谊欲以遗逸荐，不果。筑室柳溪，逍遥林下。有《方壶存稿》，词二卷。

沁园春

又挂《黄山图》十二轴，恰满一室，觉此身真在黄山中也，赋此词寄天都峰下王道者。

家在柳塘，榜挂方壶，图挂黄山。觉仙峰六六，满堂峭峻，仙溪六六，绕屋潺湲。行到水穷，坐看云起，只在吾庐寻丈间。非人世，但鹤飞深谷，猿啸高岩。　如今老疾蹒跚。向画里嬉游卧里看。甚花开花落，悄无人见，山南山北，谁似余闲。住个庵儿，了些活计，月白风清人倚阑。山中友，类先秦气貌，后晋衣冠。

韩淲（1159—1224）　2首

字仲止，号涧泉，尚书元吉子。祖籍开封，南渡后隶籍信州上饶（今属江西）。有《涧泉集》。淲清廉狷介，与同时知名文人多有交游，并与赵蕃（章泉）并称"二泉"。有《涧泉集》二十卷、《涧泉日记》三卷、《涧泉诗余》一卷。《四库总目提要》云："观淲所撰《涧泉日记》，于文章所得颇深。又制行清高，恬于荣利，一意以吟咏为事，平生精力，具在于斯。"

浣溪沙　题美人画卷

一曲霓裳舞未终。玉钗垂额鬓云松。梦回金殿月华东。　　燕子莺儿情脉脉,柳枝桃叶恨匆匆。罗襟空惹御香浓。

虞美人　姑苏画莲

西湖十里孤山路。犹记荷花处。翠茎红蕊最关情。不是熏风、吹得晚来晴。　　而今老去丹青底。醉腻娇相倚。棹歌声缓采香归。如梦如醒、新月照涟漪。

高观国　4首

字宾王,号竹屋。山阴(今浙江绍兴)人,与史达祖、陈造等交游。其词句琢字炼,格律谨严,受秦观、周邦彦影响颇深,所作意思警策,多不经人道语。有《竹屋痴语》一卷。观国词无一平笔,跃冶精金,字字皆锤炼而出。写景状物情景交炼,多有言外妙旨。题画诸词,仕女图或与史事钩连,或与人物情态暗合,思致颖脱,趣味横生;题山水、花鸟,由画外到画内,词心一点,情韵与画意融为一体,归志浩然,句洁情雅。

思佳客　题太真出浴图

写出梨花雨后晴。凝脂洗尽见天真。春从翠髻堆边见,娇自红绡脱处生。　　天宝梦,马嵬尘。断魂无复到华清。恰如伫立东风里,犹听霓裳羯鼓声。

洞仙歌　题真

轻痕浅晕。偷染春风面。恰似西施影儿现。拟新妆、临槛一段天真,闲态度,长恁香娇玉软。　　从今怀袖里,不暂相离,似笑如颦任舒卷。顾芳容不老,只似如今,娇不语、无奈情深意远。便雨隔云疏暂分携,也时展丹青,见伊一见。

昭君怨　题春波独载图

一棹莫愁烟艇。飞破玉壶清影。水溅粉绡寒。渺云鬟。　　不肯凌波微步。却载春愁归去。风澹楚魂惊。隔瑶京。

杏花天　题杏花春禽扇面挂轴

花凝露湿燕脂透。是彩笔、丹青染就。粉绡帕入班姬手。舒卷清寒时候。　　春禽静、来窥晴昼。问冷落、芳心知否。不愁院宇东风骤。日日娇红如旧。

刘学箕　1首

字习之,自号种春子,崇安(今福建武夷山)人。刘子翚孙。性恬退自适,隐居不仕。有《方是闲居士小稿》。论者谓其词笔豪放,气势雄浑,颇似辛、刘。学箕爱赏山水,尝以天成图画比喻家居山水的美景。(《吾庐寓言》)论书画亦重作者人品,能得书画三昧。

贺新郎

代黄端夫。白牡丹,京师妓李师师也。画者曲尽其妙,输棋者赋之。

午睡莺惊起。鬓云偏、髻松未整,凤钗斜坠。宿酒残妆无意绪,春恨春愁如水。谁共说、厌厌情味。手展流苏腰肢瘦,叹黄金、两钿香消臂。心事远,仗谁寄。　　帘栊渐是槐风细。对梧桐、清阴满院,夏初天气。回首春空梨花梦,屈指从头暗记。叹薄幸、抛人容易。目断孤鸿沉双鲤,恨萧郎、不寄相思字。幽恨积,黛眉翠。

王柏(1197—1274)　1首

　　字会之,金华人。初号长啸,后更号鲁斋,受业何基之门。历主丽泽、上蔡两书院。赐谥"文献"。工诗善画,著述甚富,著有《鲁斋》二十卷;《四库总目》著录其有《读易记》《书疑》《诗疑》等,并传于世。王柏论画尚意,要"默寓经伦合准绳",承汉唐画教遗意,寄寓师儒继承圣贤斯文道统的自觉精神。

酹江月　题泽翁梅轴后

　　今岁腊前,苦无多寒色、梅花先白。可惜横斜清浅处,谁访孤山仙客。玉勒寻芳,金尊护冷,定与心期隔。夜阑人悄,可无一段春月。　　怕它香已飘零,罗浮梦断,不与东君接。买得鹅千幅绢,留取天然标格。树老梢癯,蕊圆须健,不放风骚歇。花光何处,儿孙声价方彻。

李曾伯(1198—?)　2首

　　字长孺,号可斋,覃怀人,寓居嘉兴。宝祐中进士,通判濠州。历官湖南安抚使,进观文殿学士。又知庆元府,兼沿海制置使。有《可斋类稿》。

水龙吟　和丰宪题林路钤梅轴韵

　　小窗香雾笼葱,砚寒金井频呵冻。老坡仙去,新声犹寄,绿毛幺凤。瘦脸盈盈,不禁僝僽,雪浓霜重。赖墨池佳致。草成玄白,聊以此、当清供。　　长记月明曾共。捻虬髯、几番孤耸。春风一点,著公翠袖,撩人清梦。逋尔何如,西湖惯见,影斜芗动。要岁寒得友,岂容无竹,倩谁添种。

满江红　甲午宜兴赋僧舍墨梅

姑射山人,仙去后、唯存标格。犹赖有、墨池老手,草玄能白。留得岁寒风骨在,岂烦造化栽培力。有世间、肉眼莫教看,非渠识。　　元不夜,枝何月。元未腊,花何雪。最孤高不受,多情轻折。只有暗香天靳予,黄金作指难为术。更若将、解语付真真,空成色。

吴文英（1200—1260）　14首

字君特,号梦窗,晚号觉翁,四明(今浙江宁波)人。景定时,尝客荣王赵与芮邸,从吴潜等游。其词作数量丰沃,风格雅致,多酬答、伤时与忆悼之作,号"词中李商隐"。有《梦窗甲乙丙丁稿》四卷。尹焕《梦窗词叙》云:"求词于吾宋者,前有清真,后有梦窗。此非焕之言,四海之公言也。"梦窗题画词涉及仕女,四时山水,梅、兰、水仙花卉题材绘画。所题画作有前代名笔,也有当时名家。题仕女画以摹写画中女性情态及渲染其所处情境为主,生动传神,别有风韵。题花卉题材画作以比兴为主,传神写意,意余言外。

蝶恋花　题华山道女扇

北斗秋横云髻影。莺羽衣轻,腰减青丝剩。一曲游仙闻玉磬。月华深院人初定。　　十二阑干和笑凭。风露生寒,人在莲花顶。睡重不知残酒醒。红帘几度啼鸦暝。

浣溪沙　题李中斋舟中梅屏

冰骨清寒瘦一枝,玉人初上木兰时。懒妆斜立澹春姿。　　月落溪穷清影在,日长春去画帘垂。五湖水色掩西施。

望江南　赋画临照女

衣白苎,雪面堕愁鬟。不识朝云行雨处,空随春梦到人间。留向画图看。
慵临镜,流水洗花颜。自织苍烟湘泪冷,谁捞明月海波寒?天澹雾漫漫。

醉落魄　题藕花洲尼扇

春温红玉。纤衣学剪娇鸦绿。夜香烧短银屏烛。偷掷金钱,重把寸心卜。
翠深不碍鸳鸯宿。采菱谁记当时曲?青山南畔红云北。一叶波心,明灭澹妆束。

朝中措　题兰室道女扇

楚皋相遇笑盈盈。江碧远山青。露重寒香有恨,月明秋佩无声。　　银灯炙了,金炉烬暖,真色罗屏。病起十分清瘦,梦阑一寸春情。

思佳客　赋半面女髑髅

钗燕拢云睡起时。隔墙折得杏花枝。青春半面妆如画,细雨三更花又飞。
轻爱别,旧相知。乱肠青冢几斜晖。乱红一任风吹起,结习空时不点衣。

柳梢青　题钱得闲四时图画

翠嶂围屏。留连迅景,花外油亭。澹色烟昏,浓光清晓,一幅闲情。
辋川落日渔罾。写不尽、人间四并。亭上秋声,莺笼春语,难入丹青。

梦芙蓉　赵昌芙蓉图,梅津所藏

西风摇步绮。记长堤骤过,紫骝十里。断桥南岸,人在晚霞外。锦温花共醉。当时曾共秋被。自别霓裳,应红销翠冷,霜枕正慵起。　　惨淡西湖柳底。摇荡秋魂,夜月归环佩。画图重展,惊认旧梳洗。去来双翡翠。难传眼恨眉意。梦断琼娘,仙云深路杳,城影蘸流水。

暗香疏影　夹钟宫　赋墨梅

占春压一。卷峭寒万里,平沙飞雪。数点酥钿,凌晓东风□吹裂。独曳横梢瘦影,入广平、裁冰词笔。记五湖、清夜推篷,临水一痕月。　　何逊扬州旧事,五更梦半醒,胡调吹彻。若把南枝,图入凌烟,香满玉楼琼阙。相将初试红盐味,到烟雨、青黄时节。想雁空、北落冬深,澹墨晚天云阔。

蕙兰芳引　林钟商,俗名歇指调,赋藏一家吴郡王画兰

空翠染云,楚山迥、故人南北。秀骨冷盈盈,清洗九秋润绿。奉车旧畹,料未许、千金轻价。浅笑还不语,蔓草罗裙一幅。　　素女情多,阿真娇重,唤起空谷。弄野色烟姿,宜扫怨蛾淡墨。光风入户,媚香倾国。湘佩寒、幽梦小窗春足。

浣溪沙　题史菊屏扇

门巷深深小画楼。阑干曾识凭春愁。新蓬遮却绣鸳游。　　桃观日斜香掩户,蘋溪风起水东流。紫萸玉腕又逢秋。

极相思　题陈藏一水月梅扇

玉纤风透秋痕。凉与素怀分。乘鸾归后,生绡净剪,一片冰云。　　心事孤山春梦在,到思量、犹断诗魂。水清月冷,香消影瘦,人立黄昏。

清平乐　书栀子扇

柔柯剪翠。胡蝶双飞起。谁堕玉钿花径里？香带熏风临水。　　露红滴下秋枝。金泥不染禅衣。结得同心成了,任教春去多时。

燕归梁　书水仙扇

白玉搔头坠髻松。怯冷翠裙重。当时离佩解丁东。淡云低、暮江空。青丝结带鸳鸯盏,岁华晚,又相逢。绿尘湘水避春风。步归来、月宫中。

李演　1首

字广翁,号秋堂,有《盟鸥集》。

醉桃源　题小扇

双鸳初放步云轻。香帘蒸未晴。杏镕暗泪结红冰。留春蝴蝶情。　　寒薄薄,日阴阴。锦鸠花底鸣。春怀一似草无凭。东风吹又生。

程武　1首

字楚客。理宗时人。

念奴娇　题马嵬图

蜀江城远,想连云危栈,接天穷处。惆怅烟尘回首地,双阙觚棱犹故。龙扈星联,羽林风肃,未放鸾骖去。不堪掩面,泪沾宸袖如雨。　　底事当日昭阳,吹羌鸣羯,浣却霓裳舞。三十六宫春满眼,曾把色嗔香妒。芳草埋情,飞花陨怨,翻被蛾眉误。画图惊见,黯然魂断今古。

刘辰翁(1232—1297)　7首

字会孟,庐陵(今江西吉安)人。景定三年(1262)廷试对策,忤贾似道,置丙第。以亲老,请为濂溪书院山长。荐居史馆,又除太学博士,皆固辞。宋亡,隐居。有《须溪集》。南宋文人爱梅成癖,刘辰翁亦受此风熏染。其《点绛唇》词赋瓶梅曰"小阁横窗,倩谁画得梅梢远。那回半面。曾向屏间见",令人想见文人以诗词吟咏、丹青晕染梅花横斜清影的雅韵。其题画词以人物画为主,颇能传画外神韵,补画之不足。

菩萨蛮　题醉道人图

八仙名姓当时少。污尊牛饮同倾倒。惟有我公荣。旁人笑独醒。　多年村落走。泥饮无升斗。入了玉门关。人生一醉难。

如梦令　题四美人画

比似寻芳娇困。不是弓弯拍衮。无物倚春慵,三寸袜痕新紧。羞褪。羞褪。匆匆心情未稳。(褪履)

其二

寂历柳风斜倚。错莫梦云难记。花影为谁重,一握鲛人丝泪。何事。何事。历历脸潮羞起。(托腮)

其三

睡眼青阴欲午。当户小风轻暑。倦近碧阑干,斜影却扶人去。无绪。无绪。落落一襟轻举。(欠伸)

其四

落叶西风满地。独宿琼楼丹桂。孤影抱蟾寒,寄与月明千里。休寄。休寄。粟粟蕊珠心碎。(折桂)

点绛唇　题画

鞴指春寒,陇禽一片飞来雪。无言可说。暗啄相思结。　　只影年深,也作关山别。翻成拙。落花时节。倩子规声绝。

鹊桥仙　题陈敬之扇

乘鸾著色,疾蝇误拂。不及羲之醉墨。偶然入手送东阳,便看取、熏时清适。　　清风去暑,闲题当日。宰相纱笼谁识。封丘门外定何人,这一点、瞒他不得。

周密（1232—1298）　8首

字公谨,号草窗,济南人,流寓吴兴,居弁山。自号弁阳啸翁,又号四水潜夫。曾为义乌令,入元不仕。有《草窗词》《𬞟洲渔笛谱》《齐东野语》《癸辛杂识》《志雅堂杂钞》《浩然斋雅谈》《武林旧事》《澄怀录》《云烟过眼录》各若干卷传于世。周密于绘画有精鉴之雅,乐游山川胜景,直以图画名之。《龙吟曲》将宝山园表里景物拟诸画图,谓"江芜海树,晴光雨色,天开图画。两岸潮平,六桥烟霁,晚钩帘挂。自玄晖去后,云情雪意,丹青手、应难写"。《宴清都》以登霅川之行当卧游《霅川图》。天开胜景、山水清图、闲旷词境融为一体,以自然美景为媒介,开词画交融的新样式。

清平乐　杜陵春游图

锦城春晓。苑陌芳菲早。可是杜陵人未老。日日酒迷花恼。　　归鞯困倚芳醒。醒来还有新吟。人与杏花俱醉,春风一路闻莺。

声声慢　逃禅作梅、瑞香、水仙,字之曰三香

瑶台月冷,佩渚烟深,相逢共话凄凉。曳雪牵云,一般淡雅梳妆。樊姬岁寒旧约,喜玉儿、不负萧郎。临水镜,看清铅素靥,真态生香。　长记湘皋春晓,仙路迥,冰钿翠带交相。满引台杯,休待怨笛吟商。凌波又归甚处,问兰昌、何似唐昌。春梦好,倩乐风、留驻琐窗。

声声慢　逃禅作菊、桂、秋荷,目之曰三逸

妆额黄轻,舞衣红浅,西风又到人间。小雨新霜,萍池藓径生寒。输它汉宫姊妹,粲星钿、霞佩珊珊。凉意早,正金盘露洁,翠盖香残。　三十六宫秋好,看扶疏仙影,伴月长闲。宝络风流,何如细蕊堪餐。幽香未应便减,傲清霜、正自宜看。吟思远,负东篱、还赋小山。

清平乐　三白图

静香真色。花与人争白。属玉双飞烟月夕。点波一奁秋碧。　翠罗袖薄天寒。笛声何处关山。手捻一枝春色,东风怨入江南。

柳梢青

余生平爱梅,仅一再见逃禅真迹。癸酉冬,会疏清翁孤山下,出所藏《双清图》,奇悟入神,绝去笔墨畦径。卷尾补之自书《柳梢青》四词,辞语清丽,翰札遒劲,欣然有契于心。余因戏云:"不知点胸老、放鹤翁同生一时,其清风雅韵,优劣当何如哉。"翁噱曰:"我知画而已,安与许事,君其问诸水滨。"因次韵载名于后,庶异时开卷索笑,不为生客云。

约略春痕。吹香新句,照影清尊。洗尽时妆,效颦西子,不负东昏。

金沙旧事休论。尽消得、东风返魂。一段真情,风前孤驿,雪后前村。

其二

万雪千霜。禁持不过,玉雪生光。水部情多,杜郎老去,空恼愁肠。天寒野屿空廊。静倚竹、无人自香。一笑相逢,江南江北,竹屋山窗。

其三

映水穿篱。新霜微月,小蕊疏枝。几许风流,一声龙竹,半幅鹅溪。江头怅望多时。欲待折、相思寄伊。真色真香,丹青难写,今古无诗。

其四

夜鹤惊飞。香浮翠藓,玉点冰枝。古意高风,幽人空谷,静女深帏。芳心自有天知。任醉舞、花边帽欹。最爱孤山,雪初晴后,月未残时。

夷则商国香慢　赋子固凌波图

玉润金明。记曲屏小几,剪叶移根。经年沍人重见,瘦影娉婷。雨带风襟零乱,步云冷、鹅管吹春。相逢旧京洛,素扆尘缁,仙掌霜凝。　　国香流落恨,正冰铺翠薄,谁念遗簪。水天空远,应念矾弟梅兄。渺渺鱼波望极,五十弦、愁满湘云。凄凉耿无语,梦入东风,雪尽江清。

王沂孙　2首

字圣与,号碧山,又号中仙,又号玉笥山人,会稽(今浙江绍兴)人。元至元中,任庆元路学正。有《碧山乐府》。其题画词不仅善于再现画面形象与意境,还以个体的游赏体验入词。情溢于画与词之间,寄托无尽的故国之思。

一萼红　丙午春赤城山中题花光卷

玉婵娟。甚春余雪尽,犹未跨青鸾。疏萼无香,柔条独秀,应恨流落人间。

记曾照、黄昏淡月,渐瘦影、移上小栏干。一点清魂,半枝空色,芳意班班。

重省嫩寒清晓,过断桥流水,问信孤山。冰粟微销,尘衣不浣,相见还误轻攀。未须讶、东南倦客,掩铅泪、看了又重看。故国吴天树老,雨过风残。

西江月　为赵元父赋雪梅图

褪粉轻盈琼屑,护香重叠冰绡。数枝谁带玉痕描。夜夜东风不扫。

溪上横斜影淡,梦中落莫魂销。峭寒未肯放春娇。素被独眠清晓。

李震　1首

庐陵(今江西吉安)人。咸淳七年(1271)进士。

贺新郎　题高克恭夜山图

楼据湖山背。倚高寒、尘飞不到,越山相对。老月腾辉群动息,独坐清分沆瀣。更满听、潮声澎湃。醉里诗成神鬼泣,景苍凉、又在新诗外。浑忘却、功名债。　　凭谁妙笔能图绘。羡中郎、前身摩诘,宛然心会。拈出清宵无限意,半幅溪藤光怪。方信有、人间仙界。云淡天低奇绝处,笑僧殊、未识丹青在。留此轴,夸千载。

刘沆　1首

鄜州(今陕西富县)人。温日观是宋末元初画家,善草书,精画葡萄,甚有天趣,得到赵孟頫的推崇。刘沆题其墨葡萄,谓"能透圆明相""淋漓草圣"云云,即是认为其墨戏自然逼真,得形外之趣。又兼以书法为画,具有画史上的开创意义。

甘州

余客燕山,心传曾君携日观葡萄见示,辄倚玉田《甘州》韵,形容墨妙之万一云。

爱累累、万颗贯骊珠,特地写幽芳。想黄昏云淡,夜深人静,清影横窗。冷淡一枝两叶,笔下老秋光。参透圆明相,日观开荒。　　最是柔髭修梗,映风姿雾质,雅趣悠长。更淋漓草圣,把玩墨犹香。珍重好、卷藏归去,枕屏间、偏称道人床。江南路,后回重见,同话凄凉。

蒋捷　2首

字胜欲,阳羡(今江苏宜兴)人。咸淳十年(1274)进士。自号竹山,遁迹不仕。有《竹山词》。

贺新郎　题后院画像

绿堕云垂领。背琵琶、盈盈袖手,粉闲红靓。依约春游归来倦,又似春眠未醒。滟寒沚、低迷蓉影。莺带松声飞过也,柳窗深、尚记停针听。魂浩荡,孤芳景。　　金钗断股瓶沉井。问苏城、香销卷子,倩谁题咏。灯晕青红残醉在,小院屏昏帐暝。误瞋怪、眉心慵整。人道真真招得下,任千呼万唤无言应。空对此,泪花冷。

玉漏迟

傅岩隐木如武林,纳浴堂徐氏女子于客楼。其归也,亦贮之所居楼上,而图西湖景于楼壁。

翠鸳双穗冷。莺声唤转,春风芳景。花涌袖香,此度徐妆偏称。水月仙人院宇,到处有、西湖如镜。烟岫暝。纤葱误指,莲峰篁岭。　　料想小阁初逢,正浪拍红猊,袖飞金饼。楼倚斜晖,暗把佳期重省。万种惺忪笑语,更一点、温柔情性。钗倦整。盈盈背灯娇影。

陈德武 1首

三山(今福建福州)人,有《白雪遗音》。

水调歌头
题《杨妃夜宴醉归图》。上写秦虢二夫人、贵妃抱婴于马上

日色隐花萼,清夜宴华清。梁州新曲初就,锦瑟按银筝。中坐太真妃子,列坐亲封秦虢,歌笑尽倾城。百斛金尊倒,一醉玉山倾。　扶上马,东小玉,右双成。绛纱笼烛高照,宫漏已三更。抱得禄儿归去,酒醒三郎何处,忽听鼓鼙惊。可惜马嵬恨,不得寄丹青。

张炎(1248—?) 26首

字叔夏,号玉田,又号乐笑翁,张俊诸孙。本西秦人,家临安。宋亡,落魄纵游。有《山中白云词》《词源》传于世。张炎题画词数量居宋代之冠,又兼擅长墨戏,所作情韵悠长,摹写细腻,多能曲传画外之旨。其题唐代诗人卢仝、杜甫、李白诸画作不唯写人,亦寄托个人情志。而题时人诸墨戏之作,如温日观墨葡萄、赵孟𫖯竹石、钱选兰花,总有浓浓的黍离之思和文人雅韵。

蝶恋花　题未色褚仲良写真

济楚衣裳眉目秀。活脱梨园,子弟家声旧。诨砌随机开笑口。筵前戏谏从来有。　戛玉敲金裁锦绣。引得传情,恼得娇娥瘦。离合悲欢成正偶。明珠一颗盘中走。

如梦令　题渔乐图

不是潇湘风雨。不是洞庭烟树。醉倒古乾坤,人在孤篷来处。休去。休去。见说桃源无路。

疏影　题宾月图

雪空四野,照归心万里,千峰独立。身与天游,一洗襟怀,海镜倒涌秋白。相逢懒问盈亏事,但脉脉、此情无极。是几番、飞盖追随,桂底露衣香湿。

闲款楼台夜色。料水光未许,人世先得。影里分明,认得山河,一笑乱山横碧。乾坤许大须容我,浑忘了、醉乡犹客。待倩谁、招下清风,共结岁寒三益。

踏莎行　卢仝啜茶手卷

清气崖深,斜阳木末。松风泉水声相答。光浮碗面啜先春,何须美酒吴姬压。　　头上乌巾,鬓边白发。数间破屋从芜没。山中有此玉川人,相思一夜梅花发。

南乡子　杜陵醉归手卷

晴野事春游。老去寻诗苦未休。一似浣花溪上路,清幽。烟草纤纤水自流。　　何处偶迟留。犹未忘情是酒筹。童子策驴人已醉,知不。醉里眉攒万国愁。

临江仙　太白挂巾手卷

忆得沉香歌断后,深宫客梦迢遥。研池残墨溅花妖。青山人独自,早不侣渔樵。　　石壁苍寒巾尚挂,松风顶上飘飘。神仙那肯混尘嚣。诗魂元在此,空向水中招。

浪淘沙　题许由掷瓢手卷

拂袖入山阿。深隐松萝。掬流洗耳厌尘多。石上一般清意味,不羡渔蓑。日月静中过。俗□消磨。风飘分付与清波。却笑唐求因底事,无奈诗何。

南楼令　题聚仙图

曾记宴蓬壶。寻思认得无。醉归来、事已模糊。忽对画图如梦寐,又因甚、下清都。拍手笑相呼。应书缩地符。恐人间、天上同途。隔水一声何处笛,正月满、洞庭湖。

清平乐　题倦耕图

一犁初卸。息影斜阳下。角上汉书何不挂。老子近来慵跨。　烟村草树离离。卧看流水忘归。莫饮山中清味,怕教洗耳人知。

湘月

余载书往来山阴道中,每以事夺,不能尽兴。戊子冬晚,与徐平野、王中仙曳舟溪上。天空水寒,古意萧飒。中仙有词雅丽,平野作《晋雪图》,亦清逸可观。余述此调,盖白石《念奴娇》鬲指声也。

行行且止。把乾坤收入,篷窗深里。星散白鸥三四点,数笔横塘秋意。岸嘴冲波,篱根受叶,野径通村市。疏风迎面,湿衣原是空翠。　堪叹敲雪门荒,争棋墅冷,苦竹鸣山鬼。纵使如今犹有晋,无复清游如此。落日沙黄,远天云淡,弄影芦花外。几时归去,剪取一半烟水。

甘州　题戚五云云山图

过千岩万壑古蓬莱,招隐竟忘还。想乾坤清气,霏霏冉冉,却在阑干。洞户来时不锁,归水映花关。只可自怡悦,持寄应难。　狂客如今何处,甚酒船去后,烟水空寒。正黄尘没马,林下一身闲。几消凝、此图谁画,细看来、元不是终南,无心好、休教出岫,只在深山。

风入松

题澄江仙刻海山图。或云桃源图。《夷坚志》云:七十二女仙,正合霓裳古曲。仇仁近一诗精妙详尽,余词不能工也。

危楼古镜影犹寒。倒景忽相看。桃花不识东西晋,想如今、也梦邯郸。缥缈神仙海上,飘零图画人间。　宝光丹气共回环。水弱小舟闲。秋风难老三珠树,尚依依、脆管清弹。说与霓裳莫舞,银桥不到深山。

清平乐　题处梅家藏所南翁画兰

黑云飞起。夜月啼湘鬼。魂返灵根无二纸。千古不随流水。　香心淡染清华。似花还似非花。要与闲梅相处,孤山山下人家。

华胥引
钱舜举幅纸画牡丹、梨花。牡丹名洗妆红,为赋一曲,并题二花

温泉浴罢,酣酒才苏,洗妆犹湿。落暮云深,瑶台月下逢太白。素衣初染天香,对东风倾国。惆怅东阑,炯然玉树独立。　只恐江空,顿忘却、锦袍清逸。柳迷归院,欲远花妖未得。谁写一枝淡雅,傍沉香亭北。说与莺莺,怕人错认秋色。

小重山　题晓竹图

淡色分山晓气浮。疏林犹剩叶,不多秋。林深仿佛昔曾游。频唤酒,渔屋岸西头。　　不拟此凝眸。朦胧清影里,过扁舟。行行应到白蘋洲。烟水冷,传语旧沙鸥。

法曲献仙音　题姜子野雪溪图

梅失黄昏,雁惊白昼,脉脉斜飞云表。絮不生萍,水疑浮玉,此景正宜舒啸。记夜悄、曾乘兴,何必见安道。　　系船好。想前村、未知甚处。吟思苦,谁游灞桥路杳。清饮一瓢寒,又何妨、分傍茶灶。野屋萧萧,任楼中、低唱人笑。渐东风解冻,怕有桃花流到。

浣溪沙　写墨水仙二纸寄曾心传,并题其上

昨夜蓝田采玉游。向阳瑶草带花收。如今风雨不须愁。　　零露依稀倾凿落,碎琼重叠缀搔头。白云黄鹤思悠悠。

其二

半面妆凝镜里春。同心带舞掌中身。因沾弱水褪精神。　　冷艳喜寻梅共笑,枯香羞与佩同纫。湘皋犹有未归人。

清平乐　题墨仙双清图

丹丘瑶草。不许秋风扫。记得对花曾被恼。犹似前时春好。　　湘皋闲立双清。相看波冷无声。独说长生未老,不知老却梅兄。

浪淘沙　余画墨水仙并题其上

回首欲婆娑。淡扫修蛾。盈盈不语奈情何。应恨梅兄矾弟远,云隔山阿。
弱水夜寒多。带月曾过。羽衣飞过染余波。白鹤难招归未得,天阔星河。

西江月　题墨水仙

缥缈波明洛浦,依稀玉立湘皋。独将兰蕙入离骚。不识山中瑶草。
月照英翘楚楚,江空醉魄陶陶。犹疑颜色尚清高。一笑出门春老。

浪淘沙　题陈汝朝百鹭画卷

玉立水云乡。尔我相忘。披离寒羽庇风霜。不趁白鸥游海上,静看鱼忙。
应笑我凄凉。客路何长。犹将孤影侣斜阳。花底鹓行无认处,却对秋塘。

祝英台近　题陆壶天水墨兰石

带飘飘,衣楚楚。空谷饮甘露。一转花风,萧艾遽如许。细看息影云根,淡然诗思,曾经被、生香轻误。　　此中趣。能消几笔幽奇,羞掩众芳谱。薜老苔荒,山鬼竟无语。梦游忘了江南,故人何处,听一片、潇湘夜雨。

台城路

夏壶隐壁间,李仲宾写竹石、赵子昂作枯木,娟净峭拔,远返古雅,余赋词以述二妙。

老枝无著秋声处,萧萧倦听风雨。暗饮春腴,欣荣晚节,不载天河人去。心存太古。喜冰雪相看,此君欲语。共倚云根,岁寒羞并岁寒所。　　当年曾见汉馆,卷帘频坐对,飞梦湘楚。叹我重来,何堪如此,落叶空江无数。盘桓屡抚。似冉冉吹衣,颇疑非雾。素壁高堂,晋人清几许。

浪淘沙　作墨水仙寄张伯雨

香雾湿云鬟。蕊佩珊珊。酒醒微步晚波寒。金鼎尚存丹已化,雪冷虚坛。　游冶未知还。鹤怨空山。潇湘无梦绕丛兰。碧海茫茫归不去,却在人间。

小重山　烟竹图

阴过云根冷不移。古林疏又密,色依依。何须喷饭笑当时。箦筜谷,盈尺小鹅溪。　展玩似堪疑。楚山从此去,望中迷。不知何处倚湘妃。空江晚,长笛一声吹。

风入松　溪山堂竹,别本作子昂竹石卷子

新篁依约佩初摇。老石润山腰。逸人未必犹酣酒,正溪头、风雨潇潇。砺齿犹随市隐,虚心肯受春招。　从教三径入渔樵。对此觉尘消。娟枝冷叶无多子,伴明窗、书卷诗瓢。清过炎天梅蕊,淡欺雪里芭蕉。

清平乐

兰曰国香,为哲人出,不以色香自炫,乃得天之清者也。楚子不作,兰今安在?得见所南翁枝上数笔,斯可矣。赋此以纪情事云。

孤花一叶。比似前时别。烟水茫茫无处说。冷却西湖残月。　贞芳只合深山。红尘了不相关。留得许多清影,幽香不到人间。

清平乐　题平沙落雁图

平沙流水。叶老芦花未。落雁无声还有字。一片潇湘古意。　扁舟记得幽寻。相寻只在□□。莫趁春风飞去,玉关夜雪犹深。

临江仙

　　甲寅秋,寓吴,作墨水仙为处梅吟边清玩。时余年六十有七,看花雾中,不过戏纵笔墨,观者出门一笑可也。

　　剪剪春冰出万壑,和春带出芳丛。谁分弱水洗尘红。低回金叵罗,约略玉玲珑。　　昨夜洞庭云一片,朗吟飞过天风。戏将瑶草散虚空。灵根何处觅,只在此山中。

甘州　题曾心传藏温日观墨蒲萄画卷

　　想不劳、添竹引龙须,断梗忽传芳。记珠悬润碧,飘摇秋影,曾印禅窗。诗外片云落莫,错认是花光。无色空尘眼,雾老烟荒。　　一剪静中生意,任前看冷淡,真味深长。有清风如许,吹断万红香。且休教夜深人见,怕误他、看月上银床。凝眸久,却愁卷去,难博西凉。

清平乐　碧梧苍石图

　　候蛩凄断。人语西风岸。月落沙平江似练。望尽芦花无雁。　　暗教愁损兰成。可怜夜夜关情。只有一枝梧叶,不知多少秋声。

刘将孙(1257—?)　1首

字尚友,庐陵人,刘辰翁之子。尝为延平教官,临汀书院山长。有《养吾斋集》。

江城子　和子昂题水仙花卷

　　云涛白凤贺瑶池。仗葳蕤。路芳菲。十月温汤,赐浴卸罗衣。半点檀心天一笑,琼奴弱,玉环肥。　　风流谁合婿金闺。露将晞。雪争晖。贝阙珠官,环佩月中归。误杀洛滨狂子建,情脉脉,恨依依。

陈深 1首

字子微,平江人。别号宁极。生于景定年间。宋亡后隐居不出。

虞美人 题玉环玩书图

玉搔斜压乌云堕。拄颊看书卧。开元天子惜娉婷。一笑嫣然何事、便倾城。　　马嵬风雨归时路。艳骨销黄土。多情谁写画图中。江水江花千古、恨无穷。

白君瑞 1首

柳梢青 曹溪英墨梅

玉骨冰姿,天然清楚,雪里曾看。物外幽人,细窥天巧,收入毫端。
一枝影落云笺。便似觉、清风夜寒。试向松窗,等闲一展,俗虑都捐。

胡惠斋 1首

平江(今江苏苏州)人。胡元功之女,尚书黄由之室。

百字令 几上凝尘戏画梅一枝

小斋幽僻,久无人到此,满地狼藉。几案尘生多少憾,把玉指亲传踪迹。

画出南枝,正开侧面,花蕊俱端的。可怜风韵,故人难寄消息。　　非共雪月交光,这般造化,岂费东君力。只欣清香来扑鼻,亦有天然标格。不上寒窗,不随流水,应不钿宫额。不愁三弄,只愁罗袖轻拂。

无名氏　1首

蓦山溪　画梅

孤村冬杪,有景真堪画。茅舍绕疏篱,见一枝、寒梅潇洒。欲将诗句,拟待说包容,辞未尽,意悠悠,难把精神写。　　临溪疏影,都是前人话。此外更何如,更须索、良工描下。明窗净几,长做小图看,高楼笛,尽教吹,不怕随声谢。

金

元

㊇

蔡松年(1107—1159)　1首

　　字伯坚,号萧闲老人,真定(今河北正定)人,金代文学家、政治家。北宋宣和末年,从父镇守燕山,败绩,随父降金。天会年间授真定府判官,累官至右丞相,封卫国公,卒谥文简。其词隽爽清丽,颇负盛名,与吴激齐名,时称吴蔡体。有《明秀集》传世。

点绛唇　同浩然赏崔白梅竹图

　　半幅生绡,便教风韵平生足。枕溪湖玉。数点梅横竹。　　花露天香,香透金荷醁。明高烛。醉魂清淑。吸尽江山绿。

王寂(1128—1194)　1首

　　字元老,号拙轩,玉田人。海陵王天德三年(1151)进士。历官太原祁县令、真定少尹、通州刺史、中都路转运使。以诗文名。明昌中卒,谥文肃。有《拙轩集》。

菩萨蛮　回文题扇图

　　碧空寒露松枝滴。滴枝松露寒空碧。山远抱溪湾。湾溪抱远山。　　竹疏横岸曲。曲岸横疏竹。寒鹭宿平滩。滩平宿鹭寒。

元好问(1190—1257)　4首

　　字裕之,号遗山,太原秀容(今山西忻州)人。金正大元年(1224)中博学宏词科,授儒林郎,充国史院编修,历镇平、南阳、内乡县令。八年秋,受诏入都,除尚书省掾、左司都事,转员外郎。金亡不仕,以著述存史自任,纂成《中州集》十卷,有金一代诗词多赖以存。著有《遗山文集》四十卷、《遗山乐府》五卷、《续夷坚志》四卷。其题画词以仕女为主,风流旖旎。

虞美人　题苏小小图

桐阴别院宜清昼。入坐春山秀。美人图子阿谁留。都是宣和名笔内家收。　　莺莺燕燕分飞后。粉淡梨花瘦。只除苏小不风流。倒插一枝萱草凤钗头。

（徐釚《词苑丛谈》卷十一第三十一条"元遗山《题小娟图》词"引此词曰"绿阴庭院宜清昼。帘卷香风逗。美人图子阿谁留。都是宣和名笔内家收。莺莺燕燕分飞后。粉淡梨花瘦。只除苏小不风流。斜插一枝萱草、凤钗头。"）

太常引

为东原范尊师寿。范新得曹夫人,所画《松上幽人图》,上有曹道冲题诗。
衣冠人物渺翩翩。天地一臞仙。来自范公泉。管家在、三山洞天。　　一簪华发,一篇秋水,得意已忘言。图画看他年。与松上、幽人并传。

鹧鸪天

绿袖垂肩士女图。艳歌还似转莺雏。一春杨柳吹绵后,五月榴花照眼初。　　明画烛,倒金壶。使君晓凤宴西湖。老来忘却行云梦,犹要春风醉后扶。

点绛唇

红袖凭阑,画图曾见崔徽半。吹箫谁伴。白地肝肠断。　　未了尘缘,可道欢缘短。云山乱。武陵溪岸。几误莺声唤。

马钰（1123—1183） 2首

原名从义，字宜甫，入道后更名钰，字玄宝，号丹阳子，山东宁海（今山东牟平）人。道教全真道二代掌教。著有《洞玄金玉集》十卷。全真教创始人王重阳倡导骷髅观，常借助骷髅意象来传道。题诗曰："此是前生王害风，因何偏爱走西东？任你骷髅郊野外，逍遥一性月明中。"骷髅寓意死亡，骷髅观的目的就是使人通过死亡觉思生命，体认逍遥。他曾以《骷髅图》为马钰夫妇敷演骷髅观，劝其入道。诗曰："堪叹世间名与利，朝贪暮爱没休时。悟来恰似观棋者，迷后浑如败者棋。急急修行急急休，我今题写此骷髅。从来世上争名利，不到而今不肯休。"马钰遂入道为大弟子。常以俚词阐扬全真教骷髅观，度化众生。

满庭芳　师父画骷髅相诱引稍悟

风仙化我，无限词章，仍怀犹豫心肠。见画骷髅，省悟断制从长。欲待来年学道，恐今年、不测无常。欲来日，恐今宵身死，失却佳祥。　管甚儿孙不了，脱家缘街上，恣意猖狂。遣兴云游水历，别是风光。经过无穷胜景，更那堪、得到金方。专一志，炼丹阳，须继重阳。

满庭芳　骷髅样

样子骷髅，偏能贩骨，业缘去去来来。骋驰伶俐，不肯暂心灰。转换无休无歇，腾古今、更易形骸。空贪寿，饶经万劫，终久打轮回。　遇师亲指教，创修一点，免落千崖。屏七情六欲，保护三台。玉虎金龙并凑，青莲内、捧出婴孩。无生灭，大罗天上，仙位得安排。

尹志平(1169—1251)　1首

字太和,莱州(今山东莱州)人。幼颖悟,读书日记千余言。年十四遇马钰,遽欲弃家入道,父不允,遂伺机潜往。后被追还,锁闭静室。无何,复遁去。逃之再三,父始从之。金明昌二年(1191),参丘处机于栖霞(今属山东),遂执弟子礼。是为全真道第六代掌教。

减字木兰花　西路请张道人于处顺堂画西游

清河画士。处顺存心堪发志。画士清河。早早来时意若何。　　全真宗祖。画向白云传万古。宗祖全真。永镇燕山日日新。

白朴(1226—1306?)　2首

字仁甫,又字太素,号兰谷。真定(今河北正定)人。元代杂剧作家,与关汉卿、马致远、郑光祖并称元曲四大作家。代表作《唐明皇秋夜梧桐雨》《裴少俊墙头马上》《董秀英花月东墙记》等。

水龙吟

么前三字用仄者,见田不伐《萍呕集》,《水龙吟》二首皆如此。田妙于音,盖仄无疑,或用平字,恐不堪协。云和署乐工宋奴伯妇王氏,以洞箫合曲,宛然有承平之意,乞词于予,故作以赠。会好事者为王氏写真,末章及之。

采云萧史台空,洞天谁是骖鸾伴。伤心记得,开元游幸,连昌别馆。力士传呼,念奴供唱,阿郎吹管。怅无情一枕,繁华梦觉,流年又、暗中换。　　邂逅京都儿女,欢游遍、画楼东畔。樽前一曲,余音袅袅,骊珠相贯。日落邯郸,月明燕市,尽堪肠断。倩丹青细染,风流图画,写崔徽半。

木兰花慢

为乐府宋生赋。宋字寿香,燕城好事者为渠写真,手捻荼蘼一枝。

展春风图画,恍人世、有神仙。爱手捻荼蘼,香间韵远,骅袖垂肩。东邻几番亲见,意丹青、无地著婵娟。杏脸红生晓晕,柳眉翠点春妍。　　舞衫歌扇绮罗筵。还我旧因缘。尽金缕新声,乌丝醉墨,共惜流年。年来茂陵多病,更玉琴、凄断凤鸾弦。(时方丧偶。)留得一枝春在,不妨绝倒尊前。

王恽(1227—1304) 2首

字仲谋,号秋涧,卫州路汲县(今河南卫辉)人。元代学者、诗人。官至翰林学士、知制诰。清贫守职,刚正不阿。卒追封太原郡公,谥文定。著有《相鉴》五十卷,《汲郡志》十五卷,《秋涧先生大全集》一百卷。王恽为元好问弟子,其文不蹈袭前人,独步当时。书法遒婉,与东鲁王博文、渤海王旭齐名。

感皇恩

史公总帅子明命题其弟柔明所写《平江捕鱼图》,乃以乐府《感皇恩》歌之。古人称文章与画同一关纽,所愧辞意恐不称于画也。

叠嶂际清江,枫林辉映。潮落波平镜光静。六朝兴废,都付渔郎烟艇。蓴鲈香正美、秋风冷。　　笳鼓归来,风云增胜。梦里无烦想幽景。风流公子,写出五湖高兴。画中还领取、江山影。

江城子　赋拜月图

一枝繁杏宋墙东。翠帷重。卷春风。留得残妆,帘月拜玲珑。云作鬓蝉霞作袂,香雾湿,玉鬟松。　　闲情都付烛华红。琐窗中。照芳容。细逐行云,零乱紫金峰。天外翠鸾仙侣在,城阙晚,梦芙蓉。

胡祗遹(1227—1295)　2首

　　字绍闻,号紫山,磁州武安(今属河北)人。元初著名能臣、文学家。为官精明干练,治绩显著,历任户部员外郎、济宁路总管等职。后召拜翰林学士,未赴,改任江南浙西按察使,不久以疾辞归。谥文靖。其学出宋儒,著有诗文集《紫山大全集》二十六卷。胡祗遹长于书画,为当时名家。时人刘赓《紫山大全集序》曰:"书法妙一世,脱去翰墨蹊径,自成一家,唯鹿庵、紫山两公而已。"张之翰亦说时人藏其翰墨"重金珠",谓胡祗遹的书画极具收藏价值。胡祗遹亦擅题画,现存题画诗259首、题画词2首,无论是数量还是质量,在元代题画文学中都占有重要地位。

南乡子　咏李通甫秋扇

　　新样玉珑璁。遍赐轻凉满汉宫。记得班姬拈彩笔,恩隆。写入新诗字字工。　　残暑又西风。动是经年箧笥封。只欠一枝霜后叶,殷红。点破团团璧月空。

鹧鸪天　甥孙以红叶扇索乐府

　　露冷霜寒百卉腓。容光来与菊花期。雪香睡足青春梦,晚节随时始衣绯。　　流水远,夕阳迟。秋山敛黛让晴晖。醉魂不逐西风散,璧月瑶宫晚更宜。

魏初(1231—1292)　1首

　　字太初,号青崖,弘州顺圣(今河北阳原)人。元代学者、文学家。幼好读书,尤长于《春秋》,曾从元好问学。为文简而有法,足补史阙。少辟中书省掾吏,亲老告归。中统间,起为国史院编修,寻擢监察御史,疏陈时政,多见赏纳。官至南台御史中丞。著有《青崖集》五卷。

木兰花慢　宋汉臣墨梅并序

嘉议宋公于予为世契兄,向过洛阳,吾兄适宰是郡,尊酒留连者累日,迨后讣音至长安,予不胜惊悼。今年以事来京都,其弟义甫秘监会予于东溪,出示嘉议墨梅横幅,因作长短句一章,兼致区区追挽之意云。

爱笔端造化,春不尽、思无边。看诗意精神,不求颜色,物外神仙。回头水南水北,觉冰姿、玉骨却凄然。一片肝肠铁石,三年雪月情缘。　　洛阳尊俎记留连。慷慨正华年。恨鞍马匆匆,长亭老树,芳草离筵。西风雁来何处,忽传将、幽恨到重泉。昨日东溪再过,不堪尘满冰弦。

卢挚(1242—1314)　1首

字处道,一字莘老,号疏斋,涿郡(今河北涿县)人,累迁河南路总管、翰林学士。著有《疏斋集》《文心选诀》《文章宗旨》,今人李修生有《卢疏斋集辑存》。挚驰誉文坛,吴澄谓其古诗类"魏晋清言,古文出入《盘诰》中,字字土盆瓦缶,而有三代虎蜼珊瑚之器。见者莫不改观"。其散曲风格明丽自然。贯云石说:"疏斋媚妩如仙女寻春,自然笑傲。"

六州歌头　题万里江山图

诗成雪岭,画里见岷峨。浮锦水,历滟滪,灭坡陀。汇江沱。唤醒高唐残梦,动奇思,闻巴唱,观楚舞,邀宋玉,访巫娥。拟赋招魂九辩,空目断,云树烟萝。渺湘灵不见,木落洞庭波。抚卷长哦。重摩娑。　　问南楼月,痴老子,兴不浅,意如何。千载后,多少恨,付渔蓑。醉时歌。日暮天门远,愁欲滴,两青娥。曾一舸,奇绝处,半经过。万古金焦伟观,鲸鳌背,尽意婆娑。更乘槎欲就,织女看飞梭。直到银河。

姚燧(1238—1313) 2首

字端甫,号牧庵,洛阳(今河南洛阳)人。燧之学得于许衡,是元初著名的理学名臣和文章巨匠。官翰林学士承旨、集贤大学士,卒谥文。其文与虞集并称。原有集,已散佚,清人辑有《牧庵集》三十六卷。

木兰花　刘子善得常德寿梅图持归镇江寿其父梅轩

寿梅纸本传常武。远寿梅轩归北固。爱梅无有似君贪,东极吴中西尽楚。黄昏清浅孤山路。能对春风旬日许。不如满岁画中看,冷蕊疏枝常照户。

定风波

南州以菌生竹间为蕈,并树鸡瘦薄而赭。虽日干犹可煮茹,此笔竹丝为之箪,盖得竹余气而生。然以世多未见,故祥之,余以理推如此,唐古宪金笔生菌绘为图,因有是作。

五马双旌出郡堂。归来椽笔对凝香。只为好书天作意。相戏。故生三秀在毫芒。　不是画师生手触。拳曲。层云连叶几何长。我有一占君试记。何事。已开他日判花祥。

刘敏中(1243—1318) 3首

字端甫,济南章丘(今属山东章丘)人。自幼卓异不凡,曾任中书掾、兵部主事、监察御史等职,因弹劾秉政的桑哥,辞职归乡。后入为御史、翰林直学士,兼国子祭酒、翰林学士承旨等,还曾宣抚辽东山北,拜河南行省参政。著有《中庵集》二十五卷。诗文平正通达,无钩章棘句之习。其词大多是应酬之作,晚年多寄情遣兴,深寓生命感慨。

沁园春　题户部郎完颜正甫《舒啸图》仍用卢疏斋韵

华屋高轩,富贵之心,人皆有之。甚伯伦挈榼,惟知殢酒,浩然踏雪,只解吟诗。一见令人,利名都忘,更有高情元紫芝。还知否,盖道分彼此,事有参差。　　看君绿发雄姿。况千载风云正遇时。便登高舒啸,如今太早,扬眉吐气,过此还迟。愧我衰残,终然无补,久矣寒灰枯树枝。云山梦,被画图唤起,情见乎辞。

清平乐　野芳亭观画罗汉

千金不换。壁上阿罗汉。古怪清奇君细看。画是如来变现。　　天龙鬼物青红。断崖流水孤松。知在野芳亭上,恍然兜率天中。

西江月　戏题五子扇头

阶下窦郎丹桂,眼中陶令新诗。浑教不是宁馨儿。且得平生慰意。晓露兰芽香彻,春风杏蕾红肥。最堪怜处雁行齐。宜个同声小字。

程钜夫(1249—1318)　2首

初名文海,号雪楼,又号远斋,建昌(今江西南城)人。元朝名臣、文学家。少与吴澄同门。南宋末年,随叔父建昌通判程飞卿降元,入为质子,授千户。世祖赏其识见,累迁集贤直学士,后拜侍御史,行御史台事。于江南推荐赵孟𫖯等二十余人,皆获擢用。卒谥文宪,追封楚国公。钜夫文章雍容大雅,诗亦磊落俊伟,有《雪楼集》三十卷。

浣溪沙　题湘水行吟

风雪交加冻不醒。抱琴谁共赏湘灵。数峰全似故乡青。　　流水落花何处路,绿阴幽草可怜生。行人小待我同行。

浪淘沙　次疏斋韵题杨生卷

城上望宸楼。梦里神游。山无重数水悠悠。惟有西江杨处士,来往扁舟。
金凤落何洲。君试回头。呢喃檐燕替谁留。谁道明年如斗大,借问沙鸥。

赵孟𫖯(1254—1322)　1首

字子昂,号松雪道人,吴兴(今浙江湖州)人。元代著名书法家、画家、诗人。因程钜夫举荐入仕,历任集贤直学士、翰林侍读学士,累官翰林学士承旨、荣禄大夫。卒谥文敏,有《松雪斋文集》。赵孟𫖯书画成就很高,山水、人物、鞍马各有擅场,艺坛历来目之为"元人冠冕"。

水龙吟　题箫史图

倚天百尺高台,雕檐画栋撑云表。夜静无尘,秋魂万里,月明如扫。谁凭栏干,玉箫声起,乘鸾人到。信情缘有自,何须更说,姮娥空老。　　我将醉眼摩挲,是谁人丹青图巧。为惜秦姬,堪怜箫史,写成烦恼。万古风流,传芳至此,交人倾倒。问双星有会,一年一度,那知清晓。

滕宾　1首

生卒年不详。一作滕斌,字玉霄,黄冈人。至大年间任翰林学士,出为江西儒学提举。后出家为天台道士。钟嗣成《录鬼簿》谓其"高才重名,亦于乐府留心。盖文章政事,一代典型"。明人朱权《太和正音谱》评其词"如碧汉闲云"。朱权《梅》诗论画梅曰:"吾闻画梅如画龙,先有奇怪蟠胸中。忽然醉墨吐天巧,兔起鹘落天无功。"于绘画偏重中得心源以笔墨自适的文人趣味。有《玉霄集》传于世。

点绛唇　墨本水仙

缟袂啼香,为谁一滴春心碎。淡黄深翠。不似当时态。　　东洛缁尘,依旧交情耐。空憔悴。玉人何在。细雨疏烟外。

陆文圭(1252—1336)　1首

字子方,江阴(今江苏江阴)人。宋度宗咸淳三年(1267)膺乡荐,宋亡隐居城东,学者称墙东先生。元仁宗延祐四年(1317)中乡举,朝廷数度征召,以老疾不应。有《墙东类稿》二十卷,已佚。清四库馆臣据《永乐大典》仍辑为二十卷。为文融会经传,纵横变化,莫测其涯际,东南学者皆宗之。

点绛唇　王仲谦席上歌者魏都惜求子华写真为赋

小立娉婷,歌声低遏行云住。不胜珠翠。玉面慵梳洗。　　除却姚黄,魏紫谁堪比。君描取。卷中人美。得似崔徽未。

吴存(1257—1339)　1首

字仲退,号月湾,鄱阳(今江西鄱阳)人。延祐初,强起为本路学正,改宁国教授。后聘主本省乡试,寻卒。私淑饶鲁之学,有《程朱传义折衷》《月湾集》。

蝶恋花　阅周南翁所藏书画,惜其迂怀雅好,因泣下不自禁,漫赋

傀儡场中青紫楦。纵有神丹,俗骨无由换。可惜米颠苏内翰。风标何远年何短。　　此日闲窗开宝玩。想见江船,当日晴虹贯。铁石吴肠还易断。风吹老泪春衫满。

虞集(1272—1348)　1首

字伯生,号道园,临川崇仁(今江西崇仁)人。尝从吴澄游。大德初,荐授大都路儒学教授,历国子助教博士,累迁秘书少监、翰林直学士兼国子祭酒。卒谥文靖。虞集工诗文,为元诗四大家之一。擅书,真行草篆皆圆婉有法度。有《道园学古录》《道园乐府》。

柳梢青

至顺癸酉立春,客有持逃禅翁此卷相示,清润蕴藉,使人意消,因所题《柳梢青》调,亦赋一首云。

从别幽花。玉堂金马,十载忘家。横幅疏枝,如逢旧识,同在天涯。
荒村茅屋欹斜。待归去、重寻钓槎。解却丝钩,青鞋藜杖,翠竹江沙。

王结(1275—1336)　1首

字仪伯,易州定兴(今河北定兴)人。从太史董朴受经,深研性命道德之学。元成宗时充宿卫,屡陈时政,为帝所嘉纳。顺帝初累官为翰林学士,知制诰。与修国史,拜中书左丞。谥文忠。有诗文集,已佚,今存《永乐大典》辑本。

望江南　戏题梅图　《永乐大典》卷二千八百十三　梅

江上路,春意到横枝。洛浦神仙临水立,巫山处子入宫时。皎皎淡丰姿。
东阁兴,几度误佳期。万里卢龙今见画,玉容还似减些儿。无语慰相思。

张埜 1首

字野夫,邯郸(今河北邯郸)人。官翰林学士。诗词清丽。有《古山乐府》二卷。

阮郎归　题秋山草堂图

青山重叠水萦纡。扁舟隔岸呼。依稀绿野辋川图。又疑陶令居。　红树晚,白云孤。乾坤别一壶。草堂潇洒竹窗虚。个中容我无。

陆行直(1275—?) 1首

字辅之,又字季道,号壶天,吴江(今江苏吴江)人。洪武中,授柳州通判。工诗画。

清平乐　重题碧梧苍石图

"候虫凄断。人语西风岸。月落沙平流水漫。惊见芦花来雁。　可怜瘦损兰成。多情因为卿卿。只有一枝梧叶,不知多少秋声。"此友人张叔夏赠余之作也。余不能记忆,于至治元年仲夏二十四日,戏作碧梧苍石,与冶仙西窗夜坐,因语及此。转瞬二十一载,今卿卿、叔夏皆成故人,恍然如隔世事,遂书于卷首,以记一时之感慨云。季道陆行直题。

楚天云断。人隔潇湘岸。往事悠悠江水漫。怕听楼前新雁。　深闺旧梦还成。梦中独记怜卿。依均相思碎语,夜凉桐叶声声。

陆留 1首

清平乐　题碧梧苍石图

斜阳目断。秋晚芦花岸。去信来音俱散漫。阵阵新寒惊雁。　愁将梧石描成。寄情只为思卿。笔下淋漓水墨,满空雨响风声。

王铉 1首

清平乐　题碧梧苍石图

柔肠先断。舟系汾湖岸。别恨离愁秋水漫。写入数行新雁。　幽闺兰梦初成。犹将小字呼卿。几点梧桐夜雨,一天霜月砧声。

元卿 1首

清平乐　题碧梧苍石图

因缘未断。江上湖平岸。心事留连烟水漫。愁见天边孤雁。　买兰和粉方成。因何辜负芳卿。老树不禁风落,寒猿夜夜哀声。

叶衡 1首

字仲舆，郡阳(今江西鄱阳)人。

清平乐　题碧梧苍石图

　　翠屏香断。梦绕潇湘岸。旧曲不禁愁汗漫。分付秦筝斜雁。　　吴笺赋恨难成。丹青恼杀苏卿。一片碧梧苍石，谁教写出秋声。

卫德嘉(1287—1354) 1首

字立礼，华亭(今上海松江)人。授潮州路儒学正，不就。友人私谥为尚䌹先生。

清平乐　题碧梧苍石图

　　彩云飞断。愁思茫无岸。落日平芜烟水漫。又见去年归雁。　　琵琶旧曲难成。风流谁复如卿。满耳碧梧秋雨，浔阳江上哀声。

施可道 1首

清平乐　题碧梧苍石图

　　峡云飞断。锦石秋花岸。犹记尊前情烂漫。脉脉慵移筝雁。　　碧梧图子谁成。主人以墨为卿。莫道凤枝栖老，西风长寄新声。

曹方父 1首

清平乐　题碧梧苍石图

断肠肠断。愁满斜阳岸。远水遥山情浩漫。春燕参差秋雁。　　夜长闲梦空成。离魂不遇君卿。月转梧桐有影,天高河漠无声。

卫德辰 1首

字立中,德嘉弟。《太平乐府》载其散曲二首。

清平乐　题碧梧苍石图

紫箫音断。睡起乌纱岸。梦峡飞云空汗漫。又负一番秋雁。　　捻沙尚拟圆成。风流不减耆卿。怕听苍梧夜雨,等闲写入无声。

赵由俊 1首

字仲时,吴兴人。赵孟頫之侄。客陆行直之门。

清平乐　题碧梧苍石图

楚云迷断。桃叶江南岸。春去秋来情汗漫。愁绝一行新雁。　　锦书欲寄双成。殷勤为谢芳卿。明月碧梧凉夜,有谁知度箫声。

陆承孙 1首

清平乐　题碧梧苍石图

吴山梦断。依旧江南岸。惊起湿香飞汗漫。倦听徘徊哀雁。　　神游极表难成。屏帏曲曲如卿。深院吟蛩疏雨，断肠声外生声。

徐再思 1首

生卒年不详，字德可，因喜食甘饴，号甜斋，嘉兴人。尝为嘉兴路吏。元散曲作家，与贯云石齐名。

清平乐　题碧梧苍石图

西风吹断。帆迥浔阳岸。水影碧涵天影漫。倒印片云孤雁。　　琵琶旧谱新成。舟中应有苏卿。愁耳不堪重听，声声又复声声。

竹月道人 1首

清平乐　题碧梧苍石图

寸肠愁断。目送斜阳岸。枫落吴江秋水漫。盼杀南来征雁。　　绮窗好梦初成。梦回相见卿卿。明月西风夜冷，苍梧乱影多声。

郝贞 1首

清平乐　题碧梧苍石图

暮云飞断。潮落吴江岸。忆昔佳人愁思漫。那更楼头闻雁。　　此时有意还成。争知恼杀兰卿。画作碧梧苍石,至今图得风得。

刘则梅 1首

清平乐　题碧梧苍石图

杨枝歌断。春老莺莺岸。可笑杨花飞漫漫。却作芦花孤雁。　　国香欲赋难成。向来错怨轻卿。纵使此心如石,不禁梧叶离声。

张雨（1283—1350） 3首

字伯雨,号句曲外史,又号贞居子,钱塘人。风裁凝峻,赵孟頫一见而异之,授以李北海书法。与杨载、虞集等为文字交。工书画,善诗词。年二十遍游诸名山,弃家为道士,居茅山。有《句曲外史集》。

南乡子　题李紫筼山居

午枕托冥搜。得句栖霞半岭头。不奈风篁疏雨过,飕飕。化蝶飞来为少留。　　石壁倚清秋。袖拂烟痕写远游。信有平生濠濮想,悠悠。身似潜鱼懒上钩。

蝶恋花　追次菘翁卷中冬至之作

空谷天寒殊慰藉。半幅瑶华,唤得春回也。金马玉堂犹传舍。崧云颍水风流夜。　驰骋庄骚凌鲍谢。昔日忘年,邂逅鸿蒙野。愁绝朱弦谁为写。高情那复如疏者。

踏莎行

王蕺隐《五香图》,作圆象墨,写梅、兰、水仙、山矾、瑞香五品,盘屈折枝于其中,韩明善有"月上影娥池,人在众香国"一联,今予为易玄赋之。

玉镜台前,看花如雾。交柯接叶纷无数。春寒约住柳丝圈,月明染下方诸露。　庐阜神游,湘皋微步。玉奴老去羞樊素。韩郎解比影娥池,倩谁摘出香奁句。

冯子振(1257—1314)　5首

字海粟,号怪怪道人、瀛洲客,攸州(今湖南攸县)人。博治经史,于书无所不读。仕为承事郎、集贤待制。宋濂曰:"海粟冯公以博学英词名于时,当其酒酣气豪,横厉奋发,一挥万余言,少亦不下数千,真一世之雄哉!"

鹦鹉曲　庞隐图

团栾话里禅龛住。灵昭女对老庞父。利名心不挂丝毫,更肯沾风粘雨。　叹黄金散尽还家,逝水看流年去。只寻常卖箄篱休,这眷属今无讨处。

鹦鹉曲　拔宅冲升图

淮南仙客蓬莱住。发漆黑变雪鬓父。八公山九转丹成,洗尽腥风咸雨。想云霄犬吠鸡鸣,拔宅向青霄去。劝长安热客回头,镜影到流年老处。

鹦鹉曲　买臣负薪手卷

赭肩腰斧登山住。耐得苦是采薪父。乱云升急澍飞来,拗青松遮风雨。记年时雪断溪桥,脱度前湾归去。买臣妻富贵休休,气焰到寒灰舞处。

鹦鹉曲　四皓屏

张良更姓圯桥住。夜待旦遇个师父。一编书不为封留,字字咸阳膏雨。借箸筹灭项兴刘,到底学神仙去。待商山四皓还山,再不恋人间险处。

鹦鹉曲　溪山小景

长绳短系虚名住。倾浊酒劝邻父。草亭前矮树当门,画出轻烟疏雨。看燕南陌上红尘,马耳北风吹去。一年年月夜花朝,自占取溪山好处。

张可久（1270？—1348？）　1首

　　字伯远,号小山,庆元(今浙江鄞县)人。以路吏转首领官,至正初,曾为昆山幕僚。一生不得志,每纵情酒色,放浪山水。工散曲小令,与乔吉齐名。有词曲集《张小山北曲联乐府》。

人月圆　子昂学士小景

西风曾放蓝溪棹,月冷玉壶秋。粼粼浅水,丝丝老柳,点点盟鸥。翰林新画,云山古色,老我清愁。淡烟浑似,以高祠下,七里滩头。

吴镇（1280—1354）　27首

字仲圭,号梅花道人,嘉兴人。性高介,不求仕进,隐于武塘,所居曰梅花庵,自署梅花庵主。善为诗,书仿杨凝式,画出关荆董巨。每画山水竹石,辄题诗其上,时人号为三绝。与黄公望、倪瓒、王蒙有元画四大家之目。有《梅花道人遗墨》。其题画词以痴情于书画的胸次、意趣,表现山水画高旷清远的意境,展示平淡天真而又神变无方的心境之美,诗情与画意交融为一,体现了兼顾"游戏"和"法度"的文艺思想。《渔父》诗情与画意尤为艺林推崇,被奉为经典的诗画意象。

沁园春　题画骷髅

漏泄元阳,爹娘搬贩,至今未休。百种乡音,千般狃扮,一生人我,几许机谋。有限光阴,无穷活计,急急忙忙作马牛。何时了,觉来枕上,试听更筹。

古今多少风流。想蝇利蜗名几到头。看昨日他非,今朝我是,三回拜相,两度封侯。采菊篱边,种瓜圃内,都只到邙山土一丘。惺惺汉,皮囊扯破,便是骷髅。

酒泉子

胜景者,独潇湘八景得其名,广其传,惟洞庭秋月、潇湘夜雨,余六景皆出于潇湘之接壤,信乎其为真八景者矣。嘉禾,吾乡也,岂独无可揽可采之景欤?闲阅图经,得胜景八,亦足以梯潇湘之趣,笔而成之图,拾俚语,倚钱唐潘阆仙《酒泉子》曲子寓题云。至正四年岁甲申冬十一月阳生日,画于橡林旧隐,梅花道人镇顿首。

空翠风烟

在县西二十七里,槜李亭后,三过堂之北。空翠亭,四围竹可十余亩,本觉僧刹也

万寿山前,屹立一亭名槜李,堂阴数亩竹娟娟。空翠锁风烟。　　骚人隐士留题咏。红尘不到苍苔径。子瞻三过见文师。壁上有题诗。

龙潭暮云

在县西通越门外三里、三塔寺前、龙王祠下。水急而深,遇岁旱则祈于此,时有风涛可畏

三塔龙潭,古龙祠下千年迹,几番残毁喜犹存。静胜独归僧。　　阴森一径松阴直。楼阁层层耀金碧。祈丰祷旱最通灵。祠下暮云生。

鸳湖春晓

在县西南三里,真如寺北,城南澄海门外

湖合鸳鸯,一道长虹横跨水,涵波塔影见中流。终日射渔舟。　　彩云依傍真如墓。长水塔前有奇树。雪峰古甓冷于秋。策杖几经过。(长水法师塔前有银杏,叶上生果实。)

春波烟雨

在嘉禾东春波门外,旧日高氏圃中烟雨楼也

一掌春波,蠢蠢蹉帆闹如市,昔年烟雨最高楼。几度暮云收。　　三贤古迹通歧路。窣堵玲珑插濠罟。荷花袅袅间菰蒲。依约小西湖。(三贤者,朱买臣、陆宣公、陈贤良。)

月波秋霁

在县西城堞上,下嵌金鱼池,昔李氏废圃也

粉堞危楼,阑下波光摇月色,金鱼池畔草蒙茸。荒圃瞰楼东。　　亭亭遥峙梁朝桧。屈曲槎枒接苍翠。独怜天际欠青山。却喜水回环。

三闸奔湍
在嘉禾北望吴门外,端平桥之北杉青闸

三闸奔湍,一塘远接吴淞水,两行垂柳绿如云。今古送行人。　　买妻耻醮藏羞墓。秋茂邮亭递书处。路逢樵子莫呼名。惊起墓中灵。

胥山松涛
在县东南十八里德化乡。山约百亩余,荷锸翁墓其下,子胥古迹也

百亩胥峰,道是子胥磨剑处,嶙峋白石几番童。时有兔狐踪。　　山前万个长松树。下有高人琴剑墓。周回苍桧四时青。红日战涛声。

武水幽澜
在县东三十六里武水北,景德教寺西廊,幽澜井泉品第七也

一甃幽澜,景德廊西苔藓合,茶经第七品其泉。清冽有灵源。　　亭间梁栋书题满。翠竹萧森映池馆。门前一水接华亭。魏武两其名。(幽澜泉乃嘉禾八景之一,而亭将摧。在山师欲改作,而力不能给,惟展图者思有以助之,亦清事也。梅花道人饶劝缘。)

渔父　临荆浩渔父图十六首

洞庭湖上晚风生。风触湖心一叶横。兰棹稳,草衣轻。只钓鲈鱼不钓名。

其二

重整丝纶欲掉船。江头新月正明圆。酒瓶倒,岸花悬。抛却渔竿和月眠。

其三

残阳浦里漾渔船。青草湖中欲暮天。看白鸟,下平川。点破潇湘万里烟。

其四

如何小小作丝纶。只向湖中养一身。任公子,尔何人。枉钓如山截海鳞。

其五

极浦遥看两岸斜。碧波微影弄晴霞。孤舟小,去无涯。那个汀洲不是家。

其六

雪色髭须一老翁。欲将短棹拨长空。微有雨,正无风。宜在五湖烟水中。

其七

绿杨湾里夕阳微。万里霞光浸落晖。击楫去,未能归。惊起沙鸥扑鹿飞。

其八

月移山影照渔船。船载山行月在前。山突兀,月婵娟。一曲渔歌山月边。

其九

风搅长江浪搅风。鱼龙混杂一川中。藏深浦,系长松。直待云收月在空。

其十

舴艋为舟力几多。江头云雨半相和。殷勤好,下长波。半夜潮生不那何。

其十一

残霞返照四山明。云起云收阴复晴。风脚动,浪头生。听取虚篷夜雨声。

其十二

无端垂钓空潭心。鱼大船轻力不任。忧倾倒,系浮沉。事事从轻不要深。

其十三

钓得鲜鳞拽水开。绿萍漾漾逐钩来。摇赪尾,噞红腮。不羡严陵坐钓台。

其十四

五岭风光绝四邻。满川凫雁是交亲。云触岸,浪摇身。青草烟深不见人。

其十五

舴艋舟人无姓名。葫芦提酒乐平生。香稻饭,滑莼羹。掉月穿云任性情。

其十六

桃花波起五湖春。一叶随风万里身。钓丝细,香饵匀。元来不是取鱼人。

渔父
至元二年秋八月梅花道人戏作渔父四幅并题

目断烟波青有无。霜凋枫叶锦模糊。千尺浪,四腮鲈。诗筒相对酒胡芦。

许有壬(1287—1364)　1首

字可用,汤阴(今河南汤阴)人。延祐三年(1316)进士,累官参议中书省事。至正十五年(1355),迁集贤大学士,改枢密副使,拜中书左丞。卒谥文忠。善笔札,工辞章。论者谓其文雄浑闳隽,涌如层澜,迫而求之,则渊靓深实。有《至正集》《圭塘小稿》。

玉烛新　题李伯瞻一香图次韵

清风林下寺,爱三友联翩,世无能四。凌波仙子香魂散,此地是谁招此。万红千紫,惟矾弟梅兄二子。堪共领岁晚高寒,来成花部新史。　佳人玉洁冰清,纵仿佛肌肤,异香难似。醉吟无次。花应笑,彼此消融渣滓。春空雁字。不带到、江南情思。还自笑,今日相看,袁家有姊。

张翥(1287—1368)　11首

字仲举,号蜕庵,晋宁(今山西临汾)人。少时家居江南,从学于李存、仇远。负才不羁,好蹴鞠,喜音乐,以诗文名。至正初,召为国子助教,累迁河南平章政事,以翰林承旨致仕。为诗格调甚高,词尤婉丽风流,宗南宋,有姜夔、吴文英之余音。其词多题写元代名家作品,如钱选、赵雍、王冕等。题仕女图渲染环境,用花草喻人,以见情愁,寄托遥深,飘飘有仙气。题山水图以真山水拟诸画境,寄肥遁之思,颇得逸气。有《蜕庵集》。

孤鸾　题钱舜举仙女梅下吹笛图

江皋空阔。更半霎轻风,些儿微雪。倚树仙姬,翠袖暮寒应怯。闲拈玉龙自品,爱冰姿、与花争洁。一阕霓裳乍了,又落梅初叠。　　怕曲终人去彩云绝。便梦断瑶台春思愁结。□□□□、□□□□□□。那堪绿毛幺凤,向苔枝、数声啼咽。留得余香满袂,已西山斜月。

清平乐　盛子昭花下欠伸美人图

阶前昼永。绕石芭蕉影。半軃云鬟慵不整。寂寞朝酲乍醒。　　湘裙翠被风流。背人无限娇羞。玉腕一双跳脱,欠伸浑是春愁。

高阳台　题赵仲穆作陈野云居士山水便面

染黛浮空,凝妆伫远,数峰底事含颦。十样新眉,从他雨抹烟匀。龙绡便面宜歌舞,看亭亭、玉骨冰神。几销魂,翠被余香,锦瑟清尘。　　如今归去湖山畔,对一川平野,一片闲云。两两渔舟,相过桂渚兰津。谁将玉斧修明月,奈琼楼、高处无人。忆王孙,芳草江南,啼鴂残春。

行香子　山水便面

佛寺云边。茅舍山前。树阴中、酒旆低悬。峰峦空翠,溪水清涟。只欠梅花,欠沙鸟,欠渔船。　　无限风烟。景趣天然。最宜他、隐者盘旋。何人村墅,若个林泉。恰似鼓湖,似枋口,似斜川。

摸鱼儿　题熊伯宣藏梅花卷子

记西湖、水边曾见,查牙老树如此。冰痕冷沁苔枝雪,的皪数花才试。天也似。爱玉质、清高不久闲红紫。孤山处士。总赋得招魂,烟荒雨暗,寂寞抱香死。　　春风笔,休忆深宫旧事。添人多恨多思。墨池雪岭三生梦,唤起缟衣仙子。仍独自。伴瘦影、黄昏和月窥窗纸。声声字字。写不尽江南,闲愁万斛,诉与绿衣使。

疏影　王元章墨梅图

山阴赋客。怪几番睡起,窗影生白。缥缈仙姝,飞下瑶台,淡伫东风颜色。微霜恰护朦胧月,更漠漠、暝烟低隔。恨翠禽、啼处惊残,一夜梦云无迹。

惟有龙煤解染,数枝入画里,如印溪碧。老树枯苔,玉晕冰圈,满幅寒香狼藉。墨池雪岭春长好,悄不管、小楼横笛。怕有人、误认真花,欲点晓来妆额。

石州慢　题玉笙手卷

仙去缑山,宴罢武夷,琼响吹彻。丛霄旧样亲传,琢就玉烟凝白。悠扬彩凤恰从云杪飞来,数声又趁鸳鸯歌。零落碧桃花,点春风如雪。　　清绝。更宜秦女,银筝唤取,楚娥瑶瑟。旋炙娇簧,只愁夜深寒咽。相看老矣,剩须陶写留连,尊前递把红牙节。归去画船时,满西湖明月。

木兰花慢　题红犀扇面

记西湖送别,曾共绾,绿杨丝。怅水去云回,佳期杳渺,远梦参差。重来访邻寻里,爱卿卿、不减旧风姿。不著银筝清怨,难题纨扇相思。　　暗香销尽合欢枝。留在锦囊诗。又越北闽南,秋随雁影,花老莺儿。应缘采春情重,便鉴湖、春色恋微之。扶起晓窗残醉,潮平月落多时。

满江红　钱舜举桃花折枝

前度刘郎,重来访、玄都燕麦。回首地、暗香销尽,暮云低碧。啼鸟犹知人怅望,东风不管花狼藉。又凄凄、红雨夕阳中,空相忆。　　繁华梦,浑无迹。丹青笔,还留得。恍一枝常见,故园春色。尘世事多吾欲避,武陵路远谁能觅。但有山、可隐便须归,栽桃客。

感皇恩　题赵仲穆画凌波水仙图

湘水冷涵秋,行云平贴。时见惊鸿度蘋末。雾鬟烟佩,微步一川凉月。软波擎不定,龙绡袜。　　楚楚绀莲,愔愔瑶瑟。照影明珰两清绝。汜人何处,起舞为谁轻别。数峰江上晚,和愁叠。

踏莎行　题赵善长王元章为杨垓合写三友图

雨涧天寒,孤山雪后。美人空谷谁为友。香林有路玉烟深,瀛洲无梦朝云瘦。　　照影冰壶,含情翠袖。写生合在徐黄手。仙家花月镇长春,与君岁晚同三寿。

王国器(1284—?)　13首

字德琏,号云庵,湖州人,王蒙父,赵孟𫖯婿。工诗词。其《踏莎行》八首为题仕女图,所谓"香奁八咏"者,情思温婉,风流旖旎。题山水画,上阕多摹写画中景色,历历如在目前;下阕或论画风,或明画旨,或述画法,可作画论来看。如以"清"论倪瓒《惠麓图》,以"醉后天真"论黄公望人格胸次和笔墨,确为方家之论。

踏莎行　破窗风雨,为性初征君赋

润逼疏棂,寒侵芳袂。梨花寂寞重门闭。检书剪烛话巴山,秋池回首人千里。　　记得彭城,逍遥堂里。对床梦破檐声碎。林鸠呼我出华胥,恍然枕石听流水。

踏莎行　巫峡云涛

雪练横空,箭波崩岫。女娲不补苍冥漏。何年凿破白云根,银河倒泻惊雷吼。　　罗带分香,琼纤擎酒。销魂桃叶烟江口。当时楼上倚阑人,如今恰似青山瘦。

踏莎行　金盆沐发

宝鉴凝膏,温泉流腻。琼纤一把青丝坠。冰肤浅渍麝煤春,花香石髓和云洗。　　玉女峰前,咸池月底。临风细把犀梳理。阳台行雨乍归来,罗巾尤带潇湘水。

踏莎行　月奁匀面

冰鉴悬秋,琼腮凝素。铅华夜捣长生兔。玉容自拟比姮娥。妆成尤恐姮娥妒。　　花影涵空,蟾光笼雾。芙蓉一朵溥秋露。年年只在广寒宫,今宵鸾影惊相遇。

踏莎行　玉颊啼痕

粉结红冰,香消獭髓。镜鸾影里人憔悴。梨花带雨不禁愁,玉纤弹尽真珠泪。　　恨锁春山,娇横秋水。脸桃零落胭脂碎。故将罗帕揾啼痕,寄情欲比相思字。

踏莎行　黛眉鬐色

淡扫春痕,轻笼芳靥。捧心不效吴宫怨。楚梅酸魇翠尖纤,湘烟碧聚愁萋蒨。　绀羽寒凝,月钩金滟。莺吭咽处微偷敛。新翻舞态太娇娆,镜中蛾绿和香点。

踏莎行　芳尘春迹

金谷游情,消磨不尽。软红香里双鸳印。兰膏步滑翠生痕,金莲脱落凌波影。　蝶径遗踪,雁沙凝润。为谁留下东风恨。玉儿飞化梦中云,青萍流水空仙咏。

踏莎行　云窗秋梦

烟冷瑶棂,神游贝阙。芙蓉城里花如雪。仙郎同蹑凤凰翎,千门万户皆明月。　地老天荒,山青海碧。满身风露飘环玦。高楼画角苦无情,一声吹散双飞蝶。

踏莎行　绣床凝思

翠藻文鸳,交枝连理。金针停处浑如醉。杨花一点是春心,鹃声啼到人千里。　唤醒离魂,犹疑梦里。此情恰似东流水。云窗雾阁没人知,绡痕浥透红铅泪。

踏莎行　金钱卜欢

暗掷龙文,寻盟鸾镜。龟儿不似青蚨准。花房差化彩娥飞,银桥密递仙娥信。　锦屋琼楼,薄情飘性。碧云望断红轮瞑。珠帘立尽海棠阴,待温遥夜鸳衾冷。

菩萨蛮　题倪征君惠麓图

秋声吹碎江南树。正是潇湘肠断处。一片古今愁。荒碕水乱流。　披图惊岁月。旧梦何堪说。追忆谩多情。人间无此清。

西江月　题洞天清晓图

金润飞来晴雨,莲峰倒插丹霄。蕊仙楼阁隐岩峣。几树碧桃开了。醉后岂知天地,月寒莫辨琼瑶。一声鹤叫万山高。画出洞天清晓。

菩萨蛮　题黄子久溪山雨意图

青山不趁江流去。数点翠收林际雨。渔屋远模糊。烟村半有无。　大痴飞醉墨。秋与天争碧。净洗绮罗尘。一巢栖乱云。

沈禧　8首

字廷锡,湖州吴兴(今浙江湖州)人,有《竹窗词》。长于词曲,多写景、题画、咏物之作。其题画词善摄取画意,情景交炼,潇洒清旷。《满庭芳》(雪拥兰关)等词则多寓抗节高怀,别具一幅心眼。

清平乐　题扇小景

平湖渺渺。一叶扁舟小。荡漾不须频举棹。观尽云山多少。　问渠乐意如何。平生惯识烟波。载却月明归去,数声欸乃清歌。

清平乐　题渔父图

烟波深处。占断溪山趣。逢着忘机闲伴侣。旋斫锦鳞烹煮。　　隔船相唤相呼。瓮头酒尽须沽。醉后都忘尔汝。生来不识荣枯。

风入松　子猷访戴

一天飞絮滚成毬。玉琢酒家楼。鸟飞不度人踪绝,朔风凛、寒气飕飕。偏称歌姬帐底,独怜渔父江头。　　此时清趣若为酬。千载尚王猷。知心忽尔思安道,冒严寒、趣□扁舟。未至山阴遽返,为言兴尽而休。

风入松　咏画景

竹冠藜杖葛裁襟。华发半盈簪。尘缘一点无萦绊,闲边趣、不管浮沉。姓字不闻入耳,梦魂长绕山林。　　相随惟有一床琴。得趣最幽深。溪桥野径忘危险,任迢遥、为觅知音。一曲高山流水,利名都不关心。

风入松　壁间画松

白云堆里奋苍虬。横亘洞庭秋。掀髯舞爪何狞恶,峥嵘势、抉石崩流。飞入君家栏槛,满堂风雨飕飕。　　须臾烟雾漠然收。幻出老松楸。谁濡墨汁传神妙,森森露、铁戟戈矛。对此翠涛银浪,也胜瑶岛沧洲。

风入松　赠画师

隐君家住白云深。华发已骎骎。芒鞋踏破莓苔径,何曾惮、石磴崎嵚。问酒每过村店,访僧时叩禅林。归来高卧北窗阴。名利不关心。半生清乐甘吾分,箪瓢饮、不慕腰金。胸次包含丘壑,笔端幻出云岑。

风入松　题驿亭图

使轺今夜宿邮亭。邂逅见娉婷。琵琶斜抱生娇媚,悄无人、独倚帏屏。弦内暗传心事,灯前略叙幽情。　　丽词一曲按新声。调格总高清。筵前明日人传唱,难遮掩、耳目聪明。一宿风光固好,百年名节俱倾。

满庭芳　为施克明题雪拥蓝关图

雪拥蓝关,云横秦岭,马头道路迷茫。几回翘首,何处是家乡。欲革当时弊政,摅忠荩、罄沥肝肠。谁知道,一封奏入,万里贬潮阳。　　伤心牢落处,形孤影只,地远天长。幸道逢孙姓,有意相将。早悟花间诗意,免教□、至此仓皇。频分付,漳江落日,吾骨好收藏。

陆祖允　1 首

菩萨蛮　题钱德钧水村图

当年图画知何处。如今身向沧洲住。吾亦爱吾庐。芸窗几卷书。　　青山天际小。目送飞鸿杳。试问钓鱼船。芦花浅水边。

张翟　1 首

字翔南,建德(今浙江建德)人,徙居嘉兴。

踏莎行　题破窗风雨图和王筠庵韵

檐宿吴云,风经楚袂。门深不似春宵闭。碧疏吹溜湿灯花,客卿无梦寻珂里。　剪韭吟边,听潮浪里。江悬漏杳归心碎。相思鸠外绿簑寒,一帘蕉响秋如水。

金炯　1首

字子尚,嘉兴人。元季中举,洪武初知苏州,以上书请减赋赐死。

踏莎行　题破窗风雨图和王筠庵韵

草带残编,荷衣断袂。破窗风雨深深闭。江南倦客正思家,灯花摇梦来乡里。　翠竹檐前,碧蕉丛里。秋声斗合愁心碎。不教潘鬓总成霜,也应有泪如铅水。

宋褧(1294—1346)　1首

字显夫,大都人。泰定元年(1324)进士,除秘书监校书郎。累拜翰林待制,迁国子司业,与修宋辽金三史,以翰林直学士兼经筵讲官卒,谥文清。长于诗歌,务去陈言,出语惊人,清新秀伟,间出奇古,而长于讽谕。有《燕石集》。

如梦令　题杨补之施篷墨梅,卷中他诗有"忍寒背篷立"之语

常记剡溪前度。坐托船窗窥觑。棹进任舟移,行尽粉香千树。佳趣。佳趣。篷背诗人何处。

苏大年（1296—1364）　1首

字昌龄,号西坡,真定(今河北正定)人。曾官翰林编修,有《西硐老樵集》。

踏莎行　题巫峡云涛图用王国器韵

烟外斜阳,云中远岫。翠眉轻补胭脂漏。回波都是断肠声,断肠更听哀猿吼。　　暮雨凝愁,朝云孵酒。余怀远寄溢江口。世间木石本无情,如何也似离人瘦。

谢应芳（1296—1392）　2首

字子兰,号龟巢,江苏武进(今江苏武进)人。笃志好学,隐白鹤溪上,筑小室曰龟巢,因以为号。自幼钻研理学,授徒讲学,议论必关世教,导人为善。教授之暇,以诗酒自娱。元末避地吴中,明兴始归,隐居芳茂山。素履高洁,为学者所宗。其诗文绅绎经史,咸有根柢,多雅正纯洁之作。题画词寄兴闲雅,每以画为诗,得游艺辅仁之趣。有《龟巢稿》。

西江月　题画

绿树云林窅窕,青苔石磴萦纡。两人林下曳长裾。应是山中巢许。　空谷似闻樵斧,危桥不断征车。谁来为我借茅庐。来与白云同住。

高阳台　题张德机荆南精舍图

阳羡溪山,辋川烟雨,隐然画里观诗。芳草王孙,别来几度春归。最怜屋壁藏蝌蚪,化劫灰、飞入昆池。好阶墀。书带青青,竹雪霏霏。　　相逢共约归期。待玄龟出洛,朱凤鸣岐。丘壑幽寻,正须重置荷衣。斩蛟射虎都休问,有白鸥、堪与忘机。近西枝。移我龟巢,邻尔渔矶。

倪瓒（1301—1374）　1首

字元镇,号云林,无锡人。博学好古,居有清闷阁,藏书数千卷,古鼎法书,名琴奇画陈刊左右,幽迥绝尘。工诗画,画山水意境幽深,逸笔草草,清远萧疏,影响明清两代文人画者甚巨,与黄公望、王蒙、吴镇并称元季四家。有《清闷阁集》《云林乐府》。

定风波　题画梅

欹帽垂鞭送客回。小桥流水一枝梅。醉后红绡都不记,□剩,幽香却解逐人来。　松畔扶闲频置酒。携手。与君看到十分开。少壮相从今雪鬓。因甚。流年清兴两相催。

庚寅腊月,同天台陶九成访云栖子于玉山草堂,是日微雪着红梅上。云栖子见示管夫人雪梅,与今日情景适合,因题一调《定风波》云。瓒记。

束从周　1首

小重山　提钱德钧水村图

杨柳丝丝两岸风。前村溪路远,小桥通。人家依约水西东。舟一叶,移过荻花丛。　清景迥涵空。好山青未了,暮云重。是谁惊起几征鸿。天然趣,却在画图中。

汤弥昌 2首

字师言,号碧山,浏阳(今湖南浏阳)人,举教官,由长洲、昆山儒学教谕,历从政郎,以瑞安州判官致仕。生平笃志义理之学,以文名于时。其题画词重发山水野逸之趣,以画为文人写意的笔墨游戏,与元代文人画论旨趣相同。有《碧山类稿》。

虞美人　题钱德钧水村图

延祐丁巳中秋日,德钧携此卷,俾赋小词,为赋《虞美人》一阕。

翰林妙写溪村趣。茅屋知何处。溪翁想象住溪湾。一笑如今,家在画图间。　　西风门掩芦花溆。聊与渔家伍。人间不信有张翰。剪取吴淞,空向卷中看。

祝英台近　题钱德钧水村图

染秋云,图泽国,野趣入游戏。能事何须,五日画一水。重重杨柳陂塘,茅茨村落,鲈乡外、西风渔计。　　晚烟霁。有客乘扁舟,延缘度疏苇。欲访幽居,宛在碧溪尾。浩然目送飞鸿,醉歌欸乃,溪光里、乱山横翠。

萨都刺(1272—1355?) 1首

字天锡,号直斋,祖、父以世勋镇云、代(今山西大同、代县一带),遂为雁门人。泰定四年(1327)进士,诗人、画家、书法家。诗清新流丽,词长于怀古,笔力雄健。有《雁门集》。

酹江月　题清溪白云图

周郎幽趣,占清溪一曲,小桥横渡。溪上红尘飞不到,惟有白云来去。出岫无心,凌江有态,水面鱼吹絮。倚门遥望,钟山一半留住。　涵影淡荡悠扬,朝朝暮暮,是几番今古。指点昔人行乐地,半是鹭汀鸥渚。映水朱楼,踏歌画舫,寂寞知何处。天涯倦客,几时归钓春雨。

邵亨贞(1309—1401)　7首

字复孺,号清溪,松江华亭(今上海松江)人。曾任松江训导,足迹不出乡里。工篆隶书,善诗文词曲。著有《野处集》四卷、《蚁术诗选》一卷、《蚁术词选》四卷。

浣沙溪　折花仕女图

折得幽花见似人。沉吟无语不胜春。采香径里袜生尘。　浓绿正迷湘北渚,软红不入宋东邻。一春幽恨几回新。

减字木兰花　崔女郎像

红妆倾国。人在蒲东谁画得。玉骨成尘。往事流传恐未真。　月明窗户。犹似隔墙花动处。夜冷西厢。一度魂归一断肠。

菩萨蛮　苏小小像

钱塘回首春狼藉。湖山依旧横金碧。何处是儿家。粉墙杨柳斜。　佳期难暗卜。檀板传心曲。随意带宜男。就中应未堪。

凭栏人 题曹云西翁赠妓小画

谁写江南一段秋。妆点钱塘苏小楼。楼中多少愁。楚山无尽头。

摸鱼子 题王德琏山居图

遍乾坤、好山无数,古来高隐能几。相逢尽道林泉胜,无奈利名朝市。青嶂里。望曲径深门,仿佛柴桑里。先生傲世。任短褐长镵,清琴浊酒,占断晋风致。　　疏林下,别有谈玄麈尾。清风长满窗几。门剥啄何须问,应是采芝仙子。谁可比。已不减、当时鸡犬空中起。留连晚计。尽穴石藏书,锄云种玉,千古有灵气。

贺新郎 题王德琏水村卷

一段江南绿。望依依、沙鸥起处,辋川横幅。十里平郊人烟聚,掩映汀洲几曲。试与问、隐君林屋。花径竹门春窈窕,有苍颜绿鬓人如玉。挥白羽,跨黄犊。　　高情远继巢由躅。向沧浪、濯缨垂钓,自歌还续。手种陂塘千株柳,隔断红尘万斛。算独有、渔舟来熟。待约西施同载酒,趁桃花、浪暖相追逐。寻胜地,访遗俗。

花心动

黄伯阳岁晚见梅,适遇旧赋以赠别,持行卷来,求孙果翁、卫立礼洎予皆和。

东阁何郎,记当时、曾赏旧家红萼。彩笔赋诗,绿发簪花,多少少年行乐。自从惊觉扬州梦,芳心事、等闲忘却。断魂处,月明江上,路迷天角。　　老去才情顿薄。奈客里相逢,共伤漂泊。洗尽艳妆,留得遗钿,尚有暗香如昨。岁寒天远离杯短,匆匆去,孤怀难托。向花道,春来未应误约。

柯九思(1290—1343) 4首

字敬仲,号丹丘生,台州临海(今浙江临海)人。累官至奎章阁鉴书博士。凡内府所藏法书名画,咸由其鉴定。博学能文,善楷书,工画墨竹。

柳梢青 和杨无咎梅词四首

和未开

懊恨春初,飘零月下,轻离轻隔。重酝梨云,乍舒柳眼,羞人曾识。　　已堪索笑寻檐,早准备、怜怜惜惜。莫是溪桥,才先开却,试驰金勒。

和欲开

姑射论量。渐消冰雪,重试新妆。欲吐芳心,还羞素脸,犹吝清香。此情到底难藏。悄默默、相思寸肠。月转更深,凌寒等待,更倚西廊。

和盛开

翠苔轻搭。南枝逗暖,乍收渐霙。乱插繁花,快张华宴,绕衣千匝。玉堂无限风流,但只欠、些儿雪压。任选一枝,折归相伴,绣屏花鸭。

和将残

琼散残枝。点窗款款,度竹迟迟。欲诉芳情,曲中曾听,画里重披。春移别树相期。渐老去、何须苦悲。人日酣春,脸霞清晓,复记当时。

补之词翰,称妙一代,此卷尤佳。其《柳梢青》四词,可以想象当年风致,勉强续貂,以贻好事。丹丘柯九思书于云客阁,至正元年冬十有一月日南至也。

吴瓘 4首

字莹之,号竹庄老人,嘉兴(今浙江嘉兴)人。多藏法书名画。善作窠石,墨梅师杨补之,颇有逸趣。至正八年(1348)作《梅竹图》,为宋元《梅花合卷》之一(另有南宋徐禹功《雪中梅竹图》、吴镇《梅花图》)。明徐守和以为徐禹功画之精绝、吴瓘画之清绝、吴镇画之奇绝,堪称一卷"三绝",现藏辽宁省博物馆。

柳梢青

至正戊子孟冬,竹庄梅已蓓蕾,因赋《柳梢青》词。而明远适来索予作,故写梅就书之。瓘竹庄人。

墙角孤根,株身纤小,娇羞无力。蟹眼微红,粉容未露,不禁春色。　　待东君汩没芳姿,渐迤逦、檀心半坼。缓步回廊,黄昏淡月,那时相得。

渔父

波平如砥小舟轻。托得纶竿寄此身。忘世恋,乐平生。不识公侯有姓名。

渔父

野色山光水接天。云烟缥缈思长川。收此景,老梅仙。万顷湘江笔底传。

马需庵 1首

至元间人,失其名。明叶盛《菉竹堂书目》有《马需庵集》三卷。

临江仙　题王克明喜神

一幅鹅溪霜雪练,虎头写出丰姿。路人遥指莫相疑。翛然眉宇净,心与海鸥期。　　安得玉堂挥翰手,为君重赋新诗。紫云歌罢醉芳卮。月明归路稳,犹记送君时。

凌云翰　1首

字彦翀,钱塘(今浙江杭州)人。博览群籍,通经史,工诗。至正十九年(1359)举人,除平江路学正,不赴。明洪武十四年(1381)以荐授成都府学教授。坐贡举乏人,谪南荒以卒。有《柘轩集》。

满江红　咏梨花鸟图

谁写琼英,空惊讶、年华虚度。依约似、清明池馆,粉容遮路。蝴蝶又来丛里闹,鶯鹉还占枝头语。向东阑、惆怅几回看,愁如许。　　疑有月,光摇树。疑是雪,香生处。自洗妆人去,凄凉非故。白发宫娃歌吹远,青旗酒舍诗吟古。记黄昏、灯暗掩重门,听春雨。

韩奕(1334—1406)　2首

字公望,号蒙斋,平江(今江苏苏州)人。生于元文宗时。隐于医,入明遁迹,与王宾、王履并称"吴中三高士",终身未仕。其诗学陆游,有晋、唐之风,冲淡幽婉。有《韩山人集》,存词二十八首。

水龙吟　次韵题涌金飞雪画扇

苍寒收尽红尘,四山一色俄惊晓。楼台宫阙,冰壶影里,莹然清悄。独有游人,画船青盖,笙歌犹绕。遍园林松竹,光辉□□,人住处,皆蓬岛。　　罗扇画来轻小。乍时人、见多惊倒。谁留古本,到今付与,良工涂扫。夏日携时,且挥且玩,暑都消了。更词人亲笔题题,这风景,古犹少。

百字令　为沈画师题写山楼

软红尘里,爱君家、缥缈半空楼倚。曲槛外,江南江北,两岸好山无际。日涌浮金,烟凝积翠,朝夕映窗几。抛书卧看,丘壑在人胸次。　　兴来把笔临池,浓涂淡抹,咫尺论千里。内一段精神聚处,□甚诗人能拟。却笑米颠,结庵京□,也便写图夸美。生绡半幅,漫赋新词同寄。

善住　1首

字无住,号云屋。尝居吴郡报恩寺。往来吴淞江上,与仇远、白珽、虞集、宋无诸人相唱和。工诗。为元代诗僧之冠。有《谷响集》。

朝中措　桃源图

桃源传自武陵翁。遥隔白云中。漫说人间无路,岂知一棹能通。　　红英夹岸,霞蒸远近,烂漫东风。将谓神仙别境,鸡鸣犬吠还同。

崔英妻 1首

临江仙 题芙蓉图

少日风流张敞笔,写生不数黄荃。芙蓉画出最鲜妍,岂知娇艳色,翻抱死生冤。　粉绘凄凉余幻质,只今流落谁怜。素屏寂寞伴枯禅。今生缘已断,愿结再生缘。

(案《词苑丛谈》卷十二,至正辛卯,真州有崔生名英者,家极富。少工书画。补浙江永嘉尉,携妻王氏赴任。道经姑苏,舟人艳其赀,夜沉英水中,并婢仆杀之。留王氏欲以为子妇。王佯应之,乘间逸去,奔入尼庵中,遂落发于佛前。岁余,忽有人施画芙蓉一幅。王过见之,识为英笔。因询庵主所自。言顾阿秀兄弟,以操舟为业,人颇道其劫掠江湖间。王遂援笔题于上云:"少日风流张敞笔,写生不数黄荃。芙蓉画出最鲜妍,岂知娇艳色,翻抱死生冤。　粉绘凄凉余幻质,只今流落谁怜。素屏寂寞伴枯禅。今生缘已断,愿结再生缘。"其词盖《临江仙》也。尼皆不晓所谓。后其画为好事者买献御史高公。而英亦因幼习水善泅得不死。因卖草书,高遂延为馆客。一见画泫然流涕。高怪问之,遂言被盗之由。且诵其词曰:"此英妻所作也。"高因廉得其实,捕盗置法,而迹英妻复合焉。)

明代卷

贝琼（1297？—1379） 1首

字廷琚，一字廷臣，浙江崇德（今桐乡）人。元末领乡荐。因战乱隐居，张士诚屡辟不就。明洪武初聘修《元史》，六年（1373）除国子监助教，教勋臣子弟，与张美和、聂铉并称"成均三助"。博览经史，尤工于诗。有《清江文集》三十一卷，词附。其词清丽娴雅，登竹山、梅溪之堂庑。盖渊源甚远，颇饶古意，明初之词，此得其正者。

应天长　吴仲圭秋江独钓图

澄江日落。渺一叶归航，渡口初泊。垂钓何人，不管中流风恶。西山青似削，旷千里、楚乡萧索。问甚处、更有桃源，看花如昨。　　往事总成错。羡范蠡风流，故迹依约。微利虚名，何啻蝇头蜗角。宫袍无意著。但消得绿蓑青蒻。鲈堪斫、明月当天，酒醒还酌。

梁寅（1303—1389） 2首

字孟敬，江西新喻（今新余）人。自学不倦，贯通五经，博习百家言，元末累举乡试不第。辟集庆路（今江苏南京）儒学训导。以亲老辞。明初，征修礼乐书，议论精审，诸儒皆推服。将授以官，以老病辞归，结屋石门山，四方士子多从之学，称"梁五经"，又称"石门先生"。有《石门集》七卷，词附。其词流丽清新，语浅而有情趣，唯用字时见粗滑，间有律懈韵宽之处。然元明词人渐成习惯，不足为梁寅一人之病。

木兰花慢　桃源

爱山中日月，春渐去，又还来。望水绕人家，云生窗户，岫转峰回。层层绛桃千树,似丹霞、散绮映楼台。世上从教桑海,人间自有蓬莱。　　渔郎未必是仙才。偶尔到天台。喜相问相邀,山中穀薮,树里尊罍。缘何便寻归路,是风波险处未心灰。要似秦民深隐,桃花只好移栽。

忆秦娥　为南溪廖氏题古梅

　　湖山曲。山头花照湖波绿。湖波绿。盈盈仙子,镜中颜玉。　　百千年树繁英簇。春光却在幽人屋。幽人屋。自然富贵,海珠千斛。

刘基(1311—1375)　3首

　　字伯温,青田(今浙江文成)人。元至顺二年间进士,官高安县丞、江浙儒学副提举,后弃官归乡。朱元璋起事,聘至金陵,佐定天下,累迁御史中丞。明初各种典章制度多由刘基与宋濂等计定。封诚意伯。后被胡惟庸诋毁,忧愤而卒。谥文成。博通经史,诗文闳深顿挫,恣纵有奇气,自成一家,开一代风气。词秀练入神,为永乐以后诸家所不及。有《诚意伯文集》二十卷、《写情集》四卷等。惜阴堂裁为《诚意伯词》。

阮郎归　题画扇

　　白蘋风起夕阳微,小舟冲浪归。江潮却落钓鱼矶,天寒红叶飞。　　彭泽菊,首阳薇,不知今是非。山林朝市事相违,紫芝强肉肥。

鹧鸪天　题梅花图

　　玉骨冰肌萼绿华。骑龙飞下太清家。衣飘碧落星芒动,佩拂玄冥月影斜。江水阔,岭云奢,香魂散作岁寒葩。画图惊见春风面,陡觉精神冷不邪。

如梦令　题画

　　草际斜阳红委。林表晴岚绿靡。何许一渔舟,摇动半江秋水。风起。风起。棹入白蘋花里。

杨基(1326—1378?)　5首

　　字孟载,号眉庵,祖籍四川嘉州,徙居吴中。明初任荥阳知县,后任山西按察使,因事夺职,罚劳役,死于工所。少聪颖,九岁能背诵六经。善诗文,题画诗颇有特色,兼精书画,工行书,善画山水竹石。与高启、张羽、徐贲号称"吴中四杰"。有《眉庵集》十二卷。

浣溪沙　四春图四景美人各赋

元夕

　　云母玲珑七宝屏。玻璃潋滟百花棚。笙箫罗绮一层层。信手摘将金荔挪,教人扶下彩车行。六街明月万家灯。

花朝

　　鸾股先寻斗草钗。凤头新绣踏青鞋。衣裳官样不须裁。雕玉叠成鹦鹉架,泥金镌就牡丹牌。明朝相约看花来。

上巳

　　软翠冠儿簇海棠。砑罗衫子绣丁香。闲来水上踏春阳。风暖有人能作伴,日长无事可思量。水流花落任匆忙。

寒食

　　暖雨香云百五天。玉纤银甲十三弦。笑移罗幕上寒船。照水再簪珠络索,背人重贴翠团圆。安排花里蹴秋千。

醉花阴　题隔屏仕女

云母屏风金缕扇。薄映春风面。纵是不分明,犹胜腰肢,背后匆匆见。
镜里花枝帘底燕。无处寻方便。莫道不留情,秋水芙蓉,独自思量遍。

王蒙(1301—1385)　1首

字叔明,浙江湖州人,号黄鹤山樵。赵孟頫外孙。元末曾官理问。洪武初,知泰安州事。后坐胡惟庸事被逮,瘐死狱中。敏于文,工画山水人物,山水师巨然,得赵孟頫法,蒙茸秀润。作画均以"万壑在胸"为基础,与黄公望、倪瓒、吴镇为"元末四家"。

忆秦娥

余观《邵氏闻见录》,宋南渡后,汴京故老呼妓于废圃中饮,歌太白《秦楼月》一阕,坐中皆悲感,莫能仰视。良由此词乃北方怀古,故遗老易垂泣也。盖自太白创此曲之后,继踵者甚众,不过花间月下、男女悲欢之情,就中能道者惟有"花溪侧。秦楼夜访金钗客。金钗客。江梅风韵,海棠颜色。　樽前醉倒君休惜。不成去后空相忆。空相忆。山长水远,几时来得"。完颜莅中土,其歌曲皆淫哇蹀躞之音。能歌《忆秦娥》者甚少,有能歌者求余作画,并填此词,以道南方怀古之意。

花如雪。东风夜扫苏堤月。苏堤月。香消南国,几回圆缺。　钱塘江上潮声歇。江边杨柳谁攀折。谁攀折。西陵渡口,古今离别。

王行(1331—1395)　1首

字止仲,自号淡如居士,又号半轩、楮园,吴县(今江苏吴县)人。淹贯经史百家,议论踔厉。元末授徒齐门,与高启、徐贲、张羽等号为"十友",又称"十才子"。洪武初,有司延为学官,已而谢去,隐于石湖。其二子役于京,行往视之。凉国公蓝玉馆于家,数荐之。后玉被杀,行父子亦坐罪死。能书画,善泼墨山水。有《二王法书辨》《楮园集》《半轩集》等。

如梦令　雪景便面

满眼落花飞絮。回首琼林玉树。驴背是何人,得了灞桥诗句。归去。归去。春在醉乡深处。

高启(1336—1374)　1首

字季迪,号槎轩,又号青丘子,吴郡长洲人。元末隐居吴淞之青丘。明洪武初,召修《元史》,授翰林院编修。擢户部右侍郎,辞归,授书自给。洪武七年(1374)以文字获罪,腰斩于市,时年三十九岁。博览群书,工诗,尤精于史,与杨基、张羽、徐贲并称"吴中四杰"。其诗才力声调,过三人远甚,为元明间一大家。有《高太史大全集》十八卷、《凫藻集》五卷、《扣舷集》词一卷。

水龙吟　画红竹

淇园丹凤飞来,几时留得参差翼。箫声吹断,彩云忽堕,碧云犹隔。想是湘灵,泪弹多处,血痕都积。看萧疏瘦影,隔帘欲动,应是落花狼藉。　　莫道清高也俗。再相逢、子猷还惜。此君未老,岁寒犹有,少年颜色。谁把珊瑚,和烟换去,琅玕千尺。细看来,不是天工,却是那春风笔。

瞿佑(1341—1427)　14首

佑一作祐,字宗吉,号存斋,钱塘人。明洪武间为临安教谕,迁周王府长史。永乐间以诗祸谪保安,后释归,复原职。佑学博才赡,著述丰富,有《存斋诗集》《乐府遗音》《余清词》等。其题画词涉及仕女、山水小景、花鸟诸题材。题仕女画多摹仕女的情态与思绪,曲尽心中之事;题山水画一片浩然归思,隐逸真态,令人神清气爽;而花鸟画诸题托意深远,得诗家绵渺之致。

贺新郎　题秦女吹箫图

风露非人世。正良宵、月华如昼,云开天霁。十二台高无人到,只有彩鸾飞至。便同跨、抟风双翅。手弄参差琼玉琯,向曲中吹出求凰意。霄汉上,共游戏。　　祥飙浩荡吹香袂。任钗横鬟乱,懒把妆梳重试。偿尽平生于飞愿,到处相随尤婸。果然是、赤绳双系。天若有情天也许,愿人间夫妇咸如是。欢乐事,莫相弃。

齐天乐　题茹云谷夏日幽居小景

幽居占得林峦好,门前一川新涨。槛影迎鸥,檐光送鹭,终日被风摇荡。汀洲在望。爱浅碧粼粼,老鱼吹浪。一点炎尘,料应不到钓台上。　　虽无四邻依傍。有青山绕屋,自成屏障。客抱琴来,相逢大笑,抛下手中筇杖。君弹我唱。便旋网溪鳞,新篘家酿。弄盏传杯,为君添饮量。

蝶恋花　墨萱为张克敬题,克敬与予皆无母

落尽嫣红春不管。长养薰风,万绿盈庭苑。若个花枝偏入眼。钗头幺凤黄金软。　　怅望高堂人去远。浪说忘忧,无计能排遣。采得一枝徒恋恋。雨昏烟暗年华晚。

南乡子　罢钓扇面为张麟题

嘉树荫清流。知是吾乡某水丘。游遍江湖今已倦,归休。笑指芦花古渡头。　　风月一扁舟。抛下纶竿撇下钩。波浪不生尘不起,清幽。相近相亲

是白鸥。

南乡子　题折枝粉红山茶

嘉树雪中芳。浓绿枝头逞艳阳。岁晚自矜颜色好,端相。剩粉残脂满面妆。　谁与共冰霜。白玉梅花紫瑞香。折得一枝偏耐久,参详。留待春风伴海棠。

如梦令　题柳塘小景画

为忆凌波微步。行过柳塘深处。不见采莲人,又把佳期辜负。归去。归去。粘得一身飞絮。

东风第一枝　咏宫人折梅图

宝髻蟠鸦,金钗舞凤,妆梳浑是宫样。乘闲偷步瑶阶,爱他早梅开放。重重门户,春色任教遮障。想旧家、茅舍疏篱,应是别来无恙。　风过处、粉香轻飏。人静处、翠禽低唱。殷勤手弄芳枝,为谁含情凝望。插花人远,独立翻成惆怅。只除是、梦里相逢,各自人间天上。

浣溪沙　美人图,为王英题

针线慵拈出绣房。金瓶水满桂枝香。侍儿擎捧过东厢。　火树珊瑚珠蓓蕾,彩裙环佩玉玎珰。太湖石畔晚风凉。

点绛唇　美人图,为王英题

弹袖垂肩,髻鬟不整梳妆懒。瑶阶西畔。步踏金莲软。　鹦鹉能言,行动相随惯。回星眼。秋波不断。听弄昭华琯。

南乡子　爱月夜眠迟画，为王杰题

今夕是何年。兔魄蟾婵两斗妍。好是晚妆才罢了，婵娟。正面相看夜不眠。　　贪玩镜光圆。不把琵琶理断弦。要伴嫦娥闲坐久，留连。一任铜壶玉漏传。

南柯子　掬水月在手画，为王杰题

宝鼎香初爇，牙床枕未移。镜光飞出照屏帷。忙杀随群逐队几婴儿。银甲弹筝后，金盆掬水时。玉芙蓉映碧涟漪。好个天生小样影娥池。

沁园春　陈士麒为予制吴山旧隐图，就题

归去来兮，南望吴山，是吾旧居。向乌龙潭畔，松坡掩映，城隍祠后，石磴萦纡。玩赏湖光，宜晴宜雨，浓抹淡妆西子如。飘零久，算别来寒暑，三十年余。　　风尘两鬓萧疏。叹俯仰乾坤一腐儒。记横经胄监，曾传鲁史，曳裾王府，得试齐竽。薄宦无成，虚名有忌，弹铗休歌车与鱼。从今去，要依栖先垄，整理残书。

画堂春　题崔莺故事

寒舍以崔莺故事画作《春闺欢会》《秋郊惜别》二图，求题，为制二词，俾书于上。

好风摇动拂墙花。西厢月射窗纱。画屏银烛影交加。惊起栖鸦。　　旧约已酬心素，残妆重整容华。千金一刻漏声赊。此乐无涯。

其二

碧云开霁雁南飞。黄花满地芳菲。起携素手出罗帏。粉泪频挥。　　暂把车停绣毂，仍将马驻金羁。少留行李惜分离。此恨谁知。

花纶 1首

仁和(今浙江杭州)人。少聪慧,有词藻,相传年十八及第,与黄观、练子宁同为明洪武十八年(1385)进士。后曾谪戍云南。其《水仙子·题杨太真画图》风致不减元人张可久、贯云石,传唱滇中。

水仙花 题杨太真画图

海棠风,梧桐月,荔枝尘。霓裳舞,翠盘娇,绣岭春。锦棚嬉,金钗信,香囊恨。　　痴三郎,泥太真。马嵬坡,血污游魂。杨柳眉,侵颦黛损。芙蓉面,零脂落粉。牡丹芽,剪草除根。

程本立(？—1402) 2首

字原道,号巽隐,浙江崇德(一作桐乡)人。洪武九年(1376)以明经荐为秦王府引礼舍人,历长史,受累谪云南为吏,官至右佥都御史。洪武三十一年征入翰林,预修《太祖实录》。有《巽隐集》四卷,词附。惜阴堂裁为《巽隐诗余》。

清平乐 题睦履道所画桃花,送琴士蒯文达归山

山翁归去。玉洞花千树。拍手儿童花下路。惊动落花无数。　　山中红雨苍苔,人间白发黄埃。借问玄都道士,刘郎何日重来。

其二

山翁归去。记得来时路。雨涨溪泉人不渡。花外鸟啼何处。　　人间不是山中,高怀都付丝桐。一曲瑶池宴罢,春风吹尽残红。

张肯 6首

明洪武末年前后在世,卒年八十余。字继梦,一字寄梦,号梦庵。钱塘(今浙江杭州)人,其先浚仪人,南渡居钱塘。宋濂弟子。诗文清丽有法,尤长南词新声。有《梦庵词》。其题《莺莺像》与瞿佑一样以王实甫《西厢记》中莺莺、张生情事为基础,扩展画意。瞿佑认为画作更能传人物情性之真,"艳词娇传,空费雕虫",颇见画趣。题山水画则一片潇洒清逸之气,真得尘外之思。

清平乐　题陶学士驿亭图

邮亭静悄。此际风光好。烛暗香销又惊晓。叙得欢情多少。　今朝人在筵前。江南一曲□传。懊恼昨宵灯下,琵琶莫拨珠弦。

虞美人　题采菱图

采菱时□菱湖口。菱角愁纤手。采菱艇子小如梭。只怕苹风吹浪晚来多。　伤心惜昔分秦镜。羞睹菱花影。鸳鸯湖上正双栖。莫唱一声水调恐惊飞。

千秋岁　题寿星图

霞迎佳瑞。晴色分新霁。花影淡,香风细。星辉南极表,鹤唳祥烟里。春正好,蟠桃又结双次蕊。　仙子来朝处。微步鸣环佩。锡佳宴,同良会。满斟长寿酒,共饮拼沉醉。天地久,朱颜不老千秋岁。

浪淘沙　咏寿星图

金姥炼芳颜。名占仙班。今朝南极降人间。翠葆参差香雾软,琼佩珊珊。

霞彩映琅玕。舞凤回鸾。玉壶寿酒似春宽。最喜蟠桃初结子，颗颗垂丹。

如梦令　咏嗅花仕女

脸印枕痕红透。髻軃云鬟绿皱。睡起不胜情，闲把花枝频嗅。知否。知否。人与花枝俱瘦。

沁园春　题莺莺像

楚楚芳姿。是谁人扶上，崔娘卷中。恰金蝉委蜕，鬓云绿浅，翠蛾出茧，眉黛香浓。待月应真，迎风也似，算只欠、墙花一树红。千年恨，水流云散，僧舍蒲东。　　而今蓦地相逢。悄不似当年憔悴容。正章台云雨，未丝杨柳，蜀江秋露，初蕊芙蓉。一见魂消，再看肠断，方信春情属画工。元才子，艳词娇传，空费雕虫。

王达　2首

字达善，号耐轩居士，无锡人。洪武初举明经，为本县训导，荐升国子助教。永乐初擢翰林编修，累官侍读学士。博通经史，与解缙、王偁、王璲等号称"东南五才子"，其他四人先后得罪死，达独以寿考终。有《天游集》《耐轩集》等。惜阴堂裁为《耐轩词》。

忆秦娥　题春山图

波凝縠。兰芽透土明红玉。明红玉。柳丝千尺，暖风摇绿。　　抱琴踏遍南湖曲。问渠何处寻芳躅。断桥流水，杏花茅屋。

忆秦娥　题晚泊图

愁如缕。谁家落日敲秋杵。敲秋杵。淡烟疏柳，故人何许。　　别来每恨关山阻。江鸿影落芙蓉渚。芙蓉渚。短篷孤烛,几声疏雨。

李祯(1376—1452) 9首

字昌祺,庐陵人。永乐二年(1404)进士,选庶吉士,预修《永乐大典》。历广西、河南布政使。有《运甓漫稿》七卷、《侨庵诗余》二卷。其《杨柳枝》题《喜鹊图》写画外之意,生动活泼,富生活气息。《天仙子》题赵雍幽兰从个人湘浦观感入手,真幻相映,颇发赵氏幽兰清绝之致,以及风流蕴藉、自然潇洒的胸襟。

杨柳枝　题喜鹊图二首

一双飞下立斜晖,特地查查近绣帏。笑倚绿窗听未了,小鬟低语报郎归。

其二

对立梅梢似欲鸣,含情倾听却无声。摩挲醉眼行前看,不是生成是画成。

天仙子　题赵仲穆图

忆昔维舟湘水曲。露浥芳蕤飘远馥。褰裳徐步踏晴沙,东一簇。西一簇。尽日徘徊看不足。　叹息光阴如转毂。老去观图揩病目。花绝俗。叶绝俗。想象王孙清似玉。

其二

公子才华偏蕴藉。九畹春光生笔下。幻成花叶恰如真。他看罢。咱看罢。不信根苗原是画。　醉眼摩挲惊复讶。端的人能移造化。风不谢。雨不谢。一任卷将堂上挂。

临江仙　题墨菊送陈知府行

一段秋光新写就,盛开不待重阳。枝梢花叶互低昂。巧将篱下艳,幻作画中芳。　　为问渊明何独爱,爱他晚节寒香。从今移种上林旁。时时承雨露,岁岁傲风霜。

风流子　题周参政南峰书舍卷

钱塘最胜处,龙井畔、此地是君家。有垂柳引莺,古松巢鹤,石栽蒲草,池种荷花。客来访,绿衣铺座席,红袖过汤茶。评史讲经,赋诗观帖,竹间棋局,窗下琵琶。　　况湖山清雅,僧房占、不尽水竹烟霞。赢得老辞画省,荣赐乌纱。便重寻旧隐,歌当细听,酒当满泛,休问其他。人道昔时书屋,今更光华。

柳梢青　题秋塘图

落尽芙蓉,收残菱芡,晚色凄迷。断荇随流,枯荷折柄,秋满苏堤。　　沙禽自在幽栖。极浦外、天连水低。粉坠莲房,波漂菰米,烟暝湖西。

苏幕遮　题清溪渔隐

浦云收,山月放。红蓼湾头,秋水生新涨。一个轻舟双桨荡。萧散江湖,富贵非吾望。　　击空明,浮滉漾。汀鹭渚鸥,处处长相傍。马首红尘三百丈。风吹不到蓑衣上。

朱有燉(？—1439)　1首

明周定王朱橚长子,太祖朱元璋孙。洪熙元年(1425)袭爵,卒谥宪。工词曲,著《诚斋录》四卷,词附。惜阴堂裁为《诚斋词》。

人月圆　题巫山图

阳台千古闲云雨,此处梦游仙。当时佳遇,共期百岁,人月团圆。　　从前限隔,千重楚岫,万里湘川。可怜惟有,景遗图画,情在诗篇。

沈愚　1首

字通理,号空侗生,昆山人。家有藏书数千卷,博涉百氏,以诗名吴中,为"景泰十才子"之一。善行草,晓音律,通医术,诗余、乐府传播人口。业医授徒以终。有《筼籁集》《吴歈集》。

天香引　题龙洲先生遗像

美髭髯,双袖翩翩。气吐虹霓,笔扫云烟。奈落魄无家,飞腾无路,际遇无缘。　　跨鹤背、来参稼轩。占鳌头、输与龙川。觞咏流连,词翰流传。胡海英豪,风月神仙。

马洪　2首

明正统初前后在世。字浩澜,号鹤窗,仁和人(今浙江杭州)。布衣。工诗词,有《花影集》。

昭君怨　题小景

路远危峰斜照。瘦马风尘衣帽。此去向萧关。向长安。　　便坐紫薇花底。只是黄粱梦里。三径易生苔。早归来。

多丽　题许应和松竹双清扇景

剪蒿莱。曾将双翠亲栽。旋添成、园林佳胜,依稀巘谷徂徕。凤飞过、文章灿烂,蚁腾欋、麟甲毵毵。到节题诗,收花酿酒,鬓粘香粉袖粘苔。□□□,□□□□,□□□□□。无人识,栋梁之具,管乐之才。　　荫亭台。尽多风月,清无半点尘埃。竿期截、六鳌连举,巢堪托、孤鹤时来。色莹琅玕,脂凝琥珀,笑他门柳与庭槐。萧郎去,毕宏已老,谁富写生才。君看取,岁寒三友,只欠梅开。

倪谦(1415—1479)　7首

字克让,号静存,应天府上元(今江苏南京)人。正统四年(1439)进士,授编修,累迁至学士。简侍东宫,主考顺天,黜权贵之子,遂诬构以罪,谪戍开平。宪宗诏复旧职,累迁南礼部尚书致仕,卒谥文僖。有《朝鲜纪事》、《辽海编》及《倪文僖集》三十二卷,词附。其题画词多以画中点景人物自喻,寄寓个人的林泉高致和生命情态。画境与诗情真幻融合,清丽潇洒。

临江仙　题观泉图

桧壑泉垂朝雨后,冰帘一片谁收。两髯闲坐古矶头。回头频指点,飞雪洒清秋。　　白羽停挥凉意透,冷光晴射双眸。夕阳不尽古今愁。伯牙弦上趣,曾遇赏音不。

菩萨蛮　题小景画

短篷载雨随流下。木兰画桨无人把。两岸碧波平,群山似马行。　　浮沉飘一叶。远水长天接。倚枕惬吟情。有诗成未成。

满江红　题把酒问月

灵籁无喧,良夜永、冰轮初上。秋如许、金风荐爽,素波清漾。白玉台高天咫尺,褰裳览眺吟怀畅。便浩歌、把酒问嫦娥,遥相向。　　如汉水,葡萄酿。似鲸吸,江湖量。乾坤两白眼,任渠豪放。想是长庚来采石,金銮乍别青藜杖。待更阑、抱阮好归休,林鸡唱。

明月棹孤舟　题月下抚琴图

露下天坛秋月皎。闲来此、豁舒襟抱。细拂冰弦,闲调玉轸,弹曲广陵仙操。　　思入冥冥尘虑扫。绕十指、鹤鸣鸾啸。流水高山,子期何在,不见赏音人到。

好事近　题踏雪图

江路晓风清,满地乱堆琼屑。谩策蹇驴闲步,采梅梢香雪。　　小桥流水不知寒,春意已潜泄。□望隔崖何处,有珠宫瑶阙。

汉宫春　题半身停箫仕女

金缕裁衣,更腰系霓裳,内家妆束。蛾眉淡扫,高绾烟鬟凝绿。隔窗遥见,倚东风、海棠春足。还堪恨、被遮罗袜,凌波步莲双璺。　　一枝楚江寒玉。露纤纤十指,春葱轻掬。秦楼何处怅望,凤鸾追逐。何当拂琯,启朱唇、暗留芳馥。想只待、赏音佳伴,为吹个洞天仙曲。

浣溪沙　题夏景

紫燕营巢语画梁。海榴喷火散清香。困人天气日偏长。　　夹道槐阴张翠幄,满池莲艳斗红妆。薰风殿阁送微凉。

邱濬（1418—1495） 2首

字仲深,号琼山,琼州(今海南琼山)人。景泰五年(1454)进士。孝宗时累登文渊阁大学士,参预机务。卒赠太傅,谥文庄。著有《大学衍义补》《琼台稿》,又作传奇《五伦全备》《投笔记》《举鼎记》。

清平乐

昔高槎轩作《水龙吟》词咏红竹,予诵而喜之。欲拟作一词,未有以起其意者。适余友志昂奉常以松雪翁钩勒竹卷求题,故为作此词。

佳人空谷。陨落猗猗箓。泪尽粉干销腻玉。翠袖仅余边幅。　　吴兴公子清狂。临池不学钟王。垩帚扫成飞帛,雕锼金薤琳琅。

酹江月　和东坡韵题赤壁图

黄州迁客,意翩翩、不是风尘中物。一叶扁舟凌万顷,气盖乌林赤壁。孟德雄才,周郎妙算,到此俱销雪。横江一笑,眼中谁是英杰。　　一自两赋成来,山川胜概,倍增辉发。鹤梦箫声随水去,只有声华难灭。静对新图,闲歌古句,竖起冲冠发。何时载酒,江心重溯流月。

顾恂（1418—1505） 1首

字桂轩,昆山人,博学多识,著述甚丰,有《桂轩先生全集》《顾桂轩啖蔗余甘词》。

临江仙　对弈图

满地松花春昼永,石坛苍藓斓斑。共将踪迹比商山。一枰聊遣兴,数着且消闲。　剥啄有声惊鹤梦，何曾苦用机关。输赢只在笑谈间。烂柯回首处，仙境隔尘寰。

姚绶（1422—1495）　6首

字公绶，号谷庵，自号仙痴，又号云东逸史，嘉兴人。天顺八年（1464）进士，拜监察御史，成化初为永宁郡守。解官归，筑室曰丹丘，吟咏其间，人称丹丘先生。工书画，长于山水，宗法吴镇，亦有赵孟頫、王蒙风致，好作沙坳水曲景致，墨色苍润，《吴山归老》《独坐听雨图》为今存代表作品，乃为文学溢余之作。时有题画之作，多潇洒之致。有《云东集》。

念奴娇　咏嗅花仕女

春过太半，正桃李飘零，惜春肠断。刺绣无心闲纵步，风紧绿鬟吹乱。小小山蓬，木香花白，手折供清玩。嗅余还捻，自笑送春无伴。　可堪花老如人，不容不谢，付之长叹。昨日红颜青镜里，今作残芳盼盼。金屋谁家，阿娇深贮，到底齐眉举案。天台刘阮，终是仙凡分散。

一萼红　咏琵琶双女

绿杨阴。花开红藕净，幕卷碧油深。萱自忘忧，燕谁作伴，二女消遣闲心。紫檀槽、相看斜抱，个中调、何日遇知音。咽切唠嘈，低昂断续，此恨难禁。

可惜明妃青冢，叹年年芳草，弦断声沉。白日黄昏，红颜薄命，付与往古来今。岂是若耶溪上，紫骝嘶入，花落空林。料得香闺绣床，久矣停针。

水龙吟　题山水四首

江乡风景依然，一望碧山三十里。爱丹枫林外，白蘋洲上，紫烟光里。系住扁舟，呼来旨酒，吟余秋水。看西飞乌翼，东奔兔足，朝昏能几。　浮生不及时为乐。尘土事、又随人起。海翁鸥鸟,漆园蝴蝶,谢家燕子。多少清华,寻常消歇,百年眼底。都不如,子同西塞,橛头细雨。

其二

南华第一逍遥,人生待足何时足。问洛阳冠盖,兰亭觞咏,平泉树木。清游才罢,清欢未已,清谈又续。慨兔葵燕麦,靡芜杜若,年年春绿。　　幸喜得、扁舟落手,青草湖、又分一曲。钓丝独理,笔床共载,匏樽相属。随意看山,非因避地,骋怀游目。凭虚阁,更不成诗,罚依金谷。

其三

杜陵瀼水东西,尽道不能如此处。有太虚明月,古今同照,无分去住。忘机沙鸟,唤愁江草,因风柳絮。且放歌濯足,经丘寻壑,临流坐树。　　回首睨、红尘紫陌,消不尽、许多忧虑。景因人胜,声从耳得,色从目遇。于此徂年,醒时命棹,醉时得趣。问五侯,如何可傲,聊凭诗句。

其四

门前流水平桥,有人曳杖闲行过。爱树林阴翳,鸟声上下,岩花妥堕。有鱼可狎,有宾可乐,有农可课。更竹堪题字,水堪垂钓,草堪藉坐。　　所见者、青泉白石,那得有、软红尘涴。云添景象,雨催清思,风飘咤唾。渴时即饮,饥时即饭,倦时即卧。浮世间,触蛮蜗角,多时识破。

王越(1423—1498)　6首

字世昌,大名府浚县(今河南浚县)人。多力善射,有文武才。景泰二年(1451)进士。官至兵部尚书,以武功封威宁伯。卒谥襄敏。有《王襄敏公集》。其题画词摹画景如在眼前,尚清幽之趣。尤爱古今诗人入画者,尝题李白、杜甫、孟浩然、贾岛四诗人《骑驴图》,甚得诗家淡泊潇洒之趣。

满庭芳　题三鹭图

冰玉高标,水云闲趣,相亲惟许沙鸥。短蒲残苇,风叶晚飕飕。一个梦回渔浦,一个声断楚天秋。一个低横雪羽,飞下沧洲。　　此是三思微意,要人赏鉴,到识破方休。别有笔端造化,不知多少清幽。画两个,再斯可矣,双影照寒流。

满庭芳　题四诗人骑驴图

其一　李太白

供奉才华,谪仙风度,骑驴何以骑鲸。华阴县令,不识是先生。曾在沉香亭畔,墨淋漓、醉写清平。君恩重,脱靴捧砚,拭吐与调羹。　　俯仰少陵知己,暮云春树,多少离情。记百年酒圣,千载诗名。毕竟夜郎路远,绝胜蜀道难行。伤心处,屋梁月落,死别吞声。

其二　杜少陵

席帽长檐,布袍宽袖,稳骑驴背如船。软泥香径,行到画桥边。拍岸小溪春水,暖溶溶、流过前川。好风景,莺簧蝶拍,花柳共争妍。　　九十光阴几许,典衣沽酒,醉袅吟鞭。莫道先生落魄,此中天趣悠然。归路晚,草堂何处,一缕孤烟。

其三　孟浩然

淑气催莺,商飙送雁,赏心节序相宜。先生何苦,偏向盛寒时。瘦骨两山高耸,不知负、多少新诗。北风紧,冻云低结,万木吼声悲。　　一任雪花入手,蹇驴背上,吟思清奇。料此中佳趣,唯有梅知。分付溪童休折,未曾开到南枝。黄昏后,闲情余兴,归路尚迟迟。

其四　贾浪仙

洛下僧房,并州客舍,诗穷然后能工。一生清苦,应与孟郊同。十二街头春雪,夜窗寒、愁杀吟翁。谁知道,天教如此,无地着飘蓬。　驴背神游象外,推敲二字,引手形容。适文章京兆,途次相逢。数语遂成知己,布衣独擅高风。千年后,丹青写像,潇洒画图中。

渔家傲　题翠屏八景

红叶担头秋色老。黄牛脚低春风早。伐木忽惊枝上鸟。鱼翻沼。柳池花圃如争巧。　芳草马嘶流水绕。翠屏疑是蓬莱岛。日日醉吟吟不了。清闲好。眼空四海功名小。

沈周(1427—1509)　12首

字启南,号石田,晚号白石翁,长洲(今江苏苏州)人。博览群书,诗宗白居易、苏轼、陆游,字仿黄庭坚。画取法宋元诸家,自成一体,为明一代大师。兴至对客挥洒,烟云盈纸。画成自题诗或作题记,亦多精采。与唐寅、文征明、仇英号称明"四大家"。其题画词多为自题其画,开"吴中画派"诗画寄兴、融为一体的风气。沈周于绘画寄兴写意,多草草逸笔,题画之词也多潇闲逸韵,甚有情思,故其词俊迈摇曳,又胜出时人之潇洒爽昧。有《石田诗选》《石田集》等。惜阴堂裁为《石田诗余》。

鹊桥仙　题画

霞容开雨,波痕弄晚。更著霜枫妆点。不应黄鹤断矶头,恰坐定、功名都懒。　春暖升阶,雪寒迁栈。没个来推去挽。枉劳荣辱总成空,不长似、江山在眼。

鹊桥仙　题钓图

翛然青竹,佳哉白叟。满地斜阳疏柳。西风短发不胜吹,刚剩得、红颜残酒。　金坞虽深,冰山虽厚。不似破船能久。举双醉眼看时人,一转瞬、英雄何有。

水龙吟　和武功先生韵

前《水龙吟》词一阕,盖天全先生游灵岩而作。先生自谓超妙,尝书示周一纸,此作,其副本也,今归耻斋所。先生观化已十年,予每登山临水辄歌此词,若见先生于乘风御气之间。招之不得,涕泪随之,先生亦必知周于冥冥中也。耻斋求予文绫著色小景,补为引首连装卷,因妄赓其韵,以寄怀贤之思。

富贵梦勘成空,见何人、保得终身好。趁名遂功成,力健箸强,别却凤洲麟岛。不肯做、潦倒三孤,龙钟三少。拴条玉带,抱双芒屦,尽办得风流,又是桑榆斜照。比及要眠,早惊天晓。　　鸟无声,花无笑。旧游地、岂堪来吊。黄鹤难招,白云俱杳。多少闲缘未了。迨把酒,重唱遗词,水冤山恼。子期堪铸,也煞将、黄金为料。固视死如归,未应能早。想厌凡间,老去观化冥虚,归真冲妙。无形相抱。在天上御气乘风,憺逍遥、端得至人之道。只除他、千载思乡,或者在、洞庭月下逢仙棹。

一剪梅　题画

此老粗疏一钓徒。服也非儒。状也非儒。年来多为酒胡涂。朝也村沽。暮也村沽。　　胸中文墨半些无。名也何图。利也何图。烟波染就白髭须。生也江湖。死也江湖。

疏帘淡月　题友人亡妓小像

风流往事。只剩于今,两行清泪。故影遗真,便与在时无异。略是眉弯销翠。刚显出、一分憔悴。个里温存,就中情意,岂能忘记。　　生死茫茫两地。贯月天香,缄云锦字。因欠仙缘,传不到人间世。丹青中有还魂计,眼极处、精神会。灯阑夜悄,窣床头,见君休忌。

114

浪淘沙　题画白牡丹

雨细又风斜。春在谁家。教人寂寞认天涯。阁酒关门无况味,何处寻花。玉貌忆笼纱。梦里繁华。今年情比去年差。便把娉婷追上纸,终莫如他。

临江仙　题妓林奴儿画

舞誉歌声都折起,丹青留个芳名。崔徽杨妹省前生。笔愁烟树杳,屏恨远山横。　描得出风流意思,爱他红粉兼清,未曾相见尽关情。只忧相见日,花老怨莺莺。

唐多令　题画

闻道灞陵桥。山遥水更遥。六十年、踪迹寥寥。膈下困人今老矣,双短鬓,怕频搔。　行著要诗瓢。酒壶相伴挑。望秦川、千里翘翘。再画一驴驮我去,虽不到,也风骚。

忆秦娥　题秋景

秋萧索。纷纷残叶随风落。随风落。去来南北,几时逢着。　离愁逼得人怀恶。更堪昨夜罗衾薄。罗衾薄。数声断雁,孤灯西阁。

蝶恋花

癸亥三月十八日,坐闷掩关,国用至,云:"雨日西山茶笋颇佳"。遂理舟而行。时东阑牡丹始放,行恐负花,不行又差茶笋。国用又云:"归亦倾国未老"。舟中忆花,染此墨本,复填此词,以寄孤兴云。

闷闷家中无意味。笋紫茶青,便尔西山去。叵奈东园花一树。新红不语愁先露。　尽欲相留留不住。少倚扁舟,尚把西施顾。料理归来春未暮。

临轩烂醉还非误。

小重山　卧游册其五

花尽春归厌日迟。玉葩撩兴有新栀。淡香流韵与风宜。帘触处,人在酒醒时。　生怕隔墙知。白头痴老子、折斜枝。还愁零落不堪持。招魂去,一阕小山词。

人月圆　采菱图

菱湖女子梭船小,清水映红妆。风流何似,花间翡翠,锦上鸳鸯。　为翻绿盖,误拈紫角,纤指微伤。看他去也,一声高唱,十里斜阳妆。

张宁　6首

字靖之,号方洲,海盐人。景泰五年(1454)进士,授礼科给事中,官至都给事中,出为汀州知府。以简静为治。工书画,能诗,陈霆谓其为明代"南士冠冕"。其词多酬酢之作,赋情遣思殊乏圆妙。题画词《满江红》(一曲清商)有清劲之气,构思精巧,情意真切。有《方洲集》二十六卷、《奉使录》二卷、《读史录》四卷、《方洲杂言》一卷行世。

苏武慢　金兰

丽水真精,南州高品,流落楚皋湘岸。翠帐销残,带鱼粉碎,写不尽灵均怨。莺羽萧萧,菜花掩映,黄瘦过初相见。记当时、传报泥缄,早已遂同心愿。　似谁将、三径寒芳,满林枯叶,把九畹风光换。从今契合,世路交情,拌一笔都勾断。操变西音,佩纫中色,郁垒酒堪同荐。尽教人、东抹西涂,都不改旧时疏澹。

满江红　题碧梧翠竹送李杨春

一曲清商，人别后、故园几度。想翠竹碧梧风采，旧游何处。三径西风秋共老，满庭疏雨春都过。看苍苔白石易黄昏，愁无数。　　峄山阳，淇水路。误佳期，空跌蹉。叹舞鸾鸣凤，归来迟暮。冷淡过如西涧草，凄迷番作江东树。且留取、素管候冰丝，重相和。

扫花游　题画松寿仲德昌司洲七十

岁寒日远，算桃李暄妍，几番蒲柳。几回辜负。喜陶潜归遇，故园旧友。种子成阴，管取孙枝左纽。从今后。更节错根盘，罔陵悠久。　　荣与枯相偶，叹丁梦无凭，秦封何有。商舟在否。便丹楹藻节，栋梁还朽。但愿苓生牛化，丝萝附守。共携手。东风玉壶春酒。

点绛唇　王子敬飞白竹为陈彦章题

苍玉玲珑，淇园一夜霜飞白。旧时题刻。消瘦乌丝画。　　把素鸾翎，点缀枯鱼骨。还堪惜。坡仙妙墨。翻做双钩笔。

点绛唇　为沈履德题赤壁图

千古江山，旧游人物知何处。星乌月树。留下伤心句。　　忙里功名，冷被闲樵破。真相误。今宵风度。不皆忙时个。

拜星月慢　为许景章题钱舜举美人昼寝图

夜漏淹情，晨鸡催梦，总被韶华担阁。刚离花魇，早睡魔缠缚。雕床静，渐觉花横凤侧，柳叶垂秋波压。莲步停香，见参差罗袜。　　半惺忪、犹恐花钿落。枕痕红、暖衬春纤甲。闷杀侍女低言，怕莺声惊觉。闷些儿、不到巫山峡。

微翻动、翠被斜伸缩。待起来、细整云偏,把衣裳再着。

彭华(1432—1496)　1首

字彦实,号素庵,安福(今江西安福)人。景泰五年(1454)进士第一。成化时累官吏部左侍郎兼翰林学士,入阁预机务。与万安、李孜省朋比,排挤异己。逾年以风疾卒,谥文思。有《彭文思集》六卷。

南乡子　为周必约题芦雁

秋色动微茫,芦苇萧疏带夕阳。鸿雁飞来因底事,凄凉。寒影曾拖塞北霜。　羽翮未摧藏。依旧江南啄稻梁。睡觉沙头联翩起,翱翔。万里天光接水光。

史鉴(1434—1496)　1首

字明古,吴江(今江苏苏州)人。隐居不仕,熟于史学。王恕巡抚江南时,闻名延见,访问时政,指陈利病,深服其才。家居水竹幽茂,亭馆相通,好着古衣冠,曳履其间。居住西村,人称西村先生。有《西村集》八卷。

少年游　题小景

青山重叠绕回溪。空翠湿人衣。好似娇娥,晓临妆镜,石黛扫双眉。丹枫映水如缥锦,秋色误春姿。风振华林,满空林籁,走上小亭时。

吴宽（1435—1504） 5首

字原博，号匏庵，长洲（今江苏苏州）人。为诸生时，即有声望，遍读《左传》《史记》《汉书》及唐宋大家之文。成化八年（1472）进士第一，授翰林院修撰，侍孝宗于东宫，进讲闲雅详明。后掌詹事府，官至礼部尚书。卒谥文定。其诗深厚秾郁，书法亦名擅一时，姿润中时出奇崛，规模苏轼而多所自得。其题画词以仕女为主，传神摹态，虚实相映，多得婉鸾清丽之致。有《匏翁家藏集》七十七卷。

丑奴儿　咏墨菊

风枝露叶凉思起，占断东篱。爱杀开时。只恨王弘送酒迟。　　绿衣黄里诗人句，不是相知。颜色堪疑。新浴羲之洗砚池。

阮郎归　题修竹仕女图

嫣然何物步苔茵。霞裾谁染尘。淡妆一面认来真。水边非丽人。　　如抱恨，更含颦。□□□□□。隔园修竹接东邻。风前忙转身。

阮郎归　题倦绣仕女图

日高碧树午阴圆。绣床人未眠。回文锦字彩丝缠。停针还怅然。　　飞絮底，落花边。青春将暮天。辽阳人去几时还。真将诗意传。

重迭金　题宫人二景

太湖石畔苔痕滑。玉阶扶上看明月。若此广寒宫。宫中人又空。　　夜寒风力重。别馆帘钩动。为问夜如何。松阴月正多。

其二

离宫复道遥相望。步来不设青丝障。琪树列千行。更闻金粟香。　　玉奴传信至。上有飞琼字。明日会蓬莱。还同仙姥来。

倪岳（1444—1501）　1首

字舜咨，上元人，倪谦子。天顺八年（1464）进士，授编修，官至吏部尚书，卒赠少保，谥文毅。有《青溪漫稿》二十四卷。

望海潮　题水仙扇面

冰玉为肌，沉檀为骨，天然素体倾城。鼓瑟湘潭，捐珰澧浦，凌波微渡飞琼。何处是蓬瀛。正忍寒送目，借水成名。东阁官梅，两般标格一般清。

娇黄腻粉轻盈。有心安冷淡，节抱幽贞。压倒酴醾，挼先桃李，花时争遣交并。临镜渐分明。但半衾掩面，千里关情。山谷山矾，出门一笑大江横。

姻叔卢廷弼丈，以水仙扇索题，久未之复。暑雨，公务稍简，因填《望海潮》词一阕于其上。所谓观音老人坚坐不去者，亦此意耳。

程敏政（1446？—1500？）　1首

字克勤，休宁人。成化二年（1466）进士，历左谕德，直讲东宫。孝宗嗣位，擢少詹兼侍讲学士，直经筵。官终礼部右侍郎。有《篁墩集》九十三卷、《宋遗民录》十五卷等。

卜算子　题汪汝温便面

草长沙露尖，风急波生绡。两个渔郎任意行，不问谁先后。　　纶竿腥乍收，饭甑香初透。回首相呼好放船，正是潮生候。

桑悦（1447—1503）　1首

字民怿，常熟人。成化元年（1465）举人，迁柳州府通判。有《思玄集》十六卷。

千秋岁

刑科给事史君巽仲，元宵华诞，其配卫国徐公女，后二日生，作图名曰同寿。予填是词其上。

节界元宵，又经过两日，后先华诞。天命华灯，分照仙姿达旦。原侍玉皇香案。又逢着吹箫旧伴。青霄上、鸾凤和鸣，绿云飞度零乱。　　寒冰未泮。正梅花、南枝破玉，露流香汗。贺客如云，琼阙蕊宫相伴。乌纱斜岸。醉掩映、宝钗金钏。任他海变桑田，春色年年不换。

李东阳（1447—1516）　9首

字宾之，号西涯，茶陵人。天顺八年（1464）进士，选庶吉士，授编修。孝宗时，官至礼部尚书，兼文渊阁大学士，预机务。武宗立，屡加少保、兼太子太傅。刘瑾入司礼，东阳即辞位，不许。瑾诛，东阳特进左柱国，以老疾乞休。卒谥文正。文章典雅流丽，工篆隶书。以宰臣而领袖文坛。其诗开茶陵派。自明兴以来宰臣以文章领袖缙绅者，杨士奇之后，东阳而已。他将"诗必具眼"的主张运用于书画鉴赏，追求诗与书画艺术的相通，有"诗家画格还相宜""画家风物总宜诗"等说法，并以"意格"统摄诗法、书法、画法，强调诗书画意境风格的融通，要求在书画创作中要兼有个性风格和诗意。有《怀麓堂集》。

浪淘沙　便面小景词二首

江上晚多风。且系孤篷。轻蓑细雨荻花丛。见说前溪波浪恶，休更匆匆。

其二

此兴在江东。还似飘蓬。天涯白首画图中。把酒高歌从此别,何处相逢。

洛阳春　题金瓶牡丹寿罗冰玉五十

洛阳花入长安早。似天风吹到。绛罗高卷对罗郎,画与诗俱好。　一阳生处春先报。报先生知道。年年画里看花来,看花老、人方老。

雨中花　题画四阕

正爱月来云破。那更柳眠花卧。帘幕风微,秋千人静,酒尽春无那。迢递高楼孤寂坐。缥缈笛声飞堕。恨烛短宵长,院深墙迥,凭仗风吹过。

其二

何处玉楼朱户。如隔暖烟香雾。荷芰池中,蔷薇架底,风落花无数。三十年华容易度。薄命任他分付。恨承露盘空,茂陵人老,谁献长门赋。

其三

庭下桂花如绣。门外月华如昼。云母屏开,水精帘卷,照见姮娥瘦。记得中秋风雨后。今夜清光依旧。怕犀箸风高,玉杯露冷,空把仙裙绉。

其四

三十六宫台殿。一夜雪花飞遍。旋扑罘罳,更窥疏绮,还绕流苏转。人世几回惊岁晏。天上春光应先。想白雪歌成,红颜醉也,谁见春风面。

减字木兰花　题画

危峰欲堕。岩背老翁方稳坐。落叶无声。树底风来了不惊。　只缘诗癖。纵有闲心闲未得。刚道忙来。世事何曾一挂怀。

浪淘沙　题牡丹

春去有余春。且付花神。天香满地不沾尘。报道夜来新雨过,雨过还新。芳意比佳人。谁写花真。碧云为盖草为茵。刚道花王谁不信,疑是前身。

张旭　5首

字廷曙,休宁人。成化十一年(1474)举人。历官孝丰、伊阳、高明三县知县。为诗长于集句,有《梅岩小稿》三十卷。

帝台春　红梅翠竹图为李彦夫题

姑射仙眷。瑶池曾赴宴。酣醉归来,带得春风满面。喜有湘妃共携手,绿云堕臂松金钏。分明是、天上良缘。人间绝艳。　笑容见。巧犹倩。舞袖转。轻还便。便历尽岁寒守贞心,真个钢经百炼。凤箫吹彻天如水,金鼎调回春满殿。这明月清风,未许常人占。

玉楼春　惜花春起早

红颜暗妒花容好。才见花开起偏早。东风未送五更钟,已向芳丛寻绝倒。多情却被无言苦,徒倚阑干心草草。唤醒蝴蝶莫轻飞,珍重枝头露珠小。

踏莎行　爱月夜眠迟

夜色横空,月明如水。雕阑寒浸金波里。欢生笑语未成眠,花影移移近盈咫。　漏转三更,天连万里。青春忽把朱门倚。欲笺心事问知心,目□银河无尺鲤。

临江仙　掬水月在手

水满金盆光浸月,珠帘卷尽东风。闲来掬水月相逢。指尖真有力,擎住广寒宫。　　欲向嫦娥轻借问,那堪心事匆匆。愿留清影向房栊。红颜兼绿鬓,长在照临中。

小重山　弄花香满衣

芳心撩乱赏花时。试将花笑捻、落胭脂。香随玉笋透春衣。兰和麝、怎敢斗清奇。　　惹得蝶飞飞。北枝寻不见、又南枝。东风有意愿相期。明朝重会处,吹转日迟迟。

魏偁　1首

字达卿,鄞(今浙江宁波)人。成化二十二年(1486)贡士,授石城训导。幼颖慧,稍长,博涉群书,以诗文名于世。有《云松诗略》八卷。

忆秦娥　题雪景竹人图

同云布。江上黯惨天将暮。天将暮。寒风朔雪,行人迷路。　　草堂只隔前村。招招舟子溪南渡。彷徨处。倚门人望,蹒跚归去。

吴洪(1448—1525)　1首

字禹畴,号立斋,吴江(今江苏苏州)人。成化十一年(1475)进士,官广东按察副使,迁福建按察使。正德时,任南京刑部尚书。厘剔奸弊,矫矫有风节。忤刘瑾,致仕归。卒赠太子少保。

朝中措　题五同会图

苍颜绿鬓并吴侬。五老一尊同。要识岁寒心事,疏梅瘦竹长松。　　鹓行鹭序肩随好,谈笑漫从容。但愿人生长久,年年得似图中。

赵宽(1457—1505)　2首

字栗夫,号半江,吴江(今江苏苏州)人。成化十年(1481)进士,官终广东按察使。有《半江集》十五卷。

蝶恋花　题花鸟图

香雨新施膏沐了。睡思薔□,不管雕阑晓。宿酒渐消红晕小。梦魂何处巫山杳。　　无数间关枝上鸟。报与花神,昨夜春多少。惊起无言情悄悄。腰肢又被东风恼。

临江仙　题画牡丹

忆昔沉香亭上饮,东风何限年华。清平新调拂金花。玻璃七宝盏,含啸泛流霞。　　传到洛阳春更好,园林胜事家家。向来姚魏委泥沙。画图风韵在,千古意无涯。

符俊　3首

生年不详,约卒于成化十二年(1476)以后。字世英,余杭(今浙江杭州)人。景泰元年(1450)举人。有《进修遗集》。

如梦令　三首

题孤舟图

木落西风江渚。凉战几番疏雨。一夜湿青蓑,晒向船篷高处。归去。归去。应为好山凝伫。

题风雪破窑

雪满长街风急。人在破窑寒逼。谒罢晚归来,三复仰天长息。阴极。阴极。料得阳回有日。

题打鱼舟

春水半溪浮玉。烟柳万丝摇绿。一叶打鱼舟。撑过杏花村北。三复。三复。歌彻太平新曲。

祝允明(1460—1526)　7首

字希哲,号枝山,又号枝指生,长洲人。弘治五年(1492)举人,官至应天府通判。与沈周等交游,与唐寅、文征明、徐祯卿称"吴中四才子"。其诗取材颇富,风格与祯卿为近。书法尤善,兼工楷草,横放自喜,得晋唐古雅之致,名动海内。有《怀星堂集》三十卷、《祝氏诗文集》。

鹧鸪天　林生画扇

几见和宁小曲身(和宁,秋香所居),吴绫蜀楮满前陈。浑非薛媛图中貌,也异崔徽镜里真。　　山接屋,树连云。这回风景更清新。冯君莫讶丹青妙,元是丹青里面人。

南歌子　墨菊

面背东皇敛,心从白帝倾。避炎趋冷久惺惺。谁识一般风味尽多情。
索性抛金缕,浑身付墨卿。俍红年少想应憎。又为一生缘分近书生。

瑞龙吟　夏景仕女

炎光永。堪爱嫁日葵娇。媚风荷净。池台夜色沉沉,有情月柳,分来淡影。　如清景。人在水晶宫里,态真妆靓。风鬟雪骨萧萧,放娇趁弱,阑干斜凭。　无奈风流姊妹,妥肩垂袖,厌厌相并。应是一般无言,心下自省。双鬟何事,心相怎难定。相将去、撩花拨蝶,恼人情性。水阔鸳鸯冷。红云会与,深深隐映。天赐长交颈。银漏转、冥冥天阶人静。恰安排睡,被风吹醒。

瑞龙吟　秋景仕女

蓬莱境。谁把黄入桂屏。碧归桐井。风高院落清寒,绮寮灵锁,琼瑶相映。　漫思省。谁念星娥离别,月妃孤另。问天乞纸婚书,填成姻眷,天应也肯。　何处青鸾飞过,玉楼云冻,瑶台风紧。吹堕蕊珠金盆,仙掌难稳。云编粉简,空满旧吟咏。争如是、秦箫并品,蜀琴双听。银烛秋光冷。人间天上,婵娟争胜。且抱罗衾剩。行雨转、芳心悲欢共警。有人缱绻,有人薄幸。

踏莎行　月梅

晕雪成花,削琼为骨。人间一品芳菲格。冰轮遥驾素娥来,凭空幻出风流色。

彩样瑶柯。香熏宝魄。合和秀气都无迹。东君楼阁锁重重,春风莫管分南北。

忆王孙　春睡美人图

梨花蒸透锦堂云。堆下巫山一段春。化作辽西身外身。忆王孙。枝上流莺休要闻。

江南春　和倪瓒原韵

北都相将宴樱笋。忘却闺人绿窗静。不堪丽日入房栊。真珠一铺碎花影。空梁燕归怨泥冷。杨花轻狂挂藻井。姚黄无赖照领巾。当年曾与争芳尘。　春日迟，春风急。春云蒸透春花湿。妍姿失时羞莫及。烟绵草缬凝空碧。愁心重重气于邑。绣衫棱棱遮骨立。空帷寂寂悬青萍。谁能持寄并州营。

李堂（1463—?）　7首

字时升，号堇山，鄞县（今浙江宁波）人。成化二十三年（1487）进士，官至工部右侍郎，总理漕河。有《堇山文集》十五卷。

瑞龙吟　题画

正新秋。都在凉亭水阁，贮却清幽。门外何人载酒，短蓬长笛，惊起沙鸥。断雯浮。千里碧空送目，黄鹤高楼。周郎赤壁知何处，嗟陈迹、芷崖兰洲。　三五玉人归候。炉香茗碗，且伴悠悠。谁遣魂消梦断，旧恨新愁。人间天上，好事苦难酬。从前数、重阳多少，黄菊篱头。清尊白发还相守，渐看霜重寒遒。水枯石瘦，月缺光抠。

浪淘沙慢　题家藏秋江独坐图

满天秋,月色无边,江山愁绝。祖逖舟羊祜碣。黄鹤一声山欲裂。洞庭空、玉箫哽咽。吊赤壁战场沉戟处,万顷烟波阔。　　伤切。铜雀灰飞烟灭。物换星移皇英泪,点点湘筠染血。尽龙虎吟咆,鸡虫琐屑。数英雄、多少骨销名歇。老翁久矣忘饥渴。吸长鲸、江流断竭。吞云梦、耻太仓鼠啮。会寻思、傲睨乾坤,今古兴亡都尽撇。

满江红　题董永仙女怀归图

风舞长松,苔封路、洞门半掩。拂试罗裙移玉步,云开香脸。蓬莱缥缈晴光敛。蕊宫隐约神游俨。虑仙凡、信息阻青鸾,情如闪。　　浪里花,心难撼。净池莲,尘莫染。嗟月姊星妹,会期荏苒。冰绡雾幕寒犹在,鸾骖鹤驭何时掺。思陵虚、把旧锡瑶编,从头捡。

汉宫春　为倪虞部舜熏题美人二障

月减梅妆,又春深紫燕,将雏双飞帘幕。梦醒啼痕,懒动秋千彩索。欲上危楼,奈腰肢、瘦损非昨。谩凝伫、广寒宫殿,清泪几声瑶鹤。　　门外何人笑乐。绣縠雕鞍,乘春佳客。两地眉峰,远水遥岑系着。苍苔润、小雨初晴,闲阶步却。添新恨、桃李成泥,敛黛怕呈绰约。

其二

花艳云流,正避暑楼台,洞天清昼。碧树烟轻,不觉凉生红袖。湘帘乍卷,动微风、波纹绿皱。采莲人、荡漾莲舟,手掬芳泉玉漱。　　照影偏怜寒溜。皓齿明眸,相将如旧。歌喉宛转,柳边正调莺咮。宜新谱、韵入冰弦,恰谐金奏。梧桐月、又送黄昏,坐残归候。

念奴娇 为郑仪部嘉言题美人画二阕

其一 题叶

蕊宫金井,薄罗寒、谁变林梢新绿。露重高枝商飙坠,一片红殷似沐。万斛离愁,满腔秋兴,尽为霜红触。甫拈兔颖,不禁寸肠回毂。　　暗想鸿断鳞沉,秋期春信,何时再续。写罢新词远清墨,将赴御沟流逐。但使人间,也知天上,那管谁收录。待□未忍,玉踪又点薮薮。

其二 弄箫

锦堂清晓,爱湘筠、谁截玉枝芳润。品按参差纤纤举,欲写离鸾幽韵。洞客仙游,羲皇驭杳,愿祝风传迅。凭阑伫久。又疑翔凤千仞。　　细想春梦无凭,高冈何处,对面云山峻。且放悠扬声不断,彩羽依稀相近。曲调将终,琐窗如昨,懒更修蝉鬓。夜来清影,惟有碧梧堪信。

谢承举 1首

初名璿,字文卿,号野全子,上元(今江苏南京)人。累十举不第,退耕国门之南。工诗,书法出于苏、黄两家,笔力清硬。善画,清丽绝俗。有《谢子象诗集》。

卜算子 题凭几图

病影有灯知,心事无人问。上苑春光过二分,应少同游分。　　画障且相偎,曲几聊孤隐。窗外红梅开已齐,似识香闺闷。

唐寅(1470—1522) 3首

字伯虎,一字子畏,自号六如居士、桃花庵主、逃禅仙史等,吴县(今江苏苏州)人。

弘治十一年（1498）举乡试第一，会试时因牵涉科场舞弊案而被革黜，株累下狱。放归，迁吴中，后归心佛门。寅性不羁，有诗才，文词敏快，尤善书画。山水师法李唐、刘松年，清俊悠远。人物有唐法，多为仕女及历史故事，线条清细，色彩艳丽清雅，体态优美。花鸟画，长于水墨写意，潇洒秀逸。有《六如居士全集》。

千秋岁引　题古松赠寿

藓叠苍鳞，罗缠翠角，万丈髯龙奋腾跃。深更抱云宿夜涧，清朝捧日登秋壑。挺风霜，傲泉石，倚寥廓。　下有茯苓上有鹤。守护地口丹竈药。粟粒黏唇世缘却。凡时细调白玉髓，藏来密锁黄金橐。祝天龄，向初度，齐天乐。

过秦楼　题莺莺小像

潇洒才情，风流标格，脉脉满身春倦。修荐斋场，禁烟帘箔，坐见梨花如霰。乘斜月，赴佳期，烛烬墙阴，钗敲门扇。想伉俪鸾凰，万千颠倒，可禁娇颤。　尘世上、昨日朱颜，今朝青冢，顷刻时移事变。秋娘命薄，杜牧缘悭，天不与人方便。休负良宵，大都好景无多，光阴如箭。闻道河东普救，剩得数间荒殿。

一剪梅　题画

春来憔悴欲眠身。尔也温存。我也温存。纤纤玉手往来频。左也销魂。右也销魂。　条桑采得一篮春。大又难分。小又难分。惟贪缫茧合缭纶。吃不尽愁根。放不下愁根。

顾潜　1 首

明正德初前后在世。字孔昭，昆山人。弘治九年（1496）进士。官至直隶提学御史，因忤尚书刘宇，出为马湖知府，未到任罢归。工诗文，平正朴实，不事修饰。有《静观堂集》十四卷。

虞美人　题梧月美人

辘轳声断闲金井。露湿衣裳冷。亭亭玉立辅凉阴。谁写一腔幽恨入琴心。　　风神镜里犹堪想。清绝无人赏。碧云缥缈凤难招。应共嫦娥孤负可怜宵。

朱朴　1首

明嘉靖间在世。字元素，海盐人。隐居西村不仕。工诗，诗集即以"西村"名，词附诗集中。

西江月　葡月卷为余丈重作

汉使携来异种，素娥摇动清晖。绿荫满架玉差差。云净碧天如水。　　珠帐倒涵蟾影，兔华寒浸虬枝。夜深池馆卷帘时，人在水晶宫里。

陈霆　42首

明正德十五年（1515）前后在世。字声伯，浙江德清人。弘治十五年（1502）进士。授刑科给事中。正德初，因忤刘瑾，谪判六安。霆博洽多闻，工诗词古文，留心风教。其词豪迈激越，有苏、辛遗风。有《水南集》十九卷及《渚山堂词话》等。

念奴娇　墨芙蓉

孤芳无主，被西风、送与一天愁色。顾影含羞还有恨，彩笔怎生描得。蘋白如矜，蓼红自倚，真意谁能识。影娥池古，晚妆犹剩香墨。　　惆怅别浦芳洲,水云静处,佩冷菱歌寂。幽梦偶随归燕化,荏苒乌衣消息。浊世堪惊,细尘易染,清泪空狼藉。江南望断,一痕月照凉夕。

满庭芳　陶潜抚孤松图

短杖东皋,浊醪西舍,吾生乐在田园。良苗秀雨,生意蔼晴川。长日柴扃不搜,浓阴散、柳外榆前。山林好,意行无阻,琴在也无弦。　为生消几许,区区五斗,未当三餐。算折腰非易,解印非难。落落长松共晚,尘埃事、有梦谁关。无心处,闲云自出,孤鸟自飞还。

水调歌头　梅竹芝草图寿人正月十五日诞辰

金芝腾地宝,瑶草动春芳。中庭乍消残雪,和气转东皇。花市收灯未久,柳陌踏青将届,乐岁好风光。指点泰途近,身在讵须忙。　儒家气,方家业,道家装。膝前彩衣围绕,袍锦昼辉煌。坐我苍筠万亩,寿我红梅百本,才足了千觞。一笑领黄鹤,回首望仙乡。

清平乐　风雨归庄图

石田茅屋。老去安耕读。门外春风芳草绿。容我倒骑黄犊。　前村风雨催归。垂杨吹断柔丝。两手按翻箬笠,一身抖乱蓑衣。

齐天乐　驻节宁亲卷

东风江上梅花路。仙舟载将春去。使节龙函,宫袍兽锦,光满晴川行处。飘飘意气。尽骑鹤云端,泛槎星次。一点稽山,苍寒落枕海门曙。　九重驰来香币,报皇华事竣,白云情系。喜集莱衣,庆钟寿斝,花月楼台十二。夕阳正未。看雨露芳容,椿萱交翠。醉眼蓬莱,海波清见底。

念奴娇 赤壁图,用东坡韵

三分鼎峙,算江东虽小,尽多人物。一片江山千古恨,崩浪怒冲高壁。湖海孤臣,经年放废,破帽撑风雪。浪游怀古,问君谁是豪杰。　　驾此一叶扁舟,举杯属客,清兴樽前发。凌涉沧茫三万顷,洗荡凡尘消灭。夜静江空,洞箫清润,露气侵华发。仰天一笑,醉中卧对明月。

踏莎行 九鹭图

秋逼银塘,凉生玉井。莲衣破裂西风猛。白蘋深处晚归来,汀洲一片山阴景。　　几点云轻,数声烟暝。联拳啄碎澄波影。梦魂清断夜三更,一江明月芦花冷。

临江仙 扇面

妆点吴乡秋意老,夕阳红树离亭。晚江潮退水痕平。两行征雁,相约下寒汀。　　钓饵丝纶收拾了,芦花深处舟横。西风吹面酒微醒。起来船尾,坐看远山青。

天仙子 秋景画

江上青山山下路。茅屋人家临水住。雨余一片夕阳明,汀草处。鸥来聚。一叶渔舟横野渡。　　烟雾纷纷生古树。树底寒流桥欲堕。行人千里未能归,还自苦。愁无数。枫落吴江秋正暮。

酹江月 梅月画

月香水影,记西湖、曾踏六桥残雪。回首江山今在否,诗被梦惊秋铁。鹤老苍苔,殿闲青嶂,僧寺茶烟歇。被花相笑,十年何事轻别。　　谁道逋老风流,丹青有手,千里神相合。月又朦胧花又瘦,还是黄昏愁绝。小殿妆奁,寒城画角,催老花时节。天涯搔首,霜风吹断华发。

渔家傲　飞鸣宿食雁图

□□秋云双缕度。江天叫雨空濛暮。梦落寒芦□□瘠。回头顾。稻粱差认年时路。　霜信却传□□误。泪弹筝柱红冰堕。望断湘云山更阻。愁□□。归期长是灯期过。

渔家傲　志渔卷

七尺顽躯多少事。浮生没个闲田地。借得桐江丝一缕。凭君计。要将白日竿头系。　一笑水云忘世味。五湖是我安身处。梦在沧洲家在水。醒还醉。任他海月空来去。

木兰花慢　思萱卷

记红芳退后,兰阶下、绿抽簪。渐叶展鸾翎,花含凤嘴,影乱槐阴。宜男自来入咏,早薰风长养北堂深。好是彩衣寿酒,一枝照映钗金。　中庭无奈雪霜侵。风木忽哀吟。叹光景无多,芳华易殒,冷泪盈襟。伤心药栏西畔,但断机、残月尚如今。总道春晖难答,年年寸草萌心。

酹江月　题天籁老人像。天籁,金末词人

滑稽玩世,知胸藏、多少春花秋月。天籁有词人有像,还是遗山风骨。松下巢由,竹间逸少,气韵真高洁。坐谈抚掌,溪山等是诗诀。　见说多景楼前,凤凰台上,醉帽风吹裂。千古英豪消歇尽,江水至今悲咽。九死投荒,三年坐困,一样成愁绝。寄声知否,酒杯当酹松雪。

水调歌头　题扇

功名大槐梦,身世钓鱼舟。归来霅川苕水,聊当五湖游。谁计一丝高洁,自喜半生清旷,瓦枕对眠鸥。回首云台事,一笑正堪休。　桃花岸,蘋花渚,荻花洲。蓑衣任君高挂,安用搭羊裘。拍面溪风山雨,满棹江云海月,浊酒注磁瓯。醉后不知处,江上数峰秋。

巫山一片云　飞鸣宿食雁

落日边声急,寒云客路愁。西风吹度岳阳楼。木叶正辞秋。　阵乱惊渔火,声寒堕舶舟。月明投足荻花洲。聊缓稻粱谋。

酹江月　题陈都宪希冉双玉合藏卷

希冉会稽人,厥先祖客死北方,侨葬蠡县。后希冉登朝,乞假访求以归,合葬祖母邹夫人湘湖之兆。

白杨风雨,算天涯、过了几番寒食。谁信客床蝴蝶梦,竟做游魂羁魄。杜宇难归,薤歌谁举,云渺稽山窟。攒封无主,土花凝满苍碧。　早是天道非亏,仁人有后,兰玉孙枝出。袍笏不施蹩石拜,来访苍梧荆棘。剑合龙津,鹤归华表,重瘗兰亭墨。空山皎月,物华光射双璧。

满庭芳　春草兼草虫画

浓绿和烟,浅青漱雨,春回芳草池塘。绣帘未卷,红影罩西廊。九十光阴苦短,蜻蜓老、蜂蝶争忙。相将近,鸣蛙鼓吹,闲冈满斜阳。　浮生真可笑,区区世路,病懒相妨。谩志勤络纬,技转蜣螂。谁道安身有处,苔茵展、风月坛场。三杯好,江花江草,分付与诗肠。

临江仙　秋江归隐图

菰米炊香鲈入馔,吴淞景属三秋。长江潮上水云浮。好风如箭,天际送归舟。　　回首功名成一梦,归来松菊应羞。何人相候坐沙头。平林暝处,鸦背夕阳收。

洞仙歌　庄子观泉

飞流直下,泻长空如练。溅沫寒崖玉珠乱。转山腰、万点苍雪侵林,林影外,一带白虹初断。　　道人疏懒久,散发披襟,石磴苔茵坐来惯。适意总忘言,斜日双瞳,寒光耀、目花生眩。待横空,一剑上青冥,看飞渡、银河灵源清浅。

风入松　旅游图

青山断送古今愁。落日下林丘。西风古道无人影,行囊薄、尘满征裘。暝色雁投何处,笛声人在高楼。　　长途世事两悠悠。羁客倦遨游。秋容诗意知何在,寒鸦外、流水桥头。凭仗丹青会写,为予添个离忧。

一剪梅　扇梅

斜绾香云倚镜台。春已输梅。人欲欺梅。护寒帘幕手初开。翠羽飞来。白雪飘来。　　冷月寒云到玉阶。画角声哀。玉笛腔哀。春幡笑语遍城隈。传道阳回。喜是郎回。

水调歌头　题杏园春色卷

恩袍草色动,仙籍桂香浮。三层暖浪,禹门一跃过鳌头。金殿彩云锦覆,玉陛欢声雷动,胪唱出龙楼。仙侣三千辈,平步上瀛州。　　马如龙,车似水,恣遨游。曲江春酒,杏花十里锦云稠。看取春风得意,渐入扬州佳境,纤手上帘钩。总是书生事,回首十年秋。

满庭芳　书赏花卷

燕子帘帏,秋千院宇,被花卖到春光。小屏银烛,入夜照红芳。可是东君有意,繁华地、赁与诗狂。三杯后,晚香初罢,檐雨正淋浪。　浮生能几许,坐间屈指,三十风霜。叹彩云易散,春梦虚忙。惟有诗情酒兴,个中事、犹恼愁肠。花应恨,满眶春泪,揾透紫香囊。

酹江月

宣德初,汴人有赵参政者,宦历浙省。乃父来就养,死葬西湖之上,其子孙绘为松楸图,介予所善者乞赋。

携壶荷锸,算青山是处,可教埋骨。天地大都成逆旅,黄土何分南北。辽鹤秋沉,蜀鹃春断,回首淮山隔。紫薇何在,月明空伴诗魄。　见说狐兔丛边,树存吴剑,匣保兰亭墨。麦饭不辞千里远,来洒他乡寒食。十里湖烟,两峰残照,记取丹青笔。不禁清泪,空岩春雨时滴。

渔家傲　江村渔乐图

万里清江春水碧。杨花乱点撩行客。日午钓篷惊雪白。无人拭。酒醒瓦枕双敧侧。　一笑浮名真外物。五湖谁论云宽窄。香饵纶竿都弃掷。盘双膝。江山晚翠输长笛。

长相思　风雨归渔图

飘雨花。跃浪花。渺渺春江收钓车。东风蓑笠斜。　系芦芽。近蒲芽。一叶轻舟寄浅沙。穿鱼向酒家。

踏莎行　菊花便面

细雨山城,西风酒旆。深秋景物皆诗句。天留老眼看黄花,一年一度重阳醉。　　晓撷怜香,夕餐甘味。食贫谁更忧生计。试观富贵满庭秋,金钱委地无人费。

木兰花慢　题双凤呈祥卷贺冯太守得子

喜仙山诞果,百年事、未为迟。正华馆春融,红裁锦褓,翠揭犀帏。天公要成双美,五年间、两送玉麟儿。表表食牛豪气,亭亭玉树风姿。　　丹山长养羽毛奇,梧竹岂终栖。看鸣盛朝阳,览辉阿阁,浴采天池。声名直追三凤,笑燕山、落后月中枝。为报青霄鹓鹭,九成伫让来仪。

酹江月　吴二尹西湖图,以下凡十景

红尘道路,笑西湖虽好,未曾相识。匹马经行天借便,一散松厅羁迹。解帽簪花,携壶贳酒,相约寻芳客。满篙春水,画船荡破晴碧。　　好是山色空濛,水光潋滟,花柳酣风日。一片笙歌云锦地,依约楼台高出。峰北峰南,湖烟湖水,分付花翁笔。锦江何处,归装聊载春色。

行香子　雷峰夕照

敛尽湖烟。淡尽湖天。望西泠、晚尽湖山。林皋烧远,鸦背金寒。看半稜阴,两竿影,落湖间。　　残霞遥映,浮岚半掩。透斜红、一缕峰前。何人无事,倚杖闲观。正水云中,莲唱寂,钓舟还。

浣溪纱　南屏晚钟

湖上群山紫翠重。归鸦蓦过夕阳春。南屏烟外一声钟。　　暝色尽随花

担返,春游忽逐水云空。明朝车马又匆匆。

踏莎行　苏堤春晓

　　花露薄红,柳烟迷翠。乱山葱蒨非人世。早莺啼送六桥春,绮窗残月人初起。　　城钥才开,曙光渐退。湖船尚在停篙处。东风满道湿芳泥,夜来堤上催花雨。

巫山一段云　平湖秋月

　　鸦鸟层林晚,菰蒲片雨晴。长烟收尽小云平。湖月十分明。　　横笛临风曲,疏钟隔水声。两三渔火近芜汀。时有雁鹅惊。

摸鱼儿　花港观鱼

　　甚朝来、斜风细雨,观鱼正有佳趣。绿蓑青笠寻常挂,谁道水乡难寄。堪画处。最好是、荻花乱点舟三四。鸥飞鹭起。更落网惊腥,鸣榔畏响,潭有老蛟睡。　　红尘路,比与烟波名利。寻思总是难事。华亭唳鹤东门犬,何似得鱼情味。君试觑。绕平湖、水云十里皆生计。红鳞买醉。世事不相关,柳阴欹枕,湖上晚峰翠。

小重山　柳浪闻莺

　　一抹晴烟淡又浓。曙鸦飞散尽、树头红。林莺催请晓匆匆。啼声好,唤动少年丛。　　纨扇落花风。苏堤三月景、水溶溶。清音度水间歌钟。寻不见,春在绿杨中。

西江月　曲院荷风

　　猎猎青蒲弄水,阴阴绿树生凉。南熏吹到藕花庄。柳下正多游舫。

骤雨打穿翠盖,浮萍放出红妆。画阑十二凭湖光。时有暗香来往。

卜算子　断桥梅雪

浅水野桥西,饥鸟依林樾。不见逋翁蹋屐过,僧舍茶烟歇。　　鹤迹绕寒汀,梅影敧残雪。却被渔舟占尽清,晚钓湖心月。

长相思　两峰插云

南高峰。北高峰。南北峰高插太空。春云起夜龙。　　烟濛濛。雨濛濛。三月湖南春树浓。楼台烟雨中。

菩萨蛮　三潭印月

采菱歌断遥天晚。碧湖无浪蘋风软。一月漾三轮,秋光被水分。　　胜游超秉烛。画舸潭心宿。月恰近双舷。梦魂中夜寒。

行香子　墨芙蓉

不向东风。不慕春红。澹无言、意懒妆慵。生香难画,真色谁同。看浅深愁,浓淡泪,墨痕中。　　彩云又散,锦城又远,为何人、消损芳容。年华苒苒,昨梦匆匆。望夕阳边,莲棹去,水云空。

清平乐　牧马图

千金骏骨。仗下思奇特。露鬣风鬃劳画笔。一顾还倾冀北。　　少年驰步长安。骄嘶柳外花边。今日沙场闲放,夕阳秋草连天。

李泛 4首

字彦夫,安徽歙县(一作祁门)人。弘治十八年(1506)进士,官至工部郎中,出为思恩知府。有《镜山稿》十三卷。

蝶恋花　半篇　题方廷实画钱塘梦图

寒角一声江梦破。晓月半床,客邸成孤卧。落尽银河星个个。曲终可惜无人和。

一剪梅　题彦明弟鹊图

灵鹊朝来噪楠牙。霄色满衙。喜色满衙。分付阶除扫落花。诗客来耶。画客来耶。　瓮尽春醅不用嗟。东舍堪赊。西舍堪赊。苍童竟日候烹茶。月上窗纱。松上窗纱。

锦堂春　题汪石山省之行乐图

试问此老,何名何氏。细认来都不似。只三分,似得石山居士。　一种心苗,满腔春意。却不逐、杏花飞去。听旁人,齐说是。这老子卢扁,再生今世。

一剪梅　青鸟蟠桃图

瑶池秋入净娟娟。月色无边。水色无边。池上蟠桃一万年。花也三千。宝也三千。　罗筵金母宴琼仙。急会歌弦。慢会歌弦。青禽传下五云笺。寿与绵绵。福与绵绵。

边贡（1476—1532） 1首

字庭实，号华泉，历城（今山东济南）人。弘治九年（1496）进士。授兵科给事中，改太常丞，迁卫辉知府，改荆州。嘉靖中，官至南京户部尚书。被劾罢归，病卒。有《华泉集》十四卷，词附。

踏莎行　题画

露湿春莎，草生芳甸。渔舟迤逦依山转。斜光明灭照村墟，绿槐深护幽人院。　　小栅鸣鸡，古梁巢燕。柴门不锁蓬蒿遍。问渠莫是武陵源，一溪流水桃花乱。

陆深（1477—1544） 1首

字子渊，号俨山，上海人。弘治十八年（1505）进士。嘉靖中为太常卿兼侍读，世宗南巡，掌行在翰林院印，进詹事府詹事。卒谥文裕。有《俨山集》一百卷，续集十卷。

念奴娇　和钱文通公小赤壁

江山阑入，想安排、真个有那神物。谁遣是非泥印定，天际一般赤壁。马援怀珠，燕人抱石，此意凭谁雪。曹刘成败，旁观输与豪杰。　　谩说吴国山川，陆家池馆，征雁和云发。紫岫丹崖高百尺，落日澹烟明灭。二俊才名，长公英迈，一夜俱华发。天公堪诉，照人惟有圆月。

姚惟芹(1479—1526) 1首

字惟诚,嘉兴(今浙江嘉兴)人。正德间国学生。有《东斋稿略》。

西江月 题醇仙图

身外乾坤觉小,壶中日月偏长。岳楼沉醉有何妨。斜着华巾鹤氅。
三岛霎时来往。五湖顷刻徜徉。世人笑我甚痴狂。一曲清风月朗。

朱彦汰 9首

明室亲藩,号雪峰道人。有《雪峰集》。其题汉魏名臣画,历叙其生前身后功业荣耀,又能抉发人物的性情才智和生命趣味,令人如见其面。题仕女画摹画女性姿态,使笔宛腻,神情如真。其词明快凝练,很具风情,是词家当行作手。

桃源忆故人 四阕 题人物画

其一 张良

羡公三杰如公少。佐汉功勋成早。偶遇圯上一老。进履授其道。运筹决胜怀天宝。妙算神机奇抱。万户千钟轻扫。同与赤松保。

其二 萧何

貌棱骨耸胸襟广。孕秀昂星垂象。兴汉大名无强。勋绩令人奖。八千户邑侯封长。筹策取功唾掌。定国隆恩懋赏。廊庙应图像。

其三 诸葛亮

卧龙真足动先主。三顾草庐恩溥。与论道时绳矩。青史褒良辅。木牛流马包天宇。智力尤能连弩。一笑长吟梁甫。勋业光前古。

其四　陶渊明

德才迈世应希有。爱向宅边种柳。不为折腰五斗。空教督邮走。　　白衣黄菊樽中酒。奚论金章紫绶。聘召不回坚守。千古名难朽。

鹧鸪天　四阕　题美人画

其一　惜花春起早

清晓妆细远画帏。柔香和露待蔷薇。低传莺语枝头小，翠逼蛾眉花外微。舒玉指，拨金徽。纤腰娜娜舞轻衣。凭栏嘱咐东君好。簇簇胭脂恨雨肥。

其二　爱月夜眠迟

玉宇澄澄玉兔明。佳人窈窕整冠行。初春艳丽沉鱼跃，乍见妖娆落雁惊。吹楚管，拨秦筝。舞衣歌扇语声声。香肌清爱婵娟满，此夕何劳用短檠。

其三　掬水月在手

纤纤玉手弄清泉。皱碧盆心兔彩鲜。绣阃晚风吹凤髻，天街轻露湿金莲。摇宝钏，整金钿。飘飘云带软相连。美兮目盼衡娇态，便是临丹桂殿仙。

其四　弄花香满衣

绿战红酣春昼长。荼蘼深处看浓妆。攀来指上胭脂碎，揉落枝头锦绣香。歌皓齿，舞霓裳。天然旖旎立栏傍。风前一顾珠缨转，不类西施压海棠。

天仙子　题王亲刘谏真容

意兮乾坤一大块。天其盖兮地其载。老翁得居天地中，心自泰。形尤怪。眸子双明识倒薤。　　八裹生来真气概。矍铄昂藏光后代。丹青传在阿堵中，孙又爱。儿又快。千古高堂任君挂。

夏言(1483—1548) 10首

字公谨,江西贵溪人。正德十二年(1517)进士,世宗朝参预机务,居首辅。为严嵩所嫉,诬陷至死。诗文宏整,以词曲擅名。有《桂洲集》《近体乐府》《赐闲堂词》等。书法峻峭飘逸,刚中带柔,丰神似其为人。题画词虽多为应酬之作,却能以词笔摹画中风景,寄寓山水清旷之趣,发思古之幽情。

大江东去

庚子初度,陆俨翁作《金焦图》,和东坡此词,遣其子楫瞿、婿学召来为予寿,予喜对二子,即席赋答。

一撮峰儿,障长江、真是天生神物。海国江门涛阵涌,玉叠雄开两壁。孤柱乾坤,双擎日月,万古头如雪。地灵江左,从来几个人杰。　　玉堂天上仙翁,画里新词,彩笔云烟发。品骘人才高与下,勘破世间兴灭。二十年前,门生座主,不觉俱华发。丹心炳炳,敢负中兴岁月。

大江东去

乙巳初度,溧阳史恭甫绘《玉阳调天图》并词二首寄寿,用韵谢答二阕

玉光阁上,凭阑处、下有蜿蜒神物。窈窕洞天烟雾里,深锁千岩万壁。鸟堞云间,龙渊石峭,虬峡涛翻雪。山人占断,江左地灵人杰。　　凌虚台倚清冥,碧树沧洲,高兴时时发。极目斜阳飞鸟外,杳雾断霞明灭。缥缈亭边,回阳洞口,长笑披玄发。玉梁倒影,古潭冷浸秋月。

其二

玉阳山水,入丹青、真足世间奇物。曲曲山房围八卦,四面苍崖翠壁。峭峡穿云,回潭浴日,绝壑藏冰雪。洞天六六,此中堪与争杰。　　画图遥谢山人,妙品新词,把玩光辉发。祝我与山长不老,阅尽万缘生灭。玉女潭深,白鸥

池静,照见飘萧发。寸心耿耿,两乡千里明月。

减字木兰花　题俞生谔夫扇面画

瑶峰如矗,楼观夕阳明落木。草阁临流。占断溪山千里秋。　　林回路转。野客扶筇归去晚。好段风光。画出青山绿野堂。

如梦令　题画四首　十六岁作

惜花春起早

门外东风何早,一夜海棠开了。料峭五更寒,人倚阑干清晓。鸦噪,鸦噪。忙问落花多少。

爱月夜眠迟

庭院月明清影,露下瑶阶风冷。斗传与参横,人在梧桐金井。夜静,夜静。坐对不知更永。

掬水月在手

宝镜碧空才展,玉指银盘新盥。孤影落清波,欲把广寒抟转。休叹,休叹。人与嫦娥不远。

弄花香满衣

花覆秋千影里。翠袖雕栏斜倚。纤手探花枝,弄落一天红雨。香气,香气。熏透遍身罗绮。

永遇乐　题松石遐龄图寿宫詹陆俨翁

矗矗乔松,岩岩巨石,苍颜古色。长共东风,不随流水,贞心自识。年年岁岁,沾濡雨露,厌饫烟霞冰雪。摩层汉、百尺龙鳞,俯千寻壁立。　　有个仙翁,俨如山岳,独挺岁寒标格。我爱丹青,分明画出,妙手真难得。节近中秋,会逢初度,北斗光瞻南极。但愿翁、柱石明堂,光华寿域。

喜迁莺　题一品当朝图寄贺张静峰

天空海阔。正一鹤南飞,高翔碧落。风卷沧溟,云收岛屿,万里烟涛喷薄。多少蛟鼍出没,满眼鱼龙变作。却争如、任劲翮飞腾,盘回廖廓。　　难学。羡先生,道骨仙风,缥缈人间鹤。明月三山,寒云五岭,几度秋风庐岳。八极遨游将遍,应入太清女漠。愿他年、一品当朝,画图忆昨。

崔桐　1首

字来凤,江苏海门(一作扬州)人。正德十二年(1517)进士,授编修。武宗议南巡,上疏力谏,致廷杖。嘉靖中晋礼部右侍郎。有《东洲集》二十卷,续集十卷。

金菊对芙蓉　谢孙子贻菊图

南省幽闲,小斋春暮,昏昏睡思方慵。惊妙染相贻,浣手开封。顷刻画堂秋浦冷,洒霜姿、万样玲珑。端详把玩,逼人清气,白练生风。　　玉壶金井心胸。借彩毫写出,造化争雄。许梅孤竹瘦,此味堪同。羞比是、春娇芍药,何须对、秋水芙蓉。自有一家风韵,百媚成空。

陈淳(1483—1544)　2首

字道复,号白阳山人,江苏长洲人。少从文征明游,能诗文,以书画擅名。写意花鸟学沈周,开徐渭先声,二人并称"青藤白阳"。有《白阳集》。

行香子　题赤壁图

峭壁横秋。凉月垂钩。想当年、苏老风流。两人为侣,一苇轻舟。听洞箫□,明月调,恧夷犹。　　襟怀绝俗,丰神潇洒,叹前贤、逝矣谁俦。且将闲事等浮鸥。得嬉游处,伊故事,要重修。

蝶恋花　题真素

嫩玉柔纤新月皎。庭院深沉,满地铺芳草。燕子双栖人静悄。浑身都是离愁绕。　　何处高楼人自好。(下佚。)

孙承恩(1485—1565)　4首

字贞父,华亭人。正德六年(1511)进士。累官礼部尚书,兼翰林院学士,掌詹事府。时斋宫设醮,独不肯黄冠,遂乞致仕。卒谥文简。有《瀼溪草堂稿》五十八卷。

秦楼月　题鹤

长风发。中宵莽莽吹林樾。吹林樾。疏翎整翮,思游天末。　　青山逸态真奇绝。九皋梦想华亭月。华亭月。一声清唳,海天空阔。

点绛唇　题孔雀

桄榔云深,生来南国多珍丽。翠花金羽。反得为身累。　　弦管歌凝,俯嘿含幽意。秋风起。云山迢递。无计能飞去。

生查子 题雁

江南泽国秋,野水连天净。日落渚沙明,霜老菰蒲冷。 欲下复徘徊,顾侣声相应。皓月渡银塘,照见双栖影。

卜算子 题鹰

斜日透疏林,惨惨郊原暮。猛气雄心敛莫施,郁郁如含怒。 紫塞暗秋云,目断阳台路。会见拂拂抟九天,草莽空狐兔。

张綖(1487—?) 5首

字世文,号南湖,高邮人。正德八年(1513)举人,官至武昌通判,迁光州知府。刻意于倚声,诗多如词。词学深湛,对词体和词之风格的论断,影响深远。有《南湖诗集》《南湖诗余》《诗余图谱》等。

蝶恋花 题二乔观书图

并倚香肩颜斗玉。鬓角参差,分映芭蕉绿。厌见兵戈争鼎足。寻芳共把遗编躅。 闺阁风流谁可续。沉想清标,合贮黄金屋。江左百年传旧俗。后宫只解呈新曲。

忆秦娥 灞桥雪

驴背吟诗清到骨,人间别是闲勋业。云台烟阁久销沉,千载人图灞桥雪。 灞桥雪。茫茫万径人踪灭。人踪灭。此时方见,乾坤空阔。 骑驴老子真奇绝。肩山吟耸清寒冽。清寒冽。只缘不禁,梅花撩拨。

忆秦娥 曲江花

帝城东畔富韶华,满路飘香烂彩霞。多少春风年少客,马蹄踏遍曲江花。曲江花。宜春十里锦云遮。锦云遮。水边院落,山下人家。　　茸茸细草承香车。金鞍玉勒争年华。争年华。酒楼青旆,歌板红牙。

忆秦娥 庾楼月

碧天如水纤云灭,可是高人清兴发。徒倚危阑有所思,江头一片庾楼月。庾楼月。水天函映秋澄彻。秋澄彻。凉风清露,瑶台银阙。　　桂花香满蟾蜍窟。胡床兴发霏谈雪。霏谈雪。谁家凤管,夜深吹彻。

忆秦娥 楚台风

谁将彩笔弄雌雄,长日君王在渚宫。一段潇湘凉意思,至今都入楚台风。楚台风。萧萧瑟瑟穿帘栊。穿帘栊。沧江浩渺,绮阁玲珑。　　飘飘彩笔摇长虹。泠泠仙籁鸣空虚。鸣空虚。一阑修竹,几壑疏松。

杨慎(1488—1559)　11首

字用修,号升庵,新都(今四川成都)人。正德六年(1511)举进士第一,授翰林修撰。世宗立,充经筵讲官。大礼议起,以直谏忤旨,谪戍云南永昌卫。卒于贬所。天启中,追谥文宪。杨慎诗歌反对模拟,力主清新,重视俚曲小唱、乡土之音。词作好用六朝丽事,华美流利。升庵博闻广识,著述极富,有《升庵集》八十一卷、《升庵长短句》等。

西江月 唐宫守岁图

五柞宫中腊尽,万年枝上霜清。沉香火底坐吹笙。玄圃楼台不暝。

蕊女金钗剪烛,花奴玉导挑灯。红儿酒渴嚼春冰。忽报景阳钟应。

浣溪沙　杨双泉寄画扇

玉斧修成宝月团。月中仍有女乘鸾。钗横鬓乱不胜寒。　　白兔楼头风露迥,碧鸡祠下水云宽。相思两地共凭阑。

莺啼序　高峣海庄十二景图

碧鸡唱晓霞散,绮重关帧画。环村步、几簇生烟,空翠幻作仙界。茭草荡、湾环洲渚,轻风送幅蒲帆快。看舞鸥飞鹭,联翩向沆瀁外。　　晴兆须臾,雨信顷刻,问水桩山带。树羽飐风展青帘,驳云销晚日晒。浪花平、洛神衬袜,红妆涌出青罗盖。浮修眉,约略黛螺,映盘鸦髻。　　海花汀藻,文石锦沙,纶组迎船鲚。渔火焰、涟漪倒影,归棹穿方罫。蒲牢昏吼,栖鸦结阵,八村九寺鸣萧籁。提筠篮、金线穿鱼卖。松灯点点互月彩。卧玉塔浮澜,素娥窈窕千态。　　翠岩深霭,禅室僧归,杖锡微径隘。月黑白林明处,香软寒轻,薏苡缸中,梨梦䕺呗。南峦老松,遥看晴雪,似银龙下鬌玉瀣。洗尘襟、着得乾坤大。辋川何似吾庐,海变春醪,偿风月债。

西江月　画观音寿意

金粟如来神影,青莲居士新词。普陀岩映八功池。宛与昆明相似。　　瑞霭锦云团盖,祥光宝月圆规。醍醐乳酒注军持。听取长生蕊记。

临江仙　题春夜宴桃李园图

桃李名园开夜宴,樽前烛影摇红。琼枝碧月锦帘栊。香寒心字篆,花暖肉屏风。　　百岁光阴真过客,千金一刻难逢。高谈幽赏兴何穷。玉箫歌一曲,金谷酒千钟。

天净沙　题画四首

惜花春早起

霜天晓角声残。霞绡雪缕衣单。依约宫黄画浅。小梅开遍。咏花人倚栏干。

爱月夜眠迟

良宵一刻千金。水晶宫里沉沉。月姊休教妒影。离情别恨。人间天上同心。

掬水月在手

桂花影里金波。瑶池倒映银河。玉臂清辉无那。纤纤摊破。分明掌上嫦娥。

弄花香满衣

晓风香露楼台。长红小白齐开。笑整鲛绡双带。拈来慵戴。满怀蜂蝶争来。

折桂令　昭君出塞图

乱纷纷,玉蕊冰花。气结愁云,泪湿腮霞。高阙千寻,停骖一顾,漠漠黄沙。　只见三队五队,棚旌旗,舞风番马。千点万点,绕穹庐,成阵寒鸦。一曲琵琶。几拍胡笳。目断飞鸿,恨满天涯。

凤栖梧　送薛治曲泉之镇雄勘夷手卷

借寇歌廉春有脚。皂盖朱轓,辉映江阳郭。一啮清泉斟且酌。候人无事闲铃阁。　瘴域岚方劳锁钥。静析沉锋,虎兕成鸾鹤。风飑归旌诗满橐。休迟竹马儿童约。

朱东阳 2首

字清溪,山阴人。以布衣终老。有《濯缨余响》。两首题画词摹写清旷野逸的隐者生活,寄寓了个人深切的生命体验,不知画中情景为真为幻。

玉楼春　题榾柮煨红

老翁性与尧夫匹。时遇大寒门不出。三杯浊酒漫驱寒,一领敝裘时蔽膝。旋烧榾柮煨山栗。此意人间谁解得。瓦瓶煎茗恐来迟,为有剡溪乘兴客。

浣溪沙　题履桥小景

径曲林深绝马蹄。人家茅屋半绿溪。夹堤烟柳接檐齐。　僻地天开仙境杳,四山云压画屏低。管弦长听巧禽啼。

徐应丰 4首

字德中,上虞人。嘉靖间,由儒士考选制敕房中书,奉诏侍值,晋礼部主客司郎中。后遭严嵩诬陷,廷杖,削为民。应丰素性耿直,人争重之。其题山水画词多寓个人隐逸思想,似参透仕途荣辱,人生际遇,有一种高古浑然的气息。有《贻谷堂集》,别称《平山先生集》,词在第五卷中。

临江仙　题小川渔隐图

瀚海波涛支万派,道人要认源头。茅堂坐对赋清流。月明烟树绿,风静钓矶幽。　千古桐江惟一线,兴亡尽属双眸。天光云影共绸缪。鸢鱼看化育,鹿豕谩同游。

南乡子 题柳亭图

春色动江城。望望青山列画屏。万缕垂烟风不定,轻盈。只隔重云梦不成。　　遥忆柳山亭。曾与山灵结誓盟。一自渭城歌散后,多情。窗外黄鹂又一声。

蝶恋花 观画

片片白云渺渺树。突处平来,窅冥云遮护。可爱白云深去处。桃花流出秦溪去。　　望入飘飘飞白鹭。山外青山,山里多惊惧。险处莫行多错误。前头一带平坡路。

临江仙 题宋祖兄弟蹴鞠图

五季纷纷豺虎乱,笛声月暗江城。时时烽火夜还惊。风尘谁识主,图谶隐芳名。　　池草梦回春兴溢,谩围蹴鞠风生。一团和气彩空轻。彝伦千古画,手足百年情。

杨仪 2首

嘉靖三十一年(1541)前后在世。字梦羽,自号五川居士,江苏常熟人。嘉靖五年(1526)进士,累官兵部郎中,山东按察副使。后因病家居,构万卷楼,藏书其中,以读书著述为事。有《南宫集》七卷。

凤栖梧
题李龙眠画白少傅风雨清欢图,追和解学士韵

为雨为云天上有。梦里襄王,总出词臣手。谁似乐天跻上寿。追欢长满

杯中酒。　的历樱桃樊素口。袅娜蛮腰,不让风前柳。歌舞当年人去后。至今醉白名依旧。

长相思　题唐伯虎画折枝

桃花红。杏花红。两样春光便不同。各自逞娇容。　倚东风。笑东风。绿叶青枝共一丛。静爱碧烟笼。

张铁　1首

念奴娇　题赵仲穆赳山图卷

浙江东岸,是越王勾践,旧时封国。尝胆卧薪成底事,惟有荒台凝碧。万壑争流,千峰竞秀,宛宛无今昔。兔葵燕麦,中间多少遗迹。　遥想东晋风流。兰亭修禊,空自留残墨。何用登临伤往事,堪叹衰毛垂白。且觅扁舟,贺家湖上,载酒寻春色。季真归后,四明还有狂客。

苏志皋　2首

字德明,号寒村,固安人。嘉靖十一年(1532)进士,官至副都御史。有《寒村集》四卷。

瑞鹤仙　海天一鹤图,为廖东雩作

海曙明霜晓。乍飞来,羽翮荡摩天表。万里沧溟小。看墨染,裳玄雪凝衣缟。曾随清献锦城西,惯见白蘋红蓼。是何年、来向江干,又伴云阳年少。　窈窕。竹间引步,华表昂霄,孤标皎皎。维扬路远,钱塘山杳。梦魂缭绕。

待明年、携取坡仙,直上五云缥缈。应夸鹓鹭同群,颉颃青鸟。

菩萨蛮　游女图

画桥西去垂杨陌。桃花嫩染胭脂色。花下见娉婷。双眸带晓星。　　欲去重回首。背立斜阳久。含笑折花枝。芳心不自持。

彭年(1505—1566)　1首

字孔嘉,号隆池山樵,长洲人。少与文征明游,以词翰名,时称长者。有《隆池山樵集》二卷。

风入松　元州画赠素安联床夜话图

雨余山阁洗炎嚣。绛烛频烧。故人住近携琴至,岂烦折简相邀。新瓮景山斟酌,小团鸿渐烹调。　　画檐风动响芭蕉。梧竹翛翛。石床凉思清肌骨,□□纨扇都抛。辨马极谈申旦,闻鸡起舞中宵。

蔡宗尧　1首

字龟陵,自号东郭子,天台人。嘉靖十六年(1537)举人,官松溪县教谕。有《龟陵集》。

满江红　题赤壁图,节苏二赋

壬戌之秋,七月望、长公苏轼。与客子、扁舟一叶,游于赤壁。舞蛟泣妇怜箫客,横槊赋诗怀孟德。又谁教、更酌枕舟中,东方白。　　十月望,木叶脱。人影地,见明月。携酒鱼复游赤壁。江流断岸知千尺,山高月小水石出。梦惊悟、道士羽衣来,不见迹。

陈士元(1516—1596)　10首

字心叔,号养吾,湖北应城人。嘉靖二十三年(1544)进士,官至滦州知州。其诗借景抒情,格调清新,与王世贞并称"王陈"。题画词善摹写画面形象,理趣清发,颇有隐者山岚之气。有《归云集》七十五卷,诗余一卷。

念奴娇　题张生鸣泉卷

石淙飞沫,听林梢、昼夜细敲金玉。绝壑松声惊客梦,又似弹琴吹竹。引出云根,平吞月魄,风韵闲幽谷。是谁洗耳,上流直去牵犊。　　试看黄鹄矶头,白鸥沙畔,都是余波浤。须信微涓终赴海,更有许多渟蓄。世事翻涛,人生骇浪,萍梗相追逐。山溪坐啸,胸襟顿脱尘俗。

桂枝香　题折桂图送罗邑博赴试席间作

银蟾似水。羡桂影婆娑,秋容万里。玉殿琼楼,掩映光辉无比。姮娥徒倚阑干曲,说桂花、今年独美。状元名色,枝头第一,不同凡蕊。　　君此去、云生足底。先折取高枝,香气盈指。数载青毡,宝剑尘蒙久矣。魁星昨夜来佳梦,计秋闱、捷报伊迩。鹿鸣开宴,旧日门生,试看有几。

醉花阴　题二乔观书图

一对红妆真国色。并倚阑干侧。四海已三分,厌见兵戈,暗把遗编测。闺阁娇容谁可得。连袂归吴国。且莫叹流离,孙子周郎,江左称英特。

行香子　题汪生三老问年图

三老翩跹。立断风烟。看琪花、瑶草鲜妍。高山腾雾,怪石流泉。好共徜佯,共歌啸,共谈玄。　　久绝尘缘。妙悟真诠。问寿年、甲子谁先。桃源非远,松洞相连。是秦时人,晋时客,汉时仙。

大江东去　题达摩画像,用东坡韵

禅门同仰,达摩师、允矣西天人物。远泛重溟来震旦,九载嵩山面壁。般若真传,如来心印,妙契红炉雪。袈裟相授,门徒谁是英杰。　　遥想慧可当时,忘言得髓,五叶联翩发。悟本性扫除文字,佛法无生无灭。解脱尘缘,休谈色相,落尽沙弥发。六根清净,试看天上明月。

其二

丛林空色,总相望、心性本来无物。一自达摩来建业,勘破银山铁壁。造寺钞经,都成虚幻,谁立连宵雪。利刀断臂,传灯真是人杰。　　谩言芦叶横江,涅盘熊耳,只履仍西发。律师何事频戕害,毒药终归湮灭。衣钵玄机,菩提正果,渗漏无丝发。仪容犹在,清光潭底秋月。

调笑令　效郁离子

其一　惜花春起早

清晓。清晓。昨夜海棠开了。倚阑寒透罗裳。细玩娇娆断肠。肠断。肠断。愁见落花凌乱。

其二　爱月夜眠迟

云散。云散。万里银蟾璀璨。梧桐院宇沉沉。独坐浑忘夜深。深夜。深夜。北斗转临茅舍。

其三　掬水月在手

明月。明月。影落盥盆摇曳。佳人纤手挼来。欲把清光剪裁。剪裁。剪裁。却与姮娥不远。

其四　弄花香满衣

春昼。春昼。艳妖紫红如绣。戏将芳蕊摩挲。香袭遍身绮罗。罗绮。罗绮。惹得游蜂纷坠。

陆楫（1515—1552）　1首

字思豫，上海人。有《蒹葭堂集》。

风入松　题画

白云红叶楚天秋。兰桂香浮。青山万迭无人到，那堪落日凝眸。一曲瑶琴声彻，千竿翠竹初收。　　夕阳衰柳野溪头。数点轻鸥。清夜独眠金露冷，最怜新月如钩。多少井梧飘谢，不禁凉籁悠悠。

周思兼　2首

明嘉靖四十年（1561）前后在世。字叔夜，号莱峰，松江华亭人。嘉靖二十六年（1547）进士。少有文名，除平度知府，累官湖广佥事。后以忧去官，遂不复出。门弟子私谥贞靖先生。长诗文，工书画，有《周叔夜集》十一卷。

水龙吟　题双鹤卷

空山竹木芳妍，有仙禽、偏伴烟霄侣。柴门昼掩，草堂人静，数声嘹唳。天外归来，绛霞一点，白云千里。每长舒玉翮，清风徐引，满地落花俱起。　　此际幽人何在，缟衣鲜、玄裳飘曳。芝田昼暖，杏林春早，半帘疏雨。丹灶香流，药囊雾拥，无穷佳趣。兴来时、便待乘风，飞向蓬瀛深处。

浣溪沙　题瑞竹卷

天上青鸾月下逢。玉窗斜掩影重重。吹箫人在画楼中。　　问道绿阴今几许,两竿长日舞春风。潇湘秋色总无穷。

徐渭(1521—1593)　3首

字文长,一字文清,又字天池,自号青藤山人,绍兴府山阴人。诸生。嘉靖中,客总督胡宗宪幕。宗宪下狱,渭惧祸发狂,后以罪系狱,张元忭力救得免。渭天才超逸,诗、文、戏曲、书、画皆工。画擅写意,笔意奔放,水墨淋漓,古雅淡拙。有《徐文长集》三十卷。其题画词《鹧鸪天》不仅摹写画中景象,又论画法,颇有文人真趣。

鹧鸪天　蒋三松风雨归渔图

芦长苇短挂青枫。墨泼毫狂染用烘。半壁藤萝雄水口,一天风雨急渔翁。蓑笠重,钓竿濛。不教工处是真工。市客误猜陈万里,惟予认得蒋三松。

凤凰台上忆吹箫　画中侧面琵琶美人

湖石阴中,栟榈影外,天然一个宫娃。悄无人与共,自弄琵琶。拨扫忽成抖擞,恍摇却、钿翠鬟鸦。如花畔,蜂撩未定,战杀其花。　　匀搭。梨腮双靥,那半面,刚被这半面相遮。问何时展过,得见些些。除是递将红叶,应回流水之涯。俄成讶,缘来画也,一笑看差。

眼儿媚　书唐伯虎所画美人

吴人惯是画吴娥,轻薄不胜罗。偏临此种,粉肥雪重,赵燕秦娥。　　可是华清春昼永,睡起海棠么。只将秾质,欺梅压柳,雨罢云拖。

王世贞(1526—1590) 5首

字元美,号凤洲,又号弇州山人。江苏太仓人。嘉靖二十六年(1547)进士,官至刑部尚书。才识渊博,好为诗、古文,与李攀龙同为"后七子"首领。世贞富收藏,善鉴书画,自作书画亦入能品。题画词摹写细腻,融人物情态与心理为一体,颇有生动鲜活情趣。有《弇州山人四部稿》一百七十四卷、《续稿》二百零七卷。

丑奴儿令 题画

洞庭枫落胭脂冷,茧尾香钩。舴艋轻舟。一任霜风自在浮。　　绿蓑衣底寒云腻,蒲底槎头。缸面新酤。纵有秋声不起愁。

鹧鸪天

尤子求画《玉洞桃花万树春》,为南屏伯子寿。余寓词《鹧鸪天》以题。昔东方曼倩偷此桃三度,王母当唤为小儿。伯子方六十,宁不为徐氏之雏也。虽然,令仲子读之,当得自笑第二雏矣。

度索山头根未枯。天台移作美人都。霏微映水霞千片,旖旎含风锦万株。　　穿屈戌,点屠苏。千年结子解偷无。若教王母而今见,唤作徐卿第一雏。

法曲献仙音 题双湖卷赠周召寿

胜水分江,柳堤梅坨,属玉联拳鸣唤。浸玉喷珠,钓童浣女,芙蕖并头凌乱。看皓月,金波散,俱涵一轮满。　　水晶馆。问东君、酒卮无恙,长日里、兰舫绣帆相绾。掩映翠琉璃,似佳人、一对纤眼。碧漱红酣,瀼东西、止隔花岸。待年年岁岁,倒着接䍦还健。

解语花　题美人捧茶

中泠乍汲,谷雨初收,宝鼎松声细。柳腰娇倚。熏笼畔、斗把碧旗碾试。兰芽玉蕊。勾引出、清风一缕。攀翠娥、斜捧金瓯,暗送春山意。　　微袅露鬟云髻。瑞龙涎犹自,沾恋纤指。流莺新脆。低低道、卯酒可醒还起。双鬟小婢。越显得、那人清丽。临饮时、须索先尝,添取樱桃味。

解语花　题美人捧觞

檀槽细压,紫溜泠泠,滴碎珠千斛。鹈鹕初赎。谁揩醒、卓女远山黛绿。朱樱小麽。风袅处、山香几曲。捧屈卮、徐露春芽,一样纤纤玉。　　何事锦围翠簇。只枝头一点,买断金谷。灵犀轻嘱。微酣后、记取夜来题目。双鬟趁逐。扶俺向、碧纱厨宿。夸醉乡、还傍温柔,此际平生足。

王祖嫡(1531—1571)　1 首

字胤昌,号师竹,河南信阳人。隆庆五年(1571)进士,改庶吉士,授检讨,后迁国子司业,晚习禅诵。有《师竹堂集》。

清平乐　画

珍藏秘府。远陋宣和谱。始信良工心独苦。漫道神凝阿堵。　　丹青巧妙多途。争传顾陆张吴。好绘麒麟名佐,远成职贡佳图。

王世懋(1536—1588)　2 首

字敬美,太仓人,王世贞之弟。嘉靖三十八年(1559)进士。历陕西、福建提学副使,再迁太常少卿。好学,善诗文。有《王奉常集》。

解语花　题美女捧茶图

春光欲醉,午睡难醒,金鸭沉烟细。画屏斜倚。销魂处、漫把凤团刳试。云翻露蕊。早碾破、愁肠万缕。倾玉瓯、徐上闲阶,有个人如意。　　堪爱素鬟小髻。向琼芽相映,寒透纤指。柔莺声脆。香飘动、唤觉玉山扶起。银瓶小婢。偏点缀、几般佳丽。凭陆生、空说茶经,何似侬家味。

解语花　题美人捧觞图,和长公韵

葡萄泼紫,竹叶酣青,冰液倾千斛。金龟堪赎。休教负、眼底轻红嫩绿。眉峰半蹙。慢引出、清商数曲。纤指双偷送春光,一点香生玉。　　刚到锦屏昼簇。又传觞弄景,月上金谷。何须多嘱。妆残后、不道更惊郎目。芳心竞逐。拼醉也、倩扶归宿。惟顾它、长在尊前,恣取欢情足。

夏树芳　3首

字茂卿,江阴人。万历元年(1573)举人,侍母不出仕,甚有孝思。其题画词于山水清旷之外多能见出画家的胸襟情味,很有明末文人俯仰山林的闲逸古雅风调。有《消暍词》。

青玉案

嘉靖中有夏漪薛山人,皭皭不污,风流雪映。于城中陋巷树草亭一区,曰归去来。日赋诗,游咏其中。书法则效米南宫,荡轶欹斜,拍拍有奇致。画则效吴中陈白阳,花鸟淋漓,栩然生动。说者以为巧偷豪夺,咄咄逼真。其司契而莫逆者,若黄姬水、居商谷辈,皆崒葦胜流。吾邑则黄吉甫、郁文叔与吾父带湖先生,斯亦僑远不羁之高士矣。为题诗画卷以纪之。

幽亭特结青山老。慕和靖、成孤峭。独坐微吟追险调。一丛修竹,五株杨柳,潇洒人难到。　翻云覆雨何须较。上友携筇发长啸。山肴蔌蔌清尊倒。半幅生绡,数行残墨,簸弄乾坤小。

浣溪沙

余雅好登览,卧游一室,猛思神漢,悉唐不让宗少文之蘧蘧五岳,尝试作武林游,每岁偕一二友人,婆娑酣畅,尔汝忘形。缅想故人,半付蕉鹿,而余亦皤皤称渭叟矣。今崇祯四年,急欲思理烟棹,匣中龙剑,铿然自鸣,快若灵隐高峰飞堕天外,而龙井虎跑之嘘吸当前也。不数日达涌金门,十锦堂中每一景,辄沘笔题词一首,信手拈来。各翻别调,文不加点,趣则油如,譬之风蝉雨蚓,天籁合符。偬执红牙板命侍儿按弹之,其犹御罡风而扪帝座乎。漫兴传杯,复调二首。

八十重来湖上歌。清和天气兴偏多。韶华何事忽蹉跎。　水色参差横翠黛,山光依旧蘸青螺。一生浑似镜中过。

其二

十景明湖景尚偏。骎娑春色画图妍。一觞一咏乐无边。　道人旧识鸥盟侣,僧伽还记鸟窠禅。青鞋布袜了生缘。

高濂　1首

万历初前后在世。字深甫,号瑞南,仁和人。有《雅高斋诗》《芳芷栖词》及南曲《玉簪记》。

天仙子　写画

峦霭山光几上摊。心胸写出水云寒。天机意匠许多般。　销白昼,寄清闲。泉石襟期在笔端。

宫抚辰 1首

字凝之,黄冈人。万历选贡,官至徐州知府。有《贵希函云鸿洞稿》。

清平乐 题画祝寿

干霄翠竹。袅袅摇空绿。何处高人三两群,知否半生半熟。　　板桥入谷寻幽。掉头足濯清流。多少风流如画,高怀寄在千秋。

焦竑(1541—1620) 5首

字弱侯,号澹园,祖籍山东日照,生于江宁(今江苏南京)。万历十七年(1589)以进士第一,官翰林修撰。福王时追谥文端。竑博览群书,严谨治学,善古文,典正训雅,卓然名家,撰《国史经籍志》,尤传于世。其题画词多寓个人隐居的心态和对历史的反思,高古雅训,发人警醒之思。有《澹园集》。

蝶恋花 题萱石长春图

堂北深丛枝袅袅。晕粉揉红,貌得宜男草。更有长春花最好。嫣然不怕春归早。　　花际鬼峨山石峭。特地青葱,点缀蓬莱岛。秀骨苍颜能自保。千秋欲共人难老。

沁园春 题吴生一枝庵,吴善诗画

手葺茅庵,小小何妨,疏寮短屏。任南山射虎,对侯心在,辽东化鹤,炼药功成。自爱鹪鹩,一枝长足,不学蜗牛载屋行。林深处,对苍松雪崦,白鸟烟汀。　　傍人抵死经营。似拣尽、寒芦宿又惊。看须弥芥子,同为世界,枋榆

九万,未问前程。壁写沧洲,襟题汉上,等是风瓢过耳情。频舒啸,叹古今达者,惟有庄生。

雨中花慢　题三教会宗图

名利交驰,昏夜无休,人间苦海茫茫。问如何、瞿塘扑马,歧路亡羊。谁是长年三老,一竿坐断危滩。有濠梁道士,东鲁逢衣,天竺缁郎。　玄言如屑,妙思翻空,稀微烟渺云翔。更那知、迷之霄壤,悟只寻常。金地不离方寸,白云何必仙乡。梦醒东家,尽虚空界,总是还丹。

雨中花慢　题五岳卧游图

马上三年,五岳真形,锦囊衣带长留。喜溪山浩渺,风月夷犹。一鏊眼前自足,千岩脚底冥搜。向平老子,未了平生,男女闲愁。　采真何处,骖鸾驾鹤,梦魂天际悠悠。浑未解、仙游不远,闻早回头。欲令众山皆响,何妨卧对南楼。好天良夜,鼓琴动操,胜概都收。

木兰花慢　咏坐隐图

萝山成小隐,见乌兔,自西东。□一径白云,家僮未扫,宛似崆峒。只恐烂柯人到,觉风光、不与世尘通。拈取奁中黑白,纵观枰上雌雄。　经纶事业笑谈中。局面几番同。任是解围先著,独占机锋。问是殷周刘项,算到头、蕉鹿总成空。何必沩山拍手。醉眼明月千松。

岳和声　5首

字尔律,嘉兴人。万历二十年(1593)进士。除汝阳知县,征授礼部主事,历庆远知府,改赣州东昌,迁福建副使、广西参政。入为右佥都御史,巡抚顺天。天启中,起补延绥巡抚。其题画词多咏墨梅之作,继轨南宋杨补之、明沈周,颇有逸韵,甚副其淋漓墨笔。有《餐微子集》二十卷。

柳梢青　咏梅四阕,和宋杨补之

想得经年,腊残春破,芳心暌隔。洛涘闲居,罗浮清梦,音尘曾识。只嫌斗艳时情,为此把、贞姿吝惜。应念孤踪,久虚欢笑,忍兹羁勒。

其二

试与评量。轻阴微旭,绰约堪妆。雪逊频匀,风欺偏绽,叵耐输香。非时肯嫁东皇。故取次、惹人肺肠。指点蓓蕾,拆犹未半,色动幽廊。

其三

乍欹旋搭。抹烟和月,晃来时霎。啸瘐高人,寄怀邮使,林舒枝匝。喜教蝶后蜂先,任不受、桃欺李压。最是妒人,娥眉相并,慵拈香鸭。

其四

才见满枝。斟寒酌暖,俄似春迟。陌蕊矜妍,原蒉催艳,肯共离披。青青自有风期。誓不向、余英诉悲。领略韶华,万般秋实,看取先时。

满江红

补之四阕,元柯敬仲追而和之,不啻青蓝。而沈石田氏既已继盛,复摛为《满江红·画梅》一阕,亦林中嘉话也。丹阿舫中,偶为门人周孝修所拈,辄当戏墨。

画品骚情,相凑迸、孤芳闲逸。谁判得、此间生韵,此间描格。大地妆成慧者心,繁条写得腕中力。谩消评、直教向神工,分主客。　　烟杳霭,月的皪。雪霏霏,风超忽。任舍毫吮笔,怒生吹息。寂尔寒崖自浥滋,喧来锦谷甘逃迹。恁心情、付与折花人,淋漓墨。

陈荐夫 1首

名藻,以字行,更字幼儒,闽县人。万历二十二年(1594)举人。能为六朝文,诗尤工丽。有《水明楼集》十四卷。

卖花声　为玉楼题美人图

云雨梦初匀。惊破残春。强扶倦态掌中身。玉腕半舒腰半展,恨蹙眉颦。
娇靥望偏新。转盼频频。到头春梦几回真。星眼朦胧云鬓乱,□着谁□。

成岫 1首

字云友,钱塘人。董其昌室。有《慧香馆集》。

醉花阴　题画

风送琅玕声簌簌。四月林齐绿。纵日寄湖山,惆怅今春,只是莺声熟。
自嗟锦瑟年华促。日对生绡縠。点染似迂痴,幽涧寒藤,疏树黄茅屋。

冯琦(1558—1603)　2首

字用韫,一字琢庵,临朐人。万历五年(1577)进士。累迁礼部尚书,卒于官。谥文敏。有《北海集》。

如梦令　题梅雪双楼图

竹外瑶华千顷。更与素梅掩映。双雀噪寒枝,蹴落飞花无影。相并。相并。明月惊栖不定。

其二

阶下扶疏玉树。雪色妆成太素。借汝一枝安,直恁相亲相附。且住。且住。梁上双栖相妒。

陈继儒(1558—1639)　1首

字仲醇,号眉公,又号麋鹿道人,华亭人。长为诸生,与董其昌齐名,为"画中九友"之一。年二十九,即隐居昆山,后又筑室东畲山,杜门著述。屡奉征诏,皆不就。工诗善文,书画并擅,名重一时。有《眉公全集》。

浪淘沙　题陈抟像

老子复何求。跣足蓬头。顽心已被白云留。纵有太平天子诏,不事王侯。
元气紧兜收。息息无休。经年经月睡齁齁。放出神光冲混沌,天地同游。

郑以伟(？—1633)　3首

字子器,上饶人。万历二十九年(1601)进士。改庶吉士,授翰林院检讨。天启初,以礼部左侍郎协理詹事府。四年(1624),直讲筵,竹珰告归。崇祯二年(1629),召拜礼部尚书。卒于官,赠太子太保。谥文恪。有《灵山藏集》。

水龙吟　题容仲温所画朱竹,和高季迪

湖州肝胆青青,和烟生出苍鸾翼。是谁移动,墨梢忽变,彩梢无隔。赤帝根苗,否龙孙播,渭川堆积。更云安杜宇,啼喉不歇,洒向高枝纷藉。　　漫道胭脂近俗。猛开帘、落红堪惜。魏征若在,锦袍疑见,立朝丰色。高子风流黄绢,宋克天功刀尺。爱此君、再欲传神,愧乏他苏黄笔。

沁园春　和元梅花道人题骷髅图

疙搭虚空,盘铃抽动,上棚不休。扮百样诙谐。千桩骨董,万般乡语,子计孙谋。限铁为门,镕金作坞,利欲攻人万火牛。难填却,寸心缺陷,无了营筹。

那堪年月如流。忽前日、儿童霜满头。看北郭张三,西家李四,无恒暗刷,管甚王侯。脚板梢天,眼光落地,悲千古贤愚共一邱。抬尸走,人人肩上,顶着骷髅。

江南词　题以姬易马图

马载端端绝可怜。却将腰裹换婵娟。偷弹粉泪洒花鞯。　　目宿终宵嘶去路,蘼芜甚日是归年。忆君今夜枕鞍眠。

李日华(1565—1635)　2首

字君实,号竹懒,嘉兴人。万历二十年(1592)进士。官至太仆少卿。工书画,精鉴赏,世称博物君子。与董其昌、陈继儒、项圣谟、陈淳等交游,山水入妙,"画中九友"之一。有《恬致堂集》四十卷。

柳梢青　题钱叔宝侍女催茶图

烟敛长空。秋清院宇,月在梧桐。高髻松云,单衫映雪,悄揭帘栊。
玉郎残醉朦胧。诗梦搅、一枕松风。低声唤取,冰瓯擎玉,香喷团龙。

南柯子　题写松石闲意

置心云鸟外,置身松石边。一回闲步一回眠。榻畔风吹散帙、乱茶烟。
世界多混浊,人心斗险尖。总将沤影付江天。不容些子顿我、酒杯前。

杨涟（1572—1625）　1首

字文孺,应山人。万历三十五年(1607)进士,累迁兵科右给事中。磊落负奇节。魏忠贤窃柄,涟劾魏二十四大罪,魏使其党徐大化劾涟与左光斗党同伐异,招权纳贿,遂逮涟下狱,酷刑拷讯,死于狱。崇祯初,谥忠烈。有《杨忠烈公集》。

阙调名　题笺上莲花

梅雨歇。恰好清和时节。水绿银塘,七窍灵根,吐出芳菲自别。高揭。何处风落尘埃,得染仙姿芳洁。　纵有浪沫浮渣护花,呵斥左右,周遭自隔。一点不染尘氛,惟应西雍鹭振,雪氅云裳相结。谁涅。莫漫把六郎面,似潘妃步屟。

刘荣嗣　1首

字敬仲,曲周人。万历四十四年(1616)进士,授户部主事,累迁至工部尚书。诗文书画,皆卓然名家。有《简斋集》。

一剪梅　看画

何德何缘圈土中。身在圈中。圈在书中。怪来岁月苦匆匆。刚是春风。又是秋风。　病里恹恹秋复冬。人也惜惜。天也惜惜。何人蓑笠小桥东。人道渔翁。我道仙翁。

施绍莘（1581—1640）　1首

字子野,自号峰泖浪仙,松江华亭人。少负俊才,有大志,屡试不第,遂放浪声色。万历间,先后营家园于西畬、泖溪二地,每逢风日和美,携琴书,泛钓舟,与名士隐流往来三泖、西湖、太湖间。一生所作以词曲著称,有《秋水庵花影词》。

点绛唇　题雪图

水墨江天,蒙蒙野色微微树。尽堪寻句。风雪溪桥路。　一点人行,正在模糊处。冲寒去。打头狂絮。人远天涯暮。

吴正志　4首

字之矩,有《云起楼集》。

柳梢青　四首

未开梅,次柯敬仲韵

小春先试,特地寻芳,音容犹隔。霜苞拣尽,愁断情人,悔轻相识。　欲折一枝归去。满腔生、意还堪惜。惆怅吟诗,氅衣缓步,不须金勒。

盛开梅,次杨补之韵

樛枝交搭,白遍山村,只一时霎。粉蝶忙忙,翠禽唧唧,飞鸣三匝。
欲招高士评夸。又恐怕、夜来雪压。花神自喜,顾影嬉游,忽惊睡鸭。

欲开梅

消息难量。雨肥红绽,乍展轻妆。南枝三两,漏泄春光,何处生香。
容他幽阁深藏。到时来、自迥铁肠。月色朦胧,寒星几点,掩映长廊。

开残梅

正好芳菲,笛声吹落,徙倚眠迟。玉鳞片片,漂泊东西,疏影离披。
山家风雨无期。把瑶林、暗凋可悲。明年春暖,还从落处,再睹开时。

周拱辰　2首

字孟侯,浙江桐乡人。崇祯岁贡生。长于文学。著有《庄子影史》《离骚草木史》《公羊墨史》。有《圣雨斋诗文集》。

千秋岁引　展十八罗汉过海图

罗汉神通,裳连海鹜。欲渡西洋风架肘。生憎老胡同赶上,缩入生绡刚尺九。悄无声,怕惊醒,泥牛吼。　说法雨花香满袖。莫漫龙王留住否。欲呼布袋当行者,浪花漙里肩囊走。展晴帘,浇半碗,声闻酒。

沁园春

《述异记》:有道士醉饮咸阳市,袖一镜,索价不赀,视之有一美人在焉,笑痕可掬,名留影镜。人魄有九,此勾其一乎。仙术狡狯多类此,抑以警馋眼欤?因戏咏此自寓。

皓魄一规,内有佳人,红影嫣然。似水晶城阙,隐藏龙女,广寒官殿,躲闪婵娟。道士幻来,咸阳市上,醉饮炉头高索钱。少年问,这鉴中美妇,可借伊眠。　　道人笑要沽诸,尽我饮、当垆价十千。剩画里真真,呼名飞落,帐中贵嫔,环佩阑珊。供养须虔,焚香浇茗,受用梨花梦十年。若逃失,寄个信来,蓬岛许与寻还。

张璠　1首

字须裘。有《载石舫集》。

风入松　题宋石门溪山岚霭画

万山深锁白云中。烟雾迷空。苍苍古树连青岱,枫林时见残红。茅屋数椽潇洒,江流几派清溯。　　石桥斜渡小溪东。一径遥通。科头不整冠和履,对松萝倚仗吟风。何处负囊人至,疑童疑友疑翁。

吴山　3首

字岩子,安徽当涂人。上元卞琳室。琳中道谢世,岩子遭难,转徙江淮吴越间。晚依婿刘峻度。清顺治初,年已六十左右。工草书,善画。有《青山集》。

减字木兰花　题画屏梅妃

宫闱落叶。金风团扇悲时节。玉漏迟迟。翠辇遥传太液池。　　君恩浩荡。瘦影寒香如妾样。明月丹除。谁奏新声一斛珠。

画堂春　题画屏雪儿

昨宵解佩梦江滨。朝来翠掩歌屏。黄鹂花底语星星。风度重扃。　　蝉翼云鬟新碧,绮纨沉水余馨。漫歌金缕荐佳醽,遥忆峰青。

鹧鸪天　题钓鳌图,用黄鲁直韵

风细澄江浪不飞。一竿应不羡鲈肥。青山久对成良友,白鸟频来送好诗。　　琼作骨,荇为衣。柳底矶边立几时。静待一圆秋兔满,丝纶收拾载鳌归。

徐尔铉　1首

字九玉,华亭人。刑部侍郎徐陟之孙。明崇祯间副贡,累举乡饮大宾。有义行。子浤承,崇祯十二年(1639)举人,为几社成员。好诗词。有《核庵词》。

蝶恋花　题画

野外数家秋欲半。点点青山,云影遮难断。小雨乍收林乍染。到桥溪水波痕浅。　　草阁亭亭芳不剪。帘卷西窗,十里霞成片。闻道邻翁归路远。一行飞鸟钟声晚。

吴骐(1620—?)　3首

字日千,号铠龙,松江华亭人。诸生,入清遁迹不出。词工小令,生色真香。有《顐领词》。

踏莎行

鼎革后,余馆于顾氏东园,始识香孩、羽王两公,一别四十余年。羽王晤对数次,而香孩邈若异国。然友人传其彻悟禅理,心甚慕之。戊辰春游普陀,会羽王于海外。冬十一月,友人携卷至,会香孩于画中。画中、海外同一异境也。夫佛以实境为梦幻,可谓真空。予以画图为实境,亦属妙有。香孩深入禅悦,其以予言为可耶?

四十年前,熙园共醉。凤笙龙管传清吹。武陵台榭总寒烟,故人皓首仍相对。　醉里真如,饮中三昧。无边痴是无边慧。金绳宝树拟同归,莲花开阖忘年岁。

渔家傲　题布袋和尚

欲取世间无可取。欲与世间无可与。瞪目大千谁共语。聊负去。为谁担却闲家具。　七宝楼台堪共住。一钱接引非欺汝。长寿劫中施法雨。先听举。潜龙早吐飞龙句。

风入松　题画松鹤

辽东羽客本神仙。飞去几千年。重来故国添惆怅,空余下、荒草寒烟。只有青松依旧,真堪与我共周旋。　汉阳太守笔如椽。绢素写蹁跹。丹青粉墨光虽黯,凌霄汉、神气常鲜。叹息云台人物,去凭图画相传。

沈宜修(1590—1635)　7首

字宛君,江苏吴江人。幼擅文翰,好吟咏。嫁与同邑叶绍袁为妻。生三女,皆工诗词。夫妇偕隐汾湖,与子女刻意诗词自娱。自琼章、昭齐二女先后去世,遂病不起。有《鹂吹集》二卷,又辑录当时名媛之作为《伊人思》。

蝶恋花

桂、竹、梅、柳、蕉、薇六影,次楚女子朱琼蕤韵,不得言影,不得言本色。

其一 桂

蟾兔清辉浮碧树。帘榭横枝,恍惚淹留处。画出淮南招隐谱。广寒却趁幽芳注。　　叶底金鹅愁欲曙。蠹饵空蒙,似滴庐山露。汉殿灵波奇艳吐。风来云外飘香暮。

其二 竹

曲径扶疏栖凤羽。细数花阶,露冷桃枝聚。历乱湘妃罗袜步。斑斑泪点浑难睹。　　拂袖檀栾低映户。绿荫葳蕤,柯笛森如许。仙人坛石遥相顾。琅玕粉拂红妆妇。

其三 柳

几度春来眉黛妩,一夜池塘,楚女腰肢妒。栖得啼鸦垂远浦。梨花好共风前觑。　　绿倩东君曾作主。欲系行人,难绾征鞍住。灞上依依芳草护。斜阳去后章台路。

其四 梅

庾岭南枝看渐误。清浅浮香,空忆诗人赋。上苑同心谁并数。江城笛里吹还膴。　　公主犹怜妆额素。千里江南,又把秾阴度。雪夜扬州非似故。咏花树下成新句。

其五 蕉

嫩绿径翻巫峡楚。长倚湖山,缥缈临风举。翠袖不禁霜下舞,霓裳恐化云飞去。　　梦入潇湘疏雨助。浙瑟清宵,似向纤阿语。花露润堪消肺暑,药栏晚弄移阴覆。

其六　紫薇

浓染胭脂初雨过。绮阁红霞,满地余烟雾。偏向黄昏重叠布,繁枝不比梅花五。　却忆元郎聊共侣。官舍浔阳,不与春风据。一树堪怜难折取。开樽且自歌金缕。

霜叶飞　题君善祝发图

闷怀难表。西风弄,愁人踪迹颠倒。笑拼华发付凄凉,露泣芙蓉老。梦破柳烟蝴蝶晓。沉吟掷镜寒云扫。世事总休休,但倩取、幽窗月影,夜半留照。

憔悴动处非狂,愁时非醉,画里人应知道。绕崖黄叶正纷纷,好共哀猿啸。落蕊楚江君莫恼。芳洲处处悲秋草。自有闲云飞伴,松月山空,桂丛烟渺。

马士英(1594？—1646)　1首

字瑶草,贵阳(今贵州贵阳)人。万历四十七年(1629)进士。崇祯时,累官右佥都御史,坐事废。甲申之变,马士英等拥立福王于南京,升东阁大学士,进太保,与阮大铖相勾结,专权昏聩,日事报复,名器猥滥。清兵破南京,被杀。

西江月

癸未重阳前二日,偶作一山似牛头狀,戏作小词,□方求居士正。
鼙鼓中原正急,江南篱菊如何。牛头秋色正嵯峨。分得一痕到我。
偶尔拈将闲纸,任教笔墨婆娑。虽无捧砚小凌波。道不屋流不可。

曾异撰(1591—1642？)　1首

字佛人,侯官(一作晋江)人。崇祯十二年(1639)举人。究心经学,所为诗古文有奇气。有《纺授堂集》。

长相思　题画

风萧萧,发萧萧,无米吟诗过雪朝。梅花隔板桥。　　好推敲。罢推敲。借得前村米一瓢。寒山何处樵。

王屋（1595—?）　24首

初名畹,字孝峙,又字蘖葊,浙江嘉善人。少尝佣书,过目成诵,即能诗文。邑诸生顾艾荐于魏大中,魏叹赏其诗,命诸子以兄事之。魏罹难,屋作长歌哭送,随护千里。其题画词量多质优,既能摹写画面以发趣兴,又能融画理、笔法于词中,出入自在,又兼句妍律美,是明代题画词中的上乘之作。著作甚多,惜少有流传,仅存《草贤堂词笺》《蘖弦斋词笺》《蘖弦斋杂笺》。

满庭芳　题雪谷画,次董韵

楮色霜凝,墨光雾起,苍豪腾转犹龙。寂然良久,座客敛矜容。未辨天高地下,神游处、宛见洪蒙。须臾价,声文渐辟,制作想无穷。　　长空。秋一抹,沙闲水静,吴会乡风。向山颠木末,点画琳宫。政使巨然复出,重加染、莫定谁工。君休讶,老禅儿戏,妙理不言中。

尝爱董编修题所画米家山《满庭芳》一阕云:"宿雨初收,晓烟未泮,乱云都逐飞龙。文君翠黛,一霎变鬈容。多少凤鬟雾鬓,青螺髻、飘堕空濛。频骋望,征帆灭处,远霭与俱穷。　　今古来画手,谁如庄叟,笔底描风。有江南一派,北苑南宫。我亦烟霞骨相,闲点染、懵懂难工。但记取,维摩诘语,山色有无中。"此词惟换头一语,声韵小失,余并妙绝。吴门雪谷大师,为余写湖山秋霁,视之编修此作,可谓异曲而同工者矣。因次编修韵题其上。看画者,海阳汪一湘濂父、程懋澄阆云、长关许錄清机、松陵杨表亭亭、沈允元百一。天启元年四月清晓齐题。

满庭芳　姚孟熙见格主司,作此奉慰

蘋渚秋高,鹤归斯际,划然长啸穿云。樊笼羁絷,廿载苦鸡群。饮啄今栽自得,人方讶、弃置湖滨。真堪笑,营营末俗,尔我喜相亲。　　纷纭。谁解识,袁闳土室,仲蔚蓬门。看眼前风物,时改时新。多少弓旌玉帛,歌空谷、劝驾邦君。难邀取,胜流一盼,况此阔头巾。

余制此词,犹意孟熙不适然也。居数日,孟熙惠然见顾,出《鹤湖图》示我属题。讨论益玄妙,殆无纤毫介意者。非于斯道有窥,孰能处拂抑而若信乎。孟熙少从魏忠节公受诗传,今其超卓乃尔,可谓不辱其门矣。遂书前调于画上,并识于此,俾后事知忠节之门有如此人者。壬申九月初二日。

满庭芳　再题姚画

何物儒冠,乃公矢溺,儿曹争攫如饴。我兄高致,土视汉官仪。况此青衫草色,谁能使、铁项心低。佳节近,重阳苦雨,整茸旧裦衣。　　风吹。嘉帽落,好将残芰,盖取头归。爱杯倾北斗,花满东篱。须信人生乐耳,需富贵、知待何时。胜多少,婴儿失志,煮豆自燃萁。

余既美孟熙高致,作《满庭芳》书其画矣。今日初三,风雨不止,屈指重九可待,安所得晴色乎。因复题此画上。时里有破产博青衿者,是亦煮豆燃萁之类也,故并志之。孟熙读此,其为我满进一白,祝声难消。

唐多令　同沈石田题画韵

乘月步溪桥。山亲水不遥。爱深宵、影寂神寥。何必中秋非此夜,歌始阕,首重搔。　　修竹荫松飘。晚菘青可挑。顾危柯、鸟室翘翘。名士风流惭久窃,痛饮酒,读离骚。

谒金门 题画

霜满地。冻损蜡妆梅蕊。此际怀人应不寐。琐窗寒更启。　犹记蔷薇架底。蜀锦单衣初试。花刺勾松莲袜系。揽裙双露指。

解佩令 题美人春睡

寻时不见。梦时须见。掩纱厨、抛将团扇。趁个游蜂,偷闪出绿阴庭院。远迢迢、翠霞一片。　花边立遍。柳边立遍。听书声、粉墙东面。巧避猧儿,拍阑干、数愁陈怨,道来时、万千不便。

其二

荼藦架底。坐郎怀里。挽郎衣、恣郎怜取。不尽柔情,又蚤被午鸡啼起。甚心绪、洗妆掬水。　敛眉弹指,捻花弄蕊。强支持、晚风如矢。立遍回廊,千万恨、乱无纲纪。任清官、也难拨理。

殢人娇

工画一美人,将青衣双鬟语灯下,旁有炉,香焰方起。一士人映帘窥之,美人目微注士人。海阳汪一湘兰汕藏此。请余题之。

一片春情,尽炷玉炉香里。风掩过、芳魂缕。潜来密去,解寻云迷雨。扶艳婢、频向烛边私语。　帘押微开,星眸暗指。生惹得、人儿欲死。凭谁说向,可怜宵无几。些个事、今夜敢应相许。

水调歌头

宴公尝于昌黎韩氏见退之像,与永叔绝类,故目欧为韩公再来。项子蕃亦谓余貌酷似其家藏贾生像,岂亦其后身耶?

昔有欧阳子,韩愈再来人。前身问我谁是,贾谊汉游魂。画像犹存,惟妙惟肖,不独伤心时成事,于邑涕盈巾。杯酒有时醉,慷慨唱遗文。　　治安策,吊屈赋,过秦论。孝文有道,犹复弃置等游尘。何怪庸庸绛灌,疾视洛阳年少,不肯与同群。知己有吴守,千载感如新。

水调歌头

陈小史者,名雪琴,字湘弦。年十九,慧事能诗,善琴酒,次为余诵所作《采菱曲》七言四句,爱其清婉,作《水调歌头》,写其便面。

何处牵人忆,短发冒修眉。相逢怪我何晏,犹愈不同时。玉腕爱拈香管,拂拭朱阑素茧,自度采菱辞。风韵信无比,压倒柘枝儿。　　笑西川,杜工部,枉能诗。春风二月,辜负无数海棠枝。更笑眉山苏老,身住黄州再闰,几失李家琪。唱我醉时句,宁恨见来迟。

满江红　题徐润卿画

漠漠溪田,飞白鹭、一行如雪。巧点破、断霞残雾,晓山明灭。道子未须矜技,虎儿漫目夸奇谲。问前身、若个是先生,王摩诘。　　墨淡处,泉鸣咽。烟沮处,岩重叠。忘碧天杳渺,去舟如月。滟滪堆边波正紧,吕梁洪里风初劣。倩谁行、唤取坐船人,归来歇。

生查子　题三泉画

寻思去后春,自点胭脂画。一片落生绡,蜂蝶纷来嗑。　　持向壁间悬,四座光凌藉。不是化工奇,高尽东风价。

捣练子

予绝爱范迂诗,恨所传多未尽。欲从其子求之,弗克,作此词书其画上。

梅百本,竹千竿。作个茅团似斗宽。枕畔一编迂叟集,伴将疏影过冬残。

鹧鸪天 题仇英采莲图

睡起无聊立槛边。谁惊溪鸟出溪烟。荻芦叶底双双棹,争渡南塘学采莲。抛枕簟,买头船。江干作个老长年。风流不载离骚客,只载妖姬浪里眠。

归朝欢 题士女折花图

叶叶香云肩上盖。行过花阑花减态。虚心偏自爱花鲜,惊红落手都星碎。花好能不爱。顶头数多高须采。倩檀郎,扶将玉袖,直自恐花坏。　　折得相郎含笑拜。珍重教郎为插戴。郎持花朵向娘行,请娘方便偿花价。笑到侬有在。宝钗一股千金外。粉墙西,高楼八九,个处有花卖。

清平乐 观子一画雪景幅,有触余怀,为各题之

六花飘坠。占尽人田地。积玉堆银传百世。可耐日高天霁。　　檐前点滴无差。小儿搏手纷拏。失了冰山谁靠,老婆屋底咨嗟。

其二

锦裘貂帽。障拥盈盈妙。但爱玉楼藏窈窕。不管门前行道。　　贫儿冻死何妨。我须雪照红妆。如此存心了否,请君细自思量。

清平乐 偶题友生便面

平康北里。不是吾行处。纵使目成眉解语。自有他侬怜取。　　天穷我辈非人。无花无酒无春。恰好诗书执礼,消磨白昼黄昏。

小秦王 题黄子久画

绝壁长松倒影低。寺门残日响回溪。老夫意想如曾到,八月虞山拂水西。

小秦王

越人黄历生画蒲桃一卷,十有二幅,反复变换,出奇无穷。曹允大庶常题曰"汉宫秋色",魏子一继以七言绝句。请诗于吾,为赋《小秦王》二章。首章用允大意,次章用子一韵。

未必当年历汉宫。承恩不与阿娇同。九天珠玉随风落,半入琵琶歇调中。

其二

不知是影是丹青。表里通明似水晶。秃颖叫回蝴蝶梦,钓竿丝上簇蜻蛉。

小秦王　题子一扇上画

石阑东畔一花开。误作栖丛蛺蝶猜。珍重齐纨休扑去,怕他幽梦却寻来。

其二

江南春尽蝶衣新。飞入芳丛巧乱真。滞粉黏香归未得,不知原是此花身。

蝶恋花　即席韵题子弓画

一样篷门漾渌水。水面落花,片片非桃李。溪上人家无姓氏。短衣来者知谁子。　烟径相逢相尔汝。花竹蒙茸,笑指吾庐是。竹里敲门惊雀起。山桃半熟儿童取。

江月晃重山

观魏子一画竹干生席上,同杨岩公、陈辑五、子一弟子闻。

只此疏疏几笔,已令倪瓒魂销。寒鸦数点落江皋。蓁蓁树,树外有平桥。转个长林风侧,泄云怒走林梢。太湖千顷写堂坳。图未了,纸尽续生绡。

彭孙贻(1615—?) 6首

字仲谋,一字羿仁,浙江海盐人。明选贡生,国变后杜门奉母,终身不仕。卒,乡人私谥孝介。工诗画,尤善倚声。其题画词整饬工丽,能摹画中情景。又多题写女子所绣山水人物,颇有闺中雅趣。有《茗斋诗余》。

醉蓬莱　癸丑七夕题醉仙图为邱母寿

正仙莫七展,灵雀双飞,婺星降夕。清露新桐,洗天河一碧。金凤花明,玉船藕脆,佐寿觞浮白。香粉筵开,舞彩衣前,穿针楼侧。　　何处丹青,貌出群仙,鹿脯麟色,沉酣倒剧。为问茅容,可多储胹炙。此日填门,几何车马,轧轧牛轭。鹦鹉尊中,玉山颓处,谁如此客。

安公子　题余氏女子绣洛神图,和信弦弟,同程村、阮亭诸公

清襞吴绫软。非烟非雾神光闪。绣虎情丝,重吐出、凌波人面。微步盈盈,翠羽明如剪。遥相思、描影菱花展。怕前身粉本,侬比宓妃近远。　　可待丹青染。生尘罗袜香沾腕。千古才人,悔不倩、针神写怨。铜雀漳河,遗枕同悲惋。十三行、万缕柔肠转。付青衣红线,补入填词弦管。

潇湘逢故人慢　题余氏女子绣高唐神女图,遥和程邨、阮亭诸公

朝云何处。从黛里九疑,裙端湘水。飞下岷峨路。想十二峰头,烟丝雾缕。缭绕君王,略回避、细腰宫女。暗追寻、帝子行踪,三峡碧空中住。　　山霭苍苍欲暮。奈花落黄陵,如花人去。肠断高唐赋。笑宋玉情多,楚襄梦错。仿佛褰帏,痴绝到、绣床灯涴。倩才人、云雨清词,重向巫山题过。

望湘人　咏张远写生卉物窗

看轻笼薄雾，浓胃重阴，画帘高下婀娜。姹紫晴烘，妖红深染，羞煞东君低躲。亡赖游蜂，轻狂粉蝶，谓他真个。怪今年、两度韶光，风雨花朝重做。

莫傍美人低坐。怕花容人面，难分你我。照影问张郎，多管画眉笔错。封姨莫妒，爱他百子，新纳石家阿醋。更将取、绣幕重遮，怕损落花风大。

望海潮　题余氏女子绣龙女传书图，遥和程邨、阮亭诸公

泾阳云散，洞庭波远，凄其雾鬟风鬟。客似初平，儿非雪窖。雨工毛发生寒。鲛泪湿轻纨。盼蕊宫绡阙，归去应难。尺素千行，凭君作鲤寄书还。

似闻娇泣迥鸾。矢报恩径寸，愁绪无端。柳色依然，彩舟缥缈，人间万岁为欢。襟结指湘山。有深闺偷传锦字，刺上冰蚕。谁护骊珠，璇玑小样句回环。

白苎　题余氏女子绣西子浣纱图，遥和程邨、阮亭诸公

罨中画，绕匹练，溪流明静。色丝妙觉，搨得苎罗小影。浣溪沙、青苔石发照容鬓。眉黛麈兴亡，剪一半吴江波冷。红衣落尽，越女含情多恨。怕无端、骚人绘士临图本。　辇后沼吴一瞬。渲点清曠，仙针九孔，难刺捧心愁病。讶淡妆浓抹，浅深不定。重劈缕分芒，追思幽靓。问当年、女伴若邪，个人谁姓。恐无盐刻画争分寸。

吴熙　8首

字止仲，浙江嘉兴人。与王屋、钱继章、曹堪过往甚密。工词，善书画，有《非水居词笺》三卷。其题画诸词满纸烟霞逸气，颇有自得之趣。

玉楼春　题画

风吹雨打春归去。却染芳林成绿树。十分游骑九分稀,旧曲犹歌肠断句。红船自绕河堤住。不是当时行乐处。明朝载米下长淮,好慰先生风俗虑。

浪淘沙　题渊明

何处是陶家,转过林桠。映门高柳碧斜斜。树里茅堂常寂静,满地黄花。一老面如瓜,倚杖周遮。报君酒到不须嗟。自取匏樽倾一呷,笑堕巾纱。

渔家傲　题画

茅屋深深花隙里。桃花乱落清溪水。水上落花多似蚁。兰棹舣。酒家何处村童指。　行望青帘真可喜。酒缸半列春花底。十五当垆年正绮。风物美。桃源未必能如此。

沁园春　题画

小窗抱病,有寄扇索书者,即题背面画赠之。余近将戒作词矣,乃复为此。昔人云:"病起于所嗜,亦复已于所嗜。"则此或已病之道也夫。

秋思谁禁,野岸萧萧,云白烟空。正晴江万顷,连天遥碧,扁舟乘兴,一棹芦丛。莫道青山,于翁无意,数点横斜到此中。凝眸望,见沙溪颠渚,三两归鸿。　小斋新换茅篷。更课种、周围百个松。可纳凉亭北,卧消长夏,鸣虮杂涧,坐听西风。却为孤村,邻家缺酿,须采芳莼作客供。常如此,自无嫌老去,好景何穷。

满庭芳　答友人赠画

诗有千篇,书藏百轴,单条一幅青山。梅花贴砚,着水未轻残。拾得云蓝如锦,随吾扫、笔意方阑。人都道,烟云满几,须是画中禅。　　涂丹。兼抹粉,也常描个,小小双鬟。问如何安顿,金屋雕栏。浑赖骚人寄兴,寻常打、士女头班。牢藏着,他年供养,不改旧时颜。

水调歌头　自题小像

许生为余写照,乃为握管凝思之图。余病弗思,思则善矣。虽然,纵思而得之,又安能尽当于人哉!

为我不自信,欲语且踟躇。虽然我意良快,于世更何如。毁誉在人尔,那得然然可可,从古正人殊。吾念自兹释,梅影亦方舒。　　急须白,意中事,孰知余。从前种种断送,赖我一杯醑,此后何须忆着,惟有闭门觅句,笑读古人书。落叶解我意,飘集满庭除。

其二

余每遇不快意事,辄觅酒尽醉,醉或忘之,故可终月不饮,亦可一饮数斗。性非嗜酒,与酒独亲,图所不及,词以补之。

作字既盈幅,饮亦须百杯。陶然一醉,忘却我意竟何为。但见梅花点点,兼有苍苍孤壁,此地可徘徊。为我呼童子,潦倒待扶归。　　笔裁管,并石砚,削为圭。击圭如磬,吹管激烈泪无挥。试看从来豪杰,但识浊醪妙理,此外百无亏。饮我未千石,终使耻君罍。

满江红　题胡香索像,像为睥睨按剑之状,用辛稼轩韵

按剑何为,为不合、时宜而已。原来这百千傀儡,凭兹浇洗。回首频教千古恨,时时来向胸中起。正人间、多事最难平,吾前矣。　　不须问,生前事。请观我,这怀里。算英雄本分,固宜如此。宁望红尘知我者,总饶白眼看人耳。笑有时、释剑复何为,金尊美。

沈麖 1首

字天麖,江南华亭人,一作秀水人。有《蒉庵遗集》二卷。

如梦令 醉后题画兰赠陈姬

月枕纱笼酒后。打点玉容柔瘦。洒墨乱春妆,香雨沾人衣袖。成就。成就。今夜风情消受。

徐石麒 1首

字又陵,号坦庵。其先为鄞人,流寓扬州。精研名理,不应有司之试,而好著书。其杂著及诗词凡二百余卷,尤精度曲。有《坦庵词》。

满庭芳 画中美人

招取芳魂,约来新样,一时扶上轻绡。似纱棂隔影,罗帐藏娇。也自轻胭嫩粉,揉捐得、不避人嘲。凝神久,眼波欲动,脸晕疑潮。　　朝朝。闲相望也,不信道人间,有此丰标。将莲腮暖尉,兰气微调。待把真娘旧事,重说与、今日儿曹。还须怕,蛾眉生妒,未许人瞧。

恽格(1633—1690) 2首

字寿平,号南田,又号白云外史、云溪外史,武进人。清兵南下,随父日初入浙,中道相失,旗帅陈锦得之。锦无子,爱其聪颖,收为子。因父兄随南明抗清,故终身不仕,惟攻诗书画,为一代名家,世称"南田三绝"。有《瓯香馆诗集》《南田诗钞》等。

摊破浣溪沙　美人春睡

户外飞花心乍惊。缥缃不度懒调筝。倦倚鲛绡金鸭冷,总无情。
蝴蝶迷云随梦去,桃花倒晕与潮生。料得醒来呼婢女,打流莺。

金浮图　凤生画美人,倚楼接履,小婢扇底俯拾落梅

探梅去。寒香映水。金谷春回,画堂人起。晓烟深、遍绕花多处。锦石长堤,曲涧泉如雨。忽见落英飘树。回看扇底,脱却红丝履。　湘纹住。何曾动步。轻缕行缠,只怕金钩露。红绡总被青苔湿,唤双鬟、细拾瑶林雾。还道多折南枝,供暖铜瓶,莫使封姨妒。

王翃(1603—1653)　1首

字介人,嘉兴人。家本业染,而勤学不辍,遂以布衣工诗词。后渡江遭盗,沉水身亡。有《二槐堂词》。

丰乐楼　褚文彦出长江万里图,披玩感赋

生绡谁点毫末,赴岷波万里。尽沙岸、草得微茫,长林红似霜被。迅去楫、千帆倚溜,柁牙若动疑风利。或危樯、丛泊渔村,几处烟市。　浪涌沿江,形无端倪,识山情向背。刺控制外,仰插高旻,断崖时护岚气。露楼台、树接荆襄,渐可辨、人家僧寺。弄蒙蒙,晚色晴宜,近开还翳。　门雄剑阁,瓴建瞿塘,壮蜀关白帝。三峡迥、暗通石栈,翠屏交锁,青壁悬梯,险诚天备。怒涛雷注,飞流斗绝,潆洄木杪冲群岛,响潺湲、尚杂哀鹍泪。寒云十二,秋看月小巫峰,夜珠神女分佩。　当年梗泛,一日江陵,听乱猿清泪。心未厌、薄游尘世,卧雪蓬窗,击节蛮歌,客怀多醉。今伤短发,萧萧星我,闲披图画,聊自遣、指沧浪旧路依然记。其间城阙,半为盗薮,呻吟不胜肆涕。

商景徽 1首

字嗣音,山阴人。商太傅之次女,徐太令仲山室。幼聪慧,工诗词,与姊商景兰齐名。

月中行 题陈素素像

轻盈燕子掌中身。对景舞还停。见君佳句更相亲。笔底动人情。　　三春杨柳腰间细,二分明月鬓边横。芙蓉初放碧池新,知是画图人。

吴绡 3首

字冰仙,一字片霞,号素公,长洲人。能诗属文,兼擅丝竹,以书画著。诗词清丽婉约,有《啸雪庵诗余》一卷。

千秋岁引 画梅花扇赠尼

半夜窗前,一枝墙角。甚处风光到寥廓。东君已许阳和放,笛声何故翻教落。不禁风,偏宜月,休抛却。　　笑我半生真命薄。没事被他闲事缚。暗把梅花自评度。清香此际无多日,明朝再到还萧索。驾三车,皈三宝,心相约。

减字木兰花 题画梨花白燕

绮窗春浅。香熟梨云深小院。斜韡东风,零乱残妆粉半融。　　差池并语。剪剪飞来双玉羽。静掩重门,人与花枝总断魂。

河满子　自题弹琴小像

最爱朱丝声澹,花前漫抚瑶琴。世上几人能好古,高山流水空寻。目送飞鸿天外,白云远树愔愔。　　弹到孤鸾别鹤,凄凄还自沾襟。指下宫商多激烈,平生一片冰心。若话无弦妙处,何须更问知音。

黄淳耀(1604—1645)　2首

字蕴生,号陶庵,嘉定人。崇祯十六年(1644)进士。清兵破嘉定,偕弟渊耀缢于城西僧舍,门人私谥贞文。有《陶庵集》。

江南春　和倪瓒原韵

绿茫如粟抽芦笋。彩鸳泛泛金塘静。美人同上木兰舟,弱袂长鬟娇弄影。春风满把春妆冷。落红欲没胭脂井。碧桃花下紫纶巾。澹粉楼头扬素尘。
莺歌迟,燕语急。双袖能知泪痕湿。落花游丝互相及。摇荡春光入空碧。六代兴亡变陵邑。青山无言向人立。眼看柳絮飞为萍。有酒不饮将何营。

其二

二月轻花兼嫩笋。杨低柳合林中静。春思能生绮陌烟,春风吹动西山影。浊酒苍苔山店冷。眼花不识吴王井。昔时富贵乌衔巾。今作灵岩山下尘。
世事多,流光急。竞雨争风游骑湿。一片花飞迫不及。寂寂横塘春草碧。鸟啼只在旧吴邑。劝君秉烛花间立。年来物变如转萍。二豪在侧徒营营。

陶日发 1首

临江仙　题画

远岫浓烟犹未散,依稀染景空蒙。半风半雨影蓬松。隔溪深树里,几处映残红。　　窗下胆瓶花雾,九嶷山畔如逢。断桥连渚绿千丛。桃源图画在,高隐顾相从。

贺贻孙(1606—1689)　2首

字子翼,号水田居士,永新人。明末诸生。九岁能文,时人目为神童。少与陈宏绪、徐世溥等结社豫章。明亡后,隐居不出。学使慕其名,特列贡榜,避而不就。御史笪重光以博学鸿儒荐,遂剪发衣缁,逃入深山。晚年,家益衰落,布衣蔬食,无愠色,惟日以著作自娱。有《水田居士集》。

清平乐　题画赠冉邑侯

轻红乍沐。爽气侵寒玉。树杪流泉天半落。吹入两间茅屋。　　荒岩古木云平。龙门断壁风轻。自是宰官似水,因君画出秋声。

锦缠道　题画赠黄明府

淡薄青山,秀色依然似滴。望瀑泉、珠帘堪织。人家恰在翠微湿。秋水秋风,片片空明击。　　羡当年仙令,城头姑射。听秋声、在龙门绝壁。闲心到处,琴堂五老,高峰外,别插一峰碧。

陈子龙（1608—1647） 1首

　　字卧子，晚年号大樽，华亭人。崇祯十年（1637）进士，仕兵科给事中。清兵入关，明福王于南京称帝，子龙上防守要策，不纳，辞归。后南京失陷，在松江起兵，事败，避匿山中。后结太湖义军，图谋起事，事泄被获，乘隙投水而死。后人集《陈忠裕公全集》若干卷。

醉桃源　题画

　　朱阑清影下帘时。泠泠修竹低。满园空翠拂人衣。流莺无限啼。　　莲叶小。荇花齐。雨余双燕归。红泉一带过桥西。香销午梦微。

魏学濂（1608—1644） 3首

　　字子一，号内斋，嘉善人。崇祯十六年（1643）进士，官检讨。

浣溪沙　画美人

　　漠漠微寒到水滨。半秋无恙似初春。鸳鸯来啄影中人。　　柳拂浪痕轻似梦，苔沿屐步细于尘。酿成闲恨为谁颦。

阮郎归　题画

　　黄幡古庙北风凉。蒲根带水香。惊鸿乍起不成行。渔敲箬上霜。　　沙岸窄，野云荒。低桥近绿杨。芦中人老宝刀长。相期此一方。

其二

去年抛菂种池塘。今年坠粉香。几时得藕便丝长。何曾解断肠。　驱燕子,打鸳鸯。摘莲偷卜郎。擘开多半是空房。羞看纹簟双。

葛筠 1首

字柬之,号湘湄,丹阳人。长于文,有《名山藏》二十八卷。惜阴堂裁为《名山藏词》。

念奴娇 题粉美人菊花

小名堪忆,是谁家妖艳,摄来魂魄。逸兴翩跹娇欲语,秋色半含春色。薄雾疏烟,澹霞斜照,细把铅华抹。窥妆明镜,碧潭一片澄彻。　爱煞粉黛微醺,玉罗轻茜,顾影犹怜惜。吟坐不离卿共对,一似相思难撒。摇曳西风,参差篱落,貌美无人识。陶家林下,风流不让安石。

李天植(1591—1672) 1首

字因仲,乍浦人,学者称蠡园先生。崇祯六年(1633)举人。甲申国变,改名确,字潜初,遁迹龙湫山中,以童学自给,署曰"村学究""老头陀"。晚年家益困,以羸亡。所著诗文,多述及甲申殉节者。有《蠡园集》。

临江仙 题友人扇头

景入新秋炳欲晓,远堤疑是平林。梧风初起散轻阴。板桥人迹少,流水洞门深。　偏是空山人不到,柴扉何路相寻。闲云出没总无心。幽栖谁与伴,扶杖独登临。

易震吉 15 首

字起也,号月槎,金陵人。崇祯七年(1634)进士,授刑部主事,升郎中,出为大名知府,历嘉湖道江西参政副使。词笔取径稼轩,力求以疏秀取胜。有《秋佳轩诗余》十二卷。

卜算子　某君画桂山戏作

月里种丹葩,指下传秋气。悄悄嫦娥立汝旁,看似天香未。　无论智愚人,共道黄金贵。金到君家贱若椒,不惜些儿费。

卜算子　又画鸡冠花闲雁来红叶

红紫一团团,浑是春天色。细看知为八月时,瘦石偎其侧。　君意淡如秋,俗眼纷如织。多买胭脂画牡丹,赢得人人识。

卜算子　画石榴花

写出枝闲红,五月开时是。一朵才成朵朵来,只恐烧残纸。　分外照眸明,焰欲随风起。最爱桃花马上裙,添我相思矣。

卜算子　画兰

世上最幽花,毕竟生空谷。谷内香萦谷外思,数笔勾他出。　本异杏桃姿,淡墨成佳幅。俗手曾涂叶与茎,浑似鹦哥绿。

卜算子　斋悬寒江独钓图

袅袅钓竿长,谁手为图写。十里空江一物无,只有钩垂下。持笔若持钩,画者真渔者。不则如何雪满斋,风水浑挥洒。

卜算子　春江叠嶂图

水大更山饶,落笔奇如此。偷眼风光属艳阳,万顷琉璃里。胜有晚风帆,都盼沙头止。添我轻舟作浪游,当不胜其喜。

清平乐　秋日题雪夜泛舟图

今年秋热。欣对图中雪。曳起低篷三四折。去访剡中那客。无非兴尽为期。舟师那得知之。只管向前摇桨,如愁昏夜稽迟。

清平乐

王君敛手。默忆平生友。一叶径冲风色走。为想此时将丑。几行枯树埋鸦。断桥横著梅花。棹尾小伻吹火,恰逢雪水煎茶。

清平乐　题陈横崖画菊

似含霜色。却只涂些墨。嫩蕊西风吹不得。止少渊明在侧。篱头尽费安排。细看不甚开怀。布景总宜疏澹,宜乎输与横崖。

清平乐

霜天初晓。冷蝶应知少。却画两三花外绕。分得秋光去了。细看残萼疏枝。教余汲尽深卮。亲近未能如蝶,庄生合化为伊。

清平乐　横崖画竹

胡为写竹。幅幅梢俱秃。始解根枝柳寓目。可得精神全幅。　　小园栽着些儿。然而烹肉充饥。一自此绡悬后,算来三月无知。

清平乐

数竿苍翠。堂外虽然霁。堂上却生风雨势。未卜十三还醉。　　子猷一见心开。可能邀得他来。正对此君踯躅,儿将个字糊猜。

清平乐　看某君画黄菊

重阳未到。案上惊秋早。谁说画家贫不了。烂笔点金多少。　　生花定有枯时。死花日日芳枝。悬向斋头犹润,穿窗蜂蝶来窥。

一痕沙　访画者值卧

此老居然米老。一幅模糊便了。笔墨倦来时。枕头敧。　　不必将他惊却。这梦一猜应着。非是水山闲。即云烟。

好事近　题画

水际乱杨花,飞落鹭身无影。人在小舟闲看,吃几瓯新茗。　　卖鱼人隔柳堤呼,恰烟遮渔艇。也拟移舟相就,怕撑开青荇。

徐士俊　14首

字三有,号野君,仁和人。工杂剧,所撰多至六十余种,佳者可与王、关、马、郑抗手。

有《雁楼集》,附诗余一卷。

鹊桥仙　题扇头三十六艳

花宫集翠,柔乡争艳,掌上亭亭玉立。轻衫纤指鬓鸦攒,问谁是、昭阳第一。　含情无数,温存难遍,闹里目挑心逸。四时春气许平分,每一个、邀欢十日。

浪淘沙　题画箑

秋色可闲寻。野菊轻盈。添他红蓼两三茎。络纬风前惊懒妇,少个啼声。怀袖自多情。聊当餐英。不须远岫与疏林。只借荒原霜日助,苍翠都成。

如梦令　自题生照

试问梅妻何在。琴里暗香犹爱。花下一编书,经过沧桑变态。无碍。无碍。赋骨骚情不坏。

风中柳　题章台小影

开卷凝眸,浑似画楼相识。鬓鸦堆、轻蝉翼翼。柔条堪爱,托香腮无力。怕吹残、露桃风急。　着意投侬,好比镜儿一掷。办闲心、空斋唧唧。玉郎低唤,问何年才及。愿偷染、柳卿衣汁。

菩萨蛮　题女郎画兰

绮窗一点幽情簇。白花成阵兰心束。雨叶共烟条。倩娘魂影娇。　落卿怀袖里。胜似苍崖底。相伴度春残。锦城笺粉寒。

如梦令　题郁石农生照

二十五年重见。老却文心如面。高隐足千秋,犹记青毡一片。堪羡。堪羡。铁画纵横奇变。

凌波曲　题鸳鸯图赠王琴如

丹青写生。相思助情。画楼携手深盟。看图中现形。　春风浪萍。秋花岸汀。君家静好如琴。羡心同石贞。

如梦令　题秋花草虫画扇

翠翠朱朱涂就。也当一番秋候。弱草立斯螽,不似王孙善斗。韶秀,韶秀。出入西风怀袖。

江神子　为王子严题美人小影

宫样妆成百种娇。厌苗条。衬裙腰。半露胸前瑞雪、待人消。唤做真真真不得,愁杀也,是今宵。　王子吹笙更弄箫。倩谁描。怪侬调。不置一花一石碍琼瑶。长坂桥头如未别,丹笔里,驻颜膏。

浪淘沙　题陆茂林载花图小像

沧海浪惊天。何处安眠。佳山秀岭结仙缘。采得名花千百朵,载出溪边。风景果悠然。酒兴还牵。负才零落等春妍。似此多情长护惜,芳信年年。

柳含烟　陆吉人属题画眉图

描黛浅,着烟浓。堪羡香闺无事,翠蛾临镜作欢容。入时工。　传得汉臣佳话。正好秦楼同跨。鸳鸯情性写来真。十分春。

蓦山溪　题钱圣月天童步趋图

天童行径,偏袒心何快。滋味只些须,看万水千山自在。丹青金碧,空旷任烟云,忘晏坐,漫经行,照面堪参拜。　钱郎圣月,一段琉璃债。岂是学邯郸,做拾得、寒山相爱。蒲团瓦钵,勘破旧衣巾,盆内影,指头禅,总把光华赛。

沁园春　题王丹麓生照

我见斯图,俨似王郎,风流美才。但萧然兀坐,胸中锦绣,穆如清致,笔底风雷。白日频驰,青春长驻,岂在茹芝餐术哉。名场里,任龙蹲虎踞,燕嚷莺猜。　郊游时集高斋。看宛在、伊人壁上该。要擎尊对饮,酡颜略异,折花同惜,好语私怀。霞举堂深,花王福久,顾影临池墨陈排。天生就,把兰亭遗韵,一卷收来。

迎春乐　题邵子玉生照

追思当日陈同甫。自题作、文中虎。争如邵子风流伍。宛一点、明珠吐。身伴着、琴书无数。还更有、金樽玉麈。试看名场飙起,震动麒麟鼓。

黄周星（1611—1680）　2首

字九烟,上元人。崇祯十三年（1640）进士,官户部主事。明亡,遁迹湖州,布衣素冠,寒暑不易。性刚骨傲,肠热心慈。年七十,取酒纵饮,自沉于水。有《夕狗斋集》。

眼儿媚　画中扑蝶美人

佳人相唤出兰房。携手挽罗裳。恰如当日,赵家姊妹,各斗新妆。　娇羞戏抚宫纨扇,闲趁燕莺忙。偶然扑着,一双新蝶,好是轻狂。

菩萨蛮　题王瑞虹先生生照

衣冠甚伟疑黄绮。儒流大隐游城市。孝友着州闾。门多长者车。　　山林经济好。道貌应难老。何处庆中庭。荀龙聚德星。

李渔（1611—1680）　11首

生于明万历三十九年（1611）以后。字笠翁,号觉世稗官,亦称湖上笠翁,兰溪人。有才子之誉,时称李十郎,有《风筝误》等传奇十种。另有《闲情偶寄》《耐歌词》《窥词管见》《李氏词韵》等。

浣溪纱　题三老看云图

家在云中不识云。偶来山下送游人。同看不觉自销魂。　　看去既成云世界,原来身住锦乾坤。而今才识下方贫。

其二

一姓人衣五色裳。午时又变晓来妆。苍天不止一痕苍。　　不信但观先后色,与君坐此待昏黄。昏黄又是一家乡。

蝶恋花　美人倚床图

茶在铛中香在鼎。尽可陶情,无奈风光冷。百计难消春昼永。书翻数叶才俄顷。　　坐处思眠眠处醒。眠坐交参,逗出相思影。纤玉托腮鬟不整。眼波注却愁千顷。

行香子　汪然明封翁索题王修微遗照

这种芳姿。不像花枝。像瑶台、一朵红芝。娇无淫态,艳有藏时。带二分锦,三分画,七分诗。　　沈郎病死,卫郎看杀,问人闲、谁可相思。吟腮自托,欲捻无髭。有七分愁,三分病,二分痴。

行香子　题九十三翁陆自明小像,像为倚马看松图

九十三翁。手不扶筇。尚垂涎、柳下花骢。虽然未跨,势已凌空。羡地神仙,仙宰相,老英雄。　　丹砂不服,酡颜常好,问如何、陶养心胸。笑而不答,手指苍松。为惯栖云,能耐雨,不惊风。

青玉案　题唐子畏曳杖晚归图

横云隔断归来路。几觅向、僧家住。亏得斜风能卷雾。驱人残照,引人新月,刚入柴扉暮。　　残编久矣将儿付。除却闲游没他务。只有一痕天未补。桃花源口,多栽荆棘,塞断人来路。

一丛花　题画

绝无人处有人家。不畏虎狼耶。因避人间苛政苦,才甘受、猿鸟波喳。还怕招摇,只愁牵引,不敢种桃花。　　主人闲出课桑麻。带便饵鱼虾。钓竿闲着何曾使,为看云、忘却生涯。笑指溪山,叮咛童子,切莫向人夸。

一枝花
有怪予四壁悬画,独无花卉翎毛者,欲以名迹见假,笑而答之

有画无庸借,懒向春时挂。挂愁桃李笑、鹦哥骂。既说好龙真,何劳叶公假。满眼春无价。醉芍药花前,卧在海棠枝下。　　也尝倩、丹青、摹写。鸟

向枝头跨。纵能言、不语终嫌诈。争似率天真,不肯乔妆哑。欲展名人画。须待春归,莺老荼蘼开谢。

满江红　时作洒墨屏笺十二幅赠之

只尺龙门,徒自愧、芒鞋竹杖。喜富贵、不憎贫贱,许登天上。绣裲襻衣君见惯,烟蓑雨笠来何创。笑画堂、宾客似侬稀,头陀样。　　云母扇,鲛绡障。龙缟袜,珍珠緉。是朱门长物,窭夫难饷。墨洒长笺十二幅,光腾瑞气三千丈。料野芹、不值半文钱,君偏尚。

花心动　戏题梅闺玉斋头所挂梅花书屋图

四壁萧然无所有,止剩梅花一幅。不避寒威,四面窗开,知是林家书屋。当年独处无妻室,全赖此、同眠同宿。尽消受,醒时妖冶,梦中芬馥。　　今日此花谁属。试考系征名,与君同族。异姓可妻,同谱难婚,休践旧时芳躅。林逋虽死剩梅妻,料此妇、断弦难续。是姊妹,切莫误称嫂叔。

春风袅娜　题风雨闭门图

怪虎头一幅,摄尽江南。才启轴,乍开函。碧沉沉、幻出一天风雨,凭空泼墨,到处拖蓝。远树披蓑,高山戴笠,渔夫科头眠正酣。更羡两翁天不怕,狂风卷屋尚清谈。　　此际愁人多少,江湖朝市,非有约、旧恨齐添。儿眼底,妇眉尖。虽居两处,一样难堪。争似山中,不知名利,既居人外,那识贪廉。因观妙染,使倦游孤客,不思重橐,欲挂轻帆。

张令仪　9首

字柔嘉,桐城人,姚士封室。有《蠹窗诗余》。

踏莎行

其一　金盆沐发

玉镜初开,兰汤沃腻。翠鬟乍解朝来髻。青丝濯处似临池,墨痕直蘸波心里。　　鸦羽参差,湿云拖地。临风笑倩檀郎理。娇柔无力倚阑干,温泉浴后将无似。

其二　月奁匀面

淡抹轻施,新妆娇倩。薄霜偏衬芙蓉艳。琼窗宝镜射朝光,嫦娥何事分明现。　　欲去徘徊,几时留恋。芳华只有侬家见。桃花白雪旧曾歌,翻怪三姨夸素面。

其三　玉颊啼痕

汉帝恩衰,萧郎情薄。酿成种种情怀恶。两行玉箸界残妆,翠鬟低处珍珠落。　　雨打梨花,烟笼芍药。啼多只恐秋波涸。时时偷搵绣罗巾,背人伴整秋千索。

其四　黛眉颦色

几笔轻匀,双峰碧聚。幽情都向其间露。吴宫多病捧心时,清歌听到销魂处。　　芳草凝烟,远山含雾。珠帘烛卷娇无语。春尖偷搣湿啼痕,一腔心事凭谁诉。

其五　芳尘春迹

斗草闲阶,秋千芳径。落红软处依稀认。雨余沙浅露微痕,苍苔翠滑偷尖印。　　檀屑铺匀,金莲娇衬。晚风欲起扶初定。马嵬人去尚留香,屧廊杠作千秋恨。

其六　云窗秋梦

雾阙参差,云楼飘渺。芳魂游遍蓬莱岛。乌衣鸾佩奏清商,红尘不羡邯郸道。　　城列芙蓉,阶环瑶草。蕊珠宫里秋光好。惊回一枕小游仙,晓风残月鸡声早。

其七　绣床凝思

闲里金针,早完朝课。无端惹起闲愁大。怪它有鸟唤鸳鸯,双双戏处青萍破。　　半晌神驰,心情无奈。不知帘外花阴过。娇波凝睇九回肠,红绒嚼向何人唾。

其八　金钱卜欢

鹊语无灵,灯花难卜。心期暗向青蚨祝。龙文掷罢费端详,依稀似许归期速。　　黛减螺痕,臂消红玉。寒衾一束和香宿。高楼独上更消魂,陌头杨柳参差绿。

临江仙　咏美人放风筝

节近清明天气困,佳人消遣春慵。纸鸢擎出小庭中。悠然轻扬去,漂泊似郎踪。　　玉腕难牵丝万丈,笑移莲步匆匆。身轻先自欲随风。倩人扶不定,微晕脸潮红。

陆世仪（1611—1672）　4 首

字道威,太仓人。诸生。博洽无所不通,穷居授徒。明亡,拓地十亩,筑亭其中,自号曰桴亭,不通宾客。有《桴亭集》;《陆桴亭先生诗集》,附诗余。

卜算子　题杨柳美人图丁卯至丙子

人道柳如眉,妾道眉输柳。柳叶逢春却肯舒,眉只时时皱。　　风懒燕葳蕤,花落春消瘦。望断天涯芳草深,人在天涯否。

菩萨蛮　题梅花美人图。美人稍伤太真之癖,书以嘲之

梅花冷淡空林悄。林下人人时独笑。花瘦为情多。卿肥却奈何。　　怜卿卿尚幼。怪得花枝瘦。卿若解情时。花枝应更肥。

满江红　题沙介臣小像

七尺昂藏,双脸际、紫潮初涨。谈笑处、雄姿英发,虬髯飘飏。宗悫长风开万里,李侯奇气惊千丈。论功名、唾手便封侯,应非妄。　　铁颜损,金门冗。黄卷破,青云障。叹骅骝无路,不堪凋丧。不画云台麟阁里,却图尺幅单条上。对西风、捻断数茎须,空惆怅。

满江红　题陆靡庵小像

两脸春生,君老矣、雄姿益壮。记当日、词坛酒社,风流轶宕。吐咳珠玑成百首,笑谭光焰惊千丈。问而今、何事悄无言,蒲团上。　　天地改,风尘飏。鲸鳄动,沧溟涨。叹靡靡行迈,我心惆怅。羽扇纶巾诚已矣,道冠野服犹堪状。待留些好样与儿孙,儒模样。

钱澄之（1612—1693）　1首

字幼光（一作敛光）,桐城人。诸生。弱冠时,以诋阉党闻名。与陈子龙、夏允彝等友善,组云龙社。国变后,走闽、粤、桂。永历三年（1649）授庶吉士,后改编修。桂林陷,削发为僧,名西顽。久返里,杜门深耕,自号田间老人。有《藏山阁稿》《田间集》《所知录》等。

鹤冲天　题莼鲛小像，和葆酚原韵

云沙月渚。梦里曾游处。春草夜来生，催佳句。为金门待诏，总交付、渔家住。赖诗朋酒侣。唱和新声，谱入舞中歌苎。　　扁舟晓暮。难趁秋风去。觅取故乡鲈，和烟煮。又飞觞刻烛，且同听、燕山雨。吾衰心未许。扶醉追欢，不减旧年情绪。

金堡（1614—1680）　33首

字道隐，号性因，杭州人。崇祯十三年（1640）进士，官临清州知州。耿直不畏强暴。清兵破桂林，削发为僧，名澹归，住韶州丹霞寺。有《遍行堂集》。

如梦令　题观音像

寂灭现前生灭。不许鹦哥饶舌。一朵铁莲华，雪卷银涛千叠。奇绝。奇绝。两手斜攀屈膝。

如梦令　题大士像

头上一尊古佛。手里几番贝叶。遍界不曾藏，争肯受人埋没。如说。如说。更莫抱赃叫屈。

点绛唇　题白衣大士像

出水犀牛，善财惯扣通天角。团围有约。等与无虚诺。　　遍地花开，一朵何尝发。人谁觉。真真影落。添个孩儿着。

菩萨蛮　题刘直生太守扇

碧天净洗芙蓉蕊。使君清似湘江水。雪浪扇孤松。如分两袖风。　　山中黄发老。还道青蚨好。留得一钱看。囊空无底安。

菩萨蛮　和栖贤团扇韵三首

轻罗未老梧桐叶。生绡尚挂梧桐月。九曲转柔肠。一声吹嫩凉。　　情闲犹把手。意冷先垂袖。不敢强为容。花无百日红。

其二

花边不见长青叶。星边不见长圆月。欲断早无肠。难逃炎与凉。　　曾携素手。凉便笼香袖。侬自愧衰容。风非怪落红。

其三

柔条片片生枯叶。遥天夜夜浮寒月。冰雪自心肠。何劳频送凉。　　一麾辞玉手。善舞看长袖。冷地又相容。竹炉催懒红。

画堂春　何母百寿图

春光不受四时分。百年一字成文。十重经纬十玄门。此数无伦。　　青识金台鸑鷟，黄知瑶岛麒麟。就中难觅上元君。只见红云。

南歌子　题弥勒世尊像

欲入龙华会，须知兜率天。良方专为病人传。莫去求名输与、释迦先。　　说法才登座，分身又入廛。上生一念下生圆。消得人间八万四千年。

踏莎行　题莲池大师真廉斋侍

只句弥陀,一心不乱。便从有念还无念。弓弰竖起养由基,枝枝看取穿杨箭。　　如见而行,行时不见。五云深处莲花现。床头人是大英雄,开图早识春风面。

踏莎行　题关将军像

无动如来,直心净土。青天白日开旗鼓。玉泉寺里读春秋,笔端说尽锋端苦。　　云月冠裳,江山尊俎。素髭绿鬈红尘谱。人间何处觅曹刘,将军一念非今古。

踏莎行　题观世音菩萨像

片石如山,双眸似水。堆堆坐地知谁委。欲呈语嘿已封唇,未容生灭还敲髓。　　日不谈人,夜休说鬼。千江月影无成毁。庭前火树雪交枝,堂中铁钵花生嘴。

踏莎行　示时出之南安托钵

病象难骑,愿王易老。普贤毛孔看看小。为吾分作百千身,一身得汝全推倒。　　放去收回,明遮暗表。丹青写出空山稿。不教钝置七如来,家家与个三之绕。

踏莎行　题赐子观音

一叶擎头,千华措趾。时时物物皆如此。无边法界是莲台,有情眷属为莲子。　　索得人怜,送将汝喜。雷音落处谁倾耳。杨枝藉手付儿郎,方知妙指元非指。

临江仙　题归去来图

彭泽才闻归去好,柴桑便见归来。黄花照眼一尊开。睡乡从此入,醉石不生苔。　　谁向桃源轮甲子,纪年何用差排。天真烂熳到无怀。大非名五柳,小即傲三槐。

蝶恋花　题某庵主真

不惯人间行处路。朴朴生生,也有流年度。红日三竿朝复暮。莲经七卷新还故。　　山外青山俱截步。箭浪东驰,切忌频回顾。折脚铛边无法护。忙人那得闲来妒。

渔家傲　题韩天生真作僧相

佛慧僧缘谁嘱付。门前流水青山路。又向红尘来一度。成担误。舌根粘着牙如醋。　　秃顶长髯空里步。身前风骨今如故。现出毫端千国土。贫而富。等闲脱却娘生裤。

渔家傲　题彭钟鹤真

雪里青松花莫亚。云中白鹤鸡难嫁。草檄挥戈闻叱咤。而今罢。笔床茶灶清宵话。　　说尽古今无可骂。沙丘笑却千金价。且唤好龙人看画。高高挂。也能唤得真龙下。

沁园春　题骷髅图,梅花道人□□此作见其浅陋,乃为别之,得七首

叹汝骷髅,骷髅汝叹,无了无休。便脂消杵臼,抛沉海底,灰飞炉火,吹散风头。起倒非他,笑啼是我,生不推开死不收。谁来问,问谁来感慨,禁舌凝眸。　　思量多少迁流。直趱得、纷纷作马牛。痛支离天地,紧穿过电,颠连

民物,烂炒浮沤。后辙前车,爱悲憎喜,有得挪揄没得羞。还闻道,道汝能无事,我也无忧。

其二

几个骷髅,被人敲磕,着甚千忙。见绮罗软美,生来结构,鞭棰怨毒,死去思量。蝼蚁为亲,乌鸢作客,朝露何由吊夕阳。谁家事,却自行自说,还自承当。　　无端熟境难忘。有一点、灰生万点霜。任劈波鱼痛,明年昨日,穿空鸟痒,此土他方。旧恨非存,新欢莫续,地老难扶天又荒。好听取,唱尸林一曲,寸断柔肠。

其三

阅尽骷髅,不知来处,空说惺惺。才眼轮赢得,粘连一线,鼻梁输与,扯曳千生。血肉都消,精魂罢弄,且把佳城当化城。非无伴,伴寒风淅沥,野火青荧。　　攓蓬指数谁评。尽列子、乘虚不算行。看波翻影落,四山长定,钟沉鼓寂,十日齐明。衲被辞头,钵盂失手,道是无情却有情。有还似,似圆伊三点,鬼哭神惊。

其四

休为骷髅,热时冰冷,壮岁龙钟。有谈天驰辨,挟山逞力,剑成斗状,丸在空中。铁石栽花,雷霆结冻,白昼寻人不见踪。我也曾,散形多似豆,留迹如鸿。　　家翁只是痴聋。任贵贱贤愚打合同。更酬钱干笑,弄绳儿戏,长嘘叶落,缓步鸦从。绮合朱颜,荒郊枯骨,灯镜千重影万重。一杯酒,大鲸吞海尽,莫觅蛇弓。

其五

人叹骷髅,骷髅不叹,却又逍遥。怪百骸零碎,轻轻撒下,三魂浪荡,远远开交。城郭人民,昨非今是,华表归来也不消。谁相委,鸦啼枯树上,鼠穴深蒿。　　往来荒径迢迢。好一日、晨钟不解敲。喜眼睛干了,没些顾盼,舌头烂却,免得唠叨。黄土挑空,白钱烧断,无耳听他大小招。英灵汉,更何人司命,重整皮毛。

其六

我见骷髅,出尘妩媚,绝代豪华。占江山万古,千群斗蚁,交亲四海,两部鸣蛙。已脱囊藏,何劳粉饰,独露堂堂不似他。长怜悯,暂堆些马鬣,又作人家。　　休教梦绕天涯。看流水、无心恋落花。问回风雪卷,谁来争席,横江月堕,任去劙牙。太乙符空,西方药尽,落洒相撑乱似麻。真平等,便渔阳鼓史,澹杀三挝。

其七

一个骷髅,许多孔窍,争奈他何。是曲分韦杜,丸争赤黑,眼栽荆棘,舌滚风波。未掷头颅,已寻皮袋,不管双肩只管驮。到这里,却青蝇罢吊,白草成窝。　　休言结习消磨。直万劫千生一缕拖。便疏钟夜歇,微云昼净,尚交玉帛,岂免干戈。冷刮禁磁,热浇看溺,才说无知知更多。也须得,到杖头敲响,划断婆娑。

减字木兰花　题张擎庵真

一双不借。深山大泽曾游戏。三寸毛锥。鹤舞龙吟好唱随。　　济川老手。唾壶打缺嘶风口。修竹长松。金石渊渊透碧空。

思佳客　题盂兰盘册

业力才牵法性随。如来有手不能垂。便将一钵和罗饭,打碎天重大铁围。抛线索,任钩锥。一朝七世共真归。本来各有耶娘面,不看耶娘欲看谁。

临江仙　题吴苎庵真

积玉垂珠才露影,君苗笔砚俱焚。词场饮至策奇勋。一丝萦日月,百变走风云。　　深柳堂中书万卷,茗香花气氤氲。九皋清唳碧霄闻。野鸦才思短,绕树莫纷纷。

临江仙　题孙东晖真

何处飞来一片石,为谁岳起胸中。烟围翠涌玉玲珑。火风翻五色,云海割三峰。　　六欲华冠鲜未萎,小童擎出珠宫。锦衣染透异香浓。紫霞犹献北,白日更临东。

临江仙　题湛公真

元是宗中飞兔子,莫疑坂上盐车。屠龙不怕握明珠。有人分地界,何处问天枢。　　气作风云舒复卷,谁知所牧非猪。百城长拥石仓书。覆蕉悲梦鹿,透网识神鱼。

沁园春　题赵二火笠□看云图

问我看云,问云看我,欲荅无辞。向晴峦乍倚,迷离浅梦,澄湖徐曳,涵泳深思。舒为谁来,卷从何往,才入松门意便迟。空中迹,甚了无根蒂,布叶垂枝。　　也能浓澹随风。怪热顿争雄冷渐雌。想幽人已卧,千林暗锁,老僧未起,一雨潜滋。仰视非天,俯窥是海,独宿孤峰许共知。休相问,只纯情纯想,瘦黠肥痴。

金明池　和沈克斋白葡萄见意却赠

翠葆朱兰,幕天席地,未数槐阴昼静。仙橘里、虬根噀水,洒甘露、颗颗朗润。似骊珠,百琲难穿,才撒手儿戏,麻姑行径。看盘琢玻璃,香盛龙脑,皴出蟾宫微晕。　　还向赤瑛空处问。怪昨夏含桃,忽蒙霜信。银河灿、冰丝千尺,金轮碾、玉华万乘。更碧虚、宝盖垂垂,见一点匀圆,幢光交映。便觌面相呈,南方无垢,只抵秋风归兴。

钱光绣（1614—1678） 1首

字圣月，一字蛰庵，宁波人。有《删后词》。

满江红　题别画史

几幅生绡，都染作、吴山楚水。还记得、巫霜万壑，滇云千里。小艇疾飞江左右，荒蹊踏遍天头尾。想而今、握管尚依然，拈来是。　　酒到手，杯如洗。钱在握，囊无寄。算只余、白发数茎而已。适兴浑忘交雅俗，浩歌不解音商征。道黯然、此别便消魂，庸人耳。

俞汝言（1614—1679） 1首

字右吉，嘉兴人。明诸生，早入复社，周游南北，孤贫力学，具经世才。后闭户著述，精研经史，尤熟明代典故，有《春秋评议》《渐川集》《大涤山房集》等。

谒金门　题画仕女图

酥雨后。绿尽陌头杨柳。半篱溪水浓如酒。掠波飞燕偶。　　阵阵落花红厚。惯是春光辜负。抱得秦筝阁膝久。听歌人在否。

钱继章　1首

字尔斐，号菊农，嘉兴人。明崇祯九年（1636）举人。有《雪堂词笺》一卷及《菊农词》。

风流子　题画

空林沙渐落,冬初景、犹得似深秋。想就里高人,拥裘匡坐,纸窗未补,竹户初修。一声雁,半声留远浦,双影堕沧洲。枫叶飘红,蘋花点白,一齐付与,鸥鹭沉浮。　　天公无个事,纷纷处、只是静拭双眸。试看曲中金谷,鹤背扬州。叹汉寝楚宫,旧存烟草,残山剩水,新属渔舟。枯树不堪缆也,东去悠悠。

叶小鸾（1616—1632）　1首

字琼章,吴江人。叶绍袁、沈宜修之季女。四岁能诵《楚辞》,工诗及书法,与琴书为伴。有《疏香阁集》,又名《返生香》。

鹊桥仙　题画山水

柴扉不掩,翠微欲滴,断岸芦花风寂。远峰云树两朦胧,曲径杳、崎岖难觅。　　平波澹澹,长松历历,玉洞仙床咫尺。闲来看尽思悠然,恨不得、将身飞入。

胡介　1首

初名上登,字彦登,钱塘人。明诸生。有《旅堂诗集》。

醉桃源　湖上醉题妓扇

画楼一半入垂杨。门临湖水光。杨条爱拂柳条窗。莺啼日照床。　　眉未画,且烧香。窗前吠小尨。紫骝身上好儿郎。刚刚过粉墙。

余怀(1616—?) 10首

字澹心,一字无怀,号曼翁。福建莆田人,侨居江宁。才情艳逸,工诗,与杜浚、白梦鼐齐名,时称"余、杜、白"。明末乱离之际,词多凄丽。有《研山词》《秋雪词》,总称《玉琴斋词》。

念奴娇 为云田少姬、周宝灯题坐月浣花图

美人何处,看锦屏翠幕,玉蟾高跨。细骨轻躯清似雪,掩映冰壶一把。怨锁青蛾,情含红豆,柳色摇江夏。吴绡初展,从天吹下图画。　　当日苏氏朝云,白家樊素,都是风流话。爱杀霍王娇小女,不分文君新寡。月姊调笙,花神按拍,醉倒鸳鸯社。栏杆倦倚,吟诗刺绣才罢。

桃源忆故人 题画

斜阳荻岸连秋水。岭上白云时起。叠嶂层峦暖翠。人在清溪底。　　杖藜叹世者谁子。只爱松风洗耳。牛背晚烟旖旎。一棹家千里。

百字令 祝王烟客奉常

神仙富贵,看桑田沧海,几番更变。家世莲华王俭府,簇簇南金东箭。江左风流,山中宰相,细语堂前燕。园林花鸟,太平盛事重见。　　优游北馆西田,法书名画,外国俱传遍。龙马精神鸾鹤性,耄矣犹然强健。五叶簪缨,百季礼乐,衮衮征文献。老人星瑞,一杯桂酒相劝。

满江红 题尤展成小像和韵

归去来兮,修素业、神仙杨许。还记取、江山风月,闲人为主。方曲障遮三

里雾,流黄篝落千峰雨。问当年、快马出卢龙,今何处。　　湖一曲,谁赐与。书万卷,君延伫。正长吟抱膝,大舸先踞。暂折围棋安石屐,急呼解秽花奴鼓。且披襟、金镂拨琵琶,空中语。

沁园春　题池上鸳鸯图,为尤展成

地近南园,渌水池亭,红藕溪堂。看渡江迎接,桃根桃叶,随风缥缈,垂柳垂杨。何处飞来,文禽锦翼,双宿双栖对夕阳。湘帘外,有珊瑚作屋,玳瑁为梁。　　芙容蒂本成双。况小袖、云蓝斗晓妆。喜空天过雨,远山眉妩,四更吐月,曲沼莲香。船绕蛟龙,赋传鹦鹉,玉镜台高翠羽光。真堪羡,羡水哉轩里,图画鸳鸯。

临江仙　题吴园次秋泛图

丘壑自宜仁祖,乘槎偶学张骞。螭头黄帽日高眠。楱香红藕地,郭袖白蘋天。　　汀鹭惊飞江外,湘娥笑出花前。风流应继杜樊川。杯深秋潋滟,笛冷月婵娟。

水龙吟　赠苕川茅天石为余画跨牛图

一溪苕叶如云,风流共许茅天石。胸中丘壑,手中造化,春华秋实。巧似边鸾,工同周昉,一时无敌。况吟成五字,橡称三语,枯树赋、真萧瑟。　　对此江山花鸟,最关情、须髯如戟。可中庭下,月明天淡,相逢今夕。我跨青牛,君骑白凤,逍遥双屐。算年来、只有樊川杜牧,与君胶漆。

浪淘沙　题吴圆次收纶图

万事付渔竿。独坐沙滩。绿蓑青蒻竹皮冠。收拾丝纶全不用,白眼相看。一片雪波寒。濯足潺湲。鹭鸥情性避鹓鸾。风月湖山闲作主,几个人闲。

永遇乐　为陈其年小像

髯汝来前,我知汝心,汝知我意。湖海元龙,大床自卧,碌碌轻余子。骚耶奴仆。史耶牛马,总在书生笼里。乍相逢、虬须直视,五岳胸中坟起。　　六朝遗恨,半生落魄,都付马蹄秋水。我见犹怜,世皆欲杀,吊客青蝇耳。赋成穷鸟,命钟磨蝎,骂坐何知程李。看三毛、谁添颊上,磊砢如此。

貂裘换酒　题吴清来倚鞭按剑图

岂是栖栖者。喜龙门、传成游侠,羡君潇洒。平原增意气,但觉诗中有画。难得似、词源倒泻。天下英雄君与操,且藏身、闲共渔樵话。珠一颗,真无价。

汉书牛角何人挂。早登坛、含任吐沈,凌班轹马。陌上花钿频拾得,醉倚锦塘桥下。羊裘敝、钓竿空把。一剑光寒州十四,看钱江、万弩潮头射。应笑我,野人也。

钱肃图（1617—1692）　1首

字肇一,鄞人。钱肃乐之弟。明官监察御史,入清不仕。

满江红　题圣月兄归来图

断水残云,留不住、并州羁客。且收拾、新亭孤泪,江滨吟魄。下榻漫淹徐孺子,归来好赋陶彭泽。把柴门、遥向夕岚开,餐山色。　　水绕屋,渔灯白。云满袖,诗筒碧。更斗茶僧舍,寻筱村北。半卷阴符摩醉眼,一编心史图秋壁。有袁安、高卧在东邻,堪投迹。

王夫之(1619—1692) 6首

字而农,号姜斋,又号船山,学者称船山先生。湖南衡阳人。崇祯十五年(1642)举人。明亡后,于衡山举兵抗清,兵败投南明桂王,授官行人,后到桂林依瞿式耜。发愤著述垂四十年。有《船山全集》凡三百二十四卷,附《鼓棹初集》《鼓棹二集》《潇湘怨词》《愚鼓词》等。

鹧鸪天　刘思肯画史为余写小像,虽不尽肖,聊为题之

把镜相看认不来。问人云此是姜斋。龟于朽后随人卜,梦未圆时莫浪猜。谁笔杖,此形骸。闲愁输汝两眉开。铅华未落君还在,我自从天乞活埋。

沁园春

梅花道人题骷髅图,澹归嗤其鄙陋,为别作七首,乃词异而所见亦不相远。反其意作四阕正之。

白日难欺,青天不爽,只此骷髅。到排场戏毕,尽停边鼓,熏炉烟散,却剩香篝。无想有天,也须扣算,放自当年到此收。终不道,泛秋波一叶,随处芳洲。　　思量惭愧难酬。曾顶戴、春霖起白沤。忆香蒸云子,从伊饱满,轻裁霞绮,护汝温柔。莫倚无知,瞒他有眼,总付梧桐一片秋。应认取,者下回分解,别有风流。

其二

当汝无时,原无消息,逗此风光。到云生月吐,旋相圆满,山支水派,不爽针铓。桂斧谁修,玉砂难碾,琢就玲珑七宝装。曾倩汝,为日轮炫紫,寒夜凝霜。　　成功底事难量。仍掷与、乾坤自主张。尽雪里梅开,凭谁蕴藉,风中柳摆,非汝轻狂。百折如新,一丝不乱,烟草迷离总不妨。珍重好,教大钧裁剪,鹤短凫长。

其三

毕竟还他,晓风残月,正好惺惺。看太白占星,显开玉色,黄钟应律,敲作金声。揖让筵终,征诛局罢,渠不增加汝不轻。堪爱处,为元龟受灼,枯槁皆灵。　　西园片片落英。也妆点、东风媚晚晴。任血洒虞兮,原非战罪,肠回康了,不碍文名。万石洪钟,一丝残纽,止此冰霜骨几茎。夫谁暇,怨华亭鹤唳,蜀道淋铃。

其四

为问蒙庄,卮言枉吊,笑尔何知。既使我其然,焉能免此,如君之说,抑又奚为。幸未凋零,先为飘荡,究竟鱼还死水湄。早辜负,却桃花春水,杨柳秋堤。　　欲抛抛付伊谁。真避影、银灯只浪吹。便一枕蝶轻,还黏粉翅,三眠蚕稳,仍惹缫丝。去则难留,留原难却,一线纹生玩月犀。唯片晌,耐板桥霜迹,茅店荒鸡。

菩萨蛮　桃源图

桃花红映春波水。盈盈只在沅江里。湘水下巴邱。湖西是鼎州。　　停桡相借问。咫尺花源近。三户复何人。长歌扫暴秦。

来集之（1607—1682）　6首

字符成,萧山人。来继韶之子。崇祯十三年(1640)进士,授皖城司理。福王弘光时官太常寺少卿。弘光政权覆灭后,隐居倘湖之滨,课耕读以自给。有《倘湖樵书》。

醉蓬莱　沈石田雪景

看槎枒古树,劲骨撑天,乱遮茅屋。茅屋低垂,屋里人幽独。坐对残书,博山炉冷,渐寒生肌粟。何处梅花,推窗望眼,江天寂寞。　　剩有孤松,苍鳞短发,尚费精神,堆青抹绿。俯仰乾坤,劲草标芳躅。不写渔蓑,酒旗村杏,扫尽三分俗。一段清严,岁寒心事,端的谁属。

鹊桥仙　辞画屏

重湖含镜,远山堆髻,不用人间笔墨。我身渺渺一孤鸿,偶踏雪、爪痕伸缩。　　云林意淡,仲圭气厚,难写遗民心曲。除非添我一蓑衣,好蘸破、严陵空绿。

唐多令　题画村居

江上旧青山。松根长掩关。数年来、奔走尘寰。松上黄鹂相助语,问居士,几时还。　　此意久阑珊。归来好是闲。试评涂、万壑千岩。添我一身云树下,与鹿豕,共痴顽。

青玉案　题沈石田雪景

垂垂风雪江南路。占断蒹葭浦。八尺短蓬何处去。孤村茅屋,草桥断岸,不见旗帘舞。　　同云漠漠天先暮。天也将无误。故把寒威欺澹素。梅花清冷,琴囊寂寂,想有袁安卧。

西江月　题画

流出清清溪水,吹来霭霭松风。琴囊剑匣五花骢。聊与溪桥相送。白云一片两片,青山千重万重。无忘此意更相从。窗外梅花同共。

清平乐　题青鸟传音图

青青双鸟。飞出蓬莱岛。绣阁深闺谁可到。侥幸传来信好。　　虽云丽质如仙。那能奋翮冲天。试问蟠桃花下,摘来还是何年。

方以智(1611—1671) 1首

字密之,号鹿起,桐城人。崇祯十三年(1640)进士,官检讨。与冒襄、陈贞慧、侯方域为明季四公子。明亡,为报国寺僧。有《浮山集》,词附。

渔家傲　题画

一抹荒烟深不测。笔痕落处伤心极。云片忽将天弄黑。消不得。一池水泼南宫墨。　却恨江湖无气力。送人不送孤帆直。那问天南和塞北。人不识。为何染坏青山色。

曾灿　3首

字青藜,一字止山,宁都人。少有诗名。明亡,削发为僧,游闽、浙、两广归,筑六松草堂,躬耕养母,后侨居吴下。有《止山集》《六松堂文集》《六松堂诗余》等。

沁园春　题崔兔床石湖烟雨图次韵

辛苦生涯,窃愁滋味,何曾得开。念飞狐到马,白沟紫塞,重关叠嶂,雁去人来。满目英雄,谁为吾敌,欲把乾坤一手抬。频过眼,见山川改色,猿鹤惊猜。　堪怜白草黄埃。且深夜挑灯读史怀。听寺钟春起,林鸦晨噪,渔歌芦管,曲曲生哀。有限光阴,无穷血泪,荷锸难将心事埋。休悲叹,看浮云苍狗,岂已焉哉。

临江仙　东坡亭瞻拜遗像

昔日僧房今庙祀,文章到底称雄。可怜名窜党人中。青城当日祸,机已兆元丰。　何处江山长不改,衣冠百世犹同。且将心事付东风。先生春睡足,休撞五更钟。

谒金门　题王山长独坐图

风光阔。年少才如管葛。谁信文章憎命达。吾愁吾自遏。　双眼看来天一撮。只此琴书堪豁。坐老蒲团山鬼灭。西风吹叶脱。

陈孝逸　1 首

字少游,杭州人。明崇祯间诸生。有《痴山集》六卷,词附。

画堂春　题团扇侧面美人

画兰低躲玉多娇。悄藏半面难描。秋光一溜已妖娇。而况双挑。　纨扇中分片影,冰团怯吐清霄。香腮借半想丰标。转甚魂消。

顾姒　1 首

字启姬,钱塘人。顾长任之妹,鄂幼舆室。有《静御堂集》《由拳草》。

虞美人　题陈素素像

新妆仿佛疑西子。弱态应如此。除他谁更可同侪。却又多才西子逊风流。　披图欲卷迟回久。低唤君知否。如嗔似喜费疑猜。若许来时先筑避风台。

陆嘉淑(1620—1689)　2首

字孝可,号辛斋,海宁人。明诸生,入清不仕。有《辛斋诗余》。

渔家傲　孝瞻索题小影

潇洒风流谁得似。长松锦石流云度。临风抱膝青山暮。挥玉麈。真疑百尺琼瑶树。　几曲清溪流不住。落英芳草缤纷处。图书几卷随行坐。金茎露。青莲一朵铜瓶贮。

虞美人　为其言题扇

蒙胧参昂窥疏绮。再揽轻衾起。夜永漏沉沉。隔断一窗明月、短墙阴。　霜花遍地秋光湿。不道人岑寂。可容残梦到窗前。无奈钟声又搅、五更眠。

陆宏定　2首

字子度,号纶山,海宁人。九岁能属文,尤工于诗。有《凭西阁长短句》一卷。

减字木兰花　题陈甥行乐图

槐阴柳陌。逍遥尘外烟霞客。且傍花间。啸月吟风一晌闲。　吾家无忌。若还似舅人闲弃。但是鱼龙。好趁长江万里风。

满路花　花朝辑葡萄繁蔓图悼亡姬

刀尺好谁贻,又是中和节。众芳何处也、催鹳鹅。春迟候冷,别院梅花发。抚景堪愁绝。自入春来,风风雨雨才歇。　　小庭枯蔓,逗的春消息。新条还护取、穿萝薜。当年记道,纤手亲移植。共倚藤阴月。断人肠,是花期、转眼狼藉。

查容 5首

字韬荒,号澉江,海宁人。明崇祯间在世。工诗文,少应童子试,以场中例有搜挟带,以为慢士,拂衣径出,遂以布衣终老,笔耕自给。年五十客死楚中。有《澉江词》。

荆州亭　题周雪课戴笠图

何事西园公子。独向水边松际。可忆拥书时,翠箔红炉灯里。　　头上偶然笠耳。莫道诗翁憔悴。真迹更谁留,我亦从君行矣。

满江红　王安节作江滨访友图并长句见赠,填此谢之

对此茫茫,疑十万、腾空天马。潮落处、布帆无恙,纸窗初眍。好事才留真迹耳,倚歌不觉移情者。岂前身、摩诘画中诗,诗中画。　　疏篱畔,垂杨下。茅屋小,兰舟大。就其间位置,风流儒雅。去路回看云树隔,尔时犹记琴书罢。待春江、依旧载愁来,杯同把。

百字令　题秋思画

粉红黛绿,正钩帘妆罢,无语凝盼。似恋恩情秋渐老,纤手犹携纨扇。绣带风飘,铢衣雾薄,蝉鬓双承燕。依稀曾记,旧时楼上相见。　　底事独立闲

阶,含愁欲诉,觉潮生娇面。再得谁怜添一个,玉润儿郎方便。缃帙全开,水沉微炷,如在长生殿。寒花香淡,倚栏对影疑倦。

木兰花慢　饮方邵村柱史斋,酒间观作书画

忆风流柱史,如玉树,正临风。向日下桥边,乌衣巷里,旧织花骢。爱客留倾家酿,早骰盘一掷饮千钟。新火新烟时节,半晴半雨帘栊。　金题玉躞拂重重。已思入高空。看落泊银钩,飘萧素灯,点染春工。话到龙眠居士,更掀髯一笑引杯中。此兴知犹不浅,当年岭外曾同。

薄幸　题春睡图,锡山华义逸画

翠屏山晓。映数朵、瓶花红袅。任他是、春风春雨,窗外不闻啼鸟。悄无言、几畔炉边,添香立着双鬟小。似欲近床前,恐惊帐底,掩却妆台未扫。

睡正美,应难唤,更枕簟,水纹轻巧。奈鸳衾单薄,玉柔脂腻,翻身微露嗔谁好。梦将阑了。问云情雨意空闺,端的知多少。钗横鬓乱,也胜傍人起早。

柴贞仪　1首

字如光,钱塘人。孝廉柴云倩之长女,适同里黄某。

桃源忆故人　自绘美人蕉

丹青图就雕窗见。仿佛鲜柔在捻。舞翠翔空宛转。遮却朱栏半。　记得当时芳影绚。今被妒风频剪。试取生绡点染。瞥睹花生面。

柴静仪 2首

字季娴,钱塘人。孝廉柴云倩之次女,适同里沈镠。有《凝香室词》。

减字木兰花 题画梅

明窗净洁。点染数枝花似雪。疏影阑干。人在舍草梦亦寒。　　霜天未晓。遥听仙禽声嘹绕。景写罗浮。仿佛清香满玉楼。

临江仙 题孙暮砧小影

绣阁美人初睡起,玉炉香麝微熏。凝娇才着翠罗裙。重重珠幔,何处不氤氲。　　懒唤双鬟同斗草,闲来悄步芳茵。桃花万朵照红云。无端风雨,狼藉夜来春。

万惟檀 1首

字子馨,山东曹县人。由恩贡授直隶曲阳县令,寻补湖广保安县。所撰《诗余图谱》词,乃爱张綖《诗余图谱》加以厘定,各填己作一首,以为示范。

金蕉叶 咏扇

先生褦襶山居窝。坐闲亭祝融忽报。竞舞槐龙,渔翁岸上皆停钓。拭汗临风狂叫。　　芭蕉扇子从吾好。这风情是天然调。团团日影,描真不与南熏闹。岂为风吹落帽。

唐元甲 11首

字祖命,号心传,宣城人。明季为中书,明亡后,隐居不出。有《殆花词》一卷。

减字木兰花　题墨菊画扇

枝垂叶绿。众蕊离离攒墨玉。独傲浓霜。不与群英斗洛阳。　　秋风过了。俯首东篱愁色老。恰似明妃。为惜红颜着缟衣。

减字木兰花　林益长属题画扇

丹砂亲贮。长柄葫芦长几许。分付双童。肩取淇园八尺龙。　　海空天廓。有客骖鸾仍子鹤。如意昆吾。莫击人闲玉唾壶。

风入松　题家弟益功小照

一身穷骨十分愁。华发少年头。半生辛苦诗书债,人如梦、一卷庄周。当日陆云善笑,而今庾信悲秋。　　天涯芳草五湖舟。归思恨悠悠。青衫沦落知音杳,高山调、焦尾囊收。情到不堪回首,松风流水飕飕。

风入松　题黄师逸北窗高卧照卷

松风谡谡九天鸣。双耳过秋声。晋家丰度浑嵇阮,横支枕、一卷黄庭。摘取窗前玉粒,餐他篱外金英。　　不壮不老半逃名。尘梦早惺惺。当年曾擅无双誉,龙文笔、攫虎骑鲸。恰似山阴道士,休猜五柳先生。

满江红　自题殢花行者小照

斗笠芒鞋,早踏遍、弥漫尘世。长太息、乾坤许大,少埋愁处。慷慨击残燕市筑,悲凉挝破渔阳鼓。尽天涯、流落故家亡,吾衰矣。　　湖海兴,功名志。锥秃颖,桐焦尾。任呼牛呼马,酒徒狂士。壮不如人今渐老,相君之面庸夫耳。向麒麟、枯冢哭千场,呼知己。

其二

冷落青衫,记年少、名场声价。正门第、乌衣巷口,江东王谢。词赋坛中追屈宋,文章座上师班马。更歌筵、红袖舞楼裙。人潇洒。　　千古恨,风流话。香粉尽,谁存者。待持他半偈,度余生也。万事情随春梦散,两行泪向残花泻。问茫茫、宇宙尔安归,梅阴下。

满江红　题郑蕃修照

曲臂凝眸,却对了、萧疏一树。曾当日、鵷鸰啼就,名齐李杜。非俗非僧形似拙,不衫不履人如古。问何心、皂帽爱笼头,儒冠误。　　添一个,梅装妇。补一幅,林逋赋。向孤山亭下,从他野父。世事满怀蝴蝶梦,文章几处麒麟墓。笑诗书、翻遍一行无,功名数。

湘月　题钝予书剑无成图

一丝不挂,怪狂奴位置,此身奇绝。昔作健儿今漫叟,图向麒麟不屑。虹日荆高,河山嵇阮,往事悲歌歇。壮心何处,满头华发沾雪。　　堪笑故态犹存,零编一束,三尺龙堆铁。潜向洞中天自好,划破清江夜月。老不封侯,贫须买犊,醉里肠空热。为君摩腹,此中块磊何物。

木兰花慢　自题春帆载酒小照

碧天明似镜,牵一舸,傍菰芦。止抱瓮生涯,枕书能事,此外非吾。往时幽并侠少,剩青衫、身世一渔夫。两字功名烟水,半生诗酒江湖。　　田横岛畔醉歌呼。醉叟胜公孤。怪陆处张融,移家范蠡,伎俩区区。嘲他五侯七贵,把乾坤风月等闲辜。谢手人闲牛马,甘心海上鸥凫。

齐天乐　题吴彤本鬼笑图

松簌飂飕山寂历,昔梦阿谁惊觉。茗雪烟峦,荚湾樱笋,宾客南皮屐倒。香浓墨饱。正泣鬼呼神,钩玄抉奥。发浅如拳,三芝一秩盛名噪。　　回头顿成陈迹,怪秦川公子,惯遭刘表。璧月珠帘,金闺玉树、刚剩夕阳秋草。彩毫空老。尽野魅山魈。狰狞调笑。浊世滔滔,恁鬼多人少。

沁园春　题椒岩夫子松吟书屋照卷

冰雪襟怀,韵致萧然,衣无点尘。向林间读易,研朱滴露,松根听雨,戛干披鳞。政绩龚黄,文章沈谢,天下英雄惟使君。琴尊外,见双雏似玉,鹤唳声闻。　　平桥曲水花茵,有如许清光亦可人。笑笔床砚匣,平生长物,乌纱紫绶,眼底浮云。少日科名,残年风月,丘壑闲图一置身。须添入,侍执经弟子,促麈论文。

朱一是　6首

字近修,号欠庵,海宁人。明崇祯十五年(1642)举人。明亡后,披缁衣授徒。工诗善画,长于词。有《梅里词》一卷。

荷叶杯 对画

草草镜鸾分翅。如戏。终岁隔娉婷。相思暂解画中人。真么真。真么真。(《说苑》敬君善画,贪齐王赐钱,去家日久,画妻像,向之而笑,以慰离心。)

柳含烟 题杨妃禁牙图

手支颐,衣松扣。波眼青蛾双皱。问伊何处有愁牵。煞堪怜。　力士传呼声彻夜。一线千门光射。阿谁分痛据胡床。是君王。

月宫春 美人踏青

秋千才罢踏郊青。凌波印浅尘。背人摘得紫华茎。管教斗草瀛。　树里点衣红阵阵,水边照面碧盈盈。风动步摇不定,响应护花铃。

木兰花令 题桃源图

津边留得桃花艳。洞里仙翁缘未断。渔郎一入说人间,遮莫桃源风已变。当时七国劳争战。闹处独将闲处占。萧曹尘里笑驱驰,四老藏身半隐现。

花心动 为俞右吉题照

谁夺天工,写长绡、风流丘壑如许。别是衣冠,秀目丰颐,丰骨铮铮轩举。依稀高隐鹿门,老更买屋鸳湖西住。还堪羡、长编史料,千秋分与。　细看须眉楚楚。岂念往悲来,含情无语。瓜种青门,药施(去声)灞陵,卖卜成都遥去。同侪落落晨星少,谁同泛、鹤洲深渚。关情处、一叶秋风残暑。

贺新郎 读陈景行扇头词喜赋，兼怀家美涵

水透西泠碧。抱钱塘、胥涛雪卷，山川盘结。甲第连云看济美，才气目空今昔。更独占、高楼百尺。谁道元龙湖海士，却雕虫彩笔工无匹。似雅奏，鸣金石。　　词坛谁共声洋溢。是吾家、昂驹汗血，绝群超迹。白眼途穷悲大阮，赖有阿咸英特。期万里、扶摇奋翼。似尔才华真二妙，比鸣岗、梧凤同栖息。秦柳友，苏辛敌。

顾贞立（1624—?）　4首

字碧汾，无锡人。适同邑侯晋。工诗词，常与王朗唱和。有《栖香阁词》二卷。

浣溪沙 咏梅花，赠画中美人

露叶如啼欲恨谁。巡檐索笑事难追。年年燕子不曾窥。　　梦去偶题浓淡字，愁来长蹙浅深眉。一春惟有捧心悲。

满江红 廿年前为人题小影，偶复见之，感而作此

绣榻华关，记当日、轻涂嫩洒。曾有个、蛾眉蝉鬓，低头深拜。捧砚焚香舒小影，为他题咏增慷慨。猛回头、早是廿年前，真堪骇。　　清扬句，今犹在。繁华梦，今难再。破丹青留得，文魔笔债。光景尽随流水去，江山原是桑田海。算百年、三万六千场，休惊怪。

重叠金 吴夫人赠画梅

粉痕犹印纤纤手。幽姿想与人同瘦。何处看花来。花如对我开。　　数枝佳欲绝。相共怜香月。好句寄来看。清芬满画阑。

沁园春　题美人笺

佩纫幽兰,歌拈红豆,并倚娉婷。尽愁人挥洒,登临觞咏,催归送远,边怨闺情。携向碧窗,妆镜侧轻,唤起盈盈翠袖擎。瑶台上,飞琼萼绿,争似卿卿。

砚光清凝赋粉。待细研石黛,染就丹青。谱霜浓月晕,寒鸦落木,孤篷夜雨,长笛离亭。一抹苍烟鸿影看,几点环螺接楚城。标题处,把霜毫空阁,半折云屏。

徐元端　1首

字延香,江都人。徐石麒女。幼能诗,通音律。有词《绣闲集》。

南柯子　画扇美人

拂砌垂新柳,临窗醮绿蕉。含情脉脉自无聊。立向花阴深处怕人瞧。　缺月双娥浅,春风笑脸娇。朱唇一点夺樱桃。不待向人私语勾魂消。

沈榛　2首

字伯虔,一字孟端,嘉善人。钱黯(1636—1730)室。有《松籁阁诗余》一卷。

丑奴儿　题画

青山碧水无穷景,渔父垂钓。轻泛扁舟。烟雾苍茫远浦浮。　轻云几点波中映,红蓼滩头。试启新篘。聊以衔杯忘却愁。

阮郎归　题倦绣仕女图

竹窗斜日漾茶烟。佳人倦欲眠。停针无语线慵添。徘徊忆怅然。　　花隐雾,柳飞绵。困人春暮天。回文未就乱鸦还。愁情梦里传。

贺洁　1首

字靓君,丹阳人。史左臣室。有《亦政堂词》,或称《漱水词》。

满庭芳　咏镜里美人

花雾冥濛,凤帏春晓,开奁试启青铜。玉台高架,擎出广寒宫。何事姮娥影只,蟾蜍杳、玉兔无踪。垂檀袖,微风乍举,仿佛似惊鸿。　　微慵。舒柳叶,芙蓉两颊,浅黛轻红。更娇嗔巧笑,一瞬千容。羡煞生香真色,恁丹青、描画能同。悔空费,赢金购夺,周昉画屏风。

卓人月　1首

字珂月,一字蕊渊,仁和人。明诸生。工词曲,浪迹江湖间。有《晤歌》《蕊渊集》。与徐士陵合编《古今词统》十六卷。

减字木兰花　燕姬坠马图

簫云越影。驮得轻躯狂便骋。未稳香钩。一片花飞金谷楼。　　愿为芳草。翠色如茵铺衬好。拥髻徐行。孙寿妆台学未成。

曹元方 6首

字介皇,别字耘庵,海盐人。明崇祯十六年(1643)进士。唐王隆武立,授吏部验封司郎中。后兵败还家,遂隐碶石以终。自署檇李遗民。有《淳村词集》。

沁园春 题星叟小影

为王览耶,为薛包耶,门内雍熙。读赐书万卷,名悬东壁,倚马千言,声振南皮。然诺交游,四海慕义,不将气节换荣施。最堪念,尝孤行志性,不合时宜。　　自古英雄数奇。久埋没江边芷与蓠。惜志薄勋名,心倾卿相,城偶依隐,泌水乐饥。室鲜馀粮,门多高士,酒浇块垒任人嗤。转盼闲、待乾坤整顿,结盟鸥鹭。

沁园春 题关蕉鹿小影

星佩霞冠,芒鞋拄杖,早岁遗荣。记挟策走献,倚歌燕市,荷戈遭乱,洒涕秦城。鸿鹄高飞,弋者何慕,闲看伤弓避雁惊。两峰下,有溪湾茅屋,竹里柴荆。　　堪怜剑气峥嵘。但诛茅种竹足平生。问浔阳蒒菊,雨昏烟嫁,香山好友,暮送朝迎。手挂诗囊,庭栽玉树,逍遥蜀郡一君平。宁羡他、跨金鞍宝马,翠羽华缨。

满江红 题杨豫桢授经图

卓矣高风、问贻谋、家传诵读。喜蓝田、春深日暖,烟生寒玉。伏胜壁间苏未剥,桓荣谷里苔常绿。看龙文、骥子奏长杨,云台绩。　　居近市,远流俗。众皆醉,醒者独。任鹈鴂逸凤,百草谤菊。绿绮漫弹山水调,碧梧忽见鸾凤宿。转瞬间、观听绕桥门,天颜肃。

无闷 求项东并画

容膝荒亭,那得日夕,饮酒赋诗自适。想楚水吴峰,滇云蜀壁,胸藏丘壑八九,倩风流、彩笔传青碧。只半幅、便是南宫北苑,江左谁敌。　　慧极。写风情,描烟迹。偶尔山光潭影,中有幽士,小冠对弈。气薄红霞尝冲激。鹦鹉芙蓉赋夙昔。思时与、道子虎头,谈谐唱和斗室。

满庭芳 题梁治湄西湖图小影,时梁令钱唐

风雅为宗,湖边鸥鹭,亲人终日成群。锦囊秀句,驱走两峰云。每向东山赌墅,操金管、露布喧闻。丹枫近,使君独立,珍果带中分。　　传家无俗韵。赠缣献纻,花阁香熏。治军兴烦剧,指顾奇勋。羡我荒江赤子,借寇公、几辈辛勤。波光静,玺书遥下,长揖谢湘裙。

小桃红 题钱蛰庵据梧小影

不向蒲团悟。不向空山住。落落长松,棱棱片石,别开涧户。将乾坤人物尽推翻,任笔端孤露。　　酒也床头足。肉也铛中贮。迦叶源流,分明旧径,步趋如故。矬傲游、问四海升沉,把冷眼偷觑。

吕潜 1首

字孔昭,号半隐,遂宁人。吕大器之子。明崇祯十六年(1643)进士,官行人。明亡,隐居不出。工诗善画,用笔放而不越方圆。有《怀归草堂》《守闲堂》《课耕楼》三集。

清平乐 题顾临川春江草堂图

溪花汀树。点染成佳趣。漠漠红尘门外路。一任闲云来去。　　凫鹭占

断清泉。鹧鸪啼破苍烟。莫问秦宫汉馆,从君散发江边。

曹亮武 1首

字渭公,号南耕,宜兴人。有《南耕词》《荆溪岁寒词》。

望梅　题徐渭文钟山梅花图

真龙曾降。记千门灼烁,九重闳敞。种钟山、万树梅花,想旧日东风,一夜都放。宝马香车,争先出、乌衣门巷。更宸游十里,缀雪含珠,香浮仙仗。
　　如今有谁吟赏。料当初花坞,尽成榛莽。忽凭君、几尺丹青,恍玉阙犹存,琼枝无恙。梦入秦淮,又谁把、兴亡低唱。只一天明月,还照数峰江上。

陆繁弨 1首

字拒石,号僾胡,仁和人。陆鲲庭之子。有《善卷堂集》。

点绛唇　题陈其年迦陵填词图

没处相逢,谁知相见丹青里。含毫拂纸。多少闲情寄。　　荷雨初凉,湛湛吴江水。阑干倚。暗添愁意。问有来鸿未。

李素 1首

字冰心,怀庆人。明沧州观察李颐之女,适常熟文学许伟人。

点绛唇　题画

巧样妆成,风流微醉珊珊步。回头一顾。只恐金钗堕。　　瘦尽腰肢,背地将愁诉。何缘故。花前不坐。立得鞋儿破。

黄媛介　1首

字皆令,嘉兴人。黄德贞从妹。适杨世功,布衣蔬食度日。顺治二年(1645)逢乱被劫,转徙吴间,羁迟白下,后入金沙,避迹墙东。有《离隐歌》《湖上草》。

踏莎行　为闺人题文俶扇头

嫩绿离烟,微红吐秀。幽香时拂佳人袖。石凉风细碧天遥,云虚月远芳枝瘦。　　静可依人,鸦宜文绣。亭亭独立东风后。任他春去又春来,奇葩素影还依旧。

路永昌　1首

江南春　和倪瓒原韵

苔阶绿迸惊雷笋。霁色烘窗人尚静。起看燕子入帘来,误踏花枝花颤影。玉腕香销罗袂冷。灌花自汲深深井。惜春莫讶欲沾巾。一分流水二分尘。
花风颠,花雨急。莺俦无语交愁湿。底事留春追不及。空余芳草茸茸碧。王孙未得归乡邑。啼鹃声中空伫立。人生踪迹一浮萍。何乃自苦多营营。

顾景星（1621—1687） 1首

字赤方，号黄公，蕲州人。入清，荐举博学鸿词，不就。有《白茅堂词》。

柳梢青　题边庭夜宴图

班超老去，文姬归晚，一样天涯。帐外云山，尊前明月，膝上琵琶。　　长城高隔中华。费版筑、秦家汉家。一片金笳。数声玉笛，几阵黄沙。

周而衍 1首

水龙吟　题友人舟中小像

人间尘海茫茫，惊涛浊浪连天表。道人见惯，高楼大舰，知他多少。送尽牢骚，牵成别恨，载将烦恼。只清晨鼓角，黄昏更点，把地老，天荒了。　　检得沧浪清处，也何须、十洲三岛。眼前长是，丹崖碧嶂，白蘋红蓼。一叶云深，一帆风细，一丝烟袅。向空明击汰，科头箕踞，对江天笑。

朱衣 1首

巫山一段云　题丽人画

玉佩笼金锁，云鬟压翠钿。蛾眉若个斗芳妍。只许镜中看。　　艳冶人争羡。柔情我亦怜。还秀骨，更蹁跹。未尽画图传。

张琮 1首

满庭芳　题柴季娴姨母书回文汗巾

砚水香浓,笔山云绕,画帘斜照初收。吴绫半幅,乍展试银钩。却见彩毫挥洒,宛转处、春笋纤柔。才书罢,几行疏淡,依约雁横秋。　凝眸应羡杀,闺中林下,谁比风流。把回文、新句细谱新愁。漫道才如咏絮,依然是、白璧难酬。闲吟罢,博山烟袅,新月小楼头。

沈恒 1首

字恒吉,吴兴人。与兄贞吉并善丹青,埙篪相映,时人评其画风颇类赵孟頫。

一剪梅　题赠诚庵老友山水轴

此老粗疏一钓徒。服也非儒。状也非儒。年来只为酒糊涂。朝也村酤。暮也村酤。　胸中文墨半些无。名也何图。利也何图。烟波染就白髭须,出也江湖。处也江湖。

吴景旭(1611—1695) 2首

字又旦,号仁山,归安人。明诸生,入清不仕。有《南山堂自订诗》。

蝶恋花　题画四美图

才是扫眉心事织。晓露霏微,又去研螺汁。独托香腮何所忆。绿苔生怕红尖湿。　一自梦回亲记得。扇底流萤,偷过东家壁。手把齐纨书昨昔。却怜瓜字无人识。

一剪梅
邵僧弥待雨图,为外舅臧公绮园作也。公举授余,今展图,伤公逝已久

一带荒山立数梧。待雨为图。未雨先酥。瓜畴争比阿章涂。浓也如濡。淡也疑无。　当日园林乃尔乎。人眼堪模。转眼将逋。而今对景但欷歔。已同徂。画已成虚。

钱宛鸾　1首

字翔青,吴县人。适云间张氏。有《玉泉草堂词》。

少年游　题画蜀葵

织云制粉,裁霞剪彩,倚醉嫁熏风。池馆胭脂,芳堤景色,半入画图中。丹青何处非烟雨,点缀忒精工。傲杀杜鹃,不输芍药,蜀地笑芙蓉。

于清 1首

明月棹孤舟　题叶隐庄五湖渔庄图

随意数椽依曲渚。映螺峰、四围云护。瑟瑟青蒲,丝丝碧柳,摇碎一庄烟雨。　中有著书人闭户。伴箫间、罟师渔父。风月佳时,林峦胜处,放访君幽墅。

毛莹(1594—?) 9首

字湛光,一字休文,晚号大休老人,江苏吴江人。明诸生。入清隐居不出。康熙九年(1670)在苏州周庄镇作社,与屠彦征、徐汝璞、郑国任合为《四个老人百岁图》。有《晚宜楼诗余》,一名《竹香斋词》。

柳梢青　题梅花水仙

一样春风。两般肌雪,香暖酥融。斜挂玉搔,轻笼翠袖,并倚芳容。问谁流盼墙东。恍月上、瑶阶影重。姑射无尘,洛妃有恨,偶尔相逢。

柳梢青　题周安石所图醉汉

取次开尊。忽然颓玉,一派天真。使酒推夫,独醒数屈,总愧伊人。醉乡倘帝刘伦。即此便、甘称酒民。嚣耻应嗟,瓦全可喜,种种休论。

其二

脱帽何妨。复先栗里,伯仲高阳。万事惟拼,百钱可办,痛饮千觞。

浊醪扑鼻生香。尽四大、堪为酒囊。卿自用卿,我宁作我,更勿相商。

鹊桥仙　题陈希夷枕石图

白发无情,黑甜有味。不用争他闲气。五侯七贵霎时间,试看取、戏场傀儡。　　石畔青莎,天然卧具,夸甚流苏帐里。松篁合响即云韶,正好助、齁齁稳睡。

小重山　题老人向火图

朔风凛凛雪模糊。此时名利客、正长途。荡寒须向酒家胡。才停辔,手足已僵枯。　　二叟世缘疏。相知闲促膝、拥娇雏。敲残兽炭簇红炉。通身暖,徐拟共倾壶。

临江仙
余夙慕黄子久画,忽吾妹王夫人寄以为寿,喜而志之

剩水残山俱至宝,梦中结契非虚。朝来江上寄双鱼。居然大痴笔,报我大雷书。　　顿觉草堂生气色,开尊小酌徐徐。林峦深处有精庐。耸身能跃入,何用觅华胥。

临江仙　沈君嗣出所藏纳稼图见示,感而有作

独坐空斋时结想,展图光景依希。平畴一带枕茅茨。稻粱堆满地,妇子共嘻嘻。　　久矣民间歌硕鼠,乐郊舍此安归。老农倘亦古之遗。眼前谁似尔,卒岁不愁饥。

满庭芳　为小林道兄题像

电闪光阴,尘埋世界,从教万念销磨。一丘一壑,随分占烟萝。早把葛藤

斩尽,更休问、樵斧如何。冷看眼,蜂屯蚁聚,胜局总无多。 迩年何所事,追随寒拾,恣意狂歌。肯盲修瞎炼,即佛成魔。提起西来真印,端不外、自性维摩。悠然处、拖条竹杖,步步指云窝。

桂枝香　题康儿所作孤山梅鹤卷

湖山如故。但满目荆榛,断碑残础。竹阁巢居指点,总无凭据。暗香疏影今何处,杳难寻、九皋双羽。空教游子,缅怀陈迹,徘徊延伫。 差可喜、邯郸学步。墨池遗派,书窗余课。零落瑶华,数尺溪藤留谱。幽姿劲骨冰霜沍,更仙禽、半空飞舞。山崖水次,伊人长在,悠然成趣。

屈大均(1630—1696)　4首

字翁山,一字介子,广东番禺人。明诸生。福王弘光元年(1645),补南海县学生员。清兵入广州前后,曾参加抗清义军,事败,削发为僧。后还俗,改名大均。北游关中、山西,与顾炎武、李因笃等交往。工诗,与陈恭尹、梁佩兰并称"岭南三家"。有《道援堂集》《骚屑词》等。

蝶恋花　题唐宫扑蝶图

凤子翩翾纷似雪。画扇低扬,惊入深深叶。博得君王开笑靥。闻香忽复穿裙褶。 秦女乘鸾颠倒绝。捉得黄须,腻粉教轻捻。收向镜奁成媚蝶。承恩好待华清月。

扫花游　题蒲衣子汉庐

柳塘荡漾,正片片寒鸥,乱红争浴。问谁水曲。把秦人洞穴,影藏深竹。白犬黄鸡,亦爱渔郎信宿。雨新足。喜灌溉稍闲,能把书读。 山翠低染屋。怎耐得青青,十眉春绿。傍檐种菊。渐参差逗出,数峰麋鹿。玉瓮霞浮,尽尔神仙厚禄。过幽谷。听莺声,又兼丝肉。

一斛珠　题林文木挚画看竹图

萧疏翠竹。美人手爪时相触。枝枝叶叶如新沐。写向鹅绫,看尽潇湘绿。
冰绡细折成春服。针神更使人如玉。丝丝难绣文章腹。腹里流光,照映筼筜谷。

洞仙歌　为惠阳别驾俞君题挥翰图,图有美人十三

蓬莱一股,与鹅城仙吏。玉女纷从女生戏。展花绫、两两催写香奁,添一个,便是鸳鸯十四。　洞天图画里,不向丹青,争识麻姑更妖丽。为著淡鹅黄,幺凤憎他,毛全绿、掩君罗袂。任夜夜、筝调十三弦,怎得似清琴,静含秋水。

释大汕　1首

俗姓徐,字石濂,吴人。曾主持广州长寿寺。工诗画,有巧思。与屈大均等交游,后被逮解回籍死。有《离六堂诗集》。

斗百花　题美人图

两颊桃花红晕。黛锁眉峰新恨。闲立竹西深院,手理丝丝鸦鬓。粉项低垂,分明一种含情,偏偏不教人问。别露幽襟韵。　随意席草,漫酌梅花露酝。杯映醉颜,惊心乍看朝蕣。半沼残荷,凉飙正透疏棂,□□□□□。

陈恭尹(1631—1700)　2首

字符孝,号独漉山人,顺德人。幼承父训,父陈邦彦殉国时,恭尹年仅十余岁,无家可归,流浪数年。归后,抑志读书,隐居不仕,自号罗浮布衣。工于诗,与屈大均、梁佩兰称"岭南三家"。有《独漉堂诗集》,卷十五为词。

碧牡丹　题沈上引真

睹面如曾识。据檀几,挥鸾翮。傲岸风流,道是休文标格。坦腹便便,问此中何得。是赤松,是黄石。　名甚藉。莫道烟霞癖。曾侍天颜咫尺。只为多才,掩却英雄本色。赤面虬须,仿佛扶余客。东南酒,何时沥。

千秋岁引　题百鹿图,为郭宿齐从化

瑞应传图,摇光散彩,角上怀琼向千载。瑶池曾奉玉环来,王庭昔并吹笙会。得其名,得其寿,神明宰。　家有著书传旷代。美政今时谁是对。锦舞膝前莱子彩。九如祝处日初升,高才捷足今斯在。万斯年,百斯禄,遥相待。

张风(？—1662)　1首

字大风,上元人。明诸生,入清不仕。学道佛,工书画,亦善治印。诗词秀警,通韵学。有《双镜亭诗》《一门反切》。

踏莎行　题喜睡图

老去情慵,年来喜睡。黑甜别有真风味。当年尼父叹吾衰,分明懒与周公会。　且闭柴门,聊虚客住。垂头童子曾无对。三竿红日已天中,山厨炊熟

黄粱未。

李伊玉 1首

惜分飞　握扇美人图

花雨缤纷迷小院。莲步踏残香片。粉汗摇纨扇。轻纱微露黄金钏。
夕照山横天一线。水影分光上面。锦带随风缠。钗斜为逐双飞燕。

张学典 1首

字古政,号羽仙,太原人。张拱端之第四女,适吴县杨无咎。有《花樵集》。

虞美人　题二分明月女子像

玉为肌骨花为态。洛浦神如在。媚容娇眼不胜春。漫说崔徽当日卷中人。　新妆镜里纤腰袅。弱柳章台晓。好将金锁订三生。只恐因风吹去化为云。

纪映钟(1609—1681) 2首

字伯紫,一字檗子,号戆叟,上元人,移居仪征。明诸生,曾参加复社,领袖群英。明亡,躬耕养母,自称钟山遗老。有《真冷堂集》《檗堂诗抄》等。

临江仙　题李武曾灌园图

湖浸芳堤一线,篱栽碧壤三弓。归来且学灌园翁。春初拈露韭,秋末刈霜松。　　石户芝生如盖,书床斤运成风。白华歌乐与人同。鹿门居半亩,奔走有豪雄。

贺新郎　自题像,次曹学士韵

素发连蜷卷。这痴翁、非君非牧,谁招谁遣。偌大乾坤凭啸傲,不肯学人啼泫。随饮啄、川篱谷茧。老屋孤松恒作伴,覆床头、破瓮香浮浅。膝长抱,何曾展。　　诗书也读羞名显。趁良辰,郝隆独晒,腹囊皮扁。一任朝光侵户牖,好睡朱檐偎犬。起迓客、寒温双免。但话桑麻寻水石,有茶仓、酒董奚奴典。秋水棹,吴淞剪。

王端淑　2首

字玉映,浙江山阴人。侍郎王季重女,丁睿子室。博学工诗文,兼善书画,与四方名士张养重、孙自成、钱谦益等皆有唱和。父季重殉国难,大节凛然。顺治中欲援曹大家例,入禁中教诸妃主,端淑力辞不就。卒年八十余。有《名媛文纬》《名媛诗纬》《玉映堂集》。

秦楼月　题陈素素像

新妆裹。纤腰素带黄金锁。黄金锁。珠宫玉阙,春风花朵。　　文心艳质俱停妥。飞琼萼绿无烟火。无烟火。沉香亭北,邵阳方可。

秦楼月

芳香缬。华裙织翠肌如雪。肌如雪。春山秋水,天然娇绝。　　黄金锁绾同心结。青莲泹露休轻亵。休轻亵。珊珊环佩,奇文清澈。

曹堪 6首

字子顾,嘉兴人。与王屋、钱继章、吴熙过往甚密。有《未有居词笺》五卷。

生查子
会稽范钧声过访,以一画见贻,有青藤遗风,遂题其上二首

清平不构思,老旭犹迷酒。佳名已经题,画墨还沾口。梅隐曲廊深,鹤睡孤峰右。双眼饱烟霞,貌得前人手。

其二

生住若耶溪,怪石幽湍泻。图就壁头山,又在江南挂。一卷牡丹诗,一幅芭蕉画。一笔落生绡,卖尽人间价。

点绛唇　题画

新绿无边,结茅欲傍长林住。钓船归去。家在烟生处。不是高人,肯走荒村路。深深渚。桃花千树。檐角零星雨。

浣溪沙　题画

无限遥山入画图。残书一卷水边庐。开窗终日坐忘吾。绿树初经新雨浴,远村时见野云孤。疏篱几处长新芜。

唐多令　次沈启南韵

极浦驾危桥。孤帆野外遥。闭柴关、天气清寥。了却长吟无俗事,扣一

虱,背频搔。　　且挂竹间瓢。洗耳再来挑。听平林、刈楚翘翘。试问生平何著述,今又有,反离骚。

风入松　题友人小像

幽人风味似冰寒。纸上欲生澜。幅巾布帽丰姿远,山兼水、朝夕搜探。洗耳静听清涧,开怀饱识苍烟。　　从教笔墨认衣冠。位置恰相安。也知岁月如驹逝,终须改、异日容颜。试到白头展看,须眉犹记当年。

冯肇杞(1613—?)　1首

字幼将,会稽人。明诸生,画家。三十余岁专工梅兰竹菊,兼山水人物,颇有成就。

贺新凉　自题小像壬子三月

待看银丝卷。尽痴顽、赚过花甲,从头再遭。只有诗书债未了,不解从来凄泫。走天涯、岂辞胼茧。反覆波涛都经惯,总宽怀、兴复何曾浅。千秋业,全忘展。　　模棱安乐胜荣显。以庸医、疑温猜冷,公然卢扁。富贵等闲中莫热,过眼白衣苍犬。开口笑、难逢怎免。假我数年聊自适,课儿孙、随意讴非典。身外事,直如剪。

许之渐　1首

字仪吉,号青屿,江苏武进人。

点绛唇　题画

万丈飞空,素虹垂饮青山足。涧琴相续。一片流寒玉。　　峭壁云开,匹练天如束。凭吾目。乾坤一幅。不碍飞鸿鹄。

储福畴 1首

字九旒,江苏宜兴人。著有《秋色亭词》。

河传 美人图

清晓。风小。落红片片,胭脂不扫。金虫宝髻早梳头。娇羞。新妆懒上楼。　剪剪澄眸宜远盼。凄清惯。坐拨熏笼焰。翠钿疏。媚靥多。轻罗。寒烟着柳拖。

江士式 1首

字梅墩,安徽休宁人。著有《梦花窗词》。

蝶恋花 画莲为新婚者索赋

叶叶清香来自远。青盖亭亭,似拥红衣颤。三十六陂惊露溅。风裳水佩来深院。　捧着嫩房情未厌。待看年时,含笑含娇面。一幅生绡谁不羡。鸳鸯傍处风光艳。

洪华炳 1首

尾犯　题红味阁填词图

不有贺方回,断肠好词,谁复能道。如此江南,况三河年少。知底事、欢娱抛却,把浮名、殷勤换了。画师深意,惨绿天涯,漫写春人貌。　　东涂西抹处,也称与、下里同调。那分当前,总君家莫妙。莫须诧、狂奴酣醉,看峦山、烽烟正照。昔盐今雨,且人世、相逢一笑。

于启璋 2首

字静媛,嘉兴人。于世华之女,沈蕃室。有《针余草》。

凤凰台上忆吹箫

赋得掬水月在手

天际云空,枝头风逗,萧然凉浸疏桐。看烟凝翠嶂,露泣寒蛩。缥缈冰轮出海,秋光净、玉宇玲珑。怡情处,闲乘舴艋,笑折芙蓉。　　溶溶。光浮泛滥,爱月连银浪,水接蟾宫。把清辉摊破,纤指轻笼。应念姮娥难遇,莫分手、放过池东。从今后,准期三五,此地相逢。

弄花香满衣

残腊辞梅,嫩寒侵柳,小园风送春来。渐夭桃竞放,仙李争开。相约西邻女伴,妆罢也、倚徙莓苔。柔荑滑,弓鞋半褪,罗袜微歪。　　安排。秋千架畔,试闲寻百草,笑赌金钗。更揉红捻白,插鬓堆怀。伫立湖山石上,错引得、蝶恋蜂猜。花阴冷,香盈双袖,粉点妆台。

柳人月 1首

秦楼月　题二分明月女子像

啼鹃歇。落红吹满扬州月。扬州月。丁香一寸,雨中愁结。　　谢娘柳絮飞如雪。空梁燕子休频说。休频说。佳人命薄,西风残叶。

崇尔甫 1首

雪梅香　题刘佩卿鹿女谈禅图

真个恁,误人从古是聪明。便天姿国艳,何时解脱红尘。锦瑟当年题怨字,青衫十载剩啼痕。休怅惘,英雄儿女,一样飘零。　　惺惺。余幻影,未惯贪春,分付多情。屈指年华,那堪事逐浮云。舞袖歌裙成陈迹,落花流水又斜曛。双眉敛,今生如此,何况来生。

高宇泰 1首

字虞尊,鄞县人。南明鲁王时官兵部员外郎。

沁园春　用文丞相韵题钱忠介像

同难不恤,深恩不酬,尽日无妨。忆义士遍呼,闭门谁应,惟公出手,孤愤剚肠。柱折支天,陆沉救地,爇向文山一瓣香。星星火,将诗书为炭,鼓铸真钢。　　嗟哉,当兹呼吸存亡。奈不许,先生独擅场。更淇涛扈归,闽城百战,同仇种物,当户兰荒。致命全归,骑其下视,浩劫难回九厄扬。瞻遗像、痛死生长恨,脉脉难量。

梁善娘 1首

万年欢　兜花扇

条融反影,渐露出高鬟,鸭头光蘸。含药娇苞,似被月笼香掩。遮住郎家门槛。觉扶过、楼梯都险。妆台下,偷注娇波,两下一般羞闪。　　午余才卸妆台。又伴娘来矣,深护羞脸。絮语听来,似隔云山黯黯。底事双绡红染。前夜里、思亲泪点。惊心看、画上鸳鸯,双颈东风吹飐。

俞湛 1首

满江红　题画

满屋云山,细点出、林泉岩谷。看几处、村庄流水,疏篱修竹。曾是桃源高隐池,此中别有仙人族。只扁舟、误入武陵溪,惊心目。　　沧洲壁,烟霞簇。兰亭字,如珠玉。□先贤墨宝,千秋谁续。适意漫书桐叶句,闲来试展潇湘幅。到花前、清赏更如何,琴一曲。

吾德凝 1首

字笏山。

琐窗寒　题姜秋□雪窗读画图

日月蓬壶,江山粉壁,栖真小院。尖风吼起,蓦地玉龙酣战。对青松、多垂白头,似在琉璃影中见。拓文窗窈窕,芭蕉几树,问谁红点。　　间玩。画徐展。纵赝本涂鸦,难堪老眼。平铺净几,也伴哦诗一卷。想南枝、梅花定开,便欲从公写驴券。拼冲寒、远眺林峦,碎蹈琼瑶遍。

丁文策（1614—1674）　1首

字叔范,号固庵,浙江钱塘人。明诸生。甲申后,以授徒自给,学者称江樵先生。

风入松　题王松溪晫听松图

旷怀何处托离奇。碧巘清溪。苍虬偃蹇龙鳞老,峥嵘怪石参差。隔水笙簧迭奏,清风飕飕来时。　　有人岸帻对高枝。环玮雄姿。怡情择性凭庄籁,正不须、寄志江蓠。道是乌衣逸兴,研寻多少新词。

陈大成（1614—?）　1首

字集生,江苏无锡人。少孤,家贫,性孝友。与同邑严绳孙、秦日新,宜兴曹亮武等友善。著有《影树楼词》。

西江月　题梅花幛

密蕊欲迷幺凤,高枝乱飐苍虬。酒醒斜月下西楼。相对一般清瘦。幽梦三更乍觉,高堂何似罗浮。银灯疏影覆香篝。知共阿谁消受。

黄宝书 1首

浪淘沙 题梦鸥阁图

眺远豁双眸。分水长流。荻花开遍古今秋。有梦不随蝴蝶去,为恁勾留。
晚唱听渔舟。诗酒悠悠。鞭鸾笞凤合休休。拟作忘机江上客,管领群鸥。

钱灵修 1首

字湘音,吴县人。有《秀采轩词》。

凤凰台上忆吹箫 赋得掬水月在手

暮霭凝晖,彩蟾吐艳,光浮碧浪涵空。正卷帘拂槛,徐引轻风。玩景俏移莲步,良夜静、素艳溶溶。清溪畔,紧揎双袖,试浣春葱。　　波融。嫦娥玉镜,因何事皎然,移向龙宫。喜广寒咫尺,三五奇逢。玉腕撩云弄雪,相看处、捧住仙踪。擎狡兔,细分桂影,银海朦胧。

荆舫 1首

一萼红 题桃竹蛱蝶画扇

甚丹青。绘罗浮仙子,栩栩爱游春。何处园林,谁家庭院,惯惹幽梦无凭。见数朵、夭桃灼灼,更修竹、袅袅复婷婷。觅艳寻香,穿花弄粉,应遇倾城。

未许诗题崔护,有此中人面,相映分明。空谷幽居,天寒日暮,翠袖不倚娉婷。即此悟、色空空色,好唤□、春梦霎时醒。我亦庄周化蝶,犹记前身。

叶子眉 1首

阮郎归　题陈素素像

风尘何处遇仙姝。行云却到吴。自从罗带系明珠。芜城夜月孤。　狂小杜,病相如。钟情绝世无。卿卿除却影谁俱,相怜只画图。

严怡 1首

苏武慢　题希夷卧像图

你是何人,岂无些事,倒有工夫闲睡。睁开眉眼,打起精神,也好看些天地。虎卧深山,龙潜大潭,忘却世间名利。这其间、倘遇痴儿,形迹论他不济。

又焉知,窅寐庖义,神游混沌,亲见太和元气。终身填海,半夜藏山,到底不成心计。魔力难降,迷头莫悟,熟辨众人醒醉。想先生、不是慵眠,别有一般清味。

张道介 1首

字椒岑,长洲人。顾筠千室。有《好云楼词》。

满庭芳　题画拳石

泼墨濡毫,缀成小石,宛然霞浸云烘。幽窗舒卷,几席列奇峰。点点莓苔如滴,清闲供、可入诗筒。消昼永,评花品茗,日日坐春风。　　何殊游胜地,连山拱壁,软土堆红。见岚光岫色,倒映帘栊。休羡南宫怀袖,玲珑样、晴雨空濛。珍藏好,莫教轻掷,文锦细加封。

计能　1首

点绛唇　题画

寄兴烟霞,层岩老树参差碧。一亭如立。飞瀑看千尺。　　自在幽闲,久与风尘隔。谁能识。个中萧瑟。未许忙人得。

计敬　1首

点绛唇　题画

门枕长江,半床诗卷千山雨。密云来去。两岸模糊树。　　峭壁腾空,目断天涯路。归潮怒。吞吴激楚。隐隐蛟龙舞。

陆祖先 1首

菩萨蛮 题赵松雪水村图

当年图画知何处。如今身向沧洲住。吾亦爱吾庐。芸窗几卷书。　青山天际小。目送飞鸿杳。试问钓鱼船。芦花浅水边。

陆敏 2首

字若士,长洲人。顾端文室。有《纤余草》。

长相思 题月下抱琴美人图

风正凉。桂正香。月照当头树影墙。良宵暗断肠。　灯闪墙。月移廊。欲抚丝桐情自伤。声中求凤凰。

青玉案 题赵夫人文淑画

寒山闺秀神清澈。映千尺、流泉雪。忽见花开来舞蝶。缣缃乍展,丹铅漫染,点缀香痕湿。　玉人天授生花笔。非雾非烟空翠滴。好鸟和鸣呼欲出。红蕉白萼,柔枝嫩叶,生意毫端集。

傅静芬 1首

字孟远,钱塘人。张晋侯室。

多丽 题柴季娴表妹小影

染吴绫,一庭夜色凄清。映红栏、烟光淡薄,更月影分明。丛竹雨、枝枝翠滴,疏桐露叶叶珠倾。水绕平坡,石依芳径,嫩苔偏傍履痕生。却指点、花阴深处,一片彩云痕。是谁把、嫦娥体态,图在丹青。　　悄无言、临风独伫,丰标自是天成。眉淡淡、乍舒新柳,眸炯炯、欲动微星。林下芳姿,闺中素质,沉思几度凝睛。记曾共、谢庭咏絮,彩笔吐春英。愁人是、徽容空对,莫诉衷情。

释本昼 1首

号寒泉子,浙江平阳人。生于明,清康熙初尚在世。著有《直木堂诗集》。

一剪梅 自题小影

舛错乖张到十分。亲也平平。疏也平平。不知何劫佛该成。输得今生。赢得今生。　　好个顽皮懵袋僧。真也难凭。假也难凭。狂来鬼火骂燃灯。宽处翻身。窄处翻身。

徐继思 1首

字豁堂,余姚人。入清后削发为僧,法号正岩。清顺治九年(1652)主三峰席,历主灵隐、净慈,退居普宁示寂。工书画,笔意苍秀。有《同凡草》《屏山词》。

木兰花慢 书戴南有册

记龙门旧里,见花竹,满庭除。喜中有少年,热肠负节,大略观书。别后风尘燕市,近秋□忽地忆鲈鱼。始悔冯生弹铗,□□墨子回车。　　如今一梦十年余。万事总成虚。幸不似潘郎,身犹未老,鬓已先疏。却顾。二三道义,问人生不乐复何如。若肯饭蔬饮水,时过陋巷荒居。

释超华 1首

浣溪沙　题江面闺意

燕燕莺莺睡起慵。柳丝摇曳画楼东。描鸾刺凤为谁工。　　十二阑干都倚遍,桃花枝上露初浓。巫山路杳梦难通。

释济日 1首

锦缠道　夏景

夏日移舟,消遣炎燠长昼。小池中、芙蕖如绣。鸂鶒叶底闲相候。衔得游鱼,飞过蓬轩后。　　听垂杨渡边,笙歌迭奏。绿阴阴、山亭新构。且科头、闲倚桥阑,待熏风披拂,吹得波纹皱。

自闲道人 1首

菩萨蛮　冬日写梅作

素梅点点铺香雪。疏篁渐长凌云节。同结岁寒盟。冰霜不易心。　　罗浮当日种。翠羽双栖共。看取绿盈枝。和羹结子时。

马琼琼 1首

减字木兰花　题梅雪扇

雪梅妒色。雪把梅花相抑勒。梅性温柔。雪压梅花怎起头。　芳心欲诉。全仗东君来作主。传语东君。早与梅花作主人。

梦庵 1首

《历代诗余》中收明人梦庵词一首。查明人中字梦庵者有二人,一为张肯,一为朱自方,不知孰是或系他人,故单列。

齐天乐　题燕文贵楚江秋晓图

晓风吹醒蓬窗梦,惊心断魂潮尾。深鬓萧萧,秋烟黯黯,残月渐看西坠,披衣乍起,对万顷苍茫,半空飞露,曙色才分,巫山隐隐扫晴翠。　行舟此际竞发,叹还吴适楚,尽趋名利。投老襟怀,思乡情绪,慵赋天涯羁旅,鸥汀雁渚。记仿佛当年,暗经行处。今日披图,旧游如梦里。

无名氏 1首

菩萨蛮　题画像

芙蓉水底秋光叠。月旁红杏春明灭。独坐玉楼空。玉楼无限风。　巫阳云影剪。梦簇湘裙转。相识画□□。□魂隔万里。

清代卷

王崇简（1602—1675） 2首

字敬哉，直隶宛平人。崇祯十六年（1643）进士，入清，历官国史院学士、礼部尚书，六十三岁乞致仕。康熙十四年（1675）卒，谥文贞。有《青箱堂集》。

减字木兰花　题画

萍浮翠带，奁镜波明鸥岸外。欸乃声低，一抹遥云云影迷。　　蒲帆路转，烟火霏微村巷远。旋失沙尖，鸡犬声中出酒帘。

蓦山溪　题雪渔图

凌空泛去，望里惊银海。抖擞绿蓑轻，看遥岭、花飞一带。敲冰得鲤，醉倒玉壶春，酣余态。人应怪，明月浑疑载。　　斜风细雨，曾记浮西塞。白鹭剪同云，更装就、模糊色界。羊裘泽畔，翻惹客星占，风尘外。乾坤大，尚有元真在。

陈衍虞（1603—?） 1首

字伯宗，号园公，又号莲山，广东海阳人。崇祯十五年（1642）举人，官兵部职方司主事。清顺治十四年（1657）授番禺教谕，迁广西平乐知县。康熙十四年（1675）仍在世。有《莲山诗集》，附诗余。

蝶恋花　题齐眉白头图,贺林公子合卺

绛屬云鬟钗玉小。阆苑琼葩,此际都开了。月照罗帏香桂裛,只愁漏尽瑶筹晓。　　笑指画眉穿花巧。偷看才郎,又璧莹珠皎。密誓白头鸳帐老。璇闺渐茂宜男草。

徐籀　1首

字亦史,江苏吴县人。明崇祯六年(1633)举人。清康熙初,由靖江教谕迁湖北黄冈知县。乃捐金赈灾民,又修学宫,葺古迹,得以文学治邑之誉。有《吾邱诗余》。

沁园春　题画兰

梦里池边,芳草王孙,远色纤纤。纵繁华满眼,脂粘粉腻,一天浓闹,带雨拖烟。何似高人,空江明月,古调清音独夜弹难。持赠有,幽芳自吐,不共人间。　　抽条碧整如簪。看香绿妆成十删闲。赖芝朋若友。不愁寂寞,封姨青女,耐得春寒。醉读离骚,汨罗非远,千载难将此意传。谁好手,将松螺石髓,拂上轻笺。

来镕(1604—?)　4首

字符成,浙江萧山人,继绍子。崇祯十三年(1640)进士,选授皖城司理。甲申后,削发入山,课耕读以自给。清顺治十年(1653),尝作五十自寿词,未明所终。有《倘湖诗余》。

《全清词》所收来集之疑即为来镕,其生平如下:来集之(1604—1669),字符成,号倘湖,浙江萧山人。崇祯十三年(1640)进士,司理皖城。升授兵科给事中,改枢部,未几,晋太常少卿。明亡,归萧山。卒于康熙八年(1669)。著《南行偶笔》《倘湖遗稿》等。

唐多令　题画村居

江上旧青山。松根长掩关。数年来、奔走尘寰。松上黄鹂相助语,问居士、几时还。　此意久阑珊,归来好是闲。试评涂、万壑千岩。添我一身云树下,与鹿豕、共痴顽。

青玉案　题沈石田雪景

垂垂风雪江南路。占断蒹葭浦。八尺短蓬何处去。孤村茅屋,草桥断岸,不见旗帘舞。　同云漠漠天先暮。天也将无误。故把寒威欺澹素。梅花清冷,琴囊寂寂,想有袁安卧。

西江月　题画

流出清清溪水,吹来霭霭松风。琴囊剑匣五花骢,聊与溪桥相送。　白云一片两片,青山千重万重。无忘此意更相从,窗外梅花同共。

清平乐　题青鸟传音图

青青双鸟,飞出蓬莱岛。绣阁深闺谁可到,侥幸传来信好。　虽云丽质如仙,那能奋翮冲天。试问蟠桃花下,摘来还是何年。

徐咸清(？—1690)　5首

字仲山,浙江上虞人。康熙十八年(1679)以诸生应博学鸿词,不遇。康熙二十九年七夕,微疾卒。

菩萨蛮　题陈迦陵填词图

长卿文赋江郎笔,词源一泻洮湖碧。笔底灿朝霞,争如解语花。　还将明玉管,描出春山远。曲曲播新声,春风满洛城。

子夜歌　题迦陵先生填词图

西园才子心如玉。花间谱就相思曲。曲曲播新声,吹来未睹名。　还将明玉管。描出春山远。欲识曲中情。只看画上人。

其二

相如文赋江郎笔。词源一泻洮湖碧。笔底灿朝霞。还开解语花。　紫箫横玉颊。艳曲飞桃叶。彻夜奏清歌。髯翁唤奈何。

其三

雕窗深闭人难见。画图省识春风面。洛浦弄琼箫。陈思魂暗消。　悬知曲不误。无事周郎顾。何处听箫声。春风满洛城。

其四

绣茵小坐樱花笑。丹唇吹出清平调。不用李延年。随风珠玉悬。　花前刚被酒。那识传呼久。捧研倚新妆。何如画上娘。

程康庄　9首

字坦如,号昆仑,山西武乡人。明崇祯八年(1635)拔贡,官别驾。入清,授镇江通判。治讼不少偏,民甚德之。擢陕西耀州知州。有《自课堂集》《衍愚词》。

菩萨蛮　咏青溪遗事画册,和阮亭、程村作

乍遇

小姑居处朱楼起,鸟啼声隐杨花里。香气出罗衣,能留蛱蝶飞。　远出青可见,绣领遮团扇。小立看鸳鸯,心怜浴故双。

弈棋

曲廊幽砌丁香吐,千言一默眠鹦鹉。空局与郎棋,无嫌着子迟。　棋争先后手,局外防多口。不定恼纤儿,回嗔纳子时。

私语

桐花满院浑疑雪,疏枝影浸闲庭月。人映月娟娟,清阴并鲜肩。　夜乌飞未倦,暗识裙花茜。细语合谁闻,还应帐底人。

迷藏

踏青已谢园林近,新妆自饰鸦雏鬓。女伴自迷藏,轻衫逐吹凉。　衣香防巧逻,暗向蔷薇躲。窥丛见好枝,矜新插鬓丝。

弹琴

秋风袅袅飘梧叶,博山炉内沉香爇。绿绮手中弹,挥弦白雪寒。　明珠声一串,变作英娥怨。风雨暗潇湘,哀音应指长。

读书

妙窗然腊摇风竹,摊书微解咿唔读。奈是语应人,行间一处频。　移时即对面,伴剧题纨扇。讵忍不回头,青灯暂欲休。

潜窥

常惊娇艳肤如雪,中庭顾兔分明月。物性悭雄雌,含情倚户窥。　无人谁见惯,何谓檀郎看。浅靥发红潮,回头理翠翘。

秘戏

残灯淡月肱环玉,朱颜一色分鬈绿。绡帐懒教垂,低声双笑时。　　飞花粘屈戌,火齐宁容睹。明镜晓窗中,枕痕深更红。

卜算子　题袁重其侍母弄孙图

大孝古所难,谁与袁生伍。堂上萱亲八十龄,犹作斑衣舞。　　善事吉祥来,春暖慈颜喜。拟使佳儿习父风,老大能如此。

王庭(1607—1693)　6首

字监卿,号言远,又号迈人,浙江嘉兴人。崇祯九年(1636)举人。清顺治六年(1649)进士,授广州知府,擢广西左江道按察副使,转川北道布政使,晋四川按察使,迁江西右布政使,补山西右布政使,吏议裁缺。归讲于希圣堂二十余年。有《秋闲词》。

渔家傲　题钱舜月小影

久别乍逢常恋恋,朱颜怪尔多凋换。检取画真灯下验。才似半,殆非三十年前面。　　坐倚绿梧青石畔,闲来永日曾无倦。展纸欲书忘笔砚。人试看,禅心诗思疑双遣。

远朝归　题看花图

绮陌惊尘,逞少年、春风得意。如飞去马,未许金鞭轻坠。芳菲夹路,染汗尽成香味。遨游地,正新长日色,微暖天气。　　还念此际他人,各抱妒含羞,一番情绪。飘零泪眼,谁忍逐看花去。翩然顾影,喜白面、朱衣偏易。经过处,惹争盼、红楼十二。

二郎神　题钱子湘半完图

萧然野趣,开小筑、径蒿西畔。有竹影摇凉,花阴围暖,茅屋深深见。早韭晚菘多种了,喜抱瓮、一畦能灌。兼伐木堪樵,临流堪钓,其他何羡。　　身健,霜苔露草,行吟都遍。但数亩闲闲,莫嫌地少,仰面天多自看、锦石烟霞,雕梁罗绮,让与豪门常占。道只是,人可成完,此图不妨为半。

疏影　题徐皆山饮茶图

芳条叶折,正东风未老,摘经新雨。焙火初停,小卷芽旗,龙凤为团何取。吴乡第一凌霄重,好配得、江心泉水。看轻烟、野灶微催,试听沸声徐起。

煎罢点水俄顷,淡香浮嫩白,厥味清旨。作供诗人,醒醉忘眠,静夜素瓷传几。不须七碗风生腋,每消得、一天烦暑。记他年、相对深闺,惭愧赌书翻尔。

天仙子　村居纳凉图

修竹半湾梧一带,矮屋疏篱尘不碍。玲珑四面小窗开,日影薄,风声快,碧水潺潺当户泻。　　不用名园台与榭,十亩浓阴天许借。输他白眼住村人,眠石永,看云暇,凉月纷纷还伴夜。

戚氏　题蒋丹崖申庵图

有桃源。石桥南上荡东边。野蔽桑麻,门喧鸡犬绕村烟。萧然。座三间。书房横缀着西偏。方池近取临水,更累拳石待登山。茂树疏竹,鸣蛩啼鸟,几历春尽秋残。记当时感慨,聊题岁月,三度申年。　　中又隔别多端。千里越岭,万里复秦关。天涯远。每逢乡客,辄讯家园。寄归言。茅屋用葺,槿篱急补,草径加删。鱼犹乐国,鸟自安巢,塞马知共人还。　　猿鹤欣迎主,只惊白发,已换朱颜。依旧朝吟夜饮,要偿他景物几时闲。荣华患难都休,弄孙课子,且喜身常健。网罗今古情何限,传闻见、须托长编。倩绘成,图画留看。颇乎老、搦管谢高眠。频抒望眼,嶙峋日下,塔影平悬。

李雯(1608—1647) 23首

字舒章,江苏华亭(今上海松江)人。诸生。与陈子龙、宋征舆称"云间三子"。入清,荐授弘文院中书舍人,一时诏诰书檄,多出其手。陈子龙以顺治四年(1647)五月十九日就义,雯方北行,抵京即殁,生死同岁。有《蓼斋词》,又与宋征舆合撰《幽兰草》。

菩萨蛮　题捣衣图

香闺夜警秋风度,青砧冷落梧桐露。淡月白离离,看人欲捣衣。　犀瓯香茗洁,无意赏兰雪。玉杵不曾鸣,谁听断肠声。

巫山一段云　题美人洗桐图

好浥清丝绢,轻摩碧玉枝。秋来犹有绿阴时,香袖镇相依。　洗却风中泪,将为月下期。冷闲心事小鬟疑,应有玉人知。

题《西厢图》二十则

蝶恋花　初见

庭院沉沉春几许,回影东墙,听得花间语。愿作游丝空里住,随人更落香风处。　芳径苔侵么凤履,没个安排,冉冉行云去。转过蔷薇惊翠羽,相思只在旃檀树。

一剪梅　红问斋期

栟榈春锁上方清。身在慈云,心对愁城。觚棱西下见娉婷。记得香阶,细雨声声。　玉女传言此最能。曾整兰衾,也抱银筝。欲将心事托卿卿,应是多情,莫道无情。

生查子　生叩红

云鬟素袖低,口齿清如雪。不惜沈郎腰,为卿更深折。　　匆匆姓字通,草草生辰说。凭将连理心,寄与丁香舌。

临江仙　酬和

墙角清阴花月静,一联秀句双成。不须红叶更流情。风吹修竹响,传得凤凰声。　　好影隔来心自语,碧云细点春星。小桃枝下听分明。消魂酬五字,清露越三更。

定风波　佛会

贝叶宣声动法筵,月华灯影照婵娟。半是伤春眉黛敛,无限,泪珠常近粉痕边。　　七宝幡成红绶带,人在,温柔乡畔白云天。总是玉人看不了,烦恼,楞伽无语静炉烟。

清平乐　惠明卖书

风生云袖,袖底蛟龙骤。一副吓蛮书在手,正是护花星斗。　　朱旗远望潼关,麻鞋踏上青山。且看锦囊飞度,便教红线周旋。

踏莎行　请宴

粉傅何郎,香熏荀令,帽檐低亚花枝并。频将宜称问双鬟,画帘吹动风流影。　　鹊尾银屏,龙涎金鼎,乘鸾指刻成佳倩。春阴立尽海棠东,合欢心事从头整。

河满子　听琴

杨柳风吹鬓影,琅玕竹映回廊。半叠屏山千里隔,琴心只傍西厢。今日求凰司马,几时跨凤萧郎。　　膝上情传玉轸,花前泪浥香囊。靠损冰肌双跳脱,不知月过东墙。唤起两边幽恨,何消一曲清商。

苏幕遮　探病

紫苔深,薇幛掩。独自支琴,剩得相思颇。此日文园真命短。愁杀东风,总道无人管。　　念东床,和梦远。犹喜青衣,见我曾心懦。莫说相如消渴浅。玉露金茎,只在鸾帏畔。

解佩令　寄诗

蛮笺细襞,墨花轻染,一声声、愁红初断。字押相思,才离了、狼毫斑管。早去怜、香绡雪腕。　　前宵琴曲,那宵玉盏,这衷怀、不堪重转。寄语青鸾,倘若是、风凄云暗。怎能胜、蜂吟蝶怨。

青玉案　得信

菱花看罢晨妆了,天外信传青鸟。蹙损眉尖双叶小。鸳鸯谱上,金针初到,怕有人知道。　　尝将密意输春草,消息通时又烦恼。谁识银钩真字好。微持薄怒,已曾心照,照见和衣倒。

唐多令　越墙

银砌粉围墙,栖鸦淡月黄。做蜂儿、飞度也扬扬。错抱花枝羞整帽,更小立,听鸣珰。　　弹指玉织长,轻纨映晚妆。对春风、无语不焚香。几叶芭蕉连曲槛,看咫尺,近高唐。

眼儿媚　幽会

葳蕤金锁启春风,人在明月中。那时相见,犹将罗袖,半掩芙蓉。　　鸾衾整顿和香屑,温玉小窗东。端详此际,星眉微敛,蝉鬓初松。

误佳期　红辩

织女度银河,灵鹊空担怕。昔日烧香抱枕人,跪在湘帘下。　　不是野东风,错把桃花嫁。谁移杨柳近墙东,又怪莺儿诈。

风入松　离别

西风霜叶短长亭,惊动别离情。玉骢惯是催人去,茫茫也、荒草云平。红袂分开双泪,斜阳独照孤征。　　阳关不唱第三声,无计殢君行。才辞鸳帐亲银灯,回头看、水绿山青。数两车移垂柳,几回雁起沙汀。

惜分飞　惊梦

茅店星霜人静后,正是相思初透。梦绕风林骤,暗怜孤影清宵瘦。　　游仙半枕红妆就,蝴蝶栖香未久。惊起披襟袖,桃花泪染看依旧。

柳梢青　金泥

鹊噪檐牙。泥金字样,先写宁家。特为多情,人宜待月,官近司花。欢容微靥朝霞,怀袖里、沉吟看他。杏雨蒲风,惹人萦系,最是官纱。

虞美人　寄愁

白玉堂前芳草歇。赋尽江郎别。双鱼谁寄锦书来。正是满函清泪向人开。　　浓愁细数相思字。检物经人意。娇心更在不言中。珍重窄衫兰麝散秋风。

丑奴儿令　郑恒求匹

海棠已折他人手,待得来时。几度黄鹂,好处春风别样吹。　　人间自有真萧史,无处容伊。月暗星移,金刀裁断女萝丝。

阮郎归　书锦

画帘卷起郁金堂,弄影过回廊。宫袍新打内家香,当时解佩郎。　　携翠管,近明窗,春山待晓妆。洛阳才子是东床,西厢春梦长。

阮郎归　题画

去年抛药种池塘,今年坠粉香。几时得藕便丝长,何曾解断肠。　　驱燕子,打鸳鸯,摘莲偷卜郎。擗开多半是空房,羞看纹簟双。

傅静芬 1首

字孟远,浙江钱塘人。

多丽 题柴季娴表妹小影

深吴绫,一庭夜色凄清。映红阑、烟光淡薄,树梢月影微明。丛竹雨、枝枝滴翠,疏桐露、叶叶珠倾。水绕平坡,石依芳径,嫩苔偏傍履痕生。却指点、苍阴深处,一片彩云凝。是谁把、嫦娥体态,图在丹青。　　悄无言、临风独伫,丰标自是天成。眉淡淡、乍舒新柳,眸炯炯、欲动微星。林下芳风,闺中秀质,沉思几度费凝睛。记曾共、谢庭咏絮,彩笔吐春英。愁人是、徽容空对,莫诉闲情。

梁清远(1608—1684) 1首

字迩之,号葵石,直隶真定人。清标兄。顺治三年(1646)进士,历官刑部主事、吏部侍郎、光禄寺少卿、通政司参议。以疾致仕。有《祓园集》。

蓦山溪 和韵,题揖石斋图

秋晴掩户,客莫嘲人懒。看雨浥云根,聊醉以、卢仝七碗。肃然起敬,拜手礼群峰,何窈窕,太嶔崎,珍重烟霞满。　　折腰乡里,笑为几餐饭。石父是良朋,值一揖、鞠躬捧盏。澄怀鉴物,雅尚者伊人,观雷浪,玩苍峦,尘鞅无需管。

张怡(1608—1695)　1首

原名鹿征,又名遗,字瑶星,晚号白云山人,江苏上元(今江苏南京)人。以诸生荫锦衣卫千户,李自成入京师,被系,复释之。归隐于摄山僧舍。有《古镜庵词集》六卷。

卜算子　题王子京画

冉冉绿荫中,位置层轩好。松外亭空天更空,天阔孤亭小。　　石壁绝攀跻,可有幽人到。壁后还藏千万峰,峰际闲云绕。

吴伟业(1609—1671)　8首

字骏公,号梅村,江苏太仓人。崇祯四年(1631)会试第一,廷试第二,官至少詹事。入清,累官国子监祭酒。有《梅村词》等。

减字木兰花　题画

藤溪竹路,鸟道无人云独过。鹿栅猿栖,布袜青鞋客杖藜。　　江头尺鲤,展罢生绡天欲雨。记得曾游,古木包山五月秋。

清平乐　题雪景

江山一派,换出琼瑶界。冻合滩舟因访戴,沽酒南村谁卖。　　草堂风雪双扉,画图此景依稀。再补吾庐佳处,露桥一笠僧归。

浪淘沙　题画兰

枉自苦凝眸,肠断归舟。依然明月旧南楼。报导孙郎消息好,杨柳风流。　花意落银钩,一寸轻柔。生绡不剪少年愁。看取幽兰啼露眼,心上眉头。

千秋岁　题袁重其侍母弄孙图

吴中佳士,独有袁丝耳。营笔墨,供甘旨。但期慈母笑,敢告吾劳矣。愿只愿,年年进酒春风里。　少妇晨妆起,抱得佳儿侍。珠一颗,驹千里。石麟天上送,蜡凤阶前戏。回首道,待看儿长还如此。

风入松

题和州守杨仲延所寄鹰,阿山人戴君画。

长松落落荫南冈,乱山横砌银塘。梅花消息经年梦,慢支赜、老屋绳床。棐几风吹散帙,纸窗雨洗疏篁。　丹青点染出微茫,妙手过倪黄。寒云流水闲凭吊,谁能认、当利横江。翰墨幽人小戴,文章太守欧阳。

满江红　题画寿总宪龚芝麓

楚尾吴头,仅斗大、孤城山县。正遇着、青丝白马,西风传箭。归去秦淮花月好,召登省阁江山换。更风波、党籍总寻常,思量遍。　文史富,才名擅。交与盛,声华健。正三公开府,张灯高宴。绿鬓功名杯在手,青山景物图中见。待它年、拣取碧云峰,归来羡。

谒金门　题美人图

人离别,屏上小山凄绝。欲寄相思教谁说,梧桐初下叶。　窗外绿蓑轻撇,立尽闲阶周折。慢把罗帏向前揭,早是愁时节。

满江红　题尤悔庵小影和原韵

纳纳乾坤,问才子、几人轻许。人争道、北平司李,骚坛宗主。碣石宫倾北海酒,令支塞卷西风雨。更幡然、解组赋归来,云深处。　　三毫颊,平添与。虎头笔,神相伫。似元龙、百尺楼头高踞。鹬蚌利名持壁垒,触蛮知勇分旗鼓。只庄周、为蝶蝶为周,都忘语。

陈洁　1首

字浣心,浙江海宁人。之遴妹,嘉兴屠尔星室。

雨霖铃　外君尔星索题侄女屠瑶芳像

凌波纤影,向瑶池畔,飞渡巫岭。娉婷格韵如许,更难逗处,兰心耿耿。蕙质从教染瀚,尽骚坛标挺。痛袅袅、倩盼嫣然,晓露盈盈云外冷。　　人生年少无多景,最那堪、空对芳颜哽。半轮皎月斜照,梅花下、倍添寂静。此景千秋,都付丹青点缀成靓。真个是、万叠愁肠,尽托苍烟冥。

陆嘉淑(1619—1689)　1首

字冰修,一字孝可,号辛斋,又号射山,浙江海宁人。宏定兄。入清,隐居不仕。与"西泠十子"交游,诗有盛名。有《辛斋遗稿》,附词一卷。

渔家傲　孝瞻索题小影

潇洒风流谁得似,长松锦石流云度。临风抱膝青山暮。挥玉麈,真疑百尺琼瑶树。　　几曲清溪流不住,落英芳草缤纷处。图书几卷随行坐。金茎露,青莲一朵铜瓶贮。

潘廷章 2首

字美含,号梅岩,浙江海宁人。明诸生。入清后弃举业,院居教授,潜心经学,多所撰述。与仁和陆圻、同邑陆嘉淑友善,互有酬唱。有《渚山楼集》,词附。

瑞龙吟　题沈墨山水亭纳凉

频回首。每值月朗风清,载怀良友。羡伊玄畅楼中,图书插架,风流依旧。　消长昼。不觉竹院荷风,陡生襟袖。褰帏澡罢兰香,脱巾换履,晚凉时候。　白玉阑干凭久,红衣未褪,碧筒宜酒。恰喜杨柳蛮腰,樱桃素口。齐纨薛锦,小大双垂手。争索句,思难构。试茗雪□,水槛凉飕透。半臂交加,难分左右。环佩空厮守。解事有、双荷纤纤摘就。莲房并蒂,孕藏奇秀。

临江仙　再题墨山观荷图

漫说渭川千亩竹,西湖十里荷花。一溪红白石阑斜。玉人同倚处,鹭鹚满晴沙。　正是修篁新褪粉,拖烟浓柳藏鸦。□□□□□□□。采莲歌未歇,又听拍琵琶。

刘壮国 4首

字幼功,河南颍州人。顺治十六年(1659)进士。著有《东皋诗余》一卷。

醉太平　题画

灵运似颠,浩然若仙。芒鞋驴背诗篇,入山今始还。　奚奴药肩,花蹊骑连。东风一路闲闲,约归同醉眠。

西江月　题云林洗桐图

百尺高梧耸翠,一竿流水净披。多方拂拭乐忘疲,闲指奚奴童子。　洁癖由来曾记,云柯望处难遗。凝眸停立其如痴。称曰倪迂不伪。

蝶恋花　题画兼祝州守

半枕陶诗开醉眼。水绕山环,绿映筠松遍。篱落人家桑柘间,云烟澹宕溪堂院。　徐步行来河桥岸。化日多闲,画永时光倩。花满落郊腾俗谚,童耄共说何阳县。

传言玉女　题山水图

云树苍苍,占却林泉佳境。小桥飞瀑,看明窗肆映。青山碧绕,一望烟霞无定。水亭相接,行多迂径。　屋角溪流,午眠余,纵逞领。夕阳半壁,此中多逸兴。争妍竞秀,正值花香风静。自堪怡悦,无由持赠。

王岱 20首

字山长,号了庵,湖南湘潭人。崇祯十二年(1639)举人,授安乡县教谕。入清,官京卫武学教授。后官广东澄海知县,卒于任所。有《了庵词》。

临江仙　过无过命作深柳读书堂图

春色青青烟弄影,秋声风起萧萧。尤宜雨暮与晴朝。月明酬李影,雾重折陶腰。　穿尽绿阴阴欲碎,孤吟几弄柔条。最堪随意挂诗瓢。翠生初饮茗,碧映未编骚。

西江月　题画

山面雨余深绿,柳梢霜落微黄。无边秋色在江乡,尽付渔家收掌。　稚子烹鲜击火,老翁踏地呼觞。半醒半醉半猖狂,人在志和以上。

鹧鸪天　题画

横石斜西竖石东,横摩人面竖摩空。探奇屋架山隈里,更上山隈看远峰。无个伴,绝人踪,梅花历乱冷烟中。经霜冒雪仍含笑,不晓炎凉是此翁。

一痕沙　题画册

秋色乱山无数。更有小桥渔渡。篱落傍林斜。两三家。　何事一亭如笠。不见寻幽山屐,笑煞尽风尘。少闲人。

卜算子　题画册

烟水澹无痕,点染都风雅。数笔峰峦不作家,知是云林也。　树石更萧疏,亭子闲潇洒。何事孤山放鹤人,又复妻梅者。

浪淘沙　题画册

怪石插青天。松老含烟。沉沉古庙枕山前。一派古墙犹赤土,知是何年。　今古几沧田。极目凄然。隔江村落雾中悬。欲向居人询往迹,野水平川。

寻芳草　题画册

雪压峰千尺。尚留得、石岰丹碧。雪飞不到山根黑。冻泉声,犹淅沥。　古木尽含冰,层楼倚、几人登陟。联携杖、桥边踯躅。访前林、懒残迹。

菩萨蛮　题画册

疏林一派寒烟积。断桥流水无行迹。山色有无中。秋光澹远空。　　楼阁空中势。帘卷天无际。独自往来云。无心绕阁纷。

最高楼　题画册

峰峦耸,一半白云封。青避树阴浓。一椽高阁空中倚,数间水榭洞流通。幽险处,鹿砦里,剡溪中。　　有两个、枕石漱流的客。作一番、量晴较雨的说。柴桑子,鹿皮翁。壶中别有人间世,洞口全无晋魏风。今犹古,何时去,得追逢。

调笑令　题画册

秋半。秋半。衰柳枫红相乱。渡头一叶轻舠。行人拍手相招。招手。招手。要向隔江沽酒。

长相思　题画册

坐山高。对山高。百尺悬泉下板桥。山隈架屋牢。　　篱落深。草阁深。无边秋色醉枫林。骑驴何处寻。

清平乐　题画册

洞口落花飞,洞里花开满。花落花开春不知,春也难拘管。　　别自有乾坤。不识人间款。何事游人复问津,说尽寒和暖。

虞美人　题李重光竹声新月图，即用原韵

临风一望摇寒绿。瑟瑟清箫声断续。一钓微露柳含烟。似惜风流张绪、□当年。　　嶰谷霜枝今尚在。此调无人解。无情有恨作龙吟。露压烟啼凄绝、听难禁。

乌夜啼　题萨天锡淮阴钓台图

钓台突兀凌空。大江东。自王孙何在、少遗踪。　　胯下辱，漂母饭，汉王封。一望夕阳衰草、起西风。

菩萨蛮　题韦端己画船听雨图，用原韵

烟雨空濛天共水。孤篷系处微风起。莫辨雨和风。萧萧响竹丛。　　瓶花香断续。隐几看鸥浴。最是锦鸳鸯。风波亦会双。

霜天晓角　题陆放翁雪晓关河图

据鞍横戟。四垒皆坚壁。独听谯楼天半，漏钟残、吹觱篥。　　鸦噪凄风急。莫辨关河色。对此茫茫无限，有鸿沟、界南北。

蝶恋花　题苏子瞻天涯芳草图，用原调原韵

髯公老去朝云小。梦断行云，十二巫峰绕。红裙二八知音少。伤心肠断歌芳草。　　已说先生能见道。何事花枝犹索笑。按拍低回声悄悄。伤春惹得悲秋恼。

鹧鸪天　题晏小山杨花谢桥图,用原调原韵

何处重生旧玉箫。风流不让董妖娆。无端惹得苏州恼,此恨于今尚未消。情默默,梦迢迢。相思瘦尽沈郎腰。钟情自古多才子,何减当时过谢桥。

醉太平　题姜白石暗香疏影图

霜寒月明。溪寒水清。暗香疏影斜横。道无情有情。　　林家瘦生。杨家老生。和他白日姜卿。是梅花主盟。

望海潮　题孙古喤观潮图

炎方巨浸,浮天浩渺,滔滔万里汪洋。奔电惊雷,荡云沃日,造化神工接浑茫。灵怪更无力,有藐姑霞彩,罔象珠光。吐纳灵潮,或朝或夕候无常。

何人俯视徜徉。是鸿蒙雀跃,倪立云将。夸父携筇,任公垂钓,于今又见孙郎。心空百谷王。已胸吞云梦,气压彭匡。一部齐谐志怪,收来满载付归装。

陈世祥　4首

字善百,号散木,南通州人。明崇祯十二年(1639)举人。入清,官直隶新安县知县。有俊才,健辩论。著《含影词》。

减字木兰花　题宗梅岑小香居士像同王西樵作

吟情如许,日向人间题好句。谁信屯亶,老矣吾徒三十年。　　重寻旧稿。人道君家当日好。问取图中,却逊吟情老更工。

夏初临

为王司勋题《水晶帘下看梳头图》,萧灵曦画。

悄意难描,幽情谁见,久无人赋双文。梧影单衫,闲中验取腰身。萧生作意经营。写浓香、不着些鞶。曾波横溜,浅樱忍笑,活现伊人。　书帘小暇,妆阁清欢,钗边翠滑,镜里红分。欹床凝睇,心苗全染幽芬。道不销魂,相看处、递尽温存。问真真,他年好忆,月想花阴。

念奴娇　题山语雨花台看云小幅

山中住久,有栗留枝上,时时来伴。洁日疏风天气好,坐向绿阴娇唤。午后微凉,一帘幽梦,清回无拘管。起来闲步,泉花恰注茶碗。　雨花台上看云,丹黄青碧,万里奇光满。非色非空无定相,未可作云霞观。我把虚空,摄归九墨,贮向山公腕。冥然静坐,长天明月如盥。

二郎神　为李云田题周少君宝灯坐月浣花图

何来周昉,偷出深闺一鲼。除绣帖、针床儿女事,都阁起、莫侵笔架。月冷花慵春漏水永,冷落煞、一枝低亚。维婢狡、香泉夜濯,特地闺中消暇。　兜答,月尖露重,寒侵罗袜。便把酒、酹花花不语,应叹息、有人佻达。荡子不归还独守,是谁道、春宵无价。画图上,人间多少伤心,作风流话。

郑侠如　3首

字士介,号休园。先世由歙徙扬,隶籍江都。郑元勋弟。明崇祯十二年(1639)入贡,授工部司务。辞归,筑休园,以著述自娱。清康熙间,以子为光贵,赠翰林院庶吉士。有《休园词》。

念奴娇　题子纲家叔画

乾坤如画,看丹青谁解,山川映发。动操古琴,人道是、少文卧游四壁。惜墨犹金,传神阿堵,直逼王摩诘。广交而后,吾家再见三绝。　　思古画水闻声,点睛飞去,落纸成神物。自判宋元,疏密处、又启后来工拙。我欲绘图,抗心希古,终愧归来拂。雨花台上,何时同醉明月。

画锦堂　赠戴葭湄写照

面似凝脂,姿犹傅粉,几人颜驻长春。每叹光风霁月,转盼沉沦。惟有传神工阿堵,乱头粗服总如神。今安道,儒雅风流,画师应是前身。　　清新。乐志论。豪生说,幽人孝子同伸。咄咄胸中丘壑,眼底嶙峋。鼓琴动操山皆响,鸿飞目送笔无尘。当如是,长见烟云供养,坐卧花茵。

点绛唇　题吴子声花卉翎毛

笔代天工,春红经雨胭脂透。摹来刺绣,香泽盈怀袖。　　花谢花开,蜂蝶空拖逗。黄荃后,卿当独秀,如听莺声溜。

陆世仪（1611—1672）　1首

字道威,自号刚斋,晚号桴亭。江苏太仓人。诸生。入清不仕,专意讲学著述。有《桴亭诗文集》。

卜算子　题杨柳美人图

人道柳如眉,妾道眉输柳。柳叶逢春却肯舒,眉只时时皱。　　风懒燕葳蕤,花落春消瘦。望断天涯芳草深,人在天涯否。

唐祖命 1首

字允甲,别号挥奇,宣城人。官中书舍人。有诗云:"残花野蕨围荒寨,破帽疲驴避长官。"此与徐渭"疲驴狭路愁官长,破帽残衫拜孝陵"之句颇相似。明末清初易代之际之情况,可以想见。入清后寓居徐州,女为万寿祺子翟客妻。与王士禛为忘年交。《耕坞山人集》。

传言玉女

壬辰新秋,坐宗梅岑小香居,题画。

二十年前,曾自会稽入嵊。山环溪绕,看竹花斜映。人家篱落,流水到门幽静。云烟澹宕,画图堪并。 谁意清秋,坐雨窗、啜新茗。卧游初展,动当年逸兴。争妍丘壑,俨复旧观行径。老夫闲写,数言持赠。

吴乔(1611—1695) 1首

又名殳,字修龄,江苏昆山人。有《舒拂集》。

人月圆 题陈其年填词图

薛娘笺纸湘娥管,狼藉画眉余。红牙待按,词成犹未,莫更徐徐。 个人画里,唤来曾应,羡煞髯奴。愁深梦浅,琼箫吹彻,彩凤来无。

吴景旭(1611—) 1首

字又旦,一字旦生,号仁山,浙江归安人。明诸生。入清未仕,晚岁裒录吟卷,始于康熙二十一年(1682),迄于康熙三十四年,年已八十有五。有《南山堂自定义诗》,附词。

蝶恋花　题画四美图

才是扫眉心事织。晓露霏微,又去研螺汁。独托香腮何所忆,绿苔生怕红尖湿。　一字梦回亲记得。扇底流萤,偷过东家壁。手把齐纨书昨昔,却怜瓜字无人识。

刘体仁(1612—1677)　3首

字公勇,河南颍川卫人。顺治十二年(1655)进士,官至吏部郎中。年四十即告归。在京时与王士禛、汪琬主持风雅。有《七颂堂诗集》,附诗余一卷。

诉衷情　重九题姬人画石榴

雨中移鞠土膏香,无酒过重阳。管领琴边秋色,雁叫带新霜。　青玉案,翠羽觞,意彷徨。侍儿戏道,石榴可摘,色进铜黄。

点绛唇　题姬人画安石榴

秋老园林,海榴累累垂芳树。丹青闺里,描写晴和雨。　惺憁罗裙,久罢熏风舞。旛铃护,石家醋醋,笑把明珠吐。

浪淘沙　题自作花卉

雨过小山幽,碧草重柔。疏花丹实亚岩头。此景不从闲里得,辜负清秋。　书卷可销愁,谁羡封侯。倦时负手曲栏游。黄蝶一双交翅下,日在帘钩。

冯肇杞(1613—?) 1首

字幼将,浙江会稽人。明诸生。年三十余,弃去一切,惟写梅竹兰菊,山水人物亦奇秀。交宋荔裳。清康熙中卒。

贺新凉　自题小像

壬子三月。

待看银丝卷。尽痴顽、赚过花甲,从头再遣。只有诗书债未了,不解从来凄泫。走天涯、岂辞胼茧。反复波涛都经惯,总宽怀、兴复何曾浅。千秋业,全忘展。　　模棱安乐胜荣显。以庸医、疑温猜冷,公然卢扁。富贵等闲中莫热,过眼白衣苍犬。开口笑、难逢怎免。假我数年聊自适,课儿孙、随意讵非典。身外事,直如剪。

许之渐 1首

字仪吉,号青屿,江苏武进人。顺治十二年(1655)进士,任户部主事,擢御史。康熙三年(1664)为天主教张目,被逮治,旋斥还。二十二年在广陵学社会冒襄。有《槐荣堂集》。

点绛唇　题画

万丈飞空,素虹垂饮青山足。涧琴相续,一片流寒玉。　　峭壁云开,匹练天如束。凭吾目,乾坤一幅,不碍飞鸿鹄。

储福畴 1 首

字九游,江苏宜兴人。有《秋色亭词》。

河传 美人图

清晓,风小。落红片片,胭脂不扫。金虫宝髻早梳头。娇羞,新妆懒上楼。剪剪澄眸宜远盼。凄清惯,坐拨熏笼焰。翠钿疏,媚靥多。轻罗,寒烟着柳拖。

释本昼 1 首

号寒泉子,浙江平阳人。康熙初尚在世。著有《直木堂诗集》。

一剪梅 自题小影

舛错乖张到十分。亲也平平,疏也平平。不知何劫佛该成,输得今生,赢得今生。　好个顽皮懵袋僧。真也难凭,假也难凭。狂来鬼火骂燃灯,宽处翻身,窄处翻身。

江士式 1 首

字梅墩,安徽休宁人。有《梦花窗词》一卷。

蝶恋花　画莲为新婚者索赋

叶叶清香来自远。青盖亭亭,似拥红衣颤。三十六陂惊露溅,风裳水佩来深院。　捧着嫩房情未厌。待看年时,含笑含娇面。一幅生绡谁不羡。鸳鸯傍处风光艳。

曹溶（1613—1685）　9首

字洁躬,一字鉴躬,号秋岳,一号倦圃。浙江秀水人。崇祯十年（1637）进士,考选御史。清顺治初,起用河南道御史,累迁户部侍郎,左迁广东右布政使。遭丧归里。服除,补山西按察副使,备兵大同。丁忧不复出。康熙中,举博学鸿词,以疾辞。荐修《明史》,亦不赴。有《静惕堂词》。

卜算子　题琴士隐庵画像

客里适逢君,十指如冰玉。陶令无弦太寂寥,辜负樽中绿。　画里又逢君,紫绮临修竹。何处青山解惜人,好奏归鸿曲。

西地锦　题虞山蒋文从雪泛卷

一抹玉沙平野。切莫停杯斝。有时卧雪,有时歌雪,恣高人陶写。　吹火打篷堪画。在让王山下。谁家曲水,谁家辋水,又相随来也。

浪淘沙　题吴园次收纶小像

痴绝此渔翁,不钓三公。吴南越北柳阴浓。万事且须看脚下,海阔山空。　百怪舞蛟龙。雨雨风风,热肠敛手是英雄。欲展丝纶还有待,人在图中。

御街行　题程云来小像

珊瑚随处系渔竿,香水对浮峦。风光况肯留人住,也谁能、复据雕鞍。古今高士,龙蛇变化,同作五湖看。　　连朝相讯酒肠宽,欢伯报平安。如君岂忍抛春去,也正当、绿遍红攒。乔松倚仗,名花拂履,难信草堂寒。

华胥引　题画梨花牡丹,次张叔夏韵

徐熙妙腕,团合花魂,尺缣疑湿。曳露含风,胭脂到底输淡白。借他闭雨门深,梦洛阳香国,狂客成诗,酒酣殿上小立。　　何处浓华,遽相恼、素娥闲逸。雪妆初就,冷落歌钟不得。三月纷纷车马,遍江南江北。缭乱休嫌,要人紧护春色。

木兰花慢　题项东井画,为文公寿

禾兴悭岫色,赖张璪、富霜毫。恣翠晕安篱,烟丝倚瀑,全取空寥。登临送情不浅,带斜晖、又听暮钟飘。疑有支公故业,闭关安问征桡。　　名山何许傍云根,吾欲借书寮。向王猷买竹,苏耽酿橘,兼种芭蕉。春应去人未还,肯蹉跎、三万六千朝。除却图成景物,眼前都是蓬蒿。

珍珠帘　题画

黄莺屡唤支筇去。黛香浓、石隐心情如故。文杏小亭台,消得王维幽句。脉脉筠帘遮不定,又一派、动人愁处。何处。是碧沼流花,渔梁飞渡。　　频念访戴新盟,把诗瓢挂了,再携茶具。难买此时闲,况旧游曾住。裘马平生挥斥久,付玉笛、吹开迟暮。未暮。听松底鸥吟,万山春曙。

贺新郎　题梁承笃郡丞西湖图,次吴庆百韵

笑折垂杨去。问当年、升平佚事,唐堤宋渚。春老沧洲踏歌散,芳序醉红犹舞。便洗尽、苍生灰土。留取笏床香草畔,向斜晖、傲睨高前古。潇洒意,合相许。　群山曾化貔貅宇。饷雄军、一番辛苦,凤毛难煮。月转六桥迟迟下,此是旧愁来路。有羁客、牵船同住。锦作奚囊偿酒债,舍桃花、渔父谁为主。毫五色,胜箫鼓。

摸鱼儿　题宝崖像

妒年华、翻然四照,何人画出闲思。扬鞭直踏龙门路,止憾骅骝难使。君过矣。君不见大江,日夜无情水。柏梁宫里。想金母频来,露茎高揭,仙泪已濡袂。　论行乐,掉臂遨游戚里,东方倦索珠米。那如痴倚吴山枕,指点桑田尘起。增盛事。早结就同心,日索梅花醉。雄风所寄。直大啸成雷,鼻端出火,车上一壶系。

宋琬（1614—1673）　20 首

字玉叔,号荔裳,山东莱阳人。顺治四年（1647）进士,授户部主事,累迁永平兵备道、宁绍台道。顺治七年、康熙元年（1662）两次被诬系狱,得白,流寓吴越。寻起四川按察使。康熙十二年（1673）以入觐卒于京师。诗与施闰章齐名,有"南施北宋"之称。著有《二乡亭词》《安雅堂未刻稿》。

浣溪沙　题余澹心五十小像

白发平头五十人,依然居士净名身,盟鸥狎鹭有谁嗔。　伯玉行年非已断,少陵垂老懒逾真,冶城花月乐千春。

其二

白发平头五十人,洪崖拍手笑相亲,会须骑鹤访三神。为爱烟波来用里,肯将名姓谒平津,莫厘峰下且垂纶。

其三

白发平头五十人,布衣曾未染京尘,往来求伸不嫌频。斗鸭栏边芳草合,凤凰台畔柳条春,叱风抹月葛天民。

其四

白发平头五十人,疏狂聊以乐天真,四时佳气在君身。桃叶渡头双桨在,樵青歌罢调方新,为君满引莫逡巡。

鹧鸪天　题佟寿民方伯三世图

作砺为舟社稷臣,衮衣应许近星辰。黑头宰相黄扉客,曾是维摩座上人。锵剑佩,握丝纶,安排图画到麒麟。梦回须记青莲句,金粟如来是后身。

鹧鸪天　题樊会公小像

曾向车中看璧人。金丸珠勒冶城春。只今老作青溪长,犹是当时折角巾。姿卓荦,骨嶙峋。画师摩诘是前身。知君埋照饶深意,新筑糟丘号酒民。

南歌子　湖上三舟图成,寄执玉奉常西樵吏部

何处觅星槎。且住为佳。张融岸上屋堪赊。同在白鸥乡里宿,迭作邻家。有约看朝霞。每到栖鸦。南屏寺外藕初花。荡桨归来警宿鹭,触破窗纱。

千秋岁引　题长松柱石图,为李含馥运长寿

怪石眠云,孤松偃盖,亭亭千尺连青霭。五粒曾沾仙掌露,一拳欲下南宫拜。谪仙人,元是李,蟠根大。　　伊吕功名方未艾,何事丹砂勾漏外。邓禹封侯喜将届。梦松之占今验矣,黑头堪羡风云会。紫泥书,丹山凤,衔来快。

满江红　题尤展成小像

赋奏凌云,真才子、至尊亲许。长太息、文章憎命,骅骝失主。放逐身随麋鹿伴,英雄志偃蛟龙雨。记锦裘、跃马出榆关,题诗处。　　白莲社,谁偕与。石渠阁,曾凝伫。且南窗寄傲,东篱高踞。五岳梦游禽庆展,三挝醉弄祢衡鼓。笑韩陵、一片石峥嵘,差堪语。

其二

陶令归来,三径外,栽松种柳。遥集者、湘潭屈子,漆园庄叟。木柄长镵常在握,竹皮圆笠新加首。置斯人、一壑一丘间,然乎否。　　白雪调,无双手。晓风句,诸伶口。但应门遣子,烹葵呼妇。秘笈已窥林屋洞,新篘且醉兰陵酒。问朱门、高盖几人存,东门狗。

双双燕　题佟汇白中丞伯仲渔樵图

皤然二老,似江左风流,惠连康乐。纶竿七尺,雨笠风蓑同著。长啸东临海若,携手入、天台采药。从公看弈仙家,拼取斧柯遗却。　　行脚。苍岩翠壑。笑肩拍洪崖,弟酬兄酢。山中留客,童子一双驯鹤。休恋烟霞高卧,看早晚、蒲轮西洛。须倩妙手长康,重画麒麟高阁。

贺新郎　为侍御杨琢庵题像

野鹤昂藏意。是当年、弹文柱后,杨球司隶。骢马连钱霄汉上,骑出五侯

争避。谁信道、蛾眉见忌。飘泊东南天地外,长五湖、不待官家赐。逢醉尉,防其訾。　　虎头妙笔真无二。写元龙豪举,不似三闾憔悴。历遍九州岛险路,惟有醉乡堪寄。更许我、入林把臂。二八婵娟弹锦瑟,倩尊前、暂阁英雄泪。歌既阕,唾壶碎。

贺新郎　题松鹤图,为金镇远宪长寿

甲第谁能亚。一堂中、谢家珠树,鲍家骢马。善体重华饮恤意,清问先于矜寡。早贯索、光芒退舍。父老扶筇来献儿,道驺虞、幡下无冤者。天赐与,万间厦。　　蹁跹双鹤孤山下。似君侯、雄姿磊落,风期潇洒。松底茯苓千岁外,堪佐锦堂杯斝。且莫把、玉山颓也。三竺六桥新雨后,恰笙歌、画舫公余暇。游秉烛,留佳话。

沁园春　题李考叔闻鸡起舞小像

有客于鬻,长剑巍峨,殆奇士欤。忆请缨北阙,曾驰鹿塞,上书幕府,亲历无间。伏枥兴嗟,投竿空老,三竺桥边有敝庐。杯阑后,任唾壶敲缺,一枕蘧蘧。　　当年士稚何如。试酹酒荒原吊望诸。叹元龙湖海,徒眠高阁,侯王甲第,懒曳长裾。击筑狂歌,登楼悲愤,变作银钩虿尾书。掀髯笑、倩羊欣白练,挥洒无余。

沁园春　题陈蛰庵三一一三图

所谓伊人,玉貌颀然,碧瞳紫髯。羡荷裳蕙带,五陵公子,黄冠葛屦,丈室瞿昙。鹤立仙姿,虎头妙笔,颊上添毫一二三。参同契,任洪崖把臂,弥勒同龛。　　飘萧素发鬖鬖。似柱下犹龙问老聃。向世出世间,先窥太极,用无用处,椎破连环。形影交忘,画图三昧,白板枯禅不待参。从君老,愿担簦五岳,结制精蓝。

沁园春 题王婿五文小像

楚楚王郎,有美清扬,杂佩琼瑛。羡白玉床边,右军坦腹,乌衣巷口,小女提罂。二十年来,居诸荏苒,惊见儿曹项领成。还听得,惹旁人争说,玉润冰清。　　更怜磊落英英。似遏末封胡旧有名。喜蜡屐重来,同探禹穴,貂裘垂敝,且住吴城。伏枥悲歌,题桥壮志,千里骅骝待一鸣。吾衰矣,赖门楣有客,归老柴荆。

离亭燕 题胡履泰小像

野鹤翩翩闲雅。风度如君潇洒。白眼科头天地外,此意无人知者。何处觅行踪,长在远公莲社。　　孝笋曾生堂下。旦晚征书来也。布袜青鞋游五岳,懒问向平婚嫁。若个写丹青,应是将军曹霸。

满江红 题郑古遗小像

白晢虬髯,论标格、鸡群之鹤。堪想象、虎头椽笔,解衣盘礴。剧孟差堪为伯仲,幼舆暂许栖丘壑。怪新来、金甲绿沉枪,浑抛却。　　桥上叟,曾相约。囊底智,今何若。任花眠柳醉,风嘲月谑。方外求羊随杖履,禁中颇收思韬略、看他年、长剑倚崆峒,图麟阁。

洞仙歌 题乔松柱石图,为蔡魁吾先生寿

谁写翠虹影,腾攫上轻绡。只应西岳峰顶,仙掌共高标。下有茯苓千岁,阅尽秦封汉代,甲子等昏朝。仿佛度清籁,中夜奏箫韶。　　荣三秀,擎五粒,势岧峣。龙门岌嶪,穿然东控海门潮。已兆松生腹上,伫起东山安石,玉烛待公调。寿域九州遍,方许访王乔。

蓦山溪　题戴苽湄画赵阆仙小像

乌衣王谢,两世交情好。记在莫愁湖,把君手、方成一笑。风流张绪,杨柳正三春,看玉树,送仙舟,沿岸人围绕。　　虎头妙笔,宛尔丰神肖。金粟应前身,早朝回、翛然学道。高横麈尾,衣带御炉烟。须认取、画图人,直历中书考。

丁文策(1614—1694)　1 首

字叔范,号固庵,浙江钱塘人。诸生。甲申后,以授徒自给,称江樵先生。

风入松　题王松溪晬听松图

旷怀何处托离奇。碧㵎清溪。苍虬偃蹇龙鳞老,峥嵘怪石参差。隔水笙簧迭奏,清风飗飗来时。　　有人岸帻对高枝。环玮雄姿。怡情怿性凭庄籁,正不须,寄志江蓠。道是乌衣逸兴,研寻多少新词。

沈九如　1 首

字宣子,浙江钱塘人。明经,入清官浙江江山县训导,升嘉兴教谕。征修《浙江通志》,年已八十。著有《初山草堂集》《七柳集》。

风入松　题王丹麓听松图

得无我与我周旋。日日坐溪边。松声绝似江声急,惊涛出、露鬐风湍。拟峤森森如彼,较膺谔谔其然。　　藤萝半席寄云烟。知有听松篇。葛巾笑杀陶元亮,终朝量晴雨园田。何似流泉活活,且看白石戋戋。

张道介 1首

字椒岑,江苏长洲人。顾筠千室。有《好云楼词》。

满庭芳 题画拳石

泼墨濡毫,缀成小石,宛然霞浸云烘。幽窗舒卷,几席列奇峰。点点莓苔如滴,清闲供、可入诗筒。消昼永,评花品茗,日日坐春风。　　何殊游胜地,连山拱壁,软土推红。见岚光岫色,倒映帘栊。休羡南宫怀袖,玲珑样、晴雨空濛。珍藏好,莫教轻掷,文锦细加封。

冒襄(1614—1696) 1首

字辟疆,号巢民,江苏如皋人。崇祯十五年(1642)副贡。与方以智、陈贞慧、侯朝宗并称明季"四公子"。有《水绘园诗文集》。

一剪梅 和吴薗次题染香阁贴瓣梅花

香玉霏微雪泛尘。月下单身。梦里单身。闺中小妇弄精神。妍手偷春。老笔藏春。　　折来看去总如新。写出真真。唤出真真。古苔绿萼碧烟昏。香草还魂。蜂蝶销魂。

邓林梓 1首

字肯堂,号玉山,江苏常熟人。以空谷诗见赏于时,称邓空谷。康熙十八年(1679)以布衣荐试博学鸿词,未试而卒。

渔家傲 迺昭乐仪图

高人家住寒溪曲。白板为扉茅盖屋,钓竿抛却芦花宿。清梦熟。西岩月堕升东旭。　远山不断青如簇。林皋掩映余修竹。谁与倪迂图小幅。饥亦足。染将秋水须眉绿。

龚鼎孳(1615—1673)　7首

字孝升,号芝麓,庐州合肥人。崇祯元年(1628)进士,官兵科给事中。降清,擢太常寺少卿,迁左都御史。与冯铨、刘正中争门户,为所中,骤降十一级,补上林苑蕃育署署丞,再降三级调用。卒以才名受知。康熙元年(1662)以侍郎候补,再起左都御史,累官至礼部尚书。谥端毅。有《香严词》。

菩萨蛮　题画兰云扇

春风宛转朱栏曲。吹花直上烟鬟绿。芳韵一枝斜。镜中人是花。　纤云摇更曳。衬出芙蓉雪。生爱靠香肩。倒言花可怜。

杏花天　题钱舜举华清上马图

海棠醉骂东风懒。兜不上、行云一片。沉香弦索催春晚。珍重紫骝翠扇。问鼙鼓、马嵬惊散。偏好杀、三郎不管。名花总入伤心传。怕对锦袿玉面。

减字木兰花　和阮亭题赵阆仙膳部小像

东华尘土。退食摊书恒键户。豪气凌秋。蓬岛三山最上头。　其心如水。才大官闲翻自喜。游戏逢场。济世逃禅总不妨。

贺新郎 题雪客像

且把残书卷。与周郎、谈兵顾曲,欢场同遣。当日小乔重见否,热泪有情堪泫。今古事、纷如攒茧。年少雄姿英发甚,笑紫囊、高屐风流浅。骐骥足,过都辗。　　尊公好句青溪显。傍红桥、岸连花动,石流潮扁。归去中林偕啸傲,冷眼乞怜摇犬。恐避贵、延之难免。爱汝新篇真槀兀,最正而葩,藻奇而典。松下麈,坐深剪。

贺新郎 题宋荔裳观察小像

邺下推诗卷。正才人、乱馀入洛,悲秋初遣。文藻江山争映发,花雨上林春泫。惊落笔、冰丝萦茧。万里关河笳吹出,怪清郎、执戟承明浅。盘错地,器方展。　　盛名翻藉崎岖显。似轻帆、峡穿象马,滩凌孤扁。麟凤世间能几见,何暇较他鸥犬。喜玉燕、频投身免。从此天衢皆坦步,合旗常、雅颂公重典。添半臂,紫绫剪。

贺新郎 题沈云宾小像

薄宦青衫卷。也随人、西风滚滚,蓁凭秋遣。落拓浮沉燕市里,旧雨漉巾微泫。惊揽镜、一双蓬茧。老伴岁寒能几客,悔清歌、浊酒为欢浅。岩壑韵,颓毛展。　　身今隐矣名犹显。忆红窗、柳绵吹弱,花茵堆扁。游戏半生天海意,岂学槛猱牢犬。呼上殿、君恩传免。畴昔贵游星散尽,羡五湖、泉石留卿典。携手去,发同剪。

鹤冲天 题莼鲛小像,和葆翀原韵

西江晚渚。月白天青处。咏史记曾听,袁闳句。羡才华绣虎,却待诏金门在。退朝鹓鹭侣。黄绢新词,题遍楚兰吴苎。　　潘年未暮。肯放投竿去。禄米比侏儒、犹堪煮。染汉南柳色,有一片龙池雨。烟波馀久许。尺幅霜绡,惹起鉴湖千绪。

陆瑶林（1616—?） 1首

字以攻,号介庵,浙江平湖人。顺治八年（1651）举人,十五年进士,官江西金溪知县。年老归养,康熙二十七年（1688）尚健在。著有《九畹阁诗余》。

踏莎行　题蒋致和画

翠嶂迎芬,深林映紫。岩花窈窕随春水。沿洄纤转弄溪烟,丹霄掩映珠帘起。　　鉴隐青鸾,屏调绿绮。水晶盘列青精米。仙源亲觏舞霓裳,绛桃千树流霞醉。

余怀（1616—1695） 9首

字澹心,号漫翁,福建莆田人,流寓南京。入清不仕,往返于广陵、吴门,徜徉于支硎、灵岩间。文采风流,有声于时。有《玉琴斋词》。

念奴娇　为云田少姬周宝灯题坐月浣花图

美人何处,看锦屏翠幕、玉蝉高跨。细骨轻躯清似雪,掩映冰壶一把。怨锁青蛾,情含红豆,柳色摇江夏。吴绡初展,从天吹下图画。　　当日苏氏朝云,白家樊素,都是风流话。爱杀霍王娇小女,不分文君新寡。月姊调笙,花神按拍,醉倒鸳鸯社。栏杆倦倚,吟诗刺绣才罢。

桃源忆故人　题画

斜阳荻岸连秋水。岭上白云时起。叠嶂层峦暖翠。人在清溪底。　　杖藜叹世者谁子。只爱松风洗耳。牛背晚烟旖旎,一棹家千里。

满江红　题尤展成小像和韵

归去来兮,修素业、神仙杨许。还记取、江山风月,闲人为主。方麵障遮三里雾,流黄簟落千峰雨。问当年、快马出卢龙,今何处。　湖一曲,谁赐与。书万卷,君延伫。正长吟抱膝,大瓠先踞。暂折围棋安石屐,急呼解秽花奴鼓。且披襟、金镂拨琵琶,空中语。

其二

尤物移人,论才魄、让他周柳。同游者、梁园词客,马卿枚叟。修竹林中寻鹿梦,莲花池上推龙首。水哉亭、可是仲宣楼,君曰否。　霓裳舞,双垂手。离骚曲,谁开口。喜文成五采,艳歌三妇。避暑漫摇云母扇,消愁合醉缥醪酒。待何年、海上看云回,人牵狗。

沁园春　题池上鸳鸯图为尤展成

地近南园,渌水池亭,红藕溪堂。看渡江迎接,桃根桃叶,随风缥缈,垂柳垂杨。何处飞来,文禽锦翼,双宿双栖对夕阳。湘帘外,有珊瑚作屋,玳瑁为梁。　芙蓉蒂本成双。况小袖、云蓝斗晓妆。喜空天过雨,远山眉妩,四更吐月,曲沼莲香。船绕蛟龙,赋得鹦鹉,玉镜台高翠羽光。真堪羡,羡水哉轩里,图画鸳鸯。

临江仙　题吴园次秋泛图

丘壑自宜仁祖,乘槎偶学张骞。螭头黄帽日高眠。蓣香红藕地,鄗袖白蘋天。　汀鹭惊飞江外,湘娥笑出花前。风流应继杜樊川。杯深秋潋滟,笛冷月婵娟。

浪淘沙　题吴园次收纶图

万事付渔竿。独坐沙滩。绿蓑青蒻竹皮冠。收拾丝纶全不用,白眼相看。　一片雪波寒。濯足潺湲。鹭鸥情性避鹓鸾。风月湖山闲做主,几个人间。

貂裘换酒　题吴清来倚鞭按剑图

岂是栖栖者。喜龙门、传成游侠,羡君潇洒。丝绣平原增意气,但觉诗中有画。难得似、词源倒泻。天下英雄君与操,且藏身、闲共渔樵话。珠一颗,真无价。　汉书牛角何人挂。早登坛、舍任吐沈,凌班轹马。陌上花钿频拾得,醉倚锦塘桥下。羊裘敝、钓竿空把。一剑光寒州十四,看钱江、万弩潮头射。应笑我,野人也。

永遇乐　为陈其年小像

髯汝来前,我知汝心,汝知我意。湖海元龙,大床自卧,碌碌轻余子。骚耶奴仆。史耶牛马,总在书生笼里。乍相逢、虬髯直视,五岳胸中坟起。　六朝遗恨,半生落魄,都付马蹄秋水。我见犹怜,世皆欲杀,吊客青蝇耳。赋成穷鸟,命钟磨蝎,骂坐何知程李。看三毛、谁添颊上,磊砢如此。

余兰硕　1首

字少霞,号香祖,祖籍邳州,生于金陵。怀之幼子。文名藉甚。有《团扇词》。

虞美人　题扇上丁香

此花开在樱桃后。小比凝脂口。紫衣妒杀杏衫红。说道生来半面背东风。　丁香本有同心结。多少青青叶。欲从纸上问相思。最怕暮春三月送春时。

曹尔堪(1617—1679) 11首

字子顾,号顾庵,浙江嘉善人。顺治九年(1652)进士,授编修。与宋荔裳、施愚山、沈绎堂、王阮亭、王西樵、汪苕文、程周量称"海内八家"。著有《南溪词》。

昭君怨

己卯二月,周斯羽兄弟招集舟中,观演家剧。魏子一于雨中,为余图扇,因调小词题其上。

日暮画船微雨。图取春阴缕缕。烟气散江湄。柳痕垂。　　一笔远村如抹。望去胭脂如泼。屋角有桃花。是谁家。

西江月　题玄真子浮家泛宅图和韵

有客渔焉终老,惟君赐者为家。钓竿茶灶隔船纱。携去随潮上下。　　水口红桃流散,山前白鹭飞斜。风波恶处舞神鸦。笑卷青蓑归罢。

千秋岁　题袁重其侍母弄孙图

砚田堪饱。却比菑畬好。潞䌷具,斑衣迟。海中仙果熟,雪里青山老。娱白发,麻姑麟脯安期枣。　　堂上孙常抱。反哺同乌鸟。贫亦乐,仁为宝。弄獐休写错,怀橘应归早。请所与,洗儿钱付西邻媪。

满江红　题悔庵小影,和元韵二调

才子风流,闻乙夜、重瞳曾许。桃林塞、射生击鹿,为东道主。油幕忆觞孤竹月,紫骝厌踏卢龙雨。且归休、花径更三三,堪游处。　　鸡豚社,吾能与。

应刘宴,人延伫。羡歌场新拍,骚坛雄踞。裂石穿云吹铁笛,陈诗说礼鼍鸣鼓。啜其醨、车畔有三驺,呼之语。

其二

老友相于,伤往事、江潭杨柳。同屈指、垂垂半百,昔童今叟。剪韭烹葵谐凤约,嘲风弄月谁称首。五湖船、恰受两三人,能携否。　　莫闲却,弹筝手。好缄着,悬河口。对门前亭树,梅妻鸠妇。生食何须求五鼎,雄心只合浇醇酒。笑封侯、绛灌巧乘时,元屠狗。

水调歌头　题翁子霞梅花书屋图

风日江村好,绕屋有梅花。闲来倚阁高望,山尽吐平沙。千尺乔松盘屈,三径柴门静掩,人道是仙家。幽涧历冰雪,偏照影横斜。　　红药院,紫薇省,漫矜夸。黄粱唤起痴梦,领受此烟霞。且办隐囊纱帽,健在棕鞋篛笠,闲试六班茶。坐卧暗香里,一笑读南华。

贺新郎　题汪尔张画

远嶂云千叠。望层峦、空烟半卷,似明还灭。上有清泉飞一道,最可解人炎热。石锁处、溪流如咽。下有杉松迷小径,挂潺湲、树顶悬晴雪。鸿濛后,气犹结。　　谁人识得逃名诀。向深山、结茅种竹,人迹俱绝。恶木丛中行已惯,不怕门前虎穴。闲处听、杜鹃啼血。若向画图呼欲出,想斯人、肌骨真清彻。长往者,是豪杰。

贺新郎　题郎官山雪霁图,赠陈伯驺

黑雾迷南裔。赋归来、公平无渡,重关昼闭。漂泊天涯共啸咏,诗律少陵偏细。狂欲叱、高岑奴隶。寒夜饮酣空八极,检奚囊、酒脯当除岁。山水癖,暂留憩。　　远游可耐风尘际。忆家乡、数峰明灭,郎官青髻。袍笏堆床推望族,旧是江田门第。还不少、绿瓜丹荔。飓母波恬潮信小,倚危楼、松竹交戏。

蔽归去,梦雪初霁。

南乡子　题画

幽涧却红尘。石上长留草木春。万壑千岩回合处,嶙峋。莫遣渔郎更问津。　宠辱总非真。鸡犬桃源好卜邻。似我余生甘采药,前因。梦里卢生解笑人。

点绛唇　题画

新绿无边,结茅欲傍长林住。钓船归去。家在烟生处。　不是高人,肯走荒村路。深深渚。桃花千树。檐角零星雨。

满江红　题梁冶湄柳村渔乐图

碧树清溪,孤亭外、汀沙纡曲。闲家具、笔床茶灶,渔舠如屋。湖上纶竿惟钓月,盘中鲈脍全堆玉。晓烟深、杨柳蘸晴波,村村绿。　朝露泣,连畦菊。细雨洒,垂檐竹。有青蓑可着,短衣非辱。缩项鳊肥春水活,长腰米白江村足。醉香醪、船系夕阳斜,眠方熟。

蔡翥　1首

字雏文,江苏吴县人。曹尔堪侧室。善画兰竹,能诗词。有《宝砚斋词》。

行香子　题画美人

谁向冰绡。淡写轻描。新妆巧、杨柳纤腰。云鬟叠叠,绣带飘飘。又眼儿媚,眉儿秀,脸儿娇。　有个妖娆。曾得相遭。细思量、何处逍遥。料应今夜,月下吹箫。在梅花溪,桃花岸,杏花桥。

王豸来 1首

字古直,浙江钱塘人。康熙十年(1671)游京师,与曹尔堪、周在浚、宋琬等唱和。

贺新凉 题周雪客像

眉戟髭微卷。记当初、风流年少,春秋易遣。旧事茫茫蓬鬓改,衣袖啼痕频泫。心上轴,女轮缲茧。却倚长松雄顾盼,拟羊裘、东海垂纶浅。钓鳌手,而今展。　　传经曾傍门墙显。自从游、题诗读画,栎园齐扁。共子饮醇相对久,虎豹岂同羊犬。刘蕡涕、何时得免。且与悲歌燕市酒,慕平原、醉客书都典。生花笔,谁能剪。

陆求可(1617—1679) 1首

字咸一,号密庵,江苏山阳人。顺治十二年(1655)进士。授裕州知州,入为刑部员外郎,升福建提学佥事,转布政司参议,未上任而卒。有《月湄词》。

雨中花慢 美人图

一幅鲛绡,写照如生,不知名媛何人。但嫣然欲笑,窈窕传神。仿佛帘前顾影,依稀花底回身。是倾城尤物,螺黛凝羞,环佩无尘。　　赵颜软障,灰酒盈樽,临风频唤真真。浑不比、崔徽小卷,魂断朝云。两点秋波注意,半弯罗袜生春。可能学得,画屏游女,闲踏花茵。

邓汉仪（1617—1689）　1首

字孝威，号旧山，江苏泰州人。博洽通敏，尤工诗，与太仓吴伟业主盟风雅者数十年。康熙十八年（1679）举博学鸿词，授中书舍人，未就辞归。著有《青帘词》。

过秦楼　题陈迦陵填词图

燕作轻身，莺翻巧舌，庭院总无人到。闲抽湘管，小拂蛮笺，此际心情殊好。正尔仿佛周辛，几许端详，巡檐侧帽。忽柳边花下，煞是销魂，难为怀抱。　　细看他、绿鬟修蛾，亭亭独立，别有烟姿玉貌。故拖翠袖，斜倚红栏，微露风前指爪。应把乌丝丽词，吹入琼箫，声声低叫。只如今、频唤真真，收拾夜词稿。

宋征舆（1618—1667）　1首

字辕文，别号佩月主人，江苏华亭人。征璧从弟。少负才藻，工诗文，与征璧有"大小宋"之目。又与陈子龙、李雯等倡义社，时称"云间三子"。顺治四年（1647）进士，仕至都察院左副都御史。有《海闾倡和香词》，并与陈子龙、李雯合撰《幽兰草》。

鹧鸪天　题画

妆束分明是内家。绿云初绾倚窗纱。水晶帘底悬秋月，云母池中浸碧霞。　　红袜小，翠裙遮。微风摇漾一钩斜。无端记得春深浅，独向空庭数落花。

尤侗(1618—1704)　14首

字同人,号艮斋,晚号西堂老人,江苏长洲人。顺治五年(1648)以乡贡除永平府推官,坐挞旗丁降调。康熙十八年(1679)应博学鸿词,授翰林院检讨,纂修《明史》。著《西堂全集》,有《百末词》六卷。

如梦令　题王阮亭雨花图

晏坐袈裟垂地。玉蕊从空飞坠。摩诘转王维,天女自然游戏。如是。如是。应证雨花三昧。

浣溪沙　题陈其年小影

侧帽轻衫古意多。乌丝襕写懊侬歌。红儿解唱定风波。翠管吟残浇一斗,玉箫吹破敛双蛾。酒阑曲罢奈髯何。

浪淘沙　题刘六皆桃源图

红树满青山。涧水潺潺。烟霞无恙洞门关。前度刘郎今又至,绿鬓微斑。花下倚双鬟。一笑追欢。胡麻屑饭劝加餐。莫学淮南天上去,鸡犬云间。

鹧鸪天　题吴冰仙画

拂水佳人堕马妆。春来响屐满横塘。绣襦甲帐无消息,暮雨潇潇空断肠。笔翡翠,砚鸳鸯。吴绫三尺写红窗。青山碧水无人处,乱点桃花赚阮郎。

踏莎行　题周宝灯坐月浣花图二首

坐月青莲,浣花工部。闺房之秀兼佳趣。燃脂写出丽人行,风鬟雨鬓姗姗步。　碧杜红兰,明珠翠羽。药房移傍湘君住。可怜荡子不归家,长吟荡妇秋思赋。

其二

放诞文君,风流樊素。媵人更在仓庚妒。武昌新柳自青青,生憎隔岸晴川树。　欢晕红凝,愁眉绿聚。幽情难向狂夫诉。莫携此卷渡江来,津头有个兴风雨。

临江仙　题汪蛟门锦瑟图

二十四桥佳丽地,砚斋十二平分。江郎梦笔助奇文。情深聊尔尔,才妙漫云云。　二十五弦弹夜月,花间锦瑟横陈。春风鬓影看文君。一窗三妇艳,谁雨复谁云。

渔家傲　题沈关关绣顾茂伦濯足图

我梦吴江烟水皱。纶竿拟挂垂虹口。不道逋翁濯足久。枕且漱。沧浪一曲天如斗。　深院玉人闲谱绣。粉香妙写溪山友。宛转彩丝盘素手。林下秀。小名独占毛诗首。

满江红　生日自题小影二首

铸错难成,空赢得、白头如许。君不见、此中有鬼,英雄无主。世事梦回关塞月,文章泪尽潇湘雨。叹茫茫、宇宙此身多,无归处。　出岩里,聊容与。竹林下,方延伫。但看他白眼,科头箕踞。背后好遮王导扇,手中只少渔阳鼓。携一杯、自祝画图前,魂相语。

其二

甚矣吾衰，谁画出、秋风蒲柳。须信道、相君之面，不过村叟。车盖鼓吹今梦觉，空山晏坐搔童首。问何人、不着鵕鸃冠，惟君否。　　且避暑，频挥手。谨谢客，休开口。只先生生日，归而谋妇。半臂才更一斗面，百钱恰买三升酒。对此君、烂醉仰天眠，看苍狗。

念奴娇　即席次文出猎图和梅村韵

是何年少，向长城饮马，沙场结客。台上呼鹰垆下醉，尚弄数行题墨。投笔归来，东山射虎，大羽犹能没。画图留取，黄云万里秋色。　　我亦蛮府参军，短衣长剑，喜逐将军猎。回首卢龙成旧梦，变作阳关三叠。仰屋看书，叩门乞食，恨少朱家侠。相逢痛饮，头颅如许堪惜。

沁园春　题蛟门三好图

咄咄汪生，少年行乐，三好兼全。只饮酒离骚，便称名士，吹箫弄玉，定作神仙。椽烛隃麋，远山丽竖，小宋风流剧可怜。谁消受，疑梦游蓬岛，醉享钧天。　　画图到处流传。得饱看红妆也有缘。但酒癖书淫，恐妨万事，歌残舞散，难驻千年。仆病停沽，吾衰畏解，文籍先生高枕眠。君休笑，是有虽可喜，无亦欣然。

沁园春　题五苗图

梁玉立大司农梦仙人送《五苗图》，既得一子，遂以五苗名之。令方邵村补画焉，而征予词。

望气佳哉，蕉林书屋，得宝隋和。看皋庑家声，天边台斗，彩鸾国色，地上姮娥。玉燕投怀，石麟露角，更胜珠哥与户哥。征兰梦，记五苗丝绣，玉叶金柯。　　不惟孔释摩挲。有后稷携来瓜瓞歌。算学士文章，原名陶谷，将军勋业，也号田禾。左握干戈，右持俎豆，何似堂封万石多。询占者，是翁官农父，儿取高科。

沁园春　题孙赤崖携孙小像

万里归来,管宁无恙,吾谷闲行。但觅取虎头,传神阿堵,携将麟角,绕膝如馨。君善秦声,妇能鼓瑟,画里家山聊遣情。相尔汝,惟日沽一斗,笑看三星。　十年辽海飘零。曾短布驱车铁岭城。记汉殿凌云,马卿献赋,梁园雨雪,枚叟谈经。阊阖天高,巫阳梦远,仆亦悲歌泪满缨。空凝望,叹王孙桂树,芳草青青。

百字令　题竹坨图

竹坨何在,在长芦村曲,碧云深处。中有幽人歌独宿。常与此君同住。茅社三间,篷舟一叶,五柳门前树。著书满架,小园庾信堪赋。　犹记燕市追游,瀛台爆直,春梦今非故。回首长安天际远,不觉青山日暮。留此丹青,剩予白发,抚景聊容与。他年相访,小楼重话烟雨。

赵进美（1619—1692）　13首

字韫退,号清止,山东益都人。崇祯十三年(1640)进士,官少参前给事中。顺治初补太常博士。康熙十八年(1679)荐举博学鸿儒,不遇。二十三年罢职归。三十一年卒。有《清止阁诗余》。

菩萨蛮　缝裳

兽香不断红茵暖。绣筐彩线香中展。银尺隔窗声。莺啼小院晴。　吴纨轻似雪。玉手还同洁。何处最宜时。沉吟落剪迟。

桃源忆故人　调鹦

黄鹂对啭纱窗曙。初罢远山眉谱。女伴相邀同去。卷袖调鹦鹉。　　昨宵淡月朦胧吐。屏外栏深几许。遥识萧郎行处。为听枝间语。

山查子　吹箫

雕栏百尺悬。玉树微风起。深夜紫箫声,璧月凉如洗。　　悠扬峡路猿。呜咽清溪水。余响逐行云,乱落秋空里。

谒金门　浇花

风漠漠。欲雨轻云还阁。睡损晓眉山一角。倚栏春袖薄。　　唤起小鬟梳掠。百尺铜瓶双索。为洗窗前红玉颗。梢头珠乱落。

少年游　翻书

檀栾修竹,葳蕤小径,屏影落红塘。湘帙初开,缣光如雪,纤指粉痕香。　　绿鬟并靽金蝉重,细语映鸦黄。檀点新词,线萦奇字,佳处两三行。

醉落魄　望月

木犀小院。碧云夜静孤轮满。乱红送影湘裙展。六曲屏山,翠幕重重卷。　　曲尘袜薄苔痕软。画楼咫尺清光远。水沉香尽归仍懒。绣被人寒,不共金凫暖。

青门引　烹茗

绣带柔风揭。试碾碧旗春屑。芭蕉阴碎月微明,松脂声细,玉蕊浮香雪。

银床夜冷铜壶咽。露湿双鬟怯。一枝钗影斜动,愁峰暗被金瓯写。

山花子　晓妆

银蜡初销宝鸭浓。起来珠袜褪酥胸。细数枕痕残婪远,剩轻红。　　双启螭奁交翠影,半欹蝉鬓卸金虫。户掩虾须寒未减,杏花风。

浣溪沙　学书

冷蕊含香覆画橱。砚冰初解紫蟾蜍。薄寒偏着藕丝裾。　　绣缕戏拈班女赋,银钩娇试卫娘书。羞将难字问狂夫。

忆汉月　调羹

入眼繁花如绣。池院绿阴清昼。松声宝鼎试汤初,色乱银匙纤手。　火融香渐透。便锦带、莼丝如否。倩郎权作小姑尝,欲语仍低首。

甘草子　春游

晴色。飞尽柔丝,烟树还如织。莲袜约同游,并印芳尘窄。　　罗袖幽香风吹息。笑纨扇、初拈无力。独倚池栏步仍涩。水面红棱掷。

诉衷情　采莲

杏衫小桨縠纹长。斜日半横塘。折花比人,双靥浅笑并生香。　　沙鹭静,水风凉。损红妆。叶倾碎玉,藕系柔丝,粉坠空房。

谒金门　采莲

风力紧。吹散半川香粉。翠盖拥波波似锦。画桡分叶进。　　共指鸳鸯睡稳。笑入双涡红晕。浣女乍逢还借问。横桥归路认。

张网孙(1619—?) 1首

字祖望,号秦亭,浙江钱塘人。工诗词,"西泠十子"之一。康熙三十九年(1700)尚在世。有《张秦亭集》。

苏幕遮　题叶桐庵为予写秦亭高隐图

乱峰前,斜日下。有个茅亭、构得真幽雅。试问何人身在画,一部虬髯、戟戟苍松挂。　树疑秋,云似夏。流水高山、不用琴音写。桥外行来谁隐者,酒社诗坛,又早相寻也。

吴秉仁　1首

字子元,号慎庵,浙江山阴人。吴绮从兄。著《慎庵词》《摄寒词》各一卷。

渔家傲　题寒江独钓图

淼淼空江人影瘦。扁舟风雪寒威骤。月上烟波鱼觉否。明似昼。投竿水溅蓑衣扣。　倒插天光摇北斗。梅开远岸奇香透。击楫放歌浑未就。篙一溜。涛声误认江城吼。

吴绮(1619—1694) 30首

字薗次,号听翁,别号红豆词人,江苏江都人。清顺治拔贡,授中书舍人。奉诏谱杨椒山传奇称旨,出守湖州知府。人以"三风太守"称之,谓其多风力、尚风节、饶风雅也。

罢官家居，凡慕名索诗文者，以花木润笔，不数月而成林，因名种字林。有《林蕙堂集》《艺香词》。

醉太平　题醉仙图为念因寿

颠耶其仙。圣耶其贤。人间龌龊堪怜。向醉乡且眠。　歌乎有弦。吟乎有笺。糟邱长据千年。其谁曰不然。

醉太平　题抱膝看云图

河山眼前。云霞足边。故乡一望依然。彼黄冠者仙。　匆匆两丸。苍苍九烟。白衣变幻堪怜。向南阳且眠。

太平时　题前山欲雨图

春到江南柳花多。曲尘波。刘郎浦口唱渔歌。好婆娑。　一片前山刚泼墨，晚云拖。呼儿料理旧青蓑。看如何。

减字木兰花　题何奕美小照

传神阿堵。此是何郎须认取。莫浣征衫。嵇绍当年血尚斑。　树犹如此。百尺亭亭谁可拟。赋就新诗。东阁梅花又一枝。

行香子　自题小像

乌帽华颠。酒眼诗肩。这形容、不称貂蝉。何须计较，且自随缘。去登弁岭，过霅水，泛苕川。　平生放宕，都无系恋，只难忘、红袖风前。春来结伴，谁与流连。且同侠少，寻醉叟，学顽仙。

行香子　题读易图

西府中枢。剖竹分符。春梦后、一事都无。传神阿堵,似者谁与。是少狂客,中傲吏,老潜夫。　一曲红幺,三生翠袖,天知道、诗酒吾徒。晚年学易,忏悔消除。有遁之六,渐之二,履之初。

水调歌头　题汪蛟门舍人少壮三好图

事势偶然耳,郁郁亦奚为。只须如此行乐,美酒与蛾眉。更有奇书千卷,自谱新词一曲,宁问古人谁。吾愿聊尔尔,君且待迟迟。　槐堂上,薇省里,暇应稀。平生嗜好,安得终日不相违。事业已输公等,诗酒应还我辈,此论未全非。请并抛缃帙,醉拥雪儿归。

沁园春　想想园为坦夫题

乐安廷尉新斋先生,志托烟霞,有怀未遂,图为想园,聊以寄意也。坦夫复作想想园,盖于缥缈之间,存堂构之思,其为想也,益悲而远矣。夜雨当杯,漫成一阕。

金谷楼空,玉津园废,恨满铜驼。记据梧南郭,赋成乌有,种花西圃,乡号无何。自为羲皇,不知魏晋,此事凭教春梦婆。苏门路,叹回车腹痛,吾又经过。　翟家雀散空罗。生子谁如仲也多。向堂中听雨,徒怜载酒,湖边对月,还忆闻歌。旧业都非,故书犹在,若有人兮带女萝。仍长叹,慨当年结想,未遂岩阿。

沁园春　题友人照

夫子为谁,曰郑当时,抑郑康成。向梅花阁上,诗同水部,菊英篱畔,酒似渊明。三径长开,百城独拥,笑倚南轩七尺屏。天然处,有点苍翠色,月白霞青。　葛陂偶尔闲行。问醉踞平泉复几曾。爱狮蹲虎伏,群峰耸秀,龙衔螭绕,九节能轻。天与宫商,地资邱壑,耐久交情画未能。吾还羡,羡欧公白傅,曾主斯盟。

鹤冲天　题钱葆酚舍人小像

采花陆渚,客梦来寻处。春晚得吟笺、相思句。山阴拿一叶,别馆临、秋留住。画里人堪侣。烟波点染,宛在绿蘋苍苎。　金华早暮,起草催君去。肯任把白石、溪中煮。且鸾台凤蜡,细数尽、铜龙雨。鉴湖他日,许长条系艇,着我共倾幽绪。

一剪梅　题染香阁贴瓣梅花

梦断罗浮玉作尘。谁认前身。难认前身。美人夙世是花神。意到成春。手到成春。　看来点点尚鲜新。雪也如真。月也如真。不须憔悴怨黄昏。返得香魂。返得愁魂。

临江仙　题金夫人画盗盒图

雪夜烧灯浮绿酒,西园宾客重来。扫眉人有不凡才。笔床翡翠,妆罢写幽怀。　儿女英雄谁复问,人间多少尘埃。解围闲煞小金钗。神仙来去,一叶坠庭阶。

减字木兰花　题家介兹照

五都惊见。李白轩轩霞一片。季重何人。风雅如髯果绝伦。　萧萧黄叶。此际幽怀谁可说。同是延陵。相对还须酒数升。

菩萨蛮　乍遇

咏青溪遗事画册,和程村韵。

落花欲定风吹起。惜花人在东风里。飘扬金缕衣。相逢燕子飞。脸儿才半见。恨煞齐纨扇。绀蝶与黄莺。输他春一双。

菩萨蛮　弈棋

碧阑干外安榴吐。金笼午倦呼鹦鹉。光景剧争棋。一枰花影迟。小姑旁袖手。夺角防开口。睹却玉钗儿。嗔输半子时。

菩萨蛮　私语

空庭落尽梨花雪。同行最怕分明月。眉黛翠连娟。含情悄并肩。盟深宵未倦。香吐唇脂茜。低嘱莫教闻。鹦哥解语人。

菩萨蛮　迷藏

招邀女伴东邻近。小家碧玉初拢鬓。作弄各潜藏。银床花影凉。钗防珠网逻。深向湖山躲。惊鸟动花枝。拖将绣藕丝。

菩萨蛮　弹琴

晴蟾绿浸梧桐叶。微风午夜消寒热。双璨对人弹。冰香袖口寒。金花明宝串。一曲离骚怨。有客本浮湘。今宵觉漏长。

菩萨蛮　读书

萧萧夜静鸣窗竹。翻书爱与郎同读。难字故撩人。红丝记问频。娇羞郎对面。句涩伴遮扇。把卷一回头。茶倾笑未休。

菩萨蛮　潜窥

梅花千树围香雪。水晶窗掩多情月。烛影坐羁雌。谁知郎暗窥。　　饼金应用惯。赢得红绡看。羞颊动春潮。低头堕凤翘。

菩萨蛮　秘戏

龙须方锦弹香玉。鹧鸪枕侧云鬟绿。金蒜不能垂。巫山匿笑时。　　屏摇金屈戌。那得双眸觑。拼老此乡中。温柔伴小红。

巫山一段云　题倚梅美人图

影静知春早,情多耐晓寒。亭亭袅袅怕成残。肯去倚阑干。　　独爱香无那,同怜瘦欲删。黄昏只许月平安。蜂蝶不教看。

浪淘沙　自题收纶图扇头小影

钓罢且归欤。拂取珊瑚。欲将不义饵鳌鱼。满眼风波皆若辈,坏了江湖。　　留着净菰蒲。稳啖莼鲈。从今不去踏泥污。笑问客星伸足夜,醒后何如。

鹊桥仙　题嵇留山抱犊图

南阳禾黍,汉川桑柘。多少英雄狼藉。歌残白石荷锄归,如此客、何为田舍。　　一笛吟龙,双鬟飘麝。挂角汉书初卸。青山斜对玉山颓,须认取、而叔夜。

醉垂鞭　美人戏马图

扶上翠鬟松。风吹处。衣香度。频取绣裙笼。红遮玉一弓。　　金鞭休更打。和衫把。过花丛。莫便系青骢。行云向楚峰。

武陵春　题扇面小景

罨画溪头春事好,烟雨绿无边。若有人兮或似仙。仰卧看青天。　　叵耐乱山都送翠,堆满鸭儿船。载向城中换酒钱。人笑老渔颠。

临江仙　题睡起宛然成独笑数声渔笛在沧浪图

世事大都堪洗耳,只须枕向清流。茅亭竹户小如舟。北窗无一事,睡足五湖秋。　　看尽风波心转定,梦随山雨初收。笛声何处起群鸥。渔郎还笑指,斜日乱山头。

鬓云松　天圣寺管夫人画壁

城□□天圣寺,乃□时古刹也。左壁为赵孟頫夫人管道升画竹,婵娟秀媚,露叶风枝,饶有逸致。空处孟頫作枯木瘦石以补之。今经四百余年,墨色完好。予常过憩寺中,爱玩不能去。命僧以赤栏护之,拈《鬓云松》,以状夫人拈笔时也。

几竿风,数枝月。写在银墙,似影摇晴雪。想见当年情思别。京兆眉余,兔管还轻搦。　　木杈丫,石古拙。几笔天然,巧补湘娥缺。承旨风流今未绝。那得妆成,好句同吟彻。

满江红　为尤侗题竹林晏坐图

骨相如斯,君休认、林间巢许。怪早向、东皋返驾,为松菊主。塞马不归燕市月,荒鸡共舞巴山雨。笑英雄、冷落付樵渔,家何处。　　同病也,惟吾与。合志者,还谁仵。只水哉亭子,当风而踞。高手且笼观局袖,急流暂弄回帆舻。把离骚、醉读向西江,呼天语。

其二

碧镂红牙,有谁是、当今秦柳。共说道、挂冠归去,人称漫叟。孤竹祠边乌长角,大槐宫里貂笼首。问年时、豪气可曾除,君言否。　　天付与,凌云手。人罕及,粲花口。尽蛾眉谣诼,任他群妇。楚泽好栽君子竹,汉书合下贤人酒。待华阴、山上乎先来,骑龙狗。

茅麟　1首

字天石,浙江归安人。工山水、人物。有《溯红词》。

凤凰台上忆吹箫　题女士王端人画月下芙蓉

夜雾沉花,寒烟浮水,谁将此景经营。怪淋漓笔墨,弱腕偏能。写出文君双脸,微掩映、满月疏星。天然妙,从他黯淡,未许分明。　　多应。红余搁管,费几许柔肠,怕损芳名。总不由粉本,独撰空灵。暗想图成凝睇,私自喜、一段骄盈。还愁我,秋风茂陵,孤负惺惺。

赵维烈　1首

字兰舫,号承哉,上海人。少即载誉社中。其《历代赋钞》一选,吴绮赞为巨匠苦心之作。有《兰舫词》。

点绛唇　题画美人

一幅生绡,是谁留下妖姬影。纱窗静。自临青镜。少个人儿并。　　剪水双瞳,恰似秋波映。偏孤另。问谁相称。合受梅花聘。

徐旭旦 14首

字浴咸,号西泠,浙江钱塘人。康熙十八年(1679),历补兴化知县。移宁远,擢连平知州。殁于康熙五十二年后。有《世经堂词》。

南歌子 题扇面美人课子图

绿雨芭蕉嫩,黄金桂蕊芳。淡妆半面印秋光。一寸芳心端顾、读书窗。　教子丸熊旧,簪花染翰香。五云深处露华凉。不学玉蟾宫里、舞霓裳。

点绛唇 牡丹锦鸡图

笔代天工,春红经雨胭脂透。摹来国色,夜染天香袖。　灼灼夭桃,锦羽双拖逗。写生手。乡当独秀。一幅文明奏。

点绛唇 题画

水墨江天,濛濛野色微微树。尽堪寻句。风雪溪桥路。　一抹远山,正在模糊处。飞寒絮。抱琴归去。临水梅花吐。

恋绣衾 题画

树色参差青未歇。断岭重岗、一抹烟如画。漠漠江村寒雨乍。人家晒网疏篱挂。　门外平桥临水榭。柔橹轻帆、清啸舡窗下。远浦收竿垂钓罢。东风欲问渔樵话。

满江红　题倪引年小像

潇洒襟期,形神异、超超风格。又何论、三毫颊上,须眉欲活。箬笠荷衣能自在,芒鞋竹杖殊飘逸。小葫芦、藏得许多奇,谁人识。　　赤松子,才堪匹。柱下叟,应同列。尽河图洛数,穷搜瑶笈。脱却嚣尘无挂碍,烟霞泉石真成癖。指迷津、共说地行仙,天机泄。

满江红　题钱辱谷倚剑图

吴越王孙,手提着、七星寒铁。正少小、轻裘缓带,将军俊杰。鸊鹈霜凝天宇静,芙蓉电闪欃枪灭。慢携来、清啸倚崆峒,烟云阔。　　洗肝胆,神如月。酬国士,光如雪。呼龙泉太阿,汝知我者。管领封侯今日事,指挥如意登坛业。看英雄、毕竟画麒麟,千秋烈。

意难忘　题画

无限春光。喜蛾眉淡扫,薄试罗裳。冰肌衫袖短,凤髻缕拖长。悄立久、倦寻芳。此际奈端详。正堪怜、芭蕉绿软,欹卧思量。　　柳浓花颤轻扬。最销魂解语,别有温香。含颦缘底事,密约肯相忘。倾玉缶、贮琼浆。流水护斜阳。问卿卿,冰桃何用,以待刘郎。

凤凰台上忆吹箫　题邢子行乐图

星隐金门,风清林下,百年带绾同心。看垂纶更寻。重相羡、功名铸鼎,道德披襟。　　微吟。五噫莫和,有德曜齐眉,未乏知音。笑乾坤如芥,何处登临。又道南州冠冕,贻燕翼、名世朝簪。芳仪在,肃然台阁,千古崇钦。

贺新郎　题詹楚望小像

山径幽而曲。看石上、个侬年少,温其如玉。争道君才称八斗,何不石渠天禄。却自放、涧边林麓。辜负苍生凝望眼,问抱琴、临水知音独。君莞尔,如相复。　　纷纷世事如棋局。笑只有、支离千尺,岁寒堪卜。瀑布飞来清且冷,绝不依人之燠。且箕踞、素书熟读。多谢故人频劝勉,想白衣宰相非违俗。共领取,升平福。

高山流水　题张柱客明月夜归图

曲江风度正芳年。寄闲情、托兴山川。争羡出尘表,塊桥何处流连。仰天望、明月初圆。樵青伴、载酒寻诗韵事,浩荡无边。采名花异草,日日醉春前。　　翩翩。南徐暂栖隐,应阅尽、翠巘清泉。扶筇杖、篛冠蹑屐,潇洒婵娟。不须秉烛拨深烟。夜将禅。长啸一声山谷,应逸致高骞。赤松游定,知辟谷、学神仙。

画锦堂　题王氏嘉庆图

世业青箱,经传白凤,玉堂原种三槐。间气山川钟秀,临桂同栽。天上德星常聚井,人间眉案更和谐。萱花茂,高坐北堂,百年凤诰重来。　　筵开。香篆永,鹤鹿舞,绣衣金紫齐排。兄弟文章正始,共步瀛台。孙枝奕叶皆英妙,丝纶世掌列三台。千秋岁,长羡德门嘉庆,人醉蓬莱。

喜迁莺　题蒋玉渊驭鹿图

温其如玉,正六十平头,须眉尚绿。走向天涯,放怀宇宙,怎肯闲居幽独。更自细推物理,何用浮名驰逐。且随分,好品题风月,不教眉蹙。　　车轴。难世事,反复苍黄,君正无荣辱。清涧泉流,深林鸟语,绝胜弹丝吹竹。玉麈晋人风范,翛翛道家妆束。任潇洒,却闲携藤杖,逍遥驭鹿。

玉女摇仙佩　题画

寻芳拾翠,鬓拥云翘,妆点内家风味。阆苑名姝,蓬壶仙眷,别是一番丰致。凤传深意。觑腰袅娜,重杨斁地。香泥印、金莲浅浅,却把红绡软软低系。欲待比名花,又占名花,许多娇媚。　试看双鬟解事,手折天香,恍惚使人心醉。映面夭桃,石桥流水,宛是天台佳丽。喜参天绿杨,万千缕、绾住游丝飞舞。况馥馥、兰生芳砌,蔷薇满径,太湖石上,三生会。情知玉女摇仙佩。

张瑛　1首

字玉英,江苏泰州人。符骧妹。

醉春风　题扇头美人

孰把轻纨扇。绘出青蛾面。娉婷袅娜向花前,倩。倩。倩。一份水墨,十分摩揣。三分妖艳。　有人容可羡。昔日曾窥见。记得情娇态更妍,念。念。念。是谁家女,是谁家画,是谁家院。

吴骐(1620—1695)　4首

字日千,号铠龙,自号九峰遗黎,江苏金山县人。诸生。入清迭遭大故,遂葺茅屋山中课徒。与同郡王光承兄弟交善,以名节相砥砺。有《杜鹃楼词》。

渔家傲　题布袋和尚像

欲取世间无可取。欲与世间无可与。瞪目大千谁共语。聊负去。为谁担却闲家具。　七宝楼台堪共住。一钱接引非欺汝。长寿劫中施法雨。先听举。潜龙早吐飞龙句。

唐多令　题画月季花

月色到窗纱。蔷薇几度花。逞娇姿、四季堪夸。却笑青松缘底事,空老大,不繁华。　　红颤晚风斜。清香小院奢。蜜蜂儿、鉴赏由他。只恐花飞荆棘在,蜂再到,但咨嗟。

风入松　题松鹤图

辽东羽客本神仙。飞去几千年。重来故国添惆怅,空余下,荒草寒烟。只有青松依旧,真堪与我周旋。　　汉阳太守笔如椽。绢素写翩跹。丹青粉墨光虽黯,凌霄汉、神气常鲜。叹息云台人物,全凭图画相传。

沈谦(1620—1670)　3首

字去矜,号东江,浙江仁和人。崇祯十五年(1642)补县学,入清后嗣父业行医。笃学,好诗赋古文,尤长于词。崇祯末与丁澎等称"西泠十子"。有《东江别集》,附词三卷。

鹊桥仙　题昭时二儿画羽阶三兄小像

古松百尺,悬流千丈,挥扇解衣盘礴。玉楼金埒逞豪情,总不想、而今丘壑。　　昭儿图景,时儿图面,孺子丹青能作。老来应识少游心,当念此、及时行乐。

菩萨蛮　戏和王阮亭使君题青溪遗事画册

回塘水绿春如画。怪人游戏鹦哥骂。楼背捉迷藏。寻踪只认香。　　花间还再探。花重帘栊暗。轻嗽要郎知。潜身窥户时。

莺啼序

陈眉公先生题《娱园图》，家君命谦续填此词，用杨升庵碧鸡唱晓体。

功成解组开别业，桐鱼早占。虽通市、车马无喧，亭榭半隔村店。盟白鹭、陂塘旋买，水环沙嘴多菱芡。更千章、乔木撑空，骇日光暗。　　栋接山云，帘低野月，爱闲凭曲槛。独啸夜、深似鸾鸣，银河珠斗影淡。曲房幽、道书闲读，丹成九转神光湛。忆飞鸢、浪掷岁华，被浮名赚。　　广南文竹，衔碧嵌金，空翠摇青簟。常把钓、东湖荡漾，舟傍垂杨缆。良朋老衲，焚香煮茗清谈，直至疏钟撼。入春来、花满流莺瞰。荷钱叠叠又菡萏。任一叶惊秋，万峰雪彩奇艳。

四时闲适，颐养天和，已觉无俗念。咫尺红尘不到，苔卧绿枪，月挂玉弓，江走龙剑。诗题辋川，吴笺时砑，怪篇篇、连城无玷。饮松醪、肯负兰灯焰。漫言绿野优游，醉月迷花，补平日欠。

郭士璟 (1600—1679)　8首

字眉枢，广陵人。顺治十二年（1655）进士，官江苏常州府学教授，擢国子监助教，迁工部屯田司主事，董修天坛，出督江西九江关税。晚年痹疾归养。有《句云堂词》。

迎春乐　题独乐园图

宋家迂叟离喧处。老大有、园公趣。水边绿草桥边树。甚洛党、遭奇妒。早被此、笔临皎素。更写得、须眉欲吐。乐也无人共与，现作他身语。

玉楼春　题剪彩图

等闲歌舞腰肢怯。竞夺鲛绡分锦箧。剪刀零碎缀霜枝，西苑东园香步屟。宫中罗绮轻如叶。蚕力成丝梭力竭。谁将脂粉润成图，争得王孙开两睫。

渔家傲　题王石谷画

水墨如丝春树舞。君心移入登临所。一幅溪山一珠数。良心苦。尽君自造辛夷坞。　　斗室东风吹日晡。案头小石苍云补。坐卧绳床当竹户。防几许。等闲飞入昆仑图。

青玉案　江山女子画箑

画眉笔底铅花细。任皴点、莓苔碎。雪避云羞香欲腻。一丛瞿麦，一茳山蕙，一砚春风戏。　　伯鸾花鸟称无二。仲穆千年兰竹贵。谁道夫人闺阁气。黑兮仙骨，水兮禅意，谁敢秋风弃。

满江红　五子读书图

大义真情，算只有、五人而已。动冷笑、翻云覆雨，肺肠如魃。弱冠王孙旌白日，绮纨公子缔千里。问世情、万态等何人，甘如醴。　　荀巨伯，要终始。朱文季，忘生死。继高张同赵，俞黄诸子。手把香兰纫满露，文悲宿草壶倾涕。甚富贫、寿夭易吾，书真如史。

归朝欢　题待漏图

旧路沙痕新细草。骏马春风迎辇道。红云冉冉御沟头，貂裘侍宴驰归早。灯花清夜寐，起看星月庭前皎。戒前车，城头银箭，催报铃声小。　　济济缨佩芸香绕。宿雾初开槐影倒。名题纸尾墨方新，班荣阁下臣称老。重门应渐起，鸦飞不定惊时卯。此何图，伊人想像，振笔临丰镐。

凤凰阁　美人春画

趁新裁玉玺，滑如春水。指尖阁笔经心拟。恰见新来紫燕，飞入窠里。落几瓣、初开杏蕊。　　挼花调粉,便画刚才燕子。谁知染到剪双尾。飞来语,漫把这粉香衔矣。看洒落、何人帘底。

多丽　题杨妃新浴图

玉环来,六宫争妒螺煤。凤凰园、霓裳新曲,欢投钿盒金钗。腮边小、绛桃微晕,指尖细、白鹤灵胎。衣染蘼芜,肤凝脂雪,华清池畔一枝梅。承恩后、露沾腰彩,香气扑人怀。监宫引、荔枝争进,几骑天涯。　　报温泉、骊山脚下,梨花静夜飞来。宁王府、笛声偷弄,渔阳镇、鼓角声催。犹大姨韩,并三姨虢,小姨秦国共优俳。虽留得、离宫无恙,锦袜已成灰。画图里、呼之欲出,魂冷山嵬。

释行悦（1620—?）　15 首

字梅国,号呆翁,江苏太仓人。早年遍游广东、江西,住持理安寺。中年住锡钱塘、建业,晚归如皋舍桴禅室。有《匏溪词》。

武陵春　题看梅图

山叠水重花似雪,姑射几仙人。傲骨琼瑶解屈伸。云表没纤尘。　　坐石闲消生受者,烂熳共天真。人间草木未知因,独独得先春。

沁园春　龙若居士为余画寒匏古涧图,并惠新词,次韵

落涧银河,长柄寒匏,斯旨难扬。果水穷山断,奇争人手,原逢得意,妙忽来窗。雨骤毫端,风飘腕底,大地真灵竞泄藏。通神诀,信胸无俗物,抹去人长。　　正疑夜月空梁。将古宿家风定毕张。怪自无山色,夏云纵幻,依稀人影,春树含香。书自钟王,画由顾陆,词胜当年柳七郎。真三绝,过机校化毋,也费思量。

江城子　为秋江居士题立地成佛图

千羊杀尽血腥红。是英雄。出罗笼。不用回头,立地事成功。报道无疑同一数,刀放下,气横空。　　从来诸圣共屠风。佛难容。若留踪。更成勍敌,铁铸垒休攻。直得尧封无影象,歌一阕,酒千钟。

踏莎行　题牧牛十图

未牧

野水漫堤,寒烟塞树。回头错认来时路。可堪立地万重山,幽花细草泥深处。　　短索拈差,长鞭鸣误。怨天只叫无情暮。问人自问转多歧,春风莫负吹飞絮。

初调

角影参差,蹄声交互。隔林引领还疑虑。奈何无力出门难,晓风残月愁肠度。　　摇手知非,凝眸复顾。拿云捉雨成愁雾。虚空开口向山童,芒绳力死渠方是。

受制

猛可低回,夹生立住。皮毛尘土张惶怖。紧牵虽觉鼻绳宽,也须仔细禾苗处。　　钝置无端,欺降过度。从前差异方能去。有毫疑信且消停,那牛熟处多头路。

回首

云敛千山,风收双树。情符意合如平素。好将祖父旧田园,一犁透底耕春雨。　　箬笠休除,藤蓑谩去。寒崖枯木原多故。应思昔日泣多歧,千差万别天涯絮。

驯伏

路信难迷,津知自渡。相随来也同趋步。绿肥红瘦满平田,虽然不犯须勤顾。　日下他山,月来别浦。高歌一阕前无古。喜今牛背稳如船,要骑便跨牛无恕。

无碍

松似游龙,石如蹲虎。梅花满笛魂销午。寒山拾得笑相迎,如何竟合周郎谱。　剩水蘋芜,残山禾黍。高眠饱食牛何慕。假饶有梦绕芦花,须知不为饥虚使。

任运

是处逢渠,渠无国土。遍尘遍刹何遮护。灯笼倒跨玉麒麟,北山云起南山雨。　铁尽九州,难成大错。天皇饼子云门谱。鬼争漆桶夜生光,方知日午挝三鼓。

相忘

花鸟能言,木人解舞。谢家月下闲摇橹。等如白练冷涵空,鹭鹚独立银盆里。　水底踪由,空中头路。东西多是皇王土。些些随分纳些些,风流享尽天真趣。

独照

远水生光,遥山全露。一身天地空今古。聊将桐角逆风吹,非前牛背还家句。　玉笠无渠,烟蓑忘汝。本怀大畅寥寥我。相逢直没个众生,大虫咬杀玄沙虎。

双泯

不见人牛,那存佛祖。空生岩畔花无数。常圆似月胜寒山,光明寂照朗寰宇。　堪笑痴呆,强拘汝我。驴年撒手悬崖去。胡张黑李瓮头天,三门大汉双眉竖。

踏莎行　题介眉居士振衣千仞图

万仞峰头,寥寥独自。顶宁三髻如伊字。雄才大用并寒松,高风古韵倾人耳。　　橘大乾坤,多嗔少喜。蟪蛄朝菌春光里。掀天声利竞奔驰,□君冷眼深深底。

诉衷情　题周证山大令像

奔流砥柱法中龙。微笑古今空。忠君爱国心事,见簇簇眉峰。　　江左右,浙西东。定吾宗。留衣高谊,解带风流,一样青瞳。

孙枝蔚(1620—1687)　32首

字豹人,号溉堂,陕西三原人。世为大贾,明末散财结客,破家走江都。复习贾,三致千金,旋又散之。既乃折节读书,以诗名世。康熙十八年(1679)以布衣召试博学鸿词,以衰老不应试。授内阁中书。有《溉堂集》。

鹧鸪天　题汪季甪舍人小像二阕

图中主人独坐高阁中,复有美人于桐下抱锦瑟而立。盖季甪名其读书之阁曰百尺梧桐阁,又名其所作诗余曰《锦瑟词》,遇善画者禹生,因为作此图也。
看汝丰姿岂酒狂。少年能赋拟长杨。闲中偶爱花间集,曾撰歌词锦瑟旁。　　桐百尺,恰朝阳。影移层阁坐相当。挥毫才子何殊凤,抱瑟佳人即是凰。

其二

杰阁崔嵬势若飞。寻常俗物到门稀。乍疑太乙燃藜处,欲认湘灵鼓瑟归。　　行乐耳,莫相讥。妇人醇酒岂全非。承恩更上丝纶阁,却别梧桐看紫薇。

鹧鸪天　题徐原一翰林小像

玉署深严令闻驰。珠庭犀角好丰姿。见山楼下相逢处,似共浮丘揖袂时。
蕉静对,卷长披。从今更语虎头知。一门鼎甲朝中少,补写荆花烂熳枝。

鹧鸪天　题蔡九霞小像

彩笔曾将气象千。布衫芒屩着何年。自言弥勒同龛坐,更胜无怀与葛天。
颜沃若,意悠然。余生惟愿老林泉。其如狗监知名姓,新奏凌云殿陛前。

好事近　题韩醉白小像

作达不曾迟,双眼懒施青白。但向醉乡深处,养少年颜色。　　双龙会合定何年,长剑过三尺。世上几人知我,许红裙相识。

少年游

题鲁紫漪小像。图中主人袖剑,旁有侠客三人、艳妾一人,同立霜叶树下,似与之谈剑术者。

园林佳处手曾携。红叶正如斯。新来宾客,鹰扬虎视,借问是伊谁。
自从烽火惊双眼,笑迂腐只吟诗。出袖铦锋,能藏脑后,群侠让蛾眉。

西江月　题马图求孝廉小像

共爱鹅池笔墨,谁钦龙卧丰姿。壮怀先被虎头知。写出南阳稿子。
麈尾清谈何益,隐囊闲致非宜。能兼将相是男儿。肯只骄人青紫。

忆王孙

题刘六皆舍人小像。图中美人手折兰花一枝,六皆正襟危坐,手持书卷,意殊不相顾盼。又有侍儿抱琴囊立于侧。六皆同年汪蛟门为作《减字木兰花》词,颇涉嘲谑,予特反其意作《忆王孙》二阕。

拈花人不让芳兰。相对终朝手一编。看作风流恐误看。赏音难。琴在囊中久不弹。

其二

侍儿应怪主人迂。乐事从来只读书。辜负兰香喷鼻初。惹轩渠。不信鸳鸯胜蠹鱼。

踏莎行

陈其年赠王西樵司勋词有云:"才子为官休亦好,弟当荷筱兄携杖。"西樵深佩其语。萧尺木因为作图,西樵属予题之。

磨蝎宫中,南柯郡里。才名官爵浑如此。归来那用洛阳田,秋风又报鲈鱼美。　　阳羡诗人,芜阴画史。他时相见应狂喜。古来林下少人行,急流勇退先生耳。

其二

璩场齐肩,机云并齿。乌衣甲第烟霄里。新诗多半咏田园,一门高趣谁能比。　　官舍联床,家书数纸。惊心聚散十年矣。高人出处略相同,出山常是无钱使。

踏莎行　题家涵中小像五幅

东湖垂钓图

脚底波清,眼中天碧。平生懒入王侯宅。菰蒲深处便开怀,钓竿何必长千尺。　　自笑吾身，乾坤踢踏。飘零已是头全白。不知范蠡肯相怜，许为虾菜船中客。

其二　饮酒读骚图

太白风流，灵均著作。两贤万古鸡群鹤。余人碌碌耻相师。寻尝自怪吾轻薄。　　手把离骚，口衔杯杓。何妨任意成哀乐。轻将此事让吾兄，谁知小弟心中怍。

其三　台山远望图

若问先生，公和苗裔。辞乡久筑淮南第。小山桂树尽怡情，回头只爱台山翠。　　曹霸丹青，有人能继。解衣兼识萧然意。生绡写出老龙身，与君鬓色青无异。

其四　虎溪濯足图

故里难忘，虎溪风景。垂杨绿覆春塘静。澄澜不比浊沧浪，何妨咏史词同警。　　高士从来，爱身及胫。红尘深处看如骍。不曾失脚踏横流，谁言濯足污清冷。

其五　铁杖芒鞋图

铁杖芒鞋，高寻福地。尘中那得人同志。青山到处可容身，镜湖不要君王赐。　　绕膝熊罴，盈窗兰蕙。何曾婚嫁伤高致。向平只是可怜人，相逢岂肯兄相事。

渔家傲　题徐电发枫江渔父图

枫叶黄时天似水。图书堆满船舱里。不共诸侯分邑里。吾欲拟。笔床茶灶天随子。　　辟世江湖非得已。干戈争斗何时止。钓得玉璜心自喜。时至矣。掷竿早为苍生起。

其二

何日新投渔父社。题桥才大如司马。眉目偶逢高手写。尘俗寡。细看丰度真闲雅。　　不得一鱼何谓也。智谋肯出任公下。笠子遮头凭雨洒。无苟且。奴颜婢膝先生骂。

千秋岁　题陈元水小像,图中手携二子。

江湖伴侣。曾向樽前遇。年老日,怜童孺。如来亲抱送,孔子还相顾。看膝下,而今又倍徐卿数。　　文选精如杜。莫为传经虑。从此后,高门户。携临青玉案,引上青云路。谁可比,将雏凤在梧桐树。

其二

发今垂素。莫只歌行路。宽买宅,多栽树。勤书长统论,更卖相如赋。钱到手,酒家不可都持去。　　海内争相慕。车马朝朝驻。儿问姓,曾无误。敢题凡鸟字,能答杨梅语。方信道,满籯何用金如许。

意难忘

刘六皆舍人偶读曹唐洞中赠答诗,适坐客有善丹青者,因"天台采药是君家"故事,遂采诗中"愿得花间有人出,不令仙犬吠刘郎"二句,命作图并写小像。于此景之前,自题曰《采药图》。

采药何年。正东封议草,西省催班。花香兰殿外,鸟语凤池边。临玉镜,惜朱颜。朝罢忽凄然。似白公,心头眼底,诗酒双闲。　　云中吠犬声传。比鹊桥成处,却噪乌鸢。淮王收不得,萧史恐难前。警玉女,出桃源。相见话良缘。问此来,汲书孰定,汉史谁专。

青玉案　题刘六皆舍人小像

自题曰《传经图》,图中天禄阁高入云中,下有二童子负书并立。

君家自古家声赫。曾阁上、翻书籍。看尔传经真上策。宗文宗武,纵然不懒,文选终何益。　　双僮清绝难诃责。书在肩头意偏怿。所喜门前无俗客。牙签满架,佳儿能读,此福天应惜。

满江红

题朱锡鬯处士小像。锡鬯有归耕之志,因命戴苍湄为作《烟雨荷锄图》,索予词。

管乐肩头,长卸却、乾坤担子。怪造物、从来颠倒,英雄如此。始觉敬通笺可玩,只看蓑笠身难比。每遭逢、烟雨偶然间,功成矣。　　羞载贽,宁操耒。羞从猎,宁于耜。问先生门第,云同栗里。晋室勋臣司马后,祖孙出处名齐美。想同行、此路岂无人,桃源里。

其二

万里曾游,尘扑满、东西南北。却走向、三家村里,披蓑戴笠。携手同行人最少,北风雨雪催归急。访椎牛、屠狗昨豪贤,无消息。　　这边路,黄狐立。那边树,玄猿泣。愁独行踽踽,如何去得。馈肉君能麾道济,买山吾岂须千顷。莫便言、沮溺耦而耕,今难及。

满江红

题宣州老兵荷戈遗像。姜贞毅先生如农给谏,自号宣州老兵。

一代完人,曾含笑、轻投魑魅。叹往事、朱云折槛,遭逢难两。宰相岂容林甫辈,谏官须作龙逢党。笑当关、虎豹亦何为,头空仰。　　凭血溅,彤廷仗。凭肉烂,鸾台长。荷天王明圣,殷商之上。陟岵嗟予谁忍读,执殳伯也犹堪仿。问笼头、边帽是何人,黄门像。

沁园春　题想园想想园图

家新斋先生举进士,仕为大理评事,以清白传家,尝拟构一园,久不就。有友陈涉江侍御为作《想园图》,盖仿文衡山《神楼图》遗意也。先生殁后,令嗣坦夫追慕先志,更命为想想园。吴梅村祭酒、宋荔裳观察皆为文记之,四方同人题咏最盛,况予追随乔梓,唱和埙篪,实为荣遇,敢独默焉。爰赋《沁园春》

二阕,书之卷末。

颇笑吾徒,环堵萧然,此外何求。只花生笔底,堪名解语,草成枕上,足号忘忧。广厦千间,总容寒士,何异香山万丈裘。不知足,更愿逢酒帝,封醉乡侯。　　吾宗前辈风流。也台榭惟从卧处游。纵官于南海,越装全少,贵为齐相,婴宅长湫。只似鹅笼,还同蜃市,五岳胸襟小九州。真奇想,论洸洋自恣,复类庄周。

其二

俗尚繁华,州号轻扬,砥柱伊谁。恨招魂何处,悲深弟子,趋庭已矣,痛绝佳儿。我亦当年,登龙之客,共对丹青有所思。回头处,奈楼台无地,廉吏难为。　　应同手泽看之,冀魂魄千秋尚恋斯。昔马家旧宅,改题园额,魏家旧宅,赎赐孙枝。殷鉴非遥,俭存奢失,请读前贤讽喻诗。吾多幸,问谁曾画里,两世追随。

念奴娇　题黄大宗小像

少年磊落,更兰亭竹树,乌衣门第。却爱颜公家训好,痛恶梁朝子弟。剃面熏衣,雇人答策,此辈堪奴隶。翩翩公子,俨然身在天际。　　曾忝座上称宾,狂生老矣,减尽从前慧。下笔千言看倚马,老钝愁遭英锐。绿酒论文,红灯说剑,满腹藏经济。幅巾道服,怪君何用轻制。

念奴娇

题乔石林舍人小像。图中坐拥金钗,不类石林所为。

如椽大笔,正五花分判,二麻专司。西掖归来休沐处,闲眼君王所赐。名士科头,佳人靧面,叶子南唐戏。风流跌宕,看君正出无意。　　昭明识等儿童,闲情一赋,何用轻讥议。便拥金钗无不可,忠孝不过情字。心内原无,眼中凭有,况与荒淫异。画家应爱,妆成金屋乐事。

满庭芳　题龚节孙小像

兰陵龚节孙移家阳羡,将学东坡老子,买田筑园,种柑橘三百本。作一亭,名之曰楚颂,豫为此图。

潇洒宗之,论年相似,如何慕屈怀苏。买田阳羡,种橘课奚奴。耻学荆州计利,怜秋色、要满园庐。真高兴,亭名楚颂,行乐预为图。　非迂。山水地,弦歌之外,足办吴租。问霜前三百,肯寄狂夫。说甚三王法度,只佳味、可口争须。京尘里,为君题像,回首忆江湖。

水龙吟

己未春日,遇旧江都明府骆龙媒于长安,方候补选,命予为题小像。图中趺坐洞庭石上,绕石细草初绿。

科头箕踞伊谁,相逢记在芜城里。甘棠一树,到今无恙,公曾憩此。长安道上,重瞻丰度,光阴弹指。又春风吹入,萋萋芳草,画中景,依稀是。　欲问高怀清节,但萧然、饮泉而已。赋诗初就,读书微倦,石头堪喜。无数苍生,须烦救济,牛刀再试。想名流自有,阜财佳政,且弹琴耳。

过秦楼

题陈其年小像,像作搦管填词状,一双鬟吹箫度曲其旁。

使尔填词,何人草檄,此最不平之事。须长似戟,笔快如风,故作麻姑狡狯。也觉流宕无聊,且对蛾眉,消人愁思。况方回近日,断肠佳句,是儿能记。　看从此、宫禁闻名,新成乐府,便付神仙行缀。红云捧处,紫袖垂时,召赋蓬莱祥瑞。天上闻歌归来,旧日秦娥,巧相嘲戏。愿卿如红杏尚书,情重寒天半臂。

毛先舒（1620—1688） 3首

字稚黄,浙江仁和人。诸生,工诗。与沈谦等号"南楼三子",与陆圻等称"西泠十子"。著有《鸳情集填词》。

惜分钗　题吴佛眉像

梅花瘦。芙蕖秀。比方玉貌谁先后。画帘东,素绡中。莺蝶休痴,云雨无踪。濛。濛。　伤春昼。嫌秋漏。无憀独坐愁时候。鬓边红。燕头风。眉语能描,心绪难工。匆。匆。

水龙吟　为山左王五文题像

怪他不擅奇痴,奈何辄把仙才写。龙纹光腻,乌丝点染,坐来清暇。着甚沉吟,有情无语,烟毫都化。问一时、顿有玉人两个,非耶是、还疑讶。　如许横襟逸气,美才情、风飞泉泻。沧波非渺,太山失耸,想君声价。何意身亲,唾壶蝇拂,昔年王谢。笑图中之貌,如何有此,风流蕴藉。

梁清标（1620—1691） 21首

字玉立,号蕉林,直隶真定人。崇祯十六年(1643)进士。入清历官吏部侍郎、兵部尚书、保和殿大学士。有《棠村词》。

如梦令　题画扇

一夜西风轻剪,小院幽花初绽。芳沼立蜻蜓,掠水飞来庭畔。闲盼。闲盼。秋到江南深浅。

满江红　题柳村渔乐图,用吕居仁韵

万柳藏村,人家住、白鸥溪曲。但编篱种槿,结茅为屋。门外浅汀清似练,窗前抱膝人如玉。雨才收、荡漾两三舟,冲波绿。　　堪对酒,陶潜菊。宜啸咏,王猷竹。羡渔翁妇子,何荣何辱。画阁朱门凋谢了,浮家泛宅随时足。只一竿、明月不须钱,烹鱼熟。

菩萨蛮　题画扇

板桥流水湖山靓。桃花人面红相映。唤婢采芳兰。妆成小步看。　　苔侵罗袜湿。爱向春风立。莫问落花香。当年误阮郎。

一剪梅　题画扇

翠巘遥连起白云。岚色当门。树影当门。平坡如掌静无尘。何处闲人。来访闲人。　　茅屋匡床几度春。花鸟相亲。风雨相亲。寒香一抹暗销魂。雪意三分。梅信三分。

蓦山溪　题予培侄揖石斋图

山房小构,玩世名心懒。爱片石崚嶒,伴藜榻、香炉茶碗。正襟抗手,慕海岳风流,左图画,右琴书,膹上樽尝满。　　妻孥为黍,粗粝儒家饭。二仲偶招寻,共斟酌、瓦盆瓷盏。南窗寄傲,白眼向时人,贫自乐,梦无惊,世事凭谁管。

减字木兰花　题画扇

遥汀疏柳。画舫兰桡沙岸口。小坐篝灯。堤外青骢嘶未曾。　　黄昏有约。明月芦花无定着。茗碗香炉。十样蛮笺薛校书。

苏幕遮

彭湖舟中,题弘载所藏吕半隐画册。

石林幽,茅屋小。今古丹青,举似吴兴少。蜀客移家浮玉峭。供养烟云,挥手红尘早。　　片帆轻。岚翠袭。宛委词人,携得江山到。懒瓒风流浑未杳。几幅溟濛,过眼匡庐晓。

青玉案　题扇面蜂蝶

落花飞絮游丝罥。傍若个、秋千院。凤子蜻蛉双翅颤。寻香沾粉,缀红成片。莫使愁人见。　　绿烟如织银塘漫。性癖长耽花鸟伴。苦被黄尘催鬓短。谢池春咏,滕王蝶恋。写入轻罗扇。

菩萨蛮　题画

空岩漠漠溪云起。人家茅屋泉声里。谁为写沧洲。当年顾虎头。　　冥濛潭上黑。波涌鱼龙泣。好作卧游看。江南雨后山。

一斛珠　题扇头扑蝶图

抛残线帖。金钿巧衬芙蓉颊。花间小步香生屧。凤子蜻蛉,觅遍闲枝叶。　　画眉人远肠千结。满园秋色同谁说。笑携女伴风前瞥。扇扑轻罗,恼煞双飞蝶。

南柯子　题扇面美人课子图

绿映眉痕浅,钗同鬓影斜。课儿晓起洗铅华。一任锁窗开尽、半帘花。　　续史齐班女,知书比谢家。碧苔小径静无哗。想象当年韦母、隔轻纱。

一丛花　题邗江女子画扇

白团似月复如霜。点缀倩红妆。芳心一寸经营遍,平写出、半面秋光。毫浣唇脂,墨沾衫绣,展身小晴窗。　　草花历乱暗飞香。绮翼太猖狂。肯教弃掷西风后,任出入、怀袖何妨。蝶粉存无,蜂黄退否,此际耐思量。

柳腰轻　题陶侣侄所持王生山茶蛱蝶图扇

王郎雅擅丹青笔。冰纨小,经营极。碧云裁叶,珊瑚镂翼。图出无边春色。风微度、蝶粉初匀,雨新晴、蕊痕犹湿。　　渲染黄徐堪敌。把江南、欻移河北。皎欺秋月。香生怀袖,胜赏忻同晨夕。伴挥麈、小阮风流,乍妆成、草堂萧瑟。

三株媚　题仇十洲箜篌图

茅亭连涧草。看青山一抹,白云遮了。鬖几桃笙,有翠眉红袖,浅颦低笑。寒出春纤,二十五、冰弦缥缈。密坐焚香,牙拍轻催,双鬟娇小。　　卷幔东风吹早。更萝径烟深,药栏花绕。曲奏云和,伴林中高士,瑟琴静好。江树归舟,向梦里、相逢偏巧。记取箜篌朱字,青春未老。

望江怨　题画扇

阑干小。几处金银花绽了。香入兰闺晓。东家蝴蝶飞来早。奁镜悄。莫使扑轻罗,留伴秋光好。

高山流水　题汪蛟门少壮三好图

舍人早达擅才名。写孤怀、聊寄丹青。红袖俨成行,清丝奏出新声。牙签满、图史纵横。便便腹,指点双鬟索酒,小妇鸣筝。且闲情作达,蜗角讵堪争。

飞腾。看征逐如许,浑冷落、翠黛金罍。千古有彦瑜,知己长揖为朋。世人谁醉、复谁醒。破愁城,吾衰读书恨晚,杯酌难胜。尽风流三般,总让与汪生。

渔家傲　题王烟客摹黄鹤山樵画册

文㲄吴中凋谢了。娄江留得西庐老。茗碗香炉人静好。桐阴悄。闲窗摹出山樵稿。　词客画师称二妙。蓬莱水浅乾坤小。一带林峦云浩渺。尘事少。卧游似傍龙眠晓。

喜迁莺　题陈其年填词图小照

荆溪髯客。早驾柳轶秦,英游罕匹。丝绣平原,宝装内史,廿载名倾南国。何处丹青粉本,写出石阑镂笔。高吟就,有金虫缀鬟,翠眉倚苗。　悬忆。应不让,兰畹花间,声出镠金石。红藉蕉□,锦排雁柱,□□佳人瑶瑟。少壮平生三好,潦倒词场七尺。休嗟晚,看瀛洲亭畔,重图颜色。

如此江山　题徐电发枫江渔父图

棠舟冲破吴淞水,瑟瑟岸汀苇。酒具茶铛,云蓑雨笠,载得半江秋思。尊丝信美。任满地风涛,一竿鳣鲔。荷芰裁裳,徐陵也号天随子。　詹公任父已往,中原共识汝,烟波名字。斗鸭先生,钓鳌狂客,谁绘剡溪藤里,征书一纸。为勉出菰芦,客星至矣。漫卷渔筒,黄金台更起。

凤栖梧　题兰陵龚节孙种橘图

罨画溪边园十亩。有客高怀,欲与前贤耦。种橘千林霜落后。洞庭何似丹阳守。　绀碧剖来香雾陡。摘向雕盘,好倩红酥手。当日巴邛君忆否。此中不减商山叟。

百尺楼　题汪蛟门百尺梧桐阁图

屋角碧阴浓，岩畔朱楼窅。摵摵西风一叶飞，闲倩奚童扫。　　卷幔茗烟沉，开径羊求到。手把残书岸帻吟，目送秋鸿小。

凤栖梧　题张卤臣所藏画册

万顷澄江翻石壁。一叶渔舟，横吹中流笛。漠漠闲云汀草碧。高岩飞练悬千尺。　　惊起眠鸥涛欲立。□写沧洲，道是龙眠笔。梦到五湖三亩宅。晨钟唤醒金门客。

满江红　秋日广陵萧灵曦寄画册，赋此为谢

邗上书来，平添我、小堂秋色。渲染处、烟云满纸，珊瑚架笔。驱驾河阳追懒瓒。赵家粉本今重出。向晴窗、流览顿移情，风萧瑟。　　思把臂，河山隔。开图画，如相识。早长安传遍，兰陵佳客。文沉风流凋谢久，扬州花月谁争席。老江村、傲骨不干人，耽岑寂。

宋征璧　1首

字尚木，号幽谷朽生，江苏奉贤人。懋澄之子。明崇祯十六年（1643）进士，授中书舍人，充翰林院经筵展书官。入清，用荐秘书院撰文中书舍人，转礼部员外郎，擢清膳司郎中，出知广东潮州知府。有《三秋词》《歇浦倡和香词》《宋名家词品》等。

瑞鹧鸪　题画，同辕生咏

楚王台榭自跶跶。絮性花容两暗牵。莲瓣鞋帮宜蹴鞠，纤腰裙幔称秋千。常教有泪陪良夜，只是无言过几年。谁遣倾城与倾国，一天愁恨画眉尖。

陈璘 2首

字兰修,江苏常熟人。瞿式耜媳,伯申室。有《藕花庄词》。

点绛唇　题便面杏花燕子

一夜东风,雨霏烟澹催芳草。春光渐好。红杏枝头早。　燕子归来,香径芹泥小。营巢了。画梁晴晓。对语呢喃巧。

踏莎行　题画

暖翠浮烟,寒泉漱玉。依稀樵径松阴曲。白云深处有人家,一声短笛归黄犊。　远嶂栖霞,晴溪泛绿。小桥垂柳纶竿独。柴门半启掩疏篱,落花阵阵飞茅屋。

李蒞 1首

字山颜,号寓庵,浙江鄞县人。少从王家勤学,家勤蒙难后隐居不仕。擅画山水虫鱼。

踏莎行　题画

露冷秋阴。轻烟酿雨。连天水涨迷江浦。满园芳草顿催残,荣枯始识无今古。　败叶摇风,饥禽拂羽。徘徊欲住难为住。笑他皓首入莲房,偏教引得莲心苦。

陆鼎 1首

字古公,安徽休宁人。

渔歌子 题画

清昼良宵怨百寻。无端幽思暗关心。情欲寄,自沉吟。兀坐桐阴碧浅深。

钱珵 1首

字紫曜,江苏武进人。有《白雪斋词》。

桂枝香 自题旧照

闲看旧照。更侧睨菱花,自惊还笑。凭仗丹青,认取当时年少。江郎才尽风流减,空辜负、隐囊纱帽。卿还知否,吾今渐老。输卿英妙。　忆往日、襟期孤傲。鹦鹉篇成,芙蓉剑啸。细检图中,狂态逸情都肖。如今再倩传神手,写松阴、曳杖遐眺。待十年之后,画图双展,认吾衰貌。

孙煌 1首

字次彬,浙江嘉善人。

哨遍 题半逸图

一幅林泉,几阕诗词,半逸仙翁计。漫携将,琴鹤向天涯,笑渊明、去来徒记。旧江乡,依稀往时风物,人民城郭牵离意。想竹报平安,鱼传尺素,远慰客途愁味。访春风、开遍岭头花。坐秋光夜冷,茅芦月。严子滩边,武侯田畔,似伊丰致。　谁。共可同游,野麋溪鸟忘斯世。尘满扬子宅,蒋公堂,蓬蒿矣。别自有壶天,芦中休羡,四时行乐风光霁。听夜涧泉声,晓窗莺语,柴扉无事常闭。把钓竿、暂憩夕阳西。觉蝇情、云影排空际。觑蜗名、梦见儿戏。兵戈满眼皆是,何处桃源境。挈家归隐,渔舟不到,衣服犹然秦制。笑先生老手经纶,欠诗魔、酒债而已。

张圯授　1 首

字孺子,号茗柯,江苏如皋人。顺治初,其母在乱中被害,饮痛终身不仕。有《茗柯集》。

蝶恋花　题江时化小照

图里文通心欲折。兀坐摊书,好个闲时节。阅尽古今无可说。一双冷眼浑如铁。　圆顶方袍装束别。君是何心,也断青青发。秋水冰壶应照彻。梧桐枝上三更月。

方亨咸　1 首

字邵村,安徽桐城人。顺治四年(1647)进士。官至御史。

行香子　题嘉庄农隐图

古道平冈。背郭茅堂。抱前溪、说是嘉庄。犬随馌女,牛卧斜阳。好长儿孙,数鹅鸭,课农桑。　黄庭一卷,绿树千章。拥柴门,早稻花香。浊醪在手,醉眼倘佯。看山云白,溪云黑,麦云黄。

魏学渠 3首

字子存,号青城,浙江嘉善人。少负诗才,工四六,擅书法,为"柳州八子"之一。顺治五年(1648)举人,授成都推官。值蜀中初定,招抚流亡,绥辑兵民,事事得宜,升刑部主事。历湖广学道,补江西少参。与钱澄之交谊甚深。有《青城词》。

满宫花 题仇十洲汉宫春晓图

未央春,䴔鹊院。写得官娥星粲。异香闻气不知名,叫落轻绡重玩。整金钿,牵绣幔。一片花光零乱。玉箫亲见玉人拈。仿佛听来清怨。

夜游宫 题仇十洲韩熙载夜宴图

仆射风流天与。看坠珥、遗簪无数。度曲调丝能按谱。拥名姝,向华筵,花似雾。　珠玉行间吐。曾谢却、双鬟不顾。醇酒妇人聊自许。夜何其,楚姬歌。越女舞。

夜飞鹊 题仇实父琵琶行图

浔阳送人处,芦荻飘萧。江水潆潆生涛。高樯暝色鸦飞尽,明蟾凉露沾袍。邻船陡闻弦索,渐深情似诉,鹄调鸾操。弹来清怨沧浪,万顷秋高。
传语移舟相见,罗袜许轻移,四座无器。怜煞千呼万唤,琵琶遮面,描出风骚。蘋花枫叶,向春纤、凄切良宵。只丹青匀染,青衫红袖,影动吴绡。

魏允札(1629—?) 2首

字州来,号东斋居士,浙江嘉善人。学濂子,允枚弟。清初诸生,卒于康熙中,年八十余。有《东斋词略》四卷。

念奴娇　次韵题蒋岵民小像

傲然把卷,有竹炉泉沸、相依清坐。况在林光云影底,不信是伊真个。傍壑耕烟,栖岩樵月,可见随人做。纷纷休听,怕将幽耳轻污。　　料道命合成闲,也蛾眉细画,入时偏左。亲摘松针联柳线,补就萝衣重破。孤棹江南,单车冀北,几度经催挫。醉乡逃处,金丸长任飞过。

喜迁莺　次韵题支寅臣小像

旧巢回顾。记照水影斜,元无多树。高士山中,美人林下,何况久随春去。不辞暂时抛却,身躲荔枝香处。问几遍、许梅魂入梦,云溪寻渡。　　朝暮。应识得,椰酒醉轻,每把征帆误。曳苦裾长,弹愁铗短,千古最难行路。花田已经缘断,从此相逢休诉。赋归也,爱兰阶嫩笋,争抽如怒。

卢綋　2首

字符度,号澹岩,湖北蕲州人。顺治六年(1649)进士。授山东新泰知县,升广西桂林府同知。逾六载,始迁山东东昌知府,再调长芦盐运使。康熙初,擢江南布政司参政,苏松督储参议。有《四照堂诗余集》。

汉宫春　题汉宫图

香雾阴阴,至今夸未央,柳回春色。花前夜宴,玉漏竟忘宵刻。灯光影里,映流苏、彩舒凤翼。宫嫔竞新妆,刻玉搔头,剪金钿饰。　　休论太平亲见,俨神仙世界,蓬壶乐园。流传此景,亦比异珍难得。咸阳故阙,几销沉、愁云垂黑。谁信有,山中高隐,收取半缣残幅。

袁国梓 1首

字若遗,号丹叔,江苏华亭(今上海松江)人。顺治六年(1649)进士,授刑部主事,转员外郎中,出知衢州府,以母老乞归。

减字木兰花 题画

萍浮翠带。奁镜波明鸥岸外。欸乃声低。一抹遥林云影迷。　蒲帆路转。烟火霏微村巷远。旋失沙尖。鸡犬声中出酒帘。

黄云(1621—1702) 3首

字仙裳,江苏泰州人。初受知于太守陈素。晚年贫苦,时而晒网,号渔人;时而海舶,称估客;最后不儒不墨,自号樵青。生平与石涛、吴嘉纪等交善。著有《樵青集》《桐引楼集》。

卖花声 题蒋东白画梨花白燕

谁向冰绡,写出月明满地。绛桃飞、杏开残矣。素华如雪,玉燕穿帘比。笑春色、难分彼此。　亭畔娟娟,红袖栏杆慵倚。冒游丝、花妍鸟喜。经营惨淡,想含毫才试。有多少、风流情思。

蝶恋花

见米紫来太史为童鹿游题听松小影,步原韵,兼怀紫来。因忆癸丑燕游,予亦有"长安松下读书人"之什,同人竞和,皆拈作起句。抚今追昔,感慨系之。

百尺虬柯闲独倚。古寺奔涛,饱听真清泚。载酒摊书谁可拟。狂奴幽与曾如此。　　十载南归吾老矣。彩笔题笺,忽晤襄阳子。何日松风重入耳。江皋今夜思千里。

渔家傲　题乔石林画

渔浦鸣榔催夕照。远村烟树投归鸟。官道红尘飞不到。贫亦好。那能白马湖边老。　　一幅倪迂真墨宝。舍人寄兴心清妙。更望柘溪波渺渺。堪吟眺。等闲忘却长安道。

黄永　3首

字云孙,号艾庵,江苏武进人。顺治十二年(1655)进士,官刑部员外郎。十八年以奏销案罢归。有《溪南词》。

满江红　自题旧照

窣地相看,还引镜、悠然欲笑。谁写作,锦衣窄袖,入时风调。一卷长携原似昨,怪翁当日曾英少。更可怜、捧砚煮茶人,年方妙。　　容偃蹇,湖山靠。听响屦,回廊绕。任小园烂熳,春风花草。如此生平良不恶,呼儿早认尔翁貌。倘将来,画出不堪观,皤然老。

沁园春　题位公小照

咄尔何人,长松之下,古柏之间。看蒲团稳坐,神情落落,布袍长裹,风骨珊珊。一拂一盂。不鞋不杖,白石如龙草似绵。抵多少,在恒沙小劫,梦泡尘缘。　　西来踪迹萧然。犹仿佛、当初面壁年。曾与谁摩顶,菩提座下,何方行脚,舍卫城边。辨欲忘时,心将安讫,春绿秋红自在天。人只见,有茅庵方丈,片席青莲。

浦映渌 3首

浦映渌,字湘青,江苏无锡人,武进黄永之室。有《绣香词》。

唐多令　云孙聘姬珊珊照属题

金钿翠云翘。罗裳束绛绡。绾乌鸦、斜舞蛮腰。欲抚素琴新记拍,空怅望,旧题桥。　双颊晕红潮。黛眉纤月描。掩凌波、湘水轻摇。更有一番风韵处,凝媚眼,也魂消。

解语花　题宝灯侍儿扫镜图

天然艳冶,生小婵娟,也解怜春意。药栏斜倚。双蛾皱、可是郑康成婢。偏松丫髻。堪爱处、几般佳丽。拂牙笺、故送秋波,无限愁如缕。　金鸭慢调香细。又烹茶洗砚,种种佳美。低鬟偷喜。销魂也、还抱琵琶花底。轻弹玉指。端的是、绿衣仙史。试看取、一点檀心,岂是凡桃李。

满江红　题周络隐坐月浣花图

彼美人兮,宛相对、姗姗欲下。恰此夕、月华如洗,花枝低亚。盼到圆时仍未满,看开当半还愁谢。与花神月姊细商量,归来罢。　怜嫩蕊,银瓶泻。回清影,晶帘挂。奈晚妆犹怯,镜台初架。二十余年芳草恨,两三更后长吁夜。几时将、络秀旧心情,呼儿话。

许风 1首

字德远,钱塘(今浙江杭州)人。顺治十四年(1657)举人,官直隶枣强知县。

阮郎归 题画箑

枝头好鸟恋秋红。枫林霜已浓。疏疏篱菊逞芳容。闲闲碧草丛。　　舒妙腕,夺天工。神游幽径中。黄荃笔意向君通。云烟展绣胸。

任绳隗(1621—?) 2首

字青际,号植斋,江苏宜兴人。顺治十四年(1657)举人,更名方斗。十八年以奏销案褫革,仍复原名。初师事张溥,声名甚盛。诗词与陈维崧齐名,称为"阳羡双绝"。著有《直木斋词选》。

水调歌头

送吴天石、潘元白北上,时史远公作《洞岇图》,用此调题画赠二子行,并步元韵。

李郭共舟去,飘渺向皇途。望之如在天上,堪写二仙图。一子担书负剑,一子携琴跨鹤,兴到可高呼。诗酒人千里,唱和岂云孤。　　英雄气,名士概,弃前繻。半生相信,文章道谊映冰壶。只有荆南茗岭,不数松萝蒙顶,交谈胜醍醐。鸿渐修茶谱,遗墨宝三吴。

凤凰台上忆吹箫

题表弟金沙史远公画册。此幅《芦花秋雁》。

北苑寒烟,东皋枯树,惟君独自兼之。况青堂佳句,首首题词。犹记骚坛酒社,吾与汝、伯仲相师。今何在,凭谁唤转,画手吟髭。　　凄凄。这回去也,纵泪尽西州,那得君知。看卷中白雪,画里乌丝。但见平沙落雁,空引起、宋玉秋思。愁深处,晓风夜月,肠断天涯。

顾景星(1621—1687) 2首

字赤方,号黄公,湖北蕲春人。明福王即位南都,考授推官。南都陷,为清军所获。放归。康熙十八年(1679)博学鸿词荐,因病未与,给检讨俸,乞归。著《白茅堂集》四十六卷。

柳梢青　陈四索题边庭夜宴图

定远功名,李陵魂魄,何处天涯。帐外云山,尊前明月,膝上琵琶。　长城高隔中华。费版筑,秦家汉家。一片金筇。数行榆柳,几阵黄沙。

浣溪沙　何鸣九小像

腹里藏书过五车。顶中高髻绾三花。袖边蜿蟺隐青蛇。　爱听松风操绿绮,不求句漏访丹砂。茫茫四海尽为家。

林云铭 3首

字西仲,福建晋安人。顺治十五年(1658)进士,官徽州通判。后为耿精忠叛军所执。释后居建溪七年,晚居杭州。有《挹奎楼选稿》,附诗余。

点绛唇　题顾荇文画

别有山村,幽居掩映扶疏树。眼馋多误。唤作王维墅。　廉广通神,径可移家住。休收贮。桃源旧路。还恐无寻处。

浪淘沙

题陈体上《林泉垂钓图》册,体上当闽变,独能远害。

鼙鼓动闽封。一片孤忠。持竿避向绿杨风。手上经纶穿赤鲤,气捉蛟龙。
湖海任飘蓬。乱后生逢。追思往事梦魂中。早晚羊裘人物色,岂是渔翁。

满江红　题吴宗彦桃源图遗册

人世尘嚣,那里有、桃源佳境。若现在、武陵地面,何迷前径。本是渔郎寻鹿梦,因教太守询人井。古今来、疑隐又疑仙,徒争竞。　前为记,词华胜。兹写照,丹青并。似蜃楼蛟室,幻成奇景。但欲游心方外趣,不妨寓目空中影。况浮生、万事假和真,难拘定。

徐之凯　1首

字子强,号若谷,浙江西安(今衢州)人。顺治十五年(1658)进士,授四川临安县推官,历湖南桂阳、陕西安化、真宁、茂州知县。以乱中失印事被议落职,退居不出。

八声甘州　题陈其年填词图

讶挥毫落纸迅如飞,输君擅风流。有双鬟凝睇,待将新谱,谱入箜篌。共道洮湖才子,健笔驾辛刘。除是眉山叟,谁与为俦。　犹忆松陵桥畔,伴小红低唱,余韵悠悠。怅歌成变徵,芦雁寄新愁。暂冷落、玉箫金管,奏霓裳、平步上瀛洲。还试问、江南春好,何似皇州。

邹祗谟(1627—1670) 17首

字讦士,号程村,江苏武进人。顺治十五年(1658)进士。学识博赡,经史百家之书,无不悉记,而诗词尤工。有《丽农词》《远志斋词衷》,又与王士禛合选《倚声初集》。

菩萨蛮 咏青溪遗事画册,和阮亭韵

乍遇

东风无力娇慵起。梨花开谢桃花里。绣得六铢衣。新黄蛱蝶飞。　花前初瞥见。斜掩回琼扇。何日嫁文鸳。言欢节节双。

弈棋

疏帘密簟红蕉吐。秦娥十六调鹦鹉。长昼对挑棋。犹嗔布算迟。　香闺侬国手。胜负凭檀口。绣领捻花儿。抛残玉子时。

私语

黄金合里开红雪。青丝扇底回珠月。楚楚更娟娟。鬟多半軃肩。　碧窗都未倦。压损湘裙茜。底事怕传闻。花繁好避人。

迷藏

朱楼十二阑干近。蜻蜓翼薄撩蝉鬓。石畔好潜藏。苔阴绣雀凉。　谁人花底逻。却向蔷薇躲。簌簌动南枝。红潮露一丝。

弹琴

香烧心字安银叶。灰温火慢烟微爇。焦尾对花弹。秋声应指寒。　同心金凤串。莫作离鸾怨。梦峡与啼湘。愔愔一夜长。

读书

纱窗风飐萧萧竹。金鹅屏里抽书读。绿筒最牵人。伴呼错应频。　　菱花刚对面。影瞥双纨扇。绣案尚低头。沉吟卒未休。

潜窥

梅花隔院传香雪。兰芽吐砌流芬月。扑朔逐雄雌。萧娘映柱窥。　　犀帘长下惯。那解郎偷看。微动眼波潮。回身冒翠翘。

秘戏

兰缸照出梭儿玉。流苏闲挂笙囊绿。斗帐卸钩垂。浅怜深惜时。　　螺铺交屈戍。尽着郎详觑。扇扇镜屏中。莺啼花雨红。

红林檎近　为钱山铭题琴瑟图小影

散发伊谁氏,琴心秋水间。雁柱飒然动,锦瑟暗相怜。鼓罢湘灵妙曲,一弦一柱华年。博山香袅微烟。义甲动春纤。　　抚操众山响,箕踞对婵娟。白头绿绮,明珰长袖翩跹。便风前相倚,花前对整,无语能将心事传。

蕙兰芳引　咏宋团扇画松石,和文友韵

团扇流连,镂满月影娥池小。费尺素裁来,襟袖好风偏香。皴石枯松,研毫画、上林承诏。想胭脂脱尽,宜对昭阳人悄。　　吴带当风,曹衣出水,写生空表。只禁本生绡,淡墨寒烟围绕。莫教持比,黄荃花鸟。想袖来、频向荷凉轻嫋。

闺怨无闷　姚夫人仲淑画双青图遗内子,代题谢

文采风流,试问今日,谢雪卫书谁敌。想姊视道升,兄承公择。挥洒淇园千亩,把湘妃、远翠归珠墨。看瘦影、便觉苍风淡月,细香吹碧。　　清极。写

鹅溪,挥百尺。洗尽绣帏脂粉,黄楼屏幛,翠筠高节。想有坡公能识。识钗股、丁香旧标格。须留供、绣佛幢前,维摩天女能惜。

夜半乐　题元人画韩熙载夜宴图

当时江左风味,玉笙吹彻,天许清狂眼。有北海韩郎,才名潇洒。玉鸾视草,铜螭署敕,更闻弟畜徐铉,客呼舒雅。行乐地、歌舞争兰夜。　铜盘绛蜡耿耿,芳樽细浪,长鲸倾泻。香雾暖、满堂玉人如画。宛转搊弦,激昂挝鼓,沉沉月隐花明,鱼脂飘烛。交翠舄、花冠暗中卸。　到此不觉,缨绝履遗,良宵无价。那羡南朝官仆射。动君王、恰赢得虎头偷写。看明月、梅岭冈前者。谢公墩畔风流话。

念奴娇　题孙豹人松下抱琴图

科头箕踞,是西京才子,淮南仙客。碧眼紫髯,长啸处,手种龙鳞千尺。听尽隋箫,敲残秦缶,鼓罢邯郸瑟。无弦在膝,便教此意谁识。　惟有明月清风,长林古涧,差可同朝夕。与我周旋宁作我,烂醉还须千日。且住为佳,不如归去,一梦扬州值。先生自笑,吾今四十头白。

青玉案　题平望湖画帧

江天漠漠飞鸿去。曾忆问、苕溪路。野涨拖蓝谁唤渡。红船乌榜,绿蓑青箬,莺脰湖边雨。　斜川图上烟云暮。千顷波光凌尺素。莫道风波增几许。钓筒茶灶,幡竿鱼磬,便拟从他住。

画锦堂　题王阮亭抱琴堂执书图

九曲池边,无双亭畔,使君吟眺初回。正见抱琴长啸,卷帙重开。非仙非佛扬州吏,亦诗亦史济南才。堪相对,恰称何郎标格,惟有官梅。　迟徊。更何处,题斑管,定应校籍兰亭,此日隐囊小几,遥映水苔。羼提阁里容高坐,渔洋山外许谁陪。前身是,好认玉清仙子,金粟如来。

解语花
为云田题楚天狂客图,云田"好游汉浦"句,为宝灯夫人发也

桃花庙口,鹦鹉洲边,谁写离人意。插天剑倚。肯回顾、多少橘奴鱼婢。黛峰如髻。空目断、骚人遗思。忆当年、汉浦投珠,莫负同心蕊。　　一片云浓烟细。想漠漠江天,悲秋顿起。吴山越水。好收拾、偏贮锦奚囊底。风流举止。应只有萧然图史。到他时,黄鹤掀翻,都识青莲李。

沁园春　题归元公僧服像

汝是何来,宣公后裔,太仆曾孙。见中山绝技,喷成墨雾,淇园异节扫向苍云。才大难施,调高寡和,历落嵚崎可笑人。因底事、着缁衣皂帽,便欲离群。

莫教短笑长颦。且百饮深杯醉不分。任千峰极目,闲愁不断,一身出世,故态犹存。骂鬼文章,吓蛮书檄,一卷离骚酒一樽。还记取、是钓台狂客,栗里遗民。

沁园春　题方盦山四壬子图

试问先生,尚友千秋,谁是前身。只柴桑高士,读书能解,浣花老叟,下笔如神。司马青衫,尚书白发,兜率天边一外臣。真奇事,恰同庚异代,何主何宾。　　萧然一卷相亲。对素轸长镜与葛巾。况义熙以后,犹然甲子,览揆而上,惟有庚寅。若个相同,从前未许,便是郎中雌甲辰。他年又,看戴颙写照,再补何人。

张光曙　1首

字淇园,江苏华亭(今上海松江)人。有《砚北词》。

鹧鸪天 题王丹麓听松图

摩诘风流与俗殊。高怀坐拥百城书。种来庭树龙鳞老,静对湖光夕照疏。 冰雪卷,尽骊珠。文章山水足清娱。虚窗五粒闻清响,还似仙人陶隐居。

徐喈凤(1622—?) 6首

字鸣岐,更字竹逸,号荆南山人,江苏宜兴人。顺治十五年(1658)进士,官云南永昌府推官,十八年以奏销案降调,告归,复自号荆南墨农。康熙二十五年(1686)续修《宜兴县志》,喈凤主其事。著有《荫绿轩词》初集、续集等。

小重山 题画

几叠青山几曲泉。白云迷古寺、半峰悬。过溪石径板桥穿。人行动,疑是武陵仙。 绿竹映前川。川前森古木、别成天。低低茅屋坐高贤。无个事、尽日理芸编。

小重山 题画

幅楮横堆万叠山。峭峰悬碧落、有无闲。下临绝壑启松关。盘回上、樵径锁烟鬟。 瀑布激飞湍。望疑银汉落、滚层峦。千重竹树势何宽。平桥渡、有客欲济攀。

唐多令 题任植斋像

名手写天真。披图瑞气新。好须眉、骨节嶙峋。锦绣心肠难细画,从笔外,想神情。 山水结深盟。诗文无点尘。每赓吟、君必先成。暂向竹松挥玉麈,元不愧,玉堂人。

天仙子　题陈椒峰像

自少耽书书满腹。姓名早耀登瀛录。却从山水寄高情,时眺瞩。无拘束。箕踞松阴非傲俗。　　骨秀颐丰颜似渥。掩映石边花与竹。元龙湖海气凌云,携宝牍。入天禄。他日麒麟图再续。

满江红　东惮南田索画,五用回韵

蓉菊开时,曾叩竹、逢君他出。见深巷,鸡鸣犬吠,柳疏桑密。对使漫留鱼网纸,传言端乞狸毛笔。想秋深、染就万松图,云林匹。　　贫不羡,千株漆。寒只爱,三冬日。倘速邮名画,疗饥如栗。挂壁卧看云满屋,题诗定拟烟生术。悔生平、癖好欲医之,将何术。

沁园春　题雪持行乐图,图作数燕姬筝琶夹侍

觌面伊人,骨秀神雄,俨然雪持。见六花飞玉,寒光彻座,重裘曳锦,豪气冲帷。屈宋才华,萧韩经济,对酒掀髯说与谁。清狂甚,笑宋儒章句,时辈脂韦。　　呼来蛮髻宫眉。一齐把、丝弹紫竹吹。似东山谢石,寄情声伎,扶风马季,托趣歌姬。崔九堂前,岐王宅里,还让君家曲调奇。吾深羡,这风流行径,旷达心期。

渔家傲
戊辰初春,题其年先生填词图,聊寄人琴之痛云

卷里须眉吾熟睹。小斋曾与论今古。桂月梅风词快睹。今何处。瑶台阆苑寻天女。　　女坐蕉茵原未去。翠翘珠祓空娇妩。纵使吹箫谁领取。浑无据。长留天地惟佳句。

朱中楣（1622—1672） 3首

原名懿则，字远山，江西南昌人。明宗室，吉水少司马李元鼎侧室，大司空李振裕生母。崇祯十二年（1639）二人结褵后，随侍京师，经历甲申之变。顺治十六年（1659）返吉水，筑梅山小隐，夫妇倡和其间。有《随草诗余》，附载于《石园诗集》。

行香子　题小册美人

的的丹青。袅袅匀匀。神情纤悉恁轻盈。朱唇欲启，罗带初萦。似红楼艳，绿窗影，汉宫春。　桃源期伴，隔院邀盟。蔷薇翠舀石榴裙。凝眸輂觑，倚树含情。羡一溪水，一林石，一双禽。

行香子　题陈伯玑浣花居图

半束羲琴。一段巫云。轻衫澹染竹根青。苍龙斜倚，宝鸭新熏。似妆初罢，风初袅，韵初生。　仙尘遥隔，幸睹芳真。何时揽袂羡宁馨。秋高月小，花满庭芬。期怜香伴，清闺里，共论文。

行香子　有以画箑绘沈香亭景索题偶赋

应惜芳辰。官院沉沉。牡丹亭畔韵幽清。清平调小，万古犹新。羡当时遇，花时景，醉时吟。　海棠无力，欹玉阑凭。笑看飞燕舞身轻。明眸似启，雅意思深。记霓裳曲，淋铃雨，荔红尘。

丁澎（1622—1685） 4首

字飞涛，号药园，浙江仁和（今杭州）人。顺治十二年（1655）进士，官刑部主事，调礼部郎中。十五年充河南乡试副考官,以科场案牵系,谪徙尚阳堡五载。有《扶荔堂词》。

天仙子　为许师六题像

子房状貌如好女。玉骨玲玲欲仙去。他年应傍赤松游,香一炷。丹一黍。长与白云同处住。

一剪梅　为朱人远题汉皋解佩图小影

芙蓉江岸楚天长。雁在衡阳。月在潇湘。仙源别洞路微茫。误却渔郎。赚得刘郎。　凌波小袜扣鸳鸯。翠袖生凉。珠佩生香。行云何计挽霓裳。去也难将。梦也难偿。

满江红　题尤悔庵画像,即用原韵

玉映风标,看濯濯、有如春柳。爱吾庐、投竿矶渚,漫同渔叟。勾漏出中丹尤转,沧浪亭畔诗千首。问年来、松菊可曾荒,君曰否。　有司马,凌云手。更邹衍,谭天口。总不如归向,灞陵偕妇。客到任看墙外竹,独吟且尽床头酒。忆从前、裘马少年场,同刍狗。

双燕入珠帘　题王丹麓听松轩图像

新谱犯曲,上五句《双双燕》,下五句《真珠帘》,后段同。

层轩半落,偏近沼依云,倚阑孤眺。披襟谡谡,隔水笙簧幽窈。孙绰庭前陶令宅,秋枕上、数声清晓。堪效。似黄庭惯写,君家逸少。　把镜王濛自照。羡斯人,宜置海山蓬岛。轻阴满地,洗耳科头都好。一曲樵歌三弄笛,尽消受、断鸿残蓼。应笑。念几度悲秋,著书人老。

张锡怿(1622—1691) 1首

字越九,号宏轩,上海人。年十四补县学生,顺治十二年(1655)进士,授山东泰安州守。十四年以科场案被逮,终以"疏忽"宽释放归。有《啸阁余声》《树滋堂诗余》。

鹤冲天　题苏渔图,和钱葆酚舍人韵

鸥汀鹭渚。仿佛浮家处。秋水溯洄长,蒹葭句。记銮坡视草,却丝竹,东山住。庭前鸳鹤侣。湖月峰云,画图一幅桑苎。　　轻风送暮,敲火渔村去。启瓮腊醅香,蓬窗煮。看几行雁影,恰寒带、潇湘雨。扁舟应共许。曲曲烟波,同话旧游情绪。

董元恺(?—1687) 7首

字舜民,号子康,江苏武进人。顺治十七年(1660)举人。忽遭诖误,侘傺不自得,于是西出秦关,东走粤峤,登大梁,过咸阳,眺邺台,陟夫椒,激昂慷慨,悉寓于词。有《苍梧词》。

渔家傲　题曹雪鸿荆溪钓隐图

曹子家居荆水畔。一蓑烟雨堂中见。玉洞桃花看欲遍。谁兼擅。磻溪写入鹅溪绢。　　明月为钩虹作线。虚舟一任频回转。与世浮沉山水愿。将图展。风波此地从君便。

华胥引　题华胥杨妃春睡图

玉精临砌,绮阁移春,夜明帘影。雾鬓烟鬟,四肢红玉轻云映。罗巾汗拭桃花,恰海棠厮并。翠枕支痕,睡起横波微晕。　　好梦谁惊,似忽被、渔阳唤

醒。钿合钗分,谁想花冠不整。早是粉本流传,画图重省。一幅生绡,消得银屏昼永。

满庭芳　题邓长鲁山水图,用东坡韵

山色螺浮,水光镜净,茫然一望嵯峨。良常句曲,烟景片帆多。任是风涛处处,偏容我、击楫狂歌。须记得,空明万顷,一苇乐东坡。　　布帆随意泊,蓼红芦白,舴艋如梭。映迢迢清影,穆穆金波。携取酒铛茶碗,消棋局、白日南柯。还多事,寒江独钓,雪夜好披蓑。

八节长欢　袁重其属题负母看花图

母病新痊。体加尝膳,药以劳宣。一庭榴喷火,半榻草铺烟。还愁老眼看花似雾,膝前移向花前。试看花前戏彩,花也嫣然。　　老莱故作儿眠。凭儿负、莫教怀抱情牵。不用板舆扶。花中坐,婆娑白发红颜。慈颜喜,折一枝、供佛屏间。但愿得、一筋长进,花开花落年年。

念奴娇　题邹玉声画册

江楼清晓,展黄轩遗像、丹青画本。意匠经营规画巧,骨肉不先神韵。蹴踏张萱,凭陵周昉,洒落蒲思训。虎头绝艺,龙眠集古差近。　　最是林下才华,图传六隐,好与深闺认。蓼岸桃溪工点染,笑杀阎家朱粉。北寺殊形,云台生面,触目琳琅俊。野王重出,道乡千古评论。

望湘人　题望湘人杏林春燕画扇,和顾闺媛春雨韵

正晴阴漠漠,院宇沉沉,费尽春工裁剪。语并雕栏,枝移御苑。素手丹铅亲染。拂水斜文,清池倒影,画图频见。但从今、怀袖长携,处处杏林双燕。

淡白殷红堪贱。只胭脂浅注,不愁霜霰。习习动微风,艳色生香吹遍。珠帘帘里,曲江江畔。两两乌衣相恋。恐秋来、湘水西流,一梦华胥人远。

莺啼序　自题震泽浮家图

慨当以慷,冲冠发、悲风击筑。金台畔、白草黄沙,千里萧萧刍牧。骏骨索同塞上马,公交车驱向蕉中鹿。叹时乎不利,一任公等碌碌。　　满座貂蝉,长安冠盖,总是成棋局。看古来、七贵五侯,消得十年歌哭。蹴昆仑、谁使西倾,蹋太行、遂令东覆。隐然五岳起胸中,高吟独漉。　　六街尘土,正似五湖烟水,占尽烟霞福。万顷放扁舟,隐几山青,卷帘波绿,入手清风,举头明月,胜侣共闲鸥野鹜。更芳樽、尽日飞醽醁。中流啸咏,刀鸣鲈鲙方新,豉化莼丝初熟。　　妻能执爨,婢号樵青,到处扬帆宿。多事庞眉皓首,出定储皇,争是争非,分荣分辱。吾游甪里,兼访毛公,深山深处包山麓。只年年渔父翛然足。何须金简玉书,天地大文,画图一幅。

吕鼎　2首

字新水,浙江嘉善人。

满江红　题画

蘋满池塘,昼初永、凉生水阁。倚画槛、蝉吟翠柳,燕穿朱箔。露滴荷翻珠影泻,风敲竹韵筝声落。启窗纱、千顷绿阴浓,还萧索。　　高眠午,湘纹薄。幽情晚,轻纨弱。望莲歌隐隐,吴姬绰约。桡缓波闲鹭睡稳,船移蘋破鸳飞错。再披襟、新月照回廊,长旁礴。

满江红　题画

金井梧飘,早送着、半帘凉吹。步汀州、菊英未放,兰馨吐媚。弄月三更庭藻冷,酣霜一夜江枫醉。惹闲愁、羌笛数声幽,惊清寐。　　飕飕叶,林头坠。萧萧影,窗前碎。看潭潦清澈,烟峦染翠。旅雁传将闺里怨,凄蛩唤出羁人泪。

赋悲秋、宋玉最情多,添憔悴。

洪氏 1首

号素辉阁女史,又自称椒江无名女子,浙江临海人。适陈姓,三载而寡。善画。著有《和雪玉诗》。

意难忘　题秋葵画册

独立江乡。似含愁带病,不胜罗裳。西风翻江蝶,斜日送流光。禁重露,怯轻霜。红叶满东墙。是他家,湘帘半揭,一院秋香。　　冷冷撼撼闺房。想儿时指诀,另样心肠。问临邛不许,如息妫堪伤。无骨法,没思量。披众草群芳。却看他,毫端妙处,着意涂黄。

徐倬(1622—1711) 5首

字方虎,号蘋村,浙江德清人。少学于刘宗周、倪元璐,及长与钱秉灯、柴绍炳、陆圻诸遗老相倡和,与吕留良交尤厚。先入谷应泰幕,康熙十二年(1673)成进士,入翰林,官至侍读。三十三年(1694)以北闱事,劾归。后受命撰《全唐诗录》成,擢礼部侍郎。著有《水香词》。

南乡子　为端州王刺史题画

远岫与湖连。淡柳疏篁溪路偏。家在小桥流水处,凉天。芦荻萧萧絮晚烟。　　乡梦寄吴船。芷白蘋香满雪川。何日蒲帆归去疾,纶竿。且钓槎头缩项鳊。

天仙子　题张禹鼗海棠图，即用张子野原韵

月满晴空风满厅。花自朦胧人自醒。多情才子可怜春，天上镜。人中景。付与闲居潘骑省。　　酒渴未消云暝暝。偷得杨家一半影。憨痴却好助诗狂，魂不定。香初静。又引诗魔芳草径。

一剪梅　为施翼圣题东荒村庄图，和朱竹坨韵

一棱瓜田辟市嚣。兴有诗瓢。乐有箪瓢。新篁个个插云霄。风在松梢。月在花梢。

百字令　题缪墨书四影图

玉鞭丝鞚，向平原齐鲁、青青无绝。一路燕歌兼赵舞，景到上林尤烈。易酒冰凝，黄羊脂冷，客向屠沽结。男儿有志，壮游须在京国。　　梦回玉蛛金鳌，轻车流水，齐趁慈仁节。御柳三眠丝万缕，辇道沙平如雪。铜狄年深，秋衾梦冷，独枕寒潭洁。还期吾子，黄金台上明月。

贺新凉　题雪客像

壮气如虹卷。叹英雄、丝纶手袖，烟霞心遣。一斛醇醪千斛泪，日夜金沟对泫。持半幅、剡溪藤茧。貌得高轩秋水客，点双瞳、秋水深耶浅。麟阁画，虎头展。　　飞而食肉对侯显。暂逍遥、茵莎绿皱，偃松青扁。曾记闲评人物遍，北海犹龙操犬。恐皮相、今时难免。廊庙山林无限事，道君肥、我瘦平分典。丰草径，究谁剪。

陈祚明（1623—1674） 4首

字胤倩，仁和（今杭州）人。顺治十三年（1656）应严沆之招入都，课沆长子曾榘。与严沆、宋琬、丁澎等号称"燕台七子"。及曾榘登第，即辞归，卜居吴山之麓，以卖文为生。有《稽留山人诗余》。

一剪梅　题烹茶图

似掌花飞暝色天。小舍红炉，兽炭初然。频呼小玉扫琼瑶，酒渴相如，未倦开编。　　不羡人间第一泉。胜雪龙团。盏际唇边。斗茶应胜陆鸿渐。梅下香传。诗上心传。

天仙子　题开卷图

兰空疏窗书映竹。碧纱日射芸编绿。风吹鬒影睇明眸。腰倦束。人如玉。赋得盘中诗倩读。　　剑叶盈盆花箭矗。藕丝襦韡交床促。雁来时节爱秋容，清酒熟。红颜馥。好是新凉天气肃。

一丛花　题灌花图

春光骀荡费春风。烂熳吐花丛。小亭画槛携倾国，山眉淡、薄映颜红。句捻吟髭，弦抛琴指，取酒忆郫筒。　　应怜花渴与人同。憔悴若为容。清泉碧涧双罋汲，喷壶小、溅雪濛濛。有日含毫，赋清平调，上苑露华浓。

潇湘逢故人慢　题俞子政小像

君家元亮，爱把菊东篱，琴清酒旷。道阿舒，疏放看，志读山经，诗吟刘稻。纸笔常拈，仿佛是、羲皇以上。记三年、自祭文成，宿草几人悲怆。　　柏萧萧,杨莽莽,嗟四海、囊空倦游谁傍。尽凄凉客况。有眉目清扬,须髯萧散。抱膝长吟,羡风度、名家元畅。但闲来、写幅青山,似我故人无恙。

杨在浦 1首

字又周,福建漳浦人。工举子业,有声场屋间。其词独创新奇,不屑寄人篱下。有《碧江诗余》四卷,作于康熙二年(1663)之前。

燕台春

吴于湘善画丹青,作《百骏图》,仿松雪笔意,而神采过之。缀词以赞。

冀北龙媒,天机相骨,更非画肉能描。图笔新开,恍睹活骏奔绡。嘶风啮水,兼踏雪翻潮。变化丹青,喷玉萧萧。真是云锦神调。　谩云松雪,摹拟前朝,仙才逸隽,慧妙传超。蹑追韩干,正自神气腾骁。伯乐今少,更叹曹霸难招。对丹青,欲取五花树,叱奋鞭箠。

董汉策(1623—1691) 4首

自帷儒,一字芝筠,号榴龛居士,浙江吴兴(今湖州市)人。诸生。博闻宏览,意气豪迈。康熙初,条上救荒固圉诸策,为浙抚范承谟称善。十一年(1672)应才品优良山林隐逸之举,以科道员缺试用,因事落职。生平好道,肆力经史,老而不倦。有《蓝珍词》《董词》《董词二集》等。

水龙吟　自题小像

阿谁抱膝长吟,青萍倚遍云千族。个人能笑,个人能醉,个人能读。笑不迎炎,醉无潦倒,读非徒熟。叹春光深处,谁人赏识,且独坐,幽兰谷。　近复东篱寄傲,向南山、斜簪黄菊。赋渊明诗,唱尧夫曲,学君平卜。甲子堪题,太平现在,羞谭飞伏。问渠侬醉梦,生涯何在,往来天竺。

沁园春　题顾伏波表兄小像

有个奇人,孤啸长吟,狂澜未东。羡一镜无尘,静如止水,四山皆响,发若镛钟。极目云霄,升沉聚散,落叶萧萧天地同。无穷意,任闲来收拾,挥麈声中。　　笔端蜿蟺惊龙。曾历遍、文江第几峰。更诗足破骚,旗降宋玉,鼎能转药,书授韩终。五十年来,我还同调,相对忘机河上公。怡神处,在丹崖碧海,白石苍松。

贺新凉　恭题旌节祖妣李孺人遗像

冰縠谁能卷。叹当年、骊珠价重,俄然点遣。覆翼恩深无限泪,知己家庭增泫。嗟触网、鼋棱霜茧。剩得莲溪孤月影,与琉璃、小碧同清浅。陈几案,今重展。　　满堂笙瑟人通显。更嬉游、晚铃犬。如鲁女、败甑方免。此夕焚香赡宝婆,奉颜家、庭诰为谟典。非分想,一时剪。

贺新凉　恭题旌节先妣顾孺人遗像

亲授儿书卷。幸今朝、风云月露,听儿驱遣。却负年时期待意,牢落半生凄泫。空剥尽、藼衣蛾茧。母子冰心谁解得,有筵前、明水菱觚浅。多少恨,何时展。　　荷珠掌上分明显。愿儿曹、遇坎还圆,逐方为扁。此意犹龙儿未悟,逢遍城狐猰犬。游鼎镬、余生幸免。恸哭吾亲亲不见,更何心、扶服趋朝典。辞有尽,泪难剪。

严绳孙(1623—1702)　7首

字荪友,号藕渔,江苏无锡人。康熙十八年(1679)荐试博学鸿词,康熙特命授检讨,与修《明史》,纂《隐逸传》。二十年典山西乡试,寻迁中允。有《秋水词》。

生查子　题画马

春回红垡看无价。桃花汗重连钱卸。骧首望长天。双瞳夹镜悬。　　盘涡初出浴。芳草如烟绿。莫但惜障泥。追风会有时。

虞美人　和高澹人折花图

韶光总被风吹去。又是清明雨。雨余骑马觅残春。剩折一枝红艳衬梨云。　　屏山曲护檀霞重。何处江南梦。起来烧烛看仍稀。剪取生绡和泪画崔徽。

百字令　题震修小照,次韵

梦回身世,待与子呼酒、细论齐物。个是文场摧敌手,所向一时坚壁。白日难挥,黄金易散,弹指菁华歇。短衣射虎,怜渠未是侯骨。　　我是海鸟忘机,君休自叹,归燕红襟只。飞絮乱花浑不管,零落六朝烟月。生即同年,居偏对宇,老觉关情切。芒鞋相待,共君踏遍冰雪。

金缕曲　题陈其年小照填词图,有姬人吹玉箫倚曲

燕市悲歌者。论从来、英雄儿女,漫争声价。肠断斑骓人欲去,刚道小乔初嫁。只半幅、春风图画。唱到天涯芳草句,看一声、离凤娇嚶亚。红泪泣,数行下。　　浮名自是谁真假。甚于思、花间兰畹,一时方驾。不管秦娥箫咽后,又是荼蘼开罢。更何处、垂杨系马。便遣玉人嗔急性,背华灯、扣损裙儿衩。须罚尔,尽三雅。

小桃红　汪蛟门礼部小照三好图

一曲山香舞。门外桃花雨。清醁浮来,玉山颓了,十眉愁妩。最欺人还道

有心情,觅羽陵残蠹。　　醒眼今何计。十丈东华土。偏只赢他,一编陈墨,商量今古。更何年、二十四桥边,问吹箫人处。

金缕曲　澹人江村图

秋色萦怀抱。正缄来、房山新绘,江村缥缈。甲帐前头供奉客,尽日亲承天笑。算纵有、长林丰草。除是功成头并白,赐明湖、一曲容归老。见卵计,笑君早。　　绿杨踠地平桥小。问丹青、枫江转处,阿谁归棹。万事后人吾分定,此计合教先了。待重见、浊醪相劳。七十二峰湖上路,隔姚江、烟雨无多少。眼底事,海鸥鸟。

菩萨蛮　题乔无功万书围小照

湘帘棐几浮新绿,香缄燕尾同心束。舒卷不曾闲,名山咫尺间。　　好添图外意,新样元和字。回笔画双蛾,春风乐事多。

毛奇龄(1623—1716)　17首

又名甡,字大可,号西河,人称西河先生,浙江萧山人。久困诸生。康熙十八年(1679)荐举博学鸿儒,列二等,授翰林院检讨,充《明史》纂修。二十四年充会试同考官。寻假归,以痹疾不复出,僦居杭州,讲学撰述。有《毛翰林词》六卷,《词话》一卷。

少年游　题陈检讨小影,傍有侍儿坐蕉箪弄笛

十年苦忆,元龙颜面,梦寐恐难亲。不虞相见,长安道上,并见在傍人。
停毫一顾踟蹰久,欲待按歌匀,碧鸭消时,红蕉坐去,何处不传神。

南柯子　题胡明府小像　后阕缺

江县看花后,山城种柳时。布袍竹杖鬓如丝。今日画图相对、系人思。

虞美人　题画为李都官寿

是谁画出潘家菓。百琲珍珠颗。羡君原是柏梁才。记取桃梨橘栗李榴梅。　玉瓶金鏶琉璃瓮。且作和羹用。须知仙树本蟠根。欲借花前一醉石州春。

虞美人

己未四月,宣城施少参寄云楼下梅树,忽发二花。值是科殿试榜发,同邑孙予立、茅楚芬,以一甲同授馆职。既而,又发二花,则少参与同邑高阮怀,并以制科授馆职。一时相传,以为草木之瑞,非偶也。举人梅渊公绘《瑞梅图》寄至京,同馆各为诗颂之。予和少参词,书图卷末。

敬亭四月梅花发。正值清和节。慈恩寺里曲江边。新旧郎君争占一枝先。　红罗欲寄无由寄。空写泥金字。楼头长赠碧山云。恰取花枝中半两平分。

虞美人　题天台采药图,为淮安刘六皆比部

桃花又发临淮渡。错认天台路。行来莫笑太奔忙。知是赤栏桥畔旧刘郎。　平明入直回西寺。幞被双娥侍。含香谁问夜归迟。只恐桃花回首望中迷。

虞美人　为刘比部题天禄阁燃藜图

图书万轴牙签满。辟蠹烧芸暖。果然子政是前身。羡煞当年天禄阁中

人。　　白云司判西曹事。薇省曾留字。胸藏冰照宛如犀。绝胜西堂终夜对燃藜。

明月棹孤舟　题吴江徐检讨孤舟垂钓图

甫里先生何处是。家住近、垂虹亭子。著罢新书,开门闲望。但见一湖烟水。　　放棹偶然垂钓饵。人道是、松陵渔史。若问羊裘,投竿何所,应在白蘋洲里。

临江仙　题画

姊妹相逢何处是,朱栏斜倚双桐。坐来委抱髻笼松。画裙欹履窄,金钏隔纱红。　　寂寂春园人不到,看时多少朦胧。绿坡生草细茸茸。银猊闲戏逐,翻向绿坡中。

临江仙

申江署中题《麻姑献酒图》,为丁夫人初度。

三月暮春春雨后,申江初放桃花。忻看锦帨挂官衙。名姝如谢女,夫婿是秦嘉。　　制得香奁妆百福,珠屏烂若朝霞。麻姑曾过蔡经家。仙厨将进酒,图上见来么。

菩萨蛮　题蔡天声桃花流水图记年

溪流雨过增新涨。春山处处桃花放。中有武陵人。花前一问津。　　幅巾裁白氎。坐听溪流咽。写入画图中。桃花映面红。

满庭芳　题玉妃献册图,为汝宁金使君夫人生日

琳琬琼妃,瑶台金母,当年曾驾蟾蜍。因披玉册,还御五云车。缓去庐江

锦帨,闺房秀、早被霞裾。淮西路,春城千骑,夫婿上头居。　　五花裁作诰,香奁百俳,总是珍珠。看平头擎履,编齿吹竽。献得龙泥旧简,传经后、莫问居诸。闲相视,山桃片片,飞满玉床书。

满江红　题吴墨舫桃源图,步原用文待诏韵

图画当年,正桃树、生花时节。有延州高士,酒颜方热。南浦风光何所似,西畴兴会由来别。恰闻人、洞口忆当年,频频说。　　舟过处,涵冰雪。花落尽,同榆荚。叹青芝白鹤,一时都绝。凡事总随风里絮,披图恍对云间月。幸前贤、手泽有传人,思来切。

相见欢　桃源采药图

何来采药仙源。问当年。云是伏波横海、旧登坛。　　麟阁里。沧洲意。任相看。一似桃花流水,向人间。

减字木兰花　灯下收书图

合欢成被。铺就鹔鹴单枕腻。豹髓全融。肯负馋灯入夜红。　　壁光如曙。翻恨袖梢遮不住。收却残书。何用掀翻垒算珠。

菩萨蛮　午睡图

玉栏长夏金塘里。轩窗四面荷风起。菡萏织花纹。盘盘散绿云。　　柳帷褰未闭。隔水窥人至。待起整钗钿。郎今未可前。

虞美人　红丝拂子打檀郎图

乐陵台下看红药。底处曾相谑。苔衣掩尽石栏花。辜负东园杏子数枝斜。　　紫龙髯拂珊瑚柄。秃袖红相映。郎身岂有赭头蝇。暂作吴宫点墨白

螺屏。

少年游　题迦陵先生填词图

十年苦忆,元龙颜面,梦寐恐难亲。不虞相见,长安道上,并见在傍人。
停毫一顾,踟蹰处、欲待按歌匀。碧鸭消时,红蕉坐去,何处不传神。

沈荃（1624—1684）　1首

字贞蕤,号绎堂,江苏华亭（今上海市松江县）人。顺治九年（1652）探花,授翰林院编修,官至礼部侍郎。尤善书法,尝侍康熙书,以是名动天下,几与赵孟頫、董其昌相埒。谥文恪。有《充斋词》。

浣溪沙　题画

夏木阴阴绕碧溪。人家流水小桥西。斜阳极目远天低。　系棹柳边看白鸟,放船花底听黄鹂。辋川一幅好重题。

许顾青　1首

字复阳,江苏昆山人。有《梅皋词》。

菩萨蛮　自题归耕图

秋容晴爽秋天碧。秋江澄练秋风疾。解缆向前津。回头揖故人。　园林萦梦想。枫赤征帆飐。谁道出阳关。殷勤瞻望间。

史唯圆 5首

原名策,又名若愚。字云臣,号蝶庵,江苏宜兴人。终生隐逸,卒在康熙二十五年(1686)之后。有《蝶庵词》。

如梦令　梅影

渭文为次京扇头画得梅影,索予同赋。

冷蕊疏枝盈砌。月色霜华满地。摇动不禁风,闲伴幽人无寐。惊起。惊起。夜半横斜照水。

望海潮　题徐渭文钟山梅花图

龙蟠旧地,江山如画,金陵景色偏佳。寝殿侵云,宫楼映日,春风十里梅花。路绕凤城斜。当年恣吟赏,乐事无涯。春入江南,娇香艳粉醉吴娃。

飘零此际堪嗟。有数行归雁,几树啼鸦。石马无踪,铜驼有恨,隔江试听琵琶。冷蕊发残葩。凭君逞妙手,写尽烟霞。风景依然,不须惆怅忆繁华。

水调歌头　送吴天石北上

癸丑初夏,远公登芥顶,自采茗而归。因作《洞山图》,方五寸许。凡棋盘、扇面、纱帽诸顶,以及庙后诸产茶胜地,列如指掌,洵为极笔。适天石将北游,因以为赠,而系之以词。谨次原韵。

谁陟洞山顶,险绝似通涂。采将新茗自煮,泼墨又成图。我爱丹崖翠壁,君自青袍白骑,相对欲狂呼。珍重赠君意,用慰旅情孤。　羡君才,怀董策,弃终繻。五云遥望天际,风景胜蓬壶。我作荆南樵客,喜听故人折桂,声价重京都。上驷归天厩,竹箭出三吴。

偷声木兰花　题金陵图

白门杨柳乌啼遍。隐隐帆樯江上转。桃叶桃根。日暮红楼总断魂。　萧家公子陈家客。冷雨飘香魂怨魄。树密烟浓。听彻钟声第几峰。

沁园春　为雪持题像

髯尔何人,坐老松根,雪寒奈何。忆临窗按谱,吟残绛蜡,当筵顾曲,醉尽红螺。富贵何时,人生行乐,大妇调弦小妇歌。披图处,见形神散朗,意气嵯峨。　此身合伴烟萝。任舞絮、飞花拂面过。有声犯龟兹,风筝雾笛,队名回鹘,蛮髻胡靴。作戏逢场,行吟得意,占尽风流未足多。须添取,共钓徒词客,相对婆娑。

陈维崧(1625—1682)　89首

字其年,号迦陵,江苏宜兴人。陈贞慧之子。天资颖异,十岁代祖父作《杨忠烈像赞》,稍长,名益大噪,时有"江左三凤凰"之目。康熙十八年(1679)荐应博学鸿儒科,试列一等,授翰林院检讨,与修明史。词作数量浩繁,今传世者即达千七百首。生前刻有《乌丝词》,殁后蒋景祁刻有天藜阁本《陈检讨词》,《湖海楼词集》三十卷本系其四弟陈宗石所编定。陈维崧生前尚编纂有《今词苑》《妇人集》。曹亮武等编选《荆溪词初集》亦始倡于迦陵。

菩萨蛮
题青溪遗事画册,同邹程村、彭金粟、王阮亭、董文友赋八首

乍遇

流苏小揭人初起。博山烟袅屏风里。红日映帘衣。梁间玉剪飞。　回眸惊瞥见。笑倚中门扇。准拟嫁文鸳。灯花昨夜双。

弈棋

象牙局上金星吐。香闺戏博红鹦鹉。深院对挑棋。厌厌春昼迟。娘输笼玉手。伴靠纱窗口。细捻柳绵儿。花冠报午时。

私语

银河斜坠光如雪。碧虚浅浸天边月。月色太婵娟。行来刚并肩。阑干浑倚倦。小漾裙花茜。风细语难闻。亭亭双璧人。

迷藏

后堂恰与中门近。当时日傍飞蝉鬓。犹记捉迷藏。水晶庭院凉。侍儿前后逻。何计将他躲。匿笑颤花枝。鞋尖露一丝。

弹琴

回廊碧甃芭蕉叶。鸭垆瑞脑熏犹热。春笋抱琴弹。一行金雁寒。声声松宝串。弹到昭君怨。促柱鼓潇湘。风吹罗带长。

读书

秦淮水阁多斑竹。平康院院烧灯读。竹响似行人。檀郎回顾频。恰逢红粉面。送茗来琼扇。刚是早回头。夜深侬睡休。

潜窥

梨花籔籔飞红雪。狸奴夜扑氍毹月。物也解雄雌。教奴恣意窥。潜踪殊未惯。猛被萧郎看。羞走晕春潮。门边落翠翘。

秘戏

桃笙小拥楼东玉。红蕤浓弹春鬟绿。宝篆镇垂垂。珊瑚钩响时。花阴瑶屈戍。小妹潜偷觑。故意绣屏中。剔他银烛红。

菩萨蛮　吴门将归为姜学在题岁寒图

濒行不折阊门柳。殷勤只劝皋桥酒。笑指岁寒图。交情如不如。　　领君珍重意。树乃犹如此。题罢上归船。孤帆入暝烟。

菩萨蛮　为竹逸题徐渭文画紫牡丹

年时斗酒红栏下。一丛妩紫真如画。今日画花王。依稀洛下妆。　　徐熙真逸品。浅晕葡萄锦。挂在赏花天。狂蜂两处喧。

菩萨蛮　为友人题像

万山槲叶西风起。黛痕滴入衫痕里。砚匣净无尘。依稀陆子春。　　他时须献赋。细马朝天去。相映柳毿毿。宫娥报卷帘。

采桑子　题画兰小册，兰为横波夫人所绘

回思吮粉调铅日，紫萼缃芽。露蕊烟葩。压倒南唐落墨花。　　杜兰香去多时了，碎锦零纱。飘泊谁家。剩有眉楼小篆斜。

其二

后堂丝管亲曾醉，衮遍筝琶。舞煞蛮靴。百幅红兰出内家。　　左徒弟子今谁在，只有章华。沦落天涯。忍看灵均九畹华。

采桑子　题潘晓庵斗酒百篇小像

画师貌出高人态，梧竹澄鲜。庭户萧然。道是诗颠并酒颠。　　玉山百罚颓唐甚，醉汉琼筵。纱帽微偏。击唾壶歌宝剑篇。

采桑子 为汪蛟门舍人题画册十二帧

其一

郁金堂后相思树,花月珑璁。庭院迷蒙。凤胫兰膏潋滟红。双心一气沉香火,娇小乌龙。斜压熏笼。笑尔葡萄宝幔空。

其二

是何年少朝天客,火满东华。漏歇南衙。蝶梦才归尚恋花。麝衾兽炭团花褥,休数其他。一例豪奢。不是田家即窦家。

其三

八盘腻手香蝉委,红粉轻调。画的轻描。直得春魂为尔销。道书偏怪郎耽读,百幅霞绡。十斛龙膏。何必蓬山访碧桃。

其四

李皇周后年双小,玉树宫墙。金缕鞋帮。胆怯潜提出洞房。秣陵往事千年矣,如此疏狂。莫管兴亡。便破家山也不妨。

其五

金笼鹦鹉新来哑,柳样腰身。月样精神。小小房栊少四邻。只愁绕院千竿碧,戛触疏筠。断续停匀。几阵琤琮似有人。

其六

浪花槅子冰纹槛,绿沁肌肤。凉浸眉须。还有炎威半点无。水明楼上人疏里,旁立鸦雏。秀鬈清曈。爱看荷盘泻露珠。

其七

苍松陡作金虬舞,似此云山。不像人间。岩畔相逢吴彩鸾。情缘未了前尘在,扇子团圞。暗惜韶颜。饭罢胡麻趁早还。

其八

鹧鸪斑晕鸬鹚杓,玉润犀香。酒圣诗狂。浓淡屏山墨几行。牙签叠架粗于笋,蓄锦珠囊。宋椠唐装。也抵豪门笏满床。

其九

红樱斗帐空如水,烟月罗罗。人到南柯。一片松涛枕畔过。雀翘蝉鬓端然坐,裙带微敆。纤指频呵。甚处巫云入梦多。

其十

簟纹绿暖玻璃皱,极望芙蕖。来往谁欤。风幔烟桡满太湖。琐儿不忿双栖鸭,波溅红襦。潮晕春酥。阿姊身边竟有夫。

其十一

搓酥低粉瑶台侣,要使微颦。戏问幽情。眉黛全低恚旋成。红丝蝇拂拈来打,何事干卿。口语偏轻。薄怒徐回媚转生。

其十二

盈盈对坐翻经史,琳笈琼函。粉印脂钤。夜冷春葱下几签。在旁蜡烛能知状,茗苦香甜。月小风纤。咏絮才高笑撒盐。

减字木兰花　题彭爱琴小像

隋宫丝管。曾醉倡家红玉碗。瘦马芦沟。又上燕姬卖酒楼。　十年一别。往事濛濛那可说。画里逢君。同把扬州月色分。

减字木兰花　题山阴何奕美小像　奕美尊人侍御公以忠节死。

多年枯树。屈铁拗铜阴翠沍。野涧萧林。闲坐幽人抱膝吟。　传家碧血。怕听子规啼夜月。莫便还乡。霸国山川冷夕阳。

减字木兰花　题恽南田为潘原白所画绛帻横秋图二首

花冠粉距。昂首晴秋羞哙伍。恼杀诗翁。得失偏呹鸡与虫。　　乾坤夜黑。何日一鸣天下白。角角堪惊。总是秦关过客声。

其二

陈仓祠古。当日霸王全系汝。丛桂天空。舐药还闻伴八公。　　而今老大。笑尔会稽鸡太哑。莫管昏晨。斯世谁为起舞人。

荆州亭　题扇上琵琶行图

苦竹黄芦想像。溢浦浔阳怊怅。半幅小丹青,画出东船西舫。　　白傅青衫已往。商妇琵琶犹响。无限断肠声,只在行间纸上。

阮郎归　为灵雏题画

吴绫一幅滑如脂。江南好画师。长松几树碧离离。斜添斑竹枝。　　烟似水,雨如丝。梅花帘外垂。更题半阕断肠词。樊川杜牧之。

海棠春　题美女图为闺人称寿

智琼年小逢珍偶。多少事、灯前酒后。夜合自开花,摇动珠帘口。　　檀奴戏觅南朝手。图倩女、为娘称寿。一笑溜横波,媚靥红于酒。

西江月　题六合孙公树捧书图

公树,伯观先生孙。先生官舍人,赐书最多。

李白开元供奉,当年恩礼偏隆。赐书稠叠出深宫。玉轴牙签郑重。　　绝妙文孙才调,翩翩王谢门风。捧来乱帙悉当胸。月落华清如梦。

偷声木兰花　题范女受小像

昔年女受在舟中,隔舫有误认为余者,故及之。
君挑独夜江船火。隔舫有人呼似我。仔细披图。骨瘦髯清我不如。
孤松峭壁疑无路。啸向此中寻药去。可许狂生。化作猿猱逐队行。

偷声木兰花　题关东席端伯小像

画师要写萧疏意。先画绿杨丝踠地。斑竹阑干。傍倚高人兴邈然。
五侯七贵枌榆盛。家本辽阳争借问。总不关渠。只爱荷香扑异书。

杏花天　题震修杏花小照

虎头食肉通侯相。君本是、词场飞将。纷纷余子真厮养。自署五湖之长。
慈恩寺、春从蝶酿。红绫馔、饼如月样。杏园指日鞭丝漾。闹煞卖花深巷。

浪淘沙　题园次收纶濯足图

滟滪几千堆。溅雪轰雷。巨鳌映日挟山来。舞鬣扬鬐争跋浪,昼夜喧豗。
濯足碧溪隈。一笑沿洄。龙窝蛟窟莫相猜。我有珊瑚竿不用,不是无才。

虞美人
题徐渭文画花卉翎毛便面。扇画虞美人花并蛱蝶

帘栊水浸刚初夏。夏浅胜春也。数枝白白与红红。飘到一双蛱蝶粉濛濛。　　愁看刘项兴亡史。且读南华子。漆园栩栩过墙来。笑尔闲花还傍月明开。

临江仙
赋得睡起宛然成独笑,数声渔笛在沧浪,为园次题帐额画幅

西塞山前无六月,半间草阁临流。晚来都聚打鱼舟。笛声四起,划碎一江秋。　　正值南柯初罢郡,槐阴蚁战刚休。兼天波浪打闲鸥。寄声三老,今夜转船头。

花间虞美人
为广陵何茹庵题像。像在荷潭竹屿间,旁有两姬人侍

角弓硬箭黄金靶。须上凌烟画。不然脱帽五湖天。藕丝篁粉伴茶烟。亦前缘。　　雄心毕竟轻余子。知我佳人耳。双授裙带绕花行。凉轩水槛十分清。说平生。

侍香金童　题闺秀画扇,用湘瑟词韵

蕃马平沙,六扇屏风折。映的的、腮涡红晕颊。擘阮䇁筝都未惬。只把檀槽,粉倮酥贴。　　偶临花、蕊样闲将螺管捻。衬几笔、烟条露叶。料尔前身枝上蝶。乍掐齐纨,燕窥莺踏。

行香子　为李武曾题扇上美人,同弟纬云赋

烟样罗裯。月样银钩。人立处、风景全幽。谁将纨扇,细写风流。有一分水,一分墨,一分愁。　　天街似水,迢迢凉夜,十年前、事上心头。双飘裙带,曾伴新秋。在那家庭,那家院,那家楼。

江城子　题邹九揖像

昔年同学半吴中。饮千钟。笔如风。钗馆球门,脱帽夜过从。看到江南

红豆熟,分散了,各西东。　　年来汝客晋阳宫。草黏空。没孤鸿。落照壶关,匹马吊英雄。一笑画师真鹘突,偏画汝,做衰翁。

归田乐引　题王石谷晴郊散牧图

散牧凉秋月。或树根、痒而摩者,或饮寒湫窟。渡者人立者,蹄者,鸣者,喜则相濡怒相龁。　　矜秋露毛骨。昂首森然如陵阙。缘崖被坂,亏蔽满林樾。驼一塞马七,豕牛羊百三十,牧笛一声日西没。

归田乐引　题春郊禊饮图

粉墨真潇洒。绿杨天、楼台金碧,阵阵湔裙社。枰也茗碗也,竹也,丝也,掩映花丛柳绵下。　　风帘烟际挂。墙里莺啼秋千架。抱琴童子,穿过春山罅。咏者立饮者,弈者讴者,一幅龙眠西园画。

祝英台近　题季柔木小影,兼志别怀

红袜韎,紫罗囊,小缚黄皮袴。快马健儿,装急凭君作。更闻历落崎嶔,交游然诺,依稀是、君家之布。　　岁行暮。可怜雪浪烟帆,来朝趁人渡。呵手敲冰,为君一题句。他年展轴哦诗,怀人顾影,好频寄、江东鱼素。

四园竹　题西陵陆荩思绕屋梅花图像

西陵高士,小隐段桥东。十年酒圣,半世诗颠,千古文雄。铜将军,曲道士,楮先生者,三君踪迹时同。　　屋如蜂。屋头无数冷香,篱门都浸其中。镇日和烟和雨,点点敧斜,片片朦胧。杯在手,长侧帽,林间一笛风。

洞仙歌　题采芝图,为顾卓侯赋

苍皮黛鬣,滴金膏丹溜。下结千龄赤芝秀。有先生、杖挂长柄葫芦,篮子

内,百本木华红绣。　　嗒然云水兴,飘笠随身,炼术餐霞老岩窦。戏劚茯苓归,封寄轩辕,雷文篆、形如鸟兽。笑多事、商颜四先生,同溺过儒冠,一般皓首。

洞仙歌　题乔石林舍人桃源图小照

漫郎单舸,压半溪寒玉。流向秦人洞边宿。渐前村、竹外一两三枝,斜羃䍥,流水板桥茅屋。　　忽然奇绝处,极望花枝,尽亚东风骋肌肉。万树滴胭脂,下映平坡,都不许、蘼芜成绿。也莫问、花红种田人,只鸡犬桑麻,迥离尘俗。

鹤冲天
题邹生巽含小像。像坐万山梅花中,一童子煮茶于侧

寒崖绿染,石窦低于甑。极目总萧林、堆苍艳。更梅花作海,绽香雪、飘千点。幽人巾自垫。趺坐苔阴,杳霭水明山店。　　瑶翻碧沸,涧底泉澄湛。童子泼茶光,连幽簟。翠花瓷注茗,花沸乳、珠成绀。风情何澹澹。乍展吴绫,回味略如橄榄。

鹤冲天　题钱葆酚纯鲛小像,次原韵

吾乡画渚,有个英雄处。长想射蛟人、空吟句。如君饶逸气,偏不屑、尘埃住。沿溪寻钓侣。嚚晒江村,一色压银欺苎。　　君年未暮,讵逐鸱夷去。宵半跃颓盘,沧波煮。踞船头弄笛,快劈作、阆江雨。凉飙添几许。响入鲛宫,吹乱织绡机绪。

满江红　题尤悔庵小影,次韵二首

快马健儿,记当日、先生自许。谁信这、骅骝一蹶,长鸣忆主。凄切新词杨柳月,悲凉杂剧梧桐雨。更北平、回首暮云低,呼鹰处。　　朝共市,难容与。

山共水,聊延伫。且岑牟单绞,搔头箕踞。千万硬弓千日酒,三条桦烛三挝鼓。正男儿、失路述生平,踦闾语。

其二

天语琳琅,曾比汝、殿前之柳。今老矣、漫云才子,居然謦欬。三弄笛吹桓子野,双丸髻挽王昙首。尽数来、作达昔人多,如君否。　　脚有鬼,还叉手。舌尚在,终开口。肯车中闭置,学他新妇。曲道士为盘内舞,铜将军侑花前酒。对董龙、半醉语喃喃,何鸡狗。

满江红　梁溪顾梁汾舍人遇访,赋此以赠,兼题其小像

二十年前,曾见汝、宝钗楼下。春二月、铜街十里,杏衫笼马。行处偏遭娇鸟唤,看时谁让珠帘挂。只沈腰、今也不宜秋,惊堪把。　　且给个,金门假。好长就,旗亭价。记炉烟扇影,朝衣曾惹。芍药才填妃子曲,琵琶又听商船话。笑落花、和泪一般多,淋罗帕。

满庭芳　题徐武贻小像

武贻,文贞后人,椒峰,骎仲母舅,旧许为题像,今翁已没,始追补成之。

碧筱千竿,红兰一架,松涛韵杂笙竽。科头箕踞,旁置小风炉。回首文贞旧业,凄凉绝、绿野荒芜。牢之好,家传宅相,名已动京都。　　踟蹰。当日事,记曾抚掌,为我披图。拟闲题数语,貌尔清癯。讵料山邱华屋,重来处、此诺还逋。徐君墓,未成挂剑,聊报秣陵书。

水调歌头　题远公画洞山图,送天石北上

何以赠行卷,而作洞山图。旁人拍手大笑,画者复谁欤。此去燕姬马湩,况足金茎仙瀣,茗碗酷非须。卿复携来否,长柄有葫芦。　　掀髯语,画此者,定非迂。败尽朱门酒肉,只此味清腴。纵挟绨文三百,日给龙团凤饼,曾似故园无。十丈红尘里,一幅冷秋菰。

水调歌头　题毛会侯戴笠垂竿小像

水色绿如鸭,又似乍磨铜。靴纹细浪忽起,飒飒夹溪风。数里江村茆屋,一带芦汀蟹舍,下遍钓鱼筒。云作蔚蓝缬,衬以晚霞红。　　爇楚竹,炊香糯,五湖东。新来溪友堪讶,乃是大毛公。赢得罟师拍手,汝有金貂玉佩,讵是绿蓑翁。笑起唱铜斗,余响落蛟宫。

念奴娇　题顾螺舟小影

如此佳人,是王家养炬、谢家遏末。三世貂蝉连北阙,年少东华释褐。傅粉宫前,熏香殿侧,顾盼真英发。临春结绮,旧游似有瓜葛。　　而今零落堪怜,文园多病,赢得相如渴。满目关河愁恨极,衰草浓烟涂抹。醉矣甚呵,灰兮可溺,田也供人夺。茫茫哀乐,四条弦子空拨。

念奴娇　题季端木小影

丹青一幅,是西湖好手、戴苍之笔。年少者谁真秀绝,不让王家摩诘。绣虎清才,食牛奇气,刷羽霜空失。科头箕踞,襟情一往萧瑟。　　寄语莫赌罗囊,人身似尔、头地终须出。安得画师乘快墨,并写骅骝十匹。历块过都,茎燕秣越,此事为君必。若翁大笑,看君长绕吟膝。

念奴娇　冬夜听梧轩题王右丞初冬欲雪图,填词社第三题

炎天看此,便阴阴也觉、满林飞雪。何况今宵风正吼,绝塞胶弓都折。冰裂龙堂,凌铺贝阙,万里关河结。长空黯澹,乾坤景色真别。　　安得尽敞琼楼,早催滕六,一夜看亲切。玉戏定知应不远,料也无过来月。水墨才皴,同云暗酿,人意先清绝。只愁僵卧,怕他近恁时节。

念奴娇　戏题终葵画,钟馗一名终葵

谁将醉墨,泼长笺写作、十分奇诡。鼻魋肩形状寝,风刮鬒毛攒猬。空驿啼杉,颓崖啸葛,目欲营天地。三间呵壁,荒唐情态如是。　　休只破宅蹒跚,荒江狼犺,幽窅寻魑魅。鼎鼎试看朝市上,何限揶揄之子。卧者为尸,坐而成冢,择肉须来此。笑渠笨伯,翻愁鬼以公戏。

念奴娇　题刘震修小像,即次原韵

平生谩骂,笑纷纷眼底、汝曹何物。醉后擘窠盘硬句,涴遍倡楼粉壁。柳絮萦鞭,花枝低帽,狂煞何曾歇。侧身抆翅,鱼鹰飒爽毛骨。　　谁料同学少年,半封侯去,剩我渔舠只。击碎唾壶颠欲死,往事明明如月。君赋离鸾,仆歌老骥,一样关情切。中秋近矣,人间万顷晴雪。

念奴娇　赋得朝云坟在落花中,为黄天涛悼亡姬陆羽嬉作

南阳邓孝威有绝句云"休启疏帘还远望,朝云坟在落花中"。天涛有一扇,扇上并图此景。

南阳词客,惯多愁善感、最能吟写。近为黄郎题恨句,凄咽如闻夜话。说道江乡,每年寒食,细雨啼山鹧。落红万斛,朝云坟在其下。　　更被水墨轻描,丹青淡抹,倍把愁肠惹。短短墓门花似血,点入倪迂小画。蝴蝶成团,蘼芜满路,闹杀前村社。倚楼人在,为他泪觑银帕。

念奴娇
题徐晋遗表弟所画牡丹图,并以志悼。时正是花大放

璧人年少,记临风侧帽、姿尤清绝。曾在沈香亭畔醉,偷谱清平三阕。更取名花,图成粉本,惹杀狂蜂蝶。盈盈著纸,误人几度攀折。　　今日画可羞花,花偏入画,一样无分别。可惜空山埋玉树,此恨只和花说。纵有丹青,也应

尘土，拌了娇红色。花前一叹，胭脂乱扑成雪。

绕佛阁　为李武曾题长斋绣佛图小像

冷笺雪䃺，纤腻滑笏，恰称烘写。偷玩闲把。有人认是，年时瘦司马。俊游都雅。帽影蘸粉，衫缕沾麝。蛮雨啼鹇。略记小驿，奢香醉题帕。　旧事一弹指，可惜花开多易谢。此后鬓丝，吴霜将暗惹。且料理心情，消向莲社。茜竿低亚。捧一轴迦文，绡带轻洒。傍风前、蛉䗂斜挂。

齐天乐　题松萱图，为姜西溟母夫人寿

凭谁细䃺吴绫滑，贞松皱来苍窅。鬣可拏云，涛偏沸雨，只伴疏梅衣缟。霜零雪裛。儿著得书成，龙鳞暗老。十载飘蓬，枝头飞去翠禽小。　乡关悄然回首，小桥新月下，茅屋偏好。肫被轻分，江鱼远致，长祝岁寒相保。清愁未了。再添笔红萱，栏边斜袅。拟答春晖，此心惭寸草。

喜迁莺
石濂和尚自粤东来梁园，为余画小像，作天女散花图，词以谢之

月明珠馆。有帝释夔陀，身云散满。鲛国旌幢，鼍帆笳吹，万叠雪倾银溅。装罢红棉粤峤，看足苍枫梁苑。饶能事，尽微皴澹抹，黄深绛浅。　箧衍。有一卷、细腻凝脂，三尺松陵绢。少不如人，师须为我，画出鬓丝禅板。旁侍湘娥窈窕，下立天魔寒产。人间苦，怅碧桃花谢，洞天归晚。

绮罗香　题宋既庭小照，图作长松竟幅

昔梦都非，旧游频换，秋夜一灯吾汝。彩笔凭陵，压尽曹滕祁莒。曾见说、猿臂难封，有闻道、蛾眉工妒。任纷纷、项领儿郎，熏香剃面画衣袴。　谁将东绢一匹，皴铜身铁鬣，翠交苍互。子落涛鸣，下有幽人箕踞。看几簇、露叶烟条，经几场、落花飘絮。镇朝昏、吟雨啼风，惯为浑脱舞。

望海潮　题马贵阳画册

极北龙归,江东马渡,君臣建业偏安。天上无愁,宫中有庆,声声玉树金莲。点缀太平年。更尚书艳曲,丞相蛮笺。月夕花朝,那知王浚下楼船。

华清月照阑干。怅多时粉本,流落人间。可惜当初,丹青妙手,如何不画凌烟。风景极凄然。写一行衰柳,几处哀蝉。展卷沉吟,昏鸦蔓草故宫前。

沁园春　为泗州谢震生广文题照,兼送其之任山阳

我爱先生,其冷者官,其热者肠。羡康乐宣城,君之家世,蠙珠浮磬,此是家乡。人道马曹,我知鱼乐,苜蓿堆盘也不妨。吴绫上,问传神阿堵,何物长康。　　才成半阕凄凉。忽念尔、将离黯自伤。记淡月微风,曾经批抹,好花新茗,相与平章。此去淮阴,古多恶少,我欲来游醉几场。君求我,在韩侯台下,漂母祠旁。

沁园春　题徐渭文钟山梅花图,同云臣、南耕、京少赋

十万琼枝,娇若银虬,翩如玉鲸。正困不胜烟,香浮南内,娇偏怯雨,影落西清。夹岸亭台,接天歌板,十四楼中乐太平。谁争赏,有珠珰贵戚,玉佩公卿。　　如今潮打孤城。只商女、船头月自明。叹一夜啼乌,落花有恨,五陵石马,流水无声。寻去疑无,看来似梦,一幅生绡泪写成。携此卷,伴水天闲话,江海余生。

沁园春　题西溪钓者小像

彼君子兮,自序生平,西溪钓徒。有柴门临水,一群鹅鸭,松关负郭,四壁图书,注易逍遥,弹琴廓落,屈指知非十载余。焚香坐,俯衣晖杰阁,饱瞰晴湖。

多时兴在乘桴。且一苇、苍茫纵所如。看笔床茶灶,沿流容与,渔庄蟹舍,夹浦萦纡。乍叩闲舷,或延新月,秋水长天碧似芦。掀髯笑,笑人方梦鹿,我正

观鱼。

沁园春　为雪持题像，即次原韵。像作大雪中，数燕姬筝琶夹侍

屈指生平，衣葛知寒，食梅苦酸。倩冰绡数尺，图成行乐，梨园一曲，谱出邯郸。富贵何常，男儿自有，除却升天作底难。掀髯处，怪六花一夜，白尽江山。　长空舞絮漫漫。纵汉苑、吴宫梦里看。唤燕支小妇，霓裳夜谴，回波别队，毳幕春寒。满院红肌，一帘香雪，老放英雄此内闲。吾狂甚，向画中笑乞，最后双鬟。

沁园春　题竹逸小像，像在万竿翠竹中

谁伴先生，茗碗炉熏，书签笔床。记慈恩释褐，名喧三殿，定昆乘传，檄谕诸羌。万里辞官，一身入画，抽却朝簪换芰裳。琴樽外，更阴阴空翠，个个篔筜。　竹郎闲与评量。论梁栋、何须羡豫章。任截为拄杖，蹑他嵩华，劈成横笛，吹出伊凉。根作龙拏，节如剑拔，谁许斑痕上苦篁。闻言喜，竹得风而笑，满院笙簧。

沁园春　题徐二玉小像

貌君者谁，尺幅经营，天机渺漫。纵偶然位置，偏能高脱，无多笔墨，只取幽闲。缓带溪桥，微吟山寺，目送飞鸿自往还。萧疏极，任人情物态，了不相关。　多君逋峭难攀。只日向、衡门赋考盘。况霜红露白，秋冬之际，杉黄柏赤，山水之间。竹杖逍遥，芒鞋散诞，古树槎枒挂箨冠。从君去，好或穷岩岫，或弄潺湲。

沁园春　题袁重其负母看花图

吉贝沿街，枳壳丛阑，葵榴映墙。算三牲五鼎，贫家时缺，千红万紫，夏日方长。衣着斑斓，躬为痀偻，负得萱闱出北堂。蓝舆少，笑相君之背，软胜匡

床。　　笋篱药坞徜徉。惹白发、逢欢意转伤。记早年歌鹄，花谁上鬓，中宵刺凤，草尽萦肠。人说儿贤，天教娘健，描画还凭顾长康。披图羡，较看花上苑，事定谁强。

沁园春　题汪舍人蛟门少壮三好图

图作群姬挟筝琶度曲，拥书万卷，数鸥仁贮酒其旁，图上题词甚多，豹人则欲开阁禁酿，于皇则欲焚砚烧书。二说纷然，余故作此词。

酒库经堂，正竞筝琶，客声沸然。是秦川遗叟，整襟而入，杜陵野老，裂眼而前。或导荒淫，或规放诞，庄语诙辞尽可传。喧阗甚，似输攻墨守，讼芋争田。　　不闻博弈犹贤。但适兴、焉能便舍旃。况溉堂集内，颇言声伎，茶村睱日，讵废丹铅。卿论诚佳，吾从所好，亟唤蛮娘斗管弦。牙签畔，渐玉箫风起，吹动觥船。

沁园春　题徐祯起六十斑斓图

老友者谁，城北徐公，舞衣斑斓。有豆区一亩，藤花半架，晴山万叠，碧浪千湾。隐不求名，忧宁用老，竹户蓬门尽日关。家庭乐，喜庞眉矍铄，皓首团圞。　　相从樵父渔蛮。只戏鼓、歌楼恣往还。笑鼎鼎朱门，几人亲在，番番黄发，谁便身闲。何似贫家，萧然戏彩，六十儿从膝下顽。幸蹉跌，惹八旬堂上，莞尔开颜。

沁园春　题崇川范廉夫松下小像，友人女受长公

松下谁耶，玉貌临风，于思于思。正涛翻翠鬣，支离拗铁，霜凋黛甲，剥裂侵苔。韦偃皴成，毕宏画就，战壑千宵未易才。因何故，却嗒焉若丧，万虑成灰。　　琅山紫飓喧阗。还记得、君家往事来。有四海宾朋，极天甲第，满堂丝管，夹水楼台。如此儿郎，居然漂泊，范叔寒今至此哉。长安道，且欷歔话旧，怀抱谁开。

沁园春 题王山长小像

己卯之秋,余甫成童,流观简编。见诸省贤书,楚才最妙,于中杰作,数子尤传。旧雨石霞,金昆亦世,先后同吟杕杜篇。昭邱上,只思君不见,君在谁边。　　相逢各已华颠。算燕市、论交亦偶然。叹破砚枯琴,此间孤冷,豪丝脆管,别屋夭妍。三尺生绡,一泓冰雪,貌尔萧疏老郑虔。掀髯笑,笑人间何限,图画凌烟。

贺新郎 作家书竟,题范龙仙书斋壁上芦雁图

漏悄裁书罢。绕廊行、偶然瞥见,壁间小画。一派芦花江岸上,白雁濛濛欲下。有飞且、鸣而悲者。万里重关归梦杳,拍寒汀、絮尽伤心话。捱不了,凄凉夜。　　城头戍鼓刚三打。正四壁、人声都静,月华如泻。再向丹青移烛认,水墨阴阴入化。恍嚓呖、枕棱窗罅。曾在孤舟逢此景,便画图、相对心犹怕。君莫向,高斋挂。

贺新郎 题郎官山雪霁图,送家伯驺还八闽

闽峤盘天际。怅连年、幔亭昔梦,枕边频制。揭得郎官山半幅,目断层崖雪霁。飞不透、鹧鸪声里。今日真成归计稳,涨蛮天、一片南还骑。桄榔面,家山味。　　前滩唤囤乡音细。傍榕阴、晶丸万颗,依然斜缀。绿蛎房边红齿屐,喧笑应门童稚。谁暇诉、飘零情事。少顷武夷君有信,也头童、面皴骖鸾至。惊此别,几年岁。

贺新郎 题孙赤崖小像,用曹顾庵学士韵。图中三孙绕侧

入洛人如璧。记当年、才名争数,江东孙策。况值贤兄新夺帜,细马春游禁陌。看两两、油幢绣戟。倏忽浮云生官殿,十九年、罚作长流客。才出塞,鬓先白。　　京华握手鸣珂宅。剧悲歌、蛾眉劝酒,驼酥行炙。今日阊门重见

面,更尽杯中琥珀。总莫问、鸿泥雪迹。一笑披图三珠树,羡儿皆、字猘奴呼释。万户乐,君休易。

贺新郎　题大司农梁苍岩先生五苗图

先生梦人贻宋绣一幅,长松千尺下茁五苗,是岁先生第五郎生,因名苗哥。戊午秋先生招吟邸舍,苗哥出揖,属为此词。

齁面桃花雪。羡昌昌、搓酥滴粉,珠装翠刷。昨夜分明天上冷,玉兔初肥时节。早谪向、姮娥宫阙。骑上紫皇狞小凤,笑群儿、项领寻常物。粗了了,甚贤达。　曾经入梦缥绫滑。是宣和、写生墨绣,虬松都活。今日荷衣能出拜,果应兰芽其苗。算此事、通都艳说。摩顶苗哥须记取,奋扶摇、绦旋行当掣。家自有,魏公笏。

摸鱼儿　题徐电发枫江渔父图

问何人、生绡滑笏皴,来寂历如许。孤篷几扇西风底,滴尽五湖疏雨。垂弱缕。尽水蔓江蒹、信意牵他住。寄声鲂鱮。总来固欣然,去还可喜,知我者鸥鹭。　行藏事,不是如今才悟。浮名休再相误。人间多少金貂客,输却绿蓑渔父。谁唤渡。早万木酣霜、红到消魂处。湛湛枫树。又遥衬芦花,摇晴织暝,闹了半汀絮。

摸鱼儿　题龚节孙仿橘图

节孙兰陵人,卜居阳羡,慕东坡之为人,故为斯图以明志。

有兰陵、宁馨年少,风前玉树姚冶。缚茆树栅东溪畔,正傍樊川水榭。谁图画。画秋后、霜柑百颗高低亚。寒香噀射。拟楚颂名亭,追踪坡老,此意尽潇洒。　人间世,总是蜗牛传舍。休矜文采儒雅。海田几遍栽桑后,万事虚舟飘瓦。蜀山下。有苏子、祠堂老木曾连把。如今尽也。便结得亭成,他年志遂,后日谁怜者。

多丽　为李云田、周小君、宝灯题坐月浣花图

暖红筹,月轮斜挂妆楼。恰雅称、香闺心性,下阶小试莲钩。好风筛、窗纱影碎,凉露浸、箪縠纹流。裙带微飘,玉奴私语,人生易值此宵不。何况是、楚天巫峡,嫦娥别种清幽。羡此夜、月光人面,端正温柔。　　渐满砌、玲瑡红药,如啼欲睡疑羞。倩轻绡、秋棠宜罨,央小玉、夜合将收。更与传言,月波堪舀,莫问银床玉井头。想像处、花前人月,永夜费凝眸。还只怕、画图难肖,搁管增愁。

穆护砂　题苕中沈风于孝廉被园偕隐图

吮黛调铅素。偃霜毫、渲染如许。是东阳才子,蘋洲词客,压倒秦观贺铸。携袅袅、吹箫楼上侣。小茸个、短篱疏圃。药砌畔、紫葳蕤放,花架外、玉鬖鬖吐。嫩紫娇黄,长红小白,烟条露叶倩谁梳。恰晓妆才罢,手香轻摘,人在绿窗语。　　惆怅襟怀谁诉。镇相看、卓家眉妩。正春衫对挽,蛮笺低堕,情知粉郎新句。怕笛伎、筝人歌易误。须红豆、今番亲谱。小立有、帘前桂子,授意把、碧箫潜取。摒挡偷声,商量减字,月波浸彻画屏虚。向前溪、更涤冰瓯,宵阑煎顾渚。

徐元琜　2首

字渭文,江苏宜兴人。擅绘事,其《钟山梅花图》,一时名家如陈维崧、史唯圆、蒋景祁等题咏殆遍。

点绛唇　秋闺图

翠竹萧条,轻风过处云鬟乱。玉人肠断。独坐雕阑畔。　　拂拂天香,已是秋将半。空长叹。侍儿低唤。明月无心看。

忆秦娥　题雨打梨花图

梨花弱。溶溶夜月依香阁。依香阁。无端风雨,吹来飘泊。　　风流想象今非昨。重门掩处伤离索。伤离索。如今画出,总成寂寞。

韩纯玉(1624—1702)　2首

字子蘧,号蘧庐,浙江归安(今湖州)人。不求仕进,避迹栖贤山。有《蘧庐词》。

卜算子　简画,和稼轩韵

周昉画佳人,韩干图良马。厩马宫人少悴容,多是痴肥者。　　摈去老中书,敲破铜台瓦。抹倒从来假画工,真水真山也。

贺新凉　题顾梁汾小影,次原韵

且住为佳耳。揽芳洲、白蘋红蓼,留宾西第。细雨浓香丛桂下,深语难忘此意。读好句、怜君如己。小影虎头时顾盼,任传神、难写英雄泪。如澹菊,如秋水。　　吾欲问天天久醉。算古来、邹枚屈贾,皆其所忌。一片闲心聊挟矢,响落铜壶未已。纵学剑、无成何悔。别具烟霞袍笏相,如此翁、合置林丘里。京洛梦,多忘记。

陆进(1625—?)　8首

字荩思,浙江余杭人。贡生,官温州府学训导。有《巢青阁诗余》。编有《西陵词选》,合编有《东白堂词选》。

虞美人　题张鞠存吏部采菊图

苍茫天地携筇叟。曾展经纶手。持将玉尺擢英才。为忆故园黄菊暂归来。　呼童采得香盈把。秋色真潇洒。东山佳兴近如何。试向画图开处一婆娑。

蝶恋花　题画竹

抹月批风偏爱竹。谁洒松云,染出筠文绿。尽日幽人看不足。丁宁新粉休轻触。　忽忆林间孤凤宿。日暮天寒,翠袖伤幽独。清泪斑斑留一幅。萧然疑在湘江曲。

满江红　寄题尤悔庵画照,次丁药园韵

伏枥班骓,频回望、枫桥官柳。但几次、西堂入梦,顾然一叟。图画何须经漆眼,才名久已悬珠斗。羡一生、事业在千秋,曾知否。　君自有,屠龙手。还自具,悬河口。羡新来归隐,鹿门偕妇。微雨小犁三径菊,西风满载中山酒。尽及时、行乐看浮云,成苍狗。

贺新郎　题顾梁汾舍人佩剑投壶图,次成容若韵

白面书生耳。问谁如、虎头名望,貂冠门第。半袒铁衣欹皂帽,那解个中深意。算相对、自成知己。此日甲兵天地满,按青萍、莫洒英雄泪。无限事,付流水。　高阳旧侣堪同醉。想从来、才人未遇,多遭猜忌。老我名场三十载,君却壮心未已。年少事、不须深悔。试看英姿偏俊爽,对画图、如在云霄里。聊执笔,为君记。

摸鱼儿 题汪蛟门舍人少壮三好图

叹年来、闭门读礼,缥帙久废丝竹。笔床砚匣尘封满,何处可舒双目。披尺幅。看绕座、蛾眉色映春山绿。暖屏借肉。羡名士逢场,放怀作达,迥自越尘俗。　　风流事,不数石家金谷。终朝且泛醽醁。何须图貌凌烟上,少壮去如飞镞。真是福。才信道、摊书醉倚人如玉。新词一曲。愿画里婵娟,歌喉宛转,代我奏华屋。

卜算子 题阎再彭妻梅图

梅放几枝春,画里犹疏秀。剩与幽人展卷看,素影真堪偶。　　只许伴寒香,不肯随桃柳。肠断年年花落时,斜月黄昏后。

清平乐 题陈其年太史填词图

掀髯独坐。搦管凭谁和。有女双鬟花半亸。一曲洞箫吹破。　　是谁妙笔传神。风姿掩映如真。笑我迷离老眼,时从画里呼君。

祝英台近 为邵瑶文题唐伯虎十眉图

展丹青,凭玉案,如入万花圃。或倚琼箫,或作柘枝舞。或共蹴鞠弹棋,临池斗草,或柳外、凭肩细语。　　漫凝伫。满院历乱春光,尽是系情处。靓服明妆,写出洛神赋。但恨尺幅霞笺,一双雾眼,难遍看,娉婷韵度。

释随时 1首

字悦可,江苏宜兴人。

满江红　自题小影

问尔何为,空潦倒、头颅已白。历几许、甘辛苦淡,繁华萧索。覆雨翻云缘底事,剑花笔彩都无益。剩残生、稽首法中王,寻消息。　　料不上,凌烟壁。梦不到,槐安国。甚重开生面,莺肩火色。待得画成蛇有足,经今醒去蕉非实。殿东偏、屋角破袈裟,还须识。

俞士彪　2首

原名佩,字季瑮,浙江钱塘(今杭州)人。诸生,曾官崇仁县丞。与毛先舒、徐士俊、丁澎、毛奇龄、张台柱、洪升等唱和。著有《玉蕤词钞》。

风流子　题吴清来清狂小影

思君非一日,今朝也、喜得见清狂。想不写颊毛,偏传阿堵,纵添蝇迹,无玷清扬。更像对,绿杨千万缕,红杏两三行。乍道安仁,未曾傅粉,旋疑荀令,怎不闻香。　　风流当年少,沉想处应是,暗惜韶光。只怕芳心呕尽,此意谁将。羡绮句初成,堪传金石,彩毫挥处,尽是琳琅。待剪明霞一片,付与青箱。

御街行　题佟碧枚小影

是谁巧把丹青画。喜个里、真潇洒。迥然标致出风尘,何羡轻肥裘马。繁华尽洗,豪奢不尚,独把风流写。　　声名藉藉传京国,看笔似、黄河泻。科头坐石淡忘情,不数晋时王谢。他年麟阁,绯衣玉佩,只是寻常者。

沈丰垣 1首

字遹声,号柳亭,浙江钱塘(今杭州)人。诸生,少学词于沈谦,与徐士俊、毛先舒、丁澎等均有唱酬。有《兰思词》。

水龙吟　题梁承笃明府青藤古坞图

松云□□鹅溪,绢染出东垣佳景。紫岩藏坞,翠藤垂蔓,依稀三径。中有高贤,摊书无语,临池对影。奈苍生雅望,催辞薜荔,飞凫舄,初为政。　　南国西湖名胜。称风流、栽花仙令。双清心迹,琴鸣竹阁,鹤携梅岭。此地弦歌,故山丝管,披图如听。但晚庭卧治,余闲应作,卧游乘兴。

朱茂晭(1626—?)　1首

字子蓉,浙江檇李(今嘉兴)人。县学生。擅诗文,专师太白,评者比之出水芙蓉。亦工书法。顺治七年(1650)与朱彝尊同赴十郡大社。有《东溪草堂诗余》。

满庭芳　题西江送别图

天带孤鸿,亭飘黄叶,扁舟直上西江。茅堂重聚,风景话沧凉。离恨丝弦诉,画图就、绿绕潇湘。提壶樆,穿林稚子,烟岸澹斜阳。　　人间成底事,百年几日,冷地思量。便移灯对酒,长夜何妨。空自依依惜别,折残尽、稀柳疏杨。浔阳畔,知君到否,芦月耐如霜。

何采(1626—1700) 24首

字第五,一字敬与,号南涧,安徽桐城人。顺治六年(1649)进士,改庶吉士,授翰林院编修,官至侍读。工书。有《南涧词选》二卷。

浣溪沙　题归湖图

浣罢轻纱渡语儿。锦帆泾上采莲时。卧薪人隔若耶溪。　　此日苏台麋鹿走,他年越殿鹧鸪飞。五湖风月让鸱彝。

浣溪沙　题鲈庄渔隐图。集唐,俱叶渔翁

舴艋为家西复东(张志和)。轻装梁柱庳安篷(白居易)。偶来江外寄行踪(元稹)。　　碧落晴分平楚岸(刘沧),乱泉飞下翠屏中(罗邺)。停桡独饮学渔翁(方干)。

其二

却忆桐江下钓筒(陆龟蒙)。金鳞泼剌跳晴空(温庭筠)。鱼鲜饭细酒香浓(白居易)。　　荡桨远从芳草渡(胡宿),吹帆犹是白蘋风(方干)。谁能相伴作渔翁(元结)。

其三

月照溪边一罩篷(钱起)。钓纶还与月轮同(温庭筠)。秋容无迹澹平空(王初)。　　潭影悠悠花悄悄(曹唐),溪岚漠漠树重重(白居易)。江湖满地一渔翁(杜甫)。

其四

笑看荷衣不叹穷(张志和)。百年生计一舟中(白居易)。却寻归路五湖

东(罗隐)。　　落日澄江乌榜外(韩翃),截湾冲濑片帆通(方干)。暂时犹得狎渔翁(陆龟蒙)。

采桑子　题画

东风吹遍青无数,花意嫣然。松意翛然。衬出朝烟与暮烟。　　人家住在幽篁里,山到窗前。水到门前。不是樊川即辋川。

喜团圆　题莲桂笙鹊四婴图,为人催妆

嘉莲丛桂,星悬华顶,月满淮南。鹊轩正驾鸾笙奏,羡琴瑟和耽。　　式相好矣,宜其家室,则百斯男。窦公添一,卞郎添二,郭令添三。

武陵春　题垂柳钓船图,集唐

春尽絮飞留不得(刘禹锡),孤棹也依依(严维)。白首沧浪空自知(刘长卿)。惆怅暮潮归(李嘉祐)。　　夜夜澄波连月色(李颀),月出钓船稀(张籍)。拍水沙鸥湿翅低(白居易)。不去为无机(耿湋)。

柳梢青　题芦中钓舟持螯把酒图

云水为乡。芦庄小筑,亦曰鲈庄。翠箬斜风,青蓑细雨,收入篷窗。　　阿谁画我行藏。尽消受、双螯一觞。身后浮名,眼前长物,付与沧浪。

偷声木兰花　王宓草诗来谢饷鹅酒,并为绘太平先茔图

三升绿酝那中恋。一卷黄庭容易换。蚁瓮鹅笼。才属王家便不同。　　辋川画里诗无价。更爱辋川诗里画。漠漠阴阴。不辨仙源何处寻(王摩诘句)。

其二

佳城郁郁千章木。下有萧萧茅盖屋。妆点荒阡。东舍西邻万亩田。入山深处犹嫌浅。跳入图中心更远。云染烟皴。添个林间誓墓人。

瑞鹧鸪 寒玉道人为顾与治画梅花便面,集唐

南村晴雪北村梅(薛逢)。先后花分几番开(李频)。闲倚晚风生怅望(张泌),强欺寒色尚低徊(陆龟蒙)。 林香酒气元相入(沈佺期),越岭吴溪免用栽(罗邺)。惟有诗人应解爱(白居易),教人扇上画将来(罗隐)。

踏莎行 题周中丞骑驴踏雪图,和吴司成韵

擘絮云低,撒盐风紧。冲寒欲放梅花信。华阴不及灞桥边,琼瑶踏碎无人问。 折柳为鞭,索绹代鞯。黄金白玉输他韵。青驴虽稳过青骢,寻思更是青牛稳。

行香子 题嘉庄农隐图 方邵村为梁尚书画

山色溪光。郁郁苍苍。画田家、一幅储王。稻风吹绿,麦浪翻黄。间几株杨,几竿竹,几头桑。 阡陌陂塘。鸡犬牛羊。似桃源、引入渔郎。浮云富贵,流水行藏。是卫公园,谢公墅,晋公庄。

千秋岁 题瑶池图祝程蕉鹿太夫人,隐括曹唐咏王母诗

昆仑遥伫。五色龙车度。剑佩引,笙箫举。细风吹粉藻,朗月摇琪树。凝想处。霓旌着地云初驻。 邀宴流霞渚。延寿丹泉注。霜露湛,星河曙。紫鸾飘渺下,青鸟从容语。招玉女。长生碧宇期亲署。

蓦山溪　题佟一元、汇白两中丞渔樵伯仲图

双飞雁序。历历翔乌府。点笔貌凌烟,伯仲间、俨然伊吕。磻云莘雨,只作画图看,盘谷路,武陵源,仿佛当如许。　　银钩玉斧。丝绣还金铸。何遽赋归兮,暂招寻、鹤侪鸥侣。南溪东墅,未易稳高眠,青箬笠,碧萝衣,愿得相留与。

万年欢　题未农山阴柳垂竿像

奕奕亭亭,更修髯广眉,皓皓如雪。仿佛清谈长啸,霏霏将发。湛湛方瞳凝碧。看衮衮、软红飞绝。盈盈似、秋水为神,珊珊琼玉为骨。　　一竿欲垂又歇。与烟波桑苎,高韵无别。青箬乌藤,亦作身外之物。箕踞科头翘足,应不受、尘污巾袜。还添个、二八双鬟,低歌杨柳风月。

万年欢　题吴天篆倚松把酒像

谁种龙鳞,郁徂徕磊砢,千尺苍雪。似听泠泠謖謖,清风徐发。中有幽人抱膝,恣磅礴、丰神超绝。犹难写、如水文心,兼之如玉诗骨。　　长林偶然熟歇。视麒麟今代,图画奚别。瀑韵涛声,不是尘埃间物。暂借桐江蓑笠,更暂卸、瀼溪鞋袜。浑如见、潇洒宗之,举觞聊复邀月。

洞庭春色　题耕壶、敦复两君山居八景
前姚园、后张园,再和原韵

昔李公麟,独留名胜,待张与姚。看烟深衔药,月明收篛,芹香扑垒,藻影惊潮。碧玉半含移渭亩,更翠袖三眠拂午桥。春风里、见条青吐梗,痕绿山椒。

奇峰纷纷郁郁,还低映碎锦轻绡。或临流高枕,子荆欲漱,傍阿小筑,与可能描。用尔和羹趋太液,绣五粒仙禽一品袍。长相忆,是苍莨招隐,黄叶归樵。

沁园春　题张子大朴园图

贲于丘园,卧游从之,其乐也融。看绿筠个个,参差碧柳,红蕖冉冉,映带苍松。秋水眠鸥,春畴饭犊,荷锸鸣榔烟雨中。吾何愿,愿卜邻溪友,作伴山翁。　　尚书曳履支筇。又两世、冰衔肯构同。羡东山丝竹,婆娑谢傅,午桥樽俎,颠倒裴公。以朴为名,深思其义,摆落时趋追古风。吾还愧,愧展图不释,题句难工。

摸鱼儿　题周栎园芦花钓艇小影,和邹讦士韵

忆长安,丰神眉宇,长干重得相睹。暄凉不改当年色,知道此心如故。人争觑。只合是、丹青图画黄金铸。胡然容与。却载雨撑烟,荡云摇月,学个老桑苎。　　回头顾,历过风波几许。芦花浅水聊住。潇寰一幅轻身跳,闲看鹭联凫聚。君莫误。君不见、狂澜正藉中流柱。君应听取。这桂桨兰舟,葛巾芒履,容我借将去。

貂裘换酒　寄怀刘帅瑞图

刘由史院历迁浙江制府,改督崇明水师。

史局初开者。记同君、牛腰书校,蠡头翰洒。西子湖干笳鼓沸,淡抹浓妆入画。怅别去、梗浮萍泻。锁钥知非君不可,莫诶俳、只作粗官话。磨一剑,千金价。　　兜鍪着出峨冠挂。踏潮儿、吴歈越调,使船如马。大树将军屯细柳,争说从天而下。掣满月、雕弓亲把。叱叱水犀三万甲,指苍茫、屭浪鲸波射。仍浩荡,轻鸥也。

貂裘换酒　自题四真图

萧无怀为余写真四幅,一《白塘钓鱼图》,一《南涧饭牛图》,皆老年像。一《东山乐游图》,一《直院修史图》,则意写中年少年像。合填一阕,以记流年。

此老何来者。掉轻舟、桃花溪畔,落英飞洒。画出武陵源一幅,一幅辋川庄画。牛背上、眼光如泻。好荷长镵轧柔舻,就渔家、伴侣田家话。虾菜市,鹤粮价。　　东山一幅丹青挂。恣欢游、朱甍奏伎,绿原盘马。争识凤凰池上客,归到凤凰台下。又一幅、缇缃手把。红杏词人紫薇省,吐银毫、焰向金莲射。春梦觉,一场也。

莺啼序　隐括桃花源记,书文五峰桃源图后

渔人捕鱼为业,正缘溪溯水。忽逢着、林上桃花,落英芳草鲜美。向前去、林穷水尽,有光仿佛开山际。舍船从,山口幽探,豁然平地。　　阡陌交通,竹树互荫,听鸡鸣犬吠。看来往、黄发垂髫,外人衣着无异。纵行歌、怡然自乐,恍疑是、商山黄绮。见渔人,问所从来,似惊还喜。　　渔人具答,便至其家,为杀鸡设醴。问讯罢、自云先代,为避秦人,率子偕妻,遂居于此。浸湮往迹,荒芜来径,春桑秋菽随时艺。任男耕、女织靡王税。虽无纪历,惟凭草木荣衰,漫问今是何世。　　汉兴汉废,总不曾知,又勿论晋魏。住数日、山中辞出,既得其船,绝境难忘,隐踪须继。连田比屋,循源沿岸,扶行处处皆详志。迨重寻、迷路何由诣。南阳高士欣然,此后浑无,问津者矣。

王世禄(1626—1673)　2首

字子底,号西樵山人,山东新城人。顺治十二年(1655)进士,选莱州府教授,迁国子监助教,擢吏部考功司主事,迁员外郎。康熙二年(1663)典河南试,以磨勘罹吏议下狱。事白,流寓吴越,旋以愿官补用,遭母丧,哀毁而卒。著有《十笏堂诗选》《炊闻词》等。

蝶恋花　次韵少游二乔观书图

倾鬟颓云肩弹玉。鬓几光凝,双映修蛾绿。仿佛风光屏外足。摊书停却寻春躅。　　炉里双烟青断续。玉砌红帘,不似牵萝屋。公瑾伯符皆不俗。知无一事萦心曲。

千秋岁　题霜哺图为袁重其寿母

袁生把臂。珍重频相谓。从少日,依堂背。丸熊良已苦,柑鲑谁曾馈。图反哺,清霜几下慈乌泪。　太息钦君意。菽水君何愧。门子洁,风人贵。母持灵寿杖,儿作斑衣戏。歌一阕,为君侑祝千秋岁。

仲恒　11首

字道久,号雪亭。浙江仁和(今杭州)人。诸生。约生于明天启间。友同里丁介、金长舆、金之坚等。康熙三十三年(1694),年逾七十,尚在人世。有《词韵》《雪亭词》。

点绛唇　题濯足图

碧涧层峦,看谁寻取清幽趣。花明如许。垂柳迎风舞。　一曲沧浪,不问寒和暑。怡情处。钓竿收贮。拈韵搜新句。

卜算子　题濯足图

翠色满空山,掩映波光浅。小艇乘风汗漫游,适意浑忘倦。　濯足碧溪湾,拂袂荷香远。妙笔传来蕴入神,翻帙明双眼。

洛阳春　题瑶池宴罢图

碧海红桑何处。纷纷仙侣。鸣鸾佩玉跨轻云,须认取、瑶池路。　手捻灵芝还顾。蟠桃如许。尘寰遥隔彩云遮,看海底、生烟雾。

阮郎归　题仙姬宴罢图

彩云缥缈佩珊珊。瑶池宴罢还。手捻如意袂翩翩。凝眸相对看。　乘宝筏,跨危澜。风鬟堕鬓寒。蛾眉点点淡春山。丰姿不易传。

阮郎归　美人携幼图

疏桐影里月娟娟。飞来一绛仙。月中可也似人间。宜男草色妍。　抛竹马,掷花钿。欢情恁宛然。丹青绘得态翩翩。如何得并肩。

西江月　题友人登舟濯足图

尘世奔驰无底,赵趄局蹐难看。戏描双足濯清泉。身伴柳丝花片。煮茗且消烦渴,撇开姜叟纶竿。心愁劳攘不胜鞍。跂想乘槎霄汉。

鹊桥仙　题茗人小像

小梅香逗,孤松雾抹,满砌苍苔翠色。闲凭几石展图书,旁侍着、娉婷弱息。　龙团泉沸,枕流漱石,此际甚人消得。何人绘出恁清幽,谁放艇、联床拥膝。

渔家傲　题垂钓图

沙白汀寒写景异。远山着雨宛如洗。溪畔收纶穿锦鲤。风正起。系舟且傍垂杨底。　村酒沽来忘万事。高歌短拍欢无际。海水桑田曾变未。酩酊醉。月明不觉和衣睡。

风入松　题某倡和图

风流喜得恁翩翩。诗酒足留连。烹茶调鹤无余事,携素侣、梁孟齐肩。松影参差斜映,山容浅淡如烟。　休文俊逸古相传。豪放轶前贤。呼童扫叶开幽径,停书页、笑问双鬟。绘得幽闲宛肖,人间有此仙园。

满庭芳　题倡和图

黯淡春山,长松翠色,林泉却也清幽。抚琴调瑟,相对足风流。抛撇当前轩冕,等闲视、水面浮沤。图写处,丰神俊逸,彩笔煞难勾。　凌风双鹤唳,一天好景,尺幅全收。更焚香煮茗,兴致悠悠。笑指花间臧获,今朝客、几个来游。更休问,腰缠累累,飞度广陵秋。

桂枝香　题画

层峦叠峙。问开蜀五丁,那能舒臂。尺幅纤毫,幻出海楼蜃市。墨痕洒滴西山外,看烟柳、迷离远沚。渔舟漂泊,沙汀掩映,千岩横翠。　闲凝望、斜阳影里。有几点归鸿,欲栖还起。应是虎头,运出神工鬼伎。致身惝恍羲皇上,能解脱、人间忧喜。茅堂酒醒,竹炉茶熟,疑真疑似。

贺宽(1627—?)　2首

字瞻度,号拓庵,江苏丹阳人。顺治九年(1652)进士,官大理寺评事。有《山响斋词稿》。

减字木兰花　题张驭文检书烧烛看剑引杯小照

蜡融三寸。瞬息兴亡千古恨。试问何书。笑杀乾坤一腐儒。寒光一线。

拂试芙蓉三尺剑。底事沉吟。斟酌平生一片心。

高山流水　自题桃花渔父图小照

东坡昔唱大江东。借鲈鱼、兴起秋风。此意有谁知,今年又遇吴侬。输他处、凭吊英雄。无人伴,也乏家藏斗酒,一饮千钟。只腰舟半橛,清啸叶孤桐。

长虹。依稀止盈尺,又算是、瀑布惊鸿。桃树老缤纷,烂熳春夏秋冬。仙山原不听天公。度年华,何异醉乡日月,驻镜停空。恁逍遥祗应,长住画图中。

袁惇大　2首

字其文,湖北公安人。明诸生。入清不仕,侨寓京城。尝游四川,后家居终老。著有《海虹词》。

踏莎行　题张介贞行乐

水际崖边,桐阴桂萼。隔溪黄菊依稀着。烹茶洗砚抱琴童,相随更立苍苔鹤。　一卷闲闲,孤怀落落。秋光入望真寥廓。蒹葭白露羡伊人,勋名到底输丘壑。

醉蓬莱　题佟秉虔妻梅子鹤图

古今来如许,骚客英流,霸图王绩。若个飘然,慕孤山遗迹。子鹤清奇,妻梅幽雅,左右同朝夕。难得王维,写成和靖,恁般寂历。　因忆当年,武陵湖上,走遍苏堤,寻过林宅。不见伊人,怅望高峰碧。对此堪惊,料他应是,原不问今昔。世事浮云,功名泡影,看穿何益。

安致远(1628—1701)　1首

　　字静子,号缄庵,又号拙石。山东寿光人。顺治十一年(1654)拔贡生。少以诗文与李澄中、李焕章齐名,为周亮工所称赏。后淡于仕进,以诗文自娱。著《安静子全集》,附《吴江旅啸》词。

眼儿媚　题书云画,玉宗侍史

　　玉池铜滴响湘云。勾起一溪春。淡烘轻染,问谁传与,书巢仙人。　　明眸的的画图里,和影写全身。小迭绫幅,向谁持赠,兰雪间人。

赵吉士(1628—1706)　7首

　　字恒天,一字天羽,安徽休宁人。顺治八年(1651)乡贡进士,官山西交城知县,行取户部主事,擢户科给事中。康熙二十七年(1688)以勘河不称旨罢。削籍后,寓居潞河、西湖、当湖、苕溪、真州等地。有《万青阁诗余》。

鹊桥仙　扇头秋海棠

　　一枝香粉,几丛绮石,题与扇头相赠。含羞欲语不胜怜,怎写得、恁般丰韵。　　胭脂已透,睡醒还未,作业红妆初褪。无香有恨待如何,好补入、杜陵秋兴。

暗香　题阎公再彭妻梅图

　　玉联环断,叹青绫帐撤,一蒲非昨。举案无人,砚北窗南意萧索。孙楚情文交至,忆冰姿、倩描藤角。萼绿华、应是前身,蝶梦此时觉。　　清酌。倚吟阁。伴纸帐昏灯,枝横香幂,慰君寂寞。不在溪边与篱落。令子铜龙应诏,正满树、五花将着。胜孤山、林处士,不添唳鹤。

菩萨蛮　题美人图

金针慢捻娇还怯。昵人故故停刀尺。春入画堂深。谁知无限心。　相看魂欲断。漫把真真唤。那得倩东风。吹侬向画中。

秋波媚　题秋水芙蓉图

黯淡秋容水一方。残粉褪莲房。晚来南浦,几番清露,浣出新妆。　凭君写入丹青幅,对此总茫茫。欲移画舫,将伊采取,宛在中央。

卖花声　题醉红图

羡杀画图中。翠软香浓。勾人春思一丛丛。应是玉郎扶醉也,小倚东风。　心事各惺忪。明月帘栊。多情蝴蝶任西东。只恐梦魂飞不遍,十二巫峰。

蝶恋花　为陆咸一提学寿,题小照

蝶板双飞榴吐火。花取宜男,细草承趺坐。石丈玲珑苍藓里。来朝端午君知么。　太液池头移画舸。竞渡中流,上寿齐虚左。观水亭前仙献果。宫衣当暑传青琐。

瑞鹤仙　题杜家行乐图

杜康真吾友。喜左癖无双,排行第九。翩翩爱花柳。曾镜帆楼上,青帘卖酒。留宾大斗。醉竟日、都忘卯酉。不多时、吃尽糟丘。步下楼来洗手。

还有。闺帏钗钏,箧笥裳衣,可容当否。重开笑口。酌抖擞,濡其首。画师来图写,四时行乐,带向天涯走走。便逢人、题满奚囊,千秋不朽。

董以宁（1629—1669） 3首

字文友,号宛斋,江苏武进人。少与陈维崧、邹祗谟、黄永齐名,有毗陵四才子之目,三人皆取科第,以宁独以诸生终。后弃词章,专研律历、兵农、经世之学,聚徒受经,弟子数百人。有《蓉渡词》及《蓉渡词话》。

蕙兰芳引　咏宋团扇画松石,同程村限韵

纨扇班姬,应嫌却、汉宫都小。恨秋雨梧桐,春信奈何偏杳。此情难画,谁堪把、丹青应诏。便捧黄高手,怎写长门悄悄。　满月难缕,微风进御,欲陈情表。便淡竹疏松,不许蝶蜂缠绕。但教图得,相思双鸟。向岳宫、时得晚风轻舀。

多丽　为李云田题周少君宝灯坐月浣花图

染吴绡。非云非雾飘飘。仿佛见、冰轮挂起,玉台小镜偏高。药栏斜,明妆依约,银床近、素影飘姚。手半垂时,肩微弹处,却疑悬想思摇摇。还闲情、名花作伴,掩映越生娇。却有个、司花侍女,汲水匀浇。　看转过、辘轳金井,低头欲避花梢。宛相怜、星眸对盼,如相语、粉舌同调。怨寄莲砧,寒侵藕袜,瘦来真是楚宫腰。知何日、还随夫婿,射雉向如皋。应赢得、嫣然一笑,尽把愁消。

河传　题美人早起图

小扣。轻袖。衣香堪嗅。推郎先起,再添红兽。为问茶蘼开否。拈花先浴手。　学梳时髻疑偏堕。菱花座。侧处疑添个。步蕉房。对碧窗。檀郎。看侬新样妆。

朱彝尊（1629—1709） 32首

字锡鬯，号竹垞，浙江秀水（今嘉兴）人。少弃制举业，自放于山巅水涯之间。中年从曹溶出游，南逾五岭，北出云朔，东泛沧海，搜考遗阙，参证经史。康熙十八年（1679）荐举博学鸿词，授检讨，纂修《明史》。二十年充日讲起居注官，出典江南乡试。二十三年以携仆入内廷钞录四方经进书，被劾降级。二十九年复故官，后二年又以事被褫。罢归后，遂专心著述，以经学鸣于时。诗文与词，亦享盛誉。诗与王士禛齐名，为南北二大宗。词与陈维崧合称"朱陈"。更选辑《词综》行世，风靡当世，遂开浙西词派。有《曝书亭词》。

绮罗香　题梨花白燕小帧

春色闲阶，暮寒虚阁，几片缟云横白。两两轻衫，梦到隔花无迹。弄一双、银剪参差，落数点、冷香狼藉。逗初三、新月黄黄，瑶台相伴浸幽魂。　绣帘垂处护影，被还春风堕粉，画檐飘入。寒食沉沉，絮语晚烟坊陌。休认道、归到江南，旧红楼、未消残雪。怕枝头、惊起双眠，踏花凉露湿。

百字令　为曹使君题江南春思图

平林缥缈，望江南春色，依依堪恋。二水三山愁未了，犹有参差宫殿。十四楼空，斜阳细柳，系马谁家院。伤心王谢，旧来惟剩双燕。　最忆一曲秦淮，浮桥断板，卷飞花如霰。目极寒云千万里，吹起惊沙人面。记取扁舟，挂帆归去，料得长相见。新愁几许，六朝芳草吟遍。

迈陂塘　题其年填词图

擅词场、飞扬跋扈，前身可是青兕。风烟一壑家阳羡，最好竹山乡里。携砚几。坐罨画溪阴，袅袅珠藤翠。人生快意。但紫笋烹泉，银筝侑酒，此外总闲事。　　空中语,想出空中姝丽。图来菱角双鬟。乐章琴趣三千调,作者古今能几。团扇底。也直得、樽前记曲呼娘子。旗亭药市。听江北江南,歌尘到处,柳下井华水。

河传　题谭天水小像,即送其入闽

岭外。倾盖。日招寻。一别愁深至今。木棉花底榕树阴。独吟。江潭憔悴心。　　忽漫相逢燕市酒。嗟未久。万里仍分手。度吴关。到闽山。艰难。知他别后颜。

百字令　自题画像

菰芦深处,叹斯人枯槁、岂非穷士。剩有虚名身后策,小技文章而已。四十无闻,一丘欲卧,漂泊今如此。田园何在,白头乱发垂耳。　　空自南走羊城,西穷雁塞,更东浮淄水。一刺怀中磨灭尽,回首风尘燕市。草屩捞虾,短衣射虎,足了平生事。滔滔天下,不知知己谁是。

祝英台近　题汪舍人少壮三好图

楮先生,刘白堕,此外也无个。减字偷声,双调尽教和。嘱他小小虫虫,轻轻燕燕,都不许、两眉春锁。　　且深坐。假若闲却芳年,行乐甚时可。暗悔从前,所好未曾果。料难老眼抄书,回肠度曲,但余酡、不妨留我。

柳梢青　题戴上舍惟意所拟图

一道清溪。露花开到,红板桥西。不借鞋轻,无弦琴矮,没骨山低。石屏诗句堪题。休闲了、秋容满堤。坐里吟边,三升画槛,两个黄鹂。

摸鱼子　题李武曾灌园图

护笆篱、几层茅屋，为园期占三亩。芦帘纸阁安排易，更要药垆茶臼。溪雨后。须记取、上番移竹春栽柳。扁舟计就。算夜韭辰瓜，白盐赤米，一饭尽糊口。　高堂健，笑御潘舆永昼。好花随意簪首。疏泉帖石闲行处，种树㭬童都有。怅别久。对图画、沉吟转觉难分手。客来寻否。判踏叶门边，系船渚尾，唤我作邻叟。

摸鱼子　题徐电发枫江渔父图

怪烟波、钓徒乡里，罥师如许青鬓。浮家尚载闲书卷，那得身名全隐。看一瞬。把文赋、诗篇乐府都经进。披图暗哂。怕白水捞虾，红阑斗鸭，与尔便无分。　扁舟在，蓑笠纶竿未损。揽人此日方寸。清江几曲枫林下，多少鲈鱼荻笋。归梦准。挂十幅蒲帆，第四桥能认。瓶中宿酝。算八测塘边，三高祠下，让我醉眠稳。

摸鱼子　题王咸中石坞山房图

最撩人、东华尘土，骑驴躗蕫还往。酒徒幸有王郎在，更喜钝翁无恙。倾宿酿。话黛色、尧峰灯下吴音两。清诗迭唱。画十里山容，茅堂石坞，隐隐露薇帐。　南归好，仿佛高居仙掌。栖贫尽自萧放。解兰焚芰非吾事，只是海怀霞想。春水涨。趁三月桃花，也拟浮轻舫。拖条竹杖。约烧笋林香，焙茶风细，来问五湖长。

台城路　送张汉瞻还嘉定，题所画望云图

秋来已是惊萧瑟，骊歌又听燕馆。坠叶飘花，飞蓬断梗，长倚浮萍为伴。云摇雨散。问底事匆匆，便书驴券。试验新图，应愁穿了望云眼。　百川灌河时节，轻帆消几日，放溜江岸。卖履迎船，牵罾唤渡，一笑倚闾人健。寒斋薄

饭。须胜似铜街,酒筹茶碗。改岁相期,洞庭游未晚。

清平乐　题吴中女子吕文安画

深闺暇日。偶仿王郎笔。小字亲题无气力。杀粉调铅第一。　　圆珠斛得谁家。香车远隔天涯。陌上依然柳色,门前何处桃花。

金缕曲　题查浦书屋图

马瞳村南渡。趁轻帆、双峰寺外,远烟平楚。横涨桥边鹅鸭闹,认得苔矶蔬圃。有点点、遥岑遮户。只恨墙东书屋少,惯迎宾、榻下莎厅住。秋香满,小山树。　　年来稳向花砖步。乍归来、鸡栖豚栅,几曾添补。笑指头衔冰样冷,谁把草堂资助。看画里、皋禽翔舞。曲院层台终断手,算回廊、是我题诗处。拼旧雨,伴今雨。

笛家　题赵子固画水墨水仙

亡国春风,故宫铅水,空余芳草,冷花开遍江南岸。王孙老矣,文采风流,墨池笔婿,泪痕都染。帝子含颦,洛灵微步,宛在中洲半。怅骚人,未经佩,徒艺楚英九畹。　　缭乱。一丛寒碧,生烟疏雨,随意欹斜,鹅绢蝉纱,寄情凄惋。尚想、白石兰亭遗事,逸兴千秋如见。岂似吴兴,君家承旨,蕃马风尘满。纵自署,水晶宫,怕有鸥波难浣。

醉花间　题金晓珠水墨芙蓉

湘江水。沣江水。木末同姿媚。露下冷花繁风里,柔枝脆。　　玉台匀染地。意匠应憔悴。砚滴井华新,墨吮香唇醉。

于中好　题蔡女罗疏篁寒雀图

疏篁几叶摇晴翠。浅晕出、断霞鱼尾。恁时寒色空闺里。偶忆得、潇湘水。　　更添冻雀黄昏睡。问同梦、梅花开未。一枝已遂双栖计。任雪压、风扶起。

好事近　题马湘兰画兰

一十二丛兰,意态看成千百。净洗陈丹暗粉,露天然真色。　　红妆季布旧闻名,画也动怜惜。试易管夫人款,有阿谁知得。

清平乐　题水墨南瓜

牵丝引蔓。野外无人管。才见草檐花一半。又早青黄堆满。　　今年谷贵民饥。村村剥尽榆皮。合付田翁一饱,全家妇子嘻嘻。

江神子　题画竹

万条寒玉一溪烟(雍陶)。泛春泉(孟郊)。映秋天(任华)。曾忆湘妃庙里雨中看(白居易)。闲对数竿心自足(张南史),沧海上,白云间(令狐楚)。

昭君怨　题画

危石才通鸟道(刘长卿)。山色东西多少(皇甫冉)。石上几年松(顾况)。碧丛丛(李贺)。　　断岸沉鱼罟䍡(陆龟蒙)。霜叶无风自落(卢纶)。月照一孤舟(孟浩然)。去悠悠(韩愈)。

菩萨蛮 题画

柴门流水依然在(韩翃)。更看绝顶烟霞外(薛逢)。路尽有平沙(于鹄)。无村不是花(张蠙)。　身心尘外远(崔峒)。萧散林亭晚(弓嗣初)。一到且淹留(李中)。自由中自由(贯休)。

菩萨蛮 题孙武光山南读书图

每嗟尘世长多事(罗邺)。终须拣取幽栖地(陆龟蒙)。只在此山中(贾岛)。由来趣不同(殷益)。　地寒松影里(张乔)。种竹交加翠(杜甫)。远远出人群(权德舆)。朝朝见白云(姚合)。

巫山一段云 题毛子霞小像

赋料扬雄敌(杜甫),诗传谢朓清(李白)。凌云健笔意纵横(杜甫)。到处有逢迎(王维)。　老得沧洲趣(刘长卿),归来物外情(宋之问)。俨然天竺古先生(王维)。图画表冲盈(孙逖)。

减字木兰花 为周栎园使君题画

柴门不正。沙浅未通车马径。高柳笼烟。仿佛犹闻六月蝉。　荷风竹树。不是渔村应蟹舍。唤起扁舟。载我前溪处处游。

渔家傲 题钱舍人垂纶图

白鹭双飞沙一角。苇岸蘋风,柳下篙初卓。木末冷红开似幄。秋露濯。吟成湘瑟无人觉。　漫厌东华尘土浊。词赋于今,正待金门朔。纵有纶竿休便搦。归来确。笛声先遣渔童学。

定风波　题严荪友画扇头雪景

断柳昏鸦欲暮天。同云黯黯小窗前。板屋钩帘相对语。飞絮。试题冰柱拂吟笺。　一缕茶烟低未起。凭几。也应怀友剡溪边。槛外乘船无不可。添我。一篙载送酒如泉。

垂丝钓　关槎度孝廉垂竿图

投竿跪饵,一丝低袅风里。卧柳断葭,齐映寒袂。烟乍起。载小铛树底。西溪水。照须眉宛似。　书将十上,何曾不第憔悴。酒瓶罄矣。权籴先生米。终藉经纶寄。闲未易。许画图而已。

四字令　题李耕客桃乡图

夭桃水边。江村社前。芦帘纸阁萧然。亟须营薄田。　竹坨数椽。吾将老焉。好寻鸭嘴湖船。到君家醉眠。

台城路　题孙赤崖垂纶图

玉关归客烟波外,招来旧时鸥鹭。柳岸云深,苔矶水漫,绝胜从前羁旅。边风塞雨。吹不到江南,翠竿投处。才赋闲情,便教写入画图去。　琴川好景如昨,吾家烟水近,一棹容与。秋港鲈莼,春船虾菜,最忆吴中风土。五湖熟路。待拼挡渔装,福乡同住。买个樵青,抱衾寻钓侣。

点绛唇　题宫中春晓图

苑占宫遮(张南史),参差绣户悬珠箔(张柬之)。蛾眉始约(王勃)。钿镜飞孤鹊(李贺)。　布叶垂英(萧颖士),蕙草娇红萼(崔国辅)。落花落(王勃)。日含画幕(李贺)。风弄秋千索(韩偓)。

减字木兰花　题程穆倩画山水

狂流碍石(成用)。古瘦漓缃半无墨(许瑶)。厥势嵯峨(皮日休)。历历寒林露鸟窠(李峤)。　风生云起(宋之问)。咫尺应须论万里(杜甫)。闲院支颐(耿沣)。独坐长松是阿谁(王季友)。

菩萨蛮　为乔子静舍人题画

春郊雨尽多新草(雍陶)。春山处处行应好(张籍)。自觉甚逍遥(白居易)。携钱过野桥(杜甫)。　花光晴漾漾(许浑)。转曲随青嶂(李嘉祐)。金刹在中峰(崔峒)。声声隔水钟(贾岛)。

缪永谋　1首

字天自,号潜切,浙江嘉兴人。明嘉兴县学生。入清以教授生徒为养。学贯象纬、律吕、医巫。诗近云间。有《南溪词》。

百字令　锡鬯太史绘竹垞图索题,率赋是解

梅花村市,爱南邻佳处,初经卜筑。旧径蓬蒿才剪罢,添得短垣修竹。近渚菰蒲,傍门槐柳,交映清溪曲。曝书亭子,更饶荷芰芬馥。　况有槛外诸山,望中烟霭,指点遥峰六。把酒高吟无一事,但贮牙签万轴。画手争传,辋川名胜,展玩开心目。今朝重到,居然身在岩谷。

徐履忱(1629—1700)　1首

字孚若,号匏叟,江苏昆山人。明诸生。清顺治初,依其舅顾炎武避兵尚湖之滨,朝

夕讨论,诗日益工。后又从之渡江淮,过中都,游秦晋,抵闽粤,诗著日富。有《耕读草堂诗钞》,附词。

满江红　友人属题渔翁像

浅水芦花,凭风信、一篙明月。争说道、五湖烟雨,十洲宫阙。鲑菜差能供浊酒,团圞也解怜华发。听人间、滚滚是和非,无休歇。　春花柳,冬冰雪。尽游戏,为生活。更江山好处,笛声吹裂。无数闲鸥来往惯,鱼龙惊起波涛阔。笑当年、越客网西施,眉心结。

季振宜(1630—?)　1首

字诜兮,号沧苇,江苏泰兴人。顺治四年(1647)进士,授兰溪令,历官刑、户两曹,擢监察御史。康熙初年因事夺职,未几即殁。

行香子　题扇上美人

烟样罗裯。月样银钩。人立处、风景全幽。谁将纨扇,细写风流。有一分水,一分墨,一分愁。　天街似水,迢迢凉夜,十年前、事上心头。双飘裙带,曾伴新秋。在那家庭,那家院,那家楼。

贡琮(1630—?)　1首

字黄理,江苏如皋人。康熙二十一年(1682)作《有所思》三章,赞颂顾炎武、傅山等人,寄讽潘耒,知名于世。有《承闲堂词》。

昭君怨　题画

妾在绣帏中住。郎向锦丛中去。花气满园香。守空房。　　心被箫声吹动。月被花阴搬弄。排闷强观书。悔当初。

徐旭龄（1630—1687）　1首

字符文，号叔庵，浙江钱塘（今杭州）人。顺治八年（1651）举人，十二年成进士。授刑部主事，十五年改吏部主事，十七年迁本部员外郎。康熙四年（1665）迁礼部郎中，六年改云南道御史，八年补湖南道御史，九年巡视两淮盐政，十八年迁太常寺少卿，二十年转大理寺少卿，二十一年擢左佥都御史，二十二年巡抚山东，继升官至工部侍郎，总督漕运。康熙二十六年卒，谥清献。工诗词，与毛先舒等相唱和，为"鹫山十六子"之一。《清史稿》卷二七三有传。

菩萨蛮　二乔观书图

大乔绰约清如雪。小乔辉映明如月。绣榻玩青缃。如闻小语香。　　孙郎为姐友。妹与周郎偶。佳丽配英雄。风流同不同。

万树　13首

字花农，一字红友，自号三野先生。江苏宜兴人。国子监太学生。吴兴祚巡抚福建、总督两广时先后延至幕府，一切奏议皆出其手。工词曲，甫脱稿，兴祚即命家伶按拍侑觞。康熙二十八年（1689）归自粤中，殁于西江舟次。《词律》二十卷，尤有功词苑，士林称之。

生查子　题金公远雪梅画

时公远自崇安至。

自度庾关来,陆凯书都绝。长忆故溪桥,晓踏前村雪。　　春在赵昌毫,洒出寒香发。好沦武夷茶,赏此罗浮月。

临江仙　题潘廷和画梅轴

子静笔。

长忆家山残雪里,溪桥篱落香繁。南天花事转阑珊。负他何水部,闲杀郑都官。　　忽讶河阳春色好,原来墨沈初弹。道玄新谱索惊看。罗浮村店月,大庾驿亭寒。

渔家傲　题友人观荷图

柱建青瑶盘剪翠。舞衣红照银塘水。三十六陂风浪美。争似此。北窗清供阑频倚。　　人在霞城香国里。琴声乍歇茶烟起。我亦溪村茅屋寄。舟一七。君来共作莲歌会。

青玉案　自题小像

放翁韵。

三年吃尽牂江浪。怕底是、鹦歌瘴。瘦骨虽存精采丧。沈郎多病,庾郎多恨,化作枯禅样。　　归与偃卧梅花帐。但剩挥毫兴犹壮。原没铜山金印相。一丘一壑,一觞一咏,合老云溪上。

祝英台近　为吴生题扇上双姝

时生将游粤西。

避风台,行雨馆,人去月华冷。何处秋云,留得一双影。却来瘦石拳边,文苔衣畔,漫飘过、无人花径。 晓鬟靓。薿薿宫带流苏,行行又相等。团扇如霜,题字欲谁赠。笑伊玉斧仙人,霓裳不识,直寻向、绿珠香井。

玉京秋　为季茂题荷花图

风栩栩。晶帘压银蒜,暗香来处。佩萦洛水,裙移湘浦。何事朱栏静倚,料芳心、能解人语。鸳鸯去。夜深谁管,一天风露。 此际幽凉催句。岂容他、笙歌触污。合傍余、莲花博士,芙蓉城主。锦带珊钩,却羡尔、也作濂溪襟度。水仙舞。凭取冰弦试拊。

念奴娇　题沧州戴司农墨竹

世祖赐公印曰:"米芾画禅、烟峦如觌。明说克传。图章用锡。"
叔伦扛笔,试烟峦点染、前无关陆。隅学湖州挥直干,叶响萧萧寒玉。三尺冰绡,一天雾墨,万顷湘山绿。雪蕉清思,可知能疗人俗。 对此疑见家园,粉香龙䲖,翠葆摇书屋。真有画中禅意在,堪步颠翁高躅。入帐功深,自天恩重,宝篆螭文曲。看公勋业,也如胸有成竹。

澡兰香　仇十洲太真出浴图

琉璃碧簟,鞓鞨红津,仙枕海棠睡足。旋解香囊,还除锦袜,五蕴露盘初浴。揽龙巾、轻拭凝脂,刚取缃裙乍束。宝袜擎来,尚露鸡头双肉。 此际芳心念否,绣襫金钱,旧欢屏簇。惊扪玉雁,倦倚红桃,赢得阿瞒频瞩。惜深宫、乐秘谁传,未唤青莲制曲。但画里、太液芙蓉,残膏流馥。

归朝欢　题吕柏庭小影

四明罗芝房为余与柏庭写照。余愧憔悴不堪入画,作两帧俱毁之。柏庭丰神奕奕,如作孽窠字罢,狂叫索酒时,因嘱余题书赘卷尾。

鼎杓闲窗书带润。扫得毛锥椎样钝。霜欺雪压骨镕金,风吹日炙颜销粉。青衫同着损。怜余笨伯输君俊。羡描来,鸢肩火色,犹是旧丰韵。　　画省红兰需玉笋。醉曳轻裘悬紫印。看君上马气投鞭,看君下马书磨盾。一榻高坐稳。神清阿堵如秋隼。约他年,铙歌曲里,重展此图认。

飞雪满群山　侯官蓝公漪为雪舫画雪景便面,题句其上

绮绂金襜,郁寮君在,暖风吹遍炎洲。桂子娇春,榴英照腊,只凭一雨为秋。孝先河畔宅,暂闻得、南天絮浮。陆郎花里,榕林长翠,那有玉龙游。

修禊后、丹鹦方弄舌,讶蕙炉烟小,寒逼书楼。却因花笔,轻挥扇影,万峰竹径清幽。怪来诗思好,料曾见、山阴夜舟。此中谁到,其人是我王子猷。

疏影　题姜克猷螺江春艇图

剑津百折。向石牙嗽出,编舟一叶。两壁崩崖,千里波涛,翻喜客怀清绝。心尘眼翳都淘净,已三度、碧溪吟雪。不是经、竹里诗豪,怎写辋川烟月。

树底茅檐晚市,宛然是、落照沧洲风物。水碓轮边,戍栅竿旁,商舶几灯明灭。归时客问南征赋,但指点、画图能说。记这回、黯淡滩前,题向酒家篱壁。

五彩结同心　阅惠风高致图,再叠前韵

图系菡次先生平生事迹。

行为渤海,藏即箕山,鸿岂肯因人热。贤妇能偕隐,抛翠翟、杵臼旁边椎结。谁知盘错勋名盛,旧曾试、一番掀揭。今犹听、菰城遗曲,五袴两岐歌彻。

剪鹅溪绢犹雪。写生平、兰咳芝颜相接。山馆灯船会,人如豆、描出冠棱衫褶。轩车瓢笠行装异,素心与、风流无别。展此图、廉泉祠下,千古冰霜同啮。

摸鱼儿 题徐渭文遗像

过城南、柳塘门巷,凄然铅泪盈把。当时孺子招携处,常共茗炉棋罢。觞咏暇。几为我、横笺抽尽珊瑚架。人琴早谢。看长爪通眉,乌巾白袷,还似对床话。　　高阳侣,兀自伤心旧社。西河愁恨争。尤怜拥髻樊通德,画荻缞帷灯下。君已化。传世有、梅花一幅钟山画。君犹在也。试听我歌呼,聊当絮酒,脱剑墓门挂。

释原诘　1首

字又维,号放庵,宜兴僧。原籍江苏太仓。著有《红豆词》。

沁园春 题顾梁汾舍人画像

翠管红笺,得见新词,于今几秋。想金门应诏,含香执戟,天坛扈跸,宝马貂裘。琴价千缗,诗囊百轴,一日声名满帝州。还多事,把松枝麈尾,压尽名流。　　归来稳卧林丘。奈莺燕、无端唤冶游。试沽酒东城,杏花雨细,驱车南陌,杨柳风柔。选胜湖山,偶来罨画,一笑班荆宿愿酬。匆匆去,看绿波芳草,不尽离愁。

陆葇(1630—1699)　6首

原名世枋,字义山,号雅坪。浙江平湖人,世楷胞弟。年十六入部读书,补邑庠生,入国学以高等授宏文院中书。康熙六年(1667)进士,寻以内阁秘书改典籍。十八年(1679)举博学鸿词,授编修。旋升赞善,历典福建、奉天乡试,官至内阁学士兼礼部侍郎。著有《雅坪词选》。《清史稿》卷四八四《文苑传》有传。

江城子　潇湘夜雨图

斜飞石燕水冥冥。望湖亭。鹧鸪听。如此风波,休上夜航行。鼓瑟湘灵人不见,何处是,数峰青。

南歌子　题陈其年小像

□写乌丝句,如听碧玉歌。星星争得染双螺。怪煞维摩解道,转秋波。阿堵神偏似,春风省若何。拈毫撝管费吟哦。笑指朝云慧比,此髯多。

如此江山　郭河阳秋山行旅图

斜塘小卫垂鞭冷,依稀暮秋烟景。落木归鸦,疏篱卧犬,两岸竹扉人静。芦花吹雪,正卷罢鱼罾,醉卢虚艇。对此茫茫,乱云飞过夕阳岭。　　江山半生浮梗,笑青尊换却,青衫几领。楚尾吴头,燕南越北,付与白驹尘影。披图深省。有古寺微濛,远钟催暝。招隐相思,问何人首肯。

一枝春　题赐榴图,赠高侍读

安石移栽,结瑶阶、一颗承恩亲摘。擘房卸蜡,累累晶珠圆滴。蔗浆凉沁,尽消渴、也生琼液。应胜是、仙掌光凝,肯付玉盘狼籍。　　裁成蜀笺几尺。谱宣和描就,人间谁识。缥囊乍展,题处墨痕犹湿。眉坡学士,想此际、更争颜色。为点染、带叶连枝,蕊官捧出。

百字令　题五苗图,为梁大司农座主寿

牙签乍展,见冰毫绚彩,竹苞松茂。不是西台推墨妙,吉梦谁能图绣。天上星连,云中岳立,金粟燕山又。鹓鸰五色,和鸣轩鬻文圃。　　占祥已叶征兰,霜围三尺,名待朱衣奏。玉笋成行莲柱转,桥畔杏花双袖。仰睇青龘,姜迷

437

小草,愧附参苓后。锦堂春酒,咒觥先祝多寿。

忆旧游　题徐电发枫江渔父图

记孤篷书画,小碇芦洲,第四桥边。不作羊裘客,任纤绨矮篛,趺坐悠然。一竿渭溪窥影,黑鬓俨神仙。笑贺监风流,春明骑马,只似乘船。　　回思浮家好,但添个樵青,付与吟笺。同有江乡梦,在霜枫歧渚,渔火平川。蓟城秋夜丝雨,暖酝木樨天。又开到黄花,问谁送汝沽酒钱。

陈恭尹（1630—1700）　2 首

字符孝,号独漉子,广东顺德人。明亡归隐,筑室于羊城之南,以诗文自娱。与屈大均、梁佩兰齐名,称"岭南三大家"。有《独漉堂全集》,附诗余。

千秋岁引　题百鹿图,为郭宿斋从化

瑞应传图,摇光散彩。角上怀琼向千载。瑶池曾奉玉环来,王庭昔并吹笙会。得其名,得其寿,神明宰。　　家有著书传旷代。美政今时谁是对。锦舞膝前莱子彩。九如祝处日初升,高才捷足今斯在。万斯年,百斯禄,遥相待。

碧牡丹　题沈上引真

睹面如曾识。据檀几、挥鸾翮。傲岸风流,道是休文标格。坦腹便便,问此中何得。是赤松,是黄石。　　名甚藉。莫道烟霞癖。曾侍天颜咫尺。只为多才,掩却英雄本色。赤面虬须,仿佛扶余客。东南酒,何时沥。

方炳 2首

字文虎,浙江会稽(今绍兴)人。为文多奇气,然不遇于时,累踬场屋。家居授徒,以诗文自娱。与陆进、吴棠桢、王晫酬唱。其《倚和词》多为清康熙元年(1662)至二十年间所作。

爪茉莉　用柳韵题金子闇小像,并为悼亡

试看才人,半是这意味。科头坐、慢腾腾地。衔杯大嚎,不管那、唾壶击碎。总然有、吊古伤今,也无一副急泪。　那堪两度、凤鸾孤、不成寐。罗帕上、字如蝇细。路隔蓬山,有音书、总迢递。看月光、渐向窗边槛底。要同睡,除梦里。

河满子　陆莀思梅花绕屋图

曾种梅花绕屋,君家旧日巢青。高士名卿相倡和,至今齿颊犹馨。喜得士衡兄弟,案头几卷传经。　按谱词成艳雪,临池字就黄庭。彩笔真堪于气象,丰标更自亭亭。直得置身图画,教人梦想西泠。

汤焻 2首

字鞠劬,江苏无锡人。汤传楹之侄。有《栖筠词》。

金缕曲　题吴子元出兵图

厌见旌旗色。想当年、指挥百万,临江横戟。帷幄从容如覆掌,蚁视眼前雄杰。那更羡、江郎彩笔。作赋登高怀往事,看烟云、舒卷鲸鲵泣。关塞外,秋

风涩。　芙蓉剑匣同谁惜。倩侍儿、携觞捧砚,良宵随立。金锁绿沈闲不用,扫却江东乌合。又何须、亲临沙石。盘固功成原带砺,溯英姿、直压凌云客。千载后,人传识。

金缕曲　题炼丹图

试觅崆峒窟。学长生、采芝服术,如萍踪迹。铸鼎荆山仙去后,岂羡琼浆玉液。又早见、桂黄榆白。鸡犬淮南要是妄,笑不如、美酒红颜益。英雄气,藏胸臆。　韶光转眼成后掷。看沙场、投鞭跃马,依然风日。叱咤云雷惊海甸,回首天涯月黑。只多少、壮心豪骨。不朽何当身欲退,望蓬莱、咫尺乘鸾入。真幻影,烟霞色。

徐嘉炎(1631—1703)　4首

字胜力,号华隐,浙江秀水(今嘉兴)人。康熙十八年(1679)召试博学鸿词,授翰林院检讨。有《玉台词》。

多丽　梁大司农命题五苗图

倚松听。画栏雏凤矫婴。正声声、声和老凤,兰芽香黁云苓。芝田草、霞添五色,玉岛禾、乌并三青。嘉颖名呼,芳苞收子,岐嶷种擢秀餐英。记当日、国香征梦,针缕绣吴绫。虬枝畔、尖尖苗笋,掌映金茎。　恰珠胎、祥开锦褓,应图骨像端凝。绘烟霞、龙眠调墨,翻徵羽、象管移声。薛凤嬴双,荀龙才五,棠村蕉屋笔花生。人争羡、司农播谷,肯在宁馨。堂开处、寒回黍谷,灵卉冬荣。

玉簟凉　题其年填词图

谁惯言愁。看兰畹金荃,佳句谁侔。词场君独擅,奈芳思难酬。倚栏点笔,正江天臂篆,夜月箜篌。酒软处,是恼公情绪,阿子风流。　　轻盈,妖姬露脸,艳舞月眉,因甚闲却歌喉。丝栏与金谱,更绘影描秋。情思得到深处,宫羽换、写出绸缪。花倩影,好翩跹、琼岛云洲。

满江红　题沈风于被园偕隐图

雪水苔山,其间有、高人泛宅。更结伴、鸿妻莱妇,岩耕谷汲。凤管偕吹楼畔侣,鹿车共挽山中迹。向溪头、试问孝廉船,汀沙碧。　　春欲暮,花生笔。秋乍半,月当夕。看主宾倾倒,元机在席。西塞回时风日好,北山移处烟霞癖。恐他年、草木且攒讥,空相忆。

暗香　题阎再彭妻梅图卷

月圆时节。记花前横笛,双心吹彻。长护南枝,携手瑶台吝攀折。天际云軿渐杳,冰魂剪、霜绡千叠。还凭取、窗外幽香,相伴惜离别。　　风卷,散玉雪。叹寄陇人愁,芳讯空说。闲邀粉蝶,同梦梨花探香骨。一夜相思断处,纸帐里、悄寒凝月。好添个、瘦鹤影,共君清绝。

周金然(1631—?)　8首

字广居,号广庵,上海人。康熙二十一年(1682)进士,官洗马。与施闰章、宋琬交好,其才思格力亦介于二人之间。工书法,有《南浦词》。

沁园春　题仲固寸小照

彼美人兮,寄迹林丘,逸态萧闲。向圯桥微步,无烦纳履,渭滨息影,已倦投竿。老鹤翩跹。藐姑绰约,一片轻云自往还。浑疑是、在屏风上立,锁子珊珊。　　何来愁绪相关。为多少、贫交迫悴颜。愿仙翁指授,金丹一点。吾庐化作,广厦千间。身许驰驱,生平知己,但得都酬事便殚。沉吟处,纵良工心苦,传出神难。

其二

何处逢君,自在行吟,瘦笠孤筇。羡清华水木,濠梁之上,宽荙盘硐,石户之农。似镜澄观,如渊深息,兴至泠然欲御风。端详久、叹善藏其用。有道之容。　咄哉老子犹龙。怪骨相、清癯气吐虹。有铮铮肝胆,不侵然诺,棱棱节干,肯受侯封。貌出毫端,照人古道,我见惟思杖履从。须添个,拜床头诸葛,来伴庞公。

风入松　平鲁庵画像于松石间,手捧北堂节孝编

不儒不释不冠巾。居士净名身。泠然行坐松风下,谁相伴、泉石为邻。试问一生几两,饱经五岳千巡。　白云望里苦思亲。手泽一编新。虎头纵解开生面,悲风木、何处传神。仆本与卿同恨,东西南北之人。

沁园春　题孔释抱送图,贺大司农梁公再举雄

春暖兰阶,红云拥出,照乘珠明。看瑶环瑜珥,重添国宝,权奇俶傥,又降星精。应似成都,双双石笋,秀过峨嵋第几层。还惊诧,有休文紫志,孝穆青睛。　玉书绣绂先征。况凤慧、西来定有凭。更夸甚三槐,垂阴王氏,奇他二子,抱送徐卿。迟日相携,蝉联剑佩,共赞升平相业成。君不信。是非常英物,先试啼声。

偷声　木兰花

霏霏袅袅兰风发。乌几绿窗开小月。逸态欹妆。可解低声骂玉郎。
含毫凝思初停笔。仿佛芳姿春浅苗。弹入瑶琴。别有幽香逗锦心。

更漏子　题绩课图

母缫丝,儿洛诵。竹屋篝灯霜重。听络纬,和熊丸。沉沉更漏残。　　教孝子。成名士。荻水承颜有喜。凭寸草,报春晖。绯衣换彩衣。

叶舒颖（1631—?）　2首

字学山,江苏吴江人。绍袁侄孙。顺治十四年(1657)副贡生。与叶燮、舒崇并称于时。有《叶学山诗集》。

百字令　题朱太史竹垞图

修篁夹径,似依然留剩、平泉花石。人在天光云影里,占住楼高百尺。叉手吟成,等身书拥,啸傲烟波夕。闲时载酒,江湖曾作浮客。　　同忆剪烛寒宵,菜根题扁,邂逅文章伯。争艳探花游上苑,又早归来岸帻。曲水拖蓝,遥山叠翠,渺渺神仙宅。可容舴艋,长芦深处寻觅。

洞庭春色　题徐虹亭枫江渔父图

早脱朝衫,东随烟雾,恰到鲈乡。有鸥鸟知心,肯来翔舞,鲷鱼不饵,谁换豚鲂。悠然下钓收纶处,把渭水严滩付两忘。堪流赏、是碧连春渚,丹映秋江。　　偶对渔樵伴侣,懒回头、细话行藏。任风雨唱歌,蓑衣箬笠,津亭打鼓,锦缆牙樯。只留世外清衔在,胜带着笭箵唤漫郎。还寻取,似濠梁游兴,重注蒙庄。

彭孙遹（1631—1700） 22 首

字骏孙，号羡门，浙江海盐人。顺治十六年（1659）进士，官内阁中书。康熙十八年（1679）举博学鸿词第一，授编修。累官至礼部右侍郎兼翰林院掌院学士。有《延露词》《金粟词话》等。

菩萨蛮　题青溪遗事画册，和阮亭韵

乍遇

南园粉絮漫天起。玉阑干外花阴里。初试薄罗衣。金蝉颤欲飞。无端郎蓦见。划袜轻风扇。惊起宿鸳鸯。裙拖绣一双。

夜饮

春檠双吐绯罗烛。文犀酒泛葡萄绿。袅袅洞箫声。牙娘按字清。投琼聊作戏。莫赚萧郎醉。今夜好秋光。月明衾枕凉。

私语

棠梨落尽花如雪。双双照影昏黄月。泓黛秀联娟。云鬟亚玉肩。凭阑罗袜倦。坐损春衫茜。小语怯听闻。娇波横觑人。

围棋

湘兰九畹垂垂吐。雕笼巧唤红鹦鹉。长日试敲棋。娇慵落子迟。侬家夸好手。赌胜朱樱口。却敛细蛾儿。含羞欲悔时。

迷藏

海棠开遍清和近。轻蝉低掠双文鬓。玉体藉花藏。花深珠露凉。青衣能暗逻。莫使窥人躲。人影堕高枝。玲珑月一丝。

弹琴

梧桐深院鸣秋叶。狄香小炷氤氲爇。玉指弄哀弹。琴心云水寒。园丝珠作串。字字含清怨。清怨寄三湘。眉峰九曲长。

窃听

朱丝宛转垂银蒜。今宵底事抛针线。怪杀太风流。频频撼玉钩。千般轻薄个。可也羞灯火。渐觉麝兰微。画屏人欲迷。

读书

小窗鲜碧凝修竹。窗前试展珠函读。日永静无人。风来散帙频。新妆娇半面。莫使悲团扇。纤月挂檐头。牙签索罢休。

潜窥

玄霜捣罢明于雪。襄帷人似婵娟月。何必怨羁雌。有人帘外窥。娇羞生不惯。惊避檀郎看。香汗玉肤潮。无声落凤翘。

叶子

竹窗昼永清无事。南朝旧谱翻新思。奇正巧能兼。犀筹手自拈。郎休嗔叶子。叶叶郎相似。尽日掌中擎。欢情一纸轻。

情外

花梢豆蔻含春色。风狂雨骤相狼藉。懊恼锦屏空。胭脂满地红。诸姨偷觑看。调笑多轻薄。一曲后庭花。前身张丽华。

秘戏

枕函腻脸明双玉。纤蛾接黛攒新绿。欢泪粉香垂。为郎忍片时。金铺横屈戍。皓腕频频觑。觑向蜡灯中。臂妆深浅红。

千秋岁　题袁重其侍母图

金盘玉七。斟酌西池醴。传妙舞,流仙吹。斑衣娱此日,霜哺思前事。北堂上,粲然一笑慈颜喜。　　见说麒麟瑞。巧向怀中坠。应解识,之无字。添枝桐月闰,入梦兰云细。愿岁岁,青春白发看儿戏。

解语花　题美人卷子

湘裙漏月,楚练堆云,别是天然韵。石床小几,凉如水、一束桃枝清润。玉冠轻卸,乍睡觉、心情未稳。香枕上、隐隐屏山,冷浸芙蓉印。　　记得那时厮认。在桂堂东侧,兰台西近。紫薇花下,相逢处、约略眼重眉褪。三秋过也。空留下、生绡粉本。画图中、蓦自寻思,可有和伊分。

春从天上来　孙介夫索句题照赠此篇

年少孙郎。算才地风流,合让伊行。思清零雨,笔挟秋霜。佳句题遍吴阊。似方平当日,擘麒麟、高宴仙乡。奏新词,有停云芝盖,隔水松篁。　　更饶大乔国色,俨麻姑玉女、瞳盼清扬。钿翠轻飞,裙波小皱,人前微曳霓裳。捧流霞一酌,擘来味、尽作沙糖。尽疏狂。任红尘人世,弹指沧桑。

浣溪沙　题迦陵先生填词图

一曲乌丝绝代工。碧箫声里见惊鸿。红幺小拨玉玲珑。　　几度牵萦蘅薄梦,怎生消受桂堂东。教人妒杀画图中。

沁园春　题影,赠吴中友人

其状若何,珠玉为容,冰雪为肠。问对朕者谁,心知沆瀣,如卿有几,手淬风霜。读损羲爻,搜奇禹简,探得灵威字数行。低回处,叹无情山水,阅尽兴亡。　　悲歌慷慨苍凉。正散发、行吟白日长。尽家徒四壁,贫如司马,目空一世,狂甚袁羊。奇服灵均,高冠子夏,杂佩缤纷蕰若香。身名事,付杯中醽醁,枕畔沧浪。

宋俊　6首

字长白,号柳亭,浙江山阴(今绍兴)人。仕途坎坷,侘傺无聊,乃游楚粤,与俞樵同为制府吴留村重客。交吴棠桢、张桐君,屈翁山。著有《岸舫词》。

减字木兰花　题木兰从军图

锦衣红玉。马上将军眉黛绿。若个英雄。千古男儿拜下风。　　霜花点铁。月照龙堆沙似雪。战罢归来。依旧桃花镜里开。

减字木兰花　题壁上二美人

双行花底。罗带春风吹不起。敢是仙姬。姊妹丛中没有伊。　　问他不语。一样凌波无个住。若是真真。此夜还须两现身。

蝶恋花　题唐宫扑蝶图

花萼楼前春欲晓。蝶影翩跹,惯被东风恼。掠雨抛云心更巧。双双只采宜男草。　　翠袖轻飏罗扇小。暗祝东皇,须向花枝绕。两翅粉痕消未了。阿谁肯放春光老。

玉蝴蝶　题美人玩蝶图

枝上流莺无赖,揉红捻绿,惊醒花眠。逗得深闺幽恨,飞聚眉山。步行迟、金苔留迹,凝睇懒、碧草生怜。总嫣然。轻笼翠袖,小立风前。　　无端。香丛舞出，玉腰粉翅，故意翩跹。遮莫关心，也甘独自闯春烟。倦游仙、梦归何处，相伴引、飞向谁边。好花天。寻芳无计，瞥见留连。

徐乾学（1631—1694）　1首

字原一，号健庵，江苏昆山人。康熙九年（1670）探花，授翰林院编修。官至刑部尚书。有《憺园集》。

鹤冲天　题纯鲛小像，和葆酚原韵

圆沙枉渚。识是君栖处。柳汁染君衣、多佳句。偏情浓烟水，戏画作、扁舟住。尽命侪啸侣。桂桨篷窗，不让当年桑苎。　风清日暮。鸥鹭随人去。斫树束生薪，和云煮。唤玉童把笛，忽吹散、江天雨。近前恐未许。一捻腰支，消尽柳阴衷绪。

彭桂　19首

字上馨，江苏溧阳人。诸生，久为幕宾，诗文浩瀚淹博，数千言立就。康熙十八年（1679）荐举博学鸿词，以母疾辞不赴。著有《初蓉词》。

江南春　题姑苏女子张希光画箑

纨扇丽，玉台娇。兔毫抬腕怯，蝶粉带脂调。远山瞥惹眉间恨，阁住春纤不忍描。

菩萨蛮　咏青溪遗事，次韵乍遇

秋千花下才扶起。避人笑入花丛里。绿刺忽牵衣。惊他蝴蝶飞。　全身嗔未见。故意回纨扇。池上数鸳鸯。怜侬恰是双。

弈棋

唾花碧袖新黄吐。闲拈玉子调鹦鹉。约伴赌围棋。娇慵梳裹迟。坐谈夸妙手。多事郎开口。自有雪衣儿。教侬打劫时。

私语

梨花庭院堆香雪。银墙斜映三更月。小字是娟娟。问侬低靠肩。朱阑凭欲倦。皱压榴衫茜。悄语怕教闻。窗前有个人。

迷藏

红楼左侧青楼近。樱桃花颤桃酥鬓。姊妹约深藏。鞋帮湿露凉。游蜂惊暗逻。侧过荼蘼躲。风闪隔墙枝。惊郎捉柳丝。

弹琴

绿窗乌几铺银叶。水沉香雾炉山爇。玉轸夜深弹。春纤忒耐寒。珍珠联作串。细写当徽怨。十指泻三湘。楚江一曲长。

读书

天寒翠袖凭修竹。归烹香茗挑灯读。偏怪眼中人。无端低唤频。屏山回半面。烛底遮团扇。指点碧搔头。翻书问不休。

潜窥

桃花醺面和香雪。眼波新水眉新月。小语辨雄雌。褰帷蓦地窥。多时嫌见惯。故掩珠帘看。结束验红潮。低头落玉翘。

秘戏

西家珠女东家玉。鸦鬟香枕松初绿。锦帐正低垂。知他含笑时。湘纹横屈戌。小喜怜私觑。昨夜入花中。海棠未褪红。

山花子　题吴介兹像

木叶秋云得句频。南朝诗体重吴均。开府参军都避席,最清新。　　六代江山留此客,五湖烟月有斯人。白石苍苔长岸帻,独垂纶。

卖花声　题谢石耕像

伊何人斯,芰服𦇧冠潇洒。我思之、羲皇上者。苍然松柏,更葱然桑柘。共悠然、渔樵闲话。　　蒲团棕拂,长对书床花架。鉴湖边、三间草舍。曲肱疏水,一枕华胥暇。悟由来、黄粱梦假。

天仙子　题金在五小影

松麈蕉团凭石几。花露研朱长读史。过江人物最风流,真无二。求其似。张绪王恭差可拟。　　豁达襟怀冲澹志。蕴藉崟岑同一致。年来风雨共论交,神醉矣。瞠乎尔。宜置此君岩壑里。

满江红　题丁飞涛祠部像

岸帻倏然,此风度、当今无亚。惊绝代衙官屈宋,鞭笞班马。云路天衢平步到,锦窝香署清班暇。到而今、华发领西湖,何人者。　　梅花屋,莲花社。六条畔,两高下。共白公坡老,流传佳话。化鹤尚看城郭在,梦松莫叹功名假。恐苍生、引领未能闲,东山谢。

沁园春　题江青园消忧图

攘攘何为,日月双丸,年矢相催。彼寄愁天上,胸中原窄,埋忧地下,眼底多猜。世界浮云,襟期霁月,谁似先生怀抱开。悠然甚,只素书一卷,浊酒千杯。　　枕流漱石佳哉。爱绿树、沧波净碧苔。须自然潇洒,方堪读易,本无块垒,不必浇醅。仆本恨人,慨当以慷,岂有文通作赋才。披图看,许行窝安乐,扶杖追陪。

储贞庆 1首

字雪持,江苏宜兴人。诸生,有《雨山词》。

沁园春　自题画像

尔是何人,骨瘦神臞,指顾风生。岂云台写照,汉家将帅,凌烟遗像,唐室公卿。戟刺须髯,风尘面目,堪与黔娄把臂行。胥靡客,且商郊版筑,隐姓埋名。　　行吟泽畔闻声。正五月、披裘醉眼横。叹胸藏块磊,易遭按剑,世途巇崄,空指班荆。范叔寒乎,冯公老矣,偏恨从前羽翮轻。无聊甚,学山中射虎,海上骑鲸。

龚胜玉 3首

字节孙,江苏武进人,流寓宜兴。官奉天锦州通判。有《仿橘词》。

百媚娘　题洛神图

宓去相传已久。一幅生绡图就。掩映诨鞲藏藕覆,半露纤纤素手。天上风流何处有。问梦中曾否。　　翠羽明珰依旧。习礼明诗无偶。离合神光丰度好,岂是人间甄后。便道陈思才八斗。却怎生消受。

南浦　题杨圣期濯足图,圣期有竹西词

竹西词客,住兰陵、喜与水为乡。觅得五湖深处,高树映芳塘。风起微揎

翠带,又渚莲、零落褪红裳。对亭亭碧沼,科头濯足,隐隐动波光。　　自笑频年踪迹,任过头、风浪霎时狂。争似寄情画里,添入子云旁。小鸟不惊人去,清波漾,鸥背荷香。只闲心自赏,嗤他洗马怨临江。

水龙吟　题周广庵太史小像

何来泛宅玄真,科头雀舫频箕踞。縠纹万叠,荻风千片,闲鸥一渚。非为鲈鱼,钓竿空设,书摊茶煮。怪纬箔层层,鸬鹚队队,也领略,江乡趣。　　不信俗尘有此,细披图、瀛洲仙侣。如何抛却,文章班范,法书虞褚。君谓余言,情萦山水,怎忘归路。待澄清事了,扁舟同汝,作渔翁去。

杨仙枝　1首

字简人,山西人。

临江仙　题友人揖石图

过眼万华无恋处。买山结屋溪头。绿蕉阴映碧梧幽。虚窗落片石,一段翠云浮。　　不是南宫癫性僻,孤高磊块原投。折腰长揖总风流。游情归楚峡,飞梦到沧洲。

吴棠桢　2首

字伯憩,号雪舫,浙江山阴人(今绍兴)。世嬗勋爵。毛奇龄称其"掞华披藻,艳才绝世"。然终不遇,竟以幕宾书记终其身。有《吹香词》《凤车词》。

澡兰香　题仇十洲杨妃出浴画卷

冰绡绘玉,黛笔摹香,镜偷太真花照。汤烹豆蔻,露盥蔷薇,体滑水痕黏少。讶兰盆、因甚流红,知涤凝珠汗了。拭后罗巾,气息如熏龙脑。　　簇蝶金泥带系,半着鱼衫,海棠新袅。柔魂不剩,细喘难支,髻鬈溜将犀导。出华清、怪杀人扶,似欠三郎缓抱。倘说与、荔子新来,横眸一笑。

紫玉箫　题程耻夫画册

叠嶂藏云,飞崖遮日,冷香流出红泉。千章怪木,扫春林空翠,争结轻烟。草亭双屿,人影里、剪破青天。佳山水,那知笔花,蘸墨偷传。　　程生最喜图画,劳添个吴郎,策杖危巅。黄山白岳,更相从松径,一枕高眠。晓来翻阅,么凤至、倒挂衣边。何须爱,城外乱峰,槛底平川。

丁炜（1632—1696）　9首

字澹汝。福建晋江人。顺治八年(1651)补县学生。十二年授漳平教谕,改鲁山丞,迁知献县,擢户部主事,除兵部武选司郎中,出为江西分巡赣南道,湖广按察使。值武昌兵变,弃家奔逸,事平,补姚安知府,寻复按察使。赴京途中病目,假归。有《紫云词》。

醉垂鞭　题美人戏马图

结束石榴裙。青骢马。珠鞭打。楚峡不胜春。飞来锦匼云。　　明媚方郊昼。花如绣。草如茵。羡煞画中身。连钱未染尘。

沁园春　题王山长小照

可爱斯人,道心标映,明瞳清扬。羡风流儒雅,楚材宋玉,声华门第,江左王郎。丛桂千枝,芳兰九畹,馥烈河汾旧讲堂。匡斋静、看编搜坟索,弦鼓潇湘。　　画图新出装潢。但掩卷停琴思更长。想凌云空奏,无媒金马,元音独赏,聊学柴桑。菽冷朝餐,毡寒坐客,白眼青樽老更狂。堪沉醉,有陆潘江海,李杜光芒。

南唐浣溪沙　题吴菌次杜牧寻春图

浅碧轻衫锦带钩。深红闹处记曾游。一自水嬉人散后,蝶蜂愁。　　三月茶烟寒顾渚,十年蕉梦觉扬州。青眼使君浑未减,旧风流。

清平乐　题王中斋三山游图

秋江月晓。望里金焦小。酒舫讴帘凌缥缈。好醉东园遗老。　　数声玉笛临风。惊回波底鱼龙。欲问三山何处,丹丘人在图中。

小重山　题画

谁染晴峦翠几重。一溪寒玉满、碧溶溶。斜阳略彴断人踪。盘坳外,高下路西东。　　板屋绕苍松。搴萝窗户拓、膝堪容。抱琴扫石听鸣淙。心不竞,目送晚云空。

玉楼春　题陈纬云小照

神似长松清谡谡。园茧裁成冰雪服。风流画里见髯苏,词赋人间称小陆。翠袖拨残金篆粟。待制红盐翻丽曲。他年半臂解持将,合近玉堂双椽烛。

天香　水墨牡丹

蝉缟裁匀,麝烟拂就,洗妆犹认倾国。仙李题残,真妃醒倦,月暗沉香亭北。旧家姊妹,惊乍见、翠刊红削。玄圃霜沾玉骨,巫山雨染绡织。　　京洛露苞堪摘。扑缁尘、颤风无力。写入鹅溪小幅,似曾相识。休借粉脂弄色。爱淡扫愁蛾俊标格。雪岭墨池,谩分白黑。

金蕉叶　题钱目天小照

双眸炯炯明秋水。印冰衫、酒痕初洗。湘瑟停挥,松书乍卷谁堪拟。锦树山人应是。　翩翩裘马名王裔。问青箱、绿文丹字。花月长笺龟龙,小篆聊游戏。一醉天真全矣。

武陵春　题家勖庵秋江独钓小照

磈礧胸中谁识者,涠迹侣鱼虾。一带清溪芦荻洼。烟雨水云家。　时合潜龙应在野,文雅正堪夸。坐稳空江月落沙。原不事、钓钩斜。

吴兴祚（1632—1698）　2首

字伯成,号留村,浙江山阴(今浙江绍兴)人。以贡生授江西萍乡知县,康熙十五年(1676)擢福建按察使,十七年擢右佥都御史,巡抚福建,二十年擢两广总督,二十八年以事降副都统,镇大同右卫,三十四年随驾北征,明年奉命戍边。著有《留村词》。

念奴娇　题王右丞初冬欲雪图

辋川余墨,洒轻绡、写作初冬欲雪。满纸烟云渲染处,万木参差如折。林鹊低飞,山鸡僵立,溪水冰初结。阿谁于此,诗魂驴背清绝。　展向茶幕松窗,萧萧如听,风撼芭蕉叶。竹里诗翁何处也,华子冈头无月。记载村醪,共寻僧舍,此景曾吟阅。笠湖东畔,小山梅放时节。

(案《瑶华集》作:此图几丈,王右丞、写作初冬欲雪。凛冽朔风生纸上,吹得虬松都折。寒鹊低飞,山鸡僵立,溪水冰将结。灞桥景色,画来定少分别。

再向净几明窗,从头展玩,较江天更切。放鹤逋翁何处去,料想孤山无月。

谷口樵夫,矶边渔父,渲染真三绝。自携村酒,一尊梅放时节。)

桃源忆故人　题画

斜阳荻岸连秋水。岭上白云时起。叠嶂层峦暖翠。人在清溪底。　杖藜叹世者谁子。只爱松风洗耳。牛背晚烟旖旎。一棹家千里。

贺易简　1首

字位成,又作渭城,江苏丹阳人。贺国璘之从弟。与弟贺对达合刊《皱水轩词同怀稿》。

高山流水　次韵题家廷评小照

步兵只合号江东。喜牵舟、舍陆凌风。又似莽无涯,依稀着影留侬。萍踪过、剑合雌雄。丹青巧,自此神描顾虎,法借张钟。羡别开生面,当获爨余桐。　垂虹。晴光跨溪冷,少几个、集蓼栖鸿。图史畔巾蒙,文谷不似隆冬。朝参应、不挂而公。笑颜红,尽受菰香野水,星落寒空。访严滩按图,恐入此山中。

贺对达　1首

字兼山,江苏丹阳人。贺易简之弟。有与兄贺易简合刊《皱水轩词同怀稿》。

高山流水　次韵题家廷评小照

此身何必问西东。驾扁舟、一叶凌风。山静日偏长,丸泥遮莫留侬。尘魔断、说甚雌雄。烟波里,餐尽烟霞滋味,露滴琼钟。听清流漱石,隐隐理丝桐。　长虹。天空碧如洗,更那禁、舞鹤翔鸿。真面目经年,似此不怕隆冬。黑头都、未羡三公。野花红,揉得些儿兴会,是境非空。恁行藏,冰心一片玉壶中。

贺巽 2首

字申如,号孤村,江苏丹阳人。贺国璘侄孙。有《此光楼诗余》,又名《孤村诗余》。

临江仙 自题小影

五百年前林处士,再来还作闲人。狂歌醉舞鹤溪滨。清风随逸兴,明月任闲评。　　更爱孤山梅树,清标绝俗无伦。时邀素鹤伴长吟。琴书得真趣,世事等浮云。

贺新郎 次天锡原韵题时来小影

当代无知者。问青天、空生予辈,风流潇洒。计欲充饥凭笔墨,总是饼徒成画。念往事、泪如铅泻。南浦荒烟蔓草里,听啼鸟、似诉伤心话。剩风月,真无价。　　一编牛角斜阳挂。笑兴亡、古今尽属,浮云野马。只有青山安稳在,尽足啸歌其下。却惟望、清尊时把。赢得松声频洗耳,且深藏、影避含沙射。任世态,纷纭也。

吴嘉枚(1632—1700) 7首

字个臣,号介庵,浙江钱塘(今浙江杭州)人。屡困场屋,以诸生入贡。晚隐姑苏,诗酒自娱。好书画,善鉴古。有《壶山草堂词集》。

倦寻芳　题汉宫秋美人图

蟾蜍初吐,鸿雁凄声,问今何夕。愁绪如丝,怕对菱花萧瑟。宝鸭炉中香篆冷,芙蓉枕畔啼痕湿。掩珠帘,卷罗衣怎写,纤纤容适。　　爱避觑、兰汤烛后,暗袖金钱,侍儿欢掷。御水传情,尽解相思难得。伴我半窗明月影,饶他一梦巫山隔。闲深闺,恨天高,琼楼孤寂。

菩萨蛮　闺情

夏日,友人偶携《美人倦绣图》,喜而咏之,共得六首。弗云老人竟作枯禅也。

倦时懒取闲书究。停针欲借榴花绣。切莫绣鸳鸯。妒他偏一双。　　背窗凝伫立。调弄鹦哥舌。低语嘱鹦哥。郎来莫怨他。

其二

多情有梦频相见。无情梦短深相厌。毕竟是多情。生生错怪人。　　博山炉篆冷。莫把灯儿鳖。灯若剔明时。翻嫌玉漏迟。

其三

小姑寻斗阶前草。歌声宛转浑无了。拼着一输赢。回身却又停。　　湘帘仍半掩。恐透香尘远。到晚撒空帏。傍他双燕归。

其四

郎行未种池塘柳。郎归乱折行人手。慎勿学杨花。随风处处家。　　征鞍前已会。提起横颐泪。夜雨湿残更。恐惊鸡塞鸣。

其五

昨宵侬睡郎先醉。今朝郎醉侬无睡。到底不成眠。晓霜来梦寒。　　檀郎心未恶。肯作些儿薄。借语客留迟。从今莫醉伊。

其六

海棠睡足朦胧起。枕痕一朵新红比。且把绣鞋藏。无端忽动郎。　　翠钿妆欲理。鸾镜清于水。但愿祝齐眉。何劳更画眉。

范箴　1首

字心一,号苏林,江苏青浦县(今属上海青浦)人。诸生。七战棘闱,数奇不售。入京师,游名公巨卿间,誉为陈子龙后一人。有《揽香词》。

意难忘　题顾茂伦雪滩钓叟图

家住垂虹。正凉波浩渺,高枕其中。芦花犹傲白,枫叶尽辞红。烟外笛,水边钟。清绝雪滩翁。把一竿,湖云撩乱,点滟长空。　　兴来随意孤篷。尽飞琼凝素,占了青峰。鱼庄原洒落,钓艇任西东。添逸韵,到诗筒。无梦惹非熊。羡伊人,辋川画里,细雨斜风。

王顼龄(1642—1725)　2首

字颛士,号瑁湖,江苏华亭(今上海松江)人。康熙十五年(1676)进士,授太常博士。累迁侍读学士。以父忧归。服阕,起故官,擢工部主事,拜武英殿大学士。雍正元年(1723)加太子太傅,旋卒。谥文恭。有《螺舟绮语》。

御街行　题郭河阳秋山行旅图

秋山木落枫林赤。衰草粘天白。半担行李度斜阳,孤雁数声嘹呖。霜清禾黍,风盘鹳鹤,惨惨愁云塞。　　人家一带炊烟直。野岸渔舟集。异乡风物况逢秋,王粲登楼心恻。不如归去,科头箕踞,高枕看山色。

沁园春　题大司农梁先生孔释抱送图

佳气充闾,筵开汤饼,门设桑弧。似谢公庭下,齐肩两凤,韦卿掌上,照眼双珠。试试啼声,知非凡器,应是公家千里驹。更何羡,那瑶环并美,棣萼同敷。　　履声遥下云衢。喜字识之无凤慧殊。便僧弥法护,风流竞爽,封胡遏末,誉望齐驱。史祝多男,诗歌百福,玉燕黄龟梦屡符。真乐事,看君恩方渥,家庆堪娱。

岳宏誉　2首

字邁亭,江苏常州人。少与丹阳贺国璘同学,晚年教谕于湖湘,康熙三十五年(1696)犹在世,年约六十五岁。有《楚江集》,附《采湘词》。

疏帘淡月　次韵题陆筼田遗像

江倾峡倒。羡陆海文章,当年国老。弹指沧桑,豪气于今未了。画图不着簪缨嬲。淡模描、都忘笑恼。露顶披襟,胡床斜倚,道腴德饱。　　况对面、青山秀好。更绿满桐阴,香飘荷沼。珊架牙签,信手诗筒探讨。举觞白眼空时辈,望青天、浮云立扫。人生如寄,丹丘何在,这回应晓。

摸鱼儿　题陈象采钓隐图

水中央、伊人宛在,迟迟暖日天气。溪山绿柳晴光丽,好似江头湘尾。应留意。莫负却、无边风景闲滋味。乾坤睥睨。只散发披襟,长吟独啸,抱膝慷当慨。　　挥团扇,数卷诗筒斜倚。垂竿不着芳饵。丝纶在手凭幽兴,鱼有鱼无都喜。还自慰。把利局名场、尽付烟波里。与君决计。看海水桑田,不如归去,做个钓翁耳。

杜首昌(1632—?) 10首

字湘草,江苏山阳(今淮安)人。诸生。曾入望园诗社。有《绾秀园词选》。

柳梢青　题汪素公行乐图

月觑桐阴。半藏半露,非浅非深。万籁俱空,一尘不染,心是何心。　膝边闲着瑶琴。偏爱听、山音水音。眼底烟霞,胸中邱壑,活到而今。

渔家傲　题徐菊庄检讨枫江渔父行乐图

七十二峰浮震泽。画图云水藏烟笠。就是玉堂金马客。人不识。生来带有烟霞癖。　香饵不施钩又直。五湖偌大犹嫌窄。借个钓竿随浪迹。岚滴滴。远山半浴波光碧。

看花回　题金在五行乐图

一派秋光入砚池。画里吟诗。松涛乍响云霞断,看枫林、叶做花飞。停车能坐爱,非子而谁。　若是泉声到耳时。且自听之。山林廊庙无差别,在君处处都宜。此中容我到,不醉无归。

江城子　题徐公辅江城图

面城高阁绕秦淮。恰花开。且衔杯。花神昨夜,特把海棠催。客里秋声听不得,疏柳外,片帆来。　凫鸥睡在藕花隈。惯相偎。莫相猜。及时行乐,醉倒也应该。直待暮鸦栖定后,才一棹,咏而归。

御街行　题程左蠡行乐图

人间阆苑谁能住。天福凭天付。湘帘只会逗香风,引得秋光无数。膝拥一卷,胸包万象,生就汪洋度。　花黄叶赤苔苍露。日涉偏成趣。多情猿鹤欲攀留,但恐逼登云路。翠峦千孔,朱阑一曲,莫忘徜徉处。

洞仙歌　题画

夜深漏尽,露洗梧桐灿。近月云生刚掩半。两情深、寄与情种姮娥,秋波送,送过盈盈河汉。　倦来还啜茗,玉臂摩挲,腻泽凝脂滑香汗。坐久愈绸缪,不觉更阑,残星几点风吹散。莫辜负、娇容正含羞,则索是回头,端详一看。

忆旧游　题画,为张敬止

看山云乱拥,瀑布惊飞,中好游仙。拖一条藤杖,经湾湾曲曲,欲向谁边。插天老树无数,知历几多年。叹溪落新痕,苔残旧碧,沧海桑田。　流水东西合,更窈窕纤回,石缝穿泉。恍惚悬崖半,岚翠纷纭起,遥接寒烟。清钟响在何寺,一塔影长圆。尽可结茅庐,吾将终老于斯焉。

风流子　题王秋史二十四泉草堂图

名泉争带郭,偏生是、望水爱茅堂。恰开径对山,遥观岚翠,行田听水,近步沧浪。柴门静,优游随意适,来往任云忙。高坐一毡,拥书渔猎,横开双眼,玩世佯狂。　凋零遗片石,百年后犹呼,阁老林塘。长伴寒烟衰草,阅尽凄凉。笑书生点缀,芦帘纸窦,相公游戏,绣柱雕墙。看透循环妙理,兴废何妨。

沁园春　题喻正庵方伯为鲁退思画梅

玉骨冰姿,缥缈临风,恍如蓬瀛。把一条铁干,鏖霜战雪,数枝琼蕊,带月拖云。隐见孤高,有无香色,大地空山独立撑。玲珑处,是墨花飞舞,一片机神。　　淋漓更觉天真。非化手、焉知画外情。看宰官游戏,出乎其类,文人风雅,偏又多能。神物难藏,自应出世,尝见花光放五更。天公意,道能珍能玩,付鲁先生。

贺新凉　题张淡明侍御梅花行乐图,仍叠曹学士韵

寒被春晖卷。到花间恰当花放,花神先遣。好在天风吹不散,残雪融香苔法。浮动处月筛冰茧。独享鸿濛跌片石,笼轻烟淡抹黄昏浅。鹤翅健,孤山展。　　不将骢马疏林显。惜横斜一枝半朵,惧蹄躏扁。路转峰回人迹少,防护无劳畜犬。遥相忆莫之或免。十斛清芬凝尺幅,这西溪竟属君家典。逢驿使,殷勤剪。

高层云(1633—1689)　5首

字二鲍,号护苑,江苏华亭(今上海松江)人。康熙十五年(1676)进士,授大理寺左评事,擢吏科给事中,迁通政司左参议,升太常寺少卿。有《改虫斋词》。《清史稿》卷二八二有传。

迈陂塘　题毛会侯垂竿图

讶娥江绿揉千顷,吴绡数尺谁谱。烟条故踠斜汀外,半拂燕梢柔橹。风欲度。挂三扇低篷,写影眠鸥路。晚来佳处。正野涨平桥,轻蓑小笠,漠漠一溪雨。　　家长柳,我亦烟波旧侣。投竿当日情绪。酒徒尽觅封侯矣,漫向软尘羁旅。商去住。趁春水桃花,倚艒当沙溆。逢君何许。但茶灶香笼,钓筒诗卷,相对镜中语。

渔家傲 题画

树杪溶溶云缕细。半奁柔渌萦沙尾。罾影欹风残叶底。潮平矣。数茎秋荻疏烟倚。　　拟向吴根寻剩水。燕梢船小轻于纸。且着征帆图画里。归得未。旅愁暗数今番最。

淡黄柳 题画

层湖远碧,倒浸苍岩湿。小阁围山残照人。一片疏红冷翠,总是江南好秋色。　　弄残墨。□闲窗正岑寂。几回首,任烟驿。想荒池、月淡沙鸥拍。菰影苹香,旧村何处,今夜梦轻难觅。

台城路 题迦陵先生填词图

倚声顿觉春愁浅,曾否觳消英气。香麝痕边,烟裙影侧,赚尽酒魂花泪。题残雁纸,有解意红红,蕙心能记。爱把文箫,恁翻清调谱银字。　　珠尘微漾箜水。驻将云一朵,低弹鬟翠。掐粉葱纤,印脂萼小,浑想莺帘风细。吟情倦未。但赢得而今,阿蛮酸粹。无限闲心,看来图画里。

渔歌子 为释大汕题钓鱼图

禅翁不作作渔翁。生意虽同用不同。满船月,满江风。万象森罗一钓中。

范荃(1633—1702) 8首

原名恒美,字德一,号石湖,江苏江都人。徐石麒内弟。遭逢易代之乱,绝意仕进,以课蒙授徒为生。著有《春雨词》《秋吟》《秋花杂咏》《柳塘痦语》《今之石湖词》等。

浣溪沙　题方恂如画梅卷

姑射仙人冰雪姿。春风帘幕步迟迟。月明林下忆来时。　薄雾蒙烟笼翡翠，断云将雨湿燕支。兀谁移作画中诗。

相见欢　题李同臣美人晚妆图

晚来梳裹匆匆。鬓云松。爱着薄罗衫子，出帘栊。　簪玉蕊。呼小婢。对青铜。正似一枝临水，玉芙蓉。

满江红　题焦德安控马小影

铁距霜蹄，唯支公、爱其神骏。问今日、天闲上驷，何人呈进。冀北空群曾一顾，幽燕老将同催阵。看风鬃、雾鬣宛依稀，凭谁认。　青丝络，休教褪。障泥锦，知偏靳。幸低回拂试，有人相近。昂首长鸣终不事，方瞳侧注如霜刃。指于思、万里讯前程，声名振。

一丛花　题徐松岑春江垂钓图小影

兀谁江上展渔竿。星斗半天寒。垂钩掣取金鳌去，望盈盈、越水吴山。昂首云霄，飞腾变化，唯唯笑鲂鳏。　小奚又为展书看。密意正相关。滔滔日下伊胡底，障颓波、砥柱安澜。好待儿郎，丝纶付与，方许此身闲。

满江红　题徐辰玉辍耕图

东海文星，问何事、辍耕太息。多则为、纷纷道路，更谁物色。我亦初为垂钓侣，君何只学挥锄客。念深源、不出奈苍生，谁之责。　盘石上，光如璧。长松下，烟如织。看皇家柱石，岂容轻掷。且藉犁云耕雨手，暂烦返日回天力。待功成、依旧着荷衣，归南陌。

一剪梅　自题小影,用宋人独木桥体

石栏斜倚是何人。学做诗人。学做词人。问君端的学谁人。不薄今人。亦爱前人。　旧家亭馆属他人。半是商人。半是官人。题诗定寄有情人。若个佳人。恁个痴人。

满江红　题刘兆圣小影

弱冠翩翩,犹记得、刘郎年少。人争道、有甥似舅兼英妙。谁谓君坚泉石性,夷然不赴金门诏,便掷将、彩笔付儿曹,从吾好。　风木恨,真无告。菽水养,真纯孝。但感恩知己,终身图报。茗碗炉香差快意,长松怪石尤堪乐。羡后贤、养志信非诬,终须到。

点绛唇　题问臣僧装小影

者是何人,云何也上蒲团坐。几时参破。咱你他和我。　且自支颐,说倡凭谁和。还添个。春风袅娜。微笑拈花可。

毛际可(1633—1708)　9首

字会侯,号鹤舫,浙江遂安人。清顺治十五年(1658)进士。官河南彰德府推官,改知城固,调祥符。康熙十七年(1678)召试博学鸿词,不第回任。旋以事罢官。有《浣雪词钞》,一名《映竹轩词》。

减字木兰花　题吴西潭小照

神游八极。谁貌生绡刚半幅。道服翩跹。静忆黄庭内景篇。　两三姹女。笑指沧桑闲共语。我亦相从。不待功成问赤松。

柳梢青　题姜亶贻小像

苔色堆青,松筠滴翠,流水盈渠。深院无人,科头寄傲,梦觉于于。　君才涛涌云舒。因底事、沉吟未书。连夕余酣,今朝初暇,拟赋闲居。

鹊桥仙　题画

层岩峭壑,疏篱矮屋,咫尺路回溪转。林梢一带尽烟云,细认是、墨痕烘断。　兴酣落纸,解衣盘礴,不数米颠倪懒。箧中东绢胜鹅溪,君放笔、请为直干。

减字木兰花　题许霜岩小照

吾衰甚矣。名噪词坛卿第几。丰度偏佳。上苑他年拟看花。　百城南面。且拥床头书万卷。拂纸沉思。分得西泠步月题。

摸鱼儿　题吴民则秋浦归帆图

画图中、吴郎萧洒,渔夫近日相与。蒲帆十尺吴峰绕,占尽芙蓉深浦。山欲暮。正两岸轻风,又过前溪去。天连云树。有紫蟹黄鸡,清尊白帢,醉后觅新句。　人都道,西塞高人之侣。忘机渐狎鸥鹭。扁舟我亦曾垂钓,却赋邛须招汝。君且住。念此后宦游,南北知何处。莫嫌絮语。好暂趁闲身,探奇选胜,更访钓台路。

金缕曲　题梁汾小影次韵,图作佩剑投壶

惟我与君耳。更非因、标题月旦,攀援门第。一诺相期千古在,车笠区区何意,敢自附、龙泉知己。磈礧频浇还未散,共滂沱、洒作襟前泪。把臂后,淡如水。　何须独醒怜皆醉。信从来、夷门终隐,长沙招忌。闲却残编除是

卧,壶矢犹贤乎已。思往事、不须重悔。举世尽夸皮相好,叹传神、却在生绡里。顾子影,毛生记。

解连环　戏题驭鹿图

丰颐广颡。是兰陵右族,骚坛飞将。早脱屣、华毂朱轮,爱峭壁泉深,长林风爽。野鹿驯柔,更想见、标枝气象。叹无端蕉梦,从今唤醒,半生清旷。

骑来翩然独往。算衰年省却,芒鞋筇杖。幸踪踪、尚寄晴川,近吹笛仙人,白云楼上。十载重逢,问俗客、升沈何状。还待余、腰缠跨鹤,共披羽氅。

山亭宴　题胥怡庵小照

乔松百尺清如许。漾澄江鹭汀鸥渚。五马倦游人,棠荫尚留荆楚。丰颐广颡复修眉,更飘拂于思堪数。矫矫立鸡群,风度一何容与。　　脱冠露顶闲中去。看转盼锋车召赴。南面拥书城,正邺架芸香辟蠹。呼童洗砚墨光浮,羡韵事君都占取。笑语顾长康,阿堵传神处。

谒金门　题穆西园画卷

鹅溪绢。谱入丹青画院。叶叶枝枝春不管。化工今在腕。　　太守风流如见。珍重牙签清玩。莫向石栏深处展。蜂黄容易染。

吴本嵩　2首

原名玉麟,字天石,江苏宜兴人。吴梅鼎之兄。有《都梁词》。

风流子　题周文夏画册

旧游弹指过,才披卷、仿佛见伊人。有万顷澄波,千章乔木,几重碧巘,一片闲云。都并作,莼鲈归梦短,山水卧游频。藜阁宵残,禁莲飘麝,兰台昼静,院柏摇春。 闲情供渲染,长康后,应是摩诘前身。想见淋漓尽致,盘礴天真。忆为日几何,风流顿尽,其人斯在,翰墨还分。多少西州醉眼,泪浣香芸。

沁园春 题友人行乐图

我所思兮,欲往从之,当在雁门。有红颜绿鬟,琵琶千帐,黄蒿白碛,畜牧千屯。动地金飙,漫天玉屑,此是江南香雪村。模糊认,笑东风未暖,朔气偏温。 底须长笛销魂。听一片、哀笳万骑奔。早春生乳渾,泉开疏勒,香闻粉黛,人到乌孙。貂锦襜褕,金银凿落,醉看撑犁黯欲昏。才人幻,只画图书卷,尺寸乾坤。

释大汕(1633—?) 3首

字石濂,俗姓徐,江苏苏州人。康熙初,主广州长寿庵,夺飞来寺为下院。后为广东按察使许嗣兴擒治,押发出境。至赣州,止于山寺,皈依者众,为巡抚李基和逮解回籍,死于常山途次。著有《离六堂集》,词附。

斗百花 题美人图

两颊桃花红晕。黛锁眉峰新恨。闲立竹西深院,手理丝丝鸦鬟。粉项低垂,分明一种含情,偏偏不教人问。别露幽襟韵。 随意席草,漫酌梅花露酝。杯映醉颜,惊心乍看朝蕣。半沼残荷,凉飔正透疏棂,一炷女儿香烬。

思帝乡 题画

霙雪霏。六花吹满衣。傍涧三间茅屋,掩柴扉,一树寒梅透出,落还稀。断续临风笛,翠微归。

碧牡丹　题画晋人卷

玉麈将谈笑。文绶垂香袅。物色深秋,到处旷怀高邈。局蹐穹苍,天地惊何小。手挥弦送飞鸟。　暂登眺。四顾罗窈窕。鸾音半山清啸。数抱丝桐,不做人间声调。占断词坛,明月松间照。方樽何处消缴。

曹贞吉(1634—1698)　10首

字升阶,号实庵。山东安丘人。康熙三年(1664)进士,考授内阁中书,出为徽州府同知,内召礼部仪制司郎中,调湖广学政,寻以疾辞归。工诗,为"金台十子"之一。又工倚声,有《珂雪词》。《清史稿》卷四八四《文苑传》附王士禄后。

山花子　题石林小照

鬟影花光撩乱俱。纷纷蝶翅接蜂须。共斗南唐金叶子,阿谁输。　宝抹红绒香菡萏,冰绡白映玉芙蕖。陶令闲情何所寄,美人图。

蝶恋花　题龚半千画

石骨嶙峋惊拔地。千尺藤萝,盘壁蛟龙势。茅屋半间风打碎。个中应有幽人睡。　门外片尘飞不起。嫩绿新蒲,杳霭江湖意。倘许移家来画里。一廛请隶无怀氏。

蝶恋花　题王宓草画蝶

笔带烟霞入晋魏。拓得滕王,海眼图中意。惆怅东风吹不起。翩翩只在生绡里。　夜雨搅林花瓣碎。觅蕊为粮,还抱花须睡。春色满园拖粉翅。不知梦见庄周未。

满江红　题吴远度竹村情话图

满目苍然,似巀谷、琅玕千尺。想落笔、公孙舞剑,张颠濡墨。潇洒青天鸾凰下,动摇雷雨蛟龙黑。掩柴门、清话尔何人,情金石。　　草阁外,江流积。小艇上,孤篷窄。喜青尊可共,闲愁如涤。风起窗前闻解箨,月明林下堪容屐。忆当年、幽事几人同。山阳笛。

水调歌头　为龚节孙题种橘图

玉局昔年客,秃鬓老仙翁。思移林屋嘉树,饱啖洞庭红。儗作亭名楚颂,眷此素荣绿叶,惨淡比青枫。有志那能遂,遗迹大江东。　　仿瞻子,怀古意,画图中。雨蓑风笠,长镵白木苦匆匆。且自耕云半亩,转眼霜林千颗,一笑对山童。忘却生绡里,欲倩右军封。

忆旧游　题郭熙秋江行旅图

看迷离一片,淼淼洪波,漠漠平沙。乌桕丹枫岸,问何人驴背,怅望天涯。惊风乱叶飞坠,帽影欹斜。况几缕残云,千寻叠嶂,满目蒹葭。　　荒寒入真境,是旧日河阳,貌写烟霞。曾记游吴楚,泛扁舟东下,指点神鸦。少年回首一梦,江上听悲笳。更对此何堪,京尘如雾开楝花。

霓裳中序第一　为祀园题浮家图

烟波宽几许。抖擞青蓑垂钓去。恰流水、桃花时节,对西塞山前,一双飞鹭。高风可溯。倩生绡、三尺留取。看历历、笔床茶灶,泛宅画中住。　　今古。逃名渔父。怕东华、软红如雾。江湖自结鸥侣。正柳下移船,菰边分路。美人共兰渚。又何必、天家赐与。仙槎上、此生有分,鼓枻带答否。

沁园春　题美人画芙蓉

袅袅亭亭,何处折来,芙容一枝。是青溪女士,写生妙手,花光粉腻,游戏为之。纵使无情,也应有恨,月白风轻欲堕时。堪怜处,傍沙汀芦岸,掩冉丰姿。　　多愁多病蛾眉。便画出、伤心寄阿谁。忆红楼倦绣,轻拈小笔,乌丝罢咏,淡抹唇脂。更费雌黄,枝头点染,添个翩翩蝴蝶儿。吹能起,笑拂蝇成误,老眼迷离。

八归　题其年填词图

散圣安禅,乌衣白袷,淡宕风流如许。酒旗戏鼓人间世,博得萧然驴背,须眉尘土。凌轹词坛三十载,写六代、兴亡无数。翻墨沈、历落嵚崎,看海奔鲸怒。　　谁拂生绡作照,维摩清冷,坐对散花天女。三叠霓裳,一声河满,曲项琵琶金缕。问英雄红粉,可到相逢断肠处。想歌阑、深卮微劝,银甲春寒,水沉香慢炷。

春草碧　题梅雪坪小照

春风作意淹愁客。晞发弄琅玕,千条碧。脉脉空谷佳人,翠袖无言镇相忆。过雨嫩苔生,流光湿。　　莫是拥髻灯前,翩然独立。认他桃花红,梨花白。剧怜画里都官,朱霞天半无人识。高唱紫云回,消受得。

王士禛(1634—1711)　10首

字子真,号阮亭,山东新城(今山东桓台)人。顺治十五年(1658)进士,选扬州推官,由礼部主事累迁少詹事,官至刑部尚书。乾隆中补谥文简。著有《衍波词》《阮亭诗余》等,并与邹祗谟选辑有《倚声初集》。《清史稿》卷二六六有传。

如梦令　题叶欣画汉宫秋晚

道是江潭小苑。又是披香宫殿。莲叶悴金塘,何处羊车凤辇。秋晚。秋晚。有个人悲纨扇。

菩萨蛮　咏青溪遗事画册,同羡门、程村、其年

其一　乍遇

东风人柳三眠起。秋千小院重门里。对对浴红衣。鸳鸯塘上飞。　个人花底见。惊喜回团扇。含笑指鸳鸯。花时日日双。

其二　弈棋

曲阑干外红兰吐。绿窗人静闻鹦鹉。两两赌围棋。沉吟金钏迟。　郎夸中正手。向姊偏多口。解意小猧儿。恼人将负时。

其三　私语

梧桐花落飞香雪。卷帘一片玲珑月。人月两婵娟。倚阑凭玉肩。　小鬟春睡倦。裙上苔花茜。私语好谁闻。姮娥应羡人。

其四　迷藏

玉兰花发清明近。花间小蝶黏香鬓。邀伴捉迷藏。露微花气凉。　花深防暗逻。潜向花阴躲。蝉翼惹花枝。背人扶鬓丝。

其五　弹琴

玲珑嵌石红蕉叶。蕉阴宝鸭香初爇。独整素琴弹。琴清玉手寒。　声声珠作串。弹出湘君怨。今夜梦潇湘。琴心秋水长。

其六　读书

帘衣半掩湘妃竹。洞房今夜摊书读。懊恼画屏人。铜壶清漏频。　潜

藏郎背面。作剧桃枝扇。鹦鹉唤回头。低鬟笑不休。

其七 潜窥

双双玉兔衣如雪。中庭桂树悬明月。也解逐雄雌。倚帘含笑窥。　　幽踪郎见惯。潜向银屏看。娇靥晕红潮。伴羞妥翠翘。

其八 秘戏

蝉纱十幅围红玉。龟纹枕畔双鬟绿。银蒜镇垂垂。含羞忍笑时。　　屏山金屈戍。女伴偷相觑。明日画堂中。须防面发红。

满宫花　戏题吴蕊仙花卉便面

汉宫春,湘竹扇。写出一痕清怨。轻纨半幅不禁秋,几点墨花轻茜。忆然脂,思捧砚。余响犹闻金钏。武陵傥许问津来,可似渔郎花片。

宋荦(1634—1713)　4首

字牧仲,号漫堂,河南商丘人。累官至吏部尚书,以年老致仕。有《枫香词》。

凤凰台上忆吹箫　题周昉宫人调鹦鹉图

宝髻盘云,绛绡笼雪,内家妆束风流。向石边小憩,藏却细钩。还有侍儿执扇,苔径里、映带温柔。伤心也,杏花在手,凝盼枝头。　　啾啾。绿衣娘子,爱惜杀春光,芳树能留。好教将言语,等待宸游。似欲殷勤重问,长门赋、汝会吟不。摩挲叹,一方素练,貌尽宫愁。

锦堂春　画上美人

宝髻八盘倭堕,樱唇一点鲜圆。低徊无语风前立,顾影自生怜。　　珠泪玉烟谁写,腻香真色俱传。明妃不减妖娇态,应费画工钱。

南歌子　题吴门清河女子花鸟

写鸟能生动,描花吐艳姿。深闺纤指露清奇。不数黄荃崔白画家师。
倦倚红红笔,愁凝小小眉。莫教风雨妒胭脂。留待双双富贵白头时。(海棠、牡丹、白头翁)

摸鱼子　题迦陵先生填词图,次竹垞韵

怪髯翁、骚坛驰骤,笔锋欲断犀兕。生平擅绝红牙句,清致碧波千里。移砚几。对按拍、蘋云一片芭蕉翠。含毫选意。羡白袷才披,乌丝初展,此际了无事。　移情处。最是个人纤丽。老鸦飞上双髻。玉箫吹彻迦陵调,声入霓裳第几。珠棁底。甚悟到、诸天幻出婵娟子。空花蜃市。拟呼下当筵,琵琶试拨,划破罨溪水。

陆繁弨(1635—1684)　1首

字拒石,号儢胡。浙江仁和(今浙江杭州市)人。从陈廷会学,后授业于洪昇。著有《善卷堂诗文集》。

点绛唇　题陈君迦陵填词图

没处相逢,谁知相见丹青里。含毫拂纸。多少闲情寄。　荷雨初凉,湛湛吴江水。阑干倚。暗添愁意。问有来鸿未。

李良年(1635—1694) 20首

字武曾,号秋锦,浙江嘉兴人。父客死韶州,家计败落,与兄斯年、弟符,奋力于学,共有文名。后至京师,与朱彝尊结忘年交,诗文并得龚鼎孳、汪琬赏识。筑秋锦山房,著书授徒。复两至福州赞巡抚事。寻应徐乾学请,助修《一统志》。有《秋锦山房词》。

甘草子　题秋亭把书图

青壁。如此茅檐,如此闲吟客。四五叶秋声,两三枝秋色。　　石径苔扉谁能问,问底爱、空山萧寂。才到人间愁无数,悔半生游屐。

天香　为丘眘清题兰花小册

空谷无媒,众方犹伍,横琴一曲曾写。梅子黄时,他年长记,摒挡翠瓷红架。数茎冰雪,天付与、送春销夏。叹息管夫人后,更谁点染无价。　　今朝画图重把。展生绡、乍疑香惹。携向风前欲动,月中低亚。一自沅湘倚枻,恁多负芳丛小窗下。无限秋怀,为君题画。

百字令　题竹坨归耕图,和原韵

彼何为者,数过江门第,恨人奇士。朔塞南枝来往惯,筋力可知倦矣。弱不胜衣,狂思摇笔,陇上应无此。展图一笑,十郎聊写愁耳。　　曾记细雨青芜,双拿小艇,问桃花流水。本欲逃名名不去,行遍山林城市。子定归与,吾将作伴,摒挡西畴事。算来长策,为农今日良是。

瑶华　题其年填词图

吹箫待凤,画壁留人,忆旧来佳话。元和才子,爱倚声、长只傍珊瑚架。翠钿量得,明珠买、便教入画。展花间小帙沉吟,不愿人间听者。　　平消一瓣都梁,看鸦纸斜铺,鼠须欲下。才回首,说与春葱、误了宫商再写。拼做湘筠,亲领取、绛唇吹麝。怪今年柳七匆匆,奉旨填词去也。

摘得新　题海棠画扇

春未央。画中开更长。锦衾曾叠处,似闻香。为君障马青芜去,斗红妆。

青衫湿　题便面圆光内卷画美人

花边小坐闲妆束,罗袜奈遮藏。远山画了,盈盈秋水,才上缥缃。　　更无人处,忍教虚负,鬓影衫香。夜深休睡,空圆如月,不碍红墙。

步蟾宫

为高澹人内翰题《半榴图》。内翰雨中入直,上手赐殿前白石榴一颗,拜食其半,携归作是图也。

房皴玳瑁移宫扇。疏雨过、赐来秋苑。分明三十八珠胎,到写入、吴绡才半。　　边鸾几颗轻红染。记旧谱、宣和曾按。争如冰碗宁初匀,带露叶、欹斜一剪。

于中好　题龚节孙种橘图

国山香乳移栽旧。绕书床、满林霜后。楚臣最赏青黄糕。问得似、潇湘否。　　金穰小擘怜秋九。笑一叶、逾淮辜负。闲园静锁无人叩。想冷压、西风又。

风入松　题写生芦菔

瓜华豆荚已阑珊。采摘记霜前。全胜二月杨花瘦,斜阳陌、吟渴须餐。惯见银钗小妇,迎风挑向筠竿。　　谁分野色上毫端。玉本笑红圆。前身定是长沙易,写生手、一样流传。倦客清斋久矣,何人贻鲊香山。

渔父家风　为阮亭题红梅雪岸图

零星梅萼小渔衫。空际冷红添。画师要写分明,雪着意、染江潭。　　孤艇外,墨云嵌。露前岩。钓丝应笑,不愿封侯,只爱幽探。

满江红
棠村尚书得第五令子,先有梦兆,作松下五苗图志异,命制此阕

好梦谁传,苍鳞底、数茎低绕。恰流苏帐卷,认镮人到。生子当为丰岁谷,读书早辨琅邪稻。看陇西、花萼谢家兰,浑凡草。　　缝绣字,针神巧。添画谱,龙眠好。记松肪五粒,问年最小。草木知名移未得,楂梨曾博君王笑。且重摹、一幅上金门,嘉禾表。

绛都春
荪友为西溟作松萱图,寿其母夫人,西溟属题于图侧

乡心一片。倩好手画得,墨光深浅。白发倚闾,萱影松风,双扉展。年时午胙冰鱼馔。尽对客、茅斋蔬饭。而今遥忆,无端绽了,越衫慈线。　　春半。江南迢递,甚燕草再绿、王孙归晚。旧树小园,反哺鸦雏,闲栖遍。故人尽撤君羹返。想卖畚、吹箫都倦。争如拜母芦峰,麻姑酒暖。

小阑干　题电发枫江渔父图

年时枫底白鸥乡。欸乃一溪凉。今日重寻,冷红十里,不见旧渔郎。君言鉴曲终须乞,此事且商量。满地江湖,渐无人矣,容我占沧浪。

烛影摇红　为雅坪题画

不是湘筠,铅容恰似湘江水。玲珑佛髻小钗虫,一样输他翠。　依约薄寒衫袂。背残红、斜阳自倚。东风不管,暗惹春痕,双双蝶翅。

风蝶令　题水仙兰花小幅

碧叠玲珑石,红斜窈窕窗。薄寒愁煞水仙王。恰有夜来私到,杜兰香。　砑纸含情细,尖毫托意长。愿他紫䓖与檀房。岁岁春风一度,一回双。

摸鱼儿　题晋贤秋晓读书图,用蓝村韵

洗尘襟、尽堪消受,长廊风散微暑。画中丰度三秋忆,淡□帽纱衫纻。天送与。正一片蕉阴,绿到煎茶处。才人杜许。看丁卯乌丝,樊川红粉,惆怅隔帘语。　诗家婢,底事细腰如楚。手香应胃残楮。螺奁古砚新书水,别调且翻三吕。吟肯住。算满眼浮云,野马君无取。可容赌墅。便载了棋枰,花边系缆,来作少年侣。

华胥引　沈沛洲属题美人蹴鞠图

花容月样,惯得人怜,不教着地。屬锦平铺,无声宛转纱障里。消受一簇香鬓,镇浅匀斜睨。犹记旁看,昼长闲遣春事。　遮住双鸳,最难禁、茜罗裙子。凭时偏露,随伊纤红自起。今日客斋重见,是玉鸦叉底。对此魂销,沈郎腰可知矣。

醉桃源　题画扇

寻春无力下阶迟。晚来如有思。何人曾谱踏青时。张萱真画师。　纨百褶,锦千丝。东风着意吹。采香蝴蝶镇相随。这回犹未知。

百字令　题竹坨图

潞亭旅思,爱小园入画,子山之宅。二十一番春事改,追话软红游历。史局谁长,酒仙臣是,晚遂归田策。白头题句,这回真个头白。　　记否洗研莲南,擘笺梅底,更谱琴梧隙。问旧心惊云散后,剩我比邻双屐。就竹寻君,展图看竹,疏翠沾衣帻。茗香销夏,不须怊怅陈迹。

绮罗香　题倚声泛酒图

翠袖□初,红榴压后,人在高梧庭院。采罢明珠,纤手乍调清怨。贪记曲、宝豆尝拈,怕顾误、凤丝徐捻。问华年、暗数云和,玫瑰小柱几曾遍。　　含情何限野雨,也胜峰青湘浦,曲终难见。银甲才停,笑指叵罗遥劝。拼醉倒、更倩伊扶,看不足、可怜人倦。试重与拍案红牙,春莺教细啭。

章昞(1635—1691)　1首

字天节,浙江余杭人,诸生。康熙十三年(1674)前后,与陆次云、韩铨同辑《见山亭古今词选》。

踏莎行　刘阮图

欲学神仙,艳情宜去。虽生千载疑无趣。若如公等可乘鸾,何妨便踏天台路。　　阮子刘郎,愿言左顾。挈余同访蓝桥渡。再烦为我觅云英,酬君请奏玄霜赋。

倪濂 1首

字公介,浙江仁和(今浙江杭州)人。有《芜园集》。

青玉案 题澄江女子桃花燕子画扇

天涯极目长干路。绿遍多情芳草渡。楼外斜阳空日暮。几回羞见,香酣翠软,瘦影联翩处。　　花深梦远无凭据。一任春来愁里住。画得断肠肠断句。脂娇粉腻,脸痕眉晕,点滴成红雨。

王晫(1636—?) 4首

初名棐,号木庵,浙江仁和(今浙江杭州)人。康熙三十四年(1695)尚在世。诸生。好学博览,遍交天下名士。著有《峡流词》,汇编有《千秋雅调》。

清平乐 题梅花松鹤图

蓬莱羽客。应住梅花宅。夜半一声霜月白。清绝仙人风格。　　知心唯有长松。缑山小影濛濛。我羡支离老叟,生成苍碧虬龙。

满宫花 题蒋波澄生照

卷中人,良友面。自把一杯相劝。梧桐两树绿成阴,清露墨痕深浅。　　贮鸿才,思豹变。坐席夺来光绚。但看秋水剪双瞳,合在蕊珠宫殿。

渔家傲　题寒江独钓图

叶样轻舟无定止。烟波渺渺空江里。雪霁峦光白于纸。明月起。直钩下坠还惊鲤。　　清气撩人寒更美。生涯总在蓑衣底。野岸梅花开放矣。闲一醉。笛声吹过天如洗。

天仙子　题画上美人

面似夭桃轻带雾。眉横柳叶天然妩。一身浑是好花枝,樱半吐。莲生步。唤醒海棠难比数。　　应是藐姑仙子伍。无端却被丹青误。不劳昏旦久呼名,高唐路。朝云护。梦去分明重叙故。

查容（1636—1685）　5首

字韬荒,号渐江,浙江海宁人。少应童子试,恶科场搜检之举,拂袖而去。遂弃举子业,从外兄朱彝尊出游四方。性简傲,好臧否人物,以布衣终。工诗文,长于诗论。著有《浣花词》。

荆州亭　题周雪客戴笠图

何事西园公子。独向水边松际。可忆拥书时,翠箔红炉灯里。　　头上偶然笠耳。莫道诗翁憔悴。真迹更谁留,我亦从君行矣。

百字令　题秋思图

粉红黛绿,正钩帘妆罢,无语凝盼。似恋恩情秋渐老,纤手犹携纨扇。绣带风飘,铢衣雾薄,蝉鬓双承燕。依稀曾记,旧时楼上相见。　　底事独立闲阶,含愁欲诉,觉潮生娇面。再得谁怜添一个,玉润儿郎方便。缃帙全开,水沉微炷,如在长生殿。寒花香淡,倚栏对影疑倦。

薄幸　题春睡图,锡山华羲逸画

　　翠屏山晓。映数朵、瓶花红袅。任他是、春风春雨,窗外不闻啼鸟。悄无言、几畔炉边,添香立着双鬟小。似欲近床前,恐惊帐底,掩却妆台未扫。

　　睡正美,应难唤,更枕簟、水纹轻巧。奈鸳衾单薄,玉柔脂腻,翻身微露嗔谁好。梦将阑了。问云情雨意,空闺端的知多少。钗横鬓乱,也胜傍人起早。

孙琮(1636—?) 3首

　　字执升,号寒巢,浙江嘉善人。诸生。居山晓阁,有藏书千卷。每评选一书出,人争购之。晚岁放迹山水间,谈禅赋诗。有《山晓阁词》。

点绛唇　题柏斯民秋江垂钓图

　　秋雨初晴,江天淡远扁舟小。渔村窈窕。溪树云相抱。　　野水多情,未许芙蓉老。收纶早。樵青报道。归路山清矫。

蝶恋花　题画

　　溪路风轻鸥睡稳。水满江天,生出渔舟影。蘋散蓼荒秋不整。绿蓑明灭烟光冷。　　茅阁半开枫隐隐。新月低帘,便觉青衫近。莫学陶潜频夜饮。重阳无雨黄花醒。

水龙吟　题晚村秋隐图

　　晴川极望连连,斜阳涨断溪南北。到晚风清,薄烟乱动,谁家茅屋。谁种青松,谁移绿柳,谁分黄菊。看半瓢三径,谁歌谁饮,谁戴葛巾一幅。　　月色今宵何意,向此际、寒光未足。高楼淡远,斜斜靠着,邻垣修竹。盈盈野水,无边有影,微帆难宿。再看时,不见微帆,剩几点,西飞鹜。

沈榛 2首

字伯虔,浙江嘉善人。钱黯之妻。年五十二卒。著有《松籁阁诗余》。

丑奴儿　题画

青山碧水无穷景,渔父垂钩。轻泛扁舟。烟雾苍茫远浦浮。　轻云几点波中映,红蓼滩头。试启新筶。聊以衔杯忘却愁。

阮郎归　题倦绣士女图

竹窗斜日漾茶烟。佳人倦欲眠。停针无语线慵添。徘徊意怅然。　华隐雾柳飞绵。困人春暮天。回文未就乱鸦还。愁情梦里传。

徐釚(1636—1708) 17首

字电发,号拙存,晚号枫江渔父,江苏吴江人。少工诗词古文,善画山水。康熙十八年(1679)由国学生荐试博学鸿词,授翰林院检讨,会当外转,遽乞归。著有《菊庄词》《南州草堂词话》,并辑《词苑丛谈》。

贺新郎

庚戌九月为既庭师五秩,浪迹燕齐,未获捧觞称庆,隔岁归来,绘《云松图》补祝,时辛亥正月望后,梅花盛开日也。

玉磬山房好。算从前、风流文沈,真堪压倒。绝学河汾还记取,莫问蓬莱瀛岛。喜立雪、门庭却扫。欹帽巡檐无个事,索梅花、铁笛舒长啸。谁种就,金光草。　　子云阁上欣相召。指狂奴、频年漂泊,雪泥鸿爪。同学少年都不贱,只有侯芭渐老。直愧煞、文章庾鲍。弹铗归来空袖手,话秦松、记得烟云绕。聊绘取,期壶峤。

满江红　题柳村渔乐图

烟柳濛濛,斜抱着、清溪一曲。向此处、编篱晒网,牵船结屋。莺暖鲖鱼堆似土,水深莼菜寒于玉。枕晴川、泼眼入窗来,山光绿。　　雨初霁,分陶菊。炊渐冷,燃湘竹。听拍歌铜斗,何愁荣辱。鸦舅笼烟昏树绕,恶姑叫雨春田足。更月明、小艇剪汀莎,渔蛮熟。

临江仙　题广陵韩醉白小照

侠骨青衫奚用缚,吾曹原自豪奢。壮怀烟冷夕阳斜。芙蓉休吐锷,珠袷且看花。　　漂母祠边春草绿,王孙旧事犹赊。英雄红粉不争差。携来刘碧玉,暂醉鲁朱家。(图画脱冠倚剑,双鬟行酒。)

蓦山溪　题樊圻画揖石斋图

吾友真定梁君云麓,才过僧弥,兴同康乐。偶开三径,风牵薜荔之墙;才构一椽,水浸菖蒲之石。袖中窈窕,酷爱米癫;室内嵚崎,无妨嵇懒。据梧脱帽,展卷便拂烟霞;隐几折腰,置身欲藏丘壑。仿佛辋川图画,难寻摩诘裁诗;依稀栗里琴樽,思与陶潜载酒。因题短阕,聊步佳词;愿订三秋,言归二酉。

周旋一室,妒煞嵇康懒。着汝旧青衫,呼石丈、欲浇茗碗。短垣缭绕,染半幅鹅溪,团秋玉,注春泉,架上琴樽满。　　松菊当窗,同拌青精饭。开卷斗嶙峋,最难忘、素瓷红盏。公然小揖,莫怪是痴癫,韩陵话,郁林携,不把闲愁管。

望江南 题画

家山好,泚笔点晴岚。一抹寒林青似黛,几湾烟水碧于簪。昨夜梦江南。

柳梢青 题画

曲岸回沙。远汀孤屿,衰柳疏斜。淡写青螺,轻描翠黛,怕染霜华。
酒醒人远天涯。魂销处、烟藏暮鸦。仿佛倪迂,依稀荆浩,秋到谁家。

东风齐着力 题绕屋梅花图,寄陆荩思

香浸牙签,春生兰叶,苦注南华。东头屋里,况有锦屏遮。羡煞骚茵墨宝,纸窗下、老铁嵯岈、巡檐步,烟濛曲径,疏影横斜。　　格韵转堪夸。图画里,芝岑菊圃增加。玉瓷浅斟,且谩醉流霞。料理三间小屋,先归去、负郭栽花。还疑是,孤山处士,放鹤人家。

菩萨蛮 题蓝涛画花鸟

鹅溪一幅胭脂染。粉堆露洗芙蓉面。靧面学桃花。秋江怜煞他。　　枝头闲小鸟。啼断烟波晓。细草间疏红。还多杨柳风。

青玉案 题王丹麓听松图

谡谡涛声耳畔过。好梦北窗吹破。弄笛弹琴惟一个。枕流漱齿,科头濯足,片石堪趺坐。　　高披鹤氅烟霞堕。濯濯王恭还似么。手种龙鳞今已大。拂衣元亮,挂冠弘景,招与松间卧。

减字木兰花　题牛潜子郡丞小照

青衫司马。船泊芦花枫叶下。何事投竿,也向西风烟水寒。　　樽罍图史。箬笠蓑衣谁似此。为语君侯。濯足须从万里流。

醉桃源　题章子鹤竹溪徜徉图

蒹葭秋水人如玉。闲傍轻鸥栖宿。偃仰浅莎一曲。个个琅玕绿。　　竹溪逸兴无人续。都被红尘拘束。爱煞先生清福。恍惚真羞卜。

凤凰台上忆吹箫　为梁万倩题方邵村画竹林书屋

筛月笼烟,拂云掮粉,琅玕环绕墙头。正幽人睡熟,初卷帘钩。坐拥骚茵墨宝,红尘外、车马都休。山房好,鹅溪一幅,点染清秋。　　飕飕。潇湘南去,便渭川千亩,也为侬留。更干霄戛玉,遥和书楼。万籁萧萧静也,还舒啸、醉豁眸。难消受,百城南面,忘却闲愁。

月华清　题陈其年填词图

翠螺调墨,蕉叶迎凉,细写乌丝蚕茧。都道我,一生贪看,桃腮腻脸。怪髯奴、也捻霜毫,凝盼着、真真低唤。应恋。听偷声减字,霓裳重按。　　玉宇琼楼非远。羡征车似水,子初荐。敕使填词,早遣宫娥传遍。猛惊醒、残月晓风,重回首、酒旗歌扇。休怨。拼青衫已老,紫罗今换。

减字木兰花　题兰陵龚节孙种橘小照

移家罨画。玉女张公曾共话。残醉重扶。爱向霜前看木奴。　　此生狂绝。熟读离骚兼射猎。画得千头。也傲山中万户侯。

踏莎行 题范廉夫松下小照

范叔寒耶,宽衣博带。科头箕踞长松外。龙鳞战罢咽涛声,琤琮不减笙簧派。　　击筑相从,破琴未改。休休莫莫凭他怪。松风一枕熟黄粱,御沟桥下春如海。

贺新凉 题顾舍人侧帽投壶图,次成侍中原韵

作达何妨耳。任猜嫌、六朝人物,过江门第。稷契许身原不薄,争识乃公此意。也只要、一人知己。匣冷鱼肠壶注矢,倩谁侬、揾住英雄泪。看写照,情如水。　　记曾绮席同沾醉。笑回头、夷门渐老,不逢无忌。胡粉搔头聊自噱,击筑弹丝而已。闲共话、拂衣追悔。宫柳轻烟寒食近,盼仙韶、再奏龙池里。游侠传,君休记。

百字令 题竹坨图

春明梦断,小长芦、重整数间茅屋。晴日疏窗烟缕散,浅露一丛寒玉。扑鹿沙沤,惺忪岸柳,暗水当门绿。曝书亭子,与谁消夏同曝。　　恰喜短棹频过,深杯屡把,不远江乡曲。细按蘋洲渔笛谱,醉劈蛮笺十幅。衮衮诸公,万人海里,只是相争逐。输君高卧,坨南坨北皆竹。

潘江 2 首

字蜀藻,号木厓,安徽桐城人。康熙十八年(1679)举博学鸿词,不赴。有《木厓词》。

偷声木兰花 题王安节画

霜枫远近烘云岫。染得秋林堆锦绣。月上疏桐。送去斜阳一线红。

幽人独坐孤亭晚。何处虫声吟未稳。诗思如潮。不用青帘恶酒浇。

行香子　题沈石田画

踏遍寰瀛,吞吐沧溟。只消这、一笔烘成。微云缥缈,积翠纵横。有数重山,两株树,半间亭。　　笔墨精灵,绢素轻盈。抵多少、石破天惊。高人妙手,真气经营。在眼中意,意中景,景中情。

叶奕苞　1首

字九来,江苏昆山人。监生。工诗善画。康熙间荐试博学鸿儒,会有忌之者,匿卷不呈,罢归,筑半茧园,与名流觞咏其中。有《经锄堂诗余》。

满江红　题尤悔庵小像,次原韵　甲辰

阿堵三毫,竟传出、神情如许。可知是、酒坛词垒,狎齐盟主。五字捻须组绮绣,千言叉手惊风雨。尽疏狂、不惠不夷间,为君处。　　才八斗,谁分与。愁万斛,空凝伫。叹刘蕡落下,孙山高踞。万里飞扬铩凤翮,一官落拓催花鼓。燕同归、王谢旧堂前,双双语。

陆次云　3首

字云士,浙江钱塘(今杭州)人。诸生。康熙十一年(1672)游洞庭,继至京师,与陈维崧、朱彝尊等唱和,并与章昞、韩铨同辑《见山亭词选》。十八年荐试鸿博,放罢。十九年授河南郏县知县,未几以忧归。后起复知江苏江阴县。著有《澄江集》《玉山词》。

风中柳　题五柳先生图

鸟倦思还,好向深林戢羽。学冥鸿、翩然高举。门前柳树。园中松树。欲盘桓、尽多佳趣。　　展玩丰标,似与神仙相遇。义熙年、中心古处。饥时佳句。醉时佳句。问才人、谁能及汝。

风流子　题青藤古坞图

丝萝萦万叠,乔林上、飒飒动清空。似翠羽参差,翱翔鸾凤,碧鳞夭矫,蟠结虬龙。当此下、百城雄翰墨,一亩筑儒宫。山补墙头,村名薜荔,水周屋脚,国号芙蓉。　　端居凭净几,南阳逸致,西蜀高风。凫驾燕云飞至,吴树阴浓。看令拟唐贤,昔时罗隐,人稽汉史,今日梁鸿。须识经纶无限,蕴藉其中。

风流子　题文姬入塞图

妙笔伊谁,细绘文姬,按辔天山。看牧人坡下,骆驼放去,健儿臂上,鹰隼呼还。苏武祠荒,李陵碑断,带泪含愁马上看。无聊甚,奏胡笳数拍,字字辛酸。　　玉门幸得言旋。痛爱割、双雏催肺肝。把一腔悲愤,诗传今日,无穷意态,画出当年。为念中郎,赎还才女,此事真堪颂阿瞒。犹侥幸、胜明妃不返,青冢穷边。

夏雨三先生有珍藏《文姬图》,授余展玩,宋人笔也。余爱其一人一骑,悉有神明,泣似有痕,愁如闻叹,题此以志其美。自记。

陆本征　2首

字吉人,杭州人。著有《奇赏居词》。

绮罗香　题补裘图

黼黻萦心,经纶属意,不是寻常工制。高路青岩,宛似男儿才思。施五色、藻火交辉,看十载、英华初试。岂知他、妙手裁成,十分补出针针是。　　分明暗寓风规,几度停金剪,逗人微志。紫袖昭容,谁识深闺封事。有时节、金钥频听,浑想到、玉珂驱使。与文章、一样争奇,天才无过此。

柳梢青　题画眉图

景兆风流。闺中乐事,黛笔轻修。隐隐波寒,微微山远,缥缈烟浮。
百年凤枕鸾裯。默染处、纱窗画楼。柳叶交横,菱花低照,影动河洲。

江闿 8首

字辰六,安徽歙县人。吴绮婿。康熙二年(1663)举人。十八年举博学鸿词不第。选益阳知县,有治绩,擢均州知州,再擢员外郎,未上任而卒。有《春芜词》。

减字木兰花　次杜茶村韵,题彭爱琴小像

盈盈一水。风格如君能有几。扬子舟中。犹是京华往日容。　　兰成未老。都把江南归属草。倘忆江郎。阁笔沉吟渌树旁。

其二

骚坛润朗。天放吾徒为汝党。偶尔东来。亟命篮舆过小斋。　　浊醪堪劝。共拭重尘看匣剑。书卷诗篇。冰雪衷肠总未传。

桃源忆故人　题朱荐之先生小像

芙蓉小阁犹堪忆。庑下曾劳相慰。有子名齐王李。谬谓予兄弟。　几番风雨同憔悴。喜傍一堂群纪。不信韦齐亡矣。春到伤知己。

忆余杭　次邓孝威韵,题何奕美像

独树危崖云气冷。自醉多时还自醒。裁成荷芰好为衣。重整旧渔矶。嗟君几度经风雨。怕遣双眉挂愁楚。雅闻侍御爱孤竹。应不愧家声。

浪淘沙　题外舅收纶图

投足向蘅皋。浣尽尘嚣。只今容易触风涛。争似鱼竿都放下,省却心劳。　独坐自清高。任意逍遥。不将蓑笠换金貂。震泽春深归正得,莫更推敲。

七娘子　题韩醉白像

韩休风度稀俦匹。半生潦倒何堪述。一肚牢骚,满腔经术。个中安得人描出。　古今遇合浑难必。糟丘得岁聊消日。时尚工竽,子偏操瑟。江干且抱长吟膝。

水调歌头　题美人上马图

陌上莺儿月,郊外燕翁天。只今芳草如绣,莫漫负春妍。多少香舆珠幰,怎似风骏雾骝,红袖绿杨边。自笑何曾惯,生怕马蹄前。　稳香屦,支宝灯,试花鞯。几番更住,长恐纵辔落花钿。暗数星期月约,恰值晴光湿翠,聊复弄吟鞭。故故还回觑,的的受人怜。

沁园春　题想想园图

梓泽池亭,辟疆泉石,高卧非疏。从朱荷香外,停他片棹,绿阴浓里,着个轻车。吴苑斜阳,隋堤荒草,无羡烟波让五湖。谁知者,对残山剩水,吾爱吾庐。　　却惭未睹当初。犹及见、柴桑一画图。叹公和贡志,空传旧隐,介夫有子,能读藏书。浪迹东衡,浮家西塞,松菊何须问有无。吾还笑,笑富春溪壑,较少清虚。

陈维岱(1636—?)　1首

字鲁望,号石间,江苏宜兴人。工诗古文,与从兄维崧、维岳酬唱最富,有《石间词》。

蝶恋花　题徐渭文钟山梅花图

旧日金陵夸虎踞。珠勒钿车,踏遍繁华处。铁锁千寻销蜡炬。六朝宫阙生禾黍。　　君向江干悲事去。闲展溪藤,泼墨佳如许。一幅开元天宝树。濛濛香雪飞晴屿。

沈华蔓　1首

字端容,号兰余,吴江人。沈自炳次女,宪英之妹,诸生丁彤妻。工诗词,兼擅绘事,有《端容遗稿》一卷。

减字木兰花　题画梅

明窗净洁。点染数枝花似雪。疏影横斜。诗思孤山处士家。　　纱厨方曙。白鹤双双栖竹里。一阵幽香。六尺溪藤发墨光。

周斯盛(1637—1708) 25首

字屺公,号铁珊,学者称证山先生,浙江鄞县人。顺治十八年(1661)进士,授山东即墨知县。为镇将构祸论死,遇赦得免。有未刊稿《证山堂诗余》《铁珊词》。

南乡子　题画竹

残墨写清秋。斜压寒云影自流。笔底有声谁领得,飔飔。羡煞弹琴独坐幽。　　底事忆湖州。日日千竿挥未休。不是移栽风欲动,悠悠。却问王猷曾到不。

风入松　题画

一林修竹乱云斜。野屋谁家。碧天处处迷芳草,绿杨摇曳春赊。十里青山横翠,小桥流水平沙。　　我将卜宅水之涯。笑读南华。眼前有景皆堪赏,对长松、一盏清茶。天地苍茫今古,山川磊落烟霞。

东风第一枝　题美人所画墨梅

笔做东风,指流残雪。亭亭写出幽洁。暗香冻影谁传,无情难觅。天寒人怯,全是个、离魂愁色。想绮窗、欲画还停,彤管忽吁仍默。　　动诗兴、东阁留碧。伴鹤子、西湖梦只。爱他唤醒阳春,怕人吹起玉笛。踌躇细看,笑真是、老婆禅客。但解将、墨写花枝,不解熟梅还核。

踏莎行　三月雨寒,题春景画

积雨难开,留寒不去。枝头只有风声住。十分春色一份无,红残绿浅谁为主。　　磊落闲情,苍茫诗句。欲呼好月来嘉树。可堪月隐树凄凉,晨窗对画伤心绪。

蝶恋花　题画夏景

杨柳烟空莺不语。庭院风凉,帘卷平渚。尽日浮云来复去。此中应有幽人住。　　百尺楼高高几许。除却元龙,谁更居兹处。我有千片冰雪句。携来快读还同汝。

渔家傲　秋景画

芦荻萧萧波飒飒。长空云尽遥天白。一叶轻舟千嶂色。秋怀积。一声长啸谁能识。　　试看浔阳江上楫。非夷非惠烟波客。何事使君空逼侧。长太息。茫茫铁笛江千尺。

金人捧露盘　题冬景

幅巾深,布袍暖,杖藜孤。林君复、可是君乎。青山白石,板桥流水瘦疏疏。暗香浮动,自欣赏、谁是吾徒。　　峭寒时,冰淅沥,零乱处,月模糊。少奚奴、浊酒盈壶。美人高士,断肠诗句在江湖。是何人野吟漫咏,依样葫芦。

画堂春　春画

长条短叶柳霏微。啭枝黄鸟飞飞。春光今日别效圻。谁送春归。　　日落窗前寂寂,雨余云际围围。怪他来去只凭伊。不订前期。

玲珑四犯　题戴介眉小影

是戴颙邪,抑非戴颙邪,谁似之者。玉骨冰心,秋水以为神也。曾快读等身书,有五岳、隐然难写。置此身、千仞峰头,大块文章都假。　　炼刚绕指何须较,总输他、啸声潇洒。眼前有景无凭据,为蝶更兼为马。我亦独立苍茫,长教逼侧知音寡。欲把君襟袖,同君欣赏,可能来下。

春从天上来　题徐原一小影

江海襟期。对嫩绿萧疏,曾碧沦漪。阑干斜角,独倚多时。无边景色参差。正宾朋不至,冥心处、满目新诗。睹丰标,忆梦中吞石,芸阁然藜。　　回首八砖日影,正春草池塘,恍遇埙篪。泽雁鸣哀,海凫留羽,知君默默凄其。纵东山堪卧,须料理、别墅围棋。莫迟迟。看古人何似,击栎闻鸡。

念奴娇　题王子升小影

非夷非惠,问世间、谁也可为君侣。采药寻山乘兴处,两腋风轻霞举。秦望瓠瓟,庭前松响,容得君携取。苏耽道度,那许独高今古。　　我欲晨夕素心,青鞋布袜,同掘黄精煮。倘遇苏门长啸者,鸾凤音中延伫。沧海千年,高秋八月,满目空如许。丹枫长剑,好记前时诗句。

渔家傲　题画

密雨斜风天影断。低迷暗叶连□岸。七尺短篷秋历乱。云一段。丝竿收得云阴半。　　眼底何人堪作伴。苍茫湖海无涯畔。莫问层涛偏故诞。无冰炭。绿蓑青箬悠然看。

水调歌头　题邓肯堂小影

读子玉山集,一似玉山行。吾何相见之晚,客夜话平生。看子神情丰骨,划尽神奇臭腐,仿佛类泉明。宜置一丘壑,饮露复餐英。　　形答飒,心寂寞,气峥嵘。说今说古尽多,鹘突是浮名。动以九州岛为狭,静以环堵为大,真寄抱沧溟。我亦疏疏者,相对忽移情。

潇湘逢故人慢　题钱圣月据梧图

湖头独坐。忽老友相寻,愁颜欲破。别已十年矣,问生事如何,应佳似我。短发森森,略记是、荷锄这个。又何为、伸纸濡毫,重向此中话堕。　　是才人,无不可。任信手拈来,一齐放下,越觉添婀娜。尽小阁江干,沧洲游卧。遇纸便书,那问取、春秋烦琐。看眼前、何句堪题,春水残花朵朵。

高山流水　题钱塘梁冶梅明府西湖图

两峰倒影漾晴空。正阳春、草色相同。是幅画天然,千秋未了青濛。何人会、咀碧含红。依稀向、白傅苏公去后,管领春风。只扁舟簌簌,苍霭断桥东。　　从容。自退情真寄,更不容、茶灶诗筒。碧水外,寒香沁肺,云海开胸。似狂似傲似疏慵。寂寥中,无数桑麻燕雀,芳树茸茸。都风流,恰如烟如镜冲融。

沁园春　题村斗图

茅屋孤村,流水浓阴,人家并居。总量晴较雨,农皆称老,鸡鸣狗吠,谷可名愚。使气何人,争雄甚事,火出风生忿未除。喧阗处,更妇言聒聒,儿泣呱呱。　　任他斗狠粗疏。料不比、猖狂醉灌夫。有乡邻同室,缨冠宜救,旁观壁上,袖手非迂。朝带称戈,甘陵分党,紫陌嵚崎不可逾。君休慨,纵田闲诟谇,还胜郊衢。

双头莲　题并蒂白莲图祝寿

太华峰头,看玉井、仙姿毕流素质。亭亭合璧。似玉谷兰岩,鸾双鹤匹。又似二陆云闲,并摛华挏藻,声籍籍。绰约谁同,除是蘋姑标格。　　共羡冰雪芳苓,更翻风饮露,弄青摇碧。平泉旧迹。卜他日、双炬金莲归宅。说甚淡扫承恩,诩同车秦虢。对绮筵,歌出双成,银筝锦瑟。

洞庭春色　为含可叔祖题行乐

杜德机深,天钧游适,局度冲融。羡华名如党,容人如頵,低迷非泽,蔬食非颡。白发苍髯垂博带,似雪色龙鳞二室松。不更须、效挥弦叔夜,目送归鸿。

倩取虎头笔意,为貌就、岩电松风。忆弱龄挥翰,西江银浪,中年驰誉,东序金钟。文采风流千古事,却梦鸟梦鱼一笑中。优游处,是高楼百尺,云海生胸。

一萼红　题愚山叔祖小影,和通人韵

久寻思,向深村曲巷,结构小层楼。栽几株松,植三竿竹,耕奴渔夫相酬。自少壮、溺灰东海,便飘零、无地不悲秋。绝似呼卢,浑如打马,失却头筹。

君也如余漂荡,看人闲岁换,古帝王州。东北风尘,西南天地,梦中眼底悠悠。几时共、短衣脱帽,龙头鼎、兔褐茶瓯。莫负画图行乐,空教白尽人头。

子夜歌　题闽中许荆山小像,许十年未归

是无端、软尘冷露,草草销磨年小。万里十年归犹未,又见楚乡秋老。野马难骑,兔丝难织,抑塞空盈抱。谩掀他、如戟须髯,披卷悯然,暗向镜中微笑。

算生事、牵牛射虎,毕竟闭门为好。婢有樵青,奴为杜亮,诗酒堪吟啸。况人闲涸涸,都成梦鱼梦鸟。与古为徒,吾之耳矣,此意君知了。料此时、回首三山,枫林魂绕。

燕山亭　题独任上人北游卷

鹫岭秋灯,冷泉早雁,试问公犹记否。人世几何,二十年来,尔我头颅如许。聚散堪怜,况无数、风回波互。重晤。桃叶渡江潮,笑人驰骛。　　何时息影藏山(楼名)。忽竿木随身,也思行路。漫漫万里,寸草俱无,知非肯随人步。倦叶忙云,都作伴、相携同去。回顾。君不见、铁珊谬误。

踏莎行　题李老耕烟图

夜雨初归,晨风犹细。绿杨陇上濛濛意。饭成黄犊健还肥,扶犁直过溪桥去。　　地似王官,人如绮季。其中别有人间世。忘年傥许得论交,短衣被襜能制。

临江仙　题画美人

碧玉搔笼坠马,红芙黛衬香螺。金丝裙窄飏轻罗。纤腰应曳柳,微步欲凌波。　　何处行云归去,旧愁新恨偏多。鄂君舟畔几经过。梦回花落后,春思竟如何。

桃花水　题画

春深何处不堪行。遥山空翠明。羊角暖,鸭头清。天际一帆横。　　无赖是莺声。唤愁生。画图并起故乡情。意怦怦。

南乡子　题钱麟图小像

一别十年多见我。称余气未磨。我见君来偏妩媚,罗罗。不信看君此意那。　　长剑倚嵯峨。却笑微词漫放歌。读罢何生长短句,吟哦。不见何生奈我何。

周斯垣　1首

字次公,浙江鄞县人。斯盛弟。

一萼红　题敷言叔祖行乐

忆当年,在江天佳处,诵读共书楼。秋月秦淮,春风木末,豪吟樽酒相酬。落落向、榆东古塞,空回首、风雨秣陵秋。雁叫塞云,孤灯草阁,同听边筹。

历历十年旧事,喜今朝旅客,快聚秦州。水暖潼川,柳青函谷,一时佳兴悠悠。问行乐、长松怪石,更奇怀、诗卷茶瓯。此景欲知何处,好寻莺脰湖头。

梁允植　1首

字承笃,号冶湄,直隶真定(今河北正定)人。顺治拔贡,授钱塘知县。康熙三年(1664)闽变,迁袁州府同知,擢福建延平府知府。有《柳村词》。

貂裘换酒　题韩醉白小像

磊落藏奇骨。色熊熊、科头寄傲,风流豪侠。览罢图书思往事,暂把牙签打叠。故倚徙、襟披靴迭。报道垆头新酒熟,任双娥、彝鼎相调燮。衔杯斝,酹风月。　　座边紫气飞长铗。步家声、八代文章,两朝事业。多少经纶还抱膝,岂恋闺帏心热。虚点染、庄生蝴蝶。只为怕看醒里醉,向花丛、樽底寻高洁。白太傅,陶靖节。

顾贞观(1637—1714)　7首

字华峰,号梁汾。江苏无锡人。康熙五年(1666)举人,擢秘书院典籍。十五年,再入京,馆纳兰相国家,与成德交契。二十三年还乡,筑积书岩终老。有《弹指词》。

戚氏　二乔观兵书图，是吴北宫画

十三篇,昔曾断送两婵娟。何意孙吴,却将韬略,授钗钿。嫣然。恰随肩。象床交倚麝襟联。双珠巧合双璧,更无相妒有相怜。闻道江上,舳舻衔尾,共惊狂虏投鞭。待同心借箸,密商帷幄,迅扫戈铤。　　妆罢对展芸编。蜡丸封就,侍女不教宣。量珠做、鸳鸯阵里,聚米山川。正军前。露布催草簪花,腕弱应自怯如椽。拟开屏障,试捻霜毫,写个赤壁飞烟。　　铜雀愁深锁,宓妃萧飒,坐老芝田。争似伊家姊妹,恁流离、却得好烟缘。看他既美姿颜,兼精音乐,夫婿人争羡。只英雄、儿女都难恋。定霸业、追想齐年。倩谁凭、阿堵重传。向丹青、枕手且闲眠。忽西风紧,红衣卸落,并蒂池莲。

满江红　题安苍崖行乐图

一拂倏然,差堪伴、凌雪逸翮。听涧响、泠泠幽泻,俗尘都息。晏坐聊为风月主,纵游时作湖山客。裹清晖、何事转沉吟,追畴昔。　　争染翰,西林席。看睹墅,南林屐。数君家胜赏,会应重得。须信人生行乐耳,残年暮景宜珍惜。共苍崖、更结岁寒交,松千尺。

南柯子　为某小侯题照

选胜轻装出,分行小队齐。珠鞭阑过凤城西。一字沿流、同解锦障泥。玉爪看调鹘,花冠簇斗鸡。应弦斜拂柳圈低。薄醉归来、纤手个人携。

减字木兰花　题吴冰仙画

冰绡一剪。露朵烟丝俱活现。谁傍花阴。倒卧收香共命禽。　　仙娥如画。素影亭亭招不下。再世齐奴。消得真珠十斛无。

杏花天　为刘震修题照

廿年江左知名士,羡门第、才华如此。论交吾亦空余子。端为吾兄屈指。风流那觉韶光驶。一笑掇、人间青紫。英雄儿女神仙事。种种于君芥耳。

梅影

金校书临别为余写照,曹秋月先生属赋长调记之。是夜积雪堆檐,拥炉沉醉。词成后都不知为何语。先生命之曰梅影,因图中有照水一枝也。

好寒天。正孤山冻合,谁唤觉、梅花梦,瘦影重传。自簌桃笙兽炭。偎金斗、微熨芳笺。更未解鸾胶,绛唇呵展。才融雀瓦,酥手亲研。土木形骸,争消受、丹青供养,况承他、十分着意周旋。丁宁说,要全删粉墨,别谱清妍。

凭肩。端详到也,看侧帽轻衫,风韵依然。入洛愁余,游梁倦极,可惜逢卿憔悴,不似当年。一段心情难写处,分付朦胧淡月、晕秋烟。披图笑我,等闲无语,人忆谁边。卿知否,离程纵远。只应难忘。弄珠垂箔,乍浦停船。

甚日身闲。琐窗幽对,画眉郎、还向画中圆。且缓却标题,留些位置,待虎头痴绝,与伊貌出婵娟。仿佛记、脂香浮玉斝,翠缕飏珊鞭。淡妆浓抹俱潇洒,莫教轻堕尘缘。便眼前阿堵,聊供任侠,早心空及第,似学安禅。(校书富缠头,随手立散。某状元欲求一笑,竟不能得。)共命双栖,都缘是雪泥鸿爪,从今夜省识春风纸帐眠。须信倾城名士,相逢自古相怜。

渔父　题徐电发枫江渔父图

十里烟波唤小红。问他鸥鹭可相容。人澹荡,影空濛。一笠重寻是画中。

顾衡(1637—?)　11首

字孝持,号藿庵,江苏娄县(今上海松江)人。贡生。善书、画、诗。康熙八年(1669)

入梁清标幕。三十三年官临淮训导。年近八十犹能词。有《盘谷词钞》。

鹧鸪天　题渔家乐图

短笠青蓑趁晚晴。蜻蛉小艇掠波轻。荻花洲里炊烟起,蟹舍渔灯一点明。闲理钓,慢收罾。岸痕初涨夜潮平。随风吹向前汀宿,月静鸥眠梦不惊。

满江红　四十生日,自题小照并序

仆本散人,齿臻强仕。邈大夫知非之岁,仅少十年;潘黄门作赋之秋,已多八载。菰芦寂寂,空使邓禹笑人;蓬鬓萧萧,无那冯唐易老。雄心渐冷,感蒲柳之先零;髀肉潜消,愧骀骀之长伏。偶逢初度,漫缀芜词。非赞非箴,似嘲似谑。聊以汰兹离绪,无非写我穷愁云尔。

荏苒莺花,惊马齿、须眉非昨。空自笑、唾壶击碎,壮怀牢落。萤火半生青鬓短,蒲团一枕黄粱觉。问乾坤、何处置闲身,宜丘壑。　麋鹿性,无拘缚。烟霞思,堪盘礴。看天生骨相,孤云野鹤。管乐勋名难自许,孔颜蔬水寻吾乐。悔从前、三十九年非,争蜗角。

其二

白苎城南,喜负郭、菟裘无恙。凝望眼、芙蓉九点,烟风如涨。满径蓬蒿张仲蔚,绕篱松菊陶元亮。任浮云、富贵等闲看,山中相。　行吟处,莼鲈饷。忘机处,凫鸥漾。向此中空洞,羲皇以上。猿臂数奇封未得,虎头性癖痴难状。把犁竿、挑尽一蓑云,渔歌唱。

其三

椿谢萱凋,不堪记、悬弧时节。多少泪、蓼莪抱痛,杜鹃啼血。游子魂孤千里目,斑衣梦断三更月。怎蹉跎、老大渐成翁,悲华发。　长安道,随征辙。燕山邸,空弹铗。笑鲰生面目,依然白袷。傲骨自怜黄叶冷,死灰不到朱门热。但狂来、醉态似刘伶,凭携锸。

其四

建业秋风,记往日、轻帆如织。明月夜、秦淮箫管,画船摇碧。蓬首青衫更漏短,红灯棘院风帘密。醉凄其、铩羽向江头,牛衣泣。　　才已尽,江郎笔。囊已罄,相如壁。纵凌云赋就,点金无策。逢世已知鸡肋淡,投闲且避羊肠仄。看纷纷谐价满西园,弹冠疾。

其五

觞咏南楼,追胜事、珠盘络绎。有几个、停云落月,素心晨夕。白社诗篇忘尔我,青灯风雨盟车笠。羡金门、同学少年游,抟鹏翼。　　浑不定,云泥迹。推不出,升沉疾。看桑田几换,人琴俱寂。华表未归丁令鹤,竹林谁听山阳笛。慨人生、无计返朱颜,丹砂食。

其六

短褐长镵,漫踏破、桔槔声里。柴门外、几家烟火,夕阳千里。篱畔晚筥桑落酒,山厨早熟香秔米。更烹鲜、黄雀紫螯肥,村盘美。　　秦与楚,烽烟起。闽与越,流亡徙。望青磷白骨,萧萧战垒。铁骑营中离别妇,金闺梦里天涯婿。算吾乡、骨肉话团圞,桃源矣。

满庭芳　题周开武小照

曼倩诙谐,庄周放诞,巍然绮皓衣冠。桑田十亩,家住水云间。满径栽花艺菊,携鸠杖、鹤骨珊珊。还堪羡,酒醒仆射,脱帽不知寒。　　痴顽。行乐处,有兰孙骥子,舞袖斑斓。松间赌墅,溪上投竿。一任浮云苍狗,人间世、翻覆波澜。仿佛似,香山九老,同作画图看。

念奴娇　题维扬张慎仪小照

半幅生绡,是何人、写出玉堂人物。谁似汪汪千顷量,笔底云蒸霞发。满案图书,一床彝鼎,梧阴都清绝。山禽啼罢,茶烟一缕初歇。　　忆共廿四桥头,柳阴画艇,醉听笙歌彻。今我来游重把臂,应笑盈颠华发。惟策裁成,研京赋就,看尔云霄蹑。一门棣萼,君家多少奇杰。

念奴娇　题何伯辉小像

颀然道貌,看苍颜、一部修髯过腹。相衮侯鲭都不问,且自逃名岩谷。市口悬壶,山中采术,袖里丹如粟。金篦试处,何须揣钥扪烛(伯辉能医,善疗目)。　　且喜膝下龙媒,阶前骥子,树是临风玉。韦相一经传世德,谁羡黄金满屋。鹤羽梳晴,泉声漱石,静对修篁绿。松风庭院,一樽尝泛酦醁。

贺新郎　自题收纶濯足图

幽壑巉岩罅。尔何人、科头赤脚,长松之下。冉冉白云堆满径,冷瀑半空飞挂。正独自、溪边钓罢。且把纶竿收拾起,咏沧浪、濯足归来也。此中趣,谁知者。　　课晴问雨消清暇。看眼前、绿蓑青笠,堪供描画。一辆芒鞋凭踏遍,只在渔村蟹舍。尽容我、夜郎自大。多少红尘马上客,问诸公、肯把朝衫卸。君休笑,烟波话。

曹亮武(1637—?)　3首

字渭公,号南耕,江苏宜兴人。陈维崧表弟,词亦与迦陵齐名。著有《南耕词》《岁寒词》等。

望梅　题徐渭文钟山梅花图

真龙曾降。记千门的烁,九重闳敞。种钟山、万树梅花,想旧日东风,一夜都放。宝马钿车,争先出、乌衣深巷。更宸游十里,缀雪含珠,香绕仙仗。　　如今有谁玩赏。料当初花坞,应遍榛莽。忽对君、几尺丹青,恍玉阙犹存,琼枝无恙。梦入秦淮,问孰把、兴亡低唱。只江天皓月,尚傍数峰辗上。

露华　题徐竹逸先生紫牡丹图

嫣然独立。是洛下丰姿,占尽春色。着了紫衣,争羡魏家倾国。纵教姊姒成行,不数姚黄标格。风日美,朱阑倚时,忆醉卿侧。　　香残切莫凄恻。有妙手徐熙,曾写清魄。朵朵琼英无恙,未许攀摘。嫩绿作意相扶,休讶胭脂妆饰。蜂蝶闹,飞来料应认得。

念奴娇
己巳新岁,徐南高姨丈斋中悬晋遗表弟牡丹遗笔,题此志感,用稼轩韵

桃符刚换,正遥遥未到,牡丹时节。莫讶东皇催放了,倚槛胭脂娇怯。此是君家,多年粉本,妙手偏轻别。伤心两字,应教花替人说。　　今日花影还留,人如朝露,又似初三月。君为泫然余旧恨,我亦新愁千叠。(余方悼亡。)准拟他时,姚黄魏紫,一例都攀折。不须重看,省添几许华发。

先著　12首

字渭求,号蠋斋,四川泸州人。流寓金陵。善书画,尤工诗词。与顾友星、程丹问及名画家石涛等交游。有《劝影堂词》。

花犯　题梅花画卷

人何在,一枝斜照,空江烟浪水。愧余相对。持来素卷,不复能题此。月苦霜高清不寐。积雪明千里。此时神韵,且漫拟作,美人高士。　　三十年灵谷人家,尘土花飞、惹春风老泪。梦想空山天地。绝壑流澌行未到,强巡檐、索笑为知己。还认取、垂垂千树,尽饱风霜味。

鹊桥仙　题李董自耕烟图

院里风光,渡头烟水。五十年前仙李。老来何以事耕犁,要踏着、自家田地。　　草树痴迷,江山睥睨。扣角呼牛且起。不辞努力向东郊,另辟个、桃源人世。

长亭怨慢　题蒋波澄折柳赠行图

是一曲、清溪涧处。老柳西风,不能低舞。揽衣磬折,书剑匆匆、就前路。伊谁写赠,为摇落、江南秋暮。欲慰离愁,肯更唱、尊前旧句。　　来去。还北走燕台,千里关河凄楚。折来几缕。相伴送、清霜红树。想西湖、亦有垂条,总牵惹、无情鸥鹭。且明岁春衫,染上禁城烟雨。

减字木兰花　题周雪客遗谷听松图

摄山秋好。采药听泉谁最早。共说梨庄。文采风流继侍郎。　　何分车笠。身到山中仍是客。十万苍松。待著书成尽化龙。

水调歌头　题周元龙像

潇洒金溪客,放浪大梁生。尔有山林骨相,雅不慕浮名。春则滋阑艺蕙,秋则餐英养菊,清事非经营。独醒忘下若。小倦试中泠。　　补茶录,续花史,校丹经。坐君绿天深处,绕屋种蕉成。此是书家缣帛,常带诗人风雨,宜玩复宜听。呼童洗漳瓦,草圣势纵横。

唐多令　题泰初少壮两图

白皙美丰姿。翩翩耿自奇。有惊人、满腹珠玑。仔细对君三处看,同一笑,总心知。　　少壮异今时。年华去莫追。好风光、白下青溪。还有蟠胸千古事,说不出,但吟诗。

唐多令　题顾南原哦诗图

侧坐正哦诗。悠然有所思。望修途、整驾将驰。千卷随身忘百好,纠史误,考经疑。　京洛那能羁。田园未肯违。到官来、释奠先师。不与时人论得丧,吾爱我,彼为谁。

清平乐　题芎泉小照

昂藏傲兀。自命千秋足。但向高空时属目。何有人寰局促。　家山云海重重。芎泉沃我心胸。拄腹撑肠万卷,莫教老却英雄。

清平乐　题秋林落叶图

霜林叶脆。不待西风坠。落日山光横紫翠。遥雁天边斜缀。　郊原萧瑟如斯。乘高指点为谁。唯有白头词客,承当万古秋悲。

清平乐　题树南粘瓣梅花

宵来月色。照见花狼藉。总是春风无爱惜。自向闲庭收拾。　道人木石心肠。为伊幻出新妆。留得苔心坠粉,重来楮面生香。

清平乐　题周宸臣海日图

唐封汉禅。越观连秦观。把火斋宫游夜半。直造峰头待旦。　悠然啸引天风。盘桓手抚孤松。借此云涛万顷,荡君如海心胸。

长相思　题画

南山深。北山深。几处樵歌响白云。风前断续闻。　　远柴门。近柴门。归路苍茫望不分。回头月趁人。

周纶　3首

字鹰垂,江苏华亭(今上海松江)人。少有隽才,然十赴秋试不第。康熙初以贡生廷试,得候补国子监学正。为王士禛所知,尝受业其门。汤斌巡抚江南,屡上书言事,然终不遇。著《不碍云山楼稿词》。

鬓云松令　自题小照

断霞明,新涨碧。柳下渔船,一枕红尘隔。日脚斜拖山嘴赤。有阵凉飚,醒则披周易。　　悟盈虚,窥损益。凤阁鸾坡,吓我曾通籍。自在风波凭泛宅。天纵身闲,不受朝簪迫。

其二

眼中人,心坎事。把镜相看,没个能开示。挂幅纸条如我二,默默临池,貌得无文字。　　尽安排,饶位置,玉轴牙签,埋没图书里。太息此生夸腹笥。面壁参来,墙面从今始。

天仙子　画扇

缄题纨扇频频看。云想衣裳风拂乱。貌得花枝溅雨寒,春过半。愁过半。春愁容易春光换。　　柳色毵毵芳草岸。呢喃燕逐游丝散。欲报相思两字难,身长绊。心长绊。天公争肯留人算。

喜迁莺　题智达上人小照

灵光独耀。问真如这个,拈花一笑。俗网纷纷,人情碌碌,未出胞胎谁料。发白还伊心白,世宝输他法宝。因缘事、看红尘隔断,魔缠不到。　　绝倒。是仁者,洞见本来,色相全无效。却把丹青,尽人涂抹,挂幅堂头也好。眼界团圞似镜,胜果循环难貌。题句满,只随机应答,个中差肖。

叶映榴（1638—1688）　2首

字炳霞,号苍岩,江南上海人。顺治十八年（1661）进士,改庶吉士。官至湖广布政司参议。康熙二十七年（1688）武昌兵变,死夏包子之役。特赠工部右侍郎,谥忠节。传见《清史稿》卷二五三。有《叶忠节公遗稿》,附词。

一痕沙　题芦雁图

一幅锦书谁作。夜半天风吹落。归计莫蹉跎。好衔芦。　　呖呖叫残霜月。个个踏深沙雪。画里也凄凉。况潇湘。

摸鱼儿　题桃花源图

遍青山、桃花千树。仙乎身在何处。水穷林际人家近,鸡犬田园无数。行且住。一样有、白头翁姁携儿女。喁喁细语。说记得当年,避秦来此,春色未曾暮。　　只今看,洞口斜阳古渡。分明溪壑如故。渔郎重到迷烟雾。惭愧晋人风度。披画谱。须知道、山间流水花间路。丹青不误。但添个扁舟,东风正好,双桨荡波去。

历代题画词全编

于广杰 张世斌 编著

中册

天津出版传媒集团
天津古籍出版社

陆敏 2首

字若士,长洲(今江苏苏州)人。诸生顾端文室。

长相思 题月下抱琴美人图

风正凉。桂正香。月照当头树影墙。良宵暗断肠。　　灯闪墙。月移廊。欲抚丝桐情自伤。声中求凤凰。

青玉案 题赵夫人文淑画

寒山闺秀神清彻。映千尺、流泉雪。忽见花开来舞蝶。缣缃乍展,丹铅漫染,点缀香痕湿。　　玉人天授生花笔。非雾非烟空翠滴。好鸟和鸣呼欲出。红蕉白萼,柔枝嫩叶。生意毫端集。

黄垍 5首

字子厚,号澄庵,山东即墨人。镜岩先生季子。康熙二年(1663)举人。性恬淡,不慕荣利。书法出入晋唐,诗、古文、词也为同邑诗人之冠。有《露华亭词》。

临江仙 题汉明帝梦昭君图

眉挂两弯新月,裙拖六幅湘烟。疏狂如我见犹怜。如何汉天子,不解惜婵娟。　　延寿虽撄斧钺,蛾眉到底含冤。至今青冢草芊芊。贞魂犹不死,夜夜到长安。

虞美人　题赵东楚画扇

忆从玉帐忽忽别。血溅阴陵月。贞魂化作美人妆。犹向乌江渡口、望君王。　　香消粉减鸦黄淡。无异湘妃怨。临风摇曳独含情。似听当年垓下、楚歌声。

满庭芳　题魏纪青风雨罢钓图

一幅溪藤，千重烟障，伟哉笔夺神工。沉寥天末，谁削碧芙蓉。风卷半江寒雨，把层峦、吹入空濛。凭阑望，山光树色，都在有无中。　　扁舟轻似叶，云蓑雨笠，有个渔翁。且停桡渡口，斜倚芦丛。疑是羊裘老子，借纶竿、脱去樊笼。须悬挂，高堂素壁，伴我过残冬。

满江红　题魏纪青春屋读书图

多谢云林，为我写、春山书屋。渲染出、柳眉杏眼，淡红浅绿。灌木深深浮翠霭，飞泉戛戛鸣寒玉。看层峦、叠巘浑无殊，王官谷。　　逐人面，峰矗矗。吹衣带，风谡谡。正深山日永，草堂人独。坐对千岩尘境寂，胸藏万卷生涯足。渡危桥、有客兴翩跹，来看竹。

飞雪满群山　题魏纪青雪山图

银海生花，玉楼起粟，萧萧素壁凝寒。溪边琼树，山头匹练，锟刀新削琅玕。是谁研粉露，描写出、梁王兔园。细看却是，灞桥风雪，行旅过前川。

浑一似、襄阳驴背上，词源浚发，景焕云寰。天公巧思，魏生神笔，无惭马夏荆关。正流金铄石，依冰巘、凉生四筵。还须宝惜，名山石室藏万年。

李符（1639—1699） 16首

字分虎,号耕客,浙江嘉兴人。早岁受知于同里曹溶,学有渊源。尝与朱彝尊结诗社。工词,又工骈体,与其兄斯年、良年共负文名,词为"浙西六家"之一。著《香草居集》,有《耒边词》。

洞仙歌
索高二鲍画半完圃读书图,寄寿外父,兼邀公卓、寻千共和

高三十五,点染园林妥。鸭脚鸡腔海云锁。抱青溪宛转,略彴横堤,通小筑、中有诗翁高卧。　黄门遗玉架,签轴纷纭,长向西堂拨书坐。酒泻月波香,杉火销铛,正花影、一帘移过。为寄语、兰陵彩衣人,展图画尊前,倚声须和。

洞仙歌　题陈其年填词图

填词老手,笔非秋垂露。鬓也风流玉田侣。把金眉小砚、付与红儿。携教坐,长在国山青处。　乌丝栏乍展,回顾桃鬟,写出花间断魂句。蕉叶当轻茵,听谱参差,纤指下、缠绵如诉。千二百、轻鸾定飞来,须挽住榴裙,莫教乘去。

摸鱼儿　吴清峙属题秋圃归帆图

镜奁中、白蘋风起,扁舟乘兴容与。卞峰未抵皋亭好,便挂归帆南浦。朝至暮。听两岸萧萧,一派秋声去。贪看云树。任倚榜沉吟,推篷欹坐,收拾眼前句。　闲情好,寂寞谁为伴侣。漫寻沙嘴鸥鹭。有人更在烟波外,欲向画中呼汝。留且住。同泛入、芦花野馆桥横处。衔杯共语。怕索米长安,马头鞭影,催别短亭路。

满江红　为周雪客题画册

峨雪初消,洞庭水、高没楚天。被真把、并刀剪取,藤几留看。方絮澹浮云梦泽,尖毫轻抹酒香山。浑不知、是月是斜阳,涵翠澜。　　帆隐隐,何处船。衡湘路,有无间。望二妃佩香,瑟冷空坛。掌上浪痕疑带响,袖边风色欲生寒。记此中、两趁米檐过,曾扣舷。

应天长　题陈鸥客桐窗读书图

种荷溪曲折,涨一镜鱼茵,乱点香叶。隔浦云深,茅屋间间幽绝。读书床最洁,正人倚、晚窗支颊。绕栏槛、都是梧桐,翠痕重叠。　　首夏好时节。正庭少嘶蝉,林断啼鹃。解事青猿,捧出旧时吟箧。客来尊便设,爱消须、笋奴茵妾。须认取、画里红桥,好买轻楫。

好事近　题画

梦里旧池塘,绿遍芊芊芳草。鸳径无人行处,更不闻啼鸟。　　冷香点地锦模糊,凤子会寻到。长日东风吹过,只乱红难扫。

暗香　华希逸写焚香图见寄

粉绡一卷。慰客情寂寞,萝窗徐展。淡扫墨眉,莫是崔徽旧时面。菡苕炉安燕几,衾屏角、烟残沉片。启螺盒、拨火重添,绦脱坠香腕。　　帘卷。晚风剪。恨翠篆又销,梦里人远。对春易倦。忍记催熏绣衾暖。麝月双心如旧,奈焚向、凄凉庭院。怎怪得、无聊意,冶容笑浅。

雨中花慢　题听雨图

藻井闲房,水葱小簟,妆罢独自成眠时。正阑风吹昼,月额如丝。仿佛有浓阴翠点,共檐溜响珠帏。把灵犀寸梦,一霎惊回,腮托香荑。 春花烂锦早谢,剩墙榴半树,照眼红欹。又忍听声声,滴淡烧枝。待强起、凭栏折取,怕苔痕、湿了银泥。料沉香枕畔,添伊无数,凤想鸳思。

渔家傲　题李晴草柳阴渔父图

散发梳风两钓师。槭头晒网柳阴移。白鹭飞边烟浪起。都是水。只遮一面山横翠。　淡墨鳞鱼个个肥。儿孙敲火榜前炊。老瓦盆中消碧蚁。残照里。醉来便枕青蓑睡。

平湖乐　题宋何阁长鱼藻图

半奁香雨簇春漪。没个渔舟系。径尺横拖鸭茵翠。鲤花肥。 乙肠可有相思字。猜量不定,几番步涩,浑欲撒沉丝。

渔父词　题项叟画

紫岫斜阳远近间。沧浪鱼艓过芦湾。从泛宅,记他年。只要山如画里山。

唐多令　题画扇

堕马晓妆新。宫衣稳称身。摘芳兰、香逼朱唇。花自并头人自独,凝盼处,意生春。　微步蹴香尘。含情总断魂。又何须、金屋横陈。添写水波罗袜底,定猜是,洛川神。

洞仙歌　题画

红颜十五,似碧城仙子。香阁铅华尽教洗。离房栊宛转,爱向花阴,临风坐、一片青蕉铺地。　忽抛蝉雀扇,手拂银光,更吮毫尖动诗思。姚冶果如生,唤下兰闺,便作个、女中书记。去管领、青箱旧芸编,剩杨柳、腰肢舞姬相对。

撷芳词　题演溪翁饮茶图

清和昼。汲泉溜。春牙秋片花瓷斗。披轻袷。停蕉箑。千缕烟中,鬓丝禅榻。　　开吟膊。桐阴覆。茶星朗映诗仙瘦。焙香荚。寻山衲。可能同载,一番茗雪。

定风波　周鸥塘种水图

绕横塘,一带苍苍,汀花远接岸草。抱末空山,披蓑断垄,怎比烟波好。藕芽肥,芡盘小。并种乌菱万丝袅。深窈。付粉鸥管领,有谁寻到。　　西风短棹。采秋鲜,独自归残照。向桥根维缆,欢迎稚子,月上柴门悄。紫荷裳,白藤帽。吹笛苔矶按江调。应笑。车声马影,人间昏晓。

古香慢　题红藕庄画卷

疏帘卷雨,小榭吹凉,横幅烟景。翠亚田田,半碍舞红窥镜。占断一湾香浦,未许渔儿管领。只容他水鸟浅浴,叶南叶北栖并。　　谁得似、幽居诗境。簟枕风多,午眠初醒。班竹窗阴,白袷几回斜凭。未见采芳人,算还少、波心裙影。短桥边,镇闲煞、载花芳艇。

摸鱼儿　题沈南疑紫茜村庄图

小村庄、香茅盖屋,冷筠万个摇翠。柳丝榆荚纷无数,更护回阑幽砌。芳草地。剩仙令、当年老鹤眠云底。窗南竹几。对花架红深,茶烟青袅,篱曲短门闭。　　黄尘道,忽漫相逢燕市。倦游苦忆乡里。鼠须付与云林叟,写出清幽如此。图画里。须认取、双桥宛转通流水。他时艇子。好舣浦寻诗,隔溪唤酒,共枕绿蓑睡。

谢起蛟 1首

字睿因,号征霞,浙江钱塘(今浙江杭州)人。

蝶恋花　题姜亶贻像

山水多情情自悄。扫石闲趺,坐看茶烟绕。风静晚凉无客到。松间明月闲相照。　花落江南春渐杳。拈笔留春,赢得新诗好。流水潺潺云渺渺。谁能会得苏门啸。

钱芳标 15首

字葆馚,号莼瀫,江苏华亭(今上海松江)人。明刑部侍郎士贵子。总角即好倚声,弱冠即以诗名。年十五补诸生,康熙元年(1662)入太学,来年授中书舍人。五年中顺天乡试,仍留院中,既而告终养。十七年荐举博学鸿词,适丁母艰,不赴。著有《湘瑟词》,编选有《词暊》。

鹤冲天　自题小像

蘋汀蓼渚。鼓瑟人何处。懒忆梦中吟、峰青句。喜家临泖淀,尽容我、牵船住。鸥群堪结侣。茶灶闲携,不是效擎桑苎。　烟低日暮。荡桨沿波去。吹火捣香虀,鲈新煮。听渔童笛罢,又凉送、鸣蓑雨。绿杨深几许。羃䍥篷窗,谁识旧时张绪。

梧叶儿　题画

烟横岫,雨满江。淅沥响篷窗。乱荻斜桥暝,疏钟远寺撞。换取鲤鱼双。

尽倾倒、松醪小缸。

渔家傲 题画

皎镜空潭三四尺。拒霜斜弹红无力。鹭影联拳花底白。丝历历。窥鱼立皱萍痕碧。　　仿佛吾家娄水北。授衣时节蛩催织。月到汀芦人正客。秋瑟瑟。披图无限纶竿忆。

锦堂春 题赵文俶画蛱蝶草花册子

迷渲轻匀,露痕沾乍。栩栩韩凭欲下。向青陵、台畔路,认前身影化。粉衣香惹。　　想见红闺,玉纤摹罢。消受得、珊瑚笔架。试钩帘、闲展玩,误小鬟笑把,白团来打。

风流子 题李箕山画

薜荔洞门千尺。舴艋波心一只。松偃盖,石钩衣,藏个山腰小宅。行客。谁识。莫是百花潭侧。

风入松 宋南华属题孙汉阳松鹤

毰毸雪羽映虬颜。唳入翠涛寒。薛公韦偃经营苦,分明见、节劲神闲。不慕大夫岱顶,偏依处士孤山。　　主人高馆拄颐看。只少个仙官。几时真买青田种,科头坐、抚罢盘桓。珀髓千年炼后,瑶笙一曲飞还。

渡江云 题范武功画,用张叔夏韵

烟霞人境外,矮篱仄径,风景授衣初。野翁门未启,想得香秔刈了、罢犁锄。桥平水涨,荡菱丝、不碍澄湖。谁手种、徂徕百尺,巘谷几千株。　　容余。科头偃卧,濯足高吟,向前峰深处。便好伴、鸥闲犊懒,鹤瘦猿孤。翛然几

案曾何有,剩一编、僧课农书。尘不到,问斜川、仿佛还无。

浪淘沙　题画

云水晓相参。百顷风潭。浣花翁句旧曾谙。除却绡屏无此景,还数江南。石发细毵毵。坐漱余酣。山光罨黛水拖蓝。一双鹭鸶飞过也,几叶蒲帆。

柳梢青　题吴江管学民画浒墅关小景

织水楼前。晨钲夜柝,几度流连。两岸鸡声,半湾虹影,一抹螺烟。弃繻归去高眠。认画里、垂杨系船。耽误乡心,消磨客鬓,总向其间。

卜算子　题绀上人小像

潮长橘洲平,烟锁枫江暮。读罢离骚卷钓纶,人意闲于鹭。　偶趁樵风去。聊傍绡宫住。一点银蟾万顷秋,只此是忘言处。

醉蓬莱　维扬何茹庵属题小像

爱筼筜翠箔,菡萏香浮,小池平岸。谁著何郎,映双姝铅面。白雪蝉纱,茜丝绳拂,更紫檀螺碗。秭史抛时,茶烟颭处,石凉人倦。　十里春风,二分明月,似此家山,尽堪游宴。东阁诗成,想锦笺题遍。鹤背腰缠,楼头狂梦,任少年飞电。楚润相看,灵和如昨,汉南休叹。

品令　为赵双自题像

平原村冷。但露濯、胎禽警。荻洲环处,戛然长唳,月寒烟暝。偏怪幽人,拖着瘦筇闲听。　双蓬拼映。梦不到、扬州境。浮丘一卷,素琴三叠,发人深省。多少雕笼,谁适水情云性。

散天花　题天女散花图

谁泼空青染大罗。五铢衣瑟瑟、现天魔。琼霙如雨妙香和。吹来平丈室、供维摩。　凤谛曾参窣堵波。波旬憎慧业、奈渠何。凭将半偈乞鬘陁。经行随鹿女、踏花过。

踏青游　题樊川图,赠吴吴兴太守

天遣才人,管领湖山烟月。合占住、水嬉芳节。怎重来、清苕路,成阴叶。旧风物,都付惜春殇别。怕粉香让他蜂蝶。　十载狂名,青楼梦回犹热。把豆蔻、珠帘吟彻。问红泪秋娘,共紫云花屧。也应画图里,伴取鬘丝禅榻。

喜迁莺
粤东石头陀为其年写照,作散花天女图,次原韵奉题一首

宓妃芝馆。费八斗才华,填愁欲满。何许琴聪,描成髯客,绕涿墨涛微溅。身在鬘殊香国,梦醒梨花秋苑。回眸处,有齐公小小,铢衣缝浅。　曼衍。讶笔底,听法狞龙,摄入鹅溪绢。三尺团蕉,数声枯槊,借汝破除歌板。野店黄粱待熟,火宅青莲任产。功成后,看英雄学佛,他年未晚。

汪懋麟（1640—1688）　13 首

字季角,晚号觉堂,江苏江都人。康熙六年（1667）进士,授内阁中书。居三年,丁忧归里。十八年荐举博学鸿词,以未终制力辞。服满,以主事入史馆,充修纂官。寻补刑部主事,仍值史馆。在京师事王渔洋,与宋牧仲、曹升六等唱和,时号"十子"。有《百尺梧桐集》。

海棠春　题韩醉白小影

疏狂似尔殊堪羡。脱帽坐、目光如电。长铗已羞弹,谁耐耽书卷。　　壮怀只与深杯恋。真无赖、春风消遣。底事特荒淫,日昵莺和燕。

朝中措　题宗梅岑小像

轻衫纱帽映须眉。玉树美丰仪。独昵秋云点笔,闲裁桐叶题诗。　　年来放迹,芙蓉围墅,杨柳编篱。勋业谩劳看镜,风流较胜当时。

减字木兰花　题刘六皆抱琴采兰图

饮醇近色。不信刘郎肠似石。双眼模糊。左顾柔奴右念奴。　　荒淫甚矣。诗卷而今都阁起。何事沉吟。半为琴心与蕙心。

七娘子　题画

疏梅修竹何葱倩。花香人影难分辨。裙带斜飘,鬟鬓低颤。如何背却芙蓉面。　　露浓苔滑鞋儿践。一枝折损春风乱。笛里声残,陇头书远。故垂罗袂羞人见。

醉桃源　题壁上牡丹

邮亭谁写洛阳姿,不曾铅粉施。姚黄魏紫是耶非。娥眉淡扫之。　　风袅袅,雨丝丝。怜他凋谢迟。沉香若种万年枝。玉环无死时。

减字木兰花　题赵阆仙礼部小影

平原公子。谢𡋛三千宾客喜。何事袈裟。前度维摩是汝耶。　　手挥玉麈。石上楞严经一部。丝绣君侯。自此应呼老赵州。

减字木兰花　题紫漪像

袖中何有。见说苍龙常夜吼。一日三摩。谈笑逢场感慨多。　谁为知己。侠客髯公休浪指。心事昂藏。好语从旁聂隐娘。

庆清朝慢　题宋中郎小影

阿黑堂堂,相君之面,公然贵合封侯。双眸烂如岩电,企脚科头。岂少良弓名马,黄皮舞稍气吞牛。真难测,又耽书史,更足风流。　文则个,武则个,诙谐惯打鼓,与拨箜篌。最喜饮醇近色,妙舞轻讴。漫击唾壶如意,且将笑傲寄沧洲。须臾看,冠簪獬豸,道拥骅骝。

疏影　题西樵考功三桐小照

小时种树。爱清阴十丈,草堂低处。二十年来,仕宦风霜,梦魂每依庭户。弟兄鼎足东西屋,任游戏、高梧时据。自君之出矣,桐花桐叶,滴残秋露。

倦翮曾经休息,纱巾随竹杖,纵游吴楚。叔则清通,毕竟岩廊,若道江湖谁许。重来启事鸣珂入,人争看、玉山如故。画图中、不改荷衣,好把沉香熏注。

潇湘夜雨　题大司农苍岩先生蕉林书屋图

种树成林,拥书作屋,果然天际真人。满园深绿,翠雀下花茵。最爱声声叶叶,小窗外、秋雨堪闻。临池好,蕉心细展,挥洒走烟云。　我公才绝世,谈兵说礼,啸月开尊。更雅耽林壑,心癖松筠。每日朝回花底,开轩坐、帘静香熏。闲翻就,棠村好句,歌扇按红裙。

满江红　题梁冶湄柳村渔乐图，和司农公韵

滚滚青山，映漠漠、长堤千曲。看寂寂、陆居如水，舟居如屋。十丈柳丝牵翠带，一溪春水摇寒玉。羡渔郎、渔妇弄船闲，荷衣绿。　　算此地，宜松菊。更随意，栽花竹。问柴门车马，不堪重辱。似菜河鱼非用买，胜茶村酒粗能足。笑世人、忍死守黄粱，何时熟。

画锦堂　题孔释抱送图，贺司农公举第二子

记得前时，曾歌五福，画堂争献犀钱。已觉兰芽长就，小步阶前。此会凤雏重入抱，他年双璧好齐肩。谁相送，头角非常，石麟飞下遥天。　　奇焉。西竺氏，东家老，慈云圣泽绵绵。一样文章智慧，孰后谁先。蕊渊见说珠还孕，蓝田又报玉生烟。真堪庆，岂但徐卿二子，名位轰然。

山花子　题迦陵先生填词图

闲过飞笺露楹时。只将粉笔写乌丝。心事百千谁料得，那人知。　　酒壁歌楼狼藉了，绛唇纤手恰相宜。拣得玉箫亲付与，待他吹。

汪耀麟　1首

字叔定，江苏江都人。懋麟兄，昆仲并负时望。懋麟宦游京洛，耀麟不列名征辟，筑菽园为双亲养志。年至九十外，无疾而终。有《抱末堂集》。

梅花引　宗梅岑属题便面雪景，即以为赠

雪声干。雪光寒。千里江天一色看。北风单。北风单。多少樯帆，蓬窗闭远滩。　　竹林独爱幽人屋。竹窗新破寒梅玉。掩柴关。掩柴关。桥上人

来,定应沽酒还。

陈玉璂 8首

字赓明,号椒峰,江苏武进人。康熙六年(1667)进士,授内阁中书舍人,以戊午(1678)北闱事黜,罢职家居。十八年荐举博学鸿词。尝辑当世人所为古文曰《文统》,又将己作与邹祗谟、董以宁、龚百药之文合刻为《毗陵四子文》。有《学文堂诗余》。

桂殿秋　题美人画

烟澹澹,水盈盈。倒垂杨柳颤雏莺。还描一对双飞蝶,散作人间缥缈情。

雨中花　题美人画秋海棠扇

渲染几般颜色。全带娇红嫩白。醉里迎风,睡时着雨,生就温柔格。碧叶千丝红沁血。恰宿拖香舞蝶。想玉手盈盈,描成自觑,人与花离别。

临江仙　题周栎园先生画册

春到江南浑欲老,素笺收拾分明。南宫北苑浪猜评。半篙春水白,数点暮山青。　无语游人如欲语,依稀雨骤风轻。听来几度落花声。情随双雁渡,梦断一江横。

传言玉女　题余氏女子绣柳毅传书图

湘月湘云,隔断楚天消息。书生恰到,泾水人相值。风鬟鸦样改,雾鬓蝉妆歇。儿郎薄幸,泪珠凝咽。　一纸瑶华,赢得彩丝偏结。当时漫忆,曾把离筵设。此情此际,应有回肠难说。针神妙有,如何镂刻。

霜天晓角　题友人像

新衔自署。浊世佳公子。近日蒙天敕赐,第一等,风流士。又颁别字,天下痴男子。叩头长谢天公,几桩事、还须与。　　此生酷嗜。诗酒和山水。又得美人绝世。工书画,通文史。小臣无礼,行老是乡矣。嗟乎寿不可知,天曰卿赦不死。

贺新郎　题江上女子画扇

南国双蛾擅。家住江头湖尾,风烟编管。几树绿杨临曲沼,八尺虾须闲卷。清冶绝、撩人半面。小字芳名问唤处,恰小青、小玉差无远。鬓影度,琴心乱。　　美人素手描纨扇。又数行、殷勤题跋,骨敧姿软。仔细丹铅渲染处,点缀草香花片。浑写遍、春愁秋怨。欲报愧无青玉案,想三年、怀袖如相见。忍掷西风岸。

多丽　为李云田题周少君坐月浣花图

挂琼轮。瑶台照影偏亲。羡今夜、细芬幽色,离迷散花茵。恍飘飘、姿称摇曳,翩冉冉、妆现缤纷。楚客三年,萧娘两地,泪痕染透石榴裙。忍独向、洞房清杳,斑簟冷湘文。踟蹰绝、玉峰香国,仿佛氤氲。　　最无聊、侍儿不语,金炉宝瑟横陈。惨江天、双鸿断望,怜汉浦、孤鹤初闻。露袜轻钩,风鬟半軃,似愁生作妇人身。可知有、思王赋手,描写洛川神。还相对、等闲花月,多少关人。

太常引　自题小照

晚来风起撼花铃。人在碧山亭。愁里不堪听。那更杂、泉声雨声。
无凭踪迹,无聊心绪,谁说与多情。梦也不分明。又何必、催教梦醒。

王度 20首

字式如,号香山,江苏高邮人。工诗古文辞,书法尤精。康熙八年(1669)举人,授颍州学正。以卓异举荐,官江西弋阳令。滞宦十年,内召行取刑部主事,期年晋本部员外郎,两任刑曹,迁兵部车驾司郎中。年七十五卒。有《书连屋词》。

渔歌子　题秋江烟艇图

警听西风飐荻芦。飞泉和雨没阶除。村酿熟,爨烟虚。呼童且去网鲈鱼。

渔歌子　题深山读书图

风送钟声搅塔铃。斜阳微衬乱山青。樵径窄,板桥横。柴关独掩读黄庭。

忆王孙　题素梅图

疏枝一曲淡无痕。非雾非烟未可寻。夜静文君思听琴。独沉吟。半掩罗襟风露深。

忆王孙　题紫薇翡翠图

紫薇花上语钩辀。翠黛红妆相对愁。试把丹青恣意搜。绿珠楼。七尺珊瑚照夜游。

河满子　题画红梅

晓起将酣卯酒,夜深微敛丁香。对镜懒施螺黛,泪痕淡落罗裳。应是盈盈十五,无媒未嫁王昌。

生查子　题梨花白燕图

双燕雪为衣,欲把梨云剪。况是月黄昏,试问谁深浅。　　纤体怯飞扬,低亚琼枝软。虢国早朝时,倦卧华清馆。

菩萨蛮　题友松上人小影

古心古貌人知否。岁寒只合松为友。不友大夫松。秦封终是空。　　天台山畔路。结个茅庵住。风雨忽飞来。苍龙护讲台。

减字木兰花　题李声白小影

方袍露顶。一尺虬须双眼炯。却上燕台。落落孤踪孰做媒。　　不如归去。寻个烟深波阔处。展卷安弦。弹出潇湘夜雨篇。

鹊桥仙　题女史墨笔海棠

绿纱窗畔,淋漓墨汁,写就秋容半幅。歌风带雨倚琅玕,似妃子、温泉新浴。　　银钩几笔,猩红小篆,纤指幽香馥馥。会须并剪剪鹅溪,对拈弄、应称奇福。

蝶恋花　题冒辟疆先生染香阁中贴瓣梅花图

清睡含章春殿角。风飐轻红,偏向眉间着。金屋染香人绰约。眉间偏有轻红落。　　误把霏英和雪嚼。草草东君,春事成飘泊。补得疏枝斑管捉。霜禽错认开官阁。

满江红　题舅氏贾仲峙先生小影

十笏为堂,最堪赏、梅花初放。豸绣裔、鹿门高隐,风期犹上。腹内千章蝌蚪字,床头百斛乌程酿。愧无功、癖好绿瓷觥,能无让。　　爱杖笠,游仙相。视轩冕,蜉蝣样。羡及时行乐,提壶同唱。德里群推陈祭酒,柴桑又见陶元亮。看宛然、道貌与婆心,如斯状。

满江红　题陈刺史济贫图

画锦堂中,偏悬着、许多憔悴。似当日、监门郑侠,流民图绘。试问钟鸣鼎食客,谁人肯洒长沙泪。独汲公、矫诏便开仓,来河内。　　一箪食,甘如醴。一尺布,美如绮。笑给孤长者,黄金铺地。勿谓盈亏皆造物,已饥已溺真经济。羡先忧、后乐范希文,同心矣。

满江红　唐亦闻小影

天妒英雄,算汉史、心伤李广。羡绝技、没羽射石,君能无让。蛮洞千重飞絮扫,吴钩三尺桃花漾。纵奇功、艳说斩楼兰,今尤壮。　　恨埋没,虎头状。谁图画,云霄上。叹九阍难叩,拊膺惆怅。塞外黄云犹可射,斗间紫气知将放。看柳营、大纛与高牙,开春帐。

满江红　题苏在湄小影

尊人宦闽死难,在湄年方弱冠,扶榇归里。时为临淮学博。

有客轩然,羡魁梧、丰神霞起。束发日、严新仗节,孤身相倚。天际旗归肠已断,堂前获画心常记。竟青毡、坐破误年华,无聊耳。　　看酷肖,须眉际。独僻爱,琴书里。是沧浪亭上,酒酣苏子。快读汉书杯在手,祁公瞥见倾心矣。待天家、遗笏向君求,承明去。

凤凰台上忆吹箫　题玉环剪发图

自别深宫,惊辞御榻,菱花总未凝眸。已色销螺黛,烟渺衣篝。暗想沉香亭畔,清平调、谱入箜篌。憔悴矣,岂缘卯酒,那为抛球。　含羞。绿云委地,便堕马灵蛇,总付悠悠。感君王恩重,身外难酬。剪取青丝七尺,从今后、膏沐都休。渔阳远,何须浪传,惹起闲愁。

沁园春　题妻梅子鹤图

处士高风,栗里而来,先生后身。羡缑山逸侣,鹅笙吹月,罗浮仙梦,纸帐生春。泉石为家,烟霞启后,肯把天书误紫宸。生憎杀,是屏间孔雀,天上麒麟。　归来望子何人。便步步、莲花总是尘。况皎如叔宝,徒伤玉碎,豪如金谷,偏叹钗分。千古孤山,断桥流水,清白家声直到今。暮门外,看繁英几树,一样馥芬。

沁园春　题张芎浦画梅花书屋

痴癖平生,最爱南枝,寒香欲流。忆烟波淡荡,孤山寺北,风光旖旎,邓尉峰头。每到春来,常携裯被,好作江南汗漫游。归来后,倩僧繇妙手,濡墨轻勾。　丹崖翠壑情幽。有千树、梅花百尺楼。更牙签叠叠,图书四壁,蒲帆幅幅,蓑笠扁舟。只此为乡,况堪作酿,倚醉行吟那肯休。酣眠处,化翩跹蝶梦,竟到罗浮。

周在浚(1640—?)　8首

字雪客,河南祥符人。周亮工长子。夙承家学,淹通史传。尝官经历。有《梨庄词》《花之词》,并辑《秋水轩唱和词》。

蝶恋花　题乔石林舍人斗叶图

幛日锦帏迷旦晓。自古英雄,都为情颠倒。卿号温柔端合老。恍疑身是穿花鸟。　握槊弹棋俱撇了。叶子机关,偏爱佳人巧。添得金钗年最小。此中人莫来相嬲。

满江红　题吴冠五小照

玉貌先生,数人物、今时第一。记当日、武林解绶,燕京浪迹。诺比千金肝胆热,身如一叶声名藉。问胡为、偏独嗜寒家,真奇癖。　因树屋,胸怀激。川观阁,忘归息。便交分生死,情犹如昔。驴背传诗欢堕地,土床联句争翻席。欲留君、斯像纪君恩,镌金石。

满江红　题吴远度小照

白马云林,记当日、宇衡相向。同作客、六朝佳地,依然里巷。两世相知情倍洽,千年事业谁堪让。说生平、高况与风流,难描状。　逢俗子,心多怅。遇知己,言偏放。记先公两语,貌君犹壮。艺独范宽差可拟,画如刘季人难望。(先君常品远度画似范宽。又云:豁达大度,画中汉高也。)向此中、呼出仲圭来,烟云饷。

清平乐　题顾见山秋林图

秋山如沐。草色微微绿。远树凋零风肃肃。露出几家茅屋。　溪边一老悠闲。杖头挂有余钱。欲往前村看菊,偶然憩脚听泉。

小重山　题仇十洲宫人倦绣图

长信宫中夏日长。年年辜负了,好时光。绿阴深处且乘凉。风过处,别院送幽香。　　两两绣鸳鸯。停针娇不语,忽心伤。婕妤纨扇好收藏。甘弃置,羞杀说王嫱。

浣溪沙　题唐伯虎春思图

二月辛夷花乱开。长门深闭强徘徊。闷持团扇立瑶阶。　　无那新愁深似海,独怜旧宠冷成灰。金铃犬吠有谁来。

遥天奉翠华引　题颜修来吏部索句图

轻风吹暗雨,拂笔床、翡翠生寒。银光曾研,挥毫翔舞龙鸾。为谁书丽句,正落花、飞到研池边。知有新诗,无端得意开颜。　　案头万卷,看几多、彩笔尽丹。淋漓鲁公旧迹,涛涌风湍。不语凝神际,是山公启事偶投闲。游屐且消停,留题白下吟笺。

迈陂塘　次耕客韵,为王民则题秋浦归帆图

爱烟波、飘萧风度,镜湖何必封与。高冠长剑终闲物,不若一帆南浦。朝复暮。且自伴、渔蓑脱却征衫去。看些云树。更鹈鹕苇花,蛤蜊菰叶,总可供秋句。　　意潇洒,好与水仙为侣。清标犹似飞鹭。十年风雨思君面,不道画中逢汝。汝少住。算蟹舍、渔湾不是留君处。君归与语。君倘恋垂竿,皇恩未许,终向软红路。

夏初临　题长江归棹图,和蘅圃韵,送龚眉友还西泠

岸草揉蓝,波纹荡绿,孤舟夜半篝灯。画里湖山,还思归去重登。正当雨过天青。奇绝处、携手同升。三竺重岚,两峰残霭,为尔犹凝。　　当年游地,记得依稀,倚楼长笛,月下曾听。新词忽唱,难禁意兴飞腾。一帆同挂,有梦魂、先绕烟汀。望西泠。那知是别,拼醉休醒。

沈皞日(1640—?) 2首

字融谷,号柘西,浙江平湖人。拔贡。康熙十七年(1678),会龚翔麟于秦淮,唱和累月。复至京师,与朱彝尊、李良年等过从甚密。后以贡生授广西来宾知县,调大河,升辰州同知,卒于官。工词,为"浙西六家"之一。

摸鱼子　寄义山画册

记西臯、丝莺絮柳,琴樽灯火萧寺。兰亭雪夜风流甚,谢傅门庭罗绮。今徙倚。看柿叶、翻时愁赋安仁诔。搴蓉揽芷。念吹笛梅边,暗香疏影,频寄一双鲤。　红牙拍、零落当年七子。相逢尔我燕市。曲尘飞上青青鬓,秋色只添憔悴。初度矣。怅黄菊、茱萸难买东篱醉。笔床砚几。向三泖潮回,九峰翠滴,图画说烟水。

谒金门　题徐电发枫江渔父图

晚潮急。江上泠风斜日。小艇芦花风瑟瑟。钓丝留锦鲫。　自向金门出入。闲了旧时蓑笠。莫忆水天秋一色。抛竿还载笔。

薛斑　4首

字脩远,号止庵,江苏如皋人。有《四壁斋诗词稿》。

沁园春　为内子题照

眼底惊看,瘦骨支颐,不似渠侬。记二十年前,镜台初下,卿年三五,我恰相同。无赖流光,多情烦恼,销尽当时雅淡容。妆梳懒,为长贫善病,愁隐眉峰。　堪悲四壁秋风。更罗计、频怜坐命宫。笑空厨无火,庭槐自扫,斋盐不给,野蕨长供。斗帐酣香,钩帘印月,旧事寻思一瞬中。卿休苦,有吾曹舌在,未必终穷。

念奴娇　题李若金偕如君王小素调羹图,即次来韵

莺歌燕舞,记前宵邂逅、欢场曾共。恼煞连朝风雨恶,骎骎襟怀如冻。落拓情惊,困人天气,好选黄昏梦。板扉慵出,为嫌屐齿泥重。　最羡南国佳人,陇西公子,琴瑟供调弄。一阕新词题甫就,漏阁签声频送。鼎鼐奇才,盐梅妙手,暂向柔乡纵。他年事业,披图招取麟凤。

金烺（1641—?）　2首

字子闇,号雪岫,浙江山阴(今绍兴)人。尝入两广都督府幕。康熙四十年(1701)以贡生授儒林郎,官湖州府学训导。卒于任。有《绮霞词》。

菩萨蛮　题画中美人

绣屏几曲东风急。太湖石畔烟丝湿。人在暗香中。轻衫受落红。　齐纨心上掩。料得愁无限。粉蝶寄相思。无言诉阿谁。

一丛花　题陆苿思梅花绕屋图

高人台榭曲池边。疏影暗香怜。罗浮一枕生幽梦,相看处、万树争妍。玉蕊含娇,冰枝笼翠,馥馥绕窗前。　赠将春色入诗篇。云母劈双笺。何须重听江南笛,画图上、更觉翩跹。雪满山中,月明林下,想正是当年。

孙致弥（1642—?） 13首

字恺似，号松坪，江苏嘉定（今属上海）人。家贫力学，康熙元年被荐，召试称旨。十七年（1678），以太学生赐二品服，充朝鲜副使，命采诗东国。二十七年进士，累官至侍读学士。工诗，兼善书法。有《别花余事》《梅洴词》《衲琴词》。

千秋岁　题画寿佟汇白中丞

溪山窈窕。黍谷春光好。泉石润，烟云绕。千重岚翠合，一道松风晓。高卧处，只愁又是鸾书到。　萧相功成早。整顿乾坤了。过几度，中书考。东山安石伎，洛社耆英老。人共醉，年年春色瀛洲岛。

百字令　题陈蛰庵三教图

风尘回首，遂初衣、瓢笠飘然五岳。谁把平生萧瑟意，写入幼舆岩壑。便腹耽书，捻髭觅句，神采清于鹤。洛生梁父，当时心事如昨。　只今名列樵阳，青崖白鹿，且卖韩康乐。投老孤峰图作佛，藤杖蒲团芒屩。三十年中，未来过去，游戏供行乐。举觞一笑，麒麟空画黄阁。

洞庭春色　题邵生小像

若有人兮，拍担科头，鹤骨翛然。想好句吟安，花前自赏，异书抄得，林下重翻。羽扇轻摇，瓷瓯浅酌，潇洒真同玉树看。斯人者，盖幼舆岩壑，伯仲之间。　溪山。佳处盘旋。问谁伴、逍遥涧户边。但绮石新栽，兰香裛露，龙鳞旧种，松老参天。冰雪聪明，烟霞标格，妙手丹青与细传。江南好，约他年归去，共醉瓜田。

水龙吟　题顾从伯小像

道人抱膝悠然,无人解识长吟意。林泉寄迹,温柔托兴,漫供游戏。挥麈清言,闻鸡狂舞,听莺沉醉。似枥羁猛马,绦牵俊鹘,难消尽,英雄气。　　探遍琅函秘旨。更诸侯、争先拥篲。依红泛绿,至今犹梦,吴山越水。子种高松,雏成大鹤,归来活计。倩虎头好手,他年重写,入香山会。

齐天乐

郎翔九,故驸马荣康公裔也,同客南阳公幕中者五年,相得甚欢。戊午春,予将北游,出其小像索题,赋此以赠。

因依五载如兄弟,忘形遮穆尔汝。楼忆青莲,池寻杜老,几共狂吟醉舞。心期互许。记说剑灯残,论诗月午。咿喔荒鸡,夜深时傍短墙度。　　沁园犹剩朱户。羡仙史吹箫,风流如故。朗澈须眉,萧闲巾帔,试向画图看取。传神阿堵。待翠壁旁边,松阴深处,添上兰芽,几枝春带雨。

清平乐　题包山翁养斋课子图

云深玉柱。羡尔幽栖处。琼树森森岁杖履。闲课花前章句。　　大儿解读奇书。小儿也识之无。待取凤雏鹊起,共君老作樵渔。

明月棹孤舟　题徐电发枫江渔父图

幽素已从屠钓举。梦犹恋、旧垂纶处。锦树霜酣,絮花风紧,曾伴昌郎软语。　　侬亦吴淞江尾住。爱欸乃、绿蓑细雨。乍展新图,顿教乡思,先逐白鸥飞去。

步蟾宫 用山谷体题赵承哉小像

龙鳞树老涛声细。碧浪外、千竿凤尾。看依然、人在水晶宫,只欠个、鸥波亭子。　科头拍袒闲游戏。领略遍、烟霞滋味。但愁他,蟾窟桂,柳衙花,又催入、软红尘里。

迈陂塘 题鉴湖可园图

未须论、千峰万壑,湖天别领幽趣。樵风欸乃乌篷小,吹入藕香葭露。鸥与鹭。爱鉴曲、烟波惯傍苔矶住。仙桥细路。认林隔柯亭,堰连沉酿,沿月棹歌去。　奚囊句,乡梦近来无数。偏惊樱笋时序。柳绵飘尽秧针短,负却书楼听雨。难忘处。第一是、趋庭把卷挥锄语。凭教画取。问可许吴门,逃名市卒,来此对衡宇。

八归 郑桐源为我画松坪梅汫图

罗浮月下,天台桥畔,仙梦几时飘堕。栖丘饮谷真吾事,还爱健松萝挂,瘦梅苔锁。小筑团蕉香雪里,向谡谡涛声中坐。怕舍北、绿涨桃波,舴艋再添个。　多谢襟期郑老,丹青深意,却替山灵招我。鹤巢高树,雀争疏影,但少幽人云卧。叹因循旅食,算尽归期甚时果。闲商略、结庐何处,只有潭西,溪山如画可。

羽仙歌 咏木瓜为卞仪之水部题许南交画

霜林影薄,见枝头黄露。五色东陵笑非伍。记唤名、能却病,底事湘山,转触忤、远客心情酸楚。　玉桦邻镜槛,惯惹春纤,妆罢兰膏几回抚。最怜他,双蛾画了,雀粉同匀,真珠滴、香散小槽红注。倩好手、丹青写云蓝,伴鼠李鸭桃,琼琚报汝。

醉春风　题眷元彦贳酒图

系马垂杨树。金茧才飞絮。文君垆畔飐青帘,去。去。去。风软香浓,花熏酒酽,不如休去。　恰比蓝桥路。纤手琼浆度。回眸一笑惯留人,住。住。住。玉杵慵寻,珊鞭轻拂,肯教留住。

风入松　题辛峰小照,旁有美人侍立

锦峰双屐尚湖船。诗酒少年缘。书成树作龙鳞老,向渔村、蟹舍高眠。慵把诸侯上客,换他行地神仙。　科头拍袒耸诗肩。心事画中传。逍遥避俗携冰雪,算知音、只许婵娟。好赋比红新句,千金博取嫣然。

戴鉴　2首

字冰揆,号南村,江苏嘉定人。康熙间诸生。有《南村词选》。

满江红　题谭珠士小照

放诞风流,是畏友、弘农阿大。何处办、袈裟一领,蒲团一个。断臂青萍击在掌,眠空白额眠于座。更缤纷、玉女散天花,千千朵。　炎凉态,看还破。英雄气,消还挫。有本来面目,凭谁印可。安住挂将云里锡,当机拨却炉中火。倘添香、容得老头陀,无如我。

沁园春　自题小像

老汉伊谁,非圃非农,非释非仙。却此中何有,将军负腹,此身何用,壮士无颜。瘦骨风敧,热肠血洒,不合时宜性最偏。君知否,我相君之面,贱且贫焉。　宁关轻重人间。纵画角、描头亦浪传。叹饥应难疗,书签高束,灰犹

未冷,炉火频然。和靖孤山,子真吴市,勘破空花立小鬟。闲消遣,且匡床独坐,笑问青天。

傅燮詷(1643—?) 7首

字浣岚,号绳庵,河北灵寿人。历任鲁城令、邛州知州、福建汀州知府。著有《绳庵词》,编有《词觏》。

百字令　题赤壁图,用苏东坡原韵

模糊墨气,是若个、点染超然人物。一棹遥飞风浪里,矗立霜林两壁。公瑾当年,东坡昔日,想见惊涛雪。文章功业。俱称千古豪杰。　偶尔闲展兹图,山高江阔,令我狂怀发。往迹何事能探取,极目烟波明灭。铁板敲残,洞箫吹彻,一曲搔华发。重劳画史,更图现前风月。

梅香慢　题郭振趾蛱蝶图

造物何心,在小小昆虫,不遗余力。蝶翅双垂,五彩斑斓,望处千般文质。人意相参,便不是、天然颜色。看态轻盈,庄周梦里,飞飞飘忽。　穿遍百花丛,记齐纨团扇,扑将阑侧。鹅绢还重拭。向碧纱窗底,霜毫摹得。俨似生成,笔墨都无痕迹。欲起滕王、旧图比并,细加评骘。

留客住　题画

隔松叶。是阿谁、板桥横度,无言闲立,手把瘦藤拖拽。携琴童子相逐,几番招手夷然如不屑。料他自是,听千寻、瀑布水声呜咽。　山重叠。云树丛中,人家罗列。芦荻滩边,撑出掘头小艓。除了驱犁远陌,撒网长溪,应无他事业。何年也得,傍花源、深处茅庵低结。

玉楼春　为叔瑶簠题扇头杏燕图

一树杏花开烂熳。宜人更是枝头燕。放鹤庭前十里红,曲江堤上三春宴。
而今春去无由见。燕巢尚有残花片。画工能掌工权,竟夺春光还便面。

柳梢青　偶写小像,戏以是赞

何必三毛。对卿如镜,不异分毫。婢抱瑶琴,奴携长剑,尽自飘萧。
笑吾人、世多劳。觉画里、输卿兴豪。他日去翁,蹯然叟后,认此丰标。

渔歌子　题画

几间茅屋碧矶头。瑟瑟丹枫弄早秋。跂足处,景偏幽。两岸芦花覆钓舟。

鹧鸪天　粘桃花落片作画

绝胜胭脂点染浓。曾于墙缺笑东风。枝分度索山头树,瓣带花源水上红。
窗外影,卷中容。扶疏看处乍疑同。天公遗巧人工借,别样丹青傲画工。

王辂　2首

字大席,号苍霞,江苏句容人。生于明末,康熙十五年(1676)尚在世。有《万卷山房诗余》。

临江仙　题江秋水先生小像

辟谷曾传屏上立,而今又是秋翁,珊瑚书架似徐公。恁经营惨淡,秀句满天东。　相对处、忘言已久,何须买隐青峰。翛然高迈古人风。自怜无一径,同到画图中。

南乡子　和张澹翁画美人图

香靥野花嚬。周昉何时画紫云。薄薄冰绡笼玉臂,逡巡。咫尺琉璃窗下人。　　倩女可招魂。秋水盈盈绛点唇。怎偎侬蕙心纨质,殷勤。错唤卿卿作细君。

邹溶(1643—1707)　2首

字可远,江苏无锡人。监生。康熙二十四年(1685)以接纳满族亡命客逮京论斩,监系五年,减等遣戍关中,三十八年赦归。寄食僧寺。擅丹青,山水学吴镇。有《香眉亭词》。

貂裘换酒　自题小像

君貌平平尔。胡为乎、牢骚满腹,揶揄一世。多恐功名无福相,耽误半生弧矢。论天意、原非如此。昨日偶然翻邸报,坐苞苴、毕竟千金子。聊伴食,今之仕。　　为农为买良非是。莫因他、饥驱势迫,变生别计。倘使二辞能了愿,赢得人呼狂士。便富贵、干卿何事。屠狗卖浆称密友,十余年、契阔成生死。常北望,愁云起。

南乡子　四不师与余同难,得省释还山,题画寄赠

光映碧琉璃。吹上寒烟夕照低。面面楼台相对好,凄迷。一点青螺小雁飞。　　古刹佛钟微。只悔生涯事总非。莫是慈云常拥护,金衣。满月光中悟息机。

韩魏 1首

字醉白,江苏江都人。与汪懋麟、夏九叙等组诗社,揣摩诗文。

一斛珠 为宗东原题扇面雪景

天垂云幕。纷纷大雪鹅毛落。风帆远近都齐泊。桥上人归,破伞遮头角。
手提一瓮村醪薄。柴门应有人酬酢。寒琼糁径浑难度。宛似东原,万竹围书阁。

阮士悦 1首

字月樵,江苏江都人。少游于汪懋麟之门,为金镇、王士禛所称誉。

西江月 题美人含毫咏笺图

兀坐含情渺渺,凝眸带泪娟娟。欲将心事吐毫尖。写出幽怀如现。
丽质何须粉黛,淡妆岂藉钗钿。不知薄幸会何年。遥寄相思一片。

龙燮 1首

字理侯,号石楼,安徽望江人。康熙十八年(1679)以监生举博学鸿词,授检讨。迁大理寺评事,官至中允。有诗名,工词曲。

雪狮儿 题迦陵填词图,时其年殁逾年矣

词家畦径,多规守、谁似髯之,绝尘迈往。落笔酣时,五岳为之摇荡。追怀畴曩。听几度、遏云高唱。今已矣、故人安在,斯文未丧。　　每拊遗编惆怅。忽宛然晤对,掀髯抵掌。斜睇星眸,有个雪儿相傍。荆溪回望。剩寂寞、花亭歌舫。添凄怆。何处笛声嘹亮。

潘眉(1644—?)　2首

字原白,号莼庵,江苏宜兴人。以附贡生教习镶白旗,授湖南溆浦县知县,官至福建兴化府知府,卒于任。有《樗年集》,词附。

鱼游春水 题恽南田落花游鱼图

繁红谁吹去,欲染溪云千尺绮。波臣多事,衔得春光能几。怜汝无时上故枝,问君何日方烧尾。莫羡青泠,一池芳饵。　　十二危栏休倚。嗟世事飞花流水。所思落拓天涯,浮萍难拟。桃源有路茫茫月,碛石吴门筳筳鲤。欲往从之,画图中耳。

琐窗寒 题恽南田画鸡

谁点霜毫,染成翠羽,装成绛帻。碧茵红坂,肯遂人家残粒。忆词坛、树帜当年,长鸣鼓翼超群立。叹高冠横距,不能为口,乃甘为肋。　　凄恻。伤心剧。是闻之而舞,边书飞急。幽窗风雨,浪付牛刀堪惜。纵彩坊、芥羽分曹,漫教斗尽当场力。待相随、公子函关,也厕三千客。

查士英 2首

字寄幻,安徽休宁人。查于周之女,汪钟渊室。早卒,有《白云遗草》。

沙头雨 题画雪景

水墨江天,彤云一带濛濛树。正堪题处。篱畔溪桥路。　　石径人行,策杖冲寒去。吟诗句。打头飞絮。风雪归来暮。

鹤中天 题画杏花

丝丝杨柳水平桥。嫩红掩映花梢。微风荡冶不胜娇。此际堪饶。　　是羡曲江春丽,更宜上苑香飘。画他芳草马蹄骄。人醉花朝。

高士奇(1645—1704) 9首

字澹人,号瓶庐,浙江平湖籍,世居钱塘(今浙江杭州)。初以国学生供奉内廷,后官至礼部侍郎。谥文恪。精考证,工书画,有《竹窗词》《蔬香词》。

黄鹤洞仙 题西野抱膝图

一角雨余山,隔断天边树。只写蘼芜满地生,溪尽处。定有人家住。闲兴尽从容,小憩何无侣。若爱村西野菜花,沙嘴路。须把柴篱补。

翻香令 题慎斋写生大防山绿牡丹

碧房不喜斗浓华。别将浅黛点生纱。鸭头水,染来嫩,倩崔徐、描叶也如花。　　春明外石径天涯。露梢何处醮青霞。从今识,画图面,问洛阳、红紫在谁家。

河传　芳草蛱蝶图

草色深碧,似眉峰。花落添些碎红。踏青时节和雨浓。茸茸。裙腰一抹风。　　敛翅春寒怜褪粉。栖未稳。飞去撩丛鬓。蹴芳尘。待香轮。如茵。赚他扑蝶人。

疏影

北墅梓树花开,适在卧病。叹余归两逢维夏,只此花木相对无缘,复索慎斋写生,题于其上。

瀛山老屋。有古柯繁蕊,当夏芬郁。懊恼花开,虚度今年,春华不驻轮辐。闲身得遂园林愿,又苦被、沉疴拘束。想插天、几树垂垂,点缀小山岩谷。

隔水周行望远,俄惊半壁里,堆紫攒绿。晓散余霞,气候清和,步障如张西蜀。恐他片片随流去,早画出、生绡横幅。倘有人、问迹探奇,不用更拖筇竹。

传言玉女　题乌目山人摹右丞山庄早春图

黛染遥山,溪面鸭头波皱。春容淡冶,暖意微窥柳。岚气半吐,深浅萦冈笼阜。竹洲花坞,辋川依旧。　　别墅蓝田,问如今、可在否。但传图画,写荼䕷酒白。横卷仿来,莫是右丞身后。又谁认识,牧童农叟。

华胥引

题马麟画卷,上有宋宫人杨妹子楷书"蝶戏长春"四字

双双飞蝶,灼灼秾花,写成矮卷。旧纸澄心,题名细字传画院。别有书阁簪花,剩一行柔翰,梅雨悒忪,踞床长日堪遣。　　闻说深闺,掩虾须、绮窗闲玩。粉痕脂印,依稀余香可辨。叶子泥金销夜,凤衾慵展。留与人间,几回看

罢增叹。

玉莲花　题周舍人顾曲图

蒨蕊秾香,小坐紫薇庭院。倚双鬟、清歌宛转。移商换羽,惹周郎微盼。是林梢、嫩莺初啭。　　脉脉兰情,故把玉箫声断。笑琵琶、当年诉怨。江州司马,枉自青衫涴。那省识、画图人面。

青玉案　题荪友画

暝烟轻染横塘树。微写出、江南路。断岸危桥疑可度。桃花溪涧,葭芦浦溆。总隔濛濛雾。　　剡藤半幅无多处。意外山川深几许。乡思年年朝复暮。青帘沽酒,画船听雨。何日成归去。

渔家傲　题迦陵先生填词图

大鼻长髯陈仲举。便便腹里横今古。制得新词低按谱。黄金缕。娉娉惯解乌丝句。　　银汉清凉才过雨。纻衫蕉簟浑无暑。何事宫商频错误。邀郎顾。郎今要入金门去。

顾汧（1646—1712）　3首

字伊在,号芝岩,顺天大兴(今属北京)人。康熙十二年(1673)进士,选庶吉士,授编修。历任左中允、侍讲学士、礼部右侍郎,巡抚河南。有《凤池园集》。

浪淘沙　题范大小像

带月角弓斜。骏马嘶笳。留题姓字遍天涯。阅尽星霜风景好,客舍为家。　　一范置军衙。宾佐争夸。回思往事诉琵琶。顾盼雕鞍真矍铄,强饭胡麻。

满江红　题张松斋小像

彼美何其,紫貂珥、白狐之腋。睹丰骨、凝眸焕采,风流福泽。达生默喻蒙庄旨,牧羊随后加鞭策。炼黄芽、秋石立中央,神仙宅。　　赤松子,追游屐。莼鲈味,悲秋客。羡烟波钓叟,君家遗迹。禁苑待挥丹诏草,灞桥且踏飞花白。试披图、一叱可成群,东山石。

满江红　题张晋侯小像

壮志雄姿,笑谈间、功名颐指。聚胸中、甲兵十万,藐焉青紫。驹隙流光成蠖屈,龙蛇虎鼠皆偶耳。叹吾曹、相对老儿郎,今余岁。　　埋白骨,保赤子。绀殿修,圯桥起。看山林经济,犹能如许。绿柳青溪图画里,烹茶把卷沧浪水。忆当年、黄石赤松游,只如此。

王概　1首

字安节,江苏上元(今南京)人。笃行嗜古,工诗文、绘事、篆刻,并臻逸品。有《山飞泉立草堂集》。

贺新凉　题画,为雪客纪事

岁暮诗盈卷。出春明、风花水骨,好生消遣。雾凇满林新触冻,岂似鲛人啼泫。似寒锦、抽冰成茧。秋水篇章奇幻甚,问词澜、不自知深浅。歌斫地,期重展。　　同云压岫松筠显。过梅边、鸟衔蕊堕,踏香蹄匾。篱落几家当午闭,突出护花铃犬。狺狺向、吟鞭未免。底事苍黄痴吠雪,柳柳州、雅谑凭何典。嘲笑解,鹅溪剪。

尤珍(1647—1721) 3首

字慧珠,号沧湄,江苏长洲(今苏州)人。侗子。康熙二十一年(1682)进士,改庶吉士,授翰林院检讨,参与纂修《大清会典》《明史》等,授讲官,晋右春坊右赞善。以养亲请归,不复出仕。有《静啸词》。

风中柳　题周竞庵听曲图,次高学士韵

昼日移阴,闲坐小庭深院。听佳人、娇歌宛转。轻敲檀板,敛羞蛾微盼。换宫商、细喉低啭。　幽咽琼箫,恰似被风吹断。更声声、粉愁香怨。锦衣玉貌,把丹青休浣。记曾识、画中人面。

减字木兰花　题姚阆荪茗饮图

桃花坞里。家住前人名胜里。晏坐悠然。茗饮风流赛醉眠。　武丘山畔。小筑园亭秋水岸。煮茗留宾。陆羽卢仝有几人。

山花子　题张晋侯像

手把书编读未终。烹茶恰对地炉红。蟹眼初过鱼眼出,唤奚童。　白发苍颜明镜里,青山绿树画图中。世事浮云何足问,听松风。

董儒龙(1648—1718) 21首

字蓉仙,号神庵,江苏宜兴人。官贵州湄潭县知县。有《柳堂词稿》。

生查子　代题程允亮小照

神从阿堵传,照似长康写。不待益三毛,道貌原潇洒。　观澜瀑布前,数息松阴下。持语征途人,此是长年者。

点绛唇　为曹会常题将归图

蜀国风流,自君之出无人矣。囊余锦字。题遍名山水。　小住羊城,漶灭怀中刺。归虽未。从今决计。不信看图里。

其二

我亦无聊,滇池洱海贪游戏。雕题凿齿,冲瘴回征辔。　庑止于斯,喜把林间臂。交才始。归装缓理。且共谋沉醉。

鹧鸪天　题张维翰小照

位置青松白石间。天风吹下海涛翻。须眉大有英豪气,胸忆还从浩渺观。　谁似此,曰维翰。抱琴心欲访成连。频年南海游将遍,琴贮囊中尚未弹。

鹧鸪天　题姚二曾小照

家住钱塘西子湖。遥遥华胄溯姚虞。埙篪竞奏恒惊座,棣萼分辉任曳裾。　交倾盖,在番禺。神交久托女兄夫。满江红调犹存稿,重忆秋冬射猎图。

其二

浮拍糟丘味道腴。形骸土木得真吾。酒徒何必封侯国。狂客惟思赐鉴湖。　眠栩栩,觉于于。长风可御玩灵胥。番禺留滞非无意,为觅安期九节蒲。

鹧鸪天　题张北山小照

三泖高人选胜游。骊珠探得在罗浮。但看绝壁丝缲雪。不羡春波绿泼油。　　因写照,寓清修。旷哉神韵邈无俦。仔肩斯道何容易,垂老犹能费冥搜。

蝶恋花　题杨弼臣小照

夭矫凌空千尺势。黛甲龙鳞,最得清苍意。整日科头闲徙倚。羲皇以上人何异。　　稚子奚奴林下侍。煮就中泠,碾得龙团细。七碗吞来无个事。飕飕两腋清风至。

其二

题柱请缨当日志。花县分符,镌有棠碑字。拂袖欲归归尚未。肠回闽峤盘天际。　　鄂渚一枝聊借寄。忽遇鲸鲵,骇浪惊涛起。设网垂纶曾献计。功成不取封侯贵。

其三

浮世光阴能有几。厚禄荣名,何似松窗睡。及早投闲犹得已。展图可会先生意。　　尔我作缘真夙契。同宦嵚峨,同客晴川涘。同有归心心欲碎。松窗偕隐何时遂。

满江红　题恽南田鱼吞落花图

杜若洲边,谁染就、妖姿婥约。应费得、暖风弄色,晴光破萼。曾几朱颜邀眷宠,又成红雨伤漂泊。倩绿波、寄此惜春情,愁难托。　　一片片,浮萍掠。一对对,游鳞攫。似武陵溪口,天台村落。易得飘零多少恨,等闲一霎都吞却。羡燕衔、犹得上雕梁,依帘幕。

满江红　题范鸿冶秋冬射猎图小照

红豆词人,岂亦喜、射雕盘马。想才子、飞腾气象,当如是写。掣电追风千里路,穿杨没石三秋夜。卷黄衫、独自猎平原,英风射。　　似竹箭,龙门下。似骥足,云衢跨。但群推破的,非同泛驾。草莽敢忘蓬矢志,骅骝未许盐车借。待夺标、得意踏花时,看鸿冶。

满江红　题杨次卿小照

次卿为叶文忠公讳芳霭从事,武昌夏逆兵变时,叶公殉节,以眷属托之,次卿卒能扶掖送归故里,事平且为捐资立文忠公庙。

兀坐云根,尽写得、丰神飞跃。挟几卷、南华道德,观书卓荦。松势欲携山雨至,茶烟轻扬闲花落。最相宜、淡宕不羁人,中间着。　　经济地,筹能握。生死际,孤堪托。亦无妨浑俗,无妨脱略。绝似阮修三语掾,还同季布千金诺。只他年、户户赛罗施,功非薄。

满江红　题何二闻小照

闽海何郎,占江左、风流胜事。天饶与、才华隽朗,神姿轩异。别有心胸能折节,每倾肝胆酬知己。羡少年、门第尽高华,忘纨绮。　　貌不必,云台拟。勋不必,旗常纪。似君家第五,何须骠骑。一粟茫茫沧海渺,百年混混原泉逝。却偶然、写照寄深情,通微旨。

其二

绝壁丁亨,其下有、洪涛溅碧。空阔甚、风光爽处,水香肥极。盘白石兮箕颍士,临清流者沧浪客。想此怀、惟许景纯知,先吟得。　　笑龌龊,迂儒习。畏轻薄,群儿色。把脚跟湔洗,卓然自立。长啸数声鸥鸟起,悲歌一曲鲛人泣。纵姓名、不肯著图中,吾能识。

水调歌头　题杨宁远小照

宁远历任邑令、郡丞,今为九仙山黄冠。

满林松谡谡,夹岸水溅溅。云根纸上徙倚,香送一池莲。回首呼童放鹤,惊起云中鸡犬,空影落人间。手执铁如意,椎碎六尘缘。　气堂堂,神洒洒,骨珊珊。九嶷峰末选胜,采药驻韶颜。赢得九仙笑问,汝是金闺贵客,何事涴黄冠。风雨鸡鸣夜,可忆半生前。

惜余春慢　题卢时渭年伯小照,有引

时翁与先君同登辛卯贤书,且同出真定丁太夫子浴初公门下。嗣登甲榜,虽有后先,而宦途淹滞,左迁不振,亦略相同。先君年逾花甲,郎捐馆粤西,龙以远隔不及亲医药、视含敛,殊抱终天之痛。时翁自拂袖归里已历十年所,杜门扫轨,读书谈道,致足乐也。今年过古稀矣,视听不衰,神明若少壮。惟与高年硕望如汤皆山、潘宾侯、曹吉人、徐二隐、任开奇、吴左公诸先生迭为宾主,徜徉于山晓水明、酒旗戏鼓间,一如唐九老、宋耆英嘉会,望之者指为行地仙。其暮年福祉,不又与先君大异,使我感慨无已耶!壬午春日,偶持小照命题,后生小子,何能名言其道德才华之高妙,聊述世交如此,而并缀以词,调寄《惜余春慢》,寓祝也。

松具贞心,石饶介性,宜向此间位置。笔扫千军,词倾三峡,手把一编自喜。闲中每课双鬟,茗碗屏当,花樽料理。似香山旧日,杨柳腰轻,樱桃口美。

休再问、策献金门,符分鄂渚,怀抱展来余几。云霄事业,姑付儿孙,风月宜归老子。顾盼犹能据鞍,诗敌欣逢,酒军莫避。任逍遥到处,春满先生杖履。

沁园春

苕溪沈灿三先为予作《学稼图》小像,兹复为《停琴听阮图》,极肖衰丑之貌,因填二阕颜之。

急景浮生,五十三年,似一掷梭。叹灯青竹简,少而束缚,尘红玉勒,壮又销磨。南楚从军,夜郎薄宦,瘴雨蛮烟染几多。归来后,漫村庄自涸,农笠渔蓑。　无妨带索行歌。奈对食、恒低举案蛾。纵辞乡已倦,还驱漂泛,依人那惯,强学随和。车厩佣书,皋桥赁庑,末路羞逢春梦婆。聊萧忝,望参横斗转,中夜猗那。

其二

皴染之能,代擅吴兴,今推粲三。把忧贫鄙事,图成学稼,浪游昔梦,幻出琴咸。对坐为谁,衣冠甚伟,郭索鸣弦潦水潭。弦声急,共泉声瀺瀺,葭叶毿毿。　衔山一点银蟾。浸波底、回光漾布帆。想曲逢入破,氾人侑舞,景当幽绝,海若来参。快泻茶铛,旋浇枯吻,此页端宜风月谈。移舟去,问桃源津口,可许相探。

贺新郎　题孔嘉祉小照　作美人环侍图

千尺龙鳞下。尽徜徉、科头坦腹,炎嚣都谢。不作阮公青白眼,顾曲周郎其亚。有素口、蛮腰初嫁。一缕歌丝和云起,与林莺、樾燕争娇妊。箫引凤,待飞跨。　先生俊骨谁能画。向其间、依稀仿佛,已传风雅。我若逢君张乐日,未免狂如司马。料红粉、一时惊怕。阑入筵前浑未得,展新图、谱作乌丝话。行乐耳,谪仙也。

贺新郎　题黄位北小照

椟玉无妨韫。视吾身、浮云得失,何加何损。独有心胸足千古,岂逐时流滚滚。料此处、少人度忖。聊倩画师图小照,在颊毛、睛点传神俊。评笔致,长康近。　抛书把盏凭栏瞬。是当时、偶然兴会,非关吃紧。绿柳红莲随渲染,命意不烦讨论。但展册、英标如觐。老矣君谟工啖荔,向陀王国里停游轸。风雅事,倡南郡。

谢超宗 1首

字石公,福建瓯宁(今建瓯)人。

洛阳春　题访道图

试听琴中幽致。高山流水。梅边童子煮春芽,风骨世间无几。　　读罢南华闲睡。胸怀如此。不知为五柳先生,亦为七松处士。

刘淑章 1首

字霞客,杭州人。幼随父居吴中。七岁能诗,善书画。长适无锡华子三。生于清顺治间,年三十九卒。有《月伴楼遗稿》。

贺新凉　题顾梁汾先生小影,次成容若进士原韵

仕路浮沉耳。羡峥嵘、南金声价,长康门第。八斗才华能独擅,不似陈思失意。恰倾盖、情深知己。把臂湖头斜日暮,又匆匆、洒却旗亭泪。空泪落、似流水。　　丹枫万树寒江醉。想吾生、及时行乐,阿谁能忌。扪虱剧谈千古事,一片雄心未已。总潦倒、莫教追悔。击剑投壶身裹甲,对斯图、俨在云台里。勋业遂,史官记。

许尚质 3首

字又文。浙江山阴(今绍兴)人。诸生。康熙三十六年(1697)仍在世。有《酿川集》。

浣溪沙　题燕姬斗鹌鹑图

秃尾斑头斗最工。花棚初试拂春葱。陡看钗颤堕青虫。　　好是画师能貌取,似曾相见一生中。幙屏深处杳难通。

念奴娇　题胡两先画册

调铅吮粉,向犀奁、描出一痕蛾绿。镜里春山真画稿,略染双鬟低蹙。绝代佳人,江东名士,相对人如玉。天寒翠袖,牵萝添补茅屋。　　况自家本山阴,看山读画,尽可图千幅,偏向长安尘土畔,别作山坳水曲。黄啄雏莺,红拖么凤,花鸟关心目。晴檐偷展,满庭风起修竹。

夺锦标　题新安汪翁桃源图

云履初成,锦袍暂卸,画幅悬崖飞瀑。点缀千花万蕊,斜映朱颜,饮餐红玉。看迷离晓雾,恍身在、武陵溪谷。赚渔郎、蓦地相逢,只怅来迟归速。
知是金门方朔。大隐人间,每笑楚猴秦鹿。漫记蓝田射虎,犹有雄心,未甘雌伏。待青山愿了,与重整、当年初服。问门前、几度桃花,又长森森儿竹。

蒋景祁(？—1695)　7首

初字次京,江苏宜兴人。蒋永修之次子,贡生,官府同知。有《东舍集》《梧月词》《罨画溪词》,又辑《瑶华集》等。

秋蕊香　题画为曹子清

碎把鹅黄剪与。风动一枝娇婷。天香缥缈衣裳度。梦到广庭寒处。
近来闲却吴刚斧。兔华吐。空岩子落知何许。一夜前山如雨。

江月晃重山　题波间明月图为叶南屏

天上孤悬似镜,波间乍涌如丸。清秋风露鬓怜潘。光摇乱,凝望不成圆。印入万川一色,有人此夜同看。待吟绝句写繁弦。惊他也,星斗落江寒。

临江仙　为曹子清题唐寅美人图

睡起云鬟欹未整,懵腾懒下庭除。摘来纤玉嗅香初。红襟一抹,衫色学莺雏。　梦去如醒醒似梦,丹青巧样难图。风流名氏隐吴趋。建安才调,今见两相如。

斗百花　题龚节孙种橘图

一片水云明处。仿佛峨嵋仙路。好来种菊千头,也学东坡小住。指日成林,风啸巫峡清猿,霜落洞庭红树。此景足千古。　画里能传,未必今人轮与。风味冷淡,依稀买田侪侣。况复秋时,爱将铁板铜琶,唱彻大江东去。

凤凰台上忆吹箫　为牧翁题周昉美人调鹦图

宫漏穿花,衣香寻梦,晓来闲煞瑶筝。念暖催红杏,紫燕调声。解语雪衣亲教,千百遍、贝叶分明。新题就,御沟诗句,重付卿卿。　倾城。宣州长史,把真色生香,写入丹青。便淡妆轻束,秦虢应称。依约张眉新妩,远山角、袅袅亭亭。图开也,阳台未暮,春殿初醒。

丹凤吟　题其年先生填词图

试问年来,长是刻烛高歌,敲壶成节。掀髯脱帽,题遍酒家墙壁。相逢漫道,曲中情事,除付琵琶,念奴翻得。忽复含毫未下,几度沉吟,暗里谁解消息。　此际凤楼宣召,金莲灿烂特地撒。侍辇陪游处,有玉环微笑,领取歌阕。

文玑错落,缀上蕊珠宫阙。休忆江南,杨柳岸、唱晓风残月。洞箫人和,是霓裳旧拍。

桃源忆故人　题闺人画扇

小桥流水天台去。才过柳梢晴雨。翠羽立花啼露。早是催归暮。　　轻纨细篦谁图与。织罢绣余情绪。料得恨成眉语。暗魇春山妩。

王蓍(1649—?)　2首

字宓草,号湖村,江苏上元(今江苏南京)人。王概弟。善隶书,工画。与曹溶、李渔等倡和。雍正十年(1732)尚为高凤翰作松石帧子。有《畹浙楼集》。

满庭芳　题宗定九芙蓉别业图

属我狂涂,芙蓉别业,读书静俯清流。霜红养纸,花外夕阳楼。想把彩毫尖上,餐秀色、丽瞩双眸。才与地,已称极艳,况复是扬州。　　悠悠。隔一水,伊人宛在,望远为愁。羡悲来作赋,士自宜秋。拣取龙香小剂,泼鱼茧、砚碾蟠螺。凭十指,笔船乘兴,直似剡溪舟。

好事近　画佛手图并题

最早饮香名,巨擘眼中无比。岂是秋光偏傲,让纷纷桃李。　　兴来唾手夺高标,脱颖寻常耳。大似当年元祐,为汝霖屈指。

金人望(1650—?)　3首

字留村,江苏淮阴人。与汪森、阎若璩、钮琇等同时而交游,曾从沈皞日问词学。曾官秦中邑令。有《瓜庐词》。

减字木兰花　题敉功司马三变图

十五至三十五,越十年为一帧,故题曰三变。

以图比貌。花下掀髯开口笑。笑此髯翁。正是当年龆角童。　一行作吏。且卷渔竿拥上驷。列幕平沙。孤负江南十度花。

其二

相逢邂逅。磊磊须糜非似旧。欲上凌烟。衰丑肩随若个边。　君平善变。百岁还差七幅绢。待得图成。容我疏狂一再评。

菩萨蛮　为潞公题美人临池便面

香肌玉骨天然致。临流欲写相思字。敛袂意迟迟。含情是此时。　装成休点污。有个人儿妒。我见尚犹怜。防他小阁前。

马鸣銮　1首

字殿闻,江苏太仓人。康熙九年(1670)进士,授崇义知县,擢户部侍郎。

浪淘沙　题仕女图

双鬟欲堆鸦。脸断朝霞。莺啼花影落窗纱。十二巫峰浑是梦,雨细云斜。　油壁下香车。目送鸿赊。红阑珠幕阿谁家。纨扇轻携裙带缓,自惜韶华。

韩裴 1首

字晋度,浙江乌程人。韩纯玉侄。康熙九年(1670)进士,官湖北知县。有《莱园诗集》,附诗余。

洞仙歌　题孙坦夫想想园图

竹屿茅堂,自天容吾辈。明月清风好相待。想雕阑绘彩,装点湖山,留不住、槛外云霞万态。　　望斜阳影里,金谷樊川,毕竟风流已前代。又争似先生,丘壑胸中,天然趣,约略蓬洲瀛海。到指顾、楼台暮烟空,方信是山水,心期长在。

林麟焻 1首

字石来,福建莆田人。康熙九年(1670)进士,授中书舍人。康熙二十二年奉命与检讨汪楫册封琉球,使还,除户部主事,晋员外郎,迁礼部郎中。康熙三十三年擢贵州提学佥事。以荐授参议,未补归。有《玉岩诗集》《竹香词》。

瑶华　步武曾韵,题迦陵填词图

扫眉才子,捧砚佳人,成古来名话。龙须半剪,学弄声、索冷秋千高架。砑笺凝墨,对梳掠、云鬟入画。有垆头、取酒鹔裘,文是相如似者。　　而今赋手凌云,记歌板因缘,花阴帘下。那人别后,憔悴甚、尺幅生绡空写。丁香带结,任帐底、烟销兰麝。想多时、抛却檀槽,淡淡眉峰麼也。

张潮（1650—?） 1首

字山来，别号三在道人，安徽歙县人。岁贡生，官翰林孔目。编有《虞初新志》及《昭代丛书》等。有《花影词》《心斋词》。

满庭芳　升官图

纸上功名，眼前富贵，呼卢掷得公卿。尊卑得丧，一样也关情。最喜犹存古道，铨衡处、才德盈庭。尤堪讶，苞苴暮夜，谪降更分明。　　豆棚游戏耳，九迁片刻，何事骄矜。便封侯作相，也只平平。尺幅无殊蜗角，真个是、蛮触交争。从今后，长安道上，不必羡簪缨。

孔毓埏　3首

字钟舆，山东曲阜人。少为博士弟子员。康熙十年（1671），承袭为翰林院五经博士。三十六年入都，寻归，以疾卒。有《蕉露词》。

洛阳春　题花下美人图

帘外花枝低亚。晓来妆罢。轻舒纤手挽花铃，故意把、蜂儿骂。　　一样娇姿堪讶。倩谁图画。若将绝色拟名花，还是作、花声价。

浣溪沙　咏红菱碧藕图

溅齿流涎满幅香。涂成硕果出莲塘。谁言画饼不充肠。　　三角红囊酥似酪，七星玉节冷如霜。饱看饿眼费端详。

一萼红　题恽寿平岁寒三友图

岁寒三友,松、竹、梅也。此图用罗汉松,天竺腊梅,与旧画不同,岂骛好新,抑或别有取哉。同人填词题之。

物犹人。看无知草木,愈淡愈相亲。外直中虚,耐寒傲雪,不教叹惜离群。羡尔谊同管鲍,金兰契、千古比雷陈。却被丹青,一朝变易,匪我思存。　　应为炎凉世态,借尺幅轻绡,游戏风尘。腊尚王侯,松称罗汉,别开天竺阐门。何曾见、解衣推食,翻不如、乞脑剜身。说甚担簦跨马,白首如新。

侯文耀(1648—?)　3首

字夏若,江苏无锡人。有《鹤闲词》《丁丑川游纪程词》。

点绛唇　题扇头唐匹士樱桃

颗颗匀圆,赤瑛盘内曾为寿。问谁染就。娇点胭脂口。　　攀折难禁,小鸟枝头嗅。抛红豆。多情才逗。误入春桃手。

相思儿令　题希逸华子画

几幅龙绡点染,摊向碧窗纱。看到芳魂消处,双脸晕红霞。　　个个小鬟堆鸦。更描成楚岫云遮。就中天样恩情,春风吹落谁家。

泸江月　自题小照,用弹指词调

问乾坤大矣,置予何处,山水之间。长空极目苍葭渺,凭游戏、狂也非颠。白袷凉披,青蓑晴挂,茗炉香散沧涟。涪翁啸傲,闲泛志和船。且携来、百尺丝竿。　　沧浪歌半曲,听数声横笛,万顷茫茫然。蘋蓼溟濛,荻芦淡宕,几回容与拍涛寒。中流濯湍濛远屿,惊起鸥眠。尽教□□□□。□□□□,□□□□□□。□□□□。□□□,□□□,□□□□。□□□□,□□□,□□□□□□。□□□。□□□。　　□□□□□日事,怅乌衣渐改,燕垒犹悬。七叶芬贻,五传纶锡,鬓霜频点愧翩翩。逍遥去,桐江拟雪,笠泽猜烟。

钮琇（？—1704） 3首

字书城,号玉樵,江苏吴江(今苏州)人。以选贡生出仕,初知河南项城县,复知陕西白水县,继署蒲城,以逸囚降职。后知广东高明县。终于任所。有《临野堂诗余》。

喜迁莺　束别驾珂里宦归维扬,丹青自怡,赋此为寿

绿阴朱阁。正径薛铺钱,门槐成幄。茶碾书签,经营随意,驻岁不须丹药。早晚巾车何处,半在莺郊花郭。放醉眼,看郅儿争笑,接䍦斜着。　　功名追忆后。一梦十年,早向扬州觉。琼树春云,玉箫夜月,赢得携归双鹤。选胜领闲,便点笔,把风诗补作。更赠客,有鹅溪冰绢,写来林壑。

清平乐　题莫亚夫小像

素交风月。不用黄金结。宦海归来鸥梦阔。今已诗髯如雪。　　旧情曾寄兰亭。侍书人有樵青。偶拂蓉笺新粉,砚池纤手香凝。

声声慢　题如皋马玉振小像

前身金粟,旧侣琼箫,偶然梦落扬州。满抱烟霞,寸心早谢闲愁。时时囊携古锦,引黄衫、同控花虬。行乐处,有歌听燕筑,舞看吴钩。　　似少游、今朝重见,但徜徉下泽,不羡封侯。一笑相迎,江边几个盟鸥。试将蓉笺拂粉,趁华年、绘出风流。向杏天微醉,箕坐科头。

周稚廉 8首

字冰持,江苏华亭(今上海松江)人。茂源孙,纶子。康熙十二年(1673)诸生,援例应试不遇。卒年仅二十九。赋性颖敏,才名藉甚。有《容居堂词》,兼善曲剧。

行香子　题赵双白西麓移家图

数亩荒畬。蕙圃兰区。喜衡门、僻似精庐。案头菜谱,架上农书。更犊生孙,鱼为婢,木呼奴。　　点点烟螺。雾掠云拖。采香蘋、雨响轻蓑。编茅结屋,灌水成渠。唤子敲针,童捞蚬,自提壶。

一斛珠　题赵二火村居

莵裘畬麓。山腰半赭山巅绿。樾阴覆瓦藤丝簇。豆雨杉风,绿影吹寒瀑。　　小奚铺席松梢宿。醉来晞发秋溪沐。绳床相伴惟麋鹿。闲课儿曹,架上樵经读。

水调歌头　题伯祖开翁小像

朝不逐金紫,市不竞锱铢。不知何许人也,跗坐捻髭须。礼岂为吾辈设,意可为知者道,俗子莫揶揄。愿与宪同室,不与跖同庐。　　床是石,林号竹,谷名愚。葛巾布袍棕履,安步以当车。春种木禾十亩,秋酿射洪十斛,此外亦何须。用拙友麋鹿,乞巧笑蜘蛛。

金菊对芙蓉　题顾仲堪先生小照

雨湿莺喉,霞梭燕翼,春来树底间关。喜梅胎糁白,杏蕾搓丹。小奚灌水园丁种,彩旛护、百宝琼栏。闲邀熟客,烟霞车笠,山水珠盘。　　主人偃仰丘樊。向石幢系艇,香坞停鞍。茶铛酒碗,笋馔蔬餐。刻溪剩取囊中茧,挥绿沉、点缀明恋。且盘桓、年年芳宴,从此酡颜。

鹤冲天　题钱莼渔先生画像

霞洲雾渚。小橇叉鱼处。么字脆弦弹、冬郎句。怕葭丛碍楫,更移缆、萝阴住。此中谁钓侣。筍妇薪翁,共话刈蒲芟苎。　　细烟催暮。暑尾拖凉去。菱角和鸡头,调饴煮。看前汀鹭足,尚湿透、前宵雨。陈情恩诏许。马欠车稀,一片水情山绪。

醉蓬莱　题宋简臣典籍小照

羡东蒙挂组,南浦垂纶,占晴课雨。小宋风流,倚石床箕踞。镂玉双函,绣纹方罫,听虀融敲处。墨沁吟髭,花浮砑纸,梦窗新句。　　叶簌蜂房,苔缝蚁蜯,蟾影千竿,鸦声半树。长圃平坡,比辋川尤趣。绀蕙含心,颓桐缀子,绿蕉孕露。通子搴菰,阿翘挈榼,一尊香醑。

眉妩　题内子小像

恨贱同越石,贫类黔娄,催汝带围浅。八载齑盐累,宫花少,鹿车相对颜腼。难描泪泫。悔不曾、翠笔亲吮。算细装、典尽无存矣,存画里钗燕。　　底事榆波未暝。为筹婚度嫁,惜鸡顾犬。怜杀娇儿女,还认做、神图佛像高卷。夜台可见。素发星星、为谁变。愿添个痴魂,对看野棠残片。

华胥引　题先孺人像

缠绵刀匕,铅黛烘来、形神枯槁。才过中年,认衰容、却如寿考。因甚笑口难开,为事烦食少。一味黄连,是亲半世羊枣。　　辜负慈恩,抱虚名、小时了了。纵博章鸾轴凤,无过虚好。忍看黏襦剩乳,贮奁遗爪。羡杀图中,东风啼过乌鸟。

顾彩（1650—1718） 3首

字天石，号补斋，江苏无锡人。七岁能诗，十二岁时已裒然成集。总角负异才，名噪都下。康熙十七年（1678）开博学鸿词科，三亲王共欲举彩，彩荐潘耒自代。与孔尚任友善，工曲，孔氏《小忽雷传奇》皆彩为之填词。官至内阁中书。有《鹤边词》，又名《往深斋词》。康熙四十八年编就《草堂嗣响》。

水调歌头　题扇画美人

忆昨故园梦，春雨过西山。黄鸟啼落花片，流水韵潺潺。中有荒芜亭子，绝世蛾眉二八，惆怅独凭栏。不记此何处，疑是武陵间。　魂魄动，归路杳，兴阑珊。凄凄械械，断云残雨送将还。何意扇头重睹，添树梧桐苍翠，人叩小扉镮。心事诉不尽，愁绝两眉湾。

罥马索　元夕，题画屏踏歌美人

动春纤，一般解按梁州拍。华灯闪处，惊鸿鬟影翩然侧。鸾音遥送，凤管潜吹，仿佛声从屏间出。经几年、舞袖弓腰，还似娉婷旧颜色。　凄寂。歌阑宴罢，灯昏人去，谁与温存度今夕。明月来窥帘帏悄，剩有衫痕粘壁。前身应是，燕子楼人，舞榭歌台长抛掷。过上元、瑶箱叠起，钿委花残更谁惜。

玉女摇仙佩　题岳阳楼吹笛图

洞庭湖上，倒插芙蓉，摇漾一天空翠。雁落平沙，鹜飞南浦，极目清秋无际。莫向危栏倚。怕蛟宫龙国，下临无地。波涛外、片帆出没，几点寒鸥，欲聚还碎。鹤发老仙翁，一笛梅花，韵从空起。　有客登临到此。耐可乘风，直上广寒宫里。汉女宓妃，呼之或出，冷艳铿锵珠佩。遗迹存有几。三闾恨，只逐斜阳逝水。止听得、山鹃啸雨，林猿啼竹，满江都是湘娥泪。且沽酒岳阳沉醉。

张学典 1首

字古政,号羽仙。原籍山西太原,随父流寓江苏苏州。贡生张佚第四女。工诗善画,适吴县诸生杨无咎。有《花樵集》。

虞美人 题二分明月女子像

玉为肌骨花为态。洛浦神如在。媚容娇眼不胜春。漫说崔徽当日卷中人。　　新妆镜里纤腰袅。弱柳章台晓。好将金锁订三生。只恐因风吹去化为云。

沈岸登(1650—1702) 3首

字覃九,号南溿,浙江平湖人。工诗词,善书画,有"三绝"之目。与沈昆齐名,人称"二沈"。与朱彝尊、李良年等唱和,为"浙西六家"之一。著有《黑蝶斋诗词钞》《古今体词韵》。

一痕沙 题画

倚树茅亭不剪。带水平沙乍远。岚翠入寒空。有无中。　　留待春船载酒。添个邻翁携手。醉拥石苔眠。可忘年。

鹤冲天 题钱舍人垂纶图,即和韵

风柯月渚。人在深秋处。爱傍水蓣花、填词句。问烟波谁管,却少个、邻船住。五湖怀旧侣。可有千丝,别网溪纱村苎。　　沉吟薄暮。白鸟双飞去。

买取蜀姜温、莼堪煮。携小童卯角,吹一曲、沙头雨。君恩知未许。菰叶横塘,且缓此时乡绪。

瑶华慢

高澹人内翰入直南书房,上手摘白石榴一枚赐之,舍人不敢尝,竟携归,命友人作《半榴图》,因题卷末。

星槎甚处,泛取瓠囊,入上林花谱。铜仙掌底。含露窄、踯躅芳名曾数。丹铅都洗,正惬得、新凉疏雨。忆压帘桂叶秋阴,长伴晓枝瑶圃。　　蜡珠小结蜂窠,羡隔膜轻明,皱縠分吐。添他十斛,将买笑、定有娉婷人妒。天浆莹齿,留一半、蔬香传赋。讶年来红豆吟笺,空认啄残鹦鹉。

查慎行(1650—1727)　6首

字悔余,初名嗣连,晚号初白老人,浙江海宁人。少从黄宗羲学文,受诗法于钱秉灯。与朱彝尊为中表兄弟。康熙四十一年(1702),应召入值南书房,次年赐进士出身,授编修。五十二年长假归。雍正五年以三弟嗣庭案系狱。得幸免南归,一月后即病卒。有《余波词》。

迈陂塘

吴民则属题《秋浦归帆图》,用李分虎韵,时由吴兴学博去任。

问先生、采芹采茅,如何归采莼去。骆驼桥外樵风便,好着一枝柔橹。挽不住。看无恙归帆、稳挂西南路。镜奁初铸。趁鹭顶飘丝,凫翁刷翠,行到水穷处。　　船头转,一片空濛烟雨。吟续蘋洲笛谱。风流六客今何在,又作西湖社主。君记取。算道士矶边,未必无渔父。为侬留语。道放鸭人归,桃花春涨,来岁或寻汝。

浣溪沙　题张远墨梅,联句

淡墨螺匀尺幅绡(坤)。五三六点冷香苞(彝尊)。玉龙拖尾燕分梢(慎行)。　纸帐影浮斜月底(彝尊),画屏春贴小山坳(慎行)。一番花事又江郊(坤)。

百字令　竹垞属题归耕图,次卷中原韵

良田二顷,只躬耕、少个南阳名士。怅望杏花烟雨候,乡梦牵人何已。才着朝衫,便思初服,前辈多如此。先生归也,买山计正难耳。　趁好碌碡村边,桔槔园外,长一支春水。还我绿蓑青箬笠,重向溪南小市。十角吴牛,千头楚橘,早办收身地。笑陶元亮,昨非始觉今是。

迈陂塘　高江村宫詹属题蔬香图

展生绡、天开图画,恍然身在琼圃。官羹禁脔多尝遍,偏爱蔬香绕箸。江畔路。拟挂却衣冠、暂领田园趣。斑鸠啼午。正土软春酥,疏畦小棱,一阵菜花雨。　筠笼浅,把送不劳地主。自携鸦嘴锄去。十年宰相非难事,且与拨灰煨芋。烦致语。料五亩池边,未是归休处。聊追白傅。向紫苋青菘,黄芽绿甲,博取醉吟句。

桂殿秋　题桂菊图,为友人寿

高士宅,列仙家。秋光尽入画图夸。移将月里长生树,来配霜前不落花。

渔家傲　题秋渔图

蟹舍鱼庄问有无。全家活计指菰蒲。一曲烟波三四里。如画里。残荷折苇萧萧意。　村北村南酒可沽。秋来不欠水田租。昨夜夜凉贪熟睡。呼未

起。霜花浓压船头尾。

佟世思（1651—1692） 2首

字俨若，号退庵。汉军镶蓝旗人。以荫生官思恩县（今属广西环江）知县。有《与梅堂遗集》。

金缕曲　题周林于鸥塘种水图

晨夕素心数。羡友人、周郎江左，栽花为圃。白眼悠悠看世上，顾误何烦自苦。适意在、清风河渚。宛在水中村径僻，夕阳边、一带皆渔父。便酬酢，谁宾主。　摇摇竹树当清暑。构几间、临渊茅屋，读书净土。解燥冰盘菱芡美，独坐荷香无语。建大业、文章千古。放下纶竿杯在手，恰月明、晚霁山楼雨。天寥沉，披襟处。

金缕曲　题巨山小像

与子别来久。尚科头、箕踞秋树，读骚饮酒。谁信沈郎才似海，皂帽青衫依旧。却不道、秣陵偬偬。倚马疆场裁露布，看莲花、帐下鲸鲵走。书生耳，乃不朽。　相君之面携君手。问当年、亲曾期许，犹能记否。待诏凤凰楼下立，作赋称觞献寿。正日上、八砖时候。识破懒残牛粪火，算功名、富贵终须有。盟车笠，毋相负。

余光耿（1651—1705） 5首

字介遵，安徽婺源（今属江西）人。祖懋衡，东林眉目。父维枢，入清官兵部主事。少孤家落，久困场屋，康熙四十四年（1705）乡举榜发即卒。有《蓼花词》。

朝中措　题张邑侯倒挂图

罗浮缥缈近家山。春信满林端。为爱暗香溶滴,不辞翠羽纷翻。　　攀枝抱干,拏星蹴月。长到更残。肯学能言鹦鹉,人前巧诉宵寒。

醉蓬莱　题汪于烈小影

荫萧疏梧竹。一碧参天,阴浓日薄。飐水荷圆。更含香乍萼。谁借长康,添毫笔底,榻幼舆丘壑。扇小衫轻,书横石踞,闲情如鹤。　　漫笑诸公,马头衮衮,面目本来,软尘迷却。记得商霖,是画图人作。薇省春深,还防催去,看翻阶红药。好把微凉,从容吟向,熏风殿角。

望海潮　题朱自观观潮图

澄波溶滴,狂流澎湃,东归总赴沧溟。风吼秋高,雨肥春涨,鲛宫老梦催醒。白昼驾飞霆。促冯夷叱驭,万里西行。地隘天低,海门遮断几重青。

奇观快绝枚生。正吟心浩浩,游兴腾腾。放眼收来,恣情写去,难容水怪潜形。何用濯冠缨。但冰壶澡溉,五岳都平。回首黄山,壑云依约记初晴。

踏莎行　题公辅小影

槲叶闲披,芦花静拥。颠毛半世凋吟讽。南山麋鹿旧知心,红尘懒舞青丝鞚。　　案列素书,庭罗幽供。幼舆丘壑添飞动。良金凭仗慎勾留,莫教吹坠殿官梦。

摸鱼儿　题王和百芳园错翠卷

是何年、经营意匠,周遭缔构如许。红鲜绿暗郁芊眠,晚翠寒英纷聚。吾听取。便竹杖芒鞋,要问墙东路。争知胜处。在蜃气楼边,麟洲岛畔,缥缈倚琼树。　　而今觉,数笏诛茅计误。雕梁终委尘土。天花海枣春长在,省得愁风怨雨。应只虑。占大块宽闲、没个笆篱护。清宵栩栩。有化蝶人来,攀条弄叶,杂坐乱宾主。

吕履恒（？—1719） 1首

字元素,号月岩,河南新安人。王铎外孙。康熙三十三年（1694）进士,官至户部侍郎。康熙五十七年罢归。有《梦月岩集》。

虞美人　题画水墨虞美人草

虞兮魂化原头草。遗恨知多少。绛英和露颭东风,恰似夜深红泪楚军中。　　丹青欲写春风面。不忍传哀怨。故将云水拟仙姿。莫使汉宫粉黛妒蛾眉。

沈翼　1首

原名敬,字习之,号凿坯,浙江嘉兴人。贡生。举孝廉方正不就试。工书,朱彝尊入室弟子。

百字令　题曹工衡小像

长松之下,爱斯人潇洒、镇长相见。记得江南花月夜,赌酒豪情争羡。一去修门,重归故里,暗数年光换。相逢多幸,喜君吟兴犹健。　　回首人海缁尘,沙堤芳草,谁是当时伴。过眼繁华如梦觉,付与歌莺语燕。红豆新词,霜华旧谱,细写乌丝遍。披图一笑,忽看头白如霰。

戴锜 1首

字坤釜,号碧川,浙江嘉兴人。太学生。朱彝尊弟子。尝入都,传巨公制作,多出其手。后主金华丽正书院,从游者众。有《鱼计庄词》。

百字令 竹垞夫子命题竹垞图

日趂砖影,被秋风吹动,抽簪归老。紫陌铜街游已倦,争似梅花溪好。嫩竹千竿,方池半亩,绿遍王孙草。清阴如旧,软红麈去多少。　　分付径剪蓬蒿,墙芟薜荔,放与银蟾照。况有图书三万轴,蠹字干鱼齐扫。双调弹筝,几回顾曲,酒榼宜频倒。小梯横阁,六峰点点林杪。

岳端 4首

改名蕰(或作蕴)端,字兼山,号红兰主人。清宗室,固山贝子,安和郡王岳乐子,康熙二十三年(1684)封多罗勤郡王。有《桃坂诗余》。

菩萨蛮 题画桂赠从孙昭

闲斋破闷为图画。精神凝在毫端下。持赠读书人。芬芳足可珍。　　君亦天潢派。月殿非天外。折取桂花枝。秋风正及时。

锦堂春 题香雪堂壁上画杏

时令已逢二月,轻寒犹带三分。空林索莫无芳信,庭院少游人。　　红杏尚书流誉,白山道士传神。新诗题罢余清兴,调寄锦堂春。

锦堂春　题灯画梅花

内蕴阳光一点,先偷淑气三旬。庭梅僵立犹含冻,小小嫩芽新。　　兔颖勾成玉蕊,麝煤空出冰轮。自留元夜供清赏,肯寄陇头人。

蝶恋花　画杏花

信步寻芳芳径软。记得花开,恰趁看花宴。花雨沾衣浑不辨。闲来写向鹅溪绢。　　春意方酣人意懒。解话春愁,少个呢喃燕。是处玉骢归去晚。红楼早把珠帘卷。

汪森（1653—1725）　4首

字晋贤,号碧巢,浙江桐乡人,原籍安徽休宁。康熙十一年(1672)入贡,官至户部郎中。有《月河词》《桐扣词》,并与朱彝尊合纂《词综》。

沁园春　次韵为崔兔床题石湖烟雨图

烟雨空濛,万顷湖光,轻帆乱开。见浮图高峙,岩端僧去,危楼半拥,树杪人来。短布缝衫,枯荷作笠,凭眺还将倦眼抬。忘情处,任凫鸥暗识,猿鹤惊猜。　　浑无半点轻埃。尽容与、吟情可放怀。有云边梵呗,鱼沉鼓冷,花间曲律,管脆丝哀。芳草千畦,青山百叠,短碣空多碧藓埋。徘徊久,想前贤遗迹,逸兴佳哉。

征招　题张铁桥画马

方瞳瘦骨真神骏,英英似腾千里。墨洒玉花骢,觉毫端锋锐。连钱动碾䃑。问间世、骅骝能几。月冷关山,云寒陇坂,此情堪寄。　　烈士每衔悲,年华迈、一片壮心难已。曹霸擅丹青,向生绡留意。将军今老矣。聊写照、盐车憔悴。孙阳去,仰首谁呼,但四蹄风起。

解连环　题泛雪图

晓来风劲。渐梅边竹下,碎声惊听。起开帘、顿失群峰,照万顷寒光,皎然清莹。路阻溪桥,喜画舠、携樽乘兴。看浅凹深突,高下湾环,总成佳境。

平湖水天同永。有青蓑短笠,遥泛孤艇。过几声、雁阵排空,又点破芦洲,一行清影。樵舍渔村,但隐约、炊烟微映。更须待、兰缸试暖,茗枪驱冷。

唐多令　山水扇面

远岫碧嶙峋。小林花似春。映红霞、几树斜曛。曾有捕鱼人到否,应错认,旧迷津。　　烟际隐孤村。村中时掩门。绕欹桥、流水粼粼。此处定知尘迹少,看冉冉,欲生云。

李兴祖　1首

字广宁,号慎斋。以荫官部曹,康熙十三年(1674)出为庆云知县,历官河间府知府,简山东盐运使,擢江西布政使,以事罢官。有《课慎堂诗余》。

风入松　题画

数椽茅屋傍山隈。云去云来。苍松翠竹随山转,中分一径莓苔。何处寻芝忘返,却因双鹤招回。　　直飞瀑布落悬崖。地势平开。水边岛屿参差出,傍芦花、巨石成堆。渔妇渔翁信宿,全无半点尘埃。

张曾褆(1653—1730)　1首

字洵安,号冰畦,浙江海宁人。康熙十七年(1678)举人,四十二年始授诸暨教谕。后升严州府教授。雍正五年(1727),迁溧阳知县。著有《何求集》《冷畦诗草》。

南柯子　题念劬小影

片石堪容坐,闲庭寂不哗。科头暂学野人家。如许风流谁待,换乌纱。　金篆烟初散,瑶笺句尚赊。便教画尽更何加。料得笔花香烟,似瓶花。

邵瑸(？—1709)　10首

原名宏魁,字殿先,号柯亭。原籍浙江余姚。康熙十四年(1675)登顺天榜举人,改籍大兴。官至山东昌邑县知县。尝学词于朱彝尊,龚翔麟曾欲以其词补《浙西六家词》之后而为七。有《情田词》。

减字木兰花　题吴清峙秋浦归帆图

划波鼓柁。春水一奁天上坐。烟岫溪云。好稳归帆载酒人。　斜阳晚渡。早卷蓬窗听断雨。渐近乡关。岚翠迎凉几点山。

祝英台近　题桐窗读书图

翠筠深,花径小,细路山庄悄。波暖粼粼,只许闲鸥到。梧窗不染纤尘,苍云闲坐,算添个、柳阴舟好。　闹红处,移情枕簟邀凉,梦里听啼鸟。泚笔清狂,一卷吟香草。是谁点染生绡,无多杀粉,早写出、玉溪风调。

无俗念　题烟雨归耕图

朱颜如许,映萧萧、白发蕉衫藤帽。姜蔗湖田农事稳,却倚烟锄春秒。几点闲鸥,数番秋雨,谁写生绡好。逢迎到处,蜡屐那能归早。　　卜宅长水西偏,篔筜千个,醖舫。　春风绕。十样蛮笺供赋笔,只有采芝人到。应诏填词,青骢待漏,倦听莺啼晓。春塍回首,甚时通潞移棹。

品令　题听雨图

静中楼阁。却无赖、愁离索。余寒做弄,红帘卷处,剧怜花落。逐妇呼鸠,点点芭蕉声著。　　玉楼春削。正情倦、香腮托。浓团懒枕,沈吟休误,夜灯深约。萧瑟绿窗,梅子黄词谁作。

捣练子　题画

江上路,水边村。山店秋香竹叶青。渔艇绿杨风细细,枝头红杏折新晴。

渔家傲　题李晴草柳阴渔父图

绿柳丝丝烟水定。鸥闲鹭浴横孤艇。抛却钓竿春未醒。波心静。醒来多少溪山兴。　　一笛清歌吹忽近。落红深处来相问。渔具渔床三尺枕。东风趁。不须放鹤寻和靖。

临江仙　筠窗话旧图

百个筼筜梅几树,苍云点染篱门。柳西鱼乱水沄沄。晴窗问老屋,旧雨泻青樽。　　试问诗篇酬唱否,肯教归去黄昏。夜栽春韭几人存。客床凉梦在,明月最销魂。

临江仙　春雨读书图

　　花气压帘香未醒,微风乱点萍愁。萧萧瑟瑟几时休。好书如好景,到眼即勾留。　　屋宇无多苔径曲,笔床茶灶风流。窗虚坐久玉虫柔。杏花深巷卖,听雨咏红楼。

临江仙　梅边吹笛图

　　词笔东风何逊老,帕罗谁倚苔枝。水边篱落最相宜。为怜春未醒,爱把紫箫吹。　　瘦影横斜凉月上,清寒雪未残时。江南曾记醉轻卮。罗浮三十本,一曲按红儿。

临江仙　种瓜图

　　每见秋瓜怀旧隐,东陵别字青门。断畦连梗种芳芬。一肩秋市里,换酒到江村。　　试问文园消渴未,尚余三五篱根。先生一椁水沄沄。伊谁方法巧,五色乞天孙。

张翼　1首

字豫章,以字行。号九峰散人,江苏青浦(今上海青浦)人。若羲子。康熙二十七年(1688)进士,授编修,充会试同考官,升左春坊左中允,提督贵州学政,官至国子监司业。有《南帆集》《寄亭稿》。

鹤冲天　题莼鲛小像,和葆酚原韵

　　鸥汀鹤渚。不是君栖处。只合凤池游,清平句。纵情深渔浦。怎容得、扁舟住。有二三逸侣。琴酒从容,犹忆秋深白苎。　　霜清烟暮。几度寻花去。

把钓得银鳞,呼童煮。看邻舟送酒,尽消受、篷窗雨。桃笙八尺许。丸髻吹箫,绣被鄂君情绪。

沈三曾 5首

字允斌,浙江乌程人。康熙十五年(1676)进士,改庶吉士,授翰林院编修,官至詹事府赞善大夫。曾参与校勘《全唐诗》。著《赐书堂集》,有《水晶词》。

虞美人 本意,题画

绿阴深处红妆逗。人在阑干右。凝眸回首忆谁边。一种断肠诗思有难言。　西风昨夜湖山畔。吹落霜红瓣。问他何事学韩娘。道是多情不独有于郎。

其二

碧梧庭院无人处。独立闲凝伫。手中纨扇为谁藏。岂是夜来明月待君王。　太湖石嵌芙蓉侧。风雨休摧折。当年镜里是前身。留待明年寄与看花人。

临江仙 自题小影

傲骨由来元不媚,吟髯酒眼萧骚。中无城府兴增豪。西堂频入梦,东观每抽毫。　占得池头一凤,钓来海上双鳌。风波静处自逍遥。丝纶期异日,收取付儿曹。

临江仙 题内人小影

玉映曾传闺秀誉,漫夸咏絮才长。不教适越费诗章。案分归院烛,衣护早朝香。　鹿毂他年共挽,鸾书此日相将。碧梧庭树午风凉。笑看珠满树,私祝筭盈床。

醉太平　题某小影

沧溟兴豪。丝纶手操。等闲万里风涛。钓烟波巨鳌。　　凌空翩高。回翔绛霄。何当池上挥毫。更谁家凤毛。

毛升芳　1首

字允大,号乳雪。浙江遂安(今浙江淳安)人。康熙十八年(1679),以拔贡生举博学鸿词,授检讨。著有《古获斋骈体》《竹枝词》。

眉妩　题陈其年填词图

"玉梅花下交三九",君词中句也。又有《清明悼徐郎词》,即名《杨枝》。
问青裳捧砚,红袖添香,此福可修到。半幅鹅溪绢,凭描出、蛾眉蝉鬓娇小。朝云曾道。怕柳绵、枝上吹少。总输与、三九玉梅下,盼来翠环姣。
漫笑频年潦倒。尽金迷纸醉,别有怀抱。琢得新词就,倩檀口、歌来响彻云表。玉堂春晓。恐匆匆、催去偏早。更袖惹炉烟,赓雅奏,待瀛岛。

钱陆靖　3首

字存梅,江苏常熟人。有《撷芳集》《漱玉集》,总称《钱存梅遗稿》。

如梦令　题画咏惜花春起早二首

锦帐梦回初起。人在绮罗香里。独自卷帘看,昨夜海棠开未。无语。无语。楼阁淡烟疏雨。

其二

寂寂重门未启。春在早莺声里。细雨酿轻寒,池上落花如绮。无绪。无绪。手拂绣床飞絮。

满江红　题马子白画芦雁

水影涵空,写一片、秋江景色。平沙远、芦花缥缈,雁群翔集。万里避寒离朔漠,数行作阵投湘泽。宿蒹葭、深处月明中,声嘹呖。　　江雨霁,残霞碧。江云净,寒烟白。看芙蓉洲渚,碎红堆颏。折苇似闻风叶响,失群犹见哀鸣急。羡白眉、马氏最称良,传神笔。

胡纫荪　1首

字谷芳,江苏长洲(今苏州)人。张大镕室。

浣溪沙　题大士像

七宝庄严坐普陀。慈悲一切感通多。金容画里果真么。　　莲萼足登开觉路,杨枝手执洒恩波。贪嗔痴奈世人何。

郑熙绩　4首

字懋嘉,江都(今江苏扬州)人。康熙十七年(1678)举人。为光子,侠如孙。有《蕊栖词》。

点樱桃　题钱目天小照

年少王孙,翛然欹坐湖山侧。长吟抱膝。得意忘书帙。　击钵诗成,敏妙推无敌。甘萧瑟。躬耕多秋。知己怀彭泽。

玉楼春　题许眉右内兄竹林行乐图

修篁满目青如玉。恬淡高怀人似菊。科头挥羽坐湖山,静听清风敲翠竹。龙团凤饼烹飞瀑。云和斜抱随银鹿。焦尾知音应有期,林泉岂久栖鸿鹄。

江城子　题杨子西亭像

绿杨数株,身倚溪石,手执钓竿,旁列琴书。

丝丝弱柳袅晴烟。舞翩跹。把情牵。应有高人、垂钓小溪边。衡泌栖迟洵乐事,山太古,日如年。　倦来何事可留连。启瑶编。任探研。更携宝瑟、解愠一挥弦。只恐飞熊将入梦,终载去,渭滨贤。

满庭芳　题棻竹图,祝雷仲生外祖七秩

贤集德门,人来栗里,史占奎聚群星。锦堂开处,四座列耆英。更羡诗翁善颂,如椽绘、棻竹菁菁。虚衷亮节无回曲,比德祝冈陵。　消停。忘仕进,超然物外,景仰渊明。任琴书适意,樽酒怡情。开卷真能有益,勤诵读、不为勋名。歌淇澳,德堪媲美,岂独是遐龄。

俞公毂　1首

字康先,号鞠陵,浙江会稽人。明户部郎中迈生子。与妇翁王雨谦合著《廉书》三十余卷,名噪一时。康熙十八年(1679)诏开鸿博,相国李蔚以其名上,辞不就。卒年七

十。有《耐园诗寄》《耐园词寄》。

解连环　题包四明先生小像,像后立一双鬟

对之如见。喜方干故里,一湾春满。用秀丽、主尽江山,使越树峰青,燕台金暖。俯仰双鸟,望千壑、白云飞乱。肯林泉悦志,数十年来,未有他愿。

读书不求仕宦。但衣荣世彩,欢逸天半。得力留、当日衣冠,写至性闲情,特与人看。兀立亭亭,问谁与、依兹昏旦。有盈盈、翠鬟在侧,见公甚远。

侯晰　2首

字粲辰,江苏无锡人。附监生,考授州佐。工隶篆,善山水。有《惜轩词》。

行香子　自题画卷

连陌柔桑。夹岸垂杨。随桥转、一个村庄。前临流水,东绕高冈。以槿为篱,茅为屋,纸为窗。　妻奴皥皥,鸡犬攘攘。沿溪艺、百亩香秔。团团竹坞,小小鱼舫。更有茶山,有蔬圃,有菱塘。

周在建(1655—?)　4首

字榕客,河南祥符人。亮工第四子。国子监监生。有《顾曲亭词》。

江南春　题许子韶画箑

花艳艳,燕啾啾。雨余苔似发,池满水如油。江南春在园林内,吹落胭脂蝶也愁。

如梦令　题画箑送别

离笛听余三弄。天外云山归梦。驴背夕阳中,一路霜红飞动。相送。相送。还有几声珍重。

青衫湿　题画箑

两年春事关心事,怕见并头花。误开团扇,花娇草嫩,顿起人嗟。　　恍然当日,妆清似水,脸晕如霞。谁怜春去,情同蝶梦,缭乱天涯。

百字令　题詹绳玉小照

襟怀磊落,看髻掀似戟,神清如菊。约略平生潇洒处,消受桐阴蕉绿。笔溅珠圆,谈飞玉屑,床上书连屋。一时豪气,争羡其人如玉。　　今日谁把柔毫,貌向轻纨,只芒鞋野服。应是君身有仙骨,齿冷人间鹿鹿。或弄潺湲,或穷岩壑,济胜凭双足。藻藻栩栩,那问八州之督。

纳兰性德(1655—1685)　8首

本名成德,避讳改今名,字容若。满洲正黄旗人。太傅明珠子。康熙十一年(1672)举人,明年成进士,官侍卫。师事徐乾学,与严绳孙、顾贞观、秦松龄、陈维崧、姜宸英等交善。因顾贞观之请,赎吴兆骞于戍所,其事尤为人所称道。有《通志堂词》。

太常引　自题小照

西风乍起峭寒生。惊雁避移营。千里暮云平。休回首、长亭短亭。
无穷山色,无边往事,一例冷清清。试倩玉箫声。唤千古、英雄梦醒。

菩萨蛮　为陈其年题照

乌丝曲倩红儿谱。萧然半壁惊秋雨。曲罢鬟鬙偏。风姿真可怜。　　须髯浑似戟。时作簪花剧。背立讶卿卿。知卿无那情。

于中好　送梁汾南还，为题小影

握手西风泪不干。年来多在别离间。遥知独听灯前雨，转忆同看雪后山。凭寄语，劝加餐。桂花时节约重还。分明小像沉香缕，一片伤心欲画难。

满庭芳　题元人芦洲聚雁图

似有猿啼，更无渔唱，依稀落尽丹枫。湿云影里，点点宿宾鸿。占断沙洲寂寞，寒潮上、一抹烟笼。全不似，半江瑟瑟，相映半江红。　　楚天秋欲尽，荻花吹处，竟日冥蒙。近黄陵祠庙，莫采芙蓉。我欲行吟去也，应难问、骚客遗踪。湘灵杳，一樽遥酹，还欲认青峰。

水调歌头　题西山秋爽图

空山梵呗静，水月影俱沈。悠然一境人外、都不许尘侵。岁晚忆曾游处，犹记半竿斜照，一抹界疏林。绝顶茅庵里，老衲正孤吟。　　云中锡，溪头钓，涧边琴。此生着几两屐、谁识卧游心。准拟乘风归去，错向槐安回首，何日得投簪。布袜青鞋约，但向画图寻。

水调歌头　题岳阳楼图

落日与湖水，终古岳阳城。登临半是迁客、历历数题名。欲问遗踪何处，但见微波木叶，几簇打鱼罾。多少别离恨，哀雁下前汀。　　忽宜雨，旋宜月，更宜晴。人间无数金碧、未许著空明。淡墨生绡谱就，待俏横拖一笔，带出九疑青。仿佛潇湘夜,鼓瑟旧精灵。

水龙吟 题文姬图

须知名士倾城,一般易到伤心处。柯亭响绝,四弦才断,恶风吹去。万里他乡,非生非死,此身良苦。对黄沙百草,呜呜卷叶,平生恨,从头谱。　　应是瑶台伴侣。只多了、毡裘夫妇。严寒鬐篥,几行乡泪,应声如雨。尺幅重披,玉颜千载,依然无主。怪人间厚福,天公尽付,痴儿騃女。

菩萨蛮 题迦陵先生填词图

乌丝词付红儿谱。洞箫按出霓裳舞。舞罢髻鬟偏。风姿真可怜。　　倾城与名士。千古风流事。低语嘱卿卿。卿卿无那情。

顾姒 1 首

又作仲姒,字启姬,浙江钱塘(今浙江杭州)人。箾云女。诸生鄂曾(字幼舆)妻。工倚声,与其姊长任及林以宁、钱凤纶、柴静仪等结社唱和。著有《静如堂集》《翠园集》。

虞美人 题陈素素像

新妆仿佛疑西子。弱态应如此。除他谁更可同侪。却又多才西子逊风流。　　披图欲卷迟回久。低唤君知否。如嗔似喜费疑猜。若许来时先筑避风台。

徐瑶 3 首

字天璧,江苏宜兴(今江苏宜兴)人,徐喈凤之子。岁贡生。有《离墨词》。

虞美人　题便面菊花红叶相间

秋风昨夜江南遍。憔悴歌团扇。盈盈画槛月生凉。半醉玉儿无力辗檀郎。　　相看人比黄花瘦。暗里芳心逗。满街霜色裹啼红。借问侬颜依旧许还同。

水调歌头　题丁静庵画册,画仿黄子久

丁子者谁子,妙手擅丹青。展卷一为披阅,恍若接蓬瀛。或蔚乎深以秀,或峭乎苍以古,丘壑是天成。子久若相见,应亦嗒然惊。　　我宿负,栖真志,恨难伸。今得是中佳处,变化莫能名。便欲抚琴动操,顿使众山皆响,神往不胜情。长此卧游乐,身与画图并。

鹧鸪天　题迦陵先生填词图

彩笔曾经赋子虚。君王宜急赴征车。填词被旨朝天去,一阕清平那得知。谁记曲,有名姝。青鸾双跨上仙都。当年爱唱乌丝句,今日愁看红粉图。

高不骞(1656—1743)　7首

字查客,又作槎客,号小湖,江苏华亭(今上海松江)人。讲求古学,不务习举子业。康熙四十四年(1705)南巡,召试献赋,赐官翰林院待诏,充国史馆收掌官。乞归葬母,遂不复出。著有《罗裙草》。

抛球乐　题李耕客桃乡农图

算来长策城市,难换农圃。展吴绡、烟景半幅,何处仙源,乱红无数。记听尽、兰桹歌声,早识有、栽桃沙渚。好在暗水交流,远岫低排,不隔重重树。更

荷田菜垄,摇黄映紫,频穿玄燕,曾飞白鹭。输尔吴边人,携绿箬、青蓑全家去。占垂杨围绕,深径短篱,小园几亩。　　见说三十年中,驱驰遍、南北东西路。豆花前,菱叶外,忆着应怜自苦。旧游不再,休话封侯俦侣。但呼跨犊秉锄,少长四五,把酒占晴雨。待晚塍刈了,秋场筑后,借书苽郡,寻鸥苎浦。斜舣运租船,颒指爪、同画渔樵谱。知赁我耳房,结邻能否。

洞仙歌　题张汉瞻望云图,即送南还

燕歌易酒,恨相逢未款。几日西风又吹散。趁柳枝、黄映柿叶红翻,鱼云外,去逐一绳新雁。　　东吴秋正美,莼脆鲈肥,艇子开篷坐张翰。邻犬吠篱根,阿段迎来,话白发、含饴犹健。只可惜、抛侬未归人,对十里河桥,暮蝉凄惋。

小重山　题电发检讨枫江渔父图

十里青林半欲酡。一奁秋色净、镜新磨。系人情处此中多。裁东绢,点缀小烟波。　　我亦两番过。半竿菱叶渡、记曾拖。朝衫果肯换轻蓑。重移艇,相向发清歌。

渔家傲　题画

春暮风光日午天。玉郎重抱玉人眠。帷幌半垂帘半卷。何所见。莲花面压桃花面。　　暖处兰香恣意怜。不知庭院柳阴迁。笑擘罗巾揩粉汗。抬皓腕。一痕红晕看深浅。

红娘子　七月六日陈彦达再饷水蜜桃,并贻一图索题

露井花期远。人面何由见。青鸟传来,几枚初熟,一枝先剪。笑生年未有六千秋,已雕样重荐。　　入手凝脂软。沥口琼浆满。携付良宵,穿针楼上,芳甘谁伴。向仙源分种料应难,倩画家勾染。

惜红衣　题画当归花

栏药抽芽,蹊桃结子,别生春思。不倚沉香,芳名自相比。丝丝绾住,算赌胜、罗囊嫌紫。沿砌。一片低垂,似红灯连缀。　　书床研几。谁倩崔徐,临风写浓丽。爱他颜色,不数浣花纸。逢个陇头鸿便,寄与年年游子。认相思满贮,如听杜鹃声矣。

齐天乐　题画络丝虫

清商不附春杨柳。萧萧豆花开候。欲断还连,才来便去,辛苦缲车行骤。佳人翠袖。倚小眼篱边,露华沾透。脉脉心情,锦机夜作那堪又。　　年时昵他好手。为秋笼密织,移置吟牖。蝉曳残声,蛩围乱响,笑问缠绵能否。而今赋就。似切切凄凄,感生欧九。写入霜纨,算崔徐未有。

许嗣隆　1 首

字山涛,号文穆,江苏如皋人。康熙二十一年(1682)进士,改庶吉士,授翰林院检讨,三十二年典试云南,四十九年在京与修《渊鉴类函》。官至侍讲学士。有《孟晋堂词》。

水调歌头　题范汝受小像

如画须眉好,画里更逢君。翩翩浊世游戏,龙马见精神。双眼乐游原上,一梦大槐宫畔,赢得此闲身。文心兼赋手,无处着丹青。　　拂乌衣,对绿树,眺青云。笑他张俭无计,白首叹飘零。万一鹍鹏变化,忽地麒麟图写,轩冕易山林。出处谁为是,试问卷中人。

宫鸿历（1656—？） 3首

字友鹿,号恕堂,江苏泰州人。少负才名,掉鞅词场。康熙四十五年(1706)进士,改庶吉士,授编修。著有《墨华词》。

减字木兰花　题具上人梅扇

冰肌玉骨。凭伊点破空中色。春事茫茫。眼底应怜纨扇香。　清姿如许。不似梨花轻带雨。何处相宜。纸帐云屏亚一枝。

百字令　题李荔园先生调羹图

长康妙笔,初写就、凤縠龙绡一握。笑这琼枝当露井,花与春纤争白。衣染莺黄,鬟翻鸦翠,疑是梅妃浴。红妆白帢,山中无限清福。　况是才子西园,佳人北地,相对忌幽独。合德身中香自好,何用麝馨兰馥。花已俜停,人还绰约,结隐孤山麓。笑他和靖,何须独伴花宿。

沁园春　题程隐庵松下鼓琴图

彼君子兮,冰雪其姿,山泽其容。笑云台往事,丹青余几,凌波旧迹,图画谁工。所谓伊人,草堂栖遁,检点名山不姓钟。人间世,有峰头落月,天外冥鸿。　闲来自抚焦桐。看一片、疏篁翠几重。要琴心得趣,还添一鹤,竹林生韵,更种些松。解愠薰风,泻情流水,早韭春初夏晚菘。浑闲事,对此君无恙,刻羽调宫。

汪灏 1首

字紫沧,安徽休宁人。毛际可门下士。有《披云阁词》。

秋波媚　题唐伯虎美人画

花枝谁得赛卿妍。小立碧梧烟。问来何处,才停新浴,乍罢秋千。　　攒眉有甚关心事,情态恁堪怜。多因忆到,芙蓉帐底,芍药栏前。

俞星垣 1首

齐天乐　画鹤

一遭世网仙山远,年年浅汀孤屿。坐占鸥沙,眠分鹭席,摇落江天秋暮。莺鸠漫与。甚独抱清标,顿成孤负。渺渺澄波,一湖烟水自来去。　　潇湘晚来过雨。叹修翎照影,谁与飞舞。淡碧沙洲,断红霞渚,几度夕阳今古。闲愁漫诉。只满幅苍烟,不成诗句。付与丹青,补词人剩语。

吴梅鼎 1首

字天篆,江苏宜兴人。康熙二十七年(1688)序贡。工诗词,善书法,精画山水翎毛,与兄吴本嵩并称于时。著有《醉墨山房赋稿词稿》。

解语花　题竹逸紫牡丹图

闵伯台前,孝王园后,种并玫瑰异。移来香砌,阑干外、漫向三春小试。暗红深紫。朝雨过、绿苞斜倚。似胭脂、才点星星,欲吐温柔意。　绾处轻盈姿致。问阿谁仙子,消受佳丽。香浓粉腻。人醉也、反倩花扶人起。不妨频醉。竟并取、酒香花气。更图将、粉本相看,日日春风里。

姜兆锡　6首

自号桐庐素清学者,江苏丹阳人。康熙四十一年(1702)仍在世。

西江月　自题睡觉东窗图,有序

"年来无事不从容,睡觉东窗日已红。"此程纯公《感兴》诗首二语也。总角时未读全诗,未识其趣。近时频加细玩,始知先生性体融澈,触处洞然,殆非寻常证道可比也。今绘小照,标此为题,并填六令于上。非敢盈脱囊,聊用自省,前修鉴此,赐之题命,用作箴规,庶闵衰龄炳烛之志,而得释汰逾之罪矣。桐庐素清学者兆锡拜正。

已歇钟声北院,更闻鸟语东窗。翛然一枕卧羲皇。仙驭怡飞海上。
万物与卿动息,四时共汝温凉。画前有易在何乡。试按河图初象。

其二

何处蝶飞栩栩,悠然梦熟濠梁。床头十笏射朱光。早是瓮间日上。
画阁曾加铢黍,茅檐几减毫芒。天君那复系沧桑。认取静中气象。

其三

顷刻俄分旦昼,十洲已遍梯航。天渊几许浴扶桑。一任鸢飞下上。
有客钓鳌东海,谁家射虎南冈。小楥梅影印清光。闲煞毒龙狂象。

其四

此际阳开六宇,曩时照入三商。乾南坤北定何方。应溯有形而上。
一室箪瓢白嫌。八年胼胝靡遑。笥中忧乐味堪尝。莫道风云变象。

其五

曩宋奎垣星象,千秋传火重光。道州门墉孰承将。收入风云座上。
望里寒山朔雪,即来暖谷朝阳。吟风弄月莫云狂。犹是勋华景象。

其六

叹自洛川烟锁,忻逢活水方塘。易诗四子扫榛荒。一鉴来从顶上。
犹怅群经未刻,余阴历汉逾唐。云亭仙谷绪茫茫。谁去日中蔀象。

张梁(1653—1756)　16首

字大木,号幻花,江苏娄县(今上海松江)人。康熙五十二年(1713)进士,官行人司行人。会裁缺别补,遂归松江。晚岁专修净土。有《幻花庵词钞》。

醉桃源　题同馆沈子麟洲寻源图

碧桃夹岸水泠泠。花深玉洞扃。春山都是旧曾经。周遮十二屏。　移舴艋,扣答筝。烟消一笠青。人间无数钓鱼汀。休教双桨停。

菩萨蛮　集唐,题秋江晚眺图

岚收楚岫和空碧(秦韬玉)。三湘愁鬓逢秋色(卢纶)。木落见他山(郑谷)。登临夕鸟还(许浑)。　客愁空伫立(孟浩然)。波定遥天出(马戴)。残日故乡心(赵嘏)。萧萧枫树林(戴叔伦)。

重叠金　题汪丈鸥亭读书秋树根图

疏林几叶敲琼砌。高斋早晚凉天气。闲把一编书。秋风吹白须。　牙签三万轴。爱向林边读。时复卷书听。隔花雏凤声。

西江月　题景南内兄三教图

缥李天生涡水,金莲地涌恒河。麒麟吐玉吉祥多。一个胞胎同破。鼎药几经烹炼,衣珠一任摩挲。尼山不语意如何。毕竟吾还作我。

钓船笛　题袁子湘亭海山小影,湘亭工画竹

放眼海天空,渺渺蓬莱一掬。人在山腰云顶,自翛然无俗。　生涯几顷竹田宽,东绢袜材足。两袖常笼烟雨,扫笺箨千幅。

重叠金　题海宁郁声庵小影

廿年倩是茸城客。重来鬓已星星白。垂老惜秋光。小山丛桂香。　山中难久住。时复饥驱去。一饱即关门。读书秋树根。

齐天乐　题王宫赞志山循陔图

望云已慰当年愿,轺车早辞星驿。堂上春晖,花间彩服,永荷殊恩天锡。承欢尽力。但果茗家山,婉容愉色。鹤发鬖然,起居偏觉健于昔。　风光倩谁画取,一团和气结,画也难得。槐荫清圆,芝形古秀,旁挺桐孙雄特。慈颜喜溢。待展放鹅溪,绢长千尺。添到昆仍,满阶瑶草碧。

玉交枝　题上海家克清小影

香深深。玉梅交错青松林。青松林。半留鹤梦,半惹龙吟。　窈然洞户花阴。有人孤坐寒难禁。寒难禁。几枝铁骨,一片冰心。

瑶台聚八仙　用玉田韵,题紫纶蓉湖词隐图

薇露娟娟。和妙墨、知费几许鸾笺。半生心事,都在杜若洲边。春酒碧邀花榭笛,夜灯红系柳桥船。语芊绵。鬓丝渐落,老矣樊川。　　词人古难遇合,看锦袍赐与,袖惹炉烟。一曲清平,螭陛迥立班前。乞归更穷胜赏,索题遍、云山还二泉。泉声好,任醉来洗耳,高枕尧天。

步蟾宫　题坳堂三泖采莼图小影

小金山下寻诗处。记欸乃、月明柔橹。毵毵雉尾摘来新,早办得、蜀姜同煮。　　满汀扑庶沙鸥聚。也似识、侬家盟主。饶君夺取凤皇池,此一片、烟波休觑。

重叠金　集唐,题金海宗小影

数家茅屋清溪上(戴叔伦)。年光到处皆堪赏(张仲素)。秋色老梧桐(李白)。闲园多好风(张籍)。　　垂须长似发(李洞)。醉貌如霜叶(白居易)。永日掩重门(韦应物)。读书秋树根(杜甫)。

迈陂塘　题桷亭泖湖秋钓图

听凉蝉、柳阴嘶罢,百川秋水时至。苍茫九点烟鬟外,宝镜晓奁初启。清且泚。放三尺、低篷闲傍蒹葭舣。鲈鱼正美。笑袅袅纶竿,珊瑚欲拂,答曾记。和月一钩坠。　　夔坡客,肯效天随故事。家风问答曾记。钓而莫钓非真钓,宁叹直钩空使。聊复尔。君不见、扶摇九万青蘋起。他年此际。向凤沼停潆,龙池潋滟,回首画图里。

玉珑璁　题桷亭秋园觅句图

苍苔院。修篁畔。太湖石枕波清浅。穿吟径。支吟磴。青猿解事,早安排定。请。请。请。　红丝砚。乌丝绢。龙宾磨出香吹面。秋云冥。秋风冷。深深绮户,有人传命。听。听。听。

洞仙歌　题桷亭竹深荷净图

竹深荷净,最寻凉佳趣。每爱沉吟杜陵句。想篮舆坐啸、画舫行歌,风流甚,底似园林常住。　神游如忽到,老柳高梧,引入红香板桥路。一坞碧琅玕,淅淅风清,映隔岸、水花容与。宛吾友、科头踞其中,问雪藕佳人,更藏何处。

百字令　题高子自柏暮云春树图

练塘词客,想交游多遍,大江南北。日下云间名两噪,直是才兼荀陆。艺苑班荆,文林倾盖,缟纻纷相属。金兰雅契,越谣空笑流俗。　争奈聚散忽忽,杜陵诗句,恍惚萦心目。凭仗丹青曹霸手,写入生绡横幅。独立苍茫,相思迢递,云树遥天簌。明年几个,一枝仙桂同擢。

洞仙歌　为王述庵题照

吴绡蘸粉,待香熏小像。好展雅叉翠屏上。忆戏粘蜡泪,小赌香囊,便巾裹,都是路家新样。　旧曾名萼绿,梦雨伤春,忽忆云林伴幽赏。燕尾漾残红,苔絮莼花,偏只爱逗烟薇帐。想画月、仙毫也慵拈,怕翠馆、偷来合筝传唱。

曹寅(1658—1712) 2首

字子清,号荔轩,原籍丰润(今属河北唐山)。其祖为内务府包衣,隶属汉军正白旗。以郎中差苏州织造,改江宁织造,兼巡视两淮盐务,官至通政使。有《楝亭词钞》《楝亭词钞别集》。

东风齐着力　题殷蓼齐柳堰书堂图

水木凝辉,清华匝目,展卷翛然。把茅架构,断手自何年。稚柳佭佭起舞,溪风满、莺燕阑珊。好烟景,一团活泼,不点渔船。　凉意足中边。抱膝处、日长也倦陈编。人生行乐,丘壑漫蓝田。焉得攘身飞去,联吟伴、添个高眠。坡陀外,还饶几笔,淡抹遥山。

吴贯勉　7首

字尊五,号秋屏,安徽歙县人。诸生。曹寅于扬州设局刻书,贯勉任仇校事。有《绿意词》、《江花唱晚》(一作《秋屏词》)。

满江红　题避风馆画壁,并怀昔年同游

满眼江山,难皴出、苍茫如此。惟摩诘、玲珑妙手,将无同是。石骨夹关通雪岭,霜皮裹树排云际。指嵌崎、复磴嵌层峦,松寮寺。　风忽涌,波旋起。收篙楫,归蒲苇。上螺青堆髻,石栏亭子。骇浪奔沙看变幻,雨蓑烟笠经淘洗。想竹肌分翠落琴声,楼空倚。

满江红　题周确斋小照

像者谁欤,浑不似、周郎年少。想当日、金门索米,那时风调。二十年来江左梦,三千里内长安道。认顽仙、漫叟与潜夫,终难料。　　丘壑兴,萦怀抱。琴书癖,从吾好。只用之不竭,几行真草。老矣诗镕糟粕尽,快哉论出妖氛扫。欲携囊、归稳旧家山,谋须早。

踏莎行　题京江陈太守劝农图

柳暖拖烟,畴平足雨。携壶来劝桑农圃。杖藜扶曳远相迎,马头争拥欢如堵。　　万顷春苗,千家云树。沿途指点筹生聚。东郊鸡犬不闻声,扬鞭又过前山去。

减字木兰花　题赵柏里画扇

江空云衬。雁带新寒霜有信。秋老蒹葭。客久人谁不忆家。　　一篷风饱。背倚舵楼闲事少。欲觅村酤。黄叶渔湾无处无。

后庭宴　朱朴仙为予画霜林闲话图

一种闲情,十年深意,殷勤画出秋山霁。长林落叶舞霜红,人间无此清凉地。　　轩然脱帽披襟,只问菊花开未。我狂卿傲,促膝常相对。添个葛巾翁,婆娑篱下醉。

减字木兰花　题程霞屿小照

衣冠同世。痛饮歌骚名士气。天与斯人。老屋山根结比邻。　　穷还似我。到处逢迎无一可。且去看花。落得寻春不在家。

满江红　题赵柏里正巾图

避俗江村,颇疏快、峦回林窈。尽料理、黄鸡乌牸,雨昏烟晓。随意花畦疏菜甲,称心茅宇如蓬岛。听杖藜,有客叩柴荆,须倾倒。　　霜掠鬓,风吹帽。呼童稚,扶衰老。怕其冠不正,斓姗贻笑。巾幅寻常休遂懒,颠毛零乱宜梳早。恐从前、漉酒当春笃,防人诮。

张大受(1658—1722)　4首

字日容,号匠门,江苏嘉定(今上海嘉定)人。康熙四十四年(1705)以举人入三馆修四朝诗,四十八年(1709)成进士,改庶吉士,授翰林院检讨。有《匠门书屋文集》。

喜迁莺　题虚白出猎图

朔风微雪。恰古塞秋深,木黄沙裂。戍角无声,烽烟息影,共喜太平时节。更爱风流儒雅,少日山东豪杰。三十载,宦浙东江左,马蹄如绁。　　肠热。装束起,白羽雕弓,顾盼真雄绝。草际狐横,林间鹗落,万里据鞍磨碣。千载丹青何似,朝贤快活。但远念,寄一书,雁飞天末。

踏莎行　题杜紫纶花雨填词图

几夜花飞,何时雨下。燕随人向春深处。伤春无那又伤离,多才杜牧情如许。　　才按宫商,便谐尔汝。小笺约寄江南去。被谁传说有人知,梦回只合防鹦鹉。

青玉案　题春江归棹图

桃花又怕飞红雨。况杨柳、和烟舞。棹得扁舟须记取。紫衫红缬,眼波眉妩。春色归何处。　　送君直欲归南浦。载酒重听歌似缕。莫学骊驹声最苦。远山遮隐，隔江容与。画里仍留汝。

临江仙　题钱上舍人登楼望远图

愁绝高楼何处倚，城头一派寒潮。隔洲黯觉树萧萧。西风落日，望里最魂销。　　记得君家吟好句，苍梧白芷来招。文章终古怨江皋。峰青人不见，秋瑟惨难调。

龚翔麟（1658—1733）　20首

字天石，号蘅圃，浙江仁和（今杭州）人。康熙二十年（1681）副贡，授工部主事，累官至陕西道监察御史。尝刻朱彝尊、李良年、李符、沈皞日、沈岸登及自著之《红藕庄词》为《浙西六家词》。并著有《田居诗稿》。

齐天乐　题朱锡鬯烟雨归耕图

不朝不野无拘束，白发也添千缕。竹笠冲烟，楼鞋踏草，旧日沙堤慵住。孤行谁侣。任南粤东齐。有时燕楚。十载飘零，而今可是那情绪。　　消魂赢得艳句。惹逢迎到处，归计迟暮。长水依然，竹坨无恙，况有灯前儿女。先生休矣，便归也何妨，学为农圃。姜蔗湖田，春锄长带雨。

洞仙歌　题赵恒夫小像

南坨北汧，种鸡腔千个。恰伴幽人日闲坐。翠森森、四面涤尽尘缨，销夏好，何必风窗高卧。　　东华香土梦，难道能忘，埤竹合寻掞梧大。须识学神仙，曼倩长源，原不待、抽簪方可。看一笑、掀髯九还成，正宣底飞来，催登画舸。

洞仙歌　题桐窗读书图

一湾河渚,喜幽庄不大。白石桥东翠筠锁。把轩窗、齐拓梧叶阴浓,披细葛,日拥仙芸闲坐。　吴僮年十七,谱就新声,试听歌喉暗尘堕。更上小沙棠,载酒寻鸥,醉便向、闹红深卧。问果肯、全家此中浮,那水阁西偏,结邻容我。

摸鱼子　耕客属题半完圃读书图,寿其外舅钱子湘先生

爱鸥波、满奁秋净,赤栏桥接篱笓。人寻三径穿丛竹,扫展翠梧桐子。晴扉启。衮千缕茶烟、不断帘垂地。芳兰为佩。辟谏草堂偏,半完新圃,图画写深意。　仙翁健,六十平头早是。朱颜依旧花似。双双璧树临风好,玉润人称青兕。篮舆舁。任踏遍横山、一片苍凉里。从今百岁。拼未老年华,填词饮酒,日日拥书睡。

好事近　效朱希真渔父词,题胥山樵画

久雨霎儿晴,报道前溪新涨。急整翠竿放溜,尽一丝风漾。　暂抛笭箵黑甜余,短笛有时唱。且醉船头白堕,早冷丸飞上。

菩萨蛮　题画

爱他乱竹开三径。不通车马香泥润。篱角覆花须。堂襟养鹤雏。　兴来寻酒望。时倚看山仗。归去水云昏。斜阳半掩门。

菩萨蛮　题画八首

春山一抹垂杨外。春花千点晴霞缀。春水碧于蓝。春阳远近含。　春衫丝襻解。春酒划皮载。春望转悠然。春风容醉眠。

其二

赤泥亭子沙头小。轻轻丝柳轻阴罩。亭下响流溅。浴波双鹭鸶。田田初出水。菡萏含娇蕊。添个浣衣人。红潮较浅深。

其三

并刀剪取吴淞水。人家两岸疏篱缀。采捕是生涯。家家有钓车。似晴还似雨。远棹溟濛处。帆席不曾撑。江风知未生。

其四

短篱随岸逶迤转。杉青枫紫山根满。只是不开门。都无人境喧。遥峰晴缥缈。略彴人来少。独自一凭楼。斜阳数钓舟。

其五

爱他一片玲珑石。拒霜枝沁苔痕碧。才放两三花。风前故故斜。老莲遗墨沛。挂壁知秋信。不用到重阳。篱根始斗觞。

其六

捆霜不着秋容淡。村南村北溪流浅。绝壁听潺湲。扶藜石磴攀。家家凭水阁。一带山窗拓。尽在白云间。天风吹面寒。

其七

瘦驴偏爱冲泥健。雪花如掌前山漫。此际最消魂。村村掩店门。松关开绝顶。鱼板空林振。急去访山僧。分尝玉版羹。

其八

一间茅屋疏篁压。最怜富户双螺插。绕砌长莓苔。多时客未来。不知名与姓。对面原难认。只看有梅花。逋仙应是他。

减字木兰花　题宋何阁长鱼藻图

　　风潭春浸。几点青青生藻荇。泼剌鱼儿。未怕飞来翠碧窥。　　浮烟酿雨。不见前村沽酒处。添个渔郎。汕簏抛时背夕阳。

梅子黄时雨　题听雨图

　　烧笋园林,渐晴乍雨初,时候将息。试小卷帘旌,绿尘无力。三尺回纹藤枕,春来几与香云隔。淙淙急。忽到耳边,都是萧瑟。　　千点榴红齐坼。映湘妃竹槛,窗户纱碧。正逐妇鸠喧,引雏莺蕊。只恨梦轻惊易醒,悲斜阳听梅檐滴。花狼藉。晚风带烟吹湿。

暗香　题焚香图

　　楝风寂寞。又春衫收拾,轻容初着。黛绿谁描,赢得相思玉楼削。不信如年昼悄,被一缕、沉馥消却。定引乱、媚蝶怜香,寻影度奁角。　　腮托。嫩葱剥。拨宿火温麈,销饼焚鹊。湘筠几薄。六尺屏山自丘壑。胆样瓶衔雀尾,伴睡鸭、余熏灯阁。又渐渐、茶烟起,也穿翠幕。

祝英台近　题耕客烧砚图

　　翡翠纹,鹧鸪眼,自小未边伴。鞍背船唇,离手未曾惯。因甚兴倦江湖,归耕香草,竟烧了、红丝一半。　　听侬劝。且留滴露经窗,周易暇时点。诗便穷人,词却不妨按。只须记取他年,春风得意,莫污了、焚余一半。

清波引　题秋浦归帆图

　　溪师摇橹。问因甚、呕哑不住。渚烟汀树。断岑响秋雨。载酒载诗筐,碧浪湖天容与。故林秪隔重邮,早难忘、剪莼处。　　朝朝暮暮。挂凉席、沿镜暗度。杜鹃无语。是谁引归路。山庄冷泉外,竹织篱门须补。只怕香土情牵,又抛船去。

三部乐　题陈其年填词图

片玉情怀,向罨画溪边,惯敧吟帽。教翻箫谱,桃叶春江迎到。按湘竹、七点排星,趁柔声绕指,填写双调。斜行香墨,洒破蜀笺花鸟。　旗亭偶然贳酒,听翠鬟捧拍,歌残多少。更攀垂垂琐柳,霞鞍骢小。赋铜楼、月昏云晓。都不是、乌丝旧草。元九姓氏,应早有、宫眉知道。

叶宏缃　4首

字书城,号晓庵,江苏昆山人。阆宗宽室。聪敏端淑,能诗善词。年二十九夫亡,家贫,资缝纫辫绩以自给。年八十三卒。著有《绣余词草》。

潇湘神　题画芙蓉花

画芙蓉。画芙蓉。添个秋禽白间红。而今休叹相逢少,画里相逢更不同。

思佳客　题画桂花西府,为卧侯王夫人作

秋色春光一样嘉,惟君独占月宫华。尚输香气飘云外,已写仙姿出画家。凭粉墨,点轻纱。更添数笔海棠花。妆成绣倦宜频玩,消却闲窗几盏茶。

鹧鸪天　题画山茶梅花

九十春光谁最佳。得君领袖早春华。开来色相关天巧,写出精神是画家。松谢却,竹休夸。要添风韵倚山茶。吟余醉后无些事,消受萧疏两种花。

一剪梅 题周青林画月下西施

菊与人儿一样佳。人也名他。菊也名他。爱人爱菊不争差。人也陶家。菊也陶家。　名手轻描淡抹些。画也如花。人也如花。半笼衫袖裹红纱。画也堪夸。人也堪夸。

叶李晫　1首

字篆鸿,江苏昆山人。官泾县训导。有《雁木词》。

临江仙　题石榴画扇

节届天中明火树,妒他江藕如船。小红频唤到窗前。由来贪结子,不数夜珠圆。　公子才情真绝胜,倩谁写出嫣然。却知瓜瓞旬绵绵。菖蒲花下梦,燕翼万斯年。

吴启元　6首

字青霞,浙江新安(今淳安)人。康熙二十三年(1684)客夔州,后游燕门。有《万石山房词》。

摘得新　题美人倚石独坐图

胜似花。明妆新臂纱。锦屏兼绣褥,带残霞。等闲坐过三春了,太亏他。

调笑令　题画

明月。明月。独照深闺闲夜。晚妆雾鬓云衣。年少良宵不归。归不。归不。背着银灯暗卜。

其二

冬日。冬日。人远夜长天气。难禁酒醒灯昏。着甚支吾被温。温被。温被。搂个影儿同睡。

其三

郎睡。郎睡。郎睡睡回还醉。潜窥侍女眠春。弹帐轻呼夜深。深夜。深夜。正是要郎时节。

且坐令　题友小照

孙阿大。莫把芳春挫。等闲百岁光阴过。柳绿桃红破。放下花篮,抛开竹杖,溪头坐坐。　山水兴、近来还颇。闲箕踞、碧流左。看他鱼咂飞花堕。洒落杀、江湖我。啸声惊入蓬瀛座。问先生真个。

天香　月中桂树图

雪茧三间,冰帘一挂,半空飞下蟾魄。碧影玲珑,青枝夭矫,金粟一株千尺。芳菲时候,忽乱落、秋香盈席。醉眼摩挲细认,石苔浑是烟积。　虚空是谁图得。许多年、露华犹湿。尽说琼楼玉宇,肯教人摘。曾向四围红袖,争看杀一枝帽檐侧。马上归来,天街夜白。

邹祥兰(1659—?) 1首

字胎仙,江苏无锡人。有《问石词》。

水龙吟　题墨竹图

展图如对黄陵,猗猗翠盖轻烟滑。千章箇簬,一湾流水,苍苔瘦石。凤尾飘摇,龙孙错起,亭亭玉立。任干霄拂汉,翱翔回薄,依稀是,文翁笔。　　我欲结庐其际,尽浮生、旷然高洁。幽栖褊性,多应不让,此君清节。凉月好风,溪头聚六,林中订七。或时而问字,时而酌酒,时而调瑟。

陈汝楫(?—1731) 1首

字季方,号需斋,江苏常熟人。少从何焯学,康熙三十二年(1693)游太学,廿余年累试不一售。五十二年(1713)诏举天下学行之士,特荐称旨,分领经局,未几即逡巡归老。有《赏诗阁诗余》。

减字木兰花　题陈柯亭遗像

疏桐瘦鹤。想得当年人约略。欲问遗名。湘水于今日夜清。　　老成往矣。剩取一经诒厥子。文采风流。不但公卿继县侯。

陈至言 5首

字山堂,浙江萧山人。康熙三十六年(1697)进士,授编修,入值南书房,与修《一统志》《四朝诗》《佩文韵府》《朱子全集》《渊鉴类函》。著有《苑青集诗余》。

长寿乐　题程甸三孝廉小像

此君小异。细看来、雪样头颅如许。百尺松边,七条弦里,都是飘零滋味。只冰心、铁骨一点,浩然之气。休笑他、片石清凉坐地。睁双眼,尽看流云似水。　　双毫巧,也不尽、多少离人心事。岂便七尺昂藏,公髯如戟,如斯而已矣。

风中柳　题丁太学小影

公为谁邪,恁样风流潇洒。小衡河、园林偏雅。阳陵豪气,一切都无也。更飘遥、竹间松下。　　白眼看人,世上虚名堪谢。但消磨、图书几架。游鱼唳鹤,是醉乡佳话。尽安排、浮生闲暇。

洞仙歌　题画,竹庵家伯时九秩矣

青霞洞里,碧落仙人满。无数松云自飞卷。问何人、写出绿水丹山,为公寿,九十春光初转。　　更丝丝鹤发,恁样风流,不用扶鸠唤谁健。试问兴来时、黄绢乌丝,值一扫、双鹅频换。但流水桃花、尽随他,只沧海桑田,不知几遍。

蓦山溪　题同年王宛虹秋山扫墓图

为谁写照,点染秋山碧。只阿大中郎,蓼莪久废麻衣湿。公真贤者,便马鬣牛眠,都收拾。江郎笔。是孝廉本色。　　丹青半幅。也胜人千百。想杯酒生前,土一丘、芦花夜白。我亦人子,对黄叶青枫,愁万叠。情千尺。痛墓门之棘。

华胥引　题淑顺陶孺人像，素亭德配也

淑人何处，五柳先生，膝前爱子。椎髻归来，人间德曜能有几。正好儿女团圞，共秅侯夫婿。最是伤心，碧桃花落无计。　　四十年中，恁般酸楚谁如此。白头青鬓，都在心头眼底。何事天公忒煞，玉沉珠碎。总有江都，妙手应也难记。

朱樟　2首

字亦纯，号鹿田，浙江钱塘（今杭州）人。康熙三十八年（1699）举人，官山西泽州知府。有《鹿野诗余》。

卖花声　题弹琴钟馗像

唉鬼是何人。面目重新。按弦抽轸待知音。只恐钟期今世少，怒气难平。五岳动南熏。剑冷丰城。于君指上更须听。借问曲中传恨否，桂子秋声。

醉春风　题西子图

怕问西家姓。欲问重重省。数声歌出按红牙，韵。韵。韵。脂粉塘边，苎萝村里，捧心非病。　　罗衣春不定。舞带香难稳。画图人去不归来，恨。恨。恨。一剪菱花，半轮秋月，照侬如镜。

陈聂恒　12首

字曾起，江苏武进人。康熙三十九年（1700）进士，官广西荔浦县知县，雍正元年（1723）擢刑部主事，改检讨。有《栩园词弃稿》。

定风波　题画

宰地溪声里月流。柳丝拖得一痕秋。旅雁避人飞不起。烟际。片帆稳稳载闲愁。　　忆自采兰人去后。消瘦。不堪重对白蘋洲。似此风光都付与。鸥侣。芦花斜覆梦魂幽。

买陂塘　题梅亭乐志图

似罗浮、梦中曾遇,几间屋覆花里。一枝难得春光早,说与美人须记。帘乍启。看点点东风、弄影摇乌几。人生底事。但清酒三升,异书千卷,已快眼前意。　　朱阑外,轻飚茶烟似水。飘来灯好须试,银筝重与调银甲,知有玉台新制。和笑倚。只语在眉峰,全不分头尾。寒添半臂。又引得柔情,一番无那,树杪月华起。

一萼红　自题听秋图

几曾真。又何曾似梦,萧瑟不堪闻。水净痕收,天高影瘦,看来如有前因。最堪怜、千林叶褪,响西风、和雁落柴门。壮士须惊,骚人谩赋,一样伤神。

情在分明是错,便图将好景,待与谁论。蟋蟀窠中,芭蕉心里,此时怀抱难分。又赢得、儿童拍手,笑少年、何事不如人。好便买花簪帽,醉过三春。

鹊桥仙　再题听秋图

儿时心性,爱听窗外,一叶一声疏雨。芭蕉林里欲移家,早引得、闲愁如许。　　横天雁叫,绕堤蝉咽,未是最消魂处。十年懊恼旧吟踪,只似梦、西风吹去。

师师令　自题把卷图

东风着意。又单衣初试。小园烟草蝶双飞,爱一片、香浮池水。几许闲心收不起。任落红铺地。　古人不作今谁是。笑先生休矣。就中何处觅神仙,便脉望、难圆如此。早则花梢春未已。有乱峰堪倚。

南浦　题听雨图

江城五月,渐枝头、梅子不能酸。料理纱衾藤簟,重试隔年缘。几扇琐窗初启,剥蕉心、卷出绣帘看。怪耳边消息,似无如有,千点雨声寒。　仿佛玉钗堕枕,梦初回、心事苦无端。不道生红一拶,还似小眉然。听到最难禁处,任今宵、瘦尽也须拼。算卷中人在,几时亲见泪痕干。

散天花　汴梁客舍,观女伶演陈图,戏题

一笑无端倚晚风。战袍偷着就,面生红。分明儿女亦英雄。腰肢浑似柳、解弯弓。　百尺灵旗袅断虹。木兰祠畔路,汴州通。花黄贴就一军空。今宵歌板里、画难工。

一丛花　题北林猿鹤图

眼前不尽水拖蓝。弥勒与同龛。蒲团坐破浑闲事,只难忘、烟雨江南。处士梅开,王孙草长,春色旧曾探。　拈来花朵尽人参。那要语喃喃。歌钟响彻如残梦,伴吟情、几本松杉。鹤语知寒,猿啼带月,寂寞共云岩。

水调歌头　舟行白云渡,寄题徐学人云溪草堂图

拍手唱铜斗,晚趁鲤鱼风。白云千片飞尽,秋在蓼花中。波面参差画阁,争逐游人观渡,翠袖影帘栊。笑踏浪痕去,鸥鸟自相从。　洛川似,辋川似,

画难工。诗人于此闲卧,门掩小桥东。记得高堂素壁,不觉水天一色,细雨下哀鸿。添我石阑外,把酒看芙蓉。

金明池
山庄春晚图成,同人颇多题句,而山庄尚在无何有之乡,拈此实之

窗落奔泉,床皱醉石,断岭斜连湖尾。才曳过、莺声一缕,又成片、柳绵飞坠。笑东风、也为将归,尽放与、人间百般红紫。幸似燕龛成,如蜗庐在,小小朱阑闲倚。　　惹得游人时借问,怪孺子长贫,席门犹是。须知是、生绡几尺,已收尽、溪山佳丽。况空空、妙手堪夸,似客到西园,风流争记。早背锦奚奴,先安笔研,等向梧桐花底。

南乡子　渡江前三日题内小照

也拟拨吟笺。唤作书生绝可怜。怪底侍儿私掩口,窗前。又误鸳机织未完。　　脉脉两无言。别赋朝来不要看。护取玉梅花下影,春闲。留与人归笑倚阑。

蓦山溪　题织锦回文图

芳心一寸,抽出千千缕。容易断还连,是几点、泪丝粘住。花愁月怨,齐上玉人机,因艳极,又成伤,想见人无语。　　鳞鸿信杳,此恨今如古。何处问阳台,也值得、天涯羁旅。阿谁能读,一笑最凄然,差仿佛,向盘中,山树吟来苦。

孙在中(1660—?)　18首

字鞠怀,浙江吴兴(今湖州市)人。在丰弟。康熙二十年(1681)赴秋闱,铩羽而归;二十三年(1684)复以明经上京城策对,亦未闻达。有《大雅堂诗余》。

清平乐　题画

人间绝少。洛浦香尘绕。八幅春罗香袅袅。一点猩红小。　　花间曾记芳名。眼前即是三生。已得丝成五色,凭呼百日真真。

内家娇　题双美弄璋如意图,兼谢两溪茅懒仙,次溟南韵

妒花风雨恨,韶光迅、着力欲留春。喜红杏正开,青阳方暖,双双妆罢,小髻堆云。多情幻,弄璋如意好,何幸共寒温。脸褪薄醒,香缠舞袖,含羞半露,皓齿朱唇。　　时看图画里,相思切、浑欲唤出真真。可许隔墙窥见,眉黛横新。谢传神妙手,贮娇书屋,花晨月夕,胜对嘉宾。休道佳人难偶,魂梦徒亲。

点绛唇　再题双美图,次家遹声兄韵

顾盼凝眸,寻春两两拖文绣。春深园静,休把金钗溜。　　话向卿卿,容我携纤手。相容否。画中人偶。灯火时厮守。

其二

缥缈轻绡,盈盈一样夸朱绣。风流别逞,眼底心儿溜。　　檀口香腮,玉指柔荑手。魂销否。可能讲偶。岁月应相守。

相思儿令　题姜小影

碍石横披疏影,一样妒冰肌。半榻沉吟端坐,补衮看抽丝。　　怜汝多少情痴。侍儿慵绣莫嫌迟。闲抛几度春风,依然赢得牛衣。

题小影

岁己未,属海昌黄子弘远仿古人韵事,按月绘图十二,今展之,倏逾一纪

矣。感赋。

谒金门　天禄青藜

匡扶志。而今云路须致。老人杜陵追喜起。许身其有试。　　说甚传经故事。藜火杖吹继晷。镇日儒生章句耳。何年天禄至。

惜春容　朱幡护花

任他踏遍莓苔破。欢少愁多人一个。霎时烂熳趁东风,简点春光桃李播。留得芳容常伴我。不应措措夸成夥。层台幡影弄斜晖,莫遣翩翩花片堕。

醉乡春　兰亭修禊

依旧茂林修竹。容我欢场高筑。聊且共两三人,诗酒借挥心曲。　　宇宙古今遥瞩。情短情长一幅。往而复,溯当年,风流逸少犹堪续。

思佳客　深篁对弈

世事还同一局棋。玄黄得失角神机。最难算处人心险,国手由来输有时。　　人杳杳,竹垂垂。天涯落落叹知希。牢愁寄托楸枰里。胜负谁家总不期。

醉太平　宫宴赠扇

径幽暑清。日斜酒醒。时携羽扇风轻。听新蝉数声。　　看君笑君。魂牵梦萦。十年翘首宫廷。怎心悬似旌。

南柯子　北窗高卧

白日红尘外,黑甜绿荫余。生来乐事只琴书。一枕清凉仙界,更何如。幽趣都无扰,闲人故自舒。柴桑三径扫榛芜。久矣悠然,吾亦见真吾。

鹊桥仙　穿针乞巧

碧梧斜映,绿蕉刚碎,人在深深庭院。催陈瓜果侍儿忙,铜壶滴、玉绳低转。　　双双妆罢,拈针引线,香袅博山瓣瓣。待将底事诉穹苍,向牛女、平分一半。

喜团圆　乘月南楼

云收天净,冰轮直涌,桂影扶疏。登楼吾亦饶佳兴,检书问奚奴。　　阿谁与共,清光可爱,占得欢娱。溪山如画,有诗当赋,有酒当沽。

霜天晓角　校射锡马

此图展也。不禁心凄者。旧日拉随饮羽,井梧落、江枫下。　　雁行红泪洒。浪期双骏马。便到天街驰骤,怜子影、悲荒野。

临江仙　赤壁重游

叶落风清月晃,波平击楫中流。一时乘兴木兰舟。抚松频吊古,携客尽探幽。　　山鹤梦回感慨,江鲈烹熟夷犹。坡翁好与结绸缪。东方休放白,酬唱意悠悠。

迎春乐　吹律生春

千红万紫全为扫。看懔懔、寒风峭。鸣虚天籁何人晓。安排出、天工巧。那能把、宴枢暗掉。可知是、官商微妙。玉管云霄响彻,淑气纷林表。

一剪梅　灞桥诗思

戴笠冲寒断市嚣。蹑栈登岩,琴剑萧萧。琼田琪树望中开,行路偏迢。携兴偏豪。　　冷浸梅花风外飘。一种香清,驴背逍遥。恍闻隔浦唱醍醐,不管魂销。那禁诗挑。

虞美人　题画册

冰魂自遇孤山老。声价添多少。烟光澹霭像罗浮,只欠月明林下旧风流。茗炉雪洞江南暮。赢得骚人句。一声玉笛解传情,正是画楼香暖梦初萦。

焦袁熹(1660—1735) 10首

字南浦,号广期,江苏金山(今属上海市)人。以经学著称于时。康熙三十五年(1696)登乡荐,两赴礼部试,不售,复以实学通经荐,亦以亲老固辞。有《此木轩直寄词》。

摘得新　题画松鹤桃子

辟谷游。扬州上得不。岂知尘世里,有丹邱。蟠桃况是年年熟,任君偷。

点绛唇　题渔舟濯足图

世路风波,底须历尽方归去。软红尘土。此后休教污。　欸乃声长,棹入花多处。移家具。旧时鸥鹭。好个同心侣。

点绛唇　题王闲矜小照

一水澄泓,高情不喜尘中住。伴它鸥鹭。妙得沧洲趣。　制叶为衣,好觅骚人句。休辜负。岫云闲吐。酿做催诗雨。

点绛唇　题陆素园小照,箬笠曳杖,后一婵娟携花篮

扰扰匆匆,人生只有婚兼宦。这般铁汉。一笑空花观。　肿节随身,闲步春风岸。神仙伴。翠鬟葱倩。不记年华换。

点绛唇　题椒丘老人像

翠巘丹崖,底须食肉封侯相。自题漫浪。端的神仙样。　苍狗浮云,遮莫青天上。公无恙。坐来神王。爱煞松风响。

点绛唇　题扇头画洛神

洛浦风光,楚峰仙媛身重现。夜台神变。一霎朝霞绚。　　罗袜双弯。飘撇惊鸿远。情难断。暗尘波面。独许陈王见。

浣溪沙　题青浦陆容三小照

婉娈昆阴兴不孤。夜光积玉重名都。风流文采世间无。　　碧藓苍苔忘岁月,清泉白石任朝晡。一襟真意古为徒。

清平乐　题落帽图

疏疏柳影。遮了听还静。卯饮酡颜拼酩酊。早被凉风吹醒。　　鬓边可有霜华。霎时卷却乌纱。多事山童捉住,不成飞做寒鸦。

鹊桥仙　为潘蔚臣题画菊,潘母近九十故云

黄冠道帔,古香逸韵,一种东篱风气。幽人日夕侍餐英,似别有、真珠露洗。　　重阳令节,杯浮三雅,郦县清泉堪拟。安仁正奉版舆欢。好添入、闲居赋里。

风中柳　题陆素园看插禾图

袖里红丝,老去笔耕才罢。敌金籯、芸签满架。承家茅社。传家弓冶。算无过、樊迟学稼。　　秋歌听彻,渐觉夕阳西下。水平田、青青穞稏。邻家桑柘。亲家杯斝。画图中、葛天民也。

汪文柏 3首

字季青,号柯庭,浙江桐乡人。监生。官北城兵马司指挥。与黄宗羲、陈维崧、朱彝尊等为忘年交。著有《柯亭余习》。

临江仙　题臧嘒亭十五处中秋玩月图

秋到蔚蓝天似拭,况逢霁景平分。清辉到处可相亲。晚霞明玉镜,凉露湿冰轮。　试看千江同一印,经过碧宇无痕。水晶宫里住仙人。宦游南北异,踪迹画图真。

玉漏迟　题画兰

湘江春雨暮。幽香万斛,绿云千步。浅碧纹波,谁画镜奁眉妩。洗净宫闱粉黛,换林下、淡妆无妒。风过处。悠扬翠带,低回困舞。　一种逸致清芬,倩墨沛传神,笔花争吐。遗老心情,今日尚留笺素。写尽骚人怨恨,可怜甚、被才难诉。须记取。枝枝慕晴啼露。

汉宫春
题三老图,绘东斋居士魏东老、南村丈人曹念劬、北郭先生魏谷山也

放艇清秋,向梅花旧里,壁上窥图。松间正襟相对,眉宇萧疏。于思谁氏,卸黄冠、野服魁梧。曾记得,东斋诗老,风流豪兴尤殊。　北郭南村狷者,类屏居山泽,貌古形癯。嗜好酸咸异俗,漫浪无拘。不须服食,尽从容、诗酒欢娱。还问取,夕阳吟社,就中添个僧无。

唐祖命（1663—1719） 13首

字薪禅，江苏武进人。屡试不第，乃弹铗远游，历中原之苍莽，挹江左之风流，有声词坛。有《㼏花词》。

减字木兰花　题墨菊画扇

枝垂叶绿。众蕊离离攒墨玉。独傲浓霜。不与群英斗洛阳。　秋风过了。俯首东篱愁色老。恰似明妃。为惜红颜着缟衣。

减字木兰花　林益长属题画扇

丹砂亲贮。长柄葫芦长几许。分付双童。肩取淇园八尺龙。　海空天廓。有客骖鸾仍子鹤。如意锟铻。莫击人间玉唾壶。

浪淘沙　题竹懒上人照，即送其还闽中

潇洒是谁容。双袖龙钟。一篙烟水一楞风。去住不知身在影，色色空空。双鬓短如蓬。斗笠斜笼。鹧鸪啼处旧游踪。莫向子陵矶下过，错认渔翁。

风入松　题家弟益功小照

一身穷骨十分愁。华发少年头。半生辛苦诗书债，人如梦、一卷庄周。当日陆云善笑，而今庾信悲秋。　天涯芳草五湖舟。归思恨悠悠。青衫沦落知音杳，高山调、焦尾囊收。情到不堪回首，松风流水飕飕。

风入松　题黄师逸北窗高卧照卷

松风谡谡九天鸣。双耳过秋声。晋家丰度浑嵇阮,横支枕、一卷黄庭。摘取窗前玉粒,餐他篱外金英。　　不庄不老半逃名。尘梦早惺惺。当年曾擅无双誉,龙文笔、攫虎骑鲸。恰似山阴道士,休猜五柳先生。

满江红　自题殢花行者小照

斗笠芒鞋,早踏遍、弥漫尘世。长太息、乾坤许大,少埋愁处。慷慨击残燕市筑,悲凉挝破渔阳鼓。尽天涯、流落故家亡,吾衰矣。　　湖海兴,功名志。锥秃颖,桐焦尾。任呼牛呼马,酒徒狂士。壮不如人今渐老,相君之面庸夫耳。向麒麟、枯冢哭千场,呼知己。

其二

冷落青衫,记年少、名场声价。正门第、乌衣巷口,江东王谢。词赋坛中追屈宋,文章座上师班马。更歌筵、红袖舞楼裙,人潇洒。　　千古恨,风流话。香粉尽,谁存者。待持他半偈,度余生也。万世情随春梦散,两行泪向残花泻。问茫茫、宇宙尔安归,梅阴下。

满江红　题武林王五丹先生照

南渡衣冠,对绕膝、翩翩玉树。曾当日、龙车豹尾,书生从扈。玉漏三声传蜡夜,铜街十里看花路。把一编、在手吮银毫,承恩句。　　风流事,人如许。须鬓改,年华去。剩飘萍宦迹,蛮烟瘴雨。种子为松须作盖,养雏成鹤终能舞。构辋川、亭圃客归来,湖山主。

满江红　题郑蕃修照

曲臂凝眸,却对了、萧疏一树。曾当日、鹓鸰啼就,名齐李杜。非俗非僧形似拙,不衫不履人如古。问何心、皂帽爱笼头,儒冠误。　　添一个,梅装妇。补一幅,林逋赋。向孤山亭下,从他野父。世事满怀蝴蝶梦,文章几处麒麟墓。笑诗书、翻遍一行无,功名数。

湘月　题钝予书剑无成图

一丝不挂,怪狂奴位置、此身奇绝。昔作健儿今漫叟,图向麒麟不屑。虹日荆高,河山嵇阮,往事悲歌歇。壮心何处,满头华发沾雪。　　堪笑故态犹存,零编一束,三尺龙堆铁。潜向洞中天自好,划破清江夜月。老不封侯,贫须买饯,醉里肠空热。为君摩腹,此中块磊何物。

木兰花慢　自题春帆载酒小照

碧天明似镜,牵一舸,傍菰芦。止抱瓮生涯,枕书能事,此外非吾。往时幽并侠少,剩青衫、身世一渔夫。两字功名烟水,半生诗酒江湖。　　田横岛畔醉歌呼。醉叟胜公孤。怪陆处张融,移家范蠡,伎俩区区。嘲他五侯七贵,把乾坤、风月等闲辜。谢手人闲牛马,甘心海上鸥凫。

齐天乐　题吴彤本鬼笑图

松籁飕飕山寂历,昔梦阿谁惊觉。茗雪烟峦,更湾樱笋,宾客南皮屦倒。香浓墨饱。正泣鬼呼神,钩玄抉奥。发浅如拳,三芝一帙盛名噪。　　回头顿成陈迹,怪秦川公子,惯遭刘表。璧月珠帘,金闺玉树,刚剩夕阳秋草。彩毫空老。尽野魅山魈,狰狞调笑。浊世滔滔,恁鬼多人少。

沁园春　题椒岩夫子松吟书屋照卷

冰雪襟怀,韵致萧然,衣无点尘。向林间读易,研朱滴露,松根听雨,戛干披鳞。政绩龚黄,文章沈谢,天下英雄惟使君。琴尊外,见双雏似玉,鹤唳声闻。　　平桥曲水花茵。有如许、晴光亦可人。笑笔床砚匣,平生长物,乌纱紫绶,眼底浮云。少日科名,残年风月,丘壑间图一置身。须添入,侍执经弟子,促麈论文。

屠文漪 3首

字涟水,号莼洲,江苏青浦(今上海青浦)人。诸生。诗效石湖、诚斋,词则玉田、碧山。又工算数。有《莼洲词》。

南歌子 题王瀫溪行乐图

峭石粘苍藓,长松荫紫芝。先生野服出寻诗。正是菊花天气,好秋时。　蝇拂闲须把,棕鞋稳更宜。身强那用古藤杖。不道山僮多事,却将随。

减字木兰花 又题王瀫溪蒲团趺坐图

披图一笑。今日先生真得道。趺坐安禅。随意松边与石边。　宗文自乐。栖谷也应甘寂寞。阮裕休嘲。求郡何妨让汝曹。

迈陂塘 题内弟陆敷亭小照

是谁将、玉山琼树,毫端图画偏似。香街未要斑骓控,且爱小园吟憩。栏槛外。看剪得、红芳一段耶溪水。蘋波细起。正羽盖亭亭,霞裳冉冉,漾影照姝丽。　徜徉处,过雨苍苔满地。桐阴何限清致。掩书余味胸中在,长日坐来凝思。情赏寄。况更有、君家绿醑平生契。风流自喜。问销尽炉烟,一杯缓酌,须到几时醉。

孟湛(1664—1695) 1首

字冰壶,江苏长洲(今苏州)人。孟居易次女。年十八归钱岳。有《玉照园词》。

减字木兰花 题便面兰花

深藏丛谷。栽向盆中香更馥。别有幽清。占得花间君子名。　贞心一点。袅袅亭亭尘不染。静对无穷。写入丹青分外工。

陈王猷(1664—1730) 11首

字良可,号砚村,广东海阳(今潮安)人。康熙二十一年(1682)举人。累试进士不第。历任地方学官。著《蓬亭诗集》,附《蓬亭偶存诗余草》。

荆州亭 题谢伯新小照

开遍绛桃如绮。早点缀春光矣。独坐欲无言,知阿谁堪共此。　不数百家诸子。撑住便便腹里。门外一舟来,许汝问奇而已。

胡捣练 题画

嶙峋丑石苍虬树。勾绊天涯芒屦。阁里无人堪住。寂寞门前路。　尽云烟往来朝暮。秋月春风几度。洗落埃尘无数。是散仙家处。

传言玉女 题画雁

浅渚平沙,向暖南鸿栖息。丹枫风暝,更高飞努力。天空海阔,万里横冲霜翮。萧关云净,楚江烟碧。　　荡漾芦花,算成双、同宿食。虥毫点染,阵阵都生色。何峰飞回,缩入刬藤三尺。怕相思字,锦笺抛掷。

点绛唇　题观鱼图

淡日和风,半湾溪水微波縠。惠庄濠濮。谁解知鱼乐。　　一叶渔船,系住青山麓,堪遥瞩。个人如玉。坐处垂杨绿。

行香子　题林可嘉表兄小照

圆笠方袍。朱履青条。坐云根、水畔山坳。红埃扰扰,浊浪滔滔。素珠轮算,人世事,九牛毛。　　空江一碧,波平如掌,唤将来、戚楫兰船。梅花历乱,远浦周遭。正须相讯,亭子上,小儿曹。

醉乡春　题家创可小照

一色黄绵天暖。嫩绿嫣红情款。小阁下,胡床间,笑坐春风萧散。　　怯立娇娆容满。鸦鬓云鬟乍绾。休歌管,抱琴来,阑干外有寻花伴。

题渔樵耕读图四阕

点绛唇　渔

淼淼沧波,轻船小系幽崖半。青芦侧畔。飒飒风摇乱。　　挂却蓑衣,兀自披襟惯。无羁绊。江乡海贯。是处堪酣豢。

点绛唇　樵

杳霭云林,空山曲曲深深处。一肩枯树。笑下前村路。　　白发衰翁,负重筋骸露。蹒跚步。呼卿且住。小歇同归去。

霜天晓角　耕

平畴错绣。布谷啼时候。黄犊一犁新雨,泥活活、微波绉。　　垄上清明后。蟹螺春水溜。今日踏车声歇,留得个、蓬亭旧。

更漏子　读

密树间,浓阴里。坐对红阑碧水。开缥帙,启青箱。南窗夏日长。　　白州军,玄香守。冷淡陶毛四友。搜逸史,补亡经。人间眼不青。

采桑子　题谢伯隽小影

风流旧见森阶玉,羡是弘微。叹似玄晖。几听清言麈尾挥。　　新图竹柏寻闲坐,不受尘羁。早破愁围。默炳心花意蕊飞。

顾瑶华　1首

字畹芬,浙江钱塘(今杭州)人。有《自怡草》。

卜算子　题画

残雪压南枝,月上黄昏静。疑是林逋处士家,清浅溪边影。　　寂寂暗香浮,幽意无人省。为占江南最早春,耐尽风霜冷。

徐映玉　1首

字若冰,自号南楼,适长洲孔青崖,年三十五卒。工诗,著有《南楼集》。

采桑子　题画

仙山楼阁空中住,不作云车。便上灵槎。又跨青鸾弄彩霞。　　苍苔白石岩扉静,烟水生涯。风月年华。爱伴双成扫落花。

罗文颉　12首

字羽苍,浙江会稽(今绍兴)人。少承家学,肆力于词,其《半山园词》,大抵皆清康熙九年至二十五间(1670—1686)所作。

菩萨蛮　题青溪遗事画册,次王阮亭彭羡门

乍遇

红尘紫陌东风起。珠围绣幄花丛里。金缕簇罗衣。衣香到处飞。　　相怜正欲见。那用遮纨扇。玉坠刻鸳鸯。抛郎喜一双。

夜饮

华堂春暖燃银烛。呼卢角胜争红绿。姝婢理箫声。紫猊香更清。　　藏钩夸千戏。郎待酕醄醉。消受好风光。中庭月影凉。

私语

春深花满霏红雪。西窗帘卷纤纤月。私订玉婵娟。搋怀悄并肩。　　喁喁话未倦。靠折香罗茜。犹恐隔墙闻。风钩惊是人。

围棋

香迷宝鸭微微吐。郎来惊唤红鹦鹉。逊子试弹棋,憨情故故迟。　　红绡藏玉手。喷喷樱桃口。赌胜注钗儿。输赢只此时。

弹琴

莓墙色浸芭蕉叶。博山缭绕沉檀爇。续续听幽弹。平沙雁落寒。骊珠丝一串。写出清商怨。离思在潇湘。琴心与恨长。

窃听

绣帏怯怯悬珠蒜。帘屏暗处牵衣线。着意画风流。声嘶金凤钩。行来止一个。恼杀流萤火。气息喘丝微。香魂几度迷。

读书

花庭绿荫湘妃竹。摊书正向明窗读。疑义正愁人。呼郎问句频。粉郎欣对面。月影窥团扇。清漏动楼头。吟哦尚未休。

潜窥

梨花庭院纷如雪。潜踪好趁朦胧月。缱绻恋羁雌。含情试一窥。温存真是惯。偷向疏棂看。悄步露苔潮。帘旌摘凤翘。

叶子

招邀女伴消闲事。闹红十二关情思。姊妹意相兼。偷将采自拈。牙筹记叶子。赢得欢何似。莫厌玉纤擎。金钱赌重轻。

迷藏

情痴又值清明近。妆台且掠新兴鬓。遣兴各潜藏。花丛小径凉。游丝纷似逻。且傍亭阴躲。惊怯颤花枝。酴醿惹绣丝。

秘戏

锦衾双燕鸳鸯玉。腥红褥透蒲萄绿。金帐动垂垂。旗枪欲罢时。时兰笼屈戍。倦倚娇波觑。玉臂绣香中。蜂黄褪浅红。

情外

香苞蓓蕾藏香色。倒拖花片真狼藉。对面反成空。霞潮两颊红。攒眉且耐若。莫怪郎情薄。犹胜隔墙花。含羞掩烛华。

朱经（1666—？） 1首

字恭亭，江苏宝应人。乔莱婿。少负异才，承家学攻制艺，古文词赋，籍籍艺苑。有《小红词集》。

河满子　题画

三尺轻绡素绢。千重剩水残山。曲槛危桥欹断岸。看来春色阑珊。有鸟同栖云麓，谁人伴老林弯。　蒋径荒榛寂寂，习池清溜潺潺。无限幽思披雅韵，烟霞昼锁柴关。任尔蜗争蚁斗，顿忘雨覆云翻。

柯煜（1666—1736） 2首

字南陔，号实庵，浙江嘉善人。康熙六十年（1721）进士，以磨勘黜落。雍正元年（1723）复举进士，授宜都知县，改衢州府学教授。乾隆元年（1736）荐举博学鸿词，未及试而卒。有《月中箫谱》《小丹丘词》《撷影词》等。

风入松　题沈客子春山丝竹图

宛然楼阁试春晴。缃素分明。诗怀酒态俱闲却，倚云根、消受新声。最是云蓝小袖，近前捱遍银筝。　隐囊鹤氅足平生。潇洒天成。花前不是忘经济，东山事、丝竹萦情。陡觉换头惊断，柳梢啭个雏莺。

玲珑四犯　题赵松雪画竹

一点云根，倚翠影娟娟，风际微袅。着意萧疏，写出玉堂怀抱。想见琴酒余闲,尽游戏、笔痕轻扫。只数茎、浓淡相宜,仿佛弁山清晓。　　鸥波缥缈林泉绕。逞风流、画眉才了。烟条雨叶香名在,偷得妆台余巧。凭问雾阁云屏,彼此幽姿多少。怕王孙无语,好嬉子,频含笑。

郁承烈　1首

字诞宁,号梅庵,江苏吴县(今苏州市)人。年十五作《延翠楼赋》,咏其所居,为尤侗所称誉。后与余兰硕同游周鲁庵之门。康熙三十六年(1697)客梁园,常与罗坤唱和,学益进。著有《兰园词》。

行香子　题赵念堂先生小像

鹤发芝颜。酒眼诗肩。宛然成、潇洒神仙。氍毹闲坐,乘兴留连。且啜清茗,摊素卷,抚湘弦。　　当年小试,风流政绩,看江东、遍口欢传。而今解组,乐道忘年。有渊明节,清献志,邺侯贤。

许华存　1首

字小魏,江苏常熟人。李素次女,姚汉友室。有《寒涟集》。

虞美人　题便面丁香花

此花开在樱桃后。小比凝脂口。紫衣妒杀杏衫红。说道生来半面背东风。　　丁香本是同心结。多少青青叶。欲从花底诉花知。我怕暮春三月送春时。

吴廷桢 4首

初名栋,字山抡,自称南村居士,江苏长洲(今江苏苏州)人。少负异禀,为文惟意所适,咸浑然天成,然前后试有司者二十有三皆第一,顾不能博一矜。康熙三十五年(1696)中北闱举人,以冒籍黜。三十八年(1699)南巡,召试复名,入直武英殿修书。四十二年(1703)成进士,改庶吉士,授编修,升谕德。四十七年(1708)充江西主考。有《古剑书屋诗余》。

渔父　题张南翊画照

闲钓鲈鱼不钓名。五湖烟水是前程。香稻粒,碧莼羹。饭罢持竿也称情。

其二

桃花浪暖缬纹生。杨柳矶边一棹横。眠鹭稳,浴鸥轻。结侣烟波旧识名。

其三

罨画溪山占好春。笔床茶灶镇随身。停披卷,试垂纶。合是天随宅伴人。

渔家傲　题秋江渔妇图

寻向桃源仙路杳。赚人花片惊飞绕。渔父不归空懊恼。浮孤棹。风鬟烟鬓波中老。　泼剌鳞鳞穿碧藻。船头收网儿童笑。不见鱼书和闷倒。霜天晓。推篷依旧秋江淼。

堵霞 7首

字绮斋,号蓉湖女史,江苏无锡堵廷棻之女,同邑吴元音室。通经史,擅绘事。康熙四十三年(1704)尚在世。著有《含烟阁词》。

相见欢　王夫人索画芭蕉并题

贻来尺幅生绡。写残蕉。那及蓝田雪里,绿云摇。　叶乍展。心半卷。最难描。教我几回欲写,又停毫。

江城子　题虞美人草

几枝娇冶出风前。映疏帘。倚雕栏。消瘦腰肢、独自舞翩翩。最惜香魂犹未死,依蔓草,尚嫣然。　低头尽日有谁怜。对啼鹃。暗情牵。常伴落花、飞絮袅轻烟。为问美人知也未,无限恨,画图传。

踏莎行　题红白梅花卷

不画娇桃,非涂翠柳。寒窗只写寒梅瘦。冰姿艳质雨争妍,浑疑香气巡檐覆。　修竹宜邻,幽兰可友,孤芳似逐春风透。毫端顷刻吐纤葩,依稀疏影斜横牖。

金缕曲　题西子思归图,即代西子自叹

争奈秋将暮。遍深宫、秋容惨淡,秋声凄楚。堤畔芙蓉娇欲语,月浅烟深争妒。那似我、随风飘举。遥望若耶何日返,怎苍天、独待红颜苦。无限恨,凭谁诉。　溪沙一缕成虚度。没来由、娇丝翠竹,清歌艳舞。尽道吞吴无上策,武将谋臣如许。偏用着、温柔乡女。他日香凋粉瘦也,塞荒郊、莫把标题误。夫差室,夷光墓。

罗敷媚

长夏凌晨,余正晓梦初醒,忽见一姬年未二十,乱头粗服,风致嫣然,询之,

乃邻姬也。及细诘其由,乃云:妾家世系本吴门,夫系生理亏本,寄迹于此,今日欲求画筐,匆匆而至,幸恕唐突。余怜其风雅情真,即染就付彼,戏赠此词。

蕉窗雨过人初起,倦眼朦胧。睡靥惺忪。烟锁春山扫未浓。　　夜来鸳枕痕犹在,云鬟香松。藕臂纱笼。浑是梨花怯晓风。

减字木兰花　题菊

调脂研绿。漫向陶家香满幅。怯月凌霜。岂学春葩艳冶妆。　　秋容一片。未许蝶蜂窥半面。潇洒篱东。甘老残烟冷雨中。

减字木兰花　题丁奕孺人遗像

博山烟袅。尘世劬劳今已了,瞻仰遗容。鹤化何年到两峰。　　凭几悄悄。应忆广陵烟月好。色相庄严。岂特寻常母氏贤。

商采　1首

字云衣,浙江山阴(今绍兴)人。同邑诸生罗萼青室。能诗词,有《散花吟》《花间草》《绿窗草》。

巫山一段云　题陈素素像

玉佩笼金锁,云鬟压翠钿。蛾眉若个斗芳妍。只许镜中看。　　艳句人争咏,柔情我亦怜。还疑香骨更翩跹。未倩画图传。

盛枫(1661—1707)　1首

字黼辰,号丹山,浙江嘉兴人。康熙二十年(1681)举人,官浙江安吉州学正。有

《梨雨选声》。

玉蝴蝶　题画

暖雪溶溶春晓,凝寒欲散,犹护重帏。宝鸭初销,残烬渐觉霜威。早鸦啼、空阶玉立,交鸯睡、小阁云飞。掩朱扉。朝光无赖,未整罗衣。　　颦眉。孤标差拟,生香真色,不倩人知。屈指春风,似嫌芳草误归期。影离离、回飙似舞,烟霭霭、向月还迷。镇相依。更牵别恨,暗着南枝。

赵执信(1662—1744)　13首

字伸符,号秋谷,山东益都(今山东青州)人。康熙十八年(1679)进士,选翰林院庶吉士,散馆,授编修。二十三年(1684)典山西乡试。迁右春坊右赞善,兼翰林院检讨,充《明史》纂修官,兼与修《大清会典》。二十八年(1689),为友人洪升邀请观演《长生殿》传奇,以"国恤张乐大不敬"之罪,革职除名。自是退隐不仕。诗著多种,词集名《饴山诗余》。

蝶恋花　题画扇留别蕊枝

秋老家山红万叠。何意淹留,断送重阳节。醉里情怀空自结。弯环低尽湘帘月。　　总为相逢教惜别。明月风帆,乱落霜林叶。暮雨迷离天外歇。寒花付与纷纷蝶。

南柯子　题湖庄消夏图

杨柳千条绿,红蕖一水香。人间信有此湖庄。羡尔乌纱白葛,在中央。　　地有牛过静,天将鹭去长。披图午汗坐翻浆。安得轻摇艇子,入茫茫。

南乡子　题春墅晚归图

春色满江村。日日江头倒玉尊。薄醉归来骑马路,黄昏。浅绿深红染月痕。　钟动野烟繁。楼外青山缭短垣。小犬数声灯隐隐,桃源。前有渔童为打门。

定风波　题朱天标写真

爱就霜林系短篷。凫鹥鸿雁满西风。手有丝纶何处着。抛却。悠然身寄水晶宫。　船尾相看娇小女。如语。芙蓉敧岸避腮红。若道功成堪共载。犹待。西施别在五湖东。

满江红　题吴门陆莱臣秋亭图

寒雨空斋,但共对、萧然四壁。谁画出、生绡小幛,清泉白石。解道江南秋色好,狂夫亦是山中客。料凄迷、千里欲归心,惟余识。　高卧里,嫌岑寂。久别后,愁抛掷。看茅亭浑似,身曾游历。几度西风吹梦去,惊魂无那檐间滴。到重阳、一倍染相思,霜林赤。

卜算子　为佟声远题闺中画

古塞际天长,寒月临关静。一片香闺梦里程,万里烟沙冷。　霜树揽秋深,雁字翻旗回。传语团栾少妇知,看取南来影。

春光好　题画美人

晓妆了,上红楼。不知愁。春与离情气味投。暗相勾。　柳色深深远海,征人渺渺孤舟。陡惹关山千万里,聚眉头。

少年游　题登车图

谁教相见即相思。取次赠将离。脉脉牵情,盈盈回顾,红袖苦参差。汉皋香佩空留在,迢递几秋期。最是销魂,一川风柳,撩乱夕阳时。

水调歌头　题李廷尉出猎图

弧矢丈夫志,射猎正秋冬。从者亦骑骄马,手自挽强弓。爱听箭如鸱叫,不觉鼻尖出火,耳后乱生风。一片晓霜白,千里晚霞红。　瀚海上,梦泽畔,雪山东。北平飞将,封侯无相敢称雄。试领天家熊虎,立净草间狐兔,归报未央宫。他日认君处,麟阁画图中。

酒泉子　玉洞桃花

忙煞花工,堆红砌粉无重数,赚教蜂蝶不知羞。乱难收。　东君毕竟有情不。邀勒韶华三月到,披猖风雨一时休。问何由。

生查子　落花戏鱼

都将几许愁,散入春风里。可惜好桃花,点点和流水。　花情不自禁,水意何当已。却羡水中鱼,随意亲红蕊。

诉衷情　莲浦双鸳

荷香一带趁风斜。极浦浸明霞。鸳鸯沙际双立,影也解耽花。　微雨过,澹阴遮。许谁夸。荡舟游女,垂钓渔翁,临水人家。

满江红　题仲翰村雪龛图

何许容龛,在岱北、淄西山雪。其中有、诗人一个,心肠孤洁。烂醉狂吟长放浪,尘容俗状都销灭。任三春暖意、夏炎威,寒无别。　　清梦里,何刘接。高展底,方蓬列。拼乡关隔断,烟波吴越。妙绘遍从闲处赏,佳名浑似前生揭。是王维、曾现画师身,今双绝。

傅世垚　3首

字宾石,河南汝阳人。康熙二十二年(1683)前后为四川资中县知县。有《盘石吟》。

浪淘沙　奋豫周生以扇属画,戏成

拂扇画朝岚。再画澄潭。绕溪都与画松杉。那畔山根空隙处,添个茅庵。流水小桥南。古道悬岩。林中遥挂酒家帘。却画一僧归去也,风雨褊衫。

渔父　题渔父图

月落汀洲水夜寒。一弯烟艇一渔竿。游泽国,远尘寰。定知无梦到人间。

武陵春　为宋子勉题画

人到诗中皆有画,画里岂无诗。淡抹浓描处处宜。画便是诗题。　　既已有诗先有画,画不与诗期。偶尔诗成字字奇。画反助诗思。

陈鹏年（1663—1723） 8首

字北溟，湖南湘潭人。康熙三十年（1691）进士。初任浙江西安知县，调江苏山阳知县。擢海州知州，江宁知府。旋因事免官。复起授苏州知府，后累官至河道总督，治河有功。入祀贤良祠。著《陈沧州全集》，附《喝月词》。

鹊桥仙　题王懋膺小像

衣冠华楚，襟期磊落。旧是渡江王谢。寄情多半侣烟霞，听万斛、松涛如泻。　　琴尊无恙，羲皇正永，家傍石公山下。折花刚报一枝春，应留取、渔樵闲话。

一丛花　题家宗周小像

居然一幅古松图。有个似髯苏。红尘不到山深处，人正在、万壑冰壶。一缕茶烟，清风在腋，泉石且踟蹰。　　元龙意气尚如初。何事混樵渔。箧中一任青萍吼，只消得、白眼胡卢。且对绿天，早招红友，醉倒不须扶。

风入松　题彤本散帙图，和家骏声作

竹梧三径坐清蠲。收拾旧残编。绿蕉红叶都题遍，名山业、散轶难传。开府世称词伯，香山人号诗仙。　　父书能读志翩翩。继绪羡吾贤。牙签万帙凭搜辑，辨鱼豕、卷轴精妍。况是濡毫和泪，蓼莪久废当年。

拜星月慢　自题看剑小影

投笔功名，封侯壮志，匣里星镡犹在，伏虎屠龙，未偿英雄债。叹吾辈、岂事毛锥寸管，不尽平生慷慨。腰下青萍，果陆离光怪。　　宝光腾、吼彻千山

外。对明月、激射含精彩。何但木魅山妖,一望生狂骇。碧桐阴、小院清凉界。栏杆冷、玉露侵罗带。还须着、斗酒掀须,浩气横山海。

沁园春　题彭秋水先生三十年前像

咄咄谁欤,三十年前,秋水先生。正霜林似火,群峰积素,飞泉如雪,一水淳泓。倦倚松根,闲挥羽扇,谁识山翁世外情。红尘里,看山林廊庙,萝薜簪缨。　　回头几遍枯荣。恰半觉、华山梦始成。渐沧桑过了,丹青无恙,沙虫变尽,往事堪惊。觌面相呼,掀髯大笑,何似而今活老彭。还留着,待三千桃熟,图上蓬瀛。

画锦堂　题董醇庵司马小像

宛在冰壶,皎如玉树,问谁丰度翩翩。道是风流司马,绝胜英年。画毂朱轓新太守,金闺粉署旧神仙。朝参罢,早办放衙,行来第五桥边。　　林泉。山吏部,羊开府,如公料有同然。一任勋名盖世,记取山川。数行锦树春风早,半湾流水夕阳遍。褰帷待,又看紫泥新捧,五马朝天。

沁园春　题家骏声韬谷读书图,用吴彤本原韵

山水潆纡,所谓伊人,溯洄从之。正列屏环户,千重翠黛,澄波绕舍,万顷琉璃。枕上羲皇,胸中丘壑,日日看花十二时。江东路,望氤氲紫气,动我遐思。　　白云此意应知。直南面、书城笑展眉。羡高楼百尺,家传龙卧,华山半觉,代有仙痴。膝下鸾翎,堂前鹤发,叠叠斑斓更自怡。柴门外,是季方悉窣,载酒东篱。

拜星月慢　自题夜告小影

束带归休,簿书偃息,花底晚衙初放。梧竹阴浓,对天街闲旷。猛回省,永昼尘襟碌碌,薄劣惭居民上。念此茫茫,正百端惆怅。　　夜深沈、衾影森相

向。凭方寸一缕轻飙飏。此地琴鹤清风,问至今无恙。但高山景慕难依傍。凉阶悄,叶坠莎鸡唱。好屈指、十幅蒲帆,隔秋云万嶂。

王锡 2首

字百朋,浙江仁和(今杭州)人。累试不第,康熙四十六年(1697)尝应南巡召试,亦不遇。寡交游,家贫困。早年师事毛奇龄。有《啸竹堂集》,附诗余。

桃源忆故人　题桃源图

渔舟深入桃花岸。鸡犬忽通间闻。隔竹数家烟爨。同避秦时乱。　不知晋魏和炎汉。耕者依然让畔。一自武陵人返。流水烟霞断。

醉乡春　题施惠南小影

兴趣纵多山野。被服宛然儒雅。白石畔,碧梧间,受用一回潇洒。　独坐澄怀观化。几曲寒泉遥泻。书可读,酒堪擎,风尘仆仆胡为者。

郑允达 1首

字孚尹,浙江西安(今衢州)人。从胡应宸游。《兰皋诗余近选》刊载其词。

昭君怨　题扇蕉

分得绿天几纸,笔下移来植此。看杀学书僧。峇溪藤。　镇日能供清赏。雨过不闻声响。素手怯摇风。散阴浓。

赵熊诏（1663—1721） 2首

字侯赤，号裘萼，江苏武进人。康熙四十八年（1709）状元，官翰林院侍读。曾先后与修《佩文韵府》《渊鉴类函》《康熙字典》等。有《裘萼剩稿》附词。

虞美人　题李萧仞断肠集虞姬图

纵横楚汉争秦鹿。成败谁先卜。佳人有眼识英雄。愿为翠裾长铗侍军中。　　重瞳本是虞苗裔。垓下天亡耳。妾身薄命不如骓。早试樽前一剑、谢君悬。

满庭芳　题邵甘来小影

小小茅亭，绿杨深处，萧然名士之家。图书满案，老树荫周遮。箕踞科头独坐，青眼对、疏似幽花。风流甚，东陵遗派，山畔课锄瓜。　　堪夸。早摘就，一筐寒玉，五色团沙。是邱园经济，泉石清华。消受诗狂酒渴，何须倩、琬液冰芽。偏愁绝、瓜期至矣，争许恋烟霞。

程庭　21首

字且硕，号若庵，安徽歙县人，寄籍江苏扬州。醉心陈维崧词风，以词著称。康熙五十二年（1713）曾至京师祝厘。有《若庵诗余》。

蝶恋花　自题拥书图小照

廿载儒冠嗟浪弃。蛮触蜗争，总为钱刀计。不及蠹鱼偏解事。还能三食神仙字。　　点检故吾无一是。面目堪憎，言语浑无味。小草安能成远志。

每当展卷憎惭愧。

渔家傲　题斗棋图,应樵云索

麝月融泉初碾试。虚堂水静棋声细。六聚一先闲角技。幽人致。橘中大有商山趣。　窣地玉猧翻局碎。决卿马口穿牛鼻。胜败偶然何足计。人间事。纷纷蛮触多如是。

蝶恋花　戏题钟馗嫁妹图

戏染鹅溪三尺素。艾绶乌巾,态状多奇古。怪尔连枝何楚楚。髯鬘老桧依琼树。　以貌取人遗子羽。问取头衔,君亦名场侣。山鬼何须充下箸。市朝衮衮都堪脯。

其二

天上亦多婚嫁虑。捧剑担簦,鬼态仓皇趣。弱妹于归无内顾。飘然好向终南去。　容若花枝鬟若雾。羞极含颦,缓展凌波步。何物乘龙消尔许。芙蓉城下修文侣。

满江红　题吴学先陇归行乐图

泌水冲门,借隐处、悠然十亩。问世上、折腰曲膝,君乎何有。羡尔肩锄闲似鹭,笑他肘印蛮如斗。恁宁馨、岂是牧牛儿,屠龙手。　横塘下,鱼堪罶。疏林外,橙堪剖。较南阳栗里,将无同否。高士须眉浑脱俗,细君荆布欢相守。咏而归、斗酒不须谋。藏之久。

满江红　自题蒲团挥麈图小照

廿载疏狂,笑年少、心情不恶。夸捷处、绕城盘马,升墙探鹊。画烛两行轰博簺,花楼竟夜翻弦索。任红裙、争劝酒千觞,何曾却。　陶铸处,神州错。

酝酿就,羊公鹤。况姿同弱柳,朝朝行药。才笔输他鹦鹉赋,梦魂不上麒麟阁。向蒲团、幻作一头陀,谁猜着。

南乡子　为赵念昔题画扇,时赵将归长沙

渺渺大江流。入夜疏烟远岫浮。除却柝声和雁语,飕飕。一片风吟芦荻秋。　　天际一孤舟。十幅蒲帆汗漫游。高士拂衣归去也,悠悠。买醉留题黄鹤楼。

减字木兰花　为家泽弓题照,图像作背面观美人鼓琴

冰弦素指。一色玲珑天共水。雁落潇湘。合院争传庄暗香。　　笑君频顾。曲里几曾微有误。娇面含颊。不怕生生看杀人。

其二

眉烟送语。应惜指寒休再鼓。金粟香浓。无数幽情待曲终。　　相君之背。有福听歌还倚翠。贪着温柔。鹦鹉频呼不掉头。

虞美人　题红桥载酒图,送唐听翁入都,图乃家松门作

城阴遍绾隋家柳。争趁梨花酒。玲珑翠舫荡红桥。一带烟廊隔水度琼箫。　　吾家摩诘神飘洒。雅集传图画。嘱君裁取锦囊收。还记故人大半卧扬州。

蝶恋花　题偕柳兄拥书小照

缚竹牵萝存老屋。门外青山,斜抱澄潭曲。梧影蕉阴当户绿。幽人竟日书巢宿。　　得陇世情还望蜀。大笑披图,君亦非知足。四库五车浑烂熟。底须辛苦埋头读。

其二

曾倩长康传小幅。酒库经堂,位置都非俗。插架徒夸三万轴。膏腴未果便便腹。　　肠转车轮颜局促。太息狂奴,那有文章福。书卷定归君所属。吾当退舍倾酕醄。

满江红　题杨安城先生补臂图并序

先生向急友朋之难,同李先生兼汝、祁先生奕喜遣戍辽左,因相与绘《出塞》一图,三人共坐莎草中,先生以臂加李先生肩后。李、祁俱殁,先生裂图分畀其子,而所加之臂亦并剪去。臂乃作楚,久之,夫人心悟其故,因缀纸画臂以补之,痛遂止云。

袴缚黄皮,三高士,沙奔蓬转。叹万里、玉关生入,封侯非愿。俦侣顿如秋草陨,画图还识春风面。把吴绫、裂付两家孤,并州剪。　　金兰谊,真无忝。绝交论,今其免。作彩云飞去,书生弱腕。卷轴萧然怜断续,粉痕缀处愁深浅。羡闺中、功巧比娲皇,期卢扁。

桂殿秋　为荆门方止山题折桂图

云外影,月中枝。紫鸾双下宁馨儿。霏微金粟依兰室。馥郁天香集凤池。

浪淘沙　为衡三题扇面江景

一派大江东。淼淼孤篷。芦花千里月明中。帆作饿鸱天外叫,碎划秋空。翻笑拥艨艟。夜火云红。赋诗横槊尽英雄。未若悠然随一叶,破浪乘风。

清平乐　题德清蔡双瞻孝廉归耕图

架书连屋。解事儿能读。好趁一犁春雨足。耕破数行烟玉。　　处身管乐之间。长吟抱膝悠然。我独为君捉鼻,东山未许高眠。

浣溪沙　题双鱼画扇，应念昔索

卵色光浮玳瑁天。双鱼唼喋浪花圆。近朱近墨总悠然。　　还记摩诃池上见。小妆斜倚画栏边。玉纤投饵晚风前。

满江红
题姚后陶先生比丘遗照，即用其原题听翁瘗花行者图韵

鹤发聊萧，曾相遇、石头城下。任往日、翩翩同学，五陵衣马。老态复从图画出，壮心总付袈裟挂。胜青衫、氍毹对秋风，年年打。　　沧桑变，成闲话。江山泪，如铅泻。每邀君青眼，曹刘沈谢。自是比丘无我相，可如太上忘情者。莫因他、天女散花来，闲愁惹。

沁园春　题宣城佟青士太守南楼图卷

谁染生绡，杰阁凌空，翩乎欲仙。况明镜双溶，为春谷水，黛螺千点。是敬亭山。帘几萧疏，弦歌彬雅，橘柚梧桐绕碧栏。当窗见，见江城历历，画里荆关。　　天然。粉本清妍。镇退食、登临挂颊看。更班马雄才，玻璃贮砚。应刘上客，芍药名篇。百雉为屏，万松作籁。露警清宵鹤影闲。他年话，话南楼佳兴，庾谢之间。

清平乐　题汪木瓶水村小照，和蠲斋韵

龙蟠凤逸。文散瑶星白。未必舡棱终间隔，聊写水村暇日。　　花枝照眼红斜。倩他烟笠轻遮。休认沧浪渔父，分明潭水桃花。

一萼红　云阳舟中，为张衡三题梦香图行乐卷子

拂乌皮，展金题锦赙，一卷梦香图。碧海瑶天，琼楼玉宇，恍然身历蓬壶。

邂逅见、云鬟雾鬓,姿绰约、冰雪莹肌肤。是耶非耶,休猜素女,莫认黄姑。

应是三生俊侣,解龙文凤篆,心印情符。桂比氤氲,兰同馥郁,联成小字相呼。都不道、晓风残月,薋腾处、似有还无。一任纷纷逐臭,暗里胡卢。

华文炳 1 首

字象五,江苏无锡人。诸生。有《菰月词》。

菩萨蛮　题黎眉画美人

江梅谢了盈盈雪。海棠澹映娟娟月。闹扫碧金环。妆成菩萨蛮。　　七香车结队。邀赴香灯会。来夕是元宵。应游第几桥。

孙一致 1 首

字惟一,号择庵,江苏盐城人。康熙五十年(1711)进士。有《世耕堂诗集》,附词。

满江红　敬题伯父东海先生小像

野服芒鞋,谁善写、黄门仙吏。分明是、冰霜之质,江湖之气。林下于今有一老,淮阴从此无双士。叹浮云,身世百年中,真如寄。　　桑海变,金乌逝。荆棘满,铜驼睡。任栖迟丘壑,逍遥天地。雯阁琴樽堪啸傲,石梁烟水藏经济。又何须、忧愤似三闾,增憔悴。

张兰 1 首

字畹香,江苏江都人。娄拱宸室。

阮郎归　题陈素素像

风尘何处遇仙姝。行云却到吴。自从罗带系明珠。芜城夜月孤。　　狂小杜,病相如。钟情绝世无。卿卿除却影谁俱。相怜只画图。

杜诏(1666—1736)　13首

字紫纶,江苏无锡人。诸生。康熙四十四年(1701),圣祖南巡,献迎銮词,试列高等,命供职内廷,纂修《历代诗余》及《词谱》。五十一年(1712)赐进士及第,改翰林院庶吉士。以终养告归。有《云川阁集词》。

一萼红　红兰主人为余画梅花小幅,赋谢

旅愁中。盼江乡渺渺,烟月正濛濛。残腊方回,早梅将放,微绽香雪春融。未曾见、传来驿使,谁为我、小绘折枝工。半似徐黄,淡匀脂粉,闲入鲜秾。　　知是玉池仙手,剪生绡半幅,萼晕葹红。露颊寒轻,檀心怨浅,摇动疏影玲珑。宛听得、楼头玉笛,渐吹去、青子绿云丛。待倩金铃护时,只仗东风。

金缕曲　幻香亭官黄尊古作五湖烟月图,赋赠

忆自逢君后。甚无多、殷勤把臂,论心时候。来向幻香亭子畔,消受绿阴清昼。对几点、疏花庭甃。公子元来能爱客,况黄郎、绝世丹青手。可画出,江南否。　　五湖烟月还依旧。眇愁予、风尘飘荡,一番回首。归路微茫波浩淼,怕见夕阳衰柳。又何事、客他乡久。自分谁当知己顾,便买丝、没个平原绣。聊与尔,共尊酒。

采桑子　鹃红姨属题杂花画册,时甲申三月

写生妙出簪花手,丰格如仙。粉本黄筌。分得鸥波水墨妍。　　停毫别贮伤情泪,沁入丹铅。红晕溅溅。不画桃花画杜鹃。

百字令　吴宝崖秋山煨芋图

问君何意,把芒鞋脱了、一清如许。坐破藜床铛折脚,学得懒残煨芋。拨尽寒灰,吹成活火,炉底沉烟缕。流泉石上,山头乱落松雨。　　因念堕落风尘,纷纷余子,肉食都腥腐。玉脍金齑虽自好,那值半杯秋露。淡绝生涯,无多生趣,笑共山人语。终于衣白,不如早挟仙去。

凤凰台上忆吹箫　楼敬思月底修箫谱图

漫倚箫声,懒寻箫谱,百年零落宫商。问个中谁解,北宋南唐。因甚于思多事,心赏在、柳七周姜。还吟到,霜天晓角,月淡昏黄。　　回廊。翠帘揭起,每拍遍阑干,尽费思量。怕夜深独自,顾影苍凉。回首江湖载酒,人安在,一瓣余香。须料理,秋风钓船,弄笛横塘。

金缕曲　郭义士天山踏雪图,南沙前辈属赋

丹阳之东褚村,有郭士秀者,古史游侠传中人也。能振救贫乏,及周旋患难,为义奋不顾身。十年来南北奔驰,长驱绝塞,年近五十而壮心不已。惜乎!匹夫之侠,莫有传其事者。泉南先生道之甚悉,予窃心慕焉。因同赋一词,以题斯照云。

为向泉南说。笑人间、纷纷余子,那来英杰。公子知人能得士,秀也果然奇绝。元不是、寻常筋骨。涉尽风波还履险,踏胭脂、塞上天山雪。看牧马,汗流血。　　宝刀腰下风吹折。听呜呜、边声四起,满怀凄切。万里还家烦画手,貌得雄姿罕匹。乞学士、微云词笔。好缀一篇游侠传,与朱家、郭解名相

埒。人未老,壮心烈。

金缕曲　笠山图,为徐立三赋并序

徐君立三,家山阴之墨汀村,宅东偏有小邱隆然,长松偃盖,日夕盘旋其下,如戴笠然。因以笠山名之,即取以自号,而属程四凤衣为之图。同人有记,有序,有赋,有诗,蒋八东委有《笠山图说》,余乃撮其意,为赋此词。

侧帽簪花后。曲江头、春风马上,那曾回首。彼自乘车吾戴笠,紫陌青云何有。只合与、蒋生为友。一亩宫余升斗禄,胜良田、广宅盈千亩。如此乐,肯消受。　匆匆衣食于奔走。半生来、萧闲风味,得如今否。家住墨汀村落好,老屋苍松疏膊。恰相望、富春江口。彩笔徐陵收拾起,趁一蓑、烟雨垂纶手。应约我,杜陵叟。

水龙吟　为吟晖楼主人题观潮图

问君何处飞来,凭高独踞层崖畔。青衫绿鬓,满身空翠,满襟萧散。目眇尘寰,气吞云梦,神游霄汉。尽茫茫世界,滔滔似水,流不尽,波涛卷。　认取潮头一线。乍安流、澄江如练。琉璃万顷,珊瑚百尺,骊珠一串。底事冯夷,击将鼍鼓,俟如飞电。岂天吴欲发,教伊破浪,为乘风便。

少年游　华象五寒梅小影遗照

披图宛在旧风标。豪兴可全销。草堂岑寂,梅花零落,香梦去飘萧。也知只在村南里,月底忆吹箫。顾影何如、倚声何似,烟柳小红桥。

如梦令　姚柏南深柳读书图

岂是风流张绪。那在柳深深处。柳汁染衣时,弹指韶光如许。如许。如许。梦里杏花春雨。

蝶恋花　题郭鉴堂春汛图

春水船如天上坐。不待扬帆,只借风为柁。风力微微春澹沱。我乘风去风乘我。　荡漾中流无不可。罨房烟丝,烂熳桃花朵。中有鸟声啼欲破。九皋鸣鹤天边过。

湘月　蒋征君拙存写经图

世间谁似,此华阳拙老,穷经头白。览古曾探碑洞底,一十三经遗刻。烧剩秦灰,拓残唐本,俗手空摹勒。力能扛鼎,直追虞褚标格。　安在捻管抽思,临池运腕,苦印泥沙画。曳杖逍遥无不可,到处兰亭真迹。几曲清流,数竿修竹,俯仰何今昔。便便腹笥,满怀悲愤消得。

湘月　刘公子照村泛舟图

往者宪副刘公兼榷九江关,公子照村侍母鄱阳署中。时以省父跋涉江湖间,因作此图。卷中题诗满矣,余乃题一词于后。

鄱阳官舍,盼浔阳绵邈,彭湖空阔。绿鬓乌衣年正少,来往扁舟飘忽。眇眇予怀,翩翩浊世,恰在趋庭日。一帆风送,乘风那羡王勃。　本是玉洞仙郎,桃源别后,梦如烟波结。莫上琵琶亭上去,枫叶芦花萧瑟。湓浦何如,匡庐在望,五老峰奇绝。蓬窗相对,一尊还酹江月。

缪谟(1667—?)　3首

字丕文,号雪庄,江苏华亭(今上海松江)人。少师事焦袁熹。乾隆初开律吕馆,文敏延与共事。拟疏荐之,会其老病,且一目眇,不果。有《雪庄词》。

钓船笛　题钓雪图

胙艋惯烟波,一任郎中欹侧。向晚江天云冻,又雪花如擘。　　绿蓑青笠渐微茫,灭没鹭丝白。指点模糊山景,笑苍松寒色。

满庭芳　自题画扇

雨滚荷珠,烟笼竹翠,萧斋无计排闲。玉蜍铜雀,戏泼墨云寒。不用蝉纱鹅绢。随意展、折扇弯环。元人派,斟量损益,窥豹管中斑。　　自怜鲍系处,区区峰泖,未畅奇观。纵林峦点缀,想像之间。那得轻帆快马,从今去、航海梯山。齐游遍,蓬瀛阆苑,然后写君看。

蝶恋花　自画花蝶小册

日暖筛帘花影碎。凤子寻香,惯逐芳园内。因甚翩翻铅粉退。风前随意飘成对。　　我是梦中曾入队。偶学滕王,细把金泥缋。弱翅可堪飞不起。又来花里深深睡。

倪蜕(1668—?)　8首

本名羽,字振九,号蜕翁,江苏青浦(今上海青浦)人。工诗善画,读书昆明近华浦之西山,足迹不入城市,人以高士称之。著《蜕翁草堂诗文集》,附词。

贺新凉

乙未秋,从富平杨慎修明府,得汪体斋画梅横幅,还闽,用颜练幛,制词书之。

只有梅花好。与先生、一般冷淡,略无粉藻。不是上林奇树列,不是仙山瑶草。也不是、平泉鱼鸟。不是村庄桃共李,也分明、不是春枝闹。移得自,云来岛。　原来天赋清幽调。伴先生、十年高旷,半生吟啸。我爱梅花花爱我,消受温柔多少。不管有无青子结,但从今、便与花同老。清兴在,金樽倒。

惜秋华　题画杨柳岸晓风残月

如此江山,怎禁他一片,迷离朝雾。野岸平沙,微蝉动摇高树。兰舟独舣清江曲,拂面千丝烟缕。秋风晓,长条吹断,栖鸦无据。　台畔清如许。问灞陵桥外,蛮腰何处。晓梦渐随,流水霜葭寒渚。凭谁划尽愁丝,刚传来、断肠词句。凄楚。展画图、当时情绪。

沁园春　丁丑秋日,客燕题画

立而望之,翩珊来迟,是耶非耶。记宫黄约罢,月窥眉柳,天香行处,蝶趁裙花。帘影流苏,窗辉交锁,纤手霜笼蝉翼纱。真堪爱,是残棋算劫,小碾评茶。　谁知梦后生涯。正燕代、南来日已斜。怅峰头玉女,更无消息,冢边青草,长掩琵琶。薄命如斯,销魂至此,摹出芳姿已半差。何时也,把生香唤起,云鬟堆鸦。

倦寻芳　为瞿安士题扇头孤蝶

露滋绣翼,花染春须,冶逸各许。一拍轻回,试问吹来何处。国色真香萦丽影,王孙芳草迷归路。记双双,向嫣红姹紫,尽教留住。　怎信道、蘼芜梦醒,好景良辰,都付烟雨。宫鬓堆鸦,回首妖鬟存否。求媚漫分琼玉佩,薄妆休系红丝缕。倩丹青,剖东风,此情传与。

醉蓬莱　题画兰

看湘兰沅芷,墨淡香秋,东风吹冷。回首蘅皋,笑芳期无定。一缕孤根,飘花剩叶,付空山幽径。欲寄相思,同心双绾,春红难醒。　半卷离骚,数声琴韵,分付深林,此情谁省。莫遣当门,共艾萧同磬。翠袖回芳,檀心浥露,月落寒宵永。采佩无人,不如消受,画中清影。

金缕曲　题扇头梅花寄人

不是江南矣。倩疏梅、枝头留取,些些春意。月色淡笼双翠羽,尝尽峭寒滋味。那盼得、柔卿知己。端为罗浮仙梦醒,遍人间,剩此消魂地。回首处,愁无际。　　而今莫问花开未。怕东风、摧残无赖,护花无计。多少心情难说与,空见雪深门闭。芳信杳、红鹃声里。除却旧时妆额粉,尽繁华、不过闲桃李。忍再把,痴怀寄。

沁园春　丁酉除夕日自题小影

影尔前来,劝尔一杯,问尔因由。尔岂无父母,恩勤鞠育,岂无兄弟,友爱绸缪。尺固非长,寸宁是短,何事甘为外物游。嗟尔影,怎不儒不释,瓢笠飘流。　　影音一概都休。但提起、能令万古愁。自戊申汝降,穷根牢植,庚寅汝返,惨境纷投。卿且悲卿,我还作我,欲报春晖寸草羞。相视笑,任明年戊戌,五十过头。

沁园春　丁未除夜小醉,重题旧影

前丁酉除夕所题词,未免凄惋过甚。今且六旬矣,丁巳更何若,且作今宵一时之兴云。

影影哥哥,曾与斟杯,今又十年。也无能无耐,缺长少短,不伶不俐,讨吃求穿。草活三秋,花周一甲,白发萧萧被两肩。争如你,总一瓢一笠,青鬟依然。　　你今万事随缘。尽画里、形骸纸上禅。但清晨早起,三杯酒美,晴天宴坐,几朵花鲜。过了今生,由他来世,儒佛仙终着那边。影笑道,你老头多事,又落言诠。

王国琏（？—1720） 1首

字汝器，号不庵，江苏仪征人。受知于李振裕，补博士弟子员。屡试不售，因漫游南北。康熙五十六年（1717）客柳州，假程姓籍，更名璧应试，为邑诸生。有《三瞻草堂诗余》。

长相思　题画

白云多。碧山阿。春树交枝挂薜萝。中隐硕人蓑。　　桥卧波。递草坡。有客幽寻路几何。逍遥驴背歌。

楼俨（1669—？） 2首

字敬思，号西浦，浙江义乌人。康熙四十六年（1707）由监生献《观织词》，荐入武英殿修书，与杜诏等同馆纂修《词谱》。雍正、乾隆间终老于春申浦畔。有《蓑笠轩仅存稿》，附词。

虞美人　题画

纱幮月色明如昼。珠汗衫微透。钗兰几朵两行分。掩映腮边香雪鬓边云。　　试摇纨扇轻风动。惊起巫山梦。低声且唱贺新凉。莫负双双枕畔绣鸳鸯。

大江东去　再用前韵寄陆晚青，兼题其独秀山图四景

客窗无绪，染烟云、写遍蛮山晴雨。裙屐纷纷岩壑好，只欠一声蛮语。东望长江，西连叠嶂，远景还须补。垂杨偏少，可怜浑是松树。　　试问南渡诸公，题名多少，苔石还如故。一自读书人去后，空向台边怀古。消夏行秋，探春

饯腊,此意谁分取。孤舟飞梦,轮君日挂吟处。

曹士勋 5首

字名竹,号菊田,浙江桐乡人。祖籍嘉兴。康熙诸生,困于场屋。家贫,以塾师为业。著有《翠羽词》。

望江南　题画

君知否,五相一渔翁。往日经纶推妙手,而今蓑笠寄高踪。散发蓼花风。

如梦令　题明妃出塞图

泪洒胭脂红溜。愁锁眉峰绿皱。小婢抱琵琶,说道琵琶也瘦。回首。回首。羞见汉宫花柳。

昭君怨　题俞哲人小照

疏雨梧桐风急。冷露菊花香湿。把酒对残编。好秋天。　道是潘郎不是。道是谢郎不是。一定是渊明。问他声。

虞美人　题杜江汀小影

竹风搅破梅花影。香雪铺阶冷。一琴一鹤一诗囊。那有功名富贵挂心肠。　碧溪流水茅檐月。好景何曾缺。风骚不羡杜樊川。扫却舞裙歌扇已多年。

梧桐雨　题合家欢图

潇潇洒洒,浩浩嬉嬉,子子女女乐乐。三两丫鬟,赢得富家妆束。竹风梧雨冷淡,却还是、谢郎丘壑。琴弹了,好桥东钓月,桥西引鹤。　　四十三年如昨。狂奴态、只有老妻怜却。煮茗烧香,尽把红尘划削。花花草草时节,倒金垒、斟斟酌酌。这景况,别一个、摹写不着。

陆震 (1671—?)　8首

字仲远,行二,别号榕村。江苏兴化人。廷纶子。早岁补博士弟子员,恒厌薄如赘疣。嗜酒,饮亦不甚择人。同里郑燮师事之。约卒于雍正初。有《陆仲子遗稿》词。

鹧鸪天　题友人游黄山图

怪异幽深莫可穷。何年于此策孤筇。缘梯直蹑莲花顶,扪壁还登信始峰。眠醉石,抚龙松。一观云海荡心胸。今生未遂来生补,也到黄山白岳中。

贺新郎　题射陵四友图

古道坚胶漆。记吾乡、旧时遗老,曾图三益。今日射陵传四友,也倩虎头妙笔。细写出、苍然颜色。蓦向华筵披画卷,只两人、是我曾相识。菉园老,东皋客。　　滋庵中表亲情密。忆当年、两家名父,交欢尤剧。转眼荒坟余宿草,那禁泪零沾臆。又惹得、王郎于邑。指示图中稽叟像,痛此公、今亦重泉隔。都休听,山阳笛。

沁园春　题胡二简乘风图,先曾为题秋高试马图

眼底男儿,俶傥如君,屈指无多。记酒酣兴发,珊鞭倒挽,秋高马健,绣袷

横驮。属客为图,索余题句,醉墨曾于盾鼻磨。今重见,又投来锦轴,惹我狂歌。　　豪情一倍嵯峨。纵万里、还思瞬息过。似御风仙子,将游碧落,乘槎汉使,直犯星河。赤鲤汀边,老蟆矶畔,喷沫惊翻十丈波。燃犀照,见百灵趋拜,啸舞天魔。

沁园春　题修翁填词小影

久矣骚坛,人共推君,才调恢奇。便迦陵狂客,竞称我友,西斋老辈,亦曰吾师。忆昨先生,东亭遇我,旅馆三更酒醉时。曾投赠,有香词一阕,写上乌丝。　　而今别后相思。忽寄我、新图属和词。讶凭谁细写,姿容逼肖,令余闲想,吟态如斯。惯谱新声,偷翻艳曲,百幅蛮笺付雪儿。清阴底,听歌声一缕,宛转淋漓。

沁园春　题李艾山先生像二首
刘昭允讳宗泽写照,外父吴梦翔先生补景

吾邑人文,实自先生,再起词场。当永嘉之末,犹闻正始,杜陵而下,不愧襄阳。伯仲相师,朋交迭倡,日坐先公旧草堂。闲高咏,与卧游宗丈,探讨微茫。　　不知底事心伤。长北望、神州意激昂。纵杯中酒热,焉能遗恨,风前泪落,只使沾裳。土室卑栖,牛车稳卧,多少遗民此遁荒。今安在,总云飞星散,人去琴亡。

其二

最震伤心,二十余年,不见吾亲。记临终有托,累公弱息,没身不负,勖我先人。思旧情深,矜孤谊重,几载从游若饮醇。今回首,叹骑箕去后,忽判多春。　　像惟三益传神。恰刘子、兹园亦写真。看霜髯雪鬓,丰标如在,苍松乱石,笔墨犹新。补景为谁,妇翁吴老,也向重泉结比邻。题词罢,对一天风雨,百感酸辛。

沁园春　题史揩臣追远图

惨说当年,孀母茕茕,偏值时危。见腥刀驱走,闺中少妇,乱旌拥去,马上蛾眉。势岂能全,义难受辱,夜哭孤灵拜且辞。翻身入,早一泓水碧,毕命何疑。　　十龄弱息畴依。空遍绕、澄潭日夕啼。便寻来沙上,都无弃履,觅从波底,并少遗尸。戚矣魂消。嗟乎命薄,天道茫茫讵有知。重回首,算千秋此恨,欲忘何时。

其二

时自□□,以迄于今,六十余春。尚朝朝掩泣,抢呼厚地,年年抱恨。哀吁苍旻,梳扇空存,音容莫睹,除是重泉会面真。情凄恻,每秋霜春露,一倍沾巾。　　微君此意酸辛。痛我亦、千秋负罪人。纵殁身可报,难酬恩重,偷生何益。只愧儿贫。潦倒如斯,显扬无计,辜负当时属望殷。披图久。正昏灯欲灭,此最伤神。

邹天嘉(1674—1735)　3首

字驾枚,号西村,浙江秀水(今嘉兴)人。诸生。不求仕进,以诗画自娱。有《耦渔词》。

意难忘　戏题春闺画眉图

春暖犀屏。正晓奁乍展,黛石调成。扫来蛾晕浅,匀出柳痕轻。低锁恨,回含情。微敛因如酲。剧可怜,半钩月小,两点峰青。　　芙蓉一照分明。想蜀妆官样,腕下交并。纤纤娇欲语,淡淡媚偏生。云鬓合,眼波横。颦笑总轻盈。肯倩他,风流彩笔,京兆知名。

太常引　题张秋江泛舟图，张工小词

乌丝红豆拓吟笺。酒畔烛花偏。短拍按筝弦。家世近、番阳玉田。　　未甘嵇锻，暂闲阮屐，冰簟拟高眠。心在阿谁边。却似忆、南宫画船。

清平乐　题桃源图

地偏风古。别有秦人住。红雨缤纷春到处。漏泄风光几度。　　不知汉魏何年。从教鸡犬皆仙。溪路自迷渔子，花源未远人间。

周廷谔　2首

字美斯，江苏吴江人。诸生。幼耽吟癖，语出惊人。惜十上书而不获隽，两被荐而终受屈，皓首沉沦，寄怀啸咏。有《莼香词》。

酹江月　藏先王父栈道图手迹，用题于帧首

巉岩天险，问金汤、云是蚕丛之窟。中有迢遥云栈路，形胜连秦通粤。石坠危亭，川潆亟濑，冻合寒空将雪。行人多少，濛濛只在林樾。　　遥见帽影鞭丝，徘徊驴背，薄暮何方歇。况是云萝烟嶂里，猿叫三声凄绝。剑阁参差，巫山杳淼，思杀闲风月。一囊收贮，传家毋使龈齾。

青玉案　题友人遗照

百年幻梦须臾耳。可恸者、如颜子。造物小儿谁见底。新花抽故，前波让后，簸弄人生死。　　端居屼屼亲书史。奈年少、凌云未偿志。想着音容空泪沘。子安才调，潘郎丰俊，细认陇西李。

伊麟 1首

字梦得,辉发部(今辽宁辉南)人。与休阳汪文柏并世。有《种墨斋诗余》。

满庭芳　题芳林处士薛公八十六小像

甲子壶中,瀛洲仙侣,春光九十神盈。竹床石几,山水洒云屏。满座图书供啸傲,绿瓷内、兰芷偏馨。黄筇杖,葫芦高挂,妙药驻延龄。　　怡情。行乐处,炉烟凝篆,松柏垂青。或素琴轻抚,漫拨新声。最是二童有意,一携画、一煮茶铛。遥看去,苍颜皓发,俨是老长庚。

吴焯(1676—1733) 5首

字尺凫,号绣谷。浙江钱塘(今杭州)人。吴嘉枚犹子。贡生,聘修《浙江通志》《西湖志》。著有《玲珑帘词》。

向湖边

春夏之交,湖中水藻初苗,色殷红,如万点朱樱,昔人未闻赋咏及此者。余绘为图,属好事者咏之。

十顷玻璃,平风吹皱,隐见赤珠联缀。莫道非花,点残春幽致。正两湖、绿柳缫丝,青荷铸镜,那更落红飘坠。冷艳难收,怕惊鱼穿碎。　　畅好幽寻,水妮斜阳醉。吾欲住小艇,愁鸳鸯孤睡。可耐然犀,网珊瑚波底。笑红心草带相思泪。何曾傍、妆脸凝朱波淡洗。试与图成,爱空明猗靡。

眉妩　小周后提鞋图

趁微云来去,若蹙苔花,生怕露珠透。听说瑶光殿,彤云地,银钉排压方绣。妹来未久。怪脱除、珠鞻潜走。想因向,万树香梅底,小亭夜私就。

旋觉春云松骤。只绣丝几缕,深浅花扣。更把檀茸解,轻掂看,平量莲瓣还瘦。紧持在手。莫放他、风揭裙皱。倘私卜团圆,缺月两牙自扣。

花犯　自题填词图

四三年,歌吟旧舍,蝉衫故丝绽。倦夫风汉。也射虎吴亭,题雪梁苑。一鞭浪走黄金阪。修门空阻叹。早不是、庚郎三九,年华犹锦烂。　桐蕉影落一帘秋,随人月又到,深深庭院。吹一片,云罗外、几声凉雁。飘零去、玉缄锦字,听万里、西风天半卷。写小像、沉香熏也,花间聊自遣。

兰陵王　题画兰

蕙风转。习习吹香小殿。闲凭着、斑豹隐囊,轻拭鹅溪玉丝绢。含豪几擘箭。须看。柔苕碧健。多因是,春到半苔,护叶幽花少人见。　非同楚骚怨。待纫佩湘皋,餐秀长坂。葳蕤零落红芳散。问半削桐叶,一轮樨影,空留残雪冷兔苑。望朱络云暗。　吟玩。古香远。笑玉映潘郎,鸿宝堪羡。滕王蛱蝶桃花面。怎比得深谷,素琴幽赞。灵均如在,整玉佩,不敢燕。

绕佛阁　宿宁峰山楼,为主僧题冷泉亭图

夕阴度竹,风卷冷翠,吹上孤阁。幽景谁摸。却收小朵飞来入帘箔。莫教认错。峰势欲坠,泉响将落。山雨方作。又添一派秋声动林薄。　粉本石田在,把似王翚曾写拓。空笑马家云山分一角。对影壁兰灯,垂下罨幕。谩呼更酌。怕梦谢亭边,飞去江鹤。碎吟魂、寺楼零铎。

柳人月 1首

字伴月,江苏吴县(今苏州)人。

秦楼月　题二分明月女子像

啼鹍歇。落红吹满扬州月。扬州月。丁香一寸,雨中愁结。　　谢娘柳絮飞如雪。空梁燕子休频说。休频说。佳人薄命,西风残叶。

沈时栋 2首

字成厦,号焦音,江苏吴江人。永启子。一门皆工吟咏,父子、姊弟辄唱和以为乐。著有《瘦吟楼词》,编有《古今词选》。

减字木兰花　题美人便面,傍有梅花水月

暗香浮动。玉女何来湘水弄。徙倚风前。花月争迎水底天。　　人耶近远。仿佛罗浮曾半面。隽笔堪夸。淡扫偏能压丽华。

摸鱼儿　题张太史雪霁南辕图,叠新定毛鹤舫先生原韵

指鞭梢、犊车南下,襟怀冰雪交映。缁尘已谢京华道,除却鲈乡靡骋。琼林盛。把水墨、工夫妆点乾坤胜。光摇万顷。想回首銮坡,惊心客梦,岂望潋川令。　　江南近。何处吾庐三径。浩然驴背清咏。迷离南北歌黄竹,肯向蝇蜗争竞。山阴兴。谁承望、星驰千里膺王命。喜聆嘉政。看小试经纶,苍生翘首,如仰少华顶。

袁寒簧 4首

字青绌,江苏华亭(今上海松江)人。文学正平女。焦袁熹为赋《娇女篇》云:"寄迹穷巷间,蒿草掩裙幅。恶少频窥觇,掩袂日啼哭。"可想见其境遇之苦。著有《绿窗小草》。

鹧鸪天　题武林柴佩璜先生为亲负土图

辛苦寒山古木中。百年纯孝托高踪。报亲似此方无愧,名教于今有大功。凭至性,格苍穹。不令麋鹿触杉松。九重谅阴求良弼,版筑应符梦里容。

虞美人　题菊芝竹石图

秋光欲驻浑无计。付与丹青意。东篱谁解惜黄花。长共碧烟寒月斗清华。　风霜不傲天然远。翠竹仙芝伴。餐英楚客漫徘徊。还惹当年拜石米颠来。

踏莎行　题安平王翰撰先生十三本梅花书屋图

东阁丰标,南园仙种。春光占尽输珍重。元教结实擅和羹,那知偏托罗浮梦。　疏影难攀,暗香微动。霜攒雪缀琼枝竦。氅衣披对绝纤尘,胜他十二金钗拥。

踏莎行　题画墨菊

不逐春妍,天然雅素。芳英只向秋光吐。开时正遇节三三,才疏难和当年赋。　对月姿容,临风态度。宛如并语联双朵。一枝清韵墨痕香,丹青应被花神妒。

钱宛鸾 1首

字翔青,江苏吴县(今苏州)人。松江张某室。有《玉泉草堂词》。

少年游　题画蜀葵

织云制粉,裁霞剪彩,倚醉嫁熏风。池馆胭脂,芳堤景色,半入画图中。
丹青何处,非烟雨、点缀忒精工。傲杀杜鹃,不输芍药,蜀地笑芙蓉。

陈敬璋 2首

字修况,浙江海宁人。居桐溪。与徐善迁、吴玉辉时称"桐溪三家"。著《修况诗余》。

惜分飞　题柘城窦竹坪云海叙别图,时其尊人任云和令

烟树苍茫山色绕。有个离人懊恼。惹得愁多少。征帆漠漠垂杨袅。
翠黛春波空自好。怎奈高才去了。笑问长年老。放舟只怕今还早。

好事近　题友人细雨春帆图,次沈层云孝廉韵

何处认山容,纯是迷离云气。两岸丝丝烟雨,看画船开未。　　半篙流水涨春江,一棹渺天际。漠漠锦帆来重,可待因风起。

吴玉辉 1首

字梦唐,浙江海宁人。与徐善迁、陈敬璋称"桐溪三家"。有《梦唐诗余》,词多作于

康熙七、八年间(1668—1669)。

柳梢青 题友人杏林小照

一色缤纷。药栏仙树,开遍芳辰。燕子来时,酒家何处,应认前村。
好教培植灵根。常看足、江南半春。赢得长安,马蹄花片,衣袂香尘。

梁无技 1首

字王顾,号南樵,广东番禺人。康熙时诸生。曾主广州粤秀书院。著《南樵集》。

临江仙 题诗僧非月遗像

三生石上吟魂在,夕阳一片秋山。萧疏篱菊暮云间。赏残风月,惆怅几时还。 一卷离骚秋读罢,玉楼文债难宽。清霜愁鬓为吟斑。断肠何处,邻笛夜吹寒。

诸葛羲和 1首

字西秩,号敬亭,江苏丹阳人。诸生。有《云曲山庄词》。

解佩令 题东隐山房春信图

东风消息,凭谁探取,有寒香、推转星杓。勇到商山,看四皓、采将幽壑。把乌丝、归来闲作。 月明飞鹊,惊疑欲下,踏孙枝、茫茫无着。我亦朦胧,对三秀、暗中摸索。却何如、手调东阁。

蔡文熊 3首

字楚绎,号纫兰,江苏丹阳人。有《纫兰词》。

踏莎行　题何敦三小照

浅夏萧森,碧梧初褪。莺花满眼谁相问。琴书作伴倚山根,狂骚端让何家逊。　　隔浦凉飔,茶声隐隐。披襟脱帽吟情稳。丰标自足十分半,何须更傅当年粉。

蝶恋花　题张商彝小照

薰风吹过平冈去。游兴匆匆,早把单衫试。呆觑丰标谁得似。风流雅称张家绪。　　倚石科头搜好句。炙罢龙涎,又抱琴来御。多少情怀无觅处。千层新绿明芳树。

水龙吟　王四维以持杯倚石图索题,口占应之

模糊世界谁醒,因而绘得酕醄貌。行踪略似,余家天启,君家逸少。少不如人,君其语我,天容人傲。便长年倚石,终朝对酒,陶陶耳,真欢好。　　讵必纷争鸟道。旧盟鸥、新裁书报。看淡名缰,打松世网,惟余冷笑。短褐萧然,抵却多少,金章紫诰。趁儒冠未着,香山谱内,再添一老。

范邃(1683—1728) 1首

字密居,江苏如皋人。贡生,后补河务同知,转内府中书科中书舍人。著有《范密居诗余》,一名《凤味斋霜研词》。

惜春容　时命画师图亡荆小像

黄泉碧落终难料。方士荒唐原未到。西风弹指惜春容,芳冢青青蛮自吊。病儿谁与魂儿疗。此日何如当日貌。生绡难得写来真,如此恹恹偏觉肖。

王崇炳　9首

字虎文,号鹤潭,浙江东阳县人。少习科举业,后肆力于诗,魏坤极称之。中年笃志理学,入毛奇龄之门,相互讲论甚合。尝主讲婺郡书院、奎光阁书院,著述颇丰,耄年为一方学者领袖。然久困场屋,康熙五十六年(1717)始为贡生。雍正八年(1730)尚在世,卒后从祀郡城七贤祠。著有《学耨堂诗余》。

醉春风　题山水册

高树排云表。淡云栖树杪。由来此境几为逢,少。少。少。峻岭招提,澄澜水阁,萍洲烟岛。　处处闻啼鸟。山中春未老。武夷一曲近堪游,好。好。好。瀑挂珠帘,峰凝螺黛,洞天晴晓。

踏莎行　题山水画册

庐阜移来,移归庐阜。住山老衲难分剖。蹲狮立象各争雄,碧峦界破银涛走。　石露山昂,山奇石丑。松阴楼阁苍崖口。遥观海日踏层巅,峰头合着扶筇叟。

其二

翠壑丹崖,酣林梵室。朱砂虚买描秋月。何如渴笔写寒梢,萧然落寞呈真色。　淡淡高山,磊磊白石。风篁袅袅茅堂寂。渡头少个钓鱼船,绿蓑青笠披烟出。

一剪梅　题山水画册

层峦耸翠割朝曛。溪界山分。山界天分。幽亭一座绝尘氛。近听风闻。远听泉闻。　好从林下养天君。麋鹿为群。图史为群。琅函不用护书芸。花吐幽芬。诗吐奇芬。

满江红
得宗丈王龙友小幅山水却寄。龙友进士，官韶州守府，予告归

一片飞来，匡庐瀑、和烟横截。依希见、万壑千邱，渔竿牧笛。妙入黄痴萧散去，兴酣米老漓渐墨。想六年、分闽荔枝天，榕阴碧。　长剑倚，狼烟寂。雕弓挂，鲸波息。只微吟清啸，烘云托月。平世不排鱼腹阵，将军雅擅营邱笔。归来将、五岭好山川，都收拾。

百字令　鹤潭第一图　戴笠负剑挂数珠

尼珠虚挂，负龙泉、头戴飘然云笠。片念兴时违即斩，一串难寻初末。不脱茅蒲，非耽月露，欲试摩空翼。回头微笑，故吾如昨历历。　对此面目依然，形神潜改，须发萧萧白。二十年来弹指过，此日刘郎非昔。珠与衲僧，剑还羽士。笠付烟波客。芒鞋藤杖，闲看川逝山立。

百字令　鹤潭第二图　小影

子为谁也，廿年前、与尔寓形山泽。许大乾坤如驿舍，寸影居中为宅。我已非渠，渠应笑我，须发纷飘雪。焚香枯坐，花前犹拥细帖。　不见岁月如驰，山川依旧，弹指成今昔。记得年时精力健，催破文坛坚壁。今我非今，故吾非故，总是飞鸿迹。良工心苦，传真真岂能出。

百字令 鹤潭第五图

相君之面,似鹤潭老子、六旬眉目。廊庙山林难寄顿,安置地舆天幄。霁月光风,伴花随柳,拟着皆粘缚。石边清坐,静观携书忘读。　　此老隐似嘲予。客颜顿改,争共光阴逐。衰老随人无特操,满面雪霜难扑。我亦怜君,面门印定,桩立如枯木。生机流转,朝华夕秀相续。

百字令 题雁山图

欲携并剪,大龙湫、截取飞泉千尺。更借几枝蓝玉笋,点缀敝庐岑寂。力屈移山,志期策杖,须发难回白。麻鞋未办,卧游长阅真迹。　　历历拔地标峰,剑芒峭削,万仞凌虚碧。上下东西来往路,出没烟峦纤折。石类胡僧,岩欹诗叟,兰若遥相接。海东月上,人在瑶台银阙。

范光斗(1581—?)　1首

字乔年,号良滨,江苏嘉定(今上海嘉定)人。入清,卒年不详。著有《三余堂诗稿》。

满江红 题明远亲家喜照

绣地瑶天,正满眼、风光时节。粉墙外、来游别院,玉骢嘶雪。瓶供奇葩鲜更好,杯倾新茗香初拽。倚雕阑、凝望似仙居,天然设。　　盆盎内,兰荪茁。台砌上,花王列。见修翎双鹤,友鹜交喋。尘世但知春事晚,园林自觉繁华别。顾年年、长祝在花前,无休歇。

梁云构(1584—1649) 1首

字匠先,号眉居,兰阳(今河南兰考)人。明崇祯元年(1628)进士,官至佥都御史,福王时授兵部侍郎。入清授通政司参议,迁大理寺卿,擢户部左侍郎。有《豹陵集》。

浣溪沙 题画

朱邸拥炉兽炭红。一天冰霰小阶封。棱棱窗纸伴吟风。　　屏上美人不劝酒,花枝轻嗅坐芳丛。香魂肯熨客衾冰。

叶光耀 1首

字在园,新城(今浙江杭州)人。举明经,授吴兴外翰。著有《浮玉词》。

潇湘夜雨 题章子鹤竹溪画像,时游菰城还里

百尺寒梢,千竿翠色,做成一片清秋。芦花深港,山静水还流。有客溪边箕踞,洗其耳、瓢挂高丘。迟归去,松窗未晚,飞笔画沧洲。　　菰城烟雨里,琅玕滴破,碧浪云浮。见夕阳西坠,疏影红楼。却望来时柳岸,长河外、不系扁舟。分明是,幽篁一带,恍在竹林游。

叶承宗(1602—1648) 1首

字奕绳,号泺湄,历城(今山东济南)人。天启七年(1627)举人,清顺治三年(1646)进士,授临川知县。著有《泺函》。

虞美人
本仲年兄以妍芳画兰见示,命余题之,因赋此词

香毫腻管柔荑指。染就芳兰美。微微淡艳暗凝香。恰似佳人新抹、黛眉长。　　柔姿媚性因风飑。未得红尘染。何缘笔势恁飘萧。料应多情略带、醉时描。

朱隗　1首

字云士,江苏长洲人。治博士业。明天启中,吴中复社扩至百多人,隗与张溥、张采、顾梦麟等分主五经。诗宗中、晚唐,时人称为徐祯卿、唐寅流亚。晚岁当贡,隐居不出。有《咫闻斋稿》。

哨遍
徐武子以小像索题,作箬笠坐渔舟而不持钓,手执书卷

钓国直钩,钓誉羊裘,二者知谁是。画图中,故欲遣人疑。似溪翁又还不似。气充然,知君战胜得趣,轻衣鲜履颜微醉。向松石傍边,芦矶对面,扁舟不系如此。但微风箬笠盖吾头,又没个钓竿垂绿水。非墨非儒,是惠是夷,何处安子。　　嗟时过中兮。无心更恋繁华味。婚姻初毕备,功名付与儿辈。镇朗咏新诗,闲搜秘册,萧然无异羲皇世。任势利弥天,轻浮满眼,无落吾生乐事。有客来对酒恣歌呼,即无客亦自拍浮之。外形骸、幕天席地。桃源定在何处,便是神仙窟,纵使身住金闾坐,如渔艇,渺然天外。本非浪迹志和俦,亦有其意而已矣。

林时跃 2首

字遅举,自号荔堂,浙江鄞县(今宁波)人。南明弘光元年(清顺治二年,1645)贡生,授大理寺评事,改监察御史,未任。清兵入浙,隐居不仕,自称朋山遗民。著有《朋鹤草堂文集》。

西江月 题东坡遇春梦婆图

丙子花开蜀地,庚辰果落毗陵。金莲归院浪传名。春梦一场风影。
岭外数春梅落,黄冈三度秋英。吴头楚尾几回惊。却被虔婆呼醒。

满庭芳 题朱柳堂嫂刘昆白画兰卷

深谷幽姿,移来绮阁,描将别样风光。含毫醉墨,点染缀孤芳。叶叶枝枝浥露,淡妆抹、花气吹裳。倚栏笑,轻绡一幅,流影亦生香。　含情才落纸,蜂喧蝶挡,秋色三湘。章台共楚畹,臭味相将。却道众香国里,不着土、五柳深堂。兴酣时,花心意蕊,想象梦高唐。

高尔俨(1606—1655) 1首

字中孚,号岱舆,直隶静海(今天津静海)人。崇祯十三年(1640)探花,授编修。清顺治初授秘书院侍讲学士,迁侍郎,擢吏部尚书。赠太保,谥文端。著有《古处堂集》。

浪淘沙 秋景图赠岨石吴令君别

秋月挂秋天。秋景萧然。秋风还速令君鞭。秋里流光君在好,秋宇冰弦。
秋树噪秋蝉。秋意缠绵。秋清不比令君贤。秋应为君留去色,秋浦寒烟。

马世杰(1608—?) 2首

字万长,号焰斋,江苏溧阳(今江苏溧阳)人。顺治八年(1651)贡生。以授徒为业。著有《孑遗集》。

如梦令 题画

古木拂云遮日。山色远浮空碧。茅屋两三间,不到俗尘人迹。休息。休息。中有高人读易。

其二

一带烟波泓渺。渔叟晚来垂钓。巨口状如鲈,买醉且停风棹。开早。开早。秋信满溪红蓼。

傅维鳞(1608—1667) 1首

字掌雷,号歉斋,直隶灵寿(今河北石家庄)人。清顺治三年(1646)进士,改庶吉士,授翰林院编修,官至户部右侍郎。著有《四思堂文集》。

望江南 美人题笺图

涛笺拂,冷意逼空江。欲写还停迟玉管,低头凝睇转银釭。墨泪洒蕉窗。

孙蕙媛 1首

字静畹,浙江嘉兴人。德贞女,庄国英室。有《愁余草》《挽什百花词选》。

临江仙　烟雨楼望雨中烟树,沈蕴贞、张夫人绘图惠箑

细雨遍舟湖上叙,楼前春景初深。鳌矶新插柳垂阴。烟波平画槛,花坞听鸣禽。　　把袂寻芳闲眺玩,羡君尘外披襟。蒙贻画扇重南金。清风时在握,宛尔共登临。

纪映钟(1609—?)　1首

字伯紫,号戆叟,上元(今江苏南京)人。著有《真冷堂集》。

贺新凉　题宗元鼎东原读书图

手把花间卷。日相羊、东原溪阁,百情灰遣。檐外琅玕垂万个,夜夜露啼霜法。药房静、光明莹茧。汲古骚人恒默坐,溯黄颛、下视嬴刘浅。书著就、肠纡展。　　堂名新柳朝光显。拂阑干、燕泥洗净,松圆石扁。截尽俗尘苔院闭,寂寂莎阴眠犬。只酒瓮、频空不免。散绝广陵谁复继,世蛰弧、述祖如尧典。余磔磔、秋风剪。

汪观(1609—1661)　4首

字颢若,安徽休宁人。顺治十二年(1655)进士,官湘乡知县。著有《静远堂诗集》《梦香词》。

画堂春　自题由舟山房图后

萝峰翠滴晚云横。树间时送秋声。山房恰似载花舲。好与鸥盟。　　野菊依篱兴逸,芙蓉隔岸情生。米颠石丈醉翁亭。明月同清。

明月斜 题梅花扇上

岭头春,寒香夜。雪满溪桥不忍归,寿阳点额风檐下。

天仙子 题红梅画扇

梦断罗浮月影空。含章殿角卧东风。桃源错认眼朦胧。醉色好,淡妆浓。傅粉何郎又抹红。

玉楼春 天圣寺管夫人画壁

几千疏影摇晴雪。写上银墙丰致别。夫人握管擅奇思,露叶风枝堪媲洁。添些木石浑无缺。承旨风流超往哲。百年墨色称双绝,满壁烟云长不灭。

钱肃润 6首

字础日,别号十峰主人。江苏无锡人。明诸生。清康熙十七年(1678)举鸿博,不就。卒年八十三岁。

满江红 题金治文秋林诗思图,和陈伯驺韵

秋水盈盈,几回望、海流川曲。谁道是、臣之居也,非舟非屋。之子在焉呼不出,人退尚喜音毋玉。待书成、万卷映缥缃,登芸局。　　何必种,王猷竹。何必采,陶潜菊。但枫林椶椶,声和琴筑。醉后厌寻槐穴蚁,梦来懒覆蕉湟鹿。任优游、永日以忘年,唯君独。

满江红　题江上外史小影赠荆默庵,时默庵为江阴学博

浩浩洪流,到今日、波恬浪息。看一带、云烟黯淡,翠峰屏立。渔艇凫舟浮水面,鸥汀鹤渚群飞出。坐江头、把卷独长吟,情脉脉。　　貌严重,神飘逸。气沉雄,才宏硕。本玉皇香吏,金銮仙籍。暂向江干称外史,品题山水无谀笔。论人物、上下几千年,延陵一。

满江红　题徐用玉躬耕图,和余广霞韵,是岁值大水

拍浪天浮,柴门外、江涛新涨。经水道、平添数尺,幸而无恙。荷锸也须耕月下,带经却惯锄云上。看载筥及筐自南来,伊谁饷。　　瞻绿野,清波漾。樵父泣,渔翁唱。羡庞妻作黍,陶公成酿。曳索有时还着屐,挂钱无事将携杖。问徐孺、稼穑近如何,图难状。

喜迁莺　题荆溪小隐图,赠林天友别驾

荆南山麓。看烟树苍茫,层楼叠屋。中有高人,呼之不出,共说其人如玉。阳羡茶真可爱,九里水原非浊。暂栖住,任逍遥容与,为盘为谷。　　不俗。算自昔、宦隐名流,争向溪边宿。杜谢犹存,任台在望,山为苏公称蜀。君复结庐到此,恰尔追芳齐躅。是图也,置五云罨画,平添一幅。

沁园春　题丁药园采芝图

我见丁君,太白东坡,疑其后身。奈花笺甫赐,空承主眷,金莲方照,徒叹卿文。儋耳苍茫,夜郎惨淡,万里归来故国春。那堪羡,羡吴山越水,做散仙人。　　一朝厌弃风尘。向何处桃源去问津。念高车驷马,其忧甚大,幽林邃谷,此乐为真。采者芝欤,绮园安在,共说蟠蟠入汉廷。君行矣,恐图形征访,正具蒲轮。

沁园春　题袁重其负母看花图,和纪伯紫韵

循彼南陔,厥草油油,北堂在前。睹穿帘舞燕,栖檐宿鸟,夕来朝去,娱悦高年。陆绩思亲,仲由孝养,橘可怀兮米负肩。真堪羡,喜慈颜如旧,儿鬓初斑。　　婆娑地上金仙。看膝下翩跹乐事全。正熏风池馆,端阳佳节,葵榴满放,杨柳三眠。绢拂鹅溪,笔推龙爽,点染韶光景更妍。留题遍,想莱衣戏彩,旷世同传。

陈结璘（1611—1692）　3首

字宝月,别号松昙内史,江苏常熟人。举人瞿嵩锡妻。工画山水。著有《绣香居存稿》。

踏莎行　题画

暖翠浮烟,寒泉漱玉。依稀樵径松阴曲。白云深处有人家,一声短笛归黄犊。　　远嶂栖霞,晴溪泛绿。小桥垂柳纶竿独。柴门半启掩疏篱,落花阵阵飞茅屋。

点绛唇　题扇头杏花燕

一夜东风,雨霏烟潏催芳草。春光渐好。红杏枝头早。　　燕子归来,香径芹泥小。营巢了。画梁晴晓。对语呢喃巧。

菩萨蛮　题画芙蓉

芦花飘雪秋江冷。莲叶凋残断香影。风急雁初来。芙蓉相对开。　　露重娇难起。红香映秋水。明镜一枝斜。妆成在若耶。

吴乔（1611—1695） 2首

一名殳，字修龄，江苏太仓人，入赘昆山。作诗学李商隐，好为艳体。善论诗，服膺冯班、贺裳，对两家诗论多加引录。以己著《围炉诗话》、冯班《钝吟杂录》、贺裳《载酒园诗话》为"谈诗三绝"（见阎若璩《潜邱札记》）。主张"诗中须有人"，强调"比兴寄托"，为赵执信所推崇。诗论著作有《围炉诗话》《西昆发微》，诗文集有《舒拂集》。

人月圆　题陈其年填词图

薛娘笺纸湘娥管，狼藉画眉余。红牙待按，词成犹未，莫更徐徐。　个人画里，唤来曾应，羡煞鬟奴。愁深梦浅，琼箫吹彻，彩凤来无。

青衫湿　题迦陵先生填词图

薛娘川纸湘娥管，珍惜裹轻裾。来催好句，诗余就也，恰对人余。　画里真真，唤来曾应，争奈长涂。愁明梦暗，手书寄也，难寄心书。

张尔歧（1612—1677） 1首

字稷若，山东济阳（今山东济南）人。明亡不仕，教授乡里，键户著书。与诸弟讲十三经，独精三礼。与顾炎武相交。著有《蒿庵集》。

沁园春　题骷髅图，次梅花道人韵

试问天公，妆来演去，何时是休。看百样堪怜，人前面孔，千场好笑，夜半隐谋。计较妍媸，商量肥瘦，谁肯凭人唤马牛。鬓边发，星星变尽，尚自持筹。　光阴去也如流。那兔走鸟飞肯转头。叹绝代佳人，冢边脂粉，擎天大业，墓底王侯。者段机关，若还识破，莫向平原问古邱。好和我，繁华闹处，细觑骷髅。

陈轼（1617—1694） 13首

字静机，福建侯官（今福建福州）人。明崇祯十三年（1640）进士。入清，官广西苍梧道。有《道山堂集》。

瑶花　题伯驺叔郎官雪霁图祝寿

雾潆林屋，雪泚支硎，正峥嵘时序。沉吟诗卷，费浪仙、此日劳神酒脯。绳床冷铣，满衣袂、清风如栩。听爆声、金管初回，恰是嘉名初度。　　溪湄数点寒沙，望白港轻舟，江村渔浦。哈呀指爪，晴岚染，插遥天、孤峰云护。撘篱磴径，莫辜负、邵平瓜圃。趁归期、及早青春，拼受兰皋竹坞。

点绛唇　题友濯足小像

彼胫无毛，茫茫重茧何时已。不如休矣。箕踞晴川里。　　触目沧浪，孺子行歌地。临清沘。褰裳投趾。竟比巢由耳。

风入松　题画

枫林红叶点山茨。明月纸窗移。蝉风鹤露凉亭下，忆兼葭、梦寄江篱。待整瘦尊茗碗，共拈丽曲清辞。　　萧萧芦荻泛澜漪。渡口片帆飞。烟汀白鸟寒光照，望沧洲、一带湫湄。人世知心有几，柴门好扣双扉。

江神子　题画

青林葱翠散芳烟。怅平川。戏轻涟。枯棋对面，弹子落花毡。柳烟松梢香阁畔,绿水政澄鲜。　　江潮吹叠画栏前。听潺湲。泛珠渊。平芜泻浪,人渡板桥边。一带长堤断也看,鹭浴并鸥眠。

鱼游春水　题顾茂伦雪滩钓叟图

澹影垂虹照。沽酒罢、河桥雪漂。莎裳沾湿,独向寒篷寄傲。清汀历落摇文灙,小艑苍茫迷远峤。几度冲湖,绿蒲红蓼。　　短笛斜吹新调。唱彻湖山天籁杳。看那笠泽烟波,云遮雾驳。一星灯火流萤过,万顷江田孤鹜矫。片叶飘然,笔床茶灶。

临江仙　题袁重其负母看花图

盘勺堂中亲捧罢,阶前红绿方然。莺声蝶影斗便姗。人从花里望,眼似雾中看。　　不待攀舆轩轾叠,劬劳止有双肩。谁将花下驻长年。阴晴时未定,忧喜梦还牵。

解佩令　题画

黄昏闲院,诸峰暮影。桧烟深、数声金磬。明月如霜,照圆颅、鹊窠珠顶。悄空林、貀鼩穿径。　　香山钟暝。青龙蝉静。醉扶藤、碧崖崎岭。剥啄风高,可唤起、小龛禅定。喜相过、涧泉清茗。

华胥引　题画

重岑叠壑,高掌天开,揭来千仞。气结青冥,空濛驰荡乘虚牝。试看蓬阙华巅,峻巢连云阵。采药长生,是处真源堪问。　　鸟路难攀,睇碧落、参差飞隼。轻舟鹜橄,悄听岭猿声近。又见烟沙断岸,长帆风紧。谷口亭皋,武陵香气犹喷。

意难忘　题画

桑陌芳辰,有钿车香拥,衮衮飞尘。桃花含浅笑,柳眼寄微颦。莺乍啭、草成茵。见翠缀红匀。夕照时、残霞深水,吹散游人。　　投林鸟影纷沦。遍山庄阒寂,明月为邻。樵歌喧壑暮,牧唱入村频。升皎镜、走灵燉,孤魄上高旻。杖屦归、柴扃雪缟,小睡藤轮。

洞仙歌　题林静庵小像

当年气概,指弯弓飞羽。跗䟽争先眼如炬。向白鹭洲前,横槊赋诗,催柳浪、明月秦淮来去。　　英雄还未老,逃入初禅,贝叶喃喃落花雨。更清宵银蜡,醉取千杯醽醁,度迢迢谯鼓。但楚尾吴头行乐处。省多少纷拿,箧蛇藤鼠。

鹊踏花翻　题龚学博送别图

竹叶开尊,榴花拥路,瘴云柳色催离袂。分明帐设扶风,干戈羽钥,雅歌曾沸桥门水。蒲关落月,乱蝉吟,云霄出岫清猿泪。　　休拟。昔日鲁膴秦稚。临渊且自投竿饵。试听风笛,红亭青青匹马嘶,向空林际。残更驿树,晚凉生、巾车冉冉人千里。

婆罗门引　拈花微笑图,寿长庆云机上人

白毫金相,秋光犹带月轮晖。宝珠清净摩尼。试看灵山唱演,勘破未生时。海幢亲法乳,冷暖曾知。　　卖弄盐䪷。缝金缕、只传衣。岂肯炉边设灶,土上加泥。无多风景,生意足、生有旧伽梨。这才是、黄面青釐。

玉人歌　题潘友小像

轻云霭。染篁岭浓阴,西湖烟黛。洛阳掷果,早贮盈车载。海滨本是神仙

派,忽地来珠彩。好珍重、绿发龙驹,培风鹏背。　　锦句奚囊佩。是阳夏文章,龙门风概。斗酒微醺,醉墨淋漓洒。青山巧借金鞯客,竹籁吟秋噫。看丹青片幅,一林芳菭。

叶树廉(1619—1685)　1首

字石君,号潜夫,江苏吴县(今江苏苏州)人,侨居常熟。明亡后,归隐太湖洞庭山。性嗜书,建朴学斋、归来草堂为藏书楼。

蝶恋花　题扇头画梅

一样春风梅独早。密密临风,片片当窗晓。杏苑桃溪还悄悄。调羹手却争先了。　　瘦影横斜香梦觉。一尺南枝,画里安排好。何处嘤嘤来好鸟。几番争啭知春到。

高咏　1首

字阮怀,号遗山,安徽宣城人,诸生。诗与施闰章齐名,号"宣城体"。有《遗山诗》。

桂枝香　题迦陵先生填词图

天教付与。此妙手髯翁,评品宫羽。疑是苏家老子,朝云为侣。偏能道、晓风残月,大江东、竟成虚语。紫箫初弄,红牙再按,艳情如许。　　却只恐、玉堂催取。苦上马匆匆,谁更延伫。三尺乌丝,写未了、花间谱。挥毫又进清平调,使当年、若应词举。定图袍笏,凌烟阁上,风流同父。

张夏 4首

字秋绍,江苏无锡人。

满庭芳 题刘将军像卷,同蒋玉渊作

藜阁王孙,沙堤介弟,移来彩戟双双。功成身退,早撇却炎凉。何必凌烟画就,开金谷、歌舞徜徉。但一鏖,松风梦足,苔卧绿沉枪。　　从他门户盛,编篱插棘,独坐云间。到天涯览古,百咏千觞。更拟翻经入道,桃源口、借问渔郎。嗤当日,射生驰马,仗剑事先皇。

风流子 题钱将军海晏图

扶桑弓早挂,风波偃、高会引杯长。羡锦树先王,射潮威武,湘灵才子,惊梦文章。娱心处、青萍酬赵客,白苎听吴娘。月小山高,重游赤壁,莼香鲈美,正对松江。　　江边重回首,孙卢万舰,付笛里沧浪。廿载抚循鸿雁,烟水相忘。看诸郎受节,传家玉马,通侯配印,柱国金汤。管取功成身乐,麟阁流芳。

一萼红 题石田写菰川庄图,庄今废福城庵

旧沧洲。是老翁白石,亲写武陵游。藓净渔矶,花飘贾箧,中间着个羊裘。烟鸟归、四围松竹,倚遍了、明月最高楼。不识侯门,有名相里,笔墨风流。

堪叹桑田更改,把图书金石,尽付浮沤。香阁经签,法堂钟鼓,凄凉一点灯油。争传说、高人舍宅,任他日、乳燕啼鸠。只看吴宫晋苑,剩得松楸。

百字令 自题小影

天容吾老,谢春风妆点,舞雩沂水。剩有门前烟景胜,混迹渔樵堪喜。失

学从儿,愁贫任妇,聊诵村夫子。时名何有,赋成覆酱瓿耳。　　空自跳荡词场,浮沉墨榜,复雄谈弧矢。一剑曾邀知己顾,难负文山柴市。逃入东林,别联白社,就此终身矣。相呼道学,他年瞒尽青史。

计南阳　1首

字子山,号垒斋,江苏华亭人。明诸生。入清,放浪山水间。有《负灯集》《江枫草》。

满江红　为尤西堂题竹林晏坐图

青盖朱□,想当日、龚黄期许。人不信、长杨才子,片符酬主。姑射朝吟看鸟翼,邯郸夜猎驰风雨。更休登、神武旧宫门,投冠处。　　九仙骨,天付与。一品服,空凝伫。且摩挲等笛,胡床箕踞。散发漫垂锦水钓,高眠不听花楼鼓。问幼舆、丘壑可相宜,笑无语。

宗元鼎(1620—1698)　1首

字定九,号梅岑,江苏江都(今扬州)人。尝从王士禛学诗。善山水,写生似钱选。有《芙蓉词》。

风流子　题周宝镫坐月浣花图

梧桐庭院下,黄昏后、又复卷帘钩。见花影一天,蟾光如昼,太湖石畔,烟袅瓷瓯。新凉也,画屏闲冷簟,兰蕊正娇秋。低唤碧鬟,戏持银瓮,露珠轻泻,细润香柔。　　汉宫人似否,帘前月、偷看沲沲含羞。宁让海棠春睡,宿酒初收。纵花愁婉娩,禁寒赚暖,浣花人见,更惹闲愁。何日双携画卷,同玩南楼。

宋实颖（1621—1705）　2首

字既庭，号湘尹，江苏长洲（今苏州）人。顺治八年（1651）举人，官兴化县教谕。有《读书堂老易轩文钞》，附词。

醉花阴　题迦陵先生填词图

十年燕市和高筑。莫铸黄金屋。入洛暂归来，髯逸超群，谈笑评丝竹。阳羡书生眼底事。游戏人间世。郎戟莫嫌迟，酒渌灯青，袖有相思字。

临江仙　为尤侗题水亭垂钓图

玉破鲈鱼霜破柑。秋风早满江南。水哉亭子似湘潭。科头杨柳下，濠上兴方酣。　匹马卢龙成底事，十年一梦朝簪。功名游戏小儿担。不衫复不履，两两与三三。

胡亦堂　1首

字二斋，浙江慈溪（今宁波）人。顺治八年（1651）举人，官户部主事。

满江红　题迦陵先生填词图

肖像旁求，是谁省、君王气力。看豪迈、青莲待诏，红兰生色。花底髯掀苏子赋，朝回醉脱陶公帻。恰双蛾、敛翠要人描，怜彩笔。　荷裳亚，蕉茵直。鹍弦倦，玉箫寂。正指点红红，谱翻昔昔。鞭镬谩怀阳羡雨，雕龙且付瀛洲石。待填成、学海济苍生，归湖得。

田茂遇 1首

字楫公,号鼐渊,江苏青浦(今上海)人。少受业于夏彝仲、陈子龙。康熙十八年(1679)荐试博学鸿儒,不就。筑水西草堂,觞咏终老。有《水西草堂集》《渌山词》《清平词》,并与张渊懿合选《词坛妙品》。

望湘人 题迦陵先生填词图

想韩能画骨,张解点睛,谁欤便捉髯写。头上贤冠,腰间羽箭,何处容君潇洒。郊只骑驴,鲲宜置壑,貌来差可,怪何年、身傍钧天,敕与吹琼粲者。

别有闲情相惹。记崔徽当日,捧书遗下。盼村巷、朱陈图作,等闲婚嫁。枕畔甄来,裘边卓拥,描绘花前月下。煞霓裳、一曲广寒,未许吟残醉也。

华长发 2首

字商原,江苏无锡人。诸生,工诗词。尝助顾祖禹纂《读史方舆纪要》。工书法,与邑人孙竑禾、高世泰、严绳孙齐名。著有《语花词》。

金明池 题周栎园画册

栎园先生风浪万端,烟霞一往。采沧洲之图画,作绿野之盘桓。三更开卷,辄呼绝代奇文;廿载随车,直结生平良契。从容台阁,惟余金石之声;跋涉山川,尽协丝桐之响。彼昌黎华岳难登,翻多一恸;柳仲林摅有记,未尽千言。岂如烹泉石上,穷五岳之奇;载酒身中,尽三都之胜哉。

匝地青山,掀天碧浪,总为栎园飞舞。风日淡、画船锦缆,又疏雨、薄云夹路。展奚囊、检点烟霞,相期待、红叶黄花未暮。更鸿雁霜高,葭苇露冷,事事画图堪妒。　翻笑当年都是误。纵梓泽平泉,怎能千古。天台好、半幅携来,蜀道难、一肩担过。尽流传、沧桑无数。只云山形影,烟波风度。任玉勒珠缨,麟符虎节,不向此中回步。

贺新郎　题二乔观兵书图

并倚朱栏侧。注秋波、十三篇上,沉吟筹画。记昨沿江传警报,列遍魏家旌戟。正笑杀、阿瞒痴极。甚日铜台双就锁,只甄妃、偶被君家获。侬姊妹,倘空忆。　兵符两两簪花格。旧江山、青葱如画,翻成赤壁。娘子军行无失算,衬出周郎功绝。笑诸葛、遗巾遗帼。但讶兰芳机密事,怎而今、画谱流传得。问谁个,漏消息。

项奎(1623—?)　1首

字天武,号墙东居士,浙江秀水(今浙江嘉兴)人。徽谟子。庠生。幼承家学,善山水、兰竹。笔墨秀雅,颇得元人枯淡之趣。著有《晚盥堂集》。

少年游　题画

碧桃破萼柳新妍。着意惜芳年。泥软初晴,风□未暖,深院罢秋千。　横塘野岸游人集,寒食有村烟。草色牵情,花飞照眼,买醉罄囊钱。

夏基(1623—?)　1首

字乐只,号泊庵磊人,安徽徽州人,寓居杭州。著有《隐居放言》《西湖览胜诗志》。

满江红

壬子之冬,十月之杪,夏子年方及艾,日逢初度,挈觞与榼,偕僧无碍同游于孤山之寺。系舟亭下,拜文昌,谒四贤,返而登舟,与僧共话。既而举杯自寿,爰出纸伸墨,画长松一幅,取以自赠。曰:"青松落落,愿与同寿。"画罢又酌,更题诗松上云:"收拾湖山作画屏。一壶醽醁向天倾。问人谁是蓬莱友,笑我还多鹤鹿情。林类行歌时不竞,洪崖拍手逸为荣。绘图聊取长松赠,愿与昂昂老此生。"题罢又酌,再续诗余一阕。

啸傲湖山,今老矣、双眸都障。愁冈极、五十行来,倍添衰状。白发鬖鬖犹可薙,苍髯矫矫刀难上。料天公、有意着人间,寒相向。　桥堤上,南山漾。皋亭外,渔人唱。问谁为宾主,共开泉酿。仗炼十年空负剑,驱魔一喝还宜杖。喜闲僧、世外倒霞觞,欢同赏。

米汉雯 1首

字紫来,号秀嵒,直隶宛平(今北京丰台)人。明太仆米万钟之孙,清礼部尚书王崇简之婿,顺治十八年(1661)进士。典云南乡试、江南主试、内廷供奉,迁侍讲。能诗善画,尤工金石篆刻,时人呼为"小米"。有《始存词》。

解语花　题迦陵先生填词图

香添麝炷,翠展蕉茵,密霭深庭户。文章燕许君何让,生小尤工金缕。引商刻羽。恰好倩、倾城仙侣。咳唾间、戛玉霏珠,尽入参差谱。　凝盼横生媚妩。愈清思奇艳,浦飞毫舞。慢声吹到关情阕,锦瑟一弦一柱。余音如诉。群籁静、桐阴转午。想曲终、重按檀槽,还有堪怜处。

陆宏定(1628—1668) 1首

字紫度,号纶山,浙江海宁人。嘉淑弟。诗与兄齐名,时有"冰轮二陆"之目。不求仕进,以布衣终老。著《凭西阁长短句》。

减字木兰花　题陈甥行乐图

槐阴柳陌。逍遥尘外烟霞客。且傍花间。啸月吟风一晌闲。　　吾家无忌。若还似舅人间弃。但是鱼龙。好趁长江万里风。

王永命　1 首

字九如,号劬庵,山西临汾人。顺治五年(1648)举人,官迁安知县。著有《有怀堂笔》《有怀堂集》。

满江红　观西园雅集图,忆子霞灵山会作

雅集西园,萃多少、名贤俊杰。甚风流、一番目数,一番心折。博学宏辞若个最,奇材异慧孰曾绝。算清闲、怕不似先俦,恁豪撒。　　怀佳会,兴早切。续胜游,韵更别。叹灵山,谁管领、大苏小辙。书画拈来千里雾,儒释悟去一堂偈。问何时、联袂坐真峦,度前哲。

李中素　1 首

字子鹄,湖北麻城人。康熙初以岁贡生授湘乡教谕,主岳麓书院,迁闽县知县,调台湾,颇有政绩。著有《梅花书屋诗选》。

柳梢青　题画扇

叶叶花花。无端少绪,似正疑斜。半逐春归,半随君去,半在侬家。
消磨雨打风遮,再休信、蜂牵蝶赊。除却断愁,也多旧憾,还有天涯。

沈泌 1首

字方邺，江南宣城人。父寿峣为复社名士。泌博学强记，性豪放不拘，从施闰章、王士禛及东南诸遗民游，富有才名。著有《双羊集》。

木兰花慢　题颜修来长杨羽猎图

西京辞赋美，夸羽猎，奏长杨。羡泰岱孕灵，沧溟汀秀，虎卧龙骧。回翔。石渠金马，揿奇文、云汉丽天章。一代庾徐体制，千秋褒鄂行藏。　　愧寸玑尺璧难方，圣城企循墙。敬命世君宗，大儒矩范，吾道攸光。坡陀雨毛洒血，更谁言文事武相妨。品藻清通简要，题才竹箭圭璋。

王士禄（1626—1673） 1首

字子底，号西樵山人，山东新城人。顺治十二年（1655）进士，擢吏部考功司主事，迁员外郎。著有《十笏堂诗选》《炊闻词》等。

减字木兰花　题广陵宗定九小影

白襕乌帽。搦管桐阴随啸傲。张绪当年。春柳灵和尚宛然。　　诗人老去。廿载名场还未遇。此日披图。惆怅韶华似辘轳。

戴继麒 2首

渔家傲　题孙石林濯足图照

一片芦烟波杳渺。临流濯足忘昏晓。长啸数声天地悄。闲独钓。目空翻觉江湖小。　　笠帽棕鞋成性傲。读书坐没坡前草。秋水玉钩明皎皎。红是蓼。醉来错认桃源道。

烛影摇红　再题吟秋图照

宋玉多愁,知君不负吟秋手。追随数载订金兰,又届重阳候。怪满城、风雨透。远村红叶都妆就。濡毫染翰,呕心吐玉,几番频皱。　　跣足科头,亭亭独坐闲清昼。多因也是厌烦嚣,不语常低首。莫看小桥衰柳。恐记取、东风亲受。篱边剩有,伴汝伤秋,黄花消瘦。

沙张白(1626—1692) 1首

字介人,江苏江阴人。诸生。

踏莎行　和王阮亭先生题汉皋解佩图

鹦鹉洲前,蘼芜香里。凌波何处来仙子。彩云一片逐斜阳,乱山错落芙蓉紫。　　梦绕漪涟,香消蘅芷。白蘋夜夜秋风起。生憎最是两鸳鸯,背人独占潇湘水。

周清原(？—1707) 2首

字雅楫,号浣初,江苏武进人。监生,康熙十八年(1679)召试博学鸿儒,官至工部右侍郎。著有《浣初词》。

西江月　题孙孝堪小像

诗酒平生事业,衣冠别样风流。烟波稳处着扁舟。有点红尘到否。
暂借绿阴作幔,还须明月为钩。临渊何羡亦何求。自有丝纶在手。

菩萨蛮　雪梅图

梅花未放枝头雪。雪花点缀枝头月。花色两相和。是谁颜色多。　　劝梅休恨雪。且耐寒威冽。待得暖风来。雪开花也开。

倪粲(1626—1687) 1首

字闇公,号雁园,江苏上元(今江苏南京)人。康熙十六年(1677)举人。十八年召试博学鸿儒,授翰林院检讨。著《雁园词》。

沁园春　题迦陵先生填词图

谁画湘娥,幻耶真耶,如蝶梦庄。看乌丝题字,几回详审,红牙按谱,作意清狂。八斗才华,五陵裘马,锦瑟桐阴不暂忘。斯人也,在阆风之野,广漠之乡。　　畴言壮志昂藏。况电马云车无定方。昔秦邮太史,关情旖旎,江边白傅,泪堕宫商。金缕歌残,紫箫声断,月榭兰轩翠带长。君知否,似桃源鸡犬,未尽荒唐。

唐梦赉(1627—1699) 6首

字济武,号岚亭,山东淄川(今淄博)人。顺治六年(1649)进士,改庶吉士,授翰林院检讨。以救李呈祥罢职放归,遂不再出。著有《志壑堂诗余》。

满江红　题梁承笃柳村渔乐图

个是谁家,柳浓处、乱我心曲。人道是、垂纶渔父,又邻茅屋。把柁长年头似雪,弄潮少妇颜如玉。更何人、欸乃唱歌声,千溪绿。　　轻远别,中山菊。来啸傲,吴山竹。正四郊多垒,国忧臣辱。羽檄晨飞征马疾,牙筹夜算军粮足。待策勋、双戟下邯郸,朝眠熟。

贺新郎　题颜修来吏部为舍人时扈从图

雁塞黄沙卷。听宸游、长杨会猎,行城先遣。凤阁舍人亲侍从,霜落明驼清泫。忙收拾、彩毫鱼茧。小队征裘弓剑外,恐毡庐、楮柱当风浅。液池畔,择林展。　　题诗草檄词名显。控银骝、雕鞍络软,金环衔扁。雪压平芜风压阵,齐看腾鹰驰犬。赐酪乳、臣饥方免。玉帐貔貅多少在,但紫薇、郎署谙朝典。妖狐净,兔群剪。

贺新郎　题法黄石先生一石园九峰图

五岳征衫卷。还云根、方平呼叱,祖龙鞭遣。飞到蓬壶东海岸,日夜波摇光泫。疑涧壑、神芝藏茧。三岛六鳌支柱起,怪幔亭、九曲游何浅。翠微外,赤霞展。　　揭来鼍画名初显。拂霜毫、横看岭峻,侧看峰扁。福地洞霄原有数,夜静常闻仙犬。谢康乐、鞋穿难免。只是移山几案上,早对门、屿嵝探瑶典。宁笨伯,荆榛剪。

满江红　题吴海木柳塘图

所谓伊人,浓阴下、燕窥莺识。算只在、林逋亭外,净慈湖北。折角风前郭泰服,练裙雨后封胡屐。浑不是、渔父问花来,桃源客。　　赋掷地,金声坼。渴吞海,鲸川敌。望临安吊古,晋唐芳迹。对菊开樽怜靖节,听松调鹤迟贞白。待他年、柳汁染宫袍,图如昔。

沁园春　自题顾荇文为余画志坚堂图

览此闲园,林屋山塘,谁曾到来。好松间长柄,逍遥浮世,山间斗笠,摆落纤埃。环堵三楹,柴桑五亩,岂有平原金谷哉。茅檐外,任莺儿并啭,燕子双回。　　门前应画萧斋。又面面亭台对竹开。有尚书来也,题词红杏,英雄老矣,煮酒青梅。夏末晚菘,春初早韭,分付园丁仔细栽。看归去,偕羊求二仲,香径徘徊。

貂裘换酒　题吴海木小像,次原韵,约游维扬

君岂穷途者。买扁舟、榜人缆解,雨师尘洒。茶灶笔床陶岘客,帘卷斜阳如画。阳关赋、彩毫平泻。烟雨楼高三塔寺,听西窗、剪烛巴山话。金龟换,青帘价。　　鞴绁莫向雕鞍挂。且消停、南山射虎,东皋系马。响屧香廊雷塘墓,不过往来吴下。采九畹、芳兰盈把。草就天人策数卷,出菰芦、早向金门射。吴季子,何人也。

吴任臣(1628—1689)　1首

字志伊,号托园。原籍福建莆田,随父徙浙江仁和(今浙江杭州)。康熙十八年(1679)以诸生荐举博学鸿词,授检讨。著有《托园诗文集》。

疏影　题迦陵先生填词图

荷衣露顶,看绿云满地,阳和时节。翠带斜吹,檀板低敲,霓裳试按三叠。殷红冉冉春如许,漫搁笔、沉吟欲绝。待兴来、不律飞扬,写出慧心莲舌。

况有娉婷侍女,似雪儿体态,金缕歌阕。迷迭焚香,一卷琅函,尽足髯公生活。长安凤尾传青琐,禁不住、晓风残月。拼今番,桃叶渡边,付与玉箫吹彻。

计善　1首

字廉伯,浙江嘉善人。

最高楼　题画竹

空斋内,闲挂两三竿。势已出云端。疏影自疑龙化晚,浅丛犹觉风餐寒。几多时,风渐沥,雨檀栾。　尽一会、阮公林下醉。熟一会、王公庭下睡。清瘦质、总平安。低枝不为秋霜重,枯梢常寄晓烟残。写人人,添个个,试分看。

沈尔璟(1613—1689)　2首

字冀昭,号凤于,浙江乌程人。清康熙二年(1663)举人,二十一年进士,官湖北公安知县。尔璟早负词名,聂先、曾王孙辑《百名家词钞》选其词一卷,诸词选本亦录其作。陈其年谓其词"吴梦窗无此清新,张玉田逊其绮密"。有《月团词》。

贺新凉　题顾梁汾舍人小像,和成容若原韵

凉吹初喧耳。想当年、风池仙客,蕊珠高第。神武门前乞闲早,稳卧知君何意。又社燕、辞营戊己。丛桂小山相见晚,听梧桐、雨洒清宵泪。携玉麈,剪

秋水。　披图未展心先醉。况题词、南州孺子,西园无忌。锦带纯钩数壶矢,忘却金门三已。怕杨柳、陌头轻悔。尽道封侯人易老,笑麒麟、也只丹青里。凭红豆,隔帘记。

疏影　题迦陵先生填词图

紫藤开后,看桃巾棐几,人倚清昼。拨定鹍弦,黑黑偷弹,红红先数歌豆。千秋事业蛟桥水,闲拂断、吟髯还又。道从前、划损阑干,都是雪儿亲授。

谁向小山招隐,鹤头新命渥,文馆初就。曲谱乌盐,不比今番,玉笛微传钧奏。仙郎蘸烛修书晚,略写与、永丰双柳。怕去时、唱到销魂,引得远山僝僽。

祝尚矣(1630—?)　1 首

解佩令　题沈子题彭西山濯足图后,即次原韵

清音入耳。清芬沁齿。想清虚、没点些微滓。淡淡烟云,抵多少、柳街花市。快随瀍、壮吾前趾。　仙才有二。奇才有四。羡东阳、瘦处仙无似。名果无虚,暗中摸、料难忘此。隔三千、又无涯涘。

吴兆宽　1 首

字弘仁,江苏吴江(今苏州)人。顺治中与弟兆宫及兆骞等创慎交社,大会于虎丘。著有《爱吾庐诗稿》。

临江仙　题徐电发疏林远岫图

有客登临思悄悄,萧然放笔风清。疏枝坠叶有无声。但青山未老,数点远衔晴。　四野无人荒径杳,林峦两独关情。江天不尽暮寒生。秋风萧飒也,

只半幅分明。

吴农祥(1632—1708)　5首

字庆伯,号大涤山农,钱塘(今浙江杭州)诸生。康熙十八年(1679)荐试博学鸿词。家富藏书,与弟农复共读于梧园。

风流子　题迦陵先生填词图,代女郎赠主人

珊瑚增笔格,香奁启,窗下诉离愁。是唐突几何,弹琴堪寄,容辉减尽,掩镜还羞。乌皮凭,清歌移玉柱,词组烂银钩。刻画未成,百番索笑,携来不是,一晌凝眸。　青鸾书信杳,宫门索卖赋,宛洛狂游。浪铸沉檀小像,同锁西楼。借书含豆蔻,仍回眉角,语调芍药,总咽心头。计日长杨羽猎,夫婿封侯。

凤凰台上忆吹箫　题迦陵先生填词图,代主人赠女史

眉黛惊消,唇朱吹彻,琼台才住钿车。记字应白苧,声协红牙。春满青溪深处,湘竹暖,齐发梅花。翻新曲,呼凤引凤,竞吐云霞。　争差。盘中机上,琅函译翠袖,事事堪夸。是多情天付,一种人家。自与石尤风别,挽不尽、碧玉年华。凭图画,还随归梦,同绕天涯。

沁园春　题迦陵先生填词图,步宝名徐先生韵

帘影楼阴,一笑如皋,移灯玉房。讶精诚尚在,生疏狎兴,旧欢顿失,缥缈明妆。齿上轻圆,指间宛转,一一飞鸿十二行。真消受,喜脸横丝泪,身染脂香。　江东顾曲周郎。况领袖文园久擅场,岂含悲莫诉,歌原变徵,单情未合,调切清商。薄怒相怜,微羞徐敛,各谱鸳鸯入锦囊。君记取,有蝶寻衣带,燕扑钗梁。

沁园春　题迦陵先生填词图

作前词竟,宝名曰:"与卿曾见此图耶。"盖其年先生命作,实未见也。又作《沁园春》以纪之。如记曹续寄,当更作与宝名先生附纸尾耳。

万轴牙签,云雨荒唐,掌间体轻。应六朝故事,曾歌子夜,百年齐愿,早赋闲情。学隐秋屏,巧遮团扇,只狎当垆侍长卿。惊猜定,可聊通想像,未许逢迎。　侍儿仿佛呼名。谁得似君家解目成。岂徘徊闺阁,预愁孙秀,殷勤帘幕,默拒刘桢。窥宋都非,留髡不遇,遥隔巫峰认碧城。春风便,羡人称弄玉,仙类飞琼。

沁园春
题迦陵先生填词图,陈髯旧有小史,惊艳一时,又作沁园春以恼之

柳底吹笙,麈尾乌丝,争侍宾筵。见题诗欲倦,徐留帐下,宿醒微解,恒立床前。掷果丰姿,余桃憨态,任打金铺拥被眠。郎君誓,定今生与尔,不罢相怜。　只今追忆蹁跹。好初日容仪比少年。记笑颜抬眼,花难解语,歌喉按指,珠亦羞圆。金马初开,璧人何在,翡翠帘寒易惘然。秋怀苦,似长河不息,膏火同煎。

钱柏龄(1632—1715)　1首

字介维,号鹿窗,江苏青浦县(今属上海)人。监生。入清,宋荦抚赣,曾招致幕下。有《淀湄草庐诗存》。

黄鹤洞仙　题迦陵先生填词图,次黑蝶斋韵

相向画溪头,吟笔联歌苎。绝似维摩老解禅,重觅句。赢得天花雨。镂破碧城尘。写到无声处。不道朝云魂已销,凝恨绪。凭仗琼箫语。

毛际可（1633—1708） 1首

字会侯，号鹤舫，浙江遂安（今浙江淳安）人。顺治十五年（1658）进士。官河南彰德府推官，改知城固，调祥符。康熙十七年（1678）召试博学鸿词，不第回任。旋以事罢官。有《浣雪词钞》，一名《映竹轩词》。

望湘人　题迦陵先生填词图

看生绡一幅。踞坐者谁，昨宵杯酒曾接。醉后颠狂，闲时落拓，怎便传神眉睫。龙尾香浮，兔毫云涌，欲书还折。想年来、应诏金门，豫制宫词三叠。

堪叹吾侪易老，有星娥侍侧。霜毛偷镊。渐琼管风生，吹得早梅寒怯。纤指停余，朱唇整后，笑把郎肩轻捻。只道是、接鬓长髯，生怕拂人双颊。

恽寿平（1633—1690） 1首

初名格，字寿平，以字行，后改字正叔，号南田，又号白云外史、云溪外史、东园客、横山樵者、巢枫客。江苏武进人。清初大画家，精擅山水花卉。著有《瓯香馆诗集》。

金浮图　凤生画美人倚梅接履，小婢扇底俯拾落梅

探梅去。寒香映水。金谷春回，画堂人起。晓烟深、偏绕花多处。锦石长堤，曲曲涧泉如雨。忽见落英飘树。回看扇底，脱却红丝履。　　湘纹住。何曾动步。轻缕行缠，只怕金钩露。红绡总被青苔湿，唤双鬟、细拾瑶琳雾。还道多折南枝，烘暖铜瓶，莫使封姨妒。

曹霖 5首

字掌霖,山东安丘人,贞吉次子。以其叔申吉恩荫贡生。著有《黄山纪游词》。

买陂塘　题陈越山试茶图

喜先生、苎衣裁就,雨晴天气初暖。砖炉石铫烹春雪,好试建溪香片。闲自算。算蟹眼鱼涎,火候应须辨。枪旗妙选。爱叶细于针,汤清胜乳,不倩绿珠点。　　冰瓯小,目眩鹧鸪光乱。斟来银粟铺面。风裳欲挹浮丘伯,七品任教尝遍。休更羡。便紫笋黄芽,水晕何能免。家山正远。想玉女峰头,云腴采撷,纤指嫩香恋。

清平乐　题徐幼文山水

东风如许。吹绿鸳鸯浦。结个团蕉临水住。消受冷烟疏雨。　　縠文不卷轻波。银盘乱矗青螺。白板桥头春树,无人自挂藤萝。

夜行船　题熊封小像

廿四番风都已过。试春衫、不教宽大。似水空阶,无人深院,爱拂石床闲坐。　　摒挡牙签孤闷破。静愔愔、乍停清课。一笑花明,双峰翠舞,知是苦吟初妥。

黄鹤洞仙　题俞丹屿小照

远岫簇双蛾,野水开明镜。却背湖山抱膝吟,诗思冷。只在无人境。似发荻芽生,弹指西风劲。坐待吹花作雪飞,天易暝。轧轧摇归艇。

沁园春　题杞园先生远游图，即送之中州

风骨棱棱，裳袂轩轩，谁貌于思。算争如画出，铜龙待漏，不然写作，绣佛长斋。或拨琴丝，或凭楸局，蹴鞠投壶亦自佳。缘何事、画松瓢箬笠，布袜芒鞋。　　知君磊落胸怀。须五岳重游始快哉。忆频年摇策，蓟门燕市，几回放棹，邗水秦淮。牵梦关河，萦情宛洛，拟上庖牺画卦台。归来路，想梁园词赋，压倒邹枚。

江皋（1635—1715）　1首

字在湄，号磊斋，安徽桐城人。顺治十八年（1661）进士，官至福建兴泉道参政。著有《江在湄集》。

沁园春　题夏玉田小像

啸傲沧浪，酒杯诗卷，轻舟往还。看碧草滩头，共摇兰桨，青油幕底，暂解刀环。三径蒿莱，五湖烟水，家在江南何处山。谁拘束，信风波浩荡，坐弄潺湲。　　此生纵意疏顽。向湖海逃名只等闲。任笠雨蓑风，笑添苍鬓，渚烟溪月，醉倚朱颜。绣褓春雏，红妆并载，拼得浮家水一湾。相寻处，在鸥凫影里，芦荻花间。

吴陈琰　3首

字宝崖，钱塘（今浙江杭州）监生。有《桂荫堂文集》等。

沁园春　题豹岩先生志坚堂图，用辛稼轩韵

淄水之间，谁氏园林，赋归去来。想玉关投笔，空添白发，金门索米，徒逐黄埃。箬笠玄真，葛巾元亮，世态于君何有哉。行乐耳，看闲云卷尽，倦鸟飞回。　　著书兀坐空斋。更磊落胸襟对酒开。况经纶泉石，养鱼放鹤，主盟花月，问竹评梅。百尺桐阴，千条柳浪，门外还分五亩栽。神游处，愿与之偕往，画里徘徊。

貂裘换酒　题元云山人画，为豹岩先生

笑绝丹青者。只寒峦、鸿蒙墨气，雾腾烟洒。此景江南如江北，除却董源谁画。松几树、风涛疑泻。佛阁山庄层层现，指闲亭、欠个人闲话。须兑酒，余杭价。　　灵泉一道悬崖挂。似曾看、倏如飞电，迅如跃马。恰见唐公诗瓢在，芒屩循波而下。桃竹杖、溪头牢把。许我人林同挥麈，拼春来、读史秋来射。呼欲出，斯人也。

貂裘换酒　自题停鞭拂剑图小像

问尔何为者。俯中原、非儒非侠，襟期潇洒。高卧菰芦无人识，兴到偶然入画。气一似、昆仑倾泻。如此行藏嵚崎甚，叹许身、稷契成虚话。磨灭尽，连城价。　　纵横万里琴囊挂。解貂裘、旗亭赁酒，柳边停马。姹女红牙翻新拍，肠断夕阳之下。英雄泪、征衫盈把。醉倚吴钩长天外，正星昏，月黑寒光射。聊一笑，梦中也。

陆繁弨（1635—1684）　1首

字拒石，号僾胡。浙江仁和（今浙江杭州）人。培子。从陈廷会学，后授业洪升。著有《善卷堂诗文集》。

点绛唇　题陈君迦陵填词图

没处相逢,谁知却在丹青里。含毫拂纸。看着浑无字。　　荷雨初凉,湛湛吴江水。阑干倚。转添愁意。渐少来鸿矣。

陶孚尹(1635—1709)　1首

字诞仙,号白鹿山人,江苏江阴人。贡生,康熙二十五年(1686)选桐城教谕,越五年告归。有《欣然堂诗余》。

水调歌头　题友人枕流漱石图

我昔游庐阜,百道谷帘泉。比似跳珠沐玉,依约响潺湲。庭际嶙峋怪石,岩畔扶疏乔木,空翠落檐前。晏坐者谁子,永日意陶然。　　漫科头,还箕踞,尽盘桓。可许当年孙楚,日夕共周旋。岂是膏肓泉石,怎便临渊洗耳,砺齿齿还坚。欲识真面目,笑指画图间。

王晫(1636—?)　1首

号木庵,别号松溪子。浙江仁和(今杭州)人。诸生。好学博览,遍交天下名士。著有《峡流词》,汇编有《千秋雅调》。

醉蓬莱　题丹山碧水图,寿高念东都宪

展佳图遥望,宛是蓬瀛,问谁居处。邃阁层楼,傍山阿深树。丹嶂巉岏,碧波旋绕,有白云来去。最是清幽,长松蔽日,涛声如雨。　　独羡高人,棘槐成列,偏喜听松,餐霞吸露。杖履萧闲,似忘情簪组。游衍升平,安排乐事,正耆

年初度。伫看仙真,贻将灵药,朱颜长驻。

陈论(1636—1710) 1首

字谢浮,号丙斋,浙江海宁人。顺治十八年(1661)会试中式,康熙三年(1664)补殿试成进士,官司寇。后以谳案未当,罢归卒于家。

临江仙　题迦陵先生填词图

文人慧业生天早,音徽姑射仙姿。珊瑚架笔写乌丝。班香宋艳,妙绝是填词。　　锦瑟瑶笙蕉鹿梦,巫山行雨神姬。捱筝摘阮几多时。风流云散,宿草系人思。

柯崇朴　2首

字寓匏,浙江嘉善人。早年殚心经籍制义,尤工古学,中副榜。康熙十八年(1679)荐博学鸿词,丁外艰未与试。后官中书舍人。助朱彝尊编订《词综》。自著有《振雅堂词》。

渔家傲　题郭河阳秋山行旅图

一径盘纡迷远树。秋云舒卷笼烟雾。落叶无声空自舞。呼伴侣。西风萧瑟投何处。　　指点虚无天欲暮。石梁斜架还看度。墨妙通灵非画谱。山无数。茫茫却是天台路。

浪淘沙　题米友仁潇湘夜雨图

山色远含空。江水濛濛。孤帆悄度暮烟中。一抹苍茫迷望眼,几叠云封。　　断雁叫西风。渔火无踪。楚天零雨正重重。移取白波吹素壁,恍倚征篷。

柯维桢 2首

字翰周,浙江嘉善人。康熙十八年(1679)与兄崇朴同荐博学鸿词,以外艰未试归。晚尤嗜吟,自号"小丹丘",有《小丹丘客谭》《澄烟阁诗》等。

减字木兰花　题迦陵先生填词图

画工着眼。颊上三毫神更远。鬓美颐丰。我道前身是此公。　科头徙倚。满腹牢愁还得似。下笔沉吟。填就新词问那人。

其二

佳人难得。百琲明珠何足惜。闻道新年。已有朝云着意怜。　新词按也。谱入秦箫谁听者。不道而今。却与狂生看个真。

徐林鸿 2首

字大文,浙江海宁人。康熙十八年(1679)荐举博学鸿词,被遣归,与吴农祥、毛奇龄等称"佳山堂六子"。先西河而卒。著《两间草堂集》。

沁园春　题迦陵先生填词图

彼君子兮,有美一人,弄姿曲房。看冰髯细捻,婆娑故态,星眸斜睇,婀娜新妆。似惜华年,还娇昨夜,乐府分明按几行。沉吟久,果歌城雪艳,吹胜兰香。　开元以后诸郎。谁绝调风流赛广场。羡玲珑斑管,毫端律吕,参差纤指,手底宫商。未倒金樽,频扶粉袖,斟酌春情坐隐囊。虽图画,待同声出唱,绕遍雕梁。

沁园春　题迦陵先生填词图

星叟先生将戏语谱入,余亦再叠前调,易名曰恼髾,以当懊侬,鸿再记。

歌舞君家,不借人看,阿谁肯怜。纵腰肢柳摆,长条攀折,衣裳云想,别样缠绵。瞥见何曾,窃窥未许,迢递蓬山路几千。平生面,只锦衾帐底,宝髻台前。　　无端赚制新篇。有蜀锦吴绫十万笺。任彩霞吹彻,短箫横笛,银河隔断,碧海青天。春色依然,玉人何处,妙手空将好事传。伊相谑,除身为明镜,分得婵娟。

释宏伦　3首

俗姓徐,字孝均,改字叙彝,江苏无锡人。驻锡宜兴反哺庵。与陈维崧、万树等为词友,清康熙二十九年(1690)尚在世。有《凤冈吟》一卷、《泥絮词》传世。

贺新郎　题悦可道兄照

意气雄河朔。说髫年、弯弓盘马,曾轻卫霍。剧孟朱家连饮席,杯酒不轻然诺。心下事、金仙难度。一自风尘吹世换,盼功名、不上麒麟阁。漫拨断,檀槽索。　　君胡不去耕东郭。叫春云、风鸢线断,此身无着。剩取香篝和茗碗,冷伴梅花帘幕。喜共我、连吟西岳。一幅饮光图毕肖,叹萧萧、短发霜刀削。婚与嫁,并勾却。

沁园春　题侯亦园小照

五斗卓然,箕踞长林,目如汪洋。喜翩翩浊世,神凝秋水,萧萧物外,气霭春阳。学敏燃柴,名高问字,家世乌衣谢与王。奚雏侍,有渔童银鹿,剑鞘书囊。　　云根坐对芳塘。正风皱、红泉碧草香。看指挥群牧,狮腾凤耸,心游万里,鸡塞龙荒。贫道从来,重其神骏,士雅鞭先让尔扬。溪桥外,倩虎头添我,指手君傍。

黄金缕
题迦陵先生填词图,填秦少章足司马才仲黄金缕一曲

翠滴铜官眉样树。树里南楼,恰是君家墅。一纸紫泥征召去。红罗三尺书官署。　玉莹珠珰花样女。女伴吹箫,偷谱乌丝句。绣带风前飘暮雨。几曾系得君家住。

沈皞日(1640—?)　1首

字融谷,号柘西,浙江平湖人。后以贡生授广西来宾知县,调大河,升辰州同知,卒于官。工词,与朱彝尊、李良年、龚翔麟等过从甚密,为"浙西六家"之一。

醉蓬莱　题迦陵先生填词图

看乌丝青缕,烛灺筹残,便朝天去。赌胜旗亭,认当年羁旅。瘦马茸衫,晓鸦衰柳,踏六街酥雨。对了双鬟,鄂船绣被,闲他私语。　换徵移宫,紫箫声里,一曲梅花,满城风絮。染就吴绡,是瑶窗深处。春草春波,夕阳还记得,送君南浦。争羡而今,呼来重谱,沉香新句。

蒲松龄(1640—1715)　2首

字留仙,别号柳泉。山东淄川(今山东淄博)人。著有文言小说集《聊斋志异》《聊斋词集》。

清平乐　题黄子厚柳外倚声图,黄名坧,即墨人,康熙癸卯举人

垂杨树。旧是听鹂处。拍板一声花欲舞。红豆抛残无数。　　阑干闲倚斜曛。悲秋何似伤春。拈得消魂句子,尊前合付朝云。

清波引　题徐大拙白云湖泛夜图,徐名振华,安丘诸生

远天秋迥。正风卷、残荷不定。碧空云净。老蟾破烟暝。翠巘迤相属,衬出湖光如镜。堤垂柳阴阴,只渔火,一星炯。　　飘萍泛梗。遣幽兴、来趁夜静。素波流影。问尘梦谁醒。修桐沆清露,可觉芙容衫冷。遮莫莲子湖边,鹭盟同证。

龙燮　1首

字理侯,号石楼,安徽望江人。康熙十八年(1679)以监生举博学鸿词,授检讨。迁大理寺评事,官至中允。有诗名,工词曲。

雪狮儿　题迦陵先生填词图

词家规守藩篱耳,未若髯之、绝尘而上。兴酣落笔,磊落纵横流宕。苏辛辈行。奚足道、浅斟低唱。今已矣,故人安在,此调中丧。　　每拊遗编惆怅。忽宛然晤对,髯翁形状。脱帽披襟,有个雪儿偎傍。荆溪南畔,空寂寞、花亭歌舫。添凄怆。何处笛声悲壮。

唐之凤(1641—?)　3首

字武曾,浙江乌程(今湖州)人。著有《天香阁文集》。

诉衷情　题刘阮采药图

千峰峻峭万重云。幽涧几支分。寻芝去,鹿成群。瞥见石榴裙。　　何处寄殷勤。日将曛。桃花洞口落纷纷。正销魂。

柳梢青　题画

绮阁芳亭。丹崖翠嶂,仿佛蓬瀛。春燕长飞,春花不落,只欠莺声。玉人斜倚云屏。飘罗袖、神仙降灵。堂上烟霞,壁间朱粉,能动闲情。

沁园春　题画

云护青峰,涧绕丹枫,笔端尽收。更烟霞缥缈,三间草屋,波涛清澈,一点渔舟。小径荒村,野桥断浦,最怕凄凉是杪秋。西风里,正残阳落叶,人倚危楼。　　东皋携杖遨游。看峭石棱棱露远洲。又芙蓉浅渚,先寻塞雁,兼葭深港,再玩沙鸥。采菊疏篱,摘松斜崿,仿佛苕溪古渡头。闲观久,恐人间无此,一幅丹丘。

王顼龄(1642—1725)　1首

字颛士,号瑁湖,江苏华亭(今上海松江)人。康熙十五年(1676)进士,授太常博士,累官至工部主事,武英殿大学士。雍正元年(1723)加太子太傅,卒谥文恭。有《螺舟绮语》。

琴调相思引　题迦陵先生填词图

蕉簟凉生暑气消。玉人趺坐学吹箫。频邀郎盼,倩笔画眉梢。　　郎把吟髭方得句,未能闲却是霜毫。乌丝题就,着意为侬描。

吴仪一 1首

字舒凫,号吴山,浙江钱塘(今杭州)人。监生。髫年游太学,名满京师。有《吴山草堂词》十七卷。与洪升、徐昌薇(逢吉)并称西泠三子。

贺新郎　题迦陵先生填词图

一气横今古。是何人、触翻空碧,六鳌争怒。炼石鞭山成底事,彩笔神工能补。便幻作、波涛风雨。此意苍茫都不辨,只乘鸾、有个吹箫女。向画里,伴君住。　　大风飞入高寒处。倚新妆、似闻花外,笑传天语。赋罢巫山浑是梦,烂醉葡萄仙露。忽迷却、瑶台玉宇。芰带萝衣还似旧,剩吟髯、千尺虬龙舞。携短棹,五湖去。

吕律 1首

字赓六,号元洲。著有《天涯草》。

水龙吟
辛亥深秋,访勒山于丰草庄,即事赋赠,并绘图补祝

白沙翠竹江村,剩枫叶、半林如醉。偶携鸠杖,散披鹤氅,闲寻鸥侣。碧落稠烟,银塘叠浪,乱帆分碎。锦霞边明,写行行雁字,也为故人遥寄。　　过板桥东直去。是幽人、读书之处。堂开春雨,座温冬日,槛临秋水。三十年华,六朝人物,七襄才思。醉挥毫、写赠芝田,鹤立待时高举。

沈心友　1首

字因伯,号阿倩,浙江杭州人。李渔婿。

月宫春　题画梅赠友新婚

一枝清艳似名姝。香从暗里输。无心写上玉人居。玉人妒也无。　闻说此花称第一,将来比较定何如。只恐输花不着花,渐入画图。

侯文耀(1648—?)　1首

字夏若,江苏无锡人。有《鹤闲词》《丁丑川游纪程词》。

泸江月　自题小照,用弹指词调

问乾坤大矣,置予何处,山水之间。长空极目苍茫渺,凭游戏、狂也非颠。白裕凉披,青蓑晴挂,茗炉香散沧涟。涪翁啸傲,闲泛志和船。且携来、百尺丝竿。沧浪歌半曲,听数声横笛,万顷茫然。蘋蓼溟濛,荻芦淡宕,几回容与拍涛寒。中流濯,湍濛远屿,惊起鸥眠。　尽教尘虑都捐。淳于一石,好枕觅邯郸。倦抛图史巾还漉,风波静、月满湖天。钓叟为徒,渔翁作侣,兴酣不计双丸。休夸箕颖,世外总桃源。更谁知、冷落平泉。漫追当日事,怅乌衣渐改,燕垒犹悬。七叶芬贻,五传纶锡,鬓霜频点愧翩翩。逍遥去,桐江拟雪,笠泽猜烟。

蒋进（1649—1693） 5首

字度臣，号退庵，江苏金坛人。与梅文鼎、杨宾、万斯同、王源等交游。著有《退庵稿》。

大江东去　题朱梅人学长学耕图

吾闻楚有，好画龙者，见真龙而走。此学耕图无乃似，谁谓南东其亩。江汉之滨，一犁春雨，足了先生否。画焉耳矣，学吾知，不能就。　先生楚国奇才，治安民物，运斤成风手。抵掌掀髯胸次里，早吞云梦八九。世上老农，将毋错认，沮溺求为耦。辍耕而起，图中人且纤缓。

春从天上来　题许眉右行乐兼以赠别

我过扬州。见金穴银窝，肥马轻裘。赤阑画舫，醉态歌喉。只说隋帝曾游。这繁华自古，犹剩得、如此风流。杜樊川、也十年一梦，薄倖青楼。　惟有无情皓月，冷沁沁、升沉廿四桥头。何处还余，柳阴水际，闲来堪与悠悠。更携琴布榻，堆万卷、博览穷搜。好藏修。容人位置，画出清幽。

其二

画里为谁，乃草服科头，隆准丰颐。汝南公子，非阮非嵇。瀛洲学士庭闱。有丝纶世掌，少年早列凤凰池。伫看他、自书探中秘，琴奏虞徽。　朝罢香烟满袖，想宫柳、疏星一榻珠玑。不画诸般，般般都有，画师真是相知。谓寄情高远，淡妆浓抹总相宜。恨将离。清风朗月，令我长思。

金菊对芙蓉　题许霜岩行乐

许子冠乎头，将责汝、未簪笔凤皇池。眉目偏如画，隆准丰颐。谈言每见多微中，珠玑喷散玉山颓。宁须姑布，无人不识，骨相真奇。　怪底席帽难离。仕文中之龙,龙跃何期。亦诗中之虎,虎更名痴。仰天大笑当缨绝,一肚皮、不合时宜。神农已远,科头箕踞,许子奚为。

大江东去　题梅定九先生饮酒读书图

层崖沓嶂,万重红树里。三间茅屋。界破青山千丈色,屋后一条寒玉。众鸟孤云,相看不厌,况有书堪读。有酒堪饮,此中人岂尘俗。　　邺侯架,步兵厨,瞿硎石室,高致兼其欲。遥想形神亲处,更时笑、鼓便便腹。酒爱醇醪,书多奇异,山是敬亭麓。人为谁也,先生自比梅福。

沈岸登(1650—1702)　2首

字覃九,号南渟,浙江平湖人。工诗词,善书画,有"三绝"之目。与沈昆齐名,人称"二沈"。与朱彝尊、李良年等唱和,为"浙西六家"之一。著有《黑蝶斋诗词钞》《古今体词韵》。

黄鹤洞仙　题迦陵先生填词图

一叶紫蕉茵,半臂笼轻苎。纲取千丝罨画边,商丽句。蕺蕺藤花雨。子夜玉堂长,梦到吹箫处。肯送蒲帆十幅风,销别绪。再听琵琶语。

百字令　题竹坨图

主人归也,尽客来看竹,短篷长泊。雪色书斋堪吐壁,老去闲情慵托。塞柳骑驴,江芦听雁,转觉坨中乐。青钱凭买,移些村叟乡落。　　竹外三两枝头,桃花也放,更好时吟酌。春雨江南容易见,消领年来帘幕。二亩新秋,六峰晚翠,便是真丘壑。小楼添否,斜阳先在篱角。

李应机(1650—?) 4首

字密斋,浙江嘉善人。擅诗词,尝与吴伟业唱和。累踬名场,遂弃举子业,究心经世之学。康熙五十七年(1718)尚在世。有《圃隐词》。

华胥引 画兰

层岩流韵,幽壑含姿,冷香缀玉。雨洗亭皋,离离芳草吹净绿。还想闺阁帘栊,伴佳人空独。高士茅檐,逞芳凝秀书屋。　　谁把缣绡,恁心情、轻描尺幅。墨池斑管,同邀疏梅细竹。仿佛湘江楚水,寄短签横轴。细看真成,莫教求友空谷。

永遇乐 题顾茂伦先生雪滩钓叟图

黄叶辞条,晚鸦栖树,清景殊绝。水落平桥,风来极浦,云物俱高洁。履霜无那,羊裘试着,琼玉漫教霏屑。尽萧然、江村一望,肌骨泠然莹彻。　　吴江逸老,天涯遁客,独向于中亲切。钓雪滩传,昔人何处,惟见滩头雪。高踪邈矣,遗风宛在,岂是漫随骚屑。更亏煞、倪迂墨妙,许传高节。

贺新凉 合题陆樗叟小影十二幅,辛未

状取烟霞客。幻神仙、橘中之叟,圯桥之石。古洞阴沉长日月,好种梅花三百。更独钓、寒岩枯泽。寂寞无人春已暮,向花村、问酒来南陌。邀夜月,共浮白。　　携琴访友恣游屐。尽萍踪、苍苍翠霭,溯洄还隔。便拟轻舟凭五两,指顾风生两掖。待菊放、篱边归宅。家近东林莲社侣,过虎溪、三笑今犹昔。痴道士,老禅伯。

瑞鹤仙 题杉泉书屋图

境幽人意寂。恁冷淡情怀,坐看云碧。风光半狼藉。算收拾芳华,总难消得。琴书润色。个中人、那能寻觅。不关世事,经心静卧,溪南砚北。　　闲适。牙签万轴,乔木千章,倩谁描出。烟云墨妙,清雅况,恍堪挹。羡良朋词句,细教题目,写出林泉性僻。更丹砂鹤舞,空阶寄情旷逸。

陈梦雷(1650—1741)　5首

字则震,号省斋,福建侯官(今福建福州)人。康熙九年(1670)进士,主修《古今图书集成》。著有《闲止书堂文集》《松鹤山房诗文集》。

沁园春 题美人对镜理妆画扇,甲子仲春

晓日兰房,催深闺起早,珥翠垂珰。掠云鬟正好,玉肩斜軃,镜中辗转,重贴鸦黄。不是娇慵,差池点染,频向台前更理妆。倾城艳,为私怜孤影,仔细端详。　　停梳欲歇还忙。安蝉鬓花枝巧护将。任娥眉争妒,捧心争仿,天姿怎掩,玉润珠光。麝泽初熏,罗襦轻度,粉蝶游蜂错认香。伤心处,璇玑锦字,谁献君王。

桂枝香 为张明黄题云津漱石图,乙丑冬仲

烟波满目。正肠断江南,谁收尺幅。芳草平沙岸绕。秋容堪掬。望苍茫、黛嬴初染,背残阳、数峰斜矗。云影天光,空明荡漾,登临须足。　　清浅处、涟漪似縠。数蟹眼虾须,生动相逐。荇带莼丝,点染暗红深绿。一丘一壑谁相许,惹羁人、缭乱心曲。玉关归去,风流公子,倩添茅屋。

桂枝香　题扇头月中折桂图,癸酉孟秋

秋光满目。望万里长空,天高气肃。缥缈珠幢宝扇,佩声相逐。蟾光兔影寒宫里,傍婵娟、桂香初馥。天津云路,琼楼玉宇,谁当翘足。　　金阙下、辎軿绣毂。听锦瑟云璈,歌吹相续。早是朱衣,暗暗佳音先卜。乘风须向花深处,折将来、一枝新绿。钧天宴罢,归时还谱,霓裳仙曲。

武陵春　为顾宗伯题画,己卯仲春

春到千峰同一碧,谁倩白云封。岭半飞泉百道通。寒玉响淙淙。　　何处投竿堪寄兴,须度小桥东。蓑笠斜风细雨中。得侣两心同。

桂枝香　题东郊策蹇图

秋山如画。万树尽秋声,自然潇洒。似唤游人觅侣,联镳并驾。气清天爽人闲暇。订宾朋、同携杯斝。近郊选胜,扬鞭策蹇,闲情共话。　　又何事、歌楼酒榭。且蹑屩提壶,草桥村舍。直待醉醺归去,夕阳西挂。良辰美景真无价。但随时、行乐休讶。后歌前唱,风流应继,洛英香社。

毛升芳　1首

字允大,号乳雪,遂安(今浙江淳安)人。康熙十八年(1679),以拔贡生举博学鸿词,授检讨。著《古获斋骈体》《竹枝词》。

眉妩　题迦陵先生填词图

忆青裳捧砚,午袖裁香,豪气溢尘表。勃窣髯公致,从今后、弓眉蝉鬓娇小。朝云解事,拂柱弦、斜拨声巧。听杨柳残月新词就,盼来翠鬟姣。　　春

晓。纤纤花貌。只少游情绪,稼轩怀抱。佳句初成候,倩檀口、歌来云际缥缈。金门漏绕。待凤池、赋奏璚岛。曳袍袖炉烟,携湘帙,听黄鸟。

沈淑兰(1652—?) 1首

字清蕙,号吴兴内史,吴兴(今浙江湖州)人。彦章女,归安诸生吴方牧妻。著有《黛吟草》。

点绛唇　题蝴蝶花画

点染如生,等闲且去天公巧。罗浮梦绕。飞入琼阶草。　　金谷移栽,不放韶光老。情未了。粉脂淡扫。丰韵添多少。

秦济(1652—1735) 2首

字公楫,号忍庵,山东邹县(今山东邹城)人。著有《止园诗集》,附《诗余》一卷。

满江红　和江村程震题仲允健行乐图

遥想尊颜,真堪似、仙翁举止。园林内、幅巾野服,逍遥杖履。鹤梦醒时琴韵发,斑衣舞罢传经史。羡耆英、不愧旧家风,升堂矣。　　诗几卷,青莲李。书几帖,南宫米。况回廊挥洒,烟云盈纸。只觉不求佚乐,世间富贵浮云耳。想襟怀、旷达更高明,忘人已。

其二

谁氏传真,须眉似、神情更似。居常设、香炉茗碗,南华图史。种竹栽花尘网外,吟风醉月烟霞里。瞻眉宇、竟是葛天民,非今比。　　交管鲍,亲兰芷。轻车马,如糠秕。且无荣无辱,乐天知止。南海鹏飞看后进,北窗一枕忘青紫。

便三山、九岛共遨游,闻之喜。

郭徵 1首

字景升,号皋门。哀来子,朱彝尊弟子。著有《西年楼稿》。

百字令　题竹垞图

禁花看后,觉软红十丈,浣衣如墨。放棹江关烟月渺,归向梅花溪侧。竹簟邀凉,茅檐趁曝,故事真堪乐。文章欧九,后身应是朱十。　　况此竹粉侵堤,萍香扑幔,旧属芙蓉国。最好荷衣缝露叶,紫绶青缃收拾。小阁茶烟,长芦醅舫,尽有忘机客。酒杯才放,草堂书散千帙。

曹鉴伦(1655—1718) 1首

字彝上,号蓼怀,浙江嘉善人。康熙十八年(1679)进士,授庶吉士。历官吏部侍郎,典山东、顺天乡试。

念奴娇　题张子大朴园图,用东坡原韵

金门大隐,镇相逢、便说滏阳风物。指点行窝尘外远,中有红藤翠壁。雨洒蕉天,风传竹韵,茗碗调冰雪。伊人宛在,风标何限清杰。　　历历田划棋枰,池开镜面,正藕花初发。畴昔午桥浑不改,一径烟霞明灭。乔木依然,某丘某水,妙手穷毫发。卧游安稳,归心且寄明月。

陈枋(1656—1692) 1首

字次山,江苏宜兴人。诸生。诗古文词工绝一世,有《香草亭词》《水榭诗稿》。

绮罗香 题迦陵先生填词图

四姓良家,一门叔父,阿大争推风雅。减字偷声,题遍苔笺檀帕。才写就、红杏微吟,旋分付、碧箫轻炙。笑当年、芳草吹绵,女郎一唱泪盈把。　　人生行乐足矣,有记歌娘子,善吹箫者。如此知音,消得十千杯斝。便索把、妃子词填,似不如、雪儿歌罢。问何日、割肉归来,给金门假也。

李崧(1656—1736) 1首

字静山,号芥轩,江苏江阴人。不乐仕进,隐无锡鹅湖之浣香园,后徙梅里。著有《夕阳村诗钞》《浣香词》。

贺新凉 题志远弟小影

一笑相看处。问年华、君过四十,我盈其二。君貌未衰犹白皙,我鬓苍然如是。蓦想起、童时嬉戏。斗草簸钱争芋栗,数雁行、莫盛吾兄弟。昔十子,今八矣。　　百年聚首能有几。羡君家、擎天妙手,凌云豪气。家法曾传夸射虎,策献金门万里。指日看、蛟腾凤起。事业千秋肝胆壮,只残书、一卷无穷味。有尔在,吾隐耳。

侯文灯 2首

字伊博,江苏无锡人。著有《回雪词》。

凌波曲　逸林母舅命题小照

春风鬓边。春花眼前。香蒾小阁烹泉。破工夫学禅。　　接篱笑偏。垆头醉眠。何妨结伴留连。任人呼散仙。

清平乐　题张晋友洗梧小照

溪光书润。竹借秋棠衬。恰许钩帘雏鹤引。苔石补些清韵。　　斜阳坐对桐阴。呼童一洗尘侵。漫说轻裘细柳,吾师端爱云林。

赵维藩 2首

字槿园,号价人,浙江山阴(今浙江绍兴)人。著有《槿园集》。

潇湘逢故人慢　题赠魏文素便面,咏尹小野画意

灞桥风雪,动锦囊诗句,昌谷名篇。揉蓝远,峰回倒景苍茫里,木落含烟。郊寒岛瘦,诵高轩、欲让诗仙。休更论、五陵裘马,雨巾风帽翩翩。　　襟怀旷,多潇洒,漫置身、一丘一壑之间。看卫足云联。似兰茞同心,杏桂齐骞。鹏程有路,问祖生、谁着先鞭。沙堤畔、尽堪笑傲,呼童结束连钱。

失调名　题美人图

独立东风如有忆。见振振、翠条无力。更手约轻绔,臂松金钏,怎不销魂得。　　香蕙芳兰疑可把。正好并、崔徽颜色。看无语簪花,含颦低翠,媚处人难识。

徐麟吉（1657—?）　1首

字日驭,号北山,山阳（今江苏淮安）人。康熙诸生,尝入两江总督董讷幕。著有《北山诗钞》。

行香子　题穆如小照

天上张星。涟水先生。古衣冠、月白风清。琴潭家学,难弟难兄。有爨余音,香篆霭,曙星明。　　不屑忙忙。不作凉凉。任人间、数白抡黄。羊裘渔父,鸡黍山庄。爱峄阳桐,峨嵋雪,九华觞。

秦道然（1658—1747）　1首

字雒生,号南沙,江苏无锡人。康熙四十八年（1709）进士,官礼部科给事中。著有《泉南山人存稿》。

金缕曲　题云川蓉湖词隐图

老矣城南杜。尚依然、飞扬翰墨,词填花雨。一片湖光明草阁,渔笛声声堪谱。怪笔底、云涛争舞。南上天台西华岳,算文章、端合江山助。姜与史,共千古。　　何须更忆花砖步。似长空、鸿飞去也,那曾回顾。鸳鸯故交消息断,轮与烟波伴侣。还只痛、鼎湖无路。昔日南熏供奉曲。到而今、都作伤心句。招渔父,唱金缕。

陆泉 1首

渔歌子 题画

暂借南亭一望山(白居易)。不知斜日下阑干(朱可久)。揖君去(李白),白云间(令狐楚)。一声秋磬发孤烟(顾况)。

蔡衍鋗(1661—?) 2首

字宫闻,号操斋,福建漳浦人。著有《操斋集》。

麦秀两岐 题陈心斋中尊课耕小影

平畴森楚竹。十里溪流曲。稻苗芃,黍苗彧。漫天烟雾绿。水车声动沾濡足。观成在目。　萧萧茅叶屋。且向谁家宿。衣宽披,带缓束。税驾星言夙。轻摇一扇熏风扑。其人如玉。

明月棹孤舟 题陈心斋泛舟小影

万里苍茫江荡漾。江涛浸月月无恙。露色秋明,沙声夕涨。何处泊来仙舫。　岸芷汀兰香拂帐。深宵梦寐都抛放。骨冷魂清,心怡神旷。知是人间天上。

钱牧 2首

字书绅,号远亭,江苏吴江人。贡生,官上海教谕。著有《西畴草堂诗稿》《西畴草堂诗余》。

点绛唇 李世兄命题渔樵图画

樵罢归休,一声渔场来平渚。纶竿漫伫。携手桥边语。　山水生涯,说甚风和雨。君且住。青旗飘处。共醉前村去。

金缕曲 题李东山小照

认得园林主。惯疏狂、苎衫桐帽,傲然谁伍。潇洒茅檐连竹院,有客科头对语。问可是、商山云侣。世事纷纭何足较,只掀翻、邺架论千古。高话久,剑光吐。　清风一缕茶烟度。正凝眸、绿阴丛里,抱琴偻伛。莫放胸中多块垒,且听冰弦静抚。待兴尽、拖筇归去。余亦萧闲常突至,谱棋枰、一局浑疑我。君坐右,我偏左。

吴应莲(1661—1735) 15首

字藻湘,号映川,安徽休宁人。著有《淇竹山房集》,存词二卷。

丑奴儿令 题画

阴阴古木依岩壑,山色清幽。云气沉浮。溪水无声更不流。　断桥西畔炊烟乱。茅屋荒陬。黄叶惊秋。渔子垂竿何日休。

念奴娇　宫人补衮图

歌钟别殿,趁晚凉时候,漫拈针线。绣到双龙旋舞处,触起新愁一片。金屋深沉,长门静悄,谁与论幽怨。愿随黼藻,长近君王之面。　　无端旧事关心,当年承宠,频侍瑶池宴。此际却教人,寂寞纤手,但翻组练。怕听啼鹃,暂停刀尺,好景思量遍。凝眸不语,坐见春山低浅。

清平乐　美人抛琴图

个人如玉。做弄风流局。底事双蛾频带麽。苦被闲愁拘束。　　幽居最是堪怜。此情欲向谁传。无奈知音绝少,几回抛却冰弦。

惜分飞　握扇美人图

满院槐阴涵赤日。粉汗微沾书帙。纨扇摇幽室。罗衫飞处香飘逸。夜扑流萤无气力。绣带随风披拂。玉笋纤纤出。凉秋记取弹瑶瑟。

贺圣朝　题画

一群好鸟归飞去。为白云留住。巉岩峭壁系藤萝,听清风拂树。　　数间茅屋,隔篱花絮。问照溪何处。青山黯淡暮烟凝,任高人延伫。

念奴娇　美人搦管图

罗帷寂寂,正早秋天气,闲愁堆积。坐对芳兰人窈窕,眉似远山凝碧。翡翠笔床,琉璃砚匣,诗兴浓如织。彩毫落处,伫见烟云盈册。　　无奈景物伤怀,幽期未遂,好句终难得。白昼迢迢长若岁,独自如何消释。翠袖团香,冰肌映玉,心事谁能识。闲凭几上,竟日情思脉脉。

满庭芳　洞庭秋月图

露下天空,秋高水净,望中千里无尘。凉蟾乍起,波面耀苍璘。遥望黛螺一点,微茫里、缥缈湖滨。良宵静,光华如昼,爽气袭闲身。　风微群籁息,孤城沙外,画角声沉。叹年来偃蹇,漫拟垂纶。羡此无边景色,披图久、遂尔怡神。休忘却,乘风破浪,令我壮怀伸。

千秋岁　题寿图

青青瑶草。峭壁秋光好。山静处,人难到。松枝余古色,仙侣频舒啸。霄汉上,晴空半是祥云绕。　策杖登林表。徙倚西池道。桃熟后,萱荣早。沧江长自在,翠岫何曾老。千树里,悠然一径通蓬岛。

声声令　题画

浓阴漠漠,细雨濛濛。兼天波浪湿烟笼。山光一抹凝望处,有无中。眼朦胧。莫辨西东。　江上渔翁。年已暮,兴偏浓。时时蓑笠伴栖鸿。荻花瑟瑟趁长风。等飘蓬。雾千重。塞满秋空。

太常引　题美人春睡图

瞳瞳旭日映窗纱。锦帐簇流霞。皓腕自欹斜。妩媚处、颜同杏花。香浮翠被,钗横宝枕,好梦到郎家。乐处转咨嗟。惊鹊噪、巫山已遐。

点绛唇　题画

光景无边,闲云尽向遥空住。绿阴深处。中有幽人语。　茅舍竹篱,收拾烟霞趣。祛尘虑。千村花絮。春满江南树。

卖花声　题画

绝壁上参天。瀑布高悬。奔流长注小亭前。料得高人添逸兴,煮茗谈玄。山外树含烟。风景悠然。个中佳趣向谁传。地比武陵应更杳,没处攀援。

一剪梅　题画

一抹山光碧落中。精舍西东。曲槛玲珑。韶华不与武夷同。云敛晴空。路与仙通。　欲访高贤绿树丛。溪为烟笼。磴被草封。四时底事少人踪。非有天公。却是画工。

蝶恋花　题画

槛外青山看不了。昼掩柴门,相对供谈笑。苔藓盈阶人倦扫。幽居只有风吹到。　乔木凌空姿更老。草径苍凉,翠色迷窗窈。何处移来光景好。砚田乐事知多少。

一剪梅　题画

遮莫青山昼夜同。烟也朦胧。云也朦胧。扶疏苍干势凌空。枝也迎风。叶也迎风。　欲访幽居路转穷。仙也难逢。人也难逢。个中消息倩谁通。鱼也无踪。雁也无踪。

周铨(1662—1722)　2首

字纬苍,号椒圃,上海人。博通经史,以诗闻于时,为姜宸英入室弟子。著有《白云山人诗余》。乾隆五十一年(1786),陆锡熊为编《晚崧庐诗钞》,诗四卷,词二卷。

庆春宫 题宋刻丝桃柳新荷落花游鱼图

刻意伤春,缫愁织恨,彩丝勒住春残。花妥波萦,柳垂烟袅,鱼荷未胜翻。剪刀针线,本无用、仍教画看。怎生心绪,甚样聪明,何等烦难。　　几回细认堪叹。南宋风流,好女能闲。皎皎当窗,纤纤出素,损他多少眉山。舞裙歌扇,久换了、渔蓑钓竿。怨痕情缕,留下思量,五百年间。

买陂塘 题边寿民苇间书屋图

剪烟波、潇湘一曲,渺焉湖舍溪户。鸭阑蟹簖都休䇿,恐损碧流多许。颇得所。便扫却、当年扰扰风尘路。慵谈邹鲁。考晋宋闲民,齐梁遗事,吟写对鸥鹭。　　还相拟、甫里天随别墅。扁舟闲共来去。居然高士我无羡,转觉老兄殊苦。何以故也,只为诗逋画债难清楚。秋高月午。把人逼僧凉,臂争筇瘦,萧飒雁相语。

叶舒璐(1663—1735)　1首

字镜泓,吴江(今江苏苏州)人。绍颙孙,贡生。

百字令 题朱太史竹坨图

朝衫卸了,十年来、梦破浮名筜狗。点点软红飞不到,那用山童缚帚。翠幄阴浓,碧波凉泻,人在羲皇右。湘帘高卷,远峰青送吟袖。　　堪叹绿野平泉,几多池馆,转眼成乌有。赢得图将粉本在,留与人间争购。似恁风流,长芦片石,应比名山寿。吾庐无恙,此君要是佳友。

詹贤(1664—?)　3首

字左臣,号耐庄,乐安人。著有《詹铁牛文集》。

望江南　高可园明府以踏雪寻梅画册索题

风飒飒,空际剪琼瑶。玉蕊拖陪诗骨瘦,冰姿携逐客愁消。幽思塞长桥。凝目望,一碧海天遥。庾岭清芬霏寒策,孤山寒韵滴吟瓢。驴背费推敲。

青玉案　题仙云缭绕图

龟台金母春无数。仙队引、青牛去。踏遍琼山瑶岛路。淡烟流水,闲云红树。掩映笙歌处。　遥知设帨仙筹度。铁杖横挑芝一笯。松柏颜容鸾鹤步。琪花爱日,金茎凝露。紫诰丹霞护。

风流子　帐上画梅

却怪陇头春放。绘出香魂枕上。无雪压,有风飘,故故点头相向。林逋休让。如同孤山一望。

曹焵曾(1664—1730)　1首

字祖望,号春浦,上海人。康熙末贡生,官理藩院知事。著有《长啸轩诗集》。

沁园春　题陈克暗桃源图小像

见说元龙,十年湖海,豪气全除。羡烟霞啸傲,羊何逸兴,衣冠风雅,王谢清娱。杖柏扶松,褰裳抱膝,援笔成吟任所如。谁为伴,有奚奴负锦,石上遗书。　　欧盟鹿侣相于。看流水桃花非故庐。记当年二士,红裙乍去,俄时千载,青鬓仍余。宛尔尘寰,飘然仙窟,亘古名传未是虚。君须住,且寻幽洞口,半类樵渔。

曹溆　2首

字湘邻,山东安丘人。著有《虫吟草诗余》。

念奴娇　题西园南村图

戴苍好手,泼丹青幻出,桃源一曲。别墅去城三里许,溪水半篙微绿。桃已着花,柳才擘絮,春色三分足。恰宜多种,窗外几竿修竹。　　试看绿野堂荒,平泉庄废,瓦砾埋金谷。多少繁华游冶地,安稳总输茅屋。风月平章,莺花留守,消受天然福。何时画里,与君同放黄犊。

望海潮　题王易安先生海上观日小照

鳌呿鲸吼,龙腾犀踏,沧溟万叠惊涛。乱石嵌崎,长天寥阔,中间着个人豪。飒爽逼颠毛。正紫磨日镜,红觳霞绡。兀坐相羊,东华十丈笑徒劳。

晴窗展卷萧骚。想蓬壶圆峤,灵境非遥。高誓何归,羑门安在,招来并击云璈。鼓枻更随潮。任扶桑晞发,壮志凌霄。我识先生,前身仿佛是王乔。

姚之骃　2首

字鲁思,号仲容,浙江钱塘人。康熙六十年(1721)进士,授翰林院编修,历官至陕西道监察御史。著有《镂空集》。

江城子　题明皇击毬图

三郎年少耍蓬丘。拥貔貅。骋骅骝。寒食落花,齐蹴绣文毬。爪士三千争击处,花影下,坠还留。　玉环何事不从游。背秦楼。恋鸾俦。妙舞清歌,行乐几时休。怪煞蚕丛山下句,还忆着,旧风流。

念奴娇　题画美人

绣帘斜卷,有芳姿楚楚,靓妆新别。宝髻盘鸦娇额露,罗帕巧垂珠砾。裤褶绫遮,襜褕貂细,袜锦裁桃核。生来善舞,何妨彩袖纤窄。　曲领休护蟠蛴,圆搓柔玉,着粉翻嫌白。溘匜金环低压耳,却赛珥横瑱直。带系纱囊,篆生银管,口吐丁香结。画工解事,图来青冢明月。

姚炳　2首

字彦辉,浙江钱塘人。与其仲兄之骃齐名,词继"西泠十子",得其风致。著有《荪溪集》。

鹧鸪天　题画

黄木湾前水一坳。笛声依约度平桥。山涵宿雾横空黛,树带斜阳闪野烧。梳石发,掠溪毛。人家三两住林皋。蹇驴策向云深处,指点村庄细路高。

多丽　题美人图

斗新妆。休夸京水秋娘。启湘奁、扫蛾嫌淡,细涂娇额全黄。锦缠头、鸦翎轻裹,云堆鬓、马髻低扬。臂约金镯,耳充玉珰,江南买尽好明珰。一般是、妖娆顾盼,款款热心肠。绽朱唇、徐含圣火,兰麝喷香。　换貂裘、深深毳幕,懒拖六幅湘江。跨雕鞍、袴舒鸳褶,吹羌笛、舌掉莺簧。舞袖休宽,弓鞋厌窄,筘声十八谱新腔。春风面、谁来写就,妆束费商量。还空记、琵琶旧恨,仔细端详。

鲁之裕(1666—1746)　1首

字良侪,号伟堂,湖北麻城人。康熙五十九年(1720)举人。官至直隶清河道,署布政使。著有《式馨堂集》。

添字昭君怨　题画

底事眉间日锁。似妒瓶花双朵。怪他鸳枕月来长。冷如霜。　春漏平分可恶。盼晚巴明难度。生人何又令人单。天也残。

王遵宸(1668—1734)　2首

字篯六,号问狂,江苏太仓人。康熙五十一年(1712)进士。著有《秋涯诗稿》《秋涯词稿》。

青玉案　题画端阳小景,为周询臣

桐阴小院浓于酒。梅雨歇、松风茂。嫩蕊新枝时启秀。轻红似醉,浅黄如蜜,装点端阳候。　无情草木君知否。故故开来总依旧。试问惜花人去后。碧纱窗外,绿苔庭畔,谁是人同瘦。

沁园春　迪文兄索画,为写兰花茉莉

绿叶紫茎,冰肌翠袖,幽奇可人。最萧疏庭馆,悄风时动,梧桐院落,素月

无痕。检点茶瓯,消除酒盏,煎染神魂一饷清。闲寻玩,真一般风致,佳偶天生。　　摘来满贮筐籯。觉帐底凝香不用熏。忆流芬竟体,新凉浴罢,玉钗斜弹,向晚妆成。窈窕房栊,深沉帘幕,逗引蜂儿几许情。谁堪拟,殆杜仙下谪,小玉前因。

邓裴(1670—1748)　1首

字维建,号东湖,建昌新城(今江西南城)人。幼学剑,入武选。继折节读书,锐心经世之学,工诗文词。门人私谥贞宪。著有《药房蛮音词草》。

蝶恋花　题便面美人

底事关心斜倚树。揩拭双眸,错认飞云驻。腻粉团搓檀压素。砑罗微袅凌波吐。　　旧事凄凉人那处。象管慵拈,怕作销魂句。记得当年春日暮。东风芳草桥南路。

王鹏　2首

字图南,浙江金华人。康熙四十二年(1703)武进士,官广东守备,著有《燕游杂咏》《半村居词钞》。

踏莎行　题渭城小猎图

日淡疏林,风高远塞。鞲鹰脱臂晴空外。将军壮志未消磨,角弓响处云增态。　　狐兔交投,弓刀作佩。联镳簇拥红妆队。据鞍顾盼一掀髯,宁馨后劲英姿倍。

小重山　题画

几叠青山几曲泉。白云迷古寺,半峰悬。过溪石径板桥穿。人行处,疑是武陵仙。　　绿水映前川。川前森古木,别成天。数椽茅屋碧云巅。无个事,理芸编。

魏荔彤(1671—?)　1首

字赓虞,号滫庵,直隶柏乡(今河北邢台)人。裔介子。康熙四十九年(1710)任福建漳州知府,擢江苏常镇道。生平嗜古学,善易精医。著有《怀舫集诗词杂著》。

瑶台第一层　题翟天言小照

江左风流,游燕赵、凌霄志气长。六朝华丽,冰壶净涤,独见澄光。菊寒香发,松老鳞成,上映秋阳。个中人,正幕天席地,寄托羲皇。　　肝肠。雄奇豁达,鲁连陆贾浑行藏。列公争辟,二生难致,不事侯王。晚来寻至,乐水浩渺,山色青苍。悦而康。觉道机满目,春意盈腔。

田实发(1671—?)　6首

字玉禾,号梅屿,安徽合肥人。雍正八年(1730)进士,管徐州府学教授。康熙四十四年(1705)南巡,迎銮献诗。著有《绿杨亭词》《玉禾山人诗集》。

玉连环　题杨妃春醉图

一身花色扶来晚。兰枝初点。宫裙褭褭动春烟,红雨玉阶深浅。　　蝶粉蜂黄还减。几回羞检。胭脂偷卸守宫砂,瞒得过,君王眼。

满江红　题楝亭画册,和原韵

画绣重临,擅先后、清时美誉。追芳躅、翠浓如泼,香繁名署。半亩玉尘翻细叶,楝花风里当年树。偏诗传、秋浦在春亭,幽深处。　　蒙晓槭,滋宵露。思手植,生遥慕。看大江南北,粦煓文赋。此日还同桑梓爱,他年直作甘棠护。躅前人、经纬烂天章,非迟暮。

菩萨蛮　题树南上人贴梅扇

韶华瞥眼春难挽。美人何处香魂返。收拾小红泥。落花还上枝。　　笛声吹不去。犹带含章露。卷内见崔徽。惹教情泪垂。

渔家傲　题张丹崖小照

曲岸回溪连远浦。绿杨枝密黄鹂语。家有樵青炊瓦釜。携凤羽。连鳌海上谁能举。　　一笠一竿鸥鹭侣。蘋风蓼雨鸣归橹。拈髭斜视空今古。忘辛苦。前身原是烟霞主。

疏帘淡月　题李青崖小照

衣香温腻。尽偎坐梧阴,月光筛碎。好趁沉沉,深夜露华如水。兔寒蟾冷嫦娥睡。又眼底、玉人成对。天外鸿惊,阶前虫怨,丝清竹脆。　　拼老去、柔乡居止。醉乡广大,黑甜尤美。研铁锥毛,倦矣阮眸空世。英雄误饱江湖味。且跌宕、风流自喜。生生消受,金荃红豆,唇樱眉翠。

解语花　题钱紫崖小照

鸭头拂岸,凤尾挦空,竹径流泉泻。清风四洒。无人到,一线水沉烟罢。南华诵也。羡竹箪、蕲州光砑。大槐安、不梦青云,栩栩庄生亚。　　况有双饕韶冶。是康成家婢,解人意者。远飘香麝。阑干曲、两点秋星遥射。留仙裙衩。疑天外、双成飞下。鹧鸪斑,玉腕亲擎,笑渴怀难谢。

孔传铎(1673—1735)　10首

字振路,号牖民,山东曲阜人。雍正元年(1723)袭衍圣公。著有《红萼词》。

满江红　自题小像

轻剪吴绡,倩画手、图成一幅。清凉境、闲消岁月,了无拘束。宝马繁缨非所好,扁舟垂钓吾深欲。枕晴川、长啸若怀人,吹湘竹。　雨乍霁,柳烟簇。月初上,波纹绿。尽科头箕踞,不关荣辱。网得鲈鱼鲜更美,摘来莼菜香盈掬。好珍重、留与后人看,余眉目。

水龙吟　题画屏游仙图

银台金阙凌空,五云装出蓬壶岫。书能附鹤,车皆驾鹿,众仙辐辏。破浪乘风,骖鸾骑凤,互相宾友。看千年一瞬,桑田成海,无少壮、皆黄耉。　宴设瑶池春昼。碧桃开、九茎芝秀。花间闲话,不知汉魏,齐梁何有。弄玉时来,尚偕萧史,吹箫佳偶。怪年年世世,玉容如故,破颜回首。

满江红　题西铭弟小照

寄傲湖山,人生贵、适情而已。身世外、晴峰数仞,回波千里。输与幽人曾托足,想来游戏当如此。向中间、趺坐一狂生,丰神美。　驰马伎,聊尔耳。凌云志,从今始。且勖哉休负,年华如矢。作赋定期传警句,读书务要探奇旨。只如今、才大已难量,吾深喜。

南乡子　题禹尚墓写生

想像色生空。满贮筠蓝艳几丛。蕉露蘸来轻点染,匆匆。绘就春痕白间红。　直与宋元同。旧谱黄荃觉未工。正在石栏斜点笔,芳踪。错认天然曳晚风。

罗敷媚　题恽岐械松鹤梅柏二图

天然尺幅生绡上,松也萧疏。鹤也萧疏。一点尘凡气绝无。　黄荃妙手谁能到,梅也清癯。柏也清癯。自写精神入画图。

促拍满路花　题邵瞻在画卷后

小亭森木里,一点一寒鸦。野人离落古、对桑麻。溪流清浅,约络故横斜。远处山重翠,暮景苍然,依稀似有人家。　细看来、尺幅生纱。何处着烟霞。又天然、不染繁华。闲窗展玩,引我意幽遐。辋水量非远,只在人间,何年遂此游耶。

一萼红　题恽寿平岁寒三友图

岁寒三友,松、竹、梅也。此图用罗汉松、天竺、腊梅,与旧图不同。岂翳好新,抑或别有取哉? 同人填词题之。

挂虚亭。是岁寒三友,为侣觉心清。一种高风,千秋逸韵,肖形须仗丹青。但种种、全殊面目,似初非同姓偶同名。松不如针,竹俱有实,梅另含英。

此老胸中有物,将群芳图谱,恣意纷更。拈笔生枝,逢场作戏,化工一样经营。未解其中何意,风尘外、别缔幽盟。还怕佳人空谷,乍见须惊。

春从天上来　画册维岳五弟嘱题

画册新装。羡妙手丹青,巧夺东皇。兰芬楚畹,竹翠湘江。罗浮晓梦初醒。看牡丹又放,樱桃熟、杏子才黄。唼游鱼,有柳丝花片,荇藻菱塘。　抖觉凉生笔底,恍莲卷西风,蕉映纱窗。佛手幽香,霜柑肥脆,依稀佳果堪尝。更卧游山水,凭尺幅、尽足徜徉。漫珍藏。好闲收景物,都付诗囊。

玉女摇仙佩　观舍弟西铭作四季花卉画册

群芳递代,百卉争新,白古原无节序。谁炫初开,谁矜晚秀,一例春光分取。洞口桃千树。不多时又见,楝花含雨。只转瞬、牡丹红药,占尽玉阑干外眉妩。山山放杜鹃,掩映榴红,直到炎暑。　试看戎葵未谢,沼内莲衣,百衲千房齐吐。曲岸洲边,白蘋红蓼,也解助人情趣。好把秋兰护。算曾经多少,骚人留句。香渐入、桂丛深处。菊英虽淡,天公全把精神付。小春方许春归去。

折红梅　和舍弟自画桃源韵

也娇鬟浅笑,想其间自有,芳魂来去。含宿雨、笔尖渲染,春工清润如许。枝头肥蕊,更觉得、精神全注。到五更时候,不怕风吹,笑红雨乱飞,却是何语。　亭亭一树。向雀护门前,独寻伴侣。纵近玄都仙观,不受刘郎折取。看来生动,毕竟是、文心到处。留伊且待、春老花残,再展玩踟躇,越添新句。

史周沅（1677—1733）　2首

字芬远,别号南澜,江苏宜兴人。邑庠生。门人私谥元贞先生。著有《留与集》十卷。

鹊桥仙　题徐某小影,辛丑

竹影潇疏,松声寄兴,知是先生醉矣。卢仝七碗腋生风,把块垒、胸中自洗。　　蜗角蝇头,翻云覆雨,谁得安闲似你。听前村、征索号啼,忍不住、苍生念起。

百字令　题朱母行乐图,癸卯

数珠八百,暂停梭、坐向风前低拨。漫说归依须记是,季妇劳心劳力。几净尘埃,妆成悃愊,事事知清白。双鬟休慢,琳玕一种高节。　　堪怜四十无多,苍颜如诉,更几根秋发。屈指从来,甫高堂问膳,深深呜咽。旋抚遗孤,义方教育,又门户周折,兰阶芝砌,千秋好认画荻。

许逸（1678—1742）　2首

字升闻,号适斋,别名东野,江苏常熟人。监生。工山水花卉。著有《东野轩文集》。

剔银灯　月下宫人图

恻恻薄寒天气。宵正永、怎禁孤睡。树影朦胧,微云澹月,领略广庭幽致。长门深闷。怀抱积、万千愁绪。　　步绕玉阶金砌。试探红梅开未。独曳罗裙,闲拢宝髻,聊趁霎时游戏。蟾宫遥睇。想一个、素娥憔悴。

南乡子　题金苍溪松仙小照

忽地成仙,道家装束也翩跹。似被壶公勾引去。休留住。且驾龙车归逸豫。

顾陈垿（1678—1747） 9首

字玉停，别号宾阳子，江苏太仓人。康熙四十四年（1705）举人，官行人，充乐馆纂修。与同里王时翔等相唱和。乾隆元年（1736）荐举博学鸿词，不赴。著有《洗桐集》。

念奴娇　赤壁词，前赋

隰栝《赤壁赋》为词，宋人已有之，然用字半溢赋外。明董文敏作此二首，又苦调有出入，未惬人意。有图赤壁于便面者，因与小山、秋涯、甘泉各填二阕。

横江一棹，正杯中月上，秋清如洗。水渺茫兮山窈窕，一望苍苍露苇。赤壁雄风，东南人物，共化流波逝。唯余此地，消人无尽悲喜。　客乎怨甚蜉蝣，适然成我，且乐今生耳。渔水樵山何穷者，万有取之如寄。天以遨游，属吾曹也，举目空斯世。箫歌幽绝，问吾斗酒竭未。

念奴娇　后赋

千山叶尽，有人行月下，啸歌声起。斗酒鲈鱼过赤壁，乐此夜游其二。放我于黄，从知脱网，落得江皋睡。攀松揖石，飞岩孤影幽细。　不识羽盖龙车，凛乎高处，此夜是何岁。我待凭风归去也，安得蹁跹举翅。笑悟从来，危惊履虎，今出玄中矣。悄然一梦，悲风划断江水。

少年游　题"杨柳岸晓风残月"画扇，送曹二亮畴之山左

长空卵色水授蓝。高柳碧鬖鬖。银汉低回，金波淡泞，树杪正横参。　凉飔吹鬓余醒在，曙景破遥岚。一桨离愁，今宵何处，依约似江南。

沁园春　题富春山画扇

渺矣严陵,一篑烟霞,堪障俗尘。看地仍姓氏,狂奴独占,人同山水,故态犹新。东汉神州,只今谁主,此处天教输与君。还留恨,恨鱼惊凤诏,草偃蒲轮。　　希文一语传神。道千古高风属富春。叹遗祠树古,闲云漠漠,荒矶苔积,寒濑鳞鳞。晞发招魂,竹敲石碎,痛哭当年宋逸民。君休问,算明时如此,未比逃秦。

忆汉月　题昭君画扇

雁塞龙沙难度。明月相随北去。幽坟留得故宫春,青草年年烟雨。　　一从辞汉殿,羞学镜鸾孤舞。前身曾被画工误。劳细把、芳魂描取。

虞美人　题水墨画虞美人花

幽磷散作江东草。舞影腰支小。尊前楚些送春歌。一片断肠烟雨、奈花何。　　当年帐下军容墨。消尽胭脂色。雕檐铁颤落花风。索向杜鹃枝上、借啼红。

粉蝶儿　题缪二文子十姬环侍图

新样宫眉,排成锦围裙褪。似杨家、画屏初拓。谱香词,争便把、秦箫耽阁。好工夫,偷将柳阴相谑。　　收书涤砚,更教抱琴如约。漏春光、眼波齐觉。只愁他,花姊妹、怕对姨恶。定风幡,添向粉垣高卓。

蕙兰芳引　有以画兰卷乞题者,其内子遗笔也

长箪冷波,伴香池、画图一卷。宛竟体幽芬,脂口蕙风细转。梦回酒醒,怕见是、凝秋啼眼。怅并头轻折,剩有同心难剪。　　插帽芳时,当门深恨,写尽

生面。算织锦泉台,传与断肠奉倩。茶杯浇韵,素琴谱怨。休暂抱,须抵悼亡花县。

临江仙　题邵履九进士濯足图,即送谒选北

怪底炎威秋转酷,乱蝉沸尽斜曛。钓矶风扫不留痕。微波欲落,清泚绝纤鳞。　　未试朝韡先濯足,出山泉水从分。肯教沾上软红尘。双凫飞处,长带故溪云。

孔传志（1678—？）　30首

字振文,号西铭,山东曲阜人。敏圻子,袭翰林院五经博士。著有《蝶庵词》《清涛词》。

减字木兰花　题画

豆棚闲话。满架秋光明月夜。农圃家风。滋味尝来一样同。　　根儿在否。消得几杯块磊酒。把笔思量。写出田家野菜香。

减字木兰花　题画

芳心才露。袅袅东风吹不去。漫展吴绡。着意描他半面娇。　　旧名销恨。仿佛花魂难借问。多少相思。知在夭桃第几枝。

采桑子　题钱子华小照

轻裘快马临边塞,纵辔挥鞭。挟弹鸣弦。犹似邯郸侠少年。　　谁知却是栽花令,胸有韬钤。骨是神仙。二八笙歌奏凯旋。

点绛唇　维岳弟、峻昆侄为余书画,词以志喜

节届清和,深沉院落无人到。自家欢笑。叔侄欣同调。　铁画银钩,腕底苏黄妙。阿戎少。拍歌长啸。画得芙蕖好。

采桑子　牡丹,题画十二阕之一

余自画册页,为维岳弟题。

一枝折向沉香北,雅淡丰标。褪了红潮。妖冶精神着意描。　而今谱入吴绡里,分外娇娆。那怯风飘。姚魏芳魂不用招。

醉公子　兰,题画十二阕之二

九畹盈湘芷。幽洁名君子。辗转读离骚,舒怀方下指。　挥洒满芸窗。并蒂影双双。颇有幽清意,图来纸上香。

减字木兰花　竹,题画十二阕之三

声名巘谷。可似潇湘江上绿。风折浮筠。王子当年号此君。　渭川千亩。为问于今仍在否。老叶珊珊。留取窗前雪后看。

菩萨蛮　蝴蝶花蝴蝶,题画十二阕之四

翩翩也向花丛舞。前身写入滕王谱。拍得紫衣香。轻盈裙带长。　朝来愁未醒。相对怜双影。形类不同葩。唤他蝴蝶花。

长命女　石榴,题画十二阕之五

丹若好。独占薰风枝上早。吹得苍皮老。　红豆啄残鹦鹉。紫萼碎堆

玛瑙。淡月笼纱人悄悄。裂破珊瑚小。

好时光　荷花,题画十二阕之六

不着红裳偏韵,羞脸半面低垂。翠盖亭亭疑出水,西风莫要吹。　　点染秋来意,再添个、败芦枝。昨夜流清露,可有泪珠儿。

黄金缕　月桂蜻蜓,题画十二阕之七

月桂轻盈花窈窕。淡绿深红,却被何人扫。剩有蜻蜓相伴好。替他写出生前稿。

谢秋娘　三香图,题画十二阕之八

江南忆,泼墨写三香。描得香橼皮浅绿,图来佛手指微黄。木瓜再商量。

卜算子　雁来红,题画十二阕之九

江上蓼花开,玉露泠金井。霜信来时草也愁,叶底霜华冷。　　无意写芙蓉,羞与窥明镜。不见西风一雁飞,寂寞轻红影。

浣溪沙　菊花鸡冠,题画十二阕之十

为爱闲窗秋色深。戏从画里去追寻。阿侬原是惜花心。　　菊蕊餐香填小调,鸡冠翘首费高吟。白衣送酒是知音。

点绛唇　菜笋,题画十二阕之十一

半亩荒园,甘心学圃田家隐。阿侬有分。挑菜清明近。　　脱稿晴窗,仿佛余香嫩。添枝笋。伴他安稳。墨浪飞成阵。

蝴蝶儿　枫叶山鸟,题画十二阕之十二

山鸟儿。止于斯。翩翩素羽胜宫衣。临池爱画伊。　　衔得丹枫子,依依不肯飞。个中谁复辨雄雌。一枝独自栖。

谢秋娘　题画扇

佛手好,洒墨忆江南。千臂旧传罗汉偈,一枝曾上美人簪。伸出两三三。

其二

秋光好,佛手胜天香。淡染花青青欠绿,浓烘赭石掌才黄。格笔细端详。

点绛唇　为蒋永清题美人画扇

淡扫青螺,薄罗衫子留春嫁。翠鬟低亚。扇掠搔头卸。　　倦起无聊,笑扑流莺打。鲛绡袴。佩环声罢。裙底难描画。

双调望江南　题指画牡丹

熏风度,红紫失芳妍。燕子已衔春色去,鼠姑忽放墨池鲜。姿态也堪怜。图画就,把酒一掀髯。漫道瑶台无处觅,名花只借指头传。窗外笑啼鹃。

蝶恋花　题画

秋到溪山深几许。古木槎枒,老叶无多暑。欲向奚囊添好句。须凭驴背寻诗去。　　我亦买山来此住。云壑泉泓,隐迹陶情处。寄与焦桐弦上语。谱将清籁天然趣。

水龙吟　题画屏游仙图

琼楼玉宇参差,旧时秦女楼船路。空濛五色,数群鸾鹤,非烟非雾。雪满芝田,露凝金掌,羽衣无数。捧丹砂、海外凌波送到,经九转、还如黍。　　绰约双成启户。见霓裳、两行按舞。筵开海屋,星眸霜鬓,俨然王母。火枣如拳,交梨似雪,蟠桃堪脯。但年年、此地长春,清浅蓬莱如故。

误佳期　题画月桂红蓼

昨夜宿醒初醒。半面生春瘦影。一枝红蓼伴君眠,耐得秋风冷。　　但是解相思,都付群芳领。羡伊枝叶不分离,交结鸳鸯颈。

蝶恋花　画蝶

碎点金星縈小翅。粉领香须,缥缈从空至。尽有惜花怜蕊意。绝无雨打风吹事。　　几日书中枯亦死。影现生绡,栩栩呼能起。唤作花间丹凤子。不知可与庄周似。

海棠春　题画葡萄赤枣半桃

葡萄尚忆燕支路。想赤枣、仙盘擎贮。未审这桃儿,一半谁分去。　　红红白白堪充脯。作饾饤、有时偷聚。若要觅全桃,毕竟无寻处。

点绛唇　题画樱桃杏子

蓦地熏风,园林一夜春归早。数声啼鸟。绽破樱桃小。　　杏子新黄,解渴应难饱。江南好。知他多少。尽向枝头老。

减字木兰花　题画扇

呢喃双燕。奈得愁多听不惯。似把春思。诉向闺中妩媚儿。　　万般心事。且自含毫伸素纸。没甚商量。打叠离情入梦乡。

浣溪沙　题红菱碧藕图

溪藕池菱两斗新。图来疑假复疑真。色香香色总无尘。　　曾是饱尝垂钓客,最宜取供采莲人。纵然甘美不沾唇。

折红梅　自题画桃

正愁多无奈、何心更问,几分春去。风共雨。一番陡觉枝头,态减如许。彩毫漫拂,蘸点点、胭脂匀注。依然画出、瘦影夭桃,似人面旧时,但未能语。　　斟量此际。念绰约妆成,太无伴侣。添个游蜂款款,来把嫩香窃取。须知意浅,休认作、武陵深处。可怜转眼,芳树都空,但半幅生绡,索君题句。

临江仙　题画果

艳冶娇憨成往事,薰风吹老园东。枝枝累累挂芳丛。花胎皆结果,香气已随风。　　甘脆供人应解渴,更堪贮满筠笼。精神还与去年同。怕经狂雨堕,收入画图中。

程梦星(1679—1755)　8首

字伍乔,号茗柯,江苏江都(今江苏扬州)人。康熙五十一年(1712)进士,改庶吉士,官翰林院编修。工诗画,善抚琴。著有《茗柯词》。

买陂塘　题家大村小影

怪斯图、欲逃尘境，英年争惜迟暮。佳城才幸营先兆，又了向长昏娶。抛俗虑。将独往、溪山放杖游何处。吾还问汝。问着屐人生，知当几緉，却笑阮孚语。　　君应识，天地无非逆旅。空思黄海归去。虽然六六芙蓉好，偏隔一江烟树。成流寓。料此后、他乡便作家乡住。须寻旧侣。尽歌吹扬州，十三楼畔，踏遍竹西路。

遍地花　题员双屋小影

绿竹红蕖细堪数。更阶前、桂香飘露。似诚斋、径辟三三，却酒熟、还招旧雨。　　记乌丝、制曲偏无误。词坛久传佳句。且与君、秋夜挑灯，又共订、桃花小谱。

蓦山溪　题松乔十九弟秋林觅句小影

漪南春水，记集哦诗处。系艇绿阴中，共分韵、竹深忘暑。西风转眼，踏屐遍霜林，也携手，行吟过，黄叶桥边路。　　消寒九九，迟雪曾联句。梦草谢家池，更几度、西堂和汝。如何画里，小步独拈髭，秋山畔，须添个，扶杖人同去。

行香子　题边颐公小影

山子湖中。漂母祠东。到秋来、望里遥空。乱翻丛苇，斜度飞鸿。带一分烟，一分水，一分风。　　者个髯公。绝似渔翁。傍柴门、系着孤篷。得鱼不卖，跪饵偏工。爱远山青，菰米白，蓼花红。

于中好　重题绿天饲鹤小影

八年试写芭蕉影。饲双鹤、碧苔秋冷。修翎要与颠毛竞。似白雪、还相映。　方干为我图幽境。更南野、颊毫重整。于今闲共仙禽并。笑此老、真天幸。

华清引　题杨妃出浴图

长汤不抵两汤优。钗镂轻舟。戏随凫雁摇漾,莲花出水浮。　绛罗自裹玉肌柔。可怜含笑伴羞。抹胸双乳露,温软剥鸡头。

塞垣春　题木兰从军图,用草窗词韵

遣戍来村野。为替父、红妆卸。征袍乍换,面脂休抹,眉黛停画。市鞍鞯万里辞家也,尚气节、转潇洒。只可怜、耶娘泪,一时黑水同写。　尝诵木兰诗,无名氏、曾播风雅。尺幅倩谁描,是荒塞寒夜。羡女郎、十二年后,能完璧、复归衡茅下。但惜玉颜瘦,镜昏难重把。

秋波媚　题画鹳鹆

幽禽谁写绿杨中。戢羽意从容。宋元粉本,一枝芦上,似此兼工。　谢家酒后偏能舞,醉态定应同。如闻巧舌,琵琶声里,对语司空。

王霖(1679—1754)　3首

字雨丰,号弇山,浙江山阴(今绍兴)人。康熙四十四年(1705)举人,官直隶南宫知县。乾隆元年(1736)荐举博学鸿词。著有《寒山词钞》。

满庭芳　题石榴栀子花册

暑雨初收,熏风乍展,日长庭院阴浓。寻香问色,随意揭帘栊。却是谁残针线,轻抛下、一拶生红。忆曾在、桃花马上,瞥见茜裙容。　幽姿相并处,

同心朵朵,开遍玲珑。记徐娘句里,旧日相逢。试问绯衣绛袖,终何似、玉面酥胸。真侥幸,枝头青鸟,独立占芳丛。

沁园春　稚恭以芦花小照索题,即次来韵,并用寄怀

渺渺予怀,天各一方,空记昔游。叹我寻屠狗,磨肩击毂,君随三老,捩舵开头。浪打风吹,车尘马足,沦落天涯俱不侯。相思处,是垂杨系缆,残照当楼。　　正愁欲见无由。喜画里相逢旧侣俦。似绿蓑青篛,玄真仙子,笔床茶灶,甫里名流。西塞桃花,松江烟雨,绝胜张融岸上舟。知何日、共江湖万里,浩荡双鸥。

沁园春　为中黄题仕女图　叠韵

庭院沉沉,困倚东风,无心冶游。把齐纨在手,一时似玉,湘裙窣地,半晌低头。臂薄衫寒,鬟深钗暖,眉锁纤纤月一钩。谁描就、是丹青妙绝,周昉亲留。　　无端惹起离忧。记夜泊茉荑湾口舟。有红桥廿四,笙歌两岸,画栏十二,灯火中流。众里一人,悄焉独坐,东舫西船相向愁。今何似、怕崔徽已老,空梦扬州。

苏始芳(1684—1703)　1首

字幼馨,号筠绿居士。淮安苏亢生女。为南林潘尚仁妾。著有《筠绿剩稿》。

浣溪沙　赵文淑画水仙兰石

剪取湘波化墨云。金幢翠盖拥芳荪。仇池片石更嶙峋。　　楚泽似逢纫佩客,汉皋重见采珠人。凭君笔底一传神。

李滌(1684—1738) 2首

字若千,号质庵,山东安丘人。乾隆元年(1736)进士,官咸安宫教习。著有《质庵文集》。

沁园春　题毛少尹家庆图

潇洒园林,荷满方塘,柳隐高楼。正胸中丘壑,幽怀自许,眼前儿女,乐事能酬。气象雍容,闺门肃穆,千古英贤岂过求。关情处,将团圞家庆,着意雕镂。　　襟期付与高秋。看满腹经纶颊上浮。念睢洲麟趾,刑于化溥,牛刀鸡割,佐理才优。惠我民瘼,耽兹吏隐,车辖油油且暂投。还堪虑,是循良擢去,不教攀留。

卖花声　题某小像

人世竞群俦。纱帽笼头。金鱼象简最风流。独避繁华东海畔,一任沉浮。　　跌宕更夷犹。城市山丘。满园松菊醉双眸。博个清闲溪上坐,肯负深秋。

秦时昌 2首

字枚谔,号雪庵,江南震泽(今江苏吴江)人。著有《韭溪渔唱集》。

西江月　题冯若谷柳湾钓月图玉照

落叶浮来水面,暮云归尽峰头。不须秉烛助遨游。秋月夜明如昼。　　星斗文章自焕,江山风景谁收。悠然独下钓鱼钩。莫是任公子否。

满江红　湖山访道图小照

野服飘然,却装束、非士非仙非释。听松涛、为濯清凉,消兹热热。岂有当年意气豪,只图今日烟霞别。诵黄庭、知止自观心,扪口舌。　　溯五湖,舟一叶。访三山,第九节,陈迹何如鸿爪留,幽怀难与儿孙说。随领取、笠泽清风,洞庭明月。且保得、本来一副面,无欠缺。

金秉恭　2首

字安卿,自署东海(今江苏东海)人。任粤东协领,在任三十余年。乾隆十四年(1749)年六十余,尚在世。著有《兆仙堂诗稿》。

满江红　题友人弹琴小像

公为谁耶,便如此、逃名甚早。鸣琴处、尘氛渐远,山高月小。静看流云浑似水,闲来一曲潇湘调。乍回头、笑杀世间人,空扰扰。　　叹浮名,何日了。五陵气,归长啸,想清凉坐地,天真自好。白马青袍终有限,金徽玉轸无烦恼。问先生、何事不闻声,知音少。

踏莎行　观再入天台图有感而作

此处桃源,当年仙界。刘郎归向天涯外。玉真何处寄行踪,残霞楼角空相带。　　野水无情,闲花无赖。人间好事真难再。劝君莫睹旧池台,伤心人去伤心在。

赵昱(1689—1747)　2首

字功干,号谷林,浙江上虞(今浙江绍兴)人。家有小山堂,藏书数万卷。乾隆元年(1736)荐试博学鸿词,未遇。以诗古文名于时。著有《爱日堂集》。

惜红衣

湖上水藻,春暮初生,嫩芽点点,成燕支色,清沉水底,鲜华可爱,绣谷命画手图之,索题。

远縠纤丛,寒波瘦洁,一湖春水。白舫青帘,沿缘俯深翠。长腰半面,怜秀苗、匀描新蕊。红细。衣上画文,缀燕支金缕。　　荒桥野渚。啑月吞香,鱼仓浅交戏。珊瑚钩影,晚胃碧潭里。摒挡玉盘冰箸,撷取数茎纤毳。佐小厨清供,差与雉莼同味。

菩萨蛮　题呵手梅妆图

双鸦画就春愁集。疏花晓折风前立。雪色昵人看。知他翠袖寒。　　卸妆还揽镜。斜弹钗梁影。花气上衣浓。相偎只小红。

杨士凝(1691—1740)　8首

字笠乘,江苏武进人。康熙五十六年(1717)举人,官单县知县。著有《芙航诗襫》《燕香词》。

清平调　重修多丽碑并引

古多丽碑,红友末年建于阳羡豆村山下,图入《璇玑谱》中。余少时曾读其文,近从仙客馆偶见丽人屏,数来七十鸳鸯,压倒三千蛾黛。珠联新谱,隔千里以目成;锦错香名,快满堂之眉舞。情深拥髻,那容半字偷闲;欢接无媒,不干一言修阻。戏分五调,权作重修。

汉宫春

好好琵琶碧玉文。君王微盼盼昭君。莫愁续命无双妹,喜玉郎来梦紫云。

夜游图

柳枝桃叶翩风静,婉若兰清照月华。小小真珠红线路,秀眉娘子夜司花。

巫山高

朝云宜爱夜来神。女笑春花蕊太真。阿母绛桃天女弄,玉书仙史凤双成。

霓裳羽衣

空空丽玉非烟碧,霞绿珠红拂紫微。轻凤娇娆飞燕小,怜香儿合德灵妃。

宫人入道

樱桃甘后海棠红。儿惜春钩弋小丛。锦瑟玉箫如愿却,要飞鸾简简云中。

定风波　用草堂叶梦得韵自题江天图卷

船尾缘何着小红。满江花月是帘栊。海内诗人多不解。天也。爱留春色在虚空。　万里轻帆飞一箭。虽便。不如平浪静无风。挂笠收帆江似镜。心定。再看花月又濛濛。

法曲献仙音　属京口华玙写收帆图

江岸渔灯,山楼梵鼓,簇起江山幽怨。骇浪空声,暗峰微影,今宵酒尊谁劝。买绘影摹声绢,图成小诗卷。　我初愿。导江流、蒲帆高挂,云树里,收拾名山百万。满载石尤风,旧琴书、还笑人倦。两鬓霜华,懒题红、春去休恋。

与林猿野鹤,约定岂容更变。

孤鸾　戏题在正罾船春影图

孤山逋客。借这点腥红,欲消梅渴。便趁渔船,不是买来春色。柳塘鬖毛转黑。惹东风、起眠无力。笼着深深绿影,暂销魂半刻。　想空花、无过水云迹。点纸上、胭脂难飘白璧。还怕江梅妒,笑衰颜微赤。看侬果然美好,做一双、野鸳欢合。何必临渊羡网,与个人同结。

钱杓　1首

一萼红
题恽正叔《岁寒三友图》,此图用罗汉松、天竺、蜡梅,别有风致

逞丹青。把无情花木,强缔岁寒盟。松异徂徕,竹殊湘浦,梅非官阁余英。下笔自开新面目,想胸次、惨淡费经营。竺国规模,旃檀色相,罗汉标名。

奚羡虎溪三笑,喜山间林下,别论交情。度岁逾芳,经春弥茂,不同萧艾敷荣。点缀处、苍苔数笔,添姿媚、宛转如生。恰称画堂清玩,巧贮金瓶。

柴才　6首

字次山,号卯村,钱塘(今浙江杭州)人。诸生。著有《百一草堂集唐诗余》。

十六字　自题清江垂钓小照

吾(卢仝)。帆樯衣裳尽钓徒(陆龟蒙)。敲酒盏(薛逢)。舟系岸边芦(贾岛)。

法驾导引　题白下张明经齐元小照

脱吾帽(李白)，脱吾帽(重用)，露顶洒松风(前人)。自有卷书消永日(刘兼)，独寻危石坐岩中(刘沧)。嬉戏任儿童(白居易)。

减字木兰花　题爱莲小照

团荷闪闪(孙光宪)。妆点池台画屏展(秦韬玉)。远近凉飔(宋华)。小鼎烹茶面曲池(李商隐)。　可人如玉(司空图)。坐对闽瓯睡先足(秦韬玉)。折彼荷花(王勃)。曲几书留小史家(王维)。

醉太平　题秋林晚霁图

且叹且言(欧阳詹)。长林野烟(皇甫冉)。数行斜雁联翩(孙光宪)。过残阳水田(李嘉祐)。　朝虀春盐(韩愈)。雪肤花颜(许浑)。生涯一片青山(顾况)。爱初晴小园(白居易)。

眼儿媚　题龚镇浮柳阴荷锄小照

身闲不梦见公卿(王建)。高柳觅先生(皇甫冉)。春融艳艳(张雨史)，田风拂拂(李贺)，薄地躬耕(王维)。　绿阴十里滩声里(李群玉)，迟日又西倾(李咸用)，草堂东去(白居易)。于山于水(萧颖士)，自足怡情(上官昭容)。

卜算子　题应明府穆堂焚香默坐图

香余桂子焚(李益)，默坐非关闷(李咸用)。似证禅心入大乘(张祜)，贵相山瞻峻(韩愈)。　剑阁复通秦(杜甫)，解佩仙郎印(高适)。谁染丹青入画图(郑谷)，颜为忘忧嫩(章孝标)。

沈湘 1首

风入松　题族孙如愚行乐图

碧梧阴下趣偏幽。此外何求。烟凝绿树村边合,山光掩映波浮。脱帽岩前静坐,东皋听叱耕牛。　　人生有几最风流。聊自优游。今朝绿鬓曾相识,恐他年雪盈头。子面不如吾面,闺中认我还不。

张振 1首

字云企,江苏无锡人。著有《香叶词》。

画堂春　题宫妆美人图

眼波微倦柳丝眉。娇痴不语头低。牡丹花下坐多时。似惜春归。　　凤帐愁中寂寞,羊车梦里依稀。薄衫轻扇泪胭脂。幽恨谁知。

沈堡 19首

字可山,号鱼庄,浙江萧山人。高士奇外甥。著有《浣桐词》。

章台柳　题自制小枕

铁岭高使君善指头画法,偶以绢为《蝶梦》《蕉鹿》二图见赠,用裁作枕,并系以词。余也疏懒颇真,睡乡尤熟。黑甜一枕,红日三竿。况夫蝶趁花前,既蘧蘧而欲化；蕉宜雨后，亦冉冉而生香。箪角秋声，松阴午梦。游同鹿豕，无烦朽木之雕；身入画图，聊当曲肱之乐。敢云仙子之风，不泥野人之迹云尔。

蝶为周，周为蝶。栩栩蘧蘧两离别。清磬一声西日微，花丛推上谁家月。

其二

凉露清，秋风碧。鹿卧空山梦蕉叶。添上黄昏密雨声，落叶满阶何处觅。

江南春 题梅花书屋画卷

山竞秀，树争春。近依林下客，遥忆陇头人。写生一借徐熙手，雪魄冰魂总入神。

江南春 为汪梦山题扇，扇为家梵陵摹董思翁山水

高下处，浅深中。山川无俗骨，草木有仙风。梵陵胸次原如此，偶与前人笔意同。

其二

能却病，亦驱尘。画中寻好句，笔下认前身。山林佳气无寒暑，日日清风慰故人。

减字木兰花 题王补臣荷锄小影

何曾消瘦。颜色朝朝如倚酒。来往天街。不使红尘上布鞋。　　三毫无恙。木柄长镵披鹤氅。我欲随君。采药深山劚白云。

忆秦娥 自题采莼图

潇潇竹。四围倒影清溪曲。清溪曲。白鸥眠处，半篙新绿。　　秋风张翰归思促。湘湖一带山如沐。山如沐。舟前明月，素波盈掬。

忆余杭　题陆雍之秋夜读书图

一片秋山清可数。茅屋岗头云欲吐。有人高卧读南华。落叶似飞花。
碧梧露湿蝉嘶梗。疏林微风筛月影。茶声依约和松潮。松子滴芭蕉。

杏花天　题家渔山兄采药图

松风万仞云无窦。只樵路、引人依旧。山深炼得青鞋瘦。细认五加三秀。
借何处、丹砂石臼。看鸡犬、云中果否。总然不见桃如斗。家在桃花洞口。

玉楼春　题朱翁采芝图

鸣珂初入长安道。玉海金山名最好。白云深处万松间,划地来寻三秀草。
须髯如幕眉如扫。仙骨君身原不老。苍生颙首望东山,木柄长镵何太早。

蝶恋花　题王山阴先生采薇图

不及攀髯双凤阙。服食求仙,讵有长生诀。剩水残山云一抹。饿夫何事餐薇蕨。　短发鬅鬙蒙缁撮。木石同枯,颜色寒于雪。画手添毫人欲活。丹青难写心头血。

苏幕遮　题钱舜举饮马图,呈家梵陵叔

紫疑烟,红似枣。马癖才人,爱写骅骝照。脱下障泥嘶碧草。渴饮来时,只恐江儿小。　树离离,天淼淼。璧已成灰,马齿何曾老。纸上水声飞不了。着鞭毕竟伊谁早。

凤凰阁　题张佩庵小照

记年时见汝,宝钗楼下。春宵一曲千金价。遥想花街莺市,共选清暇。曾几日、须眉如画。　冲炎席帽,踏遍长安车马。归来向我星星话。吾病矣,怪吴郎、离绪偏惹。难忘却、山阴深夜。

千秋岁　题石庭上人小照

珊珊仙骨。梵贝题骚屑。情未死,禅犹活。孤怀飞紫槲。好句沾红雪。三生案,热肠偏向诗人结。　细雨溪流咽。残梦松风揭。樵子鹿,庄周蝶。驴鸣声外相,花放空中色。高云里,石皮乱长烟萝缀。

剔银灯　题金晴村纫兰小影

自是江东英物。何事风尘蹩躄。买骏台边,汨罗江上,漂泊浑如落叶。廿年磨灭。对明镜、顿搔霜雪。　横笛一声吹裂。酒唤厨娘频热。醉唱离骚,秋兰络索。满髻满怀成缬。青衣心折。怜君处、翠蛾欲结。

长生乐　题孙雪椒采药小影

峭壁千寻倚者谁,孙楚好风规。软红尘外、觅得白云堆。泉自云岩,流下几瓣红蕤。翁应悟否,桃洞春光也须归。　花烹枸杞,雪煮松苓,寻常作饭充饥。能却病,便足百年期。作仙无过如此,何必定升飞。

水调歌头　题商今素剡溪秋泛图

淹淡剡溪色,直接鉴湖边。盈盈一带秋水,对此辄疑仙。自是蔚蓝如画,黄叶半村如雨,都写入诗篇。宁可共载否,钓取一溪烟。　兰亭畔,流觞处,忆年年。酒徒一半沦落,惟尔着鞭先。须记杏花红日,宴罢曲江归后,骑马似乘船。捉鼻谢之去,此地让吾眠。

八声甘州　题宋岸舫贺兰山磨崖小照

画英雄,直上贺兰山,临风捋髭须。望燕支寸碧,祁连横黛,野马模糊。千仞磨崖独立,落日指锟鋙。一线长城影,袅袅秋芜。　　自昔狼烽不断,问几人出塞,振旅归乎。纵勒铭纪绩,难偿髑髅枯。猛回看、齐烟九点,甚莽苍、何处是吾庐。真奇想、想添毫罢,醍酪酣呼。

瑞鹤仙　题张远宗题桥小像

丰神殊不俗。似彩凤文鸾,鸡鹜臣仆。翱翔向京国。早旁若无人,胸多成竹。谁能鹿鹿。志岂在、黄金白玉。效当年、司马题桥,千载远追芳躅。　　棋局。长安如此,富贵奚为,壮夫鬓秃。悲歌当哭。名不立,莫归促。尽风尘磨灭。终须留得,不朽丹青一幅。举头看、海阔天空,为君击筑。

姚大祯　1首

字亘山,浙江钱塘(今浙江杭州)人。著有《枕书楼诗余》三卷。

踏莎行　题画

尺幅溪山,青红间紫。瀑飞湍激岩流水。远云叆叇若林烟,画阁楼台人未起。　　豆人寸马,童携绿绮。远树无枝浑似米。更兼数点晚鸦归,落霞片片山林醉。

贺桂 1首

字秋安,号竹隐居士。龙田贺士昌女。顺、康间在世。著有《竹隐楼诗草》。

如梦令　题淡墨山水

绿树阴阴遍野。莫辨深春浅夏。一水隔茅亭,人立断桥饮马。诗画。诗画。久看今来如昨。

纪迈宜 3首

字偲亭。直隶文安(今河北文安)人。康熙五十三年(1714)举人,官至山东泰安州知州。有《俭重堂诗余》。

献衷心　墨蝶

记得东风舞,晴雪千堆。芳草暗,绣裙开。想漆园梦里,别化一双来。偏作态,嫌粉腻,污香胎。　　知何处,傍萧斋。翩翩新浴墨池回。算滕王半幅,余沈烘才。粘鸦鬓,和燕尾,惹蜂猜。

临江仙　和周次峰题章永清小像,临江仙二阕

门掩苍苔苔覆石,石边泉沸增竑。科头箕踞倚长松。松风合硐濑,环佩振天风。　　童子抱琴林外至,临流好抚丝桐。清泉白石趣何穷。并将幽咽意,写入七弦中。

其二

披画如寻高士传,是谁题咏偏工。清真才藻淬词锋。红牙铁绰板,交响笔端中。　　我亦花间曾缀句,忏除绮语成空。今逢雅奏调相同。喜心缘见猎,拙手愧雕龙。

查涵(1689—1722)　1首

字朗行,浙江钱塘人。诸生。著有《西庄词》。

哨遍　题潘浩然公遗像

异哉此公,两鬓尽霜,手不释经史。论公才、胡弗拥高卓,乃乔坐、修篁而已。公不见,茫茫大块如此。人人以仕为儿戏。况国鼎新移,谈兵说剑,英雄鼓掌而起。公此时撇却旧柴扉。便芥拾共鸣复何疑。公也胡为。以吏终身,自甘林际。　　噫其隐者欤,我生也晚公往矣。吾友公孙子。与吾言公壮时。有三妇穷孀,八棺浅土,哭声四面啾然沸。公既慰清操,复安朽骨,破道都非所计。念外家积富颇无儿。为置妾延嗣礼葬之。但生平、登山临水。不知富贵何物,惟独行吾是。我闻昔日,庄周既隐,尝作漆园小吏。高人出处总如斯。愧不才、徒深仰止。

黄之隽(1668—1748)　1首

字若木,号石牧,江苏华亭(今上海松江)人。康熙六十年(1721)进士,改庶吉士。雍正元年(1723)授编修,充日讲起居官,寻提督福建学政。乾隆元年(1736)荐试博学鸿词,报罢。著有《㸌堂集》六十卷,其中存词二卷。

凤池吟　题励滋大郊居图小照

三岛楼台,十洲云水,才有如此神仙。讶披图相见,似曾相识,韵宇翩然。横榻科头,縠衫犹带御炉烟。红尘不惹,桐蕉荷竹,尺五之天。　　蓬莱儤直三世,有赐书万卷,插架相传。在直庐深处,圆明园左,槐树街边。退食归来,履痕踏不到花前。忙何事,为沉吟、应制新篇。

张钺(1672—1754)　1首

字少弋,号鹤沙,江苏华亭(今上海松江)人。叶燮门人。著有《鹤沙遗草》,附《鹤沙诗余草》一卷。

减字木兰花　题友人小照

襟情宛转。才展新图尘虑遣。小小排当。鹊尾炉烧笃耨香。　　科头箕踞。片石韩陵堪共语。天淡云疏。长日消磨一卷书。

王时翔(1675—1744)　2首

字抱翼,号小山,江苏太仓人。诸生。官至成都府知府。于词不慊浙派,主北宋。著有《小山诗余》。

南柯子　题桃花画扇

碎绮裁春色,明霞晕玉容。小楼人醉倚东风。记得软杨丝里,一枝红。

选冠子　过潭影轩,见兰生所写墨菊一枝,怅然有作

荡日晶帘,熏香螺几,依旧昼长人静。屏间按曲,烛下传杯,肠断早春芳景。空约佳期,流水桃花,参差难定。况心盟断绝,镜鸾分舞,已成愁病。

犹记得、小叠银笺,斜渲淡墨,自写幽姿傲性。人能耐雪,花亦经霜,做弄满天凄冷。检向晴窗,仔细重看,风标暗省。待九秋凉月,试较淡妆孤影。

田同之(1677—?)　1首

字在田,晚号西圃老人,山东德州人。康熙五十九年(1720)举人,官国子监助教。辞归。里居而卒。年逾七十三。著有《晚香词》三卷,《西圃词说》一卷。

沁园春　题朱桐庄先生小照

猗欤先生,玉皇仙吏,胜国王孙。羡道心标映,丰仪韶举,香才艳世,逸藻缤纷。桐荫窗南,书香砚北,潇洒襟期绘事新。匡斋静,看编搜坟索,别有经纶。　　木天曾结前因。跌宕处翩翩雅不群。有笔头千字,胸中万卷,齐疆鲁界,吏治谁伦。历外扬中,臣工一视,安在低昂作意分。嵬我目,爱奇怀雅抱,阿堵传神。

叶之溶(1681—?)　6首

字笠亭,浙江平湖人。诸生,入洛如诗社。雍正十三年(1735),荐举博学鸿词,省试被放。著有《小石林诗》七卷,《小石林长短句》一卷。

太平时　题画

花雨微微点绿莎。野情多。板桥泥滑接平坡。一犁过。　　叉手牧童浑睡足,冷青蓑。烟霞梦里更如何。莫惊他。

二郎神　题严一园苕溪归隐图

白云初起,听飞瀑、潺湲流雪。正独向空山,行乐处,鸿濛里,碎琼稠叠。随意莓苔花径坐,潇洒地、何妨日涉。知十载、征衣未卸,欲作乡园归客。

堪说。斜阳渐下,苍茫时节。极目际松间,微滴翠添,谡谡晚风声发。还想吴兴溪上路,泻一脉、清泠到骨。记他日相思,露冷蒹葭,好移轻楫。

青门引　题少年倚马图

纸上偏生艳。平叔丰神应占。眠花中酒自年年,歌喉一度,风韵可曾减。

雕鞍小控情万点。别路愁尘染。那堪落日回首,空山寂历秋云敛。

锁窗寒　种菜图,为嘉禾陆赟民赋

一棱湖田,柴门恰对,飘然神往。轻锄鸭觜,野色山园无恙。算春初、露畦雨畻,摇摇翠甲平新涨。记挑时小摘,能来佳客,碧虀晨爽。　　惆怅青云上。叹此味谁知,移尊同访。篱边柳次,争羡高踪闲放。挂风前、瓢笠无庸,消得芒鞋余几緉。种东坡、定有玄修,待问鸳江长。

伊州三台　题读书秋树根图

写来还似云林。位置秋山树阴。露顶更披襟。任人嗤、索居陆沉。

不劳花底携琴。把卷朝哦暮吟。我亦号书淫。肯相从、四时赏心。

唐英（1682—1756） 1首

字俊公,号蜗寄居士。官内务府员外郎,曾监景德镇瓷窑。著有《陶人心语》。

一丛花　题天女献花图,寿李仙盘监司

长春驻景进霞觞。朱紫祝群芳。春娇夏丽秋冬艳,见仙子、采献西江。天上栽培,人间秀苗,禁御早飞香。　　邺侯丰采自仙郎。功德岂寻常。借寇启、天阊盐梅手,调燮试金汤。万户千村,福星颙望,遥指照南昌。

陆培（1686—1752） 21首

字翼风,号白蕉,浙江平湖人。雍正二年（1724）进士,授安徽东流知县,罢官归里后,历主东台、当湖、九峰书院。喜填词,杭世骏、厉鹗等引重之。著有《白蕉词》。

摸鱼儿　题荻雪村庄

似蒹葭、凄凄遮遍,软红不到三径。添些艳意看逾好,几簇水荭低映。斜又整。任吹老蘋风,依旧汀花冷。捎烟做暝。恰柳碧蝉嘶,沙昏雁落,拄杖尽消领。　　功名梦,蕉下凭谁唤醒。绝怜麋鹿心性。天南塞北游踪倦,占了横塘秋景。迟放艇。对图画、沉吟许否盟鸥并。端飞逸兴。等萝月圆时,林枫染候,共尔话幽胜。

徵招　题双清抚琴图

凉鞋散带宽衫袖,相逢市朝无此。吟擅谪仙才,正石床斜倚。筝琶纷俗耳。看流响、玉琴丝里。径叶翻黄,野云凝碧,篆篝销翠。　　锦瑟拟华年,南

溟路,抟风好摩双翅。莫要忒情多,望美人临水。清闲浑未易。许写幅、图画而已。几时共唤艇苍茫,着海涛胸次。

解连环　西畔索题便面美人

掌中怜取。绔仙裙欲动,好教擎住。试一握、纨扇团团,似桃叶,悄来渡头延伫。别样风流,认鬒鬒、兰心微吐。算眉峰约翠,应被故宫,淡扫人妒。

招凉暑窗展处。怕惜香易惹,当日情绪。曾听说、落托狂游,泥细马燕鬟,薄罗蛮女。老去樊川,只消领、茶烟吹度。也需问、是空是色,冷禅悟否。

瑶花　徐品珊采药图

寻仙也好。帚挟红云,把苔花闲扫。科头尽自,萧散甚、未要雨巾风帽。尘寰隔断,仿佛对、三山缥缈。问小奚、采摘盈筐,莫是驻颜芝草。　　生绡一幅横来,认绿鬓青睛,东海年少。珊瑚笔格,曾寄赏、难道绮情消了。扪萝惯否,怕山鬼、向人啼啸。倩补图、着个筇枝,携伴碧峰幽讨。

南浦　题南田垂钓图

面面翠阴遮,爱南田,眼底氛埃都扫。溪柳更风流,垂腰软、称坐科头人少。濠梁兴在,一丝荡漾波心悄。风定水纹微似縠,那得老鱼吹到。　　才华最数平原,肯无端、付与鸥乡消了。似我剧堪怜,西风里、愁杀宽衣茸帽。乘槎梦杳。算来却是投竿好。打点绿蓑青箬笠,随意五湖三泖。

柳梢青　笪民出示种菜图,喜其寄情闲远,填此赠之

近水人家。呼童抱瓮,清事堪夸。种杂瓜壶,畦分姜蔗,几棱欹斜。
晚菘早韭栽些。小摘处、苔心尽佳。侬亦思量,长镵荷了,编个篱笆。

摸鱼儿　为姚平山题尊人西园先生画册

话才人、名驰薇省,吮豪雅擅能事。糜丸暇泼晴窗下,也染青妍螺子。三泖里。惯消受、莼羹蔬饭清秋尾。丝纶未试。便化鹤匆匆,围棋别墅,闲了研池水。　丹丘迹,品与倪黄相似。耳孙妙绝堪继。好山落手琴横膝,约略挥残千纸。云散矣。只小凤、收藏几幅潇湘意。展开棐几。对锦袭重重,签题一一,洒否白华泪。

解连环　为张曲阿题小史遗照

研银光纸。认描来不减,五陵佳士。漾一道、草绿裙腰,称小帽轻衫,锦鞯鞴倚。到处争看,懊恼煞、蛾眉误尔。判歌珠一串,从今冷落,定场猩屭。　莼鲈赋归可记。把湘帘下了,听调银字。又谁料、小劫无端,似木末娇红,被风吹坠。蛩语秋窗,怎怪得、愁深平子。诉招魂短笛,声声梦阑月碎。

点绛唇　便面终南进士,为顾虎臣赋

帽缀红榴,鞭梢宛向中条指。愁他魍魅。剑淬芙蓉水。　记得唐宫,绝妙吴生技。侬尤喜。添毫能事。几折齐纨底。

明月棹孤舟　跋南沙先生熟蟹图,同姚沾扶平山暨家圃玉

缚解寒蒲汤乍沸。禁客座、动来食指。酒酽教持,橙香佐擘,雪样最怜螯美。　一壳流黄东绢里。算妙手、写生输此。挂壁争看,拈毫绝忆,惹否季鹰秋思。

减字木兰花　沈醒士瀛洲钓鱼图

吴船平底。载个幽人沙觜。舣岸柳摇丝。不比风斜雨细时。　科头赤

脚。披图想见濠梁乐。八咏风流。怕似严滩特地求。

黄鹤洞仙　读书秋树根图，为刘雅南赋

抚卷意悠然，懒颂先生酒。领略秋岩一倍，佳风起候。簌簌松钗溜。皓鹤舞犹双，兀坐能堪否。添写低鬟十四，三通笑口。好把桃花咒。

一枝春　为今涪跋织锦图后

巧杼横时，正斜河点点，疏星银烂。翠娥捧出，宛向蜀江初浣。怜他云锦，为寄语、天孙休卷。问凉夜，泛到仙槎，见否支机石畔。　吴娘枉缫春茧。便鲛宫割取，还输璀璨。金梭掷处，可念来年期远。中央四角，莫猜做、若兰缄怨。成绮色、好拟文心，散来镂管。

蓦山溪　题何东江小照

南塘佳景，尺幅平分取。中有爱吟人，宛风流、扬州水部。芒鞋自在，懒踏软红街，摇笔处，品泉余，只笑青猿语。　丛丛疏筱，色映丹枫树。皱碧一溪斜，引游筇、桥横断浦。披图却想，得个小篷船，携画榻。约诗邻，径泛鸥波去。

小阑干　题披西放船卷

柳荫深处短篷斜。柔橹划晴沙。漾縠波轻。笼烟树远，隔岸出人家。披图认得玄真子，箬笠不曾遮。卷帙难抛，竿丝懒托，耐否溯苍葭。

沁园春　题醉菊图，为懒迂翁寿

一笑先生，菊种陶家，鸦锄手携。任朱朱白白，都开篱落，风风雨雨，独耐山蹊。向夕堪餐，盈头要插，不假三蕉醉似泥。论高韵，胜滋兰九畹，灌竹千畦。　花时妙句堪题。正矍铄无须倩杖藜。惯汲泉自煮，消他茗碗，留宾共

赏，捉个谈犀。海屋添筹，香山结社，诗卷牛腰等样齐。称觞好，恰图悬寿客，蟹擘团脐。

菩萨蛮　为冯圣陶跋墨竹卷

此君只数湘川好。梅边雪里清风扫。深浅色都宜。檀栾横几枝。　　江南春有信。犀顶篱根迸。何日买双钱。参他玉版禅。

更漏子　沈思安清泉白石图

带移围，巾折角。认得隐侯腰削。阶藓积，埜云横。吟秋无限情。　　郭熙山，韦偃树。可要尺绡添补。盘曲磴，憩平泉。因君昔梦牵。

百字令　跋娄江息非翁遗照，用载酒集索曹次岳画竹垞图韵

当年圆泖，有庞眉逸叟，游踪萍泊。作宦京华拂袖早，心事蒲团聊托。麈尾玄谭，丹头活火，未羡寻仙乐。展图凝想，皋禽何处惊落。　　重话市隐风期，三升酒榼，客至时留酌。棋子声敲花院静，垂了晴帘阴幕。妙绘偏悭，零纨最惜，认取真丘壑。吟成哀些，冷蟾飞到檐角。

渡江云　江声草堂图，为绘友赋

江亭归未得，借诗排闷，春晚最怜渠。种松兼看竹，底事匀描，摩诘句中图。量才八斗，盼他时、玉殿传胪。空结想、摊书孤坐，槛外落潮初。　　愁余。荒畦半亩，老屋三间，忆柴门开处。全不似、峰堆翠髻，岸划香菰。平桥窄渡翻红影，认此中、仿佛秦馀。容到否、撑来艓子如凫。

浣溪沙　跋叔氏稼三小照

眉际分明露紫棱。短衫射虎力还能。谁令枯坐学闲僧。　　读画无端追

往事,零丁帖子写来曾。滹沱冰雪踏层层。

吴培源(1688—1768)　4首

字岵瞻,号蒙泉,江苏无锡人。乾隆二年(1737)进士,官遂安知县。著有《会心草堂集》,词附。其《减字木兰花》"哀哀敌""衔哀何极"二首乃请画师追写先祖遗像的记事之作,并非题画之词,故不录。

如此江山　题王蓼园昔游图照

白门烟树城南北,遥遥清署相望。老我清毡,依人蠹简,还是书生寒相。昔游颇壮。记塞外中原,关山苍茫。回首风尘,此身何处别真妄。　人生归计恨晚,漫一饷登仙,曾到天上。好梦模糊,浮名虚幻,赢得故园无恙。心期不爽。向五里湖边,月明波朗。一曲渔歌,伴君同荡桨。

天香　卞北门观察以扇头墨牡丹索题,为填此

月黑蓉塘,烟笼药砌,依稀此景堪忆。可是当年,沉香亭北,染得醉仙飞墨。霞裳翠袖,曾宠受、露华浓浥。却趁风暄日丽,徘徊殿春消息。　谁携一枝江笔。梦酣时、晕成国色。五采分来浓淡,天然没骨。多买胭脂何用,看魏紫姚黄总非洁。群玉山头,轻云万叠。

迈陂塘　题文叔先生拥书图照

百年来、东南文献,先生此际堪续。尧峰竹垞声名旧,风雅后先相属。探玉局,看献赋、蓬莱藜火然天禄。随身万轴。便拜手归来,蟫红蠹白,文彩满书屋。　清吟处,化雨一庭春绿,墙阴桃李芳馥。西湖岭上钟山畔,共仰子云亭蠹。清溪曲。有问字人来,载酒亲芳躅。泉源百斛。任纬史经经,含骚吐赋,大雅振空谷。

临江仙　题钦幼畹春溪垂钓小照

碧柳朱桃妍若许,春堤一曲春闲。垂纶人住太湖湾。门前三若水,新雨绿潺潺。　十载贤劳撄世网,青云兴已阑珊。君恩不许卧东山。投竿趋紫诏,烟水梦魂间。

张世进(1691—?)　5首

字轶青,号啸斋,陕西临潼人,世居扬州。著有《著老书堂集》。

蓦山溪　题查梅壑斜阳唤渡图

剡藤半幅,秋色清无滓。行客阻遥溪,刚遇着、扁舟闲舣。临流整辔,人急蹇驴迟,望对岸,已斜阳、前路还余几。　须知画手,不是凭空拟。身老道途间,才写出、游踪如此。晴窗静展,忆我少年时,操短辔,挂长帆,往事今休矣。

谒金门　题友人荷锄图

春雨细。好趁春阴锄地。行到田隅烟水际。树根还小憩。　抛却麝煤鼠尾。闲把鹤头鸦觜。老圃老农真得计。人生休识字。

满江红　题巫峡秋涛图

巫峡秋来,问潋滟、大才如马。论此地、惊涛怪石,只堪图画。亭午始看红日过,扁舟宛自青天下。想朝辞白帝暮江陵,非虚话。　仗篙楫,帆齐卸。听钲鼓、声频打。任长年三老,摊钱无暇。世上利名虽可羡,人生性命谁相假。向江南,作个捕鱼郎,多潇洒。

谒金门 题晚树归鸦图

林阴暗。鸦背夕阳红淡。都拣寒梢高处占。后来还几点。　　向晚风枝摇飐。倦羽欲飞还敛。看到树头如墨染。山家门未掩。

风入松 题吴妓张忆娘簪花图

青丝晓绾绿窗前。懒插钗钿。娇红一朵临风笑,怕飘零、簪向鬟边。自是人令花好,非关花助人妍。　　章台柳色冷秋烟。小像空传。妆成想见焚香坐,学卫娘、书格题笺。雨散云飞何处,断肠春色年年。

厉鹗(1692—1752) 36首

字太鸿,号樊榭,钱塘(今浙江杭州)人。乾隆元年(1736)荐试博学鸿词,报罢。性孤淡,清拔俊逸。诗词俱为浙派大宗,其诗入宋人门户,刻炼研琢、精深华妙;词取法南宋,清峭雅洁,继朱彝尊而起,为清代中叶浙西词派盟主,与朱彝尊并称"朱厉"。著有《樊榭山房集》《秋林琴雅》。

菩萨蛮 题呵手梅妆图

斜红不暖凝酥面。春来未许春莺见。小凭侍儿肩。花寒人可怜。　　无言空拥袖。兰气熏花透。髻压一枝斜。前身萼绿华。

玲珑四犯 恽正叔西湖泛月图,题陈玉几赋

寒玉砌澜,修蛾横绿,晴天明月初涌。人间今夕好,柳外凉阴重。沉沉两堤跨蛛。问何人、曲声吹送。酒面邀秋,船头照影,吟思欲飞动。　　烟空远眺堪纵。想菱飐乱起,荷气深拥。清欢惊易晓,光景随尘鞚。南田词客今仙

去,剩沙鸟、来成幽梦。谁与共。裴回写、闲情数种。

高阳台　题华秋岳横琴小像

剑气横秋,诗肠涤雪,风尘湖海年年。三径归来,慵将身事笺天。草堂不着樱桃梦,寄疏狂、菊涧梅边。想清游、如此须眉,如此山川。　　枯桐在膝冰徽冷,纵一弦虽设,亦似无弦。世外音希,更求何处成连。几时与子苏堤去,采蘋花、小艇冲烟。笑平生,忘了机心,合伴鸥眠。

声声慢　题符幼鲁风雪归舟图

征衫换色,客枕催寒,川涂自古酸辛。楚尾吴头,风雪独自归人。低迷冻鸥片影,恐吟魂、搅乱江云。远望外、有败芦断竹,何处孤村。　　莫怪苍山白首,看凄清到此,愁也如君。湿重帆迟,赢得画里闲身。滩空梦回犬吠,正鸿妻、相候柴门。待岁晚、酌椒花,全未是贫。

点绛唇　题授衣读书稻田隅图

片雨斜阳,柳阴濯足看行水。世间良计。识字耕夫耳。　　风约云萍,又向芜城会。推书起。酒阑无味。为我言田意。

清平乐　题饮谷说剑图

仙源风雅。不恨知音寡。艇子采香归去也。袖有骊珠无价。　　天涯共话秋窗。吹箫载酒何妨。莫把吴钩再看,灯前化作柔肠。

南乡子　题挥扇士女图

思梦鬠慵梳。鹦鹉惊回倚井梧。扇影似人人似月,圆初。十六盈盈十五余。　　并蒂点红蕖。更有关心好句书。不用近前频掩面,生疏。水院云廊见也无。

摸鱼儿
宛陵梅文常为予写西溪卜居图,因题其上,兼怀尊人耦长先生

问谁移、乱泉一曲,藤桥宛转河渚。青罗篆髻看皆好,幂𥥛斜遮疏树。横断渡。指艓子如凫,小桨轻摇去。芦花深处。笑蟹籪鱼床,何时料理,始有此家具。　　平生意,潇洒爱山真趣。年年踏遍烟雨。百弓沙嘴闲田地,输与眠鸥翘鹭。呼烛语。仗浓淡香螺,写出无声句。故人间阻。更长忆梅翁,小溪春縠,独速短蓑舞。

清平乐　陈楞山松泉试茗图

空烟吹翠。峰腋云生细。消得清凉刚斛二。勾破松根残睡。　　几年淮左羁愁。何时啸侣林丘。记取雪残归棹,期君第二泉头。

惜红衣　赋团扇上蒻草美人

月里盈盈,风前转转,嫩凉吹送。细熨桃鬟,罗衣净无缝。东墙未见,容易得、情田先种。飞动。轻削楚腰,比桐花么凤。　　天然压众。愁眼啼兰,无言正如梦。才离小草,半面漫邀宠。别有寸心通处,拾翠水边曾共。恰恁时憔悴,湘簟画屏深拥。

翻香令　题赵意田倚楼图

断云依水晚来收(辛幼安)。几行征雁下汀洲(赵旭)。江之外(吴潜),山之麓(王特起),好江山、何事此时游(周密)。　　醉乡空断楚天秋(冯子振)。故人多在玉溪头(元好问)。尊前月(沈会宗),闻遥笛(吕渭老),这风情、都属赵家楼(黄升)。

霜天晓角　华秋岳松月图

查牙老树。记得何年遇。攒出翠针千百,是妙手、新栽处。　　过雨。凉月吐。纷纷清影舞。孤鹤不成秋睡,又翻下、半空露。

南楼令　醉仙图

无梦到槐柯。蓬山自踏歌。酒逡巡、顷刻花多。有酒有花吾事办,呼冷月、出沧波。　　落佩任颜酡。壶中一太和。尽长年、销得婆娑。便道老仙真个醉,人世醒、待如何。

买陂塘　题洞庭龙女图,隐括湘夫人辞

白云来、洞庭渚北,双眸眇眇愁予。秋风乍袅层波远,木叶翩飞如雨。期又阻。独骋望、蘋中不见巢青羽。相思欲诉。怅澧有红兰,沅生碧芷,公子杳何处。　　朝驰马,忽向江皋羁旅。佳人邂逅低语。未能腾驾偕烟逝,筑室水心如许。蛟瘦舞。算只在、椒堂荷屋香蘅宇。褋遗南浦。看霓带缤纷,九嶷迎得,聊以共容与。

水龙吟　题董羽出水戏珠龙图,上有御前之印并宣和御押

千年纸上风云,弄珠飞出宣和殿。沧波涌雪,银鳞墨爪,腾空如练。闲却绡宫,橘花开尽,有何人见。只鰲龙旧姓,毗陵哑子,吹腥雨、穿枯砚。　　回首天家顿远。尚尘中、匆匆流转。神湫易改,青灯素壁,锁痕休断。笛里吟残,梭边眠熟,不胜清怨。望冰帘影外,香销几缕,海山秋晚。

渡江云　题汪祓江红药桥边吟客图

芜城当此际,峭风卷雨,黄柳尚萧疏。玉勾亭畔月,底事飞来,澹彩照西

湖。襟情雪炼,尽乾坤、清气偏孤。同调处、花间花外,丽句也堪图。　　何如。二分无赖,十里销魂,记樊川前度,闲瘦损、灯边茧栗,叶上盘盂。君归为问花安否,想艳红,依旧纷敷。春梦阔、江南夜夜啼乌。

水龙吟　题吴东壁大洋泛月图

凭谁画就沧溟,影连南极摇空碧。茫茫何在,云帆吹送,高秋今夕。蛇种城遥,鲲人国杳,水天无迹。正银涛上涌,冰丸倒射,应笑岸,临风愦。　　为问乘槎此客。挹长庚、几经沦谪。一官寄耳,乾坤奇处,肯教轻掷。身到清虚,胸吞云梦,旧闻嫌窄。看蛮童起舞,澄辉零乱,泻莲花白。

清平乐　春游士女图

胶鬟新拭。正是停针日。小扇扑馀无气力。风里杨花吹急。　　销凝石畔兜鞋。不如偎暖苍苔。欲就浓香一梦,翩翩胡蝶飞来。

声声慢　题停琴士女图

帘垂有影,院静无声,谁家待月阑干。两点深颦,分付次第眉山。薄妆乍侲,便低鬟、更自幽妍。心事远,看转将瑶轸,尚怯春寒。　　只有梅花知得,爱香生弦外,韵在丝前。小立徘徊,肯教流响空烟。人间尚留粉本,不愁他、轻误华年。凝望处,想参横、依约未眠。

河传　题顾升山蔬果画册

笋

青浮卵碗。饼煮槐芽,竹胎犹短。园丁掣锁,疏篱烟满。我来参玉版。一村嫩雨林梢泫。如啼眼。鸦觜和苔铲。洋州诗句曾柬。有人炊晚饭。

萝葡

三月,小桃吹谢。绿到荒原。英雄种菜不堪论。芜菁。昼闭门。　　卧龙已去天星陨。军声尽。战土犹微坟。至今遗种乞邻翁。残冬。满畦黄叶风。

枇杷

颗颗。黄破。一林卢橘,悬金欲堕。吸红螺。爱新鹅。婀娜。乱压东园舸。　　跳脱玲珑美人腕。牵银蒜。映得光零乱。蜡儿团。汁儿酸。搓丸。欲将书寄难。

香橼

天凉似水。霜黄梧子。斜阳返照,秋香一树。累累。霢霂。鲤鱼风又起。　　晶盘买向闲坊市。空斋里。点缀乌皮几。远还疏。淡如无。清虚。酒醒闻着渠。

水红菱

低罥荚湾,乱覆兰渚,蟹舍鱼叉。斜撑艇子照鬟鸦。家家。采菱娃。　　江南水国堪消夏。凉风洒。粉刺兜罗帕。生憎辜负镜奁花。天涯。浮梁去买茶。

木瓜

贡兼橘柚。南方无偶。乌爪休扪。倚阑闲弄,脉脉想见销魂。玉纤痕。碾香渍入搓酥粉。西风紧。一夜芙蓉冷。檀奴有意,为遮交午腮红。傍帘栊。

茄

村陌。吹笛。水风凉。绿蛎墙边路长。牛衣古柳紫瓜香。商量。为他加蜀姜。　　园官菜把无苋苣。清贫处。且汲流泉煮。折项瓠。白雕胡。山厨。多堪敌落苏。

芋

秋早。怀抱。龙涎味滑,雀头名好。江乡幽兴最堪怜。年年。蹲鸱不论钱。　矮铛折脚煨残火。山僧坐。往事今无那。斫侯鲭。捣金橙。闲评。何如玉糁羹。

莲子

湖天平碧。鸦头十五,双摇轻楫。清歌学唱想夫怜,采得。绿房和子擘。家乡消夏湾前后。愁时候心苦君知否。馆娃宫。水烟空。秋风。销魂坠粉红。

杨梅

鹤巢兔柴。浓阴潇洒。树间红碎。满江城,堪爱。楝花风大。筠笼和叶卖。　堆盘磊磊杨家果。玫瑰颗。掐得檀痕破。泪淋漓。湿胭脂。沾衣。问郎知不知。

石榴

霜后。红透。榴房初剖。伴栗黄皴,和橙绿皱。石醋姊妹凄其。秋来子满枝。　粉裙曾染蛮腥血。华时节。光景真飘瞥。向墙阴一树,犹记旧风流。坠搔头。

香瓜

溪涨。风浪。笼瓜船上。蜜筒虎掌。许多新样。团麝揉酥酝酿。谁将双鼻饷。　散筵香粉祈河鼓。当风露。粘着黄金缕。梦蕈腾。事难凭。东陵。种时熟未曾。

橄榄

闽岭。幽境。海天遥。绿荔丹蕉最饶。何如青子缀长条。风标。红盐点不消。　幔亭峰下家千里。沾牙齿。谏味无如此。试灯天。擘柑筵。春纤。裹来和茗煎。

桃子

颊颊。堪摘。旧湖州。水驿旗亭小留。重来杜牧恼春愁。红楼。一时不奈秋。　　吴娘桃叶伤心曲。声声麎。歌罢难教续。破时新。翠妩颦。娇嗔。中心有别人。

扁豆

风飑。月暗。曲廊斜。别梦依依谢家。牵牛篱落挂青花。夭邪。豆棚闲着他。　　豆花八月吹凉雨。秋深处。剪响裁吴纻。犀镇帷。换裕衣。依稀。一檐香又肥。

查为仁(1693—1749)　2首

字心谷,号莲坡,浙江海宁人。康熙五十年(1711)举顺天乡试第一,因科场案被诬入狱八年。出狱后不仕,吟咏著述以终。著有《蔗塘未定稿》,《押帘词》一卷附。

秋霁　题汪西颢花坞卜居图

山绕秦亭,爱翠色参天、半是篁竹。枯树为桥,缺瓜成艇,纡回小洲环曲。野花积处。羡君独占幽人屋。漫剥啄。惊起、北窗高枕未眠足。　　因自记忆、少小当年,买舟钱塘、湖上曾宿。晓窗闲、披图静对,经行都是旧游躅。回首远天空梦逐。问几时得。相与共结邻墙,听泉高馆,煮茶深麓。

念奴娇　题梅花道人画轴

吴绡才展,爱淋漓一片、烟云凝碧。双桨俄从天上至,帆挂斜阳遥仄。灌木阴中,层峦深处,定有幽栖客。沙边新雁,几行吹起芦荻。　　因念蜡屐南游,湖山森渺,是处曾经历。白发相看人渐老,恨不乘风飞入。料得延陵,兴酣泼墨,万象俱随笔。晴窗细读,道人真是奇绝。

何梦瑶(1693—1764) 3首

字报之,号西池,广东南海人。雍正八年(1730)进士,授广西岑溪知县。大吏将以博学鸿词荐,辞不赴。长于诗,通音律算数。著有《匊芳园诗钞》,词附。

满庭芳　题河池司马王素斋小影

鹤梦依苔,松阴覆径,几丝吟瘦茶烟。银钓钗脚,百番染唐笺。更爱冰壶雪影,桃枝小、自写清妍。低徊处,霜毫欲下,清绝已忘言。　相逢曾记否,酒铨茗碗,榕树楼边。又轻纱短簟,老色龙川。面目风尘顿改,霜绡诇、双鬓依然。还添绘,恋花狎鸟,虚白晚堂偏。

鹊桥仙　题徐楚玉画像

连蜷桂树,罗疏兰鼎,一卷小山词赋。鹤亭禅榻伴吟踪,茶烟外、鬓丝几缕。　山阴风调,水田月影,谁为传神阿堵。千金酬字有新居,更画个、长篱亘护。

鹊桥仙　题曹君文煌小像

淡螺约影,半篱凝碧,人在画屏风外。沉吟莫是未吟安,尽思入、三千花界。　瓶梅刚折,盆兰又吐,斗室浑如香海。拈花笑向散花天,问余馥、旃檀可赛。

郑方坤(1693—?) 7首

字则厚,号荔乡,福建建安(今建瓯)人。雍正元年(1723)进士,知直隶邯郸县,历兖州、登州、武定知府。著有《蔗尾诗集》,《青衫词》附。

浣溪沙　题春闺晓起图

娇怯应呼睡海棠。小垂罗帐试罗裳。卖花声里促梳妆。　　气味略如醺卯酒,心情真比结丁香。愁眉倦眼日初长。

浣溪沙　题秋闺夜坐图

落叶萧萧月鉴帷。塞鸿一夜尽南飞。檀郎何事独归迟。　　且自孤釭挑永夕,从渠小玉睡多时。绿窗对影静支颐。

念奴娇　题伯兄泉石图

白头曹霸,尽吴淞半剪,调铅滴翠。貌出幽人槃涧趣,阿大风流差似。怪石盘陀,清泉瀺灂,飒飒松风至。披襟一笑,世间何羡余子。　　阅罢乡思横生,鳌峰乌石,一一霞成绮。捷枳诛茅容抱膝,不道此图堪拟。断雨浮云,尘嚣满目,欲举无双翅。何时归去,耦耕好待予季。

沁园春　题倚槛美人图

有美一人,罗帐纱窗,顾影徘徊。看朱红粉白,邻应傍宋,冰肌玉骨,妃或名梅。弦索无声,秋千少兴,锦字牙签懒待开。空凝盼,舍湘兰九畹,谁伴庭阶。　　算来没好心怀。便片片乌云欲堕钗。似佳期误了,轻衔纤指,春愁销未,微晕香腮。碧玉疑年,明珠比价,画史亏他点染哉。堪憎处,是周遭半槛,莫露弓鞋。

清平乐　题秋江泣别图

萧其森矣。临水悲哉气。浪打孤篷篙拔起。不许征人再倚。　　连丝别泪荧荧。归期纵订奚凭。恨不身为檐燕,随郎直上巴陵。

减字木兰花　题廷咸侄扇头小影

萧然自远。风神稔识吾家阮。白石青松。雅称高人磊砢胸。　囊琴何意。颖师伎俩原游戏。别有行厨。待讯当年颖士奴。

念奴娇　题参亭侄黄山雅集图

丹青点染,看神来阿堵,十传七八。怪石寒泉萦杂树,柳五桃三桂八。六逸还余,四贤更倍,纵饮仙惟八。高人韵事,风鬟只少二八。　中有闽海寓公,都官华胄,计斗才量八。春殿挥毫旋制锦,梦里天门登八。暂脱朝衫,偏携野屐,州九游其八。兴酣作记,傲他沈咏之八。

保培基(1693—?)　47首

字岐庵,号西垣,江苏南通人。雍正十三年(1735)官浙江嘉兴府同知。乾隆十九年(1754)尚在世。著有《西垣集》。

捣练子　题水仙春兰画灯

香解语,玉多情。恍在潇湘洛浦行。梦乱春风无限思,一声长叹对双清。

如梦令　题孙雪槃便面鹡鸰

一片芙蓉露冷。几叶琅玕风警。触目好秋光,兄弟奈何孤影。深省。深省。魂断碧湖千顷。

如梦令　题李顽石指头杜宇

归路不知何路。好处不留何处。此鸟景分明,省却血啼无数。谁诉。谁诉。总是暂栖迷雾。

浣溪沙　题蓉菊画扇

次第伤春直到秋。篱边塘外共悠悠。几人隐逸擅风流。　淹泪怕开他日思,断肠省识向来柔。怜才爱色一般愁。

浣溪沙　题黄蔷薇白芍药画屏

金谷容光映玉墀。猛相惊爱转相疑。洗妆涂额各丰姿。　无力晚枝应荏苒,有情春泪尚淋漓。大都无意买胭脂。

减字木兰花　题艺园蔷薇拥翠筠画扇

墨胎孤竹。一点绝无脂粉俗。劲节刚肠。何事消容姊妹行。　闲花野草。君子风披香更好。逐絮随蓬。到底芳心却是空。

卜算子　题杨丹山照

是梦都参破。是事都休做。一片松阴万仞山,消得家缘过。　箕踞松根坐。颓倒松间卧。流水浮云各自忙,坐卧谁拘我。

卜算子　题索笑小影

影幻镜台空。梦断箫声杳。冷蕊疏枝忽倚楼,仿佛巡檐笑。　警悟自才多,静婉翻年少。盼得摩挲泪眼花,一幅春风稿。

卜算子　江百川属题鉴湖图

履草亦风流,巾幅都飘洒。妾月臣花不事君,狂客闻天下。　　只惯画乘船,那解图骑马。湖上逍遥井底眠,一样乾坤大。

卜算子　题白下杨作舟照,武生精相人术

座上傲王侯,足下轻天壤。白眼看残世上人,且住休开讲。　　气色独何如,背面无他相。舌战胸藏百万兵,岂藉丹青状。

清平乐　题梅兰画灯

岭头谷口。那处曾邂逅。无奈春光争泄漏。莫也嫌单爱偶。　　芳心两点销镕。幽香一片朦胧。花信已催第五,休教又换番风。

海棠春　艺园属题张研夫棠上白头画册,用秦淮海韵

残妆较比新妆巧。是中酒、梦酣初觉。宿雨夜来些,香雾空濛袅。　　白头不听山禽报。叹绝色、飘零更早。一任李三郎,也占春多少。

浪淘沙　题张武功照

山秀水源殊。柳媚桃姝。分明一幅武陵图。独讶渔人曾认得,笑口轩渠。家住小精庐。十字通衢。一生花里做工夫。城市仙人风月客,酒肉浮屠。

南乡子　题家艾庵照

不费买山钱。藉此烟霞可息肩。孤鹤戛然松际远,蹁跹。幻结余生水石缘。　　更有可人怜。抱得琴来意趣妍。偏觉英雄投老处,新鲜。笑捻银须

忆少年。

虞美人　午日汤入林写景索题　杏、笋、蒲艾、榴花、菌子

蓇朥尚作春醒话。不觉淹渐夏。清歌怕听旧时词。镇日挼残杏子、两三枝。　榴花的的猩红点。却被东风贬。每年泪逐嫁裳添。柱却一双软玉、巧纤纤。

其二

相看尽是名花果。最爱谁轻可。荡儿零落众芳丛。犹自偎红倚翠、醉天中。　七年求艾疗心疚。笑问曾除否。斩新蒲剑欲婆娑。似为歼愁剿怨、伏狂魔。

梅花引　艺园属题研夫寒梅宿鸟画册,用王正之韵

屏山麓。苔坳曲。相逢何必罗浮谷。月如溶。雾如濛。若为看去,梦落画图中。　暗香欲动春愁湿。宿鸟无声醒冷碧。正黄昏。卧荒村。忽疑君到,凝盼拭啼痕。

一剪梅　题杜云川太史蓉湖词隐图

樊川伯仲少陵俦。是此人否。非此人否。司勋工部总休休。馆尚难留。阁尚难留。　伤春随意况悲秋。小也风流。老也风流。半边湖水半边楼。不在楼头,定在湖头。

惜黄花　艺园属题研夫黄白菊画册,用史梅溪韵

黄披烟渚。白丛霜树。两开时,再逢时、颊啼成路。秋恨黯如今,春恨芒如古。卧不了、茂陵风雨。　青春有数。素秋又暮。觑花枝,忆花枝、欲寻无处。憔悴麝兰熏,冷落鲈莼俎。更插甚、满头归去。

783

月上海棠　艺园属题研夫海棠画册,用陆务观韵

睡酣娇眼非干病。梦淹断、和醉争生醒。纵似情痴,更能消、几番花信。酸心事、陡触川红蜀锦。　　夜香庭院秋千冷。倩丹青、省识东风影。直到如今,尚留将、半衾虚枕。春何处,凄绝荒烟断井。

爪茉莉　艺园属题研夫茉莉画册,用柳屯田韵

乍泮冰心,便消积暑味。黄昏院、碧油油地。茸枝繎叶,点缀得、珠圆玉碎。记当日,握手轻阴,早应有、人堕泪。　　衣香暗射,嫩凉天、那能寐。还记向茗瓯风细。纱厨月冷,戏穿成、频封递。对绘笺、恍似懒妆梳底。更疑秃,襟袖里。

满江红　题丁菊田前辈玩菊图

菊田老人精易理,著方书为图,前后拥菊数十本。手一磁尊,亦插菊玩弄,似不忍释。盖爱菊其天性云。

试问东篱,千载下、几多相识。论泛泛、谁能饮酒,况云乞食。鲁望忍饥粗许种,次山择处差堪植。正寥寥、屈指费商量,先生出。　　偕隐逸,真筮策。兼供养,真苓术。莫感时悲遇,咏功歌德。举手无非针砭具,忖心有甚岐黄术。只世间、俗病果能医,连瓶掷。

满江红　张研夫画

画擅专长,论吾郡、不胜屈指。惟此老、大成天授,始称神技。雅丽工精人物考,恢奇秀发山川气,至虫鱼、鸟兽草和花,如儿戏。　　从今后,谁君继。即古往,谁君比。只虎头道子,龙眠居士。度短絜长皆一笔,将新易旧无三纸。待何年、画史试重编,详为记。

庆清朝慢　题毕一庵抱子折桂图

乍欲挥毫,再经凝睇,惊呼喜跃如狂。凤毛麟趾,生成美满风光。奚问阿侯似否,广寒早折一枝芳。惟应向、心头捧着,掌上擎将。　　可奈一般怀抱,每寻思抑郁,欲语苍凉。更羡仙踪有分,妙相无方。得傍杨枝花蕊,金丸常为弹天狼。堪消受、拈香绣阁,誓月文窗。

金菊对芙蓉　翁霁堂属题友人二美按歌图

甚矣美哉,披斯帧也,绨衣彻体清凉。正棠红晚嫁,菊翠新妆。玉壶茶暖炉烟烬,对一双、艳玉都香。最销魂处,停箫商拍,拟当周郎。　　情却那处偏长。岂施也西东,不见低昂。若隗兮叔季,又别青黄。更疑骥子承欢下,不分明、若个渠娘。殊堪笑是,屠门咀嚼,蜃市端详。

丁香结　艺园属题研夫紫白丁香画册,用吴梦窗韵

风困娇慵,雨添愁重,天与性情憨醉。更粉融脂腻。恰好共、接叶连枝芳砌。结成无限思,谁多少、争量个里。相怜相爱,莫也一样,闲惊幽意。　　何似。似铜雀春深,唤起二乔午睡。雪沃昭仪,酒酣飞燕,夜寒拥背。都向闺阁占尽,淡抹浓妆地。低徊重把玩,肠断同心两字。

念奴娇　题潘南林太守九美图

此乡真乐,看一帘云抱,九雏钗簇。万果千花凌乱里,酿得十分春足。缓步寻芳,低鬟斗草,软衬琅玕曲。纤纤下上,翠对应更红蹙。　　说甚帐后笙歌,屏前巾拂,自是无边福。一样总饶佳丽事,便有深衷难告。元亮闲情,信陵醇酒,岂尽从心欲。笑他漫叟,书中空羡如玉。

薄倖　题家秩然照

容光如乍。争便作、廿年前话。似当日、未曾龆稚，今亦何曾老大。小窗中、抱月怀风，柔弦捻得情魂化。为一晌贪欢，千场纵博，销尽花晨茗夜。

且觅个、呼卢空，兼趁是、酒残歌暇。向冷香深处，拈将一卷，浮华摆脱闲牵惹。论多情匪懈。人间只有书无罅。尽教领略，不索河东乞假。

贺新郎　题鲍仲友照

却怪忘情者。忽无端、风餐露宿，水依云藉。兀坐掀髯惟独笑，笑得无明无夜。缘底事、这般图写。人世凄凉消不尽，敢拈毫、更把凄凉惹。抛卷矣，尚生怕。　梦中每作如斯画。不须提、残檠剩枕，悄魂都化。纵待天荒和地老，佛果仙踪尽假。直坐到、几时才罢。渺渺茫茫迷四望，问有谁、寄句胑诚话。君在此，弗如也。

贺新郎　题吴东田袖书图

料不携时艺。岂君文、三冬足用，万言求试。更此卷非牛角物，非史非经非子。何况那、唐诗晋字。毋乃一编圯上受，抑飘然、千古崖间遗。都不会，袖书意。　仰天大笑人间世。尽蠲除、英雄名士，山人习气。泉石莺花声酒色，触景随图且记。终一卷、从头又起。即使锦囊昌谷在，也发端、莫贮沧桑事。君或曰，子言是。

贺新郎　题甥女孙锦谷谱箫图

谁解修箫谱。觑形容、是余侄妇，又余甥女。手倦沉香双陆子，收却投壶怕赌。尽着想、移宫换羽。拓得玲珑知几犯，忽清宵、独自乘鸾去。兰梦醒，在何处。　凭谁指点蓬莱路。纵游仙、参差吹罢，也应回顾。撇下鹓雏闲可事，断送慈乌景暮。听阿母、声声哀诉。敢望斯儿钟郝比，但渭阳、聊述伤情语。余亦泣,为题句。

十二时　题家安邱照

盖闻之,从来骐骥,一日而驰千里。至老也、驽骀争驶。精已销亡久矣。老而不衰,强哉益壮,何者堪君比。惟日里、荷以为衣,蓉以为裳,不惮褰裳举趾。　　最堪怜,江山风月,强半逢场作戏。万里雄心,一生任侠,缚作安邱子。甚蟹匡蚕绩,怀安实败之始。　　幸今朝,夷犹枯坐,反璞归真若此。天命靡常,人生行乐。只合如斯耳。再诡衔窃辔,末如之何也已。

多丽　内子属题端阳图　蒲艾、笋、榴花、萱花、樱花、杏子、菌子

忆钗鹣,结褵初觐新奁。恰早经、天中十度,按图闲话湘帘。杏衫殷、襟期欲染,榴裙艳、物色愁粘。屈指芳华,转头萧艾,多少雄心绮趣淹。不尽是、名仇利怨,花月亦憎嫌。堪惊处、宜男独秀,多子空占。　　更无何、藤鞋箬笠,锄耰混迹闾阎。系情肠、消来艾怍,相思骨埋向薑盐。菌蒂分甘,笋根共苦,已输崖蜜一生甜。趁今日、蒲觞满酌,两意尽厌厌。休调笑,陶泓乏捧,江管慵拈。

双双燕　用史梅溪韵,题影声图

图中内子据胡床坐,石姬侍坐。坐拥尊彝图史,下列绣架针奁博戏之属。旁设书案,案头素幅横披,墨光黝然,似正商略点染。二婢给事案旁,一婢背石榻煎茶,手弄断弦,睨鹦鹉语。稍中悬七尺镜台,莹彻双影,有琵琶脱囊覆床上,石姬挥袂,又似欲弹状。盖取义山对影闻声之句,其以此云。

晓寒乍褪,且收却投壶,绣奁还冷。春愁寂寞,颇怪性同情并。各自矜严井井。更百计、寻欢难定。生憎鹦鹉偷声,恰被芙蓉窥影。　　花径。笺香墨润。试谱曲新词,发挥才俊。琵琶摩拟,隐约夕阳将暝。未识双栖可稳。欲踪迹、全无音信。恨不碎了菱花,索向檀槽闷凭。

解连环　用周清真韵,题晚妆楼上杏花残图

别惊安托。非为时旷远,计程绵邈。忽忆起、暮霭凝妆,正衫腻水沉,黛销烟薄。一自吞声,又捱过、几年思索。纵千回万转,不信茅山,乞得仙药。

休言玉容宛若。只春生杏杪,愁满楼角。可但是、目睫眉棱,便肠底心尖,也争辜却。恨不教人,骤看遍、长安花萼。最伤情、乱红满地,马蹄冷落。

沁园春　题春闺于钓图

燕老芹泥,莺肥薇露,嫩绿渐稠。苦局中斗垒,都慵食子,壶边激彩,无意争筹。四野阴清,半篙波暖,试学濠梁澶漫游。游如倦,恐临渊空羡,缘木难求。　　拈针敲处柔柔。更笑嚼绒丝唾碧流。向卧房阶下,带将翠筱,替舟廊上,系着银钩。纨扇低垂,湘筐远引,池面看吹柳絮浮。逡巡久,被水侵倒影,花落蒙头。

其二

径折蛇躬,桥斜雁齿,绕过半堤。早儿家遥指,柳根左右,女奴又顾,莲叶东西。芍药陂边,芙蓉塘外,香饵潜携逐胜移。沾沾喜,笑采桑粗鄙,卖酒离奇。　　门前几垛苔矶。尽日日持竿去不归。忆旋挑野菜,呼童烹处,兼藏旨酒,待子需时。玉树亭风,棠花阁雨,绝世烟波浩渺姿。钩留下,恁蜻蜓婉娈,蛱蝶羁縻。

其三

十指纤纤,一竿篯篯,裹手慢抡。羡无尤君子,堪惭卫女,若逢漂母,更爱王孙。惠子何知,庄生极乐,幻出闺中一段春。痴鬟道,是蛾眉逋客,鹤氅佳人。　　相看面目真真。反悄怳、然疑讶此身。似寒江独立,王维写意,曲栏背倚,周昉传神。路去无多,渚应更好,惟仗潺湲寄泪痕。休还问,我新来鲂鲤,别后丝缗。

其四

骇骎闲情,迢遥淑景,乐正未央。讵怕惊鸳梦,偏罹罗毕,愿终鸥盟,陡劈翱翔。芳草天涯,落花流水,迸送枯鱼泣几行。知何处,想垂纶澧浦,鼓枻沧浪。　　年来饱尽悲凉。甚此际相思欲断肠。自悠然逝矣,釜鬵莫溉,薄言观者,梁筍空张。绣线须凝,琅玕节滑,犹是当时手泽香。归来罢,看云寒月苦,雨横风狂。

风流子　题秋分月午图
有汤入林书赠唐句"绿屏无睡秋分簟,红叶伤时月午楼"

暂离常恻恻,吞声久、幻想尚凌侵。但蝴蝶梦甜,苦衷逼侧,蘅芜香冷,热性消沉。自当日、写生如果活,誓死亦相寻。兰烬架前,亟询近状,藕丝裯上,闲话初心。　　秋容尤堪掬,风华溢、仿佛贮满芳襟。更爱停云顾影,步月移阴。况绣翻旧本,图中看拓,诗敲新句,调里听吟。只怕啼垂双玉,笑敛千金。

其二

睡多娇似病,春明媚、白日每恹恹。讵秋自未分,便虚粲枕,月如过午,还卷湘帘。甚心性、天凉偏讶早,夜漏独憎厌。怕损画栏,楼高懒上,立残香砌,簟薄愁沾。　　多应流光疾,无人省、觉得事事都嫌。况是鸾音纵寄,燕羽空瞻。对梧桐哽咽,孤怀感尽,芭蕉剥削,逐页情淹。总被痴伤肠折,慧误眉间。

其三

画中人是旧,更梳里、情味鲜娇憨。怪花径印香,春肥划袜,翠屏现影,秋瘦轻衫。争忘却、谜藏心曲喜,书发脸边惭。那日渡河,短歌聊答,岂期奔月,长恨终衔。　　方当伤情际,能消得、点染几叶枫柟。可奈素簹熏罢,团扇凄含。似半明不灭,有心泪蜡,将疏尚密,无绪思蚕。不识卿犹若此,我更何堪。

百媚娘

王西樵同词社诸公题阮亭青溪册叶,皆用百媚娘调,艺园以行乐四图属题,因戏效之。

山水清音

一自玉箫声袅。便觉金徽信杳。若水山房歌舞罢,逸兴无端飘渺。缘道讴吟寻伴少。还是琴同调。　携过长桥尚早。弹向幽栖恰好。纵使主人偏不值,我意得时殊妙。云树莫愁山径窈。月上归来了。

云龛静业

仙果东方偷却。佛果东坡谈着。万籁一龛同阒寂,好向暗中摸索。渔猎琴书皆戏谑。此际归真璞。　非学何因成觉。非静何缘成学。林密山深如隔世,坐老于斯真乐。仙佛纵教成不确。也解繁华恶。

松阴涤器

雨浥鸳湖波皱。风谡龙鳞香透。石鼎通红阳羡白,煎取一杯消昼。博物赌茶宁落后。怕到怀中覆。　羊酪侍儿非偶。狗监寺人非友。司马长卿陶学士,消渴笑相同否。赋不求沽书不奏。不卖当垆酒。

空江友钓

不类渭滨踪迹。不似江潭容色。若是客星应不偶,谁共抗谈晨夕。千古素心人已寂。况觅今沮溺。　奇赏欣然莫逆。疑义更相与析。意不在书宁在钓,随意一竿簌簌。何有乘车何有笠。因笑前鱼泣。

沁园春

燕山道中,许植之属题缪雪堂郊扉秋晚小影,即用沁园春原调并韵

早自悲秋,可更伤离,何日放怀。但盛衰得失,付之造物,风花雪月,分是

吾侪。阮瑀参军,郗超入幕,枘凿于今两两乖。殊堪笑、只嫁裳鱼铗,了却生涯。　　休嗟既往将来,遇狼藉杯盘便撒开。向柴门剪纸,大招魂魄,山林采药,静养肢骸。脱屣功名,浮云富贵,此外何愁愿不偕。倾尊罢,趁新莼几缕,正系鲈腮。

韩骐（1694—1754）　9首

字其武,号补瓢,江苏吴县（今苏州）人。贡生,官刑部云南司。著有《补瓢存稿》《宛渠螺词稿》。

贺新郎　题雪中梅柳

雪与梅同调。更萧疏、几枝枯柳,玉英披绕。是寿阳、妆滋粉艳,谢絮因而斗巧。但抑勒、东风难到。蓦地见、天心数点,欠鹅黄、泄漏春光少。论芳事,残年了。　　渡江消息传来早。想伊人、掀篷图里,总归诗料。处士孤山妻本瘦,偶尔添肥亦好。奈张绪、风流已老。送客当年频折赠,怅天涯、驿使音尘杳。愁万里,蓝关道。

沁园春　题草虫花鸟

素绢披香,彩毫濡露,情深意浓。看碎霞团雪,调和物性,镂金错翠,刻画天工。湿化俱生,飞潜并育,浅白柔蓝间□红。疏窗下,偶相携展玩,身入芳丛。　　宣和谱任填胸。要一点灵机造化通。正好花堪摘,待簪云髻,珍禽可戏,欲启雕笼。幻影偏真,慧心多拙,尔雅分明注小虫。传神处,在绿杨桥外,碧草堤中。

师师令　戏题醉钟馗

髯公冒昧,趁明月如水。绿袍零乱帽攲斜,策一个、蹇驴驼醉。驴背昏昏欲坠。群鬼来相倚。　　当年亦有驱除意。宜以傩为戏。今宵扶我历崎岖，这性命、尔曹堪寄。执烛携花都是魅。请先生休矣。

琐窗寒　马扶曦雪里芭蕉

千古风流，一时墨戏，辋川遗幅。琼英早降，欺倒半庭幽绿。想当年、羯鼓催春，人间已乱凡花木。比京房纪异，画中存史，特标新目。　　谁续。父心曲。有马远诸孙，丹青望族。淋漓墨渖，都把卷书装玉。记秋来、叶大阴肥，这番相对寒生粟。倘推求、幻笔非真，似梦回寻鹿。

金缕曲　题狮子搏虎图

冯妇虽曾搏。恃眈眈、负隅全力，择人而攫。威凤祥麟胥远避，余者不堪咀嚼。竟莫敢、与之相角。林外一声狮子吼，便筋酥骨软惊魂落。牙爪在，猛非昨。　　腥风血雨纷丛薄。纵斑斓、锦毛花草，尽成糟粕。搏象余威聊一试，转眼扩清岩壑。看强者、转而为弱。刘项雌雄成败论，谅请君、入瓮非徒虐。画中意，疗狂药。

霜叶飞　族祖君望先生遗像归余敬题

角巾野服先朝制，秋霜纷点须鬓。皎如孤鹤下青霄，华表年来信。看满腹、尘编蠹简，消磨故国无穷恨。赖著作名山，不朽业、传流后代，奉为彝训。　　闻道晦迹秦余，薇歌终老，首阳千古同韵。黍离悲后竟无家，抔土从谁认。欲把酒、浇坟未稳。须知生死成高隐。倘画中、英灵在，梦寐相通，正资疑问。

沁园春　题范昆发授经图小照

胜概园林，名家父子，图成耐题。看碧梧翠竹，回环曲沼，红英绿藓，掩映长堤。把卷怡情，折枝趋命，妙义分明待考稽。传神处，在凝思不语，早示提撕。　　先公雅重濂溪，幸千古儒修得指迷。故东都绪论，传流正派，青门接武,不落时畦。晦迹烟霞,醉心文翰,吴下风骚独让伊。容吾否,与纪群相好,剖析群疑。

绮罗香　为讷生题双鬟索句图

竹露濡毫,花光泼砚,早触平生吟兴。素口蛮腰,又是一番投赠。旧欢场、险韵重拈,新乐府、好题随命。纵饶他、百幅涛笺,江郎才艳总难罄。　　挨肩时递密语,多恐偷声减字,循腔犹病。久费推敲,略逊那人机警。沉吟处、怪尔如狂,披玩间、笑余何幸。便相忘、是假非真,镜中花过影。

满庭芳　题宋孚交秋林共赏图

社雨初收,秋炎正退,夜来玉露微凉。高空云净,双雁又南翔。爽气朝来满院,栏杆外、竹色花光。堪同玩,梧桐落翠,风送木犀香。　　休将。尘土梦,纤青曳紫,此际商量。看泉清石瘦,两意难忘。京兆当年扫黛,何曾胜、鸿案相庄。盘桓久,斜阳红映,新月似眉长。

陈章(1696—?)　2首

字授衣,号绂斋,浙江钱塘(今杭州)人。乾隆元年(1736)举博学鸿词,以亲老辞不就。乾隆十年(1745)尚在世。著有《竹香词》。

南楼令　松滋秋林觅句图

香草满幽襟。虚空用破心。有黄初、五字金针。不学襄阳寒孟六,驴背上、灞桥阴。　　踏叶入疏林。残蝉咽冷音。一声声、似和清吟。便得骊珠多少颗,酬不得、雪粘簪。

蝶恋花　西颢花坞卜居图

春水泠泠云满地。万树梅花,雪映山光里。怪得幽人生恋系,年来欲作菟裘计。　借问移家今得未。五十头颅,莫更因循矣。笑我不归徒有意。东风吹梦扁舟舣。

胡天游(1696—1758)　2首

字稚威,号云持,浙江山阴(今绍兴)人。乾隆元年(1736)荐举博学鸿词,以病未终试报罢。工骈文,能诗词。著有《石笥山房诗余》。

金缕曲　题朱老秀才洞庭书屋画本

观海无全目。说生平、舟曾游八,诗原数六、收拾锦江烟浪阔,句里金潾涨绿。又吟遍、晋祠流玉。剩剪吴松江水半,似尽拈、千界藏微粟。投老处,是中足。　溪莼雉尾千丝熟。记当年、华亭夜鹤,声声幽独。夜雨黄陵洲边瑟,人猗湘花共宿。算此恨、难销丝竹。归去今朝五湖长,更不愁、茅卷三重屋。霜镜晓,已如沐。

水调歌头　题淮南边秀才水墨荷花画障

今日汉边让,落魂卧淮南。诗中酒里情味,聊作画中仙。墨影淋浪明处,一枕纸香秋澹,凉翠绕江烟。尽日北窗下,鸥浪不惊眠。　人间事,问何物,足留连。惟有睡方清美,应向华山传。梦号莲花博士,无数绿衣持节,环佩各珊然。湘女未归去,蝴蝶两娟娟。

金肇鋆(1698—1757)　3首

字羽阶,号存斋,浙江钱塘(今杭州)人。工书能文,师事厉鹗。著有《存斋遗稿》,词附。

如梦令　自题竹石流泉小照

冷袭轻衫处怯。露湿竹枝留滴。坐破石苔痕,鉴此一泓清澈。藏拙。藏拙。他在画中不说。

其二

不画摊书扬觯。不设顽童娇侍。竹里听流泉,境界幽清别致。谁氏。谁氏。成绩镜中熟视

行香子　题石门袁先生煨芋图遗像

山外云闲。山下流泉。绕茅庵、古树盘旋。拨炉煨芋,悟彻因缘。问是逃名,是逃世,是逃禅。　不是神仙。还是神仙。厌红尘、跨鹤朝天。空怀景仰,展轴凄然。幸有遗型,有遗像,有遗编。

储国钧(1701—1761)　5首

字长源,号石亭,江苏宜兴人。太学生。著有《抱碧斋词》。

减字木兰花　题虢国夫人上马图

宫中羯鼓。诏许八姨同按舞。淡扫蛾眉。扶上花骢袖半垂。　夹城十

里。绣带飘香香未已。不是朝天。犹向华堂梦合欢。

多丽　仇英临清明上河图

对丹青,梦华重记东京。正春郊、绿杨如荠,新烟万井初生。汴河边、曲尘漾暖,繁台下、梨雪吹晴。锦斗障泥,车连油壁,球场几队按秦筝。更望里、秋千红架,飘瞥画旗明。人如海,采兰赠芍,三五盈盈。　恣嬉游、韶光最好,依然不改升平。孟家蝉、宫妆竞学,天水碧、谶语先成。千古繁华,百年佳丽,可怜将不去青城。空回首、故宫何处,斜日冷鹃声。生绡在,秦淮花月,一例伤情。

定风波　题画

宛转清溪碧玉流。烟鬟掠翠雨痕收。茅屋几家垂柳下。潇洒。东风吹过小渔舟。　隔岸桃花千万点。明艳。好携蛮榼恣勾留。唤起画师应说与。添取。青旗一剪出墙头。

清平乐　题宫江村画梅

苔枝屈铁。点点珠光洁。翠羽声中春漏泄。历尽江南冰雪。　笔头尘土无痕。渲成淡月黄昏。莫是逋仙篱落,不然邓尉山村。

风入松　题史位存瘦竹菟裘图

屋头疏影漾檀栾。报道竹平安。莓苔净扫云根润,傍娟枝、足可盘桓。爱近清光对酒,从招翠袖凭阑。　纷纷车马漫相干。把臂入林难。一襟风月清如此,谱新声、刻遍琅玕。有分年年春雨,经过玉版同参。

傅涵 1首

字圣涯,号新桥,江西临川人。廪生,乾隆元年(1736)举博学鸿词,不第。著有《向北堂集》,附《痴仙词略》二卷。

水调歌头　题壁间画,用苏韵

笔意难偏废,只判后先天。虽于顷刻挥写,木石总千年。林麓人家掩映,辄有烟云来去,翳蔽欲生寒。设色尤分寸,亦淡亦浓间。　　中岂没,高士住,坐行眠。不甘轻露,须识方局运神圆。迷蒙窗外镇日,远近山光顿灭,翻诧未图全。簇簇松篁际,差挂月娟娟。

吴敬梓(1701—1754) 3首

字敏轩,号文木老人,安徽全椒人。诸生。乾隆初荐博学鸿词,不赴。撰有《文木山房集》,词附。

虞美人　题画扇

殷红浅绿传毫楮。按节犹能舞。八千子弟尽销磨。记得兵残楚帐、夜闻歌。　　无端阑入江边草。又染丹青稿。世人惟解重娇娃。不见苌弘碧血、化为花。

洞仙歌　题朱草衣白门偕隐图

山围故国,正桃源红绽。恰向幽人画图看。羡双仙、一种游戏情怀,多少事、付与空江断岸。　　被纨斟美酒,琴韵箫声,眉宇何须露精悍。燕子语呢喃,抱瓮而归,乌衣巷、夕阳零乱。我亦有、闲庭两三间。在笛步青溪,版桥西畔。

喝火令　题刺绣图

宝髻香螺染,罗裙绿草齐。新裁淡墨水田衣。坐拥葹纹冰簟,团扇也相宜。　拂晓烟初敛,当春鸟正啼。自挑弱线小窗西。绝胜樗蒲,绝胜围棋。绝胜笋舆油壁,花外踏香泥。

马曰璐(1701—1761)　5首

字佩兮,号半槎,安徽祁门人。监生,官候选知州。乾隆元年(1736)举博学鸿词,不赴。著有《南斋集》《南斋词》。

渡江云　观吴淞草堂图,因忆梅沜京师

并刀谁剪得,浪花满眼,活脱是鲈乡。甚高人占取,渺渺泒泒,画里着茅堂。亭荒钓雪,旧风流、总付斜阳。还剩得、眠云卧月,千载有王郎。　苍茫。三年白社,两载东华,搅离愁千丈。忆那日、霜题暮叶,雨话闲窗。飞鸿昨递春来信,说归来、犹趁梅香。归未准,吟魂先渡烟江。(苏养直至腥庵草堂句:"笛卧松江明月,蓑披笠泽归云。")

浣溪沙　点九图

雪艳冰姿着意描。相思一点托红椒。媵人春思起今宵。　数到东风花共瘦,得来芳信梦还遥。燕支难把断魂招。

蝶恋花　题汪西颢花坞卜居图

携得琴书湖上住。犹道湖心,未是深深处。一壑烟霞思占取。淡香引入梅花去。　花北花南云几缕。人在其中,当了闲家具。何日真来敲竹户。泉声相答幽禽语。

浪淘沙　秋日雨中题高西唐花卉卷

妙笔胜青藤。露冷风清。一花一叶一愁生。花有数般愁万顷,无限飘零。宿草已青青。旧梦无凭。芙蓉何处主仙城。细雨亦知人有恨,洒遍闲厅。

小重山　题江云溪小斋云图

说着家山色欲飞。云岚相接处、有岩扉。松声鹤语两相期。销凝处,天外看云归。　悟尽世缘非。溪流堪涤笔、翠沾衣。人生何事愿长违。清梦远,同觅旧苔矶。

陈沆(1705—?)　5首

字湛斯,号澄斋,浙江海宁人。监生。精研经史,工诗词,隶书有法度。著有《小波词钞》一卷。

点绛唇　为吴兴闵台山先生题画

春思如天,平芜断处青山绕。波光绵缈。一叶渔舟小。　为忆玄真,枨出丹青稿。浮家好。鹭飞烟晓。西塞眉初扫。

洞仙歌　题唐六如自写行乐图，上方书"醉舞狂歌五十年"长句一首

眉青影白，恁披图潇洒。争认吴趋旧风雅。道生花、梦有食肉飞难，痴铜对，真我不教人写。　黄金双袖泪，抗节强藩，掾史何当损卿价。五十感流年，醉舞狂歌，春梦里、漫参真假。料点染、溪山着闲身，已早印如如，水沉熏罢。

喜迁莺　题春山求友图

面朋奚益，问大块茫茫，伊谁莫逆。报佩称诗，盍簪由豫，此事不关车笠。缟带几投同调，珠履竞夸豪客。君之友，想耕云天畔，山南山北。　物色。判踏遍、绣岭苔岑，怕没高人迹。豹雾开时，鹿花衔处，当有向君长揖。药径晓螺浮翠，松户乱莺啼碧。云深也，任林皋把臂，红尘迥隔。

探春慢　题三余叔桃源春泛图

丽景图成，幽人占取，天开三月春面。水碧于罗，山青如黛，界出夭桃红遍。徐鼓兰桡去，又赢得、一双柔腕。此中何处真佳，个侬之外无伴。　冷笑痴儿褴襫，向虬睫生涯，恣寻荒幻。酒幔茶樯，鱼津花渡，为问阿谁缘浅。放眼春如海，尽付与、风怀舒卷。容我洄沿，胡麻傥逢香饭。

端正好　借得云林生溪山春霁图，属义辅张大摹之

遥山一抹轻烟扫。正春雨、碧溪收了。此间但着渔蓑到。怕鸥梦、还惊觉。　云林逸致凭君讨。爱佳处、写来都肖。卧游输我高眠好。恍风动、杨丝袅。

王又曾(1706—1762)　23首

字受铭,号谷原,浙江秀水(今嘉兴)人。乾隆十九年(1754)进士,官刑部主事。工诗。著有《丁辛老屋集》。

笛家　题钱箨石潋上读书图

宝剑恩深,长杨赋罢,排闾莫叫,瞥然清梦家山曲。湘灵未老,抱瑟归来,万苍春到,潋湖吹绿。朵朵烟螺,紫云深窈,风雨先入屋。尽随缘,伴耕钓,再领十年斋粥。　　幽独。小楼清远,鹰窠茶磨,海月湖天,翠袖无言,倚残修竹。遥想、静夜寒灯蓬径,金石声传空谷。侭着朝靴,东华尘土,那必千秋卜。记坐暖,旧苔矶,抱被许来同宿。

东风第一枝　题陈乳巢西鸡书屋图,时乳巢客都门

蝶草铺茵,鸥波织绮,东风渐绿溪馆。携将稚子山妻,潇洒笔床镜槛。竹寒沙碧,布置出、浣花江畔。更误他、双燕归来,认是鲍家庭院。　　看不尽、乱杨细绾。听不了、嫩莺脆啭。题诗赌酒年华,偏惹香尘吹面。摇鞭花底,认别却、书堂茶盏。倩水村、写出王孙,泪湿一方鹅绢。

瑞鹤仙　题美人扑蝶图

暖风飘紫楝。正人在帘心,梦云吹断。无言弄纨扇。下苔阶,闲整石榴裙襉。蘼芜径浅。印鞋帮、新痕瘦减。乍轻盈、掌上飞来,又被蔷薇钩转。　　难遣。烟丝织翠,云缕抛阴,渐阑莺燕。窥香金眼。多情叶底犹恋。悄花阴腕露,一双跳脱,迤逦假山擒遍。算条桑、没了工夫,那拈绣线。

南乡子　题梅梦小景

斜月正昏黄。倚竹无言彻骨凉。脉脉巡檐刚索笑,寒香。勾引轻魂赴蝶床。　相见只寻常。一觉三生恨转长。翠羽啁啾浑诉别,思量。系住流年骋海棠。

买陂塘　题许雪鸿寒江钓雪图

怎清寒、短篷如叶,苍茫飘堕银界。连江玉戏颠狂甚,风急满身飞洒。孤兴在。把袅袅珊竿,静击玻璃碎。长空晻暧。任抖擞青蓑,四无人影,幽梦落严濑。　千峰白,赢取桃花西塞。沉沉青景难买。知君袖得垂纶手,冷与沙鸥相对。姑且耐。等拉个渔师,一笛横天外。烟波共载。好唤起诗魂,水精宫阙,应胜跨驴背。

忆旧游　自题青溪邀笛图并序

戊辰七月,留滞秦淮,友人将入蜀,携歌酒取别,遂作夜泛。移船过丁字帘前,商宝意尚未就寝,为吹笛作梅花三弄。碧天无云,凉月在水,清淮十里,渺渺兮予怀也。痛饮达曙而别。明年夏,重客溪上,追摹前景,如堕烟雾。长洲黄方川为余写此图,旧雨前尘,一时在目,真山谷所谓"作梦中梦,见身外身"也。怅然成此阕。

记长桥古步,买酒征歌,啸侣呼船。撩拨关山恨,正凄凉蜀道,低唱离筵。兔华暗生钟阜,飞上泬寥天。奈一片西风,玉龙怨澈,丁字帘前。　凄然。故人去,恁雪貌珠喉,不到愁边。何限销魂意,只倩他周昉,图入砚笺。世上几回离合,青鬓换华颠。算六代风流,消磨也只同去年。

桂枝香　题金丈絜斋秋林觅句图

凉风乍起。渐月露盈盈,满襟秋思。一院桐阴演漾,碧窗乌几。溪湾菡萏残犹未。脱红衣、又添红蕊。短诗初就,矮廊欲暗,竹声敲碎。　　尽描出、欧阳赋意。称旅人怀抱,冷官滋味。疏雨微云,不数孟公清致。披图自笑空羁滞。引归情,幽梦烟水。夕阳老树,南湖小艇,伴鸥同睡。

望乡人　题家述庵三泖渔庄图

乍凉波动蕰,高柳唤蝉,好秋飞堕圆泖。稳缚香茅,净专翠岛。尽许乾坤长啸。闲带笒筲,自拿舴艋,称身袀衣。把钓竿、低拂珊瑚,那放游尘吹到。

九点青螺缥缈。但云山韶濩,曲终人杳。恁海雨江风,消得此生怀抱。丛芦作雪,冷沾衫帽。忽忆前盟鸥鸟。待甚日、去觅渔兄,肯借笔床茶灶。

台城路　自题丁辛老屋图二阕

长庚太乙都成幻。壬寅露霏庭院。树拂辛夷,门藏亥市,浑似庚辛池馆。丁帘自卷。待辰日栽瓜,扫除荒藓。刚卯何凭,半年辛苦软红软。　　营巢信同紫燕。也知防戊己,雕梁宁恋。道士庚申,诗人丁卯,并作闲中消遣。年庚漫算,但壬癸平铺,北窗人倦。玩易研朱,爱凉迟卯饭。

其二

羁楼上巳还端午。玉河尽抛香絮。饯亥迎寅,过申犯卯,总是孤吟愁赋。丁年暗度。算午陛晨趋,短驴才雇。子夜归来,姓名那用挂朝簿。　　竹风渐催织纣。料来无甲帐,闲謺辛鼓。丙午同生,庚寅我降,雠了甲辰无数。安心学圃。任六甲灵飞,闭关谁语。补屋牵萝,甲申休夜雨。

清平乐　题家山甫十三本梅花书屋图

玉阑干畔。倚遍情余恋。消息南枝春已转。恰趁试灯风软。　　金徽漫托琴声。夜寒惟自调筝。颠倒坡仙诗句,闲来招鹤荒亭。

卜算子　秋窗听雨图

生怕铁衾寒,独背兰釭坐。一叶芭蕉几样声,滴得秋心破。　　凉夜最多惊,久客真无那。梦里还家好当归,梦也何曾作。

买陂塘　题金梭亭秋江拥棹图

楚峰青、翠螺千朵,横江迤逦如锁。鸥翻鹭立苍葭外,秋雪满空飞堕。红婀娜。更一片、赪霞仿佛秾桃里。闲拿单舸。任叩楫中流,波平天远,高唱有谁和。　　船头坐。尽许渔郎呼我。青蓑黄帽俱可。元真凤有神仙分,也钓鲈鱼几个。风渐大。胜十丈、红尘蓬勃吹铃驮。遮篷稳卧。但惜少樵青,玉龙映月,半夜水云破。

台城路　题沃田桐阴结夏图

绿云堆里疏蝉响,沉沉昼长无暑。倦贴桃笙,慵抛竹扇,吟罢花枝才午。好风暗度。但清拂琴床,润添茶具。一片浓阴,豆棚何用障庭宇。　　桐华都已落尽,尚怜么凤在,栖向深处。乳燕揢枝,青虫坠叶,浑助清凉意绪。斜阳过雨。更香气飘荷,雪痕冲鹭。一枕羲皇,北窗幽梦作。

台城路
题江云溪杏花影里填词图,盖取陈简斋"杏花疏影里,吹笛到天明"句也

十年家近红桥住。江郎最饶词赋。雪尽长沟,烟低故苑,偏听玉龙横处。新腔自度。正草长江南,小楼春雨。短毛茸衫,忍寒独夜向谁语。　　东风暖催那树。几枝疏影里,声袅如缕。换羽移宫,含葩嚼蕊,半为知音吟苦。花阴月午。怕墙脚潜行,有人偷谱。莫恁孤吹,小红低唱与。

台城路　题浦雨生停琴玩月图

箣筜千个风摇漾。空山更闻琴响。草乱丘中,泉鸣石罅,弹到烟消云廊。余音远扬。渐众籁泠泠,满襟秋爽。举首苍茫,翠微阙处月初上。　　孤怀共谁俯仰。一规清影里,相伴幽赏。宿鸟风惊,啼螀露咽,都助高寒情况。闲披鹤氅。便离隔尘凡,置身昆阆。欲抱枯桐,夜凉还独访。

一萼红
余爱中仙"一掬春情,斜月杏花屋"之句,属家镜香写斜月杏花屋填词图,自题此词

暖香吹。又花风上番,飘过小楼西。闲煞南湖,听残春雨,深巷常掩荆扉。奈墙角、酣酣态度,渐月影、笼住最高枝。酒艳文君,腮横越女,都付清词。　　遥夜苦吟何事,怎愁罗怨绮,惯绉双眉。莺睡帘昏,燕归树静,谁与同话襟期。也曾傍、梅溪竹屋,更心折、白石是吾师。要唱江南一曲,只怕花飞。

金缕曲
汪雪礓写水仙小幅见赠,辄同云溪效竹垞先生体,并如其数题于左方

绣线挑春醒。渐东风、酿出瑶花,十分闲靓。破腊江村寒欲罢,水浅沙明如镜。有小队、仙姝停等。一尺云鬟钗股重,趁清宵、伴立凉蟾净。倩谁与,写香影。　　王孙妙腕时乘兴。肯输他、钱老倪迂,识花心性。翠帔雕冠装束巧,通体貌来齐整。更冻石、冰苔交莹。雪后韶华先占取,待江梅、开了才红杏。几茎玉,早持赠。

其二

雨雪江城里。正拦街、银蒜千囊,担头争市。蜡色黄梅高似屋,南烛子垂狐尾。更配取、山茶红翠。插向铜瓶妆闹扫,算明姿、总逊云裳丽。想标格,看江水。　　波香露影谁堪比。待安排、十二屏山,护他芳气。练白新矾东绢幅,幻化粉光云腻。似染出、平原公子。素壁粘防泥土涴,急装池、滑笏吴绫

细。画叉短,要撑起。

其三

匝月僧庐住。怪桫椤、贝叶丛边,嫩蕤芳吐。鬓几铜瓶刚炙研,正助销寒风趣。但袖手、花南无语。展向斜阳光照额,甚涂成、宫样黄如许。须琢个,玉盘贮。　　灌花待乞金茎露。怕真真、幽魂寒悄,夜深飞去。一笑横江风雪外,不见采香闲侣。幸未是、伤春时序。蓦地成连弹一曲,为知音、珠泪抛无数。旧盟在,记鸥鹭。

其四

几日归篷叉。正濒行、赠幅丹青,故人情厚。待到家园春已动,只怕墙阴开久。但挂向、茅堂清昼。蝶粉蜂黄闲不得,玉阑干、围处都穿透。香一缕,进檀口。　　赏花读画残年守。镇相于、梅兄矶弟。菜盘椒酒。小阁图书天籁散,此卷弄藏非旧。却信是、孤芳难偶。肝胆平生浑不俗,任披吟、幽艳沾衫袖。吾与汝,共寒瘦。

玲珑四犯　题朱吉人春桥草堂图

小郭雨晴,深春花暖,茅堂闲对芳草。槛前烟树织,屋角风篁扫。药栏又都放了。想帘心、篆炉香袅。几净乌皮,砚磨龙尾,长日镇清啸。　　摊书那知昏晓。但爬搜库部,笺注虫鸟。冷寻驴背句,静下溪唇钓。村桥偶策枯筇立,更赢得、诗人丁卯。同调少。除非是、成都杜老。

花发沁园春

暮春出郭野步,见村岸绯桃,余花妖冶,汪谦谷为写便面见贻,感而填此

落迳泥柔,竹篱烟重,杜鹃声里红减。蜂腰趁午,燕尾捎空,瞥见水村孤艳。年华荏苒。争奈此、残妆匀脸。算只与、半晌低回,饯春诗句难欠。

廿四番风渐老,但青旗无人,摇飐空店。刘郎便去,崔护须来,万一那时相念。愁盈怨敛。烦替我、钿皴脂染。无聊处、把看黄昏,杨花庭院深掩。

钱载（1708—1793） 3首

字坤一，号箨石，浙江秀水（今嘉兴）人。乾隆元年（1736）举博学鸿词，十七年（1752）中进士，官礼部侍郎。著有《万松居士词》。

齐天乐　戊寅初冬，客以豆棚闲话图属题，遂成此辞

展来瞥见吴天景，夸他野人篱落。竹翠撑高，绳黄搅乱，紫白豆花都着。阴浓似幕。惯蒲扇风摇，暑村酬酢。老矣乡心，何时拼忘少时乐。　　田翁短裙跂脚。学堂初放去，凉动弦索。叶罅星疏，枝丫露重，猜谜中间欢噱。明朝又作。任里妪邻娃，坐听声各。满册秋容，几曾能画却。

莺啼序　应皇十一子教画四时花卷，并题此阕

年芳任伊刺促，奈心长发短。陇头别、谁与探花，不记何处人面。溶溶月、海棠开后，辛夷坞叠苍苔片。怎销凝、姚魏家家，信风吹楝。　　一梦前游，买醉便醉，其莺梭燕剪。蕙香谢、红叶桥边，忘忧应是无馆。北山南、看春轿去，里湖外、送春船转。卅余年，抛撒莲娃，夜凉秋岸。　　披烟蓼屿，压露豆棚，谩旧园在眼。过络角、正飞乌鹊，一水盈盈，不动厌厌，碧霄非远。同心可赠，珠江江上，双鬟都戴花田雪，趁来逢、只合殷勤惯。丁当玉杵，分明绝胜餐英，子落况又如霰。　　轻衣戍削，几许冬心，向曲阑自暖。尽点缀、山茶天竹，腰了黄梅，煞尾图催，全身笔倩。蓬莱咫尺，成连琴罢，翩然罗袜微步复，笑相招、奚事红尘懒。从容稽首东皇，岁岁春多，倍教眷恋。

莺啼序　应质郡王教，既画墨花四时卷，阅岁己亥首春，复属题此阕

沉思流年暗换，但花开到处。问何事、花里春来，却又花里春去。醶醳了、碧桐初引，山篱飒沓吹荒雨。尽中间，葵扇蕉衫，殢人销暑。　　不断深情，院

本好手,赚脂含粉吐。几梢墨、学得文苏,宣和应也收谱。水仙姝、吴兴清致,野梅老、会稽真趣。笑难工,横卷催成,略添残句。　　双堤渌照,万树红霏,算旧时樽俎。弱柳外、画船撑幔,影过西泠,香入南屏,酒阑无据。回肠是九,缠头非一,天涯芳草休歌者,欠低回、总着湖边树。霜丝两鬓,疏疏怕见青铜,未识树定在否。　　今朝还见,隔岁重看,要慢词写取。怎敢道、西园闲雅,赏及溪藤,马后携持,尊前伴侣。东风正起,攒须分瓣,蜂衔莺啄蝴蝶闹,掩重门、多把金铃护。匆忙韦曲家家,恼彻更番,禁烟百五。

周天度(1708—?)　3首

字心罗,号西赚,浙江钱塘(今杭州)人。乾隆十七年(1752)进士。初宰饶阳,二十三年(1758)调清苑,后迁部郎,再出为许州知州,未几卒。著有《十诵斋集》,词附。

南歌子　题张殿初松风水乐卷

寒玉敲晴碧,鱼云缬浅红。坐来清影一重重。还被斜阳筛动、画玲珑。　　钗雨飘仍罣,笙簧澹欲空。傍岩独自访仙踪。却是最无人处、话丁东。

卖花声　又题高薮瑜杂卉小册,山茶二鸟

珠树剪霞明。雨润烟轻。凭添一捻惹红情。小鸟飞来元共命,对语珑玲。　　金屋敞云屏。几曲纱棂。崇兰未泛惜娉婷。记取倭奁坛珓畔,新水铜瓶。

霜天晓角　又题同初上舍草虫册

江枫照眼。映取寒流浅。夜静月波微漾,摇清影、露光剪。　　谁遣。双弯卷。似秋田人倦。忘解树根横鞲,一任尔、卧荒藓。

董元度(1709—?) 7首

字讷孙,号寄庐,山东平原人。乾隆十七年(1752)进士,改庶吉士,官山东东昌府教授。晚主莲池书院。著有《旧雨草堂诗集》,词附。

百字令　题周季和进士画册

胸填五岳,人间之块垒何多;卧对双星,天上之愁缘不少。未逢胜侣,孰获我心;倘遇可儿,差强人意。寂寞故书堆里,何来奕奕丰神;周旋尔我班行,半属悠悠面目。谁能遣此,吾未如何。季和先生,东海畸人,昌阳名士。簪花风格,前身应是女郎;喝月情怀,醒里偏饶酒趣。击唾壶而欲碎,吐气如虹;对贝叶而忘言,澄心似镜。爱求名绘,聊寄遐思;索我芜词,共消客况。嗟乎!女子善怀,酒人落魄。腐史流连于刺客,坡老游戏于空门。往往传诸其人,历历述为盛事。然而一堂希觏,谁云四美能兼。征国色于萝村,英雄短气;索枯禅于莲社,高士攒眉。孰若展帙窗前,哑然微笑;抑且游神象外,嗒尔忘形。剑舞公孙,花雨散浮蛆之戏;禅逃苏晋,唾绒绣智刃之铓。则面壁仰天,是仙是佛;青锋红粉,何怨何恩。君将思入风云,我岂言同河汉。

其一　美人

珊珊鸿影,忆寻芳杜牧、三生一面。十载扬州初梦觉,又向画图新见。半晕红腮,低垂粉颈,裙带春风软。关心何事,慵将玉笛重捻。　　华筵记否当年,玲珑一曲,字字郎亲按。此日停眸娇不语,闲煞红牙象板。公子飘零,美人迟暮,一样柔肠断。酹卿杯茗,真真我欲频唤。

其二　酒徒

流光驹隙,算人间岁月,醉乡差永。醉眼曚瞪双耳热,短发星星露顶。卿酌黄封,侬耽红友,风味谁真领。玉山颓也,儿童莫笑酩酊。　　不妨搔首长空,淋漓高唱,屡舞傞傞影。尘世几逢开口笑,寂寞古来贤圣。放浪千秋,沉酣五斗，且尽尊前兴。汨罗江畔，一杯谁酹幽冥。

其三　侠客

扶余一去，笑茫茫天壤，都无人物。匣底寒铓三尺水，掩映襟怀如雪。眭眦难忘，须眉宛在，矗矗冲冠发。咄哉竖子，椒丘莫漫饶舌。　　千秋谁许同心，龙门列传，曹豫专荆聂。囊革班班光黝紫，染尽负心人血。卫霍醺名，窦田宾客，总是衣冠妾。掀髯一笑，看他蚁斗槐穴。

其四　老僧

空山落叶，尽眉毛拖地，蒲团一个。应是毗岚风力猛，老树一宵吹破。蝉黠螗痴，鸿来燕去，几劫昆明火。无台无镜，片尘何处飞涴。　　凭他山鬼揶揄，天魔变灭，我也原非我。四法三乘如许案，尽是菩提残唾。云在天边，月明江上，满眼昙花堕。嗒然无语，请君自证因果。

沁园春　题谢松泉姊丈生志像册后

伊何人哉，生前自铭，表圣之徒。看浮云富贵，衣冠傀儡，跳丸日月，天地蘧庐。一点灵台，丹青难状，安用他人诔墓乎。君休矣，笑几经涂抹，依样葫芦。　　料量故我新吾。问颊上三毫肖也无。溯擎天夹日，平津勋阀，批裘戴笠，颍水樵渔。刊石为碑，种松成拱，见在昂藏七尺躯。又何待，似重来丁令，回首欷歔。

贺新郎　题范贡庭别驾思负图

画本翻窠臼。是谁人、诗肩高耸，空诸所有。留得吾生真面目，不缀亭台花柳。遑暇较、徐公妍丑。懒把靴纹呈笑脸，且低头、背挽行吟手。膺再命，伛偻走。　　思量一日身无负。便酣酣、安眠中夜，家风如旧。心事直传缣素外，那借三毫点逗。早知是、高平华胄。我欲拍肩聊问讯，问君侯、河汉吾言否。应大笑，欣回首。

杨鸾(1711—1778)　2首

字子安,号迂谷,陕西潼关人。乾隆四年(1739)进士,历官桃源、醴陵、华容、长沙、邵阳知县。著有《邀云楼集》《选梦阁词钞》。

满江红　题沈波仙垂钓图

西子湖头,旧游处、暖烟凝碧。扁舟小、纶竿斜倚,有同泛宅。桃颊酣春红未破,松须邀露晴犹湿。被僧繇、写入画图中,传标格。　　长风志,凌云笔。莲花幕,白蘋客。更休文八咏,腰围堪窄。千里莫思鲈鲙好,一函且就江山适。向蒹葭、秋水溯伊人,清芬挹。

金明池　题黄莲俦观莲图

半亩桐阴,数声竹韵,院宇清凉无暑。对一派、潇湘潋滟,更照影、菡萏初吐。倚雕栏、翠盖轻翻,似仙子、缥缈凌波微步。只白石情多,碧苔笺腻,谱出冷香诗句。　　十载秦川怀乡土。镇抱月飘烟,飞尘宁污。餐秋菊、荷衣未挂,依宝座、金经自署。好开襟、玉井风高,便引满芳樽,碧筒仙露。想太液波澄,兰舟荡漾,载取□霞归去。

张四科(1711—?)　7首

字喆士,号渔川,陕西临潼人。贡生。官候补员外郎。居扬州,与马曰管兄弟交厚。著有《宝闲堂集》《响山词》。

青玉案　吴江王兰庭以所画梅花及浔酒见惠,赋此代简

前身应是逃禅叟。想人比、梅花瘦。老去闭关闲颂酒。苔杖写与,玉瓶折后。慰我相思久。　蓬门正掩冰霜候。忽遣春来月湖口。甚日花前欣握手。深杯双劝,短琴三奏。疏影粘衣袖。

满江红　题蜀道图

直上青天,记崄绝、谪仙曾道。羡粉壁、谁留横幅,写来娟妙。万点尖山疑剑插,一条寒浪看环绕。正征人、如蚁策青骡,敧风帽。　行不得,鸡关峭。盼不到,刀州渺。但闲斋昼寂,卧游偏好。栈里烟开高鸟怯,菁间月落哀猿叫。问何年、云雨候清辞,巫娥庙。

浣溪沙　题王石谷水村图

一片青山枕水斜。绿阴阴里两三家。江南春在玉鸦叉。　杨柳东风飞燕子,柴门夜雨涨桃花。篱根系个钓鱼查。

谒金门　题晚树归鸦图

斜阳里。人立小桥流水。满树西风鸦接翅。空枝栖又徙。　一片新寒村意。暮景苍凉如此。仰面贪看孤杖倚。数时惊定起。

忆旧游

癸酉秋夜,王谷原(又曾)比部于秦淮饯客,经商宝意(盘)司马水阁,时漏下已三鼓,犹高吟未寝。遂邀共载,倚歌泛月,达曙始罢。逮明年,重至金陵,则宝意已调官粤西矣。因作《青溪邀笛图》,以纪旧游,属余题志,为填此解。

问重来倦旅,一棹秦淮,何事凄然。又是清秋夜,舣谁家柳外,第几桥边。

一丸渡头凉月,曾倩笛吹圆。记水阁笼灯,青衫司马,催到尊前。　　流连。绛河没,尚倚遍清歌,忘却离筵。送罢天涯客,更旧游分手,误了华年。而今费他铅粉,染出白鸥天。正秋雪吹帆,消魂不是乘兴船。

木兰花慢　题马湘兰画兰册子

怅秦淮往事,剩几番墨华匀。向十二钗中,国香偏擅,小字清芬。纷纭。疏花瘦叶,更数窠锦石配丛筠。纵是风尘漂泊,依然楚畹丰神。　　消魂。吮笔浣丹唇。还似自传真。任车马门前,瑶情静寄,空谷无人。香熏。摩挲绨锦,问春风何处吊湘君。却怪板桥年少,新词犹唱题裙。

鬓云松令　题张忆娘簪花图

宝奁开,春困醒。催起梳头,花外莺声嫩。折得一枝簪未稳。镜里端相,宜称凭谁问。　　鬓边斜,钗底衬。十八鬟多,行处游蜂近。省识春风图画恨。花落花开,只是风流尽。

查学(1712—1785)　4首

字七伦,号砚北,浙江海宁人。著有《砚北诗章》,《半缘词》附。

梅花引　题钱资平小照

花如玉。枝偏秃。山深岁晏横斜独。蜂初黄。蝶未忙。阿谁箕踞,摩挲古树傍。　　濛濛薄雾轻沾湿。修绠随时古堪汲。手拳拳。意绵绵。结伴无人,寒梅应有缘。

百字令　题边颐公苇间书屋图

延缘何处,看几束杉皮,非舟非屋。秋涨芦花如雪白,分与雁鸿同宿。汀树参差,渚烟零乱,风定苹香扑。笔筒茶灶,风流应许追逐。　　好似浪迹先生,高歌小海,心事沙鸥熟。傍岸双扉通别径,鱼蓑手编青竹。倚壁鸦叉,堆床蠹页,关扣便便腹。闲凭水槛,醉看凫鸭争浴。

清平乐　题烹茶图

弹冠兴浅,竟棹头归去。偶向黄山松下坐,谡谡静听风语。　　漫呼银鹿煎茶。瀑泉几瓮堪夸。一种清闲滋味,绝胜七碗露家。

八声甘州　题易亭华山携句图

随行心似铁,谪秦关、当日事谁怜。向落雁峰头,桫椤坪畔,到处流连。历历追寻胜迹,俯仰白云边。绝境真堪隐,拟作顽仙。　　笑尔轻衫小笠,把谢诗一卷,屡问青天。怅家园梦断,远信雁难传。料今朝、同归海角,喜茅茨、重结旧因缘。展图画、几番回首,相对潸然。

徐坚(1713—1798)　2首

字孝先,号友竹,吴县(今江苏苏州市)人。贡生。著有《紫荆书屋诗钞》,《纵园诗钞》,诗余附。

买陂塘　题储茗坡长松清荫图,图写张曲江诗意

荫长松、一条寒玉,写来无限清远。曲江风度依然好,未许赏心独擅。驰上苑。早挂体官袍,新赐荷衣换。凌云笔健。合东观论文,西清视草,待从玉

皇案。　问何事,更向松亭竹馆。十年图画重展。买田卜宅宜何处,坡老雅思阳羡。谐素愿。待白发归来,占领宁为晚。知君不免。恐拥鼻微吟,东山卧起,猿鹤又相怨。

木兰花慢　题程耦庠生小照

剪潇湘半幅,更添个,米家舟。正蘋末风生,柳梢雨歇,爽气澄秋。飕飕。旷怀放眼,恁消磨、摇落古今愁。莫使黄花笑我,且须付与金瓯。　优游。浩荡狎闲鸥。清浅任沉浮。渐残阳挂树,晚烟笼水,皓魄当头。夷犹。我将与汝,泝空明、共作弄珠游。一曲云山韶濩,渺然直向沧州。

查礼(1715—1782)　19首

字鲁存,号俭堂,浙江海宁人。早年与兄共读于天津别业,屡应乡试不第,援例以主事注选。乾隆十三年(1748)授户部陕西司主事。累官至湖南巡抚,未到任卒。著有《铜鼓书堂遗稿》三十二卷,词三卷。

贺新郎　为心谷伯兄题花影逃禅图

帘外深红鞟。想人间浮生,怎似月来云破。几点凌波空色相,明日轻阴换过。再莫记、前宵婀娜。燕绕莺围春信密,倩微风、更坼含苞朵。稠似幄,灿如火。　光音天畔安身可。掩团蕉深深,证取后因前果。阳焰光中庄严住,也是幽山宴坐。更底事、僧衣自裹。诵遍当前花影偈,问谁为故我谁今我。花解语,笑微瑳。

少年游　象三秀才索画梅,因题　庚戌

梅梢已觉日迟迟。香气暗中移。浮动阑干,斜侵帘幕,花信惹风吹。雪泉乍泻冰初泮,拾翠欲来时。满目春光,满怀春怨,写入向南枝。

南歌子　自题画梅小幅　壬子

洗砚闲惟我,焚香唤阿谁。小庭疏影正参差。日日巡檐索笑、有情痴。　风递禽声细,晴含蝶梦迟。罗浮一树画成时。试看者边梅萼、那边词。

丑奴儿令　家如冈侄索画梅

旧时闻说西溪好,一片梅花。香沁人家。断港横桥冷暮霞。　兴来拂纸渲春色,墨渍寒葩。无意求嘉。乱点苔痕入径斜。

齐天乐　题薄静友休问天图轴子,为家贡木先生赋　癸丑

胸头磊块消难尽,人生几番秋老。宝剑孤吟,明珠暗掷,别有闲愁多少。浮云未扫。问列缺光闲,更谁微笑。咄咄书空,争如无语向空好。　桑麻前日杜曲,念承明献赋,徒竞奇藻。匹马南山,短衣李广,总是中年怀抱。临风漫啸。料千古同心,尽堪相告。漠漠青天,乱尘吹去鸟。

菩萨蛮　题陈玉几上舍雨竹轴子

湘云碎剪湘江翠。淋漓犹带湘妃泪。一片绿阴斜。迎风欲作花。　披图幽意远。青筱凝烟晚。谁写此君情。高狂玉几生。

行香子　自题画梅　乙卯

神味孤清。品格崚峥。占空山、好倚危亭。试翻墨渖,强写琼英。看一枝枯,一枝折,一枝横。　行干休停。句瓣须轻。点苍苔、疏落无声。罗浮梦杳,邓尉峰青。羡水痕虚,雪痕白,月痕明。

醉太平　恽哲长县丞索画梅

南枝北枝。山崖水湄。花时处处相宜。笑春风暗吹。　　宋元旧规。心摹手追。疏疏几笔离披。写香痕似谁。

鬲溪梅令

葛揩书上舍，书法极肖汪退谷先生，余爱之，频求其书，揩书欲余画梅以易，一笑从其命。

一枝不抵一行书。强清逋。聊把江南春信、换官奴。点苔三两株。
兴来拈笔脱还疏。仿倪迂。为爱香寒光冷、梦回初。墨痕轻若无。

鬲溪梅令

诸葛白岩上舍寄枯笔山水一幅，索余画梅。白岩翰墨极高，愧余拙笔，不堪为报，写毕题之。

隔溪一树出篱梅。暗香回。料峭春风吹冷、半身苔。翠禽时往来。
乱枝高下羡无埃。绽冰胎。博得山农繁笔、挂金台。白云天际开。

风入松　题朱仑仲秋林读书图册子，为凌献珍孝廉赋，即送其还乌程

谁从柱下问遗书。枯尽旧蟫鱼。多君一卷常相共，正千林、桐叶声疏。江泌屋留残月，管宁榻、有双趺。　　花飞沾水暂停车。暑雨漫平芜。如何未到秋风起，便匆匆、唱了骊驹。西塞山前水满，他年应访幽居。

苏幕遮　题朱仑仲七松图，为黄思顺赋

翠如蒙，烟似织。老干参差，绕屋成行列。谈柄一枝高可折。传与张讥，演作长生说。　　暮云深，遥梦隔。何日山中，果结幽人宅。满径笙簧吹未

彻。野鹤归来，踏碎梢头月。

鬲溪梅令

张曾山上舍工山水，名家也，偏嗜余画梅，频索未应，岁事已阑，勉图长幅以报。

倚松夹竹又穿篱。傍茅茨。一种真香真色、澹情思。月横冰玉姿。

漫云今古竟无诗。看疏枝。纵使丹青难写、未轻讥。我生成画痴。

水龙吟　题张曾山柴背结茅图轴子，为岱瞻释子赋

翠毫几点烟痕，崎岖写出安禅宇。因松架屋，因泉开洞，因崖成庑。素鸽晨栖，青猿夜绕，苍鸠昼语。笑山云隐见，山花婀娜，都团作、曼陀雨。　梦想前游如昨，溯秋声、短筇芒屦。草间听梵，林间携榻，石间题句。泉到檐飞，月当峰挂，剑随台舞。待重挑野菜，寻师住处，剪香茅煮。

鬲溪梅令
残岁雪中登午晴楼，江皋携纸过访，索余画梅，因留小饮，醉后洒墨应之

小楼短笛倚风吹。破愁时、片片天涯。飞雪紧催诗。且倾酒一卮。

吮毫呵墨写南枝。费人思。恍觉窗前疏影、澹相宜。逸情梅亦知。

蓦山溪
竹醉日集读画廊，分题明人画扇，得丁南羽寄萝庵读易图。秋声四会

山光云影，映彻溪廊碧。杂树晚多阴，正深夏、苍岚如滴。潺湲幽瀑。响作玉琴声，齐磬杳，佛香残，精舍藏萝薜。　龙眠笔意，秀态含林石。一卷置床头，问此地、何人读易。韦编未绝。清露好研朱，车辘辘，马踆踆，不应敲门客。

点绛唇　自题画梅

小几春明,兴来吮笔行疏梗。昼闲人静。默听禽声冷。　　迟日回窗,香透帘栊永。清幽境。午梦初醒。一榻梅花影。

南乡子

正月二十三日,曹素为仪部沈莱友太守,招同顾华阳、杜宝树两观察,李松期太守、杨闳度大牧、陆赤南山人、淳儿,饮草堂寺赏红梅,拈韵赋诗。莱友以素册索画寺梅,勉应之,并题词其上。乙未

天外叫飞鸿。竹影差差水影空。毕竟草堂萧寺好,庭中。一树残阳照冷红。　　春气逗芳丛。香雾濛濛湿半笼。我画梅花须鬓白,成翁。点染胭脂色未工。

梅花引　富察仲彦观察以素箋索画过墙梅因题

宜虚榭。宜精舍。澹澹寒光更宜画。爱倪迂。爱林逋。倚松傍竹,自许性情孤。　　一枝横过墙头去。疏影离离迷薄雾。共黄昏。各销魂。静听邻语,也道月无痕。

金焜　6首

字以宁,号赤泉,浙江钱塘(今杭州)人。雍正十三年(1735)举人,官礼部司务。著有《妙明书屋遗集》,《浓兰词》一卷附。

摸鱼儿　题厉樊榭丈西溪卜居图,即次原韵

甄城中、那堪托足,移家遥入烟渚。高人料已丹烧就,卧足冷云疏树。门

外渡。看野叟、捞虾钓蟹纷来去。枯瓢挂处。有纸阁藤扉,养花浇竹,鸡黍客来具。　　清溪畔,消领烟霞胜趣。邻翁同课晴雨。山林钟鼎原无二,恐负旧盟鸥鹭。听鸟语。向草径、舒眉叉手闲寻句。秋期肯许。约旧雨灯窗,联诗赌酒,醉起举杯舞。

齐天乐　题陈授衣闭门觅句图

十年遍把奇书读,诗肠不沾尘土。口吻花生,聪明雪净,彩笔遥陵徐庾,萝窗竹户。看捻断霜髭,掉头不语。小几炉烟,翠云一缕袭衣住。　　名心拼已冷淡,任腰围瘦削,长恋吟苦。篆径凝思,盘花踏影,月腋探诗来处。蝉边得句。快舞向风前,逸情霞举。漫说晁张,曲高输与汝。

浪淘沙　题陆卷阿先生濠梁秋水图

柳色映横桥。秋影千条。风漪混漾绿鱼跳。洗得聪明冰雪净,吟对清瑶。　　濠上独逍遥。蒙叟同高。阿谁图写入鹅绡。一片芙蓉湖畔水,剪落并刀。

齐天乐　题陆卷阿先生不负草堂图

龙峰烟翠浓于染,诗仙别来何久。鹤占空林,苔侵古术,竹户频年深扣。寒消九九。向雪满长安,晚街沽酒。可奈霜颠,软红尘里怅迤逗。　　书麻留滞省闼,望乡园暗数,水某山某。晓几吟成,宵帏梦去,都是江南花柳。先生不负。倘于颐相逢,买山钱有。卧月三间,草堂招旧友。

壶中天　题沈孟公秋水狎鸥图

清江浩淼,放孤篷世外,全无拘束。懒挂蒲帆随所住,岸荻萧萧沙曲。极浦烟消,明波镜净,秋水涵空绿。白鸥飞乍,数群闲对人浴。　　知尔尽洗机心,相忘物我,还把前盟续。眼底江湖赠缴少,不羡红尘奔逐。钓艇渔竿,雨丝烟笠,学个天随足。扣舷歌罢,暮蟾凉映溪屋。

如此江山　题翟晴江郊居图

高人意惬郊原静,闲园日涉成趣。港曲桥横,篱回径抱,新识甘棠村坞。朝朝暮暮。拥笔格琴床,自怡幽素。酒熟茶香,小楼留客听春雨。　　料量家具何有,有诗书卷轴,山水图谱。玉唾喷香,兰襟洒雪,寄意松陵一赋。阳秋正富。莫养望衡门,醉吟梁父。补衮归来,著书犹未暮。

陶元藻(1716—1801)　6首

字龙溪,晚号凫亭,浙江会稽(今绍兴)人。诸生。久困科场,怀才不遇。晚归隐杭州,筑泊鸥山庄于西湖葛岭,以著述自娱。著有《泊鸥山房集》,中有词四卷,又名《香影词》。

瑶花慢　题大恒长老闲吟小照

斜凭棐几。这个阇黎,是曹溪法裔。乌丝界得,三五行,为问推敲完未。吟梅赋雪,生做就、骚人风致。瓣香礼、长帽仙翁,却肖龟堂老子。　　半生挂搭名山,南北蜂前,丘隅知止。旛幢屡沐,天上露,一领袈裟先紫。虎溪忆别,觉带笑、眉纹神似。待春深、茶笋佳时,重访白云萧寺。

风入松　题何镜江蜡饮图

豳风图画此重摹。入蜡庆畜畬。祭虎迎猫阡陌畔,祈报毕、童叟欢呼。处处巫箫吹彻,村村社鼓挝余。　　豚蹄鸡黍杂园蔬。家酿不须沽。扶醉各归村舍去,颓唐状、其乐何如。愧我不胜杯酌,枉称识字耕夫。

壶中天　题树滋六弟觞咏图小影

轻舆软马,谢红尘、不爱五陵城郭。绵羽清音林杪出,唤破幽人寂寞。春草池塘,西堂梦醒,往事浑如昨。惠连相对,愧我才逊康乐。　　忆昔癸丑群贤,主盟谁是,一序临河作。今日无朋,偏得酒萝月。松风独酌。叉手诗情,捻髭吟态多少,碧云烘托。画师知尔,胸中自有丘壑。

凤凰台上忆吹箫　题董香光连昌宫图

长庆诗豪,华亭画史,后先意匠非常。感银墙围绕,万个丛篁。处处云窗雾阁,珠帘隔、钗影衣香。何缘见、扫眉虢国,吹笛宁王。　　茫茫。霓裳惊破,渔阳鼓,延秋多少苍黄。痛凭栏人去,鸟啄空廊。那得白头宫女,招魂至、坐说先皇。难图写,马嵬长别,剑阁凄凉。

一萼红　题沈石田画松

此神物,是徂徕天授,灵气郁缊缊。梁栋雄才,空山偃蹇,老来格更超群。惟树畔、千钧巨石,同古意、苍劲照斜曛。知者为谁,登龙学士,射虎将军。

羡煞石田妙绘,能腴中带骨,缓处藏筋。满腹离奇,一生兀傲,都归纸上烟云。恐入夜、风吹柯叶,有怒涛、走屋惊闻。应与毕宏张璪,鼎足三分。

虞美人　题王石谷烟江叠嶂图

江南江北帆樯路。参错悬崖树。水村山驿已模糊。何况峰坳塔影、有疑无。　　浮岚暖翠阴晴态。尽拾鱼罾内。烟波最好楚天秋。添我一篙载酒、上荆州。

储祕书（1718—1780）　2首

字玉函,号缄石,江苏宜兴人。乾隆二十六年（1761）进士,官至郧阳知府。著有《缄石斋诗稿》《花屿词》。

金缕曲　题高翰起悬匜积玉图

茅屋三楹小。傍苍崖、疏泉架壑，野畦深窈。绿水桥边门昼掩，时有东风闲扫。乱波影、碧桃多少。满岫白云飞不尽，为诗人、遮住清溪隩。溪上路，有谁到。　　逋仙往事颇同调。奈孤踪、妻梅子鹤，尚嫌枯槁。身是玉皇香案吏，合占琼砂瑶草。且写向、丹青一笑。他日荷衣归卧稳，拥图书、帘卷春山晓。琴一曲，更长啸。

风入松

癸酉之春，位存作《瘦竹菟裘图》成，曾赋此解。余拟倚声而未果。荏苒七年，风流顿尽，披图追赋，曷禁清泪之浪浪也。

阮何风貌忆当年。潇洒俗尘捐。生平位置宜丘壑，映娟枝、别谱清妍。消渴频拈茗碗，孤吟时展云编。　　如今笑语付云烟。金粟影空传。重来三径荒凉甚，听邻家、笛思绵绵。只与惠连相对，春风话旧凄然。

金兆燕（1719—?）　78首

字钟越，号棪亭，安徽全椒人。乾隆三十一年（1766）进士，官扬州府学教授。工诗词曲。曾入翁方纲幕。与吴敬梓、吴锡麒等交游。著有《棪亭词钞》。

茶瓶儿　题陈余庭茶教纤手侍儿煎图

丹桂香中深院宇。乍飘散、茶烟轻缕。人倚嫦娥树。晚霞浓处。不放秋光去。　　几载断魂江上路。怅冷落、空闺茶具。今夜瑶阶露。相携闲伫。好订相如赋。

满庭芳　题王柘孙小瀛山书屋填词图，即用其自题原韵

琢玉雕琼，搓酥滴粉，浓情大似云痴。浮名休问，柳七且填词。梦绕江南归路，数雁行、应候人兮。霜纨湿、清辉一片，明月鉴空帷。　　增悲。孤馆里，一樽寒夜，千里相思。问底事年年，只傍天涯。坐对小楼烟水，看虚廊、松影频移。吟窗下，衰灯未灭，留焰伴参旗。

多丽　题孙熙堂赏音图，次郭霞峰韵

似娘儿。不须更画双眉。倚窗前、明灯影里，按歌凉夜深时。俨湘皋、遗来锦褓，向姑山、貌出琼姿。酒所衔杯，花前藉袖，轻红揽袴试生衣。小氍毹、翻身掷上，束素嫩腰肢。须牢把、留仙裙稳，莫遣轻飞。　　短长亭、伤心柳色，碧痕踠地一丝丝。便仙源、常迷刘阮，忍尘寰、更结牙期。千里云山，五陵车马，断魂此际欲何依。衰草寒云，晓风残月，我亦惯流离。空弹铗、赏音谁是，垂老天涯。

迈陂塘　题青山送别图，送杭堇浦归里

颤危樯、一江烟水，西津人语催渡。青鬟雪后融晴日，极目寒潮瓜步。君又去。算几日、邮程帆卸樟亭暮。孤山老树。定乍豁离愁，同开笑靥，红意为君吐。　　天涯客，我亦断蓬飞絮。征鸿过尽前浦。箫声明月留人易，不许轻摇归橹。相送处。忆几度、停桡回首扬州路。赠君无语。但独对高峰，遥情脉脉，清影罩寒渚。

潇湘逢故人慢　题沈定夫潇湘归棹图

清波如镜，浮晴空一片，朝霭初匀。楚天碧无痕。正双桨中流，剪破靴纹。回帆转舵，望衡峰、九面莏莏。钦怀处、汀鸥岸鹭，群分小队随人。　　呼么凤，看石燕，忆全家、海棠桥畔为邻。矫首越江濆。念桑柘阴中，村社堪亲。南

湖皓月,待归来、重照芳樽。持比似、洞庭春水,不知谁最销魂。

洞仙歌　题施耦堂红衣钓师图

赤栏桥畔,正霞明鱼尾。几点烟凝暮山紫。笑披来一衲,坐向千峰,刚衬得、返照光摇波底。　堂堂兼策策,谁见庚辛,便得鱼天万全计。试问谢三郎,今夜西风,秋江外、芙蓉开未。但拂袖、芦花又飞来,似暖地氍毹,六霙飘坠。

洞仙歌　题豆棚闲话图

一围青幄,罩绿天无罅。藤蔓丝丝向空挂。爱新凉庭院,爽籁林皋,随意伴、邻叟畦丁闲话。　隔篱谁窃听,稚子山妻,匿笑疏星露檐下。往事总消沉,讲舌空干,谁更见、汉蛇唐马。劝企脚、绳床且高眠,读冷砌冷蛩,闹他残夜。

五彩结同心　题俞耦生兰陵归棹图,时自常州亲迎归里

笔床书檛,脂盝针箱,一齐并上飞舻。恰似藏娇屋,流苏帐、依约近傍纱棂。轻帆几幅凉飔细,柔波载、香梦无声。朝烟外,邮签已过,阿蒙旧日孤城。　者番晓妆应早,爱霜枫两岸,红入圆冰。思母看云泥,郎沽酒、芳意欢怨相并。二分明夜扬州月,好同照、人影双清。频回首、隔江山色,归期先计春程。

宴清都　题香雪斋读书图

帘外寒香绕。书斋静、弟昆携手同到。苔阶几转,栖庭怪石,倚墙丛筱。回头玉琢佳儿,也随步、芸编自抱。想研冰、宿冻犹坚,窗棂新旭初照。　移时展卷琅琅,抽思轧轧,清课都了。谈迁似续,向歆授受,事关非小。他时腾踏飞黄,定共羡、城南俊少。请试看、珠树当风,琼枝弄晓。

尾犯　题顾仙贻春草闲房图

乍见入帘青,孤馆昼长,聊慰幽独。倚遍栏干,向空阶凝目。深巷外、姜迷正满,小廊边、蒙茸又续。醉烟烘日,只有王孙,归梦暗相触。　　丹青真妙手,芳意染就盈幅。那日裙腰,验残痕犹黦。定新雨、陈根乍润,宛虚堂、斜阳渐缩。更无人处,一片羡他随意绿。

醉翁操　题张梦香欧梅花下填词图

高冈。虚堂。相羊。挈壶觞。寻芳。吟毫对花成奇章。一林寒月昏黄。浮暗香。朗咏向横塘。望古遥集兮黯伤。　　问梅不语,空自彷徨。倚梅不去,应对幽人夜长。凌晚山之苍苍。俯冷泉之汤汤。词成人断肠。谁为今欧阳,老树半枯僵。羡他曾见醉翁狂。

金缕曲　题万华亭持筹握算图

鬼向先生笑。问先生、千齐九九,有何奇妙。五角六张将半世,借箸忽然轻造。漫自诩、圭朱之巧。赀簿宛然豪巨万,尚称量、铢黍无多少。郭况穴,有谁到。　　先生笑答休轻噪。算囊底、颇饶余智,获赢非小。寡妇巴清乌氏倮,千古人传秘要。试看取、量金以窖。挥霍从今须得意,撒珠郎、帘外应相报。可许我,管交鲍。

秋思耗　为郑东亭题秋林独玩图

闲把乌巾侧。驻瘦筇、清映一襟寒色。霜外淡峰,水边枯沚,参差幽窄。正疏密烟光,锁林轻共晚黛抑。叹剩将、憔悴碧。便染露烘霞,邀人留盼,待访武陵前路,不堪重忆。　　今夕。松间残滴。怅旧颜、难更雕饰。满天萧瑟,空山谁伴,啸披云白。算独鹤归来,夜深和梦迷倦翼。怕渡头、人暗识。只乱石悬泉,垂藤低处去得,又隔危桥岸北。

虞美人　题美人洗儿图

镂金盆里香汤泚。纤手温凉试。阿侯心性似娘儿。百遍挼抄澡豆、不曾啼。　　春芜拭罢柔肌腻。好与梳丸髻。移时定看画帘垂。可许寒潭明玉、借人窥。

扬州慢　题王谷原比部斜月杏花屋填词图

弄影扶娇,飞光助艳,相看一片遥情。乍凭阑半晌,早冶思横生。渐消尽、蕙炉残篆。几回叉手,犹卷帘旌。漏沉沉小院,迷濛似梦初成。　　江关倦旅,向春风、空对丹青。想屋角繁星,楼心皓魄,应忆长征。莫负好天良夜,归休去、重理瑶笙。纵无人知得,孤吟拼到天明。

相见欢　题老伶俞蔚岑小像

携来片笠欹斜。立残霞。矫首家山何处、水云赊。　　关别驾,石司马,莫长嗟。我亦飘零书剑、在天涯。

迈陂塘　题施定菴秋山琴趣图

正空山、秋云展霁,霏微宿雾初散。置君丘壑无人处,只有枯桐堪伴。幽涧畔。对百丈、飞泉三弄斜阳晚。泠泠不断。共隔岭寒猿,遥天老鹤,传籁到山馆。　　天涯客,碎向人前谁管。几回空惹长叹。广场羯鼓方喧杂,休把金徽轻按。蓬海岸。问可许、移情一棹随孤泛。飞鸿去远。且背了松阴,闲来竹下,坐隐任柯烂。

台城路　题汪存南翠筿山庄填词图

疏竽密樾茅檐外,收将暝烟多少。碎响吟风,柔枝䍀露,恰称词人幽抱。

含毫未了。又岭上鸾音,几声清悄。独坐移时,古丛明月渐相照。　　羡君梦中江笔,惯霞笺玉滴,敷就芳藻。冷雁惊秋,哀猿叹夜,尽是消魂宫调。冥冥杳杳。想一缕遥情,碧天应到。好句初成,满林新翠晓。

台城路　题俞默存画菊

栖烟缀露东篱下,秋光腾来能几。陶令长贫,罗含渐老,寂寞荆扉深闭。蛩吟雁唳。算耐得萧条,夜凉幽砌。肯学塘蒲,冷风初到便憔悴。　　休嗟断塍荒圃,镇年年相对,蒿艾墟里。采入金壶,融将玉液,应趁幔亭高会。征途倦矣。怅辜负家山,几番秋思。空系孤舟,故园寒梦里。

忆旧游　题徐荔村秋林独步图

怅千林落叶,一片明霞,满目清秋。老树孤村外,有归鸦坐对,同话闲愁。板桥渐无人迹,斜日冷辉留。任倚石扶筇,穿云侧帽,谁与同游。　　寒流。断魂处,记柳密藏莺,蘋暖眠鸥。转首西风下,只残烟蘸黛,终日凝眸。旧路不堪重问,春水武陵舟。又几杵疏钟,柴门片月深巷幽。

南浦　题沈沃田桐阴结夏图

翠幄罩清阴,糁飞花、消尽闲庭烦暑。微雨乍过时,邀凉好、新月一钩初吐。棕鞋羽扇,天涯且共忘羁旅。随意莓苔堪永坐,且与商量今古。　　偶然泼墨淋漓,便移将幽境,都归毫楮。珍重贮巾箱,知他日、定忆故人眉宇。烟波渺渺,扁舟催唤江干渡。转首西风惊落叶,又是碧天云暮。

高阳台　题陈余庭红袖添香夜读书图

阶敛彤辉,帘萦翠梦,萧斋一片黄昏。新月纤纤,凉波暗浸闲门。檀郎不惜三余瘁,闭小窗、犹理签芸。漏沉沉、晕了灯花,冷了炉熏。　　夜深谁与温存。悄添他银叶,半缕香痕。小立移时,眉山似带轻颦。故将奇字频闲问,对短檠、倚着春墩。盼梅湾、斗转参横,又是宵分。

解语花　题花蕊夫人小像

巫云梦杳,蜀国弦悲,肠断江南路。故宫禾黍。堪惆怅、一片锦城春暮。降旗乍竖。早零落、粉香脂泞。应最怜、池冷摩诃,那日消魂处。　　犹记宫词夜谱。正玉阶横水,花气深贮。玉容描取。依稀认、道服淡妆宜与。徐娘老去。又阅遍、沧桑几度。须更添、一抹青城,留旧时眉妩。

薄幸

真州女子名奇云,色艺俱绝,嫁为贾人妾,妒妻逐之,抱恨而死。方竹楼为作《瘗云图》,索同人题咏。

锁霜纫雾。是玉骨、带愁埋处。伴落月、闪来琼影,绕遍病梨红树。敛芳魂、妒妇津头,秋风犹怯寒潮渡。便吴市烟销,盖山泉逝,幽恨一天难补。

感痴绝、丹青笔,俨泪染、朝云小墓。怅寒鸦古木,哀猿野径,斜阳冉冉榛关暮。断肠休赋。看怀沙集鹏,千秋何限伤心侣。浮生短梦,一样冷峰荒雨。

台城路　题陆宣公墓柏重青图

忠州万里归来后,一抔尚余封树。剥落霜皮,槎牙铁干,阅遍几番今古。贞魂未腐。又寒黛参天,梦回仙路。应是当年,活人方里剩遗谱。　　丹心暗通地脉,想千秋樾荫,泉下呵护。谏议孤臣,金吾老将,应有精灵来去。秋风暗雨。莫漫与销魂,白杨凄楚。且共攀条,冷云浇绿醑。

齐天乐　题陈授衣闭门觅句图

琼箫粉月扬州路,推敲有谁知己。猎酒人家,搊琴市上,何似重门深闭。帘波跛地。想立尽斜阳,阑干频倚。落叶疏蛩,数声微叹伴荒砌。　　庭阴几回小步,枳篱兼菊援,都是吟侣。驴背危桥,猿声古峡,应悔天涯憔悴。冥搜未已。又隔巷清歌,送来幽思。剥啄何人,曲屏须好避。

玉蝴蝶　题张忆娘簪花图

镜里人归何处,空留小影,零落尘寰。新月苏台淡痕,犹学眉弯。弹鸳帏、半床幽梦,横雁柱、几曲哀弹。秀堪餐。想应妆罢,慵倚雕阑。　　姗姗。凌波欲下,断魂此际,香帧重看。一片吴云,宦娘当日旧家山。好花谢、更无人戴,疏柳在、借与谁攀。遍江干。潇潇暮雨,又是春残。

莺啼序　题沈沃田小影,即用奉赠

新桐翠阴似幄,又笼窗罩户。正羁客、相对天涯,画檐同坐愁暮。最难展、幽怀万叠,背襟安得忘归树。笑浮踪,飘荡杨花,化为泥絮。　　底事东阳,瘦减带孔,尚炎尘苦雾。看华发、图入丹青,壮心传与毫素。算纷纷、莺肩火色,尽都付、斜阳烟缕。问何如,三泖盟鸥,九峰招鹭。　　停杯密坐,剪烛深更,听君话旧旅。怅此日、庚楼良月,俭幕名花,往事销沉,楚烟闽雨。侯嬴老去,夷门谁过,吹竽鼓瑟聊游戏,峭蒲帆、更问扬州渡。新苗老叶,风光纵自恼人,信美可是吾土。　　池荷展碧,砌药翻红,且醉歌白苎。但博得、尹班俦侣,永夕陶陶,一晌清谈,几回狂舞。鸣榔断港,腰镰修径,芦中应有闲天地。更何须、倚遍歌鱼柱。他时莼荇波明,黄篾秋篷,许同载否。

摸鱼儿　题卢矶渔夫子检书图

坐高斋、百城环拥,此中真有佳趣。缃囊锦轴题教遍,届屋癸签丁部。凭检取。似紫电青霜,齐列将军库。长恩谨护。看黄祀香浓,荣光上烛,分自内宬府。　　寒窗客,休对经神遥妒。蓬瀛原自天赋。神仙脉望千年少,何限羽陵干蠹。耽训诂。我亦有、丛残几帙巾箱贮。天涯倦旅。更归守书仓,饥来据案,一字不堪煮。

迈陂塘　题朱澹泉斜月杏花屋小影

乍披图、顿添乡思,小园佳境如许。西风孤馆鸣黄叶,春色忽侵眉宇。君且住。君不见、桃花潭上闻歌处。离情欲诉。算如此溪山,耦耕应好,我亦共君去。　　君长笑,笑我此言难据。雪泥鸿爪萍聚。一生着屐无多緉,双鬓已堆秋素。庭畔树。也凝盼、归舟几度飘红雨。年年客路。怅梦蝶吟魂,花枝绕遍,空被鹧鸪误。

绮罗香

沈沃田以吴伶品香小影索题,时观其演浣纱采莲剧,作西子妆,明艳夺目,即席倚声授之。

秋水神清,春山韵秀,瘦到东阳难学。纵未闻声,已是暗魂销却。又仙裙、飞上甂瓯,对好影、挂来帘幕。笑当年、吴市金钱,漫教村女便轻握。　　丹青休浼寒具,留向无双谱上,千秋评泊。如此风标,悔不置将仙壑。算多少、火色鸢肩,枉几度、云台烟阁。怎如他、夜夜熏香,小窗深处着。

迈陂塘　题友人小照

展图看、知君有梦,只应此地留住。浮图略彴高低影,尽入画帘深处。幽径误。定雨后、苔钱绣到方花础。门前鸥鹭。怪天际归舟,年年盼断,江上片云暮。　　萧斋畔,曾种松栽几树。别来青盖如许。百弓占得闲天地,企脚便堪今古。催棹去。且独把、渔竿避了人间暑。扬州客路。纵十里红楼,家家烟月,信美讵吾土。

百字令　题徐松原弄月莲沟图

扰龙松畔,正暮云收碧,举头天咫。鹅岭虾湖连瞑色,寒玉展轮初起。鹤梦千山,猿吟万壑,人坐幽篁里。空明一片,不知身在尘世。　　数遍六六高峰,几声长啸,还向天梯倚。瘦影娟娥看不厌,冷浸碧溪秋水。坠露将浓,明星渐淡,万象清无滓。东溟极目,海霞天外沉紫。

贺新凉　题胡寿泉潇湘云水图,时寿泉自粤东初归邗上

宋玉悲秋处。正一抹、楚天新黛,染来缣素。吹笛才过神女庙,忍便回帆挝鼓。有招我、岭梅香雾。几载木棉花下梦,绕湘烟、定傍黄陵去。山木外,冷猿诉。　前年分手金台路。洒穷途、西风别泪,东华尘土。鸿爪雪泥相判后,何限断肠云树。又共听、淮南秋雨。禅智山光青眼在,拂墙腰、且续王郎句。莫更忆,弄珠浦。

望海潮　题郑松莲处士待渡小影

斜阳西下,寒潮东去,碧天渺渺无穷。修剑柱颐,高冠覆额,盱衡横睨遥空。系马晚林中。望布帆何处,江色迷濛。断苇空滩,荒烟无际起飞鸿。

而今谁识英雄。但门前绿水,宅外青峰。斋种白杨,赋沉玄石,星星短发临风。长啸揖猿公。看腰边冷铁,光射铜虹。夜半鸡鸣起舞,老子兴偏浓。

满江红
题戴声振西园图,即步自题原韵。其自序云西园,余意中园也

客子闲愁,浑一似、新安江涨。频搔首、东风梦里,家山无恙。何物丹青图画手,乍逢傿禄云霄上。试披图、真似入桃源,胡麻饷。　奇礐礧,清波漾。宵鹤警,晨鸡唱。只潇潇一幅,雨皴烟酿。山鸟常随安石屐,陂龙欲化壶公杖。叹余怀、五岳更崚嶒,凭谁状。

月华清　题明月双溪水阁图

裁练分秋,悬轮舒夜,四围帘箔齐卷。苔绣唐梯,跨出两塘腰半。夕阳尽、高士祠边,残雨过、语儿亭畔。凝眄。展空明对映,广寒宫殿。　恰正衣凉

酒暖。更宝篆初销,艳樱齐绽。一曲吴欷,划取越烟朝断。数渔灯、夹道星毬,指估舶、两行霞扇。堪玩。便卧游终日,莫教轻转。

齐天乐　次汪剑潭韵,题明春岩红桥待月图

水花凉夜销香梦,绕汀画船齐泊。玉露初零,冰轮渐上,天际一痕云薄。依稀还错。认隔浦渔灯,柳丝笼约。却是流萤,曲廊深处点轻箔。　　欢场感怀今昨。怅高咏空楼,尚依苔郭。鬓影衣香,歌情酒态,消得沧溟几勺。羁惊正恶。又听鼓应官,有人强索。忍掷清辉,残星氐共角。

满江红

韦铁夫先生历官泗州、溧阳、金坛学博,所至有政声。子约轩编修绘《授经图》以志庭训,图中短衣丫髻,玉立膝前者编修君也。

十笏萧斋,仿佛是、广文官署。图画里、清苍古貌,传神阿堵。薄宦半居颜禹地,闲身肯作羲皇侣。拯苍生、巨手赖儒官,天堪补。　　任棠薤,莱芜釜。追旧事,留遗谱。有北黉文学,当时管辂。平地经师传敢寿,河汾教术追邹鲁。羡缁帷、鲤对更超群,人中虎。

其二

瑜珥瑶环,人道是、佳儿杰出。褆衣短、一经在手,来依吟膝。生小爱编孙敬柳,闲时厌缀陶谦帛。但书仓、寝食过年年,甘于蜜。　　才看展,西清翼。更妙对,东堂策。讶胪传绕殿,双花覆额。青紫队中频拾芥,丹黄几畔曾漂麦。怪当年、浓笑遍东家,真消得。(约就婚全椒,一时有翚才之目。)

其三

家世传经,搜讨遍、翼萧师伏。更不数、过江门第,三张二陆。范氏又传孙有砚,谢家共道庭皆玉。惹道旁、人羡小逍遥,逍遥谷。　　鞭曾玩、山之麓。犀曾照、江之浒。感兄衷弟灌,一时推毂。薛凤荀龙真竞爽,回兰耕苣偏相戮。鹿鸣歌、最忆俊兄贤,悲惊鹡。(约长子云吉,治经有声。仲兄萱望,与余同举

于乡,未第殁。)

其四

自愧樗材,也曾赋、趋庭东郡。官舍里、晨昏斋粥,至今悲哽。半垄松楸星压脚,十年书剑霜堆鬓。捧遗编、跪诺向天涯,凄凉影。　　悔不鬻,山中畚。悔不卖,街头饼。枉蜂钻故纸,高谈马郑。地下难逢王辅嗣,樽前且对周公瑾。任酱翁篾叟互相嘲,吾衰甚。(先大人宜休宁学博,兆燕亦随官舍读书。)

其五

落托公交,人笑问、孝廉知几。且自诩、高才入等,也居其次。枵腹敢言鸡弃肋,困鳞犹望鱼烧尾。嘱窗前、僮骂莫喃喃,吾将仕。　　淮泗水,真清泚。良常麓,都仙址。倘音徽可访,便依棠憩。种竹好排前后辈,栽花更补东西厔。酹寒泉、一盏拜先生,斜阳里。

云仙引

吴夔庵爱洞庭秋水,既归武林,值西湖旱涸,乃绘岳阳泊舟之景,名曰《怀水图》。遍索题咏。

青草湖边,黄陵庙后,天涯几度停舟。凉烟外,一帆秋。篷窗有人无寐,指下泠泠湘水流。潇洒壮怀,西风古渡,残月高楼。　　归来南北峰头。绕轻梦、兰香双袖流。欲浣征衫,清波门外,怅对荒畴。袅袅长竿,坐观远钓,此意空盟沙际鸥。岳阳城在,洞庭波阔,何日重游。

醉太平　题王少林十三本梅花书屋图

林中酒宾。溪边逸民。合来现做花身。定今年闰春。　　楼盈美人。书余洛神。两宵盼到圆轮。理瑶筝树根。

清平乐　题徐松源弄月莲沟图

光明顶上。一片圆通相。抛却花瓢兼竹杖。独与寒蟾相傍。　　夜深露脚斜飞。轻云渐透单衣。招得山中老鹤,仙台共挹清辉。

念奴娇　题王筠坨友琴图

贮香庭院,有枝枝女字,筑脂刻玉。来倚云根调绿绮,妆罢才离金屋。翠袖温馨,丹绡婀娜,腰彩应初束。晓寒犹在,莫辞芳蚁浮斛。　　可惜流水桥边,鸳鸯梦断,空奏阳春曲。一抹霞天人影外,犹忆归黄自牧。司马愁多,雍门声杳,到处堪怅触。落梅风里,片英飞上蛾绿。

其二

金徽试按,劝卿卿休感,鹄鸾离别。天上仙株和露种,肯堕螟蛄尘窟。人抱飞烟,随风小影,一晌难消得。泠泠何处,聪明总付冰雪。　　犹记那日丝桐,芳心一点,齐上眉峰碧。夹道朱栏横玉涧,小立凌兢瘦骨。姑射仙姿,罗浮远梦,脂粉无颜色。前身应是,广寒宫里明月。

摸鱼儿　题程筠榭柘溪渔父图

水云深、泛光湖里,夜来添得新涨。钓徒唤到烟波窟,艇子一时同放。看去桨。对淼淼、寒流掠过芦花港。秋阴渐酿。趁红树村边,残阳一线,倚棹晒疏网。　　松陵路,旧约而今易爽。乘槎谁驾山浪。招人只有前溪曲,梦里犹闻孤响。铺翠障。且指点、图中共作逃名想。羊裘莫让。便抛了长竿,学他郑恽,谁与更谈往。

春风袅娜　题蒋清容携二子游庐山图

爱宫亭湖影,一镜新磨。休举棹,且攀萝。入名山、只许名家父子,勃还招勷,迈更随过。五老痴峰,低头应愧,罗列儿孙顽石多。唤取匡家兄弟出,好留鸡黍宿云窝。　我亦东林驻屐,寻思旧事,莲花社、曾抚吟柯。悲流转,苦蹉跎。当年面目,今日如何。双剑迷离,匣楼云日,两姑窈窕,江浦烟波。归山须早,想康王寒瀑,年年待洗,深雍尘靴。

齐天乐
题渌净老人冬集图,罗两峰为其内子方白莲闺秀及诸女郎绘也

晴窗检点红闺韵,宣文授经初晓。琢句毫新,赓篇响逸,京兆修蛾才扫。毡炉共绕。正茗熟香温,曲房深窈。不枉书生,玉台金谷定同调。　凝魂谁倩画手,写真传绝代,幽意多少。邢尹休嗔,卫袖共艳,博士披香有淖。吟情未了。又怨断稠桑,帐中人杳。飞絮空庭,忍行寒夜悄。

八归　题王兰泉三泖渔庄图

孤枫变紫,疏柳剩碧,矶畔稳系片艓。垂竿静对湖光好,休管老鱼吹浪,败芦飞雪。偶效机云贪远适,便旧舍、东西轻别。最可惜、满目秋容,总付采莼客。　空叹长安久滞,鸥盟犹在,梦里烟波千叠。冷云渔屋,断霞罾步,一任寒潮生灭。但家山指点,历历遥青九峰接。归休去、可容添个,小小瓜皮,同君闲拥楫。

法曲献仙音　题王谷原龙湫晏坐小像

苔厂悬晶,薜龛垂素,静对盈襟秋思。清沁心脾,冷侵毛发,神游在天际。想诺矩。罗来处,芙蓉漾空翠。　领真趣。翘首向谁凝睇。空盼断、云外玉龙千里。试入老鲛宫,问泉先、多少愁泪。喷雾跳珠,又匆匆、飞下尘世。悔高峰轻别,化作人间流水。

玲珑四犯　题王谷原青溪邀笛图

虚阁月明,遥天云净,是谁凉夜吹竹。几声才入破,水面鳞纹蹙。孤舟有人未宿,正无聊、那堪终曲。千里关山,百年身世,天外一星独。　披图旧游暗触。忆帘旌小漾,曾倚箫局。酒阑桃叶渡,转首东风速。兰成老作江南赋,漫赢得、闲愁千斛。莫更奏梅花,正家山梦熟。

探春慢　题汪用明风树吟秋图

落日沉山,秋云罩野,何人独倚修树。咽涧寒泉,辞柯病叶,阵阵西风愁聚。泪洒苍茫外,定肠断、白华难补。伤心衔索枯鱼,此生何限哀慕。　客子披图暗触,念荒草墓田,小人有母。衣线无存,疮痕犹在,空作天涯羁旅。孤宦严亲老,忍更把、晨昏轻负。急整归装,趋庭已是春暮。

踏莎行　次王兰泉韵,题廖琴学倚马图

千里劳薪,一春梦雨。缁衣苦向京华住。飞黄有意顾蟾蜍,何时腾踏随君去。　侧帽风寒,挥鞭日暮。绿杨影里添张绪。王孙芳草又萋萋,乱山回首江南路。

水调歌头　题汪砚深旅夜读书图,即送归里

碧涨直沽水,分手一帆斜。悲歌酒人乍散,落日冷黄沙。记得去年寒孟,驱马朔风千里,霜月戍楼笳。踪踪太飘忽,草草别京华。　柳塘边,竹坪畔,是君家。几年醉乡诗窟,酣笑对梅花。羡尔囊縢解后,正好故园销夏,莫更忆天涯。且向北窗下,企脚枕琵琶。

金缕曲　题吉傅埜带剑倚桂小影

玉宇秋高洁。是何人、科头独坐，晚香齐发。听遍广寒霓裳谱，霜满腰间冷铁。空倚树、吴钩私拍。八万四千人何限，问冰轮、谁补千年缺。看桂影，自明灭。　　披图我亦真愁绝。叹年来、东堂逐队，一枝难折。碧海青天嫦娥寡，灵药何时更窃。枉纸剪、下弦之月。宝气丰城沉埋久，喜逢君、一片肝肠雪。聊共坐，夜深说。

桃源忆故人　题骑牛图

乌犍独跨丫叉路。踏遍野花无数。行到更无人处。山鸟钩辀语。　　溪光冉冉残阳暮。暝色横拖烟树。一领绿蓑归去。携得前峰雨。

浣溪沙　题垂钓图

欸乃声中正夕曛。绿波泯泯皱靴纹。偶然舣棹学垂纶。　　底用寸璜浮版玉，且谋细脍斫丝银。一钩斜月照微醺。

凤凰台上忆吹箫　题周仲伟内子遗像

只影菱寒，哀弦柱促，天涯人自伤神。惯沉思遗挂，凄断安仁。携得崔徽玉貌，关山外、长伴飘零。装池好，金题锦贉，泪黦秋尘。　　真真。几回唤取，想月下灯前，定也来频。况彩衣双凤，蓝玉晶莹。休叹画中人远，张素壁、沉水香熏。应还似，凝妆翠楼，惨绿长颦。

好事近　汪心来将归新安，出所携松泉图索题

归梦绕云根，不爱艳花浓叶。留取岁寒相守，有天都苍鬣。　　扁舟计日到家时，梢头挂新月。好试故园茶灶，伴翠涛声咽。

喜迁莺　分题徐郎阿俊画册,得蜻蜓

断崖秋冷。缀几点落英,乍添幽兴。莹薄蝉纱,连蜷蚕发,立尽夕阳孤影。小草枝枝,碧颠擎住,纤腰未定。恁风调、算莺莺燕燕,输他轻俊。　　销凝。空几日,花下柳边,随尔穿芳径。淡冶心情,飘零身世,肯逐吟鞭相并。拼着一天,憔悴雕筠,贮伊教稳。叹萍迹,让蜂俦蝶侣,许多侥幸。

庆清朝

程午桥太史筱园,为我辈旧日文讌之地,太史既归道山,斯园易主,门径俱非,小阮筠榭,追摹旧境,绘为一图,索诸同人赋之。

翳翳深堂,萋萋小径,依稀当日吟窝。何人展将冰茧,写出丛柯。诗老断魂定在,长廊无限旧帘波。销凝处,水村露苇,山郭烟萝。　　裙屐会泉石畔,记几番曾与,纵酒高歌。空叹西州,马策华屋情多。转首前尘似梦,秋云还展碧天罗。琅玕下,细寻翠刻,应未消磨。

画锦堂
题郑兰陔司马花署听琴图。兰陔名王臣,字慎人,为合江令。今擢司马

绣户风微,铃轩昼永,小邑初放朝衙。唤到读书清婢,为灌名花。写韵消停闲笔砚,画眉收拾旧铅华。春风里,雅奏数行,深闺便得钟牙。　　清暇。高阁望,山郭外,巴天千里晴霞。遥指绮原耕饁,风物清佳。荔枝香沁朝烟澹,杜鹃声恋夕阳斜。还家梦,可忆海天闽桥,雁冷平沙。

归田乐　题沈扶摇荷锄图

连塍刬刬秧如绣。新雨一犁初透。来听水田声,闲脱春衫学朝耨。芳檐带月归来后。沽得满瓶村酒。沉醉卧烟蓑,侵晓催种南山豆。

大圣乐　题李蘧门花径奉母图

衣舞荆兰,馔修樱笋,晓春初燠。正小园、人赋闲居,试向北堂,欢引卓金雕毂。种得鹿葱萦兰砌,又朝雨、浥微匀嫩绿。嬉游处,看晴日孝乌,飞翔华屋。　　披图寸心暗触。慨念我难凭松下鹿。忆蠹惊衔索,疮痕空抚,春晖何速。此乐似君真堪羡,更何况、神明征老福。疏篱外,有无限、轻阴慈竹。

早梅芳近　题孙函谷映雪读书图

护帘旌,迷檐瓦。人在三余暇。敲冰石鼎,炙研铜炉向窗罅。古松寒色敛,密竹横枝亚。正聪明净彻,一片冷光射。　　谢庄衣,曹植马。他日琼林下。龙团烹熟,兽炭烧残绣墩藉。红灯排丽竖,绿酒浮深斝。定难忘,故山清梦也。

烛影摇红　题何玉坡红袖添香夜读书图

庭院初凉,石床书卷清无暑。玉楼人正晚妆成,也爱秋声赋。　　小立桐阴半亩。闪金波、云鬟𩯭处。冷吟应倦,空外频传,玫砧香杵。

永遇乐

年瘦生为卢竹圃小影补图,用"露似真珠月似弓"诗意,盖竹圃生日,九月初三也。时客扬州。

暝色帘栊,秋声庭院,吟梦同瘦。露脚斜飘,月痕淡抹,凉浸冰壶透。心头事满,眼前人去,何处更携残酒。只天涯、入杯孤影,悄悄离思轻逗。　　墙腰系马,船唇吹笛,几度隋堤衰柳。书剑关河,桑蓬岁月,诗句空盈袖。昏灯在壁,回廊绕遍,拼到鸡晨虫候。怕风雨、重阳近也,者宵肯又。

于中好　题画

云根一片容孤坐。独弹罢、更无人和。曲湾流水泠泠过。又斜日、前山堕。　　红尘十丈休轻涴。置丘壑、此身非左。玉勾天上为邻可。只难觅、琼花朵。

于中好　题仇十洲煮茶图

茅斋曲室临清沼。恰容得、瓦盆娃灶。昼眠初醒庭阴悄。见一缕、孤烟袅。　　松声竹籁休相闹。正入耳,瓶笙清妙。酒仙何似茶仙好。又提得、葫芦到。

南楼令　题项孔庭柳花图

惨绿暮烟中。花情叶态同。正吴姬、满店香融。张绪当年人共爱,高阁上,画楼东。　　蘸笔写春容。画工诗更工。似天涯、良会重逢。凄怆江潭摇落后,留断影,对西风。

眉妩　题沈匏樽三研斋图

正寒飙入竹,冻影屯梅,愁向画栏倚。乍展琉璃匣,先朝沐、看他琼润初洗。护绨枲几。羡藉温、呵冻还未。似开径、把臂来三益,主宾共凝睇。
烟锁重门深闭。怕有人剥啄,惊破幽思。待瀹金壶汁,凭微暖、蕙炉香饼新试。默云渐起。吮翠毫、浓雾窗里。莫飞雪窥檐,轻效絮投池水。

桂枝香　题张桂岩岱宗图,即送归里

苍崖紫峤,是明日离人,断肠怀抱。叠恨凝愁一幅,大痴新槁。天涯几载同欢笑,甚惝怳、笔端难到。指痕皴处,掌文渲就,岱宗奇妙。　　正齐鲁、遥

青未了。忍一鞭空付,晚烟残照。移向高斋留伴,水云孤啸。他年锦嶂随归棹,压茅檐、遥翠天表。醉中忆远,吟边读画,卧游堪老。

八宝妆　题周小濂载书图

突兀高辕,苍茫古道,人影夕阳荒戍。屈戌牙签堆锦嶂,大好书生家具。相逢疑是,尉迟精婢,珍厨三车,今夜知何处。应使板桥霜店,乍成群府。

久信边腹便便,菲寒枕冷,羽陵犹怕轻蠹。但伴得、陆家装稳,便长似、米家船住。我亦连年醉旅。作碑谰语空谀墓。笑敝簏郎当,饥来一字不堪煮。

迈陂塘

丁义门于便面上作《苍茫独立图》,为周心僧写真。毛海客与其子青士题词其上,心僧即依韵和之,并邀同作。

左神天、平湖万顷,惹来何限俙俶。钱来山下寻洙石,何似园名无垢。夸父走。便弃杖、林间汗渍中单透。雨消风瘦。问鹅鸭比邻,鸡豚村社,谁向少宾祝。　江湖梦,我亦半生虚骤。吟情空寄遥岫。几回独立苍茫外,不见此身雕鹫。君信否。算香海、无边止作文章囿。一帆潮堂。待素练银涛,随风卷尽,放眼自无疚。

应天长　题石湖春泛图,为江橙里作

岸容浸渌,波影漾红,吴天付与吟客。载得晓妆人去,遥峰赛眉碧。桥横带,廊响屐。正冶思、柔情纷迫。断魂处,万壑千岩,一片春色。　前度胜游存,莺老花残,旧事暗销歇。记起那时清兴,烟峦尽飞越。凭持取、全幅帛。倩好手、细描轻抹。卧游意,欲说还停,香梦难接。

吴烺(1719—?)　16首

字荀叔,号杉亭,安徽全椒人。敬梓子。乾隆十六年(1751)召试举人,官武宁同知。著有《杉亭词》《靓妆词钞》。

清平乐　题友人小照

过江洗马。小憩桐阴下。画正似人人似画。扇手都如玉也。　　最怜锦片年光。清风吹入微凉。可是云芝仙客,蔚蓝痕染衣裳。

摸鱼子　题杨敷五中湖画卷

傍湖干、几行垂柳,疏疏绿遍门巷。采莲艇子归来晚,过尽藕溪菱港。双画桨。闲情取、春葱扶住随风荡。精神玉样。爱蘸碧单衫,匀朱两颊,花在凤钗飏。　　相逢处,小立几番怊怅。眼波一点偷漾。沈郎从此腰围减,病过花明月朗。心悒怏。便镇日、渌波南浦凝眸望。春光骀荡。只往事重寻,旧游如梦,石上系横网。

台城路　题王兰泉三泖渔庄图

横云山下延缘路,微波渐通三泖。夜火虾帘,晚潮鱼步,中有诗人吟眺。沙棠短棹。看摇过芦汀,拂衣寒陗。战舰消沉,莫将往事寄凭吊。　　披图先动秋思,问鲈鱼莼菜,归兴多少。水国斜阳,烟村细雨,孤负年时襟抱。乡园梦杳。怕误却沙头,旧盟鸥鸟。天影微茫,凉蟾生树杪。

高阳台　题家兰汀秋馆读书图,和朱紫岑韵

石径深苔,霜林坠叶,平桥暗泻流泉。暮色苍崖,一轮秋影婵娟。轻云不

向山腰断,作空濛、几缕飞烟。太萧然、人在疏窗,自理芸编。　　幽阶络纬宵吟急,想渐闻征雁,已少凉蝉。哦罢凭阑,玉绳低转寥天。寒香苦茗闲风味,有新诗、定写蛮笺。待他年、问字符亭,来款墙边。

摸鱼子　题友人艺圃图

展湘奁、风潭百顷,秋窗拓向明镜。水亭四面凉飔人,坐对远山初暝。堪托兴。浑不似、儿宽只带残书本。雨昏烟冷。想早韭微黄,晚菘淡碧,此味共谁领。　　江乡好,回首萍踪无定。应怜归梦难准。灌园输与烟霞侣,消受闲中风景。波练净。待下了、鱼筒少个沙棠艇。一天霜信。看几树衰杨,数竿修竹,绿减石苔径。

水龙吟　题汪存南翠筱山庄填词图

软红未拂征衫,奚囊先捡销魂句。灯前细读,依稀如见,水云新谱。大好时光,无端悲恨,少年情绪。想冷吟闲醉,草堂萧寂,心比似、秋虫苦。　　画出娟娟翠筱,伴佳人、天寒日暮。凭君问讯,丹青曹霸,此情同否。笑我年来,家山梦远,鸥盟空负。拟何时却向,图中小憩,听潇潇雨。

摸鱼子　题玩花图

贮筠篮、一堆剪彩,娟娟犹带新露。芒鞋不管苍苔滑,摘向众香幽处。尘外趣。只少个、嫣然一笑华鬘女。消魂几许。倘凤子来时,依稀认得,深巷早春雨。　　闲心事,合伴群英为侣。湘兰沅芷休妒。蘘藩药援荒园景,不入高人图谱。愁日暮。怕容易、樵风吹到空山去。长歌谩赋。愿相对名花,分身千百,细读放翁句。

莺啼序　谨题倚树吟图

梧桐渐生闰叶,滴清芬瑞露。夕阳外、天水空明,兴来聊共容与。晚风陗、松涛振响,疏疏似对高人语。倚龙鳞、目送停云,细吟佳句。　岂为耽游,小憩胜地,抚婆娑老树。正凝盼、即境推寻,闲中无限真趣。漫驰思、今来古往,寸阴惜、不教轻误。想渊衷,澹荡无涯,一襟幽素。　玉叉读画,玳管临池,终朝猎艺圃。休沐暇、嫩凉天气,独畅胸怀,万化乘缘,偶然延伫。鸣蜩声歇,鹁鸠啼罢,五云近接蓬山境,且裴回、烟霭长天暮。携来如意,当前多少诗情,南薰一一相助。　可知余事,翰墨生涯,问优游几许。应解道、机参飞跃,象悟昭融,得意忘言,会心甚处。沉檀新爇,蔷薇亲浣,画图展向髹漆几,梦依稀、身到瑶台路。他年锦贉金题,珍重人间,秘藏玉府。

百字令　题沃田步屧寻幽图

晚山苍翠,有琮琤玉佩、风中吹落。听到松梢涛远近,凉气渐侵衣薄。足跰何妨,途歧亦可,清露沾芒屩。白云岭上,先生莫是行乐。　应笑滚滚红尘,吟成襳襹,一样夸腰脚。输与幽人图画里,消受嫩凉丘壑。品字桑柴,雪团茶片,好把流泉瀹。暮禽归尽,疏林飞下秋萚。

百字令　题杭堇浦先生青山送别图

远天秋水,送蒲帆十尺,苇花沙渚。目断一绳征雁外,历历螺鬟无数。翠浅难描,蓝轻易失,暮色凉如许。扣舷危坐,怀人应有新句。　却忆廿四桥边,玉箫明月,多少闲吟侣。此际烟波鸥梦阔,回首几重云树。潮下西津,露沉南浈,吹遍濛濛雨。明朝遥望,浮岚知在何处。

台城路　题石城庵图,和云礴韵

数间小筑香茅屋,门前几株枯树。落叶声干,危矼径窄,只合幽人闲住。结邻未许。问渔弟樵兄,竟谁侪侣。六代苍茫,暮潮空打石城去。　十年离别似梦,叹重逢邗上,同话今雨。三径松荒,一椽蓬老,笑我卜居无与。相思甚处。早料理归帆,伴他庵主。活火煎茶,坐看山月吐。

洞仙歌　题秋晴载鹤图

重阳过了,正黄华时候。滑笏波纹乍吹皱。着衫儿闲坐,人瘦如花,却不道、花比诗人还瘦。　　凉飔容易晚,相对秋光,少个柴桑共杯酒。可是米家船,蠹碧蟫红,要书画、船中尽有。问芳草、汀洲两胎禽,看恁地清狂,世间知否。

三姝媚　题方竹楼梦缘图

窗虚灯易暝。袅千丝离魂,随风难定。一点情悰,伴寒螿吊月,暗啼苔径。翠叶溟濛,是何处、半庭凉影。蓦见云容,娇姹相怜,一行肩并。　　电露生涯空剩。怅么凤盟钗,彩鸾辞镜。爇尽残香,便虚龛坐暖,有谁同证。一色荒唐,倩周昉、霜毫端正。我亦三生杜牧,年时渐醒。

摸鱼子　题斜月杏花屋图

倚云根、轻衫蘸碧,嫩凉天气清峭。压檐几树胭脂泾,留与素娥偷照。风味窈。想坐到、黄昏诗趣盈襟抱。花容细袅。怕深巷明朝,双鬟未醒,担向雨中叫。　　翻疏影,吹笛应怜同调。江南倦客愁老。故宫有梦都难作,往事倩谁凭吊。春意闹。也不管、尚书词笔天然妙。消闲最好。有茅屋三间,枳篱一曲,与子共垂钓。

高阳台　题家韫亭悼亡图卷,用竹垞韵

朱鸟虚窗,红蕤旧枕,愁人怕到春深。迅羽奔驹,匆匆趱就光阴。蓬莱水浅巫云断,寄相思、难觅文禽。倩谁禁、闲杀熏笼,懒熨罗衾。　　后堂丝竹锵环佩,叹拔钗人去,织锦音沉。短梦前缘,不堪回首江浔。中庭取冷伤心事,有回廊、鹦鹉知心。怅孤吟、渺渺仙踪,甚处追寻。

木兰花慢　午日题恽南田花果小幅,同沃田、橙里、云磳、家莳田叔作

把家园小景,都写上、衍波笺。爱玉晕匀朱,脂肪刻素,花果鲜妍。樽前。彩绳皓腕,笑拈来、风味记当年。罗帕松儿合数,纱囊荔子如拳。　　南田。妙手弄丹铅。活色至今传。有香闺儿女,描成巧样,贴向花钿。空悬画叉倚处,掩犀帘、袅尽鹊炉烟。醉劝瓯中蒲酒,梦游湖上兰船。

茹敦和（1720—1791）　1首

字逊来,号三樵,浙江会稽(今绍兴)人。乾隆十九年(1754)进士,授直隶南乐令。乞归,馆于鉴湖。著有《和茶烟阁体物词》一卷。

好事近　题马湘兰画兰

墨汁洒横斜,已自历年三百。名在骚人旧眱,料汝都无惭色。　　平康市里忆红楼,韵事更谁惜。念老去风流在,只个中传得。

冯珍　3首

字子耕,号秋谷,江苏吴江人。监生。著有《尊古斋诗钞》《西山记游诗钞》,词附。

梦横塘　题蘋花团扇

姿圆替月,影薄裁云,兰闺新制纨扇。匀粉调铅,看写出、蘋花红淡。白纻单衣,紫罗香帕,称他凉簟。又黄昏院落,纤手摇时,风过处、香魂颤。　　扁舟小泊湖边,正枝枝摇碧,采菱歌断。小艒花明,记那日、半遮人面。更底怕、轻绡兜住,点水蜻蜓正偷眼。寄向帷中,携来袖底,奈秋风已满。

东风第一枝　题竹友除夕游山图

短簿祠边,真娘墓侧,疏梅几树开未。是谁挈伴登临,共惜岁华如水。传杯饯腊,别有一番沉醉。更指点、亭角斜阳,塔影七层烟际。　　算又是、鬓丝添矣。休负却、好游如此。坐看断碣残碑,点点苔衣蚀翠。山灵应笑,只此客、千秋有几。渐春风、染柳匀蓝,听到晓莺声细。

高阳台　题沙嫩吹箫小影

响按红牙,音流紫玉,秦淮金粉如尘。打桨迎来,琼箫待谱双声。半塘歌舞当时地,奈依然、夕照花明。只东风、旧院凄迷,一半残春。　　调铅试取周昉笔,写鲛绡一幅,微弹鬟云。玉指侵寒,深宵幽梦吹醒。湘兰泣露香君去,问南朝、法曲飘零。更招他、剩墨遗奁,蛱蝶香魂。

朱方蔼(1721—1786)　18首

字吉人,号春桥,浙江桐乡人。朱彝尊族孙,汪森外孙。监生。工词。著有《小长芦渔唱》四卷。

南乡子　题顾云美画河东君小像

图画见风流。放诞情怀孰与俦。半野堂开花月地,勾留。常伴诗翁共唱酬。　　一夕堕珠楼。肯学尚书恋白头。不有高人传粉本,今休。冷落蘼芜七十秋。

台城路　为高齐写画秋草堂图,因题于左

数楹只用香茅缚,凉风暗吹疏牖。径开三三,峰藏六六,更种露梧烟柳。

新霜飞后。看落叶萧条,一林寒瘦。着片微云,秋容淡处画难就。　　挥毫偶成尺幅,较顽仙粉本,远逊能手。左右琴尊,东西帘幕,差记书堂都有。结邻肯否。便添我图中,共消晴昼。开遍黄花,曲阑频对酒。

南浦　题沙斗初春江雨泛图

细柳罩烟,浓过芳塘,几度阴鸠催暝。三月雨偏多,疏篱外、满地残花红凝。山桥野店,微茫不辨青旗影。镜里何人闲荡桨,划破湿银千顷。　　笠檐蓑袂,携来画图中,仿佛元真清兴。寒碧浸鱼天,吟诗去、不怕水云乡冷。蜻蜓小艇。浮家也拟操夽箸。相约吴淞江上路,淅沥打篷同听。

好事近　题蒋琴山桃花溪水图四阕

流水让王门,万树桃花成坞。蒋诩旧开三径,在花源深处。　　讨春闲上撅头船,柔橹掠波去。一带繁枝牵惹,满篷儿红雨。

其二

莫认避秦村,正值太平时节。尽□沿溪放船,破碧流千叠。　　花如人面亚枝红,两岸笑堪接,不羡隔江迎送,只桃根桃叶。

其三

书画载轻航,添置笔床茶灶。任意溪南溪北,向花阴移棹。　　归来交翠草堂闲。帘户黯黯残照。折得鸭桃数朵,插胆铜瓶小。

其四

澹荡占鸥波,懒踏东华尘堁。闲却凌云赋手,把钓丝轻飏。　　年来我亦愿浮家,烟舍定相访。一舸金昌亭下,趁桃花春涨。

壶中天　题吴兰汀秋馆读书图

疏林门掩,羡牙签百轴,半床堆积。笑比红蟫勤食字,肯负嫩凉时节。霜砌蛩鸣,风檐叶响,和读书声彻。深宵无寐,月华浮满帘额。　　况有伯氏多才,联珠唱玉。不隔东西宅。共理尘函商榷好,高馆莫愁岑寂。鼎爇螭头,灯烧雁足,吟课频添得。三冬足用,下帷更学龙蛰。

迈陂塘　题友人荷净纳凉图

写生绡、青鞋白袷,斯人丰致萧洒。闽山楚泽曾留滞,还探碧鸡金马。游倦也。早万里、归来栖息衡门下。风廊烟舍。正菡萏花明,玻璃镜净,吟坐尽消夏。　　斜阳射。过雨荷珠低泻。新凉浮满芳榭。采香人隔盈盈水,玉貌粉英相亚。帘半挂。且徒倚、雕阑莫待莲衣卸。闲披图画。拟他日寻君,闹红一舸,避暑柳阴话。

一萼红　和韵题谷原斜月杏花屋填词图

小楼西。洒帘纤雨后,芳意遍平堤。才褪官梅,初眠人柳,繁杏开傍双扉。有骚客、怜春已半,黄昏静、犹盼闹红枝,香雾帘栊,薄寒庭院,闲啄新词。　　林下不须烧烛,挂银蟾一镜,照彻须眉。低覆花阴,斜临月影,谁会如此幽期。只应赋、碧山乐府,按箫谱、分付与歌师。莫待韶光老也,脂粉零飞。

五彩结同心　画荔枝,因题一阕

离离鹤顶,颗颗龙精,满树侧生垂叶。五月炎歊近,正屈指、果熟堆盘时节。丹砂色染罗囊皱,全裹就、肌肤冰雪。芳筵启、玉葱轻擘,沁齿琼浆甘冽。　　端明谱中曾说。数八闽远胜,西川东粤。蜜渍封题寄,经旬后、风味便成差别。解人只在华清里,早一骑、红尘飞越。漫无聊、画图高揭,笑比望梅消渴。

齐天乐　题云碛杏花影里填词图

梦中曾记生花后,挥毫便饶清妙。墨洒罗裙,曲修箫谱,写出闲情多少。江南春早。又风信重番,枝头红闹。抚笛孤吹,绛云浓处一声绕。　　昏黄半笼淡月,照来香雾里,枝影斜倒。深巷人稀,重门夜静,谁会此时怀抱。填成宫调。惜少个双蛾,按歌音袅。徒倚墙阴,五更寒尚峭。

洞仙歌　题看云秋晴载菊图

枫湾荻港。秋气都萧爽。浅碧波光平似掌。拨一枝柔橹、三版轻船,图史外,还载黄花盆盎。　　江南归去好,莺脰湖边,垂柳柴门尚无恙。麂眼作篱笆,栽遍霜丛,供词客、重阳吟赏。算六十、明年正平头,更收拾残英,制成仙酿。

钓船笛

董浦太史自维扬归里,友人用郎士元送曲司直诗意,写为《青山送别图》,太史携册索题,因填一阕。

小别竹西亭,帆趁鲤鱼风便。江上无他相赠,露金焦两点。　　惠山过后虎山来,水驿计程半。路指平皋黄鹤,到柴门非远。

增字渔家傲　自题桐溪垂钓图

殳史双峰浮钿朵。鹭渚鸥汀,百折溪流锁。溪上高梧阴半舣。风掠过。桐花点点波心堕。　　苔石堆衾堪稳卧。料得青云,事业毋须我。闲拂钓丝萍影破。临水坐。求鱼尽日无鱼可。

齐天乐　题汪韡怀对琴图

竹西歌吹繁华地,斯人却耽幽寂。涧底鸣泉,松梢响雨,绝胜纷纷筝笛。石床三尺。只焦尾枯桐,别无他物。风度疏林,琴边时见堕残叶。　　无事几番静对,便手挥目送,神技休说。古调声希,元音趣淡,解听问谁能得。苍茫独立。任徽轸尘封,不须弹彻。倘遇钟期,冰弦方自拭。

增字渔家傲　题王讷庵初日芙蓉小照

三十六陂亭外绕。露泻荷珠,鸥梦惊回了。树杪晨曦光影照。花态好。枝枝红艳疑含笑。　　风送新凉香破晓。徙倚阑干,吟兴添多少。不独谢诗同格调。凭画稿。他年人镜成先兆。

国香　题马湘兰画兰卷

写自红妆。问芳名、恰合九畹三湘。全无粉脂颜色,墨沈流光。搁管檀唇微吮,展生绡、犹带余香。成都薛涛纸,一样青楼,韵事相当。　　板桥寻旧迹,已荒凉院宇,衰草残阳。尚留遗幅,中有风叶飘扬。惜少词人题句,未烦他、吴下王郎。烟花记、南部侠骨,争推画手兼长。

吴镇(1721—1797)　11首

字信辰,号松崖,狄道(今甘肃临洮)人。乾隆十五年(1750)举人。历官至湖南沅州府知府。晚年主讲兰山书院。著有《松花庵诗余》。

玉蝴蝶　题杨懿庵都阃望衡图

潇洒懿庵都阃,勇无人敌,清有天知。拄笏祝融,紫盖倦引旌旗。荡豪胸、三更日出,开冷眼、九面云披。澹相宜。轩昂朱凤,立马当之。　　离奇。献嘲南岳,苟非高尚,谁免文移。老子今来,右军书法少陵诗。早回头、青峰雁转,纷聒耳、绿树猱悲。意迟迟。神仙将相,君自寻思。

玉蝴蝶　题严敬也小照,临潼人

伟矣严生敬也,风云眉宇,木石肝肠。家住新丰,胜地裘马飞扬。卜升沉、君平道德,哀时命、夫子文章。气轩昂。司空儿好,簿尉何妨。　　茫茫。三年需次,黄金台畔,立尽斜阳。落落萍踪,忽然寻我到湖湘。寄鱼音、温泉月冷,翻蝶梦、绣岭花香。醉壶觞。青春作伴,莫遽还乡。

玉蝴蝶　题杨生梅下养兰图

潇洒画中人也,精神满腹,顾盼生姿。兀坐古梅根下,粉藻离披。澹如无、春山缥缈,清见底、秋水涟漪。且随时。客中作客,诗外寻诗。　　怡怡。孤芳自赏,有如兰草,空谷谁知。阿对殷勤,戏分九畹种黄磁。冷妖娆、林家韵妇,香梦寐、郑国佳儿。好为之。明珠晚出,老蚌尤宜。

鹊桥仙
予得佳石,上青下白。王柳东为作图,题曰云台莲岫,且曰:此君老友也

九华谁蓄,一拳我买,爽气忽生几案。白云头上是青山,却不许、青山压断。　　冯唐岁月,向平婚嫁,梦想芙蓉落雁。年来老友比晨星,且好与、石郎作伴。

减字木兰花　题画

倪黄位置。云外青山山外寺。策蹇囊琴。便有幽人挂杖寻。　　双丸跳走。无数英雄皆白首。把酒临风。何日相随到画中。

凤凰台上忆吹箫　陈冰娥画桃花

盘礴僧繇,聪明络秀,相携直到长沙。喜量珠刺史,金贮娇娃。凄绝孤鸾影断,归宁后、净洗铅华。伤心是,高楼燕子,只恋张家。　　琵琶。从来未抱,且父女重寻,笔砚生涯。叹春风人面,永隔窗纱。幻出天台小照,弹血泪、暗湿红霞。君细看,桃根桃叶,何似桃花。

玉蝴蝶　题陈云岩山馆听莺图

潇洒会稽陈子,野鸥心性,古鹤仪形。闲把胸中丘壑,貌出丹青。日融和、凉生竹榭,风澹荡、韵发松楸。况兼听。莺喉翠转,山溜泠泠。　　丁宁。金城玉塞,求声越鸟,略比晨星。短簿髯参,何须皓齿隐香屏。挈双柑、休辞路远,栽五柳、且望云停。醉还醒。可容老我,同会兰亭。

一丛花　题日暮倚修竹图

沉香亭北万花残。荆棘满长安。佳人绝代留空谷,凄凉在、独倚琅玕。雾散幽篁,风吹仙袂,日暮不胜寒。　　少陵野老倍心酸。挥翰发长叹。在山泉水清如许,流不尽、红泪汍澜。汉女明珠,洛神翠羽,休作画中看。

忆少年　题桐阴倚石图

飘飘梧叶,团团纨扇,泠泠罗袖。朱颜易凋歇,叹凉风依旧。　　石上丝萝盘左右。乍相偎、远山郎皱。侬心镇常热,任苍苔冰透。

谢池春　为江汝楫题顾溪云朱笔水仙

一夜东风,吹尽孤山晴雪。俪兰图、画来奇绝。金台玉盏,有数茎森列。最怜伊、香寒韵洁。　　都梁烟雾,幻出湘魂飘瞥。更洛神、凌波步月。虎头持赠,正黯然时节。任江郎、拈花赋别。

玉蝴蝶　题张顽峰广文小照

矍铄顽峰老子,鹿原名宿,虎观奇才。秉铎西南天尽,直置龙堆。玩琴书、华颠任雪,鸣剑佩、壮志难灰。有心哉。画中风景,还自徘徊。　　哈哈。七年报最,玉门柳色,才送君来。抖擞寒毡,代庖随处又空回。望桑榆、五陵渐近,夸桃李、十县齐开。笑衔杯。且敲檀板,高唱轮台。

王鸣盛(1722—1797)　7首

字凤喈,号西庄,江苏嘉定(今属上海)人。乾隆十九年(1754)进士,授编修,迁内阁学士兼礼部侍郎。二十八年(1763)解职还,卜居苏州。著有《谢桥词》。

临江仙　题同里范大秀才深柳书堂图

懒向软尘投汗脚,生涯竹屋秧田。溟濛金穗绿于烟。楝花风过了,飞絮砚池边。　　小白蔫红都不恋,鲜人嫩碧堪怜。树桩缚个槭头船。兴来垂钓去,无事亦高眠。

满江红　题顾明府归田图

杜宇声声,苦催唤、羁人理棹。算只为、折腰五斗,去之宜早。十亩空园翠篠满,一池活水游鱼绕。问风流、仙令意如何,归来好。　　蒋诩径,重开了。香山社,谁言老。召高阳徒侣,千钟尽倒。点点金飘丛菊晚,层层浪起孤松杪。更冰弦、斜拨两三行,舒怀抱。

法曲献仙音　上海黄芳亭孝廉寄秋窗听雨图索题

露脚斜飞,苇条轻飐,又是西风岑寂。几阵廉纤,千丝霡洒,凭栏最愁吟客,剪短烛,任梧竹,槮槮夜频滴。　　申江侧。想茅斋、恰临新涨,湘簟卷、檐花乱飘帘隙。何日挂帆来,话联床、同把笈劈。此际空阶,伴衰荷、独对潇摵。算天涯清梦,长傍水云相忆。

忆秦娥　题姜夫人士霜山水画卷

清秋色。墨花皴染寒烟碧。寒烟碧。秦余山下,越来溪侧。　　谢家风絮飘香陌。玉台妙笔无人识。无人识。彩鸾情性,道升标格。

双双燕　题张忆簪花图

小唇秀靥,讶压众风流,趁时梳裹。冰蕤露萼,依约鬓边花朵。当日平康占断,按金缕、瑶笙吹和。赢他妙手调铅,染出翠翬轻琐。　　低鬟。娉婷婀娜。自化彩云归,粉香摧挫。钗鸾筝雁,都逐乱红飞堕。空剩霜纨尘涴。有多少、留题传播。泪湿青衫,一种伤心似我。

台城路

家谷原比部曩在秣陵,尝夜泛秦淮。送客入蜀时,商宝意寓河楼倚阑吹笛,遂邀作梅花三弄而别,命画师作《青溪邀笛图》,为题此词。

西风长板桥头路,衰杨絮痕都卷。月脚低垂,波鳞碎叠,一鉴冰奁平展。乌篷乍绾。话剑栈离程,越吟愁伴。何处高楼,露寒云咽喷羌管。　　伊凉清夜按彻,更紫牙催拍,梅蕊飞遍。前事如尘,画图重省,我亦旧游频换。冶城遥岸。记听雨层阑,斗茶深院。回首江南,水天归梦远。

南乡子　观察许君游蜀,取陆放翁"细雨骑驴入剑门"句绘图索题

石栈路巉岩。望里晴峰几点尖。豁眼浮云开玉垒,邮签。万井双江乍解骖。　疏雨悄寒添。驴背凌兢好句探。今古词人留寓地,能兼。前是瀼西后剑南。

王金英(1723—?)　12首

字淡人,号菊庄居士,江苏江宁(今南京)人。乾隆二十七年(1762)举人,官教谕。著有《冷香词》二卷。

烛影摇红　题杨子载湖亭送客图,即以留别

佳水佳山,清秋时节烟云霭。是谁写出辋川图,展卷心神快。淼淼波光无外。更苍苍、蒹葭一派。夕阳楼上,夜月舟中,伊人宛在。　南北东西,萍游怜我真无奈。逢君便欲别君行,那得长相会。暂且持杯坐对。唱呜呜、唾壶击碎。来朝客况,此日离情,与君同瘁。

满江红　题人江月吹箫图

芦苇萧萧,仿佛似、曾游之处。二十载、骇涛惊浪,凄风苦雨。入梦尚然魂缥缈,披图颇觉情惶惧。是谁人、驾此小吴舠,江边去。　领不尽,鸾箫趣。浑不怕,蟾光妒。看双鬟窈窕,一声柔橹。雪藕调冰诚已矣,科头跣足夫奚故。问何如、弃舫构精庐,山中住。

西江月　题秋景美人图

绿柳斜偎红树,黄花乱点苍苔。闲抛纨扇挈香孩。步出庭闱潇洒。

林下曾传丰度,风前可想襟怀。梦中仿佛见侬来。一点芳魂犹在。

满江红　自题淮榭倚阑图

一带秦淮,乃少小、嬉游之地。自君之出矣,萍踪无蒂。回首祖宗丘墓在,当前风景山川异。想年时、河沂旧庭轩,柴门闭。　　将几许,雄豪事。都变作,书生气。笑挽强无力,报君何计。梁上燕巢泥自落,渡头桃叶阴成翳。问王孙、底事不归来,名成未。

其二

梦想神游,我本是、痴情之辈。倩虎头妙手,为余缩地。移得景从楮上见,恍如身在图中寄。试凭阑、闲眺旧青山,无穷意。　　一树树,垂杨翠。一抹抹,斜阳系。怪城隅塔影,倒悬波内。楼阁六朝余古迹,灯船五月闻清吹。合呼僮、沽酒杏花村,寻长醉。

满江红　题陈望之太守松林望远图

若大乾坤,放双眼、凭高而眺。看齐州九点,并皆环绕。远岫依微林表矗,长河绵亘涛声暴。念人生、须是踏芒鞋,天涯到。　　写不出,丹青妙。遮不尽,苍茫道。有一轮明月,松间相照。把酒莫为羊岘泣,挥弦可发孙登啸。再无庸、吊古与怀人,萦襟抱。

高山流水　题梅君水香村秋夜读书图

望中秀气满江山。郁葱葱、回出尘寰。茅舍隐深林,伊谁卜筑乡关。卷帘处、恰对清湾。微风起,依约芬芳入鼻,起自汍澜。是秋光好际,暑气拂冰纨。

盘桓。其中有佳客,早卸却、宝灯雕鞍。灯火漾黄昏,摊书独坐蒲团。会心处、别有清欢。城闉远,谁复乘舻过访,剥啄双环。试凝神静听,逸韵响琅玕。

满江红　题陈炉峰小照，即用其自题韵

一片秋光，催促得、黄花迸出。笑倚着、翠竹苍梧，闲调诗律。绣口锦心人共仰，轻裘缓带谁其匹。喜平生、从未蹑权门，堪扪膝。　　琬琰姿，温而密。璠玙器，廉而瑟。此之谓、君子人欤，学修有日。至乐似君非有假，浮游叹我宁偿失。展斯图、仿佛旧门庭，还拈笔。

满江红　题鉴戍秋水扬舲图，送其归毗陵

一叶扁舟，载将个、诗人南去。望天外、弥漫秋水，故乡何处。旧咏已惊珠玉满，新吟又得江山助。到前途、珍重付邮筒，休辞屡。　　梦不到，江南路。肠欲断，江南树。料此时挥手，几时重晤。阳羡买田君跨鹤，秣陵贸宅吾飘絮。笑青山、应问软尘人，来何暮。

千年调　题魏渤堂明府松石鸣琴图

学道则矮人，我最钦君子。十载安弦操缦，乃许如是。凝神石上，华盖松阴美。看此君，独盘根，相砺砥。　　当年单父，见说鸣琴理。试问古今良吏，窃与谁比。平山山畔，奇木堪攀倚。看此心，朗如月，清似水。

洞仙歌　题友梅女史遗照，陈筼果属作

冰姿雅淡，是蓬莱仙侣。独坐抛书向谁语。正玉梅乍放、香色撩人，人欲倦，还被此花钩住。　　当时心已许。一念尘凡，谪向人间历寒暑。懊恼着裴航，别驾星桥，竟不管、蓝桥玉杵。叹好事、从来定多磨，待唤起花魂，寻伊去处。

双调桂殿秋　题魏曙楼明经小照

君子竹,大夫松。先生标格在其中。炉煎活水茶烟散,砚涤残膏墨汁浓。鱼喋唼,鹤氄毨。察乎上下理应同。闲观物象生机乐,鱼腹书成鹤顶红。

王昶(1725—1806)　62首

字德甫,号述庵,江苏青浦(今属上海)人。乾隆十九年(1754)进士,历任江西、陕西按察使、云南布政使等。晚年主娄东、敷文等书院。论词宗尚浙西,上继朱彝尊、厉鹗,为清代中期浙派著名词家。有《琴画楼词》四卷,又编有《明词综》《国朝词综》。

洞仙歌　自题小照

梨云梦远,怅春愁谁省。自写吟魂伴梅影。念晕红词句,惨绿年华,都付与、小阁轻寒薄病。　雨丝风片里,蕉萃相如,懒踏寻芳旧香径。小榻飐茶烟,碧叶愔愔,好占取、松溪蕙磴。只一片、伤心画难成,怕点鬓、秋霜又添明镜。

浪淘沙　题素心并头兰画卷

闹扫试新妆。略注铅霜。寒崖冷谷占幽芳。月下闲阶双笑在,连理唐昌。　风雨梦三湘。损尽鹅黄。冰弦弹怨露华凉。只恐钿车同去也,写影云房。

更漏子　为玉蕖题画

乳鸦啼,凉雁语。人在小芙蓉渚。莲漏杳,篆香凝。兰期卜夜灯。　桃鬌腻。梅簪坠。玉镜檀妆慵理。愁拥瑟,怯凭栏。西风翠袖寒。

风入松　题陈仲醇江墅晚归横幅

绿秧畦外板桥斜。水涨平沙。纸窗竹屋梅风静,听池塘、一部鸣蛙。白石清泉身世,青苔碧草生涯。　梵音犹记老僧家。夜漏还赊。叉鱼射鸭人归未,乱前村、短棹咿哑。细雨闲敲棋子,油灯落尽残花。

清平乐　小停云画幅,为冈龄作

檀栾翠筱。桥外烟波绕。一曲鸥沙无限好。只乏诗人吟到。　水窗竹屋凉多。石阑斜挂渔蓑。容我藜床秋梦,闲听夜雨疏荷。

一枝花　为顾禄百题画

杏子飘红艳。窗外东风微飐。夜深凉雨过、两三点。鸳被余香,犹在湘筠簟。竹几孤灯闪。梦到重楼,有人斜凭朱槛。　别后情凄黯。闲了菱花玉鉴。眉山谁画取、黛浓淡。六幅榴裙,应有泪痕匀染。忍负兰闺念。须早办归装,春江试唤烟舰。

南浦　题沙斗初春江雨泛图

新涨满银塘,映青芜、一路芹芽初展。江店绿阴浓,横桥外、多少缃桃零乱。云昏水暗。柳丝斜度红襟燕。愁绝寻芳人去尽,寂寞绿蘋溪岸。　凭谁为棹春船,趁东风、半卷烟樯雨幔。萍梗寄江湖,清游处、依约元真重见。鱼罾蟹籪,旧盟思结闲鸥伴。相约吴淞枫落后,来共莼丝鲙饭。

迈陂塘　题翁霁堂春篷听雨图

问三十三山词客,旧盟长伴鸥鹭。榭林闲曳红藤杖,更向扁舟容与。浮棹去。看叶叶、圆萍绿遍沧江路。东风日暮。渐翠黛峰低,碧罗云暗,几阵饯春雨。　　清游好，曾记雪篷诗句。千秋共此佳绪。船窗点滴天然韵，况有蘋洲笛谱。新乐府。待唤取、樵青小按银筝柱。烟波可侣。定酒载偏提，衣裁独速，来共剪灯语。

临江仙

蒋蟠漪工墨兰，尝画小幅，藏弃箧衍中，其配李夫人为缀冰梅于上，洵双绝也。升枚出以相示，与企晋、策时同填此阕。

湘弦弹怨秋波冷，幽人写入生绡。粉奁吟赏思迢迢。更怜芳信晚，匀墨缀冰条。　　想见明窗同点染，鸥波旧日风标。双鸳乘月上清宵。玉鸦叉挂处，一样暗香飘。

声声慢　题诸草庐宫赞高松对论图

苍枝偃雪，翠盖生涛，翛然长覆荆柴。藓径荒凉，谁同解带藤斋。生愁岁寒人少，对高阴、自蹋吴鞋。听屋角、正秋风乍起，落遍疏钗。　　回忆居名藏史，但苺墙石井，往迹沉埋。剩有枯鳞，年时落落霜阶。苔花半凝翠荠，照清泉、瘦影幽佳。伴诗老，看小窗、诗卷新排。

华胥引　题竹林宴坐图，为药畊作

生绡滑笏，是谁描取，翠莺烟锁。石径荒芜，独结团蕉爱敷坐。一任雨滴寒梢，更风鸣枯笴。不染闲心，净名自理清课。　　却恨经秋，软红尘、荷衣常涴。瘦权癫可，频劝归参智果。好觅闲田，种取绿筠千个。梵笑龛灯，空门共结香火。

秋霁　题查药师锄菜图

矮幅藤溪，倩翠墨匀来，染遍幽景。叶落荒陂，烟寒老圃，望中碧蔬缘径。短衣掩胫。自携鸭嘴金锄冷。趁野兴。底用、园官相送作芳饤。　　江国久别,区芋耘瓜,几时归寻,湖上清境。挂轻帆、横云路近,好来同放采莼艇。还摘露葵共说饼。此意谁省。算有南岳多情,西邻好事,伴君栖静。

浣溪沙　题王石谷水村图,为张渔川作

尚湖小景不须多。湖上山房映碧罗。绿杨烟雨隐渔歌。　　翰墨谁如乌目好,香茶清供伴吟哦。蓝天䌷水比如何。

摸鱼儿　题嘉定钱氏兼春书屋图

望苍崖、丛篁古木,翠微占断尘境。茅柴缚取三间屋,屋外别开落径。春欲醒。爱么鸟啼时,满地梨云冷。几枝疏影。看残雪园林,嫩寒篱落,此意有谁省。　　溪桥远,正值杖藜人并。寻诗还共清兴。琴原药录编排就,更好试香分茗。书馆静。应笑我、年年孤负江乡景。水昏烟暝。待办得棕鞋,携来蛮榼,隔柳系孤艇。

南乡子　题朱吉人画丛篁飞瀑图

雨霁起秋岚。云外斜横碧玉簪。隐约三间茅屋在,花南。一道飞流下断岩。　　略彴倚寒潭。鸢尾萧萧映石龛。如此溪山清绝处,真堪。容我幽栖卜草庵。

金缕曲

家受铭侨寓秦淮时,送人入蜀,携歌酒过丁字帘前,夜已二更矣。闻水榭中笛声凄咽,因叩门求见,则商宝意司马自度曲也。遂邀入坐中,剪灯话旧,痛饮达曙而别。复丐画师写《青溪邀笛图》,自倚曼词纪之,属予继声题后。

蜀栈云千尺。送征篷、小姑祠畔,柳丝凝碧。已听阳关魂断后,更听小窗风笛。惊相见、天涯倦客。置酒呼灯同携手,认萧萧、短鬓吴霜白。还款语,诉游迹。　　清淮烟水浑如昔。又谁知、飘零旧雨,重逢良夕。伤别伤秋情无

那,况对露芜风荻。忍再唤、小红催拍。画出女墙明月影,照寒潮、一片凄凉色。衫袖上,泪痕滴。

踏莎行　题廖觐扬西风鞍马图

旅馆敲风,孤篷听雨。三年曾忆燕台住。凉秋白下又相逢,一鞭更跨征鞍去。　　身世飘零,功名迟暮。重来录别添愁绪。江南春到杏花梢,期君走马长安路。

玲珑四犯　题友人小像

家近西泠,爱一片凉波,几叠云嶂。吹遍梅风,莎径苔痕初长。蜡取晓屐冲泥,底事用、岁寒松杖。问送僧、寻药前去,只费黄桑几两。　　樱桐笠子尖圆相。制山衣、水田新样。罔师钓叟真无别,但少纶竿飏。好向十字蘋边,唤菱角、轻摇烟舫。把湖畔、枫叶菰米,写成渔唱。

惜余春慢　题受铭丁辛老屋图小帧

雨屋疏槐,烟篱短篠,隐约萧斋十笏。分泉试荈,剔石栽花,长是吟商散发。拂尽京华软红,竹簟蕉衣,那愁炎暍。似鸳鸯湖畔,柴扉藓径,半临清樾。　　想几日、画省归来,掩关躏壁,不信家邻珠阙。试笺视草,听漏含香,也胜江湖飘忽。只我春明路遥,泪湿青衫,琵琶怨月。幸故园无恙,且须料理,磳田鹿粿。

露华　题仙姝采菊图

玉山秋晚。渐朵朵金铃,开到松畹。雁影度江,应怅采芳人远。谁知偷拟灵均,思与木兰同荐。筠篮贮,还宜鬓鸦,插处微颤。　　霜枫乍照苍巘。算不比缃桃,曾引刘阮。恰笑芙蓉仙侣,泪痕红泫。仿佛翠袖天寒,只少丛篁低偃。萧斋静,肯作昙花轻散。

好事近　题张柳洲侍御罗浮梦画册

溪外小梅花,初破一林残雪。最好酒家门掩,映疏烟微月。　　夜深皴玉为谁温,相对正佳绝。不奈翠禽朝语,又梦中人别。

雪狮儿　题文端容画鱼游春水卷

寒山春暖,是千尺、雪瀑飞来,柔波如縠。数尾银鳞,已到池塘一曲。香奁幽独。便剪取、生绡小幅。正写得、穿花拂荇,濠梁清淑。　　考槃近继芳躅。想灵均同住,赏吟难足。家法传来,原在停云书屋。前尘恁促。还又备、蘼芜展读。双鬟绿。谁画并依修竹。

一萼红　汪康古属题桐乡老屋图

护茅庐。有篱笆数曲,笋蕨满青芜。短锸分来,长镵劚处,畦局已足香蔬。早市取、白盐赤米,共午饭、松火熟山厨。野圃生涯,底须听笛,梦忆银鲈。

添得江乡佳味,只菱香胜肉,莼腻如酥。竹几藤窗,瓦盆瘿碗,老去真可清娱。闭柴门、日长岑寂,赖床头、缸面发新蛆。待约南邻来饮,隔水招呼。

点绛唇　题画册,为鲍雅堂作

录曲阑干,旧时曾系花骢住。画窗低语。剪烛修琴谱。　　香梦重寻,燕子衔春去。凄凉处。一溪柳絮。两岸黄梅雨。

一枝春　题宋人画寿阳公主梅花点额图

晓梦初醒,未梳头、早向玉阶小立。南枝信到,已觉香尘寂历。东风如爱,送一瓣、鬓云微侧。应自有、粉蝶飞来,细赏眉边春色。　　谁知含章遗迹。但芳华、久没画图省识。吴绡写出,别是一番风格。当年阿监,定改尽六宫仙额。正好伴、九九消寒,红脂并滴。

解连环　题宋人画孤山处士图

翠屏千尺。结香茅小屋,桥边溪侧。想春到、烟水西泠,又香雪,垂垂破寒先坼。小坐筠床,却自便、轻衫短帻。看山僮未到,花外皋禽,来伴仙客。
因思昔年事迹。正东封将届。金泥玉册。更谁料、独抱幽贞,但疏影横斜,相共晨夕。半幅溪藤,留千古、冰霜标格。溯当时、一筇一笠,瓣香暗忆。

留春令　思春
水墨士女十二幅,为吴兴沈宗骞画。依次赋之

似梦闻香,如云漏月,忆春何处。招取东君,低鬟掩袖,思共娇莺语。
廿四番风犹未度。身与韶光住。只愁南陌,红稀绿暗,又送花神去。

望梅花　抚梅

苔石犹存残雪。枝北数花明灭。来领寒香争忍折。可似上元佳节。忆得年时帘外月。梦到故山幽绝。

寻芳草　踏青

嫩柳绿如许。谁得写、伤春情绪。望蘅皋、且幸携仙侣。正落红、满钿路。
怎风飐铢衣,试罗袜、凌波微步。想双双、共诉闲情趣。凭拾翠、晚归去。

采桑子　采桑

板桥桑叶阴阴绿,小曳罗衫。亲揭筠篮。正视田家欲饲蚕。　清和时候将登簇,雪茧分函。翠釜频探。更置缫车曲牖南。

海棠春　簪花

海棠开遍香阶侧。唤小玉、春葱轻摘。初日照轻红,添上云鬟色。　　妆成不向垂杨陌。爱消遣、兰闺岑寂。试仿卫娘书,别作簪花格。

品令　品茶

风信冷。下闲阶、犹觉宿醒难醒。石台畔、喜见松炉暖,分泉试茗。未启樱桃小啜,一剪香暗谁省。应还念、相如曾病渴,唤取待共品。

更漏子　校书

倦弹棋,停抆管。爱校青箱黄卷。微步到,小窗西。梧桐日影低。　　想象。耽吟赏。应与檀奴酬唱。比谢女,傲班姬。还须绝妙词。

华清引　待月

碧梧叶叶下银床。听尽寒螿。檀槽独抱谁见,冰轮照晚妆。　　不须银甲奏宫商。秋闺无限凄凉。欲传清夜怨,莫认在浔阳。

一落索　捣衣

几日含情添线。又还捣练,梧桐影里井华凉,砧杵双鬟伴。　　忆得龙沙人远。泪痕零乱。此声暗祝五更风,好吹入、昭阳殿。

醉花间　折桂

浓香起。芳园里。折赠应谁寄。却忆小檀郎,可到蟾宫未。　　盈盈抬翠袂。先得姮娥喜。携插胆瓶看,笑望泥金字。

清商怨　弹琴

苔茵小坐香软。对玉琴轻按。徐拂冰弦,萧萧秋度雁。　　天涯欲寄清怨。但怅望、潇湘云远。飘缈余音,风篁留共转。

河传　礼佛

性耽。仙梵。惯向松龛。香云独占。小坡陀下,蕙炷初染。木樨。休更揽。　　团蒲清课真无厌。还细勘。稍觉芳意敛。比同天女何忝。散花好共验。

云仙引

题仇十洲画《西园雅集图》,盖摹李龙眠旧本也。西园为王晋卿居,故其家姬侍焉。此雅集必在元祐初,文忠、文定弟兄及山谷、少游辈皆在,其后,诸公散去,且不久即被谴矣。图向无年月,略考正之。

窗紫邀花,池青映竹,依稀禁商名家。倚短杖,驻轻车。多是中朝俊侣,小集西园一径斜。乐事赏心,谈诗试墨,斗酒分茶。　　谁教画入蝉纱。又翠鬟、云鬟欲堕鸦。琼海将行,玉堂难久,转眼云沙。一幅丹青,数成八八,付与高禅说梦华。蚕头细字,想停云叟、搁管咨嗟。

绮罗香　又题十洲捣衣图

半軃云鬟,低垂罗袖,小坐绿梧深院。鸳杵初停,应是捣衣人倦。掩香巾、粉汗微霑,挂宝钏、檀唇犹喘。困腰肢、侍女扶来,龙沙远忆更凄惋。　　夕阳花外犹在,可是正须消渴,笑尝茗碗。晚制征衣,重拟着绵添线。只可惜、一片凄凉,何自闻、昭阳宫苑。剩戍楼、露冷霜寒,秋笳常写怨。

高山流水

为杨九我题蓝田叔山水挂幅,上题云"甲申夏日,画于西溪山庄"。想尔时犹未得北都信也,而水墨苍寒,春日而有秋意,北风雨雪之感,已应于笔墨间耶?

百年遗墨最凄清。画幽居、竹树纵横。墟路莽萧森,春来未见农耕。也不似、烟水西泠。想正值、雨晦风萧时候,桑海将更。是布衣老去,无处写升平。 幽情。空怀昨时梦,秦淮上、语燕啼莺。胜事总难寻,承露盘已先倾。绘桃花、竟惜娉婷。还家处,一任天荒地老,独掩柴荆。笑艺林、评泊分派,指溪藤。

大圣乐　题文衡山前后赤壁赋画册

如此江山,几番烟月,胜游千古。况天涯、正值新凉,放棹幽寻,爱受满身风露。酒熟鱼香歌声起,又一似、飞仙凌玉宇。凭空望,叹赤壁乌林,英雄何处。　重来清景如故。至石瘦、波寒秋又去。对临皋木落,雪堂路远,梦回无据。唳鹤东飞休相警,只此意、停云能领取。定当日,是座上,吹箫伴侣。

金缕曲　题潘湘云小影,为胡元谨作

试问真真影。是玉山、芝仙女史,调铅点颖。写出鸳湖娉婷侣,宛是春愁未醒。剩扫取、梅魂相并。一片玲珑虫蚀石,倩柔苔、自衬湘裙冷。秦箫约,忍重省。　楚江烟雨无凭准。念斑骓、何时见也,三生空订。彩凤随鸦谁知惜,零落燕钗蝉鬓。休肠断、红楼薄命。环佩归来图画在,有红屏、和泪题清咏。更才子,荐香茗。

谒金门　题画

香茅矮。畦局几棱寒菜。篱落荼蘼开玉蓓。兔须缘屋背。　竹榻倦抛黄奶。料理茶僧酒海。斜拓藤窗疏雨洒。隔江听欸乃。

万年欢　追题叶元礼山塘寻春册

竟体芳兰,是七叶名家,风调相继。惨绿年华,合作荷衣游戏。况值春阴新霁,便唤取、吴船沙尾。才半篙、行过桐桥,小红阑下斜舣。　　纹窗六扇未启。谅不教鹦鹉,啼醒香使。恐重说、紫薇情事。还怕是、倩女离魂,单衫再滴清泪。

醉花阴　题廖织云女史墨兰

檀心碧叶香风远。恁丹青全浣。水墨一痕寒,描取湘花,补入离骚传。　　彝斋遗派无人管。剩冰弦弹怨。只付与幽闺,淡影微匀,略似春螺浅。

钓船笛　题秋浦觅句图

蘅畹起新凉,风动筱然千个。最好翠玲珑外,有鬓蝉斜亸。　　襄阳播挦好钞来,松花满云朵。付与冬冬闲唱,和玉箫声破。

沁园春　邵楠亭属题花韵馆图

卸却青衫,卜筑衡茅,薛淀湖头。爱短篱六枳,红蔷枝亚,横桥三板,碧柳丝柔。砚北无人,花南谁侣,通隐时娱白社秋。知何日,再对床抱被,石竹频留。　　耽情芋圃瓜丘。只禅伯樵兄并唱酬。况香生蘁蕈,堪容高卧,苔粘梅杖,足伴清游。料理吟身,从容致语,踪迹何妨比四休。期相访,向藤窗共倒,酒盏茶瓯。

点绛唇　题稼轩先生墨梅小幅,盖曹慕堂通政所藏,时居其地

翔鹤堂寒,堂偏半幅梅花瘦。云窗月牖。淡到无何有。　　疏影浮筠,犹

见熏香守。还回首。山阳笛奏。立雪几时又。

蓦山溪　题史诵芬秋树读书楼图

　　三高祠外,谁在层楼住。画里小帘栊,趁清秋、吟湘赋楚。支颐跂脚,款竹更无人,拥筠床,开锦罇,俯仰怀今古。　　须得闲身,占取闲亭墅。如此好溪山,恁年年、征衫尘土。吴淞鸥鸟,一样旧盟寒,问何时,携短棹,共听垂虹雨。

解连环　题寒闺吟席图,为罗两峰作

　　竹西鼓吹。恁寒闺萧寂,别饶情味。应并随、绿净芳标,厌绣度金针,筝调银字。障了青绫,都安着、笔床翡翠。把簪花妙格,飞絮清词,共课幽思。

　　朝来焚香扫地。对寒销九九,雪梅初试。叹彩云、容易飘零,便写入新图,春憔秋悴。此去江乡,料只是、孤吟山鬼。惹三生、招魂剪纸,蘼芜清泪。

琐窗寒　题龚半千山水

　　半千有绝句云:"毕竟山家气味清,竹床安稳几宽平。风多阁上无灯烛,瀑水中宵似月明。"半千名贤,本昆山人,国初尝居白下。

　　友结东堂,画宗北苑,天然高胜。一夜遗墨,常有霏微岚影。正盈盈、夏日初长,瀑泉翻作冰霜冷。待秋来、更转银湾,远泻栖霞高顶。　　清迥。苍苔径。见落叶先飘,是无人境。幽蹊断阜,谁识此中风景。况如今、香草俱荒,山家气味又谁省。想夜深、竹密风多,禅心还独静。

一萼红　题九九消寒图

　　此图始于宋代,画梅一枝,上有空白八十一蕊。法以长至日晓起挂妆台左,取胭脂片点唇,后则加一点于蕊中,迄春分尽,凡八十一日,则寒消春满,红梅烂然,与窗外梅花隐隐相对,故为《九九消寒图》。明弘治年间,秦藩青阳子刻在兰州,岁久渐泐,吴中女士吴楚霞等重刻此图,且各系七言一绝,真闺襜佳

话也。

展吴绡。见南枝绽雪,珠蕊发春朝。粉蝶谁知,翠禽欲语,罗浮远梦初销。胭脂匣、妆台乍启,将玉指、微注小樱桃。爆竹声中,传柑节里,日日亲描。

惆怅西秦遥远,但研朱滴翠,画笔谁调。云鬟梳成,银釭理罢,重摹韵事偏饶。更相约、瑶京仙侣,沾香麝、揎袖染纤豪。留得岁寒风景,常对眉梢。

双头莲 题王弇州虎丘观月图。同游者为钱罄室,而张君度图之

归自潇湘,便桐帽棕鞋,山塘游赏。绿阴荐爽。澄霄外、渐见婵娟既望。菰芦小友偕来,对花宫云幛。郎当响。鹤涧微行,不藉徵歌传唱。　　层层塔影横斜,爱茶墙酒市,残灯犹上。清幽谁状。但凭取、妙墨纤毫相仿。回忆经阁祇林,叹名园宿莽。喜萧斋,一幅轻绡,千秋神往。

百字令

竹垞太史客津门时,曾倩曹秋崖画《竹垞图》长卷,李武曾、高澹人诸君咸有和作。伯元阁学令工临之,属予追和,携至鸳湖道中,为填此解。

鸳湖放棹,正春残两岸,杨花漂泊。一卷生绡重画取,仿佛前贤栖托。茅屋弯环,莲漪澹沱,空负幽居乐。潞河羁旅,潮生还看潮落。　　料得投老归来,丛篁影里,昔雨同弦酌。记向竹西频话旧,惆怅苔荒井幕。耆硕凋零,云礽衰谢,喜更开丘壑。他时过访,青鞋还踏篱角。

绿意 骆佩香画白芍药小帧见赠

横斜小朵,是沉香别种,初放瑶圃。似有幽芬,隐隐生来,不到闹红深处。丰台春杪曾游赏,也谁见、者般眉妩。想爱陪、萼绿妆楼,懒把胭脂轻注。

坐对远山浮玉,晓窗凉似水,仙管容与。扫尽铅华,自写孤标,谁分莺歌蝶舞。采兰人去寻芳径,只留伴、生绡翠缕。知良宵、月冷风凄,芳泪频沾清露。

金缕曲
题汪对琴松溪渔唱卷,松溪在歙县,盖以寄其故山之思也

小舫停波面。正秋深、柳丝如缕,蘋花似霰。仿佛松明溪下路,兼有竹寮梧院。空记得、韶年曾见。久别黄山清梦杳,仗仙毫、一一描东绢。看楼榭,隔云巘。　　羡君本是南都彦。但微吟侧帽,鬓华霜泫。久识临川工述德,况有双芝葱蒨。更频进、南陵兰膳。花月小秦淮一曲,数主持、风雅推专擅。休重忆,故林远。

霜天晓角　孙鉴之以秋山话雨小册索题

秋岚如沐。暮雨连松竹。闲倩练祁俊侣。拈筠管、写僧屋。　　此间三友足。酒香兼茶熟。几许巴山清话,小窗里、剪残烛。

青衫湿　题女史汪畹玉画扇

秋兰零落芳魂杳,谁赋楚词招。一枝斜倚,分明凄怨,露冷香销。　　些些渲染,黄添鞠蕊,红晕梅梢。携来便面,画眉窗底,仿佛纤毫。

霜天晓角　题溪山秋霁图

泉枯木落,翠壁清如削。人在断桥深处,知倚杖、晓行乐。　　林壑。耽寂寞。草堂隐丛薄。欲写空山幽致,琴可抱、倩菱角。

声声慢　为张金冶题红椒山馆长卷

只谈风月,宜着山岩,卷中雅兴谁同。家在城西,名园水石玲珑。鹤沙旧迹已渺,剩后贤、小置房栊。山馆外、有竹凝烟绿,椒缀霜红。　　应是名如萼绿,恁宫花苑柳、不爱春丛。领略清秋,偏耽茗碗诗筒。忆曾携筇过访,眺云林

塔影重重。甚时再点书灯,还听夜钟。

清平乐　题陶亭求红豆相思卷

无人采撷。留伴闲枝叶。只待同心双绾结。领取相思亲切。　　绛云楼阁消沉。东禅旧巷谁寻。好与红儿记曲,蜡珠垂处微吟。

钱孙钟　10首

字雅南,号砚山樵,江苏华亭(今上海松江)人。与山阴俞节霞、许檗子等为词友,著有《香月亭诗余》。

踏莎行　自题采芝遇仙小照

鹤骨禁秋,蚕丝冒暮。三生空忆锄芝处。铁衣蕊佩一相逢,彩云隔断瑶台路。　　灵翼难凭,尘心易误。碧桃几度凋春雨。寻来前梦尚分明,海山岩洞知何许。

买陂塘　为赵升之题伊人秋水图

问菰芦、更谁深隐,依稀还有秋士。同心近觉尘中少,梦到冷烟荒水。怀彼美。算只在、鸥边雁外宽闲地。何缘觏止。对几笏苍山,一丸瘦日,幽思杳无际。　　生绡底。写出人遐室迩。临风无限心事。分明独立新霜候,吟断碧云千里。时暮矣。怕纵有、芙蓉采采凭谁寄。踟蹰未已。愿着个轻刀,添侬作伴,直溯钓汀舣。

买陂塘　题朱愚溪听泉小照

指苍寒、卷中丘壑,伊人襟抱如许。玉鞭踏惯铜街月,却忆五湖烟屿。扶展去。望绝壁、飞流千尺惊风雨。临溪荫树。听激石琤潺,穿云喷薄,消领静中趣。　　金闺客,梦远岩扉峒户。忘机谁似鸥鹭。青山独往平生志,羞被软红留住。归岂暮。想谷口、泉香正及佳时序。携琴待抚。恰老鹤声残,疏松籁起,凉翠湿巾屦。

瑞鹤仙　为海盐张青田题画

青田兄弟三人皆以鹤为名,其仲已化。偶得小画,作二仙携手,指一鹤徘徊云际,宛若为君发也。因述所感,属予题之。

海峰青入户。是当日苏耽,旧曾栖处。芳春棣华吐。喜瑶阶日永,画栏云互。摩霄健羽。正分占、三株碧树。怪匆匆一赋。离群握手,几番延伫。

谁谱。廿年幽梦,暗墨残笺,恍传心素。低徊屡抚。还如听、对床雨。向鸰原徙倚,重逢仙客,好把深情寄与。约蓬莱水浅,归时再同醉舞。

桂枝香　别姚天璞,即题其乞食图,兼以志别

荷衣未缉。又不奈饥来,驱客轻别。握手相看,怪尔也如侬拙。一蓑烟雨躬耕好,甚年年、叩门行乞。可堪心事,都教付与,短檠长铗。　　算纵有、凌云健笔。但和罢陶诗,重写颜帖。独立苍茫,四海一身如叶。图成面目真堪笑,笑乞人、还耻腰折。几时归伴,园松径菊,共抛尘屧。

洞仙歌
山阴许檠子,取许碏"谪向人间作酒狂"句,写酒狂小照属题,赋此应之

五云楼阁,记曾陪仙燕。醉笔飞花远游擅。怅蓬山谪后、小别千年,酡颜好,还似擘麟时见。　　人间何限感。除却酣眠,只恐无方可消遣。狂侣不须招、蛮榼三升,随意藉、翠红香软。问甚日、觞君庆湖头,话碧海苍茫,几回清浅。

点绛唇　将归，题马廷抡小照

古道茫茫，世情日与诗书左。一编危坐。合得时宜么。　　毕竟青衫，也被缁尘涴。还输我。故山归卧。残卷亲灯火。

梅子黄时雨　题程桐村观耕垂钓图

耘鼓声中，望篱落翠深，溪雨初霁。爱钓渚波宽，绿畴云腻。偏称纶竿闲把，柳阴坐听农歌起。悠然意。不信软红，能染衣袂。　　生计。佃渔良是。问关河卅载，因甚留滞。纵赋就归来，真成归未。天外凉风吹片笠，最牵情是香鲈美。烟村里。小矶又添新水。

绮罗香　题友人行乐图

砚匣闲抛，书签倦整，别有柔情千缕。检点秋光，正到木樨香处。绕画槛、修竹吟风，傍锦石、艳葩含露。向兰闺、描罢双蛾，相将款踏翠苔去。　　碧空斜点雁影，池阁凉生茜袂，熏篝催炷。弦管休调，且与共饮芳醑。喜尊前、鬓绿生春，自镜里、颊红常驻。问何事、肯借人看，画图儿记取。

东风第一枝
题陆庸轩所制仕女图，庸轩能长短句，曾有骑省之悼，故悯之

浥露研香，邀花比影，闲春幽趣聊寄。尽教杀粉调朱，描将柳情周思。当年玳管，尚留得、眉峰余翠。想画帘、立尽东风，半面者番重记。　　爱绰约、破瓜年纪。更雅淡、称时梳洗。枉劳梦雨牵怀，难凭绣针通意。潘郎老去，漫移傍、水晶屏底。怕夜深，唤起真真，搅落一襟清泪。

杨学林　19首

字耐圃,号六榆居士,湖南新化人。著有《绿阴山馆词》。

如梦令　题丽园梅花画幅

刚是罗浮醒后。携得清香满袖。风入砚池来,吹落一天星斗。清瘦。清瘦。小立故山时候。

江城子　题子刚行行且止图

诗家才子酒家仙。不乘船。不扬鞭。书生模样,又不带寒酸。自去自来谁是伴,长独立,悄无言。

少年游　题陶湘帆表弟"游春不觉归来晚,花掩重门待月敲"写意册

踏残芳草软如茵。何处最消魂。来鹤楼前,望虹亭外,春意倦游人。斜阳流水莲湖路,归去渐黄昏。满地花阴,一天明月,相送到柴门。

梅花引　题沈石泉画梅

笔花新。墨花新。写出江南一段春。月黄昏。见精神。韵胜格高,修来第几身。　枝头何处飞青鸟。根傍何处萦青草。绝纤尘。妙无伦。瘦骨自持,君家面目真。

南乡子　题沈逸溪竹林晚眺图

名利两无求。布袜芒鞋得自由。为爱此君高节在,勾留。看尽斜阳一片

秋。　　胜比七贤游。去住心同不系舟。只怕诗肠闲里热,归休。明月看看上小楼。

巫山一段云　题画

地僻心俱远,人闲境共幽。青山一桁雨初收。隔岸系扁舟。　　门掩花空落,桥横水自流。白云红树夕阳楼。并做一天秋。

台城路　题冶夫秋日潞湖归棹图

潞河水接鸳湖水,扁舟一帆轻渡。疏柳堤边,白蘋洲外,最是天涯倦旅。望迷云树。听瑟瑟秋风,莼鲈空慕。屈指归期,登高不识在何处。　　五湖田园数亩,松菊就荒芜,渊明归去。几朵遥山,一绳新雁,写入君家诗句。构思最苦。倘许订金兰,若耶村住。共作闲民,瀛洲休问路。

疏影　题探梅图

满林深秀。爱清香吹彻,花正开候。一段幽情,玉骨冰肌,都从尺幅描就。何殊放鹤孤山去,岂健步、灞桥驰走。最关心、缟袂相逢,伴我寻芳来又。

地异岭头阁外,春风料峭甚,人影同瘦。臭味相亲,香色俱空,疑是罗浮醒后。虽然宋璟肠如铁,忍不住、温岐叉手。任闲情、独立苍茫,留待月明如昼。

满庭芳　题史湘云醉眠芍药茵图

软草如茵,落英似雨,韶光九十无多。阑干十二,点屐少人过。为问甜香一枕,芳园里、蝶梦如何。宜珍护,数枝婪尾,红映醉颜酡。　　几回羞折赠,吟魂憔悴,愁斗双蛾。怅吴莺啼老,芳讯蹉跎。不管春风撩乱,金钗颤、香染衫罗。微醒后,花阴月满,却好伴嫦娥。

点绛唇　题画梅

手放春光,圈圈点点如泡幻。清香一片。蝶与蜂休恋。　　梦醒罗浮,羌笛声初断。花开遍。大孤山畔。省识春风面。

点绛唇　题画兰

天与多情,笔尖夺取春风巧。真香缭绕。不信花开老。　　快读离骚,相对书窗小。情多少。一轮月好。照美人香草。

浪淘沙　题画菊

懒慢亦天真。佳友谁亲。生成傲骨肯羞贫。一片湘帘闲不卷,瘦却伊人。秋色入秋新。不染尘氛。园林风雨打黄昏。想得柴桑陶处士,常闭蓬门。

玉楼春　题画

春光未老相思树。淡白深红花问处。几曾云破月来时,移影画栏干上去。年年梦断扬州路。一度春销魂一度。黄莺栖老不成声,闲煞好花能解语。

霜天晓角　题醉禅图

我原非我。幻出跏趺坐。但得醉乡修到,大乘禅、即参破。　　世味都尝过。不将春梦作。相对清风明月,便空中、也三个。

江城梅花引

湘帘十二卷晴空。坐春风。倚春风。一笑风前,百事尽疏慵。香气着人人益懒,谁家笛,两三声、度园中。　　园中。园中。画图中。花一丛。茗一钟。趣也趣也,都管领、意绿情红。不分蓬莱,有路可相通。欹枕南窗寻午梦,春去也,到槐安、春又浓。

长相思　题寒蝉疏柳图

蝉嘶风。柳摇风。一片清阴烟水空。携将图画中。　　小楼东。小桥东。无限遥情夕照红。秋来愁煞侬。

诉衷情令　题美人踏踘图

几番斗草赏天晴。才过了清明。痴心摇荡凭谁诉,怕听箫声。　　无甚事,倚芳庭。更娉婷。逢场作戏,步步金莲,蹴处生春。

思佳客　适见便面画过墙梅树,结子离离,戏题一阕

绿叶成阴子满枝。钟情杜牧为花痴。十分春色难留住,认取冰容异旧时。　　愁寂寂,梦迟迟。无声诗胜有声诗。相思凭杖谁安顿,输与人间老画师。

金貂换酒　题回猎图

千里寒云暮。瘦书生、平原驰马,勇犹可贾。本是雕龙真妙手,偏尔才兼文武。发一矢、应弦射虎。大有英雄奇骨相,不与他、渔弟樵兄伍。行且止,将归去。　　啖名毕竟多成误。看纷纷、委身沙碛,埋头艺圃。怎似人生行乐耳,一段豪情如许。直傲睨、欲空八字。闻道年来参般若,问拈花、微笑图曾补。记往事,成今古。

朱昂　11首

字德基,号秋潭,安徽休宁人。监生。著有《绿阴槐夏阁词》四卷、《百缘语业》

一卷。

芭蕉雨　题蕉花绘影图

雨洗新蕉卷翠。竹亭当昼永、浑无事。小立玉罗窗里。差喜几簟生凉,丹青写意。　晚风轻拂凤尾。寻一种幽味。聊对影淡描、凭谁寄。尽坐卧、绿天秋,回看露滴红阑,香凝碧砌。

冉冉云　春桥叔过访企晋,坐璜川书屋写幽篁秋瀑图,属题

几叠秋山翠蛾敛。似潇湘、水云幽澹。栽凤尾、好补茅亭松崦。弦月上、横琴小槛。　矮屋三间架崖广。径逶迤、碧萝门掩。环细篠、最爱泉飞风飐。谁访戴、移舟过剡。

霓裳中序第一　题赵松雪画太真上马图

杨花乱飞雪。碧草萋萋承绣屧。约略初离香阁。看眉敛青蛾,鬓垂翠叶。靓妆浓抹。刚扶到、花骢红堁。多应是、华清新浴,薄醉恁娇怯。　销歇。琵琶金屑。恨并马、延秋朝发。魂归广寒仙阙。叹夜雨闻铃,杜鹃啼血。剑门风景切。幸留得、王孙画箧。将携取、云环春影,驿路认遗袜。

两同心　题蒋绣谷墨兰,其配李夫人补梅画帧

孤山遥夜,空谷无人。记旧游、疏林月淡,破幽梦、小砌香痕。把清芬,略缀冰肌,浮动黄昏。　重寻三径开尊。品画春茵。似薛媛、初收残黛,比松雪、别写芳荪。坐花坞,细拂缥缃,墨沈犹新。

南浦　题斗初春江雨泛图,用玉田春水词韵

花雾黯霏霏,漾轻舟、正是春堤初晓。鸥梦隔烟汀,江南路、千里流红如

扫。平桥曲港,菰蒲远映渔村小。惆怅天涯人去后,绿遍几丛芳草。　　凭谁点染溪山,最销凝两岸,缃桃谢了。檐燕语还飞,垂杨外、依约旧游重到。予怀渺渺,片帆斜处东风悄。回忆孤吟云水际,赢得鬓丝多少。

云仙引　题飞仙遨游图

凤馆吹箫,湘皋解佩,瑶台一片飞霞。离尘网,掷丹砂。云裳偶来下界,小谪兰香张硕家。游戏广庭,木梨讶雪,火枣疑瓜。　　谁乘牛斗星槎。听玉女、弹丝笼月华。白鹿衔芝,青鸾传简,隐现香车。三度沧桑,几经洗髓,笑倩麻姑仙爪爬。相携蓬岛,细餐金液,遍采琪花。

露华　题琴德缃桃书屋图

拥书小阁。看碧柳笼烟,紫燕巢幕。带草侵阶,开遍隔墙红萼。客来滴露联诗,取次坐花觞酌。风日美,晴窗引琴,野圃调鹤。　　圆湖钓艇初泊。爱结屋横云,还傍溪壑。遥映断桥流水,酒旗檐角。缓歌暗送韶华,莫是讨春行乐。芳径扫,刘郎未须寂寞。

玲珑玉

王谷原比部泛舟秦淮,携歌酒钱客,徘徊丁字帘前,时闻远笛作《梅花三弄》。碧天无云,凉月在水,痛饮达曙而别。明天重游金陵,追摹前景,因绘《青溪邀笛图》,自制新词属余继声,遂填此解。

丁家帘波,板桥外、断柳荒烟。高楼倚笛,梦回月照长干。曲渚匆匆送客,问歌桡酒盏,零落谁边。堪怜。算追游、箫鼓画船。　　燕子经年别去,况重寻亭榭,门掩苔斑。旧雨天涯,绕离愁、云水漫漫。南朝繁华销歇,惜清景、篷窗剪烛,点染江山。听何处,水龙吟、天碧晓寒。

曲游春 题蒋升枚桃花溪水图

曲港孤村外,映夕霏芳草,红萼千树。小艇萦回,泛柔波鸭绿,柳阴深处。夹岸生香雾。谩牵引、燕飞莺语。爱吾庐,晚涨春潭,松槛竹扉低护。　　野渡。渔师曾住。趁锦浪歌桡,堤畔烟雨。缥缈仙山,梦蓝桥咫尺,刘郎归路。更倩丹青笔,瑶笺染、坐吟花坞。恰好苔井香浓,瀼瀼绛露。

桂枝香 送友还乡,兼题丛桂园小影

林亭风小。正满院香浓,露华侵晓。旅梦无聊,况值嫩凉秋早。高楼月落飘梧影,动闲吟、一庭幽草。开轩展卷,青袍白袷,画中人好。　　看竹径、花茵重扫。拟息驾还山,闭门娱老。补树疏泉,供养烟云缥缈。仙岩桂发堪招隐,折高枝、寄情天杪。菱歌起处,送君别浦,片帆飞鸟。

瑞云浓 陆太守阆亭宅观王秀才冈龄画陆宣公墓枯柏重青图

虬须老树,葱葱郁郁佳气。阅历千秋几憔悴。熏风重拂,看向北、新柯含翠。故相俨幽宫,映萝碑绿字。　　能事王郎,濡妙墨、天然逸致。濯露拿云写生意。岁时伏腊,荫五马、翩翩芳裔。奕叶甘棠,野歌蔽芾。

陈皋 23首

字江皋,号对鸥,浙江钱塘(今杭州)人。乾隆时贡生。工诗词。著有《吾尽吾意斋乐府》二卷,《沽上醉里谣》《醉里续谣》各一卷。

凤栖梧

吴兴姚玉裁,伤弟秉衡、丰万相继泉下,取大苏夜雨伤神句,倩宣城沈丈樗

崖作图,索余赋此。

听彻檐声人未寐。淅淅萧萧,梦冷姜家被。断雁呼风云外坠。感怀有客同憔悴。　寒鉴露头思往岁。酒冷香消,无复匡床对。一夜吟来空影背。蜡花也替人垂泪。

罗敷艳歌

新安程松逸,索予便面,写月季一枝,生香活色,殊觉可人,遂谱此阕

低丛密刺墙阴曲,萼小红悭。不放春闲。借得丹砂好驻颜。　一枝写香湘筠箑,未许风残。那得霜寒。尽日生香怀袖间。

齐天乐　题江宾谷拥书图,和原韵

缥缃满目晴窗昼,人居众香熏处。梧影生凉,蕉阴荐绿,好借书光消暑。埋头不语。几挥却锄金,园葵慵顾。为谢时人,闭门常自友千古。　君家真有嗜好,笑酸咸异俗,渔猎朝暮。蠹简开边,风签理处,一一斋衔题署。摩挲自趣。想入手丹铅,订讹刊误。异本他年,一瓻还借否。

摸鱼儿　题杭堇浦松吹书堂图,次吴丈绣谷韵

避嚣尘、别开闲壤,苍髯移种几树。著书不问龙鳞老,岁月暗中闲数。春欲暮。任粉阵、崩花吹落吟床住。凉飙乍鼓。正一径天簧,四围溪濑,不辨响来处。　频年趣。遥忆清阴日午。晴窗披映铅素。番番唤起功名梦,未许谢人肩户。君莫虑。岁晚友、他时留取为盟主。归来漫抚。看翠粒参云,虬枝拂地,相对为君舞。

祝英台近　题江宾先秋声馆图

占沙头,分渚尾。偏爱此中住。尽日西风,瑟瑟每疑雨。最怜满耳清商,一壶幽绿,定难着、九衢尘土。　漫凝伫。晓来时弄新凉,窗前助吟苦。极

目沧州,高情有谁似。惟有吹落闲鸥,飞来冷鹭。笑相对,呼为尔汝。

金人捧露盘　题半查据梧小照

草如茵。梧如幄,石如屏。爱幽栖、半亩阴阴。澄怀似此,软红何用说浮名。征轺便下,笑钟鼎、讵易山林。　净于水,明于雪,癯于鹤,冷于僧。有书味、自在充襟。吹凉大叶,助吟天际作秋声。悠然扣膝,避人处、独抱山心。

木兰花慢　题余枫溪垂钓图

苧罗山下客,问何事、未言归。想岚影波光,鸥盟鹭约,闲了多时。年来软红踏遍,把垂鞭错认钓鱼丝。赢得星星双鬓,照人不似衣缁。　栖迟。怊怅天涯。谁供取、草堂资。笑图画空留,梦魂依约,费尽相思。从今一竿稳办,挈全家同返若邪西。依旧风蓑雨笠,知章即是吾师。

诉衷情　题曹遄屿滃湖渔隐图

晚风吹皱吷琉璃。斜日一竿携。却笑鸱夷烟艇,多了挟西施。　尘外事,手中丝。有鸥知。马场湖上,会景亭前,来往无期。

壶中天

松逸道人,向慕栖真之术,独居一室,竟日凝坐。余曾客维扬,同处于玉山堂,共研席者十寒暑矣,旦晚无间。每酒边烛外,常曰:"予生平有三好,静坐、读书、游览山水,此外无他。"并镌以私印见志。今余留海津,松逸书来,云绘成一图,索余题,因赋此解,用讯别后消息云尔。

道人三好,算频年数说,惟余闻熟。曾见朱丝钤小印,今又图成横幅。挂展添寮,排签设架,更置棕毛褥。山心书味,静中都付翘足。　因问数者何先,君应一笑,凭兴曾无束。只恐开函吟未了,又策溪桥筇竹。争似关门,消凝隐几,任卧游辽廓。夜深林际,丹光飞掩蟾烛。

唐多令　题查别驾集堂青山观瀑图

飞雨洒晴空。青天挂玉龙。恍然疑人在庐峰。夹岸蒸霞涂一抹,波瑟瑟、映流红。　别榻寄淮东。溪山偏兴浓。赋熬波笑说张融。想得朝来公事了,洗两耳、尽琤琮。

齐天乐

癸亥十一月长至日,时莲坡五十初度,同人作《水琴山画堂荐糕图》祝之。山阴刘雪舸、王具区合笔,人各系以诗,而索余谱长短句,为赋此解。

竹间楼下堂新筑,生绡忽看图就。老笔风流,仙壶窈窕,二美人间难又。苔皴石瘦。补千个筼筜,翠深窗牖。暇即摊书,羡君常此坐清昼。　尊前来却十友。正提壶携榼,相与觞豆。上将诗坛,羁人酒国,消得吾侪领袖。春回柄斗。听有人私祝,岁添如绣。脂点梅花,笑如图九九。

醉太平　题西风鼓棹图再送王梦观

残芦雨声。啼鸿橹音。那堪送客离亭。立斜阳水汀。　孤舟独登。孤帆远征。临歧怎忍分襟。注双眸远凝。

高阳台　题宋人雪夜访戴图

枯树凌兢,凝云曇曇,玉花载满孤篷。于越山川剡溪,仿佛图中。酽寒夜色清于昼,笑高人、乘兴偏浓。倚船舷,风貌茸裘,一段奇踪。　千年事往难追写,想经营意匠,惨澹毫锋。添着红衣,高楼烛影摇风。寻常俗笔谁曾会,爱能家、闲处偏工。展虚堂,冷逼双眸,粉宇玲珑。

黄钟喜迁莺　题高蕉村盘山卜居图

乱峰浮碧。爱无终深处,数椽相葺。就树开门,因岩架阁,门径果真幽僻。想田郎旧隐,唯我友、继将遥迹。最难是,把千年胜地,今又重辟。　　休说。讵易得。纸上画图,未许全家入。鹰岭崖前,鹅泉泽畔,萦得梦魂时忆。壮年无限事,谁肯抱空山岑寂。倘若是,竟毅然不疑,今又何卜。

醉太平　题李放亭西溪垂钓图

溪回曲蛇。船浮缺瓜。秋声不断蒹葭。响谁人钓车。　　凉云幂遮。遥峰髻丫。软红有客京华。奈披图忆家。

凤凰台上忆吹箫　题莲坡双凤图

彩翼偕飞,层檐并集,梦中尚记联翩。似此吹箫伴侣,弄玉当年。刚好圆蟾二八,筝柱影、一色差肩。绮窗畔,有人低道,真见犹怜。　　黄金铸将小字,把丽情闲赋,证了良缘。世上事、无如福好,况又贞坚。老去花丛禁架,温柔味、笑比饧甜。明年报,九苞两两雏添。

南楼令　题易松滋寒林觅句图

独自绕溪隈。行吟穿藓苔。背西风、无语裴回。落叶打头疑似雨,浑忘却、去还来。　　斜日短相催。霜云护复开。爱丹黄、满眼诗材。堪笑吾家老正字,终日里、掩荆柴。

蝶恋花　题西颢花坞卜居图

买得秦庭山下路。拟占幽深,结个香节住。烧笋煮茶烟满户。棕鞋桐帽闲来去。　　此愿君今休又误。笑我征衫,空羡图中趣。倘许他年为伴侣。

藕香桥上同听雨。

梦江南　题云溪小齐云图，家楞山所作

青不断，尺幅叠千峰。满坞白云迷上下，几条匹练走西东。天影蔽松风。依稀处，妙笔写吾宗。可惜乡山称大好，年来相对画图中。隐几梦重重。

清平乐　题程筠榭填词图

偷声减字。细细含宫徵。多少周情兼柳思。镇日织绡泉底。　麝煤满砚玄云。谱来不语凝神。付与小红低唱，真成白石前身。

四字令

堇浦归里，友人邵见川用郎士元送曲司直诗句"贫交此别无他赠，惟有青山远送君"意为图，索题，因谱此阕。

澄江晓风。轻装短篷。故人相送情浓。写金焦影重。　南徐戴公。梁溪九龙。岩峣吴苑穹窿。到西湖两峰。

法曲献仙音　题查丈慕园携孙采菊图

蜡屐新裁，短筇闲曳，小步霜篱寒浅，艳紫分苞，嫩黄垂萼，菲菲冷香吹面。笑满把餐英罢，南山送遥眼。　与谁伴。有文孙、共携留恋。便五柳当年，画图难羡。晚节是夸荣，况满怀、头玉争眩。不用丹砂，驻年颜、今已无算。趁尊前重倒，泛入流霞时劝。

台城路　题对琴图

幽岩岑寂无人到，清琴自携为伍。玉轸离离，金徽粲粲，镇日横床闲抚。调高不鼓。想世少知音，子期难遇。抱向空山，夕阳林下自来去。　长安归

又几载,叹曾将碎首,肯污尘土。涧水追凉,松风觉梦,依旧前时情绪。得能玩趣。叹何必弦声,方称解悟。好畔烟霞,是中寻太古。

金理 2首

字天和,号太古野人,上海人。著有《养恬书屋诗余》。

醉花阴　题画牡丹,次钱莲仙韵

国色天香原有种。曾得君王宠。浓艳我尤怜,尺幅描来,永昼消闲梦。枝头疑有香浮动。还倩春风送。野鹿漫相猜,任尔情痴,衔去终何用。

洞天春　题张秉成画,次用欧阳永叔韵

图得乾坤春早。风暖晴云似扫。蹊径丛丛生细草。芳树烟含晓。　竹篱茅屋幽悄。门外峰峦青了。流水潺潺,石桥斜处,游人尚少。

蔡邦煊(?—1786) 1首

字月樵,安徽合肥人。乾隆时监生。著有《闻喜堂诗集》,词附。

满江红　自题兀坐小照

兀坐萧然,谁画出、斯人风调。不道是、霜前蒲柳,望秋衰早。往日襟期空尔许,中年哀乐经多少。尽消磨、风月纵谈心,真潦倒。　身世事,何时了。愁闷积,终须扫。任蚁樽陶写,蝶魂飘渺。醒解难忘河朔地,梦回不是邯郸道。且乘闲、遁入二乡中,吾将老。

顾列星(1724—?) 7首

字樊渠,号退飞,浙江秀水人。以诸生终老。著有《深竹闲园集》,《风雨闭门词》一卷附。

贺新凉　自题空林兀坐小影

衰鬓秋烟绕。紧西风、千山如沐,千村似扫。一片韩陵差堪语,永日摩挲晴昊。藉凄景、冷镕羁抱。败絮蒙头绳带索,任自歌、自哭无人笑。嗒尔丧,伤终老。　东皋何处堪舒啸。倚聊萧、陈人暮气,闪尸潦倒。木石同居游鹿豕,羞说文坛树纛。且坐向、颓阳林表。身后虚名真敝屣,只半生、孤愤丢难掉。除说向,天知道。

满江红　题探梅图

东阁官梅,扬州梦、三生已断。冰雪里、江南江北,那枝先暖。几点鹿胎山骨瘦,一生羌管云容懒。问灞桥、驴背几人来,炊烟满。　疏影下,巡檐遍。篱落外,横枝浅。更师雄醒后,酒怀零乱。月底冰魂招未得,霜前革带频移眼。任空山、流水自成春,无人管。

百字令　题项水村秋湖纵棹图,项从江都移家鸳水

榔头船舣,更绿蓑青笠,自拿吴榜。蓼岸蘋洲鸥鹭里,正好江南烟景。仙载云卿,珠浮海岳,赤壁箫堪听。夫君佳士,清机千古同领。　忆否柳七新词,晓风残月,酒醒清虚境。我亦黄尘思泛宅,未买蜻蛉小艇。潭影空心,澄辉满目,风露何嫌冷。盈盈衣带,扣舷歌许相应。

其二

我家长水,正菱田蟹籪,菰芦深处。断柳疏芜门巷冷,谁与联吟鱼具。鸭嘴频划,瓜皮小赁,照影颜非故。捞虾炊竹,醉来身世无那。　对此淡泞江天,捋蓝蘸碧,点缀凭柔橹。天末邗沟明月好,随处奚囊箫谱。落叶新词,秋莲雅唱,小笔俱千古。红蕉题罢,瓜刀还寄侬否。

青门引　题费草亭秋林觅句图

树饱霜红,山明晴翠,西风又送,一绳新雁。丛菊舒篱,高梧脱井,处处引人萧散。正雅怀孤寄,趁芒鞋、疏林踏遍。斜阳欲下,微吟负手,会心非远。

羡尔仙姿冰雪,怎不驭羊车,偏耽万卷。金粟园中,蓝田庄里,风致依稀曾见。想到湔裙处,记前岁、小桥村店。自怜老去,蒹葭惭倚,怕题东绢。

八宝妆　题顾蓥崖秋水寄怀图

宾雁排云,乱蛩梳月,绣出千山红紫。风瀫空濛斜照外,几阵寒鸦点缀。闲来坐近水边,潇洒天机,高情澄澹诗清丽。何日钓竿齐把,孤舟同舣。

却羡雄妇渔师,片帆两桨,鱼天生计惟醉。纵难觅、耦耕伴侣,且自领、烟霞滋味。倩传语、桐阴余季,五湖真是浮家地。俟白露为霜,伊人想在蒹葭里。

百字令　题伤春图

韶华堆绮,问东皇何事,顿生萧瑟。绿叶成阴枝满子,添上杨花如雪。少女风微,社工雨过,芳草罗裙色。美人迟暮,断云千里凝碧。　我亦惆怅司勋,凄凉园令,怕作江南客。手葬花魂萦短梦,惊醒数声啼鴂。远水缄愁,遥山隐恨,终古青衫湿。斜阳晼晚,问君何计消得。

赵文哲（1725—1773） 10首

字损之，号璞庵，上海人。乾隆二十七年（1762）高宗南巡，赐举人，授内阁中书。直军机处，擢户部主事。著有《媕雅堂词集》。

八声甘州　题徐昭法先生画马

问谁拈秃笔扫骅骝，题字验南州。望平沙细草，蛮奴掉臂，上下林丘。逸态雄姿如许，宝络漫相求。柳下掀髯客，是道林不。　　似此丹青妙手，算南熏直上，曹霸难俦。甚披裘带索，闲卧五湖秋。想铜驼、不堪回首，便时逢、伯乐也须休。残缣在，寒冰百尺，千载悠悠。

摸鱼儿　自题伊人秋水图

数平生、海怀霞想，闲盟只狎鸥鹭。苍葭一昔微霜落，秋水渺漫如许。迷极浦。怅弭节、临流谁与搴芳杜。吟湘赋楚。向残叶声中，斜阳影里，几度独延伫。　　伊人远，佳约终成间阻。华年空怨迟暮。陈词欲托微波寄，三十六鳞何处。情更苦。怕浪急、风高不到相思路。频搔鬓缕。拟添个渔舠，溯洄上下，直泛五湖雨。

摸鱼儿　题鞶怀对琴图

向西窗、剪灯清话，闲居新兴何似。吹箫诗老风情减，只有爨桐知己。无个事。看古木、凉云一片萧疏意。闲心静对。恍独立空山，孤吟日暮，雨雪小门闭。　　还凝想，多少南邻北里。嘈嘈丝竹盈耳。个中谁解无声趣，可许抱琴人至。携麈尾。便着我、松间踞转弹流水。披图倚徙。但几阵飞鸿，数声残叶，寂寞下寒翠。

三姝媚　题虢国夫人蚤朝图

晓鸦啼禁柳。指西宫沉沉,管弦犹奏。夹道传呼,看小队红灯,宝鞍初骤。淡扫依然,定胜似、昭阳人否。底事匆匆,不管蝉纱,露华寒透。　　一自陈仓惊走。叹落尽杨花,那堪回首。一种香魂,想古驿棠梨,夜深相守。南内凄凉,莫苦忆、合欢堂后。试问晓风残阙,何人待漏。

百字令　题卷石水仙图

花瓷红玉,爱十囊斜进,天然高洁。片石玲珑安帖妥,掩映薄冰残雪。湘水如烟,楚天似梦,渺渺凌波袜。梅兄矾弟,笑他犹引蜂蝶。　　谁剪一幅鲛绡,轻描粉墨,对此思清绝。最是灯昏香烬后,斜倚小窗微月。铅泪频倾,珠尘乍冷,惆怅人离别。援琴动操,海涛声动林樾。

百字令　为兰泉题三泖渔庄图

清门无恙,数上虞江畔,高怀堪并。橘社莼乡随处好,无限秋风佳兴。十里肥波,一区瘦地,短屋如今吟艇。萧萧芦荻,夕阳闲弄笭箵。　　况有九点烟鬟,梳红抹翠,日日临清镜。携笛抱琴兼载酒,醉卧兔华凉影。浩荡鸥盟,蹁跹鹤梦,香土情偏冷。结邻傥许,花南却扫三径。

南浦　题白岸春江雨泛册子

日暮雨潇潇,记春江,小舫载花时候。檀板唱吴娘,柔荑冷、一曲抛残红豆。江湖梦散,断肠双桨冲波骤。不分今宵看画卷,重认翠桥烟柳。　　依然开遍夭桃,倚湘椠冶思,正萦清昼。陌上苦匆匆,芳游晚、几度阻风中酒。莺初雁后,征衫笑我飘零久。归去巴山寻旧约,只恐剪灯人瘦。

洞仙歌　题叶方宣带经图

花南老屋,爱垂杨深锁。中有幽人白云卧。对半篱鸭绿、数笏螺青,摊书好,不放软红尘涴。　　闲田分蔗芋,布谷催耕,江上一犁雨初过。扣角独商歌、归路斜阳,听牧笛、声声能和。倘负郭、图成问奇来,指三板桥西、结茅容我。

水龙吟　题吴泽均听松图

空堂谁抚孤桐,回弦忽作流泉曲。炉烟渐歇,帘波乍卷,响传幽谷。一片琤瑽,几番还认,佩环修竹。想月华满地,露华满树,盘桓处、人如菊。　　听尽素筝豪筑。洗声尘、漫求千斛。晚风欲定,寥寥山水,清音相续。仿佛华阳,层楼梦醒,白云堪匊。问龙鳞偃蹇,可容携鹤,结三楹屋。

摸鱼儿　题蒋蟠猗丈春郊马射图

羡幽栖、墨王诗圣,萧斋随意清课。十年龙性驯犹在,小海唱来谁和。鹏两个。早唤起、春心快脱双鸳锁。晴山朵朵。趁放鸽风光,调鹰巷陌,试作急装可。　　垂杨外,千步球场帖妥。连朝雨泼新火。骑来款段平于水,只当看花圆坐。飞一笴。笑马后、奚奴未觉惊鸿堕。萧闲似我。倘他日相从,短衣射虎,那问灞陵呵。

蒋士铨(1725—1785)　84首

字定甫,一字心余,号清容,别号藏园,江西铅山人。乾隆二十二年(1757)进士,改庶吉士,授翰林院编修,充顺天乡试同考官。乞归后,主绍兴蕺山、杭州崇文、扬州安定书院。与袁枚、赵翼并称"江右三大家"。著有《铜弦词》。

酹江月　蔡文姬擘阮图

画中人面,坐胡床摘阮,双雏侍侧。貂帽蛮靴垂辫发,绝代春风颜色。旃帐魂孤,兜离语异,猎骑如云黑。阏氏年少,此时应也头白。　　当日一样还朝,羌儿泪洒,不若苏通国。留取余生埋卫冢,蓬首翻求国贼。虎士如林,龙骧满厩,都尉何恩德。那堪再误,胡笳不用多拍。

其二

赐书能记,论才华、岂愧中郎之女。不放龙门成谤史,留得班昭何取。一种伤心,几番隐恨,诗在谁怜汝。桃花庙侧,试拉息妫同语。　　可惜今古佳人,泰山一死,天不寻常许。我过明妃青冢畔,着帽黄沙如雨。霜压盘雕,风吹病马,出塞悲行旅。亏他银甲,边声细细弹与。

贺新凉　藕塘销夏图

不记来时路。认分明、风亭月榭,此中堪住。擎出龙宫珠一串,几点露盘凉雨。秋到了、两行疏树。一桁帘波湘水碧,约新凉、小伴知何处。无一点,人间暑。　　红妆翠袖真容与。好园林、清虚楼阁,卧游应许。只有清风生画壁,莫使客餐寒具。高唱也、名花解语。明月欲来香在水,听新蝉、送下斜晖去。试共把,荷钱数。

念奴娇　李凤山忘机图小影

波平如许,记不起、凉月空江何处。抱膝船唇天澹沲,不见一枝柔橹。半臂生寒,好秋难卧,孤坐和谁语。宦情如水,此时忘却今古。　　几人明镜当头,肯来消受,者雁沙鸥屿。恰忆归舟酒醒对,蝉鬓添衣吟苦。(予戊辰下第,有《归舟酒醒图》。)点点江山,十年脚底,燕赵秦吴楚。满船凉月,问君载向何所。

解连环　麻姑图

乍离蓬岛。约风裳几褶,羽衣缥缈。负筠篮、半觯香肩,纵力不胜娇,肯抛瑶草。塞外归来,又一度、沧桑枯槁。绾胭支小髻,辫发新盘,内妆偏好。

破费工夫多少。看明金错绣,一天风调。算不比、画里真真,倚三尺生绡,许人低叫。我忆余杭,问花酿、几人沽了。拼忍受、王远仙鞭,一亲长爪。

喜迁莺　题乌程沈萼崖小照,图为北涯姬人金氏笔

听松餐菊。似瘦鹤秋山,绝无尘俗。鬓点吴霜,酒浇越剑,堆垛闲愁千斛。谁是狂夫牛侩,君或先生马牧。绛蜡底、把行踪略语,牢骚如仆。　横幅。写面貌,京兆眉奁,衣染春山绿。彤管亲摹,置伊丘壑,不画凌烟也足。何取弓刀褒鄂,较可丹青顾陆。传神手,胜卫夫人字,管夫人竹。

贺新凉

鄱阳徐公覆,负才名,工为南北曲词,任侠好客,家遂落。年五十,日贫困,偕孺人画《秋香图》双照自娱,属予题帧首。

草阁凭消受。护茅檐、苍松落翠,高梧环牖。城北徐公美无度,才在卢前王后。抛心力、豪苏腻柳。把卷六州难铸错,哭秋风、负汝填词手。空唱破,旗亭口。　神仙将相原难就。笑人间、勋名富贵,男儿自有。收拾牢骚行乐耳,坐尔秋香半亩。偕老者、梁鸿佳妇。莫唱小山招隐曲,愿儿孙、森列当阶秀。君更爱,蟾宫否。

水调歌头　鄱阳徐衡友小照

名宦几人了,挥手弄潺湲。百道跳珠喷雪,声在翠筠间。试问曳裾趋走,何似科头箕踞,落得半生闲。作达古来少,争笑老夫顽。　官似梦,鬓如戟,鬓先斑。不记吹台梁苑,屋后有青山。抛去朝衫手版,携取隐囊冰簟,常侍热

全删。古调勿复操,群响满前湾。

百字令　题画

碧沼红阑,似西园雅集、玉山偕隐。拂面凉阴垂地绿,微漏几条天影。万卷奇书,一枝翠盖,赢得荷筒饮。衣冠洒落,人间残暑消尽。　　试问高柳谁栽,树犹如此,多少琅琊恨。河朔风流今已矣,画里须眉无准。月榭飞觥,露台角伎,醉拥红妆寝。酒阑人散,不知留得何景。

其二

纱巾挂壁,向南窗高卧、那知寒暑。梦与古人相伯仲,嘲戏何妨尔汝。说鬼谈天,读书论剑,我意都无取。扪图大噱,此中谁个堪语。　　不妨落佩欹冠,解饮醇醪,亦足称豪举。触热可怜牛马侩,争买名园花墅。巢燕才飞,秋风又起,那得闲居处。人生行乐,古今大抵如许。

虞美人　谢苍崖松下问云图

人生只在浮云里。过眼皆弹指。乔松偃蹇卧苍龙。阅尽浮云老树、与山翁。　　也知此意无人会。问也无人对。不如放眼向青天。立尽松阴我与、我周旋。

醉蓬莱　秋江别友图

向空濛无际,一片江山,橹声难住。飘泊何为,与年光来去。去国心情,送人滋味,记销魂何处。对此茫茫,最无聊赖,一围秋树。

徵招　王谷原舍人青溪邀笛图

图为送人入蜀而作,图中坐小亭吹笛者,商宝意太守也。

江山到处都如此,其间黯然惟别。秋柳正垂垂,刻意教人折。兔华生又灭。禁几许、清歌呜咽。寒夜重来,旧游如梦,故应凄绝。　　恰忆五年前,江南岸、酒醒归舟时节。一桁碧阑干,听笛声吹澈。年华流水阅。那不遣、鬓丝成雪。忍看君,一幅闲愁,苦觅恨人说。

贺新凉　王谷原舍人青溪邀笛图

秋在台城路。听吴娘、小楼低唱,萧萧暮雨。画里帘波丁字水,每忆垂杨一树。逐落叶、随风飘舞。南北东西行万里,对河山、飘泊犹如故。谁耐写,别人处。　　能诗司马吾家住。(宝意官江西时,假馆舍间,家雨笠兄因得受业。及予自上党归,而司马行矣。)记泥墙、钗痕墨溥,昔年曾护。不道河楼留雪爪,又惹宾鸿相诉。邀笛奏、王郎新谱。我或前身据床客,踏荒烟、曾表桓公墓。历寒食,又三度。(桓伊墓在南昌城南,久湮水田中。庚午春,予访得其处,作记付南昌令顾瓒园,立碑表之。)

贺新凉　陈其年洗桐图,康熙庚申夏周履坦画

一丈清凉界。倚高梧、解衣盘薄,髯其堪爱。七十年来无此客,余韵流风犹在。问何处、桐阴不改。名士从来多似鲫,让词人、消受双鬟拜。可容我,取而代。　　文章烟月思高会。好年华、青尊红烛,歌容舞态。太白东坡浑未死,得此人生差快。弹指耳、时呼难再。及见故人图画里,动无端、生不同时慨。口欲语,意先败。

贺新凉　春郊送客图,送陈望之归商丘

海内无多友。聚离踪、黄金台畔,一杯残酒。南北东西廿年路,别绪千回禁受。君去矣、吾能归否。明日怀人何处最,记离亭、半树初黄柳。一展卷,一回首。　　君能使笔如挥帚。谅斯人、天非无意,勋名终有。卿相之荣等闲耳,何事方为不朽。莫但学、邹枚赋手,爱惜年华开万卷,笑尘容、碌碌随人后。任余子,曳裾走。

其二

我亦悲歌士。忆当时、青云结客,黄沙射雉。三十行年豪气尽,川上低徊流水。看遍了、江山如此。圆缺阴晴今古共,达人心、那不如灰死。知我者,二三子。　已曾三食神仙字。笑饥蝉、逡巡雪案,消磨败纸。不断车雷喧客枕,欲借独家聋耳。更无奈、别人燕市。满目风烟兄弟感,夕阳中、长揖分行止。都付与,画图里。

百字令　家戟门员外莲塘销夏图

水精之域,现如来、一丈青莲花界。懒角簪裾河朔饮,水枕风船俱在。公子风标,丽人颜色,恰与仙郎对。十分消受,世间残暑无奈。　转忆仆射陂前,绿杨千缕,浅瀓如罗带。展放天机云锦段,拥出红妆翠盖。廿载飘蓬,更番触热,闭置车箱隘。清凉如许,船唇著我差快。

其二

古来销夏,有玉箫金管,木兰之柂。柳屿花汀随处有,只有闲人难得。曲院三秋,鉴湖五月,越女无双白。婀娜碧玉,不妨添写身侧。　君有鸥鹭奇姿,神仙逸气,新注金门籍。那得科头箕踞坐,不向瀛洲太液。粉署含香,黄扉直夜,同是东华客。何年买棹,弟兄花里浮拍。

台城路　诸申之镜湖嬉春图

江山如此无情甚,水与春愁俱满。深悔当时,踟蹰陌上,却任花开缓缓。东风不管。将一丈游丝,等闲吹断。若道缘悭,匆匆怎做踏春伴。　人生此恨难遣。剩垂杨一树,雨疏烟懒。碧汉星移,银桥鹊去,比并天河还远。料他憔悴,也似尔年来,鬓丝新换。赢得思量,向懊侬船幔。

洞仙歌 诸申之镜湖嬉春图

春衣初试,映湖光脉脉,记得罗衫一痕碧。正鱼龙曼衍、莺燕纷纭,原不合,悄向众中怜惜。　　已令君识面,又不关情,此境迷离信难觅。谁遣杏花媒、哦使游蜂,勾引去、寻春油壁。不埋怨、湖山惹相思,反画出湖山、教人思忆。

大酺 题叶秋塍小照

有田不归,如江水、东坡亦可怜者。村村啼布谷,正留犁风起,僧衣全画。雨片如烟,鞭声若鼓,浅溅轻浮秧马。踏芳塍宛转,似丈人荷筱,樊迟学稼。把齐民要术,豳风杂咏,共老农话。　　秋成看穮蓘。脱青襄、泥饮瓜棚下。更打叠、稚子候门,山妻酿酒,骑牛小结鸡豚社。约投闲他日,共筑个、溪南茅舍。将桑柘、从新写。归田录罢,颓然美睡帘罅。听他香稻轻打。

台城路 题某小照

人生失意寻常耳,那得全无飘泊。习静缘悭,买山资少,辜负江南丘壑。乱愁抛却。将客里闲身,画中安着。琴意诗情,低徊犹可慰萧索。　　及时聊且行乐。看鱼龙舞罢,海天空阔。须鬓苍苍,江山浩浩,容易蹉跎芒屩。考盘何处,我亦似匏瓜,偶然悬缚。听到松风,便消魂休薄。

迈陂塘 钟叔梧秋水怀人图

划人间、东西南北,无情最是秋水。水与秋光较深浅,不敌相思无底。愁欲死。怨海内、知音不合相知耳。离怀若此。谁耐得星星,夕阳红树,几个雁声里。　　记前岁。同在京华怀尔。尔怀又复相似。自北而南魂黯黯,我是画中汀沚。三千里。待随着、樯乌转掷风帆尾。慰君何以。愿横铲遥山,填平巨浸,缩地共欢喜。

解连环　王谷原比部丁辛老屋图

寂然如此。问谁守庚申,谁论甲子。听门外、毂走惊雷,料爽垲难求,且居尘市。共燕分巢,何用择、干支戊己。把槿篱草屋,移画城西,一角山底。

退食闭门而已。但扫叶听蝉,可除多累。待成名宦何年,叹朔雪炎风,抛弃流水。万卷三间,容俯仰、闲身足矣。甲辰雠、只愁老我,软红堆里。

水调歌头　昆山徐芝山小照

东海不复见,世德重清门。绝代流风余韵,披拂见遗芬。乔木广留嘉荫,丛桂浓堆别业,秋色正平分。倚树读者者,金粟是夫君。　淮海气,书画手,宰官身。合向木樨花畔,添写月中人。妾本芙蓉艳艳,郎似紫薇冉冉,黄色到眉痕。衣上暗香袭,底用换炉熏。

摸鱼儿　宋悫庭观察杏花春雨图

别燕云、软红尘土,板舆一两轻御。梦魂先到江南岸,画取尚书词句。红几树。待小建、花坊碎锦亲题署。黄莺相遇。认旧日使君,朱陈村里,乍暖劝农路。　燕支坞。坐领满身香露。寿觞欢进无数。醉来可忆长安陌,二月街头卖处。将母去。至乐在、田园此事教人妒。好春遮护。索半臂偎寒,红妆举烛,续撰遂初赋。

贺新凉　题画

小榭围香雪。是诗人、是花是月,一般清绝。半亩玻璃浸疏影,掩映水中蟾魄。消受者、玉壶冰洁。不倩梅花为眷属,有弹筝、小婢笠篌妾。春意蚤,晕红颊。　一枝横竹声呜咽。算不比、落梅风里,江城五月。谁焙鹅笙谁撇管,自把阑干轻拍。与邓尉、孤山无涉。忍着清寒辞半臂,爱梅心、定不因人热。持此意,向花说。

水调歌头　熊涤斋前辈秋江垂钓图

一苇载翁去,岂有羡鱼情。为爱秣陵秋色,独泛大江横。不是磻溪隐士,不是富春男子,不乞鉴湖清。三朝瀛海客,八秩老先生。　　唤农父,引牛牧,召樵兄。醉向白苹洲畔,把酒问长庚。人颂起居八座,翁恋烟波万顷,笑与鹭鸥盟。何必赤松子,遁迹采黄精。

其二

一载住京国,户外满朱轮。就问朝廷掌故,声望鼎彝陈。六十年来三老,八千岁中乔木,翁是漆园椿。风流文字饮,鏧铄谪仙人。　　买归棹,整鱼具,理丝缗。暂别兰陔馨膳,游泳率吾真。不列玉箫金管,只载法书名画,去结米家邻。来岁桂丛发,重到作嘉宾。

水调歌头　杨默堂侍御江湖听雨图

梦醒箬篷底,一点一声秋。密密疏疏浙浙,听遍不胜愁。数朵湿山如黛,两岸芦花似雪,白了旅人头。谁识绣衣客,转忆绿蘋洲。　　是僧楼,是罗帐,是扁舟。触惹平生心事,仕宦苦沉浮。忽见鱼生床下,又听蛙鸣灶底,难得唤晴鸠。檐溜洒空下,多半作浮沤。

其二

何处乞渔艇,应怪雁声迟。多少青山红树,谁唱去来词。想到平冈古木,梦落横塘小岸,各自有相思。莫笑伯时懒,公尚在京师。　　水潾潾,石齿齿,草离离。人生转境堪念,怅惘概如斯。只好卧游薮泽,便是燕居清旷,真个欲何之。烟水接天阔,让与白鸥嬉。

酹江月　题归舟醉吟图

载书一艇,似乘兴而来,兴尽而返。回忆出门西向笑,此意顿成疏懒。遍友时贤,细参世味,两鬓缁尘满。长卿倦矣,云山是尔归伴。　　去年燕市相逢,九门风雪,酒罢眠孤馆。折到旗亭烟外柳,小别也堪肠断。初日年华,谪仙标格,天未容萧散。冷吟闲醉,放君暂作嵇阮。

其二

布帆无恙,是独往独来,不同飘泊。越鸟寻巢归翼健,送喜声传干鹊。辟蠹香浓,浮蛆瓮满,竟把虚舟缚。无心出岫,依然去卧岩壑。　　忆我当日归舟,也曾画取,白舫青油幕。不道十年成罪案,人骂樊川轻薄。事等烟云,君携图史,检点波涛恶。时来风送,明年还到京洛。

玲珑四犯　题落花图,为友人悼亡姬

满地燕支,是无情有恨,不堪多数。春色三分,已作二分尘土。回首燕掠莺梢,消受到、五更风雨。想绿窗、病眼啼妆,千片泪痕如许。　　隔帘谁唱山香舞。可怜人、乱红辞树。柳绵榆荚愁多少,同做香泥辛苦。仿佛倩女离魂,又似荀郎凄楚。待来春花放,三生石上重语。

贺新凉　刘丈小像

方丈蓬莱里。有神仙、大都皆是,贤人君子。五利文成荒诞者,鬼伯岂容方士。翁立命、居仁由义。生气无亏生理足,喜欢心、便可长生矣。不死药,妄言耳。　　石棱秋露先生履。拍洪崖、此都真有,洞天福地。好饮耽诗还结客,一笑黄金泥滓。薛包产、让之予季。孝友在躬天与寿,抱遗经、付尔趋庭鲤。道书箓,可焚已。

迈陂塘　题潞河送客图,饯蔡兰圃归觐,次戴匏斋韵

指南天、鸿来燕去,河干阅尽车马。天涯修禊无多友,却又送君行也。花信寡。只一树、长条斜映离亭写。文章新价。想扁舟过处,还如鸾披,传说姓名雅。　　吾庐在,不等求田问舍。驴车暂许停驾。一年偷署湖山长,管领诗

坛酒社。堂上斝。照彩袖、宫袍乐事多牵惹。凉秋新夏。愿旧疾消除,身如药树,习静寿萱下。

其二

泛春游、花明柳暗,轻舟自缓于马。江乡十里珠帘卷,笑指状元来也。情多寡。择好句、旗亭壁上亲题写。春风无价。倘妙手传神,画来团扇,风度定闲雅。　　清暇日,重启读书旧舍。古人谁足方驾。天公厚意科名美,莫恋月村烟社。抛酒斝。念国士、遭逢魏阙添萦惹。翻经长夏。将后世评论,他年事业,料理一灯下。

满江红　题桑干送远图,再送李载庵返滇南

春草芦沟,又加写、旗亭行色。比叠到、阳关三曲,曼声凄恻。画本重题言不尽,故人相送情难极。较桑干、深浅意何如,惟君识。　　车与马,鞭丝勒。主与客,舣船侧。埋怨到、绿杨丝短,系君无力。聚首不如图以内,怀人只在天之北。咽离声、流水最无情,何曾息。

其二

游子归来,洗靴袜、征衫才卸。浣不尽、燕云塞雪,酒痕狼藉。蔡顺倍添慈母惜,杜羔幸免山妻骂。看娇儿、绕膝更思亲,何年赦。　　旧棨戟,青山亚。新绰楔,朝晖挂。尽经年、行田上冢,治家粗罢。毛义自应求仕宦,向平且漫谋婚嫁。捧安车、奉母渡桑干,当重画。

金缕曲　揖别图,送方郡丞之任粤西

何处相思水。桂林边、山城一角,伏波岩底。插笋牙樯分岸泊,漠漠汀唇沙嘴。是送客、之图如此。作郡几人从此去,剪寒波、直到漓江尾。潞河景,颇相似。　　方干风度思量起。记曾见、南昌香令,恺之堂里。十二年来人事改,感逝伤离而已。问司马、鬓丝余几。榕树门东支手版,忆长安、梦绕零陵矣。题画者,共悲喜。

金缕曲　申槩林桃叶渡江图

芳草如裙带。那更有、春江如镜,远山如黛。花月低迷石城艇,名士美人俱载。是当日、狂奴故态。司马多情亲折证,看朝云、坡老真无奈。掀髯处,可怜太。　　诗情画意凭谁解。道个侬、倾城颜色,广陵人在。剪烛推篷寒自忍,裘已为卿而卖。奉半臂、笑披郎背。今夜三星光艳艳,护鸳鸯、不许秋河界。梦中语,醒还爱。

其二

两桨春风动。不堤防、夫人爱惜,比郎尤重。翡翠窗前初识字,自取周南低诵。向大妇、边旁随从。鸾侣中年常比翼,又新添、一朵桐花凤。引玉燕,入香梦。　　回思江上兰桡送。暮云边、塔铃低语,晚风轻控。君过桓伊邀笛步,横竹定然三弄。料不要、桃根相共。试绘洗儿长卷子,索同人、玉果犀钱奉。当再乞,画师宋。

金缕曲　金棕亭秋江拥棹小照

展卷嗟行旅。写牢愁、碧波千里,一枝柔橹。不系虚舟天浩渺,飘泊何年才住。算中酒、阻风情绪。十五年来淮海客,扣舷声、中有伤心语。青篷下,听寒雨。　　天涯兄弟离心苦。记当时、谢家山馆,对君凄楚。得丧纷纭真偶尔,相见鬓丝如许。数点雁、两行秋树。不用重寻石城艇,遣繁忧、只此堪凭据。载一鹤,渡江去。

水龙吟　春江归钓图,为王蔗村太守作

何人剪取吴淞,拖蓝脱写春江本。山眉翠展,桨牙花绉,木兰安稳。风响菰蒲,波鸣瓮盎,远天无尽。念少年游泳,钓床渔具,触惹处,便难忍。　　回首故园樱笋。被东风、水乡牵引。绿杨堤外,饧箫粥鼓,清明天近。碧涧香芹,银刀鲜鲫,梦归无准。问当时、渔弟樵兄,且未许先生隐。

摸鱼儿 春江归钓图，为王蔗村太守作

接平泉、玻璃万顷，旧开丞相花墅。角巾曾咏澄江练，渌净执经堂户。春申浦。记芳草、裙腰晒遍斜阳罟。昔游佳处。但一着低回，水边林际，历历尽堪数。　　曲江宴，忽漫绾人簪组。朱轮来往公府。冰衔小署诗人字，臣本张溪渔父。教画取。画叶叶、蜻蜓欸乃摇轻橹。待持竿缕。把卅载忘机，临渊心事，细向惠施语。

迈陂塘 蔡瞻亭侍御小照

写风怀、分司御史，依依射鸭阑曲。熏炉侍女桐阴下，添染朝衫新绿。珠几斛。买翠钿、成双暖老须燕玉。画中看足。道舞扇歌裙，不曾真个，新注小名录。　　人生事，大抵烟云断续。但须举酒相属。娇儿解觅金鱼佩，还乞老夫诗读。香荈熟。待舌本、回甘清味徐徐复。多情杜牧。休再发狂言，惊回红粉，笑转紫云目。

百字令 程仁山梦云图

虚无缥缈，是因何结想，珊珊来矣。彩雾香云留不住，留下语言文字。昨夜星辰，仙山楼阁，主者非耶是。女三为粲，姓名历历堪指。　　只恐咏到无题，寓言十九，别有闲情旨。小雅离骚何所谓，香草美人而已。泽畔明珠，舟中玉杵，信否怜才子。士嗟不遇，梦中聊索知己。

摸鱼儿 张松坪荷净纳凉小照

认田田、东西南北，碧波鱼戏莲叶。藕花亭子新凉后，一桁阑干斜折。人影贴。唱水殿、风来香与鸥波接。暮云千叠。想十里平山，二分明月，中有笛声撇。　　缁尘海，那觅采芳菱艓。漫寻手板支颊。画楼若许人同倚，三尺碧筒应挟。冰簟阔。指明镜、中央小梦鸳鸯惬。银河难涉。只百顷风潭，千章夏

木,都借画屏摄。

百字令　吴江秋色图

一帆婀娜,引孝廉归舫、半江秋水。下第情怀初领略,未可悲歌难已。健翮方抟,霜蹄小蹶,况有陈平美。岂长贫贱,西清正要才子。　　且去将母吴门,寻亲白岳,一洗淮阴耻。恶少年来相问讯,当日饿夫如是。家傍垂虹,窗横笠泽,小住为佳耳。扁舟散发,春来我亦行矣。

虞美人　秋雨停尊图,为阮吾山舍人悼亡

疏桐坠叶敲罗幌。疑是金钗响。小楼灯暗梦初醒。恰好哀蛩低和、雨铃声。　　怜他斗酒收藏久。更忍杯当手。小山丛桂露应晞。几夜秋坟人唱、阮郎归。

水调歌头　自题归舟安稳图

缓缓弄春水,未是急流中。舟比退飞六鹢,那要满帆风。画里溪山不改,镜里须眉可笑,骨相老诗翁。潇洒一官足,磊落半生穷。　　母康宁,妻婉娩,子童蒙。去拣江山佳处,小筑百花丛。醒则奉觞上寿,醉则关门熟睡,旧事海天空。匆以悠悠说,乱我读书胸。

摸鱼儿　王琴德比部三泖渔庄册子

放先生、鸾台凤阁,如何梦绕烟水。九峰三泖空濛极,移入辋川图里。还细指、看一桁、斜阳网挂鱼虾市。钓丝楼底。怕阑外沙崩,槛边湍落,鸥鹭暗惊起。　　苍茫外,何处汀唇沙觜。轻帆叶叶如驶。谁钦管领湖山者,让与芦中穷士。君莫拟。浑不放、大鱼东海扬鬐尾。御沟波弥。且斫鲙蓬池,钓鳌瀛岛,岂必食河鲤。

四字令　洪两山乌丝红袖图

仙郎玉人。仙娥丽人。乌丝红袖温存。是迦陵后身。　　冰弦指痕。鸊裘酒痕。冻豪底用炉熏。借吹兰口唇。

清平乐　洪两山乌丝红袖图

子虚乌有。真个消魂否。撅笛弹筝交玉手。唱出晓风杨柳。　　书生未耐寒酸。寄想惊鸿舞鸾。何日珠围翠绕,画中且自寻看。

百字令　汪怡斋林于小憩图

十年前影,是碧梧翠竹,鸾停鹄峙。岁月迁移人事改,今有鬖鬖须矣。彩服随兄,寿觞娱母,重启尚书邸。赐书千卷,孝廉之乐何似。　　记得同住仙源,杏坛春永,爱看趋庭鲤。文石幽篁身左右,遂写冰颜于此。忠孝承家,文章报国,磊落佳公子。不宜宴坐,鹤书将诏君起。

清平乐　三村寻芳图

寻芳载酒。词客年年有。一片江城归画手。认取连蹊花柳。　　去寻桃叶桃根。草绿裙腰几痕。遥指第三村子,者番真个销魂。

贺新凉　会稽令舒澹斋小照

凉意芳塘转。浑不辨、姚山稽水,有斯池馆。仙吏退公销夏处,绿沁玉壶冰盌。尽莲叶、田田铺满。待取红妆扶翠盖,柳腰肢、更比诗人懒。寄此意,共香远。　　高情琴酒原疏散。是才子、风流为政,莺花勾管。画卷诗奁清供好,袖有兰亭真本。不用觅、支颐手版。面面蓬莱围几席,把荷花、劝引歌喉缓。加几个,玉台伴。

贺新凉　宗介帆惜花起蚤图

春色浓于酒。好园林、曦轮未起,曙光才透。万物之初朝气在,况值群芳如绣。唤起起、画楼开牖。不待鸡鸣吟戒旦,试仙郎、滴露搓酥手。现一对,花间友。　　生香艳艳交花又。免春愁、镜中眉黛,陌头杨柳。恰趁晓妆匀腻脸,珠蕊笑开檀口。尽让与、闲时消受。他日官人频问夜,整朝衣、侍史熏香候。花殿琐,数声漏。

虞美人　刘宝七听雁图

秋光好在江空处。柔橹声难在。一株残柳带芦汀。来趁天边新雁、两三声。　　此时听者知多少。生怕闲情搅。诗人倚棹唱婵娟。不比江枫渔火、对愁眠。

蝶恋花　题画

绿萝垂幔红妆绕。妾意君情,细细游丝袅。忍把浮名轻换了。浅斟低唱风光好。　　檀板莺喉词懊恼。郎是青藤,妾是迦陵鸟。脸际荷花开窈窕。笛声呜咽云缥缈。

潇湘静　薛寿鱼属题云华校书小影

是人是竹亭亭影,看一样、萧疏情致。霜痕粉印,谢他移种,有湘江愁泪。待写十分娇,才写出、一分寒翠。画中如此,琴边香侧,那不教、郎心醉。

却怪影儿难拆,峭风前、抛他独自。料应偎倚,防人相妒,转令欢相避。日落月生时,个个是、相思双字。风流赢得,江南诗老,争题本事。

百字令　豆棚闲话图

居吾语汝,启雕龙炙輠,谈天之口。跂脚支颐还袒臂,杂坐东西前后。吐舌伸头,耸肩侧耳,共拍卢胡手。古人名姓,子虚亡是乌有。　　试看忽鼓忽歌,妄言妄听,椎鲁皆良友。怕问三家村学者,六四括囊无咎。蕉扇驱蚊,竹衫收汗,星挂疏疏柳。先生倦矣,豆花聊以为寿。

氐州第一　红衣钓师图

清渭通淮,富春采石,无聊踪迹相似。曳玉腰金,赐绯衣锦,毕竟于卿甚事。戒衣花、一朵装点,渔郎风致。满袖丹砂,仙人狡狯,者般游戏。　　倒影绿波红欲坠。算落艳、浮英相饵。竿拂珊瑚,身骑赤鲤,镜展新荷芰。向莲舟、呼太乙,共点点、霜枫同醉。孤鹜惊飞,应错认、晚霞飘至。

齐天乐　水榭话旧图

蒹葭水落阑干下,曾照老翁清影。水宿非舟,陆居非屋,剩得三椽篷艇。诸公台省。让野鹤孤云,烟霞薄领。书局随身,鸳鸯湖上是箕颍。　　当时出岫归林,怕献嘲腾笑,终焉此境。古铁舟园,小长芦屋,转眼凭他兼并。儿孙追省。守处士蜗庐,百年何幸。换以华堂,问先生可肯。

留客住　商次纡夜雨怀人图

最凄楚。是小楼、者般孤另,者般萧瑟,又是者般风雨。一时愁绪如织,穿入海角天涯情一缕。平生知己,算今年、今夜几人孤处。　　谁共语。铁马含风,瓦灯摇影,作弄秋声,那不销魂如许。太息轻裘公子,绿鬓仙郎,去留难自主。者般时候,想有人、从此者般怀汝。

贺新郎　咏美人题红图，为宗芥帆作

霜作青枫色。响阑干、飞来一片，美人初拾。拭净烟痕凉雨晕，把作红笺轻擘。有半缕、秋怀脉脉。不是婵娟写宫怨，是新娘、学和催妆什。豪欲点，颊微赤。　云根一朵三生石。小花神、嫁他红叶，此缘真得。不用镜台低语谑，郎貌未过三十。愿添写、红衫人立。再拾阶前红一片，叠双声、补入和鸣集。郎更有，扫眉笔。

百字令　童二树借庵诗意图

子虚乌有，问前生后世、我身何在。谁是主人谁是客，空处向谁相贷。意蕊心香，云车风马，都是难酬债。偶然住脚，可知庵在身外。　一切庄列言诠，但增饶舌，转见胸中隘。画取团瓢归梦里，梦醒思之无奈。知觉因缘，虚无起灭，甚矣诗人惫。还他一券，先生无挂无碍。

齐天乐　又题二树讨春小照

问谁修到梅花者，输君独能如此。笔吐寒香，意横疏影，身作槎牙斜倚。江村遥指。道雪满千林，好春来矣，翻把扁舟，载将人去与花比。　花枝较人何似。恐朱颜玉骨，不如人美。冷韵幽情，素襟芳信，总在诗翁就里。丁丁玉齿。尽细嚼微吟，共花眠起。驴背酸寒，论风流让尔。

贺新凉　次韵题平确斋桐阴引凤图

树影过帘柱。记当年、纱橱眠起，花砖共数。十载钿车随皂盖，听遍江湖凉雨。把一卷、循良新谱。缀向和鸣诗稿后，夜吟声、响答蟾宫杵。酬唱乐，者般妩。　云霄小谪瑶台侣。拭端溪、鸳鸯锦砚，采豪双举。玉茗秋开香寝畔，楼外苍然平楚。过岭觅、珠娘鹦母。初试梅花妆额样，美人蕉、红傍疏棂吐。仙蝶翅，掩堂庑。

其二

笑别丹砂鼎。写仙官、归来句漏,移家相等。新筑鉴湖三亩宅,合署蓬莱行省。暂住也、老天才肯。小院凉生人并坐,海棠红、偎热秋兰冷。靠一树,梧桐影。　　让人迤逦终南径。好夫妻、读书双眼,都如明镜。雏凤声清依老凤,总角定簪红杏。背经史、银瓶浆迸。阶下宜男花又吐,小麒麟、以次争驰骋。添几个,擎珠媵。

百字令　周虎木小照

燕居而坐,是力田孝弟,明经才子。九命文章憎蚤达,卅载三冬文史。四韵敲筑,万言倚马,捷敏谁能似。登楼入幕,书生聊复如此。　　但须红袖添香,绿衣司砚,何物夸金紫。闻道更番吟锦瑟,赢得佳人画里。媚矣三姝,艳哉三妇,粲者皆予美。唐书再撰,大臣将荐君起。

添字渔家傲　程筠槲柘溪渔父图

门前百顷鱼虾国。老屋三间,收取风潭色。小作栖迟非隐客。谁抛得。五湖一片扬州白。　　笑听渔歌纱帽侧。雨笠烟蓑,不是闲标格。赤壁襟怀风月笛。劳筋息。傍人漫认天随宅。

其二

画船箫鼓江南路。冉冉凉烟,恰引乘鸾雾。璧月琼枝联玉树。归来去。鸳鸯一对随鸥鹭。　　桑柘阴阴帘影护。画里人家,可便完婚娶。写向轻绡题好句。云水暮。花源那许渔郎误。

烛影摇红　胡孝廉剪烛双书小照

池馆凉生,晚风吹月黄昏乍。谁抛小镜贴鸥波,肩影罗衫亚。两朵珊瑚笔架。对沉吟、玉纤齐下。双声叠韵,鸾凤和鸣,倩他描画。　　越国江山,潞河烟景都无价。莲花庄子且安居,过了今年夏。明岁曲江宴罢。彩豪簪、钗梁同挂。天街归后,御烛光摇,细君欢迓。

金缕曲　题陈玉池小照

溟涬空无际。有人受、白玻璃界,最初之气。展放槎牙玉龙影,冻蕊疏疏才试。只数点、心含天地。不管百花何日绽,在雪中、未问调羹事。约鸿爪,共游戏。　　扬州官阁萧然寄。任喧阗、淮南钟鼓,竹西歌吹。梦绕林家三万树,香沁冷魂皆醉。烂嚼也、冰融珠碎。便欲身居水精域,讲孤高、兀傲皆无谓。谁解写,个中意。

双双燕　定郎小影,为金棕亭作

忽然萦绕,似飞絮沾泥,落花依草。凭肩握手,着处粉为香袅。又浴向华清沼,学睡醒、鸳鸯偎靠。恁般匿笑回身,背面教郎看饱。　　谁遣离情相搅。要镜里藏春,雪中留爪。丹青现影,长贮春云容貌。十七年来何处,怕也似、徐娘已老。赚将词客痴魂,展卷一齐销了。

探春慢　同老图

桐帽棕鞋,溪翁园叟,六枝灵寿藤稳。临水登山,寻花踏月,鹤鹿衔芝相引。共说升平事,同看遍、晚菘朝槿。喜无杂姓幽栖,敢说一家肥遁。　　正德年间诸老,算比并前贤,后先招隐。宗法家规,衣冠礼让,伯仲儿孙相准。耆旧黄山录,羡遗韵、风流未尽。入画须眉,尽人摹作真本。

定风波　高东井陈蓉圃联句小照

韩孟韶年可得知。揭来东野井边居。展放桐阴遮别馆。青满。仙郎开现两芙蕖。　　冠玉姿容文字伴。嵇阮。清词丽句吐徐徐。鸾凤交鸣吹六管。长短。双声遥曳响琼琚。

四字令　高馆疏桐图,为王梅轩作

修篁翠排。疏桐翠揩。满檐天乐飞来。是琴材笛材。　珍珠进阶。玻璃溜苔。白云满地皑皑。听泉声暗回。

其二

凭轩忆谁。凭阑待谁。幽人雅擅临池。是羲之献之。　香丝鬓丝。帘丝钓丝。此间少住些儿。看山泉出时。

蝶恋花　引鹤图

妾意君情花远近。转眼胎禽,却被松枝引。再访玉真云路隐。人间只有情难尽。　鬓影衣香留画本。写自何年,色韵都相准。打鸭随鸦天最忍。柔肠莫被相思损。

贺新凉　次汪剑潭韵题管平原梅花

独立空山影。认夫君、颓唐风致,峭寒心性。长剑高冠布衣叟,洗尽人间金粉。似老树、着花齐整。四世三公好枝叶,让先生、破屋眠欹枕。调羹信,漫催警。　雪欺霜压能安稳。抱孤芳、尽教人看,尽教人咏。蚤放迟开随气候,争甚南山北岭。合伴我、堂东玉茗。檀板金尊歌翠羽,好些时、忘记冰天冷。不用写,探春艇。

疏影　题吴仲圭竹谱不全卷子,为张晴溪作

疏枝嫩叶,放烟悄数寸,襟袂鸾羽。半幅霜缣,几丛寒碧,知被谁家割去。一样箟䇹怜偃蹇,算仍仗、坡翁记取。认至正、己丑之年,画日将逢端午。　想见湖州老友,偷弹斑竹上,泪痕如许。遗墨流传,古意萧疏,中有夜风凉雨。得酒枯肠芒角出,马远残山难补。剩襄阳、半个人儿,愁煞梅花庵主。

靳荣藩（1726—1784） 3首

字价人，号绿溪，山西黎城人。乾隆四十三年（1778）进士，官直隶大名府知府。以注吴伟业《吴诗集览》名世。著有《绿溪词》。

一剪梅　二禽图

怪底禽言得意多。鹦鹉称哥。鹧鸪称哥。二禽毕竟未同科。鹦渡黄河。鸪阻黄河。　玉粒金笼只自诃。鹦避罩罗。鸪避罩罗。未如扪舌向烟萝。鹦语须讹。鸪语须讹。

金蕉叶　题陈眉公摹王叔明天香书屋图

元人句写元人屋。元人画、更添芳躅。占得天香，共称三绝声华馥。幸有畲山仿佛。　胸中万卷先撑触。貌林亭、自隔尘俗。只夸绘事风流，岂止征君独。怎与阿蒙相属。

满江红　题吉州兰素亭观察小影

禹凿龙门，河渠志、神功第一。公阅尽、故乡山水，猛湍千尺。德泽先敷宁晋泊，恩波欲遍湖湘侧。恰遭逢、畿辅待安澜，资舟楫。　依林薄，寻安宅。携书卷，供思索。把风涛烟浪，眼前都隔。澄志才知身世好，凝眸顿觉天机适。劳画师、缣素写清瞩，呼应出。

江昉（1726—1793） 7首

字旭东，号研农，安徽歙县人。江春从弟。寓居扬州，候选知府。与厉鹗、王又曾等为友。工诗善画。著有《练溪渔唱》。

青衫湿　浔江送客图

未曾指拨情先露,红泪湿香绡。细诉当年,门前车马,今夕萧条。　　命轻于荻,随风漂泊,迎送秋潮。月冷云孤,声凄弦急,听也魂消。

风入松　沈沃田步屧寻幽图

轻衫恋体称闲寻。缓步过前林。白云不扫横眠懒,爱罗罗、一片疏阴。荦确斜穿曲径,碧空澹抹遥岑。　　天风凉洒动松吟。雅韵写秋琴。流泉浣断尘飞处,笑人间、何事关心。影带夕阳归去,知君更住幽深。

八声甘州　为焦五斗题玉几丈画鹤

认先生化去乍来归,把卷尚疑猜。是溪藤一幅,生前妙笔,淡扫毰毸。顾影翛然独立,随意啄秋苔。不受凡笯缚,不染尘埃。　　脱赠山人还为,补数行题句,潇洒仙才。引琴心细弄,三叠育禽胎。玉丫叉、休悬槛外,恐和云、飞去住蓬莱。空明夜、声声唳悄,响出幽斋。

点绛唇　苏小小像

蝶荡蜂迷,柳藏春色垂金缕。花明月午。赚尽风流句。　　一幅冰绡,乍识娇眉妩。愁如许。芳魂来去。常在鸳湖路。

百字令　题乌目山人寒岩听泉图

王郎妙腕,仿营丘粉本,翠屏环立。一道寒流云外泻,天娇玉龙飞出。树杪斜穿,风尖碎响,喷作孤峰雪。虚堂毕静,水花疑溅吟席。　　此境何日堪寻,飘空练影,映得须眉碧。绝似层峦听过雨,雅韵秋桐悬壁。短策闲支,尘襟净洗,更着登山屐。圆庵能结,半间添向岩侧。

蝶恋花　题画蝶图

五色仙裙金粉笔。一幅生绡,描就滕王格。逐队翩跹怜彩翼。轻盈惯向风前拍。　花径寻香花底匿。小字春驹,可解将春惜。便欲高飞无气力。墙头红雨纷纷湿。

满庭芳　题黄小松秋影庵图

空翠吹衣,青阴涨地,都缘水国秋清。冷光流入,天净雨初晴。人倚虚阑唤鹤,穿窈窕、飞上层青。拥一片,蕉间梦醒,花落石床平。　心尘聊共洗,一汀鸥鹭,寄傲幽情,步交枝,径里短发鬖髿。迟月香生草木,对玉兔、倒影虚明。第一是,竹边松底,如盖自亭亭。

胡慎容(？—1763)　2首

字观止,号卧云。原籍直隶大兴,浙江山阴(今绍兴)人。慎仪妹,会稽冯烜室。简静娴雅,精工篆隶,亦能诗词。著有《红鹤山庄诗钞》二卷、《红鹤词》一卷。

临江仙　题金柳渔居士垂钓图

坐对清江千里碧,飘飘独泛吟篷。蓼花香惹钓丝红。夕阳明远岸,烟柳挂轻风。　自是高怀多洒落,扁舟常载诗筒。一竿一笠画图中。玉壶天地阔,醉月笑群鸿。

临江仙　题金啸铁居士鸥鹭忘机图

松竹森森多古秀,烟波深处凝眸。蒹葭碧石一江秋。静观霞色好,不与世同俦。　　两两沙禽相对语,冰壶金鉴常留。半天水影照心头。飘飘神韵里,疑是泛轻舟。

庄肇奎(1728—1798)　3首

字星堂,号胥园,浙江嘉兴人。以学博荐为贵州施秉令,升松桃同知。后入李侍尧幕,因事牵连遣戍新疆伊犁,居塞外凡十年。召还,出守岭南,官至广东布政使。著有《胥园诗集》十卷,附词一卷。

踏莎行　题温州李太守春夏秋冬四季小照

晴放冰衔,风调玉管。雁山瀛海春光满。当轩料峭不憎寒,梅花官阁吟诗伴。　　月魄生香,霜肌送暖。蹁跹舞鹤依仙馆。使君吟罢笑巡檐,琼浆刚进玻璃碗。

一萼红　题画红梅

记登临。在小桥野渡,驴背暮烟深。镂雪搓霜,偷香捉影,微茫人在空林。明月下、冰肌斜倚,更胭脂淡抹茜衣襟。官阁清樽,云阶艳曲,有个知音。　　蓦地寒钟唤醒,但枝头鸣翠,天上横参。万里思君,三生剩我,凄凉纸帐孤衾。隔不断、魂来梦去,向曲屏、残烛恣幽寻。化作断霞千片,孤负春心。

踏莎行　题梨花白燕画扇

㵄雨零丝,梦云分片。闭门夜月溶溶院。俄闻花底语双双,寻寻觅觅谁曾见。　　玉剪轻悬,乌衣初变。汉宫相识还应恋。空教寒食忆江南,诗人老去题纨扇。

戴文灯 22首

字经农,号匏斋,浙江归安(今湖州)人。乾隆二十二年(1757)进士,官礼部员外郎。与蒋士铨、汪由敦交。著有《甜雪词》二卷。

湘江静　自题浯溪读碑图

石骨萦青横极浦。忆抽帆、淡云孤驻。枫林向夕,猿吟断续,是停桡清句。绝壁拂雕镌,惊涛卷、湘魂飞去。怀沙等恨,江潭自吟,何人会、独醒处。

念使君,心最苦。几沉吟、蜀山秦树。中堂草长,吾台砌圻,剩山僧钟鼓。别硐暗流花,都分付、冷烟疏雨。涪皤去后,凭将妙手,丹青共赋。

台城路　水仙,题毗陵女史恽冰画

绿蕤倒薤檀心炷,春前雪中先见。露泣瑶溪,冰凝鲛馆,玉骨清凉无汗。江皋佩远。剩罗袜盈盈,曲屏斜展。付与幽人,冷香吹落好东绢。　　新年风物细数,有明灯错落,疏影清浅。沙白鸥盆,苔青灵石,独向春风流转。星冠漫颤。便听彻山香,莫教开遍。移向明湖,弄珠人共浣。

眉妩　题朱上舍春桥落花图

又春归何处,杜宇声声,花片碎授打。唤醒三生梦,凄凉事,年华锦瑟工写。个侬意惹。甚好春、偏做花谢。便拈出,一霎优昙现,负当日良夜。

长恨蟾光多缺,问素娥底事,尘世轻舍。鸾凤伤飘泊,也须念,铜仙清泪铅泻。酒阑烛灺。奈者番、风雨狼藉。剩燕蹴筝弦,惊晓枕、落鸳瓦。

迈陂塘　题潞亭折柳图,送蔡季寔同年归枫泾

惯春寒、柳芽慵吐,疏枝不系征马。右银台路文书静,催得先生归也。同调寡。数几载、张南周北心倾写。商量声价。是第一仙班,无双国士,百五娣群雅。　　天伦事,树蕙滋兰子舍。鹿车最好双驾。耆英新会传图绘,添个彩衣入社。斟玉斝。话讲幄、宫壶宣赐炉烟惹。嬉春销夏。想三径依然,九峰在望,高枕北窗下。

望湘人　题岭梅吟屐图,送家筦圃编修归南安

渐秋声在树,高柳晓蝉,欲凉犹热时节。酒幔河桥,是谁理棹,作出悲秋伤别。两度持衡,五年簪笔,难忘京国。奈故山、葱蒨陔兰,乐事天伦畴匹。　　记省章江赣石。有重关铁锁,秦时明月。动消息霜前,到及玉梅如雪。相逢驲使,定猜归客。忍便天涯轻隔。待改岁、燕燕南飞,迟尔春明门侧。

解连环　题邵蔚田杏花春雨行看子

八砖人静。正风光转泛,鸟啼花靓。惯一霎、翠幕轻阴,作微雨嫩寒,冶春烟景。稚柳夭桃,问可是、旧曾来径。自江南梦杳,上苑恩深,画图闲省。　　金鱼馆前辔整。想奎章阁老,酒痕鞭影。但趁得、十里青帘,尽茅屋风流,总输仙境。为待他年,续故事、柯亭刘井。又何如、半醒半醉,卧游酩酊。

迈陂塘　题张松坪同年荷净纳凉图

忆红桥、荷风别浦,雕栏斜度深院。五年人海飞埃里,抛却酒旗歌扇。君不见,有昔日、莺莺燕燕诗家眷。绿深红浅。便珠弄招凉,帛摇澄水,难画好东绢。　　披图处,百顷风潭似练。冷然怀抱真善。故园恰傍王孙宅,人道白莲庄畔。空坐叹。漫付与、晓风残月垂杨岸。如君能遣。更缓棹黄头,低擎翠盖,快展碧筒宴。

洞仙歌　王二文园座上,观宋人纨扇画册,各系一词

其一　张戡蕃马图

权奇骥足,带天山阴雪。两两嘶鸣赭流血。柳阴边、遥指袜首奚官,吹一霎,白草黄沙笳咽。　　丹青曹霸老,弟子谁传,又见雄姿写奇杰。莫问满川花、人去龙眠,都皈向、老禅饶舌。算只有、吴兴赵王孙,更何似承平、瓦桥人物。

其二　徐崇嗣丛菊图

折枝花朵,映秋深篱落。滴粉搓酥转萧索。鲤鱼风、作出橘绿橙黄,当此际,一醉满头须着。　　铺堂矜没骨,试说宗风,来自澄心旧帘幕。唱彻念家山、青峭峰峦,恨江上、黄花波恶。待听得、天津杜鹃啼,又花石网沉、一群猿鹤。

其三　孙太古莲舟仙子图

蓬莱清浅,泛仙人何处。一叶莲舟寄烟雾。藕如船、幻出十丈花光,登彼岸,料是樊桐悬圃。　　天风吹海水,欲访安期,只在扶桑向东路。试问旧词官、玉女窗前,看青鸟、几回飞度。待甚日、传书与刘郎,恐石马秋风、又吹陵树。

其四

李公麟阴符经图,写"火生于木,祸发必娄"二句、高宗小楷经文一篇

龙眠居士,在熙丰之代。新法焦枯栋梁坏。溯轩皇、一编能执神机,凭想象,略见千秋成败。　　昆冈炎不灭,祸自何胎,社树萧萧泣山鬼。回首望神州、纳寇渝盟,宛描出、弄兵童蔡。空剩有、奎章写思陵,有潮落钱唐、冬青烟霭。

其五　王诜幽谷春归图

青烟传炬,是主家阴洞。红雨飞花杂香送。玉壶春、何人扶醉归来,香阁

外,瞥见一群幺凤。　　故人犹忆否,叠嶂烟江,江上愁心比山重。风物写园林、润泽清华,也消得、粉侯光宠。更何必、坡翁赋囚山,但烛影摇红、此情谁共。

其六　马贲一阳图

群空三百,看写生神王。尔牧偏称一阳长。北风低、何似敕勒川前,春草碧,自有长林丰壤。　　阿谁夸货殖,泽里千蹄,见说封侯足雄放。麇眼满疏篱、萧飒清寒,别画得、髯郎模样。倘相遇、金华故山中,问当日初平、别来无恙。

其七　赵伯驹松山高卧图

清溪一曲,有云廊深靓。曲绿窗棂簟纹凝。拂长松、此地六月生寒,心悄悄,欲唤客眠未醒。　　王孙矜藻缋,错采镂金,界画楼台富工整。特为写萧闲、意象空濛,无言处、碧天云净。算福地、人间几相逢,便十志卢鸿、也还难并。

其八　赵伯骕荷亭烟柳图

高宗御题《阮郎归》词:"云霄遗暑洗回塘。荷花积渐芳。柳阴一带绕宫墙。春锄过柳旁。　　风力远,日痕长。窗中丝与簧。不妨佳句满残阳。闲心转更凉。"

难兄难弟,数风流晞远。德寿宫前拜恩献。落人间、什袭绨锦囊中,陵谷改,犹见碧浔青幔。　　垂杨千万缕,不辨生绡,非雨非烟罨芳岸。三十六陂花、云锦参差,残阳外、宸游应晚。忽忆在、荷风扇明湖,听曲院凉蝉、酒阑人懒。

其九　马和之筠窗高隐图

翛然意远,是吴装标致。屋角松高竹摇翠。构茅斋、净扫十笏无尘,窗外日,日脚衔山欲坠。　　侍郎工彩笔,承旨官中,比似宣和更优异。受诏写毛诗、草木虫鱼,添多少、郑笺孔义。只此幅、萧萧两三竿,试唤起洋州、共参清閟。

其十　苏汉臣卖符图

古今人物,最婴孩难写。意态娇憨质而雅。记苏家、擅此别样才情,看尺幅,一队茭师如画。　　汴京全盛日,灯火樊楼,瓦狗泥车闹春社。半壁寄钱唐、月地花天,剩遗老、梦华悲咤。惜不见、清明上河图,怎输与村翁、诇痴声价。

其十一　刘松年高士图

高宗题云:"当年不识此清真。强把先生拟季伦。等是人间一陈迹,聚蚊金谷本何人。"未详所指。

清波门外,说绍熙名手。嘘吸湖光醉花柳。写丹青、曾到妇织夫耕,风趣好,画院诸公未有。　　思陵题品在,高士何人,金谷繁华谅非偶。此地足幽栖、水碧沙明,除非是、子真谷口。又一簇、渔人聚澄潭,问鸡犬桃花、尚能寻否。

其十二　谢昇采菱图

林塘风细,爱柔丝低飐。带藻萦蒲碧波染。竹枝娘、十五娇小船头,侬镜里,争比花身光潋。　　乡愁因读画,记得蒲帆,塘外新凉正秋淡。双桨趁明流、鹭下鸥边,忽吹落、渔灯一点。但只少、红裙唱菱歌,剩清远溪山、别来应念。

其十三　赵大亨绿杨书屋图

碧油如幄,袅长条金缕。唤起三眠隔烟浦。诉春风、上有两个黄鹂,凭晓梦,叫彻幽人小住。　　朱门沾墨渖,世有萧公,直得长须奉为主。一样逞清妍、杀粉调铅,都不学、寿陵余步。想一艺、专门有承师,但慧种天成、非由尘土。

其十四　无名氏绣榴花双蝶图

蚜罗文细,认金针重叠。宛转迎风一双蝶。粉痕新、一似才出花丛,飞不定,措措红裳相接。　　碧窗春昼永,笑唾红绒,想得灵芸手低捻。巧艺说云间、压绣明金,几曾见、能传卿法。更不羡、流黄九张机,试剪取吴绫、偷描裙褶。

八声甘州　用柳屯田韵,题潘上舍少白整冠图

问三高祠下五湖船,冷枫又迎秋。趁篱边菊绽,浮云过眼,莫上高楼。竹里琴歌酒坐,此地最宜休。醉把篛皮整,侬自风流。　　更忆清门文采,有遂初斑管,江梦谁收。向雪滩垂钓,好景待君留。斸新词、小红低唱,望松陵、何日载归舟。还君画、井梧飘砌,吾正工愁。

何琪　5首

字东甫,号春渚,浙江钱塘(今杭州)人。生于雍正六年(1728)前后。嘉庆元年(1796)阮元以孝廉方正举之,辞不就。为人清介自守,以布衣终,卒年七十余。著有《小山居稿》。

减字木兰花　题橙里石湖泛棹图

春光无价。都在垂杨临水榭。桥影弯环。撑过吴娘六柱船。　　倚声按拍。箧有新词如白石。载得惊鸿。不是樵青是小红。

锦帐春　题陶凫乡红豆图

豆颗轻圆,花枝媚妩。载不起、相思无数。待封题,凭寄远,怅攀条还住。那人何处。　　月底相逢,灯前回顾。记纤手、暗抛不语。恁胭支,能点就。是泪痕缕缕。染来如许。

烛影摇红　题黄雅南射雕图

射罢双雕,高峰立马天涯晚。回头凝望猎场边,漠漠烟遮断。不学戎装矫健。却风流、裘轻带缓。从来才谞,彩笔雕弓,定能兼擅。　　小影描成,顾盼自雄堪羡。凌云赋就昔传夸,会向金门献。正好兽肥草浅。听画角、城头吹遍。归来一笑,陇月边云,壮心犹恋。

贺圣朝　题顾松泉击壤图

试歌击壤呼樵牧。爱古音淳朴。此赓彼唱几曾休,歌罢声还续。　　年来年去,村村丰熟。庆升平齐祝。不须鼓吹给行田,笑此声终俗。

百字令
题阮芸台学使属周采岩重枕竹坨图,并步学使和竹坨老人原韵

潞河旅舍,忆江乡别墅,旧时栖泊。手种琅玕无恙否,日报平安曾托。玉陛垂鱼,铜街走马,争似闲居乐。拂衣归去,朋欢未必寥落。　　有客载笔风流,怀贤情抱,恨不同芳酌。败砌颓垣秋草满,空想书堂帷幕。指点图间,低徊句里,重为枕林壑。伊人何处,寻诗仍在亭角。

吴省钦(1730—1803)　7首

字充之,号白华,江苏南汇(今属上海)人。乾隆二十八年(1763)进士,改庶吉士,授编修。历官工部、吏部侍郎,晚官左都御史。著有《白华前稿》六十卷、《后稿》四十卷,各附词一卷。

醉太平　吴江枫冷图

秋兰罢纆。秋莲罢妆。停车坐对花光。是青枫受霜。　　枫山影苍。枫亭路长。楚天驿馆枫香。让吴江暮凉。

台城路　施耦堂豆棚闲话图

水村不断浓云朵,阴阴几层高柳。碧泻弯流,绿沉叉路,种得半畦山豆。孤棚结纠。渐扶起春苗,暗遮圆牖。剪剪疏风,泥他铛脚坐移酉。　　闲情闲到未了,想雕龙说虎,剔遍谈薮。斗酒湖橦,品茶市幔,无此井邻溪耦。摇唇拍手。惹络架青虫,半黏襟袖。浅淡花边,一痕凉雨逗。

台城路　红衣钓叟图

湖云十里浓于靛,几时荻苗回涨。响静跳鱼,影翻浴鹭,买个钓船闲放。纶竿袅漾。问点点蜻蜓,可曾飞傍。冷笑溪翁,淡红衫子也官样。　　烟波回首大好,和霜枫一抹,碎簇层浪。青笠欹余,绿蓑挂处,休道赐绯无恙。临风独赏。记草扉捞虾,富春江上。我缉蓉裳,采香三白荡。

满庭芳　题寄斋画册

漫水平桥,浮岚入户,草堂尽许幽栖。一声松子,和雨落香泥。只少樵兄渔弟,闲来伴、苔磴花溪。衫罗碧,轻凉袅袅,三径有人兮。　　缃绨。看触手,茶经品定,共谱排齐。待旗亭买醉,随分留题。道是三生石畔,萍踪又、南北东西。沉吟久,江涛海色,精舍暮云低。

疏影　用白石道人韵,题顾伴檠孝廉梅边吹笛图

半湖寒玉。趁一丸明月,橛头船宿。拍拍轻凫,点破疏烟,断续有人吹竹。

年来懒踏孤山路,但携向、水南花北。听几回、裂石穿云,只似夜窗吟独。

休把东风引到,惹绕堤芳草,烘染晴绿。仙骨如君,消受苍凉,莫管陆居非屋。自怜衣袖缁尘浣,久别了、鹤楼残曲。算恁时、香雪林边,扶老共敧巾幅。

金缕曲

雨窗转盐山东时为《秋林待鹤卷》,旋移浙,移长芦。丙辰季秋索题,时距图成盖六年云。

商韵含寥廓。选青林、绿莎深处,偶然行脚。好在玲珑九华影,悄移碧罗衫薄。任几点、涧花开落。肯付琵琶谷儿抹,手娜嬛、一卷来书阁。谁共老,此丘壑。　素心只有玄裳鹤。趁松梢、凫高颈下,憺忘鸣啄。我未招卿卿识我,准向坐边低掠。回首问、二东华鹊。重别西湖经北海,仗仙禽、延伫音尘托。沙上唳,待侬约。

金缕曲　题云坡大司寇四友图照

古院苔沉绿。映深深、百花浓处,水罗襟秃。叶叶枝枝团盖拥,悄倚石阑干曲。斜扫影、两三竿竹。莲渚松湾何限好,暗香边、薄缀梅含玉。聊结伴,憺幽独。　山童担到书盈簏。趁圆阴、捉蒲葵扇,一开心目。宝树亭亭跗带萼,荫取碧空如沐。携数卷、露砖研读。略记芭蕉生雪里,对天然、四友消凉燠。思颖尾,企遐躅。

黄璋(1730—?)　5首

字穉圭,号华陔,浙江余姚人。乾隆二十一年(1756)举人。初授浙江嘉善教谕,以征访《四库全书》得功,迁江苏沭阳知县。著有《大俞山房集》二十卷,附《宜园词》一卷。

百字令　题小照

阶前红药,正春风潋荡,湘帘还卷。箕踞科头一老生,掩策长吟又展。门巷萧深,绿杨如画,于此兴宁浅。双鬟何在,歌喉一串称善。　　犹忆沭水弦歌,武塘化雨,更卅年电转。林下清风尽消受,剩有奉钱不腆。故李将军,前张京兆,往事犹然腼。余年无几,相依只有黄卷。

摸鱼儿　题邵云上读书秋树根图

几重山、更几重水,层崖结个茅屋。霜酣万木隐囊倚,幸有传家故籙。书可读。校宏简遗编,未遽输天禄。平林萧瑟。总得意忘言,得言忘象,叹我在空谷。　　忆当日,软土东华辀辘。情亲孔李称凤。闲房共住纪群好,惊见才华英煜。人如玉。俄三十年来,须鬟成耆宿。且倾醽醁。记樟树亭边,西泠桥畔,同访伯温塾。

金缕曲　题学博周诒庄照

十载长安住。记当时、内廷供奉,承明仙署。退直余闲多清兴,拈取杜陵好句。写出左家山庄树。琴策飘零为客惯,更草堂、月挂明于炬。无算饮,羡豪举。　　奈何博士一官去。但回思、五陵裘马,人今非故。矮屋著书无长策,拼饮每忘尔汝。曲误有、周郎能顾。文史宾朋供欢悦,徒然首蓿,冷盘堪赋。请拔剑,为公舞。

贺新凉　题邬文园道装遗照

徒有凌云气。拂生绡、珊珊玉骨,翩跹衣履。岂是神仙矜狡狯,氅服黄冠堪曳。嗟枯槁、菰芦穷士。湖海元龙高百尺,人中豪、碌碌乃余子。奈须鬓,皓然矣。　　棱棱眉宇宁憔悴。忆当年、燕南赵北,黄金裘敝。结客五陵空豪举,未博秋风一第。守遗经、好付予季。广宅良田分无有,问九原、不觉人琴坠。如可作,归欤未。

卓牌子　题朱纯儒小照

千丛碧琅玕,排甲乙,淳泓可辨。渭水流筠,淇园带翠,贞心岑寂,与时舒卷。科头箕踞人,携书策、微吟偃蹇。消受竹里清风,共长日、披拂横斜,冷然称善。　　婺源数典。有才子、棣花同产。惊人雄辩。如匣剑飞剸,悬幨生绡,云上逸态此毕显。一展。把闷愁消遣。

方成培(1731—1789)　19首

字仰松,号后岩、岫云,安徽歙县人。精诗古文,尤擅词。淹蹇不得志。友人为刻集。著有《味经堂词稿》《听弈轩小稿》《香研居词麈》等。

山花子　题绿萼扇面

素袂亭亭照水低。九疑风度有谁知。一握清风鸾翅展,暗香飞。　　莓影欲侵芳蓓足,露华偏湿五铢衣。不用迟回秦女画,袖春归。

浣溪沙

今早梦在鹤巢,见左壁挂墨梅一幅,又供红梅两枝,疏影交罗可爱,遂题词画上。觉,忘过变二句,因续成之。鹤巢,先伯父易村公所构书室,培兄弟细时皆读书于此。时癸巳仲冬十八日也。

人在幽窗闲作记。晓日融怡香细细。研墨未干心已醉。　　花攒东绢如临水,数点柔脂相映媚。两种春风无第二。

探春　云间女史墨兰

古色长春，新妆淡扫，叶叶枝枝风露。把卷栏前，揽香空际，仿佛中林幽趣。昼暖纱帷悄，是几番、梦回无语。孜孜一点深情，暗托墨华分付。　碧褪芳心未吐。问何似含辞，夜来尔汝。钏重开难，衫轻放疾，不枉小名相慕。更向东皇说，浑不是、湘皋遗谱。都是人人，闲写自家丰度。

锦帐春　题徐熙牡丹图真迹

无意求工，寄怀高旷。八百载、芳春骀荡。墨疏疏，香黯黯，怪风神远胜，晓园初放。　欲买无钱，归来堂上。记漱玉、当年惋怅。压牙签，怜画癖，笑今朝非独，为花情往。

菩萨蛮　岩桂图

西风夜坠云岩树。攀留独饮幽林趣。凉露气霏微。月香闲动衣。　夕阳山色暇。一粟都堪画。叶叶是吟情。秋清人更清。

青玉案　春耕图

岭梅探遍辞归去。笑征袖、香犹驻。读罢田园还种取。绿波春渚，绿荫春树。掩映看禾黍。　黄虞虽远如相遇。惟有长镵最堪语。槲笠欹风衣带露。乱山开处。乱云深处。独自锄烟雨。

少年游　听秋图

风条响月，麝熏吹露，拂石坐来迟。碾破香团，檠将素手，雪乳绕瓯飞。　当年曾记朝云，难唱芳草遍天涯。底事幽人，秋声独听，却许小红知。

霜叶飞　秋山行旅图

苍然平楚。秋无际,闲来谁肯分取。斜阳空翠落寒汀,滟滟围霜树。更指点、疏篱茅宇。青帘系蹇忘归去。爱锁结微云,映列岫、分明绝妙,锦裙堪赋。

遥想凫雁回塘,也应嗔怪,兀梦长为羁旅。短墙时枨花明,征铎如人语。笑百代、光阴迅羽。何妨随地耽幽趣。漫细把、斯图看,且共频登,蜀冈高处。

选冠子　吴凤山乐耕图

半水半山,一丘一壑,画里未知何处。羲农有意,留与骚人,数亩暖烟时雨。还觉此景悠然,纵使无田,也堪成趣。况南村北坨,故乡风物,逼真如许。

最好是、溪转门斜,桥危树接,邻曲时时来去。虹边翠晓,鸠外晴初,放眼远天平楚。领取当前,那须密咏储王,高吟梁父。尽更深、芋火一樽,语笑夜窗儿女。

水调歌头　阮溪图,为汪晴崖赋

耕稼烟云外,昭穆自成村。紫霞乱叠晴翠,石涧带柴门。不识阮仙何处,我爱桑麻鸡犬,作息古风存。邻曲共来去,一径入桃源。　酿松花,邀夜月,更留髡。有时探客寻春,直到水香园。诗老风流如昨,爽气遥山可挹,展卷已忘言。避俗常携取,幽赏与谁论。

苏武慢　题潘大皆山行乐

空影浮青,江光曳练,容与中流一舸。飞扬意气,洒落襟怀,仿佛风流江左。此际心有天游,瑟瑟芦花,萧萧渔火。念乘风破浪,飘然从者,未知谁可。

因记省、玉局闲嬉,徜徉身世,月小水寒星大。美人幽思,孤鹤奇踪,妙处岂容参破。独咏苍茫,静看鼓击冯夷,湘妃姽婳。只米家书画,相期汗漫,几时邀我。

水调歌头　题吴并山进士青崖放鹿图

读书破万卷,笑傲凌沧洲。霓裳天上曾咏,乘兴又扬州。一问琼花消息,更梦青崖丹嶂,图画足淹留。恐是仙人化,春草鹿呦呦。　荫松柏,临盘石,听泉流。前身金粟文采,今此复谁俦。潇洒襟期照我,欲问天人几许,非谪乃其游。夹毂匪云异,鸣止共千秋。

氐州第一　秋林夕照图

家本深山,曾看玉露,林泉颇浃真性。座有琴尊,门无剥啄,松影飞花满径。春夏佳时,尚未敌、清秋名胜。潋滟斜阳,参差紫翠,水澄空净。　肯与乐游原上并。无限好、驱车孤咏。返景幽深,青苔明媚,更昼长人静。爱荆关、知此意,轻描出、烟霞问讯。咫尺千重,妙无声、诗情不尽。

惜余春慢　西干烟月填词图,为巴莲舫赋

地胜情移,夜闲春静,一叶镜中容与。离离柳影,澹澹烟痕,渲出乌邪佳处。何须却忆天台,碎月沿流,断云依渚。问谁催新制,亲人远翠,乱红如语。　原非效、儿女周秦,醉里弹毫,宫徵悠然天趣。适逢孤鹤,不为鲈鱼,俛仰此怀千古。抚卷神游,我仍高咏清词,浅斟芳醑。念米家、书画同舟,甚日畅论心素。

金明池　蕉林涤砚图,为汪简青赋

山馆无尘,芸窗新霁,晓气侵衣如水。三径窈、心闲昼静,好点检、幽人清事。正潇潇、绿展庭阴,掩映遍、石罅澄澄芳沚。便鸜眼分明,紫云鲜润,阵阵墨花浮起。　细擘莲房还轻洗。爱南北东西,鱼吞共戏。拂拭处、青花更显,摩挲久、古香尤腻。怪当年、洗玉池边,竟日弄琳琅,龙眠何侈。称倒叶抽书,隃糜重试,汲取名泉第二。

湘月　汤仲炎行乐，名听秋图

宵澄远碧，正幽境、不许纤埃飞到。槭槭风吹双桂树，细籁天香缥缈。冷露无声，松飙初熟，朗月闲相照。前身金粟，写来直是高妙。　　不须送目挥弦，会心此际，真听谁能晓。玉茗风流清更远，倜傥喜君同调。韶濩云山，三湘九曲，领略知多少。西泠千斛，乞君洗我尘抱。

金缕曲　题星崿伯兄小照，用稼轩韵

世事何须说。但流连、异书古剑，别般瓜葛。若问胸怀君何有，热血清冰白雪。应照见、八埏穷发。独向寰中弹古调，可千秋、留取名如月。秀乎丁，抱齐瑟。　　赁春贩夯行藏别。满长安、纷纷冠盖，总难相合。惟有猿公圯桥上，略识些侠骨。似我辈、真称奇绝。把卷踟蹰松竹下，怕长康、难貌肝肠铁。题一曲，笔花裂。

点绛唇　为萝石题长江秋泛图

万顷烟波，冥濛直指云垂处。片帆如羽。一叶菰芦雨。　　晓月疏林，隔浦幽人语。今何许。且凭椒醑。听彻黄金缕。

忆萝月　独笑图

布毛吹彻。转更无交涉。四十九年何法说。底事轩渠欲绝。　　未须伊喝如雷。坡仙片语为佳。植杖阒无人处，空山流水花开。

朱彭（1731—1803）　5首

字亦鏾，号青湖，浙江钱塘（今杭州）人。诸生。少以诗称，闭门读书著述。嘉庆元年（1796）荐举孝廉方正。著有《抱山堂集》《续集》，附《湖船箫谱词》一卷。

减字木兰花
客有以细香灼纸绘兰一丛，姿态宛然如画，携册乞题，为作此解

墨痕何有。学画拈香真妙手。纸上氤氲。花带湘烟叶带云。　　别饶生趣。筠管兔毫无用处。问汝谁师。一瓣香应在楚词。

迈陂塘　自题湖湾种鱼图

忆西湖、几番梅雨，乍晴还暝天色。蘋洲荻浦饶生趣，添涨半篙新碧。归未及。怅旅迹、飘蓬十二红桥隔。烟蓑雾笠。输渔弟渔兄，门前设簖，稳泊水边宅。　　江南客。楚尾吴头遍历。如今乡梦难觅。巾箱检点鱼经在，生计算来堪给。聊自适。沙岸外、依依鸥鹭还相识。鱼苗买得。好趁晓沿塘，绿云一片，去向柳阴立。

浪淘沙　渔乐图

泛宅几经春。笠带烟云。渔衫衩衱称闲身。卖了鱼儿沽了酒，团坐枫根。世事且休论。吹笛江滨。提壶行酒有儿孙。醉击瓦盆歌一曲，月照桥门。

江城子　石泉思空图遗照

石泉姓陈名浞，墨樵先生仲子，余少时同砚友也，今下世已二十余载矣。其子基复携图乞题，展对凄然，谱此以寄感旧之思焉。

陈家仲子剧孤清。不邀名。闭柴荆。雪满纹窗，呵冻写兰亭。犹忆梅花诗句好，身上月、暗香生。　　思空图就世缘轻。便骑鲸。唤难醒。一个蒲团，空剩梦中形。我是故人悲宿草，华津洞、暮云平。

渡江云　题吴门陶凫乡红豆相思图

想蛮江蜑户,六篷船口,着意一行栽。吐花旋结子,种了相思,留下旧根荄。郎游倦矣,问何时、可到苏台。把钿盒、珊珠封贮,几度寄将来。　　春回。樽前记曲,月底裁笺,奈红红渐老,偏抱此、灵犀一点,死不成灰。蘼芜仙去村庄改,到如今、已化苍苔。重展卷、无端触拨情怀。

郭维翰　1 首

字笠夫,安徽凤台人。生于雍正十年(1732)前后。著有《鸿爪集》。

好女儿　桐叶题诗图

何处托芳心。秋思落桐阴。检得雕阑新叶,珥笔费清吟。　　谁向御沟寻。待依样、写出情深。香闺幽韵。阿奴妙绘,静院沉沉。

吴骞(1733—1814)　11 首

字槎客,号兔床,浙江海宁人。诸生。浙中著名藏书家。一生笃嗜典籍,每遇善本,辄倾囊购归,筑拜经楼藏之。著有《拜经楼诗集》《拜经楼词话》《万花渔唱》。

少年游　张鸥舫桐叶题诗图

竹埠梧披旧家声。心迹喜双清。金飙初动,青桐徐引,主客正图成。风流第五名园好,石阑外、小桥横。鱼欲衔钩,鸟将吐语,妙思一时并。

谢池春　陈雪樵骑尉玉屏山居图

贺监湖边,不少云山如画。玉屏围、烟鬟娅姹。雕阑曲曲,看飞泉直下。恍琴韵、风前静写。　东山丝竹,人物当年潇洒。薜萝衣、千金无价。兰亭遗宅,剩荒墟残瓦。让蓬莱、独留佳话。

唐多令　张近山人静心闲图

心远地仍偏。云山望欲仙。宛丰仪、思曼当年。杨柳萧疏松柏韵,参一味、画中禅。　幽壑饱风烟。南园业未迁。尽消磨、茗碗试笺。狼藉苔钱青满地,谁买得、此时闲。

江月晃重山　题柳洲草堂图,乃予乾隆甲午重摹本

荒草汀州桥没,夕阳杜宇声残。东风不见柳吹绵。唯看取,一桁断肠山。天上柳星黯淡,人间铁史痴顽。画图流我卅年闲。黄垆畔,何日泪痕删。

采桑子　蕉林玩帙图,书林吴东白属题

绿天深处风徐界,玉尺斜横。窗雨初惊。问展丁香结未曾。　春风杨柳江湖恨,正要轻盈。细与闲评。修竹休教弹不平。

看花回

周藕塘招同储静斋、任澧塘、徐海玛、潘梦吉、吴菊畦集云苍山房,菊畦写《蛟桥折柳图》送行,分韵得三字。

螺女门前草似簪。未过重三。曲尘依约黄鹂语,画溪早染柔蓝。银刀齐出网,光透筠篮。　团扇家家写剑南。我愧何堪。当筵频把前期订,奈何他、白发鬖鬖。西园重雅集,容易休谈。

万年欢

菊畦为作《蛟桥折柳图》成,适届寒食,诸同人复集淡和堂,觞予于图中,即席分韵,赋诗词见寄,予得乐字。

何事春工,染河桥弱柳,低惹帘幕。牵引离愁,衣上酒痕犹昨。瘦减腰围那觉。悔南浦、当时计错。劳仙侣、画里追寻,藓岩还续前乐。　休言六张五角。好重开借舫,洗盏更酌。击鼓催花,想见不停金爵。恰趁饧箫杏酪。莫问是、乌衣朱雀。待秋老、金缕飘飖,再攀罨画城郭。

忆帝京　为查妙闻学博作侬自有阁图

一湾竹浪风吹绉。阁子方窥侬有。翠羽扑帘栊,宝鸭熏花柳。想得倚声余,徙倚凭阑久。　揽不尽、烟峦明秀。踵得树、前贤楼后。海国投簪,百城南面,犹念白发沧江友。漫把小重山,写入君怀袖。

惜奴娇　题奚、方二处士诗画便面册

予与铁生、兰坻总角交游,垂数十年,诗画投赠,莫可指数。今二君归道山久矣,予独后死。暇日偶展斯册,不禁慨然,漫题一阕于后。

纨扇风流,两美真无偶。忆当年、追欢命友。苏小门前,停画舫、看云岫。携手。更题襟、新诗满袖。　颂鲁奚斯,妙一代、丹青手。比方壶、环肥燕瘦。可惜双亡,偏剩我、支离叟。絮酒。何日到、辋川渡口。

少年游　题折柳图,送杨振斋太守之任柳州

鹅黄低飐曲尘轻。三百短长亭。银罂翠管,双旌五马,难绾此时情。多少河桥攀道客,千里眇行程。占得天边星最好,无过是、柳州城。

御街行 陈受笙孝廉行脚看山图

高人踪迹孤僧寄。满襟袍、烟霞气。看山看过玉门关,一笠日行千里。探碑虎穴,挂瓢龙树,芒屩何曾洗。　　春山似笑冬如睡。目未到、心先醉。浮岚暖翠更迢遥。都是然师诗意。津梁傥倦,半龛归卧,无过崆峒底。

黄立世 17首

字卓峰,号柱山,山东即墨人。生于雍正十一年(1733)前后。乾隆十九年(1754)会试副榜,尝官广东花县等地知县。著有《四中阁诗余》。

海棠春 题仇十洲春意册子十二首

其一 乍遇

金屏偷过风流界。香满屋、萧郎不耐。瞥见伴惊羞,纨扇轻遮盖。　　幽期一去何时再。魂断处、不忍轻啐。花债定须偿,难与蜂儿赖。

其二 弈棋

弹棋不道郎心诈。倩片石、看谁胯下。玉子映芳茵,直使吴兴怕。　　输赢未便轻饶赦。号国手、香闺独霸。局覆起相争,不住喃喃骂。

其三 春酲

尊前爱把风流赌。绕斗帐、香烟几炷。醉后可怜生,十二巫山楚。　　虾须静悄垂幽户。宝钗坠、芳情缕缕。花落小窗红,宛转莺啼雨。

其四 倦绣

风和日厚闲疏径。绣倦矣、针儿偏重。窗外互相窥,偷把双波送。　　片时软语春难罄。宝钗滑、倩他更正。一线系郎心,频与花魂订。

其五　午睡

春朝日上春窗永。咫尺是、蓬山绝顶。花下拂流苏,片片红潮影。无边心事谁承领。迟半晌、幽梦重整。香气绕桃笙,消受兰花饼。

其六　眠蕉

槛边新叶鲛绡展。倚香玉、幽魂偷典。风雨促花开,不许蕉心卷。春波几次流双眼。兴阑后、痕留苔藓。芳草映云鬟,红绿谁深浅。

其七　抱琴

栏干花外飞红绿。听断续、声寒调促。谁为贮冰桃,弹出离鸾曲。绣床眠去芙蓉肉。无赖甚、残书罢读。郎自梦中来,重把香魂嘱。

其八　寻芳

镜中几度容华瘦。畅好是、踏青时候。眉黛掠东风,一点春光逗。钏纹鬟影红酥透。盼高树、绿阴浓厚。宝髻一时松,戏向萧郎咒。

其九　观鱼

濠梁逸兴今无恙。看队队、悠然水上。粉靥堕深池,一片红波漾。花光浓淡波纹涨。凭几曲、阑干相向。乐事许鱼知,鱼亦难名状。

其十　造竹

长竿手挽聊游戏。爱娇小、偎红倚翠。料理楚山云,香落双鬟臂。萧郎行径真无忌。笑草草、月残花碎。试问湘夫人,何处枝头泪。

其十一　私语

好风细细吹庭院。就郎抱、回头凝盼。香液润樱桃,魂悸钗梁颤。长生誓向春宵荐。拂玉簟、娇莺初啭。软语许谁闻,直得嫦娥羡。

其十二　烹雪

溯风昨夜交三九。问小婢、梅花寒否。兽炭袅窗烟,六出团纤手。枕边灯下休相负。缠绵意、新莺娇柳。茗碗点龙团,夜半消郎酒。

画锦堂　题尤明府弄璋图

洁比南金,温同荆玉,召杜伯仲之间。平泉石上萧疏,丰格堪传。竹枝千尺桐阴满,正风来、月上娟娟。闻王乔,舄落白云,真欲登仙。　琴台化雨流东国,看华封祝处,图献多男。寸宝抚摩,料应梦叶诗篇。甘棠阴里,一朝种出,谢家玉树芝兰。卜他年。接叶交柯,直上青天。

画堂春　题乐安孙露亭培荆图

东风吹绽紫荆花。满庭绿映红霞。小童取水不嫌赊。似课桑麻。　已有芸窗潇洒,还怜石磴横斜。科头跣足竹篱笆。风味田家。

浣溪沙　代题谭子丰小照

曲径幽花破晓烟。垂杨垂柳绿遮天。高吟独把白云篇。　兴剧无妨芸阁寂,倦来即借石床眠。人间何处有神仙。

蕙兰芳引　题乐安李明府小照

香满红亭,畅好是、卷帘晴昼。爱潘令河阳,正值栽花时候。孤山移种,看竹外、枝枝娟秀。似何郎潇洒,东阁官梅开又。　雪已如花,花还如雪,琼瑶世宙。叹有脚春风,早向春前吹透。晚衙初放,探香座右。插胆瓶、更有双鬟翠袖。

临江仙　自题校书图

一树梧桐绿洒,数枝修竹青匀。庭轩寂静迥无尘。生平未置箨,此日见罗裙。　顾我原非苏子,看他竟似朝云。嫏嬛架上尽香熏。执经频问字,不愧校书人。

施朝幹(？—1797) 7首

字培叔,号小铁,江苏仪征人。生于雍正十一年(1733)前后。乾隆二十八年(1763)进士,授礼部主事。乾隆五十一年(1786)考选山东道御史,擢太仆寺卿。著有《正声集》四卷,附词一卷。

琵琶仙　依韵题晴波霁月下帘图

如此清秋,送双影、一片寥天新碧。含意初下晶帘,玲珑递凉色。珠斗外、冰奁共倚,却回首、去年消息。锦字吟残,蛾眉画了,珍重今夕。　奈枨触、三五愁多,正烟锁、金台赋岑寂。还似小楼江上,听关山横笛。风渐起、瑶阶露满,又几番、望远凝立。那更乌鹊惊飞,数星吹白。

暗香　扇面梅花,为七槐居士赋

半规冷月。想昨宵一片,春情先结。试倚石阑,点笔横斜袅清绝。前度罗浮梦远,芳信在、冰笺重叠。便占却、竹外湖边,幽影误蜂蝶。　盈箧。奈惜到。甚袖底暗香,未许轻折。过江正雪。消息孤山且休说。东阁何郎又老,诗里字、频开还折。任握手、风定也,小红韵歇。

百字令　题友人戴笠图

半霄烟霭,算平生多在,湖边沙际。圆影萧萧初着处,无限高凉秋意。淡入荷衣,轻宜芒屩,回首临风里。相逢长揖,满身摇动青翠。　闻道玉局飞仙,风流未歇,标格渔洋似。三百年来无此客,添得诗人幽思。清梦鸥江,旧游鱼浪,消息阴晴试。与重约,挂冠三径归未。

齐天乐　题史忠正公遗像册子

按公像及复我朝睿亲王书、殉节时别母书,蒋心余编修购自书肆,彭少司农奏进,得旨于梅花岭刻石,史氏之族有鸿义者复锓于木,以广其传,诚盛事也。

广陵江上啼鹃过,风吹远音还咽。拓本重摹,军书试展,遗像清高如接。沧桑话歇。想炮火谯楼,旧时毛发。亦有虫沙,磷飞空照二分月。　　琉璃官厂市晚,揭来词客手,曾献金阙。寸草心孤,春灯恨锁,留得愁颜千叠。招魂句绝。任袍笏销沉,画图凄切。故岭梅花,送香深夜雪。

琵琶仙
题郑晴波红袖添香夜著书图,即次霁月下帘图原韵

时晴波为杭州太守,故有末句。

山馆挥毫,其烟裊、句里氤氲霏碧。回睇金鸭浓熏,娉婷斗香色。才换了、縈帘翠影,似听得、一声将息。玉漏移时,吟髭捻后,无那凉夕。　　记当日、荀令相逢,早题遍、妆台耐清寂。多少篆成心字,谱新词秋笛。凭一缕、柔情未减,在指尖、候火旁立。好是西子湖边,旧时苏白。

疏影　扇面画竹,为江春园赋

轻风漾绿。问渭川几亩,移向幽隩。似正还斜,才关重开,依稀啸咏人独。空庭谩说千寻好,早并入、毫端纤曲。待半轮、吐出银蟾,映取翠痕如簇。

曾见亭亭滴露,袖间惯递影,秋到云屋。此日携来,雪藕调冰,恰称微凉新浴。低回却指江村路,趁一带、白沙相逐。尽动摇、无限清音,定有夜泉盈幅。

疏影　题王楼村先生十三本梅花书屋图

先是,图已失去,先生曾孙嵩高购而藏之,有诸公续题卷子。嵩高以是卷

缺填词一体,致书属余,为赋此解。

疏帘淡月。有梦魂缥缈,天上仙骨。指点凌波,离合神光,俄看瘦影环列。横斜却付丹青手,便绕屋、纷纷香雪。尽化身、倚遍花间,韵入朗吟都别。

休问唐编宋籍,读经次第了,相对清绝。六十年来,回首寻芳,玉笛何曾吹折。而今授简挥毫处,更不数、兰亭新跋。想夜深、重葺遗书,冷逼几枝冰结。

詹肇堂(？—1810)　23首

字南有,号石琴,江苏仪征人。生于雍正十一年(1733)前后。乾隆六十年(1795)举人,师事吴锡麒。与金兆燕、方和及同邑汪端光等人爻。著有《心安隐室词集》四卷。其《沁园春·画》以词笔泛论作画之趣,甚有趣味,然非就某画感兴题咏,故此编不录。

唐多令　题范双玉山水小幅

淡墨写岩阿。云岚素帧多,闲工夫、懒画双蛾。一角溪光明远树,犹仿佛、溜横波。　小篆细摩挲。芳名认不讹。叹风流、旧院消磨。秋色秣陵何处是,余几点、澹清嬴。

琵琶仙

暑雨新霁,新涨平岸。竹楼居士买舟城南,邀同介亭丈由纸坊桥、隐葭庵,沿缘小港中,至泮宫芦湾尽处而止。萧寥无人,水烟凝碧,宛然身在江湖深处。竹楼居士绘图,各填《琵琶仙》一阕题其上,时己丑五月小尽日。

斜日城闉,短篷在、病柳阴中呼客。双桨轻拨涟漪,人家倚空碧。秋尚远、茭芦战雨,早商略、西风消息。几曲桥痕,千丝帘影,前事难觅。　记那夜、烟月空濛,会独坐、船头自吹笛。都把一襟凉思,与沙鸥分得。三两折、渔湾蓼渚,问把茅、何日容茸。且与闲摘汀花,露华频滴。

西子妆　题练衣女子荷花

心字烧残,舌绒唾罢,闲仿徐黄渲染。洛妃省记是前身,写凌波、袜罗轻蘸。芳年冉冉。肯画到、翠消香减。想含毫,定比肩人傍,骈枝交艳。　　斜阳闪。绣鸭滩头,画舸曾亲缆。丫叉此日展晴窗,听依稀、雨跳风飐。莲须半掩。难窥见、芳心一点。羡深闺、画史香名自占。

望湘人　题马守贞双钩兰竹

怅销凝泪迹,零落国香,倩魂长谢尘界。妙墨双钩,断缣一幅,自仿管姬遗派。风叶欹斜,露花纤软,翛然尘外。貌楚天、数点清愁,不剡剩脂残黛。　　小字亲题倒薤。对红妆季布,合低头拜。羡天壤王郎,亲见含豪情态。青溪渡口,扫眉窗畔。空长瓢儿寒菜。梦仿佛、翠袖天寒,定有湘娥捐佩。

高阳台　题长簟尘流图,为东樗先生悼亡赋

断鼓山城,衰灯院落,凄凉一片秋阴。簟冷香消,无眠人正悲吟。分明十二屏前后,悄空房、是处难寻。怕重提,香茧同功,苦苣同心。　　海天半夜罡风起,怅鸿都客杳,玄圃音沉。营奠营斋,断肠细数从今。梳犀镜鹊依然在,待开时、泪渍尘侵。纵裁成,十样蛮笺,难赋愁深。

扫花游　题梁溪倚棹图

九龙翠湿,正影落春林,嫩岚如水。碧溪数里,有闲鸥导客,画船斜舣。叠叠泉流,倒浸阑干十二。小亭倚。想山鸟野云,都是诗意。　　幽兴谁似此。约都统篮携,试修茶事。素瓷静递。爱浓舍石孔,淡浮松气。卧拍铜瓶,欲唤黄衫客起。画图里。羡居然、玉川高致。

清平乐　题袖峦图

苔皱水啮。缕缕春云活。几上一卷何秀拔。左股蓬莱亲割。　　购将抵百车渠。置诸怀袖于于。青峭数峰无恙,不须泪滴蟾蜍。

凄凉犯　题高楼听雁图,为杨石村悼亡图

画帘翠湿。楼阴外、昏黄冷雨犹滴。倦眸易醒,愁魂欲断,雁声偏急。风骄月黑。怅双侣、云间乍失。黯迢迢、江南冀北,两地影难觅。　　辛苦寒沙畔,菰蒋同栖,稻粱同食。十年旧梦,认依稀、雪泥踪迹。天上人间,那重得、鹣鹣比翼。更无烦、别鹤再鼓,怨锦瑟。

三姝媚　题方丈竹楼梦缘图,和江云礤韵

帘丝轻织暝。荡柔情萦回,与风无定。一缕巫云,却悄然吹向,笑桃门径。凤尾罗衾,偎渐暖、兜娘春影。几度端相,娇靥犀奁,腻鬟鸦并。　　泪渍单衫红剩。似偷引羊车,重圆鸾镜。石上三生,指香盟心字,鹧斑堪证。不妒双栖,怜好月、照人端正。无那廊腰鹦语,防他唤醒。

菩萨蛮　山溪秋老图

苍崖倒浸霜溪碧。林阴三两寻诗客。红叶绕精庐。秋如吟鬓疏。　　商声疑满纸。老笔荆关似。谁赠戴符钱。买山须此问。

迈陂塘　题吴白庵石湖课耕图

问先生、几时归去,买田阳羡能遂。官闲终逊为农乐,跌宕平生豪气。须早计。但归兴、浓时不为鲈鱼味。营丘画里。指数笔山眉,一枝塔颖,梦绕石湖水。　　相依有,赤脚吴娃妍丽。闲看牛饭松底。麻源谷口家园好,偏爱楞

伽烟翠。乡信美。向万树梅花,选片扶犁地。范公高致。待白石吹箫,小红度曲,千载唤重起。

水调歌头

秦良玉锦袍,其裔孙某迁居江右,至今藏于家。师退孝廉绘图,征予填此解。

妖彗扫天白,烽火照川红。勤王竟无人矣,娘子一军雄。杨嗣昌羞蟒玉,温体仁原巾帼,擐甲独临戎。什袭尚方赐,召对想英风。　黄虎贼,白杆队,阵云浓。浪桑不堪回首,故物几春冬。曲折天吴旧绣,脱落苏卿遗节,孙子哭孤忠。家祭一展拜,战血隐团龙。

百字令　用竹垞韵题竹垞图,图为曹次岳画

其人斯在,指摇摇醞舫,苇间闲泊。身是玉皇香案吏,老去鸳湖栖托。琴趣红牙,词垣白简,成就林居乐。垞南垞北,霏霏青玉吹落。　最羡跋马重关,飞狐远塞,乳酒歌还酌。磨盾吟成三百首,声动戍楼戎幕。蓬阆栖神,湖山作主,定不沉泉壑。水仙配食,招魂吹彻清角。

采桑子　题虹桥放棹图

绿杨如荠虹桥路,何处吟仙。一棹沿缘。雪白荷花点镜天。　水龙吟曲凭阑唱,澹月尊前。清露衣边。人与闲鸥共不眠。

摸鱼子　题王兰泉先生三泖渔庄图

照凉波、九峰九点,湿银千顷摇碧。卅年麟阁勋名著,今是钓游亲历。春水宅。指万树、梅花围断垞南北。鱼蛮争识。只仙骨清臞,佛容妙满,不似此中客。　征西绩。氛靖巴渝邛僰。威声绝域犹慑。石湖居士归休早,诏许优游乡国。三泖白。将一品衣藏,换却蓑兼笠。牛腰卷帙。更鱼具闲吟,渔歌

自谱,编附外台集。

金缕曲　题万廉山请缨图

一饮千觚竭。试披图、狂吟按剑,气如飙发。上殿请缨惊此客,白皙秀眉丰颊。便换却、儒衣而甲。长揖上公平草檄,掣长刀、碧沁生苗血。征南幕,奏奇捷。　　论功不慕封侯骨。慕经生、传家科第。文名十叶。辨贼治民无不可,方信天才雄杰。且花里、鸣琴横榻。汉代三公循吏半,肯他年、列传归游侠。我再拜,叹英绝。

忆萝月　园林春尽图,为金手山悼亡作

如人锦瑟。生把华年逼。夜雨梦回崇让宅,凄断金荃诗格。　　春归不在长亭。梅边小墓痕青。偏唱招魂一曲,酸风摇动花铃。

长相思　再为手山题雪意图

云意痴。雪意迷。雪里梅魂云一丝。冷风吹断时。　　拾春归。携梦回。月挂江南残雪枝。葬香香可知。

玉漏迟　题何岂匏西楼听雨图

洒窗丝雨紧,银光吹瘦,一灯凉晕。漏点换匀,催到吴天寒信。诉不分明软语,渐偎暖、枕边鸦鬓。香欲烬。檐声听断,彩鸾栖稳。　　此日金屋深藏,转回忆良宵,翠楼吟粉。门掩轻阴,花底旧巢同认。十二阑干循遍,更十二、屏山围近。摹画本。惺忪卸妆丰韵。

太常引　盆中春兰,一茎两花,张枫谷写于小帧,以词纪之

湘烟湘雨荡轻寒。交立影姗姗。一帧剪冰纨。写湘女、明妆两鬟。

香心相印,香肩相并,香梦不曾单。一曲谱猗兰。倚瑶瑟、双声夜弹。

沁园春　赠乔玉芝,即题其小影

璇圃斋房,合种仙根,芝颜玉肌。向泉名第二,旧家曾住,艺称第一,新曲偷师。杨柳枝柔,樱桃子嫩,比较丰姿恐逊伊。春游日,惹吴娘陌上,目送神移。　　云窗月馆相依。妒艳福、江郎消受宜。爱真书端正,仿夫人格,闲情旖旎,似女儿痴。芝解延年,玉能暖老,肯学风花到处飞。鹅溪绢,怕偷摹小样,莫付装池。

南乡子　白庵种蔬图

青笠碧蓑衣。不似官人似圃师。烟雨一锄亲种菜,心期。排遣英雄老去时。　　鸦鬓浅蛾眉。问是吴姬是越姬。安稳归休闲伴侣,相依。只艺同心苣一畦。

浪淘沙　风雨怀人图

林籁奏商清。蘋末风生。可堪换入雨声声。一点湖天秋信息,吹瘦吟灯。　　滴滴更泠泠。簟冷香凝。停云枨触旧心情。人在苍茫烟水外,梦落鸥汀。

沈彩　3首

字虹屏,号芷汀散人,浙江吴兴(今湖州)人。平湖陆烜侧室。生于雍正十一年(1733)前后。能诗善画,尤工书法。著有《春雨楼集》十四卷,附《采香词》二卷。其题画词多融闺中风雅及游观趣味,虚实相生,甚有情态。

醉公子　写兰

妆罢研香墨。素练安排帖。却写一枝兰。檀郎偷眼看。　　忽从镜里见。背后多人面。回首问檀郎。兰花香不香。

长相思　题仇英画红桥春色

春桃夭。春柳娇。春雨淮阳廿四桥。春人骨也销。　　春旗招。春酒浇。春草平芜醉玉箫。春风送六朝。

菩萨蛮　题写兰

绿窗何物消长昼。蛟螭血玉摩挲久。试手更临书。棠梨春雨余。　　书余留墨汁。却写幽兰叶。未拟点花攒。先题诗句看。

汪士通　1首

字宇亨，号东湖，安徽黟县人。生于雍正十一年（1733）前后。乾隆十八年（1753）举人，官浙江萧山知县，卒私谥文洁。工诗画，精篆刻。著有《延青阁词》。

少年游
海阳书院访徐十洲兼晤家经耘、查英石，即题其持赠兰竹画册

长干廿载记前游。花落不胜愁。白板桥边，青溪渡口，风雨酒家楼。重来话旧成清赏，开卷墨香浮。九畹滋兰，万竿修竹，并作草堂秋。

王梦篆 7首

字文沙,号窥园、抱琴生,浙江遂昌人。生于雍正十一年(1733)前后。贡生。工诗。著有《窥园诗钞》。

小重山 自题秋雨草堂图

一桁青山露短墙。正林疏叶落、动清商。柴门昼静掩修篁。无人叩,凉意涤虚堂。　不是主人狂。只南邻北舍、少周张。有时觅句绕书床。吟声朗,檐外答琳琅。

点绛唇 题秋海棠画扇

鸭绿猩红,阿谁没骨花描扇。晚凉庭院。休障春风面。　果断人肠,不枉名儿擅。都评遍。忘忧销恨,那似娇容绚。

蕙兰芳引 自题秋芦泊宅图

风起鲤鱼,向烟水、一篷泛宅。惯脱帽科头,输与画图笠屐。不须钓具,也抵过、打鱼船只。只倚滩执爨,欠个樵青呼吸。　岸草留枯,汀花开晚,一片秋色。更老树杈枒,剩写几张黄叶。荻芦深处,朗吟自适。观我生、强似鹭拳凫息。

凄凉犯 自题抱琴自钓小照

渠今正是。偏和我、相逢不笑而视。昔年黑发,今朝雪鬓,判然不似。无弦在御。总难续、鸾胶凤髓。为伤心、囊琴不鼓,独抱暗垂涕。　故剑悲难觅,誓不重弹,凤求凰耦。钓竿五尺,但空持、懒钩芳饵。多恐垂纶,又惊了、鳏鱼在水。此无他、藉以自吊尔已矣。

忆江南　题张荔园画风柳一枝蝉小景

灵和种,分挂一枝蝉。流响乍沉西畔去,柳梢却又向东旋。摇曳晚风前。京兆手,描惯柳眉纤。点缀今从诗里得,风柳自爱画中传。张绪想当年。

钓船笛　题周暎斗孝廉闻笛图

长笛一声声,声在清溪渔艇。不道挨肩低唱,有娇娃相并。　审音人自縠溪来,孤坐倚阑听。莫是曲中杨柳,动江村归兴。(时孝廉将还里。)

洞仙歌　题刘丈逸庵按曲遗照

审音人往,记曾瞻仪表。长髯美鬣苍松老。赴蓉城、百岁期颐又届,还度曲,留裴公玉照。　霓裳亲按谱,换羽移宫,拍板音容觉非杳。华屋惜生存、花月欢场,未随得、唱于风调。片石上、算有约三生,为一阕填词、前缘续了。

陆锡熊(1734—1792)　2首

字健男,号耳山,上海人。乾隆二十六年(1761)进士,选庶吉士,授内阁中书,入直军机处。四库馆开,与纪昀同为总纂官。官至都察院左副都御史。著有《篁村诗集》。

迈陂塘　题王述庵蒲褐山房图

爱安禅、芦帘纸阁,维摩十笏聊住。墙低尽送遥峰影,压遍斜阳高树。携卧具。似小艇、淞南梦掩纱窗雨。潇潇竹语。任月冷窥蒲,香留伴褐,不放早参去。　蓬莱客,十载亭台旧主。小园休拟重赋。云山怀衲知无恙,看煞软红尘土。听粥鼓。况近巷、精蓝藓甃频移步。闲坊记取。在走马街前,啼鸦屋后。罨绿最深处。

　　　　其二

　　问当年、歌阑舞榭,寄园回首如寄。卜居重作诗翁宅,老屋数间而已。差可喜。便隔断、东华十里黄尘骑。庭凉似水。但书到求碑,人来议蟹,双板昼长闭。　　渔庄好,画里飘蓑断苇。故乡何限秋思。笑桃人去茶烟在,心似游丝不起。同索米。还细算、长安旧雨今余几。屏梅绽未。待薄雪消时,南邻呼我,共秉竹间米。

蒋元龙（1735—1799）　18首

字乾九,号云卿,浙江秀水（今嘉兴）人。乾隆三十六年（1771）副贡。著有《桃花亭词》。

少年游　题姚丈鹓林北上图,即用自题韵

　　金台寂寞有谁怜。休矣路三千。磨剑空豪,封侯未遂,图得酒家眠。壮游正好逢春早,花柳拂吟鞭。乌帽红衫,青骢白辔,画里忆芳年。

买陂塘　为汪西村题风雨闭门图

　　望江南、五湖烟水,云天各也无那。闲抛老屋鲈乡住,不信者番真个。君且卧。有点点、螺峰镇日当窗坐。衡门密锁。问吟尽廉纤,听残飒拉,赢得甚清课。　　幽居好,轮尔缁尘莫涴。芦帘油幕俱堕。屐声不许莎厅乱,除了酒人谁过。君念我。拼襆被、吴船暇趁轻帆可。披图计左。纵觅句情多,联床梦熟,此约几时果。

渔家傲　题戴吉庵芦江渔父图

　　记得桃花新涨后。送君一棹芙蓉口。约买湖庄分数亩。扁舟就。月明醉

卧敲铜斗。　　只怪浮家江上久。黑头不称烟波叟。莫把纶竿犹在手。归来否。如今正是秋风候。

点绛唇　题孙钊潭停琴伫月图

秋入梧梢,玉徽弄罢垂双手。画阑凭久。人比花还瘦。　　金粟生香,料是更番透。黄昏后。翠帘垂否。一线银光逗。

少年游　题某花间琴弈图

翠帘呢呢簇莺唇。花底唤真真。衣上好风,鬟边香雾,特地护迟春。棋经琴谱谁偷按,妒煞有情人。蝴蝶翻成,鸾凤引罢,生怕近前嗔。

荷叶杯　题扇头金丝荷叶,为沈研梨

试看苔阴铺处。延伫。吹起绿云风。有人金齿印弓弓。一样绣芙蓉。偏是黄衣来惯。偷眼。芳草惹情痴。为谁描取寄相思。多买镂金丝。

倾杯令　题陈东川春风啜茗图

跂石眠云,哦松啸竹,一缕嫩香吹到。吟煞闭门诗老。花外碧烟轻袅。东风又展茶旗了。想新芽、芽枪更好。鸦山十里春晓,那片火前最早。

忆旧游　为梅里钱二不题柳湾渔笛图册

记湾南老屋,梦冷三年,门掩残杨。剩下蜻蜓棹,又临流唤渡,买醉烟江。猛思寺钟津鼓,抛了曲尘荒。待断梗漂回,萍□载泊,依旧鲈乡。　　凄凉。对图画,听玉笛关心,宛转回肠。点检纶竿好,有烟蓑雨笠,书卷篷窗。许我共携笭箵,渔火夜鸣榔。便弄遍梅花,相思几曲吟夕阳。

柳梢青　题张某秋闲图

小小山庄。碧云一片,有几翻黄。洗手花秾,断肠姿嫩,如此秋光。
那时点数庭芳。更添了、凝啼露蛩。写恨江淹,悲秋宋玉,知否凄凉。

凤凰台上忆吹箫　题王生秋塍月底修箫谱图

月影窥帘,花香透幕,杜郎惯自伤春。任蜡灰和泪,剪断黄昏。多少情丝恨缕,吟不尽、粉印脂痕。人何许,红阑咫尺,一朵巫云。　　真真。酒怀恼乱,听纤指参差,谱出樱唇。笑与卿何事,翠锁眉颦。也为凄凄切切,愁煞了、纨扇罗裙。从今后,沙家嫩儿,记着销魂。

蝶恋花　金生夔斋索题扇头贴绒海棠

好似苔枝欹锦砌。瘦贴回风,画出凉秋思。谁把红绒粘粉指。丝丝灭尽针痕细。　　便有寻香来凤子。舞倦墙阴,怨共红心碎。赢得断肠人睡起。挥残一样相思泪。

一斛珠　题萧湘浦碧梧翠竹书屋填词图册

茅斋小小。谢家水木添多少。买山依样真堪笑。竹雨桐风,归去恨秋早。
画图领取风烟好。翻黄凝翠容清啸。近词拍遍无人晓。幺凤飞来,相对弄娟妙。

青玉案　为金鄂岩题巡檐索笑图小幅

东风乍动侵檐竹。爱小小、梅花屋。问讯苔枝曾缀玉。一帘香月,半潭寒渌。寻遍阑干曲。　　美人可是耽幽独。只许三更翠禽宿。拟把新来清课读。画屏残蜡,绮窗横幅。容我吟魂逐。

探芳信　车硐香香林索句图卷子

倚秋宇。正月堕瑶阶,香飘绮户。甚满山黄雪,团圞尚盈树。披图自叹蹉跎久,剩得悲秋句。只沉吟、翠匣休开,玉弦迟抚。　　罗袖忽延伫。笑凉浸庭阴,彩沉花雾。缄拆蛮笺,愁损眉妩。个人底用销魂说,替我伤迟暮。但婆娑、写遍江郎恨赋。

偷声木兰花　胡菊圃属题蒹葭深处填词图小卷

西风何事添凄绝。吹得芦花飞似雪。古水荒村。帐触秋声赋小园。
底须才子生愁思。有个解红能解字。度曲回肠。零落梅花一段香。

百字令　梦岵山人冯绿畴小照,即次自题韵

冯唐老矣。便为郎白首,封侯无是。占却青山容我坐,惟有胎仙知己。二顷湖田,三间茅屋,多半劳生事。听松观瀑,梦余赢得清致。　　兼有斑管尖毫,红丝小砚,图就吟秋计。到手深杯呼不放,佛也都生欢喜。记曲桃根,吹笙菱角,会得先生意。掀髯而笑,又添无数情思。

减字木兰花　题鄂岩所藏姜学在先生姬人二分明月女子水墨桃花小卷

月中仙子。曾伴仙郎为侍史。淡扫春风。抹煞深红与浅红。　　亚枝真色。宿雨蛮笺含尚湿。小字亲题。记取香魂觅竹西。

蓦山溪　李篁园属题闽峤纪游图卷子

三山南首,好个春风侣。梅坞满清香,是姑溪、曾经到处。卿游倦矣,底法慰芳踪,情冉冉,竹枝词,吟尽螺江雨。　　回头十载,旧梦烦频数。莫漫展生绡,但沙岸、微茫远屿。蛮云千里,多少寄相思,榕阴绿,销魂也,拼再修箫谱。

邵墊(1736—?) 5首

字安侯,号冶塘,浙江鄞县(今宁波)人。诸生。嘉庆初官四川通判。著有《冶塘诗钞》。

杏花天　杏花双燕图

冷烟疏雨藏香薮。可正是、清明时候。杏花一捻胭脂透。笑问东风知否。输他燕子当春昼。怪小语、呢喃如咒。画中浑不禁僝僽。也怕绿肥红瘦。

蝶恋花　荷花双鹭图

池馆风轻帘乍卷。尺幅盈盈,恍睹芙蓉面。一曲歌终人不见。鹭鸶占断宜春院。　卍字阑干闲倚遍。薄雨浓云,错认鸳鸯券。何处斜阳花影乱。匆匆笑煞衔泥燕。

踏莎行　菊花图

疑有西风,宛然疏雨。纷纷纸上飘香雾。陶潜篱下几分秋,何须重认藏春坞。　红不因霜,白还似絮。轻黄映月霏微度。岩间小鸟莫教窥,隔花不用金铃护。

锦帐春　牡丹图

春色匆匆,春光冉冉。宛开到、牡丹几瓣。影迷离,香旖旎,看恁般庭院。巫云一段。　如许风流,几多娇懒。便胜却、汉宫飞燕。一帘风,三径月,恨沉香亭畔。倚阑人远。

点绛唇　采菊图

爱酒渊明(段克己),万槁纷披兹独秀(曾慥)。露浓花瘦(李清照)。折断门前柳(晏几道)。　好个霜天,闲却传杯手(苏过)。重回首(魏氏)。南山如旧(李俊民)。只有香盈袖(蔡伸)。

张素　3首

字侣仙,江苏吴县(今苏州)人。严廷灿母。生于乾隆元年(1736)前后。著有《贮月楼诗钞》《贮月楼词钞》。

河传　题画牡丹

谷雨。春去。牡丹初吐。国色天香。云霞易散,经岁揽梦萦肠。忆花王。笔端姚魏争开处。垂垂露。一片留春住。悬之绣阁,真好看到儿孙。守清芬。

拂霓裳　题太真扶醉上马图

锁深宫。贵妃何事骋乔骢。应邀赏,华清明月曲江风。乍惊娇梦醒,犹带宿醒浓。酒颜红。映桃花、欲跨且从容。　搴裙揽佩,力士侍、念奴从。同上马,赛他虢国淡眉峰。金莲穿镫怯,玉笋握鞭慵。画难工。惜青城,终向马前终。

潇湘夜雨　题芦洲集雁图

烟抹平沙,云封遥渚,荻花极望添愁。来宾鸿雁远争投。飞已倦、长鸣易歇,眠不稳、饱食难谋。惊寒处、萧萧雨暮,瑟瑟风秋。　年时犹记,棹歌唱罢,曾见汀洲。爱探微能写,恍洗双眸。斜点笔、迷离楚岸,浓泼墨、零乱梁州。还延伫,嗷嗷空集,垂白似人头。

高文照(1738—1776) 5首

字润中,号东井山人,浙江武康(今属德清)人。乾隆三十九年(1774)举人,尝久游江左。著有《蘋香词选》一卷。

水调歌头　题会猎图

箭作饿鸱叫,望望塞云黄。云中射生好手,会猎出渔阳。此地草枯雪尽,况值手柔弓燥,一发遂连双。结束十分好,臛篆起斜阳。　画师意,君识否,试端详。人生百年草草,三万六千场。要似脱鞲霜鹘,莫作山头冻雀,闭置促流光。便拉博徒去,渴共饮黄獐。

金缕曲　题苕生太史归舟安稳图四首

仙邸同商略。算风波、茫茫人海,那边堪托。凤沼瀛洲游历遍,趁好转收帆脚。况此去、看山不恶。浦溆潮生人睡熟,便梦回、不听摇征铎。计决矣,勿耽搁。　从来作事争先着。好光阴、尽伊消受,忍教虚却。总是人生行乐耳,未必江湖定错。拼金紫、偿他青蒻。摹取一篷烟雨外,有凫鹥、拍拍汀前落。心里事,早猜着。

其二

不合时宜子。赋归休、鞋名不借,舟名不系。长物萧条原有限,鸡犬图书而已。却不要、樵风做美。拣个烟波宽处泊,看渔师、雉妇皆欢喜。齐拍手,道来矣。　出山本志宁如此。叹无端、销沉壮气,苦怀云水。身后浮名杯底物,毕竟谁非谁是。只诗卷、长留天地。衮衮诸公华国彦,急流中、欲退何能已。宅三亩,梦千里。

其三

春水生南浦。记全家、相携入画,别离无苦。了鸟轩窗教尽卸,的的烟鬟可数。又绿了、津头沙树。划断红尘双桨疾,洗凡襟、畅共江鸥语。舟已报,渡瓜步。　　南朝如许风流处。问何人、蹉跎一霎,何人千古。王谢乌衣零落尽,只剩袁宏牛渚。公到也、豪吟相赌。底用争墩还买宅,笑蒋山、本是君家主。猿与鹤,旧时侣。

其四

画里才相见。怪先生、朝衫未脱,荷衣先换。无恙书床茶灶在,瘦了吟腰一半。者身外、何堪多恋。儿解哦诗娘健饭,便人间、快事天应羡。况有个,鹿门伴。　　休提蓬岛神仙眷。放平看、渔翁卿相,未分荣贱。最是秦淮花月好,照见团圞深院。且酌酒、高歌达旦。解事双鬟翻旧曲,听声声、只把金尊劝。麟阁业,有人办。

姚念曾(1738—?)　5首

字季方,号友砚,江苏金山(今上海松江)人。乾隆三十年(1765)拔贡。历任湖北孝感、应山知县,擢同知,被劾归。有《赐默斋词》一卷。

风入松　题秋山访弟图

西风吹雁不成行。驱马陟高冈。倚闾莫慰慈亲念,盼征云、有泪沾裳。驿路难寻梦草,板桥自踏晨霜。　　晚枫叶叶弄微黄。最是客心忙。风尘幸得吹篪伴,便关山、憔悴何妨。挥尽一鞭斜照,回看翠巘苍茫。

小重山　题晓行图

缺月衔山欲五更。薄衾人乍起、一灯明。霜花漠漠晓烟凝。摇鞭去、村外乱鸡声。　如火客心惊。几行枯柳畔、板桥横。十年风雪记孤征。披图夜、犹梦短长亭。

渔家傲　题蔡克文春江归渔图照

桐水披裘人去后。烟波逸趣谁消受。无意得鱼鱼入手。呼红友。今宵沉醉歌铜斗。　归去花村香满袖。板桥拂面丝丝柳。帘卷有人凝望久。偏回首。夕阳赪尾明遥岫。

瑶华　题庄盘山女甥吟菊图照

香生老圃。凉露珠垂,渐轻黄舒蕊。东篱醉咏,人去后、千载谁称知己。情深绮阁,算高韵、只花能比。悄卷帘、几度销凝,瘦影相看如此。　妆余采采琼葩,任障袖风寒,聊助吟思。评量按谱,应未许、金屋人争姝丽。冥心搜句,怕楚客、餐英来矣。仗素绡、拾取幽芬,细点画阑秋意。

玉漏迟　题冯简夫洞庭秋晓图

梦游天姥了,生绡想象,青莲风调。卷尽湖烟,极目碧澜秋早。如荠寒林夹岸,片帆外、螺峰青窅。吟思悄。闲愁暗触,笛吹霜晓。　点点白雁黄芦,带万里长风,远连青草。帝子湘娥,鼓瑟云中频到。寂寞灵均去后,漫赢得、怀香人老。波渺渺。汀兰又开多少。

余集（1739—1823）　25首

字蓉裳,号秋石,浙江钱塘（今杭州）人。乾隆三十一年（1766）进士,改庶吉士。入四库馆,为编修,官至侍读学士。晚年主河南大梁书院。工画,花鸟人物皆精。著有《酒边琴外词》一卷。

采桑子　欠伸图

春光偷入红帏悄,花影沉沉。人影沉沉。小立东风一欠伸。　　闲情都向横波觉,闲了香衾。懒尽芳心。燕子梁间也笑人。

南乡子　晓风残月小景

柳外见凉蟾。比似红楼也一般。只为欢惊成别恨,无端。憎煞姮娥镜里圆。　　客路况迷漫。又被西风弄晚寒。昨夜酒醒乡梦杳,更阑。断岸荒城独自看。

南乡子　重题晓风残月小景,为孙舍人作

怕逐晓风吹。绊住桑条未肯低。料得素娥知别苦,迟迟。摇漾春愁万缕丝。　　此景已全非。略带荒寒尽可思。今日宫壶频听漏,依依。禁树梢头露一规。

行香子　马执庵读书秋树图

云馆岩峣。碧树横槮。坐盘陀、吟趣偏豪。文垂玉露,字挟商飙。是杜陵诗,欧阳赋,左徒骚。　　绛帐名标。铜柱勋高。更何年、壮志空销。且携冰雪,长向秋宵。看水潆洄,天澹沲,叶飘萧。

踏莎行　黄华陔红药校书图

浩态酣晴,狂香破暖。余春冉冉凭勾管。扬州风物忒撩人,鬓丝不许涪翁满。　　翠映缥题,光侵玉简。一枝照耀词人眼。他年摘藻凤池头,仙才应许玄晖减。

满江红　程直斋望云图

嵌叠波横,迥迷断、故山如荠。算只有、晴空一片,絮云犹系。霭霭不离茅舍外,蓬蓬只在春晖里。怅飘零、萍梗不如他,长凝睇。　　凌云赋,才空费。干云器,怀空寄。只柔情暗化,吹来天际。千缕凝霜堂上发,浓阴结雨游人泪。又争如、负米夕葵边,行吾志。

八声甘州　九日对菊,即题天长唐佩蘅溉菊图后

甚西风吹雨向萧晨,还认义熙年。看乾坤清气,霏霏冉冉,荨破秋烟。霜信一番凄紧,无计挽芳妍。且井华频洒,麑眼篱边。　　楚客而今顿老,怅赠兰人远,题叶缘悭。剩风茎弄晚,伴我北窗眠。况重阳、今朝到也,倒清尊、茗芋直须拼。吾今拟、续天随赋,君岂陶潜。

水调歌头　俞荪圃折柳照

岁岁大堤上,露眼向春风。不知游子何事,漂泊笑飞蓬。陌上草绵日暖,惆怅香分佩解,上马太匆匆。聊折一枝赠,弱缕乱于侬。　　整春衫,敲玉灯,勒花骢。直是不如,休去宁待晓霜浓。不怕长条飞雪,只怕采芳人老。消减翠奁峰。回首高城远,天外夕阳红。

沁园春　汪槐堂先生嗜酒爱修竹图

鸾鹤神仙,风月湖山,灵光殿岿。看一尊在手,红添玉颊,万竿绕屋,绿上荷衣。骚仆编排,酩奴勾管,消受春风万首诗。如翁者,洵醇宜人饮,虚亦吾师。　　经时杖履轻违。空乌帽黄尘雪爪泥。况长安市上,酒珍赵璧,黄金台畔,竹比琼枝。畴似先生,萧然冷坐,翠影玲珑入酒杯。披清照,早祛将俗累,雪净纤缁。

陌上花　用蜕岩韵,题陈君看瀑照

飞鸾岭外,孤筇支处,空山春晚。寒碧琤玜,时到卧云山馆。沧溟乍讶群龙会,还被天风吹断。笑荒寒独领,无缘持赠,素衿同散。　　正南游倦矣,惊开画幢,又见悬绅天半。冷逼衣裾,九夏炎歊不暖。是喧是寂凭谁辨,分付湫龙宕雁。算人间、便有筑琴清籁,听时都懒。

雨中花　题菩提叶上画

一叶叶金风剪坠。一笔笔云塘湿翠。摘贝翻经,流红寄恨,雅称骚人佩。十样蛮笺空浪说,更不数、牵蕉书柿。点笔秋窗,淋漓墨沼,响比春蚕脆。

沁园春　绮阁观书图,为许微堂作,词以媵之

桐乳粘香,柳絮飘绵,绮阁独凭。看海棠酣未,暗销香玉,鸳鸯画就,懒压明金。酒不沾唇,花偏照眼,脉脉春怀殊未经。无聊甚,且牙签低展,玉轴闲亲。　　难凭。传癖书淫。又不觉闲来一往深。是几回彩笔,凭添黯黯,几番锦字,乞与冥冥。我独何心,书真何物,役尽千秋儿女情。卿应悔,悔从来识字,种了愁根。

沁园春　为微堂题画蝶,用前韵

浅碧铺茸,轻红糁锦,翩然乍凭。正草熏风暖,春浓似海,态狂意远,粉重凝金。亭馆人闲,池塘雨润,宿艳栖香日几经。风流性,怪游丝飞絮,镇日偏亲。　　韩凭。旧事痴淫。曾幻出芳魂一缕深。况秦宫凤世,花间生活,庄生昔梦,世外沉冥。谢氏诗工,滕王画好,高会输他儿女情。凭谁写,把衔蝉添个,同戏云根。

高阳台　题画

小幢浮岚,轻毫拂翠,是谁染就倪黄。回首烟暝,遥汀还带斜阳。人家几处茅檐短,有拂云、高树青苍。好湖山、没个闲人,管领秋光。　　碧云缺处悬泉落,似素虬歕雪,锵佩鸣商。复径双洲,依然隔住银塘。数峰商略清溪晚,怕懒云、归路微茫。问鉴湖,乞取何时,同赋沧浪。

摸鱼子　李生当垆图

傍溪桥、几间茅屋,村篘新试轻碧。青帘低舞东风晚,占断河阳春色。春可惜。况有个、人人脸际芙蓉白。萧然四壁。便贫似文园,任他狗监,双眼懒相识。　　临邛事,一例长杨五柞。而今都是陈迹。叹惊检点尊前侣,虚牝黄金空掷。今似昔。算只有、佳人鬓影词人笔。冰绡乍拭。看绿醑红裙,霜林迟日,拼醉酒垆侧。

国香慢　题马湘兰画兰,款题为野云徐兄作

旧院深深。记千金市骏,九畹移根。灵均赋情顿老,剩有娉婷。金粉南朝销尽,麝煤冷、筠管留春。欹斜足姿态,檀蕊烟霏,翠叶风生。　　蘼芜当日恨,算全凭琴趣,半托瑶情。缄愁寄远,同心知是何人。却怪秦淮水软,流不去、一段湘云。秋宵几回读,犹想红窗,墨吮香唇。

齐天乐　钱箨石为其妹婿蒯生写茂林修竹图,用汪剑潭韵

鱼须抛后髯翁老,频将砚蟾轻沐。斜扫风枝,横拖露叶,不怕霜筠尖秃。锵金戛玉。怪纸上清商,暗来摇竹。翠影玲珑,平添万个媚幽独。　　清标照人不俗。是袁家殷谢,俨然儒服。笠泽微茫,吴淞杳霭,养得筼筜成谷。长怀穆穆。隐拨触乡思,玉胎初熟。好听秋声,写予同卷轴。

疏影　顾春漪梅边吹笛图,次白石韵

　　霜虬缀玉。放嬉春小艇,孤屿浮宿。弄影云疏,漏月如丝,吹裂玉纤哀竹。一声飞落千林雪,料绕遍、花光亭北。想嫩寒、几点空香,栖稳踏枝禽独。

　　漫说罗浮旧事,幽人正梦里,云鬟凝绿。况是仙才,金粟前身,伯仲梅溪梅屋。玉鸾好谱生香句,胜一棹、松陵吹曲。趁月明、忽到窗前,不道刹藤横幅。

高阳台　俞梦厂画

　　山翠排空,松涛叠雪,天开满幅秋光。峭壁浮云,犹留太古斜阳。人间粉本难寻处,怕龙湫、雁宕能方。出霜林、何处疏钟,寺古苔荒。　　碧云缺处悬泉落,似素虬歔玉,锵佩鸣商。仄径潜通,寻诗几个奚囊。只愁落日苍烟暝,浑迷了、归路微茫。问何人,如此雕劖,今日倪黄。

沁园春　高且园仕女

　　彼美人兮,鹤立轻驱,仙留翠裳。看彩毫初染,芳惊欲逗,玉纤低啮,密意终藏。徙倚偏多,沉吟太久,回尽春来未断肠。推敲处,算怀人觅句,总在微茫。　　古来赋艳题香。见不栉书生几个强。想白头吟苦,琴悲鸾鹄,青楼梦远,牒误鸳鸯。一样青袍,千秋红粉,各自心头黯欲伤。春风态、问风流铁岭,何处窥将。

减字木兰花　仿唐人仕女

　　晚妆初罢。薄醒慵把衫儿卸。斜倚熏笼。坐到谯楼又晓钟。　　侍儿报道。五更雨后花如扫。无语销凝。脉脉春愁画不成。

齐天乐　查映山给谏听雨楼图，给谏督学楚北，未满任乞养，作此图

小楼净绿愔愔里，风檐乍疏还响。润裛湘簟，凉侵玳押，记买玉壶春赏。江深汉广，早玉尺亲提，星轺孤往。黄鹄矶头，铃斋剪烛话天上。　　吾庐漫劳梦想。却南陔绕遍，几度凝望。鄂渚撞涛，庚楼贮月，不抵白云归养。君恩天样。便稳挂蒲帆，慈晖无恙。早是浓春，卖花声满巷。

月当厅

送吴山尊落第出京，即题《南楼却扇图》后。时山尊续姻孙观察渊如兖州官署，才半月，即计偕入京。黄小松为此图云。

飘飘自有凌云笔，任珠霏一点，润溉千人。真个骚坛绣虎，典册高文。可惜世无杨意，尽风流、未荐子虚名。空赢得、愁同酒酽，草笑袍青。　　南楼犹是初调瑟，莫因循、误他翠黛描春。好趁鹢头新绿，消受而今。况是玉台依幕府，李卢才调本同岑。功名事，但愁不免，且付闲云。

百字令　题竹坨烟雨扫耕图照，即次原韵，图今在钱农部楷处

咳珠欸玉，扇余芬沾溉，尽东南士。生不同时吾有恨，私淑诸人而已。鸾鹄才情，烟霞标格，仿佛犹留此。草衣芒屩，公真山泽臞耳。　　偶然游戏金门，不将瀛海，换月波烟水。归去一蓑仍一锸，那计林泉朝市。衔署金风，居邻甪里，办了名山事。云台衮衮，问渠不朽谁是。

百字令　题朱昆田月波吹笛小照，仍用前韵，禹之鼎画，在裴山处

璚田玉界，论前身合是，于湖居士。十里水云鱼乐国，策策鸣榔不已。钓艇轻移，玉鸾新聘，清况无逾此。划然孤吹，早湔却筝琵耳。　　休夸石帚松陵，日湖甬上，更蘋洲雪水。月影低迷波万叠，渔火遥连烟市。细浪鱼吹，垂丝柳袅，赋手谁能事。远天淡墨，收将吟卷都是。

徐志鼎 11首

字调元,号春田,浙江平湖人。生于乾隆三年(1738)前后。乾隆三十九年(1774)举人,四十年(1775)进士,任四川南溪知县。尝从张寄舟学画,爱阅内典。晚年掌教观海书院、东川书院等。著有《吉云草堂集》《玉雨词》。

洞仙歌　题仕女图,为陆爱筠赋

流苏帐暖,倩轻容䰀地。帘底秋波惯生媚。傍妆台小立、买笑含愁,浑不辨,几寸柔肠先醉。　屏山山六扇,花影朦胧,个里分明露眉翠。试问夜如何,皓月窥檐,灯一点、玉人无寐。且携近前看、唤真真,又凝睇无言、难通心字。

买陂塘　题张秀谷莺湖垂钓图

傍垂杨、橛头船小,一痕烟涨风软。渔歌隐隐鸣榔去,描向麦光堪羡。君莫恋。试记取、诗篇燕市都传遍。披图细按。恁草屩捞虾,竹弓射鸭,望望月中远。　江乡好,莺脰湖边浪暖。平波回首肠断。渔师菱女看无恙,只怕秋风偷换。兴不浅。凉影照、青枫酣处新霜染。疏篷短短。认蓼岸苔矶,弄晴作暝,鸥梦觅同伴。

凄凉犯

汪龙庄出《寄衫图》索题,且言曰:"庚寅岁客吴兴,内子王孺人手制汗衫,薄暮未竟,伯姊止之。妇垂涕曰:'此夫子近里衣也,廿年恩义尽于是矣。'伯姊讶其不祥也。黄昏衫成,夜半疾作,越七日而卒。"龙庄作《题衫诗》八十字,潘舍人兰公为作《寄衫图》影。

绿窗半掩兰膏腻,凄凉暮色匀染。瘦缘别久,愁因泪积,剪刀声敛。肠回凄惨。倚虚幌、征衫手勘。盼刀镮、银河冉冉,脱叶响千点。　　回忆天涯客,旧绣关情,断针滋感。衩衣在否,到而今、镜昏云暗。漫写屏山,睹遗挂、伤心枕簟。哭韦丛、莫说带围,已半减。

满江红　题萧五澄江夜月图

潮打扁舟,波光溅、半轮皓月。科头坐、解衣磅礴,心长于发。烟泼暮山凝翠霭,风排浊浪摊晴雪。问题诗、张祜句惊人,声超越。　　江豚舞,偷浮没。寒鸦噪,伤离别。正衔杯长啸,扣舷愁绝。铁瓮城边帆尽落,妙高台上钟初歇。羡一江、怀抱属萧郎,从今说。

百字令　题梅谷幽居图

竹篱茅舍,看远水黏天,疏林招蝶。一枕华胥添客梦,愁倚桃笙寒怯。草脚春浓,柳梢风动,此景尽奇绝。钓船归去,闭门真是人杰。　　况有浅碧浮尊,小红低唱,争忍箫声歇。溪上梅花三百树,疏影和烟笼月。雪压溪桥,香熏素被,怕说心肠铁。小园占尽,北山猿鹤休别。

徵招　题胡菊囿兼葭深处填词图

金风吹碎流蘋冷,菰蒲静含斜照。烟淡压晴波,把青山迷了。伊人歌袅袅。按宫徵、闲愁多少。偷付零箫,怕邀残月,一番怀抱。　　回首暮云深,西溪路、凄凉缟衣谁吊。骑省又床空,有相思难扫。吟情何处好。探佳句、微云衰草。约他日、共赌旗亭,任双鬟偷笑。

眉峰碧　题燕文贵秋山萧寺图,为陆梅谷赋

水气迷孤岭。倒浸秋山影。古寺尽教远势收,塞雁外、青松冷。　　日暮疏烟暝。霜叶千岩整。忽听渔歌出板桥,芦花瘦处扁舟等。

醉太平　题桐阴读书图

摊书带黄。烹茶碾黄。梧桐点缀秋光。送新蝉夕阳。　　溪云早凉。竹风夜凉。寻鸥载酒徜徉。锁飞泉石梁。

月下笛　题车硐香秋林索句图,照玉田体

紫桂迎飙,青桐缀乳,一番图就。葵笺细剖。商略琴心曲阑右。偷声减字从前惯,第一是、难忘石帚。忆缝云裁月,花间按拍,秋和天瘦。　　搔首。沉吟久。任绮语消磨,鬓丝添又。天香惹袖。羡君涩体能斗。梦回忽听珠喉啭,问旧谱、霓裳在否。有子夜,寄相思,那怕旗亭赌酒。

月华清　题陈寄云东湖晚归图

诗瘦牵秋,肠愁装酒,故人都是交冷。不怕鱼惊,击碎绿波千顷。远山矗、界破金波,湛露滴、禁当银镜。浮磬。送声声萧寺,佐他清兴。　　最爱东湖晚景。记看煞湔裙,踏歌酩酊。怪道凉宵,又被酒徒消领。感万籁、树底齐鸣,恼一舸、梦回同听。云净。望参差楼阁,押帘迷影。

醉太平　题龙庄秋灯校字图

秋声满天。秋光满川。秋星秋月堪怜。照秋人不眠。　　帘前几前。琴边砚边。疏灯相伴年年。对珍珠一船。

李汝章　13首

字沁碧,浙江秀水(今嘉兴)人。生于乾隆三年(1738)前后。家贫,经商以养,又业医。同里钱载独称其诗。著有《灌园余事》四卷,收词二卷。

法曲献仙音　题顾符正宫闱秋夜图

林彩含凄,露华浮冷,早是新凉时候。紫晕苔痕,粉消莲瓣,银床翠梧阴瘦。悄倚遍、蝉声里,碧纱小窗牖。　晚风透。送轻寒、暗凝龙麝,云母薄、潜度卧屏文绣。宝鸭篆烟微,颤一点、灯悬红豆。夜静雕檐,挂婵娟、清月如昼。向玻璃枕上,细数隔花宫漏。

相见欢　题玩花图

小庭开遍蔷薇。思依依。又是嫣红姹紫、斗芳菲。　文窗北。雕栏曲。暖风微。无限参差蝴蝶、作团飞。

夺锦标　题周文矩春愁图

细雨空濛,轻寒料峭,冷落海棠庭院。减却韶光一半。红杏初残,绿蕉微展。正凝愁如许,又添得、新愁无限。怕东风、再送愁来,不把湘纹帘卷。　小曲栏杆西畔。杜宇声声,唤起几多幽怨。况是云窗人静,香鸭烟消,冰丝尘满。恁芳菲时节,尽输与、莺莺燕燕。更无心、为试春衣,叠损砑花金线。

踏莎行　题西宫秋怨图

翠染觚棱,银泥藻井。罘罳滤月芙蓉冷。生憎树色郁朦胧,昭阳咫尺还相隐。　纨扇凝愁,云和寄恨。寒生罗袂更初静。桂华香里透凉蟾,瑶阶瘦却梧桐影。

薄命女　题胡廷晖绿窗春暮小景

鸾镜里。验取春愁还剩几。隐隐留眉际。　悄向雕栏转处,细数翠流红腻。一把柳丝收不起。伴着帘垂地。

八声甘州　题钱舜举掬月图

爱晴空云敛月流天。一色弄澄鲜。渐回文栏外,芳除凝水,兰沼浮烟。照彻花林如霰,杨柳欲成眠。依约墙西畔,影动秋千。　　夜静氛埃俱灭,更腾辉移近,绿绮窗前。被高楼玉笛,吹作十分圆。怪光华、贮犹难掬,恁那宵、潜到枕函边。低徊久、春葱微冷,露缀金钿。

思佳客　题蓝田叔烧香美人

影瘦梧桐镂月明。深深庭院寂无声。青天碧海情何限,冰簟银床梦不成。　　添石叶,礼瑶星。香风微袅篆烟轻。殷勤细向圆灵祝,莫更他生似此生。

月上海棠　题蘅皋游仙小影

上清沦谪辞银汉。碧海琼田几回变。赤尾凤飞来,重省广寒庭院。瑶林外,兔魄初生一线。　　金波穆穆流天半。映鹤羽如霜、绛津畔。珠帐接湘烟,更下视、蓬莱清浅。晨霞动,漏出齐州九点。

两同心

月泉主人购得宋院本画册,有瞿宗吉对题词甚佳,旧失两帧,倩梁溪沈葵隐补绘,索余补词。

盼上三星,良期须果。侵主户、一穗蟾光,衔素壁、九枝灯火。到更深,微觉帏中,春生于左。　　徐整镂金钗钿。抱衾同坐。从头诉、几度消魂,也不似、这番真个。幸高辛,岁在当梁,未曾先我。

洞仙歌　再题游仙小影

姮娥归月。闭广寒宫阙。白鹤云封桂香陌。怅人间天上、永隔音徽,元不分,又向画图相接。　花枝春寂寞,浅扫双蛾,还作当时远山色。静对黯凄神、细认吴绡,也黯黯、潜生凄恻。拟密贮、金堂紫帏中,爇沉水浓烟、夜深薰彻。

买陂塘　题吕铁崖绿树阴中谱曲图

望迷离、千章芳树,重重绿荫庭院。林梢一缕茶烟合,酿结细缊如剪。遮欲遍。似百尺、青丝步障凌空展。文窗渐暗。正微雨初干,嫩寒潜动,绕户碧云乱。　浓阴际,有客凝情写怨。伴将瑶瑟金管。鸾笺谱出春愁曲,消得几番魂断。还细按。和杜宇、声声啼落桃花片。他时更倩。怎红袖添香,柔荑研露,艳雪洒纨扇。

台城路　再题田秋水紫藤花下填词图,仍用原韵

故人家在双溪畔,缘溪遍栽杨柳。十载遨游,几番曲宴,占断吴门芳昼。嶔崎夙负。记座上曾回,两行红袖。一笑归来,紫藤墙外挂依旧。　闲翻新谱自度,见随风咳吐,珠玉生口。顾影闻声,摹情绘怨,无象从教为有。骚坛敛手。尽妙绪输君,粲花时候。画内应添,小鬟歌侑酒。

渡江云　题华内史墨松

毕宏韦偃后,虬枝铁干,凡笔岂能图。那知华内史,继起香光,墨妙擅东吴。鸾骞凤翥,运双管、并下生枯。真貌出、天台山上,桥畔第三株。　嗟余。浮沉海岱,跋涉关河,岁峥嵘愁暮。忆手植、庭前五粒,绿映琴书。无端看画添惆怅,想门径、应就荒芜。明月夜、空教影落窗虚。

刘汝薯(1739—1788)　5 首

字赓虞,号古三、洁士,江苏武进(今常州)人。侨居无锡。乾隆四十五年(1780)进

士,授编修。著有《寄春吟》。

沁园春　为于幼梅题涤砚图

谁弄秋光,一襆翛然,携来扁斯。乍琉璃出匣,龙精瘦削,珊瑚压架,鹦眼娇窥。为选陂塘,频温钓石,染得玄云镜里移。摩挲遍,抵千金声价,宝剑名姬。　　狄猱竹影摇飔。更落落长松翳日曦。尽丸研螺子,簪花倒薤,毫挥虎仆,奔涧盘螭。高拥书成,如拳作镇,羡尔头衔即墨奇。何须效,觅封侯万里,磨盾淋漓。

清平乐　为于幼梅题涤砚图

瓜肤縠理。妍袅应无比。书罢墨花还惹几。携向泠泠秋沚。　　玲珑镜石苔侵。云蒸一片玄阴。惊起潜虬天半,拿风松际长吟。

满江红　题张松岩念萱图照

撷尽群芳,总不似、庭萱颜色。曾记得、循陔转处,数丛亲植。细雨廉纤细叶拥,微风荡漾黄英侧。道金闺、一种最含情,忘忧戚。　　朝复暮,花零藉。开复落,心纡恻。看垂垂寸草,春晖西匿。椿圃灵根成独茂,桐江仙棹还遥隔。剩披图、相对说宜男,燕云北。

小重山　题东峰叶学博照

曾倚瑶坛删软条。行云含佩响、碧天寥。琅霞仙辇去迢迢。淮南句、把臂好同招。　　入月迥清标。谁将丘壑真、颊添毫。前身金粟悟生绡。还留伴、燕桂小山坳。

摸鱼儿 题朱笠亭蕊珠仙馆山楼四咏画册

好湖山、归心暗引,蛮笺几叠难写。澹妆浓抹端相遍,约略吴宫娇姹。临芳榭。只一片、迷离幻出无穷画。琐窗闲话。恁京国勾留,故园烟景,都让渔樵者。　潇潇雨,客梦不离鸥社。虚廊那更飘瓦。上林春色明于锦,比似蕊珠居亚。空走马。盼花影、悠飏映玉河桥下。聊拈瑶斝。问春睡东坡,洞霄小隐,此愿何年也。

钱孟钿(1739—1806)　13首

字冠之,号浣青,江苏武进(今常州)人。尚书钱维城女,巡道崔龙见妻。著有《浣青诗余》。

浪淘沙 题画

秋色落柴关。心与云还。断桥流水碧潺潺。回望千峰岚翠合,策杖溪湾。　地僻鸟声闲。白石横滩。林泉容与看飞鹇。何事镜湖赊月色,为浣风颜。

传言玉女 题玉女采芝图

弄影丹崖,笑把玉芝容与。五铢衣薄,倚回风如许。蓬山何处,一片彩云旋吐。摇溶出水,轻盈曳雾。　回首瑶宫,记霓裳、曾按谱。大罗往事,问吹箫伴侣。娥眉萧飒,只有月华常驻。情多无那,珊珊归去。

两同心 自题纫秋小照

露满高梧,秋光容与。伫阑干、谁逞腰肢,展芭蕉、欲分眉妩。谢姮娥,早付天香,婆娑深护。　别有幽馨盈掬,系情湘浦。掩映处、几叠屏山,消受得、芳华如许。君看取,风叶含丹,月波流素。

浪淘沙　题梅花士女小幅

冷艳倚娉婷。幽梦难寻。临来素月写空明。何处珊珊遗佩影,浸入梅魂。　红袖并轻盈。小立闲庭。东风几许最关情。索笑相逢知近远,一片云横。

百字令　题张中翰夫人采芝养鹤遗照

珊珊何处,向图中犹见,铢衣烟雾。十二瑶台清梦好,谩把玉芝容与。闲看梳翎,相将弄影,雅称神仙侣。软红尘外,东风吹上眉妩。　不道花落花间,绾春无计,过眼流光度。环佩江皋空寄恨,剩有月明如素。锦瑟尘蘸,瑶编蠹食,化鹤归来误。天香借问,冷烟一片凝伫。

临江仙　题仕女图

云笈早镌双籙,玉箫远度深宫。钿蝉零乱倚回风。赤霄双跨凤,留梦翠梧中。　回首钧天何处,三山万里浮空。佩环声杳暮云封。碧鸡虚作时,青鸟若为通。（凤台仙偶）

其二

一片若耶溪水,春风洗净铅华。苎萝西去那人家。澹烟笼薄雾,新绿衬啼鸦。　惆怅苏台麋鹿,凄凉吴苑莺花。浪传曾泛五湖槎。青台明月夜,冷落旧云霞。（越溪艳色）

其三

毳帐凄凉青冢,画图空误朱颜。蛾眉自惜镜中弯。黄金能作赋,玉佩几时还。　落日牛羊影下,月明故国家山。雁飞难到玉门关。拨残浑不似,梦断大刀环。（紫塞春风）

其四

长信宫中秋草,履綦旧梦初成。当时辞辇动声名。君恩常似水,眉黛怯逢春。 别院笙歌按彻,夜凉银汉空横。西风箧笥不胜情。团圞金殿月,迢递玉阶明。(纨扇秋怀)

其五

宝辂迎来天上,清风暗送香尘。绛纱初试臂痕新。双啼红玉筯,轻剪碧云春。 花压六宫梦晓,芳菲谱入针神。嫣然一笑沐君恩。敢矜补衮力,聊备卷衣人。(唾壶红玉)

其六

金谷繁花春满,香迷锦障尘浮。珍珠十斛换温柔。舞余红避影,曲罢月如钩。 一树浓花委地,千秋名为君留。季伦原自解风流。蛾眉争绝代,红粉几高楼。(金谷香尘)

其七

劝尔回波旨酒,九重春色争闉。楼头但赏夜珠来。衙官驱屈宋,不及内家才。 玉尺平衡文苑,豪端光散璃瑰。彩书寄怨冷官槐。景龙传盛事,风俗变鸾台。(书楼韵事)

其八

一曲霓裳按拍,海棠着雨初醒。东风微度入云屏,催花停小辇,拜月誓双星。 环上罗衣梦断,秋槐冷落宫庭。三山何处觅娉婷。钿钗空寄泪,哀怨写淋铃。(玉笛闲情)

江干 (1739—?) 10首

字片石,号黄竹,江苏如皋人。乾隆二十九年(1764)与同邑汪之珩、黄镇等举近社。

尝客袁枚随园。诗多苦吟。著有《片石诗钞》,词附。

满庭芳　题黄楚桥独立小影

一别愁中,相逢画里,却教往事难忘。半肩行李,曾寄雪声堂。花底红儿度曲、衔杯酒、笑看登场。歌初歇、狂吟醉舞,天地为低昂。　　无双。名大著,黄童最小,意极飞扬。共诸兄济济,逐处成行。不道龙头老去,飘零况、败叶经霜。风流尽,苍茫独立,应是九回肠。

满庭芳　题刘灼亭慈云图

去矣严亲,哀哉寡母,对此八月孤儿。茕茕弱质,危似剑头炊。曾未能言解笑,伶丁甚、苦不知悲。知人在、灯前拥汝,血泪渍麻衣。　　提携年十五,情牵鹤发,念切乌私。奈相依为命,没有多时。应是遗孤抚毕,同夫婿、地下齐眉。慈云杳,伤心极目,游子在天涯。

满江红　柴湾村舍图

老矣名山,大抵是,英雄末路。辜负了、十年书剑,五更风雨。欹枕微吟池畔草,荷锄闲种堤边树。看纷纷、牧子背斜阳,吹箫去。　　经与史,娱朝暮。儿与客,谈今古。岂辟疆而后,公为盟主。位置才人天不薄,茫茫富贵皆尘土。笑古来、冠盖满长安,无归处。

满江红　题美人照,为万巢南

心上秋多,晚妆倦、罢临青镜。生受这、栏干十二,扶他不定。虫响凄于鹦鹉舌,花阑瘦似梧桐影。叹崔徽、不及卷中人,愁成病。　　送远梦,难于稳。怜弱体,几乎冷。更都无人处,有风吹鬓。白白三生无一可,苍苍万古何从问。怪当年、情字孰安排,坑人命。

其二

卿也如蚕,相思拟、缠绵到死。惆怅煞、鸳鸯冢畔,埋忧无地。红雨缤纷和泪落,绿云片段连心碎。算消魂、不独一封书,蝇头字。　　生怕这,春愁尔。曾有个,天怜你。补人间缺陷,女娲皇帝。采药何堪皆独活,看花只是无连理。道同衾、不得穴能同,甘为鬼。

百字令　为楚桥题吴思翁遗墨

深情何限,把吴老胶漆,朋侪羞死。遗墨区区宁解惜,一病抛他如蹠。药饵难谋,棺衾莫措,埋骨还无地。那知此任,满承偏有贫士。　　即看断水残山,烟云黯澹,纸上魂应寄。我哭穷交因自哭,身后谁留只字。白首伶仃,青衫落拓,不与思翁异。爱无差等,有诗甘托吾子。(时方索录余诗。)

沁园春　题王萍江寒江独钓图

且住为佳,不寒而栗,漫天雪飘。只空江一片,清怜瘦影,远山无数,白似颠毛。蓑笠随身,纶竿在手,船打西风早暮潮。雄才老,问青莲处士,何地寻鳌。　　先生笑说无聊。把极热人情冷处消。叹机心久息,轻鸥万点,凄声欲诉,客雁双高。烟水无人,乾坤着我,不向鱼龙怨寂寥。天将晚,把瓦壶沽酒,踏碎琼瑶。

潇湘夜雨　题菊田山塘纪遇图

岸草含情,岩花弄色,女郎闲骋芳踪。暮来才子五花骢。遮不得、莺栖嫩绿,忘不得、蝶趁娇红。宁有个,佳人心曲,转欠玲珑。　　情之一字,人间天上,大抵皆同。谢当时眼语,瞒过东风。早知道、斯须莫逆,翻怨着、多此相逢。思量甚,高楼百尺,斜月五更钟。

满庭芳　连环图，为宗杏原作

春老花飞，晓寒人瘦，窗前闪闪灯篝。半帘疏雨，残睡五更头。莫说团圞是梦，频无寐、梦也难求。惟余得，满绡红泪，缄寄古西州。　　相思郎念否，痴情宛转，不断如钩。便萧郎一死，值得风流。多少黄金买笑，端难买、背后离愁。应怜取，青青眉妩，锁尽两峰秋。

满庭芳　题和合图

短发齐飘，单衫不整，却自丰度翩翩。香严会上，花片想曾拈。道是寒山拾得，相逢日、惟唤苍天。缘底事，回嗔作喜，得意总忘言。　　古来知己少，两心如一，能不欣然。便人间骨肉，逊汝缠绵。此外翻云覆雨，才抬眼、苦海无边。还应笑，穷途一哭，不值半文钱。

潘亦隽（1740—1830）　17首

字守愚，号榕皋，江苏吴县（今苏州）人。乾隆三十四年（1769）进士，授内阁中书，升户部贵州司主事。工书善画。著有《三松堂集》，收《水云词》二卷。

念奴娇　西湖泛棹图

清波门外，记一篙撑入，画图时节。万顷玻璃岚翠合，映我须眉都碧。宦海浮沉，廿年浪走，好景轻抛别。酒阑灯灺，旧游有客能说。　　最羡绿鬓朱颜，招邀胜侣，不负闲风月。乐事赏心真合并，尘世何堪一唤。清兴能乘，扁舟便买，西子还应识。只愁相笑，满头赢得霜雪。

虞美人　天寒倚竹图

扁舟系缆垂杨浦。花落如红雨。天寒翠袖画图开。犹似当时水槛、共徘徊。　　风花烟月知多少。故故将人恼。小楼风絮又春寒。谁并香肩软语、倚阑干。

满庭芳　陶凫香苏台却扇图，凫香归自京师，娶于徐

种柳门庭，听松楼阁，归来正是春深。苏台日暖，香气透疏林。却扇新诗赋就，锁窗里、烟霭沉沉。湘帘卷，重行珠树，双舞有文禽。　　兰心。兼蕙质，女中孝穆，并坐调琴。更不羡秦家，耀首金簪。缟纻天涯几许，问何似、绣闼知音。生花管，珊瑚高架，风絮好同吟。

水调歌头　王蓬心洞庭泛月图，为瞿花农题

秋气一何爽，青草碧黏天。良宵载月轻泛，凉入鹭鸶烟。风定鱼龙吟啸，有客掀髯打稿，潇洒似坡仙。河汉夜阑转，露重未能眠。　　击桂棹，吹玉笛，敲琼筵。姮娥还忆往日，见泼墨飞笺。乐事赏心谁共，陈迹回头若梦，图画至今传。惟有蟾宫影，不改旧婵娟。

吴山青　竹林静憩图

泉声清。竹风轻。身远尘氛心太平。闲看溪上云。　　养黄宁。葆奇灵。我坐林间岁月深。输君双鬓青。

百字令

乾隆甲寅，崧岚将之奉天任，余邀张子东畬同游画禅寺，访岊峰长老，步月庭中，东畬写图赠行，并系以词，余继作《南乡子》一首。今嘉庆甲子，崧岚复

至吴门,出前图共赏,回首旧游,恍如昨日,流光弹指,盖已十年,东畲归道山则五年矣。喜良会之能再,慨逝岁之不居,复填此阕,以写离绪,记新欢云尔。

山塘渌涨,报云帆漠漠,仙舟才泊。旧恨新愁难缕述,喜看须眉如昨。细检行囊,重提往事,一幞珍林橐。故人安在,墨香犹染帘箔。　十载按部班春,关鸿梁燕,矫首天寥廓。前席苍生他日事,且把绣衣迟着。退院僧归,闲吟客健,商略吾侪乐。清光依旧,一尊来共斟酌。

菩萨蛮　戴竹友除夕游山图

疏林寂历寒鸦小。山塘屐影筇声杳。何处觅闲身。只应三两人。　屠苏斟岁酒。岁去谁能守。我也想今年。邀君同放船。

金缕曲

嘉庆丙辰,蒋湛华司马纳姬人妙巾,写《琼楼待月图》,同时王梦楼、陆谨庭、尤二娱皆有诗词以咏歌其事。今湛华候补在都,倩哲兄立崖索余题句。余以为琼楼之景今昔无殊,而待月之情今昔则异,因填此阕,兼寄湛华。未识湛华见之,以为有当于《国风·草虫》遗意否耶?

又是中秋近。看楼头、冰轮依旧,照人如镜。香雾清辉三径里,玉臂云鬟凉映。正宝鸭、烟沉炷烬。千里音尘经岁阔,怨征鸿、不带南来信。听嚓唳,长天阵。　嫦娥相忆重相讯。道花前、轻颦浅笑,倍添风韵。但觉腰肢微瘦损,莫是多愁多病。浑未减、搓粉滴粉。好倩银蟾遥寄语,问天涯、归计何时定。双照我,阑干凭。

沙头雨　题蒋春皋遗照

三径依然,湘帘半卷琴声杳。墨香还袅。想见幽人抱。　记坐书堂,看画同谈笑。循阑绕。昨朝重到。池上秋风袅。(池上书堂,春皋斋名。)

菩萨蛮　雪岛禅师《行到水穷处坐看云起时图》

幽栖地僻经过少(杜甫)。一瓶一钵垂垂老(贯休)。世事总无心(王建)。流泉入苦吟(皎然)。　禅心超忍辱(李嘉祐)。临路嗟疲足(张九龄)。云在意俱迟(杜甫)。林光澹碧滋(李白)。

罗敷媚　题冒巢民姬人董小宛墨菊

染香小阁秋光里,帘卷波纹。貌取烟痕。人影如花瘦几分。　西风画卷余香在,雅淡轻匀。仿佛丰神。合配眉楼九畹春。

清平乐　荷净纳凉图

波平云净。泻露香摇影。属玉飞来翘雪领。也爱银塘清景。　晓来月堕前溪,水风凉透罗衣。莫话远公遗事,画中人是天随。

好事近

勖斋昔宰蜀中,作《听秋图》,题咏甚夥。今归吴门,卜宅于城东,后有小园,仿佛图中景象,因写《听秋第二图》,合装成册,属余题句。

飞棹下嘉陵,一壑尽容薖轴。仿佛昔年游处,指案头横幅。　秋声又到枕函边,旧梦可还续。且自浅斟低唱,看酣红浓绿。

太平时　竹坪竹屿垂钓图

修竹檀栾覆碧浔。影森沉。萧然心迹喜双清。好垂纶。　青箬绿蓑谁是伴,忆玄真。钓丝袅袅立蜻蜓。满身云。

洞仙歌　黄尧圃逃暑图

科头云磴,喜蕉衫风透。世界清凉自原有。尽行空、火伞赫赫高张,信暑气、修竹碧梧不受。　抽身闲处好,利锁名缰,热客招寻但挥手。回想旧游踪、扑面黄尘,可也得、调冰雪藕。莫更问、门前几人来,除旧侣盟鸥、有谁相就。

浣溪沙　何淡安枫林晚眺图

远上寒山一径幽。四山枫树正酣秋。白云深处好勾留。　试坐篮舆真澹荡,闲拖竹杖也风流。剑门吾谷记清游。（壬戌九月,三峰僧一峰招看红叶,遍览剑门吾谷诸胜。）

好事近　冯墨香自在舟渔笛图

横笛放扁舟,吹入碧云深处。不按啸翁遗拍,有自然风趣。　稻村芦岸尽沿缘,得住便教住。试问知音若个,指沙边鸥鹭。

赵帅（1740—?）　10首

字原斋,一字元一,号伟堂,安徽泾县人。良琼子。乾隆三十年（1765）举人,官江苏镇江府训导、安乐知县。师事袁枚。著有《伟堂诗钞》二十六卷、《伟堂词钞》四卷。

南楼令　题郑慕斋上舍蕉窗听雨图

浪迹寄幽燕。红尘六月天。卷湘帘、永昼闲眠。安得胆瓶蕉数本,听疏雨,绿窗前。　雀瓦渗松烟。猩毫涩蜀笺。望奇峰、云脚遥悬。只好丹青空结想,添水鹤,乞黄荃。

南楼令　雨中再赋前题

阑暑雨成霖。凉飔旅馆侵。碧玲珑、遮住窗阴。正忆乡关归未得,声欲碎,动愁吟。　独夜抱单衾。孤灯绣阁深。又喧嘈、络纬园林。梦断三更凄绝处,诉不尽,美人心。

临江仙　题姜东皋草虫横幅

秸笼聒聒街头卖,留犁款款菱塘。几回蝍蟟避刀郎。槐花落尽,叶底又秋凉。　添写翠茎红穗好,依稀江上茅堂。轻风吹送豆棚香。披襟散步,树杪挂残阳。

点绛唇　索曹云澜画忆梅图

梅信风来,蓟丘寻遍何曾有。故园回首。妙得徐熙手。　竹外溪边,添个茅庐否。凭轩牖。影和烟瘦。残月黄昏后。

点绛唇　题姜东皋画蝶

吮粉调铅,滕王自昔称佳绝。尚存方法。藉甚姜蝴蝶。　一剪香风,正是春时节。花和叶。麻姑裙褶。梦到罗浮月。

减字木兰花　题曹云澜为方碧岑舍人画兰竹

澧兰湘竹。泼墨烟江横半幅。清韵平分。妙绝同心得此君。　咄嗟良久。与可孟坚为一手。亦有零绡。乞写秋怀入楚骚。

菩萨蛮　题云澜松下老人图

长风谡谡回云壑。之而爪鬣空拏攫。下有偃佺侍。岿然披鹿裘。　听涛敲峭石。把盏邀寒碧。曾记梦黄山。月明孤鹤还。

好事近　戏题曹云澜为翟燕符斋壁写麻姑影

仙女讶何来,半壁水云稠叠。为问方平安在,怕暗中轻亵。　更须渲染试丹铅,湘纹动裙褶。闻道罗浮山外,有翩跹蝴蝶。

好事近　题春江待渡图

江柳映征衫,小憩半肩行李。望去船如天上,涨三篙春水。　廿年曾记泊瓜州,鲥鱼早登市。好在西津飞渡,趁楝花风起。

朝中措　题画香橼、佛手、梅花、水仙横幅

瓷盆半面见三橼。香满画堂前。记得拈花微笑,如来肯放空拳。　孤山隐士,梅为伉俪,月共婵娟。冷艳别标风格,凌波合伴臞仙。

沈起凤（1741—1802）　9首

字桐威,号蘋渔,江苏吴县（今苏州）人。乾隆三十三年（1768）举人,官安徽祁门教谕。以度曲知名,词亦清新。著有《红心词》。

卜算子　题谢小蔷泪眼问花图

泪眼对春风,莫道花光媚。到得花前泪更多,花是侬情泪。　那得泪珠

收,除是花都败。又恐花飞泪独流,乍可留花在。

鹧鸪天　题照

买得仙舠泛水滨。一篙烟雨泪香蘋。定缘杨柳能留客,不是桃花学避秦。闲泛宅,慢垂纶。个中鸥鹭共寻盟。飘然归去凉生袖,自署新衔号水云。

临江仙　用豆村农玉连环格,题周幔亭香笔美人图

好笔花生如梦,令公肯惜余香。慢将青李貌红妆。睡余娇滴滴,金缕曳霓裳。　曲录阑干十二,时闻有蕙兰芳。引他凤子度纱窗。恨教垂袖角,招不住春光。

踏莎美人　桃花仕女图

杀粉微匀,调脂细染。乘鸾那肯题团扇。银床露点最濛濛。偷得双鬟曲里、小桃红。　梦里天台,意中人面。写来不管柔肠断。饶伊得气美人中。多恐生成薄命、也相同。

洞仙歌　题扇头窥园图

隔墙花影,较天涯差远。况是花前谢娘面。便支机片石、尽许迷藏,难渡是,一水盈盈河汉。　青衫憔悴也,泪点都消,剩有蘼芜不曾散。梦绕琐窗深、小像薰香,可惜与、刺心人看。怕点屐、声声下唐梯,又全学芳姿、半遮团扇。

摸鱼儿　题爱菊图

问秋来、沈郎善病,腰支又瘦几许。西风寂寞湘帘卷,几点黄花开矣。携砚几。写一片、幽姿淡到霜浓处。闲庭小伫。觉陶令归来,未荒三径,高致谅

如此。　落英未。吟断骚人旧句。何时领取风味。短童浇彻清波冷,似会偕寒深意。红树底。也直得、白衣相劝浮椒醑。君还记取。唤度曲桃根,炙笙菱角,再订阿蒙序。

摸鱼儿　为醉卧子题桐阴教子图

玉玲珑、阁前偷步,忽惊满地云冷。原来却是双梧碧,秋荫石栏金井。招病沈。可消得、庚郎多少吟愁分。波明如镜。把二顷湖田,一丝钓艇,且付衮师领。　连鳌手,不是而今始省。羡鱼本有闲兴。铁如意斫珊瑚树,添得竿头几寸。风又猛。待收拾、丝纶再步寒香径。眼前风景。有香祖新词,传公旧颂,更课近来信。

戚氏　题杨妃试马图

忆当年。鹿衔花去禁庭闲。棠睡醒时,笑将金镞试香团。射罢,却嫣然。更将宝马整金环。娇姿巧合神骏,绝无相妒有相怜。问道金埒,何时编就,莫便是洗儿钱。看花边牵去,色分桃汗,饮自温泉。　扶困上了香鞯。弄猧手弱,应是怯长鞭。羯鼓助、风流阵里,柳雾花烟。恰天然。羽衣制就,倾杯旧舞,妙处得先传。微揎翠袖,轻绾红缰,已过亭北阑干。　此乐能长否,渔阳铁骑,骤逼中原。最是六军无赖,怎流离驻马尚俄延。逼他婉转坡前。红罗赐后,锦袜都难恋。况飞霞、皎雪谁曾见。跨青驴、独过严关。戏吟鞭、空望秦川。对鸟啼、花落一番番。忽西风紧,牵牛期近,殿角空寒。

金缕曲　补范玉台春女能怨图

梦觉笙歌散(韦庄)。暗相思(白居易)、柔魂不定(罗隐),罗帏舒卷(李白)。唱尽新词欢不见(刘禹锡),记取钗横鬓乱(白居易)。人寂寞(无名氏)、兰披春苑(李节)。还有枉抛心力处(崔道融),别时多(顾况)、独在阳台畔(于坟)。绣帘外(温庭筠),春如剪(温庭筠)。　百花时节教人懒(徐凝)。雨微微(张泌)、袖薄香消(韩偓),重吁累叹(王维)。乡信为谁凭寄去

（杨凝），鸟向平芜近远（刘长卿）。一日日（白居易）。春融艳艳（韩偓）。不用凭栏苦回首（杜牧），远将归（王建）、好树同攀玩（白居易）。章台柳（韩翃），如啼眼（李贺）。

王汝璧（1741—1806） 3首

字镇之，晚号铜梁山人，四川铜梁人。乾隆三十一年（1766）进士，官至刑部右侍郎。著有《铜梁山人词》四卷。

望湘人

主秋滕茂才以吴门女士潘湘云小影索题，为赋二阕，次首用贺梅子韵。

正风天乱笑，香雨欲啼，真珠飞下清廊。冉冉梅魂，亭亭月貌。无那空花吹着。尘海愁牵，罡风梦断，眉山依约。只几丝、恨骨如烟，还共晓云飘泊。

偏是天寒袖薄。便为伊痛哭，问天难说。算千古伤心，第一邯郸人错。秋娘墓侧，星星碧火，少出红莲双萼。待说与、画里湘娥，几度木兰花落。

其二

怪愁春夥雪，寒梦未醒，暗香空在天半。彩笔谁传，翠眉腻眼。独共幺禽伤晚。白璞雕心，红绡织泪，冰天呵暖。有我家、玉雪王郎，卷月怀云相伴。

不信缠绵未断。叹琉璃易碎，水流花远。奈督护清歌，宛转夜深寒浅。大巫峡里，小姑溪畔。一样飞烟神观。只可惜、蝶羽蝉衣，不是当时双燕。

醉蓬莱　自题空山读易图

扫玄亭秋叶，奇字虫书，古情无偶。休问爻辰，正月居南斗。石气泓峥。芒寒铁镝，浸苍筤森瘦。京律微吹，焦林始画，孟图谁授。　碧影来时，白云飞处，目送孤鸿，柳生双肘。擿洛钩河，笑龙龟知不。一寸周髀，一盘折矩，向环中闲叩。幽象难摹，图著无语，笠天枯守。

汪大经(1741—1809)　2首

字西村,号秋白,浙江秀水(今嘉兴)人。侨居江苏青浦几四十年,晚卖字为生。著有《借秋山居诗余》。

东风第一枝　题张子白梅屋读书图

檐角云留,篱根雪破,老梅一树低亚。数弓小拓溪南,结个读书雅舍。篝灯如豆,想时耸、吟肩清夜。忽传来、斗幅夭斜,窗纸月儿窥罅。　　香缕缕、梦魂暗惹。影悄悄、冻痕淡写。猜他满径霜华,凝住冷波不泻。更深寒峭,料美酝、床头曾贳。拟过寻、携杖篱门,话到晓钟归也。

醉太平　题朱秋圃听秋图

捎檐竹声。打窗叶声。挑灯弹罢琴声。杂蛩吟碎声。　　荒街柝声。明壶漏声。五更又闹风声。送晓钟一声。

陈昌图(1741—?)　9首

字玉台,号南屏,浙江仁和(今杭州)人。乾隆三十一年(1766)进士,改庶吉士,授编修,充四库馆纂修,累官至直隶天津道。著有《南屏山房集》。

减字木兰花　程易门太守西山挹翠图

京华丘壑。千叠螺鬟云影薄。偷暇能来。染得生衣绿似苔。　　一麾出守。挂颊更容西笑否。捻断吟髭。蔓壑枝峰都入诗。

眉峰碧 王莘园明府填词图

帘静啼春鹍。香细销银鸭。画栏百尺倚梧桐,一院清阴压。　　短纸青苔合。小院红丝沓。晓风残月谱新翻,问谁偷把幺弦搯。

风入松 刘杲山听松卷子

摩空怒鬣舞虬龙。清昼绿阴浓。郁郁蟠根生涧底,拿攫处、想受秦封。一院影摇云乱,半天声撼涛舂。　　科头抱膝列仙踪。洗耳豁心胸。烂嚼松花松子好,偓佺侣、定许相逢。飞起对巢鸾鹤,奏来隔水笙镛。

玉楼春 集句题曹容圃侍御绿波花雾图

乱葩渐欲迷人眼(白居易)。越女含情已无限(羊士谔)。棹声烟里独呕哑(韦庄),坐久不知红树远(王维)。　　千娇更自罗袜浅(徐温)。绰约云鬟眼波剪(欧阳彻)。桃花春水木兰桡(江总),自拟仙人识刘阮(郑洪)。

河渎神 集句题朱安斋观察春山拾翠图

山远树参差(皇甫曾)。三月尽草青时(韩偓)。盘崖缘壁试攀跻(岑参)。风台水榭逶迤(郑概)。　　唯有春风最相惜(杨巨源)。无计得传消息(柳永)。望尽青山独立(卢纶)。红桃处处春色(鱼玄机)。

临江仙 集句题江天揽胜图

两岸青山相对出(李白),年华逼近清明(韩□)。林间小槛接波平(吴融)。谢鲲吟未废(韩偓),潘岳赋初成(卢纶)。　　最是一年春好处(韩愈),矜妆嫩脸花盈(尹鹗),却疑身在小蓬瀛(方干)。遥怀浩无极(徐铉),且贵赏心并(白居易)。

减字木兰花　叶鹿门绣球立幅

乍开绡幅。笑错认梅花簇簇。正好春时。不许蜂儿闹上枝。　　东风香滚。干鹊飞来立未稳。爱杀团围。抛去玲珑十二栏。

行香子　题折桂图

云外天香。飘落秋堂。好园林、一幰烟凉。闲时何计,消受风光。小坐盘陀,栏竹秀,径苔苍。　　蟾窟翱翔。鹫岭徜徉。算输他、兰玉儿郎。膝前舞彩,蜡凤骑羊。广寒梯稳,攀来好,满庭芳。

一剪梅

仲姬索恽夫人画梅扇上,放梢转入背面,云是过墙梅。侄女长生有诗,因戏题一阕。

一段寒香绿萼花。雪也看差,粉也描差。轻绡分段写桠杈。南向枝斜,北向枝斜。　　莫是孤山处士家。前半亭遮,后半桥遮。全身可要现春华。翻手看些,覆手看些。

熊琏　29首

字商珍,号澹仙,江苏如皋人。生于乾隆六年(1741)前后。著有《澹仙词钞》四卷。

满庭芳　题十二金钗图

日暖花梢,香飘帘幕,十分春在红楼。传杯满酌,笑语不知愁。试问偎红倚翠,东风里、谁最温柔。都猜作,神仙谪降,笙鹤下瀛洲。　　赏心人已醉,阑干倚遍,一片云头。任轻翻舞袂,慢啭歌喉。谁道书中有女,终输与、金谷风流。多应是,明珠买艳,花月尽勾留。

满庭芳　题松鹤图

邵母郁太夫人,蓉江先生之母也。望重须眉,贤传闺闼。母仪内则,俨陶孟之风徽;高节孤标,同菊松之品格。一自风凄鸿案,寡鹄哀深;堪怜月冷机窗,修篁泪染。朝朝画荻,课读空闱;叶叶挑梭,篝灯小阁。克勤克俭,经屡易之星霜;为母为师,竭半生之心力。以致秀发兰阶,辉腾玉树。欣看绕膝,承菽水之欢;笑对斑衣,占庭闱之乐。然而频年茹蘖,素抱冰心;晚岁持斋,惟甘道味。布荆之外,屏绝繁华;纴织之余,经营卷帙。蓉江先生,艺苑名流,吟坛雅士。登临则感慨长歌,挥洒则烟云满幅。而且善体亲心,能敦孝道。奉板舆而适意,日暖萱花;持寿酒而称觞,筹添海屋。于是倩闺中之妙笔,写此秋光;祝堂上之遐龄,庆当令节。琏展卷兴怀,清风遥沐。松苍鹤健,如谒慈颜;铁骨霜姿,何殊雅操。聊呈里句,敬献南山。

茶蘖餐余,艰危历过,心同月照邗江。松颜鹤骨,画里伴青苍。廿载空闱清苦,才望到、玉树芬芳。传家有,缥缃旧物,万卷压书仓。　白头甘澹泊,长斋绣佛,茗碗炉香。把禅机参透,世味冰凉。岁岁南山秋色,西风起、劲节凌霜。仁臻寿,星辉宝婺,掩映紫霞觞。

沁园春　题蒲塘女史邹怀洁画菊

纸上幽花,闺中妙手,点染多姿。是目空桃李,留心晚节,情耽泉石,寄兴陶诗。不屑争春,应同倚竹,秋遍荒山人未知。机窗畔,启琉璃砚匣,香露淋漓。　云屏一幅相宜。觉巧极金针总未奇。看纷披数叶,微分翠黛,萧疏几朵,澹研红脂。耐冷襟怀,凌霜品格,想见抽毫欲写时。分明似,是清风林下,霁月东篱。

南乡子　题画

放鹤上烟霄。隔岸谁吹紫玉箫。冷澹诗情都入画,堪描。破帽迎风过板桥。　信步踏琼瑶。沽酒前村雪未消。笑指吾庐何处是,梅梢。阵阵幽香竹里飘。

望江南　题黄楚桥先生独立图

双眼阔,只有太虚高。湖海飘浮形逐影,软红尘里厌喧嚣。抗志在云霄。

其二

斜阳馆,雁断不成行。今古才人都冷落,一腔歌哭付文章。把卷立苍茫。

百字令　题黄楚桥先生读书秋树根图

凝神独坐,听西风落叶,萧萧籁籁。处士名山期不朽,肯向红尘歌哭。石上开函,林间抱膝,万卷千回读。古人堪质,丝纶应自满腹。　曾记馆对斜阳,园留春色,总是藏书塾。冷却骚场弦管歇,往事依依心目。三径虽荒,遗经自守,一脉书香续。知音何处,一任声出空谷。

沁园春　题徐湘浦先生临江观弈图

羽扇轻衫,层台小立,兴趣悠然。爱江流滚滚,征帆一片,棋声落落,玉子盈盘。手战何人,输赢一着,便作千秋胜负看。消尘累,想招来佳客,合是神仙。　数峰江上青山。正拂面清风出树间。笑争心纸上,谁甘退后,旁观局外,我转偷闲。放眼高瞻,开怀远寄,万顷苍茫映碧天。披图画,知宦情如水,总付云烟。

题冒芥原先生编年图　录八阕

更漏子　雪窗夜课

夜窗虚,严训督。膝畔依依课读。添活火,袅炉烟。宵深未许眠。　竹频敲,风乍咽。阁外乱飘琼屑。灯影碧,纸声酸。翻书呵手寒。

清平乐　泮水芹香

文坛劲敌。总角花生笔。短短春衫垂柳色,两袖芹香应滴。　　桃花马上扬鞭。高楼卷尽珠帘。借问谁家玉树,黉宫第一青年。

减字木兰花　萱闱侍疾

蓼莪堪痛。榻畔雁行形影共。血是鹃啼。肠断灵萱欲瘁时。　　何曾解带。报答劬劳刚一载。回忆心酸。长夜西风阵阵寒。

浣溪沙　纂修应聘

学识才兼始擅长。风云月露总寻常。乾坤大义付平章。　　为念重泉埋烈魄,更搜潜德发幽光。千秋笔底姓名香。

点绛唇　秀水亲迎

月满良宵。楼高秀水香尘绕。凤箫缥缈。咫尺仙车到。　　寸草同心,未得春晖照。伤怀抱。思亲梦杳。泪滴鸳帏晓。

画堂春　圜桥受饩

黑貂裘敝几多年。一朝领袖文坛。儒生风味只清寒。须发将斑。　　迟暮才沾天禄,高堂已隔重泉。回思往事益心酸。菽水无欢。

望江南　城闉送别

牵袂处,风急雁飞遥。几度床前重握手,临歧一送已魂消。永诀是河桥。

浪淘沙　藐孤受托

榻畔记叮咛。字字凄清。遗孤付托任非轻。累世宗祧香火系,一脉相承。　　念念孔怀情。死者如生。白头犹自抚零丁。克尽友慈原是孝,永慰幽冥。

百字令　题黄佩芸忆菊图

秋光满目,叹种花人逝,花还依旧。闻道花时同剪烛,堂上埙篪迭奏。玉树孤森,谢池梦杳,往事空回首。清吟抱膝,凄凉滋味消受。　　应是对景伤心,霜枝难看,懒醉东篱酒。鸿雁声凄深院寂,坐听迢迢清漏。赋岂招魂,秋尤动感,泪滴三更后。梧风竹月,小栏干外寒透。

蝶恋花　题挑灯闲看牡丹亭图

门掩黄昏深院宇。窗里孤灯,窗外芭蕉雨。万种低徊无可语。虫声四壁凉如许。　　怪底临川遗恨谱。死死生生,看到伤心处。薄命情痴同是苦。古来多少聪明误。

其二

一幅秋光愁万顷。妙手空空,画出当时景。独坐摊书清夜永。泪珠低落云鬟冷。　　纸上芳魂怜玉茗。疑幻疑真,梦里凄凉境。是否亭亭呼欲醒。夕阳曾见桃花影。

满江红　题徐湘浦先生乐耕图

避却尘嚣,天付与、烟霞清福。消遣是、轻衫蒲屦,开怀远瞩。雨后秧针临水插,阴深夏木环溪绿。把吟鞭、挥向晚凉时,闲驱犊。　　宦梦醒,世情熟。云隐岫,书藏塾。爱渊明千载,清风遥续。高唱新词谁与和,月中便好吹横竹。听飞泉、滚滚桔槔声,如敲玉。

沁园春　题江片石先生独立图

有句惊人,无钱使鬼,与水同清。望长空万里,萧萧暮景,荒原一带,浩浩秋声。胸里奇书,意中往哲,此外何妨影伴形。余何有,有奚囊锦灿,彩笔花生。　　词流从古飘零。惟挥洒千言舒不平。叹青云梦冷,才人薄命,红尘福浅,竖子成名。门掩疏灯,村丛黄竹,风冷霜高鹤自鸣。谁堪拟,似苍松独秀,皓月孤明。

望江南　题有是园图

蝴蝶梦,何处白云乡。金谷辋川皆幻境,胸中丘壑是文章。把卷足徜徉。

凤栖梧　题沈介庵望云图

惨淡云天愁万顷。梦里慈颜,往事频回省。十七年来如转瞬。挥残血泪犹悲哽。　　一纸图成空望影。返哺何能,我亦伤心境。渺渺荒原呼不应。高冈独立西风冷。

题徐湘浦先生消夏图　录三阕

凤栖梧　莲塘放艇

香满陂塘三十六。翠盖迎凉,万顷遮天绿。画桨珠帘云锦簇。摘花惊起双鸥浴。　　水佩风裳看不足。一棹轻移,荡过藏书屋。今夜闹红深处宿。月明听唱凌波曲。

浣溪沙　竹间留客

覆院阴浓月上迟。清风戛戛玉参差。客来留坐晚凉时。　　石上分题情似水,樽前按板曲如丝。清谈定许隔篱知。

鹧鸪天　花阴度曲

满座凉生小院清。呼童拍板奏新声。香应扑面花争放,响欲凌霄月倍明。纨扇动,酒杯停。风吹袅袅一丝轻。阳春白雪谁堪和,鹤背人来按玉笙。

满庭芳　题黄楚桥先生古春园图

老屋书藏,名花手植,当时雨榭灯窗。一番凋谢,桃李不成行。记得琼箫象板,何曾让、水绘风光。重回省,歌残舞歇,往事付黄粱。　　凄凉。应满目,谢家春梦,犹绕池塘。幸千秋不朽,只有文章。此夕飘零四海,随身是、累世青箱。图画里,欢场依旧,把卷为彷徨。

凤栖梧　题于秋渚先生听秋楼图

百尺楼头烟树渺。独倚危栏,短发愁催老。万里碧空风浩浩。梧桐叶上秋先到。　　吹散三春花共鸟。不是知音,谁聆凄凉调。天许骚人听不了。一编宋玉消魂稿。

其二

此日披图思旧景。三十年来,多少沧桑境。枫落吴江诗句冷。几人唤不吟魂醒。　　落落层楼孤鹤影。听惯秋声,岁岁西风紧。久矣清才推绝顶。萧萧飒飒空千顷。

吴翌凤(1742—1819)　11 首

字伊仲,号枚庵,江苏长洲(今苏州)人。少窥书史,中岁游楚南,主浏阳南台书院。家富藏书,工书画,兼擅金石。著有《曼香词》。

探春慢　毛意香寻春归晚图

柳暖生云,花深欲雨,春郊极望如绣。野艇迎将,雕鞍教送,艳影尽归吟袖。次第探芳信,知冷却、移橙剪韭。残阳深掩闲门,冶游人正归后。　　十载随香趁烛,便管领闲情,忍负诗酒。梦鹤同孤,凉蟾与白,那禁惜春怀旧。画鼓严城发,翠帘外、晚寒偏骤。灯晕茸窗,吟魂时度高岫。

少年游　二分明月女子墨桃,为莱阳姜仲子画,金鄂岩属题

一枝低亚可怜春。谁是种桃人。燕支落尽,黛螺染遍,留取墨痕新。生成薄命花相似,罗绮总成尘。艺圃春残,扬州月冷,烟雨又清明。

绮罗香　题马扫痴秋窗待月图

柳点疏鸦,香寒睡蝶,待月湘帘齐卷。屋角星河,斜耿黄昏花院。闲伫立、帽影欹斜,暗凝望、秋容清浅。早何处、飞坠疏钟,冷风吹送断鸿远。　　幽人心事几许,那更邻砧急捣,虫又凄断。料得清辉,未减良宵月半。想深闺、为怯凉飔,有几处、慵排香案。盼遥天、澹到鱼云,琐窗人已懒。

南浦　友人出示春山图,无名款、年月,索题此词

春山小景,是何人、挥洒上云笺。山下波纹如縠,修竹澹含烟。竹里斜横略彴,有幽人、小立夕阳边。想遥天雨霁,黄庭读罢,倚杖听流泉。　　回首吴山点点,只楞伽、苍翠俛清涟。莫是停云妙笔,皴染入孤妍。我待梦魂寻去,早东风、一白柳飞绵。甚水村斜角,渡头没个木兰船。

沁园春

陈药洲方伯属题《双鸳图》,是冒辟疆姬人董小宛所画、辟疆题赠汪蛟门者。上有真定梁蕉林题句。

水暖春江,两两文禽,双栖并飞。有秣陵女士,描将采笔,雉皋公子,界就乌丝。旧雨关情,新图寄与,烟月扬州古竹西。添吟兴,认蕉林题句,玉屑珠霏。　　年来往事都非,叹水绘图荒烟雨凄。剩鸦啼衰柳,难寻画阁,波回新涨,冷浸苔矶。只有风流,犹传缣素,寄意同心锦翼齐。分题处,怕粉香飞出,重护帘衣。

买陂塘　白广石湖课耕图

过横塘、水云深处,昔贤此地曾住。石湖仙去今千载,冷落田园诗句。君且去。向茶磨山头,重缚香茅宇。豳风漫与。只几棱瓜田,一畦麦陇,便是半生计。　　疏狂性,不合长听官鼓。红尘扰扰如许。乌犍稳系松根下,正足一犁春雨。君记取。但觅个、樵青点检农桑圃。招要鸥鹭。笑我亦吴侬,片帆归后,来作耦耕侣。

月下笛　杨永叔自写亡姬琴南小影,课余题句,姬闽人

断碧分钗,冷红涸锦,妆台尘掩。瑶琴七柱,响绝冰弦广陵散。榕枝有分成连理,但结得、天涯愁伴。叹匆匆归去,留春无计、断魂遥远。　　游倦。嗟何晚。剩江上秋风,荻花凄怨。香憔粉悴,幽恨今生难遣。只余箧底残螺黛,写纸上、真真活见。更谁妒,卷中人,日日镇长相见。

买陂塘　题叶逊庵桐阴书屋图

逊庵,昆山人,尝著《同字异韵考》。

覆幽斋、清阴如许,银床听遍秋雨。旧家岩壑疑图画,最好玉山深处。编韵府。尚磨剩隃糜,重续闲居赋。扁舟容与。又北渡津门,南浮湘浦,抛了故国去。　　凭豪素。谱出骚人庭宇。碧云叶叶遮户。乡心一样难消却,我亦天涯倦旅。胥水渡。料鹤怨猿惊,松菊都非故。五湖归路。傥同挂云帆,闲阶扫叶,迟我共题句。

忆秦娥

逊庵将如衡山,为作云山小景便面,并题一诗云:"泉声落涧树犹湿,岚气侵衣鸟不闻。昨宵梦到上封寺,七十二峰多白云。"濒行,复缀此词送之。

鬓丝白。十年老作江湖客。江湖客。天涯芳草,落花时节。　　布帆斜

趁东风力。输君又看衡山色。衡山色。峰峰倒景,湘江弄碧。

凤凰台上忆吹箫　题柳蘼芜小像

红豆无花,白杨作柱,燕归难认华堂。恐麻姑双鬓,都已成霜。莫说南朝家令,天边月、阅尽沧桑。伤心是,草荒半野,衣叠空箱。　　凄凉。堕楼遗恨,剩图画春风,省识红妆。问琴湖一曲,何处鸳鸯。只有丝丝残柳,萧疏影、浅蘸波光。吴绡黯,宵来漫熏,沉水浓香。

六州歌头　题沈石田画卷,用蜕岩词中孤山探梅韵

山深气古,老树尽查牙。回峰仄,清溪畔,杏初花。笋抽芽。溪尽茅堂出,傍丛竹,开白板,中有客,具宾主,酌流霞。竹外高楼莫是,春寒甚,尚掩窗纱。看连峰驰影,渺渺雁程赊。一片云遮。　　甚天涯,向香温处,茶熟候,空看昼,坐冰衙。风又起,也吹得,柳丝斜。意些些。愿结探春伴,问那里,酒人家。欹箬笠,倚筇竹,数归鸦。听说人生行乐,休孤负,似水年华。奈年年落拓,纵迹类抟沙。泪落悲笳。

邵晋涵(1743—1796)　1首

字与桐,号南江,浙江余姚人。乾隆三十六年(1771)进士。官至侍讲学士。著有《尔雅正义》《孟子述议》《皇朝大臣谥迹录》等,又有《南江诗钞》四卷,词附。

百字令　题童二树讨春图,和蒋心余编修韵

梦回香沁,算江乡消受,好春惟此。一角莲舟开镜面,十里青天倒倚。玉屑沾楥,鸾绡隔座,尽縠魂销矣衣香人影,不知谁与春比。　　曾向兰绣新图,竹纹浅样,绘出东南美。雪意云层留几许,点滴都归眼里。人扑疏红,花拈微翠,又逐东风起。探春消息,此间只有君耳。

王陶 7首

字孟公,号黄雪居士,江苏华亭(今上海松江)人。生于乾隆八年(1743)前后。屡困闱棘不售。嘉庆二年(1797)尚在世。著有《吉羊馆诗余》。

厌金杯　草蜘蛛画图

密意张罗,深机含毒。展生绡、蝇逃三舍。网公劣状,看墨绣斑斓,毛刺也。鬼国鸠盘茶挂。　官丁烧草,见惯知名,猎苑角、茅梢树罅。飞胃一丈,占个夜郎天,如许者。捉了蟛蜞称霸。

菩萨蛮　题陈在东小景

庙竿半倒红油晕。簸箕圈打风鸦阵。狐帽绿毡衣。剺儿猎乍归。　范公穷塞主。饱吃黄羊乳。撑起冻云天。边心托画传。

师师令　画桃花

幽怀偶寄。拔湘筠如矢。折枝谁道露纤妍,扶不住、朵酥春醉。一夜雨声深巷底。想乱红盈篑。　名园花当通花市。尽游人联骑。极须携酒酹东皇,暗祝汝、岁年长此。更倩泥金双蝶翅。送阮郎归尔。

沁园春　家敷田读书饮酒图

天壤王郎,本等儒流,寄籍酒徒。拥书城三里,糟丘九仞,奇情豪气,历落盘纡。搜遍嫏嬛,泻干沧海,叵耐鬖鬖颏有须。平生愿,问铁颏折未,竹叶篘无。　披图。位置清娱。似壁府参旗联碎珠。笑引锥酸子,啜醨小户,书囊最窄,酒胆非粗。秘阁牙签,仙厨法醖,他日何曾轻弃吾。江山对,且会心展卷,遣兴提壶。

绣带儿　金纫斋画放翁诗意,吟松属题

无暑水晶宫。种团粉芙蓉。着个蜻蜓红细,闲掠钓丝风。　寄兴渭南翁。小横图、勾抹能工。忆来湖阁,携人凭着,月上莲东。

玉楼春　乙卯春,为林讱堂题对镜图

春城芳树春壕水。着个行窝耽久视。骖鸾要拉月中人,卖药还冲花下市。居然骨董先生矣。对镜头须今若此。诗场笑我钝吟悭,酒社撩他刚胆使。

鹧鸪天　题丁寄生女史画册

两桨同归采掷骰。白云无恙卧痴楼。香东停绣争闲赏,砚北邻书伴倦游。冰雪性,肯熏修。架花洞草画橱收。斩新讶道寒山状,钮了脂田用粉䙡。

黄易(1744—1802)　14首

字小松,号秋盦,浙江钱塘(今杭州)人。少游幕于外,乾隆五十四年(1789)官山东运河同知。工诗画,尤长于金石。著有《秋盦遗稿》,收《秋盦词草》一卷。

绮罗香

此青斋夫子令先祖崃轩赠公之行看子也。公以吴兴世德,蔚起东南,上继前徽,下开来学,教仁乐善,慷慨倾家。当天怀旷逸之余,效广平梅花之赋,偶为此图,以寄一时兴会。意蕊心花,本非实境。得王百穀书十美图额,与画意适合,乃联为一卷存之。厥后清门寒洁,长物无多,惟此卷岿然尚在。夫子珍重手泽,重付装潢,命敬观,因填一阕。

杜牧寻春,姜夔载酒,争说吴兴花好。八咏幽怀,一缕冰丝袅袅。频记取、琴韵棋声,看谁擅、诗笺画稿。羡居然、小宋风流,修书围□□□□。　　王郎亲迹共标,今古欣联几席,此情殊少。寓阁仙人,湖上旧曾倾倒。忆昔日、绛帐风清,喜今见、锦函眉扫。把丹青、暂付彭宣,也同堂后绕。

高阳台

介圃所植腊梅,繁枝丰蕊,得势争奇,任城无二本也。今年花放,介圃邀史红亭、戴栎岑、李铁桥与余醉咏其下。栎岑有词记事,余复图写,兼填此阕。

檐挂条冰,苔凝古雪,何花敢傲空庭。只此寒香,横斜点点圆金。瓣痕朗润明于纸,似硬黄、瘦本兰亭。喜沽来,董酒温馨,觞咏幽情。　　尊前争把新词唱,羡六家、彩笔同清。又说题花,当年坡谷峥嵘。味香怀古人人醉,任冬冬、街鼓三更。更张灯,选折繁枝,付与诗朋。

买陂塘

冯户部鱼山所收横波夫人画兰卷,余见于都门,携归欣赏,为填一阕以还之

展吴绡、乍疏还密,芬芳幽谷清晓。相如作赋无人买,争乞美人香草。随意扫。问楚雨、湘云丛里添多少。图成一笑。怪红杏尚书,淋漓史笔,却识数行小。　　湘兰派,沿传到眉楼巧。词人谁不倾倒。前朝金粉江流尽,只有横波萦绕。欣看饱。悔不向、晴窗索取亲临稿。如君丽藻。倘生在当时,臂金解赠,未肯让朱老。

买陂塘　题李梅村题崖图

趁东风、嫩寒轻暖,小窗春气初透。烧灯影里横斜好,诗味野桥开候。招韵友。共索笑、巡檐吸尽临汾酒。君偏卷袖。扫素壁挥毫,蔡钟体势,不让铁桥有。　　离还聚,幽馆萧森似旧。残碑零墨相守。任城不少栽花地,岂必家图十亩。图画就。飞梦到、西溪邓尉村村秀。相思又逗。只记取南湖,粉围香阵,清福尽消受。

百字令　题介亭伴梅图

万花如雪,坐交枝径里,松根孤石。冷淡依依惟独伴,未许招携狂客。顾渚春芽,罗浮香瓣,韵味皆清白。家鸡堪爱,居然羲献风格。　　阿谁杀粉调铅,烘云染月,芳草为茵席。似我前番湖上路,探取逋仙踪迹。如此家山,廿年离思,忍见描姑射。何时同去,一枝笻趁游屐。

台城路　题艺圃执经图

几年书剑随征雁,家园梦中春草。陌上鞭丝,江头帆影,水驿山程不了。开图一笑。羡静笠闲锄,秋田青绕。分馌人携,一经奇字问多少。　　欢游长记岭表。越王台上望,珠浦花早。荔子红娇,素馨雪艳,不数山阴古道。孤云缥缈。又上谷香尘,暗飘吟帽。无恙柴门,也思归去好。

国香　题马湘兰画兰便面

斑管多情。醮花梢凉露,点染芳馨。素纨叠纹如水,摇漾湘云。自负生来高洁,只依依、瘦石寒筼。同心写三四,冷韵幽香,着意温存。　　腕舒嫌钏重,倩王郎卷袖,放叶轻匀。六朝金粉,千载剩得斯人。记取十忙遗事,我生迟、名让何君。纵横尚满纸,挂向东风,细认春痕。

高阳台　题莲湖小筑图

峰涌莲花,云铺黄海,本来人住天都。泉石缘深,书堂恰占莲湖。空明不放纤尘到,只笔床、茶灶疏疏。涤烦襟,帘卷窗虚,猎猎风蒲。　　水光十里平如镜,但香浮清韵,露泻圆珠。载酒移船,望中红翠相扶。宦情未淡蘋花老,慰相思、聊展新图。约他年,打桨招呼,同狎鸥凫。

青玉案　芥圃主人招予与史红亭诸君小集,即景为图,并题一阕

叠山疏沼林亭扫。正秋锦、当轩绕。四五吟朋佳约早。彩笺拈韵,绮窗评画,那不清尊倒。　自来芥大须弥小。为圃幽深深更悄。随处琪花共瑶草。金门儴直,苏门啸咏,惟有清闲好。

南歌子　题陈戟门小照

俊味书千束,闲情锦一丛。吟声歌韵两惺松。却爱霜芦江雁、闹西风。(君喜画芦雁。)　榻外茶烟细,花边酒晕红。谁能冷听午时钟。偏画蒲团滋味、寂寥中。

南歌子　题孙介圃小影

窗锁书千袠,池铺玉一泓。晚来把卷向西风。消受东篱手种、几枝红。　曲爱梅溪细(调史红亭),书怜北海工。瓯香韵冷小亭中。又见秋宵庭院、一花翁。

思佳客　用玉屏韵题陈曙峰师竹斋图

长夏都无暑气侵。笔床萧淡墨池深。每当月色摇清影,合写箫材寄赏音。闲把卷,更横琴。故人邀我几登临。士龙已往良师在,露叶烟竿结素心。

蝶恋花　女郎佛喜扇头作扑蝶图,和燕亭原韵

落花原遂东风嫁。四载重来,可是三生也。有限春宵歌半夜。何如此扇摇长夜。　薄命真同蝴蝶耍。对舞翩翩,是处随高下。满座飞筋怜尔打。多情毕竟谁真假。

减字木兰花
乙未五月十有二日奉访云庄大兄,雨窗画梁溪载泉图,并填一阕请正

甘香新汲。不数中泠称第一。帆转吴门。错认江湖载酒人。　　竹炉妙迹。诗卷长留三友石。韵事图成。又是斯泉不朽名。

李翮(1745—1810)　34首

字逸翰,号春麓,山东金乡人。乾隆三十八年(1773)进士,官福建道监察御史,升礼科给事中,以清谨闻于时。著有《秋影山房词》。

红情　题蛱蝶图

乱飞玉屑。看写生妙手,滕王蝴蝶。一抹淡烟,蕙气氤氲意幽惬。庄梦于今未醒,偏博得、身轻如叶。记那日、雨醉风酣,飘渺入官厣。　　重叠。粉翅接。正小圃嫩晴,软翠平帖。宿花韵绝。垂袖无言舞春雪。应是香魂不断,频幻出、罗裙千褶。怕栩栩、飞去也,半窗冷月。

师师令　题簟头蝴蝶

飘飘凤子。趁蒲葵香细。画眉秦女欲凌烟,凭一段、冰纨裁袂。短梦依微和月坠。倩好风扶起。　　柳云羊雪题新句。问轻盈谁似。记曾纤手扑花间,恰引入、团圞光里。几度翩翩停也未。怕片魂摇碎。

扫花游　题友人松荫试茶图

一庭静绿,正午梦醒余,敞轩无暑。嫩苔过雨。锁轻阴满径,冷云留住。自课山童,活火银铛细煮。谩凝伫。想人在翠微,岚影深处。　　佳品分顾

渚。向漱玉亭前,缓倾春乳。淡烟似缕。袅清风不断,半林香雾。野客未来,独坐青松院子。访君去。瀹名泉、试评新谱。

清平乐　题画

撷云披雾。好是山中住。可怪重崖无限树。没个幽人来去。　是谁小筑茅堂。路通一道斜阳。我欲携筇相问,满林烟叶苍苍。

百字令　题周锦堂听莺图,即送其还滇

骊歌且住,看烟霞一幅,碧鸡山色。记取嘤嘤初出谷,唤起天南诗客。万绿阴中,扫苔危坐,花雨霏红湿。双柑斗酒,谩夸他日丰格。　争奈笛里阳关,西风乱叶,万里成萧瑟。曲岸垂杨摇落尽,惟有断鸿声急。岭月悬时,湘云起处,回首长安陌。寻春还约,上林重问消息。

昭君怨　题水墨荷花

一片墨云吹雨。梦入瑶华秋渚。小帧挂潇湘。午风香。　咫尺银潢千里。唤取亭亭仙子。水佩淡无痕。月黄昏。

点绛唇　题着色芙蓉

见说秋来,锦城花发缘江汕。落霞无际。浅晕烟波醉。　谁向吴绡,写出柔枝脆。西风起。晚江愁坠。寂寞斜阳里。

眉妩　题顾眉生画帧。顾,合肥龚芝麓姬

爱芙蓉初月,剪剪横波,人在绛云里。不画遥峰碧,偏描出、双栖枝上文翘。望鸿倦矣。和十图、闲觅风味。记当日、一笑抎毫罢,秀蛾动春翠。

休说人间荣贵。问尚书老去,鸿案谁倚。绿黛今尘土,销凝处、依微犹带

香气。试揩故纸。为溯他、余韵清致。算神似卢仙,还占取、笔花媚。

秋蕊香　题秋佩图

纸砑银光盈尺。月露娟娟凉湿。居环芳树淮南客。搴取澧江秋碧。
故乡云水生瑶席。细香泽。更探窗外梅消息。为伴青松颜色。

解佩令　题王枢部访戴图

雪迷古树,人怀南浦,想招隐、新诗初赋。未款松关,恰便理、孤帆归路。伴寒江、片云来去。　世间缟纻。花前尊俎。算都被、浮名轻误。月澹天空,但脉脉、此情今古。约重寻、早梅香处。

梦横塘　题周秘校林汲山房图

一痕秋梦,半壑归云,故山飞上横幅。嶂影重重,约略认、林泉茅屋。滴露研朱,有人岩下,夜深钞读。自征衫别后,翠老烟荒,康成草为谁绿。　非关索米长安,奈征书促驾,瘦马驰逐。十载冰衔,愁典尽、满床书簏。怪图里、藤萝挂树,镇日牵丝系心曲。我亦多情,会须重约,问城南层麓。

石湖仙　尹伯石前辈将出都,萧碧畦为写水石于箑头,属余作歌

东山回首。伴一片晴岚,重拂吟袖。短笛咽离声,怅卢沟、斜阳弱柳。高情尺木,恰写赠、藓痕清瘦。归后。有好风、素云盈手。　流连几回细认,问三生、前因悟否。见说移山,试向层岩轻扣。玉磬何来,壁琴谁奏。冷泉声骤。君莫负。春流一掬重漱。

画屏秋色　题约轩先生秋林讲易图

坛杏今犹昔。倩画工、描取半林秋色。朱露细研,篆烟微袅,芸编一帙。

映湖水山光、縠纹螺翠迎座入。玉麈挥、疑义析。看落木萧萧,晚花飘砌,别有冷香留处,试参消息。　　堪忆。池亭旧迹。讲席前、问字曾立。岁华催换,滇云燕月,几番游历。把绢素、长携鲤庭,重见双凤翼。索异闻、惭未得。但指点垂杨,风流无计再觅。万缕寒烟弄碧。

淡黄柳　题莫韵亭高村古渡图

风烟一壑,环座溪山碧。是处凭君闲漱石。可奈津船自泊,不渡鲈乡未归客。　　似曾识。仙源旧踪迹。桃花岸、换秋色。但依依、柳线梳斜日。水阔天长,寄情何限,惟有盟鸥会得。

探春令　为索静原题照,即送其观察江南

一犁春雨,一溪春水,一尊春酒。远林布谷声声骤。休忘了、深耕候。芳时乐意关花柳。问山农知否。望旂旌去也,明年江上,露冕行春又。

解连环　题郑秋浦捻须独立图

采芝曾约。早输君占了,洞天云壑。忆挂帆、南浦人归,乍一笑相逢,纻衫芒屩。水渺山茫,剩当日、瘦松孤鹤。怅年华荏苒,镜里霜明,几度回薄。

非关苦吟寂寞。纵诗成几字,幽情无着。问底事、但指垂杨,道菰渚莲塘,一身栖托。悄倚西风,且自爱、冷香盈握。展生绡、对歌一曲,绿尊共酌。

念奴娇　题戴紫垣藕花妓船图

烦襟如洗,倩红香丛里,诗魂飞入。幻出无边空色相,一棹文波兰鹢。白傅新篇,紫绡清韵,仿佛曾相识。俊游谁共,散花天女标格。　　还是出水青莲,亭亭微步,流映溪光碧。怕见西风环佩解,人与秋华愁寂。石径邀云,船窗酾酒,凉气生摇席。霓裳歌彻,恍然江月初白。

金缕曲 题冯星实银台潞河督运图

帆影惊飞集。最关心、直沽北上,几番春汐。止止行行鱼鳞叠,看尽东南画鹢。须不数、朱清罗璧。沙际舣舟筹初唱,倚高楼、下瞰人如织。重问讯,使君续。　　杨花落后芦花白。自消凝、篷窗四照,恁时心迹。事业不随明波去,留向丹青绘笔。莫便作、寻常游历。怅望云深迷烟树,愿从容、示我虹梁陌。凭欸乃,奏新拍。

金盏子 题王少林司马学圃晚香图

叶落银床,有灌园人倚,夕阳云木。诗意入新图,知搔首西风,淡如秋菊。晚来剩有疏英,向霜中开足。长记忆、东篱恁时凉月,自怜幽独。　　回瞩。旧华耨。争赏处、春红锦样簇。偏伊冷香未吐,经多少、浮花粉泪簌簌。直须待到重阳,荐金樽芳郁。从君去、重与细掇余馨,裛露盈掬。

桂枝香 题黄小松秋影庵图

湖山似约。坐野馆秋岚,天垂如幕。一幅烟含绢素,写成清卓。诗情微挂江南树,怕风吹、幽怀无着。冷筠窗户,夜灯图史,伴君云壑。　　料不是、郎中旧作。弄花影帘帷,絮影池阁。泡幻驹驰阅遍,此间栖托。家山风味惭同调,谱新腔、小斋偷学。任城南畔,会须共倚,月明栏角。

百字令 题阿雨窗秋林待鹤图

为谁延伫,望逸骖欲返,长林空谷。惟有仙禽堪作侣,梦远故山秋麓。绿绮空弹,瑶装试驻,莫奏商陵曲。窥船呼唤,矫然飞下林木。　　遥想海上丰姿,云中标致,肯恋潭皋粟。长愿调笙依岁晚,消得人间幽独。立尽斜阳,一声高唳,诗韵清锵续。他年重见,白须相映松屋。

玲珑四犯　题周山茨老圃秋容图

白雁叫云,西风吹树,依依秋圃人淡。短筇游历久,一笑归来健。湖海又惊岁晚。恰相逢、抚松南涧。古径苔荒,山篱花瘦,佳处此长占。　　吟边几多清感。怅浮花浪蕊,回首销黯。此中真意别,老去翻成艳。寒香浥露浓于酒,尽赢得、山空门掩。君不见。疏林外、斜阳未敛。

绛都春　自题春林归翼图

天涯倦羽。趁煦日半酣,风樯归去。愿托片云,快觅芳程来时路。哑哑啼断春江渚。料不为、黄昏晴雨。海天翔遍,恩勤未报,此情良苦。　　如诉。投林恨晚,伴鸿雁、叹息稻粱相误。正好艳阳,无限青山难留住。西台长记曾栖处。怅无分、重依温树。只应细柳堪藏,旧家院宇。（乾隆甲寅嘉平月,余请养东归,属家散牧为作是图,歌以自喻。）

清平乐　题朱镜海松阴看剑图

霜锋看取。非为人间事。只恐芙蓉沉匣底。负了腾霄光气。　　袖中诗有清音。不知谁作龙吟。独立苍岩一啸,满林风雨森森。

点绛唇　题梅竹水仙小帧

小阁春回,隃糜淡泼香云冷。倚窗人静。梦绕孤山顶。　　甚处凌波,恰与檀栾并。采香径。助君清兴。一抹潇湘影。

秋宵吟　题陈介存听鸟图,时介存在江西子舍

引啼声,入曲里。唤起京华游子。行吟处、正落月高城,晚风萧寺。望云心,感旧意。历历关情如此。休延伫、怕夜鼓催人,白头相似。　　料得而今,

向绿绮、琴边送喜。过庭调鹤,爱日听莺,归树共栖止。离索悲秋思。念我飘摇,烟水故里。怪年来、倦翼空还,幽梦惊醒怅未已。

鬲溪梅令　题江城春晓图

凤山门外卯时潮。浪花高。记得春帆城郭、绿迢迢。晓风梅柳娇。　蔚蓝天色画中描。又魂消。一自鲈乡归去,老渔樵。海天春梦遥。

思远人　题秋江待渡图

满眼芦花归意阻,远岸望舟楫。飞鸿过尽,高楼凝望,何处拾秋叶。　野风吹鬓人愁绝。渔唱听还歇。剪一苇水中,飘然乘兴,空江泛明月。

酹江月　题家松云太守虎山看月图

妙明心迹,似皓空无际,团圞当午。十里山塘游屦静,消得横江风露。玉笛声来,红尘吹尽,化作香霏舞。素娥凝盼,伴君清影留住。　遥望仙宇青琳,晶帘垂地,重按霓裳谱。万里蓬瀛鸿迹在,飞梦广寒高处。天上盈亏,人间哀乐,一一平分与。寺钟鸣后,者番顽石应语。

暗香　题马湘兰水墨画册

冷娇印月。似渡江曲里,桃根桃叶。唤起玉魂,仿佛犹留淡香屑。应是尘缘未了,难忘得、前生钿匳。把一掬、侠气仙才,收拾入芳牒。　明灭。竹外雪。认照水折枝,格韵清绝。笛声谩咽。幽悄无言坠凄蝶。多少南朝往事,输旧院、风流超忽。剩几幅、空幻影,现身自说。

石湖仙　袁浦观察署中题秋岩荷净纳凉图,同松云赋

乌沙河渚。认一抹停云,燕市俦侣。遗兴坐垂杨,正萧然、陂塘过雨。风

裳水佩,恰递送、冷香来去。凝伫听、晚蝉似传心素。　　图中是真是幻,又相逢、捻须笑语。十载萍踪,不道今番星聚。甚处题襟,水云留住。旧盟鸥鹭。离别绪。霓裳写入新谱。

疏影　题冶亭竹影山房图

萧疏翠玉。着数椽小小,花里茅屋。为爱淇园,千亩青筠,翛然弄影空曲。新诗换得文家墨,早梦绕、筼筜崖谷。想夜来、明月窥人,一抹冷烟凝绿。

应是虚心亮节,此君共比德,相伴幽独。净扫仙坛,倚遍梅花,别有丰标离俗。依稀杂佩临秋水,照几处、波摇云簇。愿镇长、留住清阴,写入粉绡横幅。

百字令　题蒋伯生萝庄图,时来宰金乡,故末段及之

风烟一壑,记梦痕犹恋,旧家寒绿。汶水于今棠荫在,影落花间秋屋。子舍听乌,北堂捧檄,此意回心曲。苍云红树,一齐飞上横幅。　　真是蒋径重开,多才好事,写与诗人读。早识山中惟远志,偶寄考盘藚轴。渌水鸣琴,碧纱笼句,遍地生慈竹。林深邀月,片轮高挂乔木。

减字木兰花　题板桥道人墨竹

小轩无暑。尺幅阴阴风又雨。片叶疏枝。翠袖天寒独倚时。　　三生石畔。一簇凉云留作伴。仙路相招。二十年前旧板桥。

刘可培(1745—1812)　6首

字符赞,号阮山,江苏阳湖(今常州)人。随父任云南,久居于滇。著有《石帆词》。

永遇乐　题黄步云春江垂钓图

尺幅春江,风流端合,严子陵住。趺坐忘机,钓竿拂处,何必珊瑚树。直钩非矫,忘筌亦乐,方得濠梁真趣。君试看、桃花流水,避喧即是仙侣。　　想君平昔,风尘天末,应梦竹西烟雨。从此垂纶,晴波万斛,好浣征衫土。棹歌声里,廿桥花柳,都付冷鸥闲鹭。扶残醉、浑身明月,棹船归去。

定风波　题管蘅若小照

几亩琅玕映晓岚。一丝桐罅吐冰蟾。万事破除杯在手。笑口。醉乡佳处辄掀髯。　　髯影萧疏浮白堕。知我。醉醒冷暖倩谁参。无恙吾庐秋似水。宛在。任他摇落梦江南。

摸鱼儿　楚南雷华峰出其故兄衡浦秋色图索赋,因题卷末

倩胸中、几多丘壑,衡阳写出秋景。芙蓉晓落空潭悄,人与白云俱静。披尺锦。只水点、鸦栖想见挥毫兴。可堪持赠。问南浦离愁,斜阳身世,此境有谁领。　　还记省。珍重惠连金粉。池塘谢草遗恨。星移物换年华度,依旧湘波万顷。风色紧。奈岳麓、峰头难觅归鸿信。梦回酒醒。翘首鹡鸰原,断魂何处,秋水落霞影。

迈陂塘　题汤纬堂夫子吟秋图

赋秋声、宛然六一,行歌候虫相应。宦游诗卷携冰雪,触热世情堪哂。衙鼓静。有两两、奚童扫叶烹佳茗。可堪持赠。只翠筱丹枫,清泉白石,雅趣此中领。　　商籁迥,忆侍鸡窗随听。杜陵逸思偏永。七闽快展阳春脚,秋士何妨吏隐。翻旧咏。遍苕水、梁园剩有登临兴。吟鞭再整。想荔社榕阴,秋怀淡处,一碧海天影。

一枝春　题春晓楼图，步邵星城韵

画阑十二，倚东风、几日春寒犹峭。焚香染翰，柳絮簪花兼妙。蕉心淡展，可想见、玉蘂娇小。恨远隔、天样银墙，未许翠娥呈稿。　　休言觑如花貌。便楼头梅影，只窥蟾照。巡檐索盼，须趁雪晴春晓。绿阴青子，肯收入、锦奁吟草。笑姊妹、拾翠湔裙，惹蜂蝶闹。

贺新凉　题史丈春帆觞咏小照

尺幅烟峦起。卷中人、逍遥容与，宛天随子。竹树交柯飞翠接，不碍醉筇吟袂。有欢伯、恼公知已。痛饮读骚秋雨夜，问何如、觞咏春风里。君笑诺，会真意。　　稠桑砚与云蓝纸。任挥毫、题桥倚马，壮游万里。庾岭梅花汾朔雁，廿载襟怀如水。况吏隐、无非名士。他日飞凫山水县，爱棠阴、便仿兰亭禊。陪杖履，许依未。

翁霱（？—1746）　2首

字绍梅，号实斋，先世安徽休宁，父大业游学六安，遂家于此。雍正十二年（1734）岁贡生。交吴启昆、何人龙辈，以诗词相倡和。著有《花草余音》三卷。

阮郎归　题少年行乐图

杏花如面柳如眉。风光着处痴。玉鞭摇断马行迟。香尘恰暗吹。　　莺睍睆，燕参差。心情他怎知。一般春日飏晴丝。芳年得意时。

眉妩　题瑞瓜图

问青泥初润，软日生香，玉女降何处。报道春城外，黄云合、麦熟千家膏雨。惠风又煦。遍水村、山郭烟墅。向荣是、一种瓞瓞样，翻新献瓜圃。

不是东陵俦伍。见似瓠似胅，连理双举。红豆词人在，相思意、浮留谁作佳赋。镇心自许。且领略、凉簟清暑。甚花满河阳，又作野芹伴侣。

曹玢 13 首

字文尹，号竹溪，安徽歙县人。康熙中尝客游扬州。著有《自怡集》。

念奴娇　题钟馗画轴，图作钟馗踞坐，群鬼演剧

生绡五尺，是谁人写出，一群鬼趣。祫服帓巾红袜鞳，鼙鼛满筵箫鼓。面貌可憎，歌声无味，态状多奇古。问公底事，爱同魑魅为伍。　　便作傀儡妆成，涂脂抹粉，难学修容妩。尽汝揶揄人世上，奚啻登场歌舞。题处攒眉，看来抚掌，一笑旋成怒。不如下酒，尽将此辈充菹。

水调歌头　题程樾亭画卷

感慨半生事，残月晓风酸。谁欤作卷寄我，罨画写溪山。何处绿阴城郭，一带郁葱佳气，都在夕阳间。对此抚髀肉，更怪鬓毛斑。　　想捉笔，掀髯笑，复长叹。英雄今古何限，事业亦非难。讵为青衫潦倒，便向穷途落日，洒泪付潺湲。他日醉君酒，抽剑引杯看。

忆余杭　题虎丘园小册，和省斋韵二首

埋剑池头青草路。千古游人行乐处。沿河一径软沙平。点点鹭鸥迎。
几年花月空闲想。回首旧游劳远望。听君有兴溯长穿。愿趁过江船。

其二

尺幅云岚风景在。满纸烟波迷眼界。与君闲话冶游情。指点说分明。

层层烘染山光异。一水三塘路七里。樯乌无数柳边排。都入画中来。

定风波　题烂柯图

千古才终一局棋。仙翁下子亦何迟。袖手旁观闲伫望。谁想。家人日暮待薪炊。　　烂尽斧柯时世换。堪叹。江山犹是昔人非。纵使归来颜愈少。应笑。儿孙全不认须眉。

采桑子　题画六首

其一　传经

青牛背上扶藜坐,白发蓬松。炯炯双瞳。万古犹龙一老翁。　　五千言外无文字,谁授真宗。西去关中。紫气人知来自东。

其二　烂柯

世间甲子须臾事,转眼匆匆。误入山中。立看楸枰一局终。　　如何半日成千古,想是仙翁。下子从容。着着争先不放空。

其三　壶公

赤城绛阙神仙宅,收入壶中。别有天宫。此处人间路不通。　　偶然卖药来城市,识破云踪。决计相从。小授丹砂笑费公。

其四　张果

瘦驴倒把丝缰挽,不用扶筇。啸雨吟风。来往条山处处峰。　　开元野老传遗事,游戏神通。万古冥鸿。懒效当归寄蜀中。

其五　江妃

楚江江畔临波步,钗服雍容。悄问行踪。来自巫山第几峰。　　鹤飞弱水三千里,不驾艨艟。解佩相从。转眼蓬莱一万重。

其六 麻姑

麻姑指爪纤柔甚,嫩剥春葱。却怪相逢。顿露痴情心事中。　　画图省识春风面,宝髻云松。洛浦惊鸿。我见犹怜况蔡公。

鹧鸪天　题画

雪满山城透骨寒。天涯征骑正间关。谁家茅屋颓垣里,人卧牛衣梦未阑。吾笑我,鬓毛班。貂裘不耐晓风酸。何事纸帐梅花夜,睡足高楼日数竿。

浪淘沙　题渔父收纶图

一棹放江湖。此外何须。昨宵解缆月明出。我枕蓑衣儿弄桨,荡入烟蒲。　　酒尽懒重沽。不饮何如。酒家休笑酒钱无。我有珊瑚竿不用,莫虑无鱼。

纪逵宜（1672—?）　7首

字肖鲁,号可亭,直隶文安(今河北文安)人。雍正元年(1723)进士,授湖北黄陂知县,治盗有政声。雍正十年(1732)选充国子监助教,晋宗人府主事。与杜诏交,尝为诏题《蓉湖词隐图》。著有《闲云词》。

八声甘州　题杜紫纶蓉湖词隐第三图

展江南烟景入春明,绝似鉴湖清。想繁华风月,竹西歌吹,旧梦芜城。天许闲身未老,选胜畅幽情。谁识鲞坡客,偏狎鸥盟。　　试问先生记否,昔相逢琐院,官烛荧荧。羡翻飞云路,鸿迹已冥冥。却难藏、身虽隐矣,有倚声、丽句满旗亭。长应是、叩弹逸韵,吟向樵青。

朝中措　题春山载旆图　以下四阕为励衣园赋

河汾风物正春妍。犹是舜时天。花发争迎使节,鸟啼似学歌弦。　输他年少,朱旗绕遍,三晋云山。自是玉堂仙客,余香长拥吟鞭。

南乡子　北窗校士图

藜火旧燃红。芍药翻阶得句工。视学太行西畔去,山中。书带应添翠几丛。　年似汉终童。经学渊源白虎通。唐魏诸生趋讲席,雍容。新沐濂溪君子风。

步蟾宫　秋庭兰桂图

金天风露香成片。珠玉富、人间仙馆。任软红、百丈接云高,飞不到、谢家庭院。　松乔堂上当时盼。早留下、缥缃万卷。到今来、池上凤毛多,共道是、君家见惯。

谒金门　雪车待漏图

天阙肃。雪映词臣如玉。三世貂裘皆赐服。恩深冬亦燠。　莫倚阳春郢曲。时凛冰霜在目。几载轺车尘满毂。行行归玉局。

如梦令　小山姜索题画扇折枝绯桃

风剪仙霞一片。斜曳天台衣茜。裛裛渡头歌,影落江南团扇。娇情。娇情。错认倚门人面。

浣溪沙　题画梅花柳枝

冷翠相依似凤缘。几星星雪几丝烟。亭亭袅袅又今年。　　疏影暗香林处士,晓风残月柳屯田。问春无语奈何天。

沈德潜(1673—1769)　3首

字确士,号归愚,江苏长洲(今苏州)人。乾隆四年(1739)进士,改庶吉士,授编修。乾隆十二年(1747)命上书房行走,迁礼部侍郎。乾隆十四年(1749)乞归。归后进所著《归愚集》,高宗御制序,谓其诗与高启、王士禛相颉颃。高宗南巡,数迎驾于常州,加太子太傅。少受诗法于叶燮,论次唐、明、清三朝诗为《别裁集》,以规矩示人,后学多承之,自成宗派。著有《归愚诗余》。

解佩令　家澹所苍茫独立图

钟张遗则,纵横变化,破方板、时蹊消尽。老境工诗,笔蛟蛇、句求深韫。一家中、弟兄廉蔺。　　不追温李,不追苏陆,每心游、浣花身分。独立清阴,妙手写、衣冠须鬓。恐难描、自然风韵。

苏幕遮　张铁桥画

卧罗浮,睇九野。点笔通灵,万象归炉冶。不愿画人惟画马。兼画苍鹰,神俊难追者。　　佩苍龙,披褶袴。共见歌呼,起舞旗亭下。剑侠画师君独霸。莫认粗豪,世外遗民也。

台城路　朱白民写竹

白民胸有千竿竹,高怀对人挥洒。意在笔先,腕施空际,张素草书融会。

雨露风晴,认与可流传,仲昭嫡派。凤跃龙腾,外间空作意颠怪。　华山云卧著述,有素书百卷,余艺连缀。游戏通灵,淋漓泼墨,肯使天机窒碍。庐山面目,苟身在山中,形神难绘。写竹传神,在竹枝以外。

沈钟(1676—?)　11首

字鹿坪,号霞光,江苏武进(今常州)人。康熙四十七年(1708)举京兆。早岁词作散去,雍正二年(1724)在京师与陈聂恒往还论定,搜残稿为一编付刊,今不传。著有《柳外词》二卷。

题画册十二首,为江吟涛赋

武陵春　其一

无计可消春昼永,花底共围棋。笑拔金钗赌一枝。索性决雄雌。　半局忽惊侬欲覆,应是被郎欺。纤手遮拦悔已迟。难道又输伊。

殢人娇　其二

残梦初醒,余酣未了。平白地、把郎惊觉。香肩紧贴,纤腰斜靠。更笑拥、问伊几时来到。　燕羽轻翻,花阴低罩。正庭外、春光偏闹。画帘风细,绣床烟袅。休负却、这回日长人悄。

阳台梦　其三

昼长人静金猊冷。困春纤素弦慵整。抱琴斜倚小胡床,梦阳台未醒。　行云何处是,吹入梨花香影。欢情无赖欲魂销,一霎真侥幸。

双头莲引　其四

小怜底事太憨狂。偏要近兰房。将他抱定唤檀郎。滋味略教尝。　总拼续命又何妨。为卸越罗裳。红尖一捻暗生香。摩弄费端详。

新雁过妆楼　其五

水阁新凉。疏帘卷、朝来冉冉荷香。匣开明镜,疑剪一片秋光。旋解朱丝松翡翠,漫伸宝髻卸鸾凰。正端相,犀梳约掠,兰麝芬芳。　　谁知萧郎背地,恰暗中蹑足,已到身旁。乍回粉脸,故把一笑相将。娇羞断红微晕,方信道温柔别有乡。猜疑甚,怕隔窗人语,惊散鸳鸯。

阮郎归　其六

夜深遮幕暗香吹。薄寒难自支。绮窗虚掩伴孤帏。知他归不归。　　停半晌,款朱扉。呼鬟忙觑伊。笼灯扶醉怪来迟。回廊私语微。

金盏倒垂莲　其七

幽绝湖山,正阑干几曲,绿覆芭蕉。展出文茵,何计索春饶。任比翼、双鸳颠倒,画屏深处堪描。对景欲醉,欢情真个难消。　　无端鬓云轻亸,把香丝一缕,纤手重撩。粉褪脂残,应自湿鲛绡。还只怕、风流霞举,柳腰先逐魂飘。两两密意,长如月夜花朝。

苏幕遮　其八

翠阴深,梧院静。理遍瑶琴,不觉炉烟暝。频唤添香银叶冷。寂寞云屏,半晌无人应。　　费沉吟,低素颈。知道萧郎,又在阑干等。未必猜他心便肯。试看来时,可是鬟儿整。

蝶恋花　其九

说与萧郎侬待嫁。嫩蕊柔枝,未许狂蜂惹。窄径春光容暂借。偏教捉向湖山下。　　一霎雨横花易谢。强试风情,真个今番乍。薄幸欺人含笑骂。回眸羞见香罗帕。

隔帘听　其十

正好伴郎春睡,蓦地惊还醒。香衾渐觉些儿冷。怪玉臂空搂,那人没影。傍绣枕,揭罗帏,悄声倾听知他怎。　　模糊情境。似隔银屏近。分明惯就疏狂性。欲移莲步,琐窗偏暝。且权忍。来宵肯把伊拘定。

连理枝 其十一

早是花阴挫。犹见残晖堕。寂静空庭,萧疏晚景,闲情无那。向曲阑深处、趁新凉,摘芭蕉同卧。　斜凭纤腰娜。半侧乌云髽。微调琼酥,绝怜憨态,春心难锁。怕绿茵三尺、衬双鸳,被麝兰香涴。

施用中 17首

字时可,号养山,新安人。漫游南北,与唐英、毛浑交。康熙五十八年(1719)随毛文铨之官云南,作《滇南杂咏》。乾隆十三年(1748)尚在世。著有《养山词草》。

浪淘沙　题画

峭壁自嶙峋。高耸层云。一泓流水数家分。遥识竹篱茅舍内,有个幽人。小艇泛江滨。收卷丝纶。芒鞋竹杖皓然巾。访得素心忘日暮,欲叩山门。

浪淘沙　汀漳道台章伯庵先生出峡小照

两岸听猿声。千里飞腾。冲波折浪过江陵。不信身从天际落,憯地心惊。眼睫一时清。水阔云平。中流击楫不胜情。遥望长空闲觅句,诗思横生。

浪淘沙　素亭小照

勘破利名缰。梦觉黄粱。渔家滋味最堪尝。呼妇携童摇小艇,坐泛秋江。芦苇正苍苍。玉露零瀼。不寒不暖好时光。脱帽单衣成野趣,任笑疏狂。

沁园春　姑苏黄友，负豪气，善丹青，属题策杖独往小照

江左之英，踽踽凉凉，抱器非轻。羡悲歌慷慨，长鸣剑气，高吟跌宕，掷地金声。风起毫端，神添颊上，妙手通灵欲点睛。行游壮，任天空海阔，杖策孤征。　　东西南朔曾经。算只作乾坤一草亭。向楚楼作赋，堪怜王粲，燕台痛饮，欲问荆卿。塞外鸿飞，天边月上，渺渺千秋万古情。归来也，望苏门长啸，江上峰青。

沁园春　题胡瑞寰行乐小照

华渚之滨，年少翩翩，藻潭裔孙。论鸳行雁序，君居其季，鸾姿鸿鬻，人自超群。英畏韶光，老成筹算，训子遗经用意真。闲庭坐，尚留心书卷，适志琴樽。　　窗前秋色缤纷。最钟爱天香到处闻。看芸编亲授，开儿文思，桂枝攀折，助彼风云。头角峥嵘，丰神秀爽，弗逊燕山弟与昆。知他日，连蹁接武，乐极人伦。

满江红　毛芝亭大世兄螺江载月小照

年少翩翩，却抹尽、铅华一切。偶载着、琴尊书卷，中流击楫。意气轩腾云汉上，丰神清映冰壶彻。望长空、万里净无尘，江心月。　　白露下，芙蓉叶。西风起，蒹葭接。喜秋光坐对，歌吟不辍。赤壁之游前事在，螺江独泛今为烈。恐相逢、羽客梦中来，同君说。

满江红　题俞与偕乘风破浪小照，去春曾见饭牛图

这个书生，看将去、丰神秀朗。却又似、抱才未遇，胸怀肮脏。昔日曾于牛背见，而今独坐艅艎上。趁东风欲起片帆开，舒惆怅。　　疾如驶，行游壮。奔若电，襟期畅。任天空海阔，等闲来往。志气飞腾九万里，波涛涌跃三千丈。笑古来、宗悫愿乘风，奚须让。

减字木兰花　题张浦云小影,素志欲迁山阴,末句及之

肝胆似雪。一派疏狂惟我说。意气如云。这个奚童记取真。　　蒲团竹杖。脱略形骸奇着想。大袖芒鞋。疑是山阴道上来。

点绛唇　题毛芝亭世兄秋猎图小照

倏尔戎装,秋山较猎黄风逐。翎花落处。风急马蹄速。　　得意扬鞭,蹀躞王孙路。人如玉。才情万斛。壮志吞鸿鹄。

鹧鸪天　题墨画牡丹扇面

何处移来王者香。冰姿玉质叶苍苍。生憎媚态夸脂粉,惟有幽怀傲雪霜。空谷下,曲池旁。梦魂萦绕楚潇湘。谁将妙笔传仙品,纨扇轻摇扑面芳。

忆秦娥　题浦老小照

含情远。这般装束谁曾见。谁曾见。非儒非释,似狂如狷。　　而今抛却闲书卷。佳山佳水游将遍。游将遍。芒鞋竹杖,任从君便。

南歌子　题谢纯庵渔乐图

柳荫千株绿,溪流一涧通。钓舟系处树阴浓。千古悠闲况味、付渔翁。妇子团圞在,宾朋答问同。解衣磅礴醉春风。只怕渭滨逢猎、识飞熊。

喜迁莺　题台湾道倪赞衡老先生道山小憩行乐图

知君有素。羡阳春到处,咸歌召杜。庾岭梅花,罗江箁竹,犹念和风甘雨。襜帷巡海外,亲部署、军兴旁午。明哲者,遇急流勇退,飘然高举。　　心绪。

向谁语。偶憩道山,愿对黄冠侣。怪石苍松,茶香琴韵,方悟闲中幽趣。古贤多似此,叹世事、茫茫无据。怀开也,望浮云天际,无心来去。

一剪梅　题墨菊扇面

开迟偏喜近重阳。傲尽秋霜。占尽秋光。渊明此际兴逾狂。诗满奚囊。酒满壶觞。　自然潇洒不寻常。洗砚池塘。泼墨容妆。闲来无事倚东窗。把手风凉。扑面花香。

浣溪沙　题春宫扇面

玉笛闲吹坐短篷。丽人舟并钓鱼翁。几多春色在其中。　芦苇萧萧波浪碧,锦鳞对对酒杯红。此时幽趣问东风。

添字浣溪沙　题毛芝亭较猎图

纬武经文见一班。赞抛彩笔据金鞍。万丈光芒无处着,猎秋山。　此日放歌同作队,他年得意独登坛。安得双雕穿一札,落云端。

行香子　题家弟周建小照

翠竹葱葱。趣况无穷。远嚣尘、乐在其中。逍遥独坐,挥扇从容。羡景何闲,心何淡,目何空。　有个奚童。头发鬅松。霎时间、清茗瓷钟。一团风韵,拟与谁同。恰似幽人,似高士,似仙翁。

赵执管（?—1757）　17首

字嶰音,号铁峰山人,山东益都(今山东青州)人。赵进美侄孙,赵执信从弟。康熙四十一年(1702)举人,任武定学官十年。王士禛尝批点其诗。著有《知畏堂诗余》。

转应曲　和题杨云峭桐影图

顾兔。顾兔。最爱秋来三五。清光散入梧桐。形影难分色空。空色。空色。衬得月痕如墨。

如梦令　和题云峭墨紫薇

墨洒空中雨落。幻出花花萼萼。素壁叠浓阴，色相依然无着。萧索。萧索。伴我一丘一壑。

水调歌头　和题蓝田叔栈道图

最有蜀王宰，善写蜀中山。何事西泠高士，狡狯亦无端。坐令生绡数尺，陡现青莲万丈，一径入巉岏。行人来木杪，濑水激岩间。　拄浮梁，垂线缕，足攀援。蜀道称难说易，一笑忘言筌。凭取管城神力，不用五丁锤斧，石栈自钩连。人间无妙手，但作捧心颜。

浪淘沙　题王石丈桐雨图

万木入天风。雾锁烟封。沉沉积翠隐房栊。却忆襄阳诗句好，疏雨梧桐。　无语坐高舂。清兴何穷。个人应是据梧翁。传语为巢阿阁凤，此地堪容。

南州春色　和题陆包山花鸟图

罗浮梦，洛浦姿。风情无限，谁遣鸟先知。拂羽鸣鸠深有意，占断最高枝。更有双双瓦雀，轻呼低唤，应是怕春归。　最爱清芬四起，湖山侧左，巧逗容辉。何事恼人，红妆一面，也学得、林下风期。割取南州春色，常著读书帷。

菩萨蛮　和题文待诏画

屑颜山色揉蓝水。水边不住蘋风起。中有屋庐闲。邻翁自往还。　　新云含旧雨。岸帻清无暑。却羡画中人。林泉老此身。

归朝歌　和题花边娇马图

三月芳郊春色好。柳眼桃腮争献笑。平铺满地碧文茵,茸茸细草。长楸道。雕鞍缠宝校。何来大宛追风骠。最堪怜、方瞳天骨,紫燕青骢貌。　　胡儿体状何雄骜。袄鞡为衣刀插鞘。须眉如猬气如虹,盘马归来花压帽。丹青殊绝倒。吴兴奕世真同调。念吾侪、蹇驴代步,悬此空瞻眺。

兜上鞋儿　和题女史李因画

花枝弄影,秋色横江,脉脉荡心旌。试问阿谁为此,绮阁中、玉貌娉婷。几多才思,无穷风韵,应住芙蓉城。偶向人间一见,前身故是瑶英。　　敲诗暇日,刺绣停时,洒墨染寒汀。窈窕芦藁并立,向水边、巧缔新盟。红颜难恃,白头相约,一笑了三生。学取鸳鸯情性,百年常伴卿卿。

迷仙引　和题先辈钟公一士画

欲效向平,遍历名山,几时如愿。一枕松风,梦魂常此牵绊。念何年、婚嫁毕,枉驰情汗漫。喜交亲赠我,卧游之具,超然自远。　　一段鹅溪绢。中有神山现。飞观危楼,岚光树影凌乱。却不道、吾邦硕彦。弄笔花、那更别开生面。

浣溪沙　和题文待诏山水小幛

庭院沉沉静掩关。微风晴日嫩凉天。生绡小幛伴人闲。　　碧嶂四围螺子黛,悬流十丈玉琅玕。买山且买画中山。

渔家傲　和题拨阮图

晋代风流推阮氏。至今余韵留弦际。林下何人为此技。观止矣。几番给我空倾耳。　须向无声觅真意。移宫换羽浑闲事。自笑生平不解是。吾语子。陶公琴在何曾理。

渡江云　和题王芯草画

江南佳丽地,山川似画,谁取贮图中。王郎真解事,笔锋墨渖,貌得碧芙蓉。中垂素练萦回,石骨林风。看此图,矜俨标格,远继石田踪。　此公。难兄难弟,跋扈飞扬,自襟期出众。到于今、残膏剩馥,沾被庸工。闲来蹋壁高齐卧,转眼处、烟霭空濛。我欲向其间,占断云松。

清平乐　和题卢文房茶歌图

松涛乍起。忽落茶铛里。手阅月团亲煎试。验取山泉味。　伫看蟹眼频生。雪花满注香清。浇却枯肠文字,雅歌一首垂成。

女冠子　以下四调题仇十洲士女图

雨垂云暗。陡觉红酣翠绽。漏春光。蝶粉浥花露,蜂须染蕊黄。　余姿生盼睐,浩态寄颠狂。惯识仙源路,浪桃香。

浪淘沙

斜日转修篁。蕉叶生凉。钿蝉轻衬小山妆。粉汗盈盈花带雨,洗却眉黄。　咫尺入高唐。旖旎风光。相看何处系情长。一点春芳传豆蔻,含艳凝香。

喜迁莺

花含露,月当庭。细语间蛮声。眉山黯淡鬓云横。相向可怜生。 雪肤温,罗袖冷。掩映梧桐疏影。兰红不灿自分明。人如双玉清。

浣溪沙

银烛扬辉映丽人。散抛云髻体横陈。楚台魂梦觉来真。 玉暖香融浑欲醉,柳摇花颤不胜春。依稀似笑复如颦。

李果(1679—1751)　1首

字实夫,号客山,江苏长洲(今苏州)人。布衣。艰苦力学,不接权贵,与陈鹏年以诗定交。晚年文誉霭郁,时以鲁灵光目之。著有《咏归亭诗钞》八卷。

贺新郎　题杜云川太史蓉湖词隐图

历历平江路。羡幽栖、芙蓉湖畔,澹烟疏树。自昔才名兰省重,曾按新声乐府。翻遍了、金荃旧谱。拂袖飘然归去后,对龙峰、相契犹如故。肯复恋,花砖步。 频年浪迹君何苦。最关情、莲华玉女,云门天姥。笑指头衔词隐好,姜史真堪齐武。看画里、溪山无数。竹坨鑪塘皆已矣,算风流、合让城南杜。拟买屋,随君住。

陈撰(1679—1758)　1首

字楞山,别号玉几山人,浙江鄞县(今宁波)人。毛奇龄弟子。雍正十二年(1734)以布衣荐举博学鸿词科,辞不赴。家藏书画最富,精鉴赏,画格尤高。著有《玉几山房吟卷》。

醉桃源　题对琴图

　　丝声立志免弦安。烟笼松石间。谁思重晏戴公山。翻嫌五弄繁。　　焦尾烈,响泉寒。摩挲性自闲。清谈马槊亦非欢。愿同长啸还。

顾栋高（1679—1759）　1首

　　字复出,江苏无锡人。康熙六十年（1721）进士,授内阁中书,雍正时以奏对越次罢职。乾隆十五年（1750）邹一桂以经学荐举,官国子监司业。乾隆二十二年（1757）高宗南巡,召见行在,加祭酒衔。精心经术,撰《春秋大事表》五十卷、《毛诗类释》二十一卷、《续编》三卷,发明经义,颇为谨严。著有《万卷楼文稿》十六卷。

金缕曲　题菊圃种药图,为乾侯先生作

　　三径归来否。尽栖迟、车尘马足,惯曾奔走。千里烟光摹取尽。愁杀六朝官柳。只不奈、黄花依旧。陶令原来头半白,折腰频、赢得香盈手。倩画史,为君剖。　　相逢更得疏狂友。共天涯、高歌拍案,放怀诗酒。岭海风波经历遍,人似菊枝吹瘦。算输却、虎头痴透。廿载编摩成老蠹,任花开、花谢消磨久。同床梦,醒还久。

江炳炎　44首

　　字研南,浙江钱塘（今杭州）人。生于康熙十八年（1679）前后。康熙四十八年（1709）至乾隆七年（1742）游寓扬州,与吴焯、厉鹗、陈章、陈撰等作诗酒之会。乾隆七年迁居真州,次年返里。陈撰与其定交三十余年,友谊尤笃,对其词评价甚高。乾隆十一年（1746）尚在世。著有《琢春词》二卷。

醉太平 题吴镜秋笙山图

梧阴绕亭。群山画屏。此间尽有闲情。任先生醉醒。　三更四更。风清水清。半轮蟾影中庭。度瑶笙数声。

水龙吟 闭门觅句图,为陈授衣题

问从何处寻诗,飘残一叶诗来未。拈空静里,忘言象外,便饶清致。意刻镂花,情绵琢月,总归憔悴。看而今衮衮,吟笺赋笔,谁能解、酸咸味。　此艺。应须才子。几番思、几番闲倚。荆扉重掩,虚檐负手,青阴满地。松响崩云,泉鸣过雪,冷然幽邃。笑骚人多事,低头觅句,在寒驴背。

酷相思 杨吉人筠谷图

碧色团空寒欲住。怪说道、清无暑。遥想着、小池亭正午。近听也、潇潇雨。　远听也、潇潇雨。入夜微风来隔浦。是谁个、惊敲去。怕竹屋、先生犹未寤。灯影也、摇窗户。月影也、摇窗户。

湘月 洪霁嵓索题江湖载酒小影

水云绕处,问谁能领取,画中清景。小榜乘流最好是,淡淡芦风鸥静。暝色催烟,寒光摇桨,一片闲沙冷。露华初下,宛然身在明镜。　不见往日鸥夷,尊前空对,此湖波千顷。转首微茫可惜了,尘梦迷离未醒。斫就筠竿,圆成雨笠,吟过无人境。莼乡秋社,者番引我归兴。

买陂塘 为鲍篛船作江上笛船图,即题其端

与参军、十年萍散,岁华抛掷如羽。红桥灯火重相接,说尽别离辛苦。伸素纸。乞画幅、烟波渺渺空平楚。澜光淡处。正暝色迷村,斜阳恋柳,雪影点

鸥鹭。　　乘幽兴,历历闲看远屿。萧疏荻作秋语。希声莫漫吹横竹,惆怅美人南浦。君且住。君不见,知音自古伤迟暮。微风荡舻。弄小小乌篷,载将卷轴,共泛短莎雨。

玲珑四犯　题汪为山秋灯听雨图

山馆宵寒,早掩却松扉,云气低护。响遍遥空,难辨此声何处。不是绝壑鸣泉,也不是、叶枯鸣树。是暗风、挟雨敲檐,多半送愁来去。　　旧游曾记吴江路。伴潇潇、一枝柔舻。清闲安得如公子,图画偏饶幽趣。还怕剔起残膏,瘦影依依谁侣。傍小楼添我,秋夜永,堪同赋。

鹧鸪天　题美人隔帘吹箫授曲图

杏颊初酣怨脸明。眼波秋净远山青。声从杨柳莺边度,韵借桃花月底生。徐趁拍,缓调筝。碧箫吹动可怜情。珠帘不卷玲珑影,只许春风隔一层。

壶中天　为曹以南题小窗香雪夜论心卷子

诗逋笔债,题遍了、多少苍寒春色。似此悠然林壑趣,胜绝孤山标格。鹤过开云,人归失路,香定烟初隔。荒村漏断,一灯青影沉碧。　　永夕相对论心,要期后日,莫负双行屐。最好轩窗明月夜,映得梅花清白。是我多情,看君貌古,并作图中客。家乡近远,杖藜应访南陌。

疏影　题郑松莲美人折花将遗谁小幅

镂琼琢雪。似彩云冉冉,丰韵俱绝。色相天然,环佩玲珑,前身应在瑶阙。含情默默空盈抱,但有恨、凭谁传说。只暗将、一点芳心,托比冷香高洁。　　因想闲房绮阁。捧欢斗艳里,珠翠围列。是否相看,脉脉悠悠,虚掩怀中明月。从教采摘寒花去,欲寄赠、几番呜咽。待后时、金屋春融,细把一枝重折。

买陂塘　重题边寿民泼墨图小影

记当年、图成泼墨,清歌按节曾谱。重摊曲几明灯里,犹见老狂眉宇。堪赏处。是坐拥、名花美士相为侣。琴尊更古。想沙嘴篱边,芦根屋外,野色渺烟露。　　拈霜管,休说南宗北户。沉思原有真趣。迷濛淡扫长空影,十指淋漓风雨。还记取。一字字、都教写出无声句。归期暂阻。剪半幅鹅溪,乞君数笔,留映纸窗素。

高阳台　为佩水大阮题清溪女子雄县题壁画卷

野店烟迷,霜扉月坠,酒醒渐觉寒侵。淡闪星灯,映他半壁愁吟。断肠人远空留迹,卷青衫、细拂墙阴。想难禁。瘦怯罗衣,泪冷罗衾。　　梨花貌比轻云薄,恨当时不见,见亦酸心。从古蛾眉,多教玉掩珠沉。钟情最是车中客,和瑶词、欲寄知音。倩谁寻。画里关山,一片秋深。

壶中天

符药林来扬州寓斋,信宿言别,将之长安,灯前出《竹里勘书图》索题,因谱数语,兼以赠行。

疏泉贴石,绕笺筼千个,凉声盈耳。占得林间弓半地,点勘经签文史。瘦映秋山,冷涵秋月,一样清如此。披图沉视,符郎丰度无二。　　最喜客里萍连,樽前款语,商略行藏事。别后相思云树杪,北笑软尘燕市。紫殿分香,红灯簇马,方稳平生志。潇潇烟雨,等闲抛了幽致。

百字令　题洪斋嵩种菜图

沉吟展卷,看斯人画里,襟怀高卓。艳草繁花都不羡,独把长镵依托。播种分畦,课奴闲灌,颇解幽栖乐。雨余生意,纷纷青满墙角。　　况又水护双扉,竹穿三径,映带疏帘箔。客到茅堂清月夜,堪佐筵前杯酌。老圃雄心,闭门愁绪,此意谁能觉。明年归去,曲栏休洗红药。

长亭怨慢　谱胡奕征孤雁图,即送其归燕

昔衔荻、同来关塞,惨澹霜花,忽摧俦侣。月细风尖,微茫一点落何处。低徊旧路,曾并宿、潇湘渡。只影太无憀,诉不尽、相思离绪。　　此去。望苍葭历乱,剩得冷云吹絮。几番引领,恋只恋、江南烟渚。倩多情、描出悲秋,又远带、夕阳西暮。谩谱入丝桐,咽咽声声更苦。

国香　杨筠谷种兰小照

小缀泉林。笑秾花稚柳,也号知音。移来远香清古,冷抱春阴。不信孤标独赏,甘幽谷、偏耐闲寻。修篁背倚处,课种山童,莫遣根深。　　月痕初漏影淡,娟娟饮露,谁识芳心。楚云湘水,空负愁里悲吟。输却循陔昼永,佐诗思、添剪寒襟。商量画图好,试拨冰丝,须补瑶琴。

风入松　题汪为山碧梧修竹小照

绿阴围合昼绵蒙。息影其中。商飙乍歇还重起,搅幽人、午梦方浓。疑似秋林过雨,声声响落遥空。　　与君只隔矮墙东。花径谁通。竹梧却羡清闲处,洒襟裾、凉思无穷。何日容安一榻,避他六月炎风。

大江东去　题洪霁嵩秋水归帆图

数声清唳,唤秋回、又是雁飞时节。六载红桥歌酒伴,忘我乡关辽阔。只恋欢游,蜀冈横处,枫醉新霜叶。期君携手,西风无奈吹别。　　遥忆雪色孤帆,乘流稳渡,斜挂烟江月。直到门前乌桕路,欣慰高堂白发。试问山川,何如画里,冷翠堆千叠。氿光春熟,约来烧烛闲说。

大江东去　程渊江太史属题张琴和古松照

瀛洲仙客,问归来底事,偏寻幽独。圆笠深衣图貌古,携手佳人空谷。翠滴崖阴,凉生水浍,慵懒听丝竹。柔纤轻按,冷弦弹尽心曲。　　因想入耳忘言,神游象外,仿佛鸣珰玉。流响疏林余韵远,一派寒涛相续。朵殿闲身,花砖瘦影,消受无拘束。五塘烟舍,为君吟遍高躅。

买陂塘　渔妇芦月荡舟图

小渔娘、丰标出落,销魂那竟如许。前身莫是湘娥匹,经惯冷风疏雨。烟水渚。便荇带、菱丝也解粘他住。裙衫缟素。怪雪色双支,桃颜两颊,输与伴鸥鹭。　　沉吟久,仿佛图中眉妩。枉教春昼闲度。人间尽有梨花格,谣诼难禁嫉妒。全没忤。是少束、无拘摇遍相思路。芦根远渡。早推起冰轮,翻波漾影,湿透半身露。

柳长春　题律亭大阮芙江泛宅卷子

画舸轻移,琴樽并列。芙蓉夹岸秋相接。花光也要斗红妆,不须打桨迎桃叶。　　远水霞明,远山眉叠。五湖寒浪烟波阔。怕人错认作鸱夷,归桡缓待垂杨月。

摸鱼儿　自题冬缸听雪图,用白石谱

把荆扉、夜深双阖,客心偏爱孤冷。时闻宿鸟惊移树,张壁一灯红凝。村漏静。怪何物、敲窗淅淅寒欲劲。风声乍定。讶粉抹墙腰,花明篱角,不是兔华影。　　家乡远,饶有林园寂境。年来谁解销领。几番暗数湖西路,香里美人初病。犹记省。每梦到、山阴载酒曾放艇。而今梦醒。对画卷沉吟,低徊惆怅,空负此清景。

徵招　松原作荷香清夏图索题

垂杨直接高梧树,深阴遮满檐际。近水易生凉,领嘘来清气。曲栏间徙倚。看摇荡、一池红翠。最是蜻蜓,试风低翅,欲飞还未。　　好在对层楼,帘前影、朝朝黛痕如洗。曲院忆西湖,较斯图良似。此间吾老矣。便商略、买山无计。更何日、料理琴书,养野人幽致。

壶中天

鲍薇省以《黄海图》一册,惠及旅人,良以故山深可念也。谱词一阕,相订后游。桃花坞、百步梯、炼月台、飞光岫、鸣弦泉、老人峰、扰龙松,皆图中所绘之景。

昔年曾梦,见芙蓉六六,排青飞碧。谷有桃花云有海,叠级危梯壁立。炼月留台,明光抹岫,古水鸣弦急。老人招手,扰龙看拥千尺。　　堪笑四十年来,蓬根逐浪,希度还乡国。瞥眼溪山惊画稿,慰我遥思今夕。可得浮生,凭添几屐,归卧神仙宅。养成腰脚,瘦笻闲伴游历。

齐天乐　题汪枫南归棹新安画册

望中村郭烟中树,重重翠阴环绕。碧嶂当门,闲云拥路,满眼都堪吟眺。寻思梦杳。是何处提壶,那边垂钓。偻指前期,悔将华发客游老。　　先生回棹未晚,溯钱江直上,疾似飞鸟。陇荫松楸,园栽杞蕨,漫说无田也好。留连画稿。惜见惯溪山,又成缥缈。添个催归,夜阑啼到晓。(时枫南复来邗上,擢图索题,故结语促之。)

百字令　题石丈东村虎子图

瑶草奇姿,是神仙种出,迥非侪匹。目电眉修兼燕颔,玉树亭亭标格。刘晏年华,任延岁月,双臂千钧力。拔山扛鼎,居然老气无一敌。　　最好棣萼贤兄,玉堂宣翰,风雨挥文笔。看着短衣朝射虎,云路同骧瞬息。影绘麒麟,旗开豹雾,大展凌霄翮。秋潮直上,快君腾涌千尺。

买陂塘　题可舟汪丈照

展溪藤、是谁着笔,萧然丰度闲静。相交二十余年久,逝水流光飞骋。还细认。只澹澹、眉须尚未添霜影。风情独逞。但歌舞灯前,樱桃筵上,时播好新咏。　君才健,讵比情常优孟。看云须到绝顶。燕齐吴越都游遍,多少名公投赠。慵借径。也不合、桑枢蓬户甘秋冷。即云有命。稍营宅营田,莳花种药,留伴老来境。

明月引

天寒翠袖薄,日暮倚修竹。康石舟为薇省绘此诗意,索余谱词

碧梢烟外漾晴澜。夕阳残。弄轻寒。隐约苔痕,点点印文鸾。筠粉乍香嫌袖冷,风不定,听玲珑、摇佩环。　芳心似伤幽梦阑。有相思,无泪弹。此情耿耿,凭谁语、都在眉端。可惜流光,萧寂对愁颜。画里心,心里事,君与我,个中人、须细看。

迈陂塘　题程大村松阴蜡展图

论斯人、迥逾凡匹,讵宜韬晦岩岫。萧然意趣何闲远,托迹林泉恐后。消永昼。趁薄日、新晴展齿膏涂就。樵童也有。唤负了长镵,莳花种药,遥待古溪口。　行吟处,坐听松风乱吼。青阴寒逼襟袖。我来更在烟霞外,画里频呼吾友。相待久。子便是、长沮桀溺犹堪耦。盟言记否。判蹋叶山颠,扶犁陇畔,招隐结邻叟。

湘月　题吴丈芳洲芦月放船小影

图作空江烟月,泊舟荻花深处,一女子斜抱琵琶,宛似司马青衫泪湿时也。

吴丈三十年前,命工写照,感今念昔,因自度货郎儿九转,以道其荣悴之概。索余谱此一解,亦不禁为之黯然矣。

凭空凝想,问当年何意,偏图此景。莫是前身司马白,曾泛秋江夜静。沙落潮回,浦凉风淡,月上灯微暝。嘈嘈切切,荻花都为凄冷。　　偻指卅载流光,还看画里,霜鬓添难认。赢得悲欢多少事,一枕槐根初醒。九转歌成,清商谱就,说尽升沉境。琵琶解语,个中情味谁省。

高阳台　题程兼山我与我周旋图

因似求真,由奇得耦,凭谁貌出天然。尔我无猜,同心同调同怜。相看那藉青铜影。恰参差、并坐随肩。果传神,一样眉须,两副容颜。　　依依接膝闲搜讨,想析疑穷古,都在芸编。自有知音,更寻何处成连。后时携手凌云去,不愁他、独着先鞭。笑先生,添了形骸,略费周旋。

西江月　为程芗溪题程松门画墨水仙花

幽借梨花共艳,香同梅韵初飘。偶乘翠羽出江皋。素影凌波独照。
远浦烟迷有态,春宵月冷无聊。怕将颜色玷清高。淡把墨痕清扫。

百字令　题渔樵话旧照,一为蔡松原,一为冒楳园,二人皆吾旧友

展图惊诧,怪图中二友,者般留照。优孟衣冠都摆脱,换却雨蓑风帽。峭壁层崖,幽溪绝壑,处处闲行到。相逢款语,沉思无限怀抱。　　果否觑破寰中,难容着脚,合向林泉老。只恐尘襟消未尽,怎奈寂寥枯槁。钝斧韬芒,直钩虚饵,毕竟逢时少。渔歌樵唱,算来原是同调。

迈陂塘　题门人汪中也扁舟垂竿图

爱春来、縠纹轻漾,微微风渐吹绉。乌篷荡桨闲容与,更值暖融晴昼。莎渡口。罥翠影、千条密密垂杨柳。持竿在手。却半饵犹虚,一丝空袅,意办得

鱼不。　英年好,须向蓬瀛早骤。烟波且漫回首。除非似我龙钟客,合伴镜奁为友。凝望久。看画里、雄姿岂是渔蓑耦。偶然图就。添几个良朋,几番诗卷,满贮百壶酒。

摸鱼子

旭东大阮爱"碧纱映月春调瑟,红袖添香夜著书"两句,命画工绘为图,索余谱词以足之。

展生绡、问谁渲笔,貌君丰度无二。深衣赤舄闲敬坐,静拥经签文史。灯影里。拓遍了、纱窗不放帘垂地。蟾光净洗。渐移过雕阑,徘徊花外,永夜照无寐。　空中想,补出空中佳丽。绝胜珠绕围翠。飞琼恐自瑶台下,锦瑟也应回避。劳玉指。频添炷、沉烟宝鸭吹香细。微言省记。但画上留情,依稀行乐,莫便起真意。

青玉案　题蔡鹿文秋窗灯下读书图

蕉林环碧阴森处。又竹木、交遮户。夜气凉生微着露。此时窗里,松明一点,肯负闲辛苦。　揣摩也学邯郸步。咫尺何曾违矩度。不信文章无所据。偶尔披图,顿添追悔,枉被秋风误。

齐天乐　题程十九松乔秋林觅句图,应午桥程太史属

画中诗复诗中画,秋光看来如许。野水空明,溪风澹宕,妙在都无人处。疏林瘦树。更坠叶潇潇,恍疑听雨,大好幽寻,踏开行径响芒屦。　斯时情与景会,把吟肩独耸,闲索奇句。想入云边,思飞天外,销却斜阳几度。清音送羽。是仔细长哦,欲吞还吐。漫说当年,灞桥驴背苦。

步蟾宫　题虞泉柳塘闲咏小照

披图髯也温如玉。却一笑、流光何速。才看丫髻逐迷藏,又转瞬、华年六

六。　　　闲来步绕回塘曲。正春水、波痕溶渌。花深深处柳阴阴,算只有、吟情未足。

摸鱼子　题程溶泉见吾图

廿年来、长歌短咏,留题多少颜貌。奇奇怪怪浑难数,设境全凭意造。谁想到。尽摆落时畦,托迹非枯槁。幽怀澹渺。指一点灵台,澄观内澈,特写此清照。　　悠然远,何必高谭玄妙。纷纷徒自营扰。只须销得胸如水,纤悉埃尘都扫。平旦好。算此际真吾,恐愧寒鸡晓。君能悟了。任俗世揶揄,呼牛唤马,冷齿露微笑。

西江月　题黄竹亭冲寒折梅图

拂面东风未暖,融檐残雪初晴。苴衣毡笠敌寒轻。试探南枝瘦影。何必罗浮远梦,居然孤屿高情。一枝折得古时冰。味与梅花共冷。

买陂塘　题中也秋夜读书图,兼怀玉几先生

晚烟凝、好风徐拂,竹梧交映遮户。推窗试放新凉入,凉气暗侵罗苎。听漏鼓。渐隐隐、更阑点滴声三五。灯花乍吐。却惯伴凄清,频添瘦影,循讽得幽趣。　　披图想,昔在湖西别墅。良朋清夜深语。几番共剔松明火,辛苦犹堪细诉。思旧雨。恍触起、当年一段闲情绪。吾今与汝。但选个溪山,能如画里,商略事千古。

巫山一段云　题美人抱琴图

千丝难网倾城色。图中一见成愁绝。秋水澹回波。春山横翠螺。　　抱琴空伫立。幽意凭谁说。恨不化为弦。得他亲手弹。

珍珠帘

旭东大阮自黄海携来白木莲花,植诸盆盎。今夏五月,雪艳照耀,冷香袭人,因属谷阳居士为花写影,索老夫谱词,以纪其胜。

种从黄海遥分取。却携归、漫托磁盆深贮。仔细贴春泥,怕日暄风度。余根得气频抽叶,渐缀出、瑶宫珠蕊。香吐。恍兰芬馥郁,更饶幽趣。　疑似太液池莲,偶神仙儿戏,移栽芳树。寂寞拥檀心,禁乱蜂来去。小小低栏遮护好,只略近、晓天清露。留住。写一幅生绡,特添花谱。

百字谣　题徐桐立南山樵隐图

彼何人者,是神仙遗胄,恨人穷士。越角吴根游览遍,笑杀炎凉冠履。影瘦如柴,兴酣摇笔,挥洒多奇气。胡为樵隐,偶然聊写愁耳。　闻道家对南山,宣平曾住,负担穿云翠。路转层崖千嶂里,酤酒还来城市。子果能归,吾为子伴,垂钓清溪水。烟村枫岭,画中先结邻里。

声声慢　律亭大阮新制小车,倩工为图,貌影其中,邀余谱此一解

平山雨霁,暗谷霜侵,远林渐渐舒丹。大好秋光,趁他晴日追欢。何劳犊车掀簸,出心裁、巧制间关。便且捷,唤蛮奴催送,飞动轮辕。　乍转垂杨影外,似移来小榭,暂傍花边。漫卷湘云,有人凝望停鞭。更须挈壶挈榼,背斜阳、浅醉闲眠。但试问,是谁家新样,传语平安。

方学成(1682—?)　33首

字武工,号履斋,安徽旌德人。师事长州张孝阳。雍正七年(1729)举孝友端方,历山东夏津、栖霞知县。工画,长于梅菊。乾隆二年(1737)尚在世。著有《岁寒亭画句》《青玉阁词》。

如梦令　画梅自题

道是梅花不是。不道梅花不是。瘦影自何来,清浅似兹多致。知未。知未。昨过野桥还记。

其二

不道梅花不是。道是梅花不是。纤手记谁擎,似此绝奇姿致。回忆。回忆。梦里可人曾寄。

如梦令　画菊

道是菊花不是。不道菊花不是。弄墨作秋光,一点冷香初至。须记。须记。妙处岂惟形似。

其二

不道菊花不是。道是菊花不是。风味比江瑶,却得荔枝神致。随意。随意。颜色不求相似。

如梦令　题画梅菊

说是梅花也好。说是菊花也好。古墨研红丝,随意写成颠草。才了。才了。窗外一声啼鸟。

调笑令　题画赠程子方舟

秋菊。秋菊。几点幽香可掬。不关春夏长开。争向东篱画来。来画。来画。合绮园曾夜话。

长相思　题画寄吴四心之,即索题句

花是谁。画是谁。枉被人猜作菊枝。看多心转疑。　　思心之。问心之。笔底骚情尔许知。如何未有诗。

长相思

画是谁。花是谁。不许游蜂舞蝶知。香寒墨淡时。　　问心之。思心之。影入清池月笑窥。何如面见伊。

西江月　题画赠汪二樵溪,兼寄程大方舟

合绮园吟红药,蜀源山记优昙。落花今又在江南。消得李明桃暗。且看时逢重九,须期邀月成三。南屏晚对绿于蓝。待画菊如人淡。

西江月

雪后园林开夜,西湖月上看时。十年欲寄稿相遗。妙语无人收拾。既不必于相似,又何妨略求奇。一梢欲走忽狂非。争信狂不可急。

如梦令　纯履兄以扇索画,因题。先以紫荆花见惠,故及

问画梅花曰可。问画菊花曰可。谢送紫荆花,欲把棣华诗和。堪贺。堪贺。昨见叶儿多大。

如梦令　题画赠锡我兄

才是菊花开了。又见梅花开早。并倚雪霜中,愿共岁寒相保。争晓。争晓。认取麝煤临稿。

长相思　为汪子安画梅菊,因题

梅似伊。菊似伊。淡影偏看与瘦宜。描君秀雅姿。　　梅有思。菊有思。风送绿参亭上时。知伊定有诗。

西江月　吴四心之又以景炎兄扇索画并题

赤日正当停午,不禁挥汗淋漓。为人君惯又来催。只索火忙火急。　秋色才分菊苑,春光早上梅枝。随宜写出不拘时。漫想蕉阴雪积。

忆秦娥　题画,为绥一大兄

画画。画向春风挂。休猜。天下无花白到梅。　南枝才见花初放。北面还凝望。横塘。影落寒溪水也香。

忆秦娥

画画。画里秋如话。欢呼。爱菊何拘酒有无。　小庭花色今应好。消息看传早。将来。同采秋香共一杯。

忆秦娥　画为郑二彷陈

画画。画出春无赖。谁人。试把新诗当写真。　相思最是横窗影。对月还重省。堪详。折赠佳人手亦香。

忆秦娥

画画。画了秋风债。相宜。醉眼横斜看菊枝。　临阶何似偏能瘦。待把花枝嗅。还怜。不与渊明当酒钱。

忆秦娥　郑二为仪臣索画

画画。画出人惊怪。何妨。微月黄昏句里香。　　向人多少无言意。解领真风味。堪珍。桃李如何接后尘。

忆秦娥

画画。画就凭谁解。相将。且看黄花晚节香。　　冰姿南国伊谁及。独自和霜立。争夸。几处东篱伴月斜。

长相思　画赠起南兄,时新婚未久

梅似人。菊似人。一样风流妙有神。花开的的新。　　惜青春。爱青春。菊又含葩梅有仁。芳樽约几巡。

醉花间　题画赠位凝二兄,梅菊

看春色。与秋色。同画多标格。枝是米颠书,瓣比双钩勒。　　共守岁寒时,清姿凌晚节。风起应生香,酒醒江南客。

调笑令　分甘图

潇洒。潇洒。一事心无挂碍。尊前乐取天真。自起含饴弄孙。孙弄。孙弄。三五西园争哄。

如梦令　天台图

剡曲去天不远。何似一刘一阮。采药过桃溪,流水看浮花片。相见。相见。饭熟胡麻堪馔。

西江月　题海屋添筹图,寿杨君天璋五十,有小序

今康熙五十五年,岁在丙申,中夏之吉,为我杨君初度之辰。维时蒲天涨绿,梅雨垂青。祝蝦华堂,笙簧迭奏。以余渭阳与君有畴昔之好,尝邀君之惠,愧无以献,因构此图,且命予为之颂。余固雅慕杨君之为人,孝友著于家庭,肝胆倾乎朋友,名闻乡曲,望重儒绅,而又深知家舅氏之德君不浅,故不敢辞,敬填词一阕,以侑觞云。

苍翠数株松柏,团圞四五神仙。舟乘太乙兴悠然。海屋筹添几箭。
待尔标名金阙,还期画影凌烟。功成报主赋归田。共看蓬壶未远。

西江月　题辅仁侄小像,有序

辅仁修干玉立,质美而秀,逮事两尊人,以孝谨称,故生平有至性,遇事慷慨能持大义,复和易温厚,泽于诗书,内外皆称其贤。余与辅仁在家庭则为叔侄,在戚属则为姻娅。今康熙丙申三月之二日,为四旬初度,华阳余君为写小影一幅,踞石独坐,冠带伟然。一缁衣堆叠石上,后半壁绯桃皆花,前一童子,策马系垂杨下。予即景为作赞云。辅仁有二子,长钊,笃志好学,籍诸生,亦璠玙器也。

落落才多倜傥,英英美并琅玕。解鞍踞石少盘桓。柳外桃红夹岸。
堂上椿萱永茂,阶前玉树团栾。征衫脱下去承欢。好把斑衣另换。

西江月　题野关和尚像

大道本无言说,真身休问讹差。炉烟自袅碧莲花。刚读楞严才罢。
岂是吃茶百丈,何如烧佛丹霞。高登曲盝祖袈裟。我欲将身拜下。

西江月　为会胜寺僧题画帧

一望远山苍翠,疑闻曲涧琮琤。小桥风度落花轻。心似水流不竞。

似听空山人语，何来古寺钟声。倩谁添个倚云僧。待问盘陀路径。

西江月　李太白醉归图

白也诗成无敌，胡为蜀道难乎。沉香秾艳梦回初。喜对名花献赋。　　泲墨淋漓玉案，流霞倾倒金壶。宫官扶醉下清都。此乐千年犹妒。

月中行　画赤壁图

江风山月年年。惊涛石乱穿。谁凌万顷意茫然。两赋重坡仙。　　临皋木叶看微脱，携斗酒、客欲从焉。南飞鹊散鹤翩跹。梦醒露垂天。

醉春风　三笑图

道是庐山峭。宁关陶令傲。远公暮地过溪来，笑。笑。笑。相对无言，只看拍手，喜盈怀抱。　　此后风篁道。又有东坡老。辨才无碍亦风流，妙。妙。妙。龙井茶甘，虎跑泉美，正堪长啸。

汉宫春　圯桥进履图

黄石山人，在谷城何处，尘外优游。偏他有心用世，留意神州。茹芝人远，向圯桥、物色儿俦。逢孺子、椎秦破产，报韩未遂潜游。　　蓦把芒鞋下堕，且惊呼履我，不顾含羞。争知素书可教，得志封留。凭谁吊古，想英风、碧水长流。回首是、萧条徐泗，此人去已千秋。

山亭宴　题五老拱极图

等闲戏把仙家画。五老翁、更谁同话。知是弄丸人，布八八、六十四卦。盈虚消息看时宜，理与数、何成何败。须信是先天，即太极、无极也。　　老翁果似谁何者。问金母、木公真假。若说有黄婆，定养就、儿婴女姹。五行生克一阴阳、育万物、权分造化。二五合而凝,太极先天在。

汪仁溥 9首

字苍霖,号雨亭,浙江山阴(今绍兴)人。著有《雨亭诗余》。

西江月　题傅□□小像

傍砌几拳怪石,凌霄两干高梧。清标傲骨恰相符。好结闲中伴侣。　脱帽襟期愈爽,拥书世虑俱无。美髯飘拂致萧疏。兀坐心参太古。

虞美人　题张畹佩牡丹绣球图

春风桃李娇无赛。总属轻狂态。一枝倾国独鲜妍。好去沉香亭北、倚栏看。　彩球高拥休轻掷。不是寻常匹。珠攒锦簇贵家妆。未许等闲花朵、溉余香。

桃源忆故人　题张芬远行乐

博山静峙瑶琴卧。风戛琅玕千个。此际主人高坐。茗碗尝骑火。　闲来检点田家课。几处绿秧新播。好景倩谁题破。野老歌相和。

踏莎行　题张芬远行乐

当户平畴,绕庐修竹。科头兀坐成遐瞩。裋衣摇扇正清凉,山僮又报烹茶熟。　玉轸囊悬,金炉香馥。凭君消受清闲福。笑看田父插新秧,风翻翠浪层层簇。

踏莎行　再题芬兄德配王夫人课子女图

玉树争荣,琼英列秀。北堂长拥灵藭茂。大家懿范自端严,郝钟礼法由来旧。　深院谈经,闲窗课绣。两般一样勤清昼。母仪不愧号严君,可知相对如宾友。

南柯子　案前题马右襄所画瓶花

洛浦凌波去,罗浮破梦来。山童又报宝朱开。收尽早春消息,案头栽。击节凭如意,酣歌寄壮怀。何须更试踏青鞋。坐看胆瓶春满,缀幽斋。

相见欢　题金时征小照

森森古木长春。荫如云。有客踏残芳草,坐云根。　捐白帢,携素箠,乐天真。指点现前好景,伴闲身。

谒金门　又题金八兄行乐

闲中客。赖有乔松盘石。松影亭亭高百尺。石色玲珑碧。　长日方停梳栉。携得奇书一帙。澹荡天怀人不识。付与丹青笔。

醉春风　题王省斋小照

一派青山路。有个探幽处。轻衫大帽跨驴儿,去。去。去。载得醇醪,携将书卷,好翻新句。　丘壑平生趣。木石闲中侣。层层苍翠欲撩人,住。住。住。爱杀髯龙,拿云攫日,吼风撼雨。

纳兰常安(1684—1747)　2首

字履垣,满洲镶红旗人。累官至浙江巡抚。乾隆十二年(1747),闽浙总督喀尔吉善劾其贪贿十数事,论罪下刑部,卒于狱。工文辞,论著多切时事。著有《受宜堂集诗余》三卷。

摊破浣溪沙　秋景图

雨洗秋山几万重,晚霞横在半腰中。岩底寺钟飞不出,吼溪风。　一带沙痕沉月白,千林枫叶点霜红。断涧悬崖人迹少,板桥空。

临江仙　题洛神图

微步层层银浪,凌空冉冉彤云。命俦啸侣蕙风薰。清流攘皓腕,眉黛淡横春。　离却芝田馆里,惊鸿影隔凡尘。轻袿修袖拂浮蘋。鲤鱼休促驾,欲感济川人。

边寿民(1684—1752)　16首

名维祺,字寿民,号墨仙,江苏山阳(今淮安)人。诸生。与陆竹民、周白民称"山阳三民"。工画,尤擅芦雁,有声于江淮间,兼精诗文书法。著有《苇间老人题画集》,词附。

十六字令　雪鸿

鸿。冰雪沙洲耐晚风。爪痕在,健翮已腾空。

采桑子　芦雁

平生雅爱随阳鸟,二月春风。八月秋风。塞北江南一路通。　画图写出潇湘景,沙屿芦丛。水蓼芙蓉。身在朝烟暮霭中。

好事近　四季平安图

颂祷郁情私。聊藉渝縻申意。画个古瓶安稳,又双双花鲜。　谐声会意要人猜,好似春灯谜。慧业才人知否,是新年祥瑞。

好事近　雁

接翼向南飞,飞到荻花洲宿。两岸芙蓉点点,爱浅红轻绿。　有菰米处即为家,何用稻粱足。明日又乘风去,任江南江北。

好事近　雁

结伴好随阳,翔集总无时节。生计稻粱菰米,更披霜冲雪。　吹来风定荻芦间,絮白同明月。千里水天一色。看高低明灭。

沙塞子　雁

闲窗醮墨貌秋鸿。和赭石、沙屿芦丛。添几点、芙蓉水蓼,浅红深红。一生踪迹与渠同。描写处、凄惋无穷。看此幅、荒江断雁,一片秋风。

水调歌头　雁

秋水一何碧,芦叶弄晴霜。玉关奋起双翼,几日到潇湘。不恋沉云菰米,不与栖鸡争食,天际任翱翔。偶爱芙蓉渚,栖息水云乡。　论踪迹,看情性,不寻常。鰦生结茅苇际,相狎不相妨。摹写飞鸣食宿,点染汀沙浦渚,挥洒笑颠狂。老拙无他技,笔墨擅微长。

洞仙歌　雁

蓼花滩畔,讵相连荷渚。嚷唤天边似人语。怕玉关冷落、一意随阳,应认得,岁岁年年旧路。　　水云明又灭,此际菰米,沉沉禁谁取。随分可疗饥、暮雨朝烟,芦苇岸、好停双羽。却不解伊、多少离愁意,咽咽声声,恁般凄楚。

贺新凉　女史恽冰画菊

三径秋如许。是香闺、弄粉调脂,精心摹取。宛似春风斗芳艳,小白嫣红姹紫。更翠叶、罗罗堪数。妙手徐熙工没骨,算国朝、只有南田比。承家学,又才女。　　鰦生写菊平生喜。每狂来、搌袖挥毫,渝糜满纸。颠倒敧斜篱落下,一味傲霜而已。论秀媚、停匀输此。老圃秋容图便面,料韩公、怀袖清风起。谱词阕、颂君美。

玉楼春　雪雁

一群阳鸟环相向。四野同云雪潇潆。平沙漠漠尽琼田,远岸茫茫皆玉障。芦花都作琪花放。清极翻成富丽象。幕天席地任飞眠,宜傲他销金宝帐。

浪淘沙　雁

塞草日茫茫。塞月荒荒。关河冷落客途长。都说江南烟水好,且自随阳。　　菰米足潇湘。芦荻苍苍。于焉饮啄忽飞翔。排向碧天书几字,如此秋光。

柳梢青　雁

水落寒沙。携来俦侣,相伴芦花。塞北风霜,江南烟水,到处为家。

行行字字敧斜。声断候、呜呜暮笳。匹马秋风,孤舟夜雨,人在天涯。

百字令　藕

华池深浅,趁湘妃布袜,暗寻根节。惊起鸳鸯眠稳处,玉枕一双轻撇。洗出凝脂,堆陈碧盌,讶认冰蚕啮。秋来多恨,泪珠滴透香骨。　　正是露饱蕉衫,酒醒荷叶,细嚼玲珑雪。记向尊前偷冷眼,纤手戏招窥月。惯弄娇憨,湘衣未褪,故涩萧郎舌。粉香新碾,一瓯紫玉香屑。

长亭怨慢　雁

弹指初寒时序。结伴随阳,几多辛苦。湘浦烟深,衡阳沙远,且延伫、回汀枉渚。便认作、家乡住。荻尾响秋风,知菰米、稻粱何处。　　问予。廿年落拓,地北天南羁旅。挥毫状物,也只算、自抒心绪。况苇间、雁汉门迎,正粉本、当前无数。写不了相思,又把新词填谱。

醉太平　雁

长亭短亭。山程水程。南归倦翮须停。卧沙洲不惊。　　三更四更。风清月明。芦花夹里舟行。傍篷窗数声。

转应曲　自题芦雁画幅

秋浦。秋浦。塞雁南归乐土。潮来午夜风生。一片空江月明。明月。明月。嚓唳一声凄绝。

董均 5首

字平铨,号疏庵,江苏娄县(今属上海)人。贡生。官安徽无为州训导。著有《疏庵诗余》。

念奴娇　题赤壁图,步东坡韵

山川轇轕,问谁知、三国当年风物。千里舳舻都一炬,扶起东南半壁。对客吹箫,临江纵酒,吊古涕还雪。文章坡老,抵他争战英杰。　　那得拿我扁舟,相陪清谦,把诗怀高发。此夜窗前闲展画,鸿爪雪痕旋灭。荒莽纷披,云根孤耸,怪石如梳发。无穷天地,算来只有明月。

清平乐　题传神李友自写小像

头颅如许。笑我犹尘土。欲倩营丘为貌取。安放林泉深所。　　被君占尽清高。诗情画意相撩。古涧千寻泻雪,长松百尺飞涛。

西地锦　为周子召成题桃花画扇

惊见一枝芳树。记青阳初煦。渔郎洞口,仙人坞口,有红霞如许。　　堪续杏园春谱。漫牵情儿女。衫儿比色,马儿同色,要皇都看取。

锦帐春　题画

南陌东城,一番酥雨。多少朱朱素素。醉归来,都不省,又莎庭药砌,嫣然娇吐。　　有个人人,繁葩偷觑。妆里就、明朝折取。怕明朝,香便减,被黄蜂小尾,暗勾春去。

汉宫春　题杨妃春困图

昼漏初迟,正浇残卯酒,按罢霓裳。一时念奴力士,供奉何厢。深宫人悄,早恹恹、倦睐芒羊。痴妒处、梅精去眼,蹴花牵动柔肠。　　闲闷若为消遣,任云衫半弹,乱委藤床。雪衣且教休唤,待入胥乡。沉吟底事,玉纤纤、斜衬腮旁。须不是、杨花心性,随风梦绕渔阳。

张希杰(1689—?) 17首

字汉张,号东山,山东历城人。师事赵国符。科场困顿,以诸生终老。生平游历半天下,感慨寄于笔墨,晚岁须发如银,犹操觚不休。著有《雨香词》。

人月圆 题美人画

靓妆才罢纱窗启,欹枕见佳人。倘教解语,愿从画里,长唤真真。 若个娇娃,当贮金屋,肯令蒙尘。司空见惯,我见犹怜,总为情深。

渔家傲 题金屏可学稼图

我欲经营十亩田。无从得办买山钱。卓哉此老捷足先。鉴湖边。桑麻鸡犬自闲闲。 竹篱茅舍境悠然。锄雨犁云乐过仙。庞公陇上好遗安。手一编。传经端赖子孙贤。

沁园春 题谢郦仲行乐

池塘春草,蓝田秀发,玉树亭亭。想常侍登坛,芙蓉艳比,中书视草,芍药吟成。兰玉同芳,埙篪迭奏,振翮云霄几万重。真风雅,羡凤毛际美,独步江东。 归来琴韵书声。据片石、长啸倚长松。欲涤尽尘氛,呼僮煮茗,涵养道气,倩鹤传经。一卷奇书,满阶瑶草,静里机关趣自生。会心处,是穿花蛱蝶,点水蜻蜓。

沁园春 题刘五峰照

六十年来,拍浮酒国,以酒为名。尝遨游洙水,欲寻胜侣,梅花书屋,恰遇五峰。朝饮千钟,暮倾五斗,潦倒沉湎阿堵中。杯在手,任玉山推到,谁醉谁醒。　　笑他狗苟蝇营。也不学、长斋理佛经。但卓家少妇,为君涤器,杨家妃子,为我解酲。山变糟丘,水成桑落,酒海浮沉掉臂行。君偕往,向醉乡深处,连袂陶情。

沁园春　题郝列三行乐

郝卿公子,帝乙王孙,众口交推。羡忠肝义胆,甑山着节,经镕史铸,晒腹弘才。媚此春光,眷彼永日,姹紫嫣红取次栽。真潇洒,且含烟噀雨,独踞高台。　　风光无限安排。谁颊上、添毫气象开。倩红儿按拍,持罇涤器,卢仝煮茗,浃席相陪。锦绣铺茵,芝兰绕砌,羯鼓催花事允谐。相顾盼,待掀髯一笑,其乐无涯。

沁园春　题邢魏仲行乐

赤舄元裔,鸣珂京洛,试马归来。趁柳老香肥,荷开钿扇,风熏池阔,脱帽舒怀。觅取虎头,传神阿堵,如戟须眉点染佳。峥嵘气,拟青天剑啸,沧海珠辉。　　十年湖海雄才。直到处逢迎意气谐。将南探禹穴,西入秦宫,东临海峤,北上燕台。良会偏多,持筹不少,揽辔澄清亦快哉。知有日,弓旌下贲,玉帛盈阶。

沁园春　自题戴笠像

若个于懿,不樵不牧,非士非农。只戴竹皮笠,如渴旦鸟,披褐宽博,像可怜虫。六十四年,自嘲自笑,涂鸦识字未能工。更可怜,唾壶击碎,无路请缨。

由他世事朦胧。奈冷热温凉气不同。任黄粱饭熟,卢酣未醒,南柯叶重,梦睡方浓。蜉蝣朝夕,蟪蛄春秋,乌有先生亡是公。且饮酒,凭天荒地老,怪雨盲风。

沁园春　自题问月图

竹籁停喧,松涛阒静,月照天涯。正兀坐苔阴,思寻韵事,欹书石畔,促婢烹茶。紫茸频浇,离骚痛读,两腋风生兴自赊。伊何人,悄携琴冒露,月下来耶。　　原来是个娇娃。趁月色丰姿媚转佳。是吹笛无心,曾来别院,抱琴有意,今往谁家。鬓类愁潘,身如病沈,辜负卿卿降彩霞。美而艳,果沉鱼落雁,闭月羞花。

沁园春　题屠倬云馌耕图

道貌何人,黄冠野服,植锸而游。岂茅屋三间,欲谋息壤,秋田十亩,甘老菟裘。山水乡林,馌耕妇子,一卷黄庭恣意搜。身将隐,奈苍生待命,明主征求。　　此愿恐难遽酬。有多少古人芳迹留。如庞公陇上,遗安第一,董生泌水,邈尔无俦。带经倪宽,长歌宁戚,不学巢父与许由。君且起,展其怀抱,大建鸿猷。

满江红　题耳永锡照

翩翩年少,闲庭畔、飘飏轻縠。俯盆鱼、锦鳞游泳,身心静穆。嶙峋一株大夫松,葱翠几竿苍筼竹。恰清和、风信正纤徐,人如玉。　　玉蕊花,冰弦簇。金缕盘,红衣馥。想人生行乐,无如清福。夭桃冶杏漫争妍,松涛竹籁长酣绿。趁青春、对好春光,人生足。

满江红　自题小家庆图

伦儿来前,我与你、家常闲话。为我筑、一个茅亭,大明湖罅。屋后多栽几竿竹,墙边树个松花架。再留些、余地种些花,环精舍。　　兰亭禊,香山社。谢安棋,王维画。但好友来寻,烹茶供斝。笑问老妻偕隐否,柴门草户安闲罢。他儿孙、自有儿孙福,休牵挂。

兰陵王　题李厚庵小照

陇西宅。簇簇雕甍生色。画堂中、仙然独坐,虾须半卷春光碧。美人倚楼侧。凭肩相倚并立。呼小僮、名香暗爇。炉烟袅袅霏前席。　好把麟儿拍。看玉缸鱼泳,面如满月。四时都有花香浥。对夏荷冬梅,春兰秋菊。无限荣华今似昔。珊瑚阶七尺。　品格。谁能及。问玉堂文藻,邺仙羽客。紫气东来函关迹。应长庚宛似,当年李白。披图把臂,呼红友,真诗伯。

满庭芳　题仇秀生照

仙骨珊珊,精神熠熠,南阳鸾凤为侣。翛然独坐,静里好丰姿。一树桂花正放,望江南、秋色偏宜。绕阶除,繁葩冶艳,月月如斯。　试看那丛丛,苍苍翠翠,环屋离披。听松涛振响,竹籁风嘶。呼僮浓煎蟹眼好,领取茶味禅机。待携樽,与君共酌,画里吟诗。

满庭芳　题郭恩普照

菊蕊分龄,桂花生子,金风吹上罗衣。庭中人静,正对好花枝。一片深情欲寄,细端详、秋色芳菲。惟愿取,锦褓绣出,麟凤双飞。　想此时良朋,跻堂称庆,珥笔吟诗。待携樽过访,欢叙移时。听英声啼处,挺头角、宁馨佳儿。拍肩问,君家乐极,嘉会偏宜。

六幺令　题仇秀生照

松竹交加,正兀坐闲庭,秋光独擅。月中桂子飘香,落几朵、红葩争艳。名士风流,雅人深致,洵美当时彦、至乐堂,万卷百城堪羡。　试听松涛振响,竹籁敲金,未比文心远。自有小山丛桂在,敢问仙源深浅。鸾栖正稳,凤翿高骞,丰度俨仇览。传神阿堵,披图掀髯一粲。

双双燕　代题戴笠像

亭亭物表,是江左风流,志和耽钓。白髯飘飘,笠底拈须微笑。披襟脩然寄傲。气象又、岸然道貌。想象何人,睢阳五老,商山四皓。　　绝妙。翠壁苍崖洒落。把一卷离骚,谁堪酬酢。对酒当歌,一任鸟啼花落。莫讶冯唐易老。终有日、蒲轮稳召。敢夸妙手长康,写出先生怀抱。

桂枝香　题曹鲸音照

紫林丹树,看高踞岱岳,香满瀛洲。何人星精乐聚,鸾孔同游。七步才华恣绣虎,赏名花、芳树阶稠。罕譬而喻,千寻松顶,百尺楼头。　　展如兮、邈尔无俦。待一经教子,书香发越,戛击鸣球。还希荣阴长留。玉犀金粟供几案,输杞梓、价重南州。披襟兀坐,悠然意远,委实风流。

张宗松(1690—1760)　10首

字青在,号寒坪,浙江海盐人。康熙间国学生,累试不得一第。侘傺无聊,遂以诗文自娱。著有《扪腹斋诗余》二卷。

蝶恋花　自题四时行乐图

舞罢秋千停斗草,轻暖轻寒,花径人来早。踠地垂杨烟外袅。黄莺几个啼春晓。　　隔巷买花声未了。试问阶前,红药翻多少。赢得满身香雾绕。等闲蜂蝶休相恼。

生查子　戏题雨岩吹箫低唱图

侬吹碧玉箫,执板欢相向。宛转听歌声,新月弯环上。　　小婢捉镫来,教说停低唱。生怕夜深凉,劝入流苏帐。

金缕曲　自题扪腹图

休问穷通计。记当初、五陵裘马,遨游燕市。燕颔封侯无骨相,白面书生而已。敢哆口、轻谈经济。幸免将军嘲腹负,比纤儿、略识之无字。未便有,诗书气。　浮萍踪迹流光驶。笑年来、随身竿木,逢场作戏。雅俗襟怀冰炭判,扺触有如芒刺。肯碌碌、追随余子。明慧红颜能觑破,把胸中、磊块都浇洗。解人语,差强意。

解佩令　重阳后一日自题插菊图

酒徒三五,翩翩裘马,十年来、半取封侯印。落拓青衫,最怕是、黄杨逢闰,报重阳、一番风信。　盖头箬笠,随身蜡屐,笑妆成、泉明差近。冒雨东篱,且拗取、秋英簪鬓。料宫花、帽檐无分。

好事近　重题插菊图

风雨满城飞,又是重阳近了。听说初番霜信,问黄花消耗。　橛头船小趁枫湾,漫把一竿钓。料理青布袜,早东篱寻到。

茅山逢故人　自题青笠红衫小照

身外浮名相逐。世上贪心难足。白首求仙,富儿求达,贵人求福。　只消青笠红衫,住个冷云溪屋。却老无方,点金无术,封侯无骨。

沉醉东风　题杨传笏倚藜图

池塘北、涉园路畔。板桥西、乌夜村前。科头漫浪游,白发清闲占。选溪山、胜处盘旋。鸠杖随身不挂钱。能几个、酒徒相伴。

黄金缕　题王明府爱菊图

手握希夷光采炫。啜茗摊书,占取东篱畔。疏雨几番经薄浣。秋风已把黄花染。　　乐事赏心随景换。排日传杯,渐进登高宴。逆鼻淡香醒酒面。新霜压背开还遍。

浪淘沙　题观潮图

溟渤激洪流。波卷阳侯。千寻白练势难收。飞雨惊霆形不尽,鲲化鳌游。　　八月看潮头。来往沙洲。潮生潮落几时休。唯有芦花枫叶好,霜气横秋。

满江红　题吴孙符幽篁独坐图

深谷篑笃,天付与、幽人占住。肯换取、东华香软,满鞯尘土。抱膝无如磐石稳,闭门还避高轩过。问何人、敢目少年狂,科头坐。　　斜点笔,片梧堕。更仰面,飞鸿度。笑天寒倚翠,心情偏妥。管领清风明月好,安排珍簟胡床可。傥棕鞋、桐帽访君来,能容我。

孙鼎煊　21首

字耀乾,号慎斋,安徽休宁人。生于康熙二十九年(1690)前后。与钱塘汪沆、陈皋交善,以词相倡和。乾隆二十七年(1762)词集刊刻行世。著有《籽香堂词》三卷。

荷叶杯　题画一枝墨牡丹

闲写风前一朵。烟里。露叶少根荄。中含三十六珠胎。开么开。开么开。

菩萨蛮 题画

紫藤花下留春酒。朝钟暮盏春留否。石壁走龙蛇。森森者柏耶。　　寒驴休要住。驮我前村去。一首和陶诗。今番吟瘦伊。

其二

采香绣屧归来未。苍苔一夜因风翠。游客尽春衫。永和三月三。　　门前山色冷。宛似江南景。只要有花开。何须定是梅。

多丽 题朱漪原表弟听鹂图小照

彩霞鲜。铅华不畀溪烟。把三分、陌头春色,参差写入冰弦。剪云根、兔华匝地,翻草甲、鱼浪黏天。鸟有欢心,人多逸兴,不情牵处也情牵。总让与、听鹂酌酒,先我祖生鞭。东风底,花花朵朵,万万千千。　　怪斯人、东涂西抹,帽檐欹向芸编。杏花新歌翻金缕,杨叶艳诗蹴琼筵。青兕前身,红鸾后队,肯教跋扈在林泉。唤周昉、要闲未得,此景亦徒然。重描出、清秋鹳鹆,天外高骞。

月下笛 题画琵琶行图

溢浦潆洄,炉峰灭没,夜船如市。青衫共醉,判今宵、两无寐。琵琶不抵湘灵瑟,似远嫁、明妃再世。奈空江明月,丹枫碧荻,总伤侬意。　　轻试。春冰碎。正弹到无声,四条弦系。香风转蕙。相逢何用回避。灯前诉尽莺花恨,浑不管、王郎滴泪。试一展,画图看,犹透啼痕纸背。

踏莎行 题画蟹便面

渔父霜筊,篙师铁网。蘋坡蓼渚今无恙。神仙若爱内黄侯,也应水浅银河浪。　　明月窗纱,西风帘幌。移来写在霜纨上。玉纤亲劈笑吟吟,如何忍把金尊放。

暗香　题焚香图

绣帘愁独。正未完午梦,朱扉斜触。慢整翠翘,驿路梅花写空谷。还副沉毂百指,映㡛角、冰丝红蠹。合比作、三月桃花,空自慰人目。　　芳馥。翠栏曲。怪引得蝶来,又成双逐。乱云几簇。宿火温麈拨初熟。谁把真真唤醒,犹自带、夜来妆束。也不管、烟尽处,有人看足。

踏莎行　题薛竹居画屏

其一　荷花

蕊作瑶卮,叶如玉瓮。被伊唤醒莺花梦。阿婆三五少年时,瑶琴一曲熏风送。　　泼墨香清,和铅色重。夜来月上琼枝动。一般欠事少人知,凌波不见多情种。

其二　蓑笠纶竿

命意瑰奇,造端狡狯。满腔幽意无人会。一蓑一笠一纶竿,玄真去后谁知爱。　　俯仰千年,浮沉两戒。清风明月严陵濑。丁宁欲索画中人,终须放眼风尘外。

其三　瓶菊

细雨催诗,微风唤酒。陶潜官罢瓶空久。不逢插鬓玉为人,须留一个传杯手。　　金步摇轻,紫玲珑秀。短条学得腰肢瘦。旁人错认海棠开,无香有色花如绣。

其四　茶堇

未遇卢仝,不逢陆羽。谁来座上先拈取。当年司马纸缄轻,春泉自向山厨煮。　　鸥吻香留,螭头雾贮。堂空玉茗人何处。蒙山顾渚绿成丛,回头化作相思树。

其五　芦花双雁

鸥鹭难依,菰芦莫蔽。荒汀断碛清江际。胡为一卧一长鸣,想应自作防微计。　　豆雨方零,鱼风渐至。春筝柱上声初试。只因一曲玉关秋,画楼多少人无寐。

其六　香橼

搓水能圆,研香又细。花时惯上盘龙髻。画屏秋实满江南,合欢枕畔红蕤系。　　似月离云,如拳脱臂。十三楼上春灯谜。笑他橘柚老风尘,不教人作登盘计。

临江仙　题朱藕林表弟双舟两像小照

生不封侯徒落落,拂衣直上渔舟。旧游何处最淹留。秋风来白下,听雨越江头。　　耳畔似闻歌欸乃,明月柳悴汀州。清修不与世沉浮。故将青白眼,貌作两人游。

满江红　题季弟君赤小照

景入秋耶,人到处、秋思自生。谁置汝、一丘一壑,顾恺丹青。收拾琴心浓淡看,屏当酒吻浅深倾。笑西风、只隔一霜纨,无处听。　　心下恨,长短亭。局中劫,去来程。过庚郎三九,秋蟀春庚。翠竹碧梧新莫逆,今炉玉碗旧多情。总不如、认作柘枝颠,歌不停。

唐多令
朱藕林表弟以画幅美人剪下伫立座旁,方岐泉题词赠之,余亦戏和

久立不生嚬。兰香是后身。酒阑时听唤真真。想得金刀轻下处,有触手、麝氤氲。　　爱月月常新。怜花花倍亲。怕东风、吹断行云。玉骨珊珊灯焰底,休错认、李夫人。

踏莎行　题贺潜斋画水墨荷花

螺汁三升,麝煤一寸。若耶溪水流无定。半江秋雪一帘花,林莺衔去春风恨。　菊醉陶潜,梅吟何逊。芳菲未许时人问。画图休道不闻香,风流喜有离尘韵。

好事近　题田荆农画四季平安图

街鼓报春来,满院竟无寻处。宿粉栖香几笔,把东风私贮。　余缣补出锦鳞肥,密意藏机杼。留在合欢杯底,待何郎亲署。

临江仙　题江瀛千小照

偶尔图形松石,何须涊迹樵渔。无如此座有林逋。旧时招隐曲,丛桂小山孤。　休认居为谷口,莫疑客是潜夫。囊琴辍盏赋三都。道旁人且指,玉树又扶疏。

沁园春　自题带月荷钼小照,用淮海体

蹑屩知劳,荷锄知倦,貌此者谁。但行踪渺渺,为农匪易,立身踽踽,作达奚宜。纸上溪山能着我,便月落参横归未迟。黄粱梦,被春风卷去,锦绣年时。　川原几回送目,唱黄鸡白发,自笑支离。况园丁鲍系,难容小阮,画师樗散,不愧钟期。槐影落完人未醒,惹惶恐滩头鸥鹭疑。相关处,有呼之欲出,记曲红儿。

拜星月慢　自书小照楮尾

竹院留春,松棚结夏,暖日初长烟渚。愿乞闲身,作十年鸥侣。待携了、水上青蓑一领,相倚列坐,灯前儿女。梅熟江南,掩疏篷听雨。　酒三升、醉我

莺花路。歌一曲、唱我田园趣。满眼绿焰红英,问秋风何处。柳丝长、不缚颠狂絮。明月底、梦逐寒潮去。更日对、郭外湖山,做新词几句。

张奕枢 6首

字今涪,号渔村老鲛,浙江平湖人。雍正诸生。酷爱倚声,厉鹗视为浙西朱、李之绝响,又以刻姜夔词有名于时。今存《月在轩琴趣》二卷。

凤栖梧　题画

浙浙秋声天欲暝。自起推篷,放出烟中艇。鸂鶒避人来去并。蓼花红浸池塘影。　新雁一绳波万顷。柏紫枫丹,昨夜霜华冷。蟹舍渔乡潮信准。夕阳人在桥西等。

汉宫春　题绿窗倦绣图

鹧鸪声中,又酴醾落尽,帘卷缤纷。深闺乍寒乍暖,天气氤氲。双双戏蝶,惯飞来、舞上湘裙。眉黛锁、凝眸小立,绣床零乱鸳纹。　闻道魏宫当日,数针神最好,往事闲云。思量半娇半困,肯让灵芸。花枝艳绝,为殷勤、说与东君。春去后、因循过了,彩绳难系斜曛。

琐窗寒　题松间道人行乐图

老树烟多,重茅屋浅,绮疏香暝。冰天镜里,现出幻中仙影。算年年、落梅风紧,依然未放愁魂醒。镇怜伊野外,马蹄笃速,暗尘吹鬓。　绝胜。探幽境。认须縻隐约,画图炎冷。个中心事,早被阿瑛吟稳。便青山、投老白云,飞梦艳游闲记省。补渔蓑、钓艇横斜,一竿清兴迥。

杏花天　题沈醒士小瀛洲垂钓图

醒士先生,胸中丘壑,性里烟霞,茶灶笔床,久已忘名。都肯芦塘柳岸,偶然写意偏工。不是逃尘,何妨寄兴。尔其龙翔九港,珠涌孤亭。塔影西偏,早卜袁公之地;湖光东去,遥连颍水之阡。怅学士堤边,秋草寒林恨在;感诗翁句里,春桑晓豆愁生。即用尊甫茜邨先生诗句。宜其心恋瀛洲,艓子则云根撑出;图成垂钓,散人自波面飞来。浮梗烟飘,谁教没羽;直钩风漾,安用敲针。放情在苦茗清醪,得意或牙签锦轴。一壶晴碧,便吹将短笛还宜;四面阴浓,算换却绿蓑也好。人间勋业,请看细雨垂杨;我辈襟情,笑指清波浴鹭。

端衫草履丰姿好。恁钓得、清名偏早。莫教错认磻溪老。个是瘦吟腰小。

问何处、烟波浩淼。等一队、纤鳞吹到。得鱼换酒留残照。邀我船头醉倒。

陌上花　为周缉堂题女史宋鹤英花卉画册,用蜕岩韵

瑶函乍启是谁,描出暗香熏晚。艳影纤痕,半属旧家亭馆。分明一缕樊川梦,烟月替人魂断。好珍藏箧底,雨昏风恶,莫教吹散。　　认留题恨句,惺惺絮语,薄幸多情相半。自写心苗,蜡泪成灰犹暖。崔郎枉向斜阳立,苦忆去年春雁。寄离惊、只有丝丝堤柳,绊愁浑懒。

南楼令　题沈狮峰太史山川出云图

塔影寺门深。危亭磴道阴。挂飞泉、几处春林。最好溪南茅屋窈,看闭户、听鸣禽。　　归梦卸朝簪。泖峰供瘦吟。写烟峦、何限兰襟。欲问胸中丘壑趣,舒共卷、总无心。

闵华 1首

字玉井,号廉风,江都(今江苏扬州)人。生于康熙三十一年(1692)前后。监生。精金石文物,与卢见曾交善,又与马曰琯、杭世骏、康建中等雅集倡和。乾隆十七年(1752)尚在世。著有《澄秋阁集》十二卷。

齐天乐 题对琴图

翛然林水深幽境,伊人与谁为侣。焦尾材良,断纹制美,常共闲中朝暮。长安几度。曾欲碎还留,重携归路。将觅知音,天涯迢递渺何许。　　旧弦时复自理,摘左司句好,别字因署。影散鸿飞,声希凤杳,那必一弹再鼓。乐床漫抚。看点点金徽,含愁无数。不分秋风,云程犹滞汝。

俞忠孙 16首

字祖臣,号节霞,会稽(今浙江绍兴)人。鞠陵子。康乾间人。与钱孙钟、许樊子等交。著有《节霞词存》三卷。

啰贡曲 题画

野水平桥路(杜甫),轻帆任好风(皇甫冉)。孤烟村际起(孟浩然),山色有无中(王维)。

其二

柔橹轻鸥外(杜甫),波平熨不如(陆龟蒙)。更怜斜日照(孟浩然),天影落江虚(李白)。

其三

雁下芦洲白(韦应物),苍茫万里秋(曹邺)。门临溪一带(元稹),鹭楫漾轻舟(陈子昂)。

其四

转曲随清嶂(李嘉佑),千峰共夕阳(刘长卿)。孤舟无岸泊(张乔),回首但苍苍(皇甫冉)。

小秦王　题郑寓庄南阳观耕图

寓庄名曰鹏,字贤程,本闽人,以慕诸葛武侯躬耕,故家南阳。

桥上春风绿野明(卢纶)。不知谁学武侯耕(许浑)。柴门流水依然在(韩翃)。转见千秋万古情(杜甫)。

其二

槐柳萧疏绕郡城(羊士谔)。高低无处不泉声(方干)。莲花幕下风流客(韩偓),几许芝田向月耕(皇甫冉)。

其三

梅黄雨细麦风轻(房篆)。力上东原欲试耕(司空图)。自学古贤修静节(方干),休将文字占虚名(柳宗元)。

其四

叶屿花潭极望平(王勃)。新田绕屋半春耕(法振)。图中含景随残照(张贲)。乳犊慵归望犊鸣(许浑)。

其五

无处登临不系情(许浑)。故园虽在有谁耕(温庭筠)。羡君独得逃名趣(胡曾),乡思欺人拨不平(秦韬玉)。

忆王孙　题画

暮天新雁起汀洲(杜荀鹤)。堤草芦花万里秋(李绅)。不向烟波狎钓舟(韦庄)。去悠悠(韩愈)。绿水桥边多酒楼(杜牧)。

风光好　题秋江把钓图

烟霏霏(李泌)。雨离离(温庭筠)。迟尔行舟晚泊时(刘长卿)。绿蓑衣(张志和)。　闲看秋水心无事(皇甫冉)。云之际(刘长卿)。白鸟双双避钓飞(僧栖蟾)。两无违(李白)。

怨回纥　题郑寓庄南阳观耕图

地逐名贤好(李白),经过窃慕焉(孟浩然)。移家还作客(耿湋),种黍早归田(李白)。　雪尽青山树(宋之问),风和绿野烟(杜审言)。一丘藏曲折(杜甫),遗迹尚依然(张谓)。

其二

归去田园老(张九龄),烟霞羡独行(皇甫曾)。无令孤逸韵(萧颖士),但坐事农耕(王维)。　春草茫茫绿(刘长卿),芳蹊处处成(孙逖)。眼前今古意(杜甫),心迹喜双清(杜甫)。

其三

旷望兼川陆(杨炯),田家心适时(杨颜)。春泥秧稻暖(白居易),花坞夕阳迟(严文正)。　耕凿安时论(杜甫),江山入好诗(元稹)。意君来此地(储光羲),千载若相期(韩愈)。

其四　图有双鬟侍立

有美同人意(苏颋),思君共入林(王维)。灌园多抱瓮(元稹),种树久成阴(包融)。　　莫道田家苦(王维),能为高士心(常建)。归来南亩上(王绩),松色带烟深(张谓)。

玉蝴蝶　题松下弹琴图

抱琴好倚长松(王维)。双目送飞鸿(李白)。流响出疏桐(虞世南)。至音非耳通(孟郊)。　　柴门兼竹静(钱起),芳树杂花红(李峤)。缃绮弄春风(刘希夷)。悠扬烟景中(皇甫冉)。

施沧涛　14首

字瞻山,号东崍,鄞县(今浙江宁波)人。生于康熙三十二年(1693)前后。与其兄梦山、弟肖山皆有诗名于时,人称"施氏三山"。潦倒名场数十年,贫无斗储。乾隆六年(1741)始举乡试,次年成进士,官绍兴府学教授。乾隆十四年(1749)尚在世。著有《石云楼书空词草》二卷。

菩萨蛮　题季弟肖山画

山青青向何天驻。水流流听无声处。酣卧草庐云。鸟啼何限春。　　鸟啼人不觉。片片山花落。唤取住人间。共吟春意阑。

西江月　独坐鼓琴图

石懒恣眠流水,天垂全印青峰。花间潇洒葛衣风。横膝素琴三弄。只奏泠泠雅操,任归点点飞鸿。听疑清羽又移宫。指落松飙催送。

鹊桥仙　鼓琴图

峨峨峰矗,汤汤波淼,孤岸抱琴相对。问谁雅志寄高山,又谁则、移情流水。　　终朝趺坐,一弦未抚,但见鸟飞沙际。悬知点点送归鸿,休错认、海鸥惊起。

鹊桥仙　题泛舟赤壁图

周郎何处,曹瞒已矣,江上舳舻乌有。烬余赤壁峙清流,又移过、丹青妙手。　　月明风细,蛟腾蝼泣,往事髯苏回首。兴亡长啸浪花空,都付与、几杯红友。

鹊桥仙　老渔罢钓图

有凌云气,无封侯骨,退作空江渔父。年年云水是生涯,却不道、须眉如许。　　曾投晓月,筌忘落照,回首悲歌几度。归舟拌取醉黄昏,且消受、满蓑风雨。

鹊桥仙　题陈玉山亲丈廷峨藏画

峰拖云影,岸欹竹影,吹落何天补石。混茫野浪欲翻空,却点点、渔舟险仄。　　金山问渡,淮流拨棹,惊我几回旅客。是谁不复畏风波,任高挂、云帆数尺。

鹊桥仙　题育王嵩来上人畹荃画端

峰重重起,径层层转,石影直参金阙。何年敕使六鳌擎,幻万里、茫茫风月。　　癯禅趺坐,阇黎解意,妙悟了无一物。游人不上此间来,争睹此、天空海阔。

鹊桥仙　题丹山沈生步瀛藏画

万峰呈翠,重林竞彩,都向红楼飞入。隔花飞送读书声,又石涧、泉声互答。　　花源不远,山阴相肖,何限芳菲纷接。独浮烟艇领春风,却尽被、渔郎收拾。

鹊桥仙　题友小影

梅花香远,雪花光灿,曲曲空村细路。问谁肯向此中探,都不管、天寒日暮。　　赭衫携剑,黄童负笈,驴背宁敲诗句。悬知高眼厌红尘,灞桥上、闲寻冷趣。

鹊桥仙　书三弟心山画卷末

山容冷峭,林枝低亚,恰好商飙起候。一庐谁着小桥横,留几片、薄云低覆。　　蝇头蜗角,星披雾洗,不管鸣钟残漏。踏莎惊笑此翁闲,肯领取、秋光满袖。

鹊桥仙　郑连城国玉归来图小照

园离三径,坂经九折,到处风梳雨沐。飘零书剑殢他乡,只断续、魂萦松菊。　　落英香满,苍髯晚翠,共喜子真归谷。几年春燕话梁尘,怆芳草、无人自绿。

其二

亡羊觅路,斗鸡守气,这转机关谁省。眼前人即画中人,归来趣、梦酣初醒。　　槐知穴蚁,蕉凭分鹿,撒手英雄本领。马蹄鲸浪付天涯,试消受、松风绿影。

鹊桥仙　题罗品山石崖孤坐图

天空如许,山空如许,留得云根片石。堕来光怪问何年,巨灵手、泥丸初擘。　　尘缘未断,业缘未断,谁解冥搜仙迹。天生此老坐遥空,离绝岸、苍崖千尺。

青玉案　题家倩维源画

白云晴擘春山絮。更曲水、如虹注。小径逶迤迷锦树。瑶草连堤,石萝拂岸,更着斜阳碎。　红楼梦忆层层倚。绣户纱棂云水际。凤景新看离恨起。美人促座,素琴横月,共写春风处。

陆钟辉(？—1761)　1首

字渟川,号环溪,江都(今江苏扬州)人。官员外郎,出为南阳府同知。与厉鹗、全祖望交善。乾隆八年(1743)仿宋板刻姜夔词集四卷,晚清王鹏运谓"独称完善",后世传刻最繁。著有《环溪词》。

忆旧游　题董华亭临赵吴兴鹊华秋色图

记鹊华妙染,本自吴兴,太史重摹。试展高斋里,对两峰秀色,日透窗虚。一抹半村云树,渺渺大明湖。带落叶归鸦,凉风早雁,掩映萧疏。　长途。记游历,见远贴青霄,倒插花跃。只惜匆匆去,未扶筇登眺,催过征车。别来但有清梦,岁久又模糊。喜白首而今,梅花影里看画图。

袁栋(1697—1761)　1首

字国柱,号玉田,吴江(今江苏苏州)人。省试屡不售,乃专心于古人之学,尤精《礼记》。雅擅吟咏,长于填词,尚北宋之作。善隶书,工枯木竹石。著有《漫恬诗余》。

踏莎行　题友人小照

潇洒心情,清闲况味。此君合与此君对。炉香茗碗辟尘方,书声琴韵驱愁地。　兔白鬘青,花明水媚。翩翩浊世佳公子。漫疑何处阿戎家,闭门即是深山里。

顾诒禄(1699—1768)　10首

字禄百,号花桥,江苏长洲(今苏州)人。贡生。沈德潜致仕,诒禄为其记室,多捉刀代笔。早岁诗宗晚唐,后渐近自然,文以韩愈、欧阳修为归。著有《吹万阁词钞》《二如庵词钞》。

东风第一枝　题横波夫人画兰

叶叶纵横,枝枝媚妩,陈丹暗粉都洗。迎风似舞江边,不语如愁谷里。天然真色,想午倦、瑶琴慵理。偶搦管、扫墨淋漓,戏仿管夫人体。　嗟泪点、竹斑有几。伤国破、蕙根无倚。伴他白发尚书,写尽素绡茧纸。眉楼非旧,可曾念、铜驼荆杞。但逍遥、市隐园中,上寿竞来桃李。

百宜娇　题钱讷生双环索句图

罢仿曹娥,又拈斑管,闲染雪涛凤纸。傍案齐肩,画裙蝉鬓,早有双环凝视。湘灵句好,展玉手、莺声微启。慢认他、桃叶桃根,是能诗郑家婢。　嗟海内、知音少矣。空自抱胡琴,往来城市。羽猎徒工,蜀都枉赋,莫荐扬雄文美。闻弦识曲,剩一对、蛾眉怜尔。岂英华、尽付红颜,不钟男子。

曲游春　题赵松雪太真上马图

试罢华清浴,向曲江佳处,同问春色。翠羽霓旌,望延秋徐控,锦鞯金勒。拂拂飞兰麝。频回顾、娇肢无力。倚雕鞍、欲上仍停,香汗绛桃微赤。　　柳陌。传呼络绎。似驻待秦姨,催赴韩国。鼙鼓渔阳,忽冲霄烽火,马嵬荒驿。玉碎花狼藉。青骡背、空山岑寂。倘忆并辔连镳,泪珠雨滴。

壶中天　题沈澹所苍茫独立图

过江人物,算东阳伯季,吴中无敌。二陆双丁名早著,小谢才尤清发。笔仿欧苏,书传索郑,空鼓齐门瑟。流光荏苒,鬓边潜换华发。　　闲学杜老吟诗,苍茫独立,静看云生灭。布袜青鞋随处好,那用身依金阙。妙手长康,添毫叔则,竟体珊珊骨。只愁难画,满怀多少冰雪。

百字令　题廖萧瞻桐阴待月图

桐阴高覆,正黄昏林静,瑶琴初歇。宝鼎香浓消寂寞,坐看东升明月。朗目修眉,荷衣蕙带,是词坛雄杰。曹娥乐毅,写来神韵无别。　　钱起雅擅理鉴,游卿才誉,逢赏音频说。恨我披图新识面,人隔云山千叠。待得秋深,扁舟遥访,十字寻残碣。金莺池畔,碧弦珠柱重拨。

摸鱼子　自题江上芙蓉图

戊午应京兆试,张南华宫詹写便面贻予,题诗云:"接席咿唔忆少年,相看两鬓各苍然。看花莫恨成名晚,江上芙蓉晚更鲜。"戊午至今又二十年,予已十五试秋风矣。自顾两鬓繁霜,南华亦久归黄土,因绘《江上芙蓉图》以志感。

棹扁舟、绿波新雨,芙蓉开满江岸。鸳鸯别浦飞来伴,茶灶笔床书卷。闲散遣。笑桃李、漫山艳色输秋晚。持杯移桨,向红蓼滩头,芦花深处,酒酹荔枝暖。　　故人句,探箧沉吟百遍。当年情重思张绪,望我厕身词苑。珠泪泫。

嗟我滞青袍,君作黄垆叹。行藏久办。看避弋飞鸿,冥冥万里,云净碧天远。

摸鱼子　题潘侣仙春江放鸭图

向长流、倚船濯足,罟师如许青鬟。胸罗卷轴词华富,未用烟波逃隐。兰棹稳。学鲁望、春江放鸭乘潮信。时方市骏。怕泛宅浮家,盟鸥伴鹭,与尔尚无分。　茅篱外,千树桃花带晕。遥将刘阮勾引。疏阴阁桨消余兴,喋喋惊飞成阵。休触损。防水底渠芽,惜岸边蒲笋。垂杨风紧。听明月滩头,鸳鸯队里,各自唤名认。

惜余春　题绣谷送春图

蝶乱蜂喧,莺啼鸠唤,总为留春无计。园开绣谷,客聚兰交,金盏劝倾婪尾。堪惜韶华易徂,频向旗亭,祖行青帝。况生多春感,逢春情困,少知春味。　披卷见、谢傅当年,山阴题序,袖湿羊昙双泪。簪花旧会,一朵腥红,鹤发尚书能记。吴质休悲路歧,艮止坎流,升沉帆驶。看今朝青琐,昔皆蓬笠,漫添憔悴。

沁园春　宋悫庭观察斋前秋兰开,同心并蒂,倩工为图,属予赋之

暑退凉生,雨过瑶缸,开齐沅兰。讶冉冉轻盈,同心攒簇,珊珊素影,并蒂婵娟。粤岭双丫,灶山一线,交颈骈枝莫斗妍。更阑后,□月明风细,香绕帘边。　谁人染就冰纨。爱画里琼葩色尚鲜。似霜蛾粉蝶,团团对舞,湘妃汉女,携手随肩。善赋名卿,工吟才子,异端都将彩笔传。花呈兆,看华堂春暖,玉出蓝田。

少年游　题女郎宋鹤英画萱花

北堂绿叶影鬖鬖。春晚爱花含。照日生波,依风舒笑,翠袖映黄衫。
忘忧不信诗人语,对此恨难缄。嫁得萧郎,天涯游遍,何处问宜男。

沈大成（1700—1771） 3首

字学子，号沃田，江苏华亭（今上海松江）人。诸生。著有《栖香词》，今未见。

玉楼春　题俞教师携笠小影

姑苏台下吴趋路。雨后飞花风落絮。红阑三百九十桥，知是老仙横笛处。成连城外曾相遇。曲罢白云停不去。偶然携笠渡江来，又为竹西歌吹住。

梅花引　画梅为俞耦生赋

野水曲。空山麓。雪花飘后香偏独。雨惺松。月朦胧。玉妃何所，脉脉有无中。　一枝落墨痕犹湿。宛向东风剪寒碧。忆黄昏。过前村。素衣缟袂，依约梦中魂。

齐天乐　题严冬友水西文房图

旧时淮水东边月，娟娟尚飞高树。老屋三间，苍云一径，道是严维游处。溪回谷互。有书幔萤流，钓矶鸥聚。砚色签声，望中收拾锦囊句。　相怜频岁雁旅。问长干塔影，归梦何许。庾信悲秋，刘桢养疴，消受霜晨烟暮。凄凉客绪。念有几同心，论量千古。放个扁舟，共寻桃叶渡。

陆士揆 7首

字庚三，一作畊山，号小渔。生于康熙四十一年（1702）前后。家素贫，壮岁多病，乾隆二年（1737）病中作《渔父词》一卷，吟咏以为寄托。工书篆，兼通岐黄之术。著有《石笋溪湾词》。

渔歌子　渔题　何小仙画也

潮落潮生看钓矶。年年日月鳜鱼肥。不箬笠,不蓑衣。雨归晴出任天机。

其二
野水弥漫野钓翁。利名不识性天空。疏鬓短,酒颜红。烟波浩渺乐无穷。

其三
一线闲牵日月长。晴滩独理水泱泱。渔利稳,水花香。得鱼有酒足徜徉。

其四
岂系乾坤名利钩。一竿烟月舣长流。凭啸傲,纵优游。静观千古浪沉浮。

渔歌子　题画三首

几个青年抵白头。波波争绊利名钩。烟澹澹,水悠悠。不闻恶浪覆渔舟。

其二
天迥林开划桨轻。烟霞生计具答箸。溪碧染,晚涵晴。棹寻野岸眼渔罾。

其三
不识梵书不学仙。渔经无字我真诠。一舴艋,一林泉。一溪云影一壶天。

梁浚（1703—1742）　3首

字文川,号南原,山西介休人。康熙五十六年(1717)捐国子生。七应乡试不第,与友人以古学相切劘,为诗酒之会,颇留心于文艺。诗作气体高妙,有王、孟之风。著有《淑芳诗余》。

青玉案　题仇十洲画白香山浔阳送客图

家藏一幅仇英画。仿佛是、浔阳下。好向草堂堂上挂。移舟相近,做些声价。说尽平生话。　芦花枫叶萧萧夜。商人妇、休深讶。同是天涯沦落者。江州古迹,名流描写。展对何能罢。

洞仙歌　题帻园小照

仙风道骨,向园林闲坐。散发披襟古槐左。一池花、自是菡萏清香,描写细,龟鹤鹦哥几个。　奚童还解事,茶白琴床,料理清泉拨炉火。应识学神仙、炼汞烧丹,能拔宅、上升必果。若讨论、诗词溯源流,更为语、丹青不妨添我。

如梦令　题渔父图,为董愚溪作

道是淮阴不是。道是富春不是。一把钓鱼竿,别有烟波情趣。高致。高致。对画不禁心醉。

齐召南(1703—1768)　1首

字次风,号琼台,浙江天台人。乾隆元年(1736)荐举博学鸿词科,改翰林院庶吉士,授检讨。精三礼、舆地之学,考证《尚书》《礼记》《春秋》,又著《水道提纲》三十卷,以补《水经注》。著有《瑞竹堂词》一卷,今未见。

水龙吟　张鹭洲前辈柳荫垂钓小影

烟波钓叟谁欤,縠纹绿浸蓑衣冷。听莺亭畔,记曾相遇,夏初光景。好个樵青,笔床茶灶,安排井井。惹傍人指点,垂杨深处,高吟者、张三影。　自钓金鳌得手,朝衫日日趋华省。渔竿抛却,渔船闲却,任斜风打。待他时、司空老矣,午桥修整。向君王径学,四明狂客,乞湖千顷。

安而恭 3首

字居正,号敦庵,陇西人。诸生,乾隆初嵩寿督学秦中,颇赏之。乾隆二十年(1755)前后知郑州,为政有仁声。与无锡潘果、秀水沈青崖等交,有诗名于同人间。著有《敦庵集》,词附。

清平乐　题郑冠金小照

清姿道貌。写就真相肖。手把青编闲坐咏,卓荦文坛凌跨。　才华久著名家。如时雨化奇葩。图上形容潇洒,案头插一瓶斜。

金缕曲　题王寿庵行乐图

一幅东京绢。倩吴生、沉思巧手,图公真面。种种才华兼德行,都被名人述撰。看道貌、何曾崖岸。想象神情凝静处,就如他、鹤骨苍松干。今若古,难多见。　图中景趣凭何赞。且休题、青山秀水,花畦兰畹。壮子轩昂联璧立,荀氏人龙一半。论孙辈、峥嵘角卯。逸少家风绵世泽,到于今、尽是邦之彦。如此乐,良堪羡。

浪淘沙　题紫藤黄蔷薇画册

写意绝尘嚣。不作萧条。风翻楮叶似飘摇。兀坐明窗谁是伴,一对花梢。　何处显高标。檀架翘翘。紫袍黄甲爱相邀。若是上林攒簇簇,更好逍遥。

历代题画词全编

于广杰 张世斌 编著

下册

天津出版传媒集团
天津古籍出版社

李馥玉 2首

字复香,长洲(今江苏苏州)人。诸生徐同叔室。工画,精骈文。乾隆二十四年(1759)诗集刊行,其时尚在世。著有《红余小草》,词附。

如梦令 题绿萼梅

玉笛声声轻奏。岭畔夜寒春透。素质自含芳,眉黛几分凝秀。清瘦。清瘦。林下有人消受。

鹧鸪天 题荷花鸳鸯

艳冶居然太液池。清香暗度好风吹。帘开水阁追凉候,曲唱兰舟欲采时。藏翠盖,荫红衣。低飞水鸟影参差。波平日暖闲交颈,不识人间有别离。

高继祖 11首

字承瞻,号梅溪,江苏如皋人。乾隆七年(1742)始任睢宁主簿,旋任盱眙县丞,以功迁安徽天长知县。年五十九卒。身后遗稿散佚,弟子伊龄阿搜罗定为一编。著有《高梅溪先生遗集》,词附。

玉京秋 题琅玕书屋图

看写照。丛筼最深处,径幽庭悄。画檐曲映,石床低扫。帘卷窗开面面,拥书城、时独吟啸。谁同调。此君相对,顿抒怀抱。　　认取须眉犹少。十年来、园亭又到。应暗怜风轮霜马,故人今老。事往休题,向密荫、且尽红螺杯小。玉山倒。携听鸾鸣翠筱。

满江红　题李酉林枕剑梦封侯小照

挟剑为谁,眉宇际、英姿卓荦。是当日、汉家李广,方之卫霍。楚铁齐金良冶制,龟纹龙藻神光灼。想斯时、未遇且韬含,冰霜锷。　廊庙志,非忘却。恩仇事,都丢着。向林边石上,醉眠将觉。藉枕岂同蝴蝶梦,标名端在麒麟阁。但浮生、百岁只须臾,应行乐。

沁园春　题杏园春醉图

总说传神,描来真似,洵称化工。写名园芳杏,绡轻罗薄,翠鬟春酽,粉溢香融。留得韶华,不愁零落,怕甚无情日日风。休错认,是曲江渡口,碎锦坊东。　嗟余人远楼空。更谁为殷勤捧玉钟。记残阳桥畔,冷烟罨房,小帘村外,疏雨迷濛。忽想分身,幻思匿影,跳入先生图画中。欣相见,共掀髯一笑,烂醉花丛。

春风袅娜　蒋止航索题美人倚梅图

画图中画出,玉貌春妍。疏槛外,小栏边。看含愁不语,多因自惜,凝眸悄立,欲待谁怜。若说罗浮,翘青何在,知是梅花知是仙。净洗铅华更明艳,争如无梦亦无缘。　惟笑钟情情种,痴迷日向,生绡里、只管垂涎。移壁上,挂床前。逢人索句,遇客求篇。细马难驮,娇将安取,鞧车莫载,美煞徒然。今为君计,果千金不吝,香闺绣阁,少甚婵娟。

行香子　题朱乐亭小照

不是鸱夷。不是西施。羡同舟、日暮何之。但愁红粉,未惯篙师。看水溶溶,风细细,月迟迟。　纤手颐支。睥睨孜孜。笑非真、非幻非痴。停桡无语,抛卷凝思。想个中情,个中意,个中知。

谒金门　题郁芋园长安望云图二阕

愁孤旅。岂是爱离乡里。亲在远游非得已。长安来索米。　　片片飞云乱起。目断南天树里。遥忆白头人此际。柴门应独倚。

其二

归去是。未可暂时留滞。菽水承欢能养志。强如甘共旨。　　游子兴怀及此。恨不顿生两翅。默默凝眸歌怙恃。功名身外事。

疏影　题鉴川秋林读书图

我家那处。望烟水迷茫,几番回溯。十亩全芜,三径都荒,总被微名耽误。常思杳冥秋山好,结庐于、隐崖深树。得数间、半辟疏窗,把卷自娱朝暮。

奈是无端妄想,到而今漂泊、已成虚语。喜有良朋,乘兴来过,袖出一图相付。园亭诵读霜林下,合我素常心慕。更叮咛、认取须眉,珍重教予题句。

玉女迎春慢　题美人倚梅图

白石阑干,梅花下、有个玉人偷倚。庭院深深悄悄,却是谁家家里。不多年纪。想只在、十三之外。无情无绪,无限暗愁,都上眉际。　　最怜体态轻盈,倾城色、若个差堪比。莫为江妃遇妒,故作长门梳洗。满身香气。又讶似、霓裳仙子。尚少檀郎,只合与梅同睡。

金缕曲　题丹徒蔡琢庵晴江待渡图

且自停舟楫。看长江、雪浪翻银,云涛堆碧。蒜石金蕉相对峙,风涌潮头都立。有多少、英雄陈迹。检点壮游书与剑,叹韶华、转眼真堪惜。功名事,君须力。　　行行只待风波息。羡从兹、一举冲霄,顿添双翼。才不虚生留间气,况有如椽仙笔。看文阵、诗坛无敌。今日题词图画里,望他年、展卷时还忆。莫忘了,旧相识。

意难忘　题洪晴峰小照

若个江边。写烟波画舫,带着婵娟。心头千种事,指上四条弦。才缓拨、又轻挺。越显得娇妍。想从来、风流名士,定有奇缘。　非关送客登船。羡歌翻旧曲,茗试新泉。小蛮诚浪语,樊素亦虚传。是爱爱、是田田。颦笑总堪怜。似先生、才能消受,谁敢垂涎。

朱廷钟(1705—1768)　3首

字蓉帆,号群玉山人,金匮(今江苏无锡)人。工画,擅墨梅,又长于诗,积稿数千余篇,尝主里中蓉湖吟社。著有《引翠轩词草》。

满庭芳　自题画卷

芳艳春容,萧疏秋意,眼前景物如斯。无端造化,幽冶漫同时。九畹清芬雅托,东篱畔、一样丰姿。华清种,酒慵眠惯,何事绾红丝。　沉思。苞孕协,睡酣匪早,芽茁奚迟。便敷华掞藻,秀挺荣施。寄语耽情蜂蝶,繁华远、莫漫生嗤。付尖奴,麝煤传韵,平淡与浓奇。

清平乐　题程荆山试泉图

风轻日永。淡宕云根静。竹里茶烟飐翠影。谷雨朝来清景。　松风仿佛飕然。绕瓯鱼眼轻圆。忆我亲携团月,春宵曾试山泉。

菩萨蛮　题艺香小照

数椽潇洒清溪屋(牟融)。雨滋苔藓侵阶绿(岑参)。山逼画屏新(李白)。

苍茫兴有神(杜甫)。　　身心尘外远(崔峒)。萧散林亭晚(弓嗣初)。挥手弄云烟(骆宾王)。逍遥不计年(李白)。

张栋(1705—1778)　2首

字鸿勋,号玉川,江苏震泽(今江苏苏州)人。锦子。贡生。乾隆十六年(1751)高宗南巡,两浙巡抚雅尔哈善尝聘修《南巡盛典》。然浪迹江湖三十余年,终无所遇。工诗文,擅水墨山水。著有《看云吟稿》二十四卷。

水龙吟　题对琴图

广陵调古谁弹,拂床焦尾无人御。空庭月落,琐窗人静,悄然无语。目送飞鸿,响随流水,净蠲尘虑。望玉仙携手,松风戛戛,便心会、天然处。　　休说成连音妙,众山中、科头箕踞。神融意彻,左司新兴,不由人助。讵似泉明,弦徽希设,襟怀謇謇。却无心感叹,当前景物,落花飞絮。

瑞鹤仙　题云山双鹤图

山多明远照。正一双皋鹤,顶丹翩老。引吭彻清晓。与同游彩凤,传书青鸟。翔云缥缈。有仙翁、回头独笑。好看他、阆苑蓬莱,拾取玉砂瑶草。　　多少。上清宫殿,露咽霞餐,水边林杪。云容尽好。裴徊处,苍崖小。喜腾骞非远,罡风浩劫,不怕衣裳寒悄。挈同俦、隔绝尘氛,朗吟云表。

江昱(1706—1775)　13首

初名旭,字才江,更名昱,字宾谷,号松泉居士,祖籍安徽歙县,先世迁居江苏江都。髫龄有圣童之誉,与弟恂称"广陵二江"。雍正十一年(1733)补邑庠生,乾隆元年(1736)举试博学鸿词科,辞不赴。乾隆二十二年(1757)功令以试帖诗取士,因撰《韵歧》四卷，为艺林圭臬。性刚下，不少依阿，久困诸生中，嗜学安贫，无改其乐，沈德潜以国士目之。精于《尚书》，著《尚书私学》，一时诸儒折服。于词用力尤深，其论词诗十八章，断制宋元名家，厉鹗、江炳炎等皆叹赏，又尝疏证《山中白云词》《苹洲渔笛谱》及《草窗集外词》，津逮后学。著有《梅鹤词》。

清平乐　题画

绿杨未絮。暴房和烟雨。人静潮生村景暮。隐隐桃花成坞。　　迷离断港荒塍。不知谁写溪藤。仿佛江南夜泊，舵楼风飐春灯。

买陂塘　雁落山庄图

渺鸥波、一螺拥碧，软红遮断尘市。茅亭高下依林樾，面面青塍铺罽。民俗美。但商略、耕渔世外闲风味。沙唇岸嘴。看才笑桃霞，又翻莲浪，芳景最迤逦。　　平生事。云水因缘未济。住山久办长计。村瓢野笠并茶具，更载扁舟图史。长往志。拼死守、梅花占了清闲地。流光迅驶。怅空对霜绡，沉吟无语，斜日画帘里。

念奴娇　为黎耕书题秦川女子素芳遗像

东风妖冶，吊声声杜宇，秦淮杨柳。香佩飘零何处觅，门巷桃花依旧。素约携云，私盟印月，往事空回首。镜销犹在，可怜红泪淹透。　　倩谁描取嫣容，难传笑靥，但写春山绉。无复莺娇花里唤，翻唤图中仙偶。赢得销魂，画帘微雨，梦觉黄昏后。一襟芳恨，破除忍付杯酒。

月底修箫谱　题石仙秋声馆小像，同陈江皋作

亘鱼天，回雁渺，生绿渺千顷。叶叶吟商，骚屑助幽听。数椽占取圆沙，人间筝笛，总凭仗、好风吹尽。　　数清景。长是疏雨喧凉，炉烟小窗静。屈曲流波，堪濯软红净。甚时问尔鸥边，飕飕瑟瑟，自撑个、橛头渔艇。

高阳台　题汪师李花坞卜居图,时被荐入都

寒蕊吹芳,修筠沁绿,人家夹岸成村。小隐经营,数椽水角山根。连墙别构迎凉馆,傍藕香、桥畔开门。奈匆匆,催上征车,此意空存。　　波光岚翠应长好,待他年镜曲,老乞君恩。林屋优游,花间随意琴樽。平生也办耕渔计,柳阴阴、雁落湖墩。却因君,淡沱溪山,恼乱吟魂。

台城路

慈溪沈芦山以卢雅雨使君赠诗,有"梅花官阁扬州月,吟瘦东阳到几分"之句,绘其意为《瘦吟图》,属题此解。

扬州官阁三年住,幽怀为谁销凝。小几搘颐,焦琴响笔,带眼等闲移寸。迢迢夜迥。想烟月微茫,纸屏清影。好句圆时,暗中还怕雪添鬓。　　春痕零乱满幅,更平原主客,风流相映。吏散香清,酒销风细,几度栏干深凭。青铜试引。笑赢得珊珊,羽仙丰韵。待与题诗,也应憔悴尽。

蝶恋花　题绿杨影里出秋千图

二月风光浓似酒。何处飞仙,胃索嬉春昼。青粉墙低凝望久。惺忪可奈无情柳。　　历历娇簧莺语溜。触拨闲情,偏是清明后。花底双镮何待扣。小红旗上春先漏。

鹊桥仙　风雪归舟图

林峦飞遍,关河冻合,一抹舵楼清赏。居然白石古垂虹,只少个、小红低唱。　　霏霏篷背,玎玎船底,酒醒昏黄月上。微茫灯火指扬州,也不比、剡溪空访。

鹊桥仙　为汪韡怀题对琴图

松风梦里,云山弦外,三尺静横寥宇。空山惟有石嶕峣,正好是、无人听处。　　秋清于水,人闲似鹤,一种希微谁语。烟泉落叶冷琮琤,也当得、水云新谱。

声声慢　为王述庵题三泖渔庄读书图

鱼波吹月,鹭藻霏香,烟篱静锁幽闲。锦䭾牙签松阴,十笏堂宽。纤尘不侵冷梦,但九峰、飞翠凝寒。空帘里、认水村风景,还认蓝田。　　频点零珠镂管。有新词、都付云水孤弦。月笛风钲,遗音花外谁传。研朱更追三古,指梅花、数点窗前。乘兴到,小图中,添我钓船。

清平乐　为茗溪闽莹九题柳阴白鹭

水风吹碧。烟柳浓如滴。两两三三汀鹭立。点破一湾春色。　　湖天如此萧闲。宜添水阁三间。昨夜江南归梦,旧盟应记前滩。

百字令　题王石谷寒岩听泉画,恽南田题

一条晴雪,怳泠泠入耳,顿消烦暑。泻自幽人冰雪手,怪底了无尘土。风静林空,烟销石瘦,岂是无声句。虚亭谁在,坐消一段幽趣。　　提笔久濯银河,跳珠鸣玉,都作钧韶谱。同抱在山清绝志,占得墨香千古。远寺钟微,寒樵迹断,流尽年光暮。小帘休倦,白龙浑欲飞去。

鹊桥仙　题邵西樵柳阴垂钓图

垂垂风柳,湛湛云水。数笔湖天秋意。人间不欠好烟波,只欠了、钓鱼竿子。　　有鱼故好,无鱼也喜。侬自消闲而已。江湖满地是渔翁,问那个、渔

翁如此。

姚宗瑛（1706—?） 16首

浙江嘉兴人。乾隆三十年（1765）尚在世。著有《松下梦余稿》。

杏园芳　题人小像

遥山一抹螺青。微波细縠纹轻。风光何处最关情。是春明。　凭君步屧寻芳去,漫搜云壑烟屏。莫嗤我老发鬖髿。记犹曾。

东风齐着力　题内子再生图

已分寒灰,仍回春霭,笑靥重开。东风着力,蒨色转枯荄。愁尔膏肓沉系,倩刀圭、旧侣欢偕。纸窗前,花觚茗碗,足散人怀。　生意满蒿莱。珍重是、芝兰玉树齐栽。峥嵘老干,清影自扶阶。得把迎春寿酒,长生术、莫问龙胎。从兹去,倡予和汝,音调常谐。

菩萨蛮　题人秋江载酒图小像

江天山影横清瘦。西风萧瑟吹疏柳。一棹入烟波。凝眸秋思多。　虚舟惟载酒。拟问东篱叟。此意更如何。无嫌负鞠窠。

念奴娇　题东坡游赤壁图,即用赤壁怀古韵

峨嵋佳丽,人争慕、玉局千秋人物。尺景谁枝仿佛是,两度薄游赤壁。呜咽箫声,褊褵鹤影,吐艳明于雪。高歌盘礴,目空今古豪杰。　当日健笔纵横,慧心夸独绝,泉流风发。颢气疑登百尺楼,指顾烟云生灭。胜概因人,多情更不恤,星星华发。一樽消受,清风江水明月。

锦堂春

张韬庵家有红薇一本,花开已落。四月初旬,旧蒂复萌一蕊,望后花发,而令子会榜捷音至,洵瑞征也,绘图索题。

黄草斜绳斜绕,水痕字影重添。荣书淡墨题名氏,佳兆已先拈。　　旧萼新葩蕊吐,曲江春宴花探。泥金帖子传芳信,如向此中缄。

清平乐　题人小像

桐阴清暑。滴露沾芒屦。领取新秋最佳处。衫袖临风飙举。　　朝来散尽炎威。蒲葵扇子停挥。座上琴尊饮兴,湖头烟雨诗思。

菩萨蛮　集唐题人小像

遥看一处攒云树(王维)。平铺风簟寻琴谱(皮日休)。兰芷袭幽襟(杨师道)。到来生隐心(祖咏)。　　纳凉每选地(楼颖)。种竹交加翠(杜甫)。香泛乳花轻(曹邺)。能令睡思清(郑愚)。

浣溪沙　题某竹林试茗图

石路无尘竹径开(温庭筠)。翠萝深处遍苍苔(许浑)。地幽渐觉水禽来(朱庆余)。　　闲对数竿心自足(李贺),急呼缥色绿瓷杯(季南金)。留欢不畏夕阳催(郎士元)。

菩萨蛮　题画

山蹊荦确披榛莽。斑斑沙石蹲如虎。小步正黄昏。风清净客魂。　　月华凉似水。沁入心脾里。矫首一长吟。惊飞沙际禽。

点绛唇　题画

高阁衔虚,晴江画槛遥相挹。风帆叶叶。下上烟波叠。　　岚影江痕,排闼寒光入。秋风飒。襟裾欲湿。转恐凉生怯。

西江月　题画

几点寒岩幽峭。一林秋树飘飖。烟波远拟楫轻操。最好回溪曲岛。　　清逸梅花庵衲,萧森黄鹤山樵。孤标尘外自翛翛。可爱风流未渺。

点绛唇

同里萧君家植瑞香一本,十有六年矣。戊寅春,结子三颗,红拟樱桃,摘食之,而萧君咯血积疾,一朝而愈。按:瑞香本花落无实,今之累然成颗,治疾愈之,奇祥欤?因绘为图,而乞艺林题咏。

诧尔灵根,有花无实今成子。厥色惟旨。丹液流甘美。　　效比刀圭,差胜三芝味。思从此,年年添蕊。更得扶衰齿。

题胡稻庐小像三首

高阳台　山楼静憩图

余舍后临逌翁洗研池,池南则句曲山楼峙焉。三层高抗,上凌云表。稻庐读书其中,古虞陈友为写《山楼静憩图》。

洗研池边,翠萝桥畔,一椽水槛新添。渔钓生涯,与君幽事齐耽。岿峣云际层楼迥,俨凌空、岚影山尖。揽天光,朝日装绵,夜月磨鎌。　　疏棂对启招邀便,数林间同调,野服青衫。冰雪襟情,牙签朱绿频拈。春光布濩从消受,更何论、竹屋风帘。肆高歌,惟我清狂,惟尔无嫌。

思佳客　杖屦从行图

雪髯扶杖行柳下,稻庐拱而随其后。

野外森疏霁色开。苍松翠竹倚云栽。一枝秀出分余蔼,古干扶空映绿苔。　　揩竹杖,系吴鞋。村村花柳旧风怀。非君嗜好酸咸外,老我襟情孰与偕。

蝶恋花　秋灯夜话图

稻庐以吾宗为师友,存殁之感,惓惓靡已。在昔绘康仲遗照藏之,今印叔殁逾年,复作《秋灯夜话图》,抑何情挚于吾宗耶?为书短阕,用志老怀。

往日书帷时对语。桐叶霜毫,错落新词赋。痛惜吾宗雕玉树。纸窗愁听凄凉雨。　　竹木萧森烟景薄。妙手追真,补缀金兰谱。一盏秋灯寒照宇。绵绵神理停云慕。

菩萨蛮　题某泛舟三潭印月图,集唐

君看月下参差影(刘希夷)。岩边树色含风冷(宋之问)。潭影空人心(常建)。忘怀狎野禽(张九龄)。　　轻桡弄溪渚(孟浩然)。颇得湖山趣(刘长卿)。兴在一杯中(李白)。幽湾赏未穷(赵冬曦)。

丁素心　4首

字仲兰,号苹坨,长洲(今江苏苏州)人。金文通妻。生于康熙四十五年(1706)前后。与宋凌云、程屺婞等交,皆吴中闺秀。乾隆十五年(1750)尚在世。著有《苹坨诗余》。

探春令　题梅花水仙图

冷艳伶俜,暗香飘缈,共凝青翰。藉良工、巧露春风面。绡半幅,纤尘远。幽贞宁逐繁花烂。怅同心难展。幸立月亭亭,凌波袅袅,彩笔江郎擅。

渔家傲　题啸渔图，次韵

生计全凭清镜里。丹青点缀闲云水。身逐轻鸥聊共倚。垂纶未。银波隐现金鳞尾。　　数尺鲛绡娱可寄。斜阳满地疑归市。长啸一声海月起。欢无比。蓑衣稳卧沧浪美。

麦秀两岐　题姜贞女桂手绘灵雨春耕图

村郊春色晚。似迩犹疑远。波沉沉、秧茜茜。烟雨迷濛见。青箬绿蓑湿不溅。终年无倦。　　由他水与旱。丰歉知谁判。濡毫轻，泼墨浅。幽思微如线。一幅冰绡难自遣。妆台细展。

念奴娇　题美人引镜图

绿窗春静，倩好手轻描，象床斜凭。纵有回风飞不去，似披练裙留定。塞外明妃，洛滨神女，活现江郎颖。海棠初起，带着睡容引镜。　　斟酌金粉纤浓，翠蛾长短，此意教谁省。多少芳心人莫解，惟尔个中相证。思欲簪花，还先掠鬓，复恐妆难整。恹恹态度，点缀姣慵如病。

邹稷（1707—1736）　1首

字既庭，号艺圃，江苏无锡人。雍正元年（1723）副贡生。著有《艺苑词钞》。

金缕曲　题明妃图，次徐钟海韵

画粉香凝绢。尽怜他、眉尖细扫，碧痕轻断。双袖卷寒罗带薄，愁比天涯还远。算凤侣、玉笙谁按。自分将身羁朔漠，只来时、识得君王面。千古恨，几时展。　　而今不似长门怨。悄无端、幺弦四柱，伊凉新换。旧曲拈来浑不是,一夜相思都遍。真假事、莫教轻乱。安得严生将妙手,向昭阳、缋出倾城艳。应不作,等闲伴。

史承谦(1707—1756) 11首

字位存,号兰浦,江苏宜兴人。史孟麟六世孙,为望族之后。乾隆中诸生。弱冠以诗名,与弟承豫称"宜兴二史"。长于倚声,所交张梁、杜诏、储国钧等莫不标举其词,而桐城刘大櫆推之为近代第一。著有《小眠斋词》四卷。

清平乐　题恽南田小画册

南田画卷。幅幅开生面。落墨无多工渲染。合上仰家纨扇。　　临摹讵减关仝。崔徐花朵玲珑。坐对流泉古树,怜他艳草秋虫。

点绛唇　题迦陵先生填词图

玉貌亭亭,当年待诏趋金马。凌云声价。顾曲周郎亚。　　为问词人,谁似先生者。乌丝写。粉沾红藉。千载留图画。

瑶华慢　题洪东阆雪月对琴图

冷弦凄断,凤胫灯残,展转悲畴昔。竟床长簟空,对影怅望,芳音遥隔。尘昏宝镜,更谁伴、空林萧寂。漫疑他,寒夜清辉,犹照玉人颜色。　　含情旋抱金徽,待别鹄重弹,兰襟先湿。安仁憔悴,忍独耐、蓟北荒凉愁夕。琼签漏永,写怨句、乌丝频擘。恨茫茫,碧落黄泉,只共方诸泪滴。

洞庭春色　为人题梅花美人便面,本事见原唱诗序中

袅遍清阴,飘残暗粉,秀靥依然。盼枝南枝北,芳魂无主,非花非雾,愁黛

生妍。仿佛行云回梦后,正人在、寒香疏影边。生绡展,讶分明瞥眼,二十年前。　　知否个中位置,谁付与、一笑因缘。想凭栏时节,几多幽怨,含毫情绪,空倚婵娟。千古伤心消不尽,怕玉骨、生来易化烟。空赢得,旧丹青好处,宛转生怜。

解佩令　题红线归潞图

盈盈妆束,森森剑气。不逡巡、首途迢递。晓角吟风,看依旧、乌蛮新髻。魏城边、戟门开未。　　封疆何幸,安危全系。怪蛾眉、瞥然能此。漳水铜台,惹千古、茫茫清泪。渺愁吟、碧天无际。

百字令　题衍存弟索句图

晚香生树,是何人幻出,吾家诗意。不着昏黄微月影,一片清光如水。句里偷春,闲中酿恨,斑管将拈未。隐囊斜傍,渺然思落天际。　　回首十载晴窗,琼函对把,触处吟情起。吟到刚成还搁笔,醉向阑干同倚。付雪空惭,挐云有愿,寂寂悲身世。休嘲饭颗,本来标格如此。

月底修箫谱　题东标探梅图遗照

径萦回,山荦确。何处逗红萼。东野穷愁,位置在云壑。多应想象芳游,闲中设色,聊快意、玉鞭金络。　　恍如昨。几回把酒论文,萍梗共漂泊。太息匆匆,丁令已成鹤。如今闻笛伤心,看花惹恨,只沉痛、斯人难作。

风入松　自题瘦竹菟裘图

秋来把卷石阑边。瘦影爱婵娟。碧鲜不受纤尘污,又何须、楚些轻镌。多谢髯翁妙语,为予先定林泉。　　无烦更觅软行缠。清境可忘年。萧疏只在横窗外,响珑玲、摆月摇烟。吟到三更时候,此君相伴无眠。

采桑子　又自题瘦竹菟裘图

平生踪迹曾经处,越水吴山。橘港枫湾。风满乌巾雪满衫。　　而今却恋菟裘好,竹径亲删。酒冷诗悭。一卷黄庭日掩关。

凤凰台上忆吹箫

徐萼英出示其内子遗照,属题其上,时亡荆亦下世六年矣,为拈此解,兼以志余怀也。

连理交枝,双鹣比翼,无端忽堕微霜。叹冰心玉映,名重帷房。第一人间模范,推柔令、欢奉尊嫜。还赢得,庭前琼树,苗秀含芳。　　明妆。自然俨雅,想旧时王谢,结佩鸣珰。只青天碧海,此恨茫茫。我亦年来憔悴,看遗挂、一样神伤。相怜处,春花秋月,共尔沾裳。

风入松　题李是庵水墨花鸟册子

天然生趣费工夫。渲染不施朱。吴绫一幅才铺就,看幽禽、竞绕花须。拈出妍枝嫩叶,描他唤友将雏。　　当年乐事羡清娱。画笔更萧疏。镜奁斜倚图成后,对铺糜、一点春酥。为问凝云山色,较伊眉黛何如。

沈双承(1709—?)　2首

字南陔,号绵谷山人,安徽歙县人。乾隆中尝客游扬州。词学柳永、周邦彦、姜夔。乾隆十一年(1746)尚在世。著有《落纸轩诗余》。

孤鸾　题画竹

此君标格。想兄亦输青,弟空凝白。戛玉敲金,不是寻常风力。春秋未妨代嬗,但年年、一般颜色。除是碧山彩凤,莫探伊消息。　　只东坡、不愧称词客。便顷刻无他,难慰胸臆。爱此丹青手,把素绢三尺。更添一番雨意,画图间、似闻吹笛。卿试悬之座右,听风生四壁。

天香　题画兰

深下湘帘,密垂绣箔,东风怕是寒悄。待过春分,渐临谷雨,欲出恐防还早。珍惜至此。常只虑、香苞尚少。恰喜今秋,有数剪、玲珑缥缈。　　而君笔酣墨饱。把生绡、画成芳草。似我滋兰树蕙,真堪绝倒。试看幽香几缕。仿半幅、新图似回绕。待向空山,重临画稿。

吴天仁(1709—?)　2首

字乐山,上海人。沦落不遇,专力于诗,楼俨极称之。乾隆二十年(1755)尚在世。著有《铜斗词》。

满江红　题胡浩如上舍行乐小像

棐几湘帘,人坐在、梅花书屋。谁供养、香炉茗碗,牙签锦轴。顽石参差纷翠筱,棕榈叶战阑干曲。更闺阃、侍侧有佳儿,欢然足。　　云共雨,多反覆。风和月,堪追逐。爱弹琴玩鹤,君何不俗。侬亦邯郸早梦觉,百年世事如棋局。拟荆关、画作老农身,牵黄犊。

沁园春　题先父母两大人遗像

图画宛然,父耶母耶,见宁不悲。忆总角聪明,两亲欢悦,百身莫赎,万事摧颓。岂曰能贤,应怜最少,费尽劬劳鞠育来。真辜负,对灵筵长恸,落遍梁埃。　　略同云汉昭回。却可望何尝可即哉。但挂见仪容,凄怆增慕,梦聆训责,恐惧犹孩。定省无从,显扬难遂,殊忝所生恨不材。乌啼处,比九霄雁苦,三峡猿哀。

福增格　1 首

　　字赞侯，号松岩，满洲正黄旗人。伊桑阿孙，伊都立子，怡贤亲王胤祥婿。生于康熙四十八年（1709）前后。乾隆二十年（1755）任盛京兵部侍郎，乾隆二十三年（1758）迁江宁将军，累官至广东将军。性喜吟咏，与钱载、何梦瑶等交善。工诗书，兼擅山水，年七十余卒。著有《酌雅斋诗余》。

减字木兰花　题友人秋叶课子图小照

　　秋檐隐树。抱月栖云岩下住。修竹柴关。径掩松风鹤梦闲。　　嗒然隐几。问字灯前有爱子。写尽徜徉。此老襟怀未可量。

邵玘（1710—1793）　45 首

　　字珏庭，号西樵，江苏青浦（今属上海）人。乾隆九年（1744）贡生。中年游河南，商丘陈履平聘教其子，后入湖南张宏燧幕，与修《桂扬州志》。师事胡鸣玉，与张梁、王昶、张梦鳌等为词友。晚岁家居。著有《花韵馆词》八卷。

金缕曲　题张文学琴村蕉叶题诗图

　　潇洒书窗客。溯当年、蕉阴庭砌，粉笺同擘。蓬梗飘零经二载，回首风光犹昔。却不信、君鬓如载。拂拭征尘欣握手，看新翻、图画传神笔。爱觅句，坐盘石。　　才人自古吟成癖。恋清凉、绿天院宇，秋怀萧瑟。幽韵敲檐诗境好，毫翰十分闲适。更润滴、青衫一色。咳唾珠玑应独擅，莫惊心、岁月频虚掷。展近稿，已盈尺。

淮甸春　题张上舍海客竹林趺坐图

檀乐影里,岂逃禅、苏晋跏趺双足。选佛场中应第一,偏爱栖迟林麓。直节称君,虚心作友,横展潇湘幅。溪流环绕,映来须鬓都绿。　　谁识思曼风流,孟阳才藻,大雅扶轮毂。插架图书三万卷,馆课楞严先读。鹤步苍苔,鱼翻翠浪,领受闲居福。近来微瘦,不成有竹无肉。

一丛花　雨窗题孙文学虹桥双鬟索句图

对花雅爱着婵娟。香透鬓云边。深闺绣罢耽诗句,相逢处、险韵双拈。钿翠轻飞,裙波小皱,若个会争妍。　　旅馆萧条黯自怜。离思上眉尖。展卷吟成含睇久,又还值、雨滴檐前。好倩晚风,吹侬入画,题遍薛涛笺。

买陂塘
题宝山朱明经冈西春日读书图,图有杏燕,人坐高楼,取文选楼意

倚东风、杏香燕舞,凭楼好景堪挹。缥缃万卷供研讨,兴到偶操不律。量玉尺。计月尽、珠来句好知无敌。一经采辑。便价重鸡林,声腾艺苑,后学尽翻绎。　　娄中士,才藻联翩堪忆。选评谁与君匹。揭来写作楼头客,犹恋零编残帙。知甚日。也着我、闲身对案同抽笔。铅黄甲乙。把宋艳班香,韩潮苏海,剪烛共商搉。

沁园春　自题洞庭雪棹图

雪压疏篷,睇岳阳楼,雄心未降。正暮鸦点点,栖残琼树,冷鸿阵阵,映彻银房。忽讶天低,还疑雾掩,十二峰尖入混茫。冰壶里,任兰桡划破,容我清狂。　　频年蓬梗他乡。似蝴蝶、翻飞梦一场。记梁园昔日,分笺斗韵,湘江此夕,拨火添香。小啜龙团,闲披鹤氅,支枕怀人夜未央。

瑶台第一层　仁和吴云岩学士属题紫薇秋葵挂屏

两两秋英,摇曳处、无端上画屏。紫薇凝露,初阳照地,一点葵诚。是谁能会取,点缀来、合璧初呈。知何似,似臣心如许,付与丹青。　　光荣。佩金拖紫,依依相对共含情。试悬吟壁,清标迥出,藻思环生。含苞花正美,折一枝、宜贮银瓶。细凝眸,羡人间奇卉,天上文星。

沁园春　张刺史六有属题姬人所绘墨荷鸳鸯

筠管拈来,一种轻盈,写出新妆。喜含颦含笑,骈枝菡萏,双飞双宿,交颈鸳鸯。翠盖迎秋,碧箑销夏,阵阵风来雨送凉。清幽境,正亭亭独立,露湿银塘。　　含毫几度商量。便脂粉都捐也不妨。试静观吐蕊,丰姿转韵,细看戏水,毛羽增光。倚槛凝神,照池怜影,无限低徊水一方。风流甚,知阿谁貌似,悄问张郎。

上阳台　题嘉善朱明府玉圃洞庭秋泛图

洞庭波渺,境界真奇辟。芦荻正萧萧,轻鸥外、水天一色。参差雉堞,隐隐岳阳楼,对十二、曲阑干,曾记留鸿迹。　　中流鼓枻,纵目看潮汐。兴到偶吟诗,握素管、顿开胸臆。明年迟我,同泛木兰舟。又潘县、种花忙,难作浮家客。

春从天上来　题画梅帐颜

笔底回春。看淡墨生绡,摄取梅魂。底嫌瘦削,扫尽纤尘。个中消息通神。爱蓊腾欹枕,添一段、冷韵幽芬。试卷帘,盼瑶台高处,月正无垠。　　难忘昔年邓尉,坐群玉堆中,闲递芳樽。岭上冲寒,檐前索笑,知交踏遍花茵。怅风尘奔走,知何日、陶写天真。正含颦。把冰绡轻揭,聊寄闲身。

望湘人　题秦中慕上舍芥舟君山坐眺图

正遥天酿雨,秋水荡云,江山奇境初辟。螺黛烟浮,银涛浪卷。胜境奚堪浪掷。却向尘中,凝思霞外,妄缘俱寂。尽摩挲、十二峰峦,真是神仙安宅。

三楚花封同客。记名区踏遍,瘦筇搜剔。怪图画携来,独坐幽岩闲适。绿阴千树,碧波数顷,肯任心为形役。待他日、筑个茅庵,早暮依君栖息。

一剪梅　会稽陈上舍海峰属题墨梅画帐

谁写冰姿当卧游。笔底风流。帐底清幽。瑶琴理罢独相求。闲展茶瓯。闲理香篝。　邓尉探梅道阻修。不上山头。且上银钩。美人灯下试凝眸。身入鸳裯。梦入罗浮。

桃源忆故人　题卢絅斋、吴古心两明府合画墨兰帐颜

骚人合谱离骚句。一幅吴绫争赌。休被元规尘污。高挂深深坞。　同心莫漫分新故。舍意惟凭毫素。底怅美人迟暮。好梦还同作。

琐窗寒　题古心画芭蕉红梅

落尽红蕤,凋残碧树,一般岑寂。有底青葱,悄傍矮阑人立。讶飞霜、小庭未到,转头又对江枫赤。认翠扇招凉,丹砂弄彩,画图收拾。　闲适。凝眸觑,似美女靓妆,散人欹帻。秋心不断,幻出几多春色。羡笔端、回斡化工,取携自我那可测。怪吴侬、老去风流,故交须省识。

云中引　题南汇闵箖谷听泉图

皱染林峦,品评丝竹,神交十数年前。思良觌,梦魂牵。天涯自怜萍梗,忽漫相逢倾肺肝。小影携来,闲听漱玉,静看流泉。　淙淙幽韵泠然。似默

契、南华秋水篇。早断尘氛,细聆爽籁,何等高寒。径僻褰裳,云深采药,忘却他乡岁月迁。潇洒孤标,漫教题句,分到霞笺。

安庆摸　题陆文学琴溪荷净纳凉图

绕孤亭,红衣翠盖,湖光一片清润。银塘潇洒炎埃外,惟许词人消领。幽且静。看碧柳、阴中,浩淼浮天镜。底须千顷。但几阵凉飔,连盘骤雨,午梦骤催醒。　重寻省。亚字阑干同凭。石梁波面横亘。湘帘棐几无尘滓,诗老拈题分咏。清昼永。对无数、娉婷晏坐添吟兴。披寻触景。试回首园林,凝眸图画,感喟意难罄。

木兰花慢
廖明府古檀有悼亡之感,倩友人绘素心兰册,以写其意,属赋兹阕

正香绡乍展,爱碧箭、挺双茎。记海峤春融,湘波烟暖,移傍修棂。盈盈。静看一点,洗铅华端不杂尘缨。似与独醒人对,素心堪证堪盟。　曾经。金屋银屏。伴晓梦、入清泠。奈一刹那间,霜饕雪虐,玉韵珠零。牵情。楚魂未远,是耶非摄影付丹青。赢得风流仙令,依依长倚娉婷。

无俗念　古檀属题画菊,时适演家乐,即席倚歌

琼筵高启,正离离秋影,飞上窗纱。翻得新声留小部,联翩竞揽筝琶。呖呖清歌,仙仙妙舞,花态欲蒸霞,诗脾香沁,吮毫谱就霜葩。　堪羡贤宰风流,菊屏高拥,良燕乐无涯。老我词坛空掉鞅,平生此兴非赊。异日来游,挂帆皖口,醉倒列仙家。胜教展卷,品评虚惜黄华。

百字谣　题友人柑酒听莺图

堤杨晕碧,正低垂千缕,莺梭如织。短短绯桃娇欲语,绮陌堪停游屐。车马无喧,烟霞如绣,宜着眠云客。引觞自酌,听来啼鸟清适。　凝露摘取香

柑,冰柈盛贮,胜似尝琼液。双燕杏梁归也未,好把春光邀勒。淡月林亭,微风池馆,忍放韶华掷。且吟且饮,披图奚虑萧寂。

疏帘淡月　自题梧月联吟图,图中岳庵上人、伴霞炼师俱在列

圆冰朗照。正庭院清森,井梧秋到。私喜门无剥啄,倚阑长啸。翩然方外知心侣,叩园扉、迎来一笑。廿年旧雨,飘萧短鬓,可怜俱老。　想畴昔、推襟送抱。记尊酒论文,久赓同调。觞咏今番,彼此中怀倾倒。拈将险韵敲新句,爱联吟凉宵偏好。王蒙妙笔,图成即景,又添诗料。

金缕曲　题古檀所撰小青桃花影

君是传神手。吊贞魂、桃花艳影,尽资谈薮。自古红颜多薄命,揽镜年年消瘦。仗一片、冰心相守。谁写画图通造化,吮毫尖、丰貌流传久。休认作,莫须有。　芳名赢得垂身后。按红牙、亭亭倩女,姗姗来否。佗父传奇称疗妒,徒使风流蒙垢。转唐突、兰芬菊秀。爱尔一枝才子笔,把佳人、心事都猜透。对粉本,等描绣。

沁园春　题严舍人爱亭照,并送北上

缥缈峰前,一碧湖光,翛然绝尘。爱云垂岩麓,浓烟叠叠,浪翻沙岸,白石粼粼。驯鹤随身,疏篁绕径,趺坐山椒结净因。添吟兴,想水天空阔,得句清新。　比来幸接芳邻。喜月夕风晨笑语亲。记一丘一壑,探寻殆遍,不衫不履,来往偏频。斗柄初回,公车将发,转瞬依依送去骖。还堪券,看翱翔上苑,剑跃龙津。

雨中花　题闺中训子图

闺闼清幽尘不到。喜膝畔,阿侯旋绕。一卷携来,三更读罢,意义勤搜讨。师训何如母训好。多应念、寸阴惟宝。望切鹏搏,戒深鸩毒,月窟攀花早。

风敲竹　题钱塘陵贰尹霞轩美人对弈图

坐隐人如玉。羡公余、官衙多暇,悠然心目。好藉楸枰消永昼,但恐机锋相触。只要问、雌雄曾卜。落子丁丁饶逸趣,藐姑仙、底用藏金屋。凝睇处,俄伴北。　　蝇头蜗角原蕉鹿。尽偷闲、焚香瀹茗,调丝品竹。此际手谈聊适兴,一味麝兰芬馥。更胜却、桐阴跂足。黑白分明全势定,料平生、吏治同棋局。消受却,黛眉绿。

风敲竹　长白张观察花农属题海阔天空图

胸次看如许。笑河源、来从天上,公家堪据。底用蒙泉参造化,万顷波澜餍饫。待一口、西江吸取。点滴涓埃浑不弃,但毫无、纤翳留城府。浩荡致,足千古。　　鲲生等作沟渠数。问谁能、打开尘网,廓然云路。盖世勋名都梦幻,悟境早由天付。会俯视、茫茫聋瞽。楚尾吴头重晤对,信浮萍、大海还相聚。爱拜手,复题句。

喜迁莺　题玉壶仙子妆余盥漱图,并序

玉壶女史,姓张名盎春,鹤江人。年十四即过予家,丰度娟好,往来五六载,交淡情长,绝无此中人恶习。今春遇一武林少年,两相投契,遂委身焉。闻近日钗荆裙布,脂粉不施,颇安本分。予嘉其绮岁即具定识,以视浮萍泛梗,垂老犹逐风尘者,其志趣过人远矣。偶展旧图,漫填一阕,倚此调聊以寓意云。

搴帷寒峭。却才罢晓妆,镜奁收了。水贮金盆,茶留雪碗,喜值纱窗晴皎。薄薄吴绵垂额,短短轻裘填袄。敛容处,正兰汤乍进,香凝纤爪。　　调笑。思往日,曲奏广筵,曾听余音袅。酒泛瑶觞,果藏翠袖,深夜挑灯欢嬲。方幸章台柳嫩,谁道巫峰云绕。羡从此,扁舟同载,白头偕老。

金缕衣　题永嘉高明府巢珊白描小照

翘首甘棠树。怅东瓯、山重水复,凄迷烟雨。凫舄飞来浑念旧,几度茆斋延伫。羡意气、轩腾翔翥。写就新图风格雅,爱白描、别具高人趣。属贱子,强题句。　　弦诗读画挥松麈。惯抽毫、墨磨盈斗,不辞寒暑。冰雪心肠真避俗,尘垢肯沾纤缕。宜画史、粉脂都去。只恐归云催出岫,应征书、旦晚酬知遇。看早入,含香署。

沁园春　题翩鸿新浴晚妆图

彼美人兮,浴罢兰汤,脩然出尘。正微倾蔷露,初融粉汗,乍开菱镜,重整香云。笑靥花鲜,酥胸菽发,写出巫山一片春。凝眸觑,似温泉洗后,越显精神。　　画图照眼清新。却谁料空留鸿爪痕。念一时佳话,真从邂逅,百年信誓,只益酸辛。忽怅分飞,偏愁远道,何日樽前话宿因。吾老矣,对轻衫窄袖,尽觳消魂。

剪湘云　题友人抚松盘桓图

室里琴樽,庭前松菊,便宛睹千秋,韵士芳躅。三径未荒供啸傲,潇洒数椽茆屋。憩云根,世故总相忘,况新篘初熟。　　岂待境阅沧桑,势争蛮触。但衮衮红尘,枉费驰逐。岩石小溪凝霁霭,可有新诗盈幅。更飘然,巾服尽描摹,认陶家装束。

沁园春　题海客梦作少年图

张绪当年,老友凝眸,认来逼真。叹韶华荏苒,丰姿顿改,画工狡狯,景象翻新。为恋娇娃,因愁暮齿,体贴闺房性格殷。思良幻,讶还童浑易,藉媚红裙。　　添毫颊上三分。甚仙药能回镜里春。笑碧纱帐底,难抛今我,苍苔石畔,忽现全身。掬水堪娱,翻书作伴,毕竟征兰会有人。甘同梦,料为云神女,定鉴夫君。

齐天乐　题金上舍筠庄甥焚香煮茗图

炎氛净洗秋光烂,科头独坐潇洒。桂糁轻黄,梧翻重碧,即目尽堪陶写。毫端巧借。便着个云鬟,也都闲雅。香谱茶经,少年偏不恋杯斝。　　平沙更饶细草,爱苍苔满径,何须亭榭。倩拂熏炉,凭携茗碗,却趁娉婷未嫁。风流蕴藉。为隔断尘嚣,昼长多暇。索我填词,绿沉聊试把。

一丛花　自题繁音簇艳图

闲来端合醉笙歌。白首拥青娥。画师写出凉秋景,正岩桂、烂漫前坡。响逼霓裳,光生霞帔,宛转倚凌波。　　乍消午梦荫乔柯。箕踞惯吟哦。鬓丝禅榻宜寻乐,聊乘兴、想入亡何。一片繁华,百般妩媚,老眼任摩挲。

满江红　自题灯下填词图

继晷焚膏,莫怪我、填词成癖。为要趁、夜深人静,细心寻绎。童子垂头耽梦魇,美人按谱谐声律。听茶炉、欲沸响飕飕,尘襟涤。　　斜月下,西窗黑。残灯烬,东方白。怅春宵已短,不多时刻。豪到诗歌才可纵,严如曲调辞还直。算从来、此事费推敲,今犹昔。

凤箫吟　题李文学南轩闲庭度曲图

月朦胧,无边夜景,高梧荫满闲庭。乍凉天气好,旅怀聊复,藉擘阮弹筝。玉箫催度曲,按宫商、赖有娉婷。想逸兴遄飞,那时何以为情。　　心倾。红牙檀板,比肩对拍,艳思难胜。暂停徐又起,一宵拼不寐,斗转参横。阿侬差领略,料髯翁、应许同听。展画卷、偷声减字,挑尽残灯。

忆仙姿　题画梅花、水仙、山茶

路隔罗浮香冻。未怕笛声三弄。谁与伴芳魂,洛浦凌波人共。珍重。珍重。一点红情才动。

重叠金　题曹明经南枝清风来故人照

幽林深处谁寻到。凉飙谡谡秋光好。已谢软红尘。相思是故人。　柳阴遮不住。凝望溪桥路。把臂愿相依。清风日日披。

采莲令　虚谷属题临流赋诗图

恰临流,闲傍苍髯叟。撩吟兴、如耽醇酎。分来韵险爱尖新,那厌双眉皱。涛笺腻、迟回半晌,珠玑错落,笔端偏喜奔凑。　曲涧潺湲,和以石畔松风吼。眼前景、依然岩薮。恁般诗境,五色管、合借娱清昼。待何日、相逢把臂,花前酬唱,丽句拈毫同斗。

沁园春　题述庵观察三泖渔庄图

泖水沦涟,骚客栖迟,葺个渔庄。想寻梅讯竹,永朝永夕,擘笺把盏,一咏一觞。吹笛西风,挂帆南浦,画史争摹粉本藏。迎銮日,为彤廷献赋,小别江乡。　频年驰骋疆场。更谕蜀平淮伟绩彰。看弯弓盘马,策勋绝塞,捞虾射鸭,结念维桑。暂憩枌榆,还资衡鉴,考献征文藉阐扬。回朝后,想莼鲈逸兴,耿耿难忘。

湘月　题陈三花南山塘泛月图

高情如许,到山塘、又厌游人喧杂。坐看斜阳悬树杪,屐齿何劳重蜡。一片空明,数声欸乃,金镜初开匣。姮娥作伴,恁般遭际真恰。　虎阜山色偏佳,生憎俗子,竞把芳尘踏。卜昼自今须卜夜,浩荡鸥波堪狎。诗境迷濛,酒杯跌宕,依旧朋簪盍。倦来欹枕,偏夸栩栩庄蝶。

沁园春　题干山周三仲育勘书图

遥企山舟,万卷家藏,连甍架楹。羡校雠蠹简,丹铅甲乙,讨论缥帙,上下纵横。三凤齐飞,一夔独秀,当代宗工入室英。劳参订,念旁搜掌故,责任非轻。　　赐书门第殊荣。问宸翰、班时孰并衡。忆苕城内外,传闻共艳,干山遐迩,众眼胥惊。银鹿携来,牙签拾罢,小坐云根拥百城。风光好,正桂林香绕,仵跨蓬瀛。

迈陂塘　题胡古香泛泖图

泛轻航、泖湖澄碧,置身如在天上。诗人兴与秋俱远,聊试长年荡桨。幽且旷。爱九点、依稀拭目遥相望。胸襟爽朗。盼荻苇萧萧,鸥凫拍拍,向晚起渔唱。　　低篷坐,缥帙闲供欣赏。壶中香茗谁饷。科头袖手浑无事,好句吟成豪放。真跌宕。拟掣取、长鲸冲波掀天浪。他年莫忘。记水阁盘桓,草堂参订,学海仰宗匠。

金缕曲　题汪三静然画兰遗册

香草沉酣久。写丛兰、风晴雨露,毫尖分剖。记得当年持绢素,群仰汪伦高手。看墨汁、磨来盈斗。妙绘入神浑草圣,笑宛然、张旭三杯后。着纸处,龙蛇走。　　清谈亹亹思兰臭。怪无端、霜饕雪虐,荒残石甃。此日披图芳气袭,九畹湘江争秀。对画稿、令人怀旧。差喜谢庭生意满,步阶除、花叶经春茂。聊按拍,质亡友。

湘月　题廖织云世侄女寒闺读书图

凤箫吹咽,怅子规声里,一般悲切。十载青闺茶味苦,付与香消烟灭。画稿萧疏,诗篇细腻,风致俱超绝。闷来闲坐,夜阑愁对圆月。　　为展小轴横笺,零纨断素,寓目堪怡悦。唤取侍儿安笔砚,卷起满帘霜雪。水石清幽,松梅苍劲,点缀非虚设。雅怀如绘,性灵千古昭揭。

湘月　题淡描二美图

素妆淡雅,较浓妆涂抹,越添妩媚。悄傍虬林频赏玩,难得胭脂尽洗。老树丫叉,冷苔凹凸,抷触增愁思。鞋帮浅印,者番姊妹联臂。　　剧爱宫粉香飘,仙衣云卧,别是闲风味。针黹功夫应渐懒,只问梅花开未。春色三分,芳心一缕,并作相思泪。鸦鬟斜軃,石阑徙倚凝睇。

买陂塘　题汪有堂梅兰竹菊画册

展图看、乾坤清气,凭君摊纸挥写。丰标落落原殊众,凡手那能轻下。时偶暇。觉花叶、柯条件件都难舍。风流蕴藉。认淇竹沣兰,岭梅篱菊,绘事一何雅。　　端溪畔,却鄙春华妖冶。毫端全不沾惹。尘氛到此浑消尽,惯见一枝低亚。扫月榭,试把向、小窗剪烛论心夜。觥船对泻。爱幅幅萧疏,无多几笔,入眼剧潇洒。

凤凰台上忆吹箫　题孙二虹桥买鱼沽酒图

柳漾晴飔,枫翻远岸,秋来景色无边。羡虹桥幽兴,蹴起情澜。乍遣提壶入市,花阴外、有个渔船。船娘道,昨宵新涨,钓得珍鲜。　　嫣然。笑伊伶俐,把价值高抬,故意纠缠。趁前村买酒,尚未言旋。最是白头老妪,当艄坐、懵懂堪怜。从旁观,心先醉矣,味美犹悭。

刘纶(1711—1773)　1首

字如叔,号绳庵,一作慎涵,江苏武进(今常州)人。乾隆元年(1736)由廪生荐举博学鸿词科,召试第一,授编修。乾隆六年(1741)充陕西乡试主考,迁太常寺少卿。乾隆十四年(1749)署兵部侍郎,任《续文献通考》副总裁,入直南书房,充国史馆副总裁。乾隆二十八年(1763)调户部尚书,加太子太保,命协办大学士事。乾隆三十六年(1771)晋文渊阁大学士,兼工部尚书,充国史馆正总裁。谥文定。居官器量凝重,与刘统勋称"南刘北刘"。文章浸淫六朝,诗尚高启。著有《绳庵内外集》二十四卷。

踏莎行　同里王荆望采余诗意补城洼废寺图,因补此阕

宰木丛边,女墙缺处。元时旧刹无僧住。佛头野鸟一巢成,断幡惊舞秋风暮。　　大愿船留,长明灯驻。泉台莫遣归魂误。土间重出定时钟,三生乞与声闻路。

张宗橚(1711—1775)　12首

字咏川,号思岩,浙江海盐人。宗松弟,宗柟从弟。少为诸生,举监生。师事许昂霄,从之受词学,辑《词林纪事》二十二卷。又与赵昱、杨源、张载华等交,多相倡和。著有《藕村词存》二卷。

瑶台聚八仙　题冯旷庭先生看弈图

岩气延秋,风乍起、戛戛响振苍虬。偶开三径,幽兴只共羊求。几处凉蝉听渐咽,小庭一夜叶偏稠。动纹楸。子声磔磔,镇日凝眸。　　心空澹然袖手,任云翻雨覆,局罢难留。画栋珠帘,游踪过眼都休。而今萧闲自乐,更相狎仙禽便是俦。松阴转,笑枯枰寂寞,此意悠悠。

玉簟秋　题荷净纳凉图

一片颇黎落槛前。风过花翻。露滴珠圆。水亭消受嫩凉天。已带轻纨。更啜清泉。　　深宵解事有双鬟。好似钱钱。可似田田。数枝拆向胆瓶看。

礼罢金仙。喜动眉端。

风入松　题杨萝村携杖寻秋图

一泓秋水漾晴沙。茅舍傍溪斜。杖藜目送飞鸿去,任西风、摧换年华。红叶轻霜初醉,碧山落日余霞。　寻春销夏兴都赊。物外更清嘉。披图笑问眉端喜,算闲中、底事堪夸。遮莫重阳过也,先生爱觅黄花。

绮罗香　题芷斋弟采菊小照

露洗空林,霜飘曲砌,闲伴黄花为主。刘草分栽,好把槿篱遮护。喜渐近、江雁来时,更莫咏、满城风雨。向枝头、小摘寒香,餐英赋罢独延伫。　园亭曾记同步。几费开屏结塔,那回情绪。对画沉吟,顾影漫嗟迟暮。指屋角、好片青山,是岁岁、登高何处。但笑我、鬓已萧疏,折来堪插否。

减字木兰花　戏题采菊图

冷枫倦舞。篱落吹香秋已暮。开遍新晴。不费褰裳冒雨寻。　选枝合态。影度吟边清韵在。独立苍苔。可有骚人送酒来。

减字木兰花

数椽茅屋。潇洒琴书真不俗。绿鬓朱颜。相对黄花忒也闲。　披图暗哂。老圃生涯非尔分。倚杖柴门。让我东篱作主人。

青玉案　题畏之侄品砚图

紫云一角天南远,记割取、幽崖畔。圭璧方圆堆满案。戏嘲龙尾,还怜鸲眼。镇日摩挲遍。　牙签锦轴盈千卷。也要研朱事修纂。盼望他年人共羡。玉纤亲捧,烟华染翰。不是君苗伴。

壶中天　用宋黄玉林韵题竹林小照

筼筜幽谷,望檀栾一片,翠阴庭宇。帖石疏泉聊自悦,不用玲珑窗户。寻壑经丘,哦诗拂袖,放眼都成趣。园蔬堪摘,客来茶罢催煮。　　犹记三径初开,腾觚飞爵,烂醉琅玕坞。闲把生绡挥澹墨,使我徘徊翔舞。最好新秋,临风邀月,长作烟霞主。萧然高致,底须淇澳深处。

蝶恋花　题周白岩拈花索句图

迟日烘晴花弄影。空谷吹香,又报芳兰信。纤手摘来羞插鬓。含情为乞毫尖润。　　岛瘦郊寒都莫问。试数才华,小杜差相近。年少风流吟不尽。乌丝写罢围红粉。

解佩令　题陈君勉斋艺兰图

田家荆好。韩家桐好。总不如、谢庭兰好。乍转风光,带清露、几丛开了。坐苔茵、幽香频绕。　　兰山路杳。兰溪波渺。问兰亭、恁时携早。并蒂连枝,可比得、双丁两到。报春晖、主人未老。

广寒秋　题兰榭、东谷两弟对床风雨图

池塘梦罢,沉沉此夜,那得连床同赋。知他姜被有奇温,更几度、听风听雨。　　车驱燕市,帆飞越峤,怎及故园长聚。庭蕉砌竹尽堪图,休忘了、剪灯絮语。

扫地游　题茂度从孙滇南行旅图

刀环唱罢,正匹马惊嘶,点苍山翠。倦游万里。听露猿狖鸟,夕烽又起。晓角遥吹,试数关津第几。瘴烟地。只凭仗塞鸿,尺书频寄。　　剪烛心暗

喜。喜踏遍蛮邦,也成归计。薄装卸矣。算不负阿翁,倚闾深意。梦断滇云,写幅画图犹记。残宵里。酌椒花、故园风味。

陆炌 1首

浙江平湖人。陆烜胞兄。生于康熙五十年(1711)前后。著有《春草遗句》,附词八首,附刊于陆烜《梅谷丛书十种》之后。

蝶恋花 题蛱蝶秋花扇

峦院亭栏芳意别。暗送凉飔,装做新秋节。小扇描来双蛱蝶。红蓝绣草花如屑。　几朵雕云飞不灭。飞过荧光,早怕寒螀咽。尔本金裙裁作缬。凭教托梦枝头歇。

陈素 1首

字云有,浙江海宁人。查学妻。工词,与其夫倡和。乾隆十九年(1754)夫妇词集合刻,常熟女史蒋季锡为之序。著有《花角楼诗余》。

鹧鸪天 墨梅

梦晓罗浮雪里村。冰绡剪出一枝春。依稀高士风前立,缥缈仙姝月下痕。　遍有态,静无尘。曲房常伴鸭炉熏。只凭疏影传芳意,何必香来似返魂。

朱云翔 5首

字遂佺,江苏元和(今苏州)人。生于康熙五十一年(1712)前后。诸生。蹭蹬科场,屡试不第,至乾隆十八年(1753)乡试报罢,遂以文酒自娱。与金兆燕、表兄许名仑等以词相往还。著有《蝶梦词》。

凤凰台上忆吹箫　跋河东君遗像卷后

梦冷金环,香消翠管,伤心旧日高楼。记东山酬和,隔岁淹留。一幅生绡谁写,春风里、还自凝眸。牵情处,柳花如梦,烟月空愁。　悠悠。脂奁砚匣,经几度斜阳,烟霭云浮。怅鸳湖画舫,同笑牵牛。自与尚书别后,千万事、总合长休。端详久,红颜侠怀,真是风流。

蝶恋花　为张农部东川题照

古树参差围小屋。几个琅玕,风碎鸣苍玉。白眼消他尘十斛。先生好奏松风曲。　记得长安纷似局。此地幽闲,仿佛陶家谷。一曲溪流良不俗。晚来月映须眉绿。

百字令　题顾愚公归田图小影

横秋爽气,听松风四起,幽然清绝。十丈红尘飞不到,山径舞来寒叶。一片闲情,几年官冷,雅似秋云洁。先生兀坐,俗人难近仙国。　堪比陶令归来,盘桓寄傲,肌骨如冰雪。闲抚牟珠持羽扇,半学神仙半佛。白眼看他,青山爱我,何必因人热。溪边点缀,晚来且浸明月。

望远行　题枫林霜叶图,为邵青门太史赋

西风一夜溪山净,景物深秋都变。夕阳淡沱,古道荒凉,霜信枫林初染。低压前村茆屋,寒鸦成阵,空际乱红轻颤。盼天涯、萧瑟年华惊晚。　谁见。莫似春花弄影,怎映取、芦花相间。酒醒旗亭,梦回驴背,消受一林寒艳。待折高枝封寄,花非花也,清泪反教偷泫。但停车遥望,暮霞千片。

贺新凉　自题小影

书剑尘封久。叹浮沉、愁怀病绪,不堪回首。四十寒暄今已过,白发乱垂脑后。落得个、形容消瘦。几度天涯悲失路,画中人、还记凄凉否。频说向,与君剖。　　年来觑破机关丑。买陂塘、兼营小圃,栽花种柳。选石长吟聊作达,一曲松风远吼。休认做、书空者偶。十丈红尘飞不到,笑登场、傀儡曾何有。歌罢了,酹杯酒。

姚大吕　2首

字舜韶,号茶山,浙江钱塘(今杭州)人。生于康熙五十一年(1712)前后。初任浙江象山学官,量移广西宣化(今属南宁)知县。乾隆三十六年(1771)以病乞休,次年受两广总督李侍尧之命,主广州越华书院。乾隆四十二年(1777)尚在世。著有《得闲偶刊诗余》。

浪淘沙　题中竺耳上人灌花图小影

趺坐说真诠。总堕狐禅。龙鳞凤尾锁苍烟。随处游行都是道,何必蒲团。　　兰若好林泉。香满中天。不须清课灌花田。悟彻菩提真妙谛,峰顶开莲。

减字木兰花　题厉樊榭采芝图小照,时适悼亡姬

山清水碧。应有高人常寄迹。宛似天台。只欠胡麻溪面来。　　仙姝何处。疑在白云深际住。蓦地相思。芍药盈檐好寄之。

朱研（1713—1763） 1首

字子存,号紫岑,原籍安徽休宁,居江苏吴县（今苏州）。监生。工篆书。子荏恭及从子昂、汉倬、泽生皆能诗,夷门与王昶、吴泰来、张冈、沙维杓辈相从,为寒山雅集。

南浦　题沙斗初春江雨泛图

芳草满春汀,涨平波,最好柔蓝新染。杨柳板桥低,银塘外、谁倚乌篷渔槛。轻蓑短棹,乱红流处飞花点。无限溪山清兴美,记取一衾寒鉴。　　寻诗吟向菰蒲,狎凫鸥、水枕风巾自检。茆店湿炊烟,闲凝伫、依约酒帘斜飐。幽怀冉冉。一声渔笛情消黯。何日吴淞招旧侣,茶灶笔床同泛。

杨天禄　1首

字驭岳,号和斋,江西金溪人。乾隆二十七年（1762）自序其集。著有《偷闲集》八卷,收词一卷。

长相思　水墨魁星,为彭定云明经题

笔锋芒。笔花芳。脸黑不涂人世霜。精光乘帝旁。　　我愁长。我情伤。梅魁何事晚来香。宫花映锦裳。

邹方锷（1714—?） 1首

字豫章,号半谷,江苏无锡人。乾隆二十七年（1762）举人,选任知县。工诗文,善书,尤擅行楷。与同里诸洛交厚,并有名于时。乾隆三十一年（1766）尚在世。著有《大

雅堂续稿》,词附。

烛影摇红　自题像

湘燕飞时,东风绿到芭蕉矣。幽溪曲处草如茵,面面潆流水。澹绝孤云人意。算此间、差堪位置。龟床安稳,鹤氅蹁跹,炉丹成未。　　绿绮朱弦,还应是、当年焦尾。偶然泉石写清音,雁落平沙渚。招手壶公若士。访神经、骖鸾驾鲤。戴公岩畔,姑射山头,携琴仙去。

贺双卿(1714—?)　1首

字秋碧,江苏丹阳人。生有夙慧,吟咏清新。雍正十年(1732)嫁绡山周姓樵子,劳瘁而卒。史震林《西青散记》载其事甚详。著有《雪压轩词》。

玉京秋　自题种瓜小影

眉半敛。春红已全褪,旧愁还欠。画中瘦影,羞人难闪。新病三分未醒,淡胭脂、空费轻染。凉生夜,月华如洗,素娥无玷。　　翠袖啼痕堪验。海棠边、曾沾万点。怪近来,寻常梳里,酸咸都厌。粉汗凝香,蘸碧水、罗帕时揩冰簟。有谁念。原是花神暂贬。

朱元载(1715—1775)　4首

字仲升,号厚所,江苏昆山人。祖烈子。尝从沈德潜游,又与嘉兴朱振起、吴江董兆玥等交,凡诗词、古文、制义靡不研习。殁后遗稿由其子钧衡钞成。著有《厚所诗余草》《厚所诗余稿》。

早梅芳　题冯二佩鸣梅花书屋道妆照

冰雪清,梅花皎。境僻知音少。主人归未,带仆携琴过桥早。仙风吹碧落,道服来青岛。想安闲景象,指点疏篱到。　盼庭柯,常言道。寂淡幽居好。避嚣远俗,玉树阶前春不老。改妆酬素志,写貌传神照。看图中,逸韵应自晓。

满庭芳　题南九兄照

身坐盘陀,手拈兰蕊,问君直恁清幽。胸罗经史,待润色皇州。鹤舞花娇草媚,亭轩外、绿缛红稠。空明漾,泓澄莹澈,潇洒任夷犹。　啥童勤灌溉,宗生族茂,有乐无忧。惜猷为小试,只此优游。霖雨苍生想望,朱翁子、五十乘驺。春风里,栽桃植桂,相引上龙楼。

水龙吟　题陈墓陆协衡照

名在玑,图为"金勒马嘶芳草地,玉楼人醉杏花天",协衡断弦后写照,故玉楼人不现。

水东陆子清奇,画图卓荦英多概。丰神潇洒,文情宏肆,襟怀慷慨。矢志高骞,植根忠孝,宏深豪迈。矧风云、际会明良庆,石渠天禄终须在。　骏马郊嘶无奈。玉楼人、暗藏云外。杏花春色,天涯芳草,流泉一派。待展经纶,玉堂金马,上林恩赉。想平生酝酿,文章经济,此时称快。

清平乐　题曹思兼照

襟怀何许。谡谡松风举。静坐盘陀谁与侣。潇洒竹林人数。　传来素养堪模。天和体泰容舒。更向图中领取,贞心劲节神俱。

田中仪(？—1758) 34首

字无咎,号白岩,山东德州人。雯子。岁贡生,官銮仪卫经历。与纪昀、董元度、赵虹交善。著有《红雨斋词》。

清平乐　塞游图

石塘崚岭。茸帽鞭丝影。落日长烟迷远磴。举首盘空鹳井。　　奇怀轧轧陈陈。遥看沙碛连云。怪得诗情壮阔,千山广莫平分。

青玉案　沈椒园太史南阶初卉图

盈盈丛卉蕾珠小。正帘箔、东风悄。欲吐芳菲含意杳。爱他阶砌,澹烟低护,嫩碧轻红袅。　　东阳诗瘦多怀抱。渲染冰绡图画好。岂屑繁浓矜绘藻。凝香敛态,一天空翠,微托凭谁晓。

高阳台　题画,为王比部为可

润脸呈花,圆姿替月,由来秀色堪餐。谱入冰纨,输他狡狯毫端。柔怀密意凭双柿,愿儿家、如意年年。更嫣然。回眺将雏,雾縠便娟。　　装成卦壁香生处,怳依依欲笑,靥辅承权。怕化湘云,凌风飞去天边。芳容对了殷勤唤,袭吴家、心字香烟。觊生怜。万一真真,深夜来前。

摸鱼子　题画

想罗浮、横斜光影,幽姿冷韵如此。东风淡荡冰痕悄,玉晕珠圆才试。天也似。爱傲骨、寒香不入闲红紫。云英睡起。更低隔暝烟,梦回无迹,翠袖裹芳底。　　春风笔,写出深宫旧事。满幅清芬堪把。微霜轻护玲珑影,红萼无言凝思。看独自。伴瘦影、横斜和月窥云地。芳心澹伫。悄不管高楼,吹残玉笛,遮莫冻枝倚。

念奴娇　李麟远小照

陇西公子,看倏然身在,青霞之际。流水白云行药处,都雅偏饶逸致。丹喙调音,碧梧簌影,袅袅红妆媚。拈花旁睨,问君无意有意。　　老常怪昭明,小儿解事,浪把闲情议。笑拥如花何不可,才伯迂酸无味。心内全无,眼中凭有,大得参乘谛。先生应道,楞伽十部多事。

金缕曲　问天图,为王寿峰

翠壁腾奇鹘。映晴空、陡崖沓嶂,龙湫虎窟。咫尺真堪通帝座,过眼烟云倏忽。苍茫里、沁人毛发。俯视六尘尘漠漫,更岩前、老树参差发。凌绝顶,壮怀揭。　　十年倦听春禽聒。漫回眸、青藜红烛,惊凄神骨。慷慨于今扫图画,一片岚光皴月。且放眼、人间寥阔。兜率海上等游戏,被天衣、笑向青冥说。搔首处,冷云叠。

齐天乐　周文矩会仙图,为虞倚帆作

倚帆示我南唐卷,道是周昉张拓。雾佩星冠,华由文鹄,黯淡墨光神跃。骖鸾控鹤。更岩谷高深,激湍喷薄。撑突虬松,涧云飞鸟去寥廓。　　空堂色飞神越。摩挲题字处,米家海岳。更有衡山,九旬妙楷,奇隽堪寻三乐。曾闻旧作。有谢女秋胡,宣和御阁。流落人间,画图耽寂寞。

木兰花慢　题乐圃图

名园传乐圃,今仿佛、画图中。看鱼鸟幽深,林霏散白,晓日翻红。也同晋人高致,掩岩扉午夜月溶溶。嵇绍身如野鹤,陶潜手抚孤松。　　从容。宴息释胸舂。鞋是笋、杖为筇。自拂却缁尘,论成乐志,诗咏家风。黄农眼前如见,喜荆关妙法染来工。愿得追随高躅,云山无那重重。

莺啼序　题鹡鸰图后

空斋旅愁莫释,又刚风猎猎。披画图、追忆当时,辘辘肠转千结。二十载、电光一瞬,鸰原冷落音尘绝。恨茫茫、岁月云疏,哀情难竭。　　记得归田,闭户谢客,每因时感发。性孤孑、不耐同流,坐消鹧蟀花月。杂丹铅、横陈卷帙,药炉畔、经年悒郁。算唯余,幼弟频来,肯为欢说。　　忍冬屋里,寒绿堂前,日晴或雨雪。敧案侧、考订奇字,论辨文体,慨叹迁移,欷歔凉热。先公事迹,前贤风雅,他人闻见何能及。为庭前、遗训謦年缺。谆谆娓娓,性情曾许相同,绘图寓意深切。　　而今展视,雪鬓霜髯,尚謦咳仿佛。再点检、毫痕墨渖,脱手犹新,雁影迷归,棣花慵苴。殷勤欲记,如尘似梦,在原永叹难寻觅。痛人琴已矣寒泉闭。梅开风峭,依然白首,重看不禁涕屑。

东风第一枝　题画梅小照,戏为某作

花逗幽姿,人标逸韵,一望碧天如洗。盈盈粉界,檀腮冉冉,月笼珠蕾。为春葱蒨劫,又怕春知情味。把寒香、人比花清,谢却风光秾丽。　　看几点、枝头玉缀。更一阵、传香风细。凝妆眉晕,红娇胃袖,唾痕脂腻。韶光易去。休辜负、年华似水。语东君、意怜欢,眨眼绿阴青子。

百字令　朱仑仲画钟馗像

客亭濡墨,研光笺写出,须眉奇诡。鼽鼻魋颜真陋极,风卷鬖毛如猬。一剑当胸,两眸直视,作尽英雄气。翩翩进士,料知形状如是。　　闻道重午悬门,妖魑匿迹,一啸清天地。料只荒田兼破宅,择肉寻他怯鬼。行坐挪揄,市朝跋扈,笑尔无权矣。蹒跚笨伯,窃愁鬼以为戏。

如梦令　题画

一片清光澄澈。素晕薄融酥颊。对影碧阑干，人月都无分别。清绝。清绝。更有湘兰成缬。

百字令　题画熊

指头濡墨，郁轮囷、图此骁腾野兽。据地犹然余猛气，顾盼如闻欲吼。引气高林，栖神石馆，狐兔潜逃走。画侯象伐，化狸知又能寿。　　试看狗尾通侯，烂羊作尉，举目纷纷有。记得深崖游衍日，青兕于菟为友。天铁搏狮，赤光远兕，岂屑寻常偶。只怜蹯美，落他膳宰之手。

临江仙　和董曲江题周季和画册四调

滴粉搓酥闲点染，图成琭玉明姿。春兰秋菊不同时。洛川贻翠羽，姑射见冰肌。　　醒美椒芳聊托意，回风流雪依依。赋才宋玉与陈思。高唐巫峡里，云雪画堪疑。

其二　酒人

俯仰乾坤何逼窄，醉乡地阔堪逃。浊贤清圣总无憀。三蕉心地稳，五斗兴偏豪。　　落魄吾侪聊尔尔，嵇情阮旨萧骚。填胸五岳借他浇。欲眠君且去，一醉任天高。

其三　侠士

世上群儿浑不识，须眉岂屑凡流。朱家剧孟许从游。美人青玉案，上客紫貂裘。　　德不欲矜能不伐，功名将相蜉蝣。须知缓急决恩雠。千金轻赵璧，一笑脱吴钩。

其四　老僧

应度现身门径阔,珠宫贝阙难攀。为劳四大费周三。乘参正觉,五味证因缘。　　何用拈花兼扫叶,千山明月娟娟。揶揄山鬼纵多般。任他施伎俩,寂定不闻喧。

醉公子　题倚帆图

溟海扬蒲幅。万顷波渌。拄颊吹天风。曦光射电红。　　十洲忽近远,超阔心原坦。跋浪任隁喧。输他徙倚间。

浪淘沙　李景唐小照

山色有无中。一片阴浓。漫天雪叶舞回风。弥望长林烟树合,嘶断花骢。清兴许谁同。箬绿蓑红。鞭丝凝裹玉珑松。就里不知身是画,谱出豪踪。

庆清朝慢　曾映华归省图

珠露低圆。罗云高薄,晴光点破秋山。一声长笛,骊歌忍听离筵。何事急书驴券,三叉识路柳枝边。芦沟渡、回眸藜阁,缥缈云端。　　试看新图写就,是望云念切,汶水今还。倚闾人健,归来乐事般般。九十九峰景物,篮舆花外翠痕斑。真堪羡、宗风具在,养志承欢。

氐州第一　方可村梦游塞外图

秋隼盘空,寒芜遍野,遥连斥堠云黑。月冷龙城,霜清虎落,一望迷离沙碛,长剑征衣马上拓,雕弦千石轧轧。陈陈关山影里,数声羌笛。　　猿臂才名尽识。论勋业、应垂异域。珍簟鸡啼,匡床蝶梦,觉后星河碧。画屏前、秋色犹常,对青山暗忆。一卷莺摩,袅沉烟、庭梧露滴。

蓦山溪　题张何山小照

寒崖聚藓,秋色浓于染。极目总萧疏,趺坐处、桐阴低蘸。更饶幽趣,石罅冷香团,裹苍茫,阅清辉。地名巾垫□。　瑶翻翠飐,何必移春槛。碧影泼潋光,雅称是、情怀澹澹。由来名士至,竟足烟霞,野云度,晚风斜,不许纤尘点。

御街行

朱客亭曾作《九十九峰图》,盖蜀中景也。偶与曾映华评阅,云其乡花村之南亦有九十九山,尝取以自署,回举赠之,并缀此解于卷后。

通牛树路寒烟压。九十九峰匝。峡云江雨试轻容,点点诸天螺插。深皴细染,客亭墨妙,全学关仝法。　花村南畔山名合。户外群峦纳。晴霞飞瀑或难齐,岚影常相杂沓。君其评读,卧游既好,笋屐时还蜡。

鹊桥仙　赵饮谷说剑图

芙蓉光冷,鸊鹈膏凝,三尺霜镡犹在。龙身火气久埋藏,慎莫更、夜腾光怪。　全收锋锷,闲来挂颊。划尽英谈侠概。床头我亦有吴钩,久折作、腰镰种菜。

卜算子　沈翁小像

匹练挂云根,岩际天风响。松末涛飞影欲流,揩挂成幽赏。　月明照须眉,古色和苍莽。也似华阳耽白云,甘作山中相。

十拍子　王汉基小像

曾试商烹山邑,伫看霖雨区寰。偶托闲情秋水外,且寄高怀白石间。丹青谱好颜。　　一壑一丘池馆,如歌如啸林峦。修竹便娟调鹤地,碧柳扶疏狎钓天。风流似辋川。

潇湘夜雨　题芦雁图,为张道朴广文,图为令弟所寄,用代招隐者

雁界晴空,蓼明寒渚,分明一幅潇湘。芦中人写得,幽凉潮,夜涌平沙漾白霜。晓破老荻摇黄。偏奇处,排成乙乙,逐队随行。　　情深同气,偶耕寓意,笔底传将。忆鸥盟无恙,迟我林塘。永朝夕、烟光自润,佳眠食、秋色呈芳。成高蹈,飞鸣连翩,莫更怅衡阳。

长相思　题画柳

杨柳丝。踠地垂。半绾春情半别离。章台无尽期。　　舞腰肢。展黛眉。不道渊明也解思。门前种几枝。

昭君怨　山水小幅

十里霜林欲暝。秋色一奁寒净。天际拥珠娥。镜新磨。　　无限翠鬟滴岫。遮映丹枫乌桕。皴法是荆关。好烟峦。

木兰花慢　再题张道朴芦雁,即送归临朐

寥天排雁序,秋水净、影低垂。看红蓼洲边,明波瑟瑟,烟景离离。追思。柳门别后,鹭鸥盟聚散竟参差。辛苦斜风细雨,虚抛沙岸晴矶。　　东篱。无恙柘桑,围笔底、寄清辉。恰听雨关怀,莼鲈兴起,萧散言归。轻挥。种成苜蓿,问何如天际一行飞。大岘山头月满,穆陵关下芦肥。

辘轳金井　仇十洲清明上河图

金塘曲港,古今流不尽,汴京遗事。秘阁良工,写清明节气。鲜妆照水。

渲染者、柳明桃媚。倚檐评花，认旗沽酒，香飘罗绮。　　清渠锦帆十里。看回桥匝市，都亭百戏。残照西风，怅青城殿里。丹青再拟。尚省识、梦华如是。风月无愁，河山到处，西湖重起。

国香　蓝田叔兰花卷子

九畹连绵，看含芳洁体，古意深深。际风动时，香名岂遂终沉。空谷佳人独处，倚冰弦、月冷瑶琴。凄清伴疏筱，翠薄轻绡，谁念遗簪。　　为刍同萧艾，却据龙雾带，引凤幽林。楚云湘水，何事莫解愁襟。蘅杜蘪芜杂逯，甘澹泊、饮露崖阴。此中有真意，谱出孤贞，远思闲吟。

菩萨蛮　题画

霜清长笛江天弄。自流烟水无心竞。潮落海门东。沙鸥闲意同。　　争流孤白起。浪击空明里。一色与天通。渔歌断荻风。

鹧鸪天　柳溪垂钓图

烟水云山远世氛。不衫不履不冠巾。丹霞岭上晞秋发，白石矶头理钓纶。　　怀澹泊，态嶙峋。清流濯足净根尘。都非晋宋人间意，应是羲皇以上人。

许在璞　2首

原名企琼，字玉仙，号冰壶老人，江苏常熟人。灏女，陆揆继室。生于康熙五十四年（1715）前后。夫早卒，守志六十年，以苦节称。工文翰，善弈。乾隆三十一年（1766）自序其集，沈德潜、邵齐焘均为志语。著有《小丁卯集》，词附。

清平乐　代师淳侄孙题鲍天宜小照

竹林鱼沼。中隐商山老。麈尘清谈惟大道。当世风流梁灏。　　绿阴庭院逍遥。晚凉棋子闲敲。占得人间首福,不随伊吕趋朝。

菩萨蛮　代题前照。天宜时年八十又三,图中竹林荷池,同二叟观棋

凉亭掩映潇湘竹。三星林下观棋局。碧沼戏金鳞。荷香暗袭人。　　年逾钓渭叟。未肯名场走。遗世老参军。高风自出群。

陆烜　9首

字秋阳,号蝶厂,浙江平湖人。生于康熙五十四年(1715)前后。贡生。弱冠受知于诸城窦少宰,后弃举业,隐居胥山丘为里,专事著述。家富藏书,琴棋书画皆工,兼擅倚声。乾隆三十二年(1767)手定词集,乾隆五十二年(1787)又汇其所作别为一集,两集均为其侍妾沈彩手书,刊刻精美。著有《梦影词》三卷、《二蚕词》一卷。

八六子　题北苑画

似江南。初春雪后,风光一片烟岚。看隐隐、孤村零落,重重树色迷离,空波远涵。　　数峰天外拖蓝。残照断边飞鸟,白云平处征帆。更渺弥湖乡,败芦丛竹,亭荒人去,桥回路转,剧怜。幽似轻纱笼壁,旷如明镜开奁。最沉酣。渔舟又添两三。

渔夫　题赵大年小幅

一片流霞夕景清。青莎碧树出秋晴。山翠敛,水波平。闲话沧浪待月明。

百字令　自题山雪探梅图

健儿快马,算当年豪杰,如今尽死。百岁光阴容易去,三万六千而已。一笠一瓢,一丘一壑,老我烟霞里。芒鞋竹杖,优游请自今始。　　最是冷雁号云,朔风吟叶,更飞花点水。此际清狂狂转甚,延伫浑忘遐迩。踏破空山,立残疏影,且住为佳耳。除梅兄外,眼看知己谁是。

百字令　前韵,自题空山独坐图

空山偃蹇,早身如木槁,心如灰死。世事沧桑何足问,笑指白云无已。不是求仙,非关学佛,终日朦胧里。霤光驹隙,看时序几回始。　　愿倩明月为钩,彩霞作帐,香海供杯水。添个茅庐杏霭际,熊馆鹤巢相迩。高枕梦回,古琴弹罢,松籁常盈耳。倘呼牛马,不须报道非是。

百字令　前韵,自题秋江垂钓图

西风凄紧,把木叶吹残,菰蒲吹死。更麽波涛千顷绉,摇荡渔舟难已。雨笠烟蓑,竹篙楼缆,垂钓秋江里。机心何有,狎闲鸥与终始。　　畅好近郭生烟,远山敛雾,天气清如水。点点飞帆斜复整,云际微分遥迩。背日收筒,顺流鼓枻,归去喧黄耳。君家何处,门前五柳应是。

百字令　前韵,自题水村读书图

其人已朽,只残编断简,长留不死。插架牙签罗万轴,南面称孤堪已。流水年遥,青山世杳,心事悲歌里。典坟丘索,怜灰烬恨秦始。　　有时拔剑长吟,呼觞痛饮,意气凌江水。千古兴亡千古事,一室周旋何迩。狐穴冥搜,兔园颠倒,富贵奚须耳。灵威脉望,天教吾辈如是。

齐天乐　题仇英画秘辛图,即括妫以诏书如莹燕处一段

熹微日暑窗棂挂。照脸雪融霞射。秋水澄波,春山卷翠,秀靥香颔都雅。闲情怎惹。看骨肉停匀,璧无瑕者。试解云鬟,黝髼可鉴散兰麝。　　那堪又宽结束,筑脂刻玉,奈火齐吐乍。萌竹难推,芳肌竟扪,转面泪盈盈下。粟纤珠姹。想足趺丰妍,不曾缠也。似振鸾箫,万年皇帝谢。

少年游　题周文矩明皇按乐图

长生殿里,沉香亭北,何处按歌声。寿妃方宠,阿瞒扶醉,端不识真卿。翰林新制,梨园旧谱,都付野狐笙。欢歌未歇,渔阳鼙鼓,一曲雨霖铃。

清平乐　题易元吉百兽率舞图

丹青妙诀。一一生绡活。起舞虞廷灵蠢别。共感鸣球击石。　　五弦曾奏熏风。不闻百兽来同。记取两朝德让,九成仍要夔龙。

朱若炳（1716—1755）　5首

字彤章,号云亭,临桂(今广西桂林)人。弱冠举于乡,乾隆二年(1737)进士。选庶吉士。乾隆八年(1743)改外吏,历官山东长山、历下、菏泽、安德,擢江西九江知府,又二年迁江西南昌知府。乾隆二十年(1755)以疾卒于南昌官舍。殁后胞弟若烜手辑其遗作行世。著有《补闲词偶存》。

贺新郎　自题桐庄读书图

面目从谁谱。画临流、半间亭子,梧桐千树。石径回纡苔绣碧,架上缥缃几部。还置我、其中作寓。独坐无言秋瑟瑟,把残编、似向萤窗苦。此意也,真

何取。　　不堪旧事悲新雨。恨科名、少年侥幸，被他耽误。费尽六州诸县铁，一错果然难铸。欲待把、亡羊牢补。但恐长门深锁却，便赋成、空自羞眉妩。谁为我，歌金缕。

贺新郎　题别驾张公行乐

明月梧桐挂。问阿谁、轻罗赤舄，襟怀闲雅。一带平岗连细草，小坐凉生树罅。看不尽、斗移星下。头上微云初破处，映苍筤、几笔文同画。休负却，好良夜。　　神仙是耶还非也。认风流、旧家湖上，直言声价。湖外山容螺黛浅，湖里水光蓝泻。都未似、此间潇洒。赋罢秋风吹鬓影，悄呼童、不应酣眠者。剩四壁，寒螀话。

贺新郎　题高且园司寇指头芦雁图，用迦陵集韵

能事商量罢。弃毛锥、别开生面，指头堪画。不画春花飞社燕，画作霜痕月下。排几个、人人字者。一片黄芦吹瑟瑟，和天边、嘹唳乡关话。曾相识，潇湘夜。　　西风尽教当头打。看连翩、行行接武，银河低泻。莫认寒汀寻旧宿，直欲凌空而化。影历历、平波点䴖。独辟蚕丛营惨淡，比萧萧、枯木荆关怕。消受得，高斋挂。

水调歌头　题谢潜斋飧菊佩兰小照

常爱秋光好，花事接春城。阿谁落拓如是，小坐素罗轻。手把幽兰细认，满插军持黄菊，香味两盈盈。丝竹中年感，何似此移情。　　三闾么，三径么，总无凭。偶然相对自家，意思觉惺惺。便道可飧可佩，更复谁今谁古，原不废经营。天气淡如水，丘壑晚凉生。

百字令
题邵斗雯小照,景取杜牧之"停车坐爱枫林晚,霜叶红于二月花"句

生绡半幅,写一丘一壑,秋容窈窕。烟淡蛾眉凉意嫩,几树霜枫红早。细拂苔痕,小停车毂,径为高人扫。明霞影里,此间无限怀抱。　　还想当日司勋,扬州灯市,夜夜平安报。爱杀秋怀偏不恶,值得春光多少。灼灼夭桃,亭亭乌桕,一抹平分好。胸中减却,宋家百种烦恼。

王璐(？—1755)　4首

字叔佩,号澹斋,江苏阳湖(今常州)人。贫无所遇,与张埙、盛晓心等以词相倡和。生平所作词共四集,殁后多散佚,盛晓心搜罗,订为一编以刊行。著有《澹斋词》二卷。

虞美人　本意,题画

东风着意谁家院。倩色浓成染。柳花飞散满溪烟。不道江南犹有、艳阳天。　　日长闲倚回廊小。梦醒西池草。疗饥一砌米囊攒。多感金衣秀色、许同餐。

念奴娇　题挂角图,为谷生作

是何年少,向春畴一笠,轻风初卸。竹马嬉残增气概,肯作寻常游冶。海客槎边,天孙机畔,俊绝耕烟暇。罢吹短笛,夕阳林杪西下。　　堪恨我亦农家,江皋驱犊,汉室书难假。妒煞儿郎夸将相,也学朝为田舍。笑指青山,偷啥白水,瑞协丰年稼。秦人占梦,为他勤向深夜。

金缕曲 为捧霞题扇中秋菊黄白二种

一扇秋风早。问谁将、几茎霜艳,毫端偷报。抹净胭脂妖媚态,仿佛霓裳垂缟。又秀靥、黄星争耀。借拟真真图外影,吸芳魂、神笔勾来巧。浑欲傍,掌中袅。　　嫩凉转眼成寒峭。笑繁华、荷花桂子,那堪同调。本是幽栖空谷品,肌骨冰清月皎。拥几叶、绿云缭绕。留取夕英供细嚼,疗斯饥、黑舌飡须饱。休只恨,春光杳。

大酺 大堤酒客图一首,为捧霞作

风月河阳,久闻说,罗绮千丛无价。炉烟扬酒社。有妾食猩唇,菖蒲未谢。胞紫才郎,骨青仙客,多少玉鬃游冶。驮金劚芳草,任金屈频摇,金貂频解。笑我亦能狂,几年清梦,绕他亭榭。　　宗之惯潇洒。爱泥饮、倒吸长鲸泻。又谁识、眼中简简,心上真真,倩东邻、伴残黄姊。赉此成虚愿,只一画、春光堪假。拼素壁、从他疥。斋头高揭,尽日侑残三雅。白杨闷臆差快。

姜恭寿(1717—1768)   1首

字静宰,自号香岩居士,江苏如皋人。任修子。乾隆六年(1741)举人,官教谕。乾隆十八年(1753)入两江学政雷鋐幕,随从视学江苏。书工篆隶,画善花草竹木,与同里史鸣皋相上下。著有《皋原诗集》十六卷。

扬州慢 和月三题西田弟天寒翠袖图

蛩语催寒,蟾光破暝,绘成一片秋容。恨阑干十二,倚不尽愁踪。宛转向、池塘立遍,惊看月影,过了梧桐。任香尘、冰透苍苔,立折弯红。　　踌躇半晌,乍回头、密语西风。想漏杳如年,宵凉似水,香冷熏笼。有梦知无觅处,霜桥茅店泊孤篷。把鸳衾红泪,不如滴向芙蓉。

孙扩图（1717—1787） 1首

字充之，号适斋，山东任城（今济宁）人。乾隆元年（1736）举人。历官山东掖县教谕，浙江乌程、钱塘知县。曾主温州东山书院。著有《一松斋集》《染云轩稿》。

鹧鸪天　题友人垂钓图

才出桃源入画图。柳丝轻拂橛头初。须眉酷似忘名字，风雨欲来半有无。　破萍藻，待惊鱼。双禽相伴水中居。再添一个红妆面，便好收纶泛五湖。

徐廷柱 18首

字竹庄，号清叟，浙江人，祖籍衢州。生于康熙五十六年（1717）前后。久困场屋，觅食南北，均无所遇，潦倒终身。乾隆四十九年（1784）编定词集。著有未刊《友竹居状龙吟草》十二卷，附《吟》《风》《弄》《月》词四卷。

望江南　题万山秋影卷，周蹑云笔

空怅望，万壑绕千峰。山寺参差红叶里，洞门迢递白云封。何自下尘踪。

长相思　题画，竹憨道人笔

风乍紧，日将斜。几叶渔舟怕浪花，相次泊蒹葭。　鱼自有，酒能赊。信道江湖乐自奢。不肯忆京华。

浣溪沙　美人春梦图,为周君惠文作

怯怯灯前手托牙。眼星星鬓欲松鸦。一床冉冉梦魂斜。　才向枕山迷幔绣,又和香篆袭窗纱。忽然乘月到天涯。

卜算子　题画,王介庵笔

昨梦到天台,一啸巉岩破。迸出飞泉几道来,乱树空中播。　刘阮已皤然,犹在山前坐。指话纷纷却为谁,疑是谈论我。

巫山一段云　咏周君惠文扇头题红仕女

香浦沾红叶,芳心托黛煤。多情不得住瑶台。游戏混尘埃。　乍向风前见,还疑月下来。周郎掌上舞徘徊。误作小乔猜。

忆秦娥　题吹箫美人

风流歇。秦娥吹落秦楼月。秦楼月。朝沉洛浦,暮迷巫峡。　虎丘山下曾伤别。垂虹亭畔重愁绝。重愁绝。一齐付与,玉箫声咽。

浪淘沙　题扇头小景,洪无功笔

同向月黄昏。不共温存。一天秋思两平分。恰好似湘灵下楚,弄玉归秦。　何事落红尘。偃蹇芳魂。却教流俗认真真。凭仗香风生袖底,吹出巫云。

鹧鸪天　自题小影,仄韵

心事数茎秋浦竹。生涯一片寒山木。墨花荡尽砚田空,诗草焚余茶罐熟。　不耕渔,不樵牧。闲摊一卷义经读。乾坤浩荡绝纤埃,现出庐山真面目。

蝶恋花　题画,一青鸟将啄花心苍蝇

点染秋容何足异。只有青蝇,每动人深思。可怪纷纷称绝技。茕茕莫会丹青意。　此事由来无顾忌。一任芳心,缠到孜孜地。那管从旁馋眼觑。等闲险着鹦鹉啄。

渔家傲　题宗翁功石行乐图,乔甸安笔

自寄一丘还一壑。翛然脱去尘缘缚。深羡吾家翁卓荦。松为幄。科头坐对林逋鹤。　鹤去衔芝宁惮数。松间应有苓堪斸。一并收来成大嚼。龙钟却。从今占断山林乐。

行香子　题侄鹤田竹崖小影

石壁崎嵝。秋竹萧疏。此间潇洒一尘无。谁欤之子,吾识夫夫。却也非僧,也非道,也非儒。　未解犁锄。宁肯呼卢。淡相亲、茗碗香炉。床头阁却,却是何书。可是仙经,是怪牒,是阴符。

天仙子　秋溪小影,为宗人集文作

淡濛濛、晚山一带。碧粼粼、秋波一派。绿杨红蓼白蘋中,清可爱。凉可爱。天然一片神仙界。　便有横行何足睐。收拾丝纶偏自在。吾无隐尔桂花香,心也快。身也快。蓬壶不在尘寰外。

千秋岁引　题家孟君纬行乐画,陆稼堂笔

树德兰馨,澄心鹤洁。这原是、吾家生活。我宁不来青眼顾,翁先不受红尘涅。寄孤踪,虚空里,谁能狎。　晃然几簇松梢雪。朗然一片梅梢月。较伊清白无分别。雪则未能终岁在,月亦有时而圆缺。怎如吾,风流孟,无休歇。

满路花　美人照镜图,张远斋笔

眉侵缺月弯,鬓压流云堕。新罗衫未着、才梳裹。牙奁半启,手捻菱花睃。相新妆可妥。越觉风流,待儿偷插花朵。　　芳心无赖,偃蹇屏风左。兰房春昼永、谁能过。仙凡路隔,空趁诗人坐。等珍珠一颗,只许侬心里,供养掌中荷。

庆清朝慢　题秋山晚照图,为周君惠文作

老树红浮,疏篁泛绿,重林争弄秋酣。摇摇半江残照,返射茅檐。溷漾瀑如练夜,濛濛烟霭暝松杉。抬头望,晚云缺处,正见山尖。　　近不近、远不远,总在人间世,别甚仙凡。吾将扶筇蜡屐,来蹑巉嵓。只是骑驴老叟,依稀记得眼曾瞻。思量也,恍然忆着,知是陶潜。

高阳台　题周郎与三先阆沈淑人像

乍返瑶台,长辞金屋,依然又落寰中。化鹤归来,何如往日惊鸿。花间月下遥相见,是耶非、一半朦胧,但多情,彩笔殷勤,拟画眉峰。　　休思小语喁喁,一样涂胭傅粉,嫩白娇红。听罢纱窗,几曾环佩玎玲。芳魂只尺招难起,觉原来、色相皆空。又何须,苦苦缄愁,万叠千重。

惜余春慢　题画美人徙倚,程简庵笔

粉脸轻匀,黛眉微画,草草得梳妆灿。团花露服,百蝶罗裙,时式衣裳尚茜。纤纤雪藕徐舒,摇动金环,弄青纨扇。乍翻身跂石,金莲斜起,一痕裙现。　　缘底事、有恨凝眸,无言低首,渐立碎苍苔片。空闺寂寞,几度花开,把手托牙儿算。谁惜年年此际,黯黯神伤,恹恹肠断。可怜无路入红尘,邀取词人作伴。

其二　又画美人欠伸

眼角空濛,眉峰缥缈,漠漠意慵神懒。花酣夜月,柳困春风,仿佛瘦腰娇软。联翩彩袖双舒,悠扬衣香,被风吹散。不知缘底事,背人伶俐,向人腆觍。

元不是、瑶岛仙神,珠宫人物,又肯信尘缘断。芳情徙倚,倦态俄延,怎对面如天远。词客寻常,纵非江淹绣肠,潘安粉面。草庐寂寞夜深沉,也合惠垂青眼。

程晋芳(1718—1784)　1首

字鱼门,祖籍安徽歙县,迁居江苏淮安。累世业盐,家豪富,而独尚儒术。屡试不第,乾隆二十七年(1762)高宗南巡献赋,召试拔第一,赐中书舍人。乾隆三十六年(1771)进士,官吏部文选司主事,入四库馆,分任编校,授翰林院编修。学殖弘富,精研群经,兼工诗古文,与刘墉、吴敬梓、袁枚交莫逆。著有《勉行堂诗集》二十四卷。

菩萨蛮　题对琴图

缃梅多处安琴荐。玉炉袅碧烟如线。流响两三声。山空秋月清。　闲中编小史。次第传宫徵。微谛少人知。契禅兼说诗。

杨逢春(1718—1800)　1首

字芝山,号雪村,江苏金匮(今无锡)人。乾隆元年(1736)邑庠生。著有《雪村词》,今未见。

木兰花慢　题葛梅谷坐梅小照

向霜绡幻出,疏疏影、老梅稠。有姑射仙人,肌肤冰雪,镇日淹留。凝眸。

手携玉管,似含情带月试清讴。犹记巡檐索笑,相逢曾泛金瓯。　　罗浮。仙洞接瀛洲。万树绕峰头。忆君家抱朴,丹砂炼后,恣意清游。风流。暗香不断,待云礽付与画图收。长教春风拥座,吟身稳住千秋。

朱景英　6 首

字幼芝,号研北翁,武陵(今湖南常德)人。生于康熙五十七年(1718)前后。乾隆十五年(1750)解元。初官福建宁德知县,擢台湾台南府同知,迁福建汀州、邵武知府,皆有政声。尝纂修《沅州府志》,以精核称于时。工书法。乾隆四十二年(1777)尚在世。著有《西园于喁集诗余》。

蝶恋花　画晚香玉

风露清幽逢此夜。有美亭亭,玉立矜无价。况是浓香吹月下。白秋衫子侵兰麝。　　剧苦炎蒸谁慰藉。翠岫黄昏,小草偏潇洒。粉本为烦依约写。卷中冰雪堪消夏。

蝶恋花　莺粟蛱蝶图

无限春光纷紫翠。坼萼含苞,碎锦差堪拟。记得昨秋抛粒子。佳人彩袖当风起。　　仙种罗浮劳梦寐。迢递闻香,一一来相试。讵待倾囊都是米。疗饥况有天然媚。

减字木兰花　题画眉新柳图

画眉丛柳。玉照青林无恙否。弱柳纤眉。识取边莺落笔时。　　不堪追忆。海上琼枝求易得。为感微禽。读画钞词一片心。

柳梢青　题同人画眉新柳词后

娇小莺儿。丁宁絮语,惯画双眉。绣户初开,金笼未贮,苦恋杨枝。损他半幅吴丝。又珍重、佳人构思。谱向当筵,一时传唱,恼煞分司。

媆人娇　藕花图

翠盖初擎,红衣未卸。凌波出、走盘珠泻。有方逭暑,一池香惹。待露净、飔凉更饶潇洒。　日炙鲜妍,风来幽雅。戏翡翠、傍花上下。倩谁采来,芳馨盈把。拾绢剩、鹅溪为伊描写。

东风齐着力　蔷薇蛱蝶图

一笑嫣然,屏山慵倚,寂寞黄昏。偷窥媚靥,睡起枕边痕。剧恨桃花半面,空题句、树底柴门。烦渲染,娇红媆我,别种销魂。　金粉更谁扪。添几笔、藤王旧样重论。香丛疏缀,两两凤凰孙。尺幅越绫光砑,写生好、恰对春暾。开怀处,晴窗读画,罢醉芳尊。

顾奎光(1719—1764)　2首

字星五,号双溪,江苏无锡人。九岁能文。乾隆元年(1736)高其倬荐试博学鸿词科,辞不赴。乾隆十年(1745)进士。乾隆十八年(1753)任湖南泸西知县,调桑植县。深研经学,尤长于《春秋》,著《春秋随笔》二卷,《四库全书》采入。古文得归有光家法。著有《顾双溪集》九卷,收词一卷。

满江红　题柏郎小像后

爱丑憎妍,谅非是、天公之意。只合是、再来人世,不教长住。烟冷蓝田红玉破,月明沧海珍珠坠。看纷纷、竹马与鸠车,谁相比。　　最难乞,前生慧。最难认,今生字。若道儿顽陋,长成应易。春雨只教稗草茂,秋风偏令丛兰瘁。笑人情、舐犊竞夸扬,豚奴智。

金缕曲　张慧川索题焚香煮茗图

十丈红尘里。展图看、丰神隽爽,岂非佳士。袅袅博山烟似篆,炉畔松涛徐起。有桃叶、桃根双侍。风雅已推流辈伯,拥婵娟、也胜康成婢。不须说,玉川子。　　羌余宦海添憔悴。笑年来、推琴阁笔,劳劳如许。欲向画图分半榻,扫地焚香而已。任跌宕、宾朋文史。锡麓甘泉阳羡茗,问渊明、只合思乡里。谁剪取,吴淞水。

叶观国(1719—?)　1首

字家光,号毅庵,福建闽县(今闽侯县)人。乾隆十六年(1751)进士,改庶吉士,授编修。典试河南、湖北、四川等地,又尝提督广西、安徽学政。乾隆四十六年(1781)任武会试副考官,累官至侍读学士。归主清源书院,乾隆五十六年(1791)尚在世。著有《绿筠书屋诗钞》十八卷。

摸鱼儿　题皇三孙绵亿竹里弹琴图

怪翻浆、汗流炎节,清凉园馆如许。檀栾万个筼筜竹,隔断尘镳曦驭。竹深处,有几卷银笺,七尺横珠柱。磐陀小踞。听流水高山,慢弹长啸,一段辋川赋。　　生绡里,涌现天人眉宇。光风霁月襟愫。朱门何限纷华事,惟爱搦毫敲句。谁是侣。指白石清泉,相与无相与。盘桓薄暮。又选月铺烟,筛青亚翠,散作夜窗雨。

谢墉（1719—1795） 1首

字昆城，号金圃，浙江嘉善人。乾隆十六年（1751）高宗南巡，由优贡生召试第一，赐举人，授内阁中书，明年成进士，改庶吉士，授编修。乾隆二十六年（1761）充会试同考官，三十年（1765）擢右春坊右庶子，充福建乡试主考，三十二年（1767）任内阁学士。丁父忧归，服阕补原官。乾隆四十四年（1779）充四库全书馆总阅官，转吏部侍郎，迁江苏学政。乾隆五十三年（1788）被参以舞弊事，降职留用。著有《听钟山房集》二十卷。

忆旧游　题后谈艺图

忆秋槐古巷，两度吟坛，擘尽蛮笺。忽忽春明路，倩丹青妙手，谱取谈玄。闲情更挥松麈，风月快无边。叹流水韶光，纷纷旧侣，半已华颠。　　脩然素心客，共盘桓佳日，欣赏鸿篇。小别三壶上，复梦中占梦，握手江天。剪烛重题前事，明发又离筵。问艺圃生涯，何时对面参画禅。

万廷兰（1719—1807） 1首

字芝堂，号梅皋，江西南昌人。乾隆十七年（1752）进士，改庶吉士。授直隶怀柔知县，调宛平，补献县，升通州知州。乾隆三十二年（1767）因事落职，入狱十六年，乾隆四十七年（1782）释归。晚主江西瑞州府书院。著有《计树园诗余》。

卖花声　题邬书田竹院逢僧图

独立转苍茫。槐夏清凉。偶随步屩指禅房。一径云深风细细，万个筼筜。可惜小僧忙。说偈荒唐。菩提无树碧潇湘。不问主人能揖客，且到斜阳。

孙士毅(1720—1796)　1首

　　字智冶,仁和(今浙江杭州)人。乾隆二十六年(1761)进士,以知县归班待铨。明年,高宗南巡,召试授内阁中书,充军机章京。乾隆四十四年(1779)任云南巡抚,以李侍尧案获罪落职,优命纂校《四库全书》,书成擢太常寺少卿。出为山东布政使,迁广西巡抚,调广东,寻署两广总督。乾隆五十二年(1787)平台湾林爽文之乱,加太子太保。乾隆五十六年(1791)官吏部尚书,协办大学士、明年授文渊阁大学士兼礼部尚书。再权四川总督,董理军需。嘉庆元年(1796)湖北白莲教起兵入四川,督师交战,卒于军中,谥文靖。著有《百一山房诗集》十二卷。

金缕曲　题杏林听莺图

　　芳树晴丝罥。正江南、二月烟浓,柳搓金线。小驻吟骢茅店外,墙角殿红开遍。还懊恼、青帘遮面。社鼓饧箫听乍远,又如簧、声滑风吹断。穿林去,蹴花片。　　曲江往事同飞电。记当年、一点深黄,也陪高宴。蛮语参军今渐老,展卷恍闻春啭。惜少个、呢喃新燕。归踏裙腰招旧侣,尽水村、山郭寻常见。携柑酒,恣游衍。

汪棣(1720—1801)　17首

　　字韡怀,号对琴,江都(今江苏扬州)人。补仪征县学生,遂籍仪征。纳赀入仕,由国子监助教迁刑部员外郎。性喜宾客,好文史,与江昱、史承谦、王鸣盛等缔文字交,又尝刻王士禛《神韵集》行世。著有《春华阁词》二卷。

芭蕉雨　题金山图

　　一片飞来洞壑。下重幨不见、风涛作。塔影具含圆觉。看煞槛外云横,天边日落。　　缆舟沙屿引酌。前事尚如昨。思砥柱却从、中流跃。转令我、眼迷离,浑似远挂晴帆,斜吹冷角。

八声甘州
幼读韦左司诗"对琴无一事,新兴复何如"二语,心最赏之。嘱友为图,并缀此曲

念浮生难拂是愁襟,谁与绘空林。更岩几香清,石床瓯冷,闲唤秋禽。幽意忽成雅曲,筝笛逊鸣琴。独立凝眸处,薄霭轻阴。　　往事垂虹诗老,有小红箫底,掩袖微吟。却声希韵淡,别趣冷遥岑。叹年年、燕昏莺晓,惹愁肠、那似砌蛩深。还须仗、冰弦玉柱,一奏清音。

减字木兰花　筠谢属题乞巧图

银河一度。不爽灵乌中夜赴。何处楼阴。默祷遥知各有心。　　露凉秋浅。佳会年年终不远。玉果青瓜。空忆针期笑语哗。

洞仙歌　题采芝图

依稀汉水,见江妃游处,解佩曾逢郑交甫。却蝉纱淡碧、鱼襫深红,行又止,肩下偻偻如诉。　　烟鬟那更得,琼液金盘,纤手同携入云路。仙种自疗饥、一叶拈来,爱鼻下、清香时遇。况又近、轩辕古台边,看低执筠篮、独寻鸾侣。

玉蝴蝶
题关中史渭占取适图,岑嘉州渔父诗云"世人那得解深意,
　　此翁取适非取鱼",盖图中所托也

物外纶竿闲逸,孤情弥奥,不欲真渔。绢素描摹,犹忆读古人书。放烟罾、岸垂深柳,欹雨笠、门对残蒲。又谁怜。煢煢只影,抛却蜗庐。　　堪娱。人生行乐,偶携笭箵,便入蓬壶。水阔天遥,更于何地侣鸥凫。醉时歌、樵奚妨

问,高处立、鸟亦相呼。笑空江,棹寒蓑重,山雪方铺。

小重山　题松阴梦觉图

谡谡风平一枕停。枝垂浓自映,两眉青。悬岩猿鸟野花馨。闲相唤,石上偶然醒。　幽梦几回经。千寻虬干曲,布荒坰。寒涛高卧不曾听。胸怀适,奚啻阁窗暝。

眉峰碧　题云门吼瀑图

岩破溜寒光,濆洞如奔驶。仰面纷纷雨雹溅,引入襟怀止。　琴觞何定溪,滦射云门寺。独上春风子敬亭,惬赏兹游始。

梁州令　题秋林坐月图

暝色笼高树。暗下庭阶凉露。临风独坐迥无哗,溪边一片幽辉吐。修翎孤鹤当窗舞。闪入苍烟去。空山自屏浮虑,琼箫响散楸桐路。

虞美人　题程筠榭乐句图

深深庭院翻歌谱。蝴蝶攒钗股。一声歌拍晚风天。除是骚人词客、不能怜。　十年前事真疑梦。又惹吟情动。新教小玉巧妆梳。且与晓窗低验、十眉图。

临江仙　题枫南师岩溪归棹图,寄侄小函

野岸一篙归计遂,声声清吹风秋。杖藜岩塾好淹留。闲心观稻秋,老泪洒松楸。　片刻林皋争送别,蓼红蘋白增愁。远天如沐碧云流。雁翔烟外渚,人上酒家楼。

玉漏迟　题江云磻杏花影里填词图

隔檐灯影飔。轻红一树,搅人幽况。碗茗炉香,斜里素波溶漾。偶向阑干撅笛,爱新谱、吟成清响。心独赏。不妨阅世,风流相抗。　　小庭露葶烟梢,总几阵东风,扫空尘块。跂足孤吹,怕动黄昏惆怅。楼外雨鸣自惯,听曲曲、明朝深巷。歌慨慷,胸怀嗒然闲旷。

少年游　吴门沙白岸索题汴州梅姿伎旧影

低钗玉燕,轻衫犀蝶,无语意常温。独客初逢,软尘仅见,争得不销魂。匆匆已怅年华晚,花落失遥村。复此寒宵,于思空自,脉脉罄孤樽。

梁州令　题并蒂菊图

曾记重阳近。别围霜葩齐褪。吟边孤影已婷婷,生绡复与添风韵。鹿门偕隐无多逊。采药宜簪鬓。驻颜那得仙侣,从今惯向东篱认。

琐窗寒　杭堇浦太史属题青山送别图

水咽离声,峰含怨态,峭帆初去。斜阳黯黮,那待塔铃吹雨。望空江、枫丹苹白,驿楼迥被峦云护。怪闲眠点点,牵情都到,晚汀鸥鹭。　　还觑。年华暮。却别壑梅藏,平湖月吐。夷犹归棹,不尽西泠幽趣。肯回思、烛冷樽空,寂寞两地高阳侣。但屏颜、一缕孤烟,远绕南徐树。

扬州慢　题徐墨耕观海图,予曾观海于吴淞之东口,因追忆之

水磕遥天,烟霾绝岛,突开万古沧波。吐双丸下上,正昼夜如梭。倚危石、回风澜紫,贝宫银阙,佺羡星罗。荡心胸、高咏声声,呼起蛟鼍。　　采华拾月,傍长堤、旧日经过。却鸥泛无虞,鹏骞不息,澄旷秋多。骤雨惊雷何惜,潮

初上、湿透青蓑。玩游情奇绝,一泓重泻金螺。

蓦山溪　题吟眺涤尘楼图

丝杨盈岸,水面授蓝出。斜里绕檐楹,雾方迷、凌虚一室。闲安几榻,吞吐积湖岚,胸高逸,堪吟述,昼永摊缃帙。　滩头放鸭,旧迹思当日。更上画眉桥,漾风天、软波不溢。楼阴空阔,烟月八窗开,鸥群一,还容膝,欲与倾春秋。

瑞鹤仙　看云写云山双鹤图相赠,并系以词,即次元韵题画

寒岩留夕照。漏白云半吐,干霄柯老。何声唤清晓。出修翎皓质,肯同凡鸟。羊公风渺。尚愁贻、氍氀讪笑。却常思、海外三山,遍觅露浆琼草。

尘少。霜阶振洁,鹥网鸡群,尽消烟秒。仙胎自好。无人憾、骐骥小。绕林端复岫,回翔六翮,快意寥天云悄。纵他年幻化,何须更来华表。

韦谦恒(1720—1805)　1首

字慎旆,号约斋,安徽芜湖人。乾隆二十七年(1762)召试,赐内阁中书,明年一甲三名进士及第,改庶吉士,授编修。出为贵州巡抚,复降四库馆编校,加鸿胪寺少卿。著有《传经堂诗钞》十二卷。

迈陂塘　题王述庵先生三泖鱼庄图

对茫茫、层波滑笏,湖光清绝如许。茶烟微扬孤篷底,只有罟师为侣。人唤渡。看朵朵、闲云浅碧前村吐。渔灯隔浦。想秋到鲈香,一声欸乃,听尽绿蓑雨。　长安道,目送飞鸿无数。九峰三泖何处。白蘋汀畔枫林下,斗鸭捞虾都误。秋几度。倩半尺、吴绫写出离情苦。留君小住。漫清梦频牵,蛤蜊菇叶,便欲伴鸥鹭。

李饮冰 1首

字洁溪,浙江瑞安人。康乾间人。诸生。乾隆九年(1744)、二十五年(1760)两赴省试不遇。乾隆三十五年(1770)恩科再开,欲赴无金,穷老故乡。著有《涧琴词学》一卷。

高山流水　应赠山东刘希先生行乐小像索赋,图作闲旷观马

素怀浩荡任徜徉。写空群时顾龙骧。闲旷断尘埃,超然万里翱翔。舒情处、乘白骑黄。回首处、还留匹马,应月生良。似名骅并羡,行地卜无疆。

康强。谁传有西极,都入笔、暗称歌章。精神到胸襟,伯乐总见衡量。画工深想得中藏。寄诗肠。吟就青云一蹴,获福非常。快悠扬。岂同鸳驾小争长。

汪宪(1721—1771) 1首

字千陂,号鱼亭,浙江钱塘(今杭州)人。乾隆九年(1744)举人,明年成进士,官刑部主事,迁员外郎。以养亲归,不复出,与杭世骏、陈兆纶辈倡和。著有《振绮堂诗存》一卷。

莺啼序
题松风留客图,送王蓉轩归蜀,镇之偕至江右,时借榻南屏让山上人精会

春鸿为怜别影,就苏堤印爪。唤鸿住、五百松风,旧日坡老曾到。去千载、松将尽矣,风前古衲吹髯袅。问髯耶,鸿客谁边,肯将痕扫。　　鸿遗之意,请以臆对,算春光渐老。我家在、天半峨嵋,青山责我前约。镇相呼、五兄六弟,画人字、斜行生肖。殢情多,身在南屏,黯然魂悄。　　朝烟并驾,夕渚同栖,

水云正淼淼。待蓦过、富春潮信,更跂匡阜,蠡口湖边,把人分了。将离易长,当归难共,天涯香草。东西翼梦,馍餬此意惺惺觉。巢松不改,他时彳亍重游,心事付与髯晓。　　髯闻合十,致语双鸿,别绪憎太早。看写幅、之而挈攫,猎猎涛声,泥屦平沙,卸帆虚棹。几回暗祝沉吟低忖,江波湖水天遣断,乱烟横、怎怕天风峭。卷图迟上江船,试谱莺啼,哑然索笑。

张玉谷(1721—1780)　27首

字荫嘉,号乐圃,吴县(今江苏苏州)人。宋张载之后。年十七父母双亡。师事浦起龙,为校《古文眉诠》《读杜心解》诸书。乾隆十四年(1749)成廪生。游南汇二年,后馆于郡中,及门者以百数。工书善诗,尤擅戏曲,尝撰《再生缘》《苏州梦》传奇。著有《乐圃吟钞》。

虞美人　小伶虞郎乞题小照,戏作

几回天上闻清曲。羡煞颜如玉。是谁写入画图中。倦凭湖石荫梧桐。照莲红。　　相思未得身相伴。情托文犀管。桥头明月满扬州。酒阑灯烬漫凝眸。恐生愁。

两同心　题钱鹓滩双鬟索句图

高怀韵事,合让吾俦。清丽句、绣裙争爱,娇憨态、彩笔同酬。相辉映,花木溪山,总助风流。　　知音自古难求。我亦多愁。但错划、填胸块磊,岂真态、照眼温柔。谁能悟,画意诗情,别有缘由。

探芳信　题龚秋埜邓尉看梅图

最堪爱。是影暗香浮,梅花一派。记昔时携酒,曾劝山灵醉。年来辜负春风约,梦绕铜坑外。画图开,极目清光,有人孤迈。　　潇洒出尘态。只布袜青鞋,奚奴随在。但恐而今,难恋白云界。调羹慰了苍生望,卧隐招吾辈。好从游,放下相思旧债。

念奴娇　题小伶虞郎女妆簪兰图

我尝疑汝,直天公错了,生为男子。纵见逢场歌舞惯,雾鬟云鬓难似。画展风廊,妆翻月殿,颠倒氤氲使。个侬真个,眼前红粉羞死。　　尤爱独立亭亭,幽兰斜插,无限轻盈致。不信虞兮频唤后,又幻花魂如此。便学温存,吾家京兆,商略眉峰翠。端相还笑,笔端原是游戏。

花发沁园春　题团圞图

图系先孝廉年四十三时嘱松陵王君所绘。先孝廉与先孺人并坐石上,旁罗丛桂,间以松竹,大兄玉瑞执经先孝廉前,玉谷头挽双髻,左手持桂枝,右手把先孺人袖,若挽之行者。聚首之乐,属望之情,宛然心目。迨今几四十年,先孝廉、孺人弃世既久,大兄又楚南远客,落魄不归。谷则一矜株守,授室生儿,与画中人年齿皆略符矣。岁时展拜,不胜悲感,敬题帧首,用示后人。一以志聚首之乐之难追,一以志属望之情于无尽也。乾隆二十九年正月十六日。

父母俱存,兄弟无故,古来乐事称首。图开此日,景忆当年,使我泪盈襟袖。椿萱谢久。鸿雁影、分飞无偶。更孤负、寓意深深,早将金粟攀手。

不肖何妨肖有。看牵衣之儿,举臼之妇。如央好笔,更写新缣,仿佛昔人还又。思前念后。曾几日、团圞能彀。只望继、一脉书香,好开行乐人口。

青玉案　题蔡南百听雪图

白云红树秋山暮。界百丈、悬崖布。坐对有人心领悟。目谋原好,耳谋尤趣。冷雪来何处。　　素襟不耐尘嚣住。展图画、添余慕。拔脚安能从子去。借泠然善,涤哗然苦。更听冰花舞。

满庭芳 题背面美人图

在我心中,抛人脑后,怪惊鸿、总不回头。问卿何意,含恼或含羞。纵使云拖鬟翠,随香影、也尽魂勾。终悬想,芙蓉两脸,眉目恁风流。　　宁真如汉室,延年女弟,为病深谋。怎湖山背倚,半面难偷。几欲牵回粉臂,丹青好、岂果温柔。痴情甚,翻他纸看,一笑可能休。

念奴娇 题陆春畦画水墨花草障子十四首

其一 梅

楚云浓绕,是阿谁貌取,一枝琼雪。记得孤山篱落下,春晓嫩寒时节。淡到烟销,疏将月漏,笔底冰魂接。华光身后,又看斯画清绝。　　休问绿萼红英,只将水墨,随手淋漓泼。意足何须颜色似,相马传来真诀。纵染缁衣,恍逢缟袂,时有幽香拂。悬之屏障,枉猜多少蜂蝶。

其二 兰

当年承旨,有生花好笔,魂招湘畹。墨妙而今零落尽,俗艳纷纷遮眼。忽袭芳菲,真空色相,羞煞丹青绚。淡妆相对,楚骚如读全卷。　　谁道易败秋风,根依绮石,长隔黄尘远。但惜褰裳难采佩,清露墨花徒泫。甘守孤芬,耻同众碧,此意知应罕。美人何处,便当空谷为伴。

其三 竹

画中双竹,只尺余长耳,看如寻丈。不信唐时萧协律,妙手至今无恙。笔意婵娟,墨纵萧飒,势欲干霄上。身肥稍死,笑他丹粉真浪。　　袜材我亦箱盈,乌云生砚,箨解龙常放。对此潇湘横幅好,独扫从今甘让。四座凉风,半窗疏雨,凤尾依稀响。题词其侧,教人惭愧苏长。

其四 菊

陶篱秋老,爱香生丛菊,纷纷黄白。何意轻霜飞笔底,幻出北方颜色。玄玉舒英,乌金拗干,看去如烟隔。丹丘新意,陆郎今日偷得。　　相对有客欷歔,缁尘误染,真悔商山出。我道天随呵冻写,别有深情当识。隐逸原甘,采章何用,拙守安吾墨。便宜倾洒,一尊同醉图侧。

其五　松

龙鳞松古,讶一枝拏攫,如撑天表。韦偃已忘希道死,谁复云挥烟扫。不道森森,依然落落,再见图中好。墨痕浓淡,便同苍翠酣饱。　　曾上泰岱危巅,深渊俯瞰,疏影千寻倒。老干原来浑似铁,只向新缣收小。但怪风吹,竟无涛作,此际教人恼。且招玄鹤,看他争样盘绕。

其六　萱

是忘忧草,更宜男名号,花中夸独。有益如斯难树背,自合写之横幅。但笑须眉,不同儿女,泼墨空劳碌。亭亭清影,且教消此炎溽。　　当日碧浪湖头,凉阴戏笔,曾此娱心目。料得君家蓝本是,一样除黄删绿。高缀玄蝉,巧分黑蝶,钗股冠梁簇。远游同倦,抚图归去应速。

其七　水仙

凌波仙子,看冰心雪貌,原羞脂粉。何事画工争着色,失尽天然丰韵。妙手双钩,芳魂一片,云水微茫认。并陶追赵,两君而外无论。　　还想袅袅娉娉,洛神汉女,宁许凡夫近。不意砚池波有限,会染雾鬟烟鬓。从此朱衣,而今罗袜,何用蓬莱问。相看无语,画中时见微哂。

其八　牡丹

金裙琼佩,为鼠姑写照,何嫌华彩。独有探微贤裔好,笑杀胭脂多买。净洗浓妆,别标淡韵,只用玄都洒。花王头黑,试看难老春在。　　还念富贵场中,皆争绮丽,守墨谁知戒。因把深情毫素托,不是魏姚非爱。真个天香,自然国色,懒向东风赛。留之图画,子孙长看何碍。

其九　桃

武陵源里,说剪绡裁锦,花开灼灼。好手传神翻别样,不用粉施朱著。淡助娇情,浅销恨意,笑倚东风弱。一枝长好,怪他红雨时落。　　宁是变见天台,烟深岚重,遮断当初萼。醉墨自饶含露趣,仙技安期难学。前度刘郎,去年崔子,见了浑疑错。美人妆洗,自然丰韵非昨。

其十　绣球

化工最巧,把百花攒朵,圆如球样。曾记卷帘乘月玩,遥与晶盘对漾。妙手春畦,白描貌出,历乱心逾荡。雪应干了,淡云轻护枝上。　　闲把画谱翻寻,群芳写照,琢玉谁能状。蝴蝶成团飞笔底,何意忽登屏障。倚镜冰姿,压阑雨态,醉看长无恙。但愁难挞,三郎宁不惆怅。

其十一　石榴

涂林榴放,讶火英变黑,一枝偏茂。醉眼摩挲重细认,却出写生高手。绛帐休迎,红裙莫妒,色改攒珠旧。一枝囊裂,也非鹦鹉残豆。　　凭问藁本何来,宣和御笔,点染曾参透。更学元长多幻术,翻尽丹青窠臼。月纵难烧,风应不折,醋醋休眉纠。假饶簪朵,碧云鬟上宜否。

其十二　荷

是谁洒墨,把芙蕖出水,生绡描取。翠盖红衣羞俗态,别有天然眉妩。君子情长,美人妆淡,相倚秋江暮。淤泥无染,笔端如浥清露。　　从说赵子当年,能工画意,砂粉污纨素。争似图中融色相,只仗麋丸香吐。是处生怜,几时得耦,笑杀空房妒。湘波月黑,看来终隔烟雾。

其十三　桂

广寒仙种,正不须八月,人间秋散。万斛天香随笔泻,没骨元初技善。金粟光移,玉犀色改,又喜新图看。墨花洒处,恍如轻雾遮断。　　遥想一甲三名,红黄兼白,缊染都堪玩。好手偏饶招隐意,洗出淮南真面。从此参他,木樨禅语,翻尽前人案。中庭蟾冷,绮窗清影同展。

其十四　木芙蓉

明皇当日,屑芙蓉作墨,名龙香剂。不意今人挥墨沈,仍见拒霜花丽。钱老春酣,唐生秋艳,能事丹青寄。淋漓濡染,想应无此真意。　　吾昔荡桨江头,思牵木末,风雨扁舟里。遮住淡烟疏影黑,此景依稀犹记。喜展新图,恍游旧梦,静女明妆洗。孤根能守,底须颜胜桃李。

曲游春　题杜少陵像

饭颗山头客,说瘦生之甚,因作诗苦。好手传神,竟斯言会得,清癯如许。我更推其故。值离乱、渔阳鼙鼓。十年来、国破家抛,那不两眉长聚。　　莫觑。令人悲楚。算稷契空谈,于命何补。却又掀髯,看文章光焰,于今长吐。遗像真堪慕。南池畔、石留千古。传道较此魁梧,路人莫侮。

瑞鹤仙　题李青莲像

谪仙如学士,算酒骨诗肠,貌难神似。仇君好画史。更笔端能现,沉吟深意。沉吟何事。岂当日、沉香奉旨。便思量、飞燕新妆,隐讽弄权妃子。

狂耳。忠心甫献,谤语旋腾,宠荣衰矣。危机还起。永王坐,夜郎弃。我披图感慨,汾阳曾救,可绘凌烟阁里。怎长留、捉月遗踪,堕人痛泪。

贺新郎　自题独立图

吾也忘吾矣。忽无端、相看认得,愁心触起。齿豁头童皮骨老,难道真如画里。还揽镜、风尘输几。独立仍然无个伴,向天涯、屈指谁知己。王贡事,妄言耳。　　吟诗领会苍茫意。算年来、将穷博得,差堪自喜。只是饥来驱我去,频向豪门索米。又那得、亭亭遗世。乞相知难麟阁写,问他年、能附西园未。相对久,默无语。

西江月　题郑可亭跨牛弄笛图

懒举金鞭跃马,爱横铁笛骑牛。劳劳名利等闲休。肯和南山粲否。
倘许扶犁偕隐,逝将卖剑从游。辍耕更解柳堤舟,同作烟波钓叟。

品令　题缓堂顾丈春在图

正愁春去。喜画里、留春住。梅花数点,杖头小系,是春来处。却为先生,携得好春有主。

水调歌头　题王需吉我我周旋图

开卷洗双眼,年少出风尘。己此身小影,影里更分身。一则摊书坐读,一则苍茫独立,水月映丰神。相见旷怀寄,身世等浮云。　我与我,周旋久,自知真。世人漫欲相较,作我故欣欣。但是人人有我,我愿我心都化,乐事乐其群。老友倘交我,我即画中人。

江声(1721—1799)　2首

字鳄涛,改字叔沄,号艮庭,江苏元和(今苏州)人。筠弟。乾隆十七年(1752)进士,终生未仕。年三十五师事惠栋,读惠氏所著《古文尚书考》及阎若璩《尚书古文疏证》,潜心研索,乃撰《尚书集注音疏》。深于小学,与戴震、孙星衍相讨论,尝疏证《说文》《释名》。嘉庆元年(1796)江苏巡抚费淳举为孝廉方正。著有《艮庭集》五卷。

风入松　为张云夫题游莺脰湖小照

江湖胜处泛松槎。烟水为家。行过莺脰湖边路,正逢君、小艇帆斜。游兴半篙新涨,诗情一镜残霞。　烟波钓叟是君耶。栖稳兼葭。长歌鼓枻随流去,伴溪鸥、出没汀沙。细雨斜风时候,绿蓑青笠生涯。

迈陂塘　为张古樵题五湖泛月图

远微茫、湖光曳练,澄清水面如镜。银蟾乍涌遥天际,七十二峰烟暝。风浪静。挂半幅蒲帆,夜泛波千顷。扁舟独逞。任鼓枻中流,啸歌来去,随月弄清影。　　谁堪并。茗雪吴淞风景。争如震泽佳胜。莼鲈蓑笠生涯好,都付与君管领。君独醒。把尘虑都消,方寸冰霜净。披图漫省。羡秋水兼葭,尽堪栖老,引我共游兴。

蒋良平(1721—?)　3首

字瑞木,江苏仪征人。于郡里开馆收徒为业,詹肇堂、杨燨等皆从其学。以诗词与江昉等相倡酬,有诗近千首。嘉庆五年(1800)尚在世。著有《东樗词稿》《五乐府词稿》。

月华清　题城河泛月图

柳汊迎潮,芦根浸月,数声柔橹轻缓。荡漾中流,消受风光无算。认依稀、十四桥头,宛容与、十三楼畔。盈岸。有湿萤点点,草间凌乱。　　正逗姮娥半面。看细坼鱼云,澹垂银汉。夜静凉生,时有水禽相唤。添雅兴、碧酝香凝,伴素侣、清言绮散。成卷。倘他年忆此,展开重玩。

浪淘沙　题友人小照

秋水自扬舲。溪浅沙平。笔床茶灶也随身。羡尔浮家情味好,手把丝纶。　　高柳拂烟汀。岸草丛生。往来应狎白鸥轻。独坐船头谁是伴,少个樵青。

南楼令　题友人小照

选坐石台平。斑斑碧藓生。拥遥山、几叠嶙峋。更有鸣泉如击筑,凭洗濯、俗尘撄。　　玉宇净无垠。封阶落叶深。澹襟怀、人共秋清。再写佳图须置我,同把臂、入空林。

张九钺（1721—1803） 13首

字度西，号陶园，湖南湘潭人。乾隆二十七年（1762）举人，历任江西南丰、南昌，广东保昌、海阳等地知县。归主郡中昭潭书院。著有《秋篷词》（一名《陶园诗余》）二卷、《拾翠词》一卷、《雪鸿绮语》一卷。

昭君怨　题梅花簟

一自梅心绽蕊。直到梅阴成子。多少事丫叉。太亏他。　　不是堂开玉照。便与檐巡索笑。直唤作梅妻。未痴迷。

菩萨蛮　题罢箫图

璚箫吹了倚屏坐。落花无语香肩觪。一半为檀郎。含情到远乡。　　昨宵有锦信。归向深秋问。待得入兰房。更吹双凤凰。

贺新郎　题虞山女子马江香画折枝牡丹便面，应内人索

绣缬云重衬。似借来、沉香一捻，手脂朱晕。春去江南美人老，蝶粉蜂黄未褪。争怜取、马家私印。脱得黄筌小粉本，又簪花、字格生来俊。浑不让，兰陵恽。　　入君怀袖弥亲近。羡人生、占了天香，是天公情分。倚着新妆凭肩看，一样无双翠鬓。任门外、落红成阵。好把金花笺子句，向合欢、扇上增风韵。敲檀板，进新酝。

五彩结同心　题友人膝前双玉图

翠眉濯濯，头玉硗硗，面颧桃花汁后。绕膝拜嬉，正初整、绛裳罗袖。丸髻摩抄，更无别、河东长幼。试微剪、水瞳人秀。他年三凤齐箧，从兹佳祥腾凑。

恰符了、一索得男时候。长春花更发,斑斓舞着,蜡珠戏绣。图悬绮阁香浓处,问此日、新螺画否。且安排、玉环竹马,娇雪看娱清昼。

水龙吟　吴仚郎以芦雁图乞题,劝其归吴门就婚

雁飞不到天南,瘴乡作客都成误。忽携图幅,看余倚韵,休牵情绪。乱水昆湖,寒烟筚篛,乱山无数。便几丛红蓼,一湾绿荻,都不是、栖身处。　　回首锦帆泾路。背歌筵、泪痕潜注。鸳鸯三六,近传消息,休教辜负。豆蔻含香,桃花倚萼,春光妍婷。卷鹅笙象管,春溪水涨,打归帆去。

沁园春　题友人雨花远眺图

一握孤亭,磴俯长干,苍茫远风。望钟阜拥来,群鸦飞北,大江横下,万马驰东。牛首霏烟,鸡鸣抹翠,回合严城抱故宫。六朝梦,在斜阳红外,远水青中。　　兰陵家国濛濛。剩旧事云光话叟童。叹淮堰波涛,飘零战鬼,中原土地,饕餮英雄。佛雨徒深,天花漫洒,白马青丝一旦空。乱乌噪,笑太平寺主,险煞萧公。

酹江月　题姜杜芗扬子饱帆图

青山咽鼓,正江南、黄雀风高时节。六幅峭帆飞健鹘,剪破一江银雪。白鸟低翻,巨鲸出舞,遥见金陵阙。姜郎豪甚,登楼长啸清发。　　说甚伐荻英雄,盘龙气概,一片荒烟灭。留得吾曹书剑在,占了苍茫云日。笛落谁家,酒醒何处,潮到瓜州歇。凭将尺绢,写君身在寥阔。

满庭芳　桃源舟中题李逊庭河防图册

云压微湖,天黏洪泽,秋气只欲沉沉。狂涛怒啮,晨夕吼鼍音。为展河防图帧,千余里、指掌堪寻。分浅溜、地形水性,郎朗豁尘襟。　　靳文襄绩著,刷黄奇策,济运劳心。在智无私凿,工必全任。羡子幕才谙练,雄谈处、剪烛更

深。荻苗卷,西风汛起,伐鼓下淮阴。

祝英台近　博罗苏明府以小史新蝴蝶册索题

唱蛾儿,呼凤子,忽趁腻风至。翻笑滕王,粉本描多事。尽饶他、华首盘云,铁桥舞绣,早收入、红藤巾笥。　　词坛记。为甚者番别了,再不寻芳配。细数麻姑,五色裙新式。也应怜、翡翠帷香,珊瑚笺润,好留伴、可人丰致。

念奴娇　再题姜杜苎扬子饱帆图,一首见前

披图楚客,记小船飞去,佛狸祠下。潮落半天斜跨上,风蹴海门万马。君亦壮游,洞庭鲸浪,曾向孤篷打。可怜萍梗,匆匆行色重写。　　今日同在长安,风涛旧事,话到明灯灺。梦里吴歌清泪迸,暮雨纸窗横洒。破浪心期,拗舟事业,此恨茫茫者。布帆无恙,鲈鱼待我归也。

迈陂塘　题宜阳席松坡少尹二小照

其一　爱莲图

记扁舟、访人胥口,笠湖六月如拭。荷花万顷铺红锦,遥衬莫厘螺碧。开图帙。谁貌出、骚人标韵仙裳色。鸥莎鹭荻。看蠲纸含蕤,生绡滑笏,柳影也堪识。　　双松底,画诺余闲仍昔。天随床灶携得。锦屏可似包山秀,也有小池凝壁。豪吟剧。且莫忆、兰桡摇入鸳鸯宅。人生聊适。便滴粉倾筋,拗香和墨,续写爱莲册。

其二　垂钓图

卷中人、须眉落落,相兼吏隐如此。一竿不学严陵叟,濠濮抒情而已。垂除理。纵汉殿、金貂输却羊裘美。先生倦矣。早煦沫偕忘,饵芳不设,来去总堪喜。　　五湖梦,各在渔庄画里。青蓑绿笠抛委。秋风只有鲈鱼好,那羡伊舫洛鲤。归舟舣。更稳结、乌篷放浪随烟水。来寻甪里。待橘熟捞虾,橙肥剥蟹,醉倒小汀尾。

水调歌头　白生德一为余作少室春云图

左采金鹅蕊,右挈紫蒲茸。问余来从何处,少室最高峰。曾踏莲花九顶,曾入天门四扇,窗坐铁楞中。请看赤筇杖,尚带湿云浓。　　二米法,谁泼墨,写空濛。非关面壁,只见乱插翠芙蓉。缭绕飞泉古树,点缀归僧孤鸟,飞出一声钟。只恐丹丘子,笑煞老衰翁。

金士芳　1首

字介人,浙江绍兴人。廷辉子。生于康熙六十年(1721)前后。幼习举业,弱冠后屡试不第,乾隆十二年(1747)发愤而患悸症,病势缠绵二十年,以花草娱目。乾隆三十二年(1767)自订词集以付刊。著有《菊园诗余》四卷。

清平乐　题李息轩姊倩小影

翁年老矣。不把闲愁理。庭玉阶兰春色美。却爱苍烟秋水。　　芦花深处高歌。平居同调非多。小艇倘能俱载,洲前少待如何。

汪仲鈖(1722—1753)　4首

字丰玉,号桐石,浙江秀水(今嘉兴)人。江森曾孙,孟锠胞弟。乾隆十五年(1750)与兄孟锠同举于乡。诗宗王安石、黄庭坚,所作不下千首。乾隆二十年(1755)兄孟锠为选辑刊行。著有《桐石草堂集》十卷,收《怀新词》一卷。

沁园春　题周泖渔观莲小照

滑笏生绡,妙手图来,红鲜翠深。有鱼兮并戏,沫吹池面,鹭兮小立,羽戢池心。彭泽栽黄,会稽种碧,幽兴无妨各自寻。消朱夏,对风衣雨盖,足了闲吟。　　清晖楼外鸣琴。记敛暮开晨宴坐临。尽成帷茂树,蕉衫半脱,成茵细草,瓠爵徐斟。皎皎难缁,亭亭独秀,盘礴何曾俗念侵。花应笑,笑耳孙鼻祖,一样天襟。

百字令　兰陵女史恽冰画扇,是正叔孙女

栽纨叠素,把群芳绘影,匀眉纤手。浥露欹风看不足,绣谱绿窗抛后。鸠踏枝鸣,蝶穿叶舞,渲得嫣红透。丰姿如许,写生众史能否。　　深意洗尽铅华,南田逸韵,筠管遥相授。心贮玉壶怜最洁,蘸墨单名题就。李至规兰,谢宜休竹,妙腕今还有。半丸初月,郁金肯换香酒。

满江红　为丁松谷题乘风破浪图

醽酒灵妃,澎湖外、放船风好。鸣画鼓、洪涛驾去,指南车巧。竹堑沙埕烟树密,断虹斜插暹罗岛。宛中流、金背动长鲸,帆如鸟。　　天拍水,神州小。青一发,家山杳。映棕榈十丈,粉丹初扫。述祖空翻秋阅卷,百年无鹤归华表。剔灯花、景物话红彝,髯今老。

行香子　题美女倦绣戏猫图

闷积宵宵。困损朝朝。无人到、过尽春韶。午晴如线,弄影行骄。渐绣针停,红绒嚼,翠鞋捎。　　䨻腾见处,小娃试问,是儿猫、不是儿猫。买鱼饲饭,蓄意难描。莫教伊醉,惊伊睡,把伊抛。

爱新觉罗·弘晓(1722—1778)　6首

字秀亭,号冰玉主人。宗室,怡贤亲王胤祥子,袭封为怡亲王。幼失怙,世宗使林令旭教之,高宗复令沈景瀚为其师,以经史诗文作讲。及长益嗜古笃学,礼贤下士,雅好吟

咏。著有《明善堂诗余》。

鹊桥仙　七夕题画扇

莲房露冷,星桥月朗。良夜绮罗幽爽。微吟纨扇未全捐,却往事、凄凉追想。　孤灯焰烬,流萤飘荡。牛女佳期想象。乘槎何处觅张骞,又那问、君平识广。

渔家傲　题画梅

老干经风花欲绽。暗香疏影曾开遍。恰喜春随毫畔暖。敲句懒。横窗宜集琼英满。　羔酒猩帷酣速卷。溪边篱落横枝远。谱入笛中音不断。光景晚。墨痕点破彤云乱。

猩红　端阳前题画榴扇

天中时居,蕤宾律近。喜碧纱、红榴雨润。子堆火齐,萼胜霞晕。拂腕底、迎凉解愠。　戏染霜毫,浓调丹粉。试仿佛、徐熙雅儁。写将阿措,满斟顿逊。又何须、山阳作郡。

点绛唇　和题立亭画扇

冷艳冰绡,神仙绰约潇湘水。盈盈双美。肯指为兰婢。　素口檀心,不比寻常蕙。施丹翠。写生佳绘。怀袖常相对。

醉太平　题宗室杏村柳塘散牧图照

花明柳浓。烟蓑笠篷。数声叱犊从容。对平畴绿丛。　山容水溶。诗瓢酒筒。知他识字耕农。问姓名漫通。

满江红　题吴渭云小照

江头吴客,垂钓处、碧苇清流。濯沧浪、啸歌自得,秋满汀洲。一雁嗈嗈书锦字,孤蟾皎皎系兰舟。放形骸、烟波情味永,豁双眸。　　耽野趣,尽夷犹。载长物,祇诗筹。效乐天随,泛宅五湖游。有约青山同谢客,寻盟碧水狎轻鸥。写乡关、尺幅吴淞景,足勾留。

吴泰来(1722—1788)　6首

字企晋,号竹屿,江苏长洲(今苏州)人。乾隆二十五年(1760)进士,召试赐内阁中书。乞病归,筑遂初园于木渎,诗书自娱。毕沅任陕西、河南巡抚,尝延主关中及大梁书院。与洪亮吉辈倡和,诗宗王士禛。著有《昙香阁琴趣》。

清平乐　题斗草图

旧家庭院。风景依稀见。六曲屏山寒意浅。款约非烟游伴。　　闲来斗草花阴。凌波蓦地相寻。溜入蔷薇架底,翠条偷绾同心。

湘月　桐乡朱春桥写幽篁飞瀑图留赠,因成此阕,兼道别怀

吴枫轻别,又芳汀昼永,白蘋香度。苔径还来寻旧约,只有闲盟鸥鹭。翠管吟商,青樽邀月,共谱销魂句。兴来挥洒,更听湘岸秋雨。　　一片鸢尾梢云,飞流碾玉,谁结蒲龛住。竹坞莲峰清境在,底事兰舟催去。西塞山前,南湖烟际,后夜人何处。小窗横帧,伴侬无限愁绪。

南浦　题沙斗初春江雨泛小册

鸳浦乳鸠啼,晚阴浓、点点菰蒲声骤。兰桨破春潮,东风急、摇漾鱼鳞波

皱。苍烟半卷,湿云依约凝娥岫。重向银塘寻旧梦,绿遍画桥烟柳。　　青旗留客依然,恁匆匆负了,移花载酒。帘影蘸微波,前溪曲、聊把倦怀消受。移灯剪韭,故林情味君知否。门掩梨云愁绝处,谁伴苦吟人瘦。

临江仙　蒋荪湄藏绣谷翁画兰图,中疏梅卷石乃李夫人补写也

半帧湘烟匀未遍,翠痕零乱芳丛。幽姿斜映粉墙东。阿谁添瘦影,香雪衬玲珑。　　仿佛谢庭行乐地,尚余林下家风。紫箫声断画楼空。生天何处好,合住水晶宫。

台城路　题兰蕴轩所藏陈洪绶水仙册子

蘅皋佩解湘波冷,芳姿澹凝琼雪。晕额黄轻,涂腮粉腻,一缕柔葱堪折。筠窗昼寂。伴矾弟梅兄,都成清绝。描取冰魄,暗香几点拂瑶席。　　朱弦漫传怨咽。数峰天外远,云水明灭。倚袖庭空,凌波路杳,罗袜更无尘迹。幽怀脉脉。看洗净春容,自标丰格。岁晚江寒,素心堪共说。

沁园春　为钱献之题双如图

谁写娉婷,翩然双照,汉宫尹邢。记匼匝花深,潜通叩叩,玲珑月午,私语卿卿。捣药庭幽,乞浆门掩,一曲阑干傍碧城。勾人处,爱柳蛮樱素,密坐春生。　　江湖旧梦堪惊。谩赢得青楼薄幸名。叹隔院杨华,几番飘泊,渡江桃叶,恁处逢迎。潘鬓丝添,沈腰围减,卷轴携来何限情。空怀感,是春兰纫佩,秋菊餐英。

顾怀德　3首

号遁斋,江都(今江苏扬州)人。少工词,后弃之不为十余年。晚岁复有作,经友人手订,存百余首。著有《鸥波词》三卷。

蝶恋花　美人画兰图

笔架珊瑚人琢玉。淡染生绡,墨沈流芬馥。九畹还教添素竹。瑶琴合奏潇湘曲。　　清绝庭轩花影覆。想见凝神,妙想传幽独。身化湘烟江水绿。却因何事修蛾蹙。

蝶恋花　钟馗嫁妹图

休讶老馗多氃氋。百务营心,鬼也生烦恼。婚嫁完时形已槁。终南山色徒然好。　　检点浮生堪一笑。失志名场,又被尘缘搅。却喜者番生事了。长安虎豹辞须早。

蝶恋花　桃源图

万里长城谁作计。岂料人间,别有闲天地。一样桑麻鸡犬吠。年年秋熟除王税。　　但见花开春且至。比户婚姻,父以传之子。俗客何来言晋魏。纷纷又道嬴刘异。

吴元润　4首

字泽均,号兰汀,长洲(今江苏苏州)人。泰来弟。尝官河南卫辉府,以知县任。与王又曾、张熙纯、赵文哲辈交。乾隆二十四年(1759)赵文哲为序词集。著有《广陵集》《梧月清陶集》《香溪瑶翠词》。

南浦　题蒋四琴山桃花溪水图

伊人何处,溯青溪、遥指古城阴。潇洒风亭月榭,窈窕入芳林。洵是壶天清绝,隔仙源、缥缈翠云深。算湘帘棐几,拥书坐啸,那许一尘侵。　　好是桃溪二月,绕烟丛、处处啭春禽。那更缤纷红雨,流影度香浔。凭仗东风宛转,荡兰桡、载酒试相寻。便从君小隐,傍花叉手语愔愔。

醉花阴　题桃源图

几曲清溪环翠岛。玉洞连云窈。花浦暖香融,红雨霏霏,幺凤啼春晓。梦隔烟津飞不到。谁信通兰棹。倘许问仙源,乞与双姝,定把琼蕤拗。

曲游春　题王谷原比部青溪邀笛图

长板桥东道,爱兰塘一曲,演漾晴碧。拥楫桃根,映纷纷官柳,缓移吟鹢。卷幔舒瑶席。忆旧日、桓伊标格。据胡床、烟竹横吹,愁绝落梅残拍。　水陌。风光如昔。对江上峰青,余响都寂。载伎随波,羡胜游重续,漫嗟陈迹。璧月当筵白。照鹤氅、翩翩佳客。便拟三弄参差,对君岸帻。

疏帘淡月　自题长斋绣佛图

多生拓冗。渐万事破除,宝幢欢奉。料是香南雪北,夙因曾种。买丝枉把平原绣,问何如、法筵清众。而今赢得,圆蒲稳坐,静看莲涌。　傍蜂台、远离怖恐。对鹿女翻经,熙怡微讽。潇洒精庐十笏,结跏无梦。方袍莫更悲消瘦,散香云、自饶天供。谩疑穷岛,移时禅破,又随幡动。

陈朗　30首

字太晖,号青柯,浙江平湖人。乾隆二十四年(1759)乡荐第一,乾隆三十四年(1769)进士。授刑部主事,历郎中。乾隆四十六年(1781)京察一等,出为江西抚州知府,有政声。丁母忧归,年近五十而卒。著有《六铢词》二卷、《青柯馆词》二卷。

醉翁操　题王丈畚山抚琴图

人琴。双清。孤鸣。珮泠泠。风生。长松卷涛群山青。碧天黄鹤无邻。云路横。此曲少知音。自广陵。不传至今。　　素丝寂历,虚籁沉冥。想翁曲罢,惟见山高水深。余不知琴中声。但备知图中人。知翁思古心。遥追羲皇民。浊酒一杯盈。澹焉忘却身后名。

三姝媚　题陆兰坡为妓若涛写真

熏炉香正暖。拂生绡心摹,崔徽娇面。镜里鸾姿,与水中花影,动人无限。似笑还颦,听隔巷、斑骓嘶断。何事凭栏,飞尽梨花,倚风看遍。　　谁道檀郎疏懒。漫舐笔和铅,写成幽怨。着意无多,只眼波眉黛,一痕清浅。密誓思量,真好在、愁来舒卷。海北天南,琼树朝朝可见。

壶中天　奉题质郡王宴坐图

拈花微笑,我如来、趺坐旃檀香里。道品修行三十七,妙似青莲生水,慧果圜成。曼华飞堕,一切皆欢喜。摩尼光照,众心相印惟此。　　须识静证蒲团,无边无量,严座高狮子。俯视琉璃诸净土,象口恒沙而已。芥子藏山,针锋穿叶,游戏参三昧。阿那询佛,佛言如是如是。

江城子

祝芷塘太史移居接叶亭,毕秋帆庶子偶过对弈,王蓬心舍人为绘图纪事,芷塘嘱题,集六朝句。

花开鸟弄会芳春(陈阳缙)。声嘤嘤(后汉蔡文姬)。协良辰(隋乐歌)。乐是幽居(晋陶潜),杂叶半藏情(梁丘迟)。砌曲横枝屡解箨(陈张正见),飞鸟尽(汉蒯通),听无声(晋傅玄)。　　金卮玉碗共君倾(梁元帝)。袖缤纷(梁徐勉),荫繁荣(晋成公绥),对坐弹棋(魏文帝),善谑间瑶琼(隋王胄)。

王子吹笙忽相值(梁阮卓),和颜色(宋何承天),被华文(汉乐府)。

浪淘沙　张瘦铜舍人嘱题明宣宗仿宋徽宗鹦鹉林檎图,集六朝句

分素复含丹(梁沈约)。飞雾流烟(晋张翰)。红毛绿翼坠轻翾(沈约)。池上鸳鸯不独自(梁江总),相与游盘(晋袁峤之)。　蜜果亦星悬(沈约)。惜尔华繁(晋阮籍)。珊瑚照水定非鲜(江总)。映日暖摇清翠动(隋炀帝),鹦鹉能言(晋董京)。

菩萨蛮　戏题高丽画扇

霏微初过云波漾。陆桥高挂青天上。聚笠度前溪。还教细婢持。　问名名字采。画出花边赛。点染费皮卢。真红骨样粗。

点绛唇　题友人照

粉署仙郎,退朝小坐三三径。午余风定。日漾帘旌影。　一夜丰台,红药花开猛。调新茗。好将春雨,泻入龙头鼎。

三姝媚　题鹅翎画石,应质郡王教

艺林多绝调。喜山阴笼禽,重游义沼。梳罢余翎,恁侧锋初试,抹云低绕。鹿柱羊披,浑不似、霜姿轻妙。苔纸晶莹,螺墨鳞翻,力穷秋杪。　飞白休传精巧。看折带纹粗,披麻皴小。片石丫松,尽自然佳趣,雪泥鸿爪。砚北花南,夸对秉、连峰横扫。授简人来,共讶西园雅藻。

沁园春　题王蓬心舍人柳东居士图

我爱先生,十载冷官,大好襟怀。有笔端三绝,何妨萧散,宅边五树,聊可徘徊。人海纷纷,诸公衮衮,也入金门步玉阶。应自笑,算何曾遗佚,偏爱该

谐。　　宁须拔剑歌哀。看长鬣飘然美且偲。但书临乞米,臣饥不死,厨藏宿酒,君口常开。仙骂偷儿,人疑直道,必竟焉能浼我哉。披图久,领此中况味,仆亦能来。

长相思　题阮吾山比部秋雨停樽图,集六朝句

白云飞(汉武帝)。返无期(梁柳恽)。锦上回文作别诗(陈萧诠)。庭中绿草滋(宋南平王铄)。　　忆眠时(梁沈约)。忆坐时(同上)。屋里无人看阿谁(同上)。风帘乍叩扉(梁刘孝绰)。

渔歌子　题画,集六朝句

杨柳青青着地垂(隋无名氏别诗)。凄风夏起素云回(宋鲍照)。湖水远(隋炀帝),鲤鱼肥(后汉窦伯玉妻)。共将长笛管中吹(北周庾信)。

柳梢青　题金粟山人小影

金粟山人。古之狂也,睹影分明。小坐绳床,书堆楮叶,琴谱桐笙。为君细数生平。试证取、如来后身。廿四品诗,十三行字,五百翻经。

清平乐　题僧像

洒然峭立。檐葡微风入。被得水田衣一袭。不用随身瓢笠。　　东华滚滚尘多。前身因即如他。臭味色声无限,老僧只念摩诃。

望江南　题胡豫堂司空西溪耕读图

西溪好,游钓记曾来。碧岭斜分云作幛,雪沤旋起瓣成梅。错落稻畦开。

其二

西溪好,想见遂初心。鹿柴无人来古径,鹤租有券傍乔林。怅触寄遥吟。

其三

西溪好,展卷足清娱。吴镇墨池多幻戏,王蒙笔阵不模糊。欲补第三图。

柳梢青　题鲍雪林云溪图

塔影沉波,桥阑序雁,潇洒衡门。碧盏茶香,红藤杖古,展印苔痕。　披图往迹犹存。叹耆旧、年来半沦。草圣仙乎,诗人老去,赖有芳孙。

江城子　题蒋新愚归舟安稳图,即送其归白下

苍苍水气合遥天(梁沈君攸)。激潺湲(汉武帝)。路漫漫(东汉蔡琰)。中有行舟(魏文帝),急桨渡江湍(梁刘孝绰)。　欲识幽人兰杜径(陈贺循),长干巷(晋元兴中童谣),白门前(宋吴声歌)。

踏莎行　题顾晴沙独酌小像

渌水扬波(晋王彬之),高云敛色(齐竟陵王子良)。桐峰文梓千寻直(古)。醉乡天地就中宽(隋炀帝),谁能对此空相忆(梁萧子显)。　月澈河明(齐高帝),露甘泉白(北齐)。绿觞皎镜花如碧(梁吴均),从风衣起发芬香(梁张率),山阳倒载非难得(梁沈君攸)。

菩萨蛮　题赵千里山水图卷

文窗绣户垂罗幕(宋鲍照)。渌潭桂楫浮青雀(隋炀帝)。构岭势如莲(梁南乡侯推)。蓬莱在脚间(汉太真夫人)。　卷舒乃一卷(陈后主)。刻削生千变(梁王台卿)。何用李将军(梁吴均)。从来讶逼真(梁鲍泉)。

鬲溪梅令　陆兰坡画梅索题

美人绵眇在云堂(梁武帝)。绮难忘(魏文帝)。清颜如玉(晋陆云),玉面不关妆(梁费昶)。临池影更双(梁纪少瑜)。　畅飞畅舞气流芳(晋拂舞歌)。北风凉(宋鲍照)。一朝花落(隋文帝),吹去上牙床(梁萧子范)。罗衣拂更香(梁刘孝绰)。

春宵曲　题画

冠学芙蓉势(梁元帝),裙裁孔雀罗(隋丁六娘)。曼睇出横波(梁杨皦)。迎风时引袖(梁简文帝),吐清歌(魏曹毗)。

鹤冲天　王麓台富春山图卷,为晴沙题

启图观秘(梁沈约),复觌东南美(隋王胄)。点点远空排(北周庾信),含山势(梁简文帝)。刻削临千仞(梁庾肩吾),古绵缈(宋谢惠连),寻元气(北魏高允)。色浅非丹翠(梁沈趍)。竦干重霄(宋王韶之),灵崖独拔奇卉(晋庾阐)。　长言永叹(魏文帝),寓目皆乡思(梁何逊)。明月信悠悠(梁江淹),清风泄(晋成公绥)。遥想观涛处(隋庾抱),杳冥冥(汉乐府)、江之汭(沈约鼓吹曲)。别有仙云起(陈萧诠)。摇荡清波(魏嵇康),山邻天而无际(晋湛方生)。

拂霓裳

屈梧窗出示唐子畏《江南春图》卷索题,卷中写"金勒马嘶、玉楼人醉"诗意,故戏用二语衍成。

济河梁(晋石崇)。风流荀令好儿郎(陈徐陵)。当年少(梁武帝)、青骢白马紫丝缰(晋西曲歌)。新枝含浅绿(隋魏澹),弱草半抽黄(梁沈约)。思茫茫(东汉蔡琰)。籥浮云(汉乐府)、影转见鞭长(梁简文帝)。

丹楼间出(齐谢朓),杏花盛(古四民月令引谚)、茝兰芳(汉乐府)。酌桂酒(魏文帝),南窗北牖挂明光(梁武帝)。红帘遥不隔(梁简文帝),佳丽俨成行(隋薛道衡)。一长望(梁昭明太子)。邀谁群(北齐元会大飨食举乐)、千媚在中央(梁横吹曲)。

青玉案　范宽栈道图,为孙凤廉题

石城门峻谁开辟(隋史万岁)。亭亭耸(北齐元会大飨食举乐)、忧哀积(汉广川王)。仙掌层台浮丽日(陈阳缙)。去天一握(晋《三秦记》民谣),去天三百(同上句)。陇树枯无色(齐孔稚圭)。　关山征戍何时极(陈后主)。骑沓沓(汉乐府)、裹粮杖轻策(宋谢灵运)。横笛短箫凄复切(陈徐陵)。春云为马,秋风为驷(东汉仲长统)。出没看飞翼(梁武帝)。

贺新凉　题梅谷幽居图

忽见茅茨屋(陈周弘让)。荫繁荣(晋成公绥)、芳条高茂(晋郑曼季),猗猗原陆(晋陶渊明)。越水深兮深不测(梁沈约),岭颜鲜而隰绿(晋湛方生)。有贤士(齐无名氏)、离群独宿(魏应玚)。日日相看转难厌(隋卢思道),戏中园(晋石崇)、心物俱非俗(隋杨素)。着芒屩(梁侯景时童谣),倚孤木(晋桓玄时童谣)。

依阶映雪纷如玉(陈贺循)。畅云柯(晋《庐山夫人女婉抚琴歌》)、凌霜擢秀(北魏宗钦),白华玄足(晋束晳)。春月春风将进酒(梁萧子显),于是客有不速(梁朱升)。谅非望(汉广川王)、惟邻是卜(古《晏子》引谚)。试作两三回(晋西曲歌),来集君庭(晋拂舞歌),共奏同心曲(梁武帝)。握君手(宋鲍照),远极目(梁简文帝)。

四字令　周冷香为马爱萝写醉菊图,爱萝属余题此

名山历观(魏曹操)。左林右泉(古铜盘铭)。娱心乐意难原(晋傅玄)。临高台以轩(汉乐府)。　天高气寒(魏阮籍)。落英可餐(齐竟陵王子良)。

朱颜发外形兰（魏陈思王）。使全其寿年（东汉高彪）。

少年游　题潘蕉轩垂钓图，用白石韵

寥寥远迈（晋庾友），悠悠卒岁（北魏段承根），流止任东西（魏陈思王）。延目中流（晋陶渊明），风霜是处（晋陆云），借问此何时（晋张载）。　期山期水（晋孙统），非夷非惠（宋《渔父答孙缅歌》），小艇钓莲溪（北周庾信）。旷世靡俦（北魏高允），高踪难拟（又《答宗钦诗》），独有楚人知（陈刘删）。

杏花天影　同陆涤埃、顾竹庄过访梅谷主人，出示赵彝斋墨兰索题

田家斗酒群相劳（梁简文帝）。遍观此（汉乐府）、三真六草（梁无名氏）。金炉香炭变成灰（梁吴均），争忍对春光（梁庾丹）、万里照（宋谢庄）。　轩内好（隋炀帝）、或言或笑（北魏阳固）。犹未已（宋何承天）、清思眇眇（汉唐山夫人）。兴衰自古漫成悲（隋炀帝）。不用暂临池（梁朱超道）。将懊恼（宋吴声歌）。

绣带子　为张寄舟题画

掌上体应轻（梁沈君攸）。最得可怜名（隋卢思道）。临玉阶之皎皎（梁沈约），游步散春情（晋清商曲）。　歌扇掩盈盈（隋陈子良）。芳袖动（宋鲍照）、小复前行（汉乐府）。含姿绵视（宋汤惠休），从容柔雅（晋枣腆），一笑倾城（齐陆厥）。

吴斐　3首

字菉庵，浙江萧山人。乾隆二十五年（1760）举人，乾隆三十六年（1771）进士。与同邑汪辉祖交。著有《菉庵诗余存》。

意难忘　书汪龙庄题衫图

酒冷香销。忆藕丝乍剪,菱线频挑。短长随妾手,宽窄称郎腰。衣有数、志难量,独坐正无聊。待与他、依红衬绿,掩映宫袍。　　纱窗一梦迢迢。奈书存字灭,衫在人遥。回文空制锦,残泪不成绡。将旧恨、并新愁,心事倩谁描。但把伊、寻消问息,秋夜春朝。

满庭芳　题杨若思小照

脉望潜灵,鞠通蕴响,小庭嘉树清疏。竹修松矮,恰称子云居。二十才华尽富,抵多少、作赋相如。期他日,班联玉笋,声价赛严徐。　　闲情当此际,襟开拨雾,唾落成珠。且香添银鹿,囊负奚奴。画轴青丹满目,棋声断、帘卷窗虚,休辜负,韶光迅速,寂寞一床书。

凤凰台上忆吹箫　题人小照

庭树阴稠,池荷香暖,卷帘风景偏佳。对玉肌花貌,十二金钗。生怕光阴易过,行乐事、欲与君偕。何须得,缰留翠馆,草腻青鞋。　　安排。凤箫鸾管,知顾曲周郎,也则心谐。且采莲人近,唱澈清哇。惟有残棋数点,应费我、半日萦怀。萦怀处,鸳鸯劫罢,又斗诗牌。

俞大鼎　10 首

字玉铉,江都(今江苏扬州)人。与宫国苞、缪祖培、汪端光交。乾隆三十二年(1767)在世。宫国苞选定其词,为编入《四家词选》。著有《选梦词》。

汉宫春 题汪存南梦游天台图

千里名山。甚西风吹梦,飞渡湖边。苍莽凭空独立,迥倚高寒。万株松下,伴吟僧、怪石苍烟。挂一带、虚明倒影,乱流孤白潺湲。　　可是前身采药,向胡麻洞口,重结良缘。夜凉尽教寻到,消受林泉。修眉远碧,好相将、料理吟鞯。待问得、落红啼鸟,春深何处桃源。

疏影 题美人春憩图

春华缭乱,春草萋靡,美人坐湖山石上,凭几作朦胧意。几上设纸笔,情脉脉,若有所思,是盖元人写生之笔也。友人出此索句,灯前展卷,望若神仙,往尔情深,调成此阕。

芳心透矣。偏莺花开遍,春光如此。玉软香酥,只有湖山石畔,差堪闲倚。柔丝寸寸娇无力,趁不住、落红满地。怎朦胧、梦到阳台,坐对一溪流水。

款褪半肩罗袖,如何香阁外,无人唤起。撩乱东风,不怕春寒,犇在绿梅阴里。云笺应有销魂句,还只恐、青鸾难寄。待拈花、打向眉梢,蘸破一腔幽意。

蝶恋花 程梦阳有"三月春愁水不如"之句,剑潭绘图作照,因题此阕

芳草连天春欲暮。流水东驰,认得春归路。漂尽花红飞尽絮。水流花谢两无住。　　昨夜风涛春欲渡。晓起临江,老却江头树。莫向东流寄情绪。东流可是销魂处。

台城路 题归园玩花图

乡园一带寒山树。却称归休情绪。冻蕊含香,苔枝缀粉,做出春光无数。斜阳日暮。正芳草迷烟,幽花滞雨。丁字栏前,有人独坐听莺语。　　一卷青箱旧业,对瑶台群玉,青芬暗取。官阁红英,邮亭雪意,犹记昔曾经处。韶阴何许。更收拾家山,风林自主。怎得闲身,偕君到南浦。

台城路　题友人梅花小照

灞桥风雪寒堤树,梅信先春正早。冻蕊含香,冰心结绿,枝北枝南开小。轻阴杳渺。向群玉山头,数番清啸。寂寞陂塘,淡烟疏影月华照。　　幽情似花窈窕。相逢曾记取,几回梦到。弄影窗前,销魂林下,多少凄凉襟抱。西风料峭。看吹落芳英,淡眉如扫。我欲披图,与君同一笑。

沁园春

斋中美人图一幅,旧雨寄峰之所赠也,绘事工妙,神致欲生。适有估人自南来,见而异之,以为神笔,遂以重金索之。会予空囊羞涩,势不能留,临别披图,感成此阕。

悔煞多情,故人一纸,依依十年。记含愁对影,春风壁上,背灯小立,落月窗前。眉语疑闻,衣香似有,命薄如斯太可怜。从兹去,便不须真个,也合缠绵。　　千金难购婵娟。怎纸上风情亦杳然。想痴心似我,非关薄幸,销魂到此,难说因缘。梦去谁知,愁深易幻,小阁寒生薄暮天。萧疏甚,算年来离别,到处情牵。

喝火令
"残夜花明月满楼",明人章美中句也,绣谷图此以寓意,因题是阕

花月溶溶夜,楼台寂寂春。一庭香雾杳难分。想到翠帏今夕,端的忆王孙。　　薄幸花都很,多情梦亦真。不堪花落又黄昏。怎不消魂,怎不掩啼痕。怎的教他消受,无酒更无人。

如此江山　题渔浦秋帆图

芙蓉老去寒江上,芦花又开南浦。别渚西风,吹来孤艇,钓遍烟波深处。萧然无侣。更荻苇含烟,菰蒲滞雨。七尺丝钩,一篙撑出水云暮。　　却忆桃

源故事,问君还记否,当时鸥鹭。渭水吟秋,吴江钓雪,别有伤心无数。竿头何许。更天外哀鸿,飘零无主。日落潮生,鲤鱼风里去。

虞美人　题汪剑潭望春图

连宵懊恼新愁重。怕听莺三弄。倚阑凝睇怯东风。不道春光如许、暮烟中。　落红满地春如海。莫是朱颜改。人生离别不如花。说道夕阳芳草、是天涯。

庆清朝　题柳阴垂钓图

飞絮漫天,游丝胃地,个人来憩湖山。准备一勾香饵,七尺长竿。坐春风槛外,看游鳞无数夕阳湾。怎便道,临渊徒羡,结网何难。　杨花落、青衫薄,垂纶措手,我亦爱风潭。曾把湘江钓遍,渭水吟残。还拟这、孤篷扑浪,领取他、月淑花滩。且试问、江干旧侣,可共盘桓。

薛廷文(1724—?)　4首

字鸣上,号卤斋,浙江嘉兴人。性孤介,不妄干人,鬻画以食。诗宗唐,画得北宋人意,尤善荷花。乾隆五十一年(1786)尝辑同邑词家之作为《梅里词绪》,有功于词苑。晚岁凄居寺院。乾隆五十八年(1793)尚在世。著有《听雪斋诗钞》四卷。

浣溪沙　水墨羊眼豆

黄土墙头一抹青。纤藤小荚满筠屏。生来应是玉匙形。　淡月疏花鸣络纬,残阳小蕊驻蜻蜓。画中幽意未曾经。

鹊桥仙　题萼岩巡檐索笑图

清香如此,美人何处,怪底东风寒峭。几回踏遍画廊西,又添却、相思多少。　　寂寥心绪,幽闲情味,除了梅花谁晓。芳心若也怕春愁,须不是、暗中偷笑。

如梦令　题文朴云亭清晓图

残月半衔西岭。啼鸟梦儿初醒。曙色溢平林,渐见隔溪山影。清景。清景。人与小亭分领。

霜天晓角　题友人濯足

春茵如沐。天淡空江绿。人坐柳花风里,听啼鸟,濯双足。　　野花簪一簇。沧浪歌一曲。家在夕阳明处。碧桃下,青茅屋。

张熙纯（1725—1767）　2首

字少华,号策时,上海人。乾隆二十七年(1762)举人,乾隆三十年(1765)召试赐内阁中书。与赵文哲同学,诗亦齐名。著有《昙华阁词》。

南浦　沙斗初春江雨泛图

新绿长鱼苗,漾寒潮、点点飞花飞絮。南浦碧云低,东风软、又送几番疏雨。沉沉望极,采香谁到银塘路。最惜芳洲春渐老,寂寞碧桃千树。　　何人双桨凌波,倚孤篷乍听,烟中人语。鸥鹭共忘机,闲情远、还逐乱红流处。独怜倦旅,怀君杜若空延伫。何日扁舟同载酒,吟遍芷汀兰渚。

忆旧游　题后谈艺图

向源头舍筏,衣导搜珠,证入吟禅。幽意何人省,爱残雪映地,新月娟娟。一编浣余薇雪,叹绝迪功篇。恁香瓣遥分,冰衔近似,也自投闲。　长安住人海,但赏接朋樽,懒趁朝参。谈艺闻吴语,总音超弦指,味绝酸醎。漫拟金门充隐,遄返白云岩。笑鸿爪春痕,词林更作佳话传。

沈楳(1725—1805)　1首

字雪友,号石帆山樵,原籍浙江会稽(今绍兴),侨居湖南善化。诸生。游幕为生。著有《湘梦词》。

清平乐　题得鳜图

并刀如许。更剪吴江水。桂树丛幽沙嘴露。著我西岩渔子。　罗衣草笠如渔。钓竿欲拂珊瑚。试看细鳞巨口,秋风不为鲈鱼。

程名世(1726—1779)　1首

字令延,号筠榭,江苏仪征人,祖籍安徽歙县。乾隆二十七年(1762)高宗南巡,赏四品顶戴。与厉鹗、杭世骏、方世举以诗交,又与吴烺、江昉共辑《学宋斋词韵》。著有《思纯堂集》十四卷。

折桂令　题潘湘云小像

是枇杷、花下人儿。谁剪生绡,细写幽姿。秋水为神,连环锁骨,白雪凝脂。　怅春风、苍苔独倚,望天涯、游子何之。今日重披。一点闲愁,几阕香词。

徐映玉（1728—1762） 1首

字若冰,号南楼,浙江钱塘(今杭州)人。昆山孔青崖室。性喜读书,从沈大成学诗,为女弟子。著有《南楼吟稿》二卷。

采桑子　题画

仙山楼阁空中住,不作云车。便上灵槎。又跨青鸾弄彩霞。　　苍苔白石岩扉静,烟水生涯。风月年华。爱伴双成扫落花。

鲍廷博（1728—1814） 3首

字以文,号渌饮,安徽歙县人,寓居浙江桐乡。年二十三补庠生,两应省试不售,绝意仕进。致力收藏,所购求之典籍,多罕见珍本善本。乾隆三十八年(1773)诏开四库馆,采访遗书,命长子士恭进呈所藏六百余种,大半宋元旧版,时号天下献书之冠。乾隆四十五年(1780)高宗南巡,迎銮献颂,蒙恩赏褒奖,遂刻所藏善本以行世,名《知不足斋丛书》。嘉庆十八年(1813)谕旨赐举人。著有《花韵轩咏物诗存》三卷。

沁园春　题爰山卜居图

卜宅南村,我羡君归,偏饶胜情。指平冈迤逦,云连野寺,远林明灭,烟隔层城。竹里楼高,茶边屋矮,阑槛萧闲水石清。经营遍,还旧时月色,别馆秋声。　　迁莺短棹寻盟。喜生客门前熟犬迎。恰山僧初去,一枰棋乱,春风先到,满树花明。位置壶觞,安排笔砚,为我西窗小榻横。披图笑,问主人何日,日就园成。

秦楼月　二分明月女子折枝墨桃

风吹折。恼人半面曾相识。曾相识。年年一笑,清明时节。　　玉台小试簪花笔。无端点点胭脂黑。胭脂黑。多应错弄,画眉颜色。

浣溪沙　题汤雨生参戎与其配董夫人合绘画梅楼图

爱向孤山蹑屐游。曾经索笑到罗浮。雍容裘带古无俦。　　更有双成仙侣好,为梅写照替梅愁。输君艳福几生修。

汪景龙　1首

字紃青,号岑华,江苏嘉定(今属上海)人。工诗古文,乾隆中与同邑姚埙编定《宋诗略》十八卷,刻以行世。尤好倚声,尝辑录当朝诸家词话。与王初桐、吴泰来、诸廷槐等交,迭相倡和。著有《美人香草词》《月香绮业》《碧云词》,王昶为选入《练川五家词》。

如梦令　题弹琴图　案王初桐《嚾墼山人词集》亦收此词。

昨夜南湖风雨。凉到荒汀枯树。石上理瑶琴,人在竹阴深处。山路。山路。残照碧云秋暮。

陶维垣　15首

字愚墟,号鹤门,会稽(今浙江绍兴)人。生于雍正六年(1728)前后。诸生。早岁居粤。数奇不偶,为幕客有年。乾隆三十七年(1772)自序词集,未几卒。著有《叩拙词》。

满庭芳　题麻姑采花图

雾鬟云鬓,荔裳罗带,蓬莱三见沧桑。大鹏背上,万里恣翱翔。采得琪花瑶草,筠篮里、满贮清香。天风便,朱明古洞,月底酿琼浆。　　华堂。开寿域,濂泉跨鹤,炎海飞觞。问故园松菊,禹穴钱塘。剩有先生五柳,遗荫远、珠树联芳。将进酒,浮丘舞袖,应笑太郎当。

哨遍　题韩南有行乐

谁似此翁,神穆气凝,浩落空诸有。自垂髫、静处求良知,便自任、阳明传后。当戴里,文坛分门树帜,功名拾芥应唾手。胡桐尾声沉,槐根梦杳,寂寞寒毡难守。借春风、匹马燕台游。燕台客、群争识荆州。一遇如皋,沟水津亭,齐歌折柳。　　想陆贾南来,片帆烟雨珠江口。览遍名山,境横宝锷酹巨斗。看霞落宾鸿,云成苍狗。酒酣剑击蛟龙吼。指幕府莲红,磨盾草檄,小戏生平抱负。古参军、长史尽风流。谈笑处、玄纁走公侯。愧余廿载心期久。何虞越王台畔,倏尔逢非偶。凌霜老树,披云怪石,想见丰标如旧。岩花采得是罗浮,罗浮仙人今在否。

南乡子　一系千里图

看利锁名缰。水驿山关路许长。为语骅骝神骏骑,休忙。燕市千金骨自香。　　古树倚斜阳。憩息春风待九方。相赏骊黄牝牡外,声扬。躞蹀雕鞍出未央。

忆秦娥　美人握笔图

真无那。娇痴却倚湖山坐。湖山坐。粉腮斜诧,笔尖欲堕。　　相思两字题难破。墨香遥绕樱桃颗。樱桃颗。几度呻吟,绿摇红簸。

点绛唇 春晓弄笛图

晓起春浓,香腮红晕相思印。梦魂未定。怕对芙蓉镜。　　徙倚楼头,看落红满径。慵梳鬟。钗横不整。斜弄梅花引。

倾杯乐 代题倪孟然小照

枫叶飘红,松阴滴翠,一卷小山词赋。满院香生桂圃。亭外秋峰无数。茶烟吟瘦丝千缕。着轻衫、石床箕踞。知书桃叶窈窕,回盼秋波欲语。

海棠春 代题小影

年来四十还加一。个中事、你须记得。仗剑挟妖姬,是豪雄本色。　　再过几十,颜苍发白。面目应愁非昔。欲认旧时我,问汝讨消息。

壶中天 自题桃溪渔隐图

红飞绿暗,叹飘零海外,几番春暮。回首家园三径菊,久已不堪追数。四十无闻,貂裘弊矣,落托仍如故。天涯渺渺,未知知己谁许。　　想那童叟怡然,桑麻交翠,两岸攒红树。便是人间天上境,且驾扁舟问渡。梦里浮名,从兹撇却,不受青袍误。岂迷津后,重寻凤契无路。

点绛唇 松风图

径曲云深,风来谡谡秋声峭。红尘谁扰。境在烟霞表。　　松石之间,相赏知音少。奚童晓。携琴偏到。谱出松风调。

百字令　代题留青图,送别洪明府其哲

琼林阆苑,当恩承雨露,望隆山斗。一自星轺驰岭外,泽遍百花岩岫。竹阁裁诗,琴堂调鹤,俯仰心无负。白云招我,竟从贺监陶叟。　　父老卧辙攀辕,离亭十里,罨画春旗柳。回忆龙龛停玉勒,庇荫慈晖非偶。恨不随行,图形其上,共劝阳关酒。青留人远,此逢何日还又。

渔家傲　红叶题诗图

寂寂长门消粉黛。悲秋缓步夕阳外。金井斜飘侵翠带。轻拾在。拈来斑管题还懈。　　指印桃腮无愀采。个侬偏负风流债。应逊琵琶谱雁塞。为谁害。笔尖难把相思卖。

南浦月　邓轶伦小照二首

倚石孤松,风来谡谡疏林杪。超然物表。想见幽人抱。　　吟瘦茶烟,捋断须多少。晴光好。古梅清筱。不惹红尘到。

其二

无此襟期,有谁爱向松间坐。疏篁几个。一缕茶烟锁。　　莞水萍踪,心契何如我。奇石左。还须添个。终日相吟和。

买陂塘　东君陈赞府清扬行乐

想当年、文坛拔帜,蜚声藉藉黉序。铜章绿绶催人紧,不管青袍牵住。掉头去。挂十幅、蒲帆远驾珠江浦。仙岩暂驻。便藜阁翚飞,桐冈凤起,名与石千古。　　星移后,到处和风甘雨。春光赢得如许。图书满架趋庭训,不独茶经琴谱。闲领取。看槛外、疏篁弄影垂杨舞。轻纨徐步。把羽扇摇风,呼童检点,默会个中趣。

湘月　题阮三松菊图

菊篱松径,记抛荒、历了几番寒暑。欲待寻游浑是梦,梦里留人不住。何幸今朝,浮香空翠,满目逢如故。秋风起也,被君箕坐安据。　　回忆燕喜堂前,谈心剪烛,午夜高朋聚。可奈凋零非复昔,廿载于今重晤。雪染须眉,云迷故国,未尽离惊诉。晓窗阵阵,吹来烟外花雨。

李焱　10首

字芬宇,江苏上元(今南京)人。生于雍正六年(1728)前后。诸生,授徒为业。工书,与洪亮吉、汪中、孙星衍辈交。嘉庆五年(1800)尚在世。著有《瘦人诗余》四卷。

摸鱼儿　题宜兴储玉琴东亭感旧图

展冰绡、泪痕犹湿,柔情依旧如许。东亭昔日欢游地,何幸窕娘重聚。深夜语。怜瘦影亭亭,别有流连处。韶光迅羽。怅故友云沉,红颜惜别,此地有谁主。　　秦淮畔,吟遍图中秀句。严城清漏三鼓。停杯细话伤心事,艳骨早埋黄土。君且住。君谩买吴航,帆影芜城去。闲愁最苦。正荻叶萧萧,伊人宛在,更是断肠路。

解佩令　自题课读小照

难邀青眼,惟余白发,叹风尘、鹿鹿空流涕。落拓寒儒,有几个、封侯登第。曾三过、酒垆燕市。　　年过四十,又将五十,慰亲心、绝无生计。日对村童,也尝尽、冬烘滋味。笑先生、壮怀休矣。

醉翁操　题项莘甫游仙图

偓佺。焦先。刘安。靖长官。非然。君何兴来而游仙。君哉仙骨珊珊。游广寒。吴质停斧看。旁有光远兮妙年。　　高张珠盖,白鹿为骖。十洲三岛,任意遨游乎往还。余何为而愁烦。君何为而清闲。君诚不可攀。师弟两流连。苦境堕尘寰。乐境都归图画间。

满江红　题罗两峰鬼趣图

若大乾坤,问何处、能容鬼物。凭慧眼、淋漓妙笔,绘成图幅。恶态不妨传小照,游魂尚有颜如玉。类燃犀、怪怪复奇奇,看难足。　　迷断雾,形仿佛。张破盖,情恍惚。更插天骨董,遍身青绿。莫谓躯长能作祟,自矜头大将人捉。看前身、朽骨卧松根,谁来哭。

湘月　题苏州孙香泉鄂渚开帆图

一江春水,楚帆开、早指苏台烟月。参赞军门为客久,白发高堂念切。红袖传歌,故人祖道,不忍轻离别。相期半载,茱萸好共佳节。　　今喜得附同舟,白门分手,屈指君归日。囊有新诗三百首,半是思亲佳什。扶杖相迎,登堂而拜,乐极翻悲咽。此情如见,当年我亦曾历。

踏莎行　题吴白庵石湖课耕图

但可躬耕,何须择地。吴山吴水诚佳耳。亦知扣角有心人,先生漫作归耕计。　　雨笠烟蓑,占晴卜岁。丘园几个知名士。有田他日好归来,画图莫作长江水。

减字木兰花　题沈五郎春江送别图

黯然伤别。芳草芊绵成碧色。楚水苍茫。不到临期始断肠。　　内家装束。曾向画堂闻艳曲。暗数归程。瘦尽东阳姓沈人。

其二

我生何幸。心逐游丝飞不定。身近仙舟。一日东风一日留。　　手携目送。别后相思空有梦。渔火江枫。愁听寒山夜半钟。

金缕曲　题友人小照

容我清狂否。爱此间、秋林潇洒,苍烟翠岫。万物无私堪自得,好景大家都有。奈名利、茫茫奔走。水色山光常在目,问世人、几个能消受。君何雅,吾偏瘦。　　昨宵读画三更后。喜见尔、芝光相对,独倾杯酒。谈笑不须挥玉麈,折取青松在手。自应与、赤松为友。十丈剡藤工贴画,羡营丘、墨妙诚难构。传千载,名难朽。

金缕曲　题苏州朱碉东吴门送别图,时将楚游

添我知心侣。喜作合、柱卿公子,名园欢聚。多少英才争唱和,个个引商刻羽。怎无奈、留春不住。君绘芝兰香满室,更诗篇、占断情千古。频握手,意何许。　　无端告我潇湘去。展画图、吴门送别,顿生离绪。黄鹤楼前波万顷,眼底青山无数。已先到、题诗旧处。此夕留君好畅饮,尽欢娱、不畏严城鼓。倩红袖,唱金缕。

姜藻　8首

字元章,号春江,江苏丹阳人。鹤俦孙。乾隆九年(1744)优贡,乾隆十八年(1753)

举人,官教谕。工诗,于枋、彭启丰辈甚称之。著有《韵石斋词稿》。

金缕曲　奉题彭芝庭先生早朝图

海上瀛洲涌。玉堂仙、经纶董贾,才华班宋。人羡城南天尺五,家世西清供奉。绳祖武、鳌头重摊。翠袖亲携趋鹤禁,赐金莲、惯沐天恩宠。丰采映,袯梧凤。　　三年浙水文旌控。恋舻棱、帝城云里,几番飞梦。归到金门听早漏,画省声名愈重。太液水、臣心堪共。五凤桥边仙树绕,候花间、长乐晨钟动。迎晓日,紫霞捧。

满江红　上均叔祖睡觉东窗图

腹笥便便,东窗坐、怀蛟吐凤。笺注就、九经遗本,三冬足用。悟后聊同南郭卧,倦余暂作华胥梦。恰醒来、梧竹映纱棂,红轮涌。　　琴与史,堪弦诵。风与月,供吟弄。爱蒹葭秋沚,渔歌吹送。吾道虚舟鱼鸟化,寸心明水云霞动。拟洛中、巾杖画图中,渊源共。

水调歌头　题魏丈东澜霜晓白云图

慷慨重然诺,魏有信陵君。先生兰谱尤笃,意气久弥真。潇洒金张座上,跌宕曹齐社里,高格出风尘。最妙岐黄术,十指代阳春。　　悬壶地,图小影,剧传神。翛然杖履闲适,秋色满柴门。不画董公仙树,只画梁公乡思,霜晓望飞云。越水吴山梦,此意与谁论。

金缕曲　题颖园弟坐菊图

一幅冰绡映。是长康、芸窗写就,添毫小影。宛委山斋林水际,点缀秋光幽靓。有几簇、黄花疏韵。月珮烟裳摇曳处,倚屏山、风约香成阵。坐片石,瀹湘茗。　　南宫家世余香剩。记当年、曲江领袖,看花仙品。尔我棠华落寞久,何日芳馨重整。莫早恋、东篱清冷。泼墨试成庭菊赋,算才华、那让盈川令。肯浪掷,韶年景。

迈陂塘　题张孟云碧溪闲钓图

漾薰风、烟汀一片,碧痕皱得如许。何人雅擅临渊兴,知是风流张绪。垂柳路。爱曲岸、鸣蝉声里扁舟住。萧闲眉宇。把箬笠低掀,筠竿徐袅,占尽水云趣。　玄真子,曾号烟波钓侣。旧盟原在鸥鹭。幽怀千载仍同调,重唱斜风细雨。还寄语。放百尺、丝纶须钓灵鳌去。溯洄仙渡。向凤沼随槎,龙池泛艇,肯恋野芦渚。

绮罗香　题张孟云秋林小景

濯濯神姿,翩翩丰度,人似瑶柯明秀。仙室娜嬛,曾把五车亲授。挥翰藻、燕市声华,啸溪山、江南琴酒。倩虎头、皴染秋林,此身暂尔置岩岫。　生绡一望如绣。正淡烟凉霭,遥峰微皱。法侣名姝,俱向云皋聚首。听艳曲、行雨飞空,证禅心、拈花在手。悟机关、红粉缁衣,风流罕有。

台城路　题蔡朴夫桂林读书图

僧繇倦写炎天景,梧窗另翻新稿。蘸水烟凉,过崖云懒,一带秋林深窈。何人静眺。喜汉殿中郎,年华未老。特地添毫,染来黄绢甚清妙。　游踪萧淡最好。小山丛桂蕊,和露开了。锦轴吹香,螺樽泛玉,净洗月明襟抱。遥情不少。更醉鼓焦桐,兴追鸿鸟。万斛秋英,晚风休乱扫。

迈陂塘　题吉丈焕文课孙图

问人生、无涯乐事,何如盈砌瑶树。君家大历才华盛,应续中孚芳谱。堪继武。有膝下、三珠丽彩飞蟾露。斜川深处。又早茁孙枝,水疏烟淡,一笑倚清屿。　添毫趣。绘出萧闲意度。隔花雏凤能语。他家竹马闲嬉日,已把青箱课取。风正午。爱书韵、琅琅篁响相吞吐。凭高指与。种几簇仙柯,云斤磨就,任尔采香去。

费承勋(1729—?)　1首

字春凫,号改斋,浙江仁和(今杭州)人。乾隆二十八年(1763)进士。乾隆三十三年(1768)任甘肃宁朔县知县。宦途坎壈,漂泊蜀中、云贵各地,皆有吟咏。交符曾、陆钟辉诸人,以诗词相倡和。乾隆五十七年(1792)尚在世。著有《学福斋词》。

减字木兰花　题吴蕴堂小照

红叶翠柳。此景江南随处有。画里风标。合傍蓉湖旧板桥。　衙斋萍聚。不问谁宾谁是主。堪叹华颠。旅梦回头三十年。

沈初(1729—1799)　1首

字景初,号云椒,浙江平湖人。乾隆二十七年(1762)高宗南巡,召试一等,赐举人,授内阁中书,明年成进士,授编修。乾隆三十二年(1767)入直懋勤殿,充日讲起居注官。乾隆三十六年(1771)提督河南学政,未赴任,以丁祖母忧归。服阕赴补,擢侍读学士。历仕詹事府詹事、礼部右侍郎、吏部右侍郎、都察院左都御史,累官至户部兼吏部尚书,又尝任四库馆、三通馆及实录馆副总裁。谥文恪。著有《花间余绮词》,今未见。

更漏子　题冯尔调荒村露宿孝迹图

晚风寒,新月小。断续啼猿多少。惊旅梦,役孤魂。麻衣冷未温。　更漏急,霜如雪。独伴一棺凄绝。心欲碎,不成眠。乌飞星满天。

朱㴷(1729—1822) 3首

字与持,号澄江画翁,江苏江阴人。乾隆三十年(1765)高宗南巡,迎銮献诗赋及画,皆蒙恩奖,是岁拔贡。居京师五年,屡应秋试不第,出为江苏沭阳县教谕,官至四川芦山县知县。工诗,卢文弨极称之。画得王翚风致。晚居沭阳。著有《画亭词草》三卷。

柳梢青　题歌者钱郎松竹流泉小照

碾玉无瑕。凝香有影,獭髓堪夸。错认娇妆,宫黄未褪,指印些些。临流小住为佳。爱翠竹、青松荫斜。结岁寒盟,和郎三个,不欠梅花。

洞仙歌　题金桐圃小照

长衢官路,走双骖流汗。赤日行天暗尘满。正炎蒸溽暑、襁褓纷纷,似醉客落井,眼花撩乱。　有人摊素册,箕踞科头,高荫疏桐俯清汉。此境比泉明、小卧羲皇,北窗下、鸟声呼转。便一任、喧传督邮来,谅五斗、那能折腰相唤。

水龙吟　题王淡庵独立图

眼前十丈红尘,几人独立闲无事。抛残乌帽,吟髭捻处,藩篱天地。四十年华,三千客路,昔颜犹似。又萍踪携手,秋灯展卷,还识得、翛然意。　醉尽长安酒味。也都算、神仙游戏。悬来肘后,何须金印,奇方堪试。只料壶公,个中常见,溪山故里。早横空塞雁,南飞时候,先生归未。

吴兰庭(1730—1802) 1首

字虚若,号镇南,浙江归安(今湖州)人。乾隆三十九年(1774)举人。与仁和吴长元齐名,时号“二吴”。晚岁流寓京师,居朱筠、冯集梧宅,尝受聘纂修官书。长于史学,精地理、职官沿革,钱大昕、章学诚推重之。著有《南雪草堂诗集》四卷。

百字令 题三泖渔庄图

菰芦满眼,便恍然置我,斜阳水国。蟹舍渔庄人语外,写出篱根寒碧。断雁拖烟,峭帆吹雨,中有沧浪笛。沙头鸥鹭,旧游多少相识。　乍见海上珊瑚,千丝网取,去作金门客。圆泖横云来梦里,更向筹边飞檄。麟阁功名,马行灯火,重理东山屐。神仙平地,莼鲈须缓相忆。

王初桐(1730—1821) 33首

原名丕烈,字于阳,号竹所,江苏嘉定(今属上海)人。诸生。乾隆四十一年(1776)授四库馆誊录,历署山东新城、淄川、平阴、寿光知县,迁宁海州同知。著述甚富,撰《古香室丛书》《北游日记》《方泰志》等,又尝辑《猫乘》《奁史》。著有《巏嵍山人词集》《选声集》。

高阳台 题钱溉亭勘书图

翠楚连云,娟篁媚晚,响山。最好幽居。藤笈芸签,琳琅敧案图书。燕帘莺户无尘到,闭春风、点露研朱。小窗明,一架珊瑚,半注蟾蜍。　貂蝉多少京华客,问谁翻蠹简,只饱蟫鱼。砚北沉吟,柴桑且爱吾庐。明年词赋都经进,看长杨、顿召相如。便空闲,野色蒹葭,秋水芙蕖。

迈陂塘　题从叔西庄先生课耕图

渺寒郊、平畴万顷,苍茫一带烟树。茅檐土锉三间屋,僻在荒桥断浦。春欲暮。便短笠、长镵携取苍头去。幽怀野趣。望蔗芋闲塍,鸡豚空栅,寂历数村坞。　　西田好,更把西庄题署。兰成宋玉曾住。自从簪笔趋朝后,松竹柴门谁付。芳草路。料乡梦、年年飞渡江南雨。官居意绪。倩曹霸丹青,生绡写出,旧日课耕处。

疏影　题金茂堂修竹吾庐图

丛篁乱树。锁一壶静绿,水云深处。清簟疏帘,茗碗熏炉,几度棋声寒雨。无心为把莓苔扫,但尽日、小矶容与。共何人、理钓牵罾,知有倚楼侪侣。

回首吾庐荒了,羡携来画卷,檀栾如许。犹忆追寻,放溜抽帆,到日碧桐初乳。矮窗曲几黄昏后,听戛月、敲风低语。约明年、烧笋园林,容我再陪题句。

壶中天　题钱南孤兼春书屋图

苔矶蔬圃,扫苍云缚取,三楹茅屋。石笋风篁深几许,况有阑干曲录。檐角笭箵,篱根略彴,残雪明乔木。参横月转,暗香来破幽独。　　最好玉麈蒲龛,药炉茶臼,客到添棋局。旧日声华都谢了,寥落江南江北。纸阁调琴,芦帘玩鹤,志趣平生足。奚川风景,有人图向横幅。

摸鱼子　题顾星桥月满楼图

羡江东、彦先风调,幅巾藜丈潇洒。绀园罨画层楼迥,窈窕数重花外。携酒待。早碧落尘空,片月生沧海。金貂齐解。趁樱笋厨香,竹荷风细,几辈共飞盖。　　书连屋,多少琳琅金薤。瑶琴断阕行蟹。水晶帘卷银河近,天上榆花堪采。云霭霭。看万里、冰壶幻出清凉界。澄辉不改。正数点残星,一声长笛,隐约雁横塞。

金缕曲　题马湘兰墨竹

十二红妆靓。有玄儿、超众风流,压群心性。杀粉调铅都厌了,淡墨夷犹乘兴。看洗出、湘江烟景。月上西轩帘尽卷,记疏疏、历历银墙影。图画里,一般静。　　笔踪异代论谁胜。许当年、李夫人匹,管夫人并。鹅绢蝉纱才入手,过眼烟云无定。向冷韵、娟姿重省。瘦玉千条幽巷住,想天寒、日暮人相映。香一掬,翠三径。

国香慢　题薛素素画兰

剪叶移根。爱灶山丽草,雨珮烟妡。丛丛鼠须描取,意态披纷。谱入瑶琴丝里,十三泛、弹破湘云。悠悠楚骚怨,露冷平皋,雪暖深村。　　十能思薛五,羡金丸宝鞯,翠袖香裙。写生纤腕,尽自肠断王孙。试拂银浆蠲纸,小名署、卷尾犹存。飘零赋清些,醑酒东风,画里招魂。

如梦令　题弹琴图　案:汪景龙《美人香草词》亦收此词。

昨夜南湖风雨。凉到荒汀枯树。石上理瑶琴,人在竹阴深处。山路。山路。残照碧云秋暮。

迈陂塘　题朱于冈北堂图

护苍云、藤墙石坞,十弓占断尘境。琴床书笈安排了,正好试香分茗。行屐径。爱桐乳、荷衣满眼添清润。阑风乍定。看野彴通村,荒湾绕屋,一笑曲栏凭。　　芳郊外,多少题襟豪俊。生涯都付幽兴。柴车自是儿曹事,天与此翁闲静。呼小艇。便两桨、冲波载取江乡景。烟昏水暝。料蔗芋塍边,枌榆社后,应许醉眠并。

祝英台近　题举杯望月图

玉东西,金叵罗,入手慰衷素。满肚牢愁,惟酒可吞吐。请看李白楼头,刘伶林下,更谁继、此风千古。　　饮秋圃。假若醉倒松阴,盘珊起还舞。白眼青天,历历广寒府。料嫌豪客金貂,佳人锦瑟,但长对、一轮蟾兔。

忆萝月　题桃源偕隐图

桃根桃叶。前后相迎接。小桨冲波红撇撇。别是渡江舟楫。　　绮罗总带烟霞。柔乡却在仙家。莫放春光流出。东风约住桃花。

太常引　题山庄归隐图

万人海里早抽身。小筑半遮云。管领玉壶春。似金谷、园中季伦。
乱红无数,乱香无数,芳草软于茵。眯眼六街尘。梦不到、雕鞍画轮。

蕙兰芳引　题画兰,赠别歌者纫香

收拾国香,早描上、砑绡横幅。怕嫩蕊幽姿,都化冶红艳绿。翠叉展处,只合向、锦屏华屋。胜一枝半箭,冷落斜阳岩谷。　　傅粉芙蓉,薰衣豆蔻,事事怅触。奈临别囊琴,弹出楚骚怨曲。情丝长短,梦魂断续。图画中、珍重素心如玉。

风入松　题照

药囊丹灶炼苍颜。笑语带云烟。万人海里藏身易,好生涯、分付吟笺。兴至芒鞋竹杖,醉来白眼青天。　　一壶寒翠落松前。乱石绣苔钱。山童隔竹敲茶臼,和涛声、捎起闲眠。漫想蓬瀛阆苑,仙源只在人间。

水龙吟　题东溟草阁图,时叔华将南归

鞭丝帽影匆匆,软红屡踏京华土。频年潦倒,半生踪迹,南黔东鲁。异国山川,故园心眼,总成凄楚。倩丹青曹霸,生绡滑笏,挑灯画、沧州趣。　　添个元龙百尺,向苍茫、海天空处。客游倦矣,不如归也,临风怀古。寂寞瀛堧,此时定有,笑人鸥鹭。趁清秋一棹,津门放溜,下江淮路。

减字木兰花　为叔华题岁寒三友图

小园水际。家住疏花寒翠里。三岁长安。寒翠疏花梦里看。　　高斋清昼。一纸茏葱堪对酒。帐触乡心。想到家山雪满林。

湘月　题从叔述庵先生三泖渔庄图

傍云千顷,有菰芦小小,十分闲寂。坐卧苍茫图画里,长对萧萧芦荻。野彴通村,遥岑遮户,秋水涵天碧。鲤鱼风定,满湖如砑平席。　　正好放鹤空洲,盟鸥极浦,溯三高遗迹。采采蘋花香十里,清气都归吟笔。一领渔蓑,一篙钓艇,浩荡生涯毕。更携酒去,烟波深处吹笛。

沁园春　为印给谏题淞汀图

占得莼乡,缚个茆庐,门临翠涟。有香鲈堪钓,小矶苔畔,沙鸥堪玩,浅渚芦边。繁露初收,阑风不起,黄竹篙深好放船。空明里,漾澄晖千尺,倒影江天。　　何人写出林泉。认笠泽、陂头沧海堧。忆谈棋颂酒,枌榆旧社,课晴问雨,蔗芋闲田。密荫围青,遥岑献碧,见说斜川胜辋川。东华客,但一官寄耳,归梦依然。

扫花游　题三研斋扫雪图,为沈匏尊作,时匏尊新纳姬人

玉屏梦醒,正残雪林高,嫩寒窗晓。霁痕浩渺。沁诗脾画眼,又清多少。翠匣琉璃,检点红丝黟宝。径初扫。看屐齿藓阶,剥啄谁到。　　芳信春尚早。渐消息梅花,倒挂幺鸟。与梅比调。算东阳别有,惜香怀抱。冻不教呵,料是唇朱治了。镜台小。试银钩、卫娘双妙。

梦横塘　题毛海客江湖夜雨图

海天初暝,乱水孤舟,晚程凉到篷隙。万斛跳珠,响十里、萧萧芦荻。惊雁呼群,冷鸥收梦,白蘋风急。望烟中黯淡,一点渔灯,乡关杳、苍茫夕。　　前身定是玄真,只年年滥浪,乐在蓑笠。酒醒江空,知听雨、不嫌愁寂。更须唤、神妃起舞,付与新诗弄长笛。洗出清秋,晓来云尽,看遥山横碧。

露华　题海客秋林待月图

雁程渐黑。盼断尾鱼霞,初散天末。落叶未深,先有小园凉色。露浓又下高空,满地绀云俱湿。星河近,幽虫响时,夜气清绝。　　西轩竹树蒙密。向曲录阑干,迟见澄魄。次第酒筹徐检,石床徐拂。坐看海上苍茫,恰涌镜波盈尺。秋水外,高楼一层淡白。

清波引　题海客春江待渡图

野塘春晓。柳烟重、暗迷去棹。翠鸠啼了。稚鸥尚眠草。不比武陵窈。也恁流红难扫。瘦筇前度刘郎,梦中路、又吟到。　　鱼波渺渺。白蘋外、魂断远道。一帆风饱。碧云送天杪。艇子缺瓜小。趁取寒潮平早。试问江北江南,载愁多少。

望海潮　题李邃庵吴淞烟雨图

鳞鳞新涨,丛丛冷翠,沙边竹外滩头。纤雨弄晴,深烟带晚,苍茫一片清幽。潮尾曲通沟。有平桥贴水,短屋临流。草屩捞虾,此生端合老渔舟。

金门射策淹留。把江乡让与,闲鹭闲鸥。莼绿正肥,鲈香最美,西风吹梦芳洲。归得且归休。向浓阴豁处,添个层楼。日日阑干拍遍,长啸海天秋。

蝶恋花　题美人秋思图,为张梦鬒作

袅袅娉娉云一缕。团扇关人,冷落吟情绪。秋思不知深几许。徘徊独在闲庭宇。　　展挂便忘身寄旅。非燕非莺,别是新俦侣。唤下樽前应解语。下来却恐风吹去。

清平乐　题张芗圃荷净纳凉图

绿杨烟袅。翠水平波晓。万柄千衣看总好。雨佩风环多少。　　荷亭不扫莓苔。林塘更绝纤埃。何处闹红一舸,等闲飞过江来。

太常引　为宋汝和郡伯题竹梧清啸图

高梧丛篠翠交痕。秋响静中闻。满地宿苔文。有贴地、平流碎云。不弹楸局,不翻缃帙,也不学苏门。吟咏到斜曛。定书遍、羊欣练裙。

隔浦莲近拍　避暑秀野图　案:王元勋《樵玉山房词》亦收此词,字句有异。

谁惊亭午梦觉。聒耳蝉声闹。乍浴兰汤起,炎炎日西沉了。秋意消息早。山童道。此地新凉少。　　北园好。疏篱密竹,三三斜径尽扫。调冰雪藕,夜久共随谐笑。浓露稀星缺月小。池沼。荷风吹送香到。

石湖仙　题吴竹桥太史闭户著书图

苍云都扫。见三亩松篁,花外深窈。萧洒谪仙人,闭门居、闲中最好。春来春去,总付与、数声啼鸟。蓬岛。水石间、剥啄谁到。　　西清旧抄秘籍,载归来、芸窗细讨。红藕红蔷,别有风流同调。好古生涯,惜香怀抱。是乡堪老。吟乍了。斜阳又下林杪。

水调歌头　题戴晴山画　案:诸廷槐《螺庵词》亦收此词,字句有异。

昨梦四明去,微雨沐幽青。蛮烟倏忽卷尽,缥缈数峰晴。上有柴窑天色,下有裙腰草色,人在镜中行。隐隐寺门外,扫叶夕阳僧。　　云映水,水绕树,树围亭。亭中延伫翠禽,惊起莫追寻。不意丹青妙手,写入鹅溪绢里,历历更分明。疑是梦游处,只欠翠禽声。

瑶台第一层　题云笈山房图

辇得琳琅,三万轴、移家住翠丛。小园深坞,一房远岫,一径长松。绀尘飞不到,有白云、遮到帘栊。灌春侣,在咒桃窗下,写韵轩中。　　山空。晓猿惊也,后车载去紫芝翁。蓟门千树,齐烟九点,多少仙踪。是鹣终比翼,况绣襦、甲帐重重。莫匆匆。便箫声缥缈,鹤背天风。

金菊对芙蓉　题阮芸台宫詹一枝轩菊趣图

詹事府后轩有石刻"一枝轩"三隶字,系王穉登所书。壬子秋,宫詹搜出此石,又种菊数十百本,因作此图。癸丑视学山左,索题一阕。

桐乳搓黄,松鬐弄翠,一壶占断深幽。有金铃无数,妆缀清秋。十分冷韵冰衔底,胜春风、红药阶头。东篱诗意,柴桑去后,独此风流。　　苔际片石存不。把二百年前,鸿爪爬搜。纵朝朝染翰,暇便勾留。今来莲子湖湑住,但春波、泛月兰舟。长安不见,梦魂应绕,画里瀛洲。

百字令　题钱仲子摸碑图

中郎去后,问人间、今古更谁同调。钱起声华原第一,别有千秋怀抱。苔藓危崖,藤萝断刹,处处爬搜到。秦碑汉碣,琳琅金薤多少。　　退想当日鸿都,七经一字,风雨销磨了。赖有盘洲真好事,留得云中寸爪。汲古情深,词笺赋笔,何用才名噪。君家学薮,后先二妙三妙。

摸鱼儿　题张未轩表叔小照

更无须、注名官簿,南山归去种豆。斜桥曲水笆篱护,不用璇题银甃。新雨后。向万绿丛边,带笠携锄走。渔兄樵友。任不识不知,不衫不履,礼教尚何有。　　长贫好,别圃秋菘春韭。客来觞以村酒。人间富贵纷纷者,此福谁堪消受。思隐久。把画卷沉吟,自觉难抛手。问君容否。便缚个茅亭,拖条藤杖,我亦事耕耨。

任蕃(1730—?)　7首

字牧生,号春帆,江苏兴化人。乾隆五十七年(1792)贡生,课徒自给。与同邑顾麟瑞等交,以诗词相唱和。嘉庆四年(1799)尚在世。著有《牧生诗余》。

满江红　题红桥春泛图,为春崦,丁未

飞絮游丝,仿佛是、红桥画里。尽歌啸、银灯官舫,自无余子。到眼春光谁不见,主持风月须如是。想风流、只有杜分司,差相似。　　记束发,游邗水。陪胜侣,偕佳士。也狂吟击钵,豪情自拟。回首旧游真是梦,如吾只坐蹉跎耳。忽先生、示我泛舟图,蹶然喜。

金缕曲 题上巳雅集图,再叠前

三月春无罅。正佳辰、菜羹和面,鲤鱼烹鲜。初地群贤欣毕集,瑶草金光四射。好都把、尘缘放下。莫遣眉梢双锁恨,见飞花、一片心先怕。倩日影,柳枝挂。 明珠百斛行间洒。况妙绝、贯休善和,虎头善画。比似投壶争角胜,一马还从二马。更不管、暮钟频打。千载风流传逸少,只先生、派是乌衣者。茧纸供,鼠须藉。

金缕曲 题史丹书照

豪气元龙足。记旧日、珠溪欢聚,樽倾醽醁。座上青莲同击钵,险韵罚觞相逐。更不羡、飞而食肉。恰恰娇莺春弄柳,听双鬟、偷谱邦卿曲。都不管,漏声促。 十年别去离怀触。谁描写、辟疆别业,筼筜深谷。如此襟怀何减昔,未是将军负腹。生染出、一园寒绿。梦入潇湘风雨里,韵琅琅、万个敲金玉。为我置,数椽屋。

南乡子

魏芋山梦与友饮西市酒舍,有丽人索画梅花并题句,醒而忆之,因画梅花册子,叙其事于卷首。

枕上现昙华。妙墨通灵者一些。人似梅花花似梦,非耶。醒后思量月已斜。 再访岂天涯。旗影翻风酒字叉。记得分明西市里,非差。曾过萧娘梦里家。

卖花声 题莫愁湖画扇,为咏堂,丙辰旧作

记否秣陵偕。湖上追陪。凉秋菡萏尚花开。只恐归来风雨恶,闲煞楼台。 团扇为谁裁。金粉蒿莱。风流何处占渠魁。画稿似人人似梦,总费诗怀。

高阳台　题红袖添香图,己未

烟袅情丝,香烧心字,个人画里堪寻。寸寸柔肠,当时轻托瑶琴。元稹悔过翻成过,惹红颜、恼至如今。料难禁。数遍瓜期,梦遍罗衾。　　经年不到淘东路,怅柳迷青眼,草化红心。一曲琵琶,浮梁天远云沉。定情罗帕还留在,问几时、花与重簪。盼佳音。结佩无珰,缠臂无金。

摸鱼儿　题风雪归舟图,为讱斋

问何人、倪黄绝艺,关河写得如许。扁舟满载乡心重,打面风号似弩。风何苦。难道者、残冬不是年光暮。语风休妒。便肯送归帆,也应难补,亲舍一年聚。　　思游子,白发仰天延伫。梦魂迎到中路。还将一幅生绡染,有恨都含毫素。天何故。派我辈、毛锥一管生涯误。他家纨绔。任豚犬纷纷,几曾此日,撇却故园去。

陈涛　9首

字莲溪,浙江海宁人。生于雍正八年(1730)前后。始受学于其舅氏杨公,继游朱琰门下。乾隆五十三年(1788)官江西布政司经历,摄江西信州通判。性喜游览,生平足迹遍天下。著有《问渠诗草》八卷,收词一卷。

摸鱼儿　题鹅湖画障

小窗前、偶披横幅,蔚蓝天压平楚。溪流石罅危桥迥,残照已衔烟树。人语语。瓜皮小艇浮沙渚。村春几处。讶触浪排空,水轮转轴,茅屋乱鸣杵。

郎当屋,门外滩声如注。丹崖青嶂无暑。云中鸡唱松杉密,山半洞天人住。怀旧雨。频怅望、乡园蟹贱初篘煮。荆关画趣。似暗写归心,逍遥谷口,招我买山去。

绮罗香　题谷谦园林挟妓图

瑟瑟梧桐,娟娟菡萏,掩映幽人亭院。兀坐科头,侍立戏添红线。教摘阮、花拂檀槽,伴行药、树侵金钿。想生平、诗酒生涯,东山携妓冶游遍。　　流光催换荏苒。金缕衣还莫惜,华颠将变。乍起秋风,谁许便捐团扇。歌乐府、贾扣怜才,弹水调、对山张宴。记当年、南部烟花,卷中人又见。

望湘人　题赵芸庄清秋渔泛图

爱吴装尺幅,闲展绿窗,涨痕遥接平楚。露白蘋苍,纬萧极浦。小艇初停柔橹。卵色天低,縠纹波阔,烟笼鱼扈。欸乃村、疑是鉴湖,又似斜川风土。　　谁写莼羹旧雨。更传神物外,散人重睹。笑眉宇孤高,喜作剪江渔父。芒鞋钓笠,得鱼谋沽,尽入荆关新谱。正十载、小草羞侬,忽忆名山归去。

柳腰轻　题鸳湖朱三余赠兰图

盈盈款步金钿颤。携轻筦,捐团扇。苎萝衫薄,淡妆娇面,一捻红生花片。绕苔砌、延伫瑶阶,惜花天、喜逢韩掾。　　不是莺莺燕燕。定朱门、侍儿红线。采兰持赠,意同莲子,未必江皋初见。笑千古、红粉怜才,肯轻量、长卿游倦。

桂枝香　题粤西司马沈萱皋太安人孙氏、庶母王孺人双绩图

深深院落。荫翠柏松筠,闲卷珠箔。惊见调机利杼,尚烦钟郝。当年缣素抛余绪,矢怀清、琴凄孤鹤。讲经纱幔,丸熊午夜,义方纯恪。　　羡女君、雍容岂乐。似兰秀芝荣,同命相托。千古芳徽并美,范垂金阁。礼宗余庆充闾兆,下鸾书、辉映苕箬。至今犹绩,人人争讶,敬姜重作。

瑞鹤仙　题芷斋母舅独立苍茫自咏诗小照

英姿长皎皎。比香山图里,兼谟年小。超然出尘表。爱携琴孤往,茂林听鸟。看云夭矫。耸吟肩、情闲境悄。试门前、检点风光,除却青山难老。

倾倒。金尊檀板,春夜桃园,兰亭春晓。名流不少。今视昔,萦怀抱。忆题诗佳处,锦围花绕,陈迹兴怀尽扫。剩空山、落日停云,还牵梦草。

踏莎行　题张鸥舫洗寒图

疏影横斜,落霙千片。帘栊尽卷闲庭院。幽人兀坐手频叉,灞桥好句刚寻遍。　　侍女熏香,铺张瑶荐。人儿更比梅花倩。花前消受浅斟多,风流思曼披图见。

倦寻芳　题王芗南司马双柑听莺图

嫩风料峭,帘卷轻寒,花满亭榭。乱掷莺梭,堤柳带烟丝亚。召我阳春谁共赏,寄怀殊薄风尘下。羡幽人,又携柑载酒,戴颙方驾。　　蜡双屐、登山临水,眉宇孤高,风度闲暇。百啭间关,恰与性灵陶写。随意青衫人不识,隐然方外王司马。讶传神,似长康,恁般潇洒。

金浮图　题邓蓍香落日漾舟图

枫江冷。烟波万顷。极浦苍茫,隐然岑篸。傍悬崖、白屋栽仙杏。缥缈峰高,七十二峰遥领。历历峭樯人静。渔村落照,不让潇湘景。　　风利迳。天涯舴艋。十幅蒲帆,纵横驰骋。乱流明、紫翠斜阳岭。鸦背光寒,五两还留竿影。尽绕邓林藻井。凭阑极目,宛在方壶境。

曹仁虎（1731—1787） 1首

字来应，号习庵，江苏嘉定（今属上海）人。年十六为诸生，乾隆二十二年（1757）高宗南巡献赋，召试一等，赐举人，授内阁中书。乾隆二十六年（1761）进士，改庶吉士，授编修。擢右春坊右中允，充日讲起居注官，累官至侍讲学士。博涉群书，精于考证。诗宗唐。与吴泰来、王鸣盛、赵文哲、钱大昕辈唱和，称"吴中七子"。乾隆五十一年（1786）视学广东，次年丧母，以哀毁卒。著有《曹学士遗集》三十卷。

南浦　题沙斗初春江雨泛图

新水碧潭潭，正横塘十里，湘奁添涨。江燕乍来时，红桥畔、芳草萋萋初长。回汀曲渚，暮云无极环青嶂。蘋叶蘋花南浦路，谁放木兰双桨。　　芳堤疏雨初过。听萧萧、滴遍菰蒲细响，蓑笠向烟波。垂杨外、遥隔数声渔唱。青帘薄漾。乱红飞尽添惆怅。修禊人归春又晚，一任老鱼吹浪。

朱泽生　13首

字时霖，号芝田，原籍安徽休宁，居江苏吴县（今苏州）。监生。与王昶、曹仁虎辈唱和。著有《鸥边渔唱》。

点绛唇　题水阁听箫图

水面层楼，画帘十二参差卷。凤台人远。何处闲吹管。　　隔岸垂杨，缕缕经秋断。添凄惋。石阑桥畔。坐对斜阳晚。

水龙吟　题王述庵三泖渔庄图

晚蝉声咽斜阳,柴门临秋水如画。溪云几朵,屏山几叠,高人停驾。蔬长篱根,竹摇檐角,生涯清雅。有吟朋重到,开轩小集,酬清茗、欢今社。　　乐事江乡闲话。伴幽栖、芦汀渔舍。藤筇静倚,荷衣时著,情怀潇洒。歇浦烟横,泖湖晴涨,纶竿堪把。更相携钓叟,板桥沽酒,醉西风下。

拙庵丈属题遂初园十景

浣溪沙　春林晴晓

晓起园林雨乍晴。初阳池馆乱莺声。湘帘半卷薄寒生。　　草径花飞红杏谢,菱塘水涨渌波平。春风独自掩柴荆。

探春　柳堤莺啭

满院轻风,半帘斜日,幽梦初回时候。忽讶银筝,误疑玉笛,声在画堤高柳。谁省伤春意,漫历遍、花前雨后。最怜一带无人,嘤嘤还似求友。　　往事深山忆否,正绣羽飞来,雅音低奏。俗耳针砭,诗肠鼓吹,几趁双柑斗酒。落絮匆匆急,怅细语、丁宁依旧。惜取韶光,欢游休负清昼。

踏莎行　竹溪烟雨

曲榭生凉,疏林透暝。湿云不卷溪光冷。空山风雨欲来时,萧萧鸾尾鸣幽径。　　投宿鸦归,临深人静。苍茫一片潇湘景。夜阑稍觉住檐声,孤篷独听灵岩磬。

风入松　松阁听涛

碧天云净雨初收。独倚最高楼。虬枝百尺油窗外,响寒空、众壑争流。把卷偏宜午夏,披襟却忆凉秋。　　坐看月出映帘钩。虚籁更飕飕。泠泠漫拟冰弦断,袅余音、一片清幽。惆怅夜阑声息,空余山水悠悠。

惜红衣　平桥夏涨

翠鸟翻檐,玄蝉噪树,雨余池上。向午风生,芰荷发清响。粼粼碧处,看柳外、三篙初长。幽赏。斜日板桥,晒耕蓑渔网。　　芦汀荻港。新渌流来,和云恁摇漾。临波试望。散发倚藤杖。最好石边苔畔,闲共鹭鸥还往。拟早秋重到,同泛白蘋双桨。

霜天晓角　爽台秋月

碧罗云净。落叶飘三径。几度携樽独上,惟明月、照孤影。　　清景。添幽兴。此情谁共领。夜久一声哀雁,天际起、愁难听。

玉京秋　古堂晚香

孤馆暮。梧桐落残叶,暗虫凄楚。翠帘半卷,寒香微度。金粟稍头露冷,照栖鸦、明月初吐。堪容与。晚风披拂,夜凉庭户。　　诵遍淮南诗句。对芳丛、幽怀如许。问昔年、西园佳景,芗林情趣。几度消凝,第一怕辜了,清秋时序。酌华醑。招隐新词漫赋。

疏影　松门夕照

浓阴翠盖。爱晚风过处,时响虚籁。小院无人,独掩柴荆,好坐盟香书带。斜阳不向西山落,但掩映、竹间杉外。听隔溪、古寺钟鸣,几缕暮霞明彩。

归鸟飞来又急,古林欲弄暝,幽兴犹在。酒熟金炉,茶冷银铛,暂喜披襟潇洒。遥岑点点参差没,对一片、微茫云霭。漫奄留、药径烟开,看取玉蟾升海。

渔家傲　莎村观刈

萧瑟西风鸣老柳。江村处处香菰秀。茅屋三间寒日透。呼农叟。磨镰似月终南亩。　　共道收成今岁有。空舱载向归来后。又早茅柴温熟酒。欢清昼。醉时卧看云生岫。

瑶华　岩东霁雪

松枝度韵,石径凝辉,静卷帘孤坐。熏炉乍冷,对一带、漠漠梨云如锁。空林响处,渐又听、冻禽惊堕。怕晓来、岩角笼晴,消损玉花冰朵。　　遥思此际,幽人正拥被,寒窗犹自高卧。襄阳兴在,想早是、几树山梅初破。探春近也,谁识得、情怀无那。待甚时、约取吟朋,西碛清游须果。

瑶华　题寒江泛雪图

寒云横野,朔吹连江,渐倦鸦飞暝。沙汀枫岸,正乍见、浑讶玉梅银杏。梁园何处,问谁识、芳樽乘兴。又几番、欲住还飘,没了丹崖层磴。　　苍凉千顷波光,有绿箬青蓑,闲趁渔艇。潇湘雁过,早点破、一行芦洲清影。竹庐茅店,但隐约、炊烟微映。更持拨、松火茶铛,好试旗枪破冷。

张埙(1731—1789)　15首

字商言,一作商贤,号吟芗,江苏吴县(今苏州)人。乾隆三十年(1765)举人,官内阁中书。乾隆三十八年(1773)入四库馆任编校。少与蒋士铨齐名,交翁方纲、孔继涵等。诗文、金石、词曲均有成。著有《竹叶庵文集》三十三卷,收《红桐书屋拟乐府》二卷、《林屋词》七卷。

洞仙歌　题马湘兰竹石

同心粉院,种名花低亚。中坐瑶姬碧阑下。偶縻丸犀镇、卷石幽篁,排遣彼,季布红妆未嫁。　　输伊金石录,夫妇题名,彩印灵玺辨真假。桃叶渡头人、烟树朦胧,谁拾取、六朝罗帕。握三尺渔竿、入秦淮,只燕子斜阳、又飞来也。

贺新郎
苣谷招同江眉居、程临川、朱育泉三孝廉游柳庄,程为绘图,录此词于上

客出东门者。鲁城头、荒荒落日,平林如赭。泗水汤汤流不尽,绕我襟裾

而下。坐古庙、墙根闲话。笑倒南朝三百寺,又几曾、改逼泥神嫁。纷一派,淫祠假。　　空濛隔岸楼台瓦。待重来、须逢三月,梨花盈社。漠漠鹭鸶三四点,疑是白衣人也。只送酒、今番可罢。对酒怀人尤惨戚,六年前、周昉诗中画。大堤女,红衫马。

梦玉人引　题钱谷为董姬画容寄汪太学册子,薛寿鱼所藏

在当时是,你爱我,我怜伊。二月横塘,送行春鸠初肥。寄幅眉图,比锦书、红豆淋漓。破镜上天,漫沟水东西。　　断筝残管,昆明劫、文献总传疑。水墨空濛,宝光犹驻灵妃。入梦桃花影,生天蛱蝶衣。极苍莽,旧崔徽、一段香期。

南浦　为施耦堂同年题画二首

当年戴进,画秋江、垂钓着红衣。之子沧波奇服,渔父话前期。装点五湖深处,似残霞、一片古今飞。与白鸥三四,不拘浓淡,总是有光辉。　　太息有心曲直,问敲针、稚子欲何为。误尽人间香饵,鲂鲤不胜悲。此去荻花萧飒,恐鱼龙、夜市亦凄其。劝酒酬长笛,避它风雪正淋漓。

其二

蔬圃是家风,把豆棚,粗粗料理如许。庄北与庄南,黄昏后、真好碧天如乳。新凉小扇,几人团坐花深处。不拘礼数。同丫髻长裙,约来三五。　　无妨小说虞初,惯敷衍荒唐,搜神谈虎。话到兴酣时,疏林角、何事欲沉河鼓。瓜田菜棱,几家兄弟同门户。夜深且去。刚趁个流萤,溪桥归路。

浣溪沙　查韫辉同年花溪垂钓图

卵色天开尺鲤红。漾南漾北一村通。濠梁之乐乐何穷。　　深浅饵迎瓜蔓水,有无纶动楝花风。不劳射鸭竹枝弓。

解佩令　江皋解佩图

风云西昃，鱼龙之宅。采芙蓉、江声千尺。北渚氤氲，偶探取、美人消息。转修瞳、自然的的。　佩中解得，珍珠一粒。奉君怀、明余贞白。世外飞琼，恐不是、人间妃匹。隐沧波、半双翠舄。

春风袅娜　九九消寒图

问梅花间架，五瓣相当。看点笔，仿华光。为圈来、八十一圈而止，不成花处，单瓣何妨。好配横斜，应防枯淡，小盏燕支猩血疆。睡起红闺独无事，消寒清课日初长。　因叹人间甲子，金乌玉兔，送人老、极是凄凉。春风急，鹧鸪忙。松亭避暑，秋又银潢。太上无由，得贻真诰，美人何处，可赠玄霜。图中消息，是先天之易，分阴足惜，圈处思量。

浣溪沙

《蕉簟美人图》，唐六如旧本，谢征君林村仿之。征君殁已六年，乃得其卷，题此属诸公和焉。

兵火堆中拾翠翘。可知此卷故人描。巫山宫殿劫难消。　睡不睡时红豆蔻，意无意处绿芭蕉。三星在户惜良宵。

极相思　题仇十洲太真温泉浴后图

风轻不散氤氲。花气满佳人。鹦哥睡熟，三郎来否，未结罗裙。　准备定情私语处，长生殿、月近黄昏。马嵬驿口，年年青草，也是君恩。

虞美人

某姬以小像寄薛太学者，泪痕溶溢，粉态迷离。盈盈一水之间，远远春山之外。织锦则流黄无色,可怜明月刀头;吹箫则孔雀孤飞,不是新声子夜。楼前杨柳,曾系青骢;山上蘼芜,将成白地。背银红而着钏,理衫子而飞花。悉以幽忧,寄之缣素。恐使红颜化为白发,李夫人掩面长啼;未必丈夫竟是负恩,庾子山伤心忘旧。今是将离之草,昔属并头之莲。西子五湖,偶留小影;昭君绝塞,方得真图。太学君受而感焉,语予往事。夫文王有河州之鸟,虞舜有湘江之竹。揆之古圣,况于时贤。他年佛告阿难,仆为侍者;此日泥黏柳絮,君证空门。既述因缘,且成韵语。

一泓秋水芙蓉影。长立回廊等。妆台临镜画孤鸾。泪透桃花笺子、墨难干。　近来消瘦真容貌。应是当初好。且依原样寄情人。却怕为侬憔悴、损伊身。

其二

闺中没个商量也。对此叨叨话。同心姊妹肖奴颜。托你亭亭袅袅、到郎边。　知郎恩意深如海。对此深深拜。猜疑倩女惯离魂。怎又无言无语、意昏昏。

沁园春　题学使李鹤峰先生听泉小照

欲肖公姿,素鹤凌霄,衣带褊褆。对一片寒山,悄无言语,半潭秋水,微有波澜。蜿蜒玉龙,琤琮鳞甲,湿雨黏空溅翠鬟。此中定,有桃花朵朵,流到尘寰。　囊琴未许轻弹。看千古孤鸿独往还。只疏磬远来,松风谡谡,白云飞去,茗碗闲闲。逝者如斯,泠然善也,图画麒麟幻指间。功成后,伴赤松黄石,白发盈颠。

贺新郎　题薛本立照,用竹山怀旧韵,一瓢征君仲子

谁住千年屋。叹楼中、琼箫一去,雨飞烟扑。美景良辰今还在,依旧桃红柳绿。记往事、泪珠簌簌。夜月相逢长生殿,结婚姻、世世生生局。风不定,丝难续。　东家有女颜如玉。奉堂前、阿翁成命,凤钗再卜。帐角香囊明珠坠,箱叠云绡百幅。又喜见、新人妆束。风雪满天寒冬近,衣芦花、免使双雏

哭。庭以外,种慈竹。

多丽　题石湖烟雨图

　　尽溟濛,不解是烟是雨。有幽人、北窗卷幔,费多少参详处。想苍茫、一片馍餬,放骊龙、珍珠半吐。瘦木槎枒,塔铃清脆,斜阳不许茅亭午。沙洲湿、双双鸂鶒,碧草弄青雾。冷萧萧、一声铁笛,海云低度。　　叹此景、昔时曾遇,却为送行南浦。饱春帆、牵丝折柳,悔认得、章台旧路。一霎阴晴,浓岚密嶂,无端掉向船头去。料只在、石湖左右,浑灏已如许。问年来、可有渔郎,独摇柔橹。

顾光旭(1731—1797)　10首

　　字华阳,号响泉,江苏金匮(今无锡)人。可久八世孙。乾隆十七年(1752)进士,任户部主事。乾隆二十四年(1759)授浙江道监察御史。乾隆三十三年(1768)出为甘肃宁夏府知府,调平凉,会郡中大旱,开赈发米,民得无饥。乾隆三十七年(1772)署四川按察使,以秋审失黜罢。乾隆四十一年(1776)归籍,主讲东林书院十余年。学术纯正,工诗善书,与王昶、吴省钦、查礼等相倡和。著有《清溪乐府》。

贺新凉　题京口渡江图,送查查亭户部南归省亲

　　画里携征棹。渺江波、莼鲈正美,水肥帆饱。应得高堂开笑口,笑把莱衣换了。只此计、于君独早。我忆晨昏千里外,浸旗亭、贳酒长安道。风吹柳,叶如扫。　　尊前谁唱江南好。忽飞来、金焦两点,恰如拳小。北固远随三楚尽,一片布帆风峭。刚衬着、海门残照。知有旷怀消未得,付数行、低雁芦州杳。离别意,满秋草。

临江仙　题钱五震旸同年小照

依约芦帘纸阁，萧闲蟹籪鱼矶。拖条竹杖过前溪。青帘摇细柳，红雨溅春衣。　　竹外三间平屋，花时几曲平堤。吴侬酒债记桥西。野塘呼渡晚，明月踏沙归。

莺啼序　自题清溪旧隐图

先洞阳公筑清溪庄，同邑施武陵渐为赋《在涧亭》《山阳亭》《竹房》《桂馆》《东皋》《南山隈》《网集潭》《斤竹冈》《双榆陌》《鲂鱼堰》《观水闸》《紫岩楼》《芙蓉池》十三绝句，素业不复存矣。庚辰春，沈君朗写余小影，王生宸为补此图，溪山如故，云烟邈然，感成此曲。

翛然考盘在涧，乍泉开石脉。看溪上、万木阴沉，老松簦盖千尺。问谁与、先生徙倚，九峰面面当楼觌。紫岩深秋，冷云屏翠霏瑶席。　　有橘千头，有蕙百亩，有桑榆绕宅。想高卧、万壑云涛，露花时洒巾舄。倒清汉、芙蓉出水，挂疏影、藤萝盘石。古之人，非隐非仙，瘖歌岑寂。　　清川如此，往事都非，剩岭头月白。论出处、不夷不惠，道是庸滂，道是龚黄，更陶彭泽。投簪禁闼，题襟山墅，青蘋风起荷衣脆，沧桑改、只旧溪空碧。人生快意，须教对酒看山，座中尽是闲客。　　叉鱼别浦，饭鹤修廊，正主人岸帻。隐隐逗、西林钟梵，响溜岩扉，篁影参差，粉香狼籍。梁鸿去矣，赁舂何处，环湖明月三万顷，付丹青、曹霸传今昔。何时真个归来，蓑笠苍茫，自横渔笛。

摸鱼儿　题朱十二画庄秋泉图

碧泠泠、山空石溜，坐来六月忘暑。夜堂素壁生虚白，怪底江山烟雾。高士去。梦不到、听秋轩里听秋雨。疏林断墅。想漱石溅溅，枕流潎潎，独鹤唳空宇。　　西江句。最是匡庐瀑布。怜君旧日唫处。飞流直下三千尺，溅作满衣凉露。开绢素。令我忆、春申涧外诛茅住。砌蛩暗语。待扫叶林间，烹茶石畔，洗足闭岩户。

沁园春　自题试泉图

奈汝痴何,自号虎头,葛衣鼓琴。漫携将团月,青山南岸,坐来方夜,黄叶秋林。我爱倪迂,子非陆羽,茶梦飘零閟阁深。二人者,共白云俱去,陈迹难寻。　　顾余兀坐披襟。笑别去家山又至今。但某丘某水,童时游钓,非丝非竹,竟日登临。十亩将芜,一瓢独往,闲听春禽报好音。筼庐外,有流泉潋潋,古木森森。

暗香　题张五松坪编修"荷净纳凉时"小照

绿云空阔。看嫩凉送过,青萍之末。半倚曲阑,唤起盈盈与他说。冷落明珠翠羽,浑不管、人间炎热。只领略、几处清歌,二十四桥月。　　鱼没。浪痕叠。正浣女背花,兰桨初拨。冰肌玉骨。似怅红衣镜中脱。张绪年来瘦损,况高柳、疏蝉时节。又一笛、风定也,数声雨歇。

贺新凉

心余编修请假南归,云将卜居金陵,出二词志别,依韵作二解,即题《归舟安稳图》。

落日喧津鼓。送君行、自崖而返,马嘶人语。挂席东南书千帙,坐近水云窗户。正岸柳、汀花堪数。却叹生平游历遍,问江山、如此家何许。慈母笑,茹荼苦。　　征衣当日轻乡土。最沉吟、蓬蒿三径,去来无主。一片钟陵青青在,筑傍东山棋墅。对流水、几家贫窭。稚子候门松菊静,笑诸公、衮衮终何补。春浪阔,放舟去。

沁园春

王麓台司农《富春秋色卷》,为励文恭作也。癸未秋,客携入市,无售者,予典裘得之。蒋石、心斋、心余各为题诗,余赋此解,仍用前韵。

莽莽苍苍，此画此诗，于何乞灵。看树色分山，奔崖忽断，涛声拍岸，过峡犹争。尘海惊心，江光照眼，富贵当年别有情。沉吟久，问卧游何处，惆怅狂生。　　故家卷轴纵横。刚剩得严陵一翠屏。笑我欲从之，虚空吊诡，叟何为此，玄默撄甯。枫老全丹，橘荒犹绿，净扫苍云读道经。林深窈，只笔痕墨沛，数载才成。

念奴娇　题阮二紫坪寒溪访友图，别后却寄

听潮听雨，又支筇、去踏闲门苍雪。木落淮南丛桂冷，剩有疏林红叶。斜径通樵，断矶移钓，归梦鸥波阔。苍茫何限，酒醒天远人别。　　遥念一舸经过，长桥寂寞，好客多乘月。惆怅剡溪人不见，江上数峰明灭。白眼看云，青袍藉草，心事惊华发。迟君清兴，雁书芦渚中说。

念奴娇　题邹补山蕉绿草堂图

澄澄凉意，散庭阴、遮得一天无暑。闲贮半房秋水色，还逗数声疏雨。书幌清余，琴丝响寂，月澹侵衣露。虚堂人静，墨光斜展怀素。　　应见帘影流云，苔痕漏日，缺处风花度。自是羲皇高枕地，谁共夷犹今古。银汉深青，玉壶空碧，容我修箫谱。梦清心远，压阑阴转亭午。

汪焘（1732—?）　8首

字蘅洲，号莲西居士，安徽黟县人。受诗法于刘大櫆。乾隆三十年（1765）高宗南巡，献诗赐二等，是岁拔贡。历任江苏镇江府训导、崇明府教谕，嘉庆五年（1800）归里。嘉庆十年（1805）尚在世。著有《粲花斋词影》。

凤凰台上忆吹箫　为吴澹芷题桂生小像

染雨调烟，烘云托月，生生幻出杨枝。记白沙堤上，踠地长垂。生怕莺欺

燕负,轻阴里、尽日携持。关情处、将歌忍笑,欲别频啼。　　迟迟。玉环化碧,留不住鹦哥,听个名儿。看雾绡轻袖,瘦笔萦丝。合让吴生自写,多应是、香暖杯移。箫声断、词成梦窗,付与伊谁。

新荷叶　题顾牧园司马水竹平分之居图,即送归如皋

宅媚鸥波,白沙翠竹江村。水北花南,逦迤麂眼篱根。无人到处,任邻翁、拄杖敲门。粉香云罨,濡泉芥片温麐。　　画里销魂。别来几茁龙孙。馋守虽贫,宦情肉食休论。烹茶煮笋,对此君、便与寒温。如今去也,湘妃却有啼痕。

西江月　题画

风约虾须帘卷,月笼凤足琴低。秋声先在竹梧西。做弄轻松滑脆。　　已教遥山图壁,更逢善手明徽。一声初动众音希。都入冰弦拨泪。

唐多令　见蟢图

帖壁月如钱。银钩卍字偏。乍徘徊、一溜轻圆。暗上罗衣知送喜,争笑道、莫轻弹。　　点笔写生难。窥蝇八跪寒。更诜诜、豹脚蹒跚。谁信虱心轮样大,雕虫技、小中看。

探芳信　家友鹓江天晓霁图

听啼鸟。正宿雨初晴,朝寒犹峭。唤渡头双桨,桃叶弄波俏。蒹葭玉映蕉衫碧,似五湖风调。看汀州、晓镜霞烘,远山眉笑。　　红旭两竿照。料楚梦楼高,锦屏人悄。终日吟花,恼彻被花扰。出门一笑春如海,雪点沙鸥小。倚篷窗、领取江横浪淼。

满庭芳　家晴嵩春风晴雪图

风剪裁冰,晴钲破雪,霎时邀勒春还。光摇银海,清兴满貂鞍。借问松冈万树,怕应是、梦瘦香残。搴衣上,琼楼十二,倚遍玉栏干。　　诗狂疑六逸,青莲最少,怎样高寒。似鹤翔瑶岛,一品珊珊。少甚团茶美酒,勾不住、醉冷吟闲。神仙侣,氍毹鹤氅,应作画图传。

忆旧游　孙孟然品酒图

便移封不到,待诏犹赊,肯负尊前。岁取书田秫,也花调石乳,酿出名泉。一清二香三辣,真味贵醇全。笑陆羽卢仝,尝冰嚼雪,忒煞寒酸。　　仙仙。列三雅,拼一石淳于,十日平原。着意描豪举,怕当垆人道,孙济无钱。醉乡想到深处,毫颊亦醺然。但问字云亭,经言法古愁酒玄。

满庭芳　题小秦淮春晓图,为家体仁作

镜槛波光,纱窗鬓影,疑到丁字帘前。鹦哥调客,呼错几人船。一自迷楼舞散,烟花种、魔了樊川。秦淮小,笼花贮月,犹带六朝妍。　　丛花春一国,游丝乱絮,只自缠绵。算徐娘未老,秋扇防捐。纵有明珠五马,呼乡里、解佩言旋。重经过,垂杨画阁,无复斗茶烟。

许宝善(1732—1804)　16首

字敦虞,号穆堂,江苏青浦(今属上海)人。乾隆二十五年(1760)进士。授户部主事,历官员外郎中,考选浙江道监察御史。乾隆三十四年(1769)、四十二年(1777)两充顺天乡试同考官,晚年主讲鲲池、玉山、敬业书院。词学深湛,所辑《自怡轩词选》为世所重,家藏翻宋本姜夔词集,《四库全书》采入。著有《自怡轩词稿》。

徵招 题王荫三竹苑观书图

泠泠玉露凝山翠,烟开碧天秋晓。万个影横斜,爱琅玕围绕。坐来人更好。问消受、清芬多少。六逸风流,七贤高致,一齐分了。　　深径曲通幽,苍苔古、闲折一枝轻扫。把卷忆羲皇,笑浮名空老。黄昏声静悄。被风戛、玲珑惊觉。起来看、月满瑶阶,浸绿云缥缈。

疏影 题钓雪图

云容万叠。爱碎琼点点,江上清绝。雨笠风蓑,枯树寒烟,人在玉台瑶阙。扁舟隐约银河杳,看手里、珊瑚疑活。更夜深、笛起荒洲,钓破半湾明月。

犹忆桃源已事,仙踪不可见,高致如接。远屿迷离,似淡还浓,独倚一竿残雪。萧疏荻岸余鸿爪,直认作、米颠涂抹。算只有、七里滩头,仿佛此时孤洁。

菩萨蛮 题王淙云照

春风三月轻如剪。曲江池畔红香软。独立试春衣。双双燕自归。　　江南消息断。晓梦关山远。底事不还家。庭前又落花。

疏影 题吴松崖抱琴美人图

欺花映玉。想蕊珠官里,飞下金屋。翠袖轻盈,不语生香,行过小阑干曲。携琴脉脉情何限,谁会得、此时幽独。恐夜深、弹到归鸿,两点黛痕微蹙。

犹忆。金徽已事隔。帘露纤影,幽意相逐。暗语冰弦,一缕芳心,好情东风拘束。高山流水成辜负,莫怨却、调希音促。起来看、月满瑶阶,斜倚数竿修竹。

好事近　题曹容圃司业绿波花雾图

春水绿于烟,风软雨丝天碧。一叶木兰艇子,载无边春色。　桃花灼灼满花湾,含笑语狂客。记得赤栏桥畔,似旧曾相识。

浣溪沙　题待渡图

两岸萧萧芦荻秋。拍天河水正东流。苍茫独立迥含愁。　骚客旧寻桃叶渡,幽人初上木兰舟。烟衫风笠狎沙鸥。

少年游　题赵实君对酒弹琴图

桐阴转影,薇花含笑,幽苑晚风迟。玉砌香生,珠帘莺语,小宋坐题诗。金尊绿绮,蛾眉双捧,先后却谁宜。弦外音徽,醉余情味,脉脉两心知。

扫花游　题李长蘅采莼图卷

烟浓树碧,正雨洗遥岑,黛眉如扫。绿云缥缈。看柔丝嫩叶,满湖萦绕。试拨兰舟,不为苏堤小小。往事杳。笑何必秋风,方说莼好。　翠盘青蔓袅。更妙手调来,豉盐轻捣。波清月皎。爱流匙脆滑,色香双妙。淡墨传神,西子晚妆乍了。迫春晓。觉幽情、又添多少。

虞美人　题惜花图

春来多少关心绪。怕放春归去。珍珠帘卷晓风清。怪杀呢喃双燕、不堪听。　小鬟报说花时候。花气浓于酒。惜花不忍见花残。折得一枝和露、带愁看。

相见欢　题吴松崖美人图

珠楼残梦初醒。晓妆成。又是柳嫣花笑、近清明。　　人不见。音书断。没心情。怪杀莺吟燕语、太丁宁。

好事近　题吴云壑荷净纳凉照

曲径净无尘,小憩溪边盘石。正是昼长风细,醉一池红碧。　　谢家诗句最鲜妍,芙蓉与同色。何处人间有此,恍蓬瀛仙客。

阮郎归　题唐湘桥水晶帘下看梳头照

睡余无力试轻缣。微风怕卷帘。蔷薇香腻露春纤。盈盈展翠奁。　　暗翅薄,绿云添。红绒珠唾黏。痴郎无赖把人觇。回身故作嫌。

满江红　题秋夜读奇书图

杨子云亭,看潇湘、其人如玉。天付与、山川清气,烟霞幽独。绿意满前三径草,秋声无数千竿竹。更夜深、银烛影摇红,奇书读。　　笑多事,驱黄犊。问何用,眠溪谷。也不须骑鹤,无庸辟谷。悟得玄关真妙理,便教享尽神仙福。对秋光、一片总清机,娱心目。

阮郎归　题郑芥园重摹张忆娘簪花图

绿窗春晓整云鬟。花簪金凤钿。牙签玉轴碧霞笺。新诗锦样鲜。　　摹粉本,寄情缘。行云何处仙。水流花谢自年年。秋风生暮烟。

好事近　题王定波桃叶归舟图，时定波将之任

香袭翠鬟斜，露滴海棠娇湿。依约画中风趣，称王家桃叶。　　片帆漠漠晓烟分，春意满兰楫。试问随郎滋味，指天边圆月。

其二

底事别离轻，为爱河阳风物。忽见陌头杨柳，皱眉尖双叶。　　今朝螪子上罗巾，喜气逐颜发。多少深情密意，待背人偷说。

江立（1732—1780）　11首

初名炎，字圣言，号云溪，安徽歙县人，随父侨居江苏扬州。监生。不尚逸乐，惟好读书。从厉鹗游，学为诗词，居杭州数年。著有《夜船吹笛词》。

霜天晓角　题董浦太史青山送别图

秋庐作雪。江岸飘残叶。归客暮帆斜挂，愁送远、此时别。　　青山情最切。几重还几叠。随到两湖深处，罗窗里、黛痕接。

行香子　题茸芝生蒲塘冷艳

林壑相于。水墨平铺。写南田、风景秋疏。柳条露折，荷柄霜枯。剩瘦青萍，淡红蓼，病黄蒲。　　波影船无。烟影人孤。忆蜻蜓、立钓丝如。一番绿雨，万斛凉珠。净洗眠鸥，浴飞鹭，浸游鱼。

百字令　题王容大尊甫驭陶先生耕读图

浮名休误，算世间良策，无如耕读。堂上书声听水泻，窗外一犁春绿。才

子文孙,田夫野老,此意恬然足。绕塍行罢,归来还坐家塾。　　瓦盆好贮村醪,醉眠安稳,懒把阴晴卜。晴固四檐飞暖翠,雨亦遥山新沐。种柳成围,编茅盖顶,更架三间屋。翁真乐也,泉明高致重瞩。

卖花声　题王谷原比部斜月杏花屋填词图

红闹晚晴天。轻暖轻寒。锦筵银字谱当筵。花里新声花外影,少个双鬟。墙角月珊珊。兴更悠然。明朝传唱遍江南。杏屋词人同竹屋,不数屯田。

月底修箫谱　本意,为王秋塍题照

鸭滩低,鸳水阔,中有翠楼小。几度听来,月底玉箫袅。最怜指下分明,风前宛转,比燕子、莺儿还巧。　　黛眉扫。花外常伴词人,又谱中仙调。砚润红丝,坐对兰缸笑。多应无价春宵,忍教睡去,直吟到、露凉天晓。

满江红　题沈沃田步屧寻幽图,用吴梦窗淀山湖韵

篆径萦回,尽剪却、萧萧乱蓬。宜峭紧、著双芒屩,步入深松。几点疏花开冷境,一声秋鹤在高空。为寻幽、遥指隔前溪,流水通。　　云倒卷,吹面风。山忽断,过桥东。看四围凉翠,飞到林中。鸦背闪红销夕照,鲸铿流韵响烟钟。胜荒江、落叶打孤舟,愁短篷。

八声甘州　邗上逢蘅隩上人,出秋冈看云图索题,即送其归南屏

问西湖湖上看云僧,何事赋飘零。有一镜鸥波,一筇烟草,一帧秋屏。抛却林中鹤鹿,江外打包行。笠底钗痕在,可得忘情。　　此际峰头初吐,正如绵似絮,缭绕寒村。忽风前吹堕,片影恋归程。算寻常、无心出岫,待携来、披向最高层。翻经坐,染成花雨,洒遍幽扃。

木兰花慢　重午日，砚农叔斋中题恽南田花果画幅

又客窗午日，看六尺、挂冰绡。正卢橘安榴，深黄浅绛，露干烟梢。娇娆。戎葵弄色，认灯前薄粉带微潮。并蒂心怜绿李，一痕腮透红桃。　　柔毫。刻意扫还描。岁久更难消。好付闺人，移来衫袖，密绣轻挑。飘萧。当时画手，让南田仙客在云霄。如此折花送果，不辞频饮香醪。

声声慢　题陈老莲画断桥妓小像

鬟笼薄雾，眉衬遥山，双钩细似游丝。无语风前，珊珊觉道来迟。闲情爱擎团扇，引轻凉、惯入秋衣。娉婷处、是裙拖六幅，小步偷移。　　携手湖天夜月，况饮余不醉，醉也休归。酒晕难销，腮边莫认燕支。留得卷中人在，怅杨花、身已沾泥。重顾影，对残桃、红雨乱飞。

镇西　李能白关山匹马图

秋林凄飒。更秋山寒削。残星堕、又催残角。梦惊觉。把鞭丝帽影，点点孤村，棱棱远郭。骎骎马蹄霜落。　　露崖崿。今看图画里，行装似昨。最销魂、雨欺烟虐。论燕涿。过杭妆阁下，娘子关边，吟情自托。临风咏怀还作。

西子妆　寇白门

白板门荒，青溪人杳，小帧墨痕留影。碧天无际画堂东，澹娟树凉风静。芳菲乍冷。怅红豆难定。想当时、有黄金作屋，伊谁堪并。　　而今省。马上弓弯，幸踏南归镫。行藏浑似谢秋娘，话章台、后先相映。珠衣绣领。恐吹起还剩。问朱园何处，颓廊断井。

彭景休(1732—?) 3首

号痴翁,江西安福人。屡试不遇,以布衣终老。嘉庆三年(1798)尚在世。著有《痴翁杂草》十卷,收词一卷。

西江月　题画像

想见生存华屋,仰瞻像挂高堂。本来面目似圭璋。无用添毫颊上。
隐隐润身有德,依依美服含章。许多妙义俗中藏。迥异尘容俗状。

其二

相貌逼真梁孟,精神豁似鲍桓。如何静坐寂无言。专把一栏花看。
累叶碧凝阶下,连枝香满庭前。分明装点谢家兰。凑就画堂佳玩。

沁园春　拟题老僧四壁画西厢并序

昔丘琼山过一寺,见四壁俱画《西厢》,骇曰:"空门安得有此?"僧云:"老僧从此悟禅。"丘问:"从何得悟?"僧云:"在'怎当他临去秋波那一转'。"琼山默然。予谓,既有僧家之画,即不可无儒家之题,因戏为补其缺云。

若个老僧,四壁画来,妙绝古今。笑装严供养,梵官一座,形容假借,小姐千金。离恨天长,武陵路杳,临去秋波愿海深。传神处,叹参禅学道,无待他寻。　　满庭明月花阴。好整夜安排面壁心。想迢迢西极,莲花世界,悠悠南海,紫竹丛林。广度众生,门开方便,何用南无观世音。从君看,正鸳鸯绣出,暗度金针。

姜贻经(1732—?) 1首

字梦田,原籍直隶大名(今河北大名),随父宦居江苏常熟。贻绩兄。少从其外舅朱浚谷学。乾隆三十年(1765)举人。屡应会试不售,客游浙江金华、兰溪及江苏宜兴等地,授徒为业,晚岁始任四川德阳知县。嘉庆六年(1801)归,依其婿祝某,终老于江苏太仓。著有《梦田词》。

画锦堂　奉题龚二云轩杏村问酒图清照

闷去寻芳,愁来思饮,奈他春事方初。问道踏青人满,曷往观乎。芳草偏侵游子屐,好花斜傍酒家垆。休更问,舍北舍南,杏花盛处堪沽。　　踟蹰。年少日,胡不写,春风得意皇都。却把清明客况,好句描图。梅花清绝桃花艳,若言春色总无殊。思染笔,尽日为君添上,共醉何如。

陈泽泰(1732—?) 4首

字茹征,号云村,上海人。乾隆五十四年(1789)举人。与冯金伯、秦仪、杨健等交。嘉庆十九年(1814)尚在世。著有《春柳草堂诗余》。

菩萨蛮　家斗泉倩题美人图

清姿应入梅花弄。芳情合共梨花梦。休把玉箫吹。采芝人未归。　　瑶阶清似水。日暮重闱闭。犹忆小桥东。去年人面逢。

临江仙　题水香园图

宛在中央开别墅,浮丘绝似蓬瀛。碧波新涨绕红亭。草深凫就宿,琴响鹤来听。　况有寒香围岛屿,月明瘦影初横。几声渔笛晓霜清。何年移短棹,相与订鸥盟。

烛影摇红　题金槐亭、毛又苌烧烛论诗图

烛影摇红,夜栏有个题襟伴。西园图里,识风流璧合、真堪羡。销尽铜壶漏箭。剔银缸、尚闻雄辨。晓钟报处,数点疏星,银河低转。　犹忆相逢悟悟,坐雨高斋畔。敲残铜钵,谱新词、乘醉挥湘管。烟水吴淞路远。怅归帆、霎时风便。怎能共尔,把臂狂吟,月窗灯馆。

摸鱼子　题刘津万垂钓图照

正江干、鲤鱼风急,柳阴初憩芒履。渔竿三尺沧波上,自叹直钩难使。缘底事。便脱却儒冠,笑傲人间世。绿蓑队里。任荷雨蘋风,江烟溪月,幽兴总无比。　长堤外,何处银鞍金辔。豪华都逞纨绮。何如领取渔家乐,眼底更无尘滓。沽酒未。拚绿树林中,邀个邻翁醉。暮山苍翠。纵对景高歌,看云长啸,鸥鹭不惊起。

汪玉轸　2首

字宜秋,号小院主人,江苏吴江人。陈昌言室。生于雍正十一年(1733)前后。工诗善书。尝为郭麐题《水村图》,有声于时。著有《宜秋小院词》。

点绛唇　题月函夫人画蓼花秋虫便面,次频伽先生韵

一寸秋心,扇纨自寄悲秋意。草虫画里。隐约秋声起。　开到秋花,更爱秋光媚。胭脂水。生红微缀。分染秋罗袂。

菩萨蛮　题画梅

小窗梅信因寒杏。挽回笔底春光早。瘦影一枝枝。雪消风定时。　　幽姿看未足。灯上屏风曲。急霰扑窗吹。严寒知不知。

爱新觉罗·永忠（1735—1793）　1首

字良辅，号存斋，宗室，恂勤郡王胤䄉孙，多罗贝勒弘明子。乾隆间封辅国将军，任宗学总管。博雅多才，尤喜内典，与释剩山、介庵作方外之交。诗体秀逸，书法有晋人风致，画善竹石。著有《延芬室集》。

殢人娇　题画梅，赠幻翁家歌儿

月下香繁，风前雪皎。乍相逢、已堪倾倒。一枝疏影，天然轻巧。晓清清、把笔重临腹稿。　　熟处难忘，前缘未了。只好向、梦中寻讨。春信先传，花颜易老。祝东君、莫待青梅娇小。

沈范孙　6首

字又希，号筠麓，浙江秀水（今嘉兴）人。诸生。早年与同里蒋元龙等以诗名于乡，后从郑虎文游安徽紫阳书院，又尝主讲河南大梁书院。年七十仍赴省试，迄不获一第，课徒终老。与黄景仁交甚厚。著有《又希斋集》四卷，收词一卷。

满江红　题愚髯盗酒图

天宇宽哉，更难比、醉乡广大。村醪熟、径来相过，主人知么。豪气未除聊复尔，泥头自破尝些个。论新丰、若拜酒泉侯，张郎做。　　浇傀儡，都颓堕。

去城府,平坎坷。便由他造化,小儿掀簸。碧盌舀来连口尽,红潮涌处垂眉坐。剩浮蛆、半瓮足香甘,多归我。

赤壁　题天台行乐图

软红何限,柱埋杀、多少朱颜华发。为访胡麻且落得,世外清闲一霎。萼绿风流,采鸾消息,付与峰千叠。长生缘法,古来惟有王烈。　　行见流水桃花,白云何处也,琼楼玉阙。往日刘郎如旧乎,也似庄周蝴蝶。华顶回头,茫茫止剩得,苍烟明灭。青山无恙,一声能着几屐。

水调歌头　题放牧图

春色柳条乱,芳草又无边。不知渡口何处,乌駮忽成骍。试唱南山白石,纵使牛兮努力,叩角也徒然。柳下卧清影,流水自年年。　　罢长笛,停水调,但吹鞭。杏花细雨,世间何物是江南。如此生涯难得,孰把天机轻泄,料得是张骞。只羡双童子,快活胜神仙。

齐天乐　题西村小照

不羁才思天涯客,年来又增吟苦。故纸千重,焦桐七尺,赢得流光如许。闲挥玉麈。更笺就虫鱼,赋成鹦鹉。八米才华,眼前公等竟谁伍。　　风流重睹玉宇。正添毫颊上,传神靥辅。瘦骨横秋,丰神绝世,为认鲈乡旧主。相逢何处。喜聚首金陀,佳游小圃。篝火联床,秋风兼夜雨。

赤壁　墨竹

墨花飞洒,幻纷纷修竹,无多拳石。扫取晴梢能万丈,影落寒潭明月。馋守风流,髯仙雅韵,此计真良策。鹅溪绢好,袜材多少干没。　　曾见野外千竿,山中万个,私愿分丛碧。竹醉移将连客土,可奈寒窗无隙。尺幅持来,灯前细玩,尽可常悬壁。此君相对,客来还共浮白。

赤壁　题沈址南听莺图

酒徒无赖，况莺声啼遍，风前耳热。袖里双柑香细细，消得黄封清冽。金线成帘，绿莎藉毯，下酒烦柔舌。人生行乐，百年如过驹隙。　　遥念落魄淳于，穷途阮老，耽饮真豪杰。宝马香车杨柳外，也是庄周蝴蝶。拼得今宵，长堤醉倒，此地堪埋骨。酒醒何处，晓风还对残月。

方熏（1736—1799）　1首

字兰坻，号樗庵，浙江石门（今属桐乡）人。羿子。幼从父游吴、越间，多见名迹，接耆宿。画兼众长，尤工兰，与奚冈齐名。入赘梅里王氏，以布衣终，与鲍廷博、洪亮吉等交，诗亦为世所重。著有《山静居词》二卷，今未见。

明月棹孤舟　题二分明月女子墨桃卷子

擅仿南唐偏有韵。桃数朵、墨华清润。伴隐幽惊，游仙吟侣，原不弄闲脂粉。　　想见拈毫移坐近。帘乍卷、片风吹鬓。漫咏新词，精书小字，用一个轻红印。

毛大瀛（1736—1800）　1首

原名思正，字海客，江苏宝山（今属上海）人。监生，充四库馆誊录，升州同，知四川简州。著有《戏鸥居诗钞》《戏鸥居词话》等，词见《吴淞二家词》。

百字令　题竹岩孝廉明新双鬟伴读图

曲阑干外，有碧梧高耸，绿蕉低亚。小坐摊书凉意足，正好风前消夏。香爇龙涎,茶烹凤饼,余兴挥毫罢。双双红袖,横波暗转娇姹。　对此小小唇朱,弯弯眉翠,绰约真如画。只隔一痕青玉案,便近越罗裙衩。半臂修书,澹妆侍阁,谁是忘情者。银缸背处,桂香何况新惹。

范洪铸　3首

原名云鹏,字凌苍,江苏宝山(今属上海)人。廪贡生。与沈德潜、袁枚、毕沅、吴省钦、毛大瀛诸人均有往还,《随园诗话》多采其诗。著有《扶庐诗草》《啸余琐记》《百城楼文集》《画英花浒词》等,均已佚,词见《吴淞二家词》。

临江仙　题河东君小影

忆在章台曾见,今朝画里重逢。桃花得气美人中。小窗吟好句,恍似绘芳容。　人说尚书身后好,夜台宛转相从。何须怨绿与啼红。思量家国恨,裙钗尚英雄。

摸鱼儿　题施冠三临渊羡鱼图

问何人、江乡小住,曲池面面环绕。秃襟小袖跏趺处,唤起烟襟霞抱。情未了。向杨柳阴中,苔径频挥扫。软红不到。对十里鸥波,半湾荻岸,镇日但闲眺。　青溪畔,一碧琉璃深皛。水梭花满蘋藻。罛师溪友往来惯,商略悬藜最好。堪啸傲。须记取、濠梁乐意凭搜讨。急逢筊礿。看舴艋浮来,笭箵挂去,便把锦鳞钓。

忆王孙　马湘兰兰花册子

清姿婀娜媚东风。依约含毫隐绮栊。曾向潇湘分几丛。一痕红。镌得芳名小印中。

张凤翼(1736—?) 5首

字仪廷,江苏长洲(今苏州)人。乾隆四十六年(1781)进士,官河北获鹿县知县。经学深湛,于《易经》《尚书》及《诗经》皆有纂述,尤邃于《易经》。又以文学知名,与同里陶梁、吴县程志道等倡和。嘉庆十年(1805)尚在世。著有《芝冈诗余钞》。

踏莎行 题辋川图

绿水环流,青山无数。桃源何用寻迷处。绳床经案了生平。此中自足幽居趣。　　达士回头,才人末路。披图心迹如相语。不须重忆郁轮袍,铅华洗尽吟清句。

望江南 思严垂钓图,为申嗲堂题

风光好,轻霭映长川。翠竹苍松烟外岸,青衫芒履雨余天。垂钓正悠然。相望处,千古共清涟。除却羊裘移面目,一竿还认富春仙。心迹付云烟。

满江红 题沈炼师长松深洞里执拂坐蒲团照

秀挺长松,望绝壑、云流翠麓。静日里、蒲团冷坐,灵根深育。古洞香浮红雨艳,瑶阶花落仙风馥。喜耳根、此日绝尘缘,神明足。　　深谷内,如金屋。挥玉麈,传心箓。看出尘风采,道家装束。袖底青蛇应许借,瓢中白雪能消渴。愿相从、花下展黄庭,随君读。

满江红 题徽州鲍公慈孝图

赤日黄埃,痛当日、横遭祸烈。山谷里、干戈竞起,骤逢豪客。父缚树腰甘赴死,草间儿跪求身易。叹恩情、孺慕两难全,如何得。　　争就戮,宁图活。

刀斧下,心如割。想父慈子孝,同时激切。真性顿回强暴意,惨情能博天公恤。看树犹如此宛图形,留奇迹。

沁园春　题石泉图

松韵美哉,爱此者谁,曰君子与。向佳山水处,独寻幽境,好风烟里,闲踏青芜。此外尘埃一点无。且来此,听涛声入耳,吾兴与俱。　　泉之清也何如。应料得、幽人清矣乎。况满山逸韵,得闲信步,青山芒履,到处寻娱。休说龙吟,莫矜虎跑,只此清泠谁胜渠。君试看,正远坡云气,似辋川图。

汤舟桀　6首

字号、里籍未详。生于乾隆元年(1736)前后。贫无所遇,专力诗词,词多咏物之什。乾隆三十二年(1767)词集编定,金山姚昌铭为序。著有《帆风词草》七卷。

双双燕　题和合图

谷风不作,好携手摩肩,笑容流瞪。韩山拾得,早晚两人相并。还看擎拳静映。似细语、商量未定。和盘托出同心,君子花联红影。　　芳径。香泥雨润。爱与子偕行,共夸双俊。图形高拱,鼓舞许多佳兴。逢得风波正稳。便忘了、纤微争竞。常见感召嘉祥,日日永绥福庆。

玲珑玉　戏题雪景挂屏

霏雪弥漫,恰惊得、一望潇潇。楼台炳灿,满檐白玉琼瑶。绝少闲人倚眺,任风窗回舞,疏树轻摇。红桥。遮栏干、盈尺寂寥。　　渐簌空中乱洒,怕千秋凝结,长似今宵。道路萦纡,果谁分、浅凸深凹。休嗟浮云名利,悟凡物、成形设象,总是虚飘。把门闭,笑阶墀、零积不消。

大有　题玄坛伏虎像

缭绕青霄,显呈灵爽,一鞭擎起如在。掌财源、操持左手无怠。焚身象齿作深戒。看虎视眈眈危殆。一片蹈尾情深,十分履冰心馁。　　将谁与,如有待。披甲壮须眉,满身光彩。威福无常,孰是昨非今改。庶种得心田好,逢年似、南山东海。徘徊仰绘画神明,人间主宰。

瑞鹤仙　题吕祖像

玲珑巾样好。妙手摹须眉,经年难老。金丹炼仙道。且披襟携剑,暗藏怀抱。丰神缥缈。望前途、低徊似笑。想年来、悟尽玄玄,看破世间风草。

多少。腐儒情态,露宿霞餐,水流云杪。飘然静照。肩背上,一瓢小。念芒鞋抛脱,独行无奈,欲把心期倾倒。怅无人、握手参机,绘图不了。

眉妩　戏题画美女

看情痕浮面,艳态流花,依约少年兴。似有团圆想,亭亭立,丰姿飘满香径。画眉未稳。料女怀、犹有幽恨。最堪笑,一幅罗裙好,晚风耐清冷。

千古风流何定。叹惠中秀外,知己谁称。壮盛时多负,相思苦,衰老休窥金镜。描摹好手,尽写他、妆点端正。欲笑语迎人,难绘翠楼嫩影。

沁园春　题寿星骑鹿图

古貌婆娑,长眉垂睫,嬉然意平。笑弋名牵利,百端碌碌,饮和求福,我自娱情。阅历兴衰,心空万象,总任个风波不自惊。难摹写,看鬓稀发秃,倍见真精。　　悠悠驾鹿闲行。稳不觉风尘道路横。想蹄烦轮殆,筋骸倦散,杖藜扶走,日影和晴。懊恨都忘,天机自在,万岁千秋时运亨。君知否,念智愚同尽,与世谁争。

范来宗(1737—1817)　26首

字翰尊,号芝岩,江苏吴县(今苏州)人。范仲淹二十四世孙。乾隆四十年(1775)进士,授编修。乾隆五十四年(1789)以养亲归,遂不复出。与赵翼、谢启昆等交,以诗文相娱,兼工书画。著有《恰园诗余》二卷。

临江仙　题陈小梧儒衣僧帽道人鞋照

凭妙手新图旧样,玉山金粟重临。摩挲双眼为沉吟。当年湖海气,迟暮隐君心。　认取皋桥东畔,专诸古巷堪寻。朱颜旋见鬓霜侵。谈兵曾幕府,学道又从今。

渔家傲　题张石樵甥垂钓图

一带吴淞谁半剪。笼烟蘸水柔条软。有只船儿来近岸。闲消遣。青衫待把渔蓑换。　少日年华真似箭。临渊莫漫轻生羡。陡起风云光景变。高着眼。神鳌钓得丝纶展。

百字令　题吟秋图

青山一带,被丹黄点染,妆成秋色。招尔停车人独到,林下坐来磐石。拥鼻微吟,开颜浅笑,眺赏忘将夕。斜晖西挂,更添分外金碧。　遥望拂水岩前,径通吾谷,踏遍穿云屐。游兴都阑清梦短,付与倪王新笔。老我青衫输君绿鬓,胜事同今昔。倘教并写,未知谁主谁客。

渔家傲　题垂钓思严图

垂下一竿磐石静。临流辨取须眉影。入画溪山描不定。真佳景。丹黄渲染斜阳影。　　此趣何人能管领。桐江遥望清风永。留下台儿增耿耿。君应省。轻衫着比羊裘称。

琐窗寒　题朴园听秋第二图

水绕平江,桥通古巷,地偏心远。商飙一动,阁外酿寒犹浅。听声声、来从树间,凭栏引出情无限。更晚来揽起,残碪断杵,冷吟微唤。　　消遣。真如电。记万里碉门,晨衙萧散。闲园此际,细把前图重展。纵能留、逸韵天边,暗中只怕青鬓换。看今番、续写鹅溪,印合秋怀满。

汉宫春　题友梅山人照

绿暗窗前,见玉寒冰洁,掩映疏枝。元来却是,一卷自写清姿。骑驴得得,向空岩、心惬幽期。谁与伴、奚囊检点,贮满新诗。　　我亦马家山下,曾拖筇踏雪,羌笛横吹。黄昏月明翠袖,醉梦先知。频年冷落,旧风怀、两鬓添丝。蓦遇图中高格,顿挑暗里相思。

玲珑玉　题潘竹坪竹屿垂钓图

幽梦初回,但觉得、满径萧骚。琅玕万个,翠痕拂遍烟霄。几许调铅弄粉,这天寒人倚,清景谁描。飘飘。闲垂纶、渔父更招。　　正是春明乍入,看晨趋华省。尘软蹄骄。话到江南,最关情、水漈山椒。休嗟述津难问,尚留取、风篁逸韵,雨笠孤标。喜今日,认前因、相对意消。

南歌子　题曹恂如观荷图

冉冉临清溆,亭亭绕曲塘。初秋天未做荒凉。最好月斜风晓、洗红妆。何处堪寻社,相逢别有乡。多情鸥鹭共相羊。冷眼是空是色、但闻香。

醉花间　题周学池照

松阴碧。竹阴密。清响泉流石。小立试单衣,不是红尘客。　吾家松竹宅。月照弹琴夕。同心何处逢,画里欣相识。

杏园芳　题探花图

芳林白间殷红。分明粉滴脂融。韶光如海小桥通。指奚童。　双扉紧闭谁家院,虚无似隔仙踪。看他宋玉步墙东。惹春风。

百字令　题赵瓯北小山晚景图

天香冉冉,正吟情跌宕,动摇秋碧。一望舣舟亭下路,中有地行仙客。玉帐谈兵,金门待诏,旧梦都陈迹。抽帆何早,晚来消受泉石。　当日海涌峰前,白公祠畔,二老同瑶席。摩诘风流今倦矣,应让倚楼长笛。十样鸾笺,双枝兔管,挥洒神犹昔。重教追访,画图添个筇屐。

渔家傲　题五湖卜居图

云水迷漫山叠障。莲歌散后菱歌唱。有个人来情荡漾。轻打桨。无多家具迎流上。　忘却黄尘高十丈。幽怀顿豁闲舒望。笑指千帆真莽莽。何处往。东边风紧西边浪。

南楼令　题柳村图

一带水云乡。浓阴暗曲塘。算韶华、炎日初长,结个茅亭何处好,近蟹舍、接渔庄。　谁向此中藏。招寻岂渺茫。尽安排、棋局琴床。热客世间浑不识,指画里、顿清凉。

百字令　题顾诒斋方伯遗照

旧行乐处,正清风袅袅,披图重见。无限光阴随水逝,留取一湖香软。翠竹园林,绿杨浦屿,和雨和烟卷。几行成阵,认来疑是鸦点。　　闻说卷素飘零,珠还今日,欣把兼金换。为政余闲曾寄兴,写出精神腹满。琴鹤因缘,鸿泥踪迹,闪去真如电。路人谁识,百年珍守当远。

齐天乐　题盛研樵香溪垂钓图

钓竿谁展丝纶手,伊人学为渔父。露顶宽鞋,单衣秃袖,相伴闲鸥三五。天边软土。应输与生涯,雨矶烟浦。指点青山,更新添数笔眉妩。　　香溪溪上可忆,也曾踏溪桥,曾听津鼓。雪月关心,风花过眼,看尽斜阳几度。君家最古。想靠石临流,草堂修补。有日重寻,一声塘外橹。

浣溪沙　题筠心学士画兰

壁上风兰见一枝。西清学士写幽姿。余香黯淡夕阳时。　　何处湘南曾结佩,也还燕北费题词。美人芳草惹相思。

采桑子　题吴云客山居图

算来谁比幽栖乐,云也相邀。月也相邀。月出云开听洞箫。　　我家旧向钟吾住,过了山椒。跨了溪桥。梦里思量被尔描。

点绛唇　题红鹦鹉画

相对无言,断纨零素留余韵。绿衣还逊。一抹霞光衬。　　何处呼茶,触起当年景。雕阑凭。饲残红豆,日暮东风紧。

金缕曲　题祝瑶坡行乐图

这段林泉好。暮相逢、伊人宛在,置身天表。杀竹编蒲多岁月,不与种松并老。忽缕缕、研池云绕。万斛墨香流未尽,怕螭龙、起舞张鳞爪。频徙倚,莫轻扰。　　故人何在萦怀抱。忍忘却、论文尊酒,曙鸡啼早。跃马从军行万里,过去一番劫小。试回首、瀛洲路杳。羡尔养花调鹤地,独赏心、写入鹅溪稿。谁挂席,访仙岛。

采桑子　题狷甫画

闲情无限闲居好,山影浮浮。水影油油。水复山重一笔收。　　追从记过双林里,客语迟留。鸟语啁啾。看到孙枝月上钩。

采桑子　题五老图

从来圣世人多寿,五样丰标。一样逍遥。拍手洪崖不用招。　　眼前触处韶光丽,绿到溪桥。红到山桃。读画垂纶鼎更烧。

浣溪沙　题李补樵画

一带青山色半苍。一湾流水是何方。茅亭添个费商量。　　此处闲田知有几,此中小隐更谁藏。乌犍点缀好风光。

沁园春　题葛氏园图,即延陵之遂初园

卷里芳华,陡触胸中,无边好春。看三分是竹,影摇凤尾,四分是水,浪皱鱼鳞。高树邀云,曲廊倚月,几度经营费品论。谁曾见,只呢喃燕子,犹诉缘因。　　而今劫后重新。喜无恙名园得主人。记微行花径,前尘似梦,邅归蓬岛,旧梦如尘。老我春蚕,凭他尺鲤,乘兴思寻雪爪痕。仙源在,怕渔郎再到,

易致迷津。

满江红　题艾春涛照

万顷沧波,又来了、玄真泛宅。看不尽、烟云杳渺,一竿低掷。茗碗书签携处便,轻衫秃袖闲中适。试推详、若比钓鳌人,情增逸。　　年华少,销晨夕。流光速,分今昔。怅诗仙墨冷,半成异物。记过江枫渔火地,曾偕潭水桃花客。问此时、谁可入君图,嗟难得。

醉蓬莱　题湖庄春泛图

叹西河公子,一棹西泠,重寻遗墅。故砚怀中,溯道风犹晤。石径霞横,松梢鹤去,难认曾栖处。泛泛湖闲,应有精灵,依然来去。　　忆此多贤,英流胜赏,自昔留踪,风流难数。南北双峰,闲看几今古。白傅何归,苏公亦往,绿水自吞吐。且学玄真,一帆高挂,长歌自取。

醉蓬莱　题怡怡图

乍披图欲泣。白发羊昙,亲瞻行乐。行乐亲瞻,非丹青聊托。弟劝兄酬,兄酬弟劝,当日看酬酢。浊酒残书,欢洽天伦,荣遗人爵。　　难堪思旧,平舆渊冷,不见当年,交辉花萼。唾面犹传,家诫留卑弱。腹痛俄来,追怀戏笑,笃好孤前约。惟庆堂前,怡怡继绘,卷长于昨。

孔继涑(1737—?)　1首

字㘽亭,号述耐主人,山东曲阜人。中岁宦游云南,职事勤勉。老归田里,与孔继炘兄弟相倡和。诗宗陆游,晚年所作尤遒迈。嘉庆十四年(1809)尚在世。著有《述耐堂诗集》八卷,收词一卷。

看花回　友人索题水仙

借水开花自一奇。仙品何疑。淡黄轻白泥难染,最可人、国色香姿。皎莲虽觉小,有叶无枝。　闲过幽斋去步迟。且坐哦诗。号为池上凌波子,多情似醉如痴。耐寒心性好,常伴画帷。

俞玉海(1737—?)　1首

初名玉梁,字承天,江苏青浦(今属上海)人。诸生。不谐时俗,时称"俞怪"。与李大绶、陆伯焜等为诗友。嘉庆二十一年(1816)尚在世。著有《村塾纪年诗》四卷,收词一卷。

疏影　题表兄方瞻云莳花图

画帆涌去。怅闽海波涛,阔离数岁。今日归来,寄我题词,满眼秋光明媚。就中喜睹春风面,更添得、元龙豪气。坐斜阳、一卷黄庭,消受幽香浓翠。　拟学花间一句,奈崔诗题遍,只应回避。听说庭前,能对杨梅,有子客儿虿慧。优游杞菊君何羡,须识我、醉翁之意。好栽培、膝下芳兰,图个蟾宫攀桂。

吴钧(1737—1791)　10首

字陶宰,号玉田生,江苏华亭(今上海松江)人。懋谦曾孙。生于乾隆二年(1737)前后。生平不应举业,不治生产,好读书,自力为诗古文辞。与同县翁春交善。年五十四卒。著有《鼠朴词》。

蝶恋花　题绿萼梅画扇

五月江城吹笛处。一剪香风,巧把春光驻。月落山窗啼翠羽。依稀忆得罗浮树。　北地胭脂浓几许。偏爱螺奁,淡笔轻轻注。萼绿仙人骑鹤去。粉真留得齐纨素。

百媚娘　题讱庵故姬杨丽卿秋葵小幅

不写早兰春首。却写晚葵秋九。玉轴展开金盏侧,约略酒波浓溜。取次道家妆乍就。人立西风候。　雨毸叶文虫镂。露滴草香蜂逗。漫道向阳真性在,一点紫心愁瘦。寂寞好花同翠袖。零落来朝又。

法曲献仙音　再题杨丽卿画菊

浓黛标茎,浅檀烘瓣,信手勾摹殊巧。几点秋香,一番霜信,依稀枳篱斜靠。奈掷笔、骖鸾去,珊声隔瀛岛。　镇娟妙。想其人、瘦如花也,遮莫是、那幅影堂粉照。写不出芳心,只盈盈、神彩微肖。胜友黄金,卷中寻、生意犹傲。赚郎官发白,险把玉真低叫。

法曲献仙音　题国香楼主人画兰

淡泼浓皴,倒披斜斛,妙法吴兴传授。水上湘君,梦边燕姞,骚情画情都有。想惨淡、红窗际,春衫墨痕皱。　讶纤手。似参将、阵图书法,横扫去、败叶乱藤纷骤。不是绣棚闲,盼千针、双朵才就。胜事妆楼,墨磨人、磨得人瘦。更丹青重索,细把绛花唱咒。

金菊对芙蓉　题朱观白寒窗梦母图

蕙阁尘扃,嵩山路断,零丁纵写奚为。正窗摇风竹,月浸霜墀。夜台不隔华胥境,有春晖、一点迷离。今宵岂是,隧而再见,咏郑庄诗。　　恍惚向日慈帏。恐别来心事,约略难提。恨金花锦帒,鸾诰稍迟。恩深愿逐飚车去,妒轻魂、不耐邻鸡。堂空梦远,乌啼树晓,偷搵联丝。

念奴娇　题织云画白莲小轴

亭亭玉立,似银蟾捧出,龙宫海碧。一点光明真佛性,宜傍如来香席。犀透圆心,琼雕尖瓣,羞比双红屐。展开小轴,田田古意如昔。　　因想三十六陂,画船冲雪,人拟瑶台客。古调西洲传艳曲,莫近冰肌轻拍。天上张星,凡间谢女,约略同标格。画叉收好,风吹霉了堪惜。

水龙吟　题王仰亭乘槎小像

天然一只仙舟,寻源不用双催桨。风巾乱飐,霞衣轩举,悠悠漾漾。浩气排空,少年岂是,寄愁天上想。银湾路近,白榆光动,珠贯串、森相向。　　非雾非烟满目,听瑶宫、数声机响。彩鸾叫处,猛然回首,昆明鲸浪。汉使当年,郎君此日,逸情无恙。算虎头妙手,为伊着笔,几番凝想。

花心动　小楼夜雨图,为张子白贡士作

十笏红楼,掩房栊、邻娘卸妆时气。乍雨乍晴,衾鍼熏残,飒飒又惊檐际。晚钟烟寺声沉处,似隔断、潇湘千里。鞸珠凤、半枝崖蜡,替君憔悴。　　闹煞梅边竹上,捎铁马风回,茧儿般细。残梦浅清,薄醉薴腾,深巷杏花开未。碧纱帏锁愁城小,盼不到、金鸡啼起。谱豆拍、淋铃数声应记。

秋霁　题陈斗泉洛神采珠图

斗泉绘《采珠图》成,有客见之,言与舟人女沈云英酷似。斗泉访之,则其言不诬。因赠以四绝句,越岁再至,云英嫁矣。因属同人共咏此图。

三尺鹅溪,把黛笔横拖,淡淡江色。剪雪衣裳,镂冰肌骨,湘纨御风无迹。

指光绀碧。一丸蚌甲轻轻摘。怎料测。天上玉妃,潜向世间谪。　　红袖拥楫,有个人人,陡然相逢,如旧相识。映清江、脂光粉晕,丰神先向卷中得。青子绿阴殊可惜。玉轴时展,消他一炷旃檀,几声低唤,半回痴忆。

一萼红　题钱妙香月下弹琴小像

孰传神。向吟边酒后,挨到月黄昏。渭水前头,湘江隔岸,淡烟轻雾初匀。露华湛、青衫半鲜,想几番、魂骑小溪滨。濯柳丰标,熏香襟度,所谓伊人。

一曲瑶琴初奏,糁天香无数,滟滟云鳞。如有思时,更无心际,飞鸿流盼频频。算今夜、青天碧海,除广寒、深处有人闻。好唤诗中摩诘,证取前因。

郑沄(？—1795)　6首

字晴波,号枫人,江苏仪征人。生于乾隆二年(1737)前后。乾隆二十七年(1762)举人,乾隆三十年(1765)召试,赐内阁中书。出官浙江杭州知府,迁浙江粮储道,旋因失察属吏去职。工词章,与施朝干、金兆燕、姚鼐等倡和,王昶谓其词流逸似玉田,老苍近白石。著有《玉句草堂词》三卷。

琵琶仙　自题霁月下帘图

人镜圆秋,向花外、坐对沉沉空碧。河汉不掩微云,凉波淡无色。风露晚、瑶笙鹤背,早吹递、素娥消息。宝押低垂,螺樽浅注,依旧今夕。　　问何事、幽怨年年,但千里、阴晴共岑寂。虚幌夜怜闲倚,更谁家残笛。频说与、江楼昨梦,傍玉阑、照影凝立。为写一点新愁,海天孤白。

数花风　九九消寒图

画屏春色,分得横斜一剪。朝朝清课事匀染。暗记而今时节,闺闲添线。几盼到、条风送暖。　　晓妆才了,随意花须数遍。江南芳讯旧心眼。香带口脂微印,烟红成片。定误引、归来燕燕。

水龙吟　题施耦堂红衣钓丝图

武陵溪畔归来,满蓑花雨胭脂湿。轻移短棹,盈盈千顷,一竿摇碧。蟹舍秋清,鸥家梦远,醉横双笛。傍蓼汀枫岸,乘潮欲去,添多少、斜阳色。　　笑我荷衣待葺。泛疏萍、几年踪迹。鲈乡信美,天涯愁听,冷红消息。只恐尘衫,月川烟渚,未教闲得。倩何人画取,芙蓉江上,有浮槎客。

水龙吟　题王少林桃叶归舟图

碧云日暮飞来,一帆秋趁回潮迥。人归甚处,分明看似,渡江烟艇。价抵连城,歌传得宝,可怜风韵。想柳汀枫岸,眠鸥有梦,还应妒,黄昏近。　　夸说凝妆晓靓。小横陈、柁楼敧枕。柔乡信美,五湖鲑菜,便堪偕隐。底事天涯,雨衫尘帽,又牵离恨。问何事载取,青山琴鹤,伴双双影。

琵琶仙

乙酉秋日渡扬子江,有感《涉江采芙蓉》诗意,属太仓王紫凝前辈绘图,未成。越十六年,钱塘奚君铁生为余补之,因制此阕,并叠前韵。

天镜衣香,望沙外、冉冉红云飘散。双桨来正秋清,凉生最宜晚。风渐起、梁鸳梦觉,似听得、棹歌声怨。翠盖擎烟,鸦鬓浥露,人并花暖。　　几惆怅、迟暮芳时,有骚客、褰裳吊江汉。吟彻绿波新赋,信仙缘非浅。争便拟、纫兰赠药,趁艳游、下上飞燕。好待斜月回舟,碧筒宵卷。

摸鱼儿　忆梅图,为沈既堂题

带城阴、故家乔木,当年春事如许。疏疏篱落横斜影,人坐雪香深处。曾记取。伴有味、青灯吟达霜天曙。添来鬓缕。算计稳初衣,心苏寸草,归日未迟暮。　　繁华地,翠馆朱楼在否。销沉谁问今古。巢痕新扫容栖燕,还向画梁传语。须小住。看菊径兰畦,一例成佳趣。幽怀寄与。又梦到阑干,月浓烟淡,苔老旧时树。

李旦华(1738—1766) 6首

字宪吉,号厚斋,浙江嘉兴人。良年玄孙,集子。贡生。乾隆二十二年(1757)、二十七年(1762)两应召试,均未遇。才高学博,撰《周易象义》《十六国世系表》等,而命蹇不偶。著有《青莲馆诗余》二卷。

玉连环　慈命题松萱图便面

数枝苍翠偏低绕。听涛声清晓。小阑更叠半房山,合种出、忘忧草。鹄觜龙鳞晴昊。正南陔春到。棘针欲拟绛跌章,须写入、齐纨好。

满江红　题周丈钦表面江小照

散发科头,凭眼底、大江浩淼。有沿流芳杜,半汀寒蓼。望去千层红树合,飞来一派银山晓。是词源、注峡倒流时,秋毫杪。　　鸥羽净,凉风袅。鹤声起,罗天杳。想南华秋水,寄情绵缈。少日诗成谈笑顷,病余杖倚娑拖好。记春初、曾访草玄亭,围丛筱。

减字木兰花　题写生佛手柑

香仍透甲。绝胜吴宫痕一掐。踏臂闽娘。十颗匀堆兔盏黄。　　传来罗帕。分供还宜狮座下。画出掺掺。依约花枝一笑拈。

好事近　题德源上人乞食图

求食向前村,行遍坡陀三折。不信祇园粮绝。学饥驱称拙。　　破瓢坏笠几经过,香积可曾设。毕竟吹箫谁顾,算无如持钵。

摸鱼子　题沈筠斋丈垂纶图

望沧浪、冷沉钓线,科头趺坐凝伫。苔矶只在鱼云里,占断几番疏雨。图锦树。仿佛是、垂虹桥畔波容与。凭谁记取。有没骨花枝,拖蓝草色,如雪点香絮。　　披衣看,都是移侬意处。闲鸥来去无主。多君已脱渔竿税,更觅雪樵盟侣。拈好句。便付与、明珠一索歌喉诉。鹤沙荻渚。漫添写红衣,结他翠网,商略五湖住。

渡江云　题徐玉田丈留松图

是谁耽寂寞,袒肩露脚,镇日听松涛。水晶曾架笔,绿齿频年,选胜憩兰皋。江空岁晚,甚枯岩,长挈诗瓢。吟好句、昂藏枝干,仿佛染尖毫。　　萧萧。山阴道上,数里苍髯,只南湖老屋。闲却了、花浓袖底,草绿裙腰。茯苓煮罢茶铛熟,问底须、行药山椒。归去也,春波两桨平桥。

周暟(1738—?)　14首

字用昭,号梅花词客,安徽歙县人。布衣。与同邑方成培交善。漫游江西、湖北等地,尝久客湖南。乾隆五十八年(1793)尚在世。著有《潇湘听雨词》五卷、《芳草词》一卷、《香草题词》一卷。

百字令　湘中题王郎赤壁图,十一借东坡韵

山川无语,羡文章、定得千秋长物。瘦石元丰碑碣烂,犹嵌苔纹垩壁。赤濞山高,黄泥坂狭,依旧堂名雪。军戎翰墨,如公等是豪杰。　　几度摩诘经营,似风帆掠处,蒙茸芬发。仿佛箫声,轻一缕、吹入冷云明灭。二客何人,当时应少个,挽巫山发。但须沽酒,中流频问湘月。

疏影 自题问春图,用张玉田韵

涂云抹月。奈不似梅仙,者般愁绝。依约春来,竹外蹁跹,粉蝶傍人衣褶。几番探得春来候,正月淡、星疏时节。拼更阑、相对寒柯,莫把烛花吹灭。

自是和羹味少,疏篱茆舍处,但伴孤洁。驴背空山,岁岁孤寻,流水断桥寒澈。何须倩取生花管,对瘦影、枝枝描活。感多情、世外佳人,纤手铸成香雪。

水调歌头 淡如自画山水小册寄余,辛丑试笔,题词报之

江水酿来好,同醉乐尧天。羊裘老子携稚,策杖贺新年。椒椁椒盘户户,笑拆江梅玉面,清极不知寒。忽展淡如卷,身在石泉间。　白云边,摊易读,枕琴眠。几时归去,永和山水话团圆。君竟关荆而上,我便钟王以下,双绝颇称全。椒酒饮毛颖,秀色更娟娟。

满庭芳 书澹如山水幅

水玉穿梁,云涛泻岫,风吹细细香来。杖藜扶去,携手共徘徊。欲上溪亭仔细,游山屐、踏破苍苔。沙汀外,寒鸥冷鹭,风月旧吾俦。　天涯。余半点,评花趣味,戒酒情怀。叹孤行小院,独上高台。旧约何时再觅,君休说、我亦难猜。从今后,相思旅梦,长向此中回。

柳梢青 竹马图

丱角闲嬉,揉花弄柳,觅枣分梨。踢燕愁输,摸羊防误,斗草过时。　相邀竹马同骑。笑归去、前呼后随。菡萏双瓜,绿荷飞盖,蕉叶旗儿。

临江仙 题画

记得潇湘寻钓艇,绿蓑青箬欹眠。醒时侯伯醉时仙。秋深明月峡,春入武

陵源。　白沙翠竹江村外,有人收拾纶竿。恍如重遇水云间。帆随青嶂转,心与白鸥闲。

沁园春　题负米图

生我劬劳,五十三年,悠悠昊天。忆山前捧檄,儿心正喜,江头寄鲊,母教方严。负米夕葵,读书秋树,贵贱晨昏奉养先。终天恨,是壮而漂泊,早岁迍邅。　回思五内燃煎。痛四壁家徒渴病偏。念春寒五夜,一经与杖,秋风密线,短褐装棉。风木图成,南陔咏罢,肠断他乡涕泪涟。遄归去,好弟兄傍墓,瘦买山田。

满庭芳　题画鸡

瘦菊湾塍,茸苔小径,桑麻粳稻东西。寻遗觅弃,蓬际愿低飞。偶尔云根独立,居然觉、鹤入群非。驯如木,鸥凫未识,鼎镬报人知。　岩扉。栖隐处,花间刑刑,暮引雏归。忆宵谈六艺,旦守三司。自乏鸾音凤彩,甘心宿、茅舍疏篱。仙源路,他年有分,携汝亦相随。

满庭芳　题折叠扇面蛱蝶图,送夏山

菊傲霜枝,梅封蜡蒂,匆匆时序心惊。君归我系,双桨浪花迎。自昔芝兰气合,丝萝托、儿女叮咛。曾经得,一翻离聚,三镜共星星。　湘筠。舒展处,离愁叠叠,别意重重。任酸风刺面,怀袖逾亲。转瞬芳摇翠曳,晴芜碧、凤子轻盈。清溪曲,红襟社燕,同舞画堂春。

水调歌头　方筱池照

志士在岩壑,磊砢未能平。胸中八九云梦,经史熟纵横。偶尔闲居作赋,暂作江头倦客,屈蠖以时申。长啸答松籁,天外数嶙峋。　学鹅经,披鹤氅,写羊裙。银涛素练,长风易到女牛星。倚日自栽红杏,带露碧桃如斗,醉背紫云屏。磨砺看苏季,健翩入秋旻。

传言玉女　扇头淡月梨花,和韵

料峭风来,荡漾夜窗晴雪。绿情红意,只春衫淡缬。宵深欲语,寝蝶留连香靥。相思念我,晓风残月。　细雨河桥,怅征夫和柳折。新妆洗后,识桃根桃叶。齐纨慢展,小立初窥琼阙。霓裳羽袖,轻翻时节。

荆州怨　题画

山水窟中开垦。茅屋松遮竹隐。有客抱焦桐,红叶出林相引。　小景篱前安顿。怪石千年藤捆。云在意俱迟,槃薄解衣微领。

解连环　自题小照

丁亥小春,偶阅游仙诗。夜梦亦同趣,因步韵成八绝。今春命工绘此图成,视人曰:"此梅花词客梦中之身耶?"因制长调于上。藏之梅花书屋,乃向山妻索酒,拜而酹之,余亦大醉。

梅花如梦。耐一度寒香,一番愁梦。倩素月、来写冰容,亏描出、宵深乱愁横纵。梦拥冰魂,听瘦瓣、落来轻重。梦天风乍劲,梦立梅梢,梦云犹冻。

情愁热憾何用。向仙阶忏悔,那时亲供。赐斑龙、九色亲耕,种十亩梅花,月边支俸。好倩东风,尽扫尚、玉坪堆涌。再和他、一抔冷雪,作吾新冢。

满江红

潜虬山红豆花一株,撑天蔽日,花时香闻数里,数百年物也。云即娑罗树。江四水画成册子。

十里潆洄,倒影湿、潜虬山屋。有多少、三春花柳,涤红湔绿。竹外看山堪载酒,松间待月宜敲局。倚晴窗、验取识宵深,云来宿。　撑日表,奇花馥。经妙手,香盈幅。是相思种出,美人心曲。春尽花开明似雪,秋深子大红如玉。

折一枝、月里聘吴刚,同来劚。

刘一明(1738—?)　1首

号素朴散人,甘肃皋兰(今属兰州)人。金天观道士,道号悟元子,主修内丹之诀。嘉庆六年(1801)尚在世。著有《会心集》,词附。

步蟾宫　题刘海戏蟾像

海生金蟾蟾渡海,金水相合真主宰。蟾在海心光五彩,海得蟾辉消阴鬼。　一阳初动是根源,急向海波将蟾采。得他来入元关窍,长生不死几千载。

孔继涵(1739—1784)　9首

字体生,号荭谷,山东曲阜人。孔子六十九世孙。乾隆二十五年(1760)举人,乾隆三十六年(1771)进士,官户部河南司主事。充《日下旧闻》纂修官,诰授朝议大夫,以母疾告归。博学稽古,遇藏书家罕觏之本,必校勘付锓,以广其传。著有《斯冰词》三卷、《尼防杂事词》一卷。

琴调相思引　题画

柳外残阳柳上楼。风吹帘影没多秋。阑干斜角,怎靠楚山头。　直怎句人天艳冶,无那惹事絮温柔。一般情况,偏是阿侬兜。

临江仙　为张岫云题程临川山水

跋马鲁门留信宿,接翱吴下双难。客中且作故乡看。里人程大在,相对足开颜。　别绪五年云叶卷,者回相见无端。一枝香短烛花残。赠君无长物,小幅抹秋山。

渔家傲　题秋水放船图

芦花漠漠摇秋影。船仓香出龙涎饼。水碧沙明烟一艇。谁相请。桃根桃叶湾头等。　断桥秋柳真相称。雨斜月细船头冷。撮合配成缘分定。人初醒。一声笛瘦波光静。

黄钟乐　马湘兰墨竹

交柯湘竹瘦如柴。遗墨人间重展,寒倚袖梢来。知是月娇初病里,空王名字署根荄。　红线从知任侠才。歌舞婵娟销歇,香草满秦淮。多少衔恩红粉泪,七年灯磬碎琼钗。

看花回　文征仲韩柱国遗像小幅

厉目如瞻突厥雄。班马青骢。尺缣韩豹麒麟藁,仿佛摹地狱威容。赤绳天子颈,井渫爻凶。　恩怨秦淮问子通。一片刀弓。玉颜辜负承香阁,很心肠、膝上夺侬。纵淫偏拜疏,朱雀争功。

瑞云浓　题冯翊画桐树美人箑子

华年锦瑟,依稀秋叶相似。妾命推移薄如纸。罗裙匎叶,记共话、梧桐闲倚。福寿果如常,自风流足纪。　尘土空箱,曾二十余年庋置。入手谁人再携至。相看无错,莫并作、云英憔悴。草得新题,写伊帔子。

东风齐着力

江眉居、朱育泉、程临川、张瘦铜同游柳庄。临川绘图,涵填词纪事,时壬午七月三日。

开个村庄,源头如见,水束山环。先公诵读,旧禊画图看。过客来经览眺,抚松竹、古翠幽寒。红墙近,得依讲学,洙泗之间。　　僻地足洄沿。禾黍外、坐临古岸奔湍。四三执好,笑语惬幽欢。逝者人心不竞,瓶笙沸、茗熟初煎。清游记,关荆拂素,庾鲍题笺。

薄幸　屠松年画美人

心头一顿。认得是、个人薄鬓。却缘甚、两条红蜡,也须者番亲近。记那回、花架斜梢,微嗔惹起赪颜愠。便俊影帘边,嗽声屏里,想煞都无人分。

却被幅、鹅溪绢,不提防、月娥形迨。大亏他摹拟,庄严性格,这般妥帖如分寸。粉匀朱趁。恁袅袅、停停毫尖,腕底加详慎。真真可肯,叫你魂儿嚏喷。

沁园春　题吴仲圭骷髅图,次其原韵

往古来今,囟门顶骨,如此其衰。倩乾坤男女,为谁成毁,形神俛仰,故我寻求。项也徒强,脑兮自满,抵死依依恋首丘。累累者,较麒麟旧稿,面目真不。　　我敲栲栳夷犹。算不是冤家不聚头。更刳为圆瘿,月氏沉酒,枭为饮器,智伯遗溲。额烂头飞,锐獐鸷虎,一样微腥干脆休。摩挲者,是后推前挽,恩爱骷髅。

彭云鹤(1739—?)　26首

字甸与,号秋圃,山东历城(今济南)人。瑞子。弱冠补诸生,为桑调元等推许。乾隆四十四年(1779)举于乡,乾隆五十四年(1789)成进士,寻卒。著有《灯前即景》。

蝶恋花　题春思美人小画四幅

曙色朦胧天欲晓。残梦初醒,枕上怀萦绕。炉有余香看静悄。梅窗影里烟犹袅。　　漫拥鸳衾晨起早。忙向妆台,眉画芙蓉巧。掩镜回身情未了。

旧愁新恨添多少。

玉楼春　题春思美人小画四幅

东风帘卷梅花院。悄看梅枝花影璨。阶前举步又徐停，小立多时听鸟啭。春怀寂寞无人见。自警芳心舒玉腕。鬓云漫整忽闻声，仿佛檀郎窥半面。

诉衷情　题春思美人小画四幅

馨香兰室免凄清。相见话三生。恨前夕、梦魂萦。醒后月犹明。　今日别离声。倩谁听。娇娇滴滴复盈盈。诉衷情。

恋情深　题春思美人小画四幅

玉佩珊珊风写韵。临行频问。慵开望眼傍灯阴。泪沾襟。　订来絮语费侬心。切记共香衾。别后相思忒重，恋情深。

一丛花　题曹少尹美人小画

花间呖呖啭娇莺。昼永雨新晴。倩奴扶上兰阶去，为怯滑、步软难行。缟素风飘，淡妆雾绕，苔色踏葱青。　红栏曲里影娉婷。恰趁夕阳明。停身悄看斜飞燕，犹欲蝶扑芳亭。宝髻闻香，玉环写韵，袅娜畅幽情。

最高楼　题章西亭美人小画

韶光好，花雨霁楼前。花气袭襟边。翠竹纷筛红日影，凤巢静锁碧梧烟。院深沉，苔掩映，草葱芊。　听几度、暖风莺燕语，看几曲、画栏蜂蝶舞。情更羡，眼将穿。素质轻盈飞絮活，芳华艳丽绽桃鲜。踏青时，挑菜节，卖饧天。

玉楼春　题花前观蝶图

暖春天气花容媚。雨后风前凝紫翠。林园蛱蝶惬芳心,对舞双飞情似醉。醉乡何处觅酣睡。须蕊斜翻轻露缀。寻香撷艳恣留连,迟醒相应通瘖痪。

鹊桥仙　题花圃玩月图

银灯静对,兰窗悄听。满院清风扫径。鸳襟漫整暂搴帏,犹惹俺、门儿倚定。　月光结素,芳园寄兴。娇婢聪明唤醒。松阴扶过转篱墙,才把那、花枝折赠。

玉楼人　题素香小画

袭人花气通情素。香雾绕、斜依芳树。莺声燕语消闲,伴阿谁、携手散步。纤腰轻折行犹住。羡蝶飞、眷恋回顾。石床小憩生怜,寂无人、独领佳趣。

玉楼春　题竹园散步美人小画

芳园散步人如玉。林竹斜穿风韵足。佩环声里响丁东。轻折纤腰怀偶触。　此君洒落阴浓绿。味绕清馨真砭俗。更邀明月影千重,筛碎娇姿情断续。

杏园芳　又题美人小画

油窗花户风清。兰阶雨过天晴。为嫌步软倩奴行。袅娉婷。　开帘玉佩珊珊响,恰随语燕飞鸣。濛笼香雾绕芳亭。畅幽情。

满庭芳　题巧云灯前饯别小照

几上花寒,灯旁座冷,妆台斜倚生怜。勿忙行色,触目倍凄然。相识兰房几载,遽束装、别我帏前。关心事,吞声欲语,不觉掷钗钿。　　芳魂销落寞,香襟湿透,云鬓尤偏。惹情绪、抽来万万千千。频把更筹数也,愿今夕、长夜如年。团圞月、梅窗写影,肠转对愁眠。

蝶恋花　题观蝶美人图

花赏花间疑待月。仙袂花熏,静里花缘结。掩映花光花影澈。花前悄看寻花蝶。　　依恋花房花艳撷。花梦花魂,怕与花离别。牵惹花情花兴发。花心欲向花低说。

天仙子　题赏花美人图

花艳轻盈花样小。云鬓花敧花影袅。扶花婢,趁花风,花韵绕。如花好。花约花期花信到。　　欲比花容花未晓。花事花情花解笑。恋花心性慰花前,花静悄。知花少。永结花缘花下巧。

剔银灯　题花下美人图

点滴花间花露。清韵绕、花枝花树。花样花翻,花风花袅,领略花天花趣。花深花处。莫等待、迷花问路。　　花约花期花悟。几度花来花去。花艳花容,花心花性,但愿花怜花护。花情花诉。试向那、花房小住。

蝶恋花　题戏蝶美妾图

花雾氤氲花蝶爱。珍重花容,飞向花房内。静结花缘花性耐。花魂花梦花天会。　　犹恐花风花下改。月夕花晨,只有花心解。莫漫寻花花事代。

花期花约情全背。

蝶恋花　题花下美人图

花影扶疏花样素。芳径花浓,雨润花含露。静结花缘花下步。寻花误认花间路。　花艳花香花里住。蛱蝶穿花,飞向花深处。惊醒花魂花荫护。花容犹恐花相妒。

汉宫春　题杨炳如梅花扇

何处寻梅,看笔端墨外,横两三枝。花如十月岭上,未肯开迟。浓桃艳李,品虽高,笑费胭脂。浑在望,岂惟守墨,香中白更知其。　是境几生修到,将精神炼就,粉本难窥。斜敧拟临竹外,葩萼纷披。游蜂狂蝶,早销魂、晤面谁期。多蕴蓄、冰肌玉骨,内含那许知。

相思引　又题杨炳如梅花扇

悄看梅花影不孤,亦浓亦淡画偏如。兴酣着意,情致写徐徐。　枝似灯摇斜复整,葩疑月上密犹疏。添毫纸上,饶有暗香余。

莺啼序　题九十春光图

满座春风,恰今日、画堂春晓。开春瓮、春酒宜春,春诵春山不老。枝上春放春锦绣,熙春赏春人到。正春城、春丽城外,探春春好。　春媚春暄,经春春服,春茗春烟袅。傍春溪、春柳春花,春雾春云如扫。春林春燕春莺,看春波、嬉春鸭噪。更春田、春暖春寒,耕春春早。　游春春榼春醼,春盘春韭,坐春苔春草。春景畅、春情春酌,春酣醉春怀抱。春唤春醒,春吟春兴,向春春寄春思绕。羡春光、春晖春意闹。当春春买,春娇春腻春妍,春着手,摘春藻。

十分春色,寻春归咏,记踏春多少。尤见春行春骑,春昼春曦,爱春春永,春幡袅袅。状春春富,眺春春晚,春郊春渡春霞落。渐春庭、春夜春灯照。驻春诗写生春,拈韵春兰,春梅共稿。

长相思　题灯前刺绣小画

榴花红。烛花红。一样红情看淡浓。难分形影中。　郎意同。妾意同。鸳枕题诗语未重。灯前针最工。

蝶恋花　题小画

偶向花间偷眼看。昼永垂帘,花下无人见。侍婢摘花来小院。娇容悄立芳魂转。　手摘琼花犹顾盼,欲笑微颦,解识如花面。开谢年年谁眷恋。暗许今生愿。

相思引　题秋柳小画

行到河干秋景饶。行行柳色最萧条。春风几日,莺燕各魂销。　自警无依枝冷淡,谁怜株守叶飘摇。絮飞棉脱,憔悴慰今朝。

瑞鹧鸪　题画菊扇

菊英点点灿黄金。到眼秋光欲寄吟。书带草纷篱隙地,海棠花映叶凉阴。谁羁寿客三秋晚,惯惹诗人九日寻。写韵风前明月上,难教俗骨漫相邻。

相思引　消寒图

十指强伸冻欲僵。风窗透冷画梅妆。消寒图式,捏管为谁忙。　涂墨诸孙征幼慧,吟诗长句祝高堂。乌丝题遍,九十九春光。

相思引　题丁镜波小照

绿竹三竿惬素心。泠然一曲正调琴。七弦韵绕,抚弄涤烦襟。　　领趣何人听小院,奚僮瀹茗待知音。回头伫目,静坐夕阳阴。

高宗元(1739—1811)　1 首

字伯扬,号愚亭,浙江山阴(今绍兴)人。诸生,候选州同知。体弱多病,尝养疴于西湖灵石山房十余年,和朱敦儒《樵歌》以自娱。又长于戏曲。著有《灵石樵歌》二卷。

减字木兰花　题又东藏庐山瀑布图,叠原韵

危崖触处。万丈飞泉分百缕。赤日流金。六月帷寒风雨侵。　　一池篮水。砥柱中流峰石碎。绝巘天高。猿狖时争半熟桃。

沈振鹭(1739—?)　35 首

字君白,号江田,浙江嘉兴人。诸生。髫龄随父居江苏仪征,后侍父宦游甘、陕凡十年。乾隆三十年(1765)前后尝馆同里马氏家塾,继而以家贫,奔走糊口于秦、晋、燕、赵各地,晚年始返乡。嘉庆十二年(1807)尚在世。著有《红树山房词集》四卷。

减字木兰花　自题画梅

十分清瘦。忆向瑶台曾把袖。梦觉难寻。一味幽香画不成。　　石边竹外。肯负春风诗酒债。月满江村。蜂蝶无心也断魂。

山花子　自题画幅

旭日苍苍草树熏。远天一碧翳清云。惟有鸟声林际乐,晓来闻。　　溪水绿漪风自起,岸山青黛雨才匀。着个茅亭深崦里,却无人。

桃源忆故人　题钱啸庐春江泛棹图

碧波天上春生处。忽听一声烟橹。江岸青山无数。飞梦催吟句。　　迎风汀柳参差舞。莫被长条牵住。去去相逢仙侣。指点桃源路。

丑奴儿　扇头杏花,谭愚谷为歌儿得福索画

小桃新谢溪山路,楼外春催。帘里诗催。二月东风蝶作媒。　　脂痕腻粉枝头闹,听雨墙隈。剪烛屏隈。歌扇翻花落酒杯。

醉花阴　扇头红梅,为石帆索画,戏填题赠

昨夜瑶池高谯后。醉挹飞琼袖。仙迹到江南,貌得酡颜,春早香风透。红罗雪艳官亭昼。恨梦魂难遘。莫慢倚阑干,赋就清妍,铁石人应瘦。

小梅花　自题碧漪梅花二十忆词图

溪痕旧。林阴瘦。山庄水郭寒初透。晓霜干。暮烟残。相思不见,翠袖独凭栏。瑶蟾四五生清怨。春去春来人在远。忆芳魂。黯离魂。曾怕黄昏,冷影掩重门。　　楼钟静。城更永。往事回头都记省。雁行沉。梦云寻。休涴尘埃,凄断凤箫吟。天涯归客空消息。玉蕊花开泪沾臆。欲销愁。转添愁。轻裁素纸,香染碧漪流。

一枝春　自题《碧漪梅花图》

雁齿鱼鳞,小溪桥、梦去扁舟春舣。游尘不到,唤醒九疑仙子。盈盈乍起,淡妆怯、嫩寒风里。知别后、深院无人,苦忆明月千里。　　情怀旧拼桃李。记新缣织翠,含毫捻指。而今隔岁,貌取是耶非是。梨云路杳,计归拂、绿绨琴绮。应早胜、羁客吟边,暗香腕底。

碧漪梅仅一枝,绿跗碧蕊,既放,色如玉,著花不多,韵格清妍,琼纶仙品,殆石湖谱中比之萼绿华者近是。余于花时,流连吟嚼,几阅冬春,藉以洗濯尘襟,颇饶韵事,顾未辨其种之所自,而植其地者,已二十年矣。己酉暮春,余忽有晋阳之役,至冬未能旋里。晋阳居太行之右,汾河之左,地高而极寒,风雪尘沙,间日易作,花事无有,若暗香、疏影,益渺不可寻矣。寓馆羁栖,块然抱影,每思古人于梅花,见诸词咏者,往往近言索笑,远托相思。余窃自谓前身未忘结习,既填《梦江南》二十阕,复作图,以见是花托根处所,溪林城郭,虽霜寒叶落之时,风景绝佳,旧乡宛在,不禁归思俨然。然空花可证,不难于弹指间,更为写照一幅。愿经年睽隔,亦止于数千里外客窗笔墨间仿佛得之。览者将毋谓予有梅癖乎？应之曰：唯。

十六字令　再题碧漪梅花二十忆词图

愁。千里瑶华滞远邮。人何处,香影倚高楼。

十六字令　再题碧漪梅花图

魂。依旧衣裳绿绣痕。无人见,夜夜月黄昏。

天仙子　扇头梅,为解州刺史胡藁船作

绿萼红英香并倚。江南树树春风里。梦余疑是董双成,遗佩䌽。唤人起。晓月半天清似水。

台城路　题落梅图，为绛县尉吴门王小唐悼亡

暗香吹断伤心树。凄凉旧题吟句。色黯松烟，痕愁玉粉，和泪当初眉妩。瑶台影去。早榆塞霜清，雁门风苦。小字招来，碧天难问返魂路。　京华那时计误。算蟾圆几夜，庄缶空鼓。梦远铜坑，春寒嶀岭，一片残英飞堕，萧疏鬓缕。叹我亦回头，十年孙楚。缅瑟新调，俸钱营莫数。（时小唐新纳姬。）

眉妩　吴门张芙泾参军有簪花图，查石愚少府为余述其事，属题

忆吹箫门外，响屧廊边，风日媚游骋。邂逅相逢处，春生在，山塘桥畔香径。弄波舴艋。又早携、红袖肩并。问何似、一种倾城色，越溪浣纱影。　惆怅销魂难证。有黛眉初画，云鬓新镜。簪得花枝小，浑无语，娇持年妙情性。素绡掩映。怕梦余、飞去尘境。笑兰麝重绨，空悔茂陵晚聘。

柳梢青　自题画扇

吟遍春韶。风溪泛暖，柳䗳花娇。一派烟波，千层锦浪，好个鸣桡。　浴凫水涨红桥。采芳杜、仙源路遥。新黛横山，生香小阁，有个吹箫。

忆萝月　自题山水画幅

游偕麋鹿。岩隐居谁卜。槿缚笆篱茅结屋。门映一溪秋渌。　青云碧树重重。斜阳几杵疏钟。静里遥闻吟啸，薜萝何处相逢。

江城梅花引　自题碧漪梅花二十三惆怅词图

山城溪坞暮云天。路三千。唤琼仙。一树幽芳，相忆又经年。迢递江关魂断处，信音远，问征鸿、到岁寒。　岁寒。岁寒。笛吹残。夜半阑。人未还。梦也梦也，梦忽见、清影姗姗。霜月孤轮，愁照旧词坛。缩地无由聊点笔，

憔悴甚,结瑶思、缥缈间。

一枝花　自题碧漪落梅图

春折横枝手。夜嚼寒香口。瑶台清宴里、谪仙偶。笑双鬟萧疏,曾记巡檐走。别恨花知否。忽驿使惊传,零落风前霜后。　　点点是、离痕盈袖。梦影都清瘦。佩环遗赠处、情孤负。渺千里相思,悔被红尘肘。墨沼心摹取,怕有魂归,但一碧、溪流依旧。

十六字令　再题碧漪梅花二十三惆怅词图

寻。香梦无痕月满襟。溪楼杳,花妥未春深。

梅花引　题碧漪梅魂图

居非屋。人如玉。五铢衣冷翩何绿。云容容。雪濛濛。溪桥隔影,有时清晓逢。　　香销欲返瑶京路。泪浥粉痕春不语。旧缘悭。隔乡关。夜寒飞度,月明和梦还。

罗敷媚　自题红梅花小幅

晓寒料峭花谁护,歌管声清。蜂蝶尘清。藓石玲珑绿筱横。　　何人梦去寻幽艳,亭畔香生。殿角春生。妆额新痕晕宿酲。

蝶恋花　溧阳金松泉斋头舣海棠,貌没骨一枝于扇赠之

漠漠轻阴曾借护。好藉东风,脂粉匀晴午。莫道秋芳开已暮。飞琼早入神仙谱。　　绿酒红英交映处。烧烛看花,可惜春将去。满院香霏人醉语。一枝没骨新词句。

风蝶令　扇头海棠，为双玉索画作

谩谱神仙品，偏沽戚里名。记曾一梦到华清。睡起余醺鬓乱、与钗横。烛照新娇倚，烟霏旧恨萦。春风用意染红猩。不是嘉州恐负、惜花情。

临江仙　扇头梅菊，为家元裳作

幽院无声清梦觉，晓霜寒意初凝。倚来瘦影记吾曾。几人同挹袖，偏我独行縢。　拂拂芳风生腕底，冷香好接诗朋。瑶台仙路一层层。餐英疑带雪，嚼蕊胜调冰。

卜算子　题玉渊潭画扇

岫岭四围青，倒入空潭影。云叶松花历乱飞，缥缈天风冷。　记取玉渊名，应是仙人境。何日西江濯足来，到此浮孤艇。

菩萨蛮　自题山水为桐君作

新秋雨霁湖山夜。月波澄影清如泻。凉意入林峦。萧萧更未残。　悠然岩际宿。尘外幽栖屋。何处朗吟人。香风起白蘋。

探芳信　杏花江店，题顾松泉小影，十阕之五

一鞭指。见杏树深林，花光数里。向野桥横渡，江村冶游始。青帘斜飐红英外，春店香风里。嫩晴初、社鼓声新，酒垆人丽。　芳草路迢递。傍鸭绿波流，螺黛山趾。吟遍韶华，驴背远都记。奚奴担得春行笈。醉即眠花底。漾清晖、不断烟霞逦迤。

柳梢青　肩头画为胡玉田

碧浪晴岚。溪山不断,晓入江南。落絮吹鱼,飞花蹴燕,月是春三。
水村柳岸拖蓝。渔具外、人家课蚕。竹坞烟轻,莎堤日嫩,游屐谁探。

瑞鹤仙　自题吟香独步图

冻云迷路久。忽鹤氅披寻,粉琼寒漱。香风满襟袖。过残月溪桥,暮霞林薮。行吟谁偶。笑何逊、归来皓首。早拼他、铁石心肠,消息几年诗瘦。
空负。画楼清吹,玉砌晴霏,凤城春漏。孤踪怨否。荒翠外,雪飞后。纵幽栖憔悴,招魂辞丽,缟袂仙逢某某。蹴芳英、一曲高歌,酒家试扣。

齐天乐　眠琴绿阴图,为璜斋冯子题

绿天昼寂凉阴午。泠泠水仙曾谱。影落溪云,声飞瀑雪,苔石清无尘土。停琴不语。似曲罢情移,又吟诗句。翠湿衣裾,几回抱膝几凝伫。　游心旷然太古。漫疑高世躅,栖遁林坞。海上迎船,丘中结屋,一笑知音谁遇。襟期吾与。便交订忘年,看君霞举。再鼓徽弦,迟春风杖屦。

南浦　题顾笛渔蝉蜕图小照

图于山水间,柳阴波影之际,貌一瞑目仰卧、弛然半浮、形适丧而委清波焉者。展视方色骇,顾瞻彼岸,则有翠帻棕拂玄衣裳宛然凝神而立者,若已反其真而自得也。嘻,异哉!其有类乎尸解耶?或如释氏之圆寂耶?然皆拟不于伦也。抑将绵绵若存,终游于不死之乡耶?曰:是无异乎蝉之遗脱也,笛渔固必有取乎尔。余亦乐为之倚声《南浦》而歌焉。

波面赫然横,问何人,蓦地遗骸登岸。离质抱神游,尘氛外、巾拂泠泠风善。江蓠僻芷,妙香宁带歌声断。真得天倪来去适,一笑梦中鹏鹞。　非仙非佛难名,甚丹砂贝叶,空谈术典。山水澹含晖,忘形影、还与化机流转。奚须袯濯,蜕余犹共沧浪远。谁道嘈云还饮露,身世也都荒幻。

意难忘　寸草春晖图,为岩庄族侄题

生意和熏。是三春霁景,小草新痕。清晖涵一色,芳蔼煦同根。罗巷陌、接晨昏。被暖翠无垠。倚几家、门间睇远,游子归轮。　　惊心爱日何人。纵青袍似染,空系思存。萱慈全过隙,兰秀半怀芬。迷夜梦、沐朝暾,暖红影香尘。倩寄声、望云陟屺,谩赋招魂。

点绛唇　题滕王阁画扇

飞阁横云,卧游也到临江郡。古怀谁问。蝶梦图还认。　　南浦西山,目送凭栏近。扬帆趁。五湖风顺。客袖洪崖引。

摸鱼子

"青山红树水微茫,秋到平陵忆故乡。归去全家寄渔艇,一篷疏雨宿林塘。"稼轩甲寅岁客历城句也。洞庭严香甫爱之,为作图以赠。丁卯秋出示余,且索题句,遂谱此词。

浣诗肠、花飞白雪,素襟还掉尘鞅。鸿泥海岱三千里,名士济南谁让。莲幕广。问几个、平陵抱袖云霞上。怀乡骋望。渺红树青山,蘋香蓼冷,旧梦倚吴榜。　　联酬唱。怪我形销肮脏。黄埃孤剑空仗。输君归脱征衫早,心写洞庭人往。风叶扬。载一帧、林塘秋影清吟舫。呼邻打桨。(稼轩与余比邻。)趁晓和渔歌,暮听菱曲,老作五湖长。

天仙子　水南村舍图,为古香题,即送其重游广陵

百顷风漪潆野墅。结邻半是渔耕侣。荻花枫叶一湖滞,林屋路。步尘阻。忽听棹歌烟水暮。

南乡子　听秋图,为一斋陈子题

林岫断霞明。旅雁归鸦夕响横。影飐凤蕉和碧筱,风轻。襟袖迎凉蝶梦清。　爽籁递虫鸣。脱叶晴飞点绿坪。楚客惊秋悲远送,曾听。夜月烟霄鹤一声。

石湖仙　题顾丈松泉秋水寄怀图

红蓼霜老。剩凫茨鱼蒲,荡漾秋杪。江远起商声,有伊人、高歌水调。烟消渔舍,恁雁背、暮霞散早。波渺。称素怀、一片澄照。　年时两三鸥侣,忍轻将、旧盟寒了。试采蘋花,寄得相思多少。闲向溪头,笑携短棹。尽堪舒啸。迟我到。苔矶且共垂钓。

张锦　1首

字云织,号菊知山人,山西阳城(今太原)人。绎孔子,鋐兄。生于乾隆四年(1739)前后。乾隆三十三年(1768)举人。乾隆四十六年(1781)会试不第,大挑试用直隶,次年官直隶清河知县,转清丰县。乾隆五十年(1785)以事忤上官,谪戍伊犁,嘉庆初赦归。长于戏曲,撰《新西厢记》《新琵琶记》行世。嘉庆三年(1798)尚在世。著有《塞外词》。

满江红　生日自题小影,和西堂先生韵

咄咄书空,写不尽、骚愁如许。欺人也、一腔热血,怀君恋主。老骥未甘终伏枥,闲云还拟为霖雨。叹迢迢,万里戍天涯,穷荒处。　葱岭外,孤踪与。沙江畔,天恩伫。似牧羊苏武,吞毡箕踞。铸错难成空有铁,六州未许洪垆鼓。劝先生,且著一编书,羁臣语。

何承燕(1740—?) 48首

字以嘉,号春巢,自署六桥词客、卖花道人,浙江仁和(今杭州)人。廷模子。乾隆三十九年(1774)顺天乡试副贡,官浙江建德教谕、东阳训导。初受诗法于袁枚,乾隆三十一年(1766)随父宦居高邮。诵习《淮海词》,遂好倚声。嘉庆初尚在世。著有《春巢诗余》四卷。

南乡子 自题绕屋梅花三十树小照十阕

何处认前身。四海茫茫几度春。我是梅花花是我,休分。试把三生事细论。　片影堕红尘。玉骨冰肌总绝伦。我爱梅花花爱我,清芬。相赏知缘气味亲。

其二

茅屋锁寒烟。一去孤山又几年。我别梅花花别我,流连。最是难忘送别筵。　风雪满湖天。漠漠林家水竹边。我忆梅花花忆我,无言。开落谁知只自怜。

其三

春思绕天涯。一枕寒灯纸帐遮。我梦梅花花梦我,横斜。瘦影扶人到酒家。　落月冷窗纱。晓色空林有乱鸦。我怨梅花花怨我,长嗟。回首空余别恨赊。

其四

几载客扬州。官阁曾随老父游。我对梅花花对我,勾留。落日新诗赋未休。　寄迹更宜幽。山舍江村又几秋。我识梅花花识我,悠悠。常带三分冷淡愁。

其五

锄月共谁栽。忽报江南信又回。我待梅花花待我,徘徊。不是相逢不肯开。　玉笛漫相催。携得临邛酒一杯。我约梅花花约我,瑶台。须是乘风冒雪来。

其六

寒暖且随时。取次花开南北枝。我笑梅花花笑我,葳蕤。没个黄蜂粉蝶知。　同是岁寒姿。妙手和羹独在斯。我语梅花花语我,开迟。休怨江天雨露私。

其七

冰雪正交侵。开遍山涯又水浔。我惜梅花花惜我,萧森。不及蓬莱托上林。　消息探霜禽。冷蕊温香蕴酿深。我劝梅花花劝我,同心。莫放春归桃李阴。

其八

空度好时光。笑煞年来为底忙。我负梅花花负我,斜阳。相访何时到野塘。　襟袖挹余芳。躑躅前除兴欲狂。我伴梅花花伴我,昏黄。夜月清樽梦也香。

其九

一自出榛荆。便觉檐前瘦影横。我望梅花花望我,多情。争拟欣欣日向荣。　艳色本倾城。白白红红照眼明。我问梅花花问我,妆成。施粉施朱恐未精。

其十

把盏与谁同。高卷珠帘雪万重。我醉梅花花醉我,千钟。到底输君两颊红。　不种后雕松。不访庐山五老峰。我寿梅花花寿我,芳容。但愿年年一笑逢。

梦扬州　题岁寒访友照

暮云平。正漫天、雪意纵横。岭外梅花消息,凭谁探明。怀人梦断销金暖,抛却他、帐里歌声。东郭履,王恭氅,飘然仙骨偏轻。　去去山高水清。便摇指前村,曳杖闲行。有约陶家,料把龙团早烹。松林竹屋频来惯,休待他、扫径相迎。将满路、琼瑶踏碎,直到柴荆。

满庭芳　题周梅堂表伯岁寒三友照

家住钱塘,身依淮海,追随宦迹飘萍。亲朋契阔,回首暮峦青。屈指孤山梅萼,来年又、开落重经。空梦绕,松涛竹素,小艇泛西泠。　相逢。携尺幅,尊前展示,古貌仪型。任林间溪畔,舒啸忘形。一片烟霞泉石,还疑是、人在南屏。忽惹起、湖山逸兴,归计也难停。

满庭芳　题湘浦徐二狎鸥图

不系舟中,无边水上,忘机有个幽人。沧浪钓罢,收拾旧丝纶。携得蒲葵小箑,挥除去、溽暑嚣尘。翻惊起,沙头宿鸟,飞绕楚江滨。　萧萧听两岸,西风芦荻,冷落闲身。更没个同群,共结芳邻。可是曾游宦海,烟波里、思托鲈莼。归来好,生涯如此,却胜据通津。

南歌子　题陈石渚携尊访友图

野寺孤栖冷,红楼小住宜。梦回垆畔有青旗。忆煞丝绳提玉、就胡姬。作客愁兼病,怀人渴又饥。西风黄叶打禅扉。多谢多情笑把、一尊携。

多丽　题湘浦画雨楼图册

者楼成。名园幽胜弥增。最天然、潆洄一水,春风荡处波生。泛楼阴、兰桡小艇,开楼角、曲槛朱栠。海燕双栖,凉蟾半吐,绿杨堤畔暮烟轻。喜隔岸、露香犹在,灯影草堂青。疏帘外,春秋良夜,递过书声。　　直须邀、良朋三五,芒鞋布袜同登。据胡床、来乘逸兴,携羌笛、去诉离情。美信堪留,高能聚远,风光宜雨更宜晴。恐自是、狂游有客,不要八钟听。(园旧有入钟楼销忧处、雕阑十二,镇日闲凭。)

沁园春　题秋晴郭七漭阳初度图

岁渐峥嵘,鬓渐萧疏,路渐崎岖。问半肩行李,来从何处,一声画角,吹彻郊墟。面惹飞尘,风欺短褐,遥指孤城策蹇驴。斜阳外,有酒旗摇曳,招客当垆。　　何须痛哭穷途。记壮志当年托矢弧。况秋山红叶,斑斓古道,野桥残雪,点缀寒芜。抛却乡心,寻将好句,佳景天留便不辜。清兴剧、笑蛮烟瘴雨,恼得人无。

南浦　题曹剑函松阴观瀑图

乱山堆里,问何时、结得小蓬庐。风动森森千丈,当户碧云铺。刚在梦魂清处,讶泠然、远响落庭芜。把七分吟思,三分幽思,都触卷帘初。　　疑是劈开玉峡,见横空、飞出白龙无。五老峰前好景,写入郭熙图。领略个中真趣,对悬流、兴到便踟跦。笑名缰利锁,年来何事等闲辜。

醉春风　题丰溪垂钓图

人坐烟波里。烟波何处起。丝纶收了合归休,未。未。未。红蓼滩头,白蘋洲上,余情犹系。　　水自清无底。人更清无比。生憎失足染污泥,洗。洗。洗。一段斜阳,半篙新涨,尺书双鲤。

高阳台　题亩臼管二燕矶秋泊图

渔火连江,蘋波漾月,布帆又卸矶头。载得琴书,三年几度来游。金风吹老灵和柳,望台城、一抹烟浮。莫勾留。便是卢家,未必无愁。　　劳劳亭畔初挥手,想兰桡一去,直拟归休。漫掩篷窗,闲眠好共沙鸥。景阳梦断空楼远,甚钟声、偏到孤舟。荻花洲。说是初秋,已似深秋。

望江南　题画

闲情绪,独自步花间。有约个人来也未,无聊红树总慵攀。手弄玉连环。

疏影　题弁江徐大梦游梅谷图

漫山积雪。有个人僵卧,林下微月。想也因耶,栩栩神游,幻作庄生蝴蝶。相思不隔云山远,把耐冷、吟魂勾摄。看重重、香海腾波,知是何方瑶阙。

游遍枝南枝北,那禁纸帐外,灯火明灭。唤起天鸡,仿佛罗浮,惆怅美人初别。人生万事皆如梦,梦醒后、空增呜咽。翻笑予、抛了孤山,睡过春风时节。

江城梅花影　梅花幻影,为友人题照

淡烟笼树认难真。是吟魂。是花魂。仿佛步虚,仙子下瑶尘。相对分明非是梦,倚阑处,个侬来,好伴君。　　伴君。伴君。正黄昏。霜满身。香满身。花影人影,更月影、一片氤氲。可许何郎,载酒结芳邻。家在孤山归未得,空屈指,别梅花、几度春。

生查子　题宁远上人南庵听雨图

龙堂夜半云,送雨来山殿。窗外远公莲,叶上明珠溅。　　细响乱疏钟,诗思听何限。是雨是天花,俗耳终难辨。

其二

南庵何处寻,烟雾禅关锁。方外有深交,闲共焚香坐。　　清话万缘空,尘梦三生破。听到寂无声,放下蒲团卧。

少年游　题宗牧初先生兄弟桐江话别图

羊裘何处,钓台犹在,小艇夕阳边。如此桐溪,勾留大好,谁促客星旋。匆匆回首分襟地,离思绕江天。兄弟联床,君臣同榻,千古共缠绵。

虞美人　自题卖花小照

浮生落拓从今悟。不卖长门赋。街头学作卖花翁。春色无边收拾、担儿中。　千红万紫人人爱。论值翻加倍。就中那更入时宜。月季长春芍药、与蔷薇。

其二

卖花我便携花去。南陌初过雨。声声直唤到前村。唤出佳人无数、倚斜门。　黄蜂紫蝶拦街阻。也带三分妒。芳心亦自解深藏。无那迷离五色、炫花光。

其三

长安市上春如海。花好人争买。丛丛珍重比珊瑚。知否栽培也自、费工夫。　蹉跎花事阑珊又。空逐红尘走。孤芳独抱待谁收。根托蓬莱绝顶、恨才休。

其四

芒鞋箬笠清溪曲。大好无拘束。绿杨风外有啼莺。且把肩儿暂息、路旁听。　上林空谷都休问。得价花输尽。行行倘遇爱花人。不枉多年辛苦、灌园身。

一剪梅　题柳村图

金缕千条拂绿溪。不是隋堤。便是苏堤。四时朝暮总相宜。秋有蝉嘶。

春有莺啼。　　不管人间赠别离。眠也随伊。起也随伊。此中真个足幽栖。村外花飞。门外烟迷。

浪淘沙　题友人松菊图照

那有俗情牵。十亩闲闲。风光最好暮秋天。消受人间清福处,树底篱边。　　幽兴寄林泉。肯让陶潜。披图一笑紫髯掀。说甚孤松和晚菊,富贵神仙。

柳梢青　题思潜钱二诗船图

是处相亲。诗肠那更,潇洒如君。泛得诗船,载将诗卷,着个诗人。　　秋波冷透诗魂。最好是、诗吟白蘋。一段诗情,十分诗兴,都在江滨。

如梦令　哭承苏四弟,即题其小像

聚首曾经几月。(弟今春随我父自朐山归。)分手不迟半刻。日日叫哥哥,今日耳边寂寂。泪滴。泪滴。肠断不堪回忆。

其二

知否阿爷头白。明日又逢除夕。椒酒自依然,汝去承欢非昔。凄恻。凄恻。兄弟三人少一。

其三

最好风神秀彻。三岁之无早识。了了竟非佳,偏是痴儿无厄。叹息。叹息。天意从来莫测。

其四

泉路茫茫难觅。招汝魂归不得。风前对床眠,只有苏家阿辙。心戚。心戚。汝像忍教重把。

惜分钗　为碧霞宫宁远上人题照

昔慧远。今宁远。名僧今夕宁相远。尔东林。我西林。也拟逃禅,寄迹幽岑。深。深。　天花落。松花落。忘他世上花开落。梵王宫。碧霞宫。半偈心持,坐对丹枫。空。空。

清平乐　题水仙山茶画箑

红肌玉颈。不语娇相映。别有檀心谁省。两个一般耐冷。　盈盈波上生涯。怜他雪里清华。应是低头密约,双双嫁与梅花。

柳梢青　题春皋射猎图

如此春天。天涯几个,闭户闲眠。碧草溪头,绿杨堤外,红杏村边。何须载酒而前。更休听、黄鹂杜鹃。走马才高,悬弧志大,记取当年。

忆王孙　题湘浦小史春帆垂钓图

眼波春水两潆洄。杨柳风柔细细吹。日暮莺儿唤不归。钓丝垂。钓得双鱼欲赠谁。

如此江山　题秋晴郭七寒灯抱影图

陶公赠答惟形影。悲欢舍君谁省。邀可成三,吟偏爱仄,最好更深人静。凉蟾破暝。怪一点余光,向人耿耿。独坐闲斋,有情千古伴清冷。　当前都是幻镜。教人何处,认取菩提心镜。煎我回肠,吊他蓬鬓,枉费诗翁清兴。灯残梦醒。恐影与先生,也难合并。争似从今,说如来上乘。

高阳台　题张菊泉灵江晚眺图

巾子峰青,黄华仙邈,江流千古萦纡。谁继芳踪,闲情都付鸥凫。苍茫残照西风外,耸吟肩、小立寒芜。却悠然、身侣鱼虾,心忆莼鲈。　　生涯梗泛真堪笑,记曾经严濑,再泊湘湖。不系舟中,几番梦绕葭芦。即今纵有登临兴,问渔樵、可许为徒。最难忘、水影峦光,一片模糊。

减字木兰花　题虚斋石大思归图

长安作客。望断乡关千里隔。东阁南楼。一样西风两地愁。　　愁长梦短。梦到庭阶谁唤转。月挂疏桐。归思萧萧落叶中。

沁园春　题湘浦东坡生日图册

说甚髯苏,司马前身,分明是伊。想扇头兰竹,都成经济,腹中块垒,可合时宜。再世眉山,又来吾浙,今昔神交信有之。公生日,是嘉平十九,只有公知。　　维时。正好题诗。趁雪后登山把一卮。问盘匜所进,东坡肉否,宾筵饱啖,为甚酥儿。唤起参寥,更携琴操,那禁临风有所思。公归矣,把画图展玩,犹切神驰。

菩萨蛮　为石芥舟题十美图画箑

佳人十个心如一。秋风未到愁先结。日日手中持。知郎着意谁。　　情多何用择。都是倾城色。团作肉屏风。醉郎香粉中。

菩萨蛮　题德峰上人法界寺图册,寺在东阳县城西

昨宵才入吴宁境。今朝便惹逃禅兴。青眼属高僧。我来一笑迎。　　午斋花外磬。方丈留同听。翻尽贝儿经。夕阳断塔明。

无俗念　为法界寺题铁足和尚题照

休文邈矣,喜风流未艾,东阳古郡。名宦诗人犹辈出,怪底闲僧亦韵。写赠秋荷,分尝春笋,醉我新蒭酝。多情是佛,不来初地谁信。　自笑梗泛生涯,何殊行脚,踏倦芒鞋褪。山水夙缘还未了,知望吾师指引。翠岘当窗,清泉绕砌,莲社容栖隐。匆匆泥水,那堪空际留印。

瑞鹤仙　为如皋吴韦亭题赐杖图,韦亭才自都赴千叟宴来浙,嘱题此图

万里扶鸠杖。笑我堕人间,叟来天上。相逢气何壮。忆蕊珠仙院,曾劳过访。十年俯仰。更换得、童颜别样。负如斯硕德,奇姿合受,九重恩赏。

遥想。耆筵再举,寿域宏开,玉阶仙仗。鸡人传唱。随鹓鹭,侪卿相。羡和风湛露,祥烟瑞霭,望里氤氲成象。甚赓歌、雅奏钧天,又寻凡响。

王韵梅　2首

字素卿,江苏常熟人。大椿女,参将陈朝宗室。生于乾隆五年(1740)前后。精音律,善鼓琴,画长于写兰,诗词皆工。以所适非文士,抑郁早卒。著有《问月楼遗集》。

摸鱼子　自题画梅

濯冰瓯、一枝筠管,亭亭闲写寒雪。小窗横幅留香住,怕被东风狼藉。惟自惜。似空谷、婵娟不问春消息。何曾子结。便当作罗浮,缟衣无梦,忍与翠禽说。　横斜影,摹写波明月白。暗芳一片流溢。陇头人见休相问,不是江南春色。难寄折。须信是、凝脂艳骨心如铁。墨和泪迹。叹萼绿飞还,藐姑仙去,此外更谁识。

绿意

辛巳春,盆兰曾有并头之异,今春复孕双花。感芳序之频迁,喜兰因之复遇。对花写图,并谱是解,时丙戌二月也。

春回小院。看旧丛带露,芳意含半。联萼呈奇,风替传香,移过唾红窗畔。潇湘帝子留双影,怎不及、并栖香畹。问几生、修到同心,说甚恨长春短。

曾记红闺旧事,一枝开共蒂,都是凄惋。绮阁深深,花梦先圆,明月今番重换。还将一掬相思泪,且写出、东风肠断。只画图、斗笑无言,不管有人清怨。

魏晋锡(1741—?) 1首

原名晋贤,字泽漪,号梦溪,江苏丹阳人。乾隆三十四年(1769)进士,官礼部祠祭司主事,迁仪制司员外郎。出为河南汝宁府知府,署南汝光道。晚岁主浙东蕺山书院。著有《梦溪诗钞》一卷、《越吟草》二卷。

台城路　题秋江芙蓉图,用玉田韵

碧云扬子怀人渡,风帆乱收千折。冶岸吹香,凉波濯锦,长记年时折。飘烟抱月。问袖底消凝,镜边圆缺。淡抹秋痕,远情沙鹭似能说。　　江郎又吟赋别。嗟谁频寄慰,老艳凄切。雨佩搴愁,溪裳集恨,多少花飞春歇。惊飙暮咽。弄一舸嫣红,嫩寒天末。宛在伊人,泝洄潮信阔。

杨殿梓　2首

字琴斋,号雨崖,江西清江(今属九江)人。生于乾隆六年(1741)前后。乾隆三十三年(1768)举人,乾隆三十六年(1771)进士。乾隆四十七年(1782)官河南光山知县,尝纂修《光山县志》。著有《雨崖诗草》八卷,词附。

小重山　题看剑图，为黄立甫

十载游踪水上萍。但囊中看取、剑花新。可能赏识到风尘。闲评罢，奇气倚嶙峋。　　论值且千金。记床头雷雨、动三春。莫携云水伴闲身。芙蓉丽，脱手赠何人。

鹊桥仙　饶高旺侄婿小照

纤云不作，碧天如洗，正是宵长人静。轻衫坐倚画栏杆，看挂起、团圞水镜。　　蚌胎才满，兔毫堪辨，喜与澄怀相印。嫦娥遥自广寒来，报桂子、天香信近。

钱棨（1742—1799）　1首

字振威，号湘舲，江苏长洲（今苏州）人。乾隆四十四年（1779）乡试第一，乾隆四十六年（1781）会试中式第一，殿试一甲一名，三元及第，授修撰。乾隆五十一年（1786）充顺天乡试同考，乾隆五十四年（1789）充会试同考。行走上书房，以课皇孙弛懈革职留任。乾隆五十八年（1793）擢右赞善，累官至内阁学士兼礼部侍郎。著有《湘舲诗稿》四卷。

沁园春　题秦敦夫太史所藏汪蛟门比部少壮三好图

蓦地思量，明月箫声，别来几年。记邗沟灯火，觚船交错，东山亭榭，鼓吹喧阗。老辈骚坛，清时高会，裙屐风流尽可传。浑无赖，把客嘲宾戏，一例同编。　　画图好认飞仙。刚触拨心情往事牵。只百城坐拥，输他卓荦，三杯劝进，少此婵娟。壮不如人，客非无好，蓬鬓春风顾影怜。伤憔悴，早忏除绮语，怕写蛮笺。

杨抡（1742—1806） 34首

字方叔，江苏金匮（今无锡）人。潮观子，芳灿伯兄。乾隆三十九年（1774）举顺天乡试，乾隆四十三年（1778）进士，官浙江太平知县。以养亲告归，服阕选浙江天台县令，未赴任。著有《春草轩诗余》四卷。

天仙子　题采芝图卷子

月样精神花样巧。云佩霞裾妆束好。前身应是蕊珠仙，蓬莱岛。金光草。一个灵芝春不老。

潇潇雨　吴门薇署，雨声竟夜，晓起为嵇天眉题空山听雨图，即次自题原韵

万花零落尽，仗词人、吟笔点花飞。笑空空我相，茫茫色相，总是依依。解道江南肠断，烟草也堪题。坐听四山雨，偏向亭西。　剩有水云一片，怅秋心春影，梦境凄迷。料昨宵孤馆，寒意扑窗扉。怎耐得、夜长更转，薄绵衾、添尽旧征衣。今朝又、天涯咫尺，风紧云低。

潇潇雨　题竹士虎山寻梦图，五叠天眉空山听雨图和韵

落霞凄别鹤，引相思、再补雊朝飞。想吟魂消瘦，香魂冷淡，得所凭依。断送红楼酸句，往事忍重题。怕听塔铃语，月又平西。　幻作春人小影，向生公石畔，指点沉迷。叹寻芳倦蝶，有梦隔园扉。对梅花、泪珠弹尽，检新奁、香满旧篝衣。留仙住、烟云一帧，燕尾双低。

潇潇雨　春暮，将有凫山之行，为吴江赵艮甫题天涯芳草图，即以志别。八叠和韵

懒寻蝴蝶梦，向天涯、欲住又还飞。正轻红浅绿，长亭远浦，目送情依。望

里裙腰一抹,约略是无题。回首故人远,怕倚楼西。 听得不如归去,怅夕阳芳草,密密迷迷。念春痕依旧,青到百花扉。倩东风、为谁着力,破苍茫、小立认苔衣。君知否、我今惜别,杨柳丝低。

河传　题端和女侄倚竹图

绿净。碧晕。庭院潇洒,戛韵玲珑。卷帘花影逗春红。香浓。鬓云松。 天然淡泞兰情悄。尘不扰。翠袖新寒早。无言斜倚玉阑干。幽闲。暑风凉月天。

行香子　题云装护花小影

桃李烘春。卷地香尘。倚东风、蝶梦莺魂。护花周到,花也精神。好时光,好福分,好胸襟。 胜友如云。旨酒如渑。醉高歌、重与论文。十分矜惜,一味温存。是东坡,是摩诘,是渊明。

水龙吟　题华梧轩起蛟图遗照

夜来腥雨颠风,怒涛忽地排空立。花虬睡醒,飞腾而上,穿崖破壁。溟渤何涯,归虚何底,杳然难测。笑燃犀烛影,钓鳌投犗,禽之制、无人识。 遥忆。赤城仙客。倚危阑、蓬莱咫尺。未除豪气,海天长啸,苍髯似戟。快墨淋漓,鱼龙变化,一般胸臆。展画图、祖德堪思,说与此中端的。

河传　吴导泉工楷法,画有生趣,归自滇南,属题无碍图小影

无碍。游方之外。四大空空。一双芒屩走乌蒙。吴侬。兴何浓。 来因早认西林渡。闲居赋。日涉成佳趣。能消清福更神仙。飘然。米家书画船。

临江仙慢　云装以梧竹图索题，为制此解

且坐四围竹，深深庭院，云淡秋空。忆萝月、疏篱不见鞾红。相逢。喜寻旧约，思佳客、击遍梧桐。声声慢，更凤鸾双舞，万个玲珑。　　清风。无愁可解，摊破鸿爪西东。鬓边华、调笑往日冬烘。于中任凄凉犯，逍遥乐、梦醒芙蓉。花间意，想被花懊恼，羞署花翁。（云装先有护花小影。）

国香　题天眉素春图手卷

春满空山，把幽兰自操，更觉春闲。知音问谁同调，暗地情牵。一样湘皋楚畹，好襟怀、还道游仙。徘徊远尘境，静里香光，在有无间。　　韶华真负负，任生涯冷淡，淡欲忘言。怕禁红闹，拼了泣露啼烟。寂寂孤芳独抱，素心人、梦破花天。梅兄瘦如昨，渺渺予怀，形影相怜。

月华清　题月季花神卷子

腻雨酥云，霏烟轻雾，酝酿连番风信。十万丛铃，琐碎碧阑金井。都猜是、洛浦巫山，早认得、梦痕愁影。因甚。向芙蓉仙阙，从头静证。　　却忆酴醾春尽。叹镜里年光，易安神韵。旧稿新翻，一笑拈来私忖。缔密约、月月同圆，消薄福、花花相井。应赠。奉新衔供养，群芳司命。

解语花　自题莲趺小影，简寄同人索和

清凉世界，梦影都香，聊学跏趺坐。现前因果。安心竟、一瓣妙莲花朵。拈来耐可。喜十丈、红船婀娜。诸相空、月到天心，好向怀中堕。　　打破金刚秘锁。叹萧骚华发，白驹空讨。此情无那。流连处、却笑半生痴惰。何时许我。逍遥乐、便能真个。知故人、爱爱怜怜，先展图争和。

壶中天　题吴半舫飞瀑图

怜吾与汝,到中年以后,鬓丝先白。壮不如人今已老,一样平头六十。诗屐花间,吟鞭柳外,旧梦难寻觅。鸥盟细数,飘零多少狂客。　　记否月树风蘋,听秋入画,早点倪迂笔。(半舫先有《听秋图》属题。)更写庐山真面目,镇日相看亦得。冰雪心肠,烟霞情性,魂礧填胸臆。划然长啸,飞涛直破空碧。

齐天乐　题瞿菊亭顾曲图手卷

秋光看过重阳后,闲情那堪重赋。径僻蛩吟,亭虚月冷,剩有疏篱小圃。翠寒低护。正瘦影和烟,仙仙醉舞。寄傲何人,心藏心写足幽趣。　　风流真个自赏,山香翻一曲,散遍花雨。鹤梦云飞,雁门秋老,想见小窗敲句。移宫换羽。笑撒手珠玑,紫云乐府。再拍红牙,请听新按谱。(菊亭先有《鹤归来》《雁门秋》《紫云回》乐府。)

金缕曲　和黄秋舲韵,即题其酿花书屋小册

夜半风花骤。卷重帘、晓寒尖冷,亭孤鹤瘦。再入东华香土梦,负了故园菊候。且随分、围炉把酒。客邸新知逢叔度,喜酿花、词册层层厚。叠一韵,十余首。　　直追黄九风流后。吐珠玑、海思霞想,轻圆如豆。欲和阳春飞白雪,墨洒砚池冰皱。羡妙笔、点尘不受。此日瑶台真个到,俨壶中、玉液环中肉。翻别调,小垂手。

意难忘

竹士近在吴门,将别一载。冬仲,挈梅卿夫人,有秣陵之游,道出梁溪过访,即题其《秋宵夜话图》赠别。

鸥梦难寻。怪鱼书迢递,几度沉吟。相逢何草草,惜别总惺惺。弹古调,觅知音。爱竹逸梅芬。怎好风、吹来一叶,送到双星。　　多君艳福无伦。那

更饶清福,位置天成。芙蓉湖畔月,桃叶渡头春。浮鉴落,听东丁,添万种离情。问甚时,连床话旧,再谱新声。

水调歌头　题周补希同年载芟图

落拓老兄弟,踪迹等飘蓬。卅载东华香土,梦境太匆匆。余发亦已种种,君更头童齿豁,相对两衰翁。托兴每不浅,身到画图中。　垂纶客,灌园叟,怎如农。半村半郭桑麻,鸡犬欲腾空。看取烟蓑雨笠,携着鸿妻霸子,曳杖度樵风。恍入无怀世,其乐也融融。

沁园春　吴导泉花间草堂图

长夏初临,老眼迷离,花间草堂。喜淡月轻云,金银夜气,娇红嫩白,姊妹晨妆。芍药笼烟,杜鹃凝血,满架蔷薇早过墙。玲珑甚,更疏帘掩映,小小池塘。　谁将尺幅形相。有阿堵传神顾长康。把心情淡写,书淫画癖,风光领取,酒绿茶香。借树为园,绕篱藏屋,蝴蝶成团底事忙。容卿傲,可从吾所好,再与平章。

南楼令　金云门女史重摹李清照酴醾春去图

春事悔蹉跎,春花艳绮罗。损春心、燕剪莺梭。纵好春光留不住,拼冷淡、奈春何。　人意尽延俄。花开一刹那。杜兰香、参透维摩。碎锦零香浑不是,寻梦影、已无多。

鬓云松令　为张君曜芳题散花小影

尽思量,应记省。尘海茫茫,甚处清凉境。各认来因休借问。秋月春风,昨梦今朝醒。　好襟怀,饶意兴。有个人人,与汝安心竟。野鹤闲云空际影。便算游仙,也上蓬莱顶。

洞仙歌　顾立人表弟有西蜀之游,以小影索题,即为赠别

横山半逻。有苍云几朵。白鹤双双伴孤坐。想蛮烟瘴雨、颠倒尘缨,持手版,未必清闲容我。　莼鲈乡味好,为甚归来,依旧深深两眉锁。看樯乌掠影、渚雁冲寒,不信道、行期真果。恐再上、峨嵋梦难寻,剩雪爪鸿泥、旧愁重裹。

风入松　题蕴山弟琴南小影册子

琴南,弟姬人也。相随东宁戎幕,自海上归,举一子殇折,姬旋以瘵亡,即葬于先茔之侧,与吕姬墓相傍也。余曾为吕姬立碑,哭以诗,蕴山亦为琴南铭其墓。

落霞重理断肠声。宛转更凄清。惜春怕问花开早,乍成阴、花已飘零。多少绿愁红怨,依稀杏雨梨云。　六如亭上幻前尘。休认去来因。求仙却少回生草,记相随、沧海曾经。短梦忽成昔昔,幺弦独抱心心。

其二

写来雅淡不成娇。乍见也魂销。埙篪尔我原同调,最难忘、月上花梢。欲觅生香何处,悄将心字频烧。　青天碧海路迢迢。蝴蝶任风飘。荒烟一抹斜阳里,惜分飞、各自题标。留取春痕梦影,伴他吟卷诗瓢。

月当窗　为怡云主人题素香小影

玉清冰洁,天淡烟波阔。鬓影钗光如许,好消受、夜深月。　幽绝。香沁骨。个里情肠别。依约湘皋楚畹,同心处、向谁说。

巫山一段云　题贾四云装担花图

竟与花同命,偏与花有缘。爱花休论买花钱。风月总无边。　妙手推

周昉,前身岂浪仙。花开花落自年年。蝴蝶梦中天。

乳燕飞　为生香馆主人题葬花图

要补情天漏。趁罡风、瑶台借得,彩鸾仙帚。可怪东君狼藉惯,多少绿僝红僽。也不管、春人消瘦。净扫池边三尺土,便同他、青冢长相守。愁无奈,恨难剖。　痴心不放香魂走。愿年年、心魂合并,万花成薮。化作浮萍原是幻,小劫分明还有。叹薄命,几生消受。怕向芙蓉城主问,六如亭、早为朝云构。千点泪,一樽酒。

玉交枝　为蕊渊女侄题屈宛仙女史白莲花小帧

谪下飞琼出世妆。天风环佩度潇湘。偶来清供,有影亦生香。　竟欲忘言真淡泞,自然解语不寻常。翠愁红怨,鸥梦水云凉。

月照梨花　题顾珊洲行看子,集调名

秋霁。秋霁。仙源拾翠。庭院深深。疏帘淡月梦行云。红情。倚阑人。玲珑四犯芙蓉曲。风敲竹。十拍回波乐。留春且坐惜双双。翻香。个侬情久长。

疏帘淡月　题吴大半舫黄雪山房图

深深院宇。正碧落秋高,婆娑几树。魄影长圆,幻出广寒宫府。此花竟在人间世,喜吴刚、与花为主。洒来非雨,飘来非雪,满身香雾。　剩几个、当时伴侣。便小隐淮南,宁忘鸥鹭。发短霜浓,容我酒歌诗舞。而今莫问升沉事,把秋心、尽吟春句。游仙何梦,逃禅何意,请先生语。

一斛珠　题张梦庐太守珠还合浦图

梦庐守南笼时纳冉姬,贵筑人也。旋有母家藉端雀角,即遣去。姬矢志不嫁,复归梦庐。离而复合,遂作是图,成佳话焉。迨梦庐被议远戍,不获相随出关,寄寓中州华司马官署。积忧抱恨,雉经而亡。梦庐东归,伤悼不已,即于卷中属施雪帆为冉姬立小传。披读再三,怜其遇,哀其志,为赋此解。

愁烟闷雨。茫茫终是销魂处。玉门关外春难住。离恨天高,纨扇空题句。(梦庐在狱中寄冉姬扇头诗句,悱恻动人。)　伤心往事从头诉。前因后果成轻负。衣香镜影朝还暮。着甚来由,枉了思量苦。

其二

贞心独抱。千回百折心如捣。月楼花院芳尘杳。碧玉成烟,一幅春人稿。　龙沙万里归来早。朝云已去东坡老。相思合谱伊凉调。三尺冰绡,此恨何时了。

渔家傲　题渔影图

曲曲溪光留晚照。白蘋花衬新红蓼。两只鹭鸶飞过了。尘不到。人间何处寻蓬岛。　西塞山前云树渺。富春江上烟波老。一笠一蓑横短棹。扁舟小。闲情且寄渔家傲。

点绛唇　题扇上金丝鸟

一叶秋风,枕边吹散愁多少。也知红闹。却比莺儿小。　戏踏枝头,错认收香鸟。金丝袅。帘栊静悄。日影窗纱晓。

买陂塘　为友人题筱园图

绕吾庐、几竿修竹,萧萧如对幽语。分明消夏湾头去,飞到江南烟雨。饶别趣。更草阁、邀凉不受人间暑。清阴尔许。喜鸾影捎云,帘波漾月,空翠湿衣屦。　　潇湘意,恰在数峰青处。阑干屈曲低护。西窗静夜秋声到,多少冷吟闲句。君听取。只戛玉、玲珑好拍蘋洲谱。高怀如诉。待鹭侣鸥群,琅玕刻遍,啸咏足千古。

仇梦岩(1742—?)　16首

字秋人,号贻轩,安徽歙县人。布衣,屡游扬州,后馆于海滨,协理盐务。工诗,又好为词,与汪端光、黄易等交。嘉庆十五年(1810)前后尚在世。著有《贻轩词集》。

沁园春　红桥月泛图

乙未岁,明府春岩与黄子小松载酒同游,明月箫声,评今吊古。未数月,小松忽有京华之役,其题《沁园春》一词,已见缠绵惜别之情,而余即用其调倚声,更寓盛筵难再之意。展卷濡毫,知不徒为红桥赋耳。时在东亭舟中作。

洗尽春妍,无限清光,做此良宵。叹隋苑烟花,空留绿柳,王郎词赋,最着红桥。怀古情多,思乡肠断,触绪纷来绕画桡。凄然问,问谁家度曲,呜咽秦箫。　　人生偶尔相遭。是胜地朋簪漫等抛。忆二分明月,扬州梦好,千重暮霭,京路人遥。树挂银蟾,波开金镜,欲续前游恐寂寥。君招我,待桂林风动,同载诗瓢。

长亭怨慢　淮滨惜别图

孤游淮海,旅况备尝,久无人问矣。甲午六月,长白春岩四兄以东都华胄,来宰盐策。一见即蒙下交,诗酒追陪。仅一年而离歌发,情如之何？倩松溪作图,余赋此赠别。

叹绿柳、长堤千缕。恨上眉端,对君如诉。忽别双凫,瑶琴曲里待谁谱。剪灯深语。甚抛了、西窗夜雨。若拟重来,只恐被、箫声留住。　　他日问、淮滨鸥鹭。念我尚愁孤旅。飘零倦羽。便何日、载诗归去。而今独、絮絮临岐,定知我、歌骊凄楚。第一段相思,先在断桥烟树。

八声甘州　集山中白云词题储玉琴画溪春泛图

好林泉、都付与闲人,游冶未知还。有天开图画,寻红探粉,流水花间。一棹柳丝空结,鱼没浪痕圆。不许芳心老,浅醉闲眠。　　燕子寻常巷陌,记凝妆倚扇,油壁相连。甚流光轻掷,分付玉箫寒。想桃源、路通人世,怕东风、未肯擘晴棉。空怀感,有斜阳处,湿影浮烟。

浪淘沙　题储大玉琴东亭感旧图,集白云词

歌扇锦连枝。润墨空题。想当飞燕皱裙时。花艳烘春曾卜夜,鬟翠双垂。　　青眼旧心知。淡泊相依。山前水阔暝云低。离合悲欢成匹偶,一霎晴晖。

其二

零落一身秋。空想芳游。碎琼重叠缀搔头。午镜将拈开凤盖,鬓改花羞。　　无处认西楼。隔水呼舟。故人剪烛对花讴。且问谢家池畔草,总是离愁。

其三

流水自泠泠。断柳长汀。向人圆月转分明。欲诉闲愁无说处,愁极还醒。　　终是未多情。杜老飘零。暖香十里软莺声。门掩新阴孤馆静,几度消凝。

其四

潮拥渡头沙。海上回槎。莺莺燕燕已天涯。弹到琵琶留不住,谁弄琵琶。　　怜我鬓先华。可是堪嗟。待将新恨趁杨花。前度刘郎归去后,古木迷鸦。

醉花阴　题郑大廉夫小照图,取"万事不如杯在手,一年几见月当头",集白云词

卜隐青门真得趣。种秫辞归去。明月又谁家,落叶都愁,不解擎芳醑。　　清时乐事中园赋。任此情何许。醉倒古乾坤,河汉空云,碎拂珊瑚树。

月下笛　花汀叙别图

吴濯亭二兄以肝胆交情,爱结天下士。乙未秋,与朱二瀑泉、储大旅农缟纻未久,各将星散。濯亭愁深南浦,特修桂醑,乃载兰桡,叙别花汀,不胜依恋。陈子小山作图,余集玉田句歌曲,以记其事。

再舣鸥波,湖天日暮,酒迟歌缓。相逢何晚。渺然望极来雁。西风暗剪荷衣碎,怕误却、周郎醉眼。撼秋声,都是梧桐,摇落已成秋苑。　　早已骄尘满。其书剑飘零,旅怀无限。霓裳梦断。看灯人在深苑。萧疏野柳嘶寒马,渐迤逦、芳程递趱。小山旧隐重招,漫击铜壶浩叹。

摸鱼子　题孙丈梦余贻幼孙画册

是难忘、故园山水,浮家难得归去。竹西歌吹芜城月,那值六桥烟雨。舒素楮。绘不尽、武陵丘壑奇无数。羁愁莫诉。且喜有雏孙,天文解画,幅幅与他语。　　茆堂里,课读疏灯忘曙。书声画意相赴。虎痴神妙称三绝,学了获麟尼父。堪痛处。君早识、骑箕遂把杯棬付。哀哀孺慕。这算是留贻,范乔石砚,一见泪如许。

余先生,钱塘人,名树谷,字叔子。少负轶才,走四方,性严介,不喜交人,然其中宽然长者也。好为诗古文词,著作甚富,画尤绝伦,不轻作。晚年移家广陵,杜门局守,日以课孙为乐。余获友令子初斋,曾拜谒先生,不值,登其堂,环堵雅洁,绝无俗尘。书堆案上,信为隐君子所居。留二诗而返。嗣之,不期去年遽归道山。今初斋以先生贻幼孙画册书于余,文字知己之缘,安敢谢不敏?为倚《摸鱼子》,并识数语于后。

凤凰台上忆吹箫　题玉娘小影,丹青人未见其面,凭芋山口传,而画逼肖其神

远隔桃花,悬思人面,依稀描取春痕。怎画图才展,便识双文。岂入丹青梦里,巫山如幻现行云。须知是、檀郎绣口,传出全神。　　温存。画中人在,比天然秀韵,未减毫分。只双蛾淡扫,尚欠愁颦。不省凌波何似,难教见、见更

消魂。无他爱,一枝湘草,吹气幽芬。

行香子　题吴大步唐横琴待月图

潇洒园林。最惬幽襟。候嫦娥、坐傍桐阴。人声方寂,远送疏砧。正云淡淡,星隐隐,月沉沉。　解事奚奴,凝盼东岑。早安排、石上瑶琴。挥弦操缦,几曲清音。是良宵引,苍梧怨,静观吟。

长相思　题凤儿小影

题有情。画有情。纸上如闻笑语声。万呼终不应。　想娉婷。盼娉婷。要向司空觅见卿。不徒诗挂名。

长相思　题伎船山水图

山一程。水一程。日日船儿送远行。怕看长短亭。　笔也精。墨也精。写出烟峦万叠青。怪他愁杀卿。

金缕曲　题孙郎小影,追和黄秋庵,用陈其年赠云郎金缕曲韵

花下开春酿。想当年、红牙按曲,横波漾漾。戴弁而钗尤旖旎,一缕情丝眉上。却惯把、檀奴斜相。可奈不胜蕉叶饮,向人前、道我书生量。扶我醉,入罗帐。　倩谁别后谁相傍。尚重来,梦中牵袂,衣香飘飏。一种缠绵难忘处,不听歌台低唱。撇不下、媕娿模样。今日梨园生白发,借丹青、偏写庞儿亮。因仿佛,又增怅。

谢秋娘　题瘦鸥幼子焕光翎毛花卉

披图喜,吾友得传人。落稿原知家有本,写生谁使笔如神。真个石麒麟。

李树谷(1742—1810)　1首

字芸门,号东川,河南夏邑人。乾隆三十六年(1771)举人,历任湖南祁阳、龙山等县知县。与兄树庸并有文名,称"二李",兼工山水篆刻。著有《东川词》一卷。

沁园春　题美人春睡图,为黄蕙园赋　壬寅

草长莺飞,做就江南,一片离情。正兰闺寂静,困人天气,微寒薄暖,又近清明。却听追欢,绿杨阴里,不住高楼玉笛声。浑无奈,只求将小寐,幽梦能成。　　飞魂此际回萦。算绕遍长亭几日程。想订期说怨,迷离半晌,可怜景况,谁似卿卿。妙手传来,朦胧绰约,多少芳思宛转生。饕倾处,剩海棠花䑓,相映难名。

潘庭筠(1742—?)　1首

字兰公,号德园,浙江钱塘(今杭州)人。乾隆四十三年(1778)进士,改庶吉士,授翰林院编修。乾隆五十五年(1790)考选陕西道御史,旋告归。主郡中万松书院,嘉庆九年(1804)在世。工诗画,乾隆中尝与朝鲜使者洪大容论交,士林称之。著有《稼书堂遗集》。

百字令　顾蓉崖嘱题邓尉探梅图,即次其自题韵

虎山桥外,忆东风扑面,疏香几树。比似西泠花较艳,只欠胎禽闲步。铜井微霜,石湖冷月,犹向梢头露。吟情如昨,不忘光福归路。　　闻道金粟诗人,玉山社长,也爱司春去。一幅溪藤行看子,写出冰朝雪暮。长耳闲停,短秋缓策,更续尧章句。小红谁赠,玉龙寒夜低度。

熊宝泰(1742—1816) 12首

字善惟,安徽潜山人,居江苏江宁。文泰弟。诸生。著有《藕颐类稿》二十卷,收词二卷。

沁园春　题上海朱凝台倚桐看月图

摊饭横床,午梦随风,天上游嬉。讶人间甚远,适来何处,天颜在近,遽集于斯。惶恐进言,仓皇祈请,愿作梧桐百尺枝。帝微哂,问桐为何物,而尔为之。　　下阶再拜陈辞。臣世上狂生想最奇。爱画中桐影,一天月色,树旁奇士,绝世丰姿。知己良难,别怀作恶,得入生绡不暂离。臣非妄,看云龙韩孟,上下相随。

金缕曲　题张二桥湖山泛月图

谡谡松风起。展霜缣、清臞骨相,酒怀跅弛。长笛一声湖月白,春草春波几里。又柔橹、咿哑不止。如此清幽抛却去,向天涯、混迹成何事。子何故,颠至此。　　少年最爱寻山水。向琴川、暮暮朝朝,都浮艇子。好水好山三十载,总在劳人梦里。与吾子、思乡相似。近日华颠愁更甚,问繁台、谁是吾知己。歌一阕,子应喜。

金缕曲　题王东皋采芝图

一幅宣州纸。问何人、松阴露坐,神情跅弛。倩得虎头真妙笔,颊上三毫似矣。但何事、清癯如此。早岁才名江左重,到而今、犹让东皋子。看骨相,真无比。　　肌肤冰雪神秋水。比长安、鸢肩火色,得毋憔悴。采得灵芝非服食,聊以娱情而已。又谁识、此中深意。我近饥驱牛马走,也吹箫、混入吴门市。吾与子,略相似。

水调歌头 自题竹林独坐图小照

卿自用卿法,我与我周旋。种得琅玕千个,玉版好参禅。颊上三毫似矣,只许多心事,妙笔不能传。那有眼如漆,未见面如田。　情脉脉,眸炯炯,腹便便。或曰此君小异,吾谓岂其然。人贵及时行乐,我只逢场作戏,不必论媸妍。且酌郫筒酒,醉后舞仙仙。

摸鱼儿 寄题胡镜珊小照

展图看、一帘秋色,新梧垂碧如洗。科头独坐凉初到,佳句得来狂喜。知子意。算别后、春鹈秋蟀三年矣。怜余久系。倩痴绝虎头,图将风貌,寄我远相慰。　滇南路,多少凄凉旅思。时时商略归计。而今不作思归梦,却恨故人千里。何况是。对一幅、霜缣阿堵浑相似。旧游难记。但望里云山,苕溪皖水,渺渺隔烟翠。

摸鱼儿 题王兰泉先生三泖渔庄图,次卷中宋维藩韵

讶生绡、雨皴烟染,三间秋水围住。湖光塔影相依处,衬出重重云树。来问渡。算脱却朝衫,便是渔樵侣。细林黄浦。判独坐垂纶,露浓风小,吟断豆花雨。　横云畔,曾是放春逃暑。湖山领略幽趣。十年旧事浑如梦,鬓影丝丝如许。休生妒。有故园山谷,尽可盟鸥鹭。功名付与。笑一事差强,长安米贵,明日便归去。

殢人娇 题友人双姬侍立图

春意阑珊,春花宛委。携红袖、勾栏共倚。梅花点额,柳条通体。笑山字吟肩,者回堪拟。　樊素轻盈,小蛮旖旎。笑白傅、输君年纪。杨柳腰肢,果然纤媚。但未识樱桃,甘如饴未。

减字木兰花　题友人画像

新篁垂碧。画栏一带秋如滴。幽意谁知。兀坐披襟想旧诗。　　交稽攀吕。二十余年都老矣。我欲归休。他日比邻许我不。

风入松　题罗信亭画像

古松千仞倚层岚。翠色相参。主人独立神清绝,听松涛、诗兴方酣。料得奚囊有句,便呼昭谏无惭。　　君家旧事我曾谙。三世朋簪。客中招饮饶丝竹,更寻芳、花径三三。独是此番归去,相思又有罗舍。

金缕曲　题友人小照

玉貌排云表。倩虎头、神传阿堵,神清叔宝。千卷异书吟讽罢,且向幽篁坐啸。便箕踞、也都妍好。粉面奚僮方曲蘖,快清风、敛手姜芽小。芳径僻,绝纷扰。　　少年我亦耽吟早。束牛腰、东涂西抹,小时了了。近日读书存影子,谁念江乡人老。更减尽、当时怀抱。如许头颅无状甚,对丹青、愧汗知多少。歌一阕,君应笑。

昼夜乐　题友人竹下小照

生绡一幅箵筼谷,听声声、敲寒玉。但须满眼琅玕,那用食时有肉。坐对此君良不俗。谱新词、竹山竹屋。竹叶已伤唇,把郫筒尽束。　　我家老屋潜峰麓。种娟娟、千竿竹。无端作客天涯,帽影征车追逐。近日平安无信到,待何时、小轩重筑。请老可丹青,也图他一幅。

虞美人　题吴紫岩天桥春晓图

儒衫脱却牵丝起。黧尉才无比。天桥侵晓据吟鞍。诗思灞桥驴背、觉寒

1295

酸。　　交情更比丝萝切。同是鸥门客。客中相见笑华颠。对着毵毵杨柳、忆当年。

林蕃钟　3首

字毓奇,号蠡槎,江苏元和(今苏州)人。乾隆三十二年(1767)举人,官娄县教谕。工词,宗姜夔、张炎,尝辑《精选南宋四家词》。与同郡吴翌凤交善,相与唱酬。书学晋唐,尤嗜董其昌。乾隆四十一年(1776)在世。著有《兰叶词》。

玉蝴蝶

味根既赋悼亡,翟云屏绘《望庐图》赠之,蘋渔、石筼并系以词。余赋此阕,聊为述哀。

又被东风吹,恨芳心一点,记起从前。窈窕窗纱,画阁曾伴婵娟。款语密、莺愁未醒,绡香薄、花影生寒。意缠绵。窥他镜曲,好护团圞。　　无端。风裳自冷,梦和云远,欢共春残。未断柔魂,定教来去小楼边。凝新恨、晓寒帘幕,弹别泪、夜月栏干。更凄然。绿阴深处,听到啼鹃。

齐天乐　书朱耘樊涉江采芙蓉图卷后

疏风吹到银塘暮,依依旧时芳景。望断湘波,美人甚处,一片孤烟空冷。红叶掩映。乍尘净秋容,镜涵香影。寂寞沙洲,有人独自系烟艇。　　余馨还绕素袖,晚来空自折,时助幽兴。翠叶生凉,红妆易老,愁入轻阴残暝。相思试看,正小立江皋,露凉人静。水调歌残,谩惊鸥梦醒。

南浦　题范青照苍茫独立图

薄雾散愁阴,爱清幽池阁,霁痕初晓。残叶下西风,芳堤外、一径冷烟未扫。微茫远渚,参差几点宾鸿小。回首碧天空阔处,好景偏怜秋老。　　此时独立苍茫,想杜陵老去,吟悰频恼。有几古今愁,凝泪眼、弹与露花霜草。苍苔踏遍,斜川境僻无人到。最是多情留客住,一片疏林残照。

瞿颉(1742—?) 12首

字孚若,号菊亭,江苏常熟人。乾隆三十三年(1768)举人,官四川酆都知县,与修《酆都县志》。性通敏,喜为诗古文,兼善词曲。嘉庆二十二年(1817)掌苏州平江书院。著有《仓山诗余》《秋水阁诗余》。

多丽　题屠韫园秋江垂钓图照

羡伊人,本是钓鳌仙客。漫牵丝、割鸡小试,塞垣三载飞舄。猛思量、故乡梦杳,最难忘、水淡烟碧。钓渚临江,渔竿在手,这般闲味,几时再觅。虎头手、知君雅意,位置甚闲适。斜阳外,半篙绿水,几树红叶。　　叹吾亦、沧波钓叟,揭来紫塞遐迤。试回头、尚湖烟月,远胜边城冻云黑。为尔情怀,添余惆怅,登楼王粲转愁绝。待他年、与君结伴,共浮家泛宅。计非拙,鲈鳜正肥,举网盈尺。

沁园春　为于晋公题月明林下图

何处佳人,翠袖轻笼,独凭湖山。想谢娘风韵,偏宜林下,江妃孤嗜,惯立花间。弱态盈盈,柔情脉脉,一种相思顾影单。宵分也,怕寒侵罗袂,露湿弓弯。　　嗟余三载边关。叹铜井铜坑梦到难。更巫云暧磑,魂销紫塞,春风氍毹,泪染青衫。山左停骖,曹南访旧,泼墨题诗兴未阑。展图处,讶似曾相识,高髻云鬟。

念奴娇　题邵梦溪冷香仙韵图照

万山飞雪,正南枝冻勒,寻芳无计。却羡东陵年少客,坐拥万千缟袂。飞下天仙,吹来玉管,人与花争丽。春情脉脉,相看那得无意。　　曾记雁塞闻箫,霜凄风紧,月色凉于水。比似图中应不减,只少琼姿瑶蕊。春梦初回,玉人何处,对景浑无味。君真潇洒,师雄有替人矣。

扬州慢　题言士豪秋江钓月图遗照
士豪没于扬州,其弟雨香命画工追摹其像云

文学渊源,少年英俊,猁儿自古无俦。正长风万里,破浪好乘舟。忽做了、五陵豪侠,江湖载酒,明月扬州。恋竹西歌吹,平山堂下风流。　　梦酣杜牧,为情多、难得回头。向廿四桥边,玉钩斜畔,消尽春愁。漫说人生行乐,优昙钵、一霎全收。怪天生长吉,空教重赋新楼。

满江红　题陶心裁照,即次自题韵

如许春光,可正是、燕来时节。羡伊人、文章巨手,兴高采烈。嗜酒常邀杯底月,耽诗时呕心头血。怅弹冠、犹自守寒毡,官非热。　　惩巧宦,何妨拙。摘丽藻,何曾竭。对溪边五柳,诛茅小结。壮志全消萤案火,侠情剩有龙泉雪。怕明年、捧檄去匆匆,轻离别。

鹊桥仙　题贾阆仙除夕祭诗图

推敲作势,苦吟如许,终岁心神耗尽。便将樽酒酹诗魂,也无补、搜肝抉肾。　　吟肩斜耸,鞠躬下拜,一片痴情可哂。他年金铸又何人,又莫把、郊寒并论。

菩萨蛮　题美人葬花图

东风无力飞红雨。香魂冉冉归黄土。纤手把长镵。情痴态自憨。　　春光如短梦。小筑胭脂冢。仿佛玉钩斜。垂杨乱暮鸦。

念奴娇　题美人葬花图

惜花心性,把落红万点,一堆收拾。也学伯伦闲荷锸,漫道春纤无力。和泪埋香,含颦瘗玉,马鬣封三尺。强如青冢,凄凉塞外荒碛。　　赢得绿树阴中,子规啼血,临穴添悲切。记取马嵬山下路,锦袜空存一只。千古朱颜,一坯黄土,此恨无终极。花如解语,与卿相对呜咽。

念奴娇　题美人图

暮春天气,恰绣帏人倦,纤腰无力。是否封侯夫婿远,瞥见楼头柳色。玉腕斜支,云鬟半軃,脉脉长相忆。恼人春思,隔墙飞过双蝶。　　无怪纨扇闲抛,诗筒慵展,怕向东风立。一种痴肠何处诉,闷对妆台孤寂。知尔多情,嗟余已老,孰解相怜惜。真真可唤,宁辞万遍呼出。

满江红　题吴兼山巴江送别图

巫峡萧森,是杜老、浣花遗迹。却羡尔、终童年少,也来作客。杀贼不妨兼露布,从军何必先投笔。向兵戈丛里着书生,情豪逸。　　秋风起,归心急。蜀江上,归帆疾。载一囊诗卷,一船山色。应是才锋仍欲试,归来又踏长安陌。待与君、剪烛话巴山,从头说。

采桑子　题蒋文肃公百事如意图

凭将黄阁调元手,闲拂霜缣。设色鲜妍。三绝何曾让郑虔。　　退思内殿承恩日,时奉传宣。弄粉调铅。驰誉丹青右相偏。

其二

岁朝一□留真迹,生趣嫣然。俗例相沿。趋吉还同相府莲。(百柿之为百事,犹乐府《想夫怜》之为《相府莲》,取其字义吉祥尔。)　　青衫潦倒谁如我,百事缘悭。如意何年。每对春风只放颠。

陈燮 3首

字理堂,号忆园,江苏泰州人。乾隆四十二年(1777)拔贡。乾隆中,毕沅巡抚陕西,延入幕。嘉庆三年(1798)举人,官泰兴县教谕,晚年官邳州学正。与汪中、蒋士铨、张问陶等交,尝与修《江宁府志》。著有《忆园词钞》二卷。

念奴娇 题剑侠图

御风何处,是空空、一种英姿仙骨。离合神光浑不定,控鹤九霄飘忽。拊瑟无灵,弹璈未惯,甚事常嗟咄。回眸秋水,倚天三尺飞越。　　应怪恨只吞声,柔惟绕指,巾帼包鬓发。鳞铗星鐺中夜吼,腔血红翻千叠。细碎恩仇,玲珑情性,寸寸宁须折。振衣长啸,此心分付明月。

百字令 题伊霞村夫人花间独立图,夫人为毕秋帆尚书簉室

披图仿佛,是琅璈湘磬,云和俦侣。未了前因巾帼债,笑别维摩天女,主记云笺,谈禅绡帐,花骨诗裁与。是仙是佛,自家久已参悟。　　闻说九曲萑苻,三巴狐兔,却避军中鼓。刁斗无声星夜落,剩说尚书雄武。楼上灯残,江头客散,石破惊秋雨。飞灰千劫,人间何限朝暮。

摸鱼儿 题归舫载花图,为黄立之赋

带烟霞、杜家标格,前身疑讶仙侣。丛铃碎佩光离合,一片露华留取。天付与。更泛绿依红,庚杲同延伫。倡予和汝。看酒态淋漓,风怀料峭,早是忘羁旅。　　扁舟稳,归去烟江柔橹。秋山遥指平楚。螺痕黛影瑶窗里,画出双双眉妩。应自许。怎活色生香,收拾新花谱。回眸私语。笑桃叶歌成,蘼芜曲罢,谁似此情绪。

何文焕 1首

字少眉,号也夫,浙江嘉善人。生于乾隆七年(1742)前后。诸生。尝辑钟嵘《诗品》以下至明代诗话二十七种,于乾隆三十五年(1770)编定《历代诗话》一书行世,为艺林所重。兼工书。著有《无补集》,收词二卷。

千秋岁　题六合夏孝廉冰峤洗砚图

想君清思,那许留尘滓。携一砚,琼瑶比。轻磨和秀魄,小握凝香髓。挥洒罢,临流频唤奚奴洗。　脉脉溪纹细。漾漾霞痕腻。风乍过,云初起。神含山影碧,色映天光紫。谁描取,瀛仙雅度应如此。

张思孝 1首

字南陔,号白华,江苏吴县(今苏州)人。陈魁弟子,顾千里师。生于乾隆七年(1742)前后。贡生。酷嗜藏书,精钞秘籍数百种,终日校雠,丹铅不离手。兼工书。著有《莺边词》。

探春慢　题春郊晚眺图

鱼浪蓝柔,莺衣翠润,芳原游趁春早。沙尾潇裙,溪腰挑菜,试问东风多少。为衬红鸳骑,又绿过、几番芳草。卖饧声里行来,冶春无限诗料。　冷我踏青旧侣,空苔滑屐轻,花径亲扫。酒杖红桥,吟鞭柳店,应待偏衫乌帽。渺渺村流外,看几点、旧桃红小。烟浦深深,此时画船吹到。

吴蔚光（1743—1803） 53首

字哲甫，号竹桥，世居安徽休宁，随父迁居江苏常熟。年十八补博士弟子员，乾隆四十二年（1777）举顺天乡试。乾隆四十五年（1780）进士，选庶吉士，分校四库馆。散馆授礼部主事，以病假归，退居林下二十余年。工诗，少与黄景仁、高文照、杨芳灿、汪端光齐名，声噪于两浙间。兼长倚声，尤深于白石、玉田，尝撰《姜张词得》二卷。晚年莳花艺竹，琴书自娱。著有《小湖田乐府前集》十卷、《续集》四卷。

摸鱼子　自题湖田书屋图

算飞尘、万人海内，不如湖上春水。鱼天浣影须眉碧，一镜湿铜无腻。三五里。只藕叶菱花，种到水窗底。秋风至矣。向乌桕平杠，绿杨小步，香饭煮菰米。　　云林曲，姜棱茄区无际。茅堂稳缚沙尾。扁舟家具装书卷，偕隐鹿门妻子。新月起。看百笏螺峰，明灭变金紫。人生适志。且蟹籪篝灯，鸭栏吹笛，青鬟作渔弟。

摸鱼子　题张箦谷丈移家西湖图

笑纷拿、足靴手板，几多衮衮华省。诛茅早卜扬雄宅，最好西泠烟景。容管领。有揉碧搓蓝，一幅明于镜。鹭昏鸥暝。向白傅堤腰，葛翁岭脚，妍唱寄三影。　　生绡滑，皴出松坪梅町。柴扉开向沙径。海怀霞想黄尘里，结隐那番才定。田二顷。更酒槛茶铛，载上瓜皮艇。引人入胜。待烧笋云林，采莼月沜，侬亦挂冬箬。

百字令　题汪秋晓照

峥泓萧瑟，便披图、也觉尘襟如扫。何况图中人一个，独坐飞楼缥缈。碧地梧云，绿天蕉露，分寸光阴好。风流似此，功名真不须早。　　可笑醉倒螺卮,梦酣蝶枕,大半劳生扰。残月疏星新境界,到手等闲抛了。白袷兜凉,绿窗贮爽,吟韵锵林杪。输君自号,不曾辜负秋晓。

满江红　题汪研香燕子矶阻风图,和陈古愚韵

著纸如飞,是燕子、危矶百尺。看画出、遥山泼翠,长江缭白。斜日敲残僧寺鼓,寒烟弄破渔船笛。去年秋、我亦此登台,芒鞋湿。　江东恨,空陈迹。酒须饮,花应摘。好红颜孰遣,更生双翼。白浪卷将前代去,黑风吹得今人戚。问君家、葛傥有谁同,乌衣客。

南乡子　题双美人障

人在画中看。秀色生成若可餐。无物拟卿花一朵,漳兰。恰嗅清香到鼻端。　新样髻低盘。姑嫂何期也二难。手拍仙肩同小立,双鸾。黑白缣衣却尽单。

百字令　题弄月莲花沟图

白云如海,忽苍然、涌出芙蓉千丈。只有刚风扶客到,独立莲花沟上。金镜高飞,玉壶遥挂,倒影天池滉。清辉万里,揽之还不盈掌。　空想紫阜丹崖,峰三十六,算此峰无两。北辙南帆尘垄里,那得人间清旷。足蹋红霓,胸罗星宿,天地何其广。披图一梦,广寒吹下妍唱。

百字令　题周某倚马图

黏天茸碧,问何处、着得一鞭尘也。雨泼球场匀似罽,笑倚连钱骢马。乌帽夭斜,青袍戍削,结束输都雅。生绡皴出,看公宁久人下。　应叱叱犊溪田,跨驴山市,亍亍奚为者。历落嵚崎湖海气,肯让靴刀首帊。幕里飞书,殿前作赋,胸次无由写。是谁知己,一过冀北之野。

望海潮　题吴山观潮图

乱山如马,清江如带,潮声直撼高秋。居士衣裳,仙人拄杖,置身第一峰头。风急暮云收。看海门一线,鼍吼蛟愁。涌雪飞银,飒然齐向富春流。

披图怀古悠悠。有风帆沙鸟,荻港芦洲。犀弩薛埋,樟台树拥,锦衣人记钱镠。萍梗十年游。笑梁园枚叔,常共淹留。好约烟波垂钓,长啸问扁舟。

水龙吟　题渡牛图

水村仿佛残春,陂塘漠漠飞鸥鹭。秧田十顷,碧流环抱,板桥无路。蒲末风生,柳阴饭罢,独鸣柔橹。指茅堂竹舍,晴沙渡口,载将个、乌犍去。　　箬笠荷衣芒屦。羡行藏、不沾尘土。尽多生计,鸡宫豚栅,蔗畦瓜圃。瘦马冲冰,蹇驴嘶月,总教输与。问斜阳影里,一声牧笛,挂经归否。

沁园春　代题陈青柯倚马图

不作书生,不作酒徒,有如此公。却丝鞭金勒,牵来六印,驼裘茸帽。倚着三鬃。夕刷幽并,朝驰荆粤,屹立昂然气吐虹。画图里,也鼻端出火,耳后生风。　　出群故是豪雄。况偶觉权奇马似龙。但几多燕颔,百斤横槊,几多猿臂,两石开弓。名将无功,彻侯有命,李蔡为人在下中。侬休矣,好同骑款段,来去花丛。

摸鱼子　题元圃弟秋泛图

最宜人、江村水市,秋来风物清悄。科头箕踞无拘碍,不用荷衫棕帽。鸣短棹。向荻浦枫湾,荡出蜻蛉小。縠纹漫渺。看树树丹黄,峰峰青绿,镜里影娟妙。　　人生事,反复变更多少。忘机且狎鸥鸟。浮家泛宅休迟暮,双鬓星星易老。衣袯矴。与钓客渔翁,宿酕瓶中倒。披图一笑。算菱渚捞虾,菰塘放鸭,似胜别途好。

摸鱼子　题邵仲游秋夜读书图

白蘋风、红亭四面,犀帘全揭秋水。夜分灭烛披衣坐,潇洒麝床鬏几。虫影里。听露滴梧桐,作乍凉天气。牙签小理。趁蟹眼泉清,龙涎灰暖,庄梦到还未。　　栏杆曲,白鹭伸拳沙觜。风标三两公子。铜荷漏点惊应惯,睡入芙蓉花底。堪快意。算三尺鹅溪,便是携家地。红尘脱屣。傥翠竹江村,柴门月上,招我钓双鲤。

摸鱼子　题董眉峰孤篷听雨图

问人间、海怀霞想,闲盟谁狎鸥鹭。飘然一舸携书卷,滴尽五湖疏雨。凌极浦。只橘叟菱夫,扣枻共来去。梳烟织雾。有碧柳条条,青芦叶叶,天水渺如许。　　伊人在,仿佛苍蒹白露。吟湘赋楚谁诉。对床梦散千行泪,云外断鸿无数。(时令民卒于楚。)余鬈缕。便笋屐蕉衫,胜踏东华土。谢塘顾渚。更酒滴槽红,茶翻碗碧,生事未迟暮。

百字令　题沈稼夫风木图,沈曾割股疗父者

终天遗恨,算将身化帚,故应难扫。血影墨痕凭一纸,打出伤心底稿。风解吹哀,木知摆怨,着个人清悄。北邙之下,依然游子仪表。　　岂为岁岁依人,年年作客,梦断家山小。羽翼已成虚反哺,真乃不如乌鸟。刲股当时,沾膺此际,泪点红心草。似先生者,于今能有多少。

摸鱼子　题金九弟吟红小照

甚来由、玉阑干角,晚春都被吟瘦。一丛照眼猩红活,费取诗魂相守。金老九。汝密怨幽惊,尽向花梢剖。花能语否。算细碾麋丸,匀裁凤帖,须到甚时彀。　　画中耳,本是将无作有。替君商略粗就。斜阳浓得天如醉,那不人将进酒。金老九。好云鬟山眉,容易莫松手。烟前月后。除绿屬轻歌,紫箫低

按,恐把此生负。

沁园春　题何数峰十美簪花图

翩若惊鸿,婉若游龙,其仪一兮。看博山炉里,代熏香瓣,圆冰镜内,替插花枝。十样温柔,十般佳丽,齐把芳心裹住伊。团圞处,这粉郎风貌,谁辨雄雌。　　何消真个如斯。便图画都教妒且疑。但青丝结网,定求蝉鬓,黄金作屋,总贮蛾眉。人果钟情,天能随愿,只问欢娱得几时。携归也,把真真唤下,少慰相思。

沁园春　代题朱醲泉梦中小游仙图

八宝层楼,七宝回栏,有仙者姝。恍乍逢花貌,低垂纨扇,微闻芗泽,斜解罗襦。云欲飞来,风将吹去,丰骨珊然落画图。凄迷甚,惯秋衾梦罢,夏簟愁余。　　笑君也算非夫。这绮障兰因易得无。记玉琴调后,桐搓似乳,金卮交处,莲削如跗。此福真奇,是乡可老,何必朱砂竹叶符。吾闻矣,道毋为孤鹤,宁作双凫。

沁园春　为杨谦六题钟馗赴官图

蓬腹魋肩,凹鼻凸睛,而进士乎。看黑撑小伞,真疑盖拥,红爨短炬,应抵驺呼。岂有人形,非无官样,象简乌纱策蹇驴。输公等,只挨门傍户,郁垒神荼。　　翻防路鬼歔歈。仗爆竹雷轰一响除。笑妖何曾斩,负来铁剑,魔宁得镇,捧到铜符。狠已如狼,狞还似虎,便是当前吏与胥。愁难捉,更山精木魅,社鼠城狐。

百字令　题白华叔石栏点笔图

竹疏桐净,绿阴阴、没个游尘吹地。白石阑干三两折,彩笔如椽将试。传世文章,避人谏草,都入沉吟意。千诗百赋,不知犹是余事。　　回忆露槛熏

1306

脂,雨篷蘸墨,廿载流光驶。剩得髭须图里黑,半镊秋霜全未。薇省簪来,蓬山振后,饱领官人味。莼羹鲈脍,几时真作归计。

金缕曲　题黄仲则樵樵图

万树寒无叶。此其中、君何求者,向人长揖。岂是樵夫能笑士,犹或而今波及。君道已、行年三十。屈膝低眉钻故纸,似蠹鱼、干卧残书箧。好去问,看棋劫。　我知君意为君答。叹人间、许多虫鸟,叩头批颊。生有瘦腰难不折,偏对公卿僵立。且算作、相逢戴笠。只恐下风徒拜倒,指白云、深处从君入。翻误了,名山业。

买陂塘　张鹤滩索题秋稼图

为平生、维摩多病,妻梅重占高致。伯通桥畔幽居稳,只欠个人椎髻。鹅绢致。借几棱霜塍,描出辛勤意。腰镰栽试。算㟁水蒲陂,罱泥柳汊,何限过来事。　佣奴健,稇载满筹珠穗。秋深大好家计。莫愁一笑千金买,不少膏粱子弟。吾亦愧。尽佃史锄经,谁把缥偿字。砚田难废。纵酒债抛将,笔逋了就,犹有向禽累。

买陂塘　题查粗心表叔照,照作两像,一把卷坐,一荷锄自外归

宛相逢、钱泾桥北,藜床危坐风貌。忽然幻作田公像,阿堵传神尤肖。肖则肖。只负耒横经,自古原同调。不容易到。恐赤脚分秧,白头种菜,辛苦胜屠钓。　长安乐,出门西向而笑。何如亲荷锄莜。十双田与三弓圃,课杀伏干梅涝。难自料。剩砚井书庄,差寄南窗傲。从吾所好。且桐叶墙匡,槿花篱角,洛诵过斜照。

买陂塘　为俞学正源岷题丽泽园册

且休论、竹深花密,濡须坞畔亲到。画图落眼清妍绝,一抹江南春晓。春

正早。看露槛风亭，滑笏溪流绕。纤尘尽扫。又红雨堆帘，绿云夹径，莺语此中报。　　打头屋，学舍惯如舟小。此园无乃真少。诗牌酒格生涯澹，况有舁篮人好。堪送老。便署冷毡单，何必输蓬岛。遗经独抱。算强项庭前，折腰道左，总被先生笑。

凄凉犯　余上舍少云索题萧寺吟秋图

枫黄竹翠。僧房外、天光一碧轻扫。似应胜却，风檐拥袂，雪辕攲帽。钟昏版晓。可敲得、秋衾梦了。只无穷、今情古意，一并入吟稿。　　台下寻诗处，剔藓函空，拂尘碑老。百年过客，纵秋清、那如春好。为甚逢春，有人尚看花被恼。又西风起矣，归计曷不蚤。

买陂塘

古疾八叔父性嗜花木，有贻以黄山松五者，虽在盆瓮，仅盈尺寸而已，飘飘乎有凌云之气矣。顷将出游，属友绘图于笺，撄尘捐俗，情见乎辞，命蔚光填词系后，兼寓箴规云尔。

问苍龙、几时飞下，五株鳞鬣生动。炼丹台畔家山好，移到云间亲种。谁伯仲。恐根曲枝蜷，绳墨多难中。世间梁栋。须练尽冰霜，容来虫蚁，材大始堪用。　　浮名利，自古将人羁控。何消十八公梦。松阴倘架团蕉屋，饱听涛吟风弄。偷得空。笑帆影鞭声，老付垂杨送。砂床乳洞。有松叶松花，松脂松子，都是谪仙俸。

百字令　重题湖田书屋图

画图开处，只临流茅屋，数间而已。笑向图中人问讯，可是耕夫渔子。不尽烟波，无多风露，清得乾坤气。书还时读，看来惟有经史。　　曾许对策金门，校文玉殿，且归与乡里。蓬岛瀛洲天上梦，尤合娱情云水。芦叶分行，稻花夹路，村落闲如此。人间富贵，到头都一空纸。

醉蓬莱　席文明属题怡怡图,时其兄已卒

怪美人帘槛,高士园亭,画图行乐。此乐天伦,见性真栖托。调古埙篪,泽新笾豆,兄弟闲酬酢。畅好春光,石上摊书,花前洗爵。　　当时衫履,丰标秀映,恰是交辉,荆枝棠萼。翼折原鸰,一个忽先弱。夜雨挑灯,秋风抱被,难竟对床约。试看儿童,推梨让枣,平生如昨。

点绛唇　题小人影

碧绿丹黄,秋园一段光明锦。鞋宽衫整。坐热梧桐影。　　闲唤雏僮,细瀹旗枪茗。人如醒。平桥小径。这样清华境。

金缕曲　题穆游击春郊牧马小照

草色郊原润。最相宜、青骢踏去,软如茵衬。况是桃花杨柳外,脱尽锦鞍珠鞯。若一旦、使临行阵。倜傥权奇材始见,助将军、绝塞威名震。取斗大,黄金印。　　簪缨世胄真雄俊。论形势、东南山海,极资提镇。画出太平时节好,缓带轻裘风韵。便马也、安闲调顺。或立或眠还或滚,或长嘶、或走而飞迅。吾亦爱其神骏。

醉太平　戏题美人障子

翩然躚然。珊然邈然。十三月正圆。蕊珠宫小仙。　　灯前镜前。香边酒边。丰神我见犹怜。是何人替传。

摸鱼子　自题小像

怪先生、形容癯甚,鬖鬖微有须也。玉堂画省身曾到,乞个看花新假。依膝下。与霸子莱妻,笑作团圞话。衣宽服野。终不类农夫,不成樵父,亦不是

渔者。　　茅庐静,冷阅柳荣桃谢。一编仍旧牢把。平生结习难除耳,敢说总持风雅。高咏罢。对山色湖光,灵性堪陶冶。只嫌未写。有戏海闲鸥,翔天老鹤,算得旧同社。

齐天乐　题孙子潇听秋图

正愁心中秋难遣,凉宵却听秋语。柳老池寒,桐高径暗,可识声来何树。商飙略住。又廊竹轻筛,学成湘雨。寂绪幽惊,此时应仗砌虫诉。　　知君独多妙悟。一回抛卷坐,吟思倾注。月幔音清,风灯籁爽,大胜曲中真趣。萧骚激楚。笑俗耳尘胸,那容分取。对画如闻,在两三叶处。

减字木兰花　题张友柏枫林晚坐图

枫林如赭。恰好夕阳红欲下。试问天公。霜白因何染叶红。　　科头小坐。为写樊川诗意可。若是家山。那得车停石径间。

迈陂塘　题庞兰浦照

笑人生、百年如寄,何可使居无竹。写成雨叶烟竿趣,添与半溪新绿。犹未足。着一对、飞鸥白似无瑕玉。此中吟瞩。定手揽波光,眉分翠色,脱去众尘俗。　　风生处,天籁自然清肃。不须更谱琴曲。世间筝笛方盈耳,难觅冷泉千斛。吾又欲。倩抱了丝桐,直到高峰宿。移商换角,好紫锦囊开,黄金徽拂,声应满山谷。

齐天乐　题静海李漱岩听泉图,图乃李自绘者

世间娱耳非无物,缘何独耽清听。细若鸣丝,幽如漱玉,头一飞泉声韵。有时激迅。与冷杵寒钟,铿然相应。默坐忘言,问君此刻甚情兴。　　胸襟莫说都净。便衣衫履舄,消尽尘坌。花下朱唇,酒边檀板,音响算谁差胜。萧闲寂静。自写出平生,山林心性。这样传神,几人堪比并。

买陂塘

余方欲求善画者,为作东郊茅舍图,李味霞以扇见贻,意颇相近,因题此词

负湖田、十分清景,甚时书屋能就。敝庐幸与东郊近,竹径柴门依旧。居尽觳。更为了看山,小阁新添构。烟明水秀。却非郭非村,可耕可约,此室亦何陋。　　休嗤我,还似冬烘学究。世情略已参透。数椽茅舍闲吟咏,乐胜金章紫绶。君怡又。替写出心情,笔墨生兰臭。置诸怀袖。待抱得琴来,梅花引曲,石上再三奏。

庆宫春　题王宗旦杏花书屋图

移石成峰,引泉入沼,杏花屋甚清闳。春意无边,枝头正闹,肯容尘到此地。小阑干角,把缃卷、沉吟玩味。云鬟翠饰。添个韶妍,马家精婢。　　异时蘸烛修书,半臂衣多,好禁寒思。生绡貌出,灵和殿柳,已觉风流相似。茗熟香温,尽消领、闲情逸事。胜伊歌舞,飞燕啼莺,十分巧媚。

买陂塘

汪籍庵、徐康亭二秀才,研芗令元和时所拔士也,近并入幕,作《深柳联吟图》属题。

最鲜新、世间诗境,阴阴杨柳深处。风流无数青丝缕,匀出艳情幽绪。双玉树。是白袷春衫,潇洒吟芳侣。唱予和汝。问刻镂莺花,推敲烟水,几许断肠句。　　画图里,都为传神阿堵。篇章应更飞舞。茶香苔色清灵思,不使韶华虚度。天所妒。恐翠叶青条,催上长安路。那时兴趣。想薇省含毫,槐厅拓纸,难忘旧知遇。

摊破浣溪沙　为黄春澜题画

风自轻吹水自流。石桥一折小池头。无数花间清气味,茗杯收。　　莺舌调声来柳岸,鹭肩差影并莲洲。为问芭蕉心不展,是何愁。

金缕曲　汪石生同年属题看剑引杯卷子

写出雄豪性。为浇平、满胸垒块,一杯闲引。况有物真宜下酒,笑看吴钩锋莹。谁说道、先生官冷。洒落飞腾人若此,合倚天、斫地功名震。否则亦,醇堪饮。　别来虽觉疏书信。共留得、热肠粗胆,尊前重证。小酌不多吾已醉,烧烛检书方称。君尚是、昔年狂兴。只恨惠泉香酝薄,欲倾家、酿就亲持赠。以易剑,将无肯。

买陂塘　题汪映琴黄小迂同梦图

笑分明、同床各梦,觉来翻亦同趣。洞门半掩桃花放,红到极销魂处。中有女。正琼佩铢衣,不受蛾眉妒。春风传语。似愿作鸳鸯,化为蝴蝶,天赐这奇遇。　刘和阮,合在玉京长住。奈何忽堕而寤。世间好事多磨折,画出得知其故。休再误。记一过蓝桥,便是神仙路。因缘有数。只月老偷牵,云英亲见,未免已迟暮。

湘月　题万树梅花一钓人图

暗香欲动,是梅花乱散,满林晴雪。东崦西溪,忽使我、洗去世间炎热。拗铁成枝,剪冰作蕊,如此清奇骨。天寒空谷,美人孰为亲折。　何不携酒双壶,哦诗百首,梦罗浮明月。箬笠芒鞋,全改却、一个书生巾袜。饵冷虚抛,竿长难上,依旧闲愁绝。拂珊瑚树,钓鳌客始孤逸。

摸鱼子

张甥伯温与同学二子合画一卷,标曰"异苔同岑",而乞余先题其上

是翩翩、少年同学,传神阿堵中也。聪明福泽俱生就,可似阮何王谢。谁为写。恰书画琴棋,各自耽风雅。水边林下。便金鼎焚香,瓦铛煮茗,童子亦

清暇。　　忽思我,十五六时如马。曹刘几欲方驾。千诗百赋非难事,唾骂世间纨绔。空老罢。与田父村翁,阑入鸡豚社。诸郎潇洒。岂接席词坛,联镳文苑,来不如今者。

凤凰台上忆吹箫　题仇十洲所画杨妃

一代红颜,万年青史,最难得是佳人。看丰容替月,瞵视遗春。犹恐画师心手,描不尽、绝世丰神。当时况、金床荐枕,玉辇连茵。　　真真。十分宠幸,铁骑起渔阳,满地烟尘。叹马嵬坡下,珠碎香沦。从古倾城倾国,褒与妲、先后同论。空遗取、生绡省识,倚笑含颦。

虞美人　题金丝荷叶小幅

假山石罅苍苔地。巧散荷钱细。风情牵惹一红丝。生出无穷枝叶、却谁知。　　纤微如此闲花草。虎耳名空老。丹青著意写来亲。顿觉幽姿别趣、可怜人。

买陂塘　王晦亭取渔洋"半江红树卖鲈鱼"句意为图,而寄予题

并銮江、衰芦败柳,迥然闲倚孤棹。将无甫里天随子,载得笔床茶灶。红似烧。又万叶酣霜,转胜春花妙。卖鱼娃到。正斜日鲈香,细鳞巨口,不用自家钓。　　尚书句,至今绝世风调。此图绘出神肖。想君咏史才清拔,所恐谢将军少。还自笑。笑逸气豪情,且学南山豹。水流浩浩。向董相祠边,韩侯台下,怀古几凭吊。

点绛唇　题李愚泉莲溪销夏图

翠筱红蕖,添将水柳千丝袅。风光清窈。独坐溪亭小。　　煮茗摊书,剧足开襟抱。缘知道。软红堆里,此境从来少。

菩萨蛮　为方坳堂题余秋室所画"落花人独立,微雨燕双飞"士女小帧

绮窗小立情何限。春阴梦梦天涯远。燕子一双归。花间微雨飞。　落花红似雨。同是无言语。安得好风吹。吹他再上枝。

减字木兰花　题毗陵张镜涵花为四壁船为家图

红飘翠颤。曲水丽人围四面。月又生天。妆镜分明后与前。　荷花世界。独酌醉时船上睡。老我披图。重到西泠里外湖。

眉妩

壬子秋,于金陵党家巷之东万逸堂书画肆内得仇英实父所制《倦绣图》一帧,赝也,而意致可爱,因题其上。

爱纤袿华饰,盛鬋丰容,三妇艳阿那。昼静拈针线,桐蕉底、差肩人正同坐。争偏有个。睡态浓、云微花軃。想应化,五色仙蝴蝶,悄自绣棚堕。

耽阁香闺工课。为暖风慵困,长日娇惰。何物能销暑,鸦头慧、金刀新取瓜破。霎时梦过。好绿阴、无点尘涴。试偷嚼红绒,还笑向、小姑唾。

好事近　戏题观书美人小障

一树碧梧桐,散作满阶云影。坐处玉人肩并。恁相亲相近。　开看未识是何书,悄无言心领。只恐石床幽冷。素绡衣难忍。

少年游　为董雨棠题秋夜读书卷子

种松院落,洗桐庭馆,凉露湿花时。把卷沉吟,此中情味,红蜡始能知。黄金钏重,黄金炉小,香正美人司。如何帘外,抱琴而至,犹是翠蛾眉。

浪淘沙　赵约亭以所藏沙嫩小像索题

独坐思无聊。蝶困莺娇。丰神犹觉在生绡。况乃百年前见者,那不魂销。心字好香烧。暮暮朝朝。世间花月可怜宵。倘为鸭漪亭长下,一度吹箫。

方正澍(1743—1809)　14首

一名正添,字子云,安徽歙县人,寓居金陵。监生。学诗于何士客,与袁枚争长。乾隆五十五年(1790)在湖广总督毕沅幕中,与修《史籍考》。毕沅选《吴会英才集》,以之为第一。著有《子云诗集》十卷。

秋霁　吴笠亭索题岁暮山居图

三径苔封,听砌下虫吟,正苦幽独。旧雨何来,远途非易,短衣瘦驴羸仆。夜烧翠烛。话深劝我归耕速。漏已促。相示、隐居山墅小图轴。　　崖破磴险,涧古桥危,鹤无须招,云自来宿。曲篱中、梅花几树,香淹高士数间屋。摊案异书方待读。一缕烟碧,依约槲枿煨炉,小僮传说,冻醅初熟。

望海潮　题渔隐图

谁将东绢,闲皴秋水,当今绘事无双。青荻岸头,丹枫渡口,渔人缆系轻艘。来往步苔矼。任白头浪起,掀簸冲撞。赢得团圞,举家儿女聚篷窗。

斜阳。好晾烟簑。试敲舷当拍,撷笛随腔。充饭鲙鲈,无薪刈苇,村醪贳得盈缸。酣笑睡魔降。认客星一个,照夜寒釭。何用逃名,钓台遥觅富春江。

一寸金　朱卧云索题隐居图

崖嶻层层,隧道中分势盘折。爱竹阴撑日,全忘炎夏,泉声漱石,长翻晴雪。茅屋何年结。依楸树、半株破裂。藤缠挂,想见花时,万叠红绡缀香缬。

地僻人闲,苔封门静,终年世缘绝。对异书堆案,云谣雪赞,芳丛绕砌,科名旌节。杉栅应添设。桥亭外、翠梅秀挞。须防御、隔涧狝猴,觑隙来盗窃。

绮罗香　题张霞城恭人深闺织素图

玉骨珊珊,冰姿皎皎,身系瑶台仙女。三五年华,百两聘归开府。早轶群、象管能诗,又超众、凤梭工组。座长铭、前媛名言,一篇劳逸所深取。　　高门宁乏锦绣,何事天寒络纬,躬亲勤苦。孟母当年,教子藉端机杼。看继美、画省丝纶,本慈闱、七襄余绪。凛清勤、退食委蛇,衮资三事补。

传言玉女　题王石华天女散花图照

竟体芳兰,腹内蕊珠充溢。艺林诗社,树凌云健笔。抡指细数,慧业伊谁堪匹。香山无二,辋川如一。　　若个传神,把芝颜与蕙质,尽情抚拟,直呼之欲出。天花乱飞,玉女验看黏脱。先生方醉,并忘仙佛。

于中好　题毕峻公读书秋树根图照

青年往往多贻误。最容易、岁华虚度。把书底事依红树。识君意、非无故。　　由来不为耽幽趣。秋深矣、警心迟暮。浮华刊落根坚固。看他日、凌霄去。

满庭芳　袁寿阶索题红蕙图卷

谢径幽岩,罗家贵种,几时却换浓妆。艳情娇态,风韵异寻常。在昔惟萦翠带,在今也着蓉裳。谁怜尔、秋怀冷落,强劝紫霞觞。　　形相。留小影,施朱倍雅,通体俱芳。怅无端、故山孤负秋光。幸值袁郎爱惜,邀赓楚客词章。移情处、吟厢卷幔,石榻对潇湘。

意难忘　洪吉士索题其妻汪宜人遗照

闻说宜人,自于归鼎族,克主蘋蘩。言方珠少颣,德比玉尤温。鸿案在,鹿车存。冀比翼长春。又岂知、药娥宵半,遽坠冰轮。　堪怜奉倩伤神。叹胡香四两,难返幽魂。红廊风策策,画合雨昏昏。凭梦寐,诉酸辛。苦再见无因。淑且贤、合编彤史,弈叶垂芬。

念奴娇　张紫澜索题邘上买舟图

去年陈迹,笑披图、宛见烟波流动。尔比樊川年尚少,健笔居然超众。摒挡琴书,遨游淮海,僧孺心知重。玉梅香里,几番官阁吟讽。　游倦且自归来,花台云嶝,栏外饶清供。只惜家园居不易,一棹寒江须纵。我被饥驱,也思骑鹤,往觅扬州梦。二分明月,翠尊期尔相共。

祝英台近　题史半衰画蝶

问青陵,埋宿恨,魂自几时返。栩栩翩翩,追觅故同伴。爱他态度轻盈,恋花掠草,未曾忘、旧时亭馆。　恨常满。一从化去罗裙,前生梦何短。多谢邦卿,传神托斑管。暖风香杀蘅芜,艳情输与,占如许、绮罗金粉。

换巢鸾凤　题郭十三频伽魏塘移家图

因甚相如。懒西京献赋,北阙停车。数椽抛故里,异地购精庐。溪山如画树扶疏。境偏景幽,尘襟涤除,篱门外,占一带、芋田瓜圃。　金猊香篆舞。松榻画屏,长伴花居处。洛浦丰神,汉皋标格,争及鸳鸯侣伴。拌把功名换闲情,绿窗相对修箫谱。煎红丁,竹炉边、响认春雨。

祝英台近　频伽索题月底修箫谱图

认飞琼,猜弄玉,兼引小红比。一种深情,尔竟类萧史。良宵何以为欢,缃梅开了,更清冷、月明如此。　按纤指,参差减字偷声,精能尽之矣。那羡王褒,传赋汉宫里。惹侬抵触当年,看填谱处,一丛竹、小湖楼底。

一剪梅　为魏芋山题庄亭亭小照

月借容光玉琢身。秋水无尘。春柳如矉。识人俊眼复超伦。才似崔骃。行过元稹。　会合暌离有夙因。一醉经旬。一别经春。幸逢妙手与传神。好把人人。也唤真真。

齐天乐　题黄心庵来禽馆填词图

盛名先后称黄九,遭逢叹今输古。比并才华,较量抱负,一样霞辉飙举。难由自主。独卒岁干人,远乡羁旅。草草浮生,饿来文字岂堪煮。　穷愁著书有例,且偷声减字,重订词谱。摘艳熏香,裁云镂月,还复毫挥风雨。移宫换羽。待花院逢春,月楼交午。小玉吹箫,小红长袖舞。

任安上（1743—1821）　1首

字澧塘,一作李唐,号我斋,江苏宜兴人。诸生。嘉庆初尝与修邑志,以意见不合,毁其稿而去。从同里史承豫、任曾贻受诗法,与储成章、周迪、徐腾蛟辈结长溪诗社,月有社课。晚年复与潘允喆等结南兴九老会。著有《双溪乐府》《双溪花鸟词》《借舫居词钞仅存》。

疏影　题衡门惜别图

静斋取《诗品》中"和神当春,清节为秋"八字为韵,分得当字。

披图细想。似不应画出,愁眉模样。因甚羊求,口阙衔辛,只望溪痕惆怅。衡门何限垂杨柳,也都带、离丝千丈。纵凭他、万种风情,难绾吴均归舫。

渐渐兰桡催动,算堆成旧恨,怎能匀当。几度缄情,剪付浮萍,又被西风吹长。芒鞋踏处尘休扫,恐万一、梦还来访。倒不如、牢锁柴关,省得乱鸦啼响。(蛙图乃吴菊畦为海昌吴兔床所作,周藕塘为之记,书于图后。)

潘允喆(1743—1821)　3首

字迂云,一字耆安,江苏宜兴人。贡生,选授南陵训导。晚岁与同里任安上、储凤仪等结九老会。道光元年(1821)举孝廉方正,旋卒。著有《长溪草堂词钞》。

百字令　题任澧塘桃林释耒图,叠前韵

桃红如血,问此君可是,古玄都士。一笑生涯颇不俗,流水杳然去已。酒斾摇青,鸥波漾碧,蓑笠春烟翠。珠缨低覆,古藤牵络如字。　　人望腹有诗书,手提农具,定是村夫子。惹得云雏瞋不识,笑问客从何至。学剑无成,是乡可老,谁解而公意。铜官山下,一生花鸟吟寄。

百字令　题于陵仲子灌园图,四叠前韵

柳阴深处,听流莺几个,唤他廉士。十丈红尘飞不到,雪白李花开已。老屋攲斜,长松历落,草色侵帘翠。此中安稳,不知名利何字。　　且自抱瓮朝吟,篝灯夜绩,偕隐呼妻子。仆拟东皋来作伴,带月荷锄而至。种竹千竿,滋兰九畹,尽毂萧疏意。临风神往,何如知足虞寄。

西江月　题徐复斋先生像，先生明少师文靖公弟

相国神情容与，先生风度端凝。羡他难弟与难兄。人物千秋彝鼎。
此日文孙清谧，展开绢素丹青。写生妙手不题名。仰视须眉犹劲。

俞廷举（1743—?）　2首

字石村，号一园，广西全州人。乾隆二十八年（1763）就读于桂林秀峰书院，与朱野塘等号"飞云五子"。乾隆三十三年（1768）举人。乾隆四十三年（1778）官四川营水知县，尝与修《四川通志》。长于诗古文，见重于查礼、沈清任。嘉庆十七年（1812）尚在世。著有《静远楼全集》二十六卷，收词一卷。

浪淘沙　题六安关秋宛颐病图　戊戌

自叹病休文。十载沉沦。茂陵秋雨最伤神。造化小儿真梦梦，偏困才人。
今日对君身。同病相亲。烹茶煮药爱娉婷。三径落花闲不扫，满眼春生。

剔银灯　题六安程楠村断桥小住图　戊戌

我爱西湖佳趣。看不尽、六桥烟雨。春水泛船，绿杨系马，多少游人来去。坡仙白傅。却早被、湖山勾住。　可憾去年空度。（余客腊过西湖，仅得一日之游，故云。）何日重游此处。放鹤亭边，听莺堤畔，结个烟霞别墅。朝朝暮暮。平分占、楠村画谱。

蒋基（1744—?）　5首

字亦堂，号肯庵，江苏吴县（今苏州）人。乾隆四十年（1775）进士，官陕西永寿知

县,升干州知州。嘉庆三年(1798)尚在世。著有《坚香词》。

双调望江南　自题春郊耨馌图小照

头衔转,云外寄闲身。椎髻妻能炊晚饭,蓬头儿解拾遗薪。拈出一家春。
持便面,长谢软红尘。负郭田休抛二顷,买山钱只乞千缗。耕也不忧贫。

望江南　奉题西岚三兄年长大人玉照

春烂熳,淑气蔼芳园。有树便成元亮宅,落英休访武陵源。群从况携樽。

其二

欣夏日,绕屋翳桐阴。翠筱含飙余暑涤,红衣裛露晓凉侵。一曲理瑶琴。

其三

秋瑟瑟,小艇戏投纶。远岸栖芦思避地,漻天去雁信如宾。宛在咏伊人。

其四

冬景急,校猎万山中。仄径雪消争跋马,长林风劲试弯弓。射虎最豪雄。

董邦超(1744—?)　15首

字梦塘,安徽婺源(今江西婺源)人。邦直兄。客游吴门,与吴锡麒、江之纪辈交。嘉庆十八年(1813)尚在世。著有《露花词》二卷。

桂枝香　题俞华三小照

骋怀游目。正秋景澄空,柳阴覆屋。闲倚石栏杆畔,桂兰芬馥。家园小景殊佳致,憩琼阶、茶香初熟。萧奴俊雅,郑婢聪慧,并皆绝俗。　　盼韶光、三百有六。须行乐及时,夜游秉烛。况是沆瀣天宇,可人如玉。芙蓉花下青骢马,策珊瑚、平原草绿。小住为佳,蓬壶仙界,者般清福。

满江红　自题秋夜读书图

像尔何为,只描出、可怜情绪。应自悔、羸骖单仆,卅年羁旅。老大未舒鸿鹄志,少年空策驽骀步。到如今、谁耐向芸窗,焚膏炬。　分阴惜,曾欣慕。三余积,嗟迟暮。但壮心未遂,借图聊补。有意且偷东壁漏,无心更射南山虎。任西风、吹叶下庭阶,梧桐雨。

洞仙歌　题古鱼停舸醉吟图

烟篷雨楫,放鸥波深窈。浩荡高歌恣幽讨。记香鲈亭畔、语鸭桥边,时拍手,催落几峰残照。　乌丝成卷帙,白石风流,未比名人逊多少。侑酒记红楼、数首香词,争传是、醉吟新稿。问许我、同携小凉篷,任和汝唱予、五湖偕老。

应天长　程召言松窗试茗图

种松程马鬣,怅一壑熏风,骤吼天末。隔浦云深,茅屋数间幽绝。读书闲且达。看人倚、晓窗目豁。绕栏槛、贯耳清声,翠涛重叠。　谷雨好时节。正庭少嘶蝉,林断啼鴂。解事琴童,烹得涧泉清澈。客来壶便设。请同品、龙团雀舌。须管领、一阵松风,一瓯香雪。

洞仙歌

汪云海为余写《秋夜读书图》,今已十年,须眉顿改,两目已花,深辜作者之意。展玩久之,怃然有作。

读书试剑,怪英年抛过。少壮无成甚时可。纵高烧鱼蜡、卷轴缥缃,只算道,稍补平生偷惰。　披图成感慨,阶下虫吟,赢得书声当酬和。此际欲加鞭、两鬓垂丝,已苦是、双眸昏锁。且随分当筵发狂歌,有余酲床头、不妨招我。

贺新郎　题朱亭蒋赞府忆家园图

猿鹤能忘否。怪年来、家同鸥泛,柴门谁守。回想辋川游咏处,乐事吾生尽有。今日里、铜章系肘。射鸭堂开萍梗滞,好风光、恐落他人手。空忆煞,梅仙叟。　钓游侪辈吾宁后。忆髫龄、某丘某水,时同好友。几度宦游婚嫁误,小苑空遗桃柳。屈指数、换移星斗。我是人间香案吏,漫哦松、懒逐高官走。试商略,心语口。

唐多令　朱亭赞府选石题诗图

怪石立厅前。痴情效米颠。买青山、不费官钱。收拾锦囊诗料足,秋水外,夏云边。　禄养奉甘鲜。承欢彩服妍。走词场、三十余年。得意吟成风月句,题藓石,当花笺。

金缕曲　汪茂荆表弟秋林课读图

槭槭疏林里。问何人、纸窗朗诵,书声清美。万卷牙签教儿读,君竟钟情乃尔。听户外、秋声四起。最爱树根映明媚,祖生鞭、猛着今朝是。应不负,好男子。　秋灯我亦披图似。破工夫、偷闲补读,等身书史。如此佳儿见头角,须把青箱料理。但草屋、数间可矣。枫叶芦花足吟兴,助熊丸、也称慈闱意。儿认取,锦机字。

贺新凉　汤泽山梦趣图

莫管青衫湿。见斯图、茫茫追往,百端交集。大抵人生如梦耳,向佛皈依为得。问何处、是吾圭锡。名利于人徒鹿鹿,怕歧途、险阻翻成惕。夜深也,一声笛。　先生才学真难敌。比中郎、桐材能辨,竹椽先识。篆籀精摹秦汉体,名迹硬黄钩勒。甚梦想、缘因历历。脱却尘魔归慧业,谒真如、别识光明域。陈一说,为君译。

贺新凉 铁舟开士自画梅花帐索赋

不羡芙蓉好。尽清寒、棱棱瘦骨,绳床环绕。掩映玻璃浸疏影,一卷金经偎靠。消受者、玉壶冰窖。老鹤梦回初睡足,恐幽香、扑鼻魂知觉。花缺处,石峰峭。　几生问汝修才到。更修到、者般清福,名山终老。明月当空蝴蝶入,输却庄生一笑。喜自写、孤标新稿。数遍人间清绝境,只此花、此客千秋少。江城笛,一声杳。

齐天乐 丁仙坡明府寒林瘦马图

朔风萧飒横空野,严霜竞战寒树。饮马城空,试鹰台冷,塞外骅骝无数。阿谁肯顾。正原上草衰,未收天暮。瘦骨崚嶒,夕阳影里立千古。　沙场曾记阅历,叹功成百战,驰骋辛苦。老矣风尘,怀哉故主,旧日将军如虎。勋劳可数。纵散牧寒林,逸姿还具。数笔权奇,荒凉谁与语。

壶中天 省斋亲家长生图

图中之叟,怪庞眉皓齿,温其如玉。人寿百年驹过隙,为问双丸何速。未学长生,学长不死,待集箕畴福。迟迟旭日,气蒸千万红绿。　前度赵北燕南,短筇游倦,又住青溪曲。学道有牙差可喜,一卷素书能读。松阅千春,芝呈三秀,九转丹初熟。天浆贮就,劝翁更酌醽醁。

百字令 代题雉生清溪泛月图

拍天烟水,问何人打桨,清溪溪口。邀得芙蓉湖上月,随着波光西走。鹤管听箫,荷塘度曲,合忆当年偶。此间容与,乘槎试问牛斗。　那管蛮咽寒阶,萤飞暗幕,市里喧鸡狗。大好清风吹四野,顿觉凉生襟袖。皓魄千层,澄潭一顷,桂棹欣消受。累侬神往,定求许我为友。

满江红　题牧塘十五松山房图

猛忆童时,偕起卧、读书之所。间隙地、栽松听雨,懒窥园圃。闭户著书龙甲老,清谈代麈鸡窗午。认图中、情景尚依然,从头数。　　梦中兆,凭君取。琴中趣,凭君谱。刚屈指、三三两两,十十五五。自号支离惊白首,相依咫尺期千古。愿燃枝而读属文孙,吾延伫。

金缕曲　题绯塘探梅图,为浦情田守府赋

花信风犹浅。有诗人、芒鞋布袜,早携佳伴。信步东郊寻古迹,直认浮鸥几点。流不尽,云闲烟软。行到绯塘流水外,隔花村、邻叟呼鸡犬。透一缕,香微淡。　　孤标别韵无人管。问何时、春到人间,花开香满。爱客敲诗骠骑尉,嗜好偏殊俗眼。忆旧雨、山阴人远。均以梅花为眷属,地行仙、更有留云馆。酬唱乐,者般健。

储润书(1745—1811)　1首

字玉琴,号旅农,江苏宜兴人。在文曾孙。乾隆五十四年(1789)优贡生,候选教谕。与汪中、钱维乔、吴锡麒、洪亮吉辈交,以诗鸣江汉间四十年。著有《秋兰馆烬余剩稿》四卷。

满庭芳

竹岩嵯尹重来江左,出《双鬟伴读图》嘱题。尚系十年前所绘,展卷慨然,为赋是解。

白傅杨枝,樊川绿叶,当时犹未成阴。东风腕晚,芳梦杳难寻。回首读书庭榭,徒惆怅、花落春深。闲情赋、十年抛却,缄恨到如今。　　画图还省识,娉婷左右,两两同心。算蓬山小劫,也历升沉。试问重逢何处,拈红豆、空盼青

禽。须珍重、香温茶熟,莫漫理瑶琴。

陈邦栋(1745—1812) 8首

字廷一,号十村,江苏南通人。太学生。精昆曲,与赵怀玉、吴廷燮等交。著有《十村词钞》。

贺新凉　题李餐竹纪遇图

帘卷青山入。唤东风、绿杨烟外,莺声如织。一片落红蝴蝶路,人影衣香月色。有画舫、篮舆雕勒。湘水裙拖云拥鬓,倚金樽、花下双鸳立。三下漏,半楼笛。　红丝难觅三生石。竟何如、拼将一死,酬君今夕。为问天涯知己辈,谁似阿侬怜惜。多少事、欲言何益。此后相思凭一画,盼秋波、珠泪随风滴。者情字,怎消得。

解连环　题天寒翠袖图

欲行还止。剩茕茕孤影,不难愁死。又底事、留下魂儿,到月缺花残,未能抛弃。吟亦何心,竟眼底、一无知己。向夕阳分付,暂缓黄昏,容我依倚。　再休逞才夸美。已名成绝代,迹堪避世。直欲教、万古离人,来同话三生,同挥双泪。敢怨情疏,想当日、总缘情累。怎萧条,冷颜瘦骨,入谁梦里。

秦楼月　题周竹坪花间度曲图

香盈盈,一阑花影弄春晴。弄春晴。帘间绿满,衣上云生。　有声有色必聪明。就中谁最可人情。可人情。到消魂处,欲唤卿卿。

南柯子　题水绘园图，为黄楚桥作

往事三秋草，名园一片苔。天涯何处着青鞋。只向山翁画里、远寻来。就石安吟榻，当花置酒杯。相看乍喜复低徊。若使当年有我、也言才。

金缕曲　题管蘩臼遗册

管子文章伯。藉吴侬、墨痕几点，得传心迹。风景平分图十二，一一耐人物色。瞻不尽、愁城乐国。卷里名流诗里味，论才华、说甚梁园客。何此日，都非昔。　当春空撖山阳笛。猛东风、暮云一断，吟肠先涩。对此凄清翻惹恨，那有江郎之笔。痛惜煞、白头孤立。嘱咐贤孙遥索句，赋新诗、错写哀歌入。纸上影，泪如滴。

满庭芳　自题携琴访友图

白月茫茫，青衫落落，那更旧雨寥寥。蒹葭秋水，天末暮云遥。猛听成行旅雁，西风里、唤得魂销。钟情我，隔年盟在，争不放轻抛。　素琴知别苦，能联同调，即当同袍。为忙携酒榼，斜挂诗瓢。笑倩写生妙手，狂奴态、不怕人嘲。重回首，故交何处，山远月轮高。

满江红　题洪介石别梅图

落拓如斯，那一事、可堪回首。即看这、老梅几树，争教分手。开向草堂频索笑，卧深雪夜如佳偶。甚贫儒、贫得怎无情，将他售。　旧相识，招何有。新地主，容消受。倘不诗不酒，徒然孤负。寂寞墙高春懒入，栽培人远香逾瘦。倩墨痕、点点洒花梢，相思豆。

满庭芳　吴思堂未完一画,乃绝笔也。黄八楚桥装成卷帙,索题于后

积恨成山,量愁作水,思翁绝笔之图。魂兮何处,寄在此间无。即看残云秃树,分明是、老态萧疏。还深恐,没人珍惜,一样委泥涂。　嗟嗟黄叔度,死生谊重,片纸明珠。更携游万里,泣吊欢呼。料到一灵知感,重泉下、笑煞狂夫。留题遍,是诗是泪,点点化啼乌。

刘锡嘏　46首

字纯斋,一作淳斋,号拙存,直隶通州(今北京通县)人。生于乾隆十年(1745)前后。乾隆三十四年(1769)进士,授编修,出官江苏淮徐道。工书善画,尤精墨梅,与毛大瀛、袁枚、张问陶辈交。乾隆五十七年(1792)尚在世。著有《快晴小筑词》二卷。

金缕曲　倩王鹿野作问秋图,邀诸公题句

又过重阳矣。快新晴、疏林扫叶,长天帖水。处处丹黄皆画本,尽胜艳阳罗绮。休闲却、登高展齿。况有芦花摇瑟瑟,剪西风、一派秋声至。纵落帽,亦佳尔。　皴来滑笏生绡里。笑何须、楼台金碧,将军小李。我有闲愁吟不尽,翻尽问春诗思。传语倩、横空雁字。近塞霜寒秋色早,忆江南、烟景无逾此。请速驾,谨驰使。

买陂塘　题王蓼野水村图,用侯心斋韵

最撩人、一江秋色,蓼花红遍烟浦。斜阳况照疏林外,此段诗情天与。谁画取。认匹练波光,只少眠沙鹭。溪山有主。笑天壤王郎,苍苔黄叶,风景合闲步。　当年住。背郭草堂佳处。秋光今在何许。碧鸡坊里清吟健,剩有壁纱笼护。君何苦。且问酒红桥,醉共荷花语。郊居漫赋。有二顷湖田,数椽茅屋,谁肯恋行旅。

金缕曲　再用蓼野自题原韵

一霎风霜剪。怪朝来、雪飘芦絮，粉飘莲片。赖有水茨花几穗，点缀塘坳波面。辨不出、秋深秋浅。临水柴门随意筑，算烟霞、尽入新诗卷。请占取，夕阳岸。　　吟情自入清秋健。步横桥、残霞一抹，拒霜开遍。艇子瓜皮随处泛，也胜江涵飞雁。更何论、南沽北淀。一幅画图收拾得，记蘋洲、蓼渚吾曾见。采菱曲，雨中断。

沁园春　郑君钺自记其前世为桂宫仙吏，从王右丞授诗法，写桂宫授诗图，索题

幻想为因，不忘本来，悟文字禅。算词客前身，谁欤成佛，才人慧业，大抵升天。吾道非邪，先生休矣，多少吟坛未了缘。心香爇，讯何来鸟使，华子冈边。　　难忘紫府渊原。问谪下蓬莱又几年。记入手金环，君原凤果，侍书玉案，我亦顽仙。劫换莺花，盟深诗酒，且注真灵位业篇。掀髯笑，笑郑虔老去，三绝谁传。

沁园春　题陈笠亭临流选石图

若有人兮，历落嵚崎，一座尽惊。记南皮高讌，浮瓜沉李，西河纵猎，盘马呼鹰。寄兴莼鲈，耽思林壑，入画丰神太瘦生。除豪气，问枕流漱石，果否忘情。　　闲来偻指生平。忆鸥舫联吟昔梦清。况淮浦春潮，同舟话旧，巴山夜雨，对榻挑灯。三径荒芜，一官鲍系，君竟言归我未能。堪消遣，算一丘一壑，也费经营。

忆旧游　自题柴门流水图

偏桥桥畔路。春水如云，绿到门前。十斛红尘里，恰溪山佳处，对我柴关。稻花香满村外，最好夕阳天。况蓼岸呼牛，芦塘放鸭，多少清缘。　　堪怜。绊人住，是夜月南楼，云树晴川。尽有还乡梦，只西门宫柳，憔悴难攀。何事频

年漂泊,抛却一溪烟。纵写遍银屏,朝朝目断红日边。

摸鱼儿　题旧藏冒辟疆姬人董宛画两两鸳鸯绣水纹图

恰新晴、钵池春涨,浴鸥波外风软。水亭正对鸳鸯浦,每自凭栏消遣。回望眼。指沙上、文禽证取同心伴。冰纨细展。笑巧夺针神,轻拈眉笔,绘出水纹乱。　　风流散,难觅当年池馆。寻芳恨我偏晚。江花沙鸟依然在,只是绮罗人远。君不见。图画里,依然省识春风面。星霜纵换。算才子东林,佳人南国,胜事已传遍。

百字令　题陈小梧行脚僧小像

黄尘插脚,问何人、留得本来面目。四大从知皆假合,无论周妻何肉。佛在心头,道非身外,糟粕传灯槼。飘然瓶钵,先生疑是乾竺。　　自笑出世无因,生天有分,桑下曾三宿。儿女英雄都放下,只是楞严不熟。末路逃禅,随缘乞食,作戏凭竿木。请从子逝,层冰试我双足。

东风第一枝　林心斋碧梧清暑图

印去苔痕,安来茶具,桐阴浓翠如许。居然境地清凉,合住神仙侣伴。弹琴看弈,全不管、高槐日午。漫商量、疏雨微云,早断软红尘土。　　便认作、绿天非误。试寻取、秋声可赋。赊将十斛新凉,涤却一番残暑。萧斋如斗,也只在、碧梧深处。惜年来、褴襫铜街,负我空庭老树。

绮罗香　题女史陈莲美人弄笔图

香茗清才,椒花丽藻,林下居然风致。黛笔轻描,分得远山新翠。品题入、周昉图中,标格在、谢家庭里。恰携来、百福香奁,银钩何限卫娘字。　　绣余情味方倦,为想调脂弄粉,几多摹拟。当日传神,只有镜中人似。十眉图、越样娇妍,三妇艳、谁行姊妹。倘写成、并坐观书,临风添百媚。

百字令　用陈其年集中韵,题王蓬心太守小像

披图一笑,笑岁星谪后,髭眉也白。赖有右丞家法在,尽占画师词伯。金马新知,铜龙旧识,髯也真无敌。江城夜话,须沽美酒浇臆。　　此去鼓瑟湘波,披云衡岳,选胜如行炙。只是分携人渐老,仆亦颠毛成雪。两片红旗,数声画鼓,底事催归急。图中添我,湘兰汀芷同拾。

百字令　题吴太初闭户著书图

客何为者,笑终朝兀兀,故书堆里。盛业名山谁不朽,老屋打头而已。射虎南山,钓鳌东海,大有凌云气。英雄未老,不妨花月游戏。　　君谓涤荡牢愁,消磨岁月,此乐真忘死。劫后秦灰留蠹简,肯赚人呼才子。筑就三椽,拥来万卷,清福难兼此。玄亭载酒,添予来问奇字。

永遇乐　题孙香泉鄂渚开帆图,即送归省

如此江山,问君何事,挐舟径去。风月南楼,烟波西塞,那不勾留住。惊帆激箭,崩涛溅雪,莫认春江待渡。最难忘、云间亲舍,吴阊渺渺何处。　　披图想象,疏篷卸后,花下板舆新赋。颂到陔兰,折残门柳,肯使归期误。先生行矣,也应回忆,历历晴川烟树。秋风起、迟君江上,归帆细数。

沁园春　题陈静涵蒹葭秋水图

三尺生绡,汀溆潆洄,烟波渺漫。恰所思不远,葭苍露白,此中有意,秋水长天。托兴微波,锁魂芳草,不注南华第二篇。披图看,指伊人宛在,玉树风前。　　凤池伫点清班。讵入手江湖兴渺然。只荡胸豪气,吞来云梦,倾囊好句,吟到斜川。我正怀人,君方迟客,便刺晴虹贯月船。移情久,幸先生教我,海上成连。

百字令　题吴牧庵曼香图

花颠酒恼,算并刀难剪,柔情如水。工写个中肠断句,脱口新词特绮。细炙鹅笙,浓熏麝帕,赢得销魂死。旗亭吟写,才人风调如此。　　笑我吊月南楼,寻秋西塞,大有悲歌意。谬借铜琶消魁磊,聊复解嘲而已。酹酒屯田,瓣香山谷,亟觅红红妓。晓风残月,看子拍板来矣。

百字令　题朱镜云太史授经图

六经聚讼,慨秦灰以后,纷纷缀学。高议云台工夺席,此事推君折角。藜阁联床,柯亭接紾,文宴于胥乐。江城雨话,依然清梦如昨。　　顾我蒋径苔荒,玄亭草满,寂寂门罗雀。意外故人能载酒,剪烛居然对酌。五岳同游,耦耕有愿,坚守烟霞约。蠹鱼生计,劝君一笑高阁。

金缕曲　题朱镜云太史晴川归棹图,即送北上

君亦悲秋者。问胡为、西风倚棹,武昌城下。两月借园文酒会,管甚楼空鹤化。但饱看、黄花归也。大别山前同作客,慨分襟、早在帆初卸。且住尔,莫悲咤。　　离愁万斛和秋泻。买归艎、原非只为,淮南米价。献赋凌云声价重,听鼓醉骑官马。休只恋、浮湘吊贾。我老消寒谁是伴,算结冬、旧约今番假。鄂中曲,和弥寡。

其二

明日成行否。倚斜阳、婆娑生意,西门官柳。漫认江天残梦醒,此去只宜饮酒。论事业、须图不朽。二十四桥明月在,尽联吟、东阁梅花瘦。莫闲却,雕龙手。　　当筵笑倒支离叟。引离觞、烧残银烛,拍残铜斗。送子玉堂天上去,健羡鸣珂待漏。翻洗尽、悲凉窠臼。拟挂春帆归潞水,料扁舟、迎我偏桥口。乐莫乐,相逢又。

沁园春　题王敬安友鹿图

若有人兮,丰草长林,偕麋鹿游。岂天阏解后,岩中抱犊,尘襟澹处,海上忘鸥。乐我嘉宾,呼来仙客,无伴春山友是求。萧闲甚、况应门鹤在,守户蠮留。　　笑他尘世悠悠。蕉覆隍中梦未休。想苏耽戏猎,驯同驭马,元康负卷,稳胜骑牛。与尔同群,忘机已久,隐士谁云莫与俦。生绡里,羡君真芝侣,地即丹丘。

满江红　题王愚山刺史一梧图

斫地悲歌,休问讯、武昌门柳。叹生意、婆娑如此,几何人寿。王子久拼修竹伴,刘郎已到桃花后。恰年来、种树又成阴,先生手。　　鸾鹄峙,枝何茂。琴瑟中,柯偏瘦。喜龙门百尺,亭亭如旧。枯树不烦才子赋,名材肯让空山朽。算从今、栖凤待新条,生孙又。

东风第一枝　题夏芳原听雨图

莲漏声沉,兰缸焰小,画楼岑寂如许。匡床倚枕无眠,听彻檐牙细雨。连阴作暝,都不管、蹋青期阻。尽声声、作弄春寒,催我妒花新句。　　粉墙外、濛濛如雾。翠帘下、冥冥忘曙。瓦沟一夜潺湲,隔巷卖花声误。江南春好,漫忆刘郎前度。恁今宵、剪烛西窗,梦断统如街鼓。

东风第一枝　墨梅

缟袂相逢,缁衣尽化,皴来寂历如许。谁家竹外斜枝,幻入墨香横堵。嫩寒清晓,正梦到、罗浮深处。笑居然、月落参横,只少翠禽软语。　　读不厌、广平一赋。压不倒、林逋两句。裁将滑笏生绡,也算春风偷度。江楼吹笛,全不信、落花如雨。恰前村、雪夜寻诗,摹取屏山新谱。

沁园春　题孙啸壑据梧图

彼美人兮,渺焉寡俦,游于竹林。慨黄尘乌帽,人多挟瑟,青天白月,我独横琴。绰也金声,登兮鸾啸,谁识悠然太古心。安弦处,有松风聒耳,瀑雪吹襟。　披图一晌沉吟。正流水高山寄意深。笑未除豪气,碎之市上,不逢佳士,眠向花阴。我已移情,君将返棹,海水天风不可寻。君行矣,问伯牙台畔,几许知音。

满江红　题于梅谷竹深荷净图,时自塞外归里

席帽铜街,无计避、黄尘十丈。问何处、风潭夹宅,雨梧遮巷。鹤柴凉生苍雪落,鸥波香暖红云涨。倩生绡、写出少陵诗,吟怀畅。　葱岭外,沙迷鞯。天山下,冰围帐。喜披图一笑,故人无恙。旧梦久抛杨柳怨,新衔合署烟波长。只斯人,不称芰荷衣,封侯相。

汉宫春　题崔曼亭太守望岫息心图

十五年前,记浣花溪上,话雨流连。别来岁月如许,风度依然。虎符重领,恰终朝、挂笏凭阑。郡楼外、澄江如练,当年谢朓青山。　我读万回新集,羡羊肠叱驭,鸟道横鞭。知君壮心犹在,漫谢尘缘。溪山画里,何须问、盘谷斜川。君笑曰、卧游可耳,无妨丘壑之间。

沁园春　题查映山学使学书图

如许倏闲,清簟疏帘,熏炉隐囊。想亭邻接叶,笔床添润,楼名听雨,研沼生凉。和就宫词,焚余谏草,闲写黄庭一两章。门风峻,任家鸡野鹜,漫尔评量。　愧予浪迹湖湘。更东涂西抹腕力僵。恰谈经绛帐,尽容问字,寻诗赤壁,也许连舠。公欲挥豪,吾将进酒,乞取金丹换骨方。星槎迥,有晴虹贯月,压倒襄阳。

台城路　题祝瑶坡松泉涤砚图

乱泉欹薄苔衣冷,闲亭雨余新霁。倦歇瑶琴,静便文石,白袷轻衫初试。松涛如沸。胜楼结三层,玉笙声细。空翠飞来,晚风吹壁鹤翎坠。　　黄庭换鹅书就,纤尘浑不到,徙倚芳沚。解事奚童,红丝细涤,绕砌墨云徐起。披图凝睇。记通潞河边,招凉松桂。一角青山,小园如画里。余有别业在鲍丘,仿佛图中景也

百字令　题张映山采药图小像

长生可学,问何人曾见,神仙不死。渴饮玉泉饥食枣,十九寓言而已。药笼随身,长镵托命,镕尽英雄气。掉头不饮,那知身外何事。　　怪我学剑无成,废书兴叹,岁月蹉跎矣。换骨丹稀霜鬓改,笑认刘郎如此。有分生天,无缘作佛,且证参同契。请从子隐,石门同访青髓。

醉花阴　题仇十洲、文五峰合作美人倦绣图

小院春来花雨过。薄雾空庭锁。一片画中诗,倚树微吟,不奈春寒坐。依稀翠影眉间度。若个能猜破。蓦地上心来,打叠鸳衾,今夜和衣卧。

洞仙歌　题月洞美人图

洞天深处,想云笼花绕。何意丹青写来好。见春风半面、尽勾消魂,原不待,画里全身都到。　　一般明月影,咫尺蟾宫,不信嫦娥世间少。底事最关情、好梦初回,惊唤起、数声啼鸟。恰走向窗前镇相看,觉春上眉梢、青青未了。

沁园春　题骆佩香女史秋灯课女图

蕉冷梧衰,秋房夜凄,纸窗飒然。有课经贤母,挑灯不寐,扶床娇女,捧卷

而前。天道何知,父书犹在,荻画还成柳絮篇。披图羡,羡宣文讲幄,也有青毡。　　扫眉才子当年。只茅屋寒檠倍可怜。自藁砧已远,机声夜永,丸熊不辍,钗凤春妍。膝下娇儿,闺中博士,人说传经伏女贤。家风肃,任铭椒赋茗,才藻翩翩。

百字令　题于晴川本来面目图,读书是学人本色,晴川寓意也

黄尘插脚,问何人留得,本来面目。大笑蓬蒿无我辈,且自著书仰屋。花月缘悭,屠沽业贱,一任颠毛秃。先生休矣,前身应是金粟。　　为慨电露年光,空花眼界,何计留芳躅。今是昨非都不管,认取儒冠儒服。老屋三间,残书数卷,此事生平足。故吾犹在,披图一笑如玉。

沁园春　题于晴川想入非非图,晴川抛举子业而习计然策,故作此图

是也非耶,恍忽迷离,乌有子虚。纵神仙在望,依然缥眇,钧天入耳,大概模糊。幻极鹅笼,奇如海市,曾觉扬州梦也无。无聊甚,慨茫茫交集,搔首踟蹰。　　任渠路鬼揶揄。任待兔原知笑守株。但谈天有口,余真好辩,移山无力,叟则诚愚。姑妄言之,想当然耳,谁赠乘风破浪图。恢奇甚,任尻舆神马,游衍纷如。

水调歌头　题于晴川乘风渡海图

癸未岁,晴川游粤,由乍浦附海舶抵潮州,风浪险恶,日行六百余里,曾有"乡关风日外,身世有无中"之句。

一苇海门去,万顷水云宽。依稀蓬岛宫阙,几点缀烟鬟。不是乘槎使者,不是求仙羽客,何事狎狂澜。纵棹自兹远,回首辨金坛。　　鱼龙啸,波浪矗,大如山。成连海上相待,未肯刺舟还。不乏骑鲸仙骨,且试钓鳌巨手,破浪拂珊竿。四顾叫奇绝,尘虑不相关。

贺新凉　题于晴川冒雨登山图

甲申年,晴川就连平州书院之聘,暑雨连朝,山路陡滑,步行五六十里,过忠信岭,始就旅邸。

且住为佳耳。正炎风、束装底急,间关如此。况值漫空飞瘴雨,满径痴云未起。泥滑滑、石棱齿齿。山鸟钩辀留客住,恁骹䟮、踏破双芒屦。游子恨、讵能已。　　山城迢递如云里。胡不惜、辛勤跋涉,萧条行李。世路艰难从古叹,多少拖泥带水。休只恋、红蕉丹荔。鳄渚鲛墟行不得,又天边、鬼魅逢人喜。前路渺,客愁积。

二郎神　题于晴川梦里还家图

晴川别里门时,诸子俱幼,家无隔宿粮,黯然销魂,形诸梦寐,少陵所谓"遥怜小儿女,未解忆长安"也,故绘此图。

困人天气,况是踦人情绪。踪迹已漂萍,谁复忆分襟处。盼到宵深应有梦,瞥见了、团圞儿女。恰一霎、笑语灯前,忘却天涯踦旅。　　无据。匆匆才到,匆匆又去。剧关情、桄榔花底别恨,滴醒窗梧夜雨。漫向珠江传此信,恁数遍、来帆还误。只漠漠、蛮烟点点,山花遮人归路。

满江红　题于晴川雪中送客图

晴川游粤多贫交,不惜推解,粤中故无雪,所以云雪者,以别里门时正值大雪,不能忘怀耳。

梦里家山,偏爱向、客中送客。豪举处、绮裘换酒,壮君行色。大雪关河天已暮,绨袍情味人谁恤。尽客囊、泻尽为穷交,肝胆激。　　削人面,凄风力。刺马骨,严霜碛。怅故人此去,一寒堪恻。梦入江云无定所,书来蛮海通消息。只送人、还忆别家时,情何极。

醉蓬莱　题于晴川回头是岸图

晴川游粤廿年,依然垂橐,收帆不早,有慨乎其言之。

向鲸涛吼处,推篷四顾,举头长啸。瞥见神山,又依然缥眇。波浪轰豗,鱼龙变换,误尽人年少。是处迷津,那堪回首,天空云杳。　　一带沙坳,几重碛岸,咫尺迷离,霎时难到。苦海茫茫,问卸帆谁早。身外何求,眼前即是,万事回头好。实地参来,空花阅尽,尘缘顿了。

绮罗香　题于晴川色相俱空图,晴川晚年颇耽禅悦

掣电长空,游泅大海,一片迷离之境。花月欢场,旧日记曾管领。百年内、驹隙朝驰,五更后、钟声晨省。渐惊他、枕上游仙,劳生碌碌梦初醒。　　萍踪如许漂泊,试问烟云变灭,几曾留影。水月空明,恰悟蒲团禅定。没把鼻、四顾皆空,猛回头、一丝都屏。结多生、清净因缘,宛然尘外景。

沁园春　题史赤崖秋树读书楼图

有屋三间,贮书万卷,足当卧游。况几重阑槛,凉生高树,无边风月,爽入新秋。杏雨嬉春,松涛涤暑,不及元龙百尺楼。墙阴听,恰吟声互答,落叶飕飕。　　悠悠。踪迹萍浮。怎桂树山中不少留。忆云根跂脚,栀肥蕉大,楼头吹笛,星淡河流。此境殊佳,读书最乐,何事偏从纸上求。还君卷,且挑灯说鬼,涤荡踦愁。

沁园春　题何心斋评弈图小像

万绿阴浓,一枰玉冷,人生杳然。正疏帘清簟,时闻落子,隐囊棐几,相对忘言。壁上人多,局中劫急,只合从旁袖手观。掀髯处,肯批风薄月,一例澜翻。　　休云黑白漫漫。料不出先生抵掌间。似论兵纸上,风生扪虱,指迷局里,喝破逃禅。弈谱谁留,手谈正剧,妙谛输君一着先。披图笑,笑樵柯空烂,

未算游仙。

满庭芳　题徐闰斋芙蓉湖上读书图

淡不宜秋,凉疑无暑,茅亭恰占湖湾。读书有福,镇日对溪山。一片空濛葭水,抛函处、梦到鸥边。寻君去,吟声烟外,几误剡溪船。　　开缄。怀胜地,二泉旧隐,不少清缘。记芙蓉香里,曾爇龙涎。他日凌云奏赋,玉河畔、斜拢吟鞭。江乡事,也应回忆,风雨十年前。

沁园春　题吴南池豪饮读庄图

磊落吴生,引觞旁睨,诗狂草颠。笑万缘糟粕,未除豪气,半生花月,不耐枯禅。藉以浇愁,何凭下酒,且读南华第二篇。披图处,羡持螯对菊,恰趁凉天。　　问谁名士翩翩。讵快读离骚便岸然。悟此中真趣,顿齐物我,世间达士,都忘蹄筌。公勿言愁,吾将进酒,试证消摇象外诠。沉酣后,看蘧蘧化蝶,摊卷高眠。

望湘人　题查映山听雨楼图

记南楼谶后,话雨深宵,西窗剪尽槃烛。忽遇维摩,如游辋画,梦到故园松菊。金谷池荒,平泉石剩,鏸华转毂。只版舆、花下春游,日报平安慈竹。一自星轺归里,正兰陔昼暖,棠阴风熟。胜地我重来,况对潇湘小幅。最惆怅,是尚书遗墨。盼断风流高躅。恰卖花、声过墙头,昨夜天街雨足。

贺新郎　题戴菔塘晴川晓渡图

廿五年前事。喜今朝、披图重见,旧曾游地。最忆星槎乘晓渡,笑指江山如此。那信道、真游画里。同坐藤阴寻昔梦,只两人、双鬓星星矣。赌诗酒,兴犹尔。　　怜予滞迹晴川涘。十年来、武昌樊口,都经屐齿。江鸟江花成旧识,日日江楼买醉。漫认作、雪堂高致。访遍桃花才返棹,趁春风、正引朝天骑。还君卷,续游记。

金缕曲　九日,题江干话别图,送主试曹俪生宫詹赴粤东督学新任

又是重阳矣。算风雨、登高送客,十年于此。近喜星槎天上至,品遍湘兰沅芷。况艳说、煎茶韵事。堪笑刘郎题糕兴,遇曹公、横槊谁摩垒。公谦句,锁应试。　苏栊又泛槟榔水。指榕阴、春风到处,漫山桃李。回首南楼明月夜,多少笙歌裙屐。肯忘却、江城画里。黄鹤白云都缥缈,写离悰、只倩银光纸。他日讯,珠江鲤。

陈世熙　6首

字赓飚,号莲塘先生,浙江山阴(今绍兴)人。生于乾隆十年(1745)前后。少补博士弟子员,齐召南主讲蕺山书院,甚赏之。乡试屡不售,奉母省亲于广东,入两广总督杨廷璋幕,以事著籍粤中。与彭翥、吴尊莱等唱酬,乾隆五十二年(1787)尚在世。著有《莲塘词钞》。

踏莎行　李淑纯惜春小影

桃朵轻飘,柳枝低亚。和烟和雨相牵惹。风光如此奈何天,绿阴惆怅寻春者。　缓转歌喉,闲消尊斝。惟余一种情难写。恼公最是杜鹃声,频频报道春归也。

浣溪沙　陆春波顾曲图

一阕清歌酒一行。雪儿低按小秦筝。画帘风细听啼莺。　自谱乌丝调艳曲,不须红豆记新声。酒阑人静奈何卿。

凤栖梧　舒骧云小影

香雾迷离遮远树。万朵夭桃,春在花深处。指点云鬟温玉注。解醒又进蒙山煮。　　小院徘徊谁共语。添我莲塘,也凑三分趣。笑道欲眠君且去。户分大小非俦侣。

满江红　孙筠轩鸢飞鱼跃照

疏放襟怀,夷犹处、山崖涧曲。抛雨蓑风帽,科头赤足。翠氅危峰寒似削,碧涵流水清如玉。看虬龙、挐攫竹萧森,摇晴绿。　　鱼跃也,随波触。鸢飞也,随云逐。任高天远海,总无拘束。乐志还披玄晏传,养生只爱南华读。问尘埃、扰攘又何为,无荣辱。

百字令　许省吾花光琴韵绕书床照

柳丝桃缬,绕书床一带,俪红妃绿。花恼诗颠无处诉,正值酒香茶熟。枝上啼莺,阶前舞鹤,触景关心目。蒜帘初卷,风过暗尘芬馥。　　更听玉轸金徽,香弦纤手,谱出潇湘曲。雁语泉流幽韵远,云湿粉筐脂盝。绝代蛾眉,江南名彦,相对人如玉。晴檐昼静,满地吹皱罗縠。

双调望江南　刘云岩小影

芳草渡,风卷白蘋洲。杨柳絮迷春水涨,桃花烟暖鳜鱼浮。香扑钓人头。抛箬笠,濯足俯清流。山色翠涵千树影,溪声寒拥一江鸥。长啸兴悠悠。

周敬孌　2首

字古愚,江苏吴县(今苏州)人。乾隆间人,年四十三卒。殁后从子孝埙搜其遗稿,于嘉庆二十年(1815)刊行。著有《彩娱阁词钞》。

临江仙　题孙寻源小影

逆折千层雪浪,中流一叶浮萍。鱼龙夜战气余腥。笑他张博望,凿空几曾经。　　此去应逢织女,归来试问君平。乘槎直上几多程。等闲星宿海,未足快探寻。

其二

岂学琴裹蹈海,宁追宗悫乘风。船头箕踞欲凌空。烟波千顷阔,稳坐有仙翁。　　羡尔已游象外,惭予仍滞寰中。他年学步怕迷踪。蓬瀛如可到,莫忘信音通。

李淦(1746—1784)　1首

字玉持,号春浦,浙江嘉兴人。乾隆四十八年(1783)举人。

摸鱼子　题烟江结网图

满回塘、青莎红蓼,江天最好秋暮。鲤鱼风起鸥波阔,乐事全输渔父。披尺素。羡骚客、携桡独占沧州趣。乘潮容与。想短笠斜阳,轻蓑小雨,一棹渺何处。　　篷窗底,料得闲吟渔具。松陵更续新句。临渊结就千丝网,网得银刀如许。君且住。须俟我、移来小艇停沙渚。共倾绿醑。尽紫蟹凝皋,玉鲈鲙雪,烂醉不归去。

奚冈(1746—1803)　1首

字纯章,号蒙泉外史,安徽黟县人,寓居浙江钱塘(今杭州)。弱冠以画名。高宗南巡,行在需壁画,杭州府知府王瑞使人系之至,令为画,坚不聪明,释归,乃不就试。诗书清旷,山水出入元四家,四十后声益噪,与同邑黄易齐名。著有《冬花庵烬余稿》三卷。

菩萨蛮　题郭频伽盟鸥图

遥知白石寻盟处。萧疏杨柳垂烟暮。分得白鸥沙。一溪红蓼花。　　输君携野艇。幽梦和秋迥。随意与题诗。雨斜风细时。

洪亮吉(1746—1809)　12首

字君直,号北江,江苏阳湖(今常州)人。六岁而孤,依外家读书,颖悟异常。乾隆三十四年(1769)入学为附生,与同邑黄景仁以诗相唱和,时人誉为"洪黄"。谒安徽学使朱筠,受业为弟子,于其幕中交戴震、邵晋涵、王念孙、汪中,皆当世通儒,乃立志穷经,家居又与孙星衍相观摩,学益进,有"孙洪"之目。乾隆四十五年(1780)顺天乡试中式,乾隆五十五年(1790)一甲二名进士及第,授编修,任贵州学政。嘉庆四年(1799)以言事得罪,几死,遣戍伊犁,明年赦归。历主旌德洋川书院、扬州梅花书院。性伉直,自谓不能容物,而生平笃好读书,深于史学,尤精地理沿革。著有《左传诂》、《公羊谷梁古义》、《六书转注录》等,又有《更生斋集》十八卷,收词二卷。

满江红　陈其年先生《填词图》,为伯恭学士赋

卅载填词,香一瓣、敬酬阳羡。可可是、家山百里,画中频见。(前曾见先生四十画像。)涉笔偶描秋士影,关情别有春风面。笑青衫、五十尚沉沦,工排遣。　　将撅笛,先施鞲。乍展卷,仍安砚。仗卿卿压尽,等闲钗钿。别夜最怜天似水,当头吹落云成片。算个侬、风味有谁窥,梁间燕。

其二

试问熙朝,人物在、宋元之右。只己未、宏词一榜,尤称渊薮。前辈爱才真似命,升平乐事吾能究。趁闲来、歌板两三声,消清昼。　　竹垞老,梅村叟。

招玉叔,携红友。且不知秦七,何论黄九。翡几暂停三寸管,新腔已落千人口。羡当年、风月最清华,谁能又。

满江红　谭子受英雄儿女图

大纛高牙,问此是、谁家年少。只亘亘、倚天长剑,势将离鞘。千里偶追流电影,万金顾买倾城笑。算渠侬、二十五年前,堪同调。　且缓缓,金樽倒。更草草,离愁搅。看车前努目,急思投效。儿女情怀何者是,丈夫志业谁能料。问卿卿、何日定天山,红旗报。

念奴娇　钱竹初松菊犹存图

十年归计,只刚刚长就,满篱松菊。买得半园工位置,尽可赏心娱目。忽悟浮生,因求大药,并礼西天竺。回头自望,鬓毛镜里先秃。　差幸服食祈年,迷途未远,末路仍堪赎。莫待扁卢俱束手,医雅难于医俗。一径香清,一帘花好,一味茶初熟。这回休误,白驹头上行速。

其二

因而自省,笑先生曷不,工于责己。万里归来行乐好,何以埋头不起。几尺牙签,三分灯影,一寸书堆几。蠹鱼规客,先生今盍休矣。　倘冀后世名乎,三唐两汉,试问谁堪拟。况是传人皆有命,不朽古来能几。文仿渊云,经研郑贾,诗笔还苏李。君应诮我,愚公愚更无比。

金缕曲　题万大令廉山请缨图

图作于大令年十五时,后二十年大令随毕秋帆尚书、姜杜香侍郎剿辰州红苗,最着劳绩。

此客真先识。趁升平、时时留览,九边阨塞。试问请缨何太早,发正垂垂覆额。天下事、引为己责。手理韬钤仍跃马,果湖湘、陡建非常绩。勋勒遍,壶头石。　丈夫自信饶奇策。况生平、服膺所在,刘琨祖逖。如许少年能十辈,分置楚南川北。谈笑尽、萑苻之泽。只我感恩思效死,便归耕、尚枕投荒戟。随尔去,杀残贼。

潇湘夜雨
汪秀才次玉属题夜意图,时余悼亡日近,与君同病,爰率赋此寄意

悟彻前因,销磨尘劫,又来楼上孤眠。微黄灯影镜台偏。声惨惨、寺钟初动,光黯黯、帘幕斜褰。无聊境,我方匝月,君已三年。　　两愁相校,望夫山外,愁更堪怜。只投荒归日,病正缠绵。浑欲诉、金戈铁马,念谁禁、激管哀弦。忘情好,他时同穴,百岁镇随肩。

点绛唇　题折枝图赠友

远恨新愁,半春已觉难消受。海棠花瘦。鸲鹆双双咒。　　十二红阑,春气应全透。关心否。莺前燕后。定有人垂手。

蝶恋花　题画

丝雨丝烟湖上道。梦里年华,深浅谁知道。天上玉梅开过了。又教人世东风早。　　春事及今偏草草。有分披图,月与花枝小。独立数峰吟句峭。乾坤分半输怀抱。

风入松　题春山独往图

倏然一境迥难攀。几家人住溪湾。疏篱败壁凭谁补,借亭亭、隔岸青山。小史乱头粗服,先生雨笠云衫。　　生绡忽破酒人颜。清梦置其间。溪塘正好营高阁,待他时、风月人还。仲蔚蓬蒿须补,刘安鸡犬都删。

买陂塘　邵二云姚江归棹图

黯然归、一肩行李,春风不遣人住。姚江双桨悠悠去,去也更休回顾。天意苦。要汝是、名山夜雨成千古。功名射虎。只亘亘平生,才皆中下,李蔡岂君伍。　　当年事,千佛名经曾数。一枝原最高处。衫青袍紫都闲物,惹我酒间起舞。君莫误。君尚有、数椽茅屋秋风浦。萍踪语汝。恐又引先生,酒阑灯灺,清泪滴残炷。

沁园春　题万黍维持筹握算图

儒林传耶,货殖传耶,君因并书。叹百不如人,一筹还展,十尝九误,些子都输。业可抛经,读宜从律,且把苍生经济储。他年看,看致君事了,更累锱铢。　　满盘算了还虚。怕仰屋他年更苦劬。只田从玉局,须求阳羡,家从杜牧,更创吾庐。我谓先生,归谋之妇,料理床头阿堵铺。先生笑,有五铢七币,盍往观乎。

朱栋(1746—?)　2首

字木东,号二坨,江苏金山(今属上海)人。诸生,候选州同知。少从父廷芝游京师,王昶为之延誉。七应省试不第,后往来柘湖,辑录一方名迹,著《平巷志》六卷、《朱泾志》十卷。嘉庆十一年(1806)年六十一尚在世。著有《二坨诗稿》四卷,附《二坨词稿》一卷。

台城路

小琴久客言旋,来问寂寞,谓江乡之可乐,不事远游,盖倦飞知返时也。出《招鹤图》索题,因填此词。

出空霄朗云开处。飘然便乘风去。逸响闻天,高翔薄汉,清掠千岩霜露。

游无定所。认到处山川,夕阳今古。健翮经秋,碧虚来往忘归路。　　幽人频挥白羽。晚凉晴宇里,长歌延伫。水国苍寒,陂田碧爽,怕被清风留住。东山暮㐲。莫又作鸿飞,惯随鹏举。白石苍苔,力耕能饱汝。

珍珠帘　廖织云抚琴图

早年便识琴中趣。似文姬静好,焦桐在御。别鹤不能归,理琐窗心绪。盥手焚香端坐久,雅操在、断无人处。方住。正花落空山,韵流湘浦。　　薑白幼妇争夸,旧词删好,把新词重谱。一曲一清心,对碧虚晴宇。响杂苍松寒涧里,纵有怨、何曾凄楚。无语。领三更凉月,一天清露。

李澧(1746—?)　57首

字兰友,号篁园,浙江嘉兴人。宗仁子,良年侄。诸生。少随父游淮上,年三十游闽中,下榻梧溪金氏桐华馆。工诗,酷好倚声。嘉庆十八年(1813)尚在世。著有《意香阁词》六卷。

风蝶令　题画墨梅粉蝶便面

一片冰肌在,三分春意含。美人芳讯许谁探。不道庄生飞梦、入孤山。
群挂湘流影,衣涂金粉斑。扇花枝北又枝南。闲却东风一带、小桃酣。

沁园春　题王愚谷外舅濯足图

两脚蹒跚,千里饥驱,二三十年。记风沙扑面,担囊朐浦,烟花撩眼,立马平山。赋就登楼,歌成斫地,壮志全凭归梦删。梅溪口,任先生脱屣,濯遍清涟。　　从教投老荆关。听一曲沧浪起辋川。料鸥盟久缔,自应机息,草堂新辟,尽得秋闲。白发萧萧,高怀落落,不须纤尘到履边。频回首,笑印泥鸿爪,尚未知还。

过秦楼　题唐六如画崔莺莺像,即用六如自题原韵

有美人兮,西厢待月,好事寻来忘倦。泪弹雁柱,书递鸾笺,潜被阿红偷见。趁良夜步迟迟,羞借屏遮,冷嫌风扇。想晓钟催后,巫云归岫,鬓松钗颤。　　犹记得、兵燹蒲东,伊谁活尔,白马来如飞电。山河盟重,儿女情长,欲诉相思难办。剩有风流画图,今日桃花,去时人面。问游春梦里,何处佛香萦殿。

南乡子　题张竹隐幽篁坐爱图

三径绕筼筜。翠幄风开别有香。画里分明无六月,阴凉。小坐莓苔滑不妨。　　尘事尽堪忘。闲作诗狂更酒狂。便拟从君谈夜雨,商量。寒玉丛中结草堂。

壶中天　题亦渔叔浔阳秋泛图

石尤风静,泛瓜皮艇子,琵琶亭畔。雁影横空霞散绮,极目江天平远。九道连波,两姑环翠,尽被吟怀卷。披图遐想,斯游兴也非浅。　　特记四十年中,栈云陇树,鞍马都经遍。更向浔阳空击楫,双鬓而今如霰。长铗歌残,挂帆归去,急趁秋潮便。竹林依旧,应留大小狂阮。

南柯子　题汪逸园二我图,图写桃花源

对己称同调,非夫敢效颦。人随明月月随人。恰见一般面目、写来真。　　两两看花去,桃源别有春。都因仙骨在君身。幻作无怀氏与、葛天民。

减字木兰花　题陈昼堂春风啜茗图

此间最好。一碧琅玕尘不到。香饮钗头。披拂春风忆赵州。　　闭关颂酒。醉里生涯君恋否。我若来过。借取茶铛泛月波。

疏影　拟题花影吹笙图

月明如昼。正排成凤翅,花底声逗。十二阑边,掩映多姿,风光着意描就。何须跨鹤缑山去,恍引入、武陵溪口。问蕊宫、谱出霓裳,有此鼓簧人否。　　寻遍林间暝色,嫩寒料峭甚,清韵重奏。几见繁英,舞落山芎,一曲空怜春瘦。分明三影新词在,好付与、歌筵红袖。听鸾音、吹到更阑,衣露不嫌沾透。

步蟾宫　题友人坐石小照

高踪不许纤尘涴。筑一朵、小山栖可。闲来抱膝偶忘机,料未必、禅必参破。　　阮狂嵇懒无如我。空倚遍、新声谁和。待君月底品箫时,扫片石、苍苔分坐。

朝中措　题戴寿泉春水居图

拿舟访尔到花溪。春涨绿平堤。篱畔三楹屋短,柳边独木桥低。　　偶成小筑,倩图横幅,哑董迂倪。笑指风尘游子,劳劳那得幽栖。

南乡子　题顾篆崖山居读书图

汲绠想诗翁。小结茅茨六六峰。藉免窥园帷独下,山中。长听书声和古松。　　落落寄幽踪。闭户何烦客过从。倘有闲情翻菊部,邀侬。三弄梅花一笛风。

霜天晓角　题任耕溪秋山策杖图

山光清晓。引客拖筇到。听得秋声在树,添几阵、嫩寒峭。　　三径棘童扫。杜陵吟未了。抛却秦云陇月,重补入、息游草。

醉春风　题风鸢图

豁目天清朗。伴结垂髫两。袅空一线引鸢飞,上。上。上。摇曳童心,颉颃儿手,鹏程游畅。　翅薄云边扬。筝急山头响。春三难得几回晴,想。想。想。纵趁风便,须防雨打,能收才放。

洞仙歌　题沈江田吟香独步图

江村雪霁,报玉梅开了。竹外横斜一枝好。趁冰蟾弄影、铁笛歊香,探幽去,扑面东风寒峭。　罗浮游已倦,不用骑驴,小步林间索花笑。花亦爱吟春、每听新声,便惹得、芳魂飞绕。总输与、孤山老逋仙,看驾鹤归来、写成妻照。

减字木兰花　题吴澄斋江梅图

讨春芳讯。驴背何如篷背稳。雪压江干。玉笛风吹诗梦寒。　波流三折。一路花迎华顶月。伴尔趋庭。香比陔兰分外清。

雨中花　题章秋岩富春独钓图

日落樟亭天宇净。印一片、波光如镜。趁踏浪鱼肥,持竿柳下,小立罴师影。　未许鸥朋重问讯。早谢却、雨蓑烟艇。待罢钓归来,寻春江上,梦远家山近。

忆秦娥　题若谷再侄揽镜图

玻璃镜。一般面目光相映。光相映。也应自爱,者般青鬓。　闲来偶向花栏凭。忘言惟有空中影。空中影。柴桑人见,定将诗赠。

阮郎归　题旭斋从侄孙秋江归棹图

西风两度去邗沟。归帆千里抽。江豚吹浪雁横秋。金焦拥柁楼。　　沿楚尾,掠吴头。家山一望收。杯倾桑落写羁愁。花南且息游。

如梦令　题红绿梅便面,为金香谷作

疏影罗罗如旧。漫说绿肥红瘦。一样两般花,写入霜纨香久。风透。风透。春在先生之手。

江城子

题苍云石图。石在溧阳试院,相传宋高宗赐丞相赵揆家物也。为介石侄作

争看北苑碧芙蓉。绣苔封。彩云笼。兀立庭轩,峭影插晴空。好伴王孙文酒社,长相契,不言中。　　一壶曾记咏坡翁。九华峰。也难同。回想南朝,何处割玲珑。半壁江山余片石,犹夭娇,欲从龙。

玉壶冰　题冯云墀听雪读书图

乱云低度芸窗外。急雪随风洒。程门立后独横经。又听梅梢戛玉、响玲珑。　　朋笺灯下联裙屐。小砚红丝炙。一编遮眼我犹贪。无那青毡老去、不胜寒。

品令　题陈六峰前辈竹坞图

翁真超俗。便瘦也、何需肉。惯留客处,猗猗多是,拂云修竹。阴过风亭水槛,满衣寒绿。　　难抛老屋。乞与可、描横幅。百年余荫,慈孙林立,一班青玉。入坞重来话旧,茗香炉熟。

解佩令　题陈六峰前辈竹坞图,效独木桥体

临流栽竹。编篱护竹。料王猷、肯使居无竹。万叠清阴,恍写出、胸中成竹。更何妨、客来看竹。　似淇园竹。似兰亭竹。为山人、报平安竹。小阁招凉,正月影、窗虚描竹。听声声、笛家吹竹。

秋蕊香　题友人对菊图

惟有黄花耐久。好与黄花为友。风流晋代人如旧。十客图添双寿。疏篱待月宵分后。香盈袖。呼童倒尽瓶中酒。还问白衣来否。

江月晃重山　题吴东白蕉林玩帙图

几席翠沾雨润,亭栏绿锁云深。叶抽万卷郁成林。添秋兴,诗思剥蕉心。往事鸥盟已散,生涯蠹册堪寻。司香小玉最知音。携书至,为尔惜分阴。

金人捧露盘　题王菊隐采菊图

记题糕,风落帽,会重阳。正东篱、丛菊初黄。澹无言处,诗怀洁到九秋霜。从教摩诘,占陶家、一瓣心香。　抚孤松,延月影,开辟径,挹山光。采芳枝、佩入萸囊。漫嫌花瘦,自餐英后寿而康。小槽酒熟,隐柴关、醉便何妨。

满江红　题芭洲师从军图

燕颔书生,慕宗悫、有怀投笔。早慷慨、从军而去,识魁报国。金仆姑飞云阵破,绿沉枪起霜蹄接。看一江、红水截蛮乡,群山立。　冲贼寨,披坚卒。书露布,参谋客。且休嗟远戍,轻将身掷。但使十年穷塞主,何难万里开边驿。赋归来、官冷气犹雄,颜如昔。

临江仙　题冯静波盘石听泉遗照

竹雨松风吹过了,云根飞瀑斜穿。出山原是在山泉。一泓清若此,流响到吟边。　　三楚三吴常作客,故园梦隔经年。梅花曾结几时缘。空教歌水调,入耳转凄然。

黄金缕　题王菊隐贻孙图

野草斜阳春畹晚。燕子当年,巷口调雏惯。又值天香飘桂殿。宫花早被宁馨占。　　岂必兰生夸九畹。一颗明珠,久识诒谋远。听得饧箫来别院。黄童白叟欢何限。

疏影　题陈二梅种梅图

评花第一。占江南芳讯,标此清格。竹外移来,随意分栽,满庭都是春色。轻寒剪剪东风扇,吟袖卷、暗香飞入。问何缘、赠佩兰皋,邂逅相逢今夕。　　家住若耶溪口,三楹茅屋矮,横影瑶席。记绾铜符,长抱冰怀,肯把玉人抛撇。琴堂携鹤调林下,写不尽、何郎词笔。最牵情、澹月昏黄,坐我梅边吹笛。

十六字令　题夏雨村释道两参图

奇。幻作缁衣又氅衣。参三昧,但恐恼山妻。

其二

游。铁板铜铙敲不休。沿门去,解唱道情不。

其三

呆。仙佛如何学得来。回头想,五脏即蓬莱。

其四

还。面目依然未入山。寻庄梦,栖只在碧云间。

珍珠帘　题姚眷庭安禅图

万人海里曾游遍。猛回头、一笑尘缘都断。老作在家僧,鬓飘萧霜点。五十年来成小劫,早蝴蝶、梦中飞散。谁伴。有牟尼白足,瞿昙黄面。　剩此酒盏诗筒,便当作空门,粥鱼茶版。歌啸任天真,宛泠泠仙梵。借我团蒲参一指,共挥麈、竹林深院。如愿。把三千世界,与君分占。

解佩令　题马两如同心兰画册

空山谁伴,盍簪此地。七年前、曾把相思寄。(癸亥岁盆兰曾放同心,今复见此,因绘图以纪。)两度光风,一枝玉、种成连理。问骚坛、识花心未。　分明幺凤,双栖叶底。碧玲珑、楚江有几。为合新欢,又惹得、幽香通体。梦中人、者番如意。

浣溪沙　题侯官张超然墨梅,即用竹垞禹平联句原韵

三尺苔枝卧粉绡。先春消息逗芳苞。画梅余墨点花梢。　挂月影分螺水畔,催诗香入砚山坳。小屏风上即村郊。

沁园春　题金鄂岩比部岌山卜居图

点点螺峰,特爱诛茅,居长水滨。似辋川林墅,临风听鸟,柴桑门径,踞石看云。小住为佳,不疑何卜,且脱朝衫作散人。平台上,啜清泉一滴,茗话斜曛。　此间尽肯留君。但未解年来引梦频。记五陵结客,簪横青鬓,六街走马,袖拂香尘。料有余闲,偶成别墅,他日归田自在身。家山好,挈梅花老友,比屋为邻。

金缕曲　题钱甥璞斋花洲小憩图,时甥归自豫章

渺渺洪州路。忆当年、鸥鸱声里,峭帆溢浦。千里风涛吹梦远,恰被绿杨绾住。且小憩、花洲深处。窈窕窗开清于水,看飞来、一片西山雨。吟不了,冷香句。　　频年我亦嗟行旅。记榕城、吹竽击筑,倍添愁绪。瘴海蛮山都历尽,谁惜孤鸿铩羽。算只好、担囊归去。占得漾葭鱼矶在,订重来、把钓联鸥侣。邀夜月,泛春醑。

迈陂塘　自题闽峤纪游图

最销魂、溪堂录别,春风泪洒游子。短长亭接仙霞岭,身与冥鸿无际。还历记。记一辆、芒鞋踏破云千里。滩声又起。早飞上乌篷,偏从石罅,穿入激湍底。　　艰难路。偻指十年前矣。画图见也心悸。三山归去空垂橐,赢得满衣尘滓。悲且喜。剩老屋颓垣,尽有消闲意。笛囊试启。把犵鸟蛮花,珠螺粉蛤,吹遍竹枝里。

增字渔家傲　题管筠安荷净纳凉图,图有二女郎采莲

镜里优昙光照眼。小艇撑来,红袖临波卷。秋到陂塘秋亦艳。才一见。吟魂早被香吹断。　　柳阁招凉挥羽扇。雪藕调冰,顿觉炎氛远。君子之交如水淡。原不恋。桃根桃叶桃花面。

月底修箫谱　题金雪坡表弟破窗风雨图

橐空垂,杯独举。傲气溢眉宇。老屋酣眠,一任打窗雨。只愁入池塘,重寻春草,写不尽、梦中心绪。　　梦无据。且把往事湘江,伴我剪灯语。数遍豪游,檐溜响都住。从教舞起青萍,歌翻白雪,早一树、秋声飞去。

蝶恋花　题筐蟹瓶菊小幅,为方樗盦作

落帽风前传画手。筐蟹初肥,如戟霜螯陡。采得东篱花耐久。一瓶秋色南山寿。　叶也萧疏枝也瘦。淡墨图成,满纸寒香透。捉瓮边人来对酒。莫教八跪爬沙走。

一丛花　题当湖沈珠江种菜图

休文一舍抱东湖。汲水灌园蔬。鸡栖豚栅都除了,两三畦、春韭秋蒲。如此瘦腰,漫来学圃,力恐不胜锄。　撷香且向瓮头储。寒夜配醍醐。贫家滋味从来淡,又何曾、嗜与人殊。留得菜羹,伴吟八咏,添写读书图。

卜算子　题金晴江临渊羡鱼图,晴江年十二

外傅抱书归,特地临渊久。别有心儿若个知,试问鱼知否。　数点戏鱼花,一带穿鱼柳。偶向钓鳌矶上游,小试经纶手。

望江南　题画

鸥波阔,薄暝坐船头。不用橹枝摇月去,任风吹过荻花洲。横笛一声秋。

一江春水　题顾松泉河干送别图,图为其师严石帆游大梁作也

绿杨桥外红亭酒。酒尽嗟分手。离愁欲诉转无言。目送春帆细雨、到梁园。　计程此去三千里。负笈情空寄。怀人频上读书台。愿谱南飞一曲、鹤归来。

踏莎行　题陆莳梅柳溪渔艇图

鸭绿波平,鹅黄柳袅。画桥撑出蜻蜓小。最多春处且勾留,漫言西塞山前好。　　偶尔抛书,闲来把钓。背篷圆笠都忘了。笑他江上打鱼翁,求鱼尽日嫌鱼少。

菩萨蛮　题顾菉崖秋水寄怀图

波流不到相思地。雁归不寄相思字。撩眼荻花飞。吹来秋满衣。　　南华才读罢。妙写亭林画。持与素心人。交情淡更亲。

百字令　题竹坨图,即用竹翁自题词韵

白头解组,尽消闲醖舫,小长芦泊。十载东华成往迹,倦向软红尘托。墨洒羊裙,经谈马帐,闭户寻真乐。茶烟飞处,板桥西去篱落。　　还忆坨北坨南,扫花三径,留客团春酌。潘未查容今已矣,梦想芸窗垂幕。竹以人传,亭因书著,逸事归林壑。画图绘后,吟魂如在楼角。

百字令　题竹坨图,即用竹翁自题词韵

殊方灭刺,数频年浪迹,浑同鸥泊。招隐小山丛桂在,底事更将名托。读古人书,为天下士,老去贫而乐。风流坛坫,布衣终不沦落。　　休怅蒋径烟埋,庾园草没,话旧杯堪酌。最好荷花池看月,一任冷香吹幕。何处无亭,此间多竹,吟席铺云壑。当年谭艺,问谁能与翁角。

百字令　题竹坨烟雨归耕图,即用竹翁自题词韵

身将安托,论泥涂轩冕,惟农与士。士到穷时农可业,糊口由来难已。黄犊犁云,绿蓑披雨,耕者都如此。江湖游倦,不妨姑负锄耳。　　非必甘作逃

名,菰芦宛在,一棹通秋水。渔弟樵兄还往数。也算其门如市。土灶炕香,瓦盆酒熟,蔀屋关心事。折腰何苦,田园毕竟归是。

钓船笛　题张竹梧秋江理钓图

蓑笠寄生涯,最好渔竿无税。随意蓼滩鸥渚,钓玉鲈秋水。　　结庐近在板桥东,访尔一杭苇。假若有鱼无酒,我携樽来对。

西江月　题金包山含笑看吴钩图

只为锋将一试,从教器不终藏。凭君谈笑起风霜。虎气腾霄而上。拔去何劳斫地,看来惯引飞觞。五陵结客少年场。海阔天空襟量。

西江月　题沈组云秋林待月图

薄暝林间雾重,嫩凉衣上风轻。秋香几度暗中生。争奈有花无影。坐久渐看天朗,宵分倍觉心清。计君八咏好诗成。飞上一轮如镜。

满江红　题夏健庵伏虎图

逐逐眈眈,忽来自、长林丰草。君养就、浩然之气,独能驯暴。每到谈时颜不改,都因镇处神先罩。想雄姿、试展画图看,风来了。　　口不哇,何妨啸。尾可履,何曾掉。漫心头撞鹿,管中窥豹。蒙马胄臣宁足武,下车冯妇真堪笑。计从今、骑入法花台,诸魔扫。

潇潇雨　题泾溪周谦斋种竹图

泾流通略彴,翠弯环、峦影压柴荆。为琅玕百个,买栽此地,待绿成阴。留客香浮茗碗,寒玉护庐深。雨叶烟梢底,写遍吟襟。　　回首天台路远,记赤城华顶,引梦幽寻。尽仙都游畅,未必慰平生。竹林中、纤尘尽扫,晋风流、清到主人心。家山好,闲居可赋,不用逃名。

吴锡麒(1746—1818) 122首

字圣征,号谷人,浙江钱塘(今杭州)人。乾隆四十年(1775)进士,改庶吉士,授编修。官至国子监祭酒。嘉庆元年(1796)入直上书房,为皇曾孙师,与成亲王永瑆交莫逆,礼遇如大学士。晚年主泰州安定书院。长于骈文,工书,亦善度曲。著有《有正味斋词集》八卷、《词续集》二卷。

看花回

秋雨初霁,同人泛舟红桥,游王氏园。时桂花盛开,年瘦生汝邻为余作《访秋图》,余填此调。

唤艇。向烟遍觅语,波心摇影。小山暗引吟兴。送天际幽香,十分清冷。盟萝款竹,待到斜阳人去静。烦写我、散发疏林,雪鸥梦外谱凉韵。　　丘壑此间原画境。更列岫、隔江遥映。省识前身老衲,惯金粟堆中,听来秋磬。西风未归,怕有闲云故山等,且先参、无隐禅心,说与幽花证。

石湖仙　题王兰泉先生昶三泖渔庄图

绡痕秋剪。带红树苍茫,沙溆清浅。寻梦到芦花,只留得、鸥心一片。莼香吹老,问几桌、采鱼归晚。云断。认破帆、指塔遥转。　　京华比年同住,话林泉、尘襟如浣。簖蟹捞虾,试检鲈乡旧券。笛冷吟龙,月高听雁。夜灯枫岸。图里展。菰蒲剩响篷点。

琵琶仙　唐六如夕渡图

林曳秋烟,带鸦点、一片苍茫未了。来问古渡扁舟,篙声出寒蓼。红树外、渔樵杂坐,写凉影、不多斜照。几尺荒波,阅人来往,能记多少。　　念当日、曾住枫江,惯寒暮、沙汀觅菱棹。收拾一天云水,付林泉新稿。还想见、人归月上,剩橛头、闲立鸥鸟。最爱斜对柴门,一峰孤峭。

摸鱼儿　题许笠人孝廉聿竹坡图

黯濛濛、万竿寒玉,碧烟吹满空际。无声诗里秋难听,暗聚一壶凉思。秋几里。看照影、横斜添入三分水。樵风又起。问老叶遮晴,危梢曳雨,鹤梦得圆未。　湖天住,老屋数间而已。苔阶空印屐齿。近来霁雪梅花外,谁赏此君清味。图画里。叹烧笋、年光未许成归计。频欹笠子。但歌到吴江,竹枝凄咽,怕减袖罗翠。

惜余春慢　题美人图,仿唐人"惜花春起早"诗意

罢打莺儿,旋惊猧子,梦醒思量难说。余寒未了,堕入苍茫,才卸柳边残月。道是新愁怎禁,偷捻香枝,莫嫌轻折。只帘旌、遮住东风,栏外落花如雪。
听几度、歌唱横塘,相思来处,料也双心同袜。单衫瘦䩄,冶鬟浓堆,恰称旧家标格。最忆红楼,那番妆镜初开,上头时节。又啼鸦唤曙,梨云无数,不曾留得。

忆旧游　题李秋门寅熙鸳湖雨泛图

认篷捎窄叶,橹划圆波,半逻船来。过了杨花雪,想桃花细雨,镜面新揩。暗添旧愁多少,剪烛话天涯。问湖是鸳鸯,勾留乡梦,几夜曾回。　徘徊。溯前约,又黄雀风高,孤负帆开。唱到潇潇句,剩图中笠影,也费鸥猜。劝君藉袈桥畔,归买藕苗栽。只待我闲来,花前弄艇同举杯。

摸鱼儿　题友人柳阴独步图,用汪柳湖应绍韵

扰长堤、濛濛密密,何人寻到烟趣。第三桥外听莺说,说与落花情绪。须小住。道圆却萍波,未了前生絮。丁宁认取。是青漆阑干,红泥亭子,赌唱柳

枝处。　　天涯怨,空忆旧时纤妩。蛾儿看去愁误。料伊也倦回娇眼,怕惹寻常歌舞。情一缕。只绾雨摇晴,画出西湖路。邀君更驻。正笋美鱼肥,酒帘一角,梦入绿阴去。

瑶华慢　题陈默斋广宁寿雪山房图

宛然太始,如此孤清,记访溪山口。群峰玉立,俯竹里、着个寻诗人瘦。寒驴骑出,认林缺、白云相候。有峨眉、老鹤归来,说道峭寒依旧。　　翻怜泥爪天涯,剩踪迹萧萧,前梦孤负。瑶华寄赠,问写得、近日时晴佳否。山阴高致,更续向、永和年后。请一壶、茅店沽春,醉折梅花为寿。

霓裳中序第一　题陈秋堂表弟豫钟蕉林学书图

幽寻试步屧。坠雨飞来响凉叶。酿就苔阴半湿。渐扇影生疏,衣香消歇。愁心万叠。叹绿天、前事难说。谁重把,好秋一片,料理入吟箧。　　清绝。晚萤明灭。照钗股、依稀如折。相思人又赋别。剩破砚栖烟,孤筇倚月。草荒迷梦蝶。只几度、碧云暮合。潜教换,画稿离披,水墨半栏雪。

庆春宫

不见方竹楼元鹿垂廿载矣。今年春,相遇于真州,白发飘萧,穷老可念,酒次出《橐琴感旧图》属题。回首前尘,宛乎梦寐,毫楮所及,凄然于言。

流水前缘,闲云今日,料难说与枯桐。膝上虚横,囊中冷贮,者番又过春风。绿杨城郭,问谁系、当时钓篷。沙鸥应叹,一别江南,廿载重逢。　　寥寥古调难同。白发尊前,旧梦烟空。不了相思,便教相见,也怜弦语都慵。把杯徐劝,且休惜、衰颜醉红。商量一曲,挥手招来,海月天东。

齐天乐　题倪米楼稻孙载书图

绿波如画江南好,棹歌千里催发。长物随身,东风着力,滚滚涛头飞雪。

呼鸥试说。问可识词人,者般踪迹。细雨桃花,米家船到片帆湿。　　垂杨还映古堞。叹楞伽旧梦,空掩苔箧。彩笔期君,青毡坐我,同照二分凉月。吟虫渐咽。和夜读声清,一灯明灭。篷滴依稀,梦醒闻坠叶。

台城路　题黄润园梧索句图

苔边凉杀诗人梦,醒来还续吟绪。红引花窥,青邀竹笑,谱出无弦琴趣。高情漫与。在斜照明时,断烟疏处。招手青天,响空一鹤共幽语。　　西江试论派别,羡涪翁句好,香瓣重炷。苦蘖禅心,甘茶俊味,同向个中参取。春风去住。怕吟损腰围,渐输前度。且乞花猪,嫩和新笋煮。

金缕曲

如皋冒巢民先生水绘园擅名国初,为南北群贤往来宴集之所。至今百有余年,渐就零落,其四世孙妙隐复缮葺之,落成后绘图属题。

卷起杨花雪。尽东风、摇晴送暝,去寻春色。一样游红窗户在,难得斜阳未歇。好重认、巢泥踪迹。燕子隔帘歌可赌,怕新愁、咽了呢喃舌。逢上巳,事谁说。　　党魁名字争厨及。只流传、豪华天性,黄金轻掷。今日名园乔木长,依旧故家标格。待推上、黄昏明月。吟遍玉梅三百树,荡余春、唤得云魂热。流水外,一声笛。

摸鱼儿　题柳阴观钓图

送萧萧、鹭鸶风过,轻阴吹面如雨。蓑前笠后商鱼计,那得半湖租与。留且住。看熨帖、晶奁影落高高树。香纶认取。怕玉尺跳时,银刀上候,暗绿揽千缕。　　江南忆,最忆渔儿渔女。芦花频梦秋渚。画图熟识樵青面,何日共寻烟语。携钓具。便趁个、闲鸥缓踏凉波去。斜阳渐暮。爱第二桥边,提来换酒,鱼口尚黏絮。

曲游春　题李未庵存厚梅窝图

说与花休恼,念花时几度,曾梦归去。雪压溪桥,早鞋痕没尽,暗香来路。待慰相思苦。写足了、白云千树。任春风、吹到横枝,不怕玉鳞飞舞。　　羡汝。修来如许。只怜我京华,踪迹都误。缟袂凄凉,叹天涯酒醒,旧游难数。五月江城住。只铜笛、那时吹处。记得叶底黄肥,一天暝雨。

唐多令　题友人停车枫林图

树色入秋肥。霜风叶叶知。车中人、读画中诗。疑是老渔来结伴,沿浅渚、照红衣。　　远路白云迷。何村曳酒旗。花非花处夕阳时。天气已寒宜薄醉,驱且去、过桥西。

南柯子　题陈默斋惜花图

春短催三月,花寒瘦一枝。雨丝丝揽鬓丝丝。又是画帘肠断、阿灰时。恨远难成梦,愁深转欠诗。满天如雪落胭脂。只向青苔石上、画相思。

梦横塘　题石涛僧兰竹卷子

嫩描尖叶,老放斜枝,染来浓墨如翠。袖薄笼寒,怕佩采、骚人难倚。零露飘香,回云送润,待琴弦未。想禅心毕静,配笋添苔,前身是、潇湘水。　　袈裟蜕去何年,叹萧疏眼底,瘦影如此。旧梦扬州,谁更问、那番歌吹。且幽谷、冰魂唤到,伴向纹窗弄秋碎。藓缝曾题,苦瓜残款,付虚空弹指。(石涛《竹西歌吹图》,余旧有诗。苦瓜和尚,其自号也。)

醉太平　题画

杨丝柳丝。桃花间之。荸芽新长荻苗齐。是河豚上时。　　茅檐竹篱。

谁家酒旗。有人醉去欠题诗。补中仙小词。

南浦

王荠南司马沣宦游江右,余不见者十余载矣。今年夏晤于都下,述其仕路险巇,令人惆怅无已,因谱此调,即题其《南浦归帆图》以遣之。

云飞画栋,剪江风、吹过雁声寒。春水今番生早,新溜放前滩。料理一帆归去,尽闲鸥、陪我梦同还。只柳枝犹短,不堪攀处,青眼已偷看。　　检点故衫尚在,道江州、司马泪休弹。好是风波唱定,灯火报平安。浊酒晚来须买,拢轻舟、已见旧家山。怕夕阳回首,宦途辛苦话都难。

八声甘州　题张惺斋征君炯池上草堂图,即送其还宣城

算乡关已到雁来时,木叶渐纷纷。正佳儿夜读,一蛩相答,灯火黄昏。怕是松苍竹老,烟水待鸥群。还送跨驴去,落日都门。　　差喜菊花无恙,要冬心共守,浊酒温存。况对床风雨,旧事好重论。问几时、寄来团扇,诉相思、画出敬亭云。定知我、倚栏干处,一样思君。

解连环

白莲女史方氏,扬州罗山人,两峰室也。尝请业于绿净老人许太夫人,与其姒孙氏净友、小姑秋英暨里中汪楷亭之妻袁夫人作九九消寒会,唱酬成帙,管平原曾为画《寒闺吟席图》。今女史下世久矣,两峰以图属题,因次卷中王兰泉侍郎韵酬之。

年年歌吹。叹前番绮阁,谁寻吟味。纵二分、明月能来,奈兰炷销残,已灰心字。想象云衣,尚竹外、袖罗飘翠。只玉梅花下,三九交时,空晕寒思。

飞霙悄疑堕地。记才高咏絮,瑶管曾试。甚梦痕、一枕天涯,恼双鬓星星,为伊憔悴。落叶荒山,怕乐府、秋坟催起。惹情丝、是莲是藕,暗牵宿泪。

高山流水

米楼有《高山流水图》,属余题者二年,偶遗尘箧中,久未得报。今秋值其奉讳将归,慰问之余,离情怆恻,因书此调还之。山水之音,不足以喻其哀也。

一天惨碧共烟生。付湘弦、弹出凄清。孤雁带霜回,平沙又落寒声。相思处、只隔云横。依稀有,多少山长水短,梦不分明。算知音剩我,独坐望江城。

冥冥。真州旧游在,惭负了、几个鸥盟。愁与诉萧骚,怕惹指外离情。甚天涯、泪雨重零。扁舟去,料得鹃啼鹤唳,已是难听。况爬沙古,怨风雪、迫归程。

高阳台　题萧照中兴瑞应图

泥马祠空,金牛湖冷,照城光竟如何。润色丹青,残山已是无多。斜阳纵有闲金粉,料难写、汴水荒波。算赢来,一着枯棋,字裹黄罗。　　思量欲堕龙沙泪,忍双环撇却,半臂抛过。梦里冰天,怎教隔了黄河。荷花桂子都无恙,怕高台、击竹哀歌。剩神灵,枉护冬青,愁满烟萝。

菩萨蛮　题陈云伯文述碧城仙梦图

红墙隔住银河悄。十二铜龙唤秋晓。软荡一窝云。玉笙云里闻。　　情波吹不起。海色寒青腻。仙语出桃花。酒旗星正斜。

木兰花慢

韩旭亭是升家居吴门,所葺小林屋即其曾大父贞文先生洽隐园也。先生与郑君敷教、金君俊明皆为胜国遗老,鼎革后互砺名节,朝夕于斯。后旭亭之兄键属吴兴沈宗骞为画《洽隐园三友图》,今又三十余年矣。旭亭来征余题,谱此应之。贞文先生讳馨,字幼明,少有声南雍,党事起,几罹于祸,五人墓碑其所书也。贞文盖私谥云。

借苍烟片席,写水木、倍清华。看竹互松交,迷迷古雪,吹出疏花。仙家。石枰劫后,醉青山留浸一壶霞。只合冬心共话,柴门莫许轻挝。　　堪嗟。局外满风沙。旧梦老兼葭。剩断碣残阳,伤心碧处,几字欹斜。天涯。画图展看,认苔岑无数白云遮。合眼须眉宛在,飘萧细雨窗纱。

摸鱼儿　题郭频伽盟鸥图

者清溪、一条流水,今番须作盟证。十年孤负闲鸥约,待放归来渔艇。秋满径。要软裹蓑衣,坐占苔矶稳。垂杨破暝。看浴雪沙涡,寻烟舵尾,扑簌下凉影。　　平生数,几度漂萍断梗。一般踪迹曾并。催人旅鬓如伊白,憔悴怕窥清镜。回首听。听斟酌桥边,唱到风波定。江湖梦醒。傍枫叶芦花,心心照见,月上一丸冷。

月华清　为祝仁泉崧三题林竹翳如图,即送其入都

千个栽余,二分配取,几时茅屋新构。翠锁阴阴,但响根边红溜。数知音、流水曾调,休袖了、倚寒吟手。回首。放花光一面,肯教春瘦。　　此去长安路远,念抖擞征衣,雪深时候。雁字关山,报汝平安知否。料故园、暗笋应抽,渐迸损、一方苔厚。孤负。到薑腾醉日,欠同尊酒。

摸鱼儿　题陆莳梅琇莹渔庄九曲图

认湾湾、绿杨围绕,结茅都在深处。收来破网斜阳里,人影小于飞鹭。呼野渡。但转过横桥,便是回塘路。沿陂细数。正油菜薹黄,荷花草紫,曲折响柔橹。　　平生忆,最是薜萝俦侣。前街甪里曾住。(沈虹浦住甪里街,余往来嘉兴,皆主其家。)春波已换当时碧,让汝去寻烟语。还唤取。唤渔弟渔兄,煮酒沙头聚。望衡对宇。尽菱角歌来,竹枝唱到,一样谱琴趣。

扫花游　题赵丈宝岑琛白云春草图

二分明月,照扬州前度,有人吟醉。晚风易起。荡天涯梦影,去来如水。草冷云寒,难写故园情味。待弦里。并廿四离骚,弹作清泪。　　燕市曾记未。早笛咽黄垆,旧苔荒矣。(令兄春帆先生与余同居长安,数晨夕者数载,今归道山久矣。)画图点缀。更迷离一片,最伤游子。归老湖山,剩与春愁满地。斗眉翠。只天边、乱峰斜倚。

百字令　阮芸台学使元重摹竹垞图属题,即用卷中原韵

二分竹外,记江湖载酒,归来曾泊。老尽箟筜人不见,让与闲鸥栖托。菱叶波生,藕丝乡换,重写林泉乐。愔愔琴趣,翠声天半吹落。　　谁复黄雀风中,斗鸡缸满,相对斜阳酌。秋水藉袈桥口路,遮护几层云幕。危石能扶,荒亭更葺,高致传岩壑。明年笋候,一尖还迸红角。

国香慢
题李秋锦征士艺兰图,图后装梁相国清标送行一诗,今在其后人遇孙处

咏罢循陔。叹美人老去,香草空栽。还寻漾葭湾口,重认荒苔。辛苦钽烟旧约,更谁纫、湘佩归来。东风肯将护,长就灵芽,春返云阶。　　灌园图并赏,恁比邻朱十,句欠亲裁。王孙憔悴,应料同怨天涯。补入离筵一曲,赚江南、好梦催回。招魂望天末,试鼓瑶琴,明月徘徊。

东风第一枝　储香岩桂荣属题程姬寿生梅花小影

就影寻烟,投香讨雪,敲空飞响吟句。旧游闲了歌船,写入孤山暮雨。疏花几点,怕也是、前生娇女。问甚时、修到冰姿,未减晚妆情绪。　　人静也、月华徐吐。风起也、玉鳞低舞。尚疑翠羽来时,梦里赠伊软语。天涯相忆,莫便化、行云归去。倩夕阳、画向春波,一笑镜中应许。

齐天乐

华秋槎潢罢官司马,留滞杭州,僦屋于西湖僧舍所谓宝云别墅者,在葛岭之下。名流方外,时时过从,石门方兰坻为写《北山旅寄图》,余题此阕。

一株鸭脚横遮处,门外恰临烟水。宿雨辞林,鲜云被石,浓裹半房秋翠。倪黄画意。问写到湖山,寓公能几。且破羁愁,夕阳来共冷红醉。　人生都似萍寄。无田归未得,偏羡廉吏。竹外弦诗,花间命侣,占了白鸥身世。讴思未已。剩心上甘棠,待回余味。那许丹青,置君岩壑里。

氐州第一　题施柳泉彭龄读书秋树根小照

高树衔晴,斜照又晚,余晖闪闪堪惜。就石搜凉,剜苔借翠,孤拥缥缃盈尺。吹过清声,剩几叶、风中翻碧。细碎虫鱼,缒丝络网,麝煤踪迹。　笑我妃豨辛苦熟。也磨瘦、年年吟骨。下学光阴,西风几度,早一簪萦雪。剩丹黄、残帙在,问奇字、流萤恁识。让与吟蛩,伴幽人、微闻叹息。

澂招

汪翼亭殿荣家休宁之双桥上,江湖游倦,有故乡之思,因自号两水双桥一钓翁。属石门方兰坻作图传之,征余赋此。

烟萝暗锁双桥路,萧萧冷风飞响。题遍故山秋,有沙鸥惆怅。晚风吹月上。恁孤负、柴门开向。一梦扁舟,酒瓶闲卧,破堆渔网。　严濑忆前游,松篁里、多是画眉来往。踪迹老天涯,剩斜阳无恙。溪流应更长。待摇曳、诗人归榜。倩图里、染出红衣,认戴家新样。

摸鱼儿　沈文咏楼晚晴曳杖图

蓦斜阳、闪来峰顶,满衣全染空翠。枯筇偏恋疏林晚,曳向无声诗里。行未已。看缓度、溪阴落叶和凉坠。盟山款水。正野鹭翘时,村牛浴处,瘦影一枝倚。　蓬瀛梦,莫惜青鸾铩尾。稚龙还逐云起。阿翁自足东篱兴,惯被黄花留醉。归仔细。道三尺、轻携便可奚童比。柴门近未。渐新月铺黄,铿然响戛,独自下烟际。

桂枝香

吴郡琴山在邓尉之西,下视太湖,如赴履舄,山中桂花特盛,足与邓尉之梅相匹。吾友范放谷来芝游而乐之,阅十余载,时往来心目间,因绘《琴山丛桂图》以寄遐想。卷中朱君棠以此调填词,余同其韵。

凉琴昼寂。剩青山一角,飞响黄雪。占断秋芳,只有此花幽洁。湖光卷入银鸾影,俨登临、广寒宫阙。满天风露,单衫耐冷,那回孤立。　试证取、前身明月。曾约我吴刚,旧时游客。自笑青鞋,孤负天香时节。西风换了淮南梦,待重盟、故山萝石。别来无恙,斜阳好在,画图金碧。

梦横塘

孙澄斋承祖家居菱湖,地有奎章阁,其叔祖南龄公所建。周环烟水,兀峙中流,菱唱渔讴,清响互发,今"奎章晚眺"为菱湖十景之一。澄斋羁迹邗上,有故乡之思,绘图属题,为赋此解。

四围临水,一角峨风,旧时高阁谁到。瘦尽菱花,剩万叶、凉浮烟悄。桥外移帆,树头张网,漫延秋眺。尽罗裙褶褶,画满鸳鸯,人何处、斜阳老。　得归便合归休,况白鸥旧约,渡口催早。莫负渔餐,料比似、官厨应好。只愁我、扬州梦误,怎把西湖也抛了。下若新篛,渡江船去,愿芳尊同倒。

瑞云浓　题寄尘上人"一船书画去江南"小照,送其赴浙

访秋约在,晴湖幽鹭相唤。萧柳斜阳画图展。归心暗逗,但说到、打包偏惯。渰渰渡江云,共孤帆斜转。　料理诗囊,定早有、烟霞贮满。旧社西泠纵今换。疏狂容汝,道鹤去、扬州尤健。米汁能参,酒旗风软。

剔银灯

金长孺先生之官学博,时其妹士珊随父任滇南,画《野畦图》送之。卷中花果多不能名,盖滇中物也。其妹后归王氏,今曾孙绶索题。

龙女种花归矣。小笔香奁能替。桃竹分红,木莲衬碧,尚有蛮烟吹起。滇书注未。怕难识、薜荔名字。　　惆怅行分雁翅。写向柳丝风里。云水千重,湖山一角,愁仿杨家妹子。殷勤答汝。定遥盼、大雷书寄。

水调歌头　赵穆亭水部承杰名其榭曰邀月,属画者陈生为图,余纪以词

持此一杯酒,今夕祝蟾蜍。孤心莫挂云际,千里荡模糊。多少松蹊鹤径,只待银轮推上,和梦浸琼壶。如到广寒府,花影醉来扶。　　转晶屏,移翠幌,上铜铺。玫瑰先破红笑,误当玉盘呼。乞得团圆佳约,且要金尊美满,万古共欢娱。何日江湖去,相对在菰蒲。

壶中天　胡梦湘比部稷送其弟穟之官浙中,绘雨窗话雨图属题

者般疏滴,悔不把帘外,芭蕉移去。搅得黄昏愁未了,添上剪灯情绪。暂缓鞭丝,徐停笛唱,酒味荷心贮。檐花细落,冷蛩同诉凄楚。　　感我飘泊天涯,故园不见,吟尽相思句。怕有凉空新雁到,更逗离心南浦。听水摊衾,呼风挂席,漫拟江郎赋。篷声仿佛,此情明夜尤苦。

菩萨蛮　题手山雪意卷子,兼寓骑省之戚

飞琼乍醒游仙梦。佩环不响风微送。吹紧一窝云。梨花荡软魂。　　墙阴如有月。翠羽无消息。独自立青苔。缟衣来不来。

洞仙歌

手山又有《园林春尽图》，刘芙初词云"留春不住看春尽，东风短了春人命"，盖亦写悼亡意也。

莺啼梦破，积寒烟如水。惨绿无端把春替。剩朱幡三尺、难禁东风，红雨外，换了招魂题字。　　销寒逢九九，记染燕支，要乞灵缘画图里。甚园林转眼、碧暗香沉，竟抛得、落花苔瘗。最苦是、天涯跨驴人，早飞絮前汀、并成清泪。

摸鱼子　再为手山题萍迹图

问东风、别来无恙，偏怜人在羁旅。闲鸥共说江湖梦，多少旗亭堪数。重唤渡。剩一片、空濛昨日杨花路。前身证取。正雨压浮踪，烟攒浪迹，欲散又还聚。　　天涯远，不管那边离绪。星星一阵吹去。春江也到愁时候，荡得绿波如许。归屐阻。更半约、晶奁划住斜阳暮。飘零误汝。只片段吴绡，红凄绿惨，画出断肠句。

百字令

沈眉峰同年飏自台湾归，以《秋林宴坐图》属题。海上回船，风波乍脱，于此中得大自在矣。

一声弹指，早波澜毕静，秋清如许。潇洒不争高盖在，尽有遮头凉树。峰落奇青，云收残白，吹过修罗雨。破帆无恙，夕阳能住须住。　　回念海峤苍茫，青红洶洑，横截飞涛去。鼍吼鲸咶争变幻，难得静消鼙鼓。失马非忧，闻鸡莫舞，且博林泉趣。闲烧红叶，一尊仍约鸥侣。

湘春夜月　题周竹桥炎听泉图

响泠泠，宛然琴韵飞来。那料入抱枯桐，犹未古囊开。劈破一条巫峡，只虚空流水,喷雪成堆。怕出山易浊,寒云拥住,洞口先回。　　鸾飞凤啸,天风浩荡,明月徘徊。声在无弦,甚听到、绿阴眠处,弦语偏哀。知音去后,料海涛、已息喧豗。但石上,借清凉一霎,松花如雨,闲理茶杯。

石湖仙

不见家竹桥十余年矣。癸亥七月,得遇于松江讲舍,流连话旧,凄惋特深,因出《闭户著书图》属题。会余病归,未践前诺,闻竹桥亦以是日得疾,不久化去。余缠绵床褥五月有余,其不同为天边之鹤者几希矣。病起怆然,即用白石老仙自度曲并次其韵,以题于后。

蒹葭前浦。认烟水微茫,寒树遮处。闲煞玉堂仙,滞青山、归云懒去。重门虚掩,早隔断、世间歌舞。谁与。只破毡、坐拥千古。　　东华罢骑瘦马,剩词囊、飘零俊句。一面前缘,易换江城秋雨。极目天空,断霞如缕。玉房金柱。闻笑语。嬛嬛旧是仙府。

忆旧游

辛酉除夕,戴竹友延介与钮非石树玉、陶凫香梁游虎丘山。非石赋诗,竹友、凫香各谱《忆旧游》词一阕,归而属其友汪浣云绘图纪胜,今五年矣。乙丑春,余过吴门,竹友饮余于护经书屋,出此乞题,即用原韵答之。

甚携来冷伴,提着枯筇,有此幽探。依旧吴宫地,叹繁华如梦,又过今年。定记几家门巷,彩胜各争妍。只剩下空山,市喧不到,落日钟边。　　留连。乐无事任咨禅。坐石说虎斛泉。薜萝纷在眼,算新逋难了,最是诗笺。且爇一盆松火,吟罢就云眠。待改岁梅开,重邀邓尉同进船。

清平乐　为米楼题重摹云郎小影

一窝云软。偎得梅花暖。百首珠霏才许换。不管老髯吟倦。　　单衫窄窄新裁。宛然出浴图开。尺八闲抛石上,相思黏住青苔。

摸鱼子　题钱十兰同年归渔图

道莼鲈、西风一箸,故乡滋味堪恋。轻便要换姜苗屐,踏遍夕阳沙软。沿岸转。只钓竹、萧萧担向肩头惯。前溪去远。趁芦着花肥,枫吹叶瘦,寻个白鸥伴。　　功名事,浑与浮云等幻。栽花心手都倦。拖烟曳雨寻归计,局外管谁长短。休笑懒。料有甚、鲇鱼肯受长竿胃。柴门闭晚。任独木船横,空心网挂,烂月晒来满。

浣溪沙　题蓝瑛画梅

古社何人访断碑。灯前重此见横枝。分明粉本马和之。　　剩许瘦金描旧格,欠教白石写新词。相思风雪段桥时。

卖花声　题罗两峰仿马湘兰画兰

烟雨满汀洲。香草谁收。残煤替写秣陵秋。马四娘家何处,是金粉添愁。　　名士在扬州。也擅风流。可怜辛苦学双钩。名署花之花尚在,白了僧头。(两峰自号花诗僧。)

蝶恋花　桂未谷属题两峰画蝶

金粉六朝衣未褪。春去春来,只带斜阳恨。绿到凄迷寒恁忍。落花争向裙腰认。　　借与麝煤添笔润。可似轻纨,扑着和香印。梦里江南归定稳。紫荷草长飞成阵。

满江红　题罗两峰鬼趣图

索索而来,蓦吹得、灯光如豆。应怪尔、青红涂抹,鬼都生肘。满载一车蓝缕选,空余两只钱刀手。卷阴山、几阵纸灰风,无生有。　　书生状,骑狸走。

女郎态,描蛾瘦。数美人名士,几堪回首。地狱本来随相变,面皮尚记观河皱。有十方、香米饱伊无,中元候。

其二

跂脚蒙头,是五趣、中间来者。但散入、阎浮提里,那分高下。结柳曾劳韩子送,移书屡被东方骂。奈今番、咄咄逼人何,儿童怕。　　青荷伞,肩头亚。白杨火,风中炧。又零丁帖子,招魂才罢。枯腊难充黄父饭,长身逃得钟葵鲊。被先生、碧眼一双圆,淋漓写。

蝶恋花　题卢竹圃小照

赤日此中浑不漏。跣足科头,独坐宜清昼。俗已全无肥则否。花猪顿顿须医瘦。　　太岁明年闻遇酉。预卜丰年,长养琅玕就。拓取侯封千户旧。一尊来乞平安酒。

齐天乐　题施耦堂侍御豆棚闲话图

有耕而钓而樵者,先生自居为圃。大扇宽鞋,科头袒臂,招集闲鸥三五。花今树古。总拦入吾庐,一棚风露。豆荚才肥,荇新随意井华煮。　　其中或吟或谑,或酸然说鬼,飒然谈虎。一半儿歌,三家村语,更杂琵琶盲女。相忘尔汝。任衣络青虫,夜凉如雨。有约休归,待归须夜午。

齐天乐　再题红衣钓师图

绯衣算是人间贵。谁能贵于渔子。风月无边,江山自在,笑尽寻常朱紫。闲情料理。且大酒肥鱼,煮来船尾。身似枫人,一秋常傍夕阳醉。　　珊瑚竿也惯把,也曾踏金鳌,曾跨红鲤。镜冷芙蓉,船停罨画,不道老之将至。残霞树底。看孤鹜飞飞,与盟流水。悔杀芦花,白头烟雨里。

百字谣　陈伯恭同年属题迦陵先生填词图

公真健者,记昔日词坛,交推青兕。醇酒妇人供跌宕,学得信陵生计。笔秃枯毫,衫横老泪,谁晓琵琶意。功名五十,马周头早白矣。　啸向玉宇琼楼,欲乘风去,只有髯苏比。一百年来朋辈尽,尽日玉梅花底。井水依然,旗亭故在,莫说先生死。安排铁笛,玉龙夜半催起。

满江红　题画

一片清秋,也不出、倪黄家法。只写得、绵绵渺渺,丹黄丛杂。近水人家苔气入,倚天峰影矶头插。听前溪、如有叶声来,樵人踏。　林簇簇,炊烟合。波淼淼,芦花夹。置余身此地,水云堪狎。老树西风揩痒马,荒陂斜照呼雏鸭。问抱琴、人出恁忘归,柴门阖。

金缕曲

杨丈砚雨殁五年矣,令嗣莳梅检遗墨中,得枯树一帧,尚未皴染。属陈熙台表叔以雪景补之,余述此词。

草满黄垆矣。叹几年、萧萧械械,树犹如此。寒透鸦心飞不去,冻沍一池墨水。谁解把、梨云唤起。五度春风难得见,算先生、白凤归来耳。乌帽影,暮烟里。　探梅重说皋亭事。也只是、迷迷一片,月明人醉。今日替君重着笔,卷得珠残玉碎。早莫辨、野桥山寺。蟹爪数行埋未尽,剩诗人、驴背经营意。持示我,洒清泪。

金缕曲　题沈梅村洗砚图

一片无情石。惯磨人、肠枯骨削,直教头白。笑破双双鸲鹆眼,终日云烟狼藉。我欲就、种花人说。笔底烟云驱策惯,洗疮痍、又要波千尺。凭此砚,洒膏泽。　功名试数甘棠迹。已不负、龙泓老友,卅年相识。稚女娇儿拈笔弄,也学阿爷此癖。且莫问、何事抛得。纵待他年婚嫁了,更买田、须画林泉策。千古事,寸心积。

水调歌头　题友人学稼图

江水听吾语,何事不归田。十双须买阳羡,等办束装钱。且读齐民要术,有日荷花紫草,同坐夕阳边。去便耦耕去,如愿定何年。　磨不瘦,担不怕,荷锄肩。不如将就料理,早向五湖烟。有个山妻饷饭,有个稚儿叱犊,尽胜客窗眠。读画忽长叹,起立望青天。

贺新凉　题家山尊孝廉南楼却扇图,即送其之山左

猜了春灯谜。袖香鞭、东风送去,婿乡千里。那道滑稽成故态,今日居然齐赘。乍一顾、盈盈扇底。多少五铢争撒出,笑相如、卖赋钱难比。催彩笔,句重试。　关心偏是登科记。甚匆匆、欢筵才罢,别筵还启。可奈杏花能冷落,孤负呢喃燕子。又打桨、藕花风里。且学画眉时样好,料芙蓉、镜下终须第。凭看取,东方骑。

贺新凉　题谭子受吹箫乞食图

笑破风尘里。怎青衫、者般蓝缕,也呼公子。怒铁一声吹欲裂,险把鱼龙唤起。道今古、那非游戏。酒肉朱门同一例,到墦间、便短英雄气。风飏去,纸钱碎。　何妨跌宕吴门市。又何妨、歌姬院内,粉团香倚。拓钵年来吾亦惯,学得阿难生计。只瘦骨、铮铮如此。曲罢苍凉能和汝,尽莲花、唱落秋江水。残杯好,且同醉。

壶中天　题舍弟石门听瀑图

甚时醒耳,叹身世多被,筝琶催老。为觅西堂春草梦,忽有清音飞到。细或蛇修,大真鼍吼,万籁生苔窍。云驱雾卷,海风移过三岛。　休论往日青

田,读书台上,雷雨关怀抱。知汝壮心浑不已,要共青山呼啸。九里松长,三天竺近,但唤归来好。几间茅屋,听秋同剪灯小。

金缕曲

张东畬以二端溪砚赠范支山同年,并绘《赠砚图》以纪其事。今东畬殁矣,支山读画怀人,有感今昔,索余为此词述之。余将北行,自顾生平不能砚耕以老,饥驱奔走,怅怅于怀也。

来往成幽契。写萧闲、吟声屋内,屐声林里。两度紫云烦剖赠,稳称书生活计。把墨浪、千层吹起。气合空山风雨急,感精灵、片石盟生死。滴难尽,蟾蜍泪。　忆君芸馆翱翔地。数三千、翰林风月,露华凉洗。十载归耕瑶草长,赢得良田如此。叹我亦、风尘老矣。鹍鹧依稀偷冷眼,笑书堆、难觅青灯味。饥驱去,又千里。

五福降中天　查兰圃夙耽禅悦,以家庆图属题,戏为拈此

团圞共说无生话,寻思是何因果。竹报平安,林成坚固,着得跏趺人坐。情缘堪破。便何肉无妨,周妻亦可活。现如来,拈花笑口者般哆。　逢场原是戏剧,甚随身竿木,难道真个。跳出葫芦,打开窠臼,不怕毗岚掀簸。珠围翠裹。荡一片香光,此中留我。米汁须分,玉梅三九过。

金缕曲　题杨米人通守观津祈雨图

壬子岁,畿辅旱甚。时米人摄武邑事,闻衡水有老农杨姓者能祈雨,因延之来,于东郊设坛,以几为台,以席为城。台凡十三级,老农立其上,焚香顶礼,米人率其同官柳缨草履斋宿于坛。三日,甘霖大霈,米人因绘此图,而属同人题咏,以纪其事。

叠几纷无数。俨通天、一台高筑,上迷烟雾。玄武苍凉旗十丈,遮得扶桑欲暮。待海上、招龙而语。沸耳潮音惊梦醒,探神珠、齐向喉中吐。回翠色,满禾黍。　由来感应诚堪据。束先生、请天三日,报之甘澍。看到丹青先快

意,猎猎风头起处。便草木、也知飞舞。尚有轻雷花外碾,赛丰年、预打迎神鼓。真一卷,活民谱。

金缕曲　方正学先生画松,今在胡雪蕉水部处

一抹寒烟绕。想摇毫、写成直干,上干云表。其下棱棱巉石倚,莫道青苔点少。要瘦骨、同撑孤峭。此笔轮囷千古卓,肯麻衣、来草新君诏。听谡谡,怒涛啸。　张来素壁风生悄。浑不许、湘帘卷处,燕儿飞到。回首金川门外路,愁杀苍龙梦杳。剩几树、之而鳞爪。一片臣心图画里,恋半边、月子阴阴照。留正气,永宜宝。

金缕曲　高忠宪公画像

暗揾孤臣泪。着青衫、飘萧一叶,揭阳归未。偌大乾坤须担负,全仗此心不死。在忠孝、两端而已。君子原无朋党论,汩清流、都是宵人起。真脉绝,国亡矣。　一生学问求其是。想往日、夕阳亭下,那贪生计。狐鼠纵横吾不辱,此志先盟白水。剩千古、虹蟠波际。遗疏何堪灯下读,哭灵均、当作招魂纸。瞻面目,有生气。

沁园春

万廉山明府年十五时,曾乞罗两峰为画《请缨图》,今几二十载矣。廉山壬子领乡荐,两上春官不第,入楚从军,颇着奇绩。蛮部平,以议叙得官县令。壬戌春相遇吴下,酒酣话旧,感慨及之。属为题此。

是弃襦生,是请缨人,封侯也宜。记寒营雪满,髑髅生掷,大旗日落,膴箓狂吹。名士风流,健儿身手,说与龙泉知不知。吾犹羡,羡黄骢年少,曲里歌伊。　相思。几换年时。算辛苦真从贼里归。看斑斑剑上,尚留残血,鬓鬓领下,已长新髭。鼓角余声,疮痍旧痛,今日来牵花县丝。春风快,听白麟奇木,行对彤墀。

剔银灯　题喻少兰申江惜别图

一霎旗亭秋雨。断送那人归去。病柳将飞,寒烟自荡,孤负此花谁主。无情南浦。料难把、晚潮留住。　　怎忍飘流尘土。兜惹相思无数。愁晕灯摇,泪痕衫浣,曾誓心儿相许。酒醒何处。剩叶打、琵琶如语。

忆旧游　题潘寿生西湖访秋图

渐销金歇后,渲碧平初,已带荒寒。十里烟芜远,早斜阳望尽,重倚阑干。隐隐暗愁生处,瘦入一眉山。甚等伴先来,红衣独立,枫树前滩。　　阑珊。断桥畔,渐柳褪丝丝,谁共吟攀。约略凄凉意,只分从雁际,并入蛩边。莫讶菊花期近,风雨有些酸。只隔住天涯,寥寥空碧何处看。

湘春夜月

国初时,梁溪鲍让侯在吴门,有狭斜之游,遇名姬潘湘云,遂订密约。后鲍落魄江湖,久羁不返。潘为其家逼嫁老兵,抑郁以死。好事者图之梅花树下。后昆山女画师陆芝仙为摹本,以贻长洲胡眉峰,题者甚众。余填此调,即用卷中汪饮泉韵。

问丹青,几时重扫眉痕。画出一段清愁,漠漠只如尘。已是落梅天气,尽柳描成黛,草长为裙。叹梦难寻处,东风卷雪,花掩残尊。　　前情试诉,离都迸泪,聚亦成云。蓦地相思,怎惹着、碎环零佩,也替消魂。酸香递过,料瘗来、定在苔根。怕翠羽、又声声唤起,催伊去也,月冷烟昏。

洞仙歌　郭频伽属题春山霾玉图

频伽自魏塘移家来杭,主于钱塘薛氏。薛有女月璘名娟者,其夫人素君爱怜特甚,视之若女,女亦以母呼之。会其父卒,频伽将有越行,月璘遂随其夫人共往。不数月,又闻其母死耗,悲痛遽卒,时年才十七也。女慧丽端好,而命薄如此，是可哀已。频伽为买地，葬于葛岭之麓，且为之铭，而属其友孙君蔚堂为图以纪，余题是词，戊辰四月廿五日。

明明艳骨，怎催教苔瘗。者样薹腾甚身世。倚东风、只似笛里梅花，花过处，无奈云荒月碎。　孝娥江上路，谁与招魂，隔了盈盈一条水。松柏认西陵、麦饭年年，还销得、禁烟天气。怕又听萧萧唱秋坟，子夜歌残，白杨风起。

祝英台近　题孙花海惜花蚕起图

漏频移，灯乍烬，催梦枕函堕。起拓红窗，一线晓烟破。料已赛得莺先，赶伊蝶早，定不料、卖花声过。　悄无那。莫道我惜春多，偏惹春怜我。容易明朝，拼却无眠可。只要幡卓朱高，幔围青软，预防备、五更风大。

齐天乐　络纬仕女图，摹南宋画院本

梧桐叶落秋何处，萧萧络车催起。小曳风纤，疏铿雨急，禁得虫娘身世。相思未已。正愁绪频牵，者般憔悴。冷逼柴门，一绹灯火夜如水。　摹来还说画院，叹光阴几度，金粉残矣。花鸟前缘，山河旧梦，凭着丝丝难系。杨家妹子。定款写豳风，授衣能记。辛苦谁怜，暮寒修竹倚。

满江红　题家埒城可耕图

老瓦徐斟，请听我、为言田意。趁一片、平畴如掌，远风凉起。盈把秧栽梅水绿，连陂草赛荷花紫。尽芒鞋、稳步唱农讴，斜阳里。　曾看破，衣冠戏。也经过，钱刀市。让今番叱犊，烟中来矣。笠子遮头晴亦好，稻堆齐屋秋逾美。有蛙声、代课五行书，吾何事。

霓裳中序第一　题郑书常吴山雅集图

图中凡七人，程易畴，歙人；袁陶轩，鄞人；钱晦之，嘉定人；陈仲鱼，海宁人；胡雏君，桐城人；邵怀粹，仁和人。书常以鄞人而寓居吴山，盖为之主者。

七人皆以嘉庆元年征举孝廉方正,是日则三年夏六月二十七日,为书常生日也。至今又十年,雒君、怀粹俱已化去,书常出示此卷,为之怃然,因属题此词以志之。

虚空逗石雨。片席莎阴能借与。难得江山胜处。恰日永琼壶,骚人初度。虬枝起舞。待倚栏、同谱凉句。吟声外、白云似水,隔断下方暑。　　遥觑。西兴前渡。早帆叶、暗催人去。秋风容易迢递,问落了寒潮,几鸥堪数。画图朝又暮。怕认到、须眉已古。待何日、重编感旧,一卷鹤征补。

风蝶令　题指画蝴蝶扇头

逐絮须黏白,迷香翅拍红。多情脱手总春风。莫笑活伊花底、太怜侬。
过眼希夷捉,关心倏忽逢。但听弹指响虚空。早已梦回烟草、绿濛濛。

买陂塘　题梁星子陵苕精舍读书图

占西湖、一眉山瘦,平泉无此高致。当门隐隐云拦住,不许游红船舣。帷下未。恰带着、酸寒能称梅花味。邻钟唤起。更蒲褐同参,茶禅回施,修到福谁比。　　斜阳外,正见高枝络紫。凌霄尤羡名字。甘棠旧泽今无恙,笏立数峰如睇。珍重意。要长养、孙枝异馔铜盘似。龙虵字里。道雪纸宜冬,萤灯照夏,行乐四时记。

卖花声　题钱叔宝画董姬小影

容易玉成烟。春寄谁边。横塘芳草自年年。那道云魂吹不去,流落人间。
眉黛似愁牵。听说从前。桃花残劫秣陵偏。一个妖娆传乐府,名士因缘。

瑞鹤仙　题秦敦夫编修校书图

娜嬛春不锁。放瑶佩声声,来陪清课。丹黄肯轻涴。费辛苦研寻,两鬓云弹。斜阳影过。问讹字、新雠几个。怕金猊、香冷灰残,蠹屑一齐飘堕。

青琐。当年曾记,图史横陈,万花围坐。高谈炙輠。论生计、者时可。只而今、衰鬓蛾眉,也笑故纸,钻伊怎破。枉思量、逃学光阴,许谁抛躲。

忆旧游　题蔡樾昙息隐园第二图

正凉声泻竹,密翠迷蕉,陶径人归。称得闲云意,只相随野鹤,同守柴扉。晚来为开新酿,恰配白鱼肥。好笑语循陔,吹花捉絮,来学儿嬉。　依稀。辋川路,看摇荡沦涟,烟水迷离。多少林泉事,任分编小景,细字重题。最怜远山如画,犹是六朝遗。却金粉都消,前溪老月横一眉。

百字谣

题屈发园《梦草图》,盖为其兄砚林仪部作也。砚林为辛丑庶常,时余被命分校,故相知甚深。后因散馆改官,不久归里,今殁且十余载矣。令弟发园以此索题,为填是解,抚今感昔,不觉凄然于言也。

悄然平碧,惯萧萧黯黯,愁生南浦。为望鸰原先目断,画出暝烟如许。选树莺迷,藏花蝶老,总被斜阳误。一灯重剪,谢池人已千古。　还问内翰谁呼,一场春梦,不待回头悟。剩我白头无藉甚,来续离骚残谱。听雨寒凝,吹篪响咽,怕认蘼芜路。吟魂如答,夜深遥唱秋句。

金缕曲　题李梦集明府海上钓鳌图

蹴得红萍碎。蓦麟洲、怒涛滚滚,驾山来矣。风雨苍茫争顷刻,问有何人鞚制。再不料、一竿能系。收拾海天如镜净,算牵丝、小试先生技。驱鳄手,只如是。　当时记个青莲李。仗天风、送来背上,弄云而戏。星斗如钱随手摘,归向长安买醉。到今日、让君能替。一样文章仙格在,莫愁伊、误了蓬山鲙。看波浪,等闲耳。

扁舟寻旧约　题陈月埠江山席饮图

沙鸟眠凉,江风吹影,悄然片月飘天。照来苔席,都忘宾主,但闻笑语尊前。是谁吹笛起,渐零乱、渔灯可怜。渡迷瓜步,潮回铁瓮,陈迹几堆烟。

算不负、江南佳丽好,尽六朝草树,画向鸥边。天涯回首,旗亭剩在依然。湖海年年。多情留客住,要催了、扬州梦圆。不知酒醒人去,夜来老鹤,横掠船。

买陂塘　题石镜春瘦竹幽花馆填词图

问安排、者般花竹,公余谁共吟和。偷声减字商才定,又要换伊摊破。忙无那。怕滴粉搓酥,惹得繁花涴。门镮镇锁。只尺八拖来,芭蕉熨帖,位置一红妥。　关情甚,可惜年华老我。于今意兴都惰。旗亭记起双鬟唱,无奈春风吹过。能几个。共井水人间,名字如君播。香围翠坐。尽女婿微云,尚书红杏,次第补清课。

江城梅花引　题舒竹溪梧竹双清图

最清清处没尘生,是声清。是心清。但认压栏,梧竹影纵横。送过琴言还笛谱,者边雨,那边风,却月明。　月明。月明。梦难成。草又青。鹈又鸣。忆也,忆也,漫忆到、杨柳芜城。(往时竹溪到扬,曾寓余斋中,今忽忽十余年矣。)只惜鸰原,无路款秋声。我为甘棠思一哭,愁说与、卯君听。

满江红　题袁简斋前辈随园雅集图遗照

屋角堆堆,簇拥着、六朝山色。道此处、树围云绕,惯留吟屐。集比西园图宛在,禊成南涧秋先得。只时光、换了秣陵潮,声萧瑟。　尚书履,苔綦寂。藏园笔,春风息。便翩翩公子,已都头白。乔木剩教池馆护,乌衣尚认帘栊入。问渡江、若个寓公能,千秋忆。

孤鸾　题顾西梅画小青小影

夕阳千古。几照到桃花,者般酸楚。瘦影亭亭,料是可怜儿女。丹青纵能活脱,恐难通、那时眉语。空剩痴云入抱,守一灯听雨。　　便一池春水卿何与。更一字消除,情多无据。稽首莲台,怎得慈云常护。因缘也知偃蹇,怕争伊、并头尤苦。抛却光阴草草,付西泠鸥鹭。

一萼红

凌芝泉招同人过筱园观芍药,归集停云馆,禊会甚盛。汪硐畕以此调赋词三章纪事,芝泉因属友人绘图索题,余亦继作。

望亭林。早换来绿意,帘锁昼愔愔。蜂已移房,莺还选树,余红拼付波沉。算只有、此花能替,莫等闲、孤负殿春心。没骨图开,将离曲唱,婪尾杯斟。

也说五云多处,惜翻阶句好,若个裁吟。金带围空,玉钩斜冷,却添歌吹于今。看一路、载香船去,荡灯光、画入柳阴深。笑问嬉春杜牧,街子谁寻。

其二

指青杨。只者条门巷,最惯踏斜阳。结客尊罍,惜香乐府,今朝容得臣狂。道一样、文章声价,趁光阴、能几闹梳妆。后日萍波,前因絮果,此度花房。

料我相逢曾识,早吹来吴语,仿佛篷窗。水调传歌,湾头唤渡,二分月子留将。偏可惜、衣香鬓影,梦扬州、也似鹤飞忙。待到银河晓落,魆地红墙。

其三

蓦开图。认提鹇挈鹭,浑不待招呼。六柱船停,三间屋坐,一般同话江湖。忽忆到、大旗落日,仗毛锥、胆气十分粗。丹青何处,酒杯剩对,如此头颅。

豪气除犹未尽,又琵琶拉杂,催付檀奴。烟软云松,金迷纸醉,可能销得魂无。只欠我、散花场里,坐蒲团、一个老禅枯。叹珍珠百琲,才子词输。

金缕曲　题凌芝泉荆襄感旧图

万帐沉兵气。听吹来、莺啼燕咤,夜寒如水。为道青蛾情尤苦,阅过华严劫里。怕重堕、者般身世。赖有书生毛锥健,护名花、才得罡风避。论此段,信知己。　　天涯谁是罗敷婿。甚阑干、银河近处,密云先蔽。凭着鸠媒催归急,只说儿家故里。惹断梦、凄迷无际。明月二分今宵照,唱秋坟、容易酸文递。灯闪闪,落凉穗。

柳梢青　题程一庵柳衣园图,即用汪砢崑太守韵

柳也如人,得趁东风,眉眼开新。岁岁年年,绵绵絮絮,果果因因。　　分明一片高云。暗荡作、枝头好春。酒地茶天,琴言月话,东主西宾。

柳梢青　题查槎客铜琴馆图,槎客即小山近号,铜琴,其新纳姬人也

绿浸窗纱,摊书才罢,又听呼茶。鬓髻烟猜,衣裳云想,春在儿家。　　长红短白夭斜。者颜色、争伊不差。慢水中央,虚亭四面,人坐当花。

如此江山　题柳如是初访半野堂小影,应查槎客属

茫茫留得飘余絮,堪怜者般身世。雪欲飞时,烟当冷处,才识尚书门第。红楼画里,认家令南朝,党人北寺。记效绸缪,春风相对几眠起。　　铅华应已洗净,只虞山新翠,微映眉际。高簇危巾,徐扬侈袂,莫羡儿家侠气。桃花扇底。也不惜娇魂,肯拼生死。家国谁人,一池余恨水。

辘轳金井　题厉樵山秋林读书图

好秋难得,送清清最是,一灯明处。酸入西风,称书生情绪。伊吾夜午,似忘了、老蟾来去。叶乱如呼,虫繁似答,开门看雨。　　童时为愁记苦。怕油

釭欲杀，挑罢还觑。翠幕深笼，羡者时庭宇。膏腴探取，定俊味、雪鲈输与。古渡荒寒，空心剩在，怜余病树。

桂枝香
题唐子畏美人拈花图。江漪塘所藏，云即三笑因缘传奇中秋香也

秋回一剪。只脉脉无言，折枝低捻。金粟前身，约略破禅香溅。风前记起灵山笑，证三生、眼波重展。泥金衫袖，渗金窗户，斜阳人面。　　料只是、情天眷恋。肯才人名字，押上红券。游戏光阴，尽彀风花磨炼。初三下九频频约，怕梨涡、晕来难浅。岁时圆合，兰因絮果，画图相见。

摸鱼子　题陈受生行脚看山图

笑平生、期山期水，年年孤负芒履。如君崧岳游才返，脚下尚看云起。行未止。道樵担僧包，有路前头指。松阴几里。正磬响穿林，泉流接筦，留看故山翠。　　乘风快，偏又相逢旅次。萧萧聊顿霜翅。虚空试展临江望，约略淡蛾烟里。歌舞地。算两眼能青，除向金焦洗。枫人醉矣。便岚气寒多，石头路滑，筇杖健堪倚。

忆旧游　题改七芗少年听雨图

问疏声泻竹，冷晕摇灯，何处红楼。送过萧萧曲，悔那时青鬓，惯惹闲愁。几多酒边残梦，荡漾在帘钩。渐催了花飞，趱将叶落，春又成秋。　　悠悠。记难忘，是点屐胡梯，添火香篝。一样窗纱外，怕换些酸楚，渗入心头。莫信竹山词苦，且唱少年游。好挈榼晴嬉，流莺满树啼未休。

贺新凉　题蒲进士蒲髯出塞图

听过关山笛。惹西风、马头卷起，寒阴萧瑟。落日红衫摇策去，飒飒髯如猬磔。揽万帐、旌旗明灭。手把尉迟杯不放，送边声、恰照长城月。腰间吼，一

条铁。　旗亭数去才无敌。况金门、也曾对策,压伊豪杰。可惜蓬莱风引去,枉却身经鳌阙。且算是、曳裾狂客。贪恋琵琶弹小妓,只天鹅、怕染吟艳雪。要消受,种花药。

湘月　题马湘兰兰竹

板桥回首,叹夕阳金粉,都消烟水。马四娘家能指点,约略枇杷花底。香草前缘,幽篁小影,留得婵娟契。即论翰墨,美人原是名士。　闻到放诞风流,千金结客,更挟朱家气。素素不来眉子嫁,拈弄丹青而已。三点心头,双钩指上,欲换湘魂起。环交佩互,肯忘飞絮园里。

瑶华　题严小秋忆秋图

黄花新雁,落叶哀蝉,问可禁秋苦。西风满眼,尚记得、往日那条来路。青苔堆满,怕屐印、也无寻去。只剩伊、檐铁敲铿,乱了佩环无数。　我是独处饱瓜,叹霜华吹老,潘鬓如许。为君怅触,莫更被、图里鹊华留住。关山杨柳,仗一笛、换回羁旅。早又值、醒枕寒生,梦断画帘微雨。

沁园春　题画

无悔无嗔,一念坚持,不退转轮。任者般蓝缕,拖泥带水,当场觳觫,炼苦熬辛。鼻孔绳穿,肚皮篾束,棒喝无端到顶门。将家去,笑猫儿狗子,别甚冤亲。　今番认破前因。道菩萨尘凡现化身。要羼提宏愿,证明忍士,盆兰变相,唱彻酸文。百丈骑牛,只尸调马,莫认那罗戏是真。神通大,尽三乘踢倒,予欲无言。

壶中天　题王燮堂林屋吹笙图

髻鬟无数,爱晶帘隔处,者般清透。灰陷金炉人未到,隐隐已闻瑶奏。鹤语天空,龙吟水定,渐到黄昏后。梅花烟软,一蟾吹出湖口。　曾否羽袂携来,三层楼上,松吹同消受。去去前林留且住,恰好碧苔铺厚。窈窕余思,参差尔奏,指爪频怜瘦。银河怅望,薄寒微侧衫袖。

壶中天　题西子浣纱图,应孙梅龛属

苎萝颜色,问几番明月,照伊千古。还许拈毫描瘦影,活脱波心能语。白纻歌迟,黄丝唱早,一样牵情绪。含颦窥见,只怜无波愁处。　　空叹故苑乌啼,梧桐叶落,脂粉随流去。何似若耶溪畔石,剩有青苔遮护。单舻茫茫,空波泛泛,那得浮家住。春风吹梦,啖花来看鱼聚。

醉太平　题曲素存小照

岚移若烟。泉吟亦弦。我来读画其间。望高云在天。　　归耕没田。买山少钱。扬州一鹤翩翩。似阿侬可怜。

买陂塘　题廖云槎风雨怀人图

已天涯、者般骚屑,恁教换入风雨。济南纵说多名士,相望不堪孤旅。灯似缕。怕酒醒鸡鸣,送到伤心句。吟蛩又絮。问半枕斜偎,一舟横荡,筛响豆花雨。　　年来事,我是匏瓜块处。茫茫偏惹愁绪。春梦易残婆亦老,剩个白头鸥住。思故侣。叹楚尾吴头,安得寻君语。相思最苦。便红树摇晴,银蟾移亮,难慰此凄楚。

买陂塘　题袁兰村小仓山房月话图

者亭台、旧时曾记,老仙今已何处。西风也送幺蟾到,照透晚来窗户。凉似许。只画不成烟,一片伤心树。相逢且住。恰酒盏新温,琴言好伫,缺月正须补。　　匆匆别,还念燕山此去。游踪都怕难据。留人只是江南好,拦住青山无数。频回顾。道鸥鹭休猜,要认重来路。他时唤渡。待临汝郎来,清光相对,高咏泛牛渚。

惜余春慢　题杨召林稚园雅集图

叶隐巢莺,池眠宿鹭,一样湔西风景。云烟奇弄,山水清游,能鼓卧游高兴。偏奈老木幽苍,点染丹黄,易生凄冷。叹秋心吹入,鸰原烟草,梦都难醒。

还赖是、斜照多情,招逑命侣,来向栏杆同凭。晴开屋角,秋借墙头,献出几峰端正。定忆京华,有人拄笏,看余乡关能省。好午阴散直,铃索恰摇花影。(谓召林师黄左田学士,余门人也。)

菩萨蛮　何梦华属题梅花士女

影儿已比梅花瘦。多情偏爱花来就。不怕缟衣单。留些昨夜寒。　栏杆明月到。三九光阴好。恣意踏花行。弓鞋尘暗生。

过秦楼　题稽牲园红楼遥指图

隔断垂杨,收回斜照,似有玉钩声弄。前厢翠掩,别幕云低,紧护鸭炉香重。犹记系马来寻,留住春衫,落花风拥。叹春光几度,雕阑画槛,乌衣如梦。

休问是、叶叶根根,渡头人去,拥楫更谁吟共。临窗瞥见,点展还听,记接那边晴蝀。莫问天涯水涯好,趁鞭丝、且飞烟鞚。谢芳草多情,一道裙腰相送。

一萼红　题友人莲塘图,同山尊,九叠前韵

觅莲侬。爱重花密叶,摇荡水云中。鸥鹭联床,菰蒲借梦,洗教热恼全空。蓦十顷、玻璃风起,渡凉堂、划住酒波红。不定珠圆,十分香透,一样心通。

莫道东林社里,也曾修净土,同证禅宗。暗曳明珰,徐移罗袜,但凭鱼戏西东。最难得、月迟烟晓,恰招来、君子话清风。正是歌回白纻,人倚吴篷。

一萼红　题张稼村农部六桥撰杖图，十叠前韵

奉清游。恰春来花鸟，杖履任悠悠。塔认黄妃，鱼呼宋嫂，多缘此段句留。渐催动、外湖船早，让西泠、闲了旧沙鸥。听闹渔榔，看摊香市，且赁僧楼。

最羡先生潇洒，任郎君官贵，尽惯林丘。长帽青笼，宽鞋红跋，但争老子风流。只堤上、柳催及第，要他时、传唱出皇州。值得阿翁笑口，重学遨头。

南楼令　题石谷上人小像

透顶压寒青。飞空舞片云。是松是鹤即声闻。难得芙湾清不染，才证到、阿师心。　米哄鱼喧，过吴头越角，分刹竿、竖起问来因。要取者番茶梦熟，胜诵了、度人经。

眉妩　小周后提鞋图

趁微云遮闪，踏过香街，依约践苔印。闻道柔仪，殿娘来唱，容华桃李争胜。袜尘隐隐。只褰帏、防有人问。算须待、亭子红罗护，合欢梦才稳。

翻念昭阳私幸。甚人间乐府，传唱偏盛。天水碧潜，催流珠去，何堪故苑人尽。画图试省。叹前游、空记龙衮。便重念家山，怕已墨云冻凝。

眉妩　寇白门湄小像，闽玉井夫子命题像，乃钟山圻、金溪宏合作

怅银云写影，麝月描眉，前梦逐波远。一片苍苔冷，栏杆外、只留香印深浅。画图瞥见。倚斜阳、难诉幽怨。算垂柳多是，凝情处、美人泪曾溅。

闲了青罗团扇。便黄金能赎，身世都换。匹马天涯路，吹芳草、东风容易春晚。铜仙故苑。想者时、红豆愁满。问侠骨谁寻，大半蝶衣零乱。

萧抡（？—1818） 1首

字冠英，号子山，江苏太仓人。廪生。经术深湛，与兄揆齐名。又与彭兆荪才名相当，有"娄东两凤凰"之誉。尝客钱塘陈文述家。著述甚富，《释车》一书尤精核。著有《判花阁词》。

摸鱼子

同吴顼儒、张子和、孙子潇、鲍凌客携樽饯陈筠樵入都，值菊花盛开，座客澄江翁芝为画《东篱载酒图》，题此赠别。

算年来、别离已惯，旧愁新恨都有。旧时河上春光暮，相约旗亭沽酒。曾忆否。是那处红楼，楼外花如绣。离怀今又。但秋水秋山，秋风秋雨，秋老菊花瘦。　　停杯话，屈指酒徒诗友。相思谁寄红豆。送君此去燕台路，应喜旧游如旧。还把袖。只小立河干，我已销魂久。且休分手。试撷取寒香，一枝持赠，比似灞桥柳。

程瑜 11首

字去瑕，浙江仁和（今杭州）人。生于乾隆十一年（1746）前后。乾隆六十年（1795）举太学博士。与郑沄、孙锡等交，多有倡和。嘉庆八年（1803）尚在世。词宗浙派，家法俨然，尤服膺厉鹗。著有《小红楼词》四卷。

三姝媚　虢国夫人早朝图

绿杨春意闹。宴华清归来，梦阑莺晓。宝镜明灯，倚画帘残醉，一痕眉扫。绣勒风轻，有澹月、知人情悄。翻笑西宫，开倦棠花，定输伊早。　　寂寂楼东梅好。怎绿叶阴成，蝶魂偏绕。曲冷霓裳，叹薄命星孤，几人同照。比翼分飞，何况是、别枝栖鸟。剩有凄凉南苑,青萤露草。

霓裳中序第一　环妃出浴图

棠花浣丽色。雨过华清娇欲滴。纤手橦巾乍拭。爱玉洁苎肌,雪晴梅额。宫鞋步涩。曳薄罗、斜挂襟褶。兰怀满,燕应羞瘦,绛晕绽莲菂。　　将息。沉香亭北。理倦鬟、钗钿晚饰。凉晴遥待月夕。更绣帐芙蓉,重沾春泽。蜀江流恨碧。是太液、恩波换得。凡妆洗,羽衣仙蜕,净土马嵬驿。

忆旧游　天台仙迹画卷

引幽寻入胜,雾笠霞衫,身世浑疑。别有长生路,恰桃花一笑,人启琼扉。洞天好春双占,啼鸪苦催归。剩采药筠篮,相思满贮,携得情痴。　　徘徊。住无计,怅酒醒歌阑,门外天涯。逝水波回处,但白云犬吠,丹树鸡栖。玉书最怜持赠,仙迹记亲题。定鹤怨凄清,空山夜月孤梦飞。

玉蝴蝶　花阴觅句图

静院人闲晴昼,燕帘开处,一片遥情。领略韶光,东风摇荡诗魂。引芳绪、丝抽柳密,撩艳思、锦簇花新。妒枝头,翠禽学语,先试清吭。　　愁生。悄吟未稳,渐催夕照,移尽檐阴。好句谁偷,暗随蜂蝶恣幽寻。是几度、画廊响屐,是几度、池馆披襟。黯消凝。沈腰瘦减,不为伤春。

满庭芳　孙华海惜花早起图

澹月沉钩,明霞织绮,睡残柳院闻莺。夜来风雨,愁损小金铃。未许苎衾恋暖,关情甚、情步华阴。罗帏底,有人低说,容易晓寒侵。　　凭阑留半晌,衔蜂欲闹,梦蝶初醒。渐日华焕彩,香霭霏晴。回望兰闺镜槛,匀桃面、才斗妆新。芳丛里,一枝带露,拈与玉人簪。

梦横塘 汪苕寄故姬李如兰小影

雨催秋李,雪萎幽兰,断肠人在何许。瞥过年华,数遍了、碧阑重数。波迸清苕,翠迷苍弁,旧情谁诉。展乌丝尺幅,细写相思,残月下、歌金缕。　　依依别母来时,记横塘小艇,目眩初遇。水滴慈云,开并蒂、莲花鸳浦。甚两度、绿阴赋就,短梦悠扬逐飞絮。怯夜无眠,一灯风颤,似吹来吴语。

金缕曲

雪香同年,余执友也。夫人孙氏逸香,工诗词,兰房酬唱,宛如吟朋。雪香倩名手写照补图,题曰合香,以自字雪香,夫人字逸香,命名寄意,志好合也。桂庭欲秋,松径无暑,清阴凉翠中,双影比肩,披襟静对。袅沉水一缕,谱焦桐七弦;风开并头之花,波眠交颈之鸟。百年梁孟,有如此图矣。雪香旋试春官,报罢。卧疾羁燕,遂不起。图藏簏中,久阙题咏。嗣君如华、川华,以余与椿闱凤订知交,近联姻好,禀承慈命,来索俚言。盖雪香羽化已阅二十寒暑矣,望华表归鹤之孤影,听丹山雏凤之双声,感旧怀新,长歌成调。

旧雨今何许。蓦惊心、展图忽忽,岁华飞羽。江管当年同入梦,吟遍花辰月午。奈曲奏、离鸾催去。芳草天涯归不早,叹微名、鸡肋将人误。莲一萼,冷鸳浦。　　柔肠欲断书笺素。路茫茫、青天碧海,夜娥凝伫。杨柳楼高风袅娜,吹老秋丝万缕。春又到、谢庭琼树。桂粟芹钗香韵远,爱金萱、堂北慈云护。娱昼永,燕初乳。

百字谣 寇白门小像

婵娟小影,倚斜阳、写出愁边眉妩。一曲霓裳歌舞地,惊破渔阳鼙鼓。目惨降幡,心酸故垒,春困东风主。黄金挥泪,落花无语辞树。　　遥认旧里平康,板桥杨柳,憔悴伤迟暮。梦醒繁华重入梦,更觅燕莺新侣。病骨孤衾,狂踪别院,薄幸声声怨。幽兰谱就,美人遗恨如诉。

声声慢　孙丈竹坪、虚谷伯仲渔樵晚唱图

　　山心友鹿,水梦盟鸥,萼楼分得闲身。野局渔樵,笠蓑双影斜曛。云柯响连风笛,有忘机、鱼鸟潜听。苍茫里,早烟横松径,月挂芦汀。　　料理烹鲜爨晚,借烧痕余焰,燎釜添薪。笑指青帘,行沽约醉前村。陶然啸歌互答,谱棠华、旧曲翻新。归去也,更联床、风雨夜吟。

洞仙歌　赵忆楼罗浮清梦图

　　披图重问,缟袂人何处。斜日秋坟断桥路。怪良缘怎短、此别无期,空山静,啼老声声翠羽。　　浪游闽越阻。共赋归来,絮语依依慰离绪。旧句认留题、飘瞥年华,看我已、鬓丝如许。问赏遍河阳满城花,可抵似罗浮、梦边春树。

南楼令　当湖屈韬园惆怅图

　　一曲郑樱桃。酒边魂欲销。挂春帆、同泛归桡。双影画楼明月下,知几度、可怜宵。　　草草燕辞巢。泪花和絮飘。望吴天、水递云迢。小簟衾寒空有梦,飞不到、半塘桥。

王沼　3首

　　字涵碧,改名瀜,江苏太仓人。王时翔族人。生于乾隆十一年(1746)前后。性耽沉静,以南圃为休憩之所。春秋佳日,吟咏不辍。嘉庆二年(1797)尚在世。著有《分秀阁集句诗余》。

章台柳　题渔家娘图

　　花似伊(欧阳修),桃与李(辛幼安)。青箬笠前无限事(周邦彦)。瞥见纤

纤十指柔(无名氏),柳条带雨穿双鲤(谢无逸)。

菩萨蛮　题重彝侄携樽对菊图小影,兼当寿言

林间暖酒烧红叶(白居易)。但将酩酊酬佳节(杜牧)。一倍惜年华(王维)。还来就菊花(孟浩然)。　中情无所取(储光羲)。老得沧州趣(刘长卿)。长此戴尧天(杜审言)。逍遥不计年(李白)。

一点春　戏题山塘肆中夏闺图

向风摇羽扇(刘禹锡),臂钏透红纱(牛峤)。半胸酥嫩白云绕(李洞),高卷蚊幮独卧斜(薛能)。

王启曾　17首

字宝所,浙江嘉兴人。与同郡李沣、吴展成以词相倡和。嘉庆元年(1796)尚在世。著有《南田词》三卷。

百字令　题竹垞太史烟雨归耕图,用太史原韵

客游倦矣,有白头招隐,故园青士。芜没田园经几载,目极天南无已。炙冷杯残,囊空袞敝,老去谁堪此。乌犍如买,投簪便可归耳。　遥想落日村边,扁舟无恙,剩五湖烟水。识得生涯随处在,莫问山林朝市。漂泊东西,萧骚鬓发,多少劳生事。长安梦醒,一犁毕竟今是。

百字令　题竹垞图,用太史原韵

钓鱼师去,认小长芦畔,钓船曾泊。三径重开俞缪在,只是江乡堪托。茅屋无多,鸭阑依旧,足了平生乐。黄埃瘦马,燕南空叹零落。　试问解组归

来,灌园自给,有酒还当酌。坨北坨南春又晚,片片花穿帘幕。卖赋生涯,著书结习,分付闲丘壑。影来竹外,远山晴放篱角。

其二　学使阮芸台先生重绘竹坨图,并赋以词,余亦次韵重赋

潞河春去,甚此身蓬转,天涯浮泊。赢得筼筜千个在,只合幽人栖托。校士凉秋,采风醉里,付与輶轩乐。永怀旧史,画图堪叹零落。　想见官舍清闲,百年残址,次第供斟酌。亭子尽宜空四面,不补霞窗云幕。生绢重研,鼠须频扫,依旧还林壑。古来名士,试看谁把材角。

愁春未醒　题虹桥送春图,用吴梦窗韵

花时过了,难觅些儿春影。洒朝雨、小红桥外,作就凄清。赋倦江淹,忍看南浦绿波明。画桡重理,推愁不去,醉也还轻。　却忆那回冶游,湖上曾趁初晴。到今日、莺莺老去,减尽风情。霜侵短鬓。镜中何似旧时青。披图慵对,平沙落日,波影层层。

湘月　题顾隶崖秋水寄怀图

相思天末,怅远游留滞,前期无准。日夜长江流滚滚,不寄双鱼芳讯。岸柳阴疏,汀花香断,渐觉西风紧。离樽共倒,酒痕衫袖能认。　最是雁叫云边,草衰渡口,往事休重问。我亦年来伤寂寞,旧雨分飞都尽。尺幅传情,长笺寄意,只盼归帆整。流光易去,暗中霜点青鬓。

点绛唇　次韵题美人懒起图

罗帐香消,日高犹拥轻衾卧。两眉春锁。缘底沉吟坐。　欲起还慵,不管双鬟堕。愁无那。一帘花妥。鸳梦莺啼破。

相见欢　题家晓屏渔笛沧浪图

朝朝撑出渔舟。藕花洲。最是此中无处、着闲愁。　　看不足。鸳鸯浴。任勾留。却弄一声长笛、夕阳流。

醉落拓　扇头蝴蝶

我乡名手。中村画蝶今稀有。扇头金粉新图就。草绿南园,细雨初晴候。篱根惯是寻香久。花名借与曾知否。作团无数飞春昼。栩栩关情,都付漆园叟。

点绛唇　题燊峰桐阴课子图

小圃秋晴,冷花几朵香初破。只耽清课。此外真无个。树里泉声,静与书声和。科头坐。一壶云锁。桐影风吹堕。

品令　花南老屋,李分虎先生旧隐处也,旭斋绘图以记之,余谱此调

桃乡农去。问那个、桃乡住。吹断东风,一春心事,但留莺语。却似玄都观里,刘郎前度。　　当年衡宇。想尚在、花深处。落英狼藉,耒边吟尽,一犁烟雨。梦逐门前新涨,图中寻取。

杏花天　题胡杏雨杏花春雨山房图卷

绿杨阴里通村坞。飏沙际、轻丝缕缕。小园风信又今番,作就杏花天、一夜雨。　　春如许、重牵别绪。问人在、江南甚处。定知难忘是韶光,刻意为催归、只杜宇。

金缕曲　题篁园意香阁填词图后

小阁临溪侧。算青莲、倦游归后,尽堪栖息。卖赋长门今已矣,壮志低徊欲绝。漫赢得、头颅如雪。可是功名从来误,抚年光、泪滴青衫湿。身世事,一声笛。　　回首芳华歇。碧窗寒、赋愁缄恨,一灯明灭。旧业青山堪送老,懒向朱门挟瑟。且消受、清樽今夕。唤取红儿歌新调,问人寰、可有知音客。平生意,共谁说。

百字令　书金澜杏花春雨山庄图后

漾葭湾口,记移家此地,十年前住。一自萍蓬飘转后,最忆平时鸥鹭。水涨沙汀,春生院落,问讯花深处。一番红润,夜来吹送微雨。　　堪爱老屋花南,名葩移种,此景图中补。添貌峥嵘头角好,雏凤待看轩举。灼史炊经,研朱滴露,早卖长门赋。西窗何日,剪灯重话离绪。

蝶恋花　书莲西草堂牡丹画幅后

旧种莲西年不计。吹展东风,昨夜花开矣。倦似杨妃扶不起。一枝斜并阑干倚。　　醉缬微生经雨洗。才放些晴,便觉胭脂腻。生绡重矾图就未。风光一段春无比。

点绛唇　美人出浴图,为吴芳洲赋

底藉人扶,起缠莲瓣还斜凭。一般憨甚。不似因春困。　　试罢兰汤。罗袜无心整。重窥镜。粉痕微褪。过雨梨花润。

暗香　家金圃携其友钟映渊几生修得到梅花卷索题,因赋此词

一湾水绕。又等闲染上,春痕偏早。瘦倚碧苔,片月清寒共留照。才吐篱

边数点,都应是、初番风峭。算此后、伴尔丰标,休说少逋老。　　孤峭。怎地好。若不是几生,那得修到。一声翠鸟。惊破罗浮梦魂杳。还把蛮笺手擘,翻笛谱、吟成双调。倘画里、添貌我,不妨侧帽。

六幺令　滴翠楼图,为海昌许子琴填

吾宗行七,曾造许询谒。移家为言前岁,邂逅留萍踪。旧宅茫茫何处,回首海天碧。拓窗凝立。片阴吹堕,衣上翛然午风袭。　　错认宵来雨浥。湿翠时还滴。悄把炉烟压住,一任沾吟席。尺幅图成寄意,不是耽清寂。相思空切。转怜衰病,此日徒劳冀良觌。

赵怀玉(1747—1823)　116首

字忆孙,号映川,晚号牧庵居士,江苏武进(今常州)人。乾隆四十五年(1780)恩科举人,授内阁中书。嘉庆六年(1801)任山东青州海防同知,升登州、兖州知府。嘉庆八年(1803)丁父忧归,遂不复出。晚主江苏通州文正书院、陕西关中书院及浙江湖州爱山书院。精校勘之学。与洪亮吉、黄景仁、孙星衍、杨伦、吕星垣、徐书受并称"毗陵七子"。著有《亦有生斋集词》五卷。

剔银灯　河东君初访半野堂小影

记说扁舟邂逅。乔结束、幅巾宽袖。半野初开,绛云小筑,那放春光轻漏。风姿消瘦。却想见、三眠时候。　　悟却繁华翻手。皈向空王回首。不负尚书,尚书负尔,国破怎禁巢覆。庄荒红豆。剩拂水、尚飞岩窦。

水调歌头　蒋云翔载菊图

采菊向篱下,稳载称吟怀。满头若使俱插,应是为君开。屏当笔床茶灶,料理长篇短什,一舸足生涯。兴到弄烟水,鱼鸟莫相猜。　　携孺子,访陶令,

傲归来。年年花放时节,弹铗上燕台。何似南溪北港,博得持螯把酒,尽洗旧尘埃。抱瓮与君去,遍买冷香栽。

金缕曲　黄仲则蒲团按剑图

炎冷都尝到。耐蒲团、空山疯语,狐狸悲啸。肝胆好凭三尺托,空负闻鸡怀抱。算慧业、多应得道。触起心头千古恨,试摩挲、未许鱼鳞老。人世事,几凭吊。　　真空毕竟何时了。误平生、输它柔骨,工于媚灶。放下屠刀原作佛,吾辈行藏难料。便一任、路旁鬼笑。仙释英雄皆偶耳,却名心、未尽还留貌。尘障外,把头掉。

双调望江南　朱康侯夜船吹笛图

携玉管,何处觅知音。渺渺江湖行路惯,萧萧风雨夜来深。吹作老龙吟。邀笛步,旧梦已消沉。击楫岂无千里志,倚楼空负十年心。憔悴到而今。

题蔬果画册九首

南乡子　桃

最恨天台。赚得刘郎去复回。何似安期瓜大枣。仙人岛。玉井流干王母老。

点绛唇　杨梅

缀紫垂红,稽山何似庐山古。任他甘苦。谁到金家坞。　　着齿嫌酸,半晌浑无语。微行处。矮檐风雨。血色罗裙污。

豆叶黄　本意

豆花篱落雨丝丝。话尽伤秋不合时。策杖浑忘暮欲归。劝君持。珍重田家酒一卮。

比梅　橙

合傍渔村蟹舍。任却雨移风打。且莫叹遗才,橘柚岂真无价。如画。如画。一片夕阳初射。

醉公子　银杏

花落三更雨。十亩阴如许。谁辨我雄雌。婆娑舞罢时。　一泓秋涧水。照影偏宜子。试染夕阳痕。何如乌桕村。

南歌子　荔枝

绛雪纱轻裹,缃枝雾半笼。剥来应贮玉盘中。笑请檀郎尝个、状元红。
曲谱长生殿,诗成玉局翁。寄图还忆白家风。试问娘行十八、带赪容。

卖花声　木瓜兰

并蒂擅群芳。尽日明窗。报投爱诵国风章。却喜秋来添伴侣,臭味无双。
位置称闺房。浅绿轻黄。笑他袖进范阳张。昨夜国香新如梦,私语萧郎。

归自谣　枇杷

人乍倦。深院浓阴遮四面。夏长不借无忧扇。　蜡兄底事频频唤。闲情恋。校书门巷相逢惯。

摘得新　柿

颗颗金。繁霜气已深。离宫三十六,梦华林。青衫尚有佣书客,抱秋心。

侍香金童　题人双鬟伴读图

万卷驱贫,尽读君能否。更红袖、添香销永漏。曾记毛诗争上口。识得郎情,几回消瘦。　彼世间,国色才人多不偶。算文福、难全常八九。毕竟信陵能看透。不爱奇书,却耽醇酒。

江城子　客以涉江采芙蓉图属题，乃木芙蓉也

生涯强半水乡中。一髯翁。一雏童。采遍莲房，又采木芙蓉。秋色满船吟思冷，浮浪去，自西东。　枝枝总是拒霜红。任烟笼。任霞烘。日暮天寒，寂寞缀西风。愿把闲滩添十亩，留晚节，与君同。

眼儿媚　花阴点屐图

红牙慵案罢吹箫。徙倚镇无聊。最无人处，半开时节，一样魂消。　妒花莫遣东风到，梦断浙江潮。恐添离恨，不栽红豆，只种樱桃。

百字令　程比部煮茶图

云毵月涧，问螺峰深处，春光谁见。不是姜盐同嗜好，肯寄金英千片。蟹眼徐烹，蝉膏细品，茗战兼文战。论诗读画，此中应许添伴。　我亦北汲中泠，南寻罗嶰，家本邻阳羡。况是年来瓢笠影，曾历洞庭山遍。半榻轻烟，一泓止水，此味吾能惯。卜居何地，公乎盍与吾判。

倾杯乐　董上舍渔樵耕读小影

百岁浮名，一身清福，最难兼得。问谁是、儿能课诵，奴能耕稼，婢能蚕织。功名毕竟同鸡肋。倦游京洛，依旧归徒四壁。五湖三泖，可许人争物色。

尊酒外、区区何惜。况八口团圞尘事隔。只应怜、生死交情，剩有尚书遗笔。叹行乐、年华易掷。徒自哂、烟霞成癖。寻乐地，知甚日、从君卜宅。

看花回　杨上舍盘马图

买得千金神骏，玉鞭亲试。尽有轻裘换酒，任朔地风高，薄吹沉醉。闻说君能借客，无妨人共敝。谁结纳、锦带吴钩，五陵年少半知己。　太息我、盐

车瘁矣。惟自盼、九方歆耳。岁月疾如下坂,又日暮天寒,吟窗愁倚。君若闲中念我,只百里非遥,可能命骑。况有阿咸好伴,云螭参月駬。竹林中,句初就、便乞君邮寄。

一剪梅　巡檐索笑图

昨夜东风小院吹。吹过南枝。先放南枝。春阴如梦卷帘迟。半雪来时。
几度巡檐有所思。吟趁花期。饮趁花期。此情珍重付将谁。有画中知。有笛中知。

卜算子　金伯承将纳姬人,用詹天游词意写藕香图

不是藕丝长,肯把柔情系。莲子经秋便苦心,解共相思味。　莫问若耶溪,槛外清波是。闲煞田田叶正齐,看尽双鱼戏。

蝶恋花　画蝶

才得春来春已暮。粉蝶匆匆,相逐东风去。花里一生浑不妒。闲情占断裙腰路。　浅翠如茵轻着露。不写芳菲,知向繁华悟。梦醒漆园无觅处。它年合向罗浮住。

祝英台近　画蝶

倦涂金,慵傅粉,又是晚春候。日永于年,池馆草如绣。分明禁本流传写,从村里,又潜向、此间轻逗。　玉腰瘦。怜它不惜轻盈,风前趁斜斗。且莫垂帘,领取此清昼。凭君公子翩翩,高人栩栩,更谁省、生前身后。

金缕曲

庄大令亦和知昌平州时,梦至一处,门署联语云:"谁知驰马驱车地,暂作

修斋念佛人。"未几罢职。浙西俞榕为作《征梦图》。顷以复官,俞又作《出山图》续其后,为拈此解。

四十飞腾速。笑长年、黄尘乌帽,桑无三宿。天遣苍林先入梦,悟得前身金粟。偶堕此、朱门华屋。梁肉何曾妨作佛,但慈悲、便种苍生福。论得失,任蕉鹿。　北山那许思猿鹤。问东山、斯人高卧,为霖谁属。枹鼓声稀琴更静,踏遍闲庭莎绿。我亦愿、急留面目。何事干卿抛未了,又劳劳、人海重投足。茅店饭,几时熟。

贺新凉　张载芬秋林课子图

满院秋声里。对萧疏、梧桐荫碧,庭阶如洗。不少春花颜色好,何必尽删红紫。谁解得、个中微旨。架积丛残尊贮酒,便百城、南面无逾此。它纵乐,诳君耳。　膝前况有驹千里。喜从容、执经问难,师生父子。底事尘缘仍仆仆,应为衰亲驱使。念禄养、诚非得已。我愿一言临别赠,恐时宜、不合人争鄙。田二顷,可归矣。

贺新凉　题太原九老图

《九老图》者,吴门王丈世诚集高曾以下九人,命族孙恭仲各写小像,补以椿桂之景,用志家庆。图中九人,合得六百八十五岁,其未逮七十,不预焉。右方题词例皆耆宿,丈独不以余为不佞,而属题之后,有非此例而厕入者,自余始矣。

柱国坊犹壮。问谁家、百年乔木,依然无恙。天使于中开寿域,群从一堂扶杖。但仙桂、灵椿相傍。对弈弹琴何不可,觉此心、同在羲皇上。惟旧燕,任来往。　念他盛事香山昉。惜当时、水殊九派,根非共壤。尺幅丹青图众皓,神比石田尤旺。听园绮、纷赓迭唱。我独容为诸老殿,笑瑶池、宴例将毋创。长命酒,盍分饷。

小桃红　曹剑亭前辈渌波花雾图

一棹空江晓。几辈寻芳早。花重于烟,天阴如梦,但闻啼鸟。记前身来处、是蓬山,却仙源重到。　　画里词人老。镜里春人少。有约应归,无官亦得,九峰三泖。借王郎歌句、杜陵诗,遣先生怀抱。

苏幕遮　闵贞梅花美人,为郑定斋孝廉作

雪将残,波欲绉。春病春愁,寂寞谁经受。一片斜阳凝翠袖。剩有梅花,解共人肥瘦。　　影低横,香暗逗。记得林间,省识风姿旧。生怕楼中吹笛后。我梦江南,君梦扬州否。

南楼令　庄京叔秋夜读书图

梧竹碧于烟。星河影在天。恰欧阳、方夜无眠。除却丛残谁遣兴,只凭仗、七条弦。　　蝶梦尽翩翩。多君兄弟贤。又才名、第五争传。笑我秋风常作客,壁鱼饱、字神仙。

减字木兰花　庄广文红袖添香图

高烧绛烛。深夜何人能伴读。半臂初添。珍重春寒入画帘。　　帐前帐后。借问风流如马否。香度芙蓉。莫待楼头又打钟。

沁园春　庄印山看剑引杯图

闲里销磨,除是龙渊,或者兕觥。看满天风紧,倾残白堕,三更烛短,舞罢青冥。欧冶为邻,杜康作友,脉望前生也证盟。幽居好,任径流暗水,堂带春星。　　浮荣。何事干聊。又岂为中心偶不平。但三分侠骨,一腔热血,无从陶写,聊绘溪藤。乐莫如鱼,梦还化蝶,真处从来别有情。吾衰甚,笑酒狂渐

减,剑术无成。

减字木兰花

家仰原太守以昆山王某《随时行乐图》属题,凡十二幅,余未识其人也。重违其意,分题三阕。

其一 秦淮荡桨

晴波似掌。十里秦淮堪荡桨。对酒当歌。人物风流晋永和。　　江南信好。偏我游踪都草草。丁字帘前。惆怅青衫二十年。

其二 骊山晚眺

阿房火歇。又见华清宫殿出。多事骊山。阅尽沧桑不肯闲。　　构西折北。指点苍茫空暮色。残照秋风。付与词场画谱中。

其三 襄江泛月

沉碑不起。千古多情羊叔子。从此人间。共博浮名身后传。　　清宵泛宅。一片江光和月白。便欲从君。访隐先过旧鹿门。

忆故人 题画

澹日林梢,杖藜归路桥东直。临流危阁两三间,便是幽栖宅。　　山与暮云同碧。喜新篁、斗它颜色。地非淇渭,客舍羊求,吾将安适。

过秦楼 友人摹唐六如画莺莺像,用六如原题韵

夜合笼烟,牡丹经雨,想象玉人微倦。短绅歌后,狂杜吟残,牛女隔河难见。嗟好事、太匆匆,春去重衾,秋生团扇。定从头记到,幽辉初射,几回娇颤。

千载后、着意丹青,兴怀今昔,毕竟也如泡电。痴能受福,忧最伤人,但愿莫生才辨。安得无心,任它蕙草当庭,桃花映面。笑情丝易惹,偏在梵王宫殿。

减字木兰花　姜学在姬人陈素墨桃

春风入梦。七宝池头花影动。恨已全销。写向妆台只助娇。　　隃縻小试。偏与苏州颜色异。密叶深根。占断人间月二分。

雨中花

桐华馆梅忽尔枯瘁,少权遂有鼓盆之戚,朱八丈为作图,兰坻补以水仙,余作此阕。

玉骨何曾风雪犯。任年年、影疏香暗。九未交残,灯才试过,春色忽惊全减。　　怕听笛声愁倚槛。罗浮梦、怪渠太短。月落难留,星寒欲化,总是一般孤艳。

沁园春　少权夃山卜居图

人世劳劳,除却登朝,必也在山。看四方游倦,常思故里,三公位极,反羡长闲。琼剩诗篇,基留井灶,一辈词人一辈仙。幽栖定,便任君位置,夃贝之间。　　清缘。未必全悭。只怪尔退心早十年。但空中楼阁,意中水石,聊明雅尚,差傲时贤。我昔曾游,境还入梦,招隐相期共拚关。抽簪果,恐遂君此愿,鬓已皤然。

减字木兰花　春兰梦影图,为徐朗斋孝廉作

生成空谷。若个将来藏画屋。黄浦春风。妒尽桃花不敢红。　　露浓烟重。今夜国香何处梦。对影裴徊。便抵移根一亩栽。

南浦　次韵题徐尚之桂花小幅

清秋院宇,算香风、只有木犀浓。能得几回消受,罨已碎春红。剩取珊瑚

架笔,把情文、曲折写来工。道半生忧患,十年离别,此梦太匆匆。　　我已哀蝉听惯,怪黄门、近亦悼亡同。况是秋霖腹疾,频减客边容。蒙楚诗成应许和,稠桑路断可能逢。羡连枝、桂树重开,依旧去年丛。

壶中天　李兰友闽峤纪游图

征帆高挂,又仙霞在望,穿林逾隘。行尽东南唯有海,博得生平称快。翠颗堆盐,绛囊剖雪,风味谁能赛。榕城诗好,拾来应续清话。　　更喜箧剩新词,按将铁笛,吹出刘衡派。秋馆桐溪风雨里,一见投怜针芥。绝岭飞猿,危滩吼虎,说到心犹戒。少文四壁,卧游聊付图画。

如梦令　题潘湘云小像

湘云,震泽人,色艺双绝,国初诸名士多赏之。与梁溪鲍让侯定情,让侯远适,竟失身厮养以死。图为钱塘奚冈临,大梅数株,湘云踞石坐焉。

本是潇湘云影。却在罗浮山顶。一树玉梅花,刚被天风吹猛。江冷。江冷。今日画图重省。

沁园春　钱大令松鞠犹存图

归去来兮,正好功名,飘然遂初。爱松风一枕,闲窗梦稳,菊畦几棱,晚节香余。树有龙鳞,门无凤字,从此光阴付著书。盟言在,说抽簪五十,愿果能如。　　何须。别赋闲居。就老屋西头更结庐。笑人非善饮,种乃秫稻,具还济胜,异谢篮舆。落落霜标,离离瘦影,伴却吟身德不孤。披图问,彼柴桑三径,得似君无。

青玉案　程叔平读书秋树根图

银床昨夜商声报。悟落叶、须频扫。手把丛残闲自校。一枝春色,千章夏木,未抵疏林好。　　陈编人笑秋心抱。富贵长安致身早。我道无如行乐老。

酒能谋妇,经能传子,福已难修到。

惜分飞　锡山秦生姬人葛秀英小影

早识蓬山归去骤。何必人间邂逅。画里眉痕瘦。沉吟想见新诗就。
珍重萧郎情独厚。值得华年不寿。君悟梅花否。落时原在三春首。

阮郎归　毛小兰桃花

是谁蘸笔写芳丛。花如人面红。息妫无语夕阳中。思量昨夜风。　春事晚,水流东。眉楼梦已空。黄尘紫陌去匆匆。仙源隔几重。

柳梢青　题吴门汪、徐二生深柳联吟小影

往听黄鹂,柳阴深处,对咏新诗。绪也前身,恭乎凤世,难得同时。　春人珍重芳菲。况弱冠、才名早齐。怕是离群,晓风残月,各惹相思。

买陂塘　周希甫舍人射鸭图卷

看潇湘、绿波初动,问谁先识寒暖。翠衿趁晓冲萍过,唼得露珠零乱。名自唤。喜呷呷、齐声去去随人惯。漫抛金弹。任阑影花扶,竿丝风袅,飞尽落霞片。　黄尘里,底事犹多萦绊。旧巢应有余恋。渔庄蟹舍闲抛却,来共宾鸿忙燕。归梦远。记卅六湾头,吹笛曾忘倦。能如初愿。彼射虎山南,鞲鹰塞北,此乐莫轻换。

卖花声　题董小柔小像

小柔,长洲人,母曰汤柔卿,故名小柔。所居红杏楼,在金阊门外,余初见才十一二龄,未几,名噪一时,又未几,嫁为厮养妇矣。顷于贻拙斋壁间见所悬小像,清辉依然,往事若梦。感有情之难得,伤薄命之不少。为填此解,以志

慨云。

舞尽掌中身。楼小藏春。娇娆乐府一番新。见比簸钱时候早,已是销魂。花落不飘茵。白石成尘。天台路恐误刘晨。只有生绡能驻景,尽唤真真。

减字木兰花　为叶次由题墨兰

疏疏澹墨。不御铅华偏自得。莫逞幽姿。待泛光风却已迟。　　无人空谷。谁肯采来亲沐浴。如此年年。纵有芳菲也可怜。

沁园春　冯玉圃给事种竹卷子

谁可为徒,除却崇兰,争推此君。看娟娟瘦影,能筛夜月,森森直节,欲上孤云。鸦嘴携来,猫头插处,凭报平安日日闻。应官暇,有绿卿青士,长对黄门。　　何须归计徐论。早移得江南十亩春。喜所师不远,为虚为实,其占逢吉,宜子宜孙。香岂人知,醉还自笑,怅我天寒倚夕曛。幽居定,效鸥波故事,敢乞平分。

凤凰台上忆吹箫　题寒闺吟席图

图乃扬州管希宁平原为罗山人聘之妻方白莲作也。白莲学诗于绿净老人许氏,与其姒孙净友、小姑秋英颇多酬倡。山人尝属平原作图,诺而未与。丙午夏,平原卧疾不起,山人经纪其事,病中始以此图授之,则犹癸未春所画。山人既哀永逝,复感故交,乃装池什袭,乞同志题焉。

为雪开帘,因诗炙砚,生来林下风姿。况扫眉才子,天遣同时。不羡人家咏絮,消九九、别有新题。皋比拥、飘萧白发,是女中师。　　人非。境难再得,只仗着丹青,小驻鸿泥。却廿年前约,不负心期。收拾悼亡伤逝,都并入、老泪涟洏。孤吟处、僧栖寒夜,可似深闺。

百字令　罗山人登岱图

天门诀荡,问青青不断,谁齐谁鲁。有客登临忘触热,曾阻几番风雨。六月披裘,三更见日,毕竟教人妒。芒鞋独往,入云如踏轻絮。　　回想浪迹当年,匆匆一览,悔未携衾住。重向画图劳指点,却在软红深处。我病将衰,君贫尚健,四岳游应补。待完婚嫁,向平心事终误。

传言玉女　题梦游图为胡孝廉稷

绝不逢人,只有垂杨千树。赤阑桥畔,似曾经微步。隐约箫声,此曲问谁能度。今夕何年,是乡何处。　　翠袖黄冠,梦中身、天上侣。奇踪易失,倩丹青长驻。残月东风,又是江南归路。恨无双翼,共君飞去。

烛影摇红　为吴山尊孝廉题南楼却扇图

孝廉新昏后入都,既下第,将仍赴兖州孙渊如观察署。南楼即署中就赘之所也。

莲漏沉沉,春寒渐入窗纱罅。合欢团扇乍开时,喜待严妆卸。才与左芬相亚。又新诗、玉台吟罢。眉痕深浅,除是生花,问谁能写。　　乡到温柔,名心何事终难化。青衫众里偶嫌身,岂久居人下。自信文章声价。便归时、何须傍夜。南楼月好,戏扑流萤,尽消长夏。

沁园春　桂馥大令戴花骑象图

非惠非夷,骑象戴花,仙乎使君。彼带牛之子,应还耕凿,捕蛇者说,其忍传闻。堆鬓成霞,渡河蹴雪,那管哀牢远插云。风尘里,笑是诸众等,忽有畸人。　　升庵疑是前身。岂名士由来致不群。看夕氛晓瘴,飞鸢站站,蛮童僰女,竹马纷纷。秋气西来,征车南去,四海交游几辈亲。歌骊后,待它年奏绩,再与论文。

贺新凉 潘芝轩修撰秋帆归兴图

疏柳斜阳外。趁秋潮、初悬五两,还装轻载。曾跨鹏鳌横海过,犹记鹭鸥盟在。且披着、宫衫戏彩。留得一枝题塔笔,向深闺、细写春山黛。蓉镜下,合欢带。　　莼鲈虽好无心爱。数纷纷、黄尘乌帽,不如君快。第一科名年弱冠,事事胜人千倍。只尺幅、丹青难赛。我是石尤风里惯,笑虚舟、触处都成碍。归去也,又何待。

如此江山 沈石田为吴匏庵作东坡赤壁夜游图,今在曹侍御锡龄处

沉沙折戟都销尽,游人尚传词笔。乌鹊南飞,大江东去,此景呼之欲出。迢迢千载,有多事髯翁,频寻遗迹。万顷茫然,放舟举酒属嘉客。　　何人收拾二赋,将溪藤尺幅,摹写声色。石乱涛惊,山高月小,别有萧萧芦荻。携来宾座,喜秘笈深藏,缇巾重袭。后再流传,又同今视昔。

沁园春 木兰画像

能替爷征,犹是红颜,居然丈夫。记鸳机抛却,便驱骏马,铁衣着后,不梦罗襦。河水东流,黑山北亘,想见当时亲执枹。啾啾骑,比秋闺促织,声竟何如。　　策勋底用尚书。有鲁仲连风功不居。喜十年远戍,望庐仍在,二亲无恙,出郭相扶。鬓影窗前,眉痕镜里,省识春风向画图。区区愿,把凌烟别构,一例传摹。

定风波

黔中女子冉氏,南笼张太守凤枝妾也。其母欲夺其志,风波百出,女以死誓,卒归太守,同人为作《还珠图》。后太守被遣远行,女不能从,欲赴水死,赖救得免。今女犹滞黔中,太守在都下,出图索题。

买得明珠珍重看。却愁风浪起无端。母也如天偏不谅。休怅。此生终对

水晶盘。　　省识春风人影瘦。依旧。好花已分作红残。有日西窗同话雨。辛苦。莫言别易见时难。

双调望江南　周斯才春江归棹卷

春江远,一棹任夷犹。乡梦已通江令宅,客情还恋庾公楼。身许狎闲鸥。披图看,怅触使人愁。镇日软红来扑面,几时净碧去撑舟。准拟待今秋。

卖花声　孙镜渠紫薇桃花便面

谁向省中栽。绛雪飞来。好花争似此长开。且喜仙源消息近,对影徘徊。紫陌拂黄埃。走马曾陪。添香想见待朝回。记取瑶池重结实,更索衔杯。

水龙吟　谭子受吹铁箫乞食图

居然乞食吹箫,伍行人后斯人继。谁将顽铁,铸成清管,授君绝技。度曲风前,卖饧花下,可如吴市。此非常人也,今无市正,且聊作、逢场戏。　　漫说英雄儿女,到穷途、一般憔悴。间关游倦,参差吹彻,行行止止。才出墦间,便骄门内,眼中多矣。笑我拙言词,亦思托钵,请从公子。

黄鹂绕碧树　戴惟宪吉士听鹂图

何处寻芳好,垂杨百尺,掠波梳雾。上有黄鹂,恰间关相对,坐风而语。幽人此际,正倾耳、林间听取。须识是、斗酒双柑,数典不忘其祖。　　遣画长年乐趣。却重来、软红尘土。还记否,有绣湖花鸟,宝掌烟雨。仆本京华倦客,怅荏苒、春光误。几时访戴山阴,扁舟来去。

减字木兰花　题罗两峰为何耳山所画兰花卷

生绡尺幅。想见幽居常在谷。兰以香烧。何意吟魂并叠招。　　天涯雪涕。卅载交情今再世。(耳山尊人数峰,余旧友也。)子又生孙。管领余芳自有人。

水调歌头　为尤二娱题西湖看莲图,即送之官滇南

曲院纳凉处,人倚夕阳天。郎家销夏湾近,妾姓指荷钱。不怕云翻雨覆,长愿闻声对影,好是正田田。值得一千字,珍重赋长篇。　别匆匆,愁黯黯,又经年。东风忽催行色,归梦逐春圆。便去苍山弥海,同访碧鸡金马,可记总宜船。桃李遍栽后,再结看花缘。

减字木兰花　为杨米人题张仲冶画兰便面

写兰为赠。两两素心持作证。泛遍光风。是处春归一握中。　久疏芳讯。孤负侬家阳羡近。别有关情。听到琴传空谷声。

暗香　张鹿樵梅花卷

琼英争吐。问是谁管领,依稀张绪。小坐苍苔,惹得衣裳满香雾。折得疏枝在手,便先自、把春留住。别几载,重展丹青,风儿尚如许。　何处。旧游路。记西崦以西,也曾来去。软红耽误。欲觅家山梦魂阻。且喜从君读画,只当作、看花同步。此幅后,烦更写、紫薇新树。

貂裘换酒　为张仲冶题雪中狂饮图

醉亦寻常有。怪寥寥、古今数子,独传人口。西蜀东吴天万里,忽共尊前奋袖。却正是、长安雪后。僵卧碎琼呼不起,看繁星、历乱如棋走。此乐也,世能否。　丹青早入长康手。叹图中、几番离合,未堪回首。迁客夜郎今已返,君尚颠狂依旧。更笑我、病还强酒。宁可荒坟浇一盏,胜向它、丞相车茵呕。身外事,尽刍狗。

百字令　题汪蛟门三好图,为秦敦夫编修

生绡尺幅,把才人写出,当年情绪。浊酒一中书万卷,可抵花枝解语。杯已销愁,乡还送老,结习偏成蠹。图中人往,旧时多少题句。　　恰喜桑梓流传,属之淮海,物得归其所。我本无能空有好,事事输君千古。味澹横陈,命安穷达,只合青州去。浮生如寄,不行胸臆何苦。

减字木兰花　为朱敬亭题荔枝写生。敬亭姬人韩氏,闽产,小字荔香也

宋香陈紫。谁遣海隅能产此。写幅丹青。认取枫亭录小名。　　二分月皎。照却水晶丸更好。占断群芳。莫怪萧郎老是乡。

沁园春　为朱鋆坡题其尊人鹤亭大令忆园禊饮图

未到平泉,今日画图,依稀见之。记人依甥馆,会修禊事,客邀谢傅,诗和王维。花烂成霞,春深似海,裙屐翩然盛一时。才弹指,便卅年以往,逝者如斯。　　堂前旧燕都飞。恐故老谈来也不知。问云寒西塞,甘棠应在,烟横北固,绛帐谁施。只此丹青,付将孙子,博得名流着意题。今犹昔,料后之揽者,又费沉思。

减字木兰花　于郎银汉吹笙小影

吹箫撅笛。听到玉笙群籁寂。怅望明河。不是牛郎不许过。　　樱桃偶种。便有琅邪情最重。谁辨雄雌。刚值仙人十五时。

蝶恋花　题云间女史张筠如画册

一管生花长在手。着色无多,骨自天然秀。想见春寒凝翠袖。疏梅修竹人同瘦。　　琴瑟绿窗如对友。富贵饶它,此福何曾有。看去丹青浑似绣。

好诗值得题千首。

沁园春　胥大令杏花春雨江南卷

一片春阴,十里杏花,其中有人。笑绿蓑青笠,此游入画,小楼深巷,昨梦无痕。家世河东,寓公江左,卜筑新依阊阖门。回头问,问手栽桃李,有几株存。　　自怜奔走黄尘。枉说道吾家是赵村。却风前溅泪,花时作客,雨中剪烛,海国逢君。碎锦坊高,争春馆好,细算都如过眼云。何年遂,向溪山深处,结个比邻。

减字木兰花　屠子垣申江秋访图

鼙婆声送。月白江心秋似梦。说着相思。记得扁舟半面时。　　行云邈矣。天下销魂惟别耳。往事休论。我已青衫满泪痕。

青玉案　女史廖织云寒闺读画图

彤云低压三间屋。正几树、疏梅馥。谁伴深闺形影独。荆关山水,徐黄花鸟,摩诘诗重读。　　琴声罢抚吟声续。更把丹青写成幅。日暮春寒愁倚竹。聪明天赋,才华人羡,只是输庸福。

水调歌头　李乐只秀才摄山听雨卷

辛苦白门路,袯被几回行。摄山峰最高处,听惯滴梧声。万壑风来涧底,百道泉生树杪,相助更凄清。并入有心耳,都作不平鸣。　　紫峰阁,云片石,记曾经。廿年前亦留宿,旧梦欠分明。一任高楼红烛,也有僧庐白首,我已两无情。但愿与君去,采药共余龄。

壶中天　归佩珊女史雨窗填词图

重阳近也,九分秋、又送七分秋去。空谷有人空绝代,何计遣他风雨。雁字排愁,花枝比瘦,户听寒虫语。慵拈湘管,此中多少情绪。　　却喜解事汪伦,偶然泼墨,已得幽窗趣。谱出草堂传绣口,遂使一词千古。但少催租,更逢送酒,是我销忧处。年年辽海,锦囊烧后无句。

菩萨蛮　韵香女德空山听雨图

山居爱向云深处。雨声先上芭蕉树。独坐卷帘时。此情若个知。　　福难兼是慧。肯受聪明累。我已鬓添星。萧萧怕再听。

减字木兰花　胡黄海虬髯公便面

虬髯一样。谁踞中原谁海上。国士佳人。只有英雄省识真。　　西风跨卫。君亦渐愁颜色悴。争瘦争肥。空向丹青辨是非。

蕙兰芳引　题袁又恺红蕙山房图

徐尚书健庵修书洞庭山,偶植红蕙,至今流传。山人钮某以赠袁,袁珍之,遂颜其室焉。

秋到草堂,早红遍、数枝芳蕙。笑楚客多情,犹有未销旧泪。尚书种后,却衍出、莫厘新派。想昔年、小宋官烛,双条曾封。　　此事当今,推君独擅,又得怜爱。便长伴中郎,不许水仙作佩。除非红豆,尚堪一例。听故山佳话,共传袁蕙。

卖花声　寇白门小影

姊妹总轻盈。卿最知名。几回金屋叹飘零。香好错将韩掾赠,负了多情。

结客小园亭。侠骨天生。阿谁湘管画娉婷。我欲买丝重绣取,媚眼能青。

百字谣　题江子屏书窠图后

云烟俄顷,算世间富贵,大都如此。妾换骅骝裘换酒,何似鬻书求米。四部亲题,百城高拥,旧事从头记。龙鳞今老,种松人可知矣。　　最怪几卷丛残,无多绨帙,也犯天公忌。梦入琅嬛容易醒,凭仗丹青盈纸。饼可充饥,梅能止渴,真幻原同耳。笔花长放,便便还有经笥。

金缕曲　潘令填词图

早听弦歌遍。记前身、春风桃李,栽花成县。官向六朝金粉地,住是吴兴清远。任题尽、乌丝黄绢。脱口新声还自唱,教小红、反把琼箫按。三影外,有三变。　　吾家咫尺邻阳羡。喜迦陵、填词旧例,而今重见。绝胜扬州明月夜,长得玉人为伴。便嚼徵、调宫忘倦。不怕宵深凉气逼,把芭蕉、权当氍毹展。仙令福,只君擅。

暗香　题方子和旧时月色图,用姜白石韵

万枝春色。喜小山坐对,旁横长笛。笑领众芳,未许人来等闲摘。君本家邻大庾,早流播、江南佳笔。便合向、铜井铜坑,高处置吟席。　　乡国。信寥寂。叹驿使不来,离恨空积。酒醒梦断,月落参横好追忆。漫拟栽梅西崦,长占却、湖光深碧。被此画、先摄取,秘夸独得。

水调歌头　石大令蘉塘小影

放桨入莲溆,划破碧溪烟。有人颜与花映,同泛木兰船。几缕霞明濯锦,千柄风摇香影,桃李让芳妍。试把玉缸倒,那惜酒如泉。　　政多暇,凉可纳,吏疑仙。白云渡水一曲,刚抱县门前。人爱元公作说,我喜闲情彭泽,无碍使君贤。芰制久抛却,应忆楚中天。

百字令　仇实父桓伊吹笛图卷

青溪如镜,正王郎画舫,乍停柔橹。岸上贵人油壁过,谁把小名私语。便踞胡床,试横羌管,三弄升车去。但相知耳,有言何必倾吐。　　闻说一往情深,奈何频唤,伎擅无双誉。爵拜通侯身执篲,卿也居然无迕。莫道弹丝,不如吹竹,曾使君王悟。风流何往,至今邀笛留步。

买陂塘　宓大令春船载茗图

燕新来、社翁雨过,红桥箫鼓初竟。纷纷船载花枝去,商略不如携茗。杨柳影。有浅碧瓷瓯,一色旗枪映。微醒易醒。但第五泉边,松涛沸处,便作抚琴听。　　翻寒叶,回首榆溪塞迥。如今还剩游兴。扬州可比杭州好,应梦虎跑龙井。芝玉并。早治谱能传,春到陔南永。全家上艇。笑杜牧当年,鬟丝禅榻,风飐落花冷。

渔家傲　欧阳棣之小影

稚柳搓黄波漾绿。凭肩乍得人如玉。纤手垂纶香饵足。贪比目。莫教惊起鸳鸯宿。　　笑我临渊空踯躅。输君早占温柔福。珍重寄将书一幅。鳞六六。吴淞又是今濠濮。

水调歌头

洪生介石斋中仿宋曾端伯栽花中十友,名之曰十友吟社,而梅花尤盛。嘉庆丁卯冬,艰于卒岁,以此屋典质于人,作《别梅图》纪其事,一时题咏,多为介石惜。余维物之聚散有数,彼始牵所爱,而终去之者,岂唯梅哉?作此以广其意。

破屋数间耳,人道玉川贫。空庭梅幸无恙,且喜伴吟身。一旦矮墙隔断,但与阶前流水,和梦入西邻。从此月明夜,把酒向谁亲。　　遣柔翰,裁素纸,写花神。花如知尔情重,也共暗消魂。试问河梁秋色,又有闺中春日,何处不离群。翻是画图好,长见一枝新。

水调歌头　汤雨生秋江罢钓图

得失一鱼耳,何喜复何嗔。五年垂钓江上,鸥鹭亦知君。曾记桃花如浪,又见芦花雪样,秋色可输春。暂释把竿手,且去把清尊。　　凉风起,吟兴好,饱鲈莼。烟波多少笭箵,几个趁闲身。会取珊瑚拂动,莫任长鲸轻纵,待理旧丝缗。结网笑吾懒,但作坐观人。

贺新凉　张蠡秋学博溪山选胜图

皖口高门第。记当年、平泉乍筑,金邀君赐。身已周行天下半,偏忆儿时旧地。早写向、剡溪藤纸。宝马名姬无不有,算人生、快意当如是。觞咏外,更何事。　　卖鱼湾畔萍踪继。喜通门、今传五叶,共谈先世。也欲买山思选胜,此愿贫难遂耳。但仆仆、饥驱而已。何日龙眠同卜筑,便芒鞋、竹杖相终始。添我入,画图里。

芰荷香　张判官调冰雪藕行看子

昼舒长。喜晚来风过,人倚斜阳。翠琅玕外,绕池更补垂杨。阑干闲倚,把白松、招引荷香。何处得、此地清凉。调冰雪藕,况有红妆。　　试看晶盘捧到,却胜它玉碗,美酒生光。卖鱼湾上,可如丈八陂塘。萍踪偶合,幸使君、容我疏狂。图画好、再与评量。田田叶底,少个鸳鸯。

无俗念　陈上舍秋林小憩图

秋光如沐,爱树根独坐,凉飔徐动。肯把吟髭轻捻断,句已琅琅成诵。尚友惟书,游仙有枕,久绝繁华梦。炉熏茗碗,是君随分清供。　　吾亦四载鱼湾,溪堂山馆,扶杖时迎送。手种苍松今已老,又把芳兰新种。身自康强,儿还醇谨,只待雏孙弄。明年汤饼,好将藏酿开瓮。

金缕曲　同年欧阳棣之爨下图

物好常遭枉。最惊心、烧桐作爨,此声凄壮。休怪良材轻易掷,功业偏归灶养。笑聒耳、筝琶空响。天下尽多焦尾在,问中郎以外谁能赏。图画里,写惆怅。　齐年我比君差长。恰同来、依人海国,幸俱无恙。各有平生知己泪,流到章江分漾。(君出南昌彭文勤,大瘐戴侍郎之门,予文字之知。)任桃杏、日边天上。近妇饮醇应自遣,是英雄、末路销磨样。回首事,莫伤往。

水调歌头　沈二瞻莼浦钓徒卷

家本近西塞,蓑笠雅相宜。夫容湖畔卜筑,十笏有幽栖。游倦秦关百二,不待秋来风起,归坐旧苔矶。一半为鲈鲙,一半为莼丝。　手长竿,理香饵,狎清漪。其中得失偶耳,何用费沉思。且喜豪情如昨;好共击鲜为乐,飞雪任侵髭。吾与子同岁,学钓未嫌迟。

满庭芳　为金子青题汉江送别图

桨泛寒溪,屐登西塞,笛吹黄鹤楼头。题襟几辈,屈指尽名流。更喜灯明酒酽,长消受、一串歌喉。无端别,青衫红袖,并泪送归舟。　今来重把袂,东风划地,春老韩沟。笑游兴初慵,宦兴难收。嗔道文章憎命,陈编外、别计菟裘。君休躁,腰缠纵远,为月且勾留。

满江红

金子青画一髯者,以为己像,作牵马出门状,旁有一姬如送别者,索题,填此

有客虬髯,谁绘就、英英之气。须信道、庐山真面,本非如是。骏马声嘶残月下,美人颜惨春风里。任英雄、到此亦魂销,俄千里。　难得遂,求田志。何必悔,封侯婿。笑学书学剑,几番变计。君欲身登游侠传,我犹命托丛残纸。

记十年前也出长城,今衰矣。

百字令　题唐陶山刺史鬓丝禅榻小影

鬓丝禅榻,问前生、知是牧之之续。有酒何妨仍学佛,一榻翛然离俗。示宰官身,幻瞿昙相,惯种苍生福。维摩多病,带围应笑微瘦。　　我亦近在棠阴,登山临水,曳杖时追逐。正值落花风紧后,来共周郎顾曲。消受茶烟,评量诗句,肯把闲愁触。迟迟慵去,又成桑下三宿。

百字令　题张舸斋烟波共泛图。图画其配鲍茝香同坐一舟,时茝香已没

绿蓑青笠,溯家风、真称志和之后。况得鲍姑仙眷属,偕隐不愁无偶。鲁望江湖,阿章书画,此福谁能有。兰舟宵泊,月中还贯虹否。　　忆昔托兴丹青,联吟对饮,肯使华年负。毕竟彩云终易散,应让名山长久。烟水依然,音容渺矣,陈迹空回首。清娱阁冷,旧诗听播人口。

双红豆　孙子潇吉士把酒祝东风种出双红豆图

得气东风,托根南国,天公可许栽成。拂水岩前,有个荒庄,昔年游迹曾经。世产多情。又孙郎把酒,默祷声声。愿尹并邢生,似鲛珠、掌上双擎。

况山水家园,神仙眷属,何人福慧如卿。拈来抛未了,被柔丝、几度缠萦。燕燕莺莺。看两美、居然合并。惹相思、都缘骨太玲珑。

卖花声　李白楼鸳湖并载图

夹岸尽垂杨。泛个轻航。楼头烟雨幂湖光。莫羡文禽能比翼,人也鸳鸯。
来往水云乡。东指钱唐。仗它桃叶伴三郎。镜下芙容容易得,此福难偿。

摘红英　采花图

筠篮小。花枝好。披烟带露劳长爪。寻芳遍。归来倦。一样韶光,洞天春贱。　苞含坼。香狼藉。肯教散去留痕迹。仙无定。人多病。有谁采药,与花同赠。

百字令　顾西园独坐幽篁小影

檀栾影里,只此君雅称,其人如玉。但有虚心师自得,相对况能医俗。别却云间,来从剑外,未抵瞻淇澳。试看左右,便如天赐汤沐。　我亦昨过青门,近分讲席,膝每谈经促。偏是平安难得报,一病又更寒燠。住苦身贫,归愁道梗,梦绕鸥波渌。何时开径,渭川居许同卜。

百字令　周衣谷观察出山图

层崖复岭,问从戎九载,谁如辛苦。容易据鞍重顾盼,已是出山行路。一片孤城,千寻峻堡,想见经营处。桃花杨柳,莫教春色虚度。　毕竟帝念酬庸,貂蝉早珥,麟阁图形伫。近喜青门来秉节,更许时亲谈尘。公健依然,吾衰甚矣,髀肉愁难拊。茶烟禅榻,便将归老江渚。

买陂塘　寄题绉云石

石为吴将军六奇赠查孝廉培继者,事详诸家纪载。查殁,石归于顾,今又归于马氏。主人绘图征诗,东南之士斐然有作,予亦续拈此解。

问谁能、拔山超海,巧从万里移置。英雄举动原殊俗,何况感恩知己。峰丈二。但抵得、寻常投报琼瑶耳。试追往事。是大帅筵开,孝廉船到,锡以绉云字。　根频徙。新主更番换几。如今仍属名士。分明罗绮平难熨,石也俨然云矣。尤可喜。喜画卷诗篇,与石长留世。风流相继。纵彭泽曾眠,襄阳欲拜,未许等闲拟。

武陵春　题表甥屈生颂满桃源图遗笔

一握春风犹在手,物是怅人非。世有桃源若个知。下笔几沉思。　　何事聪明妨福命,要把彼苍疑。流水和花去不归。空溅泪、湿人衣。

金缕曲
题同年沈小如津门拯溺图。小如官廉使,早卒,此其令天津时事也

海水翻坤轴。记当年、灾连三辅,析津最酷。赖遇东阳贤令尹,曾为苍生种福。给饼饵、兼炊糜鬻。独上危城劳指点,纵施仁、有术还蒿目。嗟往事,又怅触。　　活人之报人争卜。荷君恩、递迁陈臬,终膺豸服。可惜道山归太早,我病反延风烛。喜令子、家声能续。珍重携图来索句,觉图中、尚有精灵哭。循吏传,几时读。

双红豆　题王忘庵先生红豆画幅

画为康熙戊午作,用水墨,不着色。盖东禅寺僧怀公折红豆花贻先生,时兼饷笋,因并图之。后寺僧以此画归嘉定张日容,与华亭高查客、昆山徐大临、秀水朱锡鬯联句纪之,事载《曝书亭集》。今归长洲毛氏。

南国灵根,东禅异种,神僧携自何年。叶如翡翠,实似珊瑚,遂令吴下争传。问唐文汤沈,几度花前。劫已历风烟。剩连枝、三丈犹骞。　　又摩诘拈毫,墨痕渲染,写生妙笔如仙。名流多后起,小轩中、重斗诗篇。我惜无缘。一披图、相思易牵。记当初、桐华七字曾联。

忆旧游　董济甫一枕梦游图

记儿时早到,壮岁频过,最是吴门。不独灵岩好,更虎丘伫月,鹤市寻春。有时画船箫鼓,良会醉芳尊。今老病追思,前尘已失,生怕重论。　　输君。曾经处,却写入丹青,与梦留痕。又把新词播,使一时听者,都道销魂。始信借

来仙枕,还让倚声人。试长展生绡,能游便抵宗少文。

百字令　闺秀赵仪姞意中云树图

生绡尺幅,问谁能写出,横云云树。清远吴兴居亦福,别有最关心处。且喜苕溪,近通沪渎,梦易寻归路。谢家诗好,画师应亦神助。　　回首京国当年,征歌命酒,凡几春秋度。太息吾宗俱宿草,我老偏留风絮。病已余生,贫还作客,一棹空来去。展图怅触,旧时多少情绪。

壶中天　高巳生白云亲舍图

出门西笑,又长安小住,流光如驶。回首南云亲舍隔,屈指路三千里。春盘重帏,树荣双荫,此乐谁能拟。无端作客,思量难怪游子。　　且喜天禄归来,儒官暂就,更遂承欢意。黉舍横经多暇日,便是名山基址。架庋缥缃,盘堆苜蓿,洁养陔华里。青云方近,在君还算余事。

减字木兰花　题人水心云意图

是云是水。一片空明成两美。疑水疑云。并入豪端了不分。　　有心有意。兴到堪乘聊一寄。无意无心。此际何从索赏音。

凤凰台上忆吹箫　为归觐扬题其原配季筠滨姗步图

月已难圆,云还易散,画中想象容仪。似珊珊微步,来又何迟。收尽残膏胜粉,唯留得、一卷遗诗。诗和画,左家娇女,千里相携。　　谁知。掌珠更碎,叹合浦茫茫,珠返无期。忽仍归故国,重慰相思。太息人多磨折,随行雁、近又分飞。因君悼,恍添吾恨,怅触当时。

张云璈(1747—1829) 27首

字仲雅,晚号复丁老人,浙江钱塘(今杭州)人。本姓陈,入继钱塘张氏。映辰子,梁诗正甥。乾隆三十五年(1770)举人。嘉庆十二年(1807)任湖南安福知县,调湘潭县。工诗词,与卢文弨、赵翼、王鸣盛屡有唱酬。著有《三影阁筝语》三卷。

满江红　题风泾程春帆临流坐钓图

人澹亭空,阑干外、水花如溅。正消遣、一纶轻飔,半竿微润。碧玉蜻蜓闲不占,芙蓉鸥鸟曾相并。任西风、吹透鹭鸶肩,秋寒甚。　　看片片,蘋香褪。愁剪剪,菱丝嫩。似清风泾畔,烟波堪认。买得新蓑苔样绿,红衣渲染原无分。只临流、心事托双鱼,添离恨。

台城路　题嵇琴溪带月荷鉏归小影

泥香釂罢鸦鉏腻,桃花落红村路。白鹭沉烟,乌犍载月,遥指柴门归去。柳阴深处。看流水通溪,板桥横渡。缓踏芒鞋,只应目断饷耕妇。　　新蓑苔样称体,正绣塍万顷,消受风露。绿发年华,黄金甲第,不似田家侪侣。稻粱计误。笑我本无谋,鹤饥长诉。一卷农书,与君闲共谱。

百字令　袁省斋课孙图

晚凉庭院,爱竹梧深处,茶烟初飔。八尺长身湖海客,豪气尚余千丈。注颊丹砂,盈颠白雪,且喜都无恙。人间清景,阿谁如此神王。　　况是头角诸孙,亭亭玉立,绕膝齐相傍。弄药争花纷左右,抛却红藤扶杖。坐有龙文,门无凤字,总入明珠掌。披图指点,他年卿岂惭长。

迈陂塘　风雨离帆图,为王耕烟作

系兰桡、天涯夜雨,更深滴破清梦。吴绵薄着青绫被,坐把山肩频拥。寒色重。争禁得、酸风暗入篷窗缝。长宵谁共。看火焰银炉,枕攲金带,挑损蜡珠凤。　　离别恨,腹内车轮时动。相思红豆初种。玉人此际含愁听,料是芳心常捧。声作弄。想万缕千丝,分向征帆送。冰壶泪冻。化笠泽空江,淋浪一片,添与暮潮涌。

洞仙歌　题桐阴卧月图

高梧暝色,压楼阴一半,檐月昏黄最肠断。更凉飔洒面、重霭凝空,阑干外,团就十分幽怨。　　相思如有待,薜荔罗衾,徙倚红蕤正微倦。深院悄无人,写出萧闲,总难写、心头缱绻。只似水秋寒泼窗纱,想骨瘦香桃、几曾经惯。

金缕曲　伊霞村小像,为袁简斋先生题

霞村,毕秋帆制府之小星也。受业随园,为女弟子。尝有《花间独立图》,随园题之,而摹其别本,属同人咏焉。时制府初应骑箕,故后半阕云云。

乍见惊鸿态。是当年、济南门下,授经人在。叶叶春衣寒尚峭,独占海棠花外。休猜作、真真一概。几度横波凝望处,把新传、句法推敲再。忘半臂,锦江待。　　尚书侍史心情改。叹而今、画楼双燕,秋宵无奈。月地云阶前日事,怕说繁华境界。算结习、惟余诗债。一个龙钟香案吏,惯平生、消受姮娥拜。更留取,远山黛。

燕山亭　题梁溪贾素斋金门秋馆图,即用卷中周石台韵,兼送其徐州之行

十丈红尘,那得秋光,似此丹青写。唤起清愁,雨雨风风,只向客窗飘洒。满地黄花,更谁问、柴桑篱下。心讶。看万里凉霄,阵云如马。　　抛却湖水湖烟,但书剑天涯,竟何为者。邗沟西畔,两度来过,相逢一时闲雅。帆指彭

城,倩谁画、离情重惹。留也。正燕燕、定巢新社。

百字令　题朱愚溪西泠话雨图

青山无语,正烟鬟西面,向人如笑。胜地可堪无共赏,孤负两湖吟啸。茗碗炉香,罗衣纨扇,相对闲风貌。一帘丝雨,鸥边凉意尤峭。　　即今分手天涯,宦情客思,离别应难料。留得钱唐通守在,几度凭阑慵眺。画舸摇红,渔竿剪翠,我亦怜同调。故园如梦,披图空忆年少。

疏影　余兰夫人吟梅小立图,为陈珍斋题

春寒小院。想佩环犯晓,吟兴曾遍。不道披图,篱落横斜,已失寿阳妆面。荀郎久惯中庭冷,但貌取、诗怀留恋。正相看、瘦影亭亭,恰似当时魂倩。

不比孤山处士,梅花空自抱,成就虚愿。旧日联吟,风絮飞来,原是谢家芳媛。从教翠袖离修竹,早闲了、画阑一半。更休将、玉笛声催,惹起个侬清怨。

湘春夜月　题周竹樵助教听泉图,即用图中吴谷人太史原韵

出山泉,却教还入山来。欲把昔日心情,都向此中开。廿载软红尘土,梦云门风磴,雪浪千堆。正一襟涤后,移文莫诮,俗驾重回。　　瑶琴欲诉,弹将流水,无限低徊。如此清音,已胜是、伯牙挥手,弦轸休催。奚奴抱去,似嫌孤负桐材。且小住,爱泠泠满耳,山花乍放,明月衔杯。

扫花游　题孙玉樵姨丈人小照

十樵咏罢,忆笠泽风流,写来依样。白云满嶂。正空山径仄,迷人去向。荷月担风,费得芒鞋几两。试凝望。指冷黄一片,都是秋浪。　　仙侣休更访。问此去留连,斧柯无恙。几番浩唱。听前岑相答,是谁清旷。归路溪桥渐减,秋痕微涨。乍惆怅。怕耽吟、遇他狂放。

绮罗香　题汪饮泉秋隐庵填词图

碧树山重,红霞波渺,一片清光无腻。潇洒团焦,早是秋来情味。门乍对、积翠空庭,人小坐、画罗天气。合携将、双拍燕支,花前商略酒边记。　　无端黄九柳七,留得声偷字减,珠喉应费。谁谱银筝,又堕秦娥铅泪。惹当年、江上离怀,怕此日、竹西歌吹。尽撩侬、三影闲愁,晓凉深阁闭。

如梦令　题吴翠亭竹深荷净图

千个翠筠如滴。万柄凉荷如拭。绿水漾微澜,天际晚云都碧。风急。风急。吹减画罗衣色。

满江红　金小山乘槎图

万里长风,谁乘此、鲸波轻涉。只泛取、枯槎一片,海天寥阔。日月近从当面过,鱼龙忽现全身活。向三山、缥缈望神仙,金银阙。　　宗悫愿,平生结。张骞事,吾家说。更披图指点,壮怀尤热。便欲同寻河渚去,客星又恐难分别。正不须、归路问君平,空饶舌。

暗香
题顾伴檠明府梅边吹笛图,用白石老仙暗香疏影原韵。时方客楚中

昨宵夜色。是阿谁乘兴,来吹横笛。万树冷香压遍,空山少人摘。留取开元旧谱,知几费、虎头诗笔。看一丸、天外银蟾,飞度堕吟席。　　乡国。太寥寂。恐曲里怀人,别绪时积。欲歌且泣,歌不成欢泣还忆。应向重湖打桨,长隔断、濛濛深碧。听一霎、啼翠羽,倩谁寄得。

疏影
题顾伴檠明府梅边吹笛图,用白石老仙暗香疏影原韵。时方客楚中

窗横瘦玉。是个侬旧馆,相伴栖宿。一别乡园,来往乌篷,江干但见黄竹。迢迢又鼓湘波棹,更不比、山南山北。算一声、下界龟兹,那识尔时孤独。

君亦朝衣手版,看风前鬓影,微减修绿。黄鹤楼头,吹满江城,终负逋仙茅屋。相逢又恐无端别,且共占、兰汀幽曲。待明年、我欲先归,也写月湖长幅。

迈陂塘 清晖娱人图,为庄耐轩题。耐轩久客楚中不归,故作此讽之

说蒙庄、十年为客,闲身吟对黄鹤。楚中自昔多名士,一赋依人空作。窗更拓。望历历晴川,树色当楼落。清晖如昨。正夏口西来,武昌东畔,得句欲横槊。　　兰陵酒,且劝君家细酌。故乡风景非恶。芙蓉江上烟波阔,底事轻轻抛却。休铸错。看开到梅花,芒屩须时缚。君应寂寞。算翠袖空山,红莲大府,何处可行乐。

为门人桂莒题画五帧

百字令　西施

耶溪波浅,乍披图记得,苎萝村景。石上轻纱初浣罢,正是浓妆人冷。输尽金钱,相逢入市,一霎春风影。苏台花草,任教狼藉脂粉。　　问谁歌舞教来,绮罗习后,心力凭长颈。哗扣三军声歇寂,荼火雄心空骋。霸越功成,亡吴计就,同上轻舟稳。语儿亭畔,昔年旧事重省。

金缕曲　虞姬

不信天亡汝。怪千秋、英雄末路,未离儿女。此际虞兮无可奈,雪涕中宵如雨。恨一霎、婵娟谁主。子弟八千无一在,况当年、帐下闲歌舞。留盖世,气如虎。　　汉家也复空眉妩。算而今、定陶垓下,共成黄土。一样尊前翻楚调,鸿鹄声声偏苦。只疑事、重教怀古。骏马已随亭长去,问美人、毕竟归何

所。此意在,倩谁补。

迈陂塘　木兰

替长征、曼胡短后,谁能知是闺阁。十三年在行间住,匹马从天来跃。风似削。看小面梨花,争受边尘恶。离愁如昨。听流水黄河,耶娘渐远,此恨剑应斫。　　归来早,千里明驼堪托。战袍无复重着。当年小弟今长大,也会磨刀霍霍。休铸错。叹如此人才,翻被红妆缚。功名非薄。比城号夫人,军称娘子,勋业定无怍。

八宝妆　绿珠

金谷繁华,河阳艳丽,都是石家装裹。千重锦障,七尺珊瑚,当日酒痕轻涴。谁把珍珠,换取明妆,十分婀娜。正名园如绣,日长人倦,柳娇莺觯。

谁料是、富尽王羊,雠深伦秀,尤物种成奇祸。魂飞画槛,血溅香堧,一片热肠如火。一笑浮生,付与名姬,拌将家破。看楼前花谢,犹似娉婷欲堕。

满江红　孙夫人

一片螺矶,听万里、寒潮如吼。正家国、无穷遗恨,寸心难剖。弱妹姻缘何太苦,阿兄盟誓偏忘旧。让二乔、夫婿尽英雄,终身守。　　沉瘦骨,江波溜。留猛气,刀光斗。问当年失计,伊谁之咎。谋遣已输姜氏妇,偕归更逊君王后。剩年年、别泪寄刘郎,空偻偨。

琐窗寒　题清宵独咏图,陈梅坨悼亡之作也

翡翠屏闲,芙蓉帐冷,一房幽怨。妆楼几日,陡作世间孤馆。镇相怜、风竹乍敲,不堪又、共酸吟伴。算铜荷蜡泪,还应知得,此时悲惋。　　凝盼。眉窗畔。早锦瑟流尘,岁华频换。九曲回肠,曲曲为伊凄断。想画帘、微雨二年,阿灰句好空自恋。莫常时、愁损鳏鱼,不教魂梦见。

一枝春　周三筑东画梅,为宾叔题

一桁帘红悄,银屏正是,新寒庭院。窗封屈戌,树影几番凌乱。东风乍隔,

更何处、小梅娇面。谁忽把、三尺横枝,染得剡藤都遍。　　西湖旧园堪恋。爱凉云香雪,团来成片。孤山别后,驿使寄时应断。江南离恨,只写向、芷汀兰岸。更莫教、黄鹤楼头,笛声又按。

澡兰香　华清恩泽图,为褚集斋题

琼鱼减润,锦荔催炎,未放海棠睡足。香淹罗袂,汗浥金珂,缓卸暑宫妆束。感君王、新宠初承,华清恩波乍沐。如雪丰肌,绝胜瘦梅横玉。　　不比昭阳燕冷,夜半无人,忍寒生粟。娇娥围侍,滑拭凝脂,旧事秘辛谁续。只伤心、佛树魂飞,闲了长汤十六。剩画里、钏扁钗圆,注人双目。

满江红　题武昌通守何萝阳同年春风试马图

紫陌骅骝,看控到、蛮奴装束。正一色、银鞯杏叶,柳丝飞逐。万里踏穿青海铁,五花喷出流沙玉。爱腾骁、双耳耸长风,批秋竹。　　安雁户,穷獭足。扫蚁穴,渠魁蹙。认靴刀帕首,当年均服。通守头书手版,将军事业歌铙曲。尚雄心、快与骥争先,金鞭扑。

喜迁莺　题刘宾叔晓行图,即用刘行简原韵

远山一角。看淡白乍描,栖鸦先觉。催起行人,晓凉如水,不耐征袍单薄。花底笠檐,露重柳外,鞭丝风弱。正认取,似陆郎风貌,韶年游洛。　　猛教重记省,乌帽黄尘,我本生涯托。鲁道寒沙,齐河残月,卅载凤标鸾泊。层叠离愁,又早化、乱山排着。送君去,说旧时怀抱,者番犹恶。

马振仲(1748—1772)　1首

字御张,江苏江都(今扬州)人,祖籍安徽祁门。曰璐三子,嗣伯父桔堂。著有《畬经堂词》。

鹊桥仙　题程筠榭七夕图

金风淅淅,银河渺渺,玉佩仙裙初度。今宵才得慰离愁,话不尽、隔年情绪。　　香烧心字,庭开粉席,多少人间儿女。穿针明旦试相看,把巧思、谁人付与。

王复(1748—1798)　8首

字敦初,号秋塍,浙江秀水(今嘉兴)人。又曾次子。尝官河南商丘县令,调偃师。与王昶、洪亮吉、孙星衍诸名流交善。著有《晚晴轩稿》,收词一卷。

新雁过妆楼　郑红泉属题听鸿图

惜别年年。西风紧、光阴又是秋残。塞鸿排阵,初看影落遥天。几点参差妆阁外,数声嘹唳画栏前。最无端,撩人愁绪,清泪频弹。　　相思日常几度,正织成锦字,欲倩伊传。问何处,迢递千里关山。今宵醉眠旅馆,曾否忆深闺衾枕寒。呼群去,愿此情寄与,早返吟船。

解连环　为周笯谷题照,即用其自题韵

数椽茅屋。把丛筠栽遍,翠添林麓。最爱那、上番成时,听风雨夜来,韵传空谷。影拂萧森,映斐几、芸窗都绿。倩萧郎画就,静对此君,尽堪祛俗。　　踏遍芙蓉六六。更看花江畔,移柳湖曲。会须待、觅取封侯,讵食肉宁无,不教言禄。寄语乡园,好守护、几丛寒玉。看他日、千户归来,重寻幽筑。

买陂塘　题柳湾渔笛图

沂溪湾、一夼澄碧,柳枝摇漾眉妩。钓丝袅袅秋风里,携得天随渔具。幽

韵度。听玉管参差,惊起闲鸥鹭。曲终暗数。这千里关山,百年身世,应唤奈何屡。　　伊人远,隔断蒹葭无路。倚楼声落何处。前尘惆怅惊回首,付与江流东去。君且住。这青箬乌篷,尽是烟波趣。好翻旧谱。动几树离情,满襟秋思,三弄夕阳暮。

买陂塘　同人谯集湖舫,黄小松为作珠溪载酒图,题词其上

漾粼粼、碧琉璃净,断霞红映鱼尾。缘流画舫移来缓,休把鸳鸯惊起。帘影里。早银蒜斜钩,浅露眉峰翠。窗边小倚。正新浴冰肌,鬖云重整,一霎晚妆媚。　　金尊畔,宛转娇喉欲试。珠歌红豆频记。芳心可识中藏苦,笑擘青房莲子。情似水。盼一线秋河,翻怕添离思。须教泥醉。判坐到宵深,红摇烛影,凉露湿衣袂。

百字令　题郑耘川看剑引杯图

相酬一诺,忆少年、结遍五陵豪客。莫道雄心今老去,意兴飞扬难遏。绿蚁初浮,青萍欲试,慷慨中肠热。摩挲在手,何须更访欧薛。　　正好半启寒芒,满倾香露,莫放壶中竭。屡舞狂歌聊快意,忘却星星华发。十载磨成,一生断送,块磊难消释。兴酣据座,直教庄叟同说。

洞仙歌　题握兰图,为曹忍庵作

淡罗襟袖,自拈花无语。脉脉幽情独延伫。爱同心共绾、竟体都芳,休错认,风外游丝飞絮。　　馆娃宫畔路,一昔分携,明月相思更重遇。花底度琼箫、付与缠头,合消受、风流诗句。便试问陈思这风姿,可抵得凌波、袜罗微步。

洞仙歌　华秋槎属题扇头仕女图

兔华如水,望盈盈银浦。真是双星夜深渡。喜仙龙不吠、宿燕无惊,只留个,小玉庭阶延伫。　　鸳帷思此际,同梦方甘,一缕巫云渺何处。独立傍冰

苔,移过花阴,早湿了、满衣清露。怕银箭丁丁漏催残,试唤醒芳魂、悄声归去。

齐天乐　题洪稚存城东访月图

清晖桥畔城东路。蟾光为谁留住。薄雾霏香,轻云散彩,莫负团圞三五。黄昏几度。费扶醉来寻,绿莎微步。脱帽狂吟,满身凉影湿珠露。　　欢游今夕更数。问姮娥好在,犹认眉妩。瑶阙参差,琼楼清迥,占断广寒高处。回头记取。便一片苍茫,故乡烟树。何似天街,夜归笼宝炬。

黎简(1748—1799)　1首

字简民,号二樵山人,广东顺德人。乾隆五十四年(1789)拔贡。工诗,由山谷入杜,兼取唐人诸家,自成面貌,为"岭南四家"之一。兼精戏曲。与许宗彦、孙尔准交最契。著有《药烟阁词钞》,今未见。

海天秋　题画

南浦风烟,五湖写就,六桥荒迹。范蠡扁舟何处觅。只见是、苍苍山色。古渡头,秋苔衰柳情无极。陈隋故事何人识。一帧图画,寒云澄汉空凝碧。
　　白蘋水动雁初飞,相思无限遥相忆。好趁江潮挂帆席。闲云野鹤相值。濑湍月明时,剩水残山,梦中历历。

缪祖培　2首

字晴岚,号敦川,江苏泰州人。乾隆四十三年(1778)会试中式第一。与俞大鼎、汪端光辈以词相倡和,宫国苞选其词,与大鼎、端光及俞圻共入《四家词选》。著有《修月词》。

浪淘沙　题汪剑潭望春图

山色渡江斜。酝雨蒸霞。东风齐放午桥花。说道今年春信早,先到谁家。　有客倚晴沙。肠断天涯。风流何处卓金车。如此韶光休负却,容易霜华。

满江红　题孙陟山秉槎图

对此茫茫,堆紫浪、千层倒泻。好代取、扶桑古木,随波直下。不用挂帆摇日月,龙门壮览夸司马。唤冯夷、分付斗牛知,人来也。　论词赋,真风雅。说气概,还潇洒。恰寄情苍莽,闲心独写。万里惊风从此去,披图须认乘槎者。夜深时、把酒发高吟,蛟龙诧。

张芬　1首

字紫繁,江苏长洲(今苏州)人。云南学政张学庠孙女,举人张曾汇女。张允滋从妹,吴县丞夏清和妻。生于乾隆十三年(1748)前后。从任兆麟习诗词,为女弟子,与陆瑛、沈缵诸闺秀倡和。著有《两面楼诗稿》一卷,词附。

减字木兰花　美人踏青图

冶游天气。杨柳桥边新雨霁。碎剪红绡。系到辛夷第几条。　翩翩随伴。芳草如茵罗袜暖。莫负东君。有限莺花春欲分。

庄煮　1首

字盘山,江苏奉贤(今属上海)人。徐祖鎏继室。生于乾隆十三年(1748)前后。七岁能诗,与云间方留云齐名。乾隆五十年(1785)王文治等为刊刻诗集。著有《剪水山房诗钞》,词附。

酒泉子　题采芝山人山水

剪取林峦才尺幅。陡觉生绡秋意足。别开妙思待谁裁。苍秀欲浮来。
兰闺点笔消清昼。镜里眉峰应比瘦。夕阳杳杳隔林端。翠袖不禁寒。

董邦直（？—1787）　5首

字古鱼,安徽婺源(今江西婺源)人。邦超弟。生于乾隆十三年(1748)前后。兄弟五人,初皆习儒业,后奉父命就商。然出必携书盈箧,又好交友。喜歌诗,兼工词。著有《小频伽词集》三卷。

乐游曲　自题停舸醉吟图

荼蘼花下春欲留。江翻石壁浸还浮。凭顾子,写糟丘。无那心情仔细求。

醉公子　题芝林探花图

春向平原绣。人倚斜阳瘦。盼到月华明。恰闻策马声。　异香身上集。蜂蝶蹄边织。探得杏花回。春风及第来。

南歌子　汪树滋携子贾晋陵,其友为绘得鲤图,元夜醉题其帧

叉手收纶笑,渔翁得鲤归。错疑冰泮跃双鱼。莫是江东渭北、寄来书。
货殖方前哲,趋庭继大儒。升天变化要看渠。绘出谐声得利、教儿呼。

金菊对芙蓉 题秋夜读书图

桂蕊舒丹,梧阴凝碧,萧斋闹煞秋光。看双丸滚滚,碾碎苍茫。此中佳趣难长驻,趁芳辰、邀月徜徉。夜凉如许,尽容吾懒,堪笑人忙。　　因甚兀坐匡床。向圣贤糟粕,费尽思量。料酒酣耳热,兴至神王。已拼富贵浮云视,学蠹鱼、断简充肠。三毫颊上,十年恨事,描出行藏。

念奴娇 风亭课夏图,为荔亭张学博题

石床藤枕,正竹炉风软,午阴时节。澹宕人如苏学士,小玉唤来低说。蚕尾难工,韭花不似,换个官奴帖。松绫茧纸,绿窗闲对轻叠。　　不道慧黠心情,簪花书格,也偷来亲切。蝉翼罗衫香汗透,料得纤纤应怯。几卷苏诗,半庭梧影,领略真清绝。朝云休笑,至今檀板如铁。

陆敬 1 首

字俨若,号爽泉,江苏吴县(今苏州)人。生于乾隆十三年(1748)前后。乾隆三十三年(1768)举人,官内阁中书。著有《默斋诗余钞》。

满江红 题沈孝子负亲避火图

赫赫阎阎,听阵阵、嘻嘻出出。逞离三长技,火攻下策。东舍携儿行且哺,西邻扶妇娇还泣。卧重帏、八秩老亲存,忧方切。　　火可蹈,云头劣。肩可负,心头热。看小人有母,女丁无力。莲塔亭亭亲即佛,兰陔馥馥花生笔。倩沈郎、更写问安图,安贞吉。

陈鼎 7首

字汉年,号拙斋,江苏如皋人。生于乾隆十三年(1748)前后。工词,与熊琏、陈邦栋、黄理诸人倡和,乾隆三十九年(1774)尝编定《同情集词选》十卷。著有《拙斋词钞》。

蝶恋花　题落花蝴蝶图

满径平芜朝露冷。淡染云绡,着手香魂醒。仿佛天台仙路近。彩毫画出浓春景。　几片残红沾宿粉。催老年华,一任东风紧。梦里庄周原悟境。翩翩参透空花影。

望江南　题扇上美人图

深院静,倚遍碧梧桐。应是芳心同落叶,谁怜瘦影怯秋风。淡月上遥空。

满江红　题家庆图

领略烟霞,天付与、家庭清福。都淡尽、浮名浮利,无荣无辱。绣阁齐眉双璧润,高堂寿酒千秋祝。笑怡怡、僮仆总欢欣,浑非俗。　松满院,山围屋。云影净,波光绿。是半村半郭,疏篱几曲。佳客到门花里展,好书堆案儿能读。袅炉烟、抱膝恰诗成,茶刚熟。

百字令　题种菜图

耕烟锄雨,爱萧萧尘外,能容我辈。十丈软红非所羡,肉食几人清贵。春韭秋菘,山肴野蔌,最好田家味。朝朝抱瓮,沿畦一带流水。　栽培篱落桑阴,幽窗开处,烂熳春光媚。满地勾留黄蝶绕,一样花繁叶翠。客到提筐,烹来佐酒,种种登盘美。华筵易散,朱门此景知未。

西江月　题陈十村听渔馆图

风卷争推名士,乘舟欲访高踪。幽栖应与辋川同。笔底烟云挥动。
月上蓼花湾畔,帘垂芦笛声中。水窗支枕卧松风。别有渔天清梦。

西江月　题黄苍霖小照

迟暮惟宜适性,纷华过眼皆虚。高人自古出樵渔。谢却软红尘累。
试唤童儿暖酒,一竿钩得鲈鱼。携篮归去入茆庐。消受烟霞清趣。

浪淘沙　题拙斋小像

往事感千端。老泪难干。十年尘梦醒蒲团。伯道凄凉形伴影,颓发衰颜。
是处白鸥闲。云水乡宽。西风吹至荻花湾。匣有琴书樽有酒,随意投竿。

黄景仁(1749—1783)　13首

　　字仲则,号鹿菲子,江苏武进(今常州)人。少孤,九岁应童子试,学使皆奇之。年十八与同里洪亮吉为歌诗,又从邵齐焘游,学益进。乾隆三十六年(1771)朱筠督学安徽,延入幕。乾隆四十年(1775)游京师,明年高宗东巡,召试二等,授武英殿书签,例得主簿,入资为县丞。乾隆四十三年(1778)受业于王昶,后二年游秦晋间。为债家所迫,抱病逾太行,乾隆四十八年(1783)卒于道中。性不乐与人交,落落离合,而风仪玉立,天才骏发,年少即得高名。诗沉挚新警,不以蹈袭为能,识者谓乾隆六十年间第一,词出入辛、柳,世推以为工。著有《竹眠词》四卷。

减字木兰花　题郑濯夫图照

　　千年风叶。四面秋声声摵摵。窈窈冥冥。如此林岚大有人。　　一株枯树。是我十年吟断处。展卷沉吟。触起闻鸡五夜心。

莺啼序　郑诚斋先生招集白云庵,周幔亭图为小册,分赋,用曹以南韵

童子何知,解领略、溪山诗酒。也缱绻、折柬招来,追随许附尘后。叠嶂忽嵌高阁,耸巉矶、怒拍江声吼。只画图深处,几个闲人消受。　　两袖空中,长襟风际,真个云生肘。认微茫、城西十寺,疏钟飘度溪阜。界随青眼放时宽,情到醇醪倾处厚。忽清谈、天外吹来,霏霏璠玖。　　书生此际,顿露昔时狂态,几曾言择口。更十五云郎,唤向尊前,歌声清浏。客解吹箫,郎能顾曲,当筵相对移情否。问此乐、天涯几人有。闲情豪兴,一齐进向吟肠,难按处倾一斗。　　夜云深矣,饱酌金垒,四座交相寿。待到欢阑,绮席推起,山窗明星欲滴,苍烟如糅。堤边灯火,酒人归去,数声爆竹千山响,更深潭、惊起蛟龙走。者般高会曾逢,他日溪山,多应不朽。

沁园春　题邵二云姚江归棹图

有客朝来,兴发沧州,飘然一航。问四明蘨蘨,故山无恙,姚江淼淼,此水何长。古有狂奴,后来狂客,揖让其闲总不妨。君休笑,算几人到此,煞费商量。　　凤池夺我庸伤。有浦上秋风旧草堂。况传家易在,翻而再注,故侯瓜好,熟矣堪尝。其果行耶,乐宁有是,只惜苍生望一场。披图羡,羡名山岁月,到手差强。

貂裘换酒　题万黍维持筹读律图

那得金如屋。把人间、异书全购,名流都蓄。欲觅钱刀须作贾,休管儋何名目。奈心计、颠毛般秃。更问竹书三尺底,夜深时、多少钱神哭。萧何律,须勤读。　　先生此计思真熟。问苍苍、有才如此,赋穷何酷。阿堵且难求便得,大愿几时方足。总输与、容容之福。莫向五湖精力尽,把致君尧舜功名祝。一任尔,餐珠玉。

应天长　题稚存小照

梦梦天正睡。怪静夜谁来,盗他清气。廓廓落落,着手蔚蓝光腻。一钩残魄死。是小劫、前身堪记。仙梵起。却被天风,断续吹细。　　何人能到此。算此间惟君,尚堪位置。换了狂奴,便有几行清泪。无边飞动意,切莫问、人间何世。还放尔,脚底青峰,出个头地。

水调歌头　题明春岩图照

为问绿杨岸,几日涨痕添。先生钓本非钓,坐爱此澄潭。不羡羊裘大泽,那用绿蓑西塞,一领水纹衫。风过忽飘举,意态绝清酣。　　论家世,高榘戟,盛缨簪。袖中活国双手,先把钓竿拈。便有五陵裘马,何似五湖烟水,此味几人谙。掩卷莫重忆,惹我梦江南。

青玉案　题金酉书吟红药图

乌丝界破笺儿凤。芳意阁,春愁中。一缕茶烟凝不动。花光半面,衣香一桁,约得吟襟重。　　知君未是闲嘲弄。如此年华了非梦。茗碗笔床疏不空。美人香草,名花倾国,淡薄文人供。

满江红　题高佩之图照

大袖疏襟,凭管领、秣陵秋色。省古貌、须髯尺五,羲皇标格。三径只余犹子守,半生悔作诸侯客。检青箱、和笑唤孙前,经横膝。　　淮水上,丝歌咽。冶城畔,车尘热。住繁华窟里,寂寥扬宅。肯读便成佳子弟,看山可放闲踪迹。待他年、风景按图中,来寻觅。

齐天乐　题朱沣泉梦游图

玉华久断层城路,被君夜魂飞透。枕倚游仙,台经灵梦,楼上有人垂手。分花拂柳。乍献果猿惊,衔芝鹿走。一笑相逢,可怜宵里那时候。　依稀琴韵数弄,露凉风细处,按节轻奏。衣上香多,袖中云在,不似人间星斗。此乡真有。便花月精灵,尽难消受。烟外霜钟,一声声听取。

水调歌头　题王兰泉先生三泖渔庄图

一幅好东绢,烟水煞空濛。先生曾读书处,差许辋川同。闲觅钓师罟友,共饱金虀玉鲙,乐事总无穷。三面写晴泖,九朵削遥峰。　营门外,马背上,直庐中。时时一展图画,归兴满吴淞。已是文章千古,又待功名万里,何暇思秋风。鱼鸟莫相忆,此意在天公。

摸鱼儿　自题揖樵图

记曾听、春山伐木,丁丁声度林杪。斧声渐歇歌声近,带得夕阳归了。君莫笑。我识字无多,不解谈王道。名山难到。便到得山中,也愁歧路,片语乞相告。　尘世扰。谷口携家须早。半生惟尔同调。人间无处容长揖,愁绝蹇驴席帽。休懊恼。判尔许腰身,折向伊曹好。浮生草草。待烂得柯残,梦醒蕉后,相与出尘表。

八归　题吴悲甫湖田书屋图,即送其归里

生绡一幅,水乡烟景,图就无限清感。山脚平拖湖影绿,还被葑田数棱,织成渐簟。白板闲扉垂柳处,总付与、水风开掩。论活计、春雨菰蒲,秋税足菱芡。　见说罟师别久,农经抛却,误踏软红尘窖。莼香引思,鸥波入梦,茶尾吟边愁黯。今朝归计稳,小别斯须袂重揽。烟波乐、莫教句住,好忆临歧,西山眉黛敛。

迈陂塘　题汤纬堂吟秋图

绿阴阴、夏初庭院,何来秋意如许。丹枫黄菊都移到,似听候虫无数。声在树。有尺五、疏襟约得吟情住。问秋来路。是流水烟村,夕阳渔网,风柳最疏处。　　贤明府。十载鸣琴单父。笔床茶灶家具。苔窠石径寻诗坐,刚散竹闲衙鼓。吟更苦。任侍史、青童窃笑官何故。图中如遇。听闽峤东西,鳌江上下,争唱使君句。

张诚(1749—1815)　5首

字希和,号熙河,浙江平湖人。乾隆四十二年(1777)举人,候选知县。乾隆四十六年(1781)春试不售,漫游南北,足迹遍天下。洞悉群籍。与袁枚、洪亮吉诸人交。著有《婴山小园诗集》十六卷,附《鹤厂词》一卷。

蓦山溪　题沈拙修种菜图

东阳标格,吟损腰支瘦。种得砚田余,又借他、参军半亩。烟苗雨甲,老圃尽风流,长镵柄,随君手。清福凭消受。　　英雄混迹,甘作田园叟。磊落幼安心,笑子鱼、原非吾偶。呼童抱瓮,滋养翠畦肥,春盘韭。新篘酒。顿顿餐三九。

洞仙歌　题锦雯侄小照

光阴露电,不几时年少。镜里朱颜都换了。羡骖鸾驾鹤、上汉腾天,那能个,真到三山缥缈。　　汝中年好道,扫地烧香,冷笑红尘名利扰。倩丹青好手、绘出烟霞,底须紫府求玄妙。只一点、灵台寡营求,便却粒餐芝、得同不老。

凤凰台上忆吹箫　成都题雷凤泉广文草堂绛帐图,即送其归凤翔

西蜀名邦,东山胜郡,春风坐遍诸生。看讲堂济济,载酒横经。一瓣南丰授受,滋培得、兰蕙芳馨。风流地、文章李杜,尚有仪型。　丁丁。我歌伐木,万里锦城游,求友嘤鸣。却喜逢君到,把臂论心。大海浮萍无定,争忍见、杨柳旗亭。关山远、陈仓雨雪,何限离情。

扬州慢　题徐秋崖松下抚琴图

树入天台,石梁喧下,翛然起抚绳床。听涛声月午,渐堕影昏黄。乍弹指、松号万壑,碧山云暮,猿啸彷徨。正余音犹绕,飞来玄鹤双双。　曲终不见,记前时、并坐岩窗。值汗雨蚊雷,冰弦翕动,风雪悠扬。(乾隆甲寅夏,倪雪铦师,陆怀文丈,复元、䤸斋两徐君,及秋崖五人,携琴过余二十四番花信居,同弹竟日。今倪、陆二君墓草已宿。)二十四番花信,冯夷舞、款款求羊。剩同心三两,环君挥手华堂。

驻马听　题贾啸轩听泉图

尘海茫茫。切云冠、陆离长铗回遑。麾鞭逝去,撑戈无术,水声沿涧笙簧。恣徜徉。倒挂流、彻野铿锵。销送年光,洛中何郁,闲看人忙。　岩峣万山古道,惊玉丁当。记否五丁峡,奔溜汤汤。半幅生绡绝巘,终日云卧衣裳。涤我耳,跃君鱼,三日濠梁。

金德舆(1750—1800)　3首

字鹤年,号鄂岩,浙江桐乡人。监生,官刑部奉天司主事。工书画,家富收藏。著有《酿春词》一卷,今未见。

沁园春　殳山颇具林峦之胜,卜居未果,暇日倩方子兰坻作图,赋此以订后缘

试检图经,百里之间,双双翠鬟。爱无多丘壑,曾栖词客,此中日月,每着真仙。十丈红尘,风吹不到,只解长吹石罅泉。寻幽惯,拟清江宅畔,结个柴关。　　何年买断闲园。更种树栽花得自便。喜春来社燕,竹萌似玉,香分岩桂,霜栗如拳。闲把农书,较量晴雨,猿鹤相期共往还。先图此,且持为左券,待买山钱。

踏莎行　题韩蕲王西湖跨驴图

百战归来,湖山无恙。一壶且付奚童饷。丹青画不到麒麟,壮怀消尽疲鞍上。　　岸柳萧疏,渚芦摇漾。为谁酿出荒寒状。暮涛隔岭卷钱唐,犹疑鼓角声悲壮。

朝中措　题友人蒹葭深处填词图

范湖秋水绕门流。池馆惬清幽。槛外几丛芦荻,萧萧唤起闲愁。　　移宫换羽,新声倚遍,合付歌喉。唱到白蘋香冷,胜他红杏枝头。

李鼎元(1750—1815)　1首

字味堂,号墨庄,四川绵州(今绵阳)人,与兄调元、弟骥元称"绵州三李"。乾隆四十三年(1778)进士,改庶吉士,授翰林院检讨。嘉庆四年(1799)以内阁中书册封琉球副使,累官至兵部主事。著有《师竹斋集》十四卷。

倦寻芳　题永州司马李虎观梅梁渔隐图

软尘作队,吹老乡心,欲避无计。好梦江南,漾断一天烟水。常记园林春

二月,不堪关塞人千里。且追逋,借丹青画出,旧情新味。　岂真能、卧游消酒,如此溪山,端合重醉。试与商量,究竟卜邻何地。几个兰舟垂柳外,数椽茅屋长松里。盍归乎,混渔樵,足音先喜。

李斗(1750—1816)　5首

字北有,号艾塘,一作艾堂,江苏仪征人,祖籍山西忻州。诸生。性任侠,喜遨游,一时名士如袁枚、黄景仁、焦循、阮元多与之交。精通戏曲,所撰《扬州画舫录》有声于时。兼工诗,与王昶为诗友。著有《艾堂乐府》一卷。

惜红衣　题兰泉先生三泖渔庄图

白苎城闉,横云里陌,水乡森森。细叠靴纹,朱丝漾凫茈。湖干唤渡,频记取、吴中三泖。方泖长泖。那边又、烟波圆泖。　风前筈笯。贪晒斜阳,青旗共标杪。凭阑试望比户,钓家小。就里树声山影,不是世间亭沼。是辋川庄子,绿瘦红肥秋了。

摘红英　与郑堂题周美人

销魂色。离魂格。染成一片三生石。天香过。寒香破。待得花开,有人来坐。　云鬟湿。风鬟侧。撷芳词笔教伊摘。江郎和。周郎作。者般头白,白描者个。

惜红衣　题苏小小像

色染鹅湖,香生鸲眼,豪端竹薰。伫短量长,含情入幽窈。湘钩挂起,飞下个、苏家人小。苏小耳熟芳名,却见曾稀少。　西泠桥爪。黄土朱颜,千秋此青草。写生亏恁拾得,种情稿。莫把雾鬟风鬓,错认作、此人年少。算一年年去,几个钱塘秋了。

浪淘沙　题饮泉林屋幽居图

开卷景萧萧。水远山遥。依山一带好林皋。我欲寻君须问路,先过溪桥。桥下水滔滔。桥上松涛。过桥山路不成条。中有几间丁字屋,抱住山腰。

金缕曲　题饮泉秋隐庵填词图

画个茅庵小。耐幽寻、青山窟里,白云难扫。四面青山青不断,青出林端树杪。又染出、西山残照。几架虚堂临溪口,透疏棂、麂眼都红了。合住恁,玉人好。　　乌皮七尺人双巧。尽商量、朱丝字䍁,玉箫声袅。我是天涯倦游客,休理清平旧稿。转待问、桃花风调。君有新词须谱尽,怕年时、容易秋娘老。无唱口,惹情恼。

倪象占（1750—?）　31首

名承天,以字行,更字九三,浙江象山人。乾隆四十三年（1778）优贡生,乾隆五十五年（1790）任浙江嘉善训导。工画,兰竹几入逸品。著有《青棍馆词稿初钞》（一名《未免有情集》）一卷。

相见欢　仕女立轴

无言兀倚秋香。晚风凉。惹得双鬟细语、揣情长。　　情何在。阑干外。好天光。别有一团明月、水中央。

生查子　秋江归棹卷,为张秋辉作

昔日绿杨丝,今日黄芦絮。日暮过横塘,夜泊知何处。　　新月喜逢秋,残月愁当曙。月下有鸳鸯,两两分飞去。

山花子　画蝶

力力拘拘扑软尘。落红数点乱青蘋。水面风光聊复尔,强逡巡。　　貌得翩翩金粉相,扇人何处更寻春。一例繁华都是梦,漫当真。

惜分飞　仕女立轴

好梦双双金粉炫。举翅晴空忽见。惹个人忘倦。相怜忍肯加团扇。岂是衣香深恋恋。翠后珠前绕遍。一笑东风面。多应误认桃花片。

西江月　李苕舟西江吟月小照,时李客武林

桃叶渡头画桨,杏花村畔青旗。江东一苇复杭之。我亦西来醉李。日暮怀人何处,个中见月相思。不妨白也更题诗。牛渚当年似此。

醉花阴　红袖添香图

博山烟为檀郎透。不觉黄昏又。焙得火温麐,露湿鸦鬟,芳泽先盈袖。妙闻果否心清后。点点莲花漏。借问夜何其,明月高圆,道是三更候。

步蟾宫
刘海戏蟾图。本名刘海蟾,完颜金时相也,弃官得道,俗作此画,仍之

人间少此痴顽汉。把阿堵、手中轻看。引他三脚走蹒跚,几忘了、月官奔窜。　　可怜十万缠腰贯。谁骑鹤、扬州如算。却抛金紫笑颜开,到云海、鳌头戏玩。

玉楼春　题画册十二首

玉楼人固当以玉楼记手求去情状,因牵合古锦囊句,按《玉楼春》调歌之,不敢着一点尘墨也。时壬子除夕,雪花如钱,小窗玉映,立春已八日矣。

其一　西子

苎萝浣女,宠冠苏台,歌听黄丝,效颦何自。
横楣簏锦生红纬。天高庆雷齐堕地。越罗衫袂迎春风,日炙锦嫣王未醉。
古堤大柳烟中翠。东家娇娘求对值。溪头簌坠映葛花,泣露枝枝滴天泪。

其二　文君

丝牵邛令,越礼怜才,白头一吟,足嘲薄幸。
桃花乱落如红雨。白鹿清酥夜半煮。鸦啼金井下疏桐,蜀国弦中双凤语。
竿头酒旗换青苎。六街马蹄浩无主。荒沟古水光如刀,梦入家门上沙渚。

其三　明妃

和亲便国,请婿呼韩,绝色奇情,非工能画。
耕人半作征人鬼。一只商鸾逐烟起。汉城黄柳映新帘,塞土燕支凝夜紫。
角声满天秋色里。玉转湿丝牵晓水。六宫不语一生闲,行处春风随马尾。

其四　二乔

流离入皖,佳婿各归,为想当然,兵书宜爱。
天河落处长洲路。嬴女机中断烟素。谁看青简一编书,共宴红楼最深处。
花台欲暮春辞去。晓望晴寒饮花露。阿侯系臂觅周郎,不遣花虫粉空蠹。

其五　绿珠

珍珠一斛,玉笛一声,粉碎珊瑚,筵阑金谷。
云楼半开壁斜白。缥粉壶中沉琥珀。仙人烛树蜡烟轻,铜龙啮环似争力。
三春谁是言情客。兰脸别春啼脉脉。将鬟镜上掷金蝉,海素笼窗空下隔。

其六　苏蕙

阳台专宠,情倍妒深,锦丽回文,连波悔过。

巫山小女隔云别。泪眼看灯乍明灭。团回六曲抱膏兰,天遣裁诗花作骨。
与君相对作真质。彩线结茸背复叠。晓钗催鬓语南风,早晚菖蒲胜绾结。

其七　木兰

罢织从军,易妆代父,归来解甲,火伴始惊。

挼丝团金悬丽鞁。四尺角弓青石镞。独携大胆出秦门,走马鞭梢上空绿。
高楼夜静吹横竹。二十男儿那刺促。村寒白屋念娇婴,㡧拂疏霜篝秋玉。

其八　太真

华清罢浴,曲奏霓裳,牛女私盟,生生世世。

日丝繁散曛罗洞。柳结浓烟花带重。玉轮轧露湿团光,宝枕垂云迭春梦。
长风回气扶葱茏。捍拨装金打仙凤。眼看北斗直天河,钿合碧寒龙脑冻。

其九　红线

芜花谪误,掌记唐藩,警敌酬恩,别筵隼逝。

剑光照空天自碧。老兔寒蟾泣天色。腰横半解星劳劳,绿鬓少年金钗客。
天荒地老无人识。鸾佩相逢桂香陌。明朝归去事猿公,元气茫茫收不得。

其十　盼盼

徐镇歌残,感恩誓志,楼名燕子,顾影不飞。

天浓地浓柳梳扫。三月摇扬入河道。先将芍药献章台。走马驮金黶春草。

雨梁燕语悲身老。别起高楼临别筱。为君起唱长相思,一夜绿房迎白晓。

其十一　彩鸾

缘感文箫,日资写韵,功成谪满,洞府同归。

圆苍低迷张盖地。青云教绾头上髻。纱帷昼暖墨花春,浓笑书空作唐字。

兰风桂露洒幽翠。谁遗虞卿裁道帔。长眉凝绿几千年，请说轩辕在时事。

其十二　琴操

六桥幻籍，五大真身，拈笑微参，顿成禅喝。
杨花扑帐春云热。绿粉扫天愁露湿。往还谁是龙头人，短策齐裁如梵夹。
翩翩桂花坠秋月。烟底暮波乘一叶。溪汀眠鹭梦征鸿，崖磴苍苔吊石发。

渔家傲　本画

灌木阴笼空翠湿。澄潭风壒凉波急。一叶舟中青箬笠。蘋香里。雨余蓑绿重新缉。　沙浅任从群鹭集。丝长试起双鱼蛰。楚竹夜燃清晓汲。无他及。不须更觅桃源人。

喝火令　瞽斗图，和秋潭

混沌谁青白，牵随入斗场。纷纷主客两难防。只似于垣属耳，口角共交伤。　事罢何门叩，图成向壁张。无声有意乱仓黄。看尔高低，看尔短和长。看尔东西南北，明眼有人尝。

锦缠道　晓妆图

莫打莺儿，早是梦闻歌串。软东风、吹人柔惯。一绸枕畔云宽绾。强下床儿，憨复兜鞋慢。　陡寻思朝来，堪他藏幻。试移春帮儿微绽。休教寸影露裙边，要百花场上，斗取红莲瓣。

天仙子　袁远亭带月荷锄小照

好个长镵何处用。斸罢山苗归路共。多情更有月随身，轻霭拥。依林送。添却一肩松影重。　早是前村灯火动。侧耳偏听长笛弄。入门料也不抛闲，开藓葑。移花种。剥啄声声惊鹤梦。

祝英台近　题钱竹初张灵乞食图传奇

怅花天,吊酒地。春色去如水。等是销磨,告石石无耳。又教卷里崔徽,会中张籍,更博个、鸳鸯双死。　　百年事。谁念彩笔圆来,回头作欢喜。何物无情,情绪要难理。争得大体秦楼,同看骑凤,不但说、箫吹吴市。

最高楼　钱饮石柳阴停辔小照

春深矣,一道翠烟开。蹀躞试良材。王郎策处无人识,庾郎盘处有人猜。邈风标,君莫问,客何来。　　也不管、旗亭花聚雪。也不管、妆楼梢挂月。小驻足、且徘徊。踞鞍千里怜金垺,举鞭咫尺指金台。看长杨,从校猎,气豪哉。

催雪　月映芦花卷

汉接星槎,风传塞雁,瑟瑟长江又夕。更做彻秋空,借烟凝碧。敛却渚蘋汀蓼,并敛却、枫林高霞赤。与君有约,黄昏寂处,便东方白。　　冰魄。上脉脉。定孤恋鸥村,俯临幽石。看一片、波光溯回鱼栅。不是寒催钓雪。也不是、杨花当春积。只相对、镜里苍苍,吟瘦杜陵诗客。

桂枝香　筠轩小照,为临海洪生颐煊题,兼寄生弟震煊

洞天盖竹。问造此者谁,海上夸独。占断琪花瑶草,雾堆霞簇。群仙大约分头住,看东南、岫幌罗矗。何须更数,竹林魏七,竹溪唐六。　　听彻夜、书声透谷。人又道筠轩,于此新筑。着地春风,帘卷千竿烟玉。自家旧事排青简,溯鄱阳、几许题目。亭中交翠,阁中分绣,要容斋续。

二郎神　危危日画猫,相传符厌有灵,癸丑五月十日值是,因作数纸

逞雄形相,喜放笔、便增威耀。看上近承尘,旁依立壁,不避攀腾耸峭。漫

计逢寅卜初乳,早虚室、中连星曜。又破后成前,排来日脚,重重光照。　　尾掉。分明虎视,眈眈群窍。只点去双睛,输他宝石一线,随时肯肖。不觅能留,通宵静镇,已胜跳墙春叫。酬答地仝有相迎入蜡,引风同啸。

踏莎行　自题小照

咄尔何人,撒空闲步。也非玩景非耽句。天高无碍地无涯,行行且自随心住。　　葵扇招风,芒鞋着露。就中谁复知其故。纷纷三万六千场,大般都在生前注。

沁园春　戏为内人写照

请勿含羞,拂我吟笺,当君镜台。看一丸螺翠,同怜鬓发,三分脂粉,代晕双腮。比恁风流,房中京兆,尔我头衔尚秀才。还无奈,每逢春离别,计日归来。　　此中不尽情怀。怅少小香闺梦几回。但朝朝柴米,忙将时度,年年儿女,老把人催。花落庭前,月明窗外,我亦愁深不可猜。春何在,且微挑言笑,略展眉开。

储梦熊　8首

字渔溪,江苏泰州人。生于乾隆十五年(1750)前后。附贡生,官浙江盐运司副使。嘉庆七年(1802)尚在世。著有《余栖书屋词稿》一卷。

虞美人　题美人抚钗图

阑前小倚双红袖。漾漾金钗溜。等闲松了鬓边云。记得碧桃花里、赶流莺。　　夜来一梦分明甚。睡起全无影。侍儿不解为春愁。还劝水晶帘下、再梳头。

八声甘州　题梅花牡丹画箑

几生才修得到梅花,自是百花魁。但五福中富,八柄中贵,从古相推。难道金裙玉佩,还许论高低。亭畔三章赋,彩笔谁题。　　当日濂溪周子,他摧排众爱,品格难跻。笑眼前褒贬,心口迥然非。我最爱、溪桥清境,也好来、璃岛觅芳菲。喜今日、瞥开便面,齐领春回。

浪淘沙　题洗砚图

当年情态。结邻犹在。因循不觉韶光快。到而今、负下诗债文债书债。吟人虚坐阑干外。红丝一块。浮沉手向清流汰。委风流、更眼大笔大才大。

摸鱼儿　题吴冠群黄海奇葩图

尽尊前、红红白白,殊芳图写满纸。珠玑锦绣般般肖,鳞翼蚩虫并似。风情异。天教取、写生妙手传生趣。云林遗意。算只有当年,容成曹阮,韵事有如此。　　平生志,三十六峰未至。胜游何日得遂。芙蓉菡萏萦清梦,何况山香满地。君知未。君真个、神仙顷刻开花技。余情往矣。可便许扶筇,量芬较艳,同作赏心队。

调笑令　题画扇

纨扇。纨扇。写作双蛾便面。名花北地南天。并坐分调管弦。弦管。弦管。滚就真珠一串。

虞美人　题友小照,旁有拈花女伶

妖红合在妖姬手。此福能消受。弓弓细步近郎前。借与一分春色、一分妍。　郎君年小风流格。惯作收香客。晚风庭院更无人。相对可怜花影、可怜身。

沁园春　题杨二时听雨图,用自题原韵

子正才华,赋雪赋犀,钱唐世居。对明湖春色,吟情尔尔,监湖秋色,旅思吾吾。瀹茗吴山,篘醪越水,伴影长携燎叶垆。清兴发,便披襟夜起,一唾成珠。　　襜帷暂驻之余。任听雨听风浑自如。但镌烦铁笔,丹砂小印,摹烦彩笔,鲜翠横图。纸上喧蕉,行间响竹,展玩疑分绿到裾。高旷意,看浮生浮世,在在籧庐。

满江红　题范苇舲司理绘浙臬狱中精忠柏图,步岳忠武词韵

人往风微,惟一片、精诚不歇。七百载、树犹如此,况于先烈。曾见冤词纷党羽,曾经片纸书年月。小秋官、睹物想孤臣,心凄切。　　且休计,封霜雪。也莫论,无生灭。倩丹青设色,咏题其缺。自是生成君子德,更教溅上忠良血。最苍凉、荆棘眼前多,悲南阙。

金焘　7首

字保和,江苏嘉定(今属上海)人。乾隆四十五年(1780)举人,乾隆五十五年(1790)会试不售,以大挑补知县,历署山东泗水、金乡、即墨等地,有政声,为人阴中论罢。嘉庆九年(1804)尚在世。著有《竹庄词草》一卷。

疏影　题庄竹坪松阴抱膝图

天涯萍梗。叹齐东蓟北,宦游难定。修竹黄花,回首吾庐,依约就荒三径。何时更试瓶笙奏,听空际、翠涛千顷。倩画师、缩地携来,写出哦松心性。　　知是庄生寓物,任观鲦梦蝶,意言无尽。又似渊明,老去田园,欲赋闲情未

稳。石阑落叶寒云拥,耐挂月、梢风清冷。想他年、高致林泉,令我重牵归兴。

摸鱼儿　题杜五砚评画鸭

泛春塘、落花溶漾,栏边无限烟水。呼群拍拍斜阳外,遥渚又添凉思。长天霁。任荻老荷敧,爱学鸳鸯睡。西风乍起。共一片黄芦,几枝红蓼,写入画图里。　　松陵路,休弄竹枝弓细。兰舟垂柳初舣。鹢雌何处成幽梦,漠漠寒云千里。情难已。羡作对于飞,浩荡江湖意。渔村晚闭。正月映荒陂,雨余草阁,冷滴绣襟翠。

壶中天　读李书牧晋游草,即题其秉篦纳凉图,兼送南归

万人海里早抽身,拟弄扁舟一叶。摇曳水村山郭外,风送半帆高揭。脱帽看诗,解衣中酒,逸兴凭蕉篦。豆棚丝雨,慢将闲话重说。　　还念代北行踪,晋祠流碧玉。孤怀凄绝。看到崛峒红叶。满泉冻水帘幽咽。盘马弯弓,悲歌击筑,往事情空切。暮云千里,芦沟欲下初雪。

琵琶仙　题魏四季泉倚剑图

左倚苍龙,演繁露、君子周防宜设。玉虹秋水,神凝肝肠几回热。照孤灯、雄心耿耿,都付与、一痕寒铁。请自朱游,按来毛遂,往事休说。　　想千古、侠骨豪情,听晓角、声声坠秋叶。独吊一抔黄土,自昔埋英物。千万树梨花竞发。倩玉人、起舞回雪。莫待漏尽钟鸣,沙沉戟折。

倦寻芳　题羌漪亭画蝴蝶

曲栏花放,闲幔风过,乍当清昼。写得麻姑,六幅仙裙如绣。翠衿旁,纨扇底,千回百折衣前后。近身来,又邻墙过去,绿阴拖逗。　　任游遍、露台烟榭,除却栖香,心事何有。柳絮高低,惹得一双长斗。梦醒罗浮人散久,晓飔吹得轻红瘦。对残春,褪衣襟,可怜时候。

玉人歌　题羌漪亭画文无

雕栏侧。讶别逞娇姿,擅奇花国。金铃护处,荡漾成标格。新荷半卷,银蟾蚀、巧借红衣色。是仙姝,杂佩临风,何人偷摘。　　一径蘼芜碧。正蝥尾春残,乍经离别。谁寄双鱼,恼煞思归客。香囊纵在鲛绡帐,只恐容非昔。想垂手招腰,霓裳曾饰。

桂枝香　题杨占孚红袖烹茶图

闲居意趣,是午睡初醒,绿阴庭户。绕砌藤花才放,众香成雾。纹窗碾得龙团小,听瓶笙、松风徐度。擎来纤手,一瓯嫩碧,乳花无数。　　尽对此、朝朝暮暮。正香东淖约,墨西修嫮。翻遍桃根桃叶,未应相妒。儿童笑语牵衣去,无情处、多情如诉。从知络秀,家声还待,伯仁相付。

周嘉猷(1751—1796)　4 首

字顺斯,号慕萱,浙江海宁人。乾隆四十一年(1776)高宗巡幸天津,召试授二等。乾隆四十四年(1779)举顺天乡试,官至兵部武选司主事。文名藉甚。乾隆五十一年(1786)起先后入福建、广西、直隶、云贵各地督抚幕中,为宾佐十年,积劳致疾,卒于嘉庆元年(1796),赠员外郎。著有《云卧山房诗余》一卷。

沁园春　为俞仙圃题春暖放舟图

潋滟湖光,旧日经行,树角山腰。喜非村非郭,携来仙侣,宜晴宜雨,泊个轻桡。几度勾留,十年杏渺,梦逐钱江上下潮。俄开卷,恍绿波春水,替我魂销。　　红尘苦被相撩。似絮转东风柳万条。想芦碕荻岸,闲寻鸥鹭,花溪苔磴,互话渔樵。早有伊人,引来归兴,买得乌篷深处招。烟霞境,倩竹枝细谱,筠管双描。

满庭芳　题梅花书屋图

绛萼烘霞,琼英点雪,画阑坐对新晴。竹间林下,粉本出天成。任尔夺胎换骨,依然是、玉洁冰清。春如锦,亭亭独秀,领袖百花明。　　关情。曾记得,诗吟廨舍,笛弄江城。到酒醒梦觉,月落参横。怎比花南结屋,高人密与订三生。云深处,门无剥啄,风飏读书声。

金缕曲　大树山房图,为蕃皋尊人习园先生题

大海乘风路。问何人、急流勇退,买山安住。开府小园无限好,让与先生独赋。洒遍了、苍生霖雨。五马归来年未晚,验朱颜、那用丹砂驻。书万卷,花千树。　　西川又骋名驹步。乍相逢、交情款洽,壮怀倾吐。袖里儒林循吏传,半是趋庭手付。添一卷、白云亭囥。贱子披图惭濩落,愿升堂、乞把金针度。隔湘水,渺烟雾。

万年欢　题梅花图

两树雄奇,是滇池胜景,唐时古木。婉媚歌辞,记否广平追琢。几度金樽檀板,听满耳、红罗艳曲。嫩寒候、水畔龙吟,松风吹上温玉。　　锦段韶光花簇。纵方桃比杏,那嫌粗俗。枝北枝南,天赐雨膏露沐。标格自堪千古,合领受、清时培育。赏心事、极贵长生,琼英画取盈幅。

袁钧(1751—1805)　8首

字秉国,号西庐,浙江鄞县(今宁波)人。德达子。少孤,师事郑虎文。补诸生。嘉庆元年(1796)举孝廉方正,会阮元巡抚浙江,入其幕中。晚岁主讲绍兴稽山书院。著述宏富,尤精郑玄之学。著有《瞻衮堂文集》十卷,辑有《四明近体乐府》十四卷。

沁园春　题太真出浴图

最是三郎,天生情种,风流自知。正三环含笑,春浓翠幕,华清赐浴,滑洗凝脂。藕覆低松,鸡头软剥,此是新承恩泽时。娇无力,看侍儿扶起,香汗侵肌。　　回头手浣蔷薇。更睥睨、君王不自持。把红绡浅罩,鬟云半鬈,素纨斜掩,腰柳全欹。步作纤纤,肤圆致致,洛浦金莲出水迟。销魂也,比汉宫飞燕,有甚差池。

满宫花　美人晓妆图,集句

悄无言(赵雍),春睡起(张履信)。低映晓光梳洗(吴文英)。翠蛾轻敛意沉吟(孙光宪),好个瘦人天气(赵汝晃)。　　娇艳轻盈香雪腻(张泌)。一片芙蓉秋水(陈允平)。东风轻滑玉钗流(翁元龙),漫转娇波偷觑(顾夐)。

沁园春　题画

梦杳巫山,知他慵甚,盈盈昼眠。正恼人春色,芳菲如许,熏人花气,消息无边。玉藕斜弯,金莲半褪,老去秋娘剧可怜。难消遣,昵多情女伴,心事低传。　　个侬生小便娟。浑不惜、轻轻钩弋拳。把柔荑试弄,飞花雪溅,春葱浅握,碎雨珠圆。欲断还连,将休未歇,着体温存着体绵。朦胧也,看蘧蘧蝴蝶,飞过秋千。

蓦山溪　题天台纪遇图

余霞明绮,掩映枫林路。路左即门前,正冉冉、斜阳欲暮。个人痴小,泥客醉飞觞,纤纤手,真真意,凉月窥窗屡。　　幽欢未卜,偷得题红句。抱影漫凝愁,可怜宵、偏成间阻。牵衣转面,细语别时多,马蹄疾,山溪晓,犹记分携处。

减字木兰花　题侯心斋孝廉雪藕图

双鬟楚楚。约略芳年余十五。好伴填词。不是红儿定雪儿。　　一弯碧藕。孔孔多丝烦素手。欲断还连。笑比郎情几许牵。

意难忘　题西湖饯别图,送观察秦小岘先生入都

酒尽离觞。乍梅心破白,柳眼舒黄。水寒鱼性定,天远雁声长。旌旆影、蘸横塘。临别意难忘。有几多、后堂彭戴,伫立斜阳。　　当年禁院回翔。恰今来报政,重领炉香。喜亲温室树,暂舍圣湖光。传画本、费思量。清绝使君庄。肯负他、堤边花信,客路春忙。

减字木兰花　题问菊图

渊明爱菊。彭泽归来栽满屋。高士风流。歇绝经今几百秋。　　红莲幕下。不但题诗兼入画。笑问黄花。毕竟何如靖节家。

卜算子　题谢公子仲兰观潮图

潮来海气昏,潮去江流急。终古寒潮自往还,莫漫分朝夕。　　云山不断青,烟水依然碧。都向诗人眼底来,卷起千堆雪。

金翀(1751—1809)　10首

字振之,号香泾,安徽休宁人,寓居浙江仁和(今杭州)。乾隆间诸生,官山东板浦盐场大使。著有《吟红阁词钞》三卷、《续钞》三卷。

迈陂塘　题王朗夫绿杨垂钓图　壬寅

问东风、堤边水畔,何时绿遍杨柳。飞花不管游人倦,点缀春光如旧。茶当酒。笑此日垂纶,恰向晴溪口。轻竿在手。怕赤鲤争飞,青鲈频跃,得意莫回首。　　尚湖好,多少山明水秀。输君领略应彀。疏星残月新安梦,惯与征夫消受。君信否。叹十载萍踪,我亦飘零久。烟前雨后。记鼓枻歌中,鸣榔声里,他日相逢又。

水龙吟　题素中四兄天桥晓艇小照　乙巳

曈昽才散清辉,水光摇荡天无际。虹桥百尺,渔帆半幅,晓来情思。莲叶东西,荷花南北,鱼儿游戏。把鲛绡裁断,丹青匀就,何人会、图中意。　　休道江乡风味。最关心、勾留佳地。迷离柳眼,参差花影,几番沉醉。锦带桥边,金沙港畔,一湖烟水。待莼鲈如愿,挑灯细说,廿年间事。

卜算子　题吴复斋蕉下美人图

云堆鬟脚欹,草拂裙腰整。翠袖单寒日暮时,立尽芭蕉影。　　双结绾同心,有恨无人省。罗袜弓鞋去住难,悄径苍苔冷。

庆春宫
题马五献吉秋林读书图,即送之皖城,时乙巳十一月冬至前五日也

绠转银瓶,梧飘金井,秋光已到林梢。澹荡风清,萧森气爽,何人爱读离骚。荷裳兰佩,尽收入、诗筒酒瓢。归欤赋也,平远秋山,眉黛难描。　　皖城烟树迢迢。好结书斋,依约山椒。君到江南,侬羁蓟北,相思真个天遥。碧云黄叶,怎禁得、离魂黯消。关情何处,茅店鸡声,人迹霜桥。

惜余春慢　题西川海棠图

漠漠轻阴,霏霏细雨,春到人间偏早。移来濯锦,睡起华清,风致最宜侵晓。还记初相见时,斜卷珠帘,篆烟低袅。看红云阵里,双飞蝴蝶,此情多少。

休说是、匀染胭脂,春风多事,故惹芳丛蜂恼。金钗半溜,蝉鬓全松,几度令人颠倒。频倚重重画栏,侬貌如花,愿花长好。尽浅斟霞盏,高烧银烛,梦回蓬岛。

念奴娇　题汪杲亭听松小照

峰青云碧,正空山寂寂,松涛齐起。卷入罡风天半去,那许飕飕声止。万壑崩腾,千崖澎湃,都到幽人耳。科头箕踞,羡君身在图里。　犹记西子湖头,拂城千树,余韵飘空际。云海天吴能倚浪,不是波涛平地。响异筼筜,声疑风雨,偏在人间世。悠扬天籁,搅侬松下清睡。

贺新郎　题孙梅川种蕙图　庚戌

春色同流水。羡高人、阶前种蒻,多情如此。缃叶纷披香气静,不数夭桃艳李。刚拂拭、乌皮新几。领取茶经无限韵,爱陶家、好个风流婿。翻蟹眼,对芳蕊。　金钱到处贪游戏。看十步、钗头鬓脚,露清香细。回首兰亭千里梦,多少寒云冷翠。早描出、灵均深意。婉转兰徽歌子夜,问燕姬、可比齐姜美。花发后,子归矣。

念奴娇　题家二西楼楸林立马图

小桥黄石,看琉璃一片,眼穿秋水。迢递楸林青不断,多少云黄烟紫。雨湿鞭丝,花飞茸帽,惆怅西风里。栖迟何日,马蹄依旧千里。　谁把万缕长条,参横月落,重惹骊歌起。走马长楸成旧梦,肠断樽前花底。杨柳春寒,梧桐秋老,领略愁滋味。还君图画,杏林同骋华辔。时有沙坞看杏花之约,故云。

浣溪沙　题美人捉迷藏图

谁写迷藏别样工。凤头鞋印浅深红。小楼前后觅芳踪。　　才向花间疑脱兔,旋从帘底认惊鸿。玉钗斜溜鬓云松。

贺新郎　题李未庵梅窝图

又向春明住。问江南、梅花放后,几番风雨。惆怅巡檐曾索笑,往事从头细数。还剩有、深心毫素。缥缈云烟才过眼,怕罗浮、旧梦无寻处。残月影,断魂句。　　溟濛好认来时路。莫负却、江城一曲,小园春去。疏影清香常绕屋,忙煞差池翠羽。君本是、乌衣俦侣。开向百花头上早,擅风流、恰称园林主。应再写,看花谱。

费融(1751—?)　4首

字草亭,浙江德清人。监生。与王鸣盛、蒋士铨等往来唱酬。著有《红蕉山馆集》十卷。

眼儿媚　寇白门湄小像,闵玉井夫子命题像,乃钟山圻、金溪宏合作

艳质春初宠侯门,欢顿换愁新。繁华梦破,荒凉魂断,侠赎千金。　　秦淮归坐林阴悄,粉泪渍罗襟。凭谁画得,流传韵态,犹伴名人。

南浦　春江雨泛图,沙丈斗初命题

芳浦暝烟笼,乳鸠啼、带雨缃桃浓放。闲鹭傍鱼罾,东风急、新绿半篙初涨。荒桥野店空濛,难辨青帘飏。渺渺幽怀尘不染,湿荡软璃双桨。　　一声欸乃横塘,柳婆娑、短黛长眉蘸浪。蓑笠画图中,清游处、仿佛玄真情状。云昏

远嶂。捻须得句同渔唱。应记前春曾有约,听雨孤篷来访。(先生屡约过余草舍。)

南浦　题顾菉崖秋水寄怀图

落木漫牵愁,爱澄江未老,芙蓉秋好。鸿雁橹声来,芦花际、一色长天如扫。情深意远,临流濡笔纷才藻。分别人生无可奈,博得相思多少。　　采菱歌起前汀,看闲鸥对对,浮波去了。入画占桐溪,斜阳处、装点白蘋红蓼。离怀渺渺。徘徊独坐鱼矶悄。曾约寻君君记取,帆挂西风吹到。

百字令　自题伤春图

啼莺惊梦,甚风风雨雨,伤春时节。寒弄群芳颜色悴,阵阵飞红三月。山锁眉颦,柳垂腰瘦,闲恨烟江阔。露桃门掩,旧游情景难割。　　浑是杜牧重来,阴成子满,翻悔轻抛撇。命薄行云无定迹,镜里花枝空折。吟病恹恹,愁思缕缕,往事相呜咽。几番离聚,不禁春染华发。

沈璧琏　1首

字熙之,号梅泉,江苏南汇(今属上海)人。生于乾隆十六年(1751)前后。诸生,候选光禄寺典簿。著有《虚白堂词钞》一卷。

昭君怨　题折绢昭君出塞图

甲帐珠帘望断。朔雪貂裘难暖。出塞一琵琶。杂清笳。　　玉灯金鞭轻弹。新样眉山犹锁。忘却在胡中。过飞鸿。

屈为章 5首

字含漪,号韬园,浙江平湖人。生于乾隆十六年(1751)前后。诸生。与胡金胜、郭麐为词友。著有《竹沪渔唱》一卷。

清商怨　莲院听歌图,为胡薏园作

围住宵光清冷。爱水花香净。理曲亭台,东风吹鬓影。　寻春偏成酒病。消旧恨、醉耳歌催醒。月也多情,堪侬盈手赠。

瑶华　胡瘦山属题填词图

月斜空宇,双弄银筝,正玉梅花下。罗巾书遍,留不住、又是酒阑灯灺。低头含笑,问谁记、旧来佳话。消几番、钗挂臣冠,画壁旗亭歌罢。　楼高休锁嫦娥,谱异院檀槽,邻女新嫁。长笺远寄,应便赛、百斛明珠无价。红螺黑蝶,说当日、此间风雅。合让君、按曲秦台,妙伎两行传写。

倦寻芳　耕烟外史秋山行旅图

刷衣露浅,吹帽风徐,天宇潇洒。径转桥横,残日半林高挂。栖影饥鸦喧不定,漱泉拳石明堪把。万山中,听筊声落叶,涧平低跨。　渐担湿、一肩寒翠,孤鹜霞边,幽景慵写。橐笔奚奴,指点乱峰苍鸦。松霭模糊秋霁合,竹光阴窅危梯亚。试停鞭,抱空青,和云齐下。

水龙吟　荷香沁梦图,为黄子未作

暮蝉响曳疏桐,双文珍簟清于水。阑干月上,洗将幽梦,伴花浓睡。鬓影邀凉,玉容销酒,碧波纹碎。爱分来香色,沁人肌骨,朦胧里、浑无寐。　听取中流杂珮。问苏卿、剩环来未。而今总付,露零风摆,鸥群鱼婢。卅六陂前,闹红归后,舞衣抛翠。任芳魂散却,一衾秋雨,但鸳鸯对。

黄金缕　便面写生葡萄,钱子嘉属题

六曲阑干堆几簇。马乳龙鳞,秋后风吹熟。满架圆阴筛匼屋。贝丘移植葡萄谷。　小摘纤纤盈一掬。红豆抛残,代展相思曲。记取双枚长暗卜。前番好事何年续。

韦佩金(1752—1808)　4首

字书城,号酉山,江苏江都(今扬州)人。乾隆四十三年(1778)进士,乾隆五十三年(1788)出任广西苍梧知县,历官怀集、马平、凌云诸县。嘉庆四年(1799)以军需案罢官,谪戍伊犁。嘉庆八年(1803)释归,授徒为生。精地理之学,诗词皆工,尤深于时文,侪朋呼为"文虎"。著有《经遗堂集》二十六卷,收《夜雨珠帘词》二卷。

卖花声　题汪某春江送别图

江柳错江花。江燕风斜。江春绿莫认兼葭。不尽长江无底泪,淹透年华。山远一痕沙。衣带帆遮。酒樽歌板旧时家。尺绢画图双桨梦,如此天涯。

解佩令　为王若农题蓬莱阁读书图

最高顶上,断无尘处,把人间、未见书翻遍。烟海迷津,向一发、空中寻岸。绕青芝、赤瑚生满。　客途东海,宦途南海,踏千山、万山成片。回首同君,曾几日、别来清浅。天风吹、读书声断。

霜天晓角 题扇头山水

都洗秋尘。闪寒鸦一痕。落落平冈枯树,何处着、几家村。　　廿年蓬转身。蛇乌山径真。想到雨巾风帽,添写个、跨驴人。

水调歌头 题顾小谢华岳云开立马看图

谁唾岳形出,绢素起嵯峨。虎头毛发生动,缓辔拂刀靴。峡里希夷老子,盆畔洗头玉女,招手向君多。天门好碑版,拓付五花马犬。　　凌赤岸,趋紫塞,溯黄河。高眼真源古色,看煞奈君何。凭取白云持赠,都被青霞奇气,嘘破不成窝。何年尾归骑,愿与执鞭过。

钱东(1752—?)　2首

字东皋,号袖海,浙江仁和(今杭州)人,寓居江苏扬州。嘉庆二十二年(1817)年六十六尚在世。著有《双桥书屋词存》。

玉漏迟
戊辰十月金粟从弟自都门来,止于双桥草堂,出示西窗话雨图,为题此阕

叹余今老矣。池塘梦断,不堪追忆。最好才华,已召玉楼天际。便有归来远道,也还隔、一泓江水。重凝睇。相看尔我,几行清泪。　　况是剪烛西窗,在逆旅江干,最无情地。故里湖山,我尚说归还未。只恐相留不得,更明日、即分征骑。君须记。帘前夜雨声细。

凤凰台上忆吹箫 为竹岩嵯尹题其旧绘双鬟伴读图

笔架珊瑚,书装瑹珺,当年勤苦芸窗。问金炉香烬,谁与添将。听说青灯

影里,相伴有、蛮姊樊娘。休认是,梦中幻境,云雨荒唐。　　凄凉。彩云易散,千万缕情丝,枉系柔肠。剩零笺断素,费尽思量。算只红襟燕子,还记取、往昔行藏。惊鸿影,披图宛然,去也双双。

戴澈　16首

晚号澈道人,江苏上元(今南京)人。翼子长女,同知冯晴谷妻,冯芝母。生于乾隆十七年(1752)前后。著有《澈道人词存》三卷。

鹧鸪天　谢十二弟赠扇绘双柑听莺图

晴翠烟丝万缕轻。拂堤深处啭流莺。绘成逸趣殊幽惬,玉破双柑斗酒倾。　消酷暑,涤烦襟。习习风生感倍增。寄语剡溪休返棹,须凭寒雪一时侵。

满庭芳　画牡丹

品重姚黄,名称魏紫,洛阳春色盈枝。香浓艳雅,将倩入书帏。富贵天然丽质,高标别具芳姿。任纵横红翠,丰韵付徐熙。　瑶姬。逢来月下,脂妍粉润,未许蜂迷。趁东风、玉楼巧幻,当时妆竟烟鬟微。弹绛宵、飞影云衣。最误却、燕衔落蕊,仿佛堕残棋。

忆王孙　题芍药画扇

翻阶景色竞争新。露蕊风枝倍袅婷。游蜂深惹可怜生。最关情。一半留春半送春。

捣练子　题荷花画扇

红着雨。绿翻风。亭亭玉立碧漪溶。新歌无数兰桡女,羞对鸳鸯夕照中。

如梦令　题牡丹画扇

一片红酣绿姊。姚魏莫教相妒。青女合伤神,轻惹游丝飞絮。且住。且住。春色未曾归去。

上西楼　题水仙画扇

玉容冉冉凌波。染青螺。江皋佩冷,丽句奈情何。　夸素袜,照金盏,淡烟拖。寒梅疏竹香色、占来多。

行香子　画竹

劲节虚衷。淇水玎瑽。对疏窗、影走蛇龙。凉生几席,翠映帘栊。更涤烦襟,添爽气,助清风。　髯苏妙运,点缀偏工。待干霄、寒碧凌空。淋漓泼墨,落拓行踪。任雪霏霏,霜薄薄,月溶溶。

菩萨蛮　红楼梦画扇

潇湘幽馆泥春昼。愁人迟日花时候。香气入罗衣。凭他蝶梦知。　怕露凌波迹。恐印苔痕湿。为制护花铃。绣床依旧凭。

浣溪沙　画麻姑

雾鬓风鬟绰约身。铁衣不然净无尘。荷锄归去碧云停。　当年纤爪如搔背,岂易神鞭著蔡经。散花飞过海天春。

忆秦娥　题画美人

愁寂寂。更无人近阑干曲。阑干曲。绘事精工,十洲妙笔。　偶执轻纨忘扑蝶。楝花风过寒犹力。寒犹力。吴绫似暖,越罗衫薄。

鹧鸪天　画扇

小引清风叠雪初。云光墨缕竹林舒。微名就此因甘旨,富贵从他守故吾。　萧瑟况,旅情孤。虚惭祖席乏菰蒲。老怀剩有推敲句,珍重骊歌愧不如。

瑶台聚八仙　题王孺人焚香课子图

故里琅琊,鹅书旧、江山毓秀萦纡。映阶慈竹青葱,翠苤萧疏。绛帐听经烦午夜,敬姜当日复何如。爇兰煤,心香一瓣,岂必金炉。　且喜骊珠在掌,更书田黍稷,稂莠频锄。菜根甘暖,不羡膏腴。况稔儒宗风素,俭朴舒徐。鹤发童颜履健,闲嬉乐、倚杖聚含饴。叹囊时,风灯焰冷,霜月清孤。

满庭芳　万竿烟雨图便面

画入潇湘,修篁凝碧,倏然和雨和烟。风来座右,爽籁一时添。老我诗怀跌宕,烦君腕底生妍。龙蛇影,依稀近远,荡漾翠帷前。　碧琅玕交加,映掩曲槛疏帘。凭佗昼永,趁清幽北窗,一枕高眠。此际故人遥访,何妨蓑笠相延。闲凝伫,千竿袅袅,石里迸飞泉。

水调歌头　万竿烟雨图便面

四围山翠合,一径倚修篁。雅称黄筌腕底,真意逼潇湘。淡淡近烟笼碧,点点如丝细雨,钓叟系鱼艭。羡他清境得,名利顿相忘。　探幽胜,山影在,水中央。红尘日永,凄飙柔握辨炎凉。为问画工深致,绘出孤云片石,暮霭渺迷茫。莫使秋风至,拂处易思量。

满江红　题西窗夜雨图

莫逆论心,恰称著、疏窗暮雨。对短檠、促膝明灯,穷经究史。卓荦襟期书剑共,开怀赖倚琴樽趣。叹年来、落落故人情,徒相忆。　修篁颤,声淅沥。咽幽砌,蛩吟细。况瑟瑟潇潇,此时风味。藉将斯景付生绡,牢骚难入丹青意。且输他、妙笔运神工,丰标似。

南乡子　陈甥小照

奏疏昔年同。儒素襟期祖德崇。畎亩经纶阡陌旧,遗踪。赖有贤孙俭朴躬。　和蔼一堂从。虀盐乐守孝慈风。物外逍遥心自适,雍容。指挥如意晓窗中。

杨瑛昶（1753—1809）　6首

一作映昶,字印蘧,号米人,安徽桐城人。诸生。弱冠受知于督学朱筠。屡应乡试不售,由考职吏目,拣发直隶,历雄县簿丞、宝坻知县。嘉庆四年（1799）六月署蓟州知州,旋擢北运河同知,迁天津运同。嘉庆十年（1805）直隶总督吴熊飞调任两广,奏请瑛昶随赴。工书,精篆刻,散曲、传奇亦有声于时。著有《红豆词钞》二卷。

减字木兰花　题画蝶

是谁蘸笔。风流直欲骄无逸。生小情痴。只有花间小婢知。　成团飞去。隔帘人影模糊处。栩栩芳魂。卿是庄周几叶孙。

沁园春　题张敬堂山鬼揶揄图

鬼哉鬼哉,咄咄送穷,适从何来。怪阮生席上,不招而至,昌黎座侧,揖去仍回。陋巷箪瓢,莱芜釜甑,困煞英雄济世才。充其类,更聚来魑魅,引就倭傀。　　凭他桃杖符牌。绕斗室驱伊到曲街。笑轩名独坐,君难容足,狂思缩地,尔莫忘骸。掀我长须,持余大斗,一任揶揄乐孔皆。休相戏,倘兴犹不浅,酩酊相陪。

其二

髯乎髯乎,听我一言,笑捋子须。倘不入愁城,书能著否,常居乐域,诗得工无。破壁灯光,雪窗萤火,贫可骄人有是夫。非无故,为玉成才子,切莫晋予。　　斯言端的何如。笑人世纷纷亦大都。纵至圣参天,不能相拒,钱神司命,懒与同途。味美于回,泰来自否,更乞先生酒一壶。从兹去,看拖青抒紫,领袖群儒。

哨遍　题张瓯枚柳汁染衣图

如许风流,者番仪格,天上张公子。倚雕阑,单袷坐春风,端的清神无二。看垂杨、拖烟挹露,落花飞絮,摇曳和愁睡。笑何物西京,千秋佳话,不许他人继起。对阶前、清影漾琼枝。又低飔、游空百丈丝。偶抛瑶瑟,不理南华,那时清味。　　乍披图相对。无言指点将毋是。频点缀,娟娟花柳韶光媚。玉镜呈祥,簪花入梦,少年及第谈何易。我恨千端,君才八斗,也自差强人意。正见猎生情,不能已已。问探花上苑几时归。可消受、芳膑并辔。只合跌宕佯狂,玩弄人间世。绿绮红嫣,花娇燕睇,博得尊前一醉。看君直上九重云,嗟余独钓三江水。

百字令　题友人得鹿图

秋高风劲,乍披图惊见,英姿朗彻。怒吼龙鳞高百尺,飒飒飞涛卷雪。奔犬随身,饥鹰侧目,天际愁云绝。麀鹿攸伏,景宗自是人杰。　　男儿射猎天山,论功投笔,肯守鸠巢拙。谶取他年真得禄,姓字镌之天阙。弦作雷鸣,箭如鸱叫,渴饮黄獐血。摩挲卷轴,剑花起舞欲裂。

金缕曲 题听涛图

万斛珍珠泻。落银河、飞泉百尺,不知有夏。铁干虬松撑碧落,翠积襟裾盈把。欲摘取、龙鳞作鲊。只许科头容我坐,莫教人、喝道过其下。恐尔为,达官怕。　　阴阴万籁天风洒。小奚奴、蒲葵低扇,茶烟萦惹。蟹眼微翻寒玉沸,韵与涛声激射。谁领取、诗中之画。清思萦回泉出谷,问苍官、汝是知音者。聊把笔,我心写。

沈长春(1753—1811) 11首

字芝亭,号小如,浙江归安(今湖州)人。乾隆四十四年(1779)举人,以三通馆议叙选授直隶巨鹿知县,升景州知州,缘事落职。嘉庆元年(1796)复官,历知曲周、武邑、三河、天津诸县,累官真定知府通永道,调直隶天津道。嘉庆十六年(1811)擢湖南按察使,未赴卒。著有《古香楼遗稿》十卷,收词一卷。

菩萨蛮 题蓴棠照

绿杨池馆春深处。水蕻花漾蘋花絮。时有钓丝风。茶烟一缕中。　　兴来携酒榼。踏破千塍碧。鹁鸪听声声。啼红媚晚晴。

南乡子 题丹庭照

归梦绕江乡。鸠妇喧催燕子忙。酥雨搓红云绉绿,迷茫。晒网人家打麦场。　　不画锦鸳鸯。著个黄鹂送夕阳。占断镜湖三万顷,徜徉。可许携柑共野航。

临江仙　题采莲图

似此风光谁领取,小桥流水门前。橹声摇荡半湖烟。香空疑雨散,波动碍鸥眠。　　荇叶莲房刚一抹,轻盈绿褪红嫣。孤云断岸送归船。影迷垂柳岸,人倚夕阳天。

满江红　题画

此外何求,试翘首、蓬莱近也。算千古、桑田沧海,不如姑且。满地江湖和泪进,横胸礧块随湍泻。拓襟期、何处谱流泉,溪山罅。　　竹林外,嵇叔夜。松石畔,萧思话。叹仆多离恨,君真潇洒。长啸几扪星斗落,闲情惯把烟霞写。好披图、黄叶白云深,知音寡。

满江红　题秋筠照二阕

漱石餐霞,闻说道、古英雄事。莫漫把、神仙将相,歧而为二。辋水烟波迷俗客,沧州啸傲凌豪气。问步兵、垒块向谁浇,苏门去。　　疏琴畔,闲情寄。幽竹外,悲歌沸。便才人厮养,红尘满地。读等身书三万卷,容卿辈者千百计。听曲终、星斗落天寒,云深处。

其二

且读南华,算笔冢、琴台剩几。好向取、危崖峭壁,作烟霞主。爨竹烧桐皮陆社,驯猨笼鹤裴王里。是隆中、抱膝之庐邪,拂衣起。　　北垞外,惊风雨。西崦侧,谐宫徵。醉侯何所有,鹿裘而已。旁若无人扪虱语,是诚在我闻鸡舞。任狂吟、长啸彻空山,真豪举。

月华清　翟六晓岩以梅箑属题,为赋此解

菊假延龄,兰征媚体,芙蓉一片金粉。独让梅花,明月前身重认。料应是、

瑶草琪葩,暂幻出、暗香疏影。谁并。羡山人衣白,傲他衣锦。　　最是嚣尘官阁,却院落红深,栏杆绿净。小小蓬壶,占尽四时风景。想花气、鸟语中间,正清簟、疏帘酣寝。濡颖。倩写生妙手,貌君仙品。

念奴娇　题佟永安松柏长清小照

眼中裙屐,半娇花宠柳,冶游征逐。独向岁寒寻异赏,结想非濠非濮。零萼伤跗,睇堂念构,登啸兼衢哭。拟君标格,得非吴市梅福。　　痛忆两世过从,廿年朋旧,君发应初束。我历茹荼君饮檗,风义坚如松竹。才岂长贫,履能贞吉,终是丰年玉。好传幽惋,就中声韵俱足。

念奴娇　为竹泉题慕雁图

君才轩举,合鸾翔凤翥,雕盘鹗荐。忍使稻粱谋故纸,飘泊客情如雁。客滞经年,雁归应候,顾影翻增羡。几声嘹唳,疏灯残月庭院。　　何不射虎南山,骑鲸北海,控鹤东西遍。却慕冥鸿天际想,一种幽怀凄惋。附信能传,随阳最准,竹外支颐看。展图同怅,羁游何似羁宦。

喜迁莺　孙渊如观察索题搴帷图

六朝孙绰。称纱帽隐囊,水晶帘阁。露冕行春,乘轺按部,卷起绣芙蓉幕。东阡南陌。关心群庶,隐忧谁觉。又何事,载米家书画,赵家琴鹤。　　自诩林泉乐。栽花种柳,傍水依山郭。谢客郊迎,对人泥饮,竹马乱喧村落。掀髯一笑,旷怀依旧,豪吟如昨。好身手,写外台仙吏,丰神绵邈。

摸鱼儿　题方晴圃渔隐图,用迦陵题枫江渔父图韵

叹生涯、酰鸡腐鼠,行藏潦倒如许。十年马角乌头梦,无限盲风晦雨。愁万缕。把蓼溆莎汀,让与闲云住。寄怀魴鱮。拟买幅生绡,倩描烟景,著个水边鹭。　　浮家约,羡子濠梁顿悟。五湖归计非误。嵇山尽有蘅茅屋,添得碧

蓑渔父。须认渡。记急浪惊湍,不是垂纶处。低吟倚树。看摇曳东风,漂流断梗,剩了落泥絮。

唐仲冕(1753—1827)　32首

字六枳,号陶山,湖南善化(今长沙)人。乾隆五十八年(1793)进士,授江苏宜兴知县。历官江苏吴江、奉贤诸县,嘉庆四年(1799)调江苏吴县,擢江苏海州知州。嘉庆五年(1800)署江苏苏州府管粮同知,升知府。嘉庆二十二年(1817)署江苏按察使,道光二年(1822)迁福建按察使,官至陕西布政使。以疾归,侨居金陵。著有《露蝉吟词钞》《续钞》。

金缕曲　次韵汪浣云秋柳鸣蝉图

挥汗征衫湿。憩柳阴、鸣蜩声送,秋情何急。一种苍凉风起处,恨少幽毫描出。听遍了、齐邮燕驿。喜遇写生黄筌本,卷疏帘、便有清商入。想玉露,满胸臆。　头衔自署吟寒客。笑吾乡、悲秋宋玉,颓唐可惜。沆瀣饱餐尘坌外,响破烟痕山色。也不管、江南江北。恁曳别枝残照里,倩疏桐、幺凤齐飞翼。看老树,有情碧。

瑶台第一层　题胡研农道装红梅小照

吹下天风瑶岛客,飞霞结佩重。前身犹记,罗浮夜月,共觅芳踪。一枝初入手,插胆瓶、满座春融。莫惊认,是花栽前度,津问难通。　从容。步虚声里,五铢冠袯赋新官。昼长清梦,静姝何处,茜袖相从。石床安局脚,驾彩霓、仰见腾空。更谁来,访赤松丹桂,玉貌重红。

临江仙　次韵浣云江上调琴画箑

江南枫景归吟管,烟痕尚梦凭栏。记曾五月竹楼寒。冰弦倚榻学君弹。

十指如椎兼簿领,成连长望漫漫。半江剪取水云间。凉风天末袖中看。

迈陂塘　次韵浣云忆轩雅集图

到西涯、小园潇洒,香奁晤对风雅。联吟胜侣徘徊处,先有绛云飞下。斟满斝。见被发、翩然晓日扶桑挂。凭阑共话。怕竹树生秋,兰觞叙别,雁字一行写。　云林画,淡永堪消长夏。都忘鱼钥将夜。三三两两庭阶外,貌得青门白社。犹未也。待选石携琴,再约迎风榭。尘车已驾。料逸韵重拈,离弦乍鼓,想到命轩者。

南柯子　题胡研农梦游图

翠绾千丝雾,红围百顷云。只留芳径引吟魂。听得玉箫声度、月黄昏。化蝶蘧腾处,骑鲸汗漫人。梅花影里认前身。记得觉来长乐、晓钟闻。

声声慢　题邓樵香春窗丛翠图,图名取双声,卷中诗多用东坡一字体

键关不问,春色如何,忽闻几树钩辀。叫破蘧腾,洛生咏起咿嚘。推窗一痕清脆,倩浓烟、染遍山楼。凝望处、见翠鬟欲坠,苍霭难收。　窗外重重叠叠,称双声复调,慢转歌喉。读画题诗,不许急作吴讴。自笑宫商謇涩,病休文、上尾平头。指亭上,似扬雄口吃,吐凤风流。

眉妩　浣云仝年为画峨眉雪石图,题以二绝句,因檃栝其意为此词

笑天公画就,玉女眉痕,螺黛还调粉。恐有消融候,先凝结,云根攒出双笋。一拳万仞。共碧㕮、排满寒阵。乍窥户、月里嫦娥老,感謦欬烟鬓。　黄鹤天然稿本。更水晶写照,深掩苔印。看妙摹松雪,香光后、何人重扫尘垒。米颠逸韵。却染成、星厣霞晕。好长伴山朧,休把爪泥错认。

蝶恋花　题蝶仙图

淡赭轻黄渲舞袂。法曲霓裳,养就翩跹势。不是寻常芳草队。簪花笔引仙魂至。　　画阁深深春似绮。罗帕承来,飞上桃花纸。午梦初醒身是寄。漆园风韵只园味。

意难忘　题熊润辉参军旧照

尘海风波。笑长安道上,最阅人多。升沉浑不定,藻鉴总无讹。名宰相,老山阿。岁月去如梭。剩画图、留题姓字,满卷诗歌。　　半生心事如何。爱全家眷属,都住烟萝。承欢欣捧檄,得句自吟哦。堆架轴,晒庭柯。寄兴在渔蓑。叹我生、长携药里,日踏朝靴。

贺新郎　题梦游月府图

一枕游仙梦。见分明、玉宇琼楼,翠环珠拥。门外徘徊何处入,几队云鬟企踵。恰招得、香风来送。可是当年曾相识,任幽探、不诧闲宾从。亲授简,快吟弄。　　觉来仙露犹双捧。记霓裳、调和宫徵,尚闻鸾凤。折得一枝金粟影,莫作清斋雅供。正好向、闲田栽种。堪笑千年修官户,便装成、七宝成何用。游汗漫,倩谁共。

瑞鹤仙　题卢湘槎跨鹤清游图

破烟翔俊翮。怕背压多装,腰缠难觅。昂藏同鹤瘠。恁豪情、不为空囊萧瑟。江城舞舄。凭指点、苍苔白石。问何人一曲,南飞都道,羽衣仙客。

难得。二分明月,两袖清风,尽归吟帙。鸿泥往迹。记披氅、侣裙屐。叹鬘丝禅榻,茶烟花雨,浑似觳觫病翼。待何时、共载琴书,追随画鹢。

疏影　题陈云涛希哲中书守梅图

孤山古屋。尽无人照管,花放空谷。雪径樵归,霜涧舟横,谁来伴此幽独。罗浮道士惊残梦,乍报到、江南春速。便化作、羽客胎仙,保护美人如玉。　　更有玄关自棳,向檐表索笑,桥畔游目。冷似冰葩,瘦似皋禽,眷属几同君复。岁寒盟重南飞早,振远响、在阴能续。记向时、翔步云霄,却恋石苔香啄。

满江红　次韵秦小岘少寇题杨兰圃濯足图

一朝朝靴,那能便、赐闲湖曲。红尘路、倦游回首,钓矶茅屋。三月桃花春汛暖,自解袜系谁当束。踏縠纹、不羡浣兰汤,双蛾绿。　　行跨鹤,归骖鹿。停屐齿,看棋局。爱春风沂水,莫伤吾足。画舸掀翻鸥浴浪,青鞋办就鸿遵陆。笑打包、脚汗湿如泥,闲为福。

临江仙　次韵美人补绽图

灯影照人一只,帘波卷地三重。夜来补缀半筐空。起揎寒袖绿,梦唾湿绒红。　　啮断春衫綷縩,敲残晓漏丁东。一般压线小楼中。嫁衣容放剪,拥絮足当风。

临江仙　题竹笑兰言图

世上难逢开口,座上几个同心。循阶绕院问知音。风怀传一粲,香韵和孤吟。　　静倚佳人翠袖,远思公子芳襟。离骚长梦楚江浔。梅檐方共索,桃径已成阴。

风入松　题吾半客画扇小照

聚头一握万株松。展出翠云重。听涛有客凭阑坐,俯流泉、响入高空。试问声来甚处,鏦铮不借秋风。　　君家山上岁寒同。人自雪香融。嵚崎历落随波远,逐年华、不改芳容。却忆牵萝补屋,难忘锦字帘栊。(吾生方刻其之室诗。)

踏莎行　题画芝兰

棘树丛中,竹枝横处。生刍一束来何许。两般葩叶一般清,孤芳迥出荆榛路。　　与善人交,向空山去。画中风韵依稀遇。墨痕化作国香魂,幽窗静对同心语。

哨遍　蔡贮兰孝廉奉苏文忠像为奎星,属题,即次文忠原韵

宝篆拜章,阊阖广开,奎宿光垂地。还认得、学士最风流,早养就、浩然之气。鹄立通明红云捧,文昌新入,手抉银河水。当被发骑龙,淋漓大笔,仙才一时无比。到力扫糠秕削繁枝。便紫府归来鬓如丝。想象天宫,抗疏依然,谠言风味。　　把乾坤奇丽。尽数收拾重霄里。入华严界,一场春梦了名利。看小劫红羊,大乘白足,罗胸烈曜腾而起。传说乘箕,东方化岁,同为游戏。空际。记生辰人唱鹤南飞。更台上清都万尘低。总难言、造物无意。君看士大夫身,十七经人世。矧兹玉局潜通,帝座香火,定无穷已。底须呵壁问来由,笑科场、不论文耳。

凄凉犯　题朱兰坡洗马画其生母雪夜绷儿图

知儿定与常儿异,床边未必啼哭。深愁伏枕,微闻动息,薄眠难足。呱呱寄宿。迫寒夜、奔波抚鞠。正凄迷、雪虐风饕,邻姁近笼烛。　　姁亦零丁苦,雪涕同挥,解绷携襆。儿啼易止,自长啼、夜深问鹝。劳瘁而今,手中线、缝成彩服。梦寒号声中拥树,宛在目。

琐窗寒 题兰坡画其继母霜帷课读图

卯角移闱,觚幡就塾,亲心随寄。先生撤席,敢逐村童嬉戏。凛高堂、岁寒松柏,悄然吊影孤灯侍。觉凄风暗动,帘旌夜半,读书声里。　　垂泪。殷勤诲。说遗书手泽,我闻其志。下帷攻苦,也要蘗冰滋味。荷旌门、丹凤五花,倚闾望云同长姒。看新图、满室春晖,总含霜雪气。

粉蝶儿 题画

指点春光,翩跹独寻香梦。问春风、此情谁共。落花天、芳草地,着衣烟重。乐薨薨,还将槁梧轻弄。　　冰丝再鼓,春驹化为幺凤。爱生绡、化工飞动。舞华衫,摇粉版,恍游仙洞。笑纤纤、齐纨扑来成哄。

暗香 临宋马和之梅林诗就图为行看子,自题二阕

古香古色。看古人古貌,古心如活。约略似吾,清冷惟宜对冰雪。当日吟魂宛在,自然是、前身明月。但觉得、五百年来,与君颇有瓜葛。　　神合。面孔别。恁林下美人,莫怪唐突。问君觅句,曾共逋仙咏耶不。今日重寻旧梦,何处写、天然风骨。却笑道、前作者,稿犹未脱。

疏影 临宋马和之梅林诗就图为行看子,自题二阕

高山一角。有古松怪石,云气填壑。万树孤芳,幽情无言,诗人气味先觉。半生颇受红尘扰,恁面目、怕花嫌恶。剩几篇、岛瘦郊寒,那称竹西官阁。

犹记湘江屋外,有三五十树,供我吟索。一别多年,苦忆花时,玉笛楼头吹落。吴中大有园林好,为肺病、屡辞觞酌。替古人、受冻何妨,莫负故山猿鹤。

金缕曲　次韵汪浣云侍御连楸轩图

出土双株秀。看亭亭、骈肩玉立,宿烟穿透。势到峥嵘高三尺,便有枝柯合耦。密叶共、繁条舒绣。逐节相连无衣缝,忽离开、又似镶嵌就。联接处,裹皮厚。　　两情似隔时投分,忆桓公、诸侯九会,献酬樽酒。离合何常如斯树,记得开花宴友。想此日、青黄相糅。喜遇长安朋簪聚,佩琼琚、双管凌云构。怀永好,德齐楸。

大圣乐　题蔡曼绥佛田图

望月生慈,拈花微笑,是谁参破。自洞天、白石词仙,唱彻梵云,衣钵独凭担荷。芳草夕阳王孙去,有无数、伤心歌楚些。浮家舸,趁春水半篙,闲净尘涴。　　风流尚闻咳唾。向三百年前相印可。听远鸿孤度,相思一点,遥待知音赓和。收取绮罗供丝绣,尽超脱、兰因和絮果。山云起,把莺燕、齐归狮座。

江梅引　题帅芸舫艺梅图

冰霜为骨玉为标。恁根苗。出琼霄。未许豪门,杂植柳和桃。不是诗人裁不得,须画意,称吟情,傍水坳。　　问君甚时逢鹤招。是近郊。是远皋。或低或高。伴松竹、应到山椒。因忆林居,锄月绕书寮。一别风尘今老大,人若此,树如何,驿使遥。

苏武慢　重题庚申年石湖纪游图,次前韵

十五年前,三重阁上,人共柳舒青眼。湖光满酌,胜色齐餐,不放玉箫声远。犹记那时,近水风柔,出山云懒。似大参游楗,散仙歌板,画栏敲遍。

才剩得、半幅描烟,数行题月,当日韵情俱婉。关心逝水,弹指跳丸,那有长绳能绾。回忆故人,搦管微吟,卷图还展。待重寻鸥鹭,柳发萧萧几线。

百字令

题秦敦夫编修仿汪蛟门先生三好图小照,即用元和彭羡门少宰百字令元韵,四阕

国初诸老,藉文章游戏,俯同群碎。写意扶风开绛帐,还向步兵求尉。绝爱抛书,吾乡杜子,选伎谋新醉。适情而已,几时功立名遂。　　细数卷上知名,豪华有几,多半埋书肆。千古骑鲸人去后,不及吴王余鲙。学士青箱,佳人翠袖,昌谷诗中鬼。一场春梦,瓮头容尔偷睡。

其二

选楼风雅,被名流占断,锦团花碎。妙画通神无觅处,人似弃尘仙尉。百尺桐边,二分月下,到手心先醉。替人斯在,昔贤应喜情遂。　　无论杯勺笙歌,纵饶芸帙,难免归葱肆。隔世知音,风味合雅,胜金鲎银鲙。近接乡园,远怀耆旧,感泣真才鬼。追陪芳躅,榻傍休讶鼾睡。

其三

鬟云垆篆,正花枝影重,鸟声风碎。人共书传兰麝远,合授海南香尉。三粲如何,一夔已足,梯几才沾醉。解绁金策,史公奚问壶遂。　　兼好孔鼎商盘,金题玉躞,述作推闳肆。鳌禁归来敦凤好,也学郎官名鲙。座屏筝琶,园收芋栗,谁劳徐无鬼。夜游爇烛,海棠且照春睡。

其四

感今怀古,觉蛟门兴短,羡门歌碎。射鸭堂开曹事阁,谁为溧阳分尉。子敦高谈,少游清调,引我醇醪醉。欢场虽减,壮心犹忆容遂。　　簿领换却吟筋,东涂西抹,便返屠羊肆。弹铗依然钻故纸,且食盘中鱼鲙。准备双鬟,安排百斛,作赋惊山鬼。养痾何所,旧图聊破清睡。(仆亦有《还山养痾图》,求题,故云。)

绿意　题绿牡丹画

锦帷绣谷。怕魏姚衮衮,渲染成俗。天上司花,给予香螺,随手翻来青玉。鹦哥舞上妆楼近,似说道、描蛾人独。待作书、寄与朝云,好趁一江新渌。

长向芭蕉听雨。正云掩客舍,秋入丛竹。怎似东风,飞尽嫣红,掩映屏山如沐。露华浓处频添翠,也直得、珍珠量斛。想恁时、栽遍池亭,便合野堂名目。

金文城（1753—?）　2首

字宗元,号问梅,江苏吴江人。黄钟父。家富藏书,与费宗勋、丁含芝以诗相往还。著有《翠娱楼诗余》一卷。

浪淘沙　题春宵小饮图

红雨杏园深。香满芳林。秋千打罢夜沉沉。花欲醉时人未醉,一刻千金。　　酌酒涤尘襟。爱结同心。柔情如水托瑶琴。门掩梨云春不去,月影花阴。

换巢鸾凤　自题秕庄避暑图

老屋秕庄。却门环绿水,岸绕垂杨。数家相聚处,六月自生凉。日长清兴亦颇长。闲将诗句付与奚囊。风来也,独舒啸、翠娱楼上。　　携杖。披鹤氅。更爱良朋,惠我时来往。且共剖瓜,还同截藕,如挹西山朝爽。封侯作佛本难言,焚香读易成高尚。卧北窗,觉此身、脱然尘网。

杨芳灿（1754—1816） 17首

字才叔，号容裳，江苏金匮（今无锡）人。鸿观长子。少学诗于袁枚，为及门弟子。乾隆四十二年（1777）拔贡，乾隆四十四年（1779）官甘肃伏羌知县，摄西河、环县，乾隆五十二年（1787）升灵州知州。嘉庆三年（1798）权平凉知府，改官户部员外郎，充会典馆总纂修。嘉庆十一年（1806）丁母忧归，先后主讲浙江、陕西、四川各地书院。工诗词，精戏曲，尤长于四六，与吴锡麒、洪亮吉、孙星衍、顾敏恒辈齐名。著有《芙蓉山馆词钞》二卷。

台城路　为晴沙舅氏题春风啜茗小照

头衔最爱称茶部。高风更怀桑苎。柿篸抛时，桐瓢携处，飘出冷烟千缕。青骢才驻。约不夜侯来，共伊容与。此客殊佳，未须更顾索郎语。　　松涛时沸幽耳，又疑瑶凳畔，乱响春雨。细点红姜，轻研绿雪，小盏盈盈匀注。清幽如许。吹不上京华，一分尘土。谩解朝衫，腋风轻自举。

金缕曲　黄药林自兴安军营寄梅花小幅，因题四阕于左方

廿载辞江国。记寻春、氇衫茸帽，岁寒泉石。抛却家园三百树，漂泊天涯为客。听吹彻、玉龙凄咽。缟鹤青猿劳怅望，绕寒溪、几度飘香雪。江天远，梦难觅。　　故人知我心相忆。呀生绡、一枝疏瘦，剪来烟驿。海月流光明似镜，冷挂珊瑚七尺。仿佛见、旧时颜色。不分何郎吟兴减，索枯肠、试点春风笔。灯欲炧，砚刚炙。

其二

尺幅传心素。傍南枝、淋漓题遍，相思新句。慷慨短衣随玉帐，不道此行良苦。看挥洒、尽饶风趣。只我沉吟添别恨，黯销魂、细雨关山路。佳人远，碧云暮。　　飘零总怨前尘误。漫裁诗、嘲桃谑柳，赏心难遇。记否巡檐同索

笑,雪北香南俊侣。空回首、旧游何处。甚日相携宫阁畔,对疏花、重把凄凉诉。展瑶席,酌兰醑。

其三

薄醉吟肩耸。正边城、酽寒三九,敝裘孤拥。竹外横斜看最好,恰伴小斋清供。须省识、寄时珍重。手炷水沉烟一缕,拂琴丝、谱出江南弄。冬心抱,有谁共。　　四檐晴雪悬冰冻。照文窗、凌竞蛟背,墨波浮动。十二屏山围屈曲,似有暗香偷送。赚两两、翠禽幽哢。独夜兰釭明似豆,拥青绫、定作罗浮梦。寒月影,逗帘缝。

其四

弹指华年过。掩重关、鬖丝禅榻,六时清课。知己关情千里别,貌出寒花似我。有多少、冰霜摧挫。客到任嘲玄尚白,只素衣、空惹缁尘涴。名山约,几时果。　　怀人远道情无那。划炉灰、唤添商陆,彻宵痴坐。一派角声边月晓,冷艳盈盈欲堕。更玉齿、粲然微瑳。姑射仙姝天际想,笑骚人、有句吟难妥。凭驿使,寄君和。

疏影　为顾伴蘩题梅边吹笛图,用白石词韵

明漪浸玉。恰小舟如鹭,波上栖宿。寂寞冬心,黯澹春魂,并付一枝横竹。泠泠清磬声相应,恍人在、香南雪北。好招他、入寺湖光,来伴吟怀幽独。

坐到月高花瘦,天风吹晕小,空影微绿。夜气高寒,孤棹初回,灯火前湾渔屋。延缘不尽湖山兴,绝胜似、当年刻曲。写清游、浣笔冰壶,留取疏香尺幅。

迈陂塘　题乐莲裳访琴图

望巉岩、萧然独往,此中真有佳处。调刁万窍号天籁,天际恍闻琴语。空响聚。正满涧流云,昨夜西山雨。前尘顿悟。纵梦断人遥,弦孤徽冷,怀抱自千古。　　幽寻苦。足茧一双芒屦。秋衫半浣苍土。林风洒面凉如水,日落但听樵斧。愁泪注。叹野爨烟寒,焦却桐无数。良材傥遇。便携访成连,沧波

浩淼,海山刺船去。

声声慢　题生香馆主人茶烟煮梦图

梨云欲堕,蕉雨才停,微烟低袅湘竹。梦境迷离,响听瓶笙相续。文窗绡帷半卷,漾溶溶、翠痕如縠。诗魂悄,定应吟遍,万山凉绿。　　更着一庭花气,约几缕炉熏,暖香浮屋。仿佛天风,吹度碧城阆曲。惺忪慧心易警,正鹦鹉、帘钩催觉。扶倦起,瀹灵芽、嫩汤初熟。

瑶台第一层　芙蓉山馆销寒第三集,分题吴彩鸾写韵图

写出蕊珠,仙子展、银光点素毫。娇鬟低亚,八千韵字,纤指能钞。灵书留秘笈,想簪花、绝世丰标。痴憨甚、从旁袖手,却笑文箫。　　萧条。佣书生计,便神仙、也觉无憀。笔床尘冷,砚池波涸,情障难销。上清沦谪久,倩青禽、传语蓝桥。盼三霄。怅眠蚕字灭,跨虎人遥。

八声甘州　为小谢题西溪禅隐图

怨罡风吹折到青莲,灯火礼金仙。算埋愁无地,凄凉身世,佛也应怜。空说曼陀法界,归去再生天。只几番情劫,断送华年。　　稽首香台发愿,便飘然瓶拂,到处随缘。向蒲团稳坐,清呗磬声圆。莫重题、三生旧恨,怕参来、都是断肠禅。谁相访、西溪云水,添个渔船。

声声慢　题陶凫香客舫填词图

莼香浅渚,鹭影明波,一枝柔舻轻摇。待舣乌篷,漫空晚雨飘萧。遥山数峰愁黛,对离人、商略无憀。翻旧谱,正空江独梦,落月归潮。　　愧我长年漂泊,怅鲈乡钓里,小隐谁招。渺渺蘋洲,输君吟到魂销。何时共呼烟艇,趁水天、凉夜吹箫。声未了,伴小红、低唱过桥。

八声甘州　题张子白边城插柳图

拍金笳别谱柳枝歌,挽入角声多。渺荒寒一片,夕阳影里,遥兀明驼。记否藏乌亭榭,春水碧于罗。更层阴驻马,旧梦蹉跎。　　惆怅风姿如许,恁孤根无分,移傍灵和。认塞烟沙雨,此地我曾过。向离亭、送君西去,折长条、宛转奈愁何。人空老,汉南回首,此树婆娑。

忆旧游　仓山月话图

又鸥边过酒,蛮外寻诗,人在池亭。树老仓山路,约旧时月色,来话飘零。百年几回圆缺,愁鬓易星星。怪一片冰痕,照人前梦,别样分明。　　关情。旧游处、记雾阁围花,雪屋停灯。冷落琳华曲,怅醉翁仙去,飞佩瑶京。回廊尚留题句,小字署兰成。待过尽凉云,夜峰数朵烟外青。

虞美人　题晓寒仙梦图

仙鬟十八明妆靓。鸾背娉婷影。琼楼高处佩声寒。一抹朝霞红近、曲阑干。　　真珠密字香笺小。帖帖云丝袅。通词无计托微波。归去白榆风里、落星多。

水调歌头　为冯墨香题自在舟吹笛图

烟水渺无际,自在泛轻舟。一声袅袅横竹,隔浦和渔讴。薄宦三茅山下,旧宅三高祠畔,风月足佳游。闲梦驿桥雨,按拍谱蘋洲。　　长干曲,桓家步,尽句留。据床为作三弄,四座散清愁。随意含商咀徵,乘兴题鹓掣鹭,踪迹信沉浮。吹彻玉龙曲,浩荡海天秋。

一萼红 题永州司马李虎观梅梁渔隐图

傍汀洲。爱渔庄小筑,占取水云幽。茶灶晴烟,钓丝凉雨,依然笠泽风流。怅廿载、衣尘京国,作青衫、司马向南州。如此湖山,未成中隐,空忆前游。

闻道浯溪佳绝,接湘波浩渺,一碧难收。楚梦迷离,唐装潇洒,拈毫漫赋清愁。何日践、归田旧约,拣绿杨多处舣扁舟。手把芙蓉,招我同访闲鸥。

齐天乐 题邝上林小溪绕屋梅花图卷子

翠禽唤醒罗浮梦,虚窗早梅开近。老干槎枒,疏花错落,篱角晚来风定。天然闲靓。正坐久无言,湿烟初暝。一笛横吹,旧时月色照寒影。　　春痕染遍岩绿,参差三十树,空碧澄映。赠远云迷,吟香人瘦,不减孤山标韵。清辉重认。怅久别江乡,又添离恨。且对冰魂,煮茶消夜永。

陈燮 2首

字任调,号秋史,江苏吴江人。生于乾隆十八年(1753)前后。候补刑部司狱。与袁枚、洪亮吉、郭麐辈游。妻袁淑芳为随园女弟子。嘉庆初在世。著有《蘅香馆词》。

忆萝月 题芸圃从侄花间寻梦图

月斜风冷。独自穿花径。一角阑干横树影。莫是夜深人凭。　　依然一架蔷薇。香红淡白都非。借问新来蛱蝶,环裙几幅能飞。

卖花声 题蕉庵秋窗独酌图

木叶走空廊。秋老山房。雨余人自拓高窗。窗外黄花花外树,闲煞斜阳。　　诗境极苍凉。水远山长。西风有意劝壶觞。只是酒徒都散了,三径求羊。

王洲（？—1817） 9首

字步瀛，号蓬壶，江苏镇洋（今太仓）人。生于乾隆十八年（1753）前后。乾隆六十年（1795）举人，授广东从化知县。著有《退省居诗余》一卷。

蝶恋花　画蝶

鲍靓仙裙何日化。栩栩飞来，好梦南华乍。金粉香痕纨扇罅。分明一幅滕王画。　　满苑红芳争艳冶。双翅翩跹，逗得春无价。拍板最宜弦管夜。诗成要问临川谢。

蝶恋花　题藤阴小憩图

三泖矶边风浪静。门逐江开，收尽吴淞景。竹色娟娟松骨劲。幽栖不碍蓬蒿径。　　罨院藤阴花覆顶。紫穗茸茸，一色琉璃映。箕踞科头闲自省。斜阳满地玲珑影。

洞仙歌　题画

碧云深窈，有幽人延伫。栖逸心甘买山住。想泉明菊径、仲蔚蓬庐，依约是，抱膝隆中俦侣。　　盈胸丘壑在，挥洒毫端，欲向林峦自来去。笑我尚风尘、鬓影含霜，空搔首、淮南桂树。待餐得、烟霞闭门居，且结个茅庵、万山深处。

沁园春　题观稼图

使者来耶，卉服芒鞋，小立东菑。想循行原野，旌旗胥屏，关心农事，稼穑先知。背笠齐云，腰镰飞雪，一片斜阳荷担迟。秋光好，正松阴笼屋，竹影当扉。 江南风景如斯。便指点田家与画师。看千畦叠翠,溪桥隐约,万山凝碧,人影参差。雁羽霜寒,芦花露重,岁岁西成报赛时。中牟异,认嘉禾合颖,瑞麦双歧。

多丽 题徐云溪纳凉图

晚凉生。天阶暮色幽清。悄无人、翩翩公子,当风独倚云屏。镜奁开、红蕖承盖,珠帘卷、绿筱当楹。纨扇团团,罗襟楚楚,夕阳影里酒颜醒。爱此际、小吴熏麝,小立水边亭。还笼得、心香一瓣,别样温馨。 记年时、菰蒲摇漾,片帆飞渡前汀。一钩悬、蟾光吐彩,几星映、渔火含青。招手羊裘,比肩蛮素,藕丝初雪斗娉婷。更心赏、浅斟低唱,醉听玉珑玲。披图想、风流如见,真个怡情。

洞仙歌 题采药图

晚凉庭院,喜消闲如许。依约寻踪碧云路。更虬松偃仰、凤竹娟娟,还认是,采药崆峒山去。 林泉行处。有冰镜澄辉,小立空阶独延伫。此地最繁华、欲避嚣尘,问衤必衤敝、奔驰何苦。愿长伴、闲鸥住江干,醉日日烟霞、胜他仙侣。

念奴娇 题柴门临水藕花香图

宅边五柳,问先生姓字,怡然无语。生怕软红尘十丈,移傍烟霞居住。黛影成螺,波光横练,门对鸳鸯浦。红衣临镜,采莲人在芳渚。 最爱兰棹轻分,云鬟半軃,仿佛凌波侣。约素亭亭罗袖薄,解佩谁贻交甫。眼悟空花,心澄止水,镇日闲凝伫。晚凉风细,倚阑闲觅诗句。

临江仙 题梅月图

风弄银蟾星让彩,亭亭罗袂联翩。蓬莱小谪到人间。澹香梅作骨,瘦影月为缘。 高格不夸眉样巧,素心自与周旋。一生赢得几回怜。梦回巫峡雨,盼断陇头烟。

一剪梅　自题填词图

短鬓星星镜里霜。哀逝潘郎。感遇萧郎。半生心性太疏狂。未入词场。阑入欢场。　谁逗箫声傍绿杨。是谢秋娘。是杜韦娘。卷中遗恨谱新腔。难割离肠。易惹愁肠。

殷如梅　6首

字羽调,号果园,江苏元和(今苏州)人。生于乾隆十八年(1753)前后。诸生。隐居吴门,与汪启淑、吴泰来、顾宗泰、史善长等时相倡和,诗为王昶、袁枚所称。著有《绿满山房集》三十六卷,收词五卷。

南浦　题沙白岸春江雨泛图,用玉田韵

波暖荻牙肥,记年时十里,横塘春晓。新涨半篙添,流红处、缕缕垂杨堪扫。荒桥断岸,酒帘点缀渔村小。谁唱云山韶濩曲,棹入雾花烟草。　笔床茶具依稀,画图中、一带风光了了。锦浪绕芳堤,分明是、前度缺瓜船到。浮家浩渺。绿蓑青箬情怀悄。遥指冥濛从此逝,路隔仙源多少。

忆秦娥　题画美人春睡

兰闺寂。腰肢倦也娇无力。娇无力。海棠醒未,微红双颊。　水晶枕上难支圠。惊还半梦愁何极。愁何极。春灯纸帐,想郎今夕。

减字木兰花 题画美人只履

销金样窄。丝履文章看不得。立月行云。此际谁将双凤分。　　丹青妙手。步步莲花如是否。欲断人肠。只在纤纤一瓣香。

减字木兰花 题雪栈图

危柯振石(李白)。远压峨眉吞剑壁(钱起)。其色幽幽(韩愈)。影入平羌江水流(李白)。　　东西南北(释贯休)。自是不归归便得(杜荀鹤)。蜀道之难(李白)。人物萧条属岁阑(无名氏)。

浪淘沙 董半舫赠画

雨过水明霞(文天祥)。曲岸回沙(徐钪)。晚山一半被云遮(石孝友)。历历武陵如在目(凌云翰),只欠桃花(刘过)。　　烟暝酒旗斜(秦观)。堤畔人家(邹祗谟)。柳梢残日带归鸦(袁揆燮)。再画一驴驮我去(沈周),逗得些些(顾仲从)。

唐多令 自题麻姑进酒图

双鹤向谁招(姜志)。山遥水更遥(沈周)。列琼筵(叶盛)、曼倩之桃(徐洪基)。暄景欣逢弧矢旦(马铨),丹青笔(张耆)、未能抛(吴梅鼎)。　　暮暮复朝朝(石孝友)。娉婷似柳腰(温庭筠)。捧瓷瓯(王世懋)、人若梅娇(史达祖)。一醉蓬莱颜欲驻(顾瑞祥),余杭酒(邵斯扬)、有金貂(张先)。

沈在秀 2首

字岫云,江苏高邮人。业富女。生于乾隆十八年(1753)前后。童年随父学诗,能辨四声,工辞藻。年十七归山西裴正文,事翁姑尽孝,克尽筹家计、教子女之职。与赵翼有交游。著有《双清阁诗余》一卷。

南柯子　落花春草蛱蝶图次韵

闲径飞红雨,平芜琐碧烟。庄周幻影化翩翩。懒傍一帘开处、画阑边。觅伴随风舞,寻香抱蕊眠。轻盈傅粉各争妍。忽忆乡园鹃唤、熟梅天。

南柯子　题采石图

一诏惊藩服,三章兆谪迁。征衣尚染夜郎烟。望断日边帆影、作诗仙。岫列青山近,歌翻白纻妍。层楼插汉接星缠。不为登临风景、思悠然。

黄理(1754—?)　8首

字艮男,一作艮南,号耕南,江苏如皋人。国袍孙。幼年师从冒国柱,为国学生,乾隆三十八年(1773)入四库馆任校雠。家富藏书,工诗善画,又与同里闺秀熊琏等以词相倡和。嘉庆十七年(1812)年五十九尚在世。著有《耕南诗余》一卷。

沁园春　题江片石独立小影

落落乾坤,茫茫今古,几许名家。正斯文未坠,先生尚在,才高欲杀,言大非夸。七字长城,百年砥柱,天使风骚出海涯。更谁似,这吟肩独耸,赋手频叉。　青衫憔悴堪嗟。看七尺昂藏两鬓华。曾旗亭画壁,双鬟送酒,仙舟问渡,胜侣分茶。下第刘蕡,伤春杜牧,往事回头日易斜。遥相望,叹村深黄竹,屋老梅花。

谢池春　题家楚桥古春园图

忆昔望云,曾说此中亲舍。问当年、花田月榭。青山不改,想红栏犹亚。最难忘、听歌春夜。　燕去空堂,今有几家王谢。吊斜阳、游人涕下。故园无恙,却依然桑柘。闭寒窗、父书盈架。

辘轳金井　为江渚民题汲古得修绠图

燕尘扑面,讶归来、不是幼年光景。汲古图开,把朱颜重省。辘轳修绠。可还是、牢牢执定。凳冷苍苔,窗高碧树,牙签犹整。　趋庭业、今自请。正文澜道脉,心源相证。阿伯多才,赴玉楼仙聘。遗编收并。每相过、名山同订。失学如余,观天尝小,深惭坐井。

如梦令　为江立亭题登楼望远图

梦里数声征雁。酒醒孤舟人散。独上最高楼,楼外绿杨秋晚。天远。天远。一片暮烟遮断。

凤栖梧　题徐兰圃听秋图

满院梧桐秋未老。独坐萧斋,顿觉西风早。闲倚残编吟复啸。窗前并作凄凉调。　厌煞酒阑弦管闹。领取清音,翻爱商声好。回忆桥头霜月照。别来三度宾鸿叫。

满江红　孤燕图,为吴瘦人作

故垒还来,谁信道、隔年孤影。恰傍着、钟情王榭,伤神苟倩。春色那堪愁里度,眼前都作凄凉境。问双双、玉剪绕花飞,漫回省。　衔遍了,香泥尽。舞倦了,东风定。只芳心一缕,离情重整。历历残鹃啼欲绝,依依寡鹄栖难稳。

吊乌衣、不为画堂空,妆台冷。

如梦令　题汪半江秋窗卧病图

叶落碧梧秋冷。人卧萧斋昼静。那更客窗孤,仿佛药炉茶鼎。同病。同病。此境不堪回省。

花心动　题缝穷图,次宗杏原赠乞者沈娘韵

薄命如卿,是桃花、含羞半遮娇面。日出东南,眠起高楼,曾许陌头谁见。而今漂泊乡园外,惟对着、征鸿飞燕。凭针黹,谋生计拙,未言先咽。　　那管雨丝风片。只路转如蓬,脚跟无线。慈母手中,思妇灯前,深荷客窗刀剪。嫁衣虽为他人作。肯轻入、朱门两扇。叹声价、穷途一般难贱。

汪世隽(1754—?)　9首

字秋坪,号丙庵,浙江钱塘(今杭州)人。乾隆四十九年(1784)进士,选福建宁德知县,改浙江湖州府教授。著有《凭隐诗余》三卷。

壶中天　题商上舍桐阴课读图

名园沐雨,镇桐阴满地,映出新绿。茶灶笔床安置稳,闲倚画阑干曲。问字牵衣,拈花索笑,雅具天伦乐。斜阳送影,银钩飞上修竹。　　试看丹桂枝稠,微茫月冷,有天香堪掬。他日蟾宫消息近,凭仗五经笥腹。露冷吟肩,花生彩笔,韵戛琅琅玉。掉头歌处,一湾流水声续。

沁园春　题蒋信珪茂才桃花春泛图

一叶扁舟,稳掉双溪,沿流溯洄。正远山晻霭,翠分眉妩,绿杨旖旎,艳衬

桃腮。脱帽风轻,着衫雨湿,沂水长吟惬雅怀。凝眸望,似武陵渡口,那有人来。　　我家居近湖隈。每三月春游共举杯。记双柑斗酒,耳边莺语,银灯画舫,眼底花开。地是销金,人非放鹤,多少笙歌惹俗埃。何如此,溪山胜境,两桨频回。

秋霁　题画桐月操琴

玉宇初澄,乍推上银盘,千里一色。桐影萧疏,园林习静,茗碗炉香纷列。渺然思澈。道人不是悲秋客。只落得、坐抚瑶琴,调弄潇湘碧。　　当此暗想,转换流年,杳然向谁,讨个消息。翠寰高、彩云飞处,座中迥自仙凡隔。天际参横犹未绝。想此景好,除非成子遗踪,海山寄与,才堪消得。

桃源忆故人　题画空山寂坐

千尺巉岩青未了。流水波声悄悄。山径人稀翠袅。幽抱知多少。　　壶里日长天地小。世境红尘难到。静处足参元妙。添卷黄庭好。

临江仙　题画汀州远眺

昨夜西风才作势,今朝帆脚难收。鸥波几顷漾扁舟。菰蒲吹猎猎,葭苇望悠悠。　　极浦征人遥指处,一生兴寄沧洲。直须投笔学封侯。长江行破浪,槎影恰乘秋。

减字木兰花　题画茅亭竹影

远山无影。天寒木落幽林静。一个茅亭。暮雨潇潇何处听。　　紫愁如带。行人只在青山外。诗酒缘因。还在图中仔细吟。

解连环　题深柳读书图

千株疏柳。正吟边境寂,碧深窗槛。想昔日、张绪丰姿,是旖旎传神,丝丝依旧。压架缥缃,更万卷、遮罗似绣。且莫教闲却,高卧羲皇,辜负清昼。

古人荷锄扣角,只一经耽玩,争名艺囿。何况此几净堂虚,任啼鸟声中,瓣香薪槱。短咏长讴,得意处、味同轹炙。可相从、载酒论文,韩苏共漱。

淮甸春　题吴云帆小照

寒岩几折,恁寄怀、孤寂梅绽如玉。桐帽棕鞋吟正稳,人在画桥波绿。疏影横斜,暗香浮动,韵事逋仙续。掀髯一笑,溪边添个幽鹤。　　苦忆逆旅天涯,关河梦断,愁系黄骢曲。今日衙斋官共冷,消受此花芬馥。廿里香清,十年诗瘦,怀抱原非俗。蘋花何处,笛声为补新竹。

踏莎行　题苏乾亭赠公桂林读书图

道貌清严,芸编磊落,吟情犹在茅亭曲。从前诗礼旧趋庭,于今幽意传湘轴。　　万里间关,三吴游躅。图中剩有天香馥。联床风雨忆坡公,几回梦绕湖山麓。

陈廷庆(1755—1813)　4首

字兆同,号古华,江苏奉贤(今属上海)人。乾隆四十六年(1781)进士,改庶吉士,授编修,散馆补户部广西司主事。乾隆五十四年(1789)充山东乡试副考,迁员外郎,出为湖南辰州知府。工诗书,皆有声于时。著有《谦受堂全集》三十卷,收《谦受堂词》一卷。

摸鱼子　题曾宾谷西溪渔隐图

笑东华、软红扑鬓,何如溪上秋水。橹声欸乃兼葭外,泱漭溪云无际。兄若弟。问西廨西堂,花萼编成未。更输韵事。向金姥桥头,秦皇山下,绝艳骋才思。　　生绡滑,曳得丝竿风起。马家一角差似。麻源乡梦浑抛却,绝少鲈莼鱼米。生活计。尚说道头衔,合署天随子。旧游快意。记井畔烹茶,林间烧笋,仿佛画图里。

沁园春　铁斋中丞属题燕喜图后

十二阑干,三月时光,画图是谁。记歌楼舞榭,乌衣一桁,金尊檀板,红袖四围。雪看风回,云教响遏,掌上楼中影莫违。画帘揭,听瑶筝报喜,湿和鸾泥。　　华堂昼影迟迟。甚子夜蟾辉银箭驰。想彩霞卷去,香篝芳芷,翠筠倚罢,玉映荼蘼。秋雨才分,春风又至,何似雕梁软语宜。拈题遍,怕来鸿去雁,塞上相思。

渡江云　题张秋崖孝廉是是图

芙蕖初日出,拗来素手,灼若画中收。对熏炉卷帙,一缕香芸,清景竹林修。千竿三径,檀栾里、不见羊求。惟赚得、美人日暮,翠袖倚风流。　　欢愁。三生石订,万斛舟量,恁谈空说有。梦不到、长干故里,燕子高楼。珊珊莫怅来何暮,是耶非、往事仍留。留不住、非非且叩心头。

醉公子　题扇头画美人

瑟瑟凉飙起。金井桐初坠。悄立鬓云松。含情睇碧空。　　团扇班姬怨。沟水文君恨。红叶寄书难。楼高怯袖单。

许肇封 5首

字州山,号韫亭,浙江海宁人。惟棣孙。生于乾隆十九年(1754)前后。乾隆三十九年(1774)举人,官安徽望江知县。工画,山水得倪瓒笔意。著有《旎香词》一卷。

满江红　题沈匏尊填词图

偌大乾坤,困闲身、更无些缝。算只有、美人芳草,古今谁共。世俗偏羞儿女态,天公不断风流种。叹生平、能得几年华,休轻送。　　瑶池燕,钗头凤。春光好,花心动。便疏帘消受,炉香吟弄。别恨歌翻杨柳曲,幽情魂卷梨云梦。笑画图、瘦尽沈郎腰,新愁重。

满江红　自书秋浦归舟图

家住江南,看处处、青山如画。着一片、野云寒水,布帆吹下。绿鬓功名惭薄相,红尘物色谁增价。笑本来、面目到而今,何如也。　　历舞阁,经歌榭。逐走狗,夸盘马。向荆高市上,欢呼良夜。翠馆华灯秋柳歇,碧溪明月春萝罢。算重阳、为我报黄花,归来者。

其二

梦醒华胥,叹富贵、浮云而已。笑把酒、举头明月,人生能几。消渴相如曾卧病,诙谐方朔偏饥死。便甘泉、一赋荐杨雄,偶然耳。　　官街上,侯门里。深似海,流如水。倘马厩中间,吾之深耻。归兴恰同陶令约,狂名应满荆卿市。但五湖、钓艇逐天随,须如此。

水龙吟　题钱玙沙方伯锦江春泛图,和郑枫人太守韵

使槎星海刚回,黄牛峡转滩声静。来时栈道,雪飞剑阁,洒然清韵。濯锦

晴烟,浣花晓雨,湿红初定。看水通吴蜀,行程万里,从此去、天边近。　　斗大腰悬金印。尽管领、波光如镜。瞿塘潋滟,笺痕染碧,恰添诗兴。眉月初三,巫云十二,帆催风信。记滕王高阁,春浓日下,瑶池觞咏。

天香　陈梅坨同年索画卖花第二图,并倚此调奉题

柳浪沾莺,梨云梦蝶,江南寒食春晓。紫入饧箫,青邀酒斾,绿遍裙腰芳草。香分半臂,和一缕、晴丝低袅。愁尔吟肩窄窄,担得起花多少。　　徐熙画图偷稿。衬斜阳、腻脂红燥。记得马塍灯市,翠钿围绕。且任金钱无数,休错嫁、东风恨难了。分付海棠,月明知道。

汪如洋(1755—1794)　5 首

字润民,号云壑,浙江秀水(今嘉兴)人。孟锦子。乾隆四十五年(1780)一甲一名进士及第,授翰林院修撰。乾隆四十八年(1783)充三通馆纂修,入直上书房。乾隆五十一年(1786)典试山东,旋官云南学政。乾隆五十六年(1791)以母忧去官,服阕仍入直。性沉厚,方介守洁,士林共推之。著有《葆冲书屋诗集》四卷、《外集》二卷,词附。

买陂塘　题皇三孙幽篁独坐图

碧愔愔、软红不到,是谁拈破清景。辋川句子湖州画,占取月明人定。倾耳听。有第五弦声,穿彻重三径。万竿云影。比邺水朱华,淮山金粟,命意较闲冷。　　高斋里,长日冰瓯瀹茗。读书胸次如镜。烟霄鸾凤天姿别,想象心虚节劲。斜又整。算吹到成林,不独东风幸。来游噬肯。问好片檀栾,自怡已足,莫也许持赠。

洞仙歌　题陈其年填词图

戟髯潇洒,认书生阳羡。和泪朝朝洗愁面。算覆巢身世、醇酒生涯,何处

是,天上红云香案。 青衫真落拓,四壁归来,剩对芙蓉远山远。细雨梦回初、楼外轻寒,酿多少、玉箫幽怨。怕咽住、柔簧不成声,待拥髻挑灯、夜深谈倦。

洞仙歌　题陈其年填词图

乌阑写罢,又承明催赴。回首花间奈何许。想暮年词赋、零落乡关,浑不记,旧宅临江谁住。 诸孙文采盛,珍重霜缣,为我萧窗拂尘蛀。无恙此花身、儿女风云,摧抑尽、平生黄土。拼醉起、英魂向秋宵,付一阕铜琶、大江东去。

东风第一枝　题项秀才绣斧友花图

雨涩岑苔,秋荒径草,客寮孤况谁写。梦回香国前身,幻缘未教脱卸。多年识面,想评骘、名流声价。悄商量、雪月风时,团却故园新社。 撰九命、词章骚雅。拜九锡、情文蕴藉。怪伊鸥鹭酸寒,换将燕莺娇姹。诗盟酒伴,信福分、才人难假。愿绝交、且莫成书,我亦采芳来也。

满江红　题宋高宗中兴瑞应图

古汴秋风,茫茫卷、白波衰草。才换取、东南一角,小朝廷小。冀野几愁龙种没,秦庭幸不乌头老。叹江山、如此又江山,留残稿。 天山箭,机先兆。滹河骑,神如告。尽兴王佳话,后先评较。异日孤臣冠指发。终身二圣环垂脑。算等闲、费尽阿婆心,金枰祷。

石钧(1755—1805)　1首

字秉纶,号远梅,江苏吴县(今苏州)人。监生。乾隆三十七年(1772)远游经商,浮槎北上,至蓟燕辽沈,渡鸭绿江,又尝南下杭州,所见皆发之于诗。兼工词,为王昶、王鸣盛所赏。著有《清素堂词钞》一卷。

百字令
丁巳新春与王述庵司寇同游邓尉,归途赋此,即题顾君菉崖邓尉探梅图

传来图本,认分明西碛,梅花千树。之子探春曾独往,雪后支筇徐步。红点遥林,白浮香界,一角僧楼露。襟怀绝俗,冷吟行遍村路。　今我腊屐招邀,东山谢傅,携手铜坑去。湖上峰峰花断续,看到斜阳将暮。折得花枝,载从归棹,更赌新词句。水边篱落,想君魂梦飞度。

李懿曾(1755—1807)　10首

字拾珊,号渔衫,江苏通州(今南通)人。乾嘉间乡试三中副车,考授州判。嘉庆六年(1801)供事内廷,于武英殿分校《西汉会要》,著《春明校余录》。嘉庆十二年(1807)出为安徽铜陵县教谕,道经苏州卒。少负诗名,与同里胡长龄、范崇简结山茨诗社,又与冯云鹏、洪亮吉等交善。著有《扶海楼词钞》二卷、《乡乐府》一卷。

海棠春　美人担花图

谁家女子掺掺手。采遍了、芝田蕙亩。促步转青山,怕落东风后。　香肩娇小冰肌瘦。这担子、怎生能受。侬欲代挑之,汝肯相从否。

阳台梦　丽人图

缕金一领名香绕。翠鬟低拥巫云袅。银泥窄地掩双钩,想个中尖小。　手拈如意弄,怊怅青鸾信杳。东风添得恨如丝,枝上绵吹少。

浪淘沙　黄越艇枫江秋泛册

往事系心头。廿载勾留。芒鞋蹋碎秣陵秋。红叶青山江上路,人在扁舟。六代惹闲愁。灯火中流。柳丝绿隐绣帘钩。今日燕歌听易水,撇却红楼。

蝶恋花　恽南田草虫册

柳岸芦碕图画里。风老青蘋,蓼溆分红紫。鸂鶒凫翁何处是。蜻蜓尾蘸秋江水。　剪取湘波成侧理。蝶写滕王,粉是何郎比。花底细腰迎凤子。蜂黄乱点芙蓉蕊。

一剪梅　二乔观书图

冶态婷婷出洞房。姊也明妆。妹也浓妆。风流夫婿两相当。个是孙郎。个是周郎。　铜雀相思枉断肠。金屋娇藏。书屋春藏。故教红粉染青箱。一半芸香。一半脂香。

满江红　待钓图

一片芦花,新鸿外、无边秋色。有多少、汀烟渚雨,酿成深碧。书画半移颠米舫,水云学泛玄真宅。见一竿、携处待垂纶,观濠客。　桃叶渡,茫茫隔。朱雀桁,怦怦忆。且东山挟妓,风流裙屐。载酒频经登虎阜,钓鳌便欲追龙伯。向青天、巧借月为钩,探消息。

凤凰台上忆吹箫　题陈晴虹照

萧寺斜阳,西风黄叶,与君略叙平生。记笺题燕子,墨洒云英。多少南朝旧恨,都付与、塔院铃声。留连久,灯红欲妣,杯绿频倾。　关情。骊歌唱后,更玉山影对,珠柱琴横。待一弹再鼓,流水闲赓。漫道曲高和寡,金台邮卒知名。相随去,几条离绪,暗裛行旌。

满庭芳　黄楚桥古春园图

有个人家,柴湾村里,风亭水榭筠廊。询伊姓字,东观旧黄香。小部鸾笙雁瑟,红牙拍、细按官商。繁华歇,年来年去,花月总苍凉。　　休伤。人事谢,次公无恙,重整青缃。把烟云数点,扫出欢场。依约故山乔木,微茫里、馆是斜阳。飞来者,当年燕子,衔絮上雕梁。

满庭芳　绿阴双燕图

絮扑杨花,钱飞榆荚,春深梵字栏前。玲珑锦石,苔晕十分圆。有个人儿坐倚,翠鬟軃、红袖翩跹。凭阑久,熏风微动,湘浪蹙裙边。　　嫣然。凝望眼,绿阴堆里,秋水娟娟。盼红襟娇燕,舞影回旋。欲问檀郎消息,书裁就、倩汝衔笺。双飞去,夕阳满地,私唤奈何天。

沁园春　袁秋水邮亭怅暮图

一种离愁,三生绮业,几寸韶光。忆蓦地逢人,河桥彳亍,无端惹恨,水驿苍茫。眼欲生波,眉还似语,拗断书生锦绣肠。重来也,见斜阳依旧,不见珠娘。　　吟魂飞堕江乡。便不听鹃啼也自伤。怅红豆拈来,催裁雪茧,玉笙抛去,懒炙银簧。鱼素谁传,鸿缄莫递,孤负灵犀一点芳。怎能勾,听卿卿两字,低唤檀郎。

李若虚(？—1824)　10首

字实夫,浙江钱塘(今杭州)人。马履泰婿,又袭姓马氏。生于乾隆二十年(1755)前后。诸生。官贵州铜仁府正大营巡检,戴笠松桃同知,以失囚去职游蜀。乾隆五十七年(1792)入四川总督孙士毅军幕,尝先后四次进驻西藏。嘉庆中叶返川,终老于咸都。

著有《海棠巢词稿》，一名《塞外词》。

洞仙歌　题画笺紫薇花

裙拖浅碧，衬紫巾天际。绛雪横空最娇丽。甚花无百日、半载犹红，常看到、白玉堂中秋霁。　　凤池宫锦样，占尽风光，合唤薇郎作娇婿。试麻姑指爪、不禁爬搔，睡初醒、频摇鬟髻。记一树、垂垂小楼西，伴片石玲珑、微吟花底。

水调歌头　题杨心禅刺史小照

海气汩㳽㳽，雪浪矗重洋。孤云摇曳天际，缥缈更回翔。莫叹三神山远，尽有蕊宫瑶闼，空外但相望。刹那被风引，吹梦太悠飏。　　填溟渤，穷碧落，问苍苍。人间幻影如是，只有恨难忘。我亦断肠无定，时复冲烟叫月，冷雨度潇湘。聊与证禅悟，云水两茫茫。

百字令　题费乐蔬桐阴脱帽图

潇洒桐阴，只此地倏闲，宜安吟榻。冰雪满怀欹枕坐，认是西湖吟客。心印菩提，手为天马，瘦极神仙骨。俗尘不到，鬓眉绕映寒碧。　　我欲三径携宾，一瓶送酒，脱帽陪瑶席。二十年前论旧事，吟咏已成陈迹。何日江乡，间寻白社，坐认孤山石。高梧丛桂，与君同醉琼液。

水调歌头　题丁兰谷小照

杜口毗邪境，正觉竭提关。六度五乘八正，弹指证无言。行脚燕南赵北，故国虎跑龙井，来访大峨山。游兴两芒屩，功课一蒲团。　　孝公博，靖公介，令威仙。君家门第千古，不似马曹官。聊借袈裟避俗，偶把楞严了义，聊溷比丘班。度世有真谛，方寸独悠然。

水调歌头　题张惟一小照

三度出穷塞,七载住乌斯。与君拉撒把袂,君正壮年时。草檄人夸袁虎,设策才过娄敬,转饷事勾稽。高咏出师颂,拂拭吐蕃碑。　　腰裹马,鹿卢剑,复陶衣。归来把酒相对,共话雪山奇。君自名成牧伯,我自置身岩壑,人各有相宜。画里数鸿迹,同捻白髭须。

玲珑玉　红梨便面

花殿春阑,又留得、一面红潮。云沉梦远,者番占断春娇。仿佛梨涡薄醉,绿熊茵、攲卧弹珠翘。霞绡。护羊家、静婉小腰。　　禁得几番风雨,笑海棠零落,绛雪先飘。旧影迷离,托冰纨、淡抹轻描。无端思量前事,记相伴、朱颜丽质,十载魂消。剩今日、拂脂痕、重认玉箫。

摸鱼儿　题王晋堂前溪垂钓图

荡烟波、一丝钓艇,前溪山色非远。六朝歌舞繁华地,至竟水流春暖。人懒散。把今古、闲愁千缕,付与纶竿短。吟怀缱绻。似茶灶天随,虹楂海岳,胜景足游衍。　　柔橹划,照澈余不清浅。铜官翠黛浓染。长风万里从兹去,那许渔蓑牵绊。怀抱展。向渭水、经过定有玄璜绾。浣花吟谳。对卷里江乡,鸥边旧梦,罨画墨云软。

水龙吟　题海山清啸图

浮空无际洪涛,嗡嘘如答成连响。苍崖独倚,丹唇微激,逸怀奔放。宛转笙竽,悠然鸾凤,抑扬慨慷。是苏门旧日,薪传奥旨,疑一喷、鲸波浪。　　曾见风恬海上。慑阳侯、四瀛清朗。乾坤包括,鳌峰长映,余音嘹亮。赋就成公,文传木子,孰俦高吭。写奇踪、电挥雷轰,骇破空濛万象。

迈陂塘　题百花香里看春耕图

步春塍、长红浅白,四郊花气浓软。绿畴新水秧初发,乌犉平驱缓缓。蓑笠短。播种秠纷纷,小试耰锄浅。春风缱绻。送扑鼻幽芬,柳阴闲伫,圆滑听莺啭。　　胸怀坦,指点诗情近远。吟髭不觉微捻。风前消受韶华丽,此际曲尘全浣。留画卷。写澹沲光阴,香雨兰襟满。岂耽闲玩。要稼穑亲尝,耕桑频课,他日壮猷展。

迈陂塘　题玉湖归思图

玉山浮、鸥边旧迹,湖光潋滟非远。一枝柔橹烟波阔,苕霅清游宛转。风力缓。效茶灶、天随泛宅闲消遣。吟怀缱绻。对罨画晴溪,夫椒碧树,随意试湘管。　　游兴剧,来踏剑门云栈。牛腰欲斗诗卷。筹边楼外堪筹笔,雪岭峰高放眼。情不浅。更点染、鹅溪一片乡心绾。梨云梦软。认瞬息蘋乡,依稀顾渚,都向墨波展。

汪梅鼎(1756—1815)　1首

字映雪,一作映琴,号浣云,一作畹云,安徽休宁人。乾隆五十八年(1793)进士,由礼部郎中考选浙江道御史。性清尚绝俗,书画皆工,书学东坡、元章,山水独开生面,得宋元神髓。著有《浣云诗钞》八卷。

疏影　为吴兰雪题其姬人绿春画兰遗迹

拈花人杳。倚曲阑十二,听唱悲调。记得当年,镕粉研脂,衬出蛾眉纤妙。萧郎欲换青青鬓,盼泪眼、凄迷仙峤。痛霎时、一现优昙,化了断肠遗照。　　今日园亭似昔,几回展卷也,惆怅幽抱。缥缈惊鸿,绿水红桥,莫唤真真重到。凭他百日芳魂活,总隔着、绛纱颦笑。好携归、小阁焚香,别有玉娃倾倒。

施晋(1756—1818)　10首

字锡蕃,号雪帆,江苏无锡人。秦瀛表弟。乾隆四十四年(1779)邑庠生。性高旷,游幕四方,与吴蔚光、黄景仁、恽敬、刘嗣绾辈交。嘉庆中尝与修《宁国府志》。著有《一枝轩稿》八卷,收词一卷。

摸鱼儿　题黄仲则江上愁心图

望长江、烟波浩淼,几时容理归艇。焦山远树金山寺,眼底玉峰高并。应记省。向落木湾头,结伴携筇筜。碧波如镜。看日脚斜时,虹腰断处,淡着鹭鹚影。　尘世扰,煞羡珊鞭珠灯。北轩若个高枕。笔床茶灶消闲事,不信吾侪无分。归梦稳。好饱挂蒲帆,寻到清凉境。客窗人静。只罗幕如烟,凉宵似水,隔树兔华晕。

迈陂塘　王秋塍珠溪载酒图

羡王郎、闹红一舸,夭斜帆影花底。珠帘不隔温风软,吹透薄罗衣袂。清镜里。看钿翠钗光,晃漾宜春髻。圆姿月替。算小小虫虫,轻轻燕燕,输与个人媚。　回塘畔,醉后玉肩频倚。吟魂真个消未。别呼定子翻新谱,分付筝弹银字。丝语细。和欸乃声声,惊破鸳鸯睡。前尘应记。最悔是当年,酒阑灯灺,不作五湖计。

满江红　题黄仲则捐樵图

笑指前山,携竹杖、萧然而去。恰好是、一声樵唱,逗来深坞。有梦但寻藏鹿地,相逢且问看棋处。认悬崖、一线似奔蛇,穿云路。　危石罅,泉流怒。绝壁上,苔纹古。恐终南快捷,此中多误。伐木相求吾有意,披裘结伴君应许。正满天、枫叶下斜阳,红如雨。

金缕曲　题吴竹桥湖田书屋图，即送其南归

扰扰红尘道。羡夫君、铜街游倦，拂衣归了。道有五湖三亩宅，水阁冷如烟棹。只此际、尽堪吟啸。鲈鲙莼丝秋正美，况鸦畦、渐熟红莲稻。竹窗外，碧波绕。　推窗山髻知多少。亘鱼天、蒲帆叶叶，乱鸦残照。一片凉云停曲几，自谱采菱新调。归去也、好开怀抱。只我相思惟有梦，更无情、梦到湖天晓。何日共，钓徒钓。

迈陂塘　题王述菴夫子三泖渔庄图

记题诗、檝头短艇，凌波曾到湖角。草玄亭对眠鸥起，中贮嫏嬛千轴。吟未足。早红藕香风，袅袅菱歌续。菰塘一曲。看螺髻深皴，鱼纹细缬，水比鉴湖绿。　公望重，那便归田著录。闲情长对横幅。便教独乐园成了，也有随身书局。扶杖祝。好鞵制飞云，白傅追芳躅。炊兰然竹。算斫鲙行厨，捞虾断岸，个事尚能学。

摸鱼儿　题李松圃郎中芦碕渔隐图

亘鱼天、烟波寂历，此中大有佳处。双鬟画省披香侍，争似绿蓑渔父。荻花雨。者莫是、琵琶亭畔溢江浦。峭帆柔橹。早欸乃中流，参差一曲，沙际起鸥鹭。　骚人事，茶灶笔床容与。天随渔具新谱。扁舟远近谁曾禁，贺监乞湖何苦。君此去。君莫忘、菰芦中有人凝伫。停桡唤取。料凫渚霞朝，虹桥星暮，正少个吟侣。

春霁　题秦小岘观察春溪垂钓图

管领湖山，春在手，个侬岂是渔侣。曾向蓬池，霜刀飞雪，高会瑶天尊俎。谒来挂笏。亭台况有开襟处。底事未忘却，万条丝柳前溪路。　说道故国，水净峰明，好在无多，花港烟溆。尽垂竿、谢鸥情分，软苔分与断矶住。钓石寒

矣,空教指点图中,沉丝续蔓,牵魂如许。

莺啼序

红叶,钱唐某妾也。年十七,遭妒死。朱纯子为作《秋风红叶图》,系以长句,索赋。

悟悟沈郎瘦骨,又移将带眼。病才起、清簟疏帘,独自愁对银汉。初雁底、琼枝忽递,啼红泣翠新诗卷。顿惹将幽绪,交萦密织如茧。　　叹息西陵,宝马散后,问同心谁绾。奁镜水、偏照伤心,翠盘空说飞燕。恁婵娟、小家碧玉,生来共道昙华见。怎芳名,鹦鹉画廊,叶儿频唤。　　冷枫裁锦,乌桕剪霞,好煞夕阳短。休错认、渡头打桨,郎自接汝,桃叶连根,那堪青女,摧残取次,未须叫尽鹃血,早舞空、一片西风卷。寻寻觅觅,为吊断陇柔魂,寒梅可许相伴。　　投笺回问,遮莫题诗,暗水曾识面。道是空中传恨。何若无端,丝绣香薰,珍重凄惋。天教我辈,终当情死,酒垆酣睡有底恋。尽胸中,着得闲愁怨。君看燕外晴丝,至竟何心,草粘柳眉。

垂杨　画柳

春工借巧。看酺黄和绿,一丝丝袅。搭上银屏,露华犹湿疑初晓。沉香微炷笼烟小。锁轻翠、玉轩清悄。误帘前、双燕飞来,欲去还低绕。　　欹枕红桥梦好。梦风幔水窗,共凭斜照。指点浓阴,者边芳径难重到。人间飞絮春归了。却谢汝、留春长好。休教得到秋残,伤暗抱。

露华　为孙平叔题被翻红浪图

曲琼半上,任绿阴满院,鬓迹生尘。凭阑独自,萧条怎到黄昏。便道梦见难觅,恋香罗、了鸟余熏。谁剪取,桃花绡浪,澹贮梨魂。　　当年手提金缕,最胆怯回廊,鹦鹉呼人。隔来碧汉,判将此恨平分。除化红襟双燕,傍画梁、偷相香云。还怕见,锦波频醮泪痕。

吴鼒(1756—1821) 49首

字及之,一字山尊,号抑庵,安徽全椒人。嘉庆四年(1799)进士,改庶吉士,授翰林院编修,官至侍讲学士。晚年以母老告归,主讲扬州书院。工诗书,与吴锡麒交善。著有《百萼红词》二卷。

一萼红　题某友湘江舟次夜雨图

记归舟。正篷窗好月,湘水不胜秋。况值浓阴,何堪苦雨,不住声似言愁。便天晓、风晴水快,怕镜里、先白少年头。汗漫江湖,寂寥身世,休问沉浮。

千古楚人工怨,累楚天风雨,也带离忧。芳草先零,贞兰可恃,何时竹泪才收。且凭尔、晞阳抚彗,直排云、听乐到丹丘。此日牢骚滋味,小作勾留。

一萼红　题唐陶山观察十眉图

拥双姝。已令人奇妒,又写十眉图。才子吟豪,仙官判笔,春山样样能摹。但索得、一枝梅笑,笑千秋、寒俭是林逋。富贵中人,公卿上客,福分原殊。

偏有痴人道破,道者番省识,见止如无。云梦携云,罗浮枕月,何曾真个欢娱。记狂语、曾经沧海,问两行、谁可冠三吴。便听老夫平视,雾眼模糊。

一萼红　香生有爱仆小像,失去复得,索题

对春风。正愁中不语,心识主人翁。雪印迷离,云归缥缈,过眼流水西东。累知己、留连片纸,图画里、不许楚亡弓。迹偶萍分,身仍剑合,心有犀通。

容易芒鞋觅遍,倚诗家大愿,愿作云龙。劫小缘深,情浓意苦,累他几日惺忪。祝从此、壁间箧底,更休似、秋社别离踪。直是美人再得,旧雨重逢。

一萼红　题夏词仲孝廉竹巷旧居图

画堂非。累年年燕子,访故绕湖飞。波浪迷天,菰蒲占地,那得门径依稀。客却为、君家起舞,有君笔、草木借光辉。桑海寻常,藏书能读,遗砚知归。

侬有先庐无恙,已今生输与,葵外春晖。撞灶才奇,起家年富,那能便说初衣。且毕了、瀛洲事业,再衣锦、卜筑旧渔矶。时有从前淮月,来认双扉。

一萼红　题某友卧游图

忆劳生。把名山踏遍,那得御风行。足力先衰,眼光未进,头白空负鸥盟。叹门外、神山送翠,何日得、炊石当香秔。倦客心忙,画师笔杳,虚馆魂惊。

闻有练川高士,借丹青四壁,响动琴情。鸦外红残,雁边碧冷,胸中五岳峥嵘。又过庭、收藏最富,起文沈、千古与将迎。况是梅花放候,索笑初成。

一萼红

寓居扬州湖上,为人题《香雪馆图》。馆在西泠,梅花万树,既属他姓主人,作图自遣。

冒春寒,走故园索笑,巢燕属谁家。江上愁云,湖边别雨,侬亦长此天涯。便新得、园亭傍郭,付芳事、流水与栖鸦。归怕英残,吟逢笛乱,梦到星斜。

才子西泠倦客,倚生香好句,绾住年华。翠袖无言,青山有主,金屋消息非赊。待他日、同归接手,披横幅、鲜耀雪如霞。薄霁相逢一尊,迨恨酬花。

一萼红　题美人对镜图

为相思。累一奁尘积,鸾影久迷离。幻想团圞,真疑憔悴,惟我怜我情痴。记曾傍、凉蟾自照,值乌惊、摇乱好花枝。昔为妆成,新因病起,情梦参差。

休问玉环飞燕,算古今真色,那得人知。秋水为神,春风识面,公道当镜妍媸。若想到、十年驹隙,把粉绵、欲拭定迟迟。更怕回文织成,已过花期。

一萼红　题城东小照,画一美人为系眼镜

似珠娘。怕璧郎看煞,亲为著微云。殊眄专叨,双眉屡画,身外何以酬君。算将汝、庄严七宝,知朝起、纤手定香薰。秋水添澄,春山献翠,醉眼销醺。

凭着娇痴幻想,把扬州月色,益作三分。意共绳牵,心将镜合,亲切莲掌观纹。是真补、才人缺限,夸从古、娲石属红裙。妒尽旁人,美人独与殷勤。

一萼红　题画。美人月下抚桐而立,一婢执团扇侍

惜良宵。共海棠眠晚,岑寂抚琴材。佳梦如烟,前缘似水,时节容易秋来。尽忘却、更深露重,媚幽独、嘉树久相偎。愁剧朱颜,寒生翠袖,立破苍苔。

团扇西风早妒,有多情小婢,两好无猜。怯胆多惊,深心自语,赢得中夜徘徊。问何事、先飘一叶,把芳讯、催去几时回。此处凉蟾,可曾照到君怀。

一萼红　题女史白飞卿画芙蓉

展幽襟。正渚边沙外,秋到月初沉。泣处无声,开时有怨,知汝知我知心。为传写、冷香绝艳,谱孤芳、何异托孤琴。鱼雁依依,江湖落落,风露惜惜。

天上倚云几辈。便锦城旧梦,谪后难寻。菡萏才收,鸳鸯易别,寨木应费长吟。要知道、繁霜能拒,更何论、十万买春金。认取江头过时,封泪深深。

一萼红　题杨补帆桃花庵雅集图

傍隋堤。访昔年佳丽,惟剩柳烟齐。客面非初,春光向晚,又早开到荼蘼。有才子、心参造化,图画里、芳候为君稽。问钓船闲,访僧钟定,伐月莺啼。

多谢红梅补种,把千枝红玉,赠与山栖。索笑仍来,消寒早订,吟坛津逮诗迷。喜狂奴、浮家较近,过墙头、酒满偏提。可肯临流,写个邻叟扶藜。

一萼红　题素卿女史采芝图。素卿少落平康,晚归士人某

惜梁尘。正万声击节,避客泪如缗。刊落烟花,摒挡云水,蓬阆退步前身。待觅得、玉脂同煮,被仙郎、留住了前因。来日方长,好山且住,明月为邻。

家住虎丘山畔,访真娘葬处,乱石嶙峋。宿草如烟,繁华似水,芳名断送佳人。算止有、神仙可学,倚三秀、为驻百年春。说与当时姊妹,恐惹愁颦。

一萼红　题友人陟屺图,即送归为母夫人寿

已中年。得几人知己,惟有老亲怜。啮指专思,呕心代惜,衣上针迹犁然。便赢得、青云万里,白云下、白发已盈颠。兰膳方晨,葵心自夕,冬味谁传。

嗟我鲜民何事,涉吴江楚水,空赋归田。春梦徒醒,春晖已误,丙舍托与荒烟。忆孤枕、频寻归梦,累堂上、念我不成眠。输尔征鞍卸时,称寿长筵。

一萼红　题友人倚楼图

骋遥情。放一双青眼,高处意纵横。酿雪先风,迎秋尚暍,忘却寒暑时更。乱鸦外、阑干倚遍,教人诧、形影太孤孀。吴楚归舟,江山战垒,何事干卿。

应妒前人语妙,更登楼觅句,再使人惊。去鹤招魂,鸣鸾索响,回首游迹屏营。便题壁、淋漓可喜,累来者、秋士泪双倾。况有茵于隔江,送到愁声。

一萼红

予数填此词,友人因画古奇女子名红者三人象,属各题一阕。

其一　红拂

近隋堤,问昔年佳丽,罗绮尽成烟。歧路相投,权门自远,风貌千古争传。有同产、同时谊士,怪当镜、佳恶太相悬。将相微时,风尘冷处,粉黛香边。

休诧姿容百媚,止知人慧眼,足冠婵娟。富贵难期,雌雄忽辨,赢得初度嫣

然。况一样、良禽择木,论真主、云合亦天缘。八坐夫人,忆曾习舞当筵。

其二 红线

笑男儿。要姓名麟阁,白骨已如山。三帅交欢,一军未动,如鸟飞去飞还。漏残未、踰程七百,借风力、寒不损朱颜。多算谋臣,奇情剑客,晚节仙班。

翻叹报非知己,却如何别酒,有泪潜潜。虎口濒危,龙身值睡,惊定前痛相关。感天意,生才不吝,凭巾帼、翩举定时艰。转笑封留事成,恋恋人间。

其三 红绡

谱传奇。妒姓崔人幸,双璧各珠联。一品休夸,三生早定,樱酪甘作绳牵。卜婚媾、真如反掌,算三五、明月定团圆。嘉梦云生,侠肠火热,小胆旌悬。

仙犬今宵不吠,向灯前细审,带雨桃鲜。落月将西,佳人自北,良夜良觌良缘。较飞燕、轻盈略似,倩郎手、扶上押衙肩。旧侣群莺绿阴,锁怨年年。

一萼红 追题汪研劳太守同年西湖春泛图

图作乾隆戊戌二月,太守与洪桐生太守、程兰翘学士、俞可亭学博、方中拔萃科,应中书省试,问道越中,纪游绘此。余与四君皆同举,而得第最后。研劳早作吏江苏吴中,白下之游,同舟较数,今先后化去。展卷不知泪之不可止也。

忆前尘。对图中泥雪,谁买少年春。节又清明,坐皆朋旧,双鬓偏与诗新。画师老、笔仍年少,写晴涨、摇漾镜中蘩。西子如生,眼波盼盼,眉样真真。

嗟我半生作达,问江湖满地,谁主谁宾。客邸吴山,女墙淮水,中岁尊酒相亲。恨今夜、凄凉村笛,一回首、人与迹俱陈。岸上声似踏歌,不见汪伦。

一萼红 题斜倚熏笼坐到明图

听寒更。已匆匆数尽,无寐又鸡声。雨在他山,风凄别馆,合欢梦也难成。叹人意、不如火热,恃熏笼、送暖可怜生。皎皎娥娥,孤孤另另,冷冷清清。

天与闺人薄命,借别离弃掷,断送倾城。远贾船孤,早朝衾冷,从来富贵无情。却回视、床头小婢,正眠稳、鼾足到天明。不管鹊桥无信,银汉低横。

一萼红 题乾隆中年诸老画兰长卷

展芳襟。似满堂旧雨,储洁坐秋阴。淡泊多姿,整斜绝迹,谁度无缝金针。数家数、专家十二,待传笔、弦外谱鸣琴。并影梅真,通家竹友,同味苔岑。

愁绝三闾人远,有诸君望古,妙写骚心。觅句空山,栖神故纸,纫处秋意萧森。信当日、浮云富贵,醉燕市、不许软红侵。此后升堂几人,晋帖唐临。

一萼红 题灯上画梅,某友人席上坐

正忘言。见美人灯下,粗服亦销魂。蛾似寻春,蝶方入梦,疏影浮动黄昏。更约略、冰肌寒澈,拥翠被、孤枕玉初温。月魄朦胧,云罗摇曳,深浅无痕。

生怕风姨宵集,趁纸窗破处,意失温存。蜡炬成灰,灯花有喜,谁肯闲却金尊。直饮到、乌啼霜满,拼今夜、无寐素心论。要觅幽香不难,横幅重扪。

一萼红 题沈西雕大令载酒访诗图

觅诗材。正扁舟初出,秋色自西来。握石仙心,栽花吏隐,一棹尘外徘徊。乍相见、真惊太瘦,吟已苦、须博好怀开。袖翠招岚,载红倾笑,酌绿添醅。

经术钻研有癖,更闲情奇趣,索句当杯。浩荡江湖,澄鲜水月,幽寻今雨逢才。便相从、芦花浅水,有群鸥、习不相猜。早与商量后会,红探初梅。

一萼红 题魏春松寄园种花图,时己卯十月,同在京师

碾香尘。尽看花毂接,谁是种花人。疏壤多方,论园作计,晴雨调护身亲。却仍是、高才本色,夺造化、随手要成春。略慰羁愁,且储诗料,难得闲身。

嫌煞马塍花事,似名场热客,未肯逡巡。祈实初心,成阴后约,门外多少朱轮。直添我、寻常酒债,觅同醉、老圃足佳邻。止是家园早梅,放已经旬。

一萼红　题水精帘下看梳头图

倚空明。记凉宵如水,携手步虚行。昨梦方疑,春眠已足,色授知要妆成。任帘外、双禽刷羽,偏独对、奁次晓云晴。欲助羞来,久留痴作,不语怜生。

排闷春山十样,算双眉须画,眼注心营。镜影添娇,钗痕入细,帘钩风悄无声。更谁知、青丝万缕,比缠绵、要让闺情。此际佳人索句,诗境真清。

一萼红　题许敬梅花屋图。许,杭州人,工画梅,同客扬州

几生修到今生,修到佳境似罗浮。仙骨离尘,春心带韵,何地堪尔淹留。算惟有、东皇解事,召六甲、乘夜作琼楼。三弄琴终,九疑人至,群玉山头。

何况写生词笔,揽江南万树,尺幅能收。肠胃文章,聪明冰雪,携手寒碧为俦。论清福、梨花没分,众香国、专让一身游。说到西湖月明,略惹乡愁。

一萼红　题京口余茂才岁寒三友图

试扪心,数素心晨夕,离合竟何如。梅放前村,松存旧径,新竹青满吾庐。众芳在、余情未信,怕良友、争致绝交书。移亦徒忙,修仍未到,悦恐非初。

京口诗人得地,饮江潮日日,荡涤清虚。彼美如兰,吾徒有鹤,幽侣尘外相于。算兄事、山矾较幸,看芳杜、寻乐与谁居。雪满空山,那时户外无车。

一萼红　题秋林觅句图

满林落叶诗何处,定在归鸦声外。野色荒寒,秋心岑寂,除是天工谁绘。尽费了、丹黄手段,算世外、诗境此间大。强觅不著,夕阳一抹,吟情微会。

痴立冷风吹带,忍凌兢冥索,神来思沛。池馆春生,灞桥雪积,语妙都成天籁。还止许、山中孤往,嗤贾岛、推敲近无赖。况书蠹倚卷轴,精灵苦匄。

一萼红　题友人松泉满清听图小影

入山才有山灵,早识天乐与安排。松得风多,泉乘雨足,天外群响如雷。乍倾耳、闻根已净,况瀑布、高处划云开。竹肉皆非,啸歌能答,诗句新裁。

丛桂友人招隐,怕淹留岁暮,盍且归来。丘壑身宜,烟霞地占,俟我三径曾开。且相与、扬州买醉,二分月、清景足徘徊。况是秋声好时,那可空杯。

一萼红　题友人杏花书馆图

笑吾庐,寄数间梅外,诗味太凄清。春色谁家,东风几日,吹送芳信山城。记曾共、高斋买醉,正双燕、来及绛云晴。深巷锡箫,前村牧笛,暖到书声。

谁诧江南二月,有香车宝马,紫陌纵横。道友联吟,尚书得句,全倚词客多情。止愁着、他年上弟,恋琼林、花下负前盟。待得归来历年,误了清明。

一萼红　题南海叶云谷农部弟栘照图

图中云谷与兄文园、弟叔鱼并坐花下,盖应官都下时写此,以寄遥想,慰索居也。既请假南还,遇余邗上,属题此阕。

好东风,绘一庭芳事,香艳是连枝。琼树三株,瑶华四照,林院嘉会如期。数才地、人皆有集,听都下、传诵谢家诗。怅触乡心,招寻昔梦,慰藉离思。

偏我江湖断雁,觅图中乐事,顾影生悲。代瘦情同,分甘影只,输尔归去怡怡。更堪妒、风帆便利,花田角、春信正来时。失喜相看烛边,鬓是青丝。

一萼红　次杨补帆韵,题所仿唐子畏梅坞春深好泛船图

有香来,悟是花非雪,寒意细于丝。冰不烦敲,山都似笑,林屋春已如斯。诧毡帽、蒙茸未脱,怕风妒、幽趣悄相欺。求伴莺啼,追叹鸟宿,索信蜂知。

还约东皇小住,算今番笛里,月色迟迟。旧业非渔,前游若梦,回首芳事迷离。把枝上、江南赠与,凭情重、能谱最娇词。倦客关心角声,易在天涯。

一萼红　题画梅花窗下观书美人半身

莫争春。恐色香兼美,终让画中人。骨本飞仙,颜还如玉,眉样羞学时新。料梳洗、晶帘不障,有一树、冰雪坐相邻。月照无眠,风催归去,花妒横陈。

修竹忍寒曾倚,算幽居位置,处处离尘。寡笑情专,无言韵绝,丹粉何自传神。有翰墨、平生性命,许才子、诗卷傍来频。容易罗浮梦中,一见全身。

一萼红　题友人填词图,时同客扬州

怪夫君。肯宅心空谷,谭意独断断。十里风边,二分月底,斯事能者何人。有汪老、偷声巧擅,况祭酒、长短句清新。君少多能,词场顾误,乐府通神。

千古陈髯影在,怪群儿撼树,敢议苏辛。古有真诗,文无死法,黄九秦七传薪。止怜我、江湖倦客,傍红袖、镂句不生春。听唱新词一声,泪湿歌尘。

一萼红　题汪小凫对影成三人图

傍红尘。觅闲人不易,今夕得三人。红友相邀,青天可问,明月原是前身。任佳客、相逢不语,也值得、良夜酒千巡。赠有诗篇,妒无云意,闲却形神。

看尽一年盈缺,总欢生影次,那问冬春。星见参横,歌嫌粲侑,人间天上为邻。更休怕、黄垆寂寞,算千古、吾辈酒徒真。博得明朝镜中,两鬓迟新。

一萼红　题吹箫弄月图,其人住扬州廿四桥头

正无聊。把金杯冷落,闲却可怜宵。新露犹轻,广寒不远,孤影陈迹长桥。玉钩断、歌声早歇,留一管、当日玉人箫。堤柳无情,有情团月,仍照纤腰。

真怕悔偷灵药,听凄凉此调,天上魂消。骑鹤缘悭,求凰曲在,门外流水迢迢。况仙李、骑鲸捉后,算明镜、无复见官袍。剩得扬州二分,客鬓飘萧。

一萼红　题友人虹桥感旧图

古扬州,止牡丹愁少,何物不魂消。春搁歌头,秋生纸尾,情事无著难抛。且沉醉、东风过处,倚词笔、能谱念奴娇。搴翠生生,啼红处处,写碧朝朝。

君尚维舟一晌,笑狂奴解恨,老傍吹箫。燕说前游,鸿迷昨印,芳意揉碎无聊。也拼把、余年入道,嗔堤柳、逢处苦相撩。似旧青山浅深,梦里空描。

一萼红

友人王古灵颇爱予咏红拂、红线、红绡词,因增画古女子十三人,索各题一阕,略为次第咏之。先正史,次正史注,次传记,次古人诗文,次小说,次释道书,不复计罣漏也。

其一　湘君

棹湘波,记小舟如叶,三夕旅魂安。西滢非遥,西风渐紧,荃壁何处云寒。拟瞻礼、齐心木末,有禽羽、生翠近樯竿。(嘉庆甲子,奉使粤西,归程行湘江中,与同年张石兰郎中瓣香瞻礼,三日无波。时有翠鸟低飞近船,舟子谓是湘君神使,理或然也。)荒忽群山,潺湲极浦,缥缈芳兰。　生死神仙富贵,数天家帝子,比似都难。福分无双,人生有别,今古多少离鸾。累江上、森森万竹,千秋后、珠泪不曾干。一曲参差乐君,问可生欢。

其二　织女

报章成。是仙凡第一,应有别离生。梦不为云,泪偏作雨,高处孤影分明。叹人世、痴心大愿,听私语、河水正盈盈。婿竟长贫,妾尤薄命,天本无情。

青女素娥相傍,到霜辰月夕,倍觉单荧。查客能来,牛郎罕觏,千古幽思纵横。早看惯、良宵乞巧,便乞得、如我更屏营。耐尽三时夜长,晓鹊无声。

其三　王昭君

莫悲歌,说少年名士,漂泊惯无家,容易生才,艰难薄命,风雨专妒名花。

让同伴、黄金买誉,玷清白、何似竟天涯。真面终存,新图可识,远道休嗟。

闻说乌孙下嫁,便辎车赤舄,一样胡沙。窈窕传神,胭脂到手,身后青冢犹夸。况多少、孤雌嗷鹤,愁天上、颜不及寒鸦。怨曲重翻,听余谱入琵琶。

其四　蔡文姬

数真诗。有两章悲愤,骚雅共幽思。弦断心通,书亡手写,今古能几男儿。本听着、边声起怨,为弱息、行又恋边陲。初嫁缘孤,远游梦恶,归去心疑。

红粉自来薄命,算千秋女史,无此仳离。蝴蝶难成,琵琶竟返,鸳侣仍费扶持。拟谱入、先尊琴操,恐平生、难竟是哀丝。博得曹瞒坐中,客诧清辞。

其五　秦良玉

本惊人。说土司家法,娘子世能军。亡国才奇,勤王力尽,巾弁徒尔纷纷。况奇捷、从容表上,弄柔翰、能武又能文。百战归来,三台奏对,牝牡难分。

何独兵衣手制,破家财助饷,出自红裙。弄笔儒生,修仪女士,谁信奇气如云。到今日、风流未坠,夸宫锦、当日为酬勋。隔代论才,姓名合与三熏。

其六　洛神

访蘅皋,有帝家神女,名在二姚先。牺画初开,龙官甫授,河洛灵迹同传。叹松菊、春秋异候,信荣悴、无感是飞仙。庄语申防,贞情习礼,邂逅嶷然。

偏有陈王善赋,仿骚人旧恨,妙写鸿翩。薄怒方颒,劳心枉剧,谁见真个留连。若论起、斯才八斗,纵幽冥、程隔也生怜。梦雨愁云,老伧浪说因缘。

其七　姮娥

斗婵娟,见细腰霜下,孤影定多情。飘忽神行,高寒易得,休问圆缺阴晴。早知道、穷门大劫,饮灵药、非是觅长生。风露为缘,山河到眼,广乐无声。

零落天香易尽,信芳馨竟体,骨是天成。玉兔随身,瑶蜍再世,方称心迹双清。怕尘世、丹青易涴,便当镜、真面不分明。拱手群仙梦回,尚说蓬瀛。

其八　秦弄玉

剩芳名。问高台缥缈,何处觅归程。娇小知音,神仙求友,争说佳耦修成。

索同调、红尘本少,好骑鹤、缑灵遇吹笙。天半霞衣,曲中风趣,尘外云情。

知厌世间烟火,倚桐枝竹实,供养长生。鸾镜多孤,鹤栖易寂,宜作双凤双鸣。定嗤我、桥边独客,负明月、无复玉箫声。拟看牵牛渡河,雨到黎明。

其九　木兰女子

替爷征,笑鹳鹅成队,群眼迷离。生女休悲,从征自乐,当事方是男儿。说红粉、原多侠客,为兼涉、仙鬼事难知。如此英雄,前闻不妄,至性非痴。

悬想沙场月冷,试临风顾影,也自惊疑。入梦双亲,防身一剑,刁斗声里春迟。至今怪、军中有女。经千里、谁诧鼓声雌。十二年间铁衣,颇称冰肌。

其十　麻姑

石坛虚。问云烟邈矣,何处秘仙书。泉磴流红,铜陵润碧,诗客能状幽居。定失笑、城中高髻,听鬓发、垂下不加梳。海上尘扬,沼中莲改,年少如初。

知道一生爱好,揽青黄五采,雾曳轻裾。奇迹行厨,飞踪拔宅,源口重见龙车。更休怪、文人狡狯,算凡骨能换习难除。试乞真灵,杜韩背痒何如。

其十一　吴采鸾

绣襦疑。共十年尘土,应悔好吟诗。小谪情多,长贫意得,邂逅缘重非痴。况儿女、双双姓字,前定事、何用秘天机。上界中秋,夜心寒照,令节佳期。

寥落生涯楮墨,似书生文弱,虎乃能骑。水郭江澄,琼台雪霁,仙凡初不参差。是孙郎、书传有幸,累佳人、日日临池。定惜邻家老妪,求婿迟迟。

其十二　天女

启琳宫。有女儿身现,魔力一时穷。诸佛无遮,众生同劫,偏数巾帼神通。吉瓶水、前生满贮,看挥手、千片色仍空。一瓣心香,几生胜果,莲界颜红。

偏肯周旋病室,算庄严七宝,大愿难同,树是菩提,花真顷刻,云锦须让奇功。画师在、非无五彩,怕凡手、摹写不能工。且向慈悲座前,省识春风。

其十三　萼绿华

笑求仙。累舟中䒭女,云髻改霜颠。稚齿为师,真丹自市,侥幸何物羊权。

两条脱、才辞玉腕,比洛涕、江佩更缠绵。太苦婆心,最娇香质,极小华年。

飘忽六番离合,访终南旧宅,付与霏烟。青鸟仍回,黄金不贮,空拟唇朗眉娟。况蓬阆、游无定所,怕芳讯、传处隔人天。且待寒香动时,或在梅边。

王䜣(1756—?) 8首

字晓楼,号啸岩,山西榆次人。诸生。乾隆末随河督王秉韬任职山西五台县,赴京师,至大同作边塞之游。嘉庆初佐幕山东长清、福山诸县,嘉庆十年(1805)入河南巡抚马慧裕幕中。卒于嘉庆末。生平借医自给,多才多艺,书画、篆刻、戏曲皆通。著有《啸岸吟草》六卷,附《啸岩诗余钞》一卷。

凤凰台上忆吹箫　题王涤园意红小照

春入冰绡,香生红袖,雅思公瑾当年。对一囊绿绮,几曲雕栏。早则天空海阔,休认煞、粉黛嫣然。寄怀处,美人芳草,处士孤山。　　看看襟期老矣,图画里风姿,更比人妍。既一枝栖息,勾漏求丹。分付双成小玉,争报与、飘渺群仙。缑山顶,来供棕拂,为抚朱弦。

白苎　题麻姑

御灵飙,碧霄彩霞沉雾縠。桑田沧海,换过画图几幅。尚依然、翠眉如黛颜如玉。花笠五铢衣,把长柄、寒匏结束。曾城阆风,回避紫云黄鹄。细爪捧天浆,贮满人间福。　　醹醁。上尊缄密,东海方平,玉壶十二,不比油囊新盝。瑶筵上,待泛沰螺巵绿。蓬莱醉了,锡吾曹个个,春秋万六。小榻狻烟,白笔龙眠,洞箫仙曲。饮水思源,记得麻姑不。

沁园春　为徐自申题百龄春艳图,图中灵芝一朵,柏叶、碧桃各一枝

折得来时,几枝疏艳,含情自芳。忆九华滋瑞,甘泉饱露,百年森碧,寒岁

凝霜。挹臭同兰,联春觅伴,不许夭姿玉洞藏。琼枝倚,待共谁诗酒,潇洒芸窗。　　看看色相都忘。便幻入松烟触手香。纵赋成诗句,人非何逊,摹来墨骨,神似临良。溪洞逢仙,华林逐盖,且与椒盘醉一场。从今后,想珊瑚笔架,风雅成双。

祝英台近　为孙洽堂题美人画扇

碧云天,红蓼岸,秋色净南浦。石瘦于人,露泫别离苦。红袖冉冉双扶,湘裙小窣,多少断魂清绪。　　这回来,便拟人月都圆,匆匆又归去。泪眼偷淹,携手暂延伫。记将水宿烟栖,疏风淡月,休忘了、木樨香处。

惜秋华　题画

好月孤圆,更林塘雨霁,天光如拭。彻夜未眠,今朝起来无力。匆匆画了双眉,慢结束、腻红羞碧。等闲,过西风院落,苔花幽石。　　别绪正无赖,似竹枝冷碎,木樨香寂。俯仰断魂,依旧去年秋色。是谁曾与吹箫。芳梦隔、江南江北,消息。鹊双双、殢人咫尺。

倦寻芳　题画

碧梧送午,石磴分凉,针绣初罢。斗草归来,软语破除闲暇。冶鬓欹、罗袂薄,酣嬉不解担惊怕。想风情,似荼蘼醉了,绿低红亚。　　更无赖、撩人蝴蝶,款款轻轻,陡把断魂人惹。不别娇嗔和笑语,便随手、向伊轻打。这良辰,总欢娱,等闲抛也。

满江红　题友人小照

如许天涯,人又早、澹怀疏节。传神处、龙眠粉本,写来幽绝。秋水性情天付与,小山才调人争说。但一杯、浊酒望空浇,伤心热。　　蜗舍小,蓬踪阔。眼前事,波中月。想君还入画,我才弹铗。都把世情勘不破,相怜生计从来拙。

向灯前、洒泪奏清商,声声咽。

小楼连苑　题周昆埜菊篱课子图小照

写来一幅林塘,碧天雨歇重阳近。更移座,向翠梧千尺,石栏斜衬。青眼黄花,一般都是,晚香无闷。恰依依、携个珠儿绕膝,比才子、兰成俊。　　一卷陶诗在手,展西风、半篱清韵。苔阴咫尺,小嬉也则,惜分如寸。安雅风流,好天怀与,画图偕隐。看将来、玉树齐云,离不了、根株润。

黄湘南(1757—1785)　4首

字一吾,号石鲁,一作石橹,湖南宁乡人。立隆子。诸生,与唐仲冕友善,音问倡酬不绝。子本骥、本骐,俱有文名,邑人以其父子三人比为三苏。著有《红雪词钞》四卷。

青玉案　题狄西岩春晓课孙图

丹青染就云蓝纸。恰一幅、春光丽。柳弄金丝花散绮。疏棂影动,匡床梦转,别馆人初起。　　缥缃坐拥书城贵。况有双双凤雏美。读罢悠扬声溢耳。瑶环比洁,琼枝竞秀,祖德绵无已。

满庭芳　题狄西岩春晓课孙图,代人作

柳散春条,花移晓影,芸香书馆初熏。惜阴人起,小坐喜论文。诗礼传家有旧,诸孙在、请业还勤。何须说,含饴点颔,授受意逾真。　　鸡窗同倚处,兰芽并秀,瑜珥齐珍。乍吟哦声起,断续如闻。早识青箱学苦,便便笥、博雅超群。看他日,双绳祖武,联步上青云。

百字令　题宾门先生五岳屏

画屏开也,看名山列列,图来璀璨。岂是夸娥神力运,徙到峰峦面面。翠拥虚堂,云停小阁,五扇凭舒卷。真形宛在,赠来王母如见。　　料得高卧幽人,不须挂杖,此际游应倦。早晚兴酣频落笔,咫尺还当摇遍。松挺乔枝,鹤拚逸翮,未觉蓬壶远。风前匡匜,绿沉云母休羡。

桂枝香　题二仙女献寿图

蟠桃熟矣。正献寿瑶池,群真齐会。何处蕊宫仙伴,拍肩联袂。行来莫是江皋女,解明珰、丰姿谁比。一筐灵药,一壶灵液,双双携至。　　记前度、已成千岁。喜朱鸟窗边,风景犹是。阿母年高,还共少年游戏。筵前舞罢清歌奏,愿碧溪、红树长此。好随南岳,西河鞠䠙,八璈声里。

凌廷堪(1757—1809)　8首

字次仲,号仲子,安徽歙县人。少孤,弃学从商,年二十余复读书,慕乡贤江永、戴震之学,乃究心经史。乾隆四十八年(1783)游京师,受业于翁方纲,习制艺帖括,三应顺天乡试,始中副榜。乾隆五十四年(1789)举江南乡试,明年成进士,选知县,改安徽宁国府教授。嘉庆十一年(1806)以母忧去官,先后主郡中敬亭书院、紫阳书院。嘉庆十三年(1808)阮元巡抚浙江,延至杭州节署,聘以教子。学识精深,无所不窥,自六书历算以迄古今疆域沿革、职官异同、史传参错,靡不条贯,而尤精于《礼》,钱大昕、王念孙、孙星衍辈皆极推重之。兼长于文学,诗、文、词皆工。著有《梅边吹笛谱》二卷。

霜天晓角　题程序堂画秋柳小帧,越调

舞腰如束。画出秋盈幅。也自拂船萦马,浑不似、旧时绿。　　断续。离别曲。邮亭人信宿。仿佛小红楼畔,残梦醒、弄寒玉。

鬲溪梅令　题画扇,仙侣调

碧城十二玉阑干。响珊珊。漫想乘风飞向、月中看。洞天闻佩环。不知何事忆人间。下蓬山。炼得桃花成药、驻朱颜。夜深骑鹤还。

花犯　题画梅,小石调

裹龙绡,亭亭淡影,翩然画中现。瘦横苍藓。渐弄粉调脂,移向轻练。更谁趁此并刀便。纤云和翠剪。乍冻蕊、一枝初放,毫端春尚浅。　江南路遥梦迷离,闲情又几度,松窗摹遍。思唤取,真真下、伴侬吟砚。移灯去、素屏挂冷,听细雨、虚堂帘半卷。记载酒、雪溪深处,疏香风外展。

齐天乐　正宫,乞张桂岩写姜石帚暗香词意小照

截金铸作姜郎句,孤飞白云娟秀。月旧花新,情长梦短,总是销魂时候。梅边对酒。爱紫绮斜披,玉龙低奏。试问尘容,可堪移入画图否。　文窗晴色淡冶,剡藤裁几幅,闲度清昼。细拭并刀,轻调越粉,比似香词谁瘦。宵寒坐久。好添取花阴,乱堆吟袖。除却疏枝,夜深谁是偶。

摸鱼儿　题汪损之家庆图

护茅檐、枳花篱落,双扉深掩清昼。拂云千尺灵椿古,回映北堂护茂。还见否。有绕砌芝兰,郁郁临风秀。闲庭坐久。看鸡哺猨儿,童窥雉子,佳瑞更谁有。　披图处,想见君心孝友。纷华羞与相遘。岭梅旖旎江蓠薄,何况满蹊桃柳。营半亩。待荷耒、江乡共作归耕耦。莳花酿酒。愿慈竹平安,贞松健在,长此介麋寿。

齐天乐　正宫

蒲圻张耘溪登岱,见德星岩石上刻其尊人白莼翁所作铭,下马拜之。罗两峰为绘《岱宗拜石图》,同人题者甚众,遂赋此解。

向平五岳游踪遍,天门雪鸿曾住。碧玉砮成,青霞镂破,留得惊人奇句。撝风傲雨。算鬼物年年,夜深诃护。令子重来,旧题犹在数峰古。　　摩挲当日手迹,夕阳牛砺角,瞻恋难去。竹素频钞,毡椎细拓,再拜秋云深处。须眉认取。恰想象图中,口吟心慕。至性缠绵,老颠休并举。

齐天乐　题孙雨窗公子香稻村庄图

枳篱短短柴扉静,高低翠畦环绕。岫拥青来,波扶绿起,都入晴窗凭眺。乌皮昼悄。便时觉檐牙,稻花香到。瘦柳垂阴,夕阳牛背笛声小。　　恒农恒士最古,带经锄倦后,闲坐芳草。种树新编,区田旧法,多少生平怀抱。秋成万宝。爱场圃如京,倚栏吟啸。指点云边,桂香应更好。

高阳台　题赵渭川梅梦图

绿凤扶春,青禽侍夜,纤尘不到空山。缟袂凌风,翩然飞下云端。铢衣雅称罗浮蝶,踏彩霞、羞控双鸾。梦中看。小立亭亭,小步珊珊。　　依稀记得龙城事,问寻春梦约,犹在人间。浅笑深颦,一枝娇堕烟鬟。披图欲共低低语,早数声、清角吹寒。夜将阑。怕露凄清,怕月迷漫。

吴应咸(1757—1809)　2首

字修之,号晦堂,江西南丰人。嘉庆元年(1796)进士,嘉庆八年(1803)由户部主事入直上书房。工诗,与同邑吴嵩、东乡吴嵩梁、南城吴照齐名,号"四吴"。著有《影窗呓稿》,词附。

浪淘沙　题不如人图

晓月堕,堕棍纱。钗松鬟斜。离歌缓缓送银騧。忆煞亭长亭短路,淡柳昏鸦。　　飞絮又飞花。天涯水涯。生平漂泊总如他。十载青衫红泪涴,凄断琵琶。

满庭芳

家兰雪上舍索题《香苏草堂图》,并以《新田十忆诗》见示,即集诗中语,成《满庭芳》一阕。

秋染红云,香吹绿雪,个中仿佛仙家。伊人画里,小住便为佳。底事王孙芳草,空惆怅、飘泊年华。凭相忆,雨香风暖,春梦在梨花。　　天涯游倦也,二分明月,千里归槎。向草堂问讯,桐荫还遮。好共飞英泛酒,娱舞袖、笑语初哗。都应羡,神仙眷属,合与占烟霞。

恽敬(1757—1817)　6首

字子居,号简堂,江苏阳湖(今常州)人。乾隆四十八年(1783)举人,充咸安宫官学教习。乾隆五十五年(1790)选浙江富阳知县,嘉庆元年(1796)调江山县。以父忧去官,服阕补山东平阴知县,改江西新喻县,嘉庆十七年(1812)署江西吴城同知。少好齐梁骈俪之作,及长肆力古文,与同郡张惠言、庄述祖辈相与探讨,精研经训史传及诸家之言,较其醇驳,而折衷于儒术,继桐城文派而起,开阳湖一派。著有《大云山房文稿》十卷。

阮郎归　画胡蝶

粤亭天与宓妃腰。雌雄一样描。双魂如缕恐惊摇。晓来风露饶。　　吹乍散,玉人箫。香丛影乱飘。游丝难画可怜朝。粉痕看渐消。

其二

少年白骑放骄憨。踏青三月三。归来未到捉红蚕。化蛾真不甘。江橘叶,一分含。那防仙姁探。双双凤子出花奁。茧儿风太酣。

其三

轻须薄翼不禁风。教花扶着侬。一枝又逐月痕空。都来几日中。曾有伴,去无踪。阑前种豆红。蜜官队里且从容。问心同不同。

其四

拗花人影过双鬟。玉钗飞上寒。开帘瞥见转弯环。放帘山外山。人去后,影空阑。花英分是单。天风吹下乱红间。罗浮梦未还。

其五

江南风暖草初齐。花迷蝶不迷。寻芳挣过海棠西。檐前红日低。三两点,向人飞。林间积渐稀。莫随柳絮涴香泥。蝶归花不归。

其六

心情不耐月儿青。输他深夜萤。竹间香雾几曾停。飞来三两星。穿绣槛,度银屏。阶前路惯经。轻轻不碍护花铃。阿奴枝上听。

张玉珍(1757—?) 14首

字蓝生,号韫山,江苏华亭(今属上海)人。梦喈女,金瑚妻。幼工诗,后受业于袁枚,为及门女弟子,王昶、钱大昕、吴蔚光辈皆赏之。年三十一而寡,课子读书,守节抚孤十余载。嘉庆六年(1801)子卒,欲尽焚平生所著诗词稿,为弟张兴镛潜取,编定付梓。嘉庆七年(1802)年四十六尚在世。著有《晚香居词》二卷。

卜算子　题织云女史画梅册

何处问春光,飞上瑶台矣。密密疏疏几许情,写出吟毫底。　认取墨痕香,瘦影临清沚。不是江妃是玉妃,独占群芳里。

青玉案　题采芝徐女史山水图

生绡半幅笼轻雾。爱点笔,秋光暮。如此秋光清且楚。淡烟微雨,白蘋红蓼,认取江南路。　远山曲抱重重树。树杪斜阳飞不去。着个耽吟人独步。一弯溪水,数椽茅屋,家在云深处。

鼓笛令　题庄磬山表姊吟菊图

一番细雨刚重九。正东篱、餐英时候。帘卷西风秋意逗。更添个、苦吟人瘦。　题遍冷香千首。淡如斯、花应为友。谢女才华今恰又。者回认取仙姿秀。

法曲献仙音　为织云题抚琴图

凉浸梧云,翠摇竹露,写出清虚仙境。睡鸭香初,苓床绣罢,蛩吟绿阶苔净。有无数难言处,冰弦拨秋瞑。　碧窗静。按声声、玉徽都应。鸾镜里、偏奈舞回只影。君自遣愁心,怕愁边、还有人听。玉宇琼楼,唤姮娥、同耐孤冷。把潇湘哀怨,付与此时消领。

桂殿秋　题黄雪女史照

花径畔,画阑东。一天秋影落梧桐。石弦闲倚玲珑曲,银汉无声月正中。

潇湘夜雨　李宁圃太守属题管夫人画竹

松雪斋前,鸥波亭畔,倚吟绿净无尘。休将芳草怨王孙,珠腕写、千枝碧玉,鹅绢剪、一幅寒云。还应有、潇潇雨意,细卷秋痕。　文湖州派,想随承旨,徽谱闲论。任吾家私印,倒押朱文。看最好、烟梢凤尾,吟不到、月夜湘魂。犹赢得、香凝燕寝,珍护墨长新。

踏莎行　题绿波春泛图

鱼浪吹香,鸥波弄影。柳丝碧罩春烟暝。蔚蓝倒写镜中天,盈盈着个蜻蜓艇。　雁橹频摇,吴歌闲听。绮怀触处饶吟兴。底须颜色写桃花,柁楼人与花相映。

风入松

吴门金纤纤擅吟咏,适陈竹士茂才,有虎山唱和诗,甫及年余而纤纤物化,竹士欲作《虎山寻梦图》以寄意,忽得陆定子画幅,若预为留赠者。翰墨因缘,信非偶然也。王梦楼先生为之跋,并索题。

淡烟疏雨惜春阴。佳话记联吟。虎山桥畔来游路,一丝柳、一寸愁心。镜里良缘难再,画中幽梦还寻。　百年遗迹到而今。天意付知音。佩环归处瑶池远,有空闺、也感人琴。何况多情潘令,泪痕应渍青襟。

惜红衣　题姚苏卿表弟观荷图

翠盖摇烟,红衣坠露,水天如镜。小院生凉,亭亭弄秋影。雕阑十二,帘卷处、风来都净。闲省。少个画船,泛西湖佳景。　无言独凭。心事谁盟,眠鸥梦初静。吟情几许,不奈扇纨冷。好是碧筒微醉,一缕暗香吹醒。倩卯君词管,写出者回清兴。

踏莎行　题王述庵先生三泖渔庄图

鸥浴明波,烟梳细柳。钓船泊近渔村口。江乡八月泖湖秋,持竿有个诗翁瘦。　　虎帐谈兵,凤池待漏。归田好是莼鲈候。生绡写遍辋川图,无边清福闲消受。

殢人娇　题晓妆图

雨润桐窗,风撩蓉帐。惊睡起、露蛩声响。晓妆欲整,含情半晌。无一语、悄把凤钗戴上。　　湿翠犹凝,露红齐放。任雏鬟、摘花闲赏。镜圆窥影,瘦非前样。问毕竟、秋来为谁惆怅。

鹊桥仙　题织云寒香瘦影图

一林秋影,一天云影,渐见兔华圆了。天香瑟瑟广寒虚,早有个、寻香人到。　　袖罗翠润,袜罗凉透,此际吟踪偏悄。较量清兴更谁如,算只许、姮娥同调。

清平乐　题墨兰画帧

幽贞如许。只合空山住。梦影愁痕无著处。一片潇湘烟雨。　　墨云吹堕生绡。清香暗袭吟毫。移挂琴台斜侧,夜凉伴读离骚。

西子妆　题蕊宫花史图

图凡十二幅,写四时花卉,诸女史就其性所爱者,各指一花为记,亦佳话也。袁简斋先生作跋,吴竹桥太史征诗。

瑶草含香,琪花吐艳,巧缀蕊珠宫殿。阑干十二碧珑玲,斗妍姿、玉人凭遍。低回眷恋。恐花也、羞窥人面。自锄云,把好春常护,休教吹散。　　新妆倩。翠羽明珰,影若惊鸿现。披图我欲觅青鸾,步天风、只愁缘浅。情怀更羡。道佳句、吟来百炼。算千秋,韵事金闺妙擅。

沈清瑞(1758—1791)　1首

初名沅南,改名清瑞,字吉人,号芷生,江苏长洲(今苏州)人。起凤弟。乾隆四十八年(1783)举江南乡试第一,乾隆五十二年(1787)进士。著有《沈氏群峰集》八卷,收词一卷。

绮罗香　题梨花白燕小帧

春色闲阶,莫寒虚阁,几片缟云横白。两两轻衫,梦到隔花无迹。弄一双、银剪差参,落数点、冷香狼籍。逗初三、新月黄黄,瑶台相伴浸幽魄。　　绣帘垂处护影,还被春风堕粉,画檐飘入。寒食沉沉,絮语晚烟坊陌。休认道、归到江南,旧红楼、未消残雪。怕枝头、惊起双眠,踏花凉露湿。

方维甸(1758—1815)　6首

字南耦,号葆岩,安徽桐城人。观承子。乾隆四十一年(1776)高宗巡幸山东,以贡生接驾,授内阁中书,充军机章京。乾隆四十六年(1781)进士,授吏部主事,升郎中。随福康安征台湾及廓尔喀,迁通政司副使。乾隆六十年(1795)任山东巡盐监察御史,嘉庆二年(1797)因事落职候审,寻起官,补刑部员外郎。嘉庆四年(1799)授内阁侍读学士,嘉庆八年(1803)擢陕西巡抚,累官至闽浙总督。谥勤襄。著有《勤襄公诗稿遗存》三卷,收词一卷。

临江仙　题蝴蝶画扇

腻粉团香双翅重,碧芜庭院深深。红墙西畔画楼阴。一生花底活,几度梦中寻。　　绣入罗裙双影合，工夫费尽神针。春归犹自恋芳林。轻纨休便扑，留取惜春心。

蝶恋花　题双蝶画扇

款款寻香来曲径。生怕分飞。牵惹离人恨。着意描成金粉晕。一双画里长相趁。　　文采风流谁与并。蜕后仙衣，犹上蝉云鬓。红雨迷离芳草嫩。今年特把春光闰。

菩萨蛮　桐叶舞秋风图，为庆佑之题

梧桐坠禁惊寒信。金风划地流情韵。作阵舞回飙。秋声涌暮潮。　　萧萧还撼撼。促柱弦初急。遥共塞鸿飞。心从天际归。

孤雁儿　平沙落雁图，为庆佑之题

金徽指冷秋先到。看征雁、横天杪。一绳断续帖寒云，影落澄江渺渺。洲连古岸，波平极浦，鸟篆痕留爪。　　芦边闲舣幽人棹。试写入、清商调。呼群欲下更回翔，月映银沙白晓。七弦辊遍，鸣榔相答，重谱渔歌好。

长相思　潇湘水云图，为庆佑之题

烟冥冥。竹冥冥。清露晨流抚玉琴。飞泉指下生。　　风泠泠。水泠泠。韶頀云山太古音。潇湘深复深。

忆旧游

昔在关中，曾题庆佑之《泛月襄琴图》，送归其之山左，兹复作小卷属题，再题一阕。

忆樊川载酒，杜曲看花，惜少余闲。千里莼鲈思，问终南太白，何如六代青山。昔披理琴图卷,对月泛清涟。又灞柳风前,岳莲天半,东出潼关。　　频年。偶相见,纵君未持旄,我已归田。觞咏迟良会,奈遥临水镜,近隔江烟。拟听梧宫落叶,棹石湖湾。谱旧梦前游,清商流徵鸣玉弦。

高鹗(1758—?)　3首

字兰墅,号研香,汉军镶黄旗人。乾隆五十三年(1788)举顺天乡试,乾隆六十年(1795)进士,官内阁侍读。嘉庆六年(1801)任顺天乡试同考官,嘉庆十四年(1809)考选江南道御史,嘉庆十八年(18113)升刑科给事中。操守清廉,职事勤勉,而家贫官冷,生平著述多未及行世,尝续《红楼梦》后四十回。卒于嘉庆二十年(1815)前后。著有《兰墅砚香词》。

如梦令　仕女图

问是惜花情致。问是怀人滋味。一缕小香魂,多管东风吹碎。沉睡。沉睡。珍重海棠娇泪。

鹧鸪天　题漪园消夏卷子

万绿阴中安乐窝。碧纱如水簟如波。旧醅饱瓮珠千斛,新藕捎丝玉一窠。泥小饮,戒高歌。凭将酒圣降诗魔。客来若问先生事,惯向华胥日日过。

唐多令　题畹君画箑

鸦背夕阳留。江天暮霭浮。玉阑干、百尺楼头。谁把千秋高卧处,安置在、百花洲。　　山远学眉修。风香带粉柔。女元龙、便请同舟。试问鸥夷归也未,好共我、赌风流。

殷圻(1758—?)　1首

字玉田,号芥舟,江苏江阴人。兆燕子。乾隆五十八年(1793)进士,官湖南宝庆府同知。著有《春波词》一卷。

花发沁园春　题汪大浣云画卷

水拍晴空,霞明天外,江山清丽如此。胸中云梦,杯底鱼龙,不道展图都是。壮心不已。快瞬息、片帆千里。请同此、破浪长风,破却眼前涯涘。
约计漫游屐齿。遍白岳赤城,蓉湖兰沚。远山遮幕,薄酒胜茶,毕竟未如人意。羡君妙技。奇观收贮奚囊里。转怪烟云霏几砚,时与新诗争绮。

高云(1759—?)　9首

字青士,号蟾光,江苏丹徒(今镇江)人。王文治及门弟子,又尝受诗法于袁枚。博学工诗,旁通释道二藏,与妻王素襟偕隐清修。交洪梧、黄承增等,多有倡和。嘉庆十三年(1808)五十寿辰,征诗同侪中,颇称盛举。著有《云笈山房词》一卷。

高山流水　题秋江觅食图

避寒就暖且依依。度关山、春去秋归。几动故乡思,凭他满地芳菲。谋生拙、莫慰调饥。沧江远,还伴渔郎独宿,短笛风吹。甚吹残夜月,万里梦多违。
声悲。徘徊自感,应不恋、绿瘦红肥。高洁有谁怜,羞共鸂鶒群飞。任孤栖、碧寥落矶。整双翮,知尔偏能寄远,露重霜霏。一枝何处,也枉说、稻粱微。

鹊桥仙　题罗漱琴蓝桥图,和方长卿

湘帘搴处,春澈玉户,那藉娇藏金屋。丹成洞府便双栖,更何减、温柔乡福。　朱颜不改,佳期常在,故把游仙梦卜。一般欢笑一般嗔,总未是、人间鞶鞢。

鹤冲天　题王古香遗照,古香悼亡后,神伤病瘠,未一载而亡

君年未壮。已负青云望。小阮更贤豪,珍遗像。卷帙流芬远,休错认、丹青障。英姿静相向。天假期颐,自是庙廊卿相。　鳏鱼早赋,冷落梅花帐。佳侣失同心,愁难状。玉镜联新咏,回首处、翻惆怅。梦游仙一晌。独自人间,何似携归天上。

画锦堂　题罗漱琴饮马投钱图

志士襟期,高人抱负,爱他千里追风。闲寄一腔心事,也学从戎。那须孙吴谈战略,且随巢许媲芳踪。投钱饮,取与自明,都来不愧青骢。　波涌。铺万顷,琉璃样,天光云影溶溶。对此清泠无滓,万虑皆空。请看驰逐争勋业,算来成败几豪雄。关心处,何似乐游芳草,醉蹋春融。

海棠春　题花卜图

吹箫佳偶人间少。脉脉地、一般心祷。戏摘玉梅花,妙合先天巧。　细占夫婿金鱼好。更笑卜、画眉谁早。小妹忒聪明,故把言轻佻。

青玉案　寄题王雪浦湖山小隐图

湖山别有烟霞侣。拟相溯、空延伫。也为著书常闭户。寻秋兰渚,问春梅屿,韵事还如许。　游桡集处花枝午。调玉柱、歌金缕。我欲结邻开别墅。

钓竿闲在,素琴容与,明月知来去。

三台　题林琴庵山水清音图

对云泉声入杳霭,石淙翠流新霁。抚素琴、孤坐涤尘襟,把秋水、南华重读。烟霞外,自奏无弦曲。拟溯洄、山深遥谷。寄遐思、闲理吟编,继柴桑、赏心幽独。　　爱松间、作雨瀑响,涧边酿晴芝馥。算武陵、原是在人间,应修到、闲缘清福。披图画、路认仙源熟。忆乍识、怡怡春蔼。泛湖舫、载酒征歌,捻花枝、倚香偎玉。　　但休辜、良会美景,莫管瘦红肥绿。听好鸟、似解诉流光,才邀勒、牡丹开足。刚消得、几度杯中醁。却早又、催成阴速。更何似、林下悠游,助期颐、种餐黄菊。

绣带儿　题出浴图

花袅可怜宵。沃雪嫩酥消。还似海棠贪睡,犹自困春娇。　　玉软麝兰飘。情脉脉、雨露恩饶。君王曾惯,袖金抛却,尽奈魂销。

东风第一枝　题黄縠原同淑人合写岁兆图

点额妆新,凌波袜翠,芳心一片遥寄。欲传绣阁幽香,待补玉台韵事。鸳侣闲偕,要细写、岁寒清味。似暗斗、烟洗风梳,占断韶华妍媚。　　笑当日、回文锦字。未博得、同心夫婿。比将艳福鸥波,而今更添逸致。生绡春溢,为谁把、蕊珠嘉卉。尽付与、髯客词仙,齐咏添年呈瑞。

周之琦(1782—1862)　24首

字稚圭,号耕樵。又号退庵。河南祥符(今开封)人。嘉庆十三年(1808)进士。授编修,道光间历江西、湖北、广西巡抚,刑部侍郎。精词学,曾选唐宋词以示词学旨趣,论者谓其"金针度与,为倚声家疏凿手"。自为词,不傍浙、常门户。编有《心日斋词选》

《晚香室词录》。有《心日斋词》。

月华清　题成兰生太守西湖镜影图照

空翠分烟,秋痕蘸水,芦湾篷背低亚。照影盟心,恰好镜澜堪借。向回汀、蓦地寻来,倚柔舻、消然歌罢。吟社。唤香山玉局,紫鸾飞下。　　我亦幽怀暗写。听灵苑清钟,旧欢都谢。修竹祠荒,争得澹妆人迓。待安排、画鹳闲身,尽消领、冷鸥情话。休暇。奈文书遮眼,漏沈遥夜。

满江红

吴竹泉同年欲以戊辰同谱绘为一图,命其侄季文农部将画师来为余写照而不似,戏拈此词寄视竹泉,当为捧腹也。

小别庐山,惜真面、忘携粉本。费半日、东涂西抹,徒供一哂。有客同来吴季子,平生最识周公瑾。尽从旁、指示颊三毫,心难印。　　嘶骑发,装池进。踪迹远,须眉近。怕丹青见惯,因疑成信。他日重飞天上写,诸君但索图中骏。却翻猜、扇外放翁谁,惊相问。

汉宫春　药洲访石图,为翁二铭学使题

花药澄湖,乍英光旧迹,辉映庭隅。天教化工在手,璧合星枢。莲亭志喜,胜苏斋、残搨临摹。凭证取、题名掌上,当年陈九仙书。　　邂逅章门持节,几留宾下榻,访古停舆。新携换鹅妙墨,一笑披图。山阴茧纸,比炎洲、片石何如。羡使者、怜才似此,人间谁叹遗珠。

喜迁莺
红袖添香夜读图,为王蓉洲孝廉题。蓉洲,余僚婿,今皆作玉溪生久矣

兰釭红绽。更偎倚画中,春风人面。钗影横窗,书声出屋,恰和小莺低啭。篆纹蕙炉轻袅,冶思梨云相乱。可人语,问芸编何似,柔乡堪恋。　　眉案。

还记取,箫凤谢庭,一例神仙眷。好梦难留,潜痕宛在,憔悴玉京重见。绛河旧情空溯,珠树才名争羡。称心事,待浓熏秘省,宫袍催换。

南乡子

吴子晋乞题《芦雁图》,即送襄阳之游。余以嘉庆乙丑馆于洛阳县署,子晋、季文兄弟皆从余学,今季文下世,图为忆弟而作。

孤影又南翔。岁晏何心问稻粱。卵色天低秋水阔,茫茫。忍说他乡胜故乡。　　灯火记书窗。锦样修翎正着行。三十五年才一梦,凄凉。却向襄阳话洛阳。

朝中措　自题山水小景

吴绡尺幅写幽襟。寸碧倚瑶岑。地僻更无人问,山虚不在云深。　　圆波澄镜,方流折玉,佳趣堪寻。一穗白苹烟影,等闲凉到秋心。

齐天乐　闰九诵芬图,为吴红生阁读题

红生尊甫芗亭先生官楚日,曾于便面绘《闰重阳雅集图》,赋诗倡和,红生仲昆壬辰九秋遇闰,述其事也。

武昌官柳依依处,诗翁旧游曾说。啸侣身闲,哦秋句好,未信风流消歇。桐阴翠叠。为重续前盟,乍添新叶。扇底清芬,赋情应许汉皋接。　　香名传遍画省,况金昆墨妙,吟社同结。事往题襟,人来落帽。肯负萸红时节。披图意惬。见一角螺云,半湾芦雪。又触相思,剡溪今夜月。

惜秋华　婴砧课读图,为王少鹤农部题

旧业青箱,诵先芬、幸托茕茕月姊。珠树俊才,名成捣衣声里。冰绡细写前尘,照灯影、柴门深闭。谁记。有元龙、省识当时情事。　　宫锦艳柯里。是寒砧叠就,香罗文绮。霜杵泪、痕凄红,尚沾掺指。扁舟画省归来,胜清沔、

相望天际。迎侍。趁明年、一帆春水。

浪淘沙　题黄杏帘广文漓江归棹图,即送还里

一棹许湾春。旧里情亲。金萱花下彩衣新。空阻陡门三十六,无计留宾。蕙帐隔吟身。鹤怨频闻。北山原有去来云。明日片帆江汉上,我亦归人。

摸鱼儿　索陈桂舫孝廉写村居图扇

古咸平、数椽小筑,乡村风物堪溯。柳堤槐巷寻常景,幽意也传毫素。君傥许。为点染、来青粉本瓯香谱。闲云貌取。更六枳篱边,邻翁三雨,倚杖话农圃。　郊居好,消受竹晨花午。漫嫌归计迟暮。沉吟后约从君问,画里可能同住。清汴路。梦不到、绿榕红豆衔杯处。低回俊侣。对几折疏筠,相思未抵,官阁剪灯语。

西湖月　题孤山放鹤图

巢居不锁仙心,弄远影褊襹,绛霄风稳。素裳缟袂,澄湖十里,翠峰千仞。圆吭清响递,更两两、瑶笙松吹引。尽恋着、岭畔梅花,肯说玉京飞近。　软红我尚淹留,叹蕙帐尘空,怨怀谁讯。故园秋矣,襟裾瘦翩,不堪重认。芝田归有路,但倦羽、商量期未准。枉回首、梦里青山,白云无尽。

忆旧游　题画

向生绡托兴,缥缈襟期,刊落尘缘。异境无人到,望瑶岑矗笋,玉井开莲。冷光半湿幽翠,烟影散虚坛。想万壑松风,珠庭近接,渺矣高寒。　灵源。竟何许,有几片桃花,流出云间。漫说丹邱隔,便移家好住,谁耐清闲。石床自写琴意,空外揖群仙。待月白千峰,相携跨鹤天际看。

望湘人　石黼庭同年以画兰索题，戏拈此调

记幽坊唤酒，佳节试灯，翠屏新曲曾顾。冶叶柔情，媚香妙谱。小影华年偷诉。皓腕清襟，楚骚遗韵，仙裳休妒。正石家、金谷留香，底事花随春去。　　愁思江南路阻。叹凌波步远，袜尘难驻。问解佩吴宫，可似梦云湘汝。灵根种，恨风条传语。那识题笺心苦。不忍见、一纸芳魂，化作横塘烟雨。

三姝媚　马湘兰眉子砚，为程春海同年赋

蟾蜍清泪洒。晕脂痕犹新，粉光初砑。翠研妆楼，比石桥新月，自矜声价。斗叶闲情，偕象管、鸾笺消夜。悄炙红丝，沈水浓熏，枣花帘下。　　仿佛冰姿妍雅。(背镌小像。)。恰手捻兰枝，练裙歌罢。槿艳无多，问坠鞭人去，秀蛾谁画。往事含颦，随梦影、铜台飘瓦。认取南都遗迹，青溪恨惹。

陌上花　题仙山图

神山望里分明，幻出玉楼珠树。碧晃金迷，揽取几多姚冶。仙源近接长生路，仿佛紫兰人下。眷游情、不是闻风元圃，等闲图画。　　漫相看、梦影雕甍倚处，月斧云斤无价。凤管吹空，一曲绮筵歌罢。天钱辛苦谁赢得，却向黄姑亲借。但沈吟、怕说冰夷飞盖，翠澜生也。

绛都春　秦敦夫前辈出所藏冒辟疆姬人金玥美人蕉画册索词

风光几信。尽描出雉皋，当年花韵。自剪翠绡，点笔曾看敲蝉鬓。碧腴乍展痕犹嫩。似人影、单衫红衬。染香亭上，凭谁递与，画栏芳讯。　　吟稳。蕉窗秀句，问名字、尚见金明玉润。素月半规，小篆盈盈芳心印。螺青写叶春来恨。认水绘、凄凉眉晕。任教重觅秦淮，旧时艳粉。

玲珑四犯　虎丘春泛图，为张初白题

烟柳回塘，飏画桨声中，签翠低展。客与香迷，一舸镜澜徐转。莺语燕语难分，但醉倚、好花人面。数旧游彭蠡舟系，忘了小姑偷眼。　　四愁平子吴歈遣。漫沈吟、玉楼歌按。越娥佩响从归去，春共横波远。空付媚粉暗尘，荡冶叶、倡条零乱。问半眉山色，船唇篷背，黛痕谁见。

沁园春　题亡室沈淑人遗照

描出伤心，月悴烟憔，回肠怎支。忆香消玉腕，愁停针线，病淹珠唾，怯试枪旗。命薄难留，魂柔易断，当日欢场已早知。良工笔，为传神个里，欲下还迟。　　离箱粉缟空思。剩倩影、幽房一帧携。看湘兰婀娜，重拈恨蕊，吴绡宛转，未了情丝。缓缓花开，真真酒暖，环佩归来可有期。无眠夜，礼金仙绣像，记否年时。

花心动　壁间去冬消寒图小幅，状态遗迹也，感赋

芳信冬闺粉梅梢，年时倦怀曾托。絮雪乍飘，葭管闲吹，刚是病腰如削。画中疏影人同悴，但长日、秦篝偎着。倒纤指，因循误了，试灯妆阁。　　九九光阴似昨。空小笔花枝，泥他屏角。麝炷泪淹，猩点脂融，孤负晓窗梳掠。酽寒消尽春心死，枉冰蕊，描成红萼。杏香冷，低回燕莺旧约。

庆春宫　题仇实甫汉宫春晓图卷

野雉亡来，哀蝉吟后，汉宫别样春光。玉树周阿，金钉衔壁，粉云浮动花香。舞裙留住，趁殿角、西风未凉。班姬何许，空裂齐纨，掩袂情伤。　　繁华过眼沧桑。沙麓元城，妖谶难防。传诏纷驰，持弓栏入，做成文母祯祥。仲卿书奏，累长信、轻抛泪行。谁移炎祚，休说当时，祸水昭阳。

甘草子　题画　柯丹丘风雨归舟

归去。一叶扁舟,却问归何处。衰柳不成行,冷落蒹葭浦。　风利漫歌公无渡。便萍梗、有时须住。莫向南村素心侣。话五湖烟雨。

留春令　题画　倪云林溪亭山色

小山疏树,墨痕轻染,几重烟翠。石径萦回一亭孤,倩传出、幽人意。仿佛前游如梦里。尚渔舟闲系。曲港斜通武陵溪,问曾见、桃花未。

卜算子　题画　王孟端高梧竹石

白石藓纹滋,绿竹烟痕净。何似崇冈百尺梧,一碧凝秋影。　认是雅琴材,古调无人省。尽有高枝待凤皇,恻恻天风冷。

摸鱼儿　丁煦洲先生索题某司马湖庄福隐图

占幽居、六桥东畔,天然柳港花坞。书楼掩映窗三面,咫尺翠屏云聚。携胜侣。算福地、仙乡最好诗人住。吟情漫与。怕竹马迎来,金鱼挽定,未放使君去。　空中想,指点刘郎前度。盟鸥今在何许。卅年影事匆匆过,谁访绿苔题句。清梦阻。更那得、片帆吹到江南路。披图认取。但栏角听莺,船唇载鹤,寻我旧游处。

李本　3 首

字葆元,一字荃庭,江苏高邮人。彌兄。生于乾隆二十四年(1759)前后。郡庠生。与同邑夏味堂交善,多有倡酬。晚精岐黄之术。年五十余卒。著有《剩红词》一卷。

南乡子　题西洋美人图

绀发绾垂鬟。水剪双眸臂玉弯。说与关情能解否，应难。花底春莺弄舌蛮。　　偏袒独凭栏。花屩斜披宝络缠。任是无言知有恨，迷漫。碧海青天欠羽翰。

百字令　题友人关山夜月小影

披图惊看，恁魋肩鬺鼻，雄姿英发。耻学车中新妇态，万里班超人杰。射虎龙堆，呼鹰狐峡，自古封侯业。仰天大笑，出门云黑如铁。　　犹忆马齕槽声，征夫视夜，帐卷秦时月。十载谁酬弧矢志，戍角梅花吹彻。謦欬工诗，渴羌嗜酒，归卧家山雪。凉州慢唱，江南春正佳绝。

贺新凉　题吴颖川小照

曾订金兰谱。过云烟、卅年前事，两家门户。月夜花晨虚度少，聚则香钿画鼓。君惯与、莺花作主。十万缠头供买笑，玳筵开、玉漏何烦数。红烛下，镇西舞。　　年来世味餐应苦。猛回头、都空结习，寄情农圃。试看生绡皴染处，茅屋清溪数亩。映细柳、修篁成趣。我住湖村经十载，问先生、许作桑麻伍。石鼎内，分花乳。

吴会　12首

字晓岚，号竹所，江苏泰州人。生于乾隆二十四年(1759)前后。嘉庆九年(1804)举人。与同郡储梦熊交厚，以词相研讨。年六十三卒。著有《竹所诗钞》四卷，收词一卷。

望江南　题画

闲情赋,愿化小轻舠。凉意碧沉香菡萏,粉痕红煞郑樱桃。底事不魂销。

生查子　题调鹦图

薄幸不归来,夜夜人孤另。此意有谁知,诉与鹦哥听。　欲诉与鹦哥,怎得鹦哥信。不信等郎来,再倩鹦哥问。

罗敷媚　题美人扫花图,仿宋人独木桥体

潇洒仙子多情甚,人也如花。命也如花。恨不将身殉落花。　谁知我更多情甚,愁也因花。病也因花。愿做香泥葬此花。

柳长春　题赠别图

淡淡池塘,濛濛香雾。最销魂是漫天絮。料应回首忆家山,苏堤柳浪听莺处。　流水无波,斜阳欲暮。玲珑一片花间度。知他何处说春愁,断肠红雨相思树。

蝶恋花　题醉妃图

澹月笼纱花带雾。亭号沉香,便是醺人处。倦眼微瞪娇不语。檀痕晕上春山妩。　暖玉低偎香软护。扶到华清,更被芙蓉妒。红浪轻翻须趁取。阳台飞作胭脂雨。

满江红　题照

石户松关,好一片、幽栖之地。皴染得、疏疏密密,苍苍翠翠。略彴斜通林

外路,矶头乱挽烟中髻。有庄襟、老带古先生,容高寄。　　门对着,清溪水。水尽处,云还起。仿寒林家法,荆关写意。辋水自成诗里画,桃源岂复人间世。倘山头、添个小行庵,予来矣。

满江红　题照

二月江村,才过了、杏花微雨。蚤听得、一声泥滑,两行社鼓。丁字畦边云影活,牪牛风里春波绿。有诗人、摩诘此间吟,田家句。　　倘许我,望衡宇。倘为我,炊鸡黍。我便是、耕田识字,老农老圃。稼穑原为吾辈事,烟霞不是先生趣。凤凰雏、早已种书田,丰年玉。

八声甘州　题照

潇湘烟水外,染须眉、何处碧云寒。是高高下下,疏疏密密,一片琅玕。刚只嫩凉天气,微雨过林间。爱此新晴后,流水空山。　　忽见当头皎月,涌一天秋色,印到寒潭。把万竿修竹,泻入镜中看。糁轻风、筛来碎影,有玲珑、个字点吟衫。披图听、潇潇响处,人在江南。

暗香　画梅

最空濛处。怕冷香一片,和云飞去。写上生绡,盈盈留得娇眉妩。忆我寻诗驴背,嫩寒天、孤山曾遇。而今见、瘦影横斜,仿佛溪桥路。　　翠羽。相对语。说愿化金铃,将花重护。云街月地,移家合向罗浮住。更剪吴淞半幅,染香痕、淡烟微雨。被东风、妆点得,萧疏如许。

翠楼吟　题画

万柳围天,绿阴成海,此中合有佳趣。清襟何处浣,早空翠、扑人眉宇。惹烟皱雨。带几笔修廊,皱来如许。闲挥麈。诗情知在,水窗深处。　　延伫。仿佛沧浪,听数声渔笛,莞然小步。软尘飞不到,让点点、碧鸥来去。者般亭户。倘添上芙蓉,隔花无路。招吟侣。只应元白,两家同住。

南浦　题画

白云无际,莽寒空、一片画难成。听到疏林红叶,夜夜起秋声。我忆楼开木末,望江南、山染六朝青。爱霜华浓处,丹枫历历,云外客车停。　往事而今萧瑟,怅前游、付与夕阳横。忽漫披图指点,仿佛旧曾经。二月好花红雨乱,西风外、照眼偏明。想秋山许我,人间小杜又寻盟。

沁园春　题梅花书屋图

若有人兮,我欲呼之,仙耶隐耶。见昏黄者月,三更清冷,空濛者雪,万树横斜。白欲藏天,香全做海,老屋中间是那家。容高卧,扫萧萧四壁,满贮烟霞。　谁能笔洗铅华。只水墨轻描一味赊。好添将双鹤,闲依苔径,呼来些雀,冻啅檐牙。得化千身,竟从今夜,飞入图中去伴他。凭谁问,问梅花似我,我似梅花。

陈声和(1760—1793)　17首

字叶宫,号绮园,江苏常熟人。士林子。年十七补诸生,省试屡不售,以贡入太学。诗才隽颖,婉而多风,为袁枚所赏。有《响琴斋集》八卷,收词二卷。

雨中花　自题花雨照

待欲寻春何处可。又生怕、魂消真个。暮雨飘香,空花弄影,只合掀帘坐。不惯眉尖愁暗锁。休问取、倚声谁和。如许韶光,无多情绪,我亦应怜我。

减字木兰花　题画

远山黛浅。杨柳丝丝风外剪。扫尽寒烟。人在斜阳古岸边。　　书堂旧稿。淡墨轻匀堪绝倒。一幅冰绡。不负君名是白描。

临江仙　庞柏轩照

位置偏宜柳绿,到来似隔尘红。钓船如叶不安篷。为寻鸥鹭伴,人在水云中。　　莼菜香时归思,芦花深处秋风。青衫乌笠笑相逢。此间还着我,来泛五湖东。

湘月　又题韵史照

问君因甚,在浓香深处,居然如此。可是洛阳尽管领,花悬两行佳丽。小杜愁乎,长卿倦否,翠袖相偎倚。三生成梦,这回差强人意。　　试看金粟含葩,碧筠褪粉,艳绝秋天气。月底尊前算合有,新拍双鬟偷记。检点乌丝,摩挲红豆,尽足魂消矣。浅斟低唱,浮名肯换还未。

点绛唇　题画

点缀春风,柳丝绿染沿堤草。有人把钓。逗破溪烟晓。　　两岸浓阴,也倩轻云扫。渔湾小。尘飞不到。一半青山绕。

相见欢　美人弹琴图

春风细谱琴声。语娉婷。还是倦游司马、最关情。　　欢情足。新声续。忒分明。好似画帘西畔、有人听。

荆州亭　苏耐寒画册

赭石才匀一片。道是虞山真面。没骨画偏工,直恁翠深黄浅。　笔底烟云舒卷。纸上春风吹暖。有得耐寒人,高筑红藤花馆。

摸鱼儿　又题耐寒牧牛小像

惯相寻、傍东城曲,藤花馆掩清昼。丹青已分头如雪,犹起生平消受。看写就。者牛背、童颜须鬓还无有。尊前认久。算不负耕虞,当年自号,此境忍回首。　谋生事,我欲从君细剖。安排二顷曾否。烟驱墨染何时歇,赢得单寒依旧。今日又。见蓑笠、前身映笔花如绣。休凭画手。问谁赠闲田,几曾买犊,空愿酹杯酒。

摸鱼儿　张声之悬崖积卷图

手摩挲、珠囊金简,定中灯影谁续。十年万卷回环遍,眼底更无书读。差免俗。算地有娜嬛,合是前人福。君犹未足。问何处名山,古文奇字,酬以酒杯绿。　郦生语,不似荒唐蕉鹿。悬崖真有签轴。青冥千古无人上,只许高瞻遐瞩。君又欲。伴鹤唳猿吟,舌底澜翻熟。先成此幅。倘少个钞胥,何妨着我,免尔往来独。

摸鱼儿　题人小照

算人间、清华境界,梧桐阴满窗牖。幽兰香芷生平意,无事向天搔首。何必酒。只细品新泉,清到君衫袖。好怀不负。便纨扇新凉,藤鞋旧适,立傍假山久。　吾何有,如此红蕉翠柳。琴书静掩长昼。披图顿觉尘襟扫,况向图中消受。谁与友。羡一对闲鸥,盟倩溪云守。非关画手。便萧散心期,也应孤往,此景最深秀。

摸鱼儿　姜梦桥牧牛图

倘相逢、蹇驴疲马,风神还更疏朗。平生但得尘襟扫,何碍软红十丈。君独往。是浅水平陂,学个田夫想。牧人自况。算驱犊还劳,牵牺太苦,谁似尔牛放。　　游真倦,何限平芜莽苍。新词白石谁赏。青囊肘后悬常好,医遍人间俗状。归不枉。也不种、千株银杏家山上。丰神秀爽。好斜挂轻蓑,横吹短笛,高和野樵唱。

摸鱼儿　王楚帆鱼乐图

渺烟波、软红消尽,一襟尘思谁洗。钓鱼船上浮家去,恰有三篙春水。风乍起。只杨柳丝丝,尽拂篷窗底。湖澄绿绮。看密叶流莺,平沙暖鸭,吟向夕阳里。　　宦游处,堪配骚人有几。归来小艇重舣。莼羹菰饭妻孥共,渔具更番料理。谁可比。是张志和邪,是陆天随子。洲头岸荠。问坐月吹箫,穿云沽酒,羡否画桡倚。

南乡子　庞兰浦踏雪探梅图

雪霁嫩寒天。人与梅花欲斗妍。料得谁敲驴背上,停鞭。缟袂相逢半是仙。　　身到白云边。碎踏琼瑶入暮烟。我却输君清气味,何年。也向罗浮一夜眠。

梦横塘　翁采南杨柳岸晓风残月图,次鲍叔冶韵

远山侵晓,曲岸邀凉,几株吹弄丝影。老树烟痕,恰少对、黄鹂相并。射鸭栏低,叉鱼港小,者般清冷。但波心石子,不住琤琮,似听得、篙声打。　　谁家一两船停,占花弯水角,这样幽境。月细风尖,摇漾得、尘缘都醒。算还有、天涯断梦,未必须他枕儿警。词客精灵,画师手笔,付愁人深省。

忆秦娥　又题柏轩照

沧江碧。鸭头船坐烟霞客。烟霞客。清风自到,钓竿闲掷。　柳阴深处堪浮宅。几弯绿水尘凡隔。尘凡隔。南宫书画,玉山标格。

金缕曲　王宗旦杏花书屋图

人卷湘帘坐。漾晴丝、方疏一角,红霞包裹。炉鼎烧香铛煮茗,缕缕烟痕吹过。亏此刻、春风不大。倘若阑珊微雨后,小楼中、簪与云鬟亸。消受得,恁婀娜。　飞来燕也成双个。似商量、繁华一片,梦回无那。酒酽灯深花叹息,并入春深吟课。浑未许、眉尖愁锁。亲授红儿低趁拍,甚风情、较胜前番我。论此事,让君可。

金缕曲　吴湘南照

如此消长夏。好家居、几人能彀,一编常把。何况软红尘踏遍,往事登楼骑马。直尔许、筐床休暇。问结临流茅屋小,暂抛书、除是来清话。刚值我、朗吟罢。　记从禅榻归来也。拥招提、梅花万树,青山都借。翻笑先生游兴浅,空忆南闽西华。那不取、烟云图画。倘得相逢苍翠里,倩琴弦、高韵琤琮写。展卷处,更潇洒。

杨揆(1760—1804)　4首

字同叔,号荔裳,江苏金匮(今无锡)人,祖籍陕西华阴。鸿观子,芳灿弟。乾隆四十五年(1780)高宗南巡,召试一等,赐举人,授内阁中书,入四库全书馆任编校。乾隆五十五年(1790)充文渊阁检阅。历官川北道按察使、甘肃布政使,调四川布政使。卒于嘉庆九年(1804),赠太常寺卿。著有《桐华吟馆词稿》《璎珞香龛词》。

春兰梦影

徐朗斋为丁姬画《春兰梦影图》,携来索题,因自度一曲,即名之曰"春兰梦影"。词中所述皆本事也。

是谁拼、明珠抛去,论倾城声价,一斛尚嫌低。似玉精神,如花气息。依约画帘灯影,纤手同携。梦难忘、蘼芜上下,春还在、杨柳东西。尊前已是销魂地。况曾经、月明双桨,同载窈娘堤。 欢场容易散,悔分飞草草,罗帕轻题。惆怅旧游重到,几度暄萋。傍回栏、鹤眠细草,寻小院、燕堕香泥。闲情未许分明说,但年年,鬈丝禅榻,愁听汝南鸡。

蝶恋花　题张子白梅屋读书图

不信寒香吹遍处。窗外横斜,只得无多树。小筑三椽人好住。读骚饮酒花应许。 一笑巡檐时索句。夜色朦胧,似有云来去。谁傍雕栏相尔汝。迷离缟袂分明语。

江神子　题玉簪小幅

一丛秋影色香兼。月纤纤。漏厌厌。好梦初回,凉透夜明帘。浅澹妆梳看不定,云鬓𩭣,莫轻拈。 仙姿端合写霜缣。翠毫铦。玉葱尖。粉恨脂愁,消瘦为谁添。忍俊漫随烟化去,须珍重,伴香奁。

金缕曲　题三泖渔庄图

结屋临三泖。爱幽栖、雨蓑烟艇,白蘋红蓼。一片明湖波荡漾,历历诸峰相照。算溪父、园公同调。纵使京华千里隔,展图看、有梦还寻到。尘世事,此间少。 壮游滇蜀风云道。早归来、燕然勒石,遥氛清扫。收拾功名三十载,检点笔床茶灶。喜如旧、溪山皆好。记取柴门流水曲,待他时、载酒堪停棹。同更访,莼鲈早。

袁棠（1760—1810） 25首

字甘林，号湘湄，江苏吴江人。宋翔凤姑父。国学生，屡试不第，嘉庆元年（1796）诏举孝廉方正，有司荐之，辞不受。工诗词，书画篆刻皆工，与郭麐、朱春生、陈毓升交善。著有《洮琼馆词》一卷。

醉太平　题恽月仙夫人杏花便面，同郭频伽作

柳眉浅颦。桃腮未匀。小楼雨细如尘。作江南早春。　红帘水纹。红衫泪痕。红襟燕子殷勤。说轻寒中人。

忆少年　频伽属为周校书写桐屋夜寒图，系以小令，并乞继声

低窗六扇，离人双泪，残灯一炷。高梧逗疏雨，甚秋声先作。　白縠中单寒耐否。倚阑干、满身凉露。袁江水清浅，倩凌波微步。

南楼令　题家兰村南园春梦图

芳草别生丛。夭桃作意红。奈梢头、啼鴂匆匆。剩有护花幨一扇，遮不住、四来风。　回首彩云空。含情赋恼公。冷思量、微雨冥濛。元九肠回枝拂面，长自绕、粉墙东。

滴滴金　题自作扇头小景

刚才画了思量着。盘鸦外、水云薄。几间茅屋傍吴淞，对遥山一角。望眼不开垂雨脚。天涯意、登楼作。可堪杨柳未曾秋，早西风索索。

浪淘沙 题秋影楼壁间画竹,次张子白韵

慵唱女儿箱。秋老潇湘。天寒翠袖几回肠。恰与江干黄竹子,倚瘦斜阳。　楼月一眉长。人立昏黄。莫轻弹泪上筼筜。制作白团裁作笛,还要凄凉。

虞美人 题王月函夫人天香蟾影图照

南朝纨扇千金册。好样新翻得。小楼病起自开看。恰似秋容对镜、不胜寒。　山河影里游应倦。极目天涯远。满衣凉露梦归来,依旧夜香庭院、月徘徊。

满江红

将赴彭城,秋史以《亭角寻诗图》索题,漫填此阕,即以录别,殊乖去非句意也。

不到天涯,浑未省、江南春好。二三月、等闲过却,芳菲多少。柳眼自经歧路惨,花头总觉他乡小。倚东风、闲忆最繁枝,和莺拗。　醉三日,群芳绕。风满袖,孤亭峭。想闭门觅句,绿啼红笑。开到海棠诗莫欠,梦为蝴蝶枝还抱。怪年年、分我画中春,将离草。

夜行船 春人绾髻图,同频伽作

满院熏人花气。愁未醒、恹恹地。临妆略略手盘雅,飘一缕、坠云慵理。　记得秋娘十三四。学梳头、水晶帘底。如何已是没心情,便爱绾、不聊生髻。

更漏子 为频伽题王月函夫人扇头草虫

碧虫寒,红蓼瘦。冷澹六桥花柳。愁绝处,雨来时。水风凉一丝。　顾

家妇,闺中秀。薄薄天寒翠袖。闲弄笔,自题诗。秋情团扇知。

喝火令　题恽月仙没骨桃花

寒食三分过,湔裙一水通。丝杨虽隔不惺忪。好在去年人面,依约记相逢。　　绮梦关心记,花光到眼浓。为谁浅笑倚东风。只要临溪,只要小门中。只要粉痕添白,脂印褪些红。

金缕曲　京口访骆佩香夫人乞画

卢骆才名旧。隔青纱、形神俱服,几人刘柳。门外乱山低亦好,合向妆楼俯首。更下拾、半江星斗。一霎海风吹白雨,杂仙心、诗句和秋瘦。灯影飐,小于豆。　　昨年三度征帆骤。望鱼天、云窗雾阁,还容到否。尘土满身仙分薄,风引轻舟偏又。正泊处、沙寒潮溜。定惜拒霜花落去,向生绡、小试留春手。传粉本,短屏绣。

菩萨蛮　自题秋水池图

一池秋水坡陀转。道侬曾住西偏馆。欲话已茫然。别来今几年。　　甚时春梦醒。留个春风影。见说海棠丛。隔帘依旧红。

摸鱼儿　频伽属题盟沤图,即送其移家魏塘

算江乡、分湖最好,金风亭长曾赋。吴根越角迷离处,浩荡烟波如许。谁画取。只一片、鳞鳞云影濛濛树。提鹀挈鹭。记载酒人来,持螯节近,花外数声栌。　　头衔署。三十六沤盟主。敝庐聊蔽风雨。比邻鹅鸭偏相恼,负了水边窗户。君且去。叹我亦、年来厌蹋闲尘土。蜻蛉买否。便稚子敲针,山妻结网,一棹傍君住。

貂裘换酒

久病乍起,薄游湖上,频伽以初冬偕铁门、倪米楼泥饮萧九娘酒垆之作见示,且索画《寒垆买醉图》。为写横卷,并倚调和之。追话雪夜旧游,不胜江湖岁晚之感矣。

谁画荒寒景。但苍苍、暮云一片,乱峰齐暝。几阵盘鸦催风色,又作江干霜信。况游子、衣单谁省。凄紧客怀无着处,只山楼、一角斜阳剩。红树外,酒旗影。　　题名重向垆头认。算青衫、十年着破,转篷无定。莫更当杯歌慷慨,拥髻清愁未醒。定说到、漳滨人病。旧雨不来前尘在,也依稀、邻笛山阳听。图此卷,志吾幸。

木兰花慢　为吴子佩琼仙夫人题天平揽胜图,并调山民

羡绣襦甲帐,神仙婿、比鹣鹣。尽山补眉图,月修箫谱,春锡花衔。掀帘。生衣初试,画堤长、风软燕呢喃。家具两头恰坐,晓寒半臂同添。　　洄沿。略似米家船。小泊浪花恬。正柳拖浓翠,萍铺嫩碧,雨画江南。恹恹。连天芳草,似绿云、扶屐上峰尖。好向莲花跌坐,有人合十来参。

满江红　郭频伽属题风雨对床图,为填此词,并似令弟丹叔风

酹酒分湖,我欲问、湖名谁起。漫赢得、送君南浦,年年春水。谢客诗成残梦杳,姜家被暖良宵几。叹前秋、乞食滞淮阴,人千里。　　鹈鴂食,天涯味。鸿雁影,关山泪。只异乡加饭,此心难已。夜雨本来牵别恨,孤儿一倍怜同气。问买田、阳羡几时能,饥驱矣。

双调忆江南　题双修庵女尼清微小影

清微善书,余昨于友人处见其所临玉真公主《灵飞经》一卷,绝工也。

房栊小,花竹护禅关。供佛茗香泉第二,约愁眉曲月初三。帘卷九龙山。

银钩字,不向贝多翻。寒女求仙怜绮岁,美人入画要风鬟。转语是还丹。

清平乐　花阴寻梦图

鬓烟鬟雾。人已乘鸾去。碧落黄泉无定所。梦醒花残月古。　　红心草长春痕。清明雨最销魂。更有蓬科无主,鲍家诗唱秋坟。

菩萨蛮　张子白以其女弟筠如所绘没骨花二帧寄惠,姬人如丝乞为加墨,各缀一词

嫣红香白春如笑。竹屏风展房栊小。扇影蝶低飞。蔷薇露满衣。　　阑干三两曲。芳草丛丛绿。点屐上花台。同心开未开。

其二

绿云一片篦根堕。金铃闪闪凉飔驲。晓镜有微霜。秋人慵作妆。　　芳心圆一点。未识东风面。花也定怜侬。泪痕深浅红。

凄凉犯　为紫珊题瘗花图

䗖龙夜啸。苔茵衬、斑斑满径谁扫。避风天远,埋忧地窄,有人凄抱。拾香重到。剩阑角、殷勤晚照。悄罗裙、泥金蛱蝶,低向落英吊。　　不待莺声老,一片才飞,减春恁早。深怜暗恼,便舒衫、受他多少。葬玉深深,莫更化、红心宿草。算韶光、一百五日,尚未了。

点绛唇　题扇头白莲、红蓼

谁画凉痕,水芙蓉外沤波远。蓼花风飐。红煞斜阳岸。　　妆阁临流,秋晓虾须卷。思量遍。那时人面。除是蜻蜓见。

珍珠帘 为蓝研香题藕香吟馆图,盖秦淮女郎吴藕香写赠也

纳凉荷静沉残照。水边楼、清簟疏帘人悄。菡萏未开时,已藕丝潜绕。莲子苦心莲蒂并,要采时、涉江须早。知了。又关白秋生,露珠圆少。　　算只叶底鸳鸯,见晕裙队里,者般风貌。打桨亟相迎,怕渡头春老。喜字为书三十六,问若个、似伊名好。谁料。有偷眼花丛、隔沙鸥鸟。

摸鱼儿

杨伯夔属写《与沤为客图》横卷,盖取白石老仙词意也。画竟,缀一词于纸尾,索伯夔、兰村同和。

爱湖天、芙蓉澄碧,九龙山色低染。菱租鱼税征难到,阁住凉云一片。新水健。引海上、忘机沤鸟浮来远。烟波无限。看渔具吟成,鹇提鹭挈,主客欲图遍。　　轮蹄迹,赵北燕南游倦。伊凉吹彻横卷。画来公子风标好,芦雪菰烟曾见。乡思浅。只剩了、春风词笔添哀艳。露篷月店。又听水听风,勾留吟屐,到处旧盟践。

疏影 王韩幢别驾秋庭独坐小影,即送于役楚中

藤疏树老。弄碎阴布地,风定犹袅。个里寻秋,随处行吟都好。露庭孤坐缘何事,况石气、侵衣寒悄。剩夜深、月影玲珑,傥鉴那时幽抱。　　休道闲曹事简,六朝山色外,离绪多少。草草劳人,才返幽燕,又买潇湘征棹。一尊判作经年别,好记取、别时风貌。莫负他、蕊冻香缄,静待探春重到。

王昙(1760—1817) 1首

一名良士,又名云睿,改名蠡舟,字仲瞿,号瓶山,浙江秀水(今嘉兴)人。乾隆五十九年(1794)举人。吴省钦座下弟子,尝三上书于省钦,请参和珅。性好游侠,兼通兵家

言,善弓矢,工骈文,精戏曲,与陈文述交善,屡有倡酬。著有《烟霞万古楼文集》六卷、《诗录》六卷,收词一卷。

满江红　题禹门太守风雨渡江图

如此长江,截断我、十年归路。纵百计、投鞭问我,为何人归去。旧事无过南浦别,今愁难向西州渡。猛披图、两点见金焦,纷纷雨。　　儿女恨,中年过,英雄泪,残年暮。笑乘船使马,匆匆何苦。有纸借君图上画,无家铸我生平错。听此中、来去布帆风,通通鼓。

吴文徵　4首

字琴节,号商隐,江苏青浦(今属上海)人。生于乾隆二十五年(1760)前后。工诗,宗法白居易、陆游,与陈兴宗、邵璞倡和。嘉庆十一年(1806)其集梓行,时已辞世。著有《侃竹居词钞》一卷。

壶中天　题照

良宵沉寂,爱空庭徙倚,风光如许。十丈软红吹不到,正好独居怀古。坐石怡情,著书乐志,潇洒花深坞。可人银鹿,抱琴身自伛偻。　　况此兔腹圆时,松声静里,澹宕皆天趣。除却图书消遣少,美景尽堪容与。境有诗情,才如酒量,风雅君为主。气清天朗,吟朋可有招处。

潇湘逢故人慢　题金松亭友竹图

遥天云淡,正龙孙雨长,凤尾烟拖。阴霾展晴和。看得水潆漩,影碍湘波。科头箕踞,咏淇园、如琢如磨。开三径、松边梅外,肯教一日无他。　　心虚矣,弥节劲,淡如交,古来名士偏多。投赠作高歌。有文子湖洲,苏子东坡。七贤而后,赋嘤嘤鸣、六逸同哦。从今写、先生图里,庶不负此君么。

百字令　题醉墨山房图

绿阴如许,傍女墙低亚,晴添花雨。草色苔痕齐点缀,恰称幽人庭宇。室可藏书,隐偏近市,尽有山林趣。临池泼墨,兴酣如饮醽醁。　　堪羡长史嘉名,坡仙别墅,二美君兼取。料有红鹅携笈客,那不笔歌墨舞。人静如兰,我来看竹,快识山房主。相逢一笑,展图何限延伫。

隔帘听　题王古愚听琴图

记得昨宵鸳侣,兀自愁萦绕。星眸盼断谁知道。趁月逗花阴,蓦然寻到。行未了。听冰弦曲传,怀抱殊倾倒。　　猜疑多少。是否求凰操。青衣解事微含笑。瑶阶久伫,薄寒料峭。好烦恼。铜壶滴残将晓。

张惠言(1761—1802)　2首

初名一鸣,字皋文,号茗柯,江苏武进(今常州)人。年十九补廪膳生,乾隆五十一年(1786)举于乡,明年会试中式,以特奏通榜报罢,任景山官学教习。嘉庆四年(1799)成进士,改庶吉士,充实录馆纂修,散馆授翰林院编修。经术深湛,尤精于《易》,传虞氏之《易》,著书九种,上继汉儒绝学。文众体皆工,与恽敬同为阳湖派魁首。又与其弟张琦合编《词选》,倡比兴寄托、意内言外之旨以释词,创常州一派。著有《茗柯词》一卷。

满庭芳　题方湛崖春堤试马图

丰乐溪边,潜虬山畔,几年春色留人。玉骢初到,长记拨红云。便与桃花曾约,花开处、来定千巡。都相识,一花一态,一日一番春。　　良辰。如梦里,又教瞥见,玉辔琼茵。想轻随暖雾,娇逐芳尘。只我天涯倦客,故乡杳、往事难论。空惆怅,西风不管。一夜老江莼。

青玉案　题芦沟折柳图

新安江上山无数。正催送、春帆度。沙市垂杨长记取。荒烟欹岸,斜阳满树。个是逢君处。　青门衰柳垂垂暮。折得长条送君去。可忆丰溪堤畔路。波光似雪,花容入雾。三月飞轻絮。

钱枚(1761—1804)　13首

字枚叔,号谢盦,浙江仁和(今杭州)人。琦子。嘉庆四年(1799)进士,官吏部文选司主事。工词,与杨芳灿、吴自求、杨夔生辈倡和。著有《微波词》一卷。

蝶恋花　题家筠友春风忆旧图

万条金缕和烟种。似起如眠,绿到春无缝。可奈长条迎又送。天涯谁系青丝鞚。　他乡听断江城弄。人似杨花,愁比杨花重。一种晚风吹不动。凄凉十五年前梦。

洞仙歌　题袁大兰村南园春梦图

困人天气,又落红成片。不是东风不留恋。奈子规声紧、抵死催春,春去了,花也被他啼倦。　最难排解处,花落春归,好盼明年再相见。偏是梦无凭、梦里相逢,还不是、旧时人面。悔不学、杨花化浮萍,看点点圆波、不曾分散。

水调歌头　寄题叔美七弟骑象百蛮图

壮思忽而动,骑象入群蛮。瘴云衣上如墨,细点鹧鸪班。聊复科头赤脚,且吃槟榔蒟酱,快活胜粗官。归兴却难遣,夜夜唱刀环。　怅年来,君绝徼,我边关。西风朔雪,千里瘦马自冲寒。漂泊天涯书剑,回首故园兄弟,清泪各潺湲。何日共携手,稳卧越中山。

湘月

嘉兴潘湘云,国初名伎也。属意于梁溪潘让侯,后竟归厮养,卒悒郁死。有昆山女史陆芝仙摹其遗像,久之零落市中,胡秀才眉峰购得之,属赋。

玉梅花下,有亭亭翠袖,天寒徙倚。命似飞花身似叶,一寸柔肠先死。眉语微传,脸波欲湿,瘦得春如此。留伊风貌,定烦写韵仙史。　　却遇吴质工愁,画图省识,镇有相怜意。粉断香销浑似梦,笑问干卿何事。名士青衫,美人黄土,各自伤憔悴。芳魂休怅,逢君已是知己。

柳梢青　题邵四兰风长相思图

杜牧风怀,崔徽心事,分付春痕。豆蔻梢头,樱桃花底,何处重门。　　天涯独自黄昏。剩梦里、香温酒温。红粉飘零,青衫落拓,一样销魂。

其二

画里真真,风前扣扣,争奈情何。除自当初,不曾相识,来去由他。　　春深梦也成婆。撇几处、帘波酒波。六六鸳鸯,双双蝴蝶,总是愁魔。

其三

弹指流光,关心旧事,我亦怜卿。无计留人,居然作客,太不聪明。　　春风枉自留情。吹几处、长亭短亭。一个情侬,今生如此,何况来生。

其四

天上桃花,人间流水,本是参差。裾带留仙,心香忏佛,春梦醒时。　　才人毕竟情痴。似杨柳、千丝万丝。浪打浮萍,风扶飞絮,未必相思。

金缕曲　题秦良玉小像

明季西川祸。自秦中、飞来天狗,毒流兵火。石砫天生奇女子,贼胆闻风先堕。早料理、巫夔平妥。争奈军门无将略,念家山、只怕荆襄破。妾男耳,妾之可。　　蛮中遗象谁传播。想沙场、弓刀列队,指麾高座。一领锦袍殷战血,衬得云鬟婀娜。更飞马、桃花一朵。展卷英风生飒爽,问题名、愧煞宁南左。军国恨,尚眉锁。

天仙子　题林小溪绕屋梅花图

花南雪北访诗人。未到门时香暗闻。门前翠羽一群群。一只鹤,一窝云。瘦煞扬州月二分。

湘月　题汪紫珊碧梧山馆图

纸窗棐几,爱秋阴盈寸,随风飘落。潇洒闲翻高士传,消受神仙清福。满砌虫吟,一丸月小,几片凉云绿。送来半臂,有人偷觑银烛。　　还记去岁扁舟,秣陵江上,悔未寻幽躅。归向空山愁寂处,料理长镵黄独。何日闲身,洗空尘境,远访云林屋。琴丝酒盏,树根把卷同读。

小重山　题李虎观梅梁渔隐图

卜筑渔庄寄此声。溪山随处好、一竿轻。乍携横笛上湘舲。沧波外、吹裂夜山青。　　展卷最关情。自怜人海梦、几时醒。故乡也有好渔汀。西溪路、孤负旧沤盟。

醉蓬莱　芙蓉山馆销寒第三集,题仇十洲王母醉归图

乍传言玉女,蕊殿开筵,春回一笑。水瑟云璈,奏泠泠新调。月姊行觞,麻

姑进斝,祝与天齐老。斜盼银河,吸干碧海,乾坤都小。　　宴罢归来,琼霞晕颊,珠斗欹肩,看侍儿扶好。倦眼惺忪,怕天鸡催晓。料得双成,聪明绝世,向仙丁传报。好护园门,生防今夜,岁星偷到。

鲍之芬(1761—1808)　9首

字佩芳,号浣云,江苏丹徒(今镇江)人。皋女,徐彬妻。平生以妇德自重,慎与人交,王文治尝欲请见,拒不许。与姊之兰、之蕙并擅文名,有诗集合刻。著有《三秀斋词钞》一卷。

百字令　题鲍邱送别图

天高海阔,任翱翔尘外,白鸥黄鹤。蓦地西风吹客袂,湖上莼鲈曾约。枫染林丹,葭飞渚雪,帆挂斜阳脚。篷窗挥手,碧空烟净云薄。　　遥忆邱水潺湲,叔牙山好,在根盘枝错。西晋东川多感慨,一叶天涯重落。十载乡心,三秋归梦,想故窝安乐。飞鸿目送,素衣惆怅京洛。

谷香　题九畹芝兰图

湘岸遗馨托芳根。九畹尺幅丛生。素枝自摇绿,叶色秀香贞。只合松筠为友,更和来、林下风生。何须畏霜雪,馥郁长依,谢傅阶庭。　　墨痕凝蕙露,写苔苍藓碧,秋芜春荣。放怀楚客,千古犹寄幽情。可是西风江上,尚依稀、杜若芳汀。瑶琴乍成曲,鹤唳长空,石濑泠泠。

百字令　题骆佩香秋灯课女图

井梧秋劲,敞风疏露,槛尘空碧落。机杼初停勤荻训,一卷书抽故橐。蕙质方柔,焦心独展,幽抱怜闺阁。令师贤母,凤雏清和孤鹤。　　休怨伯道无儿,中郎今有女,堪承家学。习礼明诗应不愧,舅氏宾王姓骆。宝婺光寒,蓼莪篇掩,吹彻江城角。琴台音窅,清灯辛苦纱幕。

金缕曲　和韵题问秋图

何处秋深矣。望汀州、萧萧芦苇,秋应在水。雪正纷披霞错落,秋在枫林散绮。噈泉石、秋声迸齿。摇落江南杨柳岸,送燕山、九月披裘至。饶逸兴,云乡尔。　　有斜阳处西风里。小桥横、琴尊逐谢,奚囊从李。秋色二分余几许,秋满寒山诗思。正杖倚、推敲一字。秋也何心秋著色,更宜人、浓淡谁为此。青女力,霜华使。

风蝶令　题春园扑蝶图

石藓侵裙碧,苔花印屐微。西园桃李惜芳菲。暗恼无情蝴蝶、送春归。似梦犹迷草,寻香故绕衣。逡巡把扇怕惊飞。要扑一双粉本、画屏帏。

沁园春　题陈夫人遗照

芳草池塘,绿荫阶除,清和暇时。有膝前爱子,牵衣问字,闺中博士,习礼明诗。暖律调莺,新声啭凤,贤母由来即令师。韶华暮,对东君惆怅,忍负将离。　　人生百岁难期。最寒燠中年费护持。叹华胥短梦,霜兰坐萎,春晖寸草,风树含悲。合浦明珠,空梁夜月,应有安仁百首词。瞻遗照,羡千秋彤管,一代蛾眉。

绮罗香　题画眉图

玉镜鸾新,晶帘燕悄,朝露袭人兰气。欲效当年,京兆闺房韵事。入时宜、最要长蛾,喜宫样、匀分八字。占风流、石黛南都,生花妙笔殷勤试。　　春风吹上眉妩,掩映明眸皓齿,花钿云髻。浅笑轻颦,流盼更添娇媚。临瘦月、波剪秋痕,带远山、柳舒晴翠。祝相庄、鸿雁长齐,孙曾同寿介。

绮罗香　题同里许翁双美图

竹抱孙枝,桐垂美荫,人在小山幽处。写出秋心,水镜倒沉天宇。劳旧梦、世外烟霞,品新诗、闲中风趣。问仙居、丁卯桥边,姓名更继昔时许。　　明珠双换白璧,还似娇梅倩杏,紫云红雨。玉管金炉,消遣蕙烟香缕。正好是、公子归来,莫漫言、诗人老去。斗轻盈、燕燕莺莺,嫩凉生白纻。

绮罗香　题杏花楼晓妆图

中酒高楼,卖花小巷,一枕春眠初醒。镜里惺忪,双脸断霞还晕。约纤腰、一幅云拖,扫眉黛、二分月印。待妆成、簪上红香,露痕浓染鬓云润。　　风番吹已过半,杨柳青青不隔,天涯芳信。料峭余寒,十二阑干休凭。尽关心、莺踏铃声,似相识、燕窥帘影。自娇憨、生小无愁,画梁延素颈。

尤维熊(1762—1809)　72首

字祖望,号二娱,江苏长洲(今苏州)人。世楠子。乾隆五十四年(1789)拔贡,授江苏淮安训导,秩满荐云南蒙自知县,恭履乡落,化民移俗。引疾归,旋以丁艰乡居。著有《二娱小庐词钞》二卷。

八声甘州　题言士豪钓月图遗照

见茫茫水满两崖间,海色夜横秋。有钓鳌仙客,虹蜺作线,明月为钩。携得玉箫金管,家具在船头。且与樵青辈,爇竹闲讴。　　藉甚江东王谢,把乌衣门第,欲换羊裘。问水云踪迹,何处着风流。看蓬莱、这番清浅,便鸿泥、雪爪也难留。应归去、三山小住,凤窟麟洲。

红娘子　题扇头画菜笋

我问邻园叟。食谱田家有。小摘瓜壶,横堆茄苋,大烹菘韭。又争如露甲、紫烟萌,擅年前冬后。　此品公推久。此味君知否。二寸金虀,三分玉版,一卮琼酒。盼花开时节、玉人来,荐春盘纤手。

眼儿媚　题扇头杏花竹筱

美花多映竹檀栾。谁写入冰纨。闹春浓处,便扶红玉,醉倚琅玕。　百千心事重提起,滋味一般般。猛思量着,小楼夜雨,翠袖天寒。

减字木兰花　红袖添香图

青衫红袖。画里牙签围锦绣。纸醉金迷。添个香东畔墨西。　温馨散了。蠡壳明窗云自绕。一笑书空。袅出心心两两同。

南柯子　为徐稼庭题扇头古梅,时稼庭令兄以覆舟而殁

心是龚宾铁,身为博望楂。今年春忽到山家。放出一梢寒玉、太横斜。换骨尘千劫,招魂水一涯。春寒纸帐梦来耶。只恐半床大被、更寒些。

满江红　徐稼庭与其亡兄合图一照,题其帧首,时五月五日

才一披图,还道是、天伦乐事。浑未省、两枝花萼,一枝憔悴。参佐桥边曾对廨,逍遥堂后无多地。叹人生、风雨话连床,谈何易。　君试看,铭旌字。人共惜,循良吏。有惸惸孤寡,闻之酸鼻。读罢一片哀郢赋,堕他千滴思兄泪。怕江头、人说吊湘累,龙舟戏。

忆王孙　代谢玉题芙蓉画扇

芙蓉生怕鲤鱼风。不与明霞斗晚红。回看蒹葭白露中。月溶溶。似隔荷花路不通。

偷声木兰花　题四弟扇头枫林丹叶，时弟赴省试

西风一阵寒初峭。红树夕阳无限好。多谢天公。做得秋容尔许浓。
曲江江上邀头宴。别有红云千万片。试较争差。可似春风二月花。

于中好　画竹

春雷出地痴龙醒。移上番、几枝齐迸。露华湿了青莎径。和箨堕、梢头粉。　碧痕似洗浮筠净。向小小、绿窗留映。宵来月皎风初定。早送上、疏疏影。

浪淘沙令　为汪丈莲亭题憨园女史画扇头芦蟹

不写秋容。不画秋虫。似闻搣搣苇条风。记得夜深行郭索，渔港灯红。
浅笑题封。浓笑书空。持螯何日坐房栊。要倩蜀姜亲捣也，纤手春葱。

霜天晓角　题画菊

萧疏栏楯。略点霜华嫩。检点茱萸锦佩，又一度、重阳近。　风信一番紧。秋英开数本。有个卷帘人瘦，掐小朵、插云鬓。

台城路　复园雅集图

羊裘三径宾朋盛，元卿尚留亭沼。话葬炉头，赌棋枰畔，笑指隐囊纱帽。

丹青笔妙。见嵇吕心期,阮何风貌。六十年来,烟凄几处冢边草。　　池台高下历历,记诸公当日,冷吟闲眺。邻笛怀人,雍琴感旧,寂寞昏鸦残照。风流渐杳。剩菜陌花时,春游年少。遥认名园,出墙高树老。

台城路　穆大展摄山玩松图

栖霞岭接长干路,巑岏一峰江表。缭白纡青,流丹耸翠,吐纳烟云不少。看山客到。听茶版谈禅,粥鱼催晓。三百年来,道场初地缅僧绍。　　六朝柯叶不改,有苍官列队,九树夭娇。万壑涛飞,半天虬舞,阅古雪霜俱饱。先生同调。倩韦偃毕宏,肖他姿貌。何必香山,丹青图九老。

解佩令　题潘榕皋归帆图

柳丝波缛。莼丝风熟。送归人、蒲帆十幅。水阁花桥,绝胜似、鉴湖一曲。及时花、旧时松菊。　　酒留宾漉。书留儿读。一身兼、清才浓福。从此生涯,也不要、随身书局。荀公香、谢公丝竹。

祝英台近　题二分明月女子陈素素画萱花

草风熏,花事毕。密叶几茸苗。腻黦金衣,爱傍露台坼。料伊杀粉调铅,殷勤匀染,抵多少、柳怜花惜。　　休追忆。记得萝屋幽窗,黄映智琼额。道是忘忧,一本手亲植。而今别母情怀,才拈针线,又牵梦、春晖堂北。

疏影　舒衫受落花图,浮眉楼索题

风曛罗洞。有蔫绵万树,云根亲种。尝敕真官,守护更番,不许金铃摇动。无端鹊踏惊翻处,早飞去、一双幺凤。正清都、宴罢归来,残月落花烟重。

听得花裙綷縩,曳石华袖广,骇鸡冠耸。上界星辰,下界风云,忽忆旧游如梦。金支翠羽瑶京路,见几队、仙軿双拥。悔玉郎、此处分携,草草出门相送。

浣溪沙　频伽秦淮春泛图

淡粉轻烟十四楼。石城花月荡春愁。竹西不羡古扬州。　但有客来前度后,更无人在此楼头。夕阳一一上帘钩。

买陂塘　题郭频伽盟沤图

问鲈乡、秋来烟雨,又添新水多少。无多家具随身惯,载上橛头船小。轻拨棹。看划破,浮萍山影参差倒。柳疏未老。更汀蓼江蒹,摇烟织暝,此景画难到。　波光外,几点沙鸥杳渺。忘机恰似同调。秋风催做江湖梦,堪结烟波盟约。归来好。向短短、乌篷安稳眠昏晓。披图一笑。算胜却江边,浪花堆里,去鸟逐帆杪。

生查子　题画杏花

不是倚云栽,那得花如许。枝上斗春浓,小宋风流句。　十里酒旗风,一夜小楼雨。记得一村村,红入江南路。

生查子　题画荷花

袅袅复亭亭,渌净花如拭。一霎受风翻,时见蜻蜓立。　三十六陂塘,沤梦清凉国。着个采莲船,生怕红裙湿。

生查子　题画木芙蓉

映得晚霞多,烘得朝阳透。烂锦小花城,天上新营就。　采采渡江人,满把香盈袖。我欲羡丹青,妙笔滕昌佑。

生查子　题画红梅

绀唾九天凝,散作花零乱。春到向南枝,尽日风妍暖。　　红雪堕霏霏,莫更吹琼管。只恐赚刘郎,路向仙山转。

惜红衣　题画

风猎葭蒲,雨凋菡萏。碧池烟敛。浅水篱根,丛花冷红糁。鱼梁鸭栅,衬一色、高低浓淡。黯湛。水国秋光,借斜阳烘染。　　湖亭小槛。入手纶竿,风微钓丝飐。草熏过也,残暑已全减。记自蘋花开后,又早蔓萦菱芡。趁鱼天未暝,仍约吴船同泛。

卖花声　桐叶题诗图

金井辘轳闲。叶坠层阑。拈来一片绿云寒。打叠秋心成一字,便是愁端。　　和露试糜丸。题与谁看。天涯欲索解人难。莫似御沟红叶句,流到人间。

瑶华慢　题张子白大令清溪别意图

百年婚宦,事事艰屯,到别离偏易。郎当衣袖,数不尽、点点行行红泪。秋风江上,算只有、长年多事。何苦教、铁鹿银樯,岁岁送人夫婿。　　沉吟两地登临,看日暮山多,天展无际。数声霜雁,又更比不寐,愁人先起。秦笺擘就,待略写、离情教寄。但可怜、瑟缩黄绸,一半梦轻难记。

望海潮　题李墨庄奉使琉球图

朝暾初出,沧波无际,天留不尽黄舆。那霸外侯,中山旧国,当年沿革成书。龙节拂珊瑚。记叔孙绵蕞,守礼如初。冠佩中朝,王人气象慑扶余。

仙山鳌掷鲸嘘。有记成曼倩,赋著玄虚。五两相风,一针辨位,使星便是南车。威德静天吴。见麟洲凤窟,历历蓬壶。看取回帆金鼓,鹢首百灵翘。

貂裘换酒

洪稚存、张船山两太史《松筠盦祭诗图》作于乾隆庚戌除夕,嘉庆庚申春正月,船山属余题词,时稚存已遣戍塞上矣。松筠盦在宣武门外炸子桥,杨椒山先生故居也。

琴碎长安市。渺愁予、纸窗灯火,青荧如此。此是前朝忠愍宅,破屋数间而已。要诗卷、常留天地。呕血频年雕肝肾,怕心神、辞去今还未。代腰腊,飨而祭。　亡于礼者之为礼。也须知、从来祀典,都缘义起。神既醉兮同饮福,荡涤诗肠如洗。将余沥、普沾余子。南部甘陵两君在,剩乾坤、一点清雄气。又销铄,十年矣。

金缕曲　题董小池秋山行色图

解后如吾愿。拂鞭丝、黄河渡口,同书驴券。日日铃声闻替戾,山店嫩寒犹浅。奈一样、马卿游倦。此日秋鸿归信准,记风花、曾逐江南燕。行子色,画中见。　公卿折节交游遍。问长安、几人能博,阮公青眼。老薄侯鲭无味甚,终觉旧山堪恋。喜总角、佳儿方丱。何日携归同戏彩,奉潘舆、九十身还健。虾菜约,五湖践。

菩萨蛮　题团扇画蕉叶美人

一层卍字阑干好。两重心字罗衣小。冰雪映肌肤。前身是藐姑。　绿天凉有意。一片云铺地。腻杀落钗声。梦回山枕横。

西子妆　题郭十三山阴归棹图,图为瓦山老农吴竹虚所作也

一粒诗瓢,一盘茶磨,一舸移家同泛。早春时节殢寒多,响帆梢、雪花犹糁。瓦山墨淡。全画出、湖天黯黯。画中人,莫匆匆错认,扁舟归剡。　篷

窗掩。着个卿卿,共拨炉灰焰。越山越水越溪人,是第一、无双明艳。风流未减。且休羡、赐湖名鉴。待归来,重把黄金铸范。

齐天乐　次谷人先生韵,题华秋槎北山旅寄图

梁鸿溪上西神秀,君家大好山水。却为西湖,勾留小住,日对南屏环翠。我知君意。想卜宅南村,素心无几。一石村醪,不如来共野翁醉。　　鹡鹉蚊睫偶寄。笑数声大抵,不习为吏。白眼看人,青山怜我,两弃君平身世。夜行不已。浑未省黄粱,熟来滋味。那得秋钟,醒他尘梦里。

多丽　题孙平叔撇苗图

玉龙横笛家,少小知名。按伊州、凉州都遍,几曾度得新声。韵飞残、江梅正落,纹添绉、春水方生。懒倚琴徽,倦移筝柱,底须簧暖更笙清。知几日、雨香云腻,一曲制初成。又谁料、隔墙偷谱,有客潜听。　　笑当年、黄河远上,争夸传唱旗亭。爱烟波、松陵白石,愁风月、柳岸耆卿。素素能歌,红红善记,人间也有小蓉城。便夜静、兔华西坠,何事笼灯行。更添画、杏花疏影,吹到天明。

满江红　题江上晚霞图

楚岸烟消,看千里、湘江一碧。渐渡口、归帆卸尽,暮潮春急。落叶数声蝉外响,残虹一道鸥边没。正鲤鱼、风起雁来时,秋萧瑟。　　菰米大,云沉黑。芦花小,霜飞白。更柳摇枫落,红黄如织。江净沙明溢浦路,天长水远营邱笔。向斜阳、影里认分明,寒鸦色。

凤凰台上忆吹箫　题马湘兰画兰

眉笔生春,沤波涤砚,名家小幛湘兰。是美人香草,臭味相关。不愧儿家小字,频含睇、七泽烟鬟。还认取,丛篁解箨,瘦石如拳。　　阑珊。歌慵舞

倦,消受得年年,沉水香残。似劳人迁客,雨泣江干。可惜姬姜憔悴,共英皇、泪竹成斑。剩几幅,断纨零墨,漂泊人间。

长亭怨慢　为瞿花农题汉皋赠别图,图为王蓬心太守所作,乾隆乙卯闰二月也

写一片、楚云凝岫。送客抽帆,故人尊酒。昔日题襟,伤心零落半耆旧。画师老矣,谁得似、蓬心叟。恰卷尾填词,又二月、闰春时候。　　回首。去天南万里,再过橘洲乔口。雁回人远,添多少、客怀僝僽。江乡菰米生涯,判头白、鸥群相守。切莫唱阳关,重折当年杨柳。

琐窗寒　题陆甫元春雨斋图

浅拓轩楹,薄疏泉石,诛茅初了。兰成赋后,补入冬华新稿。是何时、东风放颠,丝雨流光湿烟袅。任天阴如墨,不曾关住,江南春早。　　春晓。寒犹峭。想倦拥黄绸,梦儿多少。小楼深巷,定有卖花人到。喜归来、山遥水遥,仿佛回廊梦中绕。认年前、燕子曾衔,几点芹泥小。

金缕曲　题雨窗话别图

嘉庆庚申,胡砚农员外送其弟子心农司马之官浙中而作。时予已赴滇南,不与荐祖之宴。比东归,游于白下,心农亦先一年解组矣。出此图索题,因补缀此解。

惜别怜同气。算人间、最难得者,莫如兄弟。画里一绳秋雁影,又逐西风南遰。四海一、子由而已。记得逍遥堂后语,卜对床、他日知何地。歌折柳,众宾起。　　五湖切莫迟归计。忆当日、阿兄与我,言犹在耳。翠黛既难留五马,我亦归来万里。重话雨、六朝山里。燕市酒人今散尽,剩词家、一个张春水。恨不与,共姜被。

一萼红 题秋影主人小像

认前身,是空江远水,一朵断肠花。倩女魂轻,小蘋衣薄,耐他风露交加。数不定、低鬟十八,映清辉、寒似夜来些。独院琴心,秋衾鞋梦,同是天涯。

当日闻歌清夜,记银河络角,一样横斜。雨泪蔫绵,云情散乱,抛残紫玉红牙。听几遍、梧桐萧瑟,惯吟秋、不是旧窗纱。剩有清溪冷月,犹照儿家。

瑞鹤仙 题汪饮泉秋隐庵填词图

秋声林外动。有燕燕秋奁,白云常潆。秋怀几千种。倩冰壶濯笔,露珠愁冻。南唐北宋。变新声、懊侬啰唝。算何如、潭碧桃红,一曲踏歌相送。

悾偬。瘴云万里,零雨三年,旧游如梦。欸歌罍弄。修月谱,有谁共。羡红窗着个,红儿相伴,夜夜灯前髻拥。放箫声、度出清商,画桥烟重。

蝶恋花 题画

开遍藤花无意绪。庭院深深,日日吹香絮。花里惊鸿飞不去。帘波窣地通眉语。 团扇画罗衫白纻。金屋金堂,分是侬家住。明月去人才尺许。夜风凉到销魂处。

高阳台 题陈云伯碧城仙梦曲

宝马云驱,彩鸾雾拥,烟霄有路能通。诀荡门开,望中春又蓬蓬。红墙一带堂坳水,嵌疏星、几个玲珑。梦惺忪。倚遍雕阑,数遍巫峰。 十洲名字丛残记,笑金门玩世,著述匆匆。百尺楼头,让他湖海元龙。生花卅首江淹体,蘸陶縻、写上屏风。路冥濛。扶醉归来,尚把芙蓉。

琐窗寒　题陈云伯云蓝索句图

踏柳长堤,买花深巷,春归还未。画楼西去,一角悄无人地。看纷纷、蜂狂蝶忙,隔墙罢了秋千戏。正茗烟一缕,吹来满院,瓶笙声沸。　　无计。能回避。又笑赌花枝,语通兰气。笙囊绣处,省得白家诗意。被催成、墨沈未浓,累伊永夜挑玉穗。镇无眠、拥髻沉吟,领略愁滋味。

迈陂塘　题潘榕皋春渚归帆卷后

过樟亭、一江烟水,天然小幢新本。笛床镜鉴乌篷底,陋煞繁华金粉。潮有信。浑不似樵风,赳赳无凭准。青丝柞紧。看七里泷清,两头月小,十幅布帆稳。　　吴山秀,不比越山常润。绿痕吹上蝉鬓。画眉声里妆成早,人与银湾俱近。餐不尽。算日对青娥,也尽忘饥困。神仙福分。更莫悔宵深,轻衾小簟,孤负篆香烬。

疏影　为林午桥题倩女离魂图

今云古雨。情天一片,幽恨谁补。是否当年,幻影桃花,斜阳照出如许。燕钗无力铁衣冷,记划袜、下阶微步。叹旧来、梦境都非,何处梦中寻路。

依约太湖石畔,相逢原草草,心事难诉。望里翩珊,仿佛天寒,翠袖有人延伫。屏风莫赌纤腰瘦,况画里、长条无主。怕春痕、摇漾风前,又逐柳绵飞去。

台城路　题范雪仪璇闺秋兴图

宝钗楼外金飙动,已凉未寒时候。伫月庭阴,呼灯篱落,早有草虫思斗。风前搴袖。看逗出秋心,只凭纤手。坐久桐阴,露华恐沁袜罗透。　　战金宫样已古,记冷盆巧制,大秀小秀。玉砌随音,金笼下注,狼籍几枝花瘦。看场散后。抵一局输赢,残棋重覆。犹胜长门,暗听吟井甃。

迈陂塘　题单兰浦柳阴垂钓图

问谁张、三千六百,豪情未肯多让。仙人去后渔矶冷,剩有撅头船傍。春水涨。看柳絮飞绵,正好河鱼上。海怀霞想。待敲月为钩,绚虹作线,直下一千丈。　　平生梦,一曲镜湖泱漭。别来虾菜无恙。调羹斫鲙年年事,记否银刀初响。摇双桨。喜近日西施,又入千丝网。轻帆五两。谱渔笛蘋洲,烟波十里,付与小红唱。

乳燕飞　题郑硐南遗照

汉学康成后。溯当年、大儒门第,岿然居首。只合满阶生带草,却种渭川千亩。疑画出、子真谷口。楼小竹深寻不见,向云端、高挹浮丘袖。别已隔,廿年久。　　心声心画关天授。画书诗、君家三绝,谁能抗手。退笔如山烟墨涨,赢得苦吟人瘦。问曾化、鹤归来否。往日宾朋零落尽,只小桥流水还依旧。伤永逝,感风柳。

沁园春　题蒋小田醉围红袖写乌丝图

谁伴词人,仿佛当年,香东墨西。看三真六草,墨浮鸜鹆,双烟一气,香透狻猊。祓去清愁,种来浓福,洪饮能倾酒百榼。屏风外,正春风吹鬓,眉黛痕低。　　向来诗半无题。有江管生花手自携。爱元卿标格,能交求仲,竹山乐府,不减梅溪。棐几光匀,蛮笺色丽,映出微涡艳若黎。催新拍,付玲珑唱澈,自击文犀。

暗香　题高犀泉浮香楼图

峥泓萧瑟。剩荒寒一段,费人寻觅。问讯当年,两个闲鸥是相识。只有中央一水,更不辨、张南周北。又谁向、薛砌苔垣,重拨旧瓴甓。　　祖德。我能述。借诗卷丛残,补缀烟墨。依然香国。愿为逋仙谢逋客。指点柴门开处,响不断、萧萧芦荻。尚仿佛、相送后,者般月色。

水调歌头　题朱愚溪西泠话雨图

通人无不晓,术比上池公。活人尚能如此,活国岂无功。一别十年如雨,失喜图中相见,二妙古人同。有剑识雷焕,无角折充宗。　　双峰雪,三竺雨,六桥风。西湖大好山水,筦领定坡翁。除是少游山谷,否则文潜无咎,相对话鸿踪。曾汲虎跑水,偶试密云龙。

满江红　题唐陶山不如归去图

凤泊鸾飘,看毛羽、总非凡翮。向鸡鹜、分来几颗,啄残余粒。天上乌尼难问渡,海中精卫空衔石。只宽闲、浩荡有前盟,江鸥白。　　枭攫肉,今全获。鸿嗷野,今安宅。问爱居钟鼓,飨之何益。不定栖乌休绕树,将归秋燕真如客。笑纷纷、腐鼠饲鹓鶵,何须吓。

貂裘换酒　题陶山还山养疴图

杜宇春山语。向人间、频频商略,不如归去。身处脂膏终不润,那有还山家具。且检点、玉杯珠柱。叠石疏泉都帖妥,种两三竿竹添风趣。抵一首,小园赋。　　病来谁伴维摩住。看空中、天花著处,纤腰能舞。便与神仙争福分,未必天公轻许。君试想、一天寒雾。多少脚靴手版客,望辕门、牙纛听官鼓。图画耳,也应妒。

貂裘换酒　题郭频伽寒垆买醉图

寂历孤山畔。正新寒、雪花乱点,茶槅酒幔。客到两三争系马,知是青骢游倦。是栗果、少年躯干。指点银瓶频索饮,尚不通、姓字粗豪惯。肴与核,咄嗟办。　　醉中欲折垆头券。问何人、金龟能解,貂裘能换。鬓影当风吹未已,不惜卷帘通盼。若叔是、昔年曾见。何用十千论价值,抵天涯、一顿王孙饭。留韵事,助欷叹。

玲珑四犯　为石敦夫题"杨柳岸晓风残月"词意

水国秋风,有旧日天涯,短梦难记。一个离人,付与橹声摇曳。憎他黯黮鱼天,只许断鸿横遯。盼画楼、已隔高城,何况楼中双鬓。　画图重省销魂地,问离愁、是甚滋味。一川烟草无人管,莫是江南意。辄唤几遍奈何,便消尽、才人英气。判鬓丝、禅榻华年,又向此中憔悴。

迈陂塘　题潘竹坪竹屿垂钓图

有林樊、好栽竹树,陂塘好种菱芰。白沙翠筱青荷叶,其上红泥亭子。秋水至。看策策堂堂,富有鱼千尾。闲鸥休避。趁苔石温时,蘋花开处,投与一竿细。　山阴道,迟我今年才至。越中大好山水。溪头浣女声喧也,两两三三归矣。从此始。过几段、若耶溪路云门寺。四明道士。问脱了朝衫,闲来理钓,乞得鉴湖未。

菩萨蛮　题蔬果画卷,次频伽韵

犨龙角奋硗硗玉。嫩衣教褪层层绿。风味供山厨。先尝输野夫。　杏红菖叶白。节候谙歌诀。西崦饷耕天。烧残暧暧烟。

其二

不烦担水荒畦灌。烟苗露甲朝犹泫。韵事说烧猪。消肌独有渠。　园丁餐到老。辣玉甜冰好。一种号杨花。鲜松漉井华。

其三

甘浆冰齿香笼爪。略殊绿橘千头小。比荔献珠宫。熏风送满帆。　香名应不改。左赋三篇在。花忆款冬寒。蜜蜂攒一团。

其四

龙泉瓷配香姜瓦。银船细碾冰砂藉。具体肖柑微。难将帕裹伊。栈云连玉垒。远寄黄犹腻。佛国树双株。名编梵夹书。

其五

秋菱出水秋花澹。湖风无力湖烟漫。着个采菱娃。问年方破瓜。鞋杯行酒处。样好争怜汝。仿佛小玲珑。凌波烟水重。

其六

肤清不减琉璃冻。镇帷犀压流苏重。绣傍木夫容。轻黄欺淡红。梦禅参已透。茶熟香温后。药谱重宣州。敬亭云满楼。

其七

谶符委鬼当头紫。浴蚕过后才登市。祭罢马头娘。油花饼饵香。垂垂行菜地。豕腹膨亨似。物幻借风光。肖他黄犊黄。

其八

地炉煨尽温磨火。山僧腹亦欣然果。芰却旧蒲荷。今年种处多。蹲鸱风味在。直得盈筐买。锦里小园芜。园收似旧无。

其九

水乡买断陂塘贱。红衣堕粉寻常见。采采又盈船。火云烧暮天。红裙偷裹处。一一归莲女。风急败荷多。烟波愁若何。

其十

杨家记得人如玉。听呼小字生怅触。菱角共莲房。冰盘同一凉。何曾纤手捻。略许晶盐渍。嚼碎绛罗肤。琼浆咽得无。

其十一

梢头果熟经残夏。唐梯新剪繁枝罅。粒粒水晶寒。犹留溅齿酸。开箱还忍笑。验取侬裙好。记得小帘栊。花花相映红。

其十二

烟畦几棱烘斜日。牵花引蔓悬藤格。托风费长吟。黄台旧日名。　　茶余留客话。清供休论价。酷嗜记同年。金刀乍剖筵。

其十三

潘郎载得盈车果。怀中青子纷纷堕。草木状秔舍。风光并采兰。　　回甘能疗渴。此味关宣节。崖蜜究输他。樱桃漫作花。

其十四

居然笑靥成双晕。脸霞似映红蕤嫩。节候又匆匆。吹残花信风。　　西池开宴后。爪劈麻姑瘦。弱水隔弯环。有人偷得还。

其十五

缅绳断竹交撑挂。夜虫叶底声如雨。曾记老农家。墙头红白花。　　秋风八九月。瓦鼓敲何急。西圃又东场。水天闲话凉。

木兰花慢　题周云岩韵兰草堂图

辋川潇洒甚,留别墅、古今同。看橡缚香茅,砌同笕竹,门荫乔松。金阊旧亭最古,近南濠坊曲半花丛。合傍都家故宅,分他夜读灯红。　　其中。赙赆重重。数烟墨、几人工。试高挂鸦叉,评量宗派,判别畦封。纤腰尚能绘否,漫寻思点染小屏风。乞取当年粉本,草堂自画卢鸿。

台城路

梅庵宫保与令弟朗峰侍郎合写一照,题曰《联床对雨图》,时在乾隆乙巳岁,两先生方同为学士也。越二十余年,宫保节制两江,而侍郎已归道山矣。公暇出此图相示,爰成一解,题于卷末。

有唐十八登瀛客，他人不如同姓。花萼人间，玉堂天上，竟有二难能并。家门鼎盛。看烛撤金莲，香调凤饼。下直归来，依然相对读书檠。　　平生四海兄弟，重来寻旧约，莫是坡颖。茧作同功，枝连同气，不许迦陵同命。嗟乎子敬。拨旧日琴徽，助余凄哽。愁对霜天，一绳秋雁影。

鲍份（1762—1816）　3首

字叔冶，江苏常熟人。诸生。省试屡不售，嘉庆十五年（1810）充岁贡。授徒自给，后入史致俨河南学政幕中。博窥经史，与兄伟、弟俶并负才名，尤精熟《文苑英华》《太平御览》。著有《未学堂集》八卷，收词二卷。

摸鱼子　为竹桥先生题湖田书屋图二首

甚先生、放怀高寄，都来山水之外。三椽未许移茅屋，赊尽雨容烟态。真可爱。看地远天空，万象先无碍。回环映带。有渔子张罾，牧儿横笛，点染入图画。　　红尘软，何处如斯境界。休论鱼米虾菜。波光养得人心静，已是十分清快。奚必再。思枕卧凉窗，共作羲皇话。悠然意会。只千卷丹黄，四围苍绿，不易索人解。

其二

更谁道、秫须多种，欣看云尽如稼。此间乐趣偕鸥鹭，一片湖光无价。清以化。任世上炎凉，几阅冬和夏。平畦小舍。问画省焚香，玉堂然烛，可似此闲暇。　　休言是，半席渔矶未借。当前何事非假。人生第一田居好，画已极其萧洒。多只怕。怕又出东山，负老桑新柘。惟宜劝驾。待风紧三冬，雪深一尺，愿立向门下。

祝英台近
武进张佩之以放翁"花为四壁船为家"句布景写照,索题因赋

惜红情,怜绿意,无计整长见。何似图中,又近晓风岸。月光错认菱花,扁舟同载,只休认、花光如面。　甚留恋。不是泛宅浮家,不是胜游擅。鸭睡鸳瞑,可许盟鸥羡。应须尽沽芳醽。粉香围处,更添朵、并头妆倩。

姚尚桂(1762—?)　6首

字秋岚,直隶河间(今河北河间)人。乾隆间诸生。久困科场,至老不获一第。工诗词,嘉庆十九年(1814)尝与张春帆、胡印辈结乩坛诗社。著有《种月词》二卷。

画堂春　题杏花女史图

绣罗金雀佩珊珊。无言独上春山。一枝红杏折来妍。知为谁攀。　好是玉楼人也,东风鬟影吹残。花阴小立耐盘桓。应怯春寒。

踏莎行　自题小影

细柳飘风,双桐挂月。天然点缀清秋节。夜凉人静爱闲吟,露华满地苔痕滑。　落拓形骸,萧疏景物。问伊兀兀何痴绝。虎头为我费三毫,可能写出心如结。

柳梢青　题落花水面小影

小槛方塘。伊人宛在,左右修篁。一片飞花,飘来水面,几度悠扬。　偶然点笔临窗。神怡处、心斋坐忘。好个溪山,无多春色,有限韶光。

减字木兰花　题施云田杨柳画扇

和烟带雨。染就绿杨千万缕。摩诘多情。偶把青青写渭城。　　东风游倦。手引丝丝还障面。摇漾春愁。何必楼头与陌头。

连理枝　题黄璞崖南山采菊小影

三径西风到。霜叶红偏早。不寒不暖,题笺载酒,黄花正好。喜虎头描画、一诗翁,却添毫惟肖。　　衫履翩然妙。须鬓苍而皓。待倩奚奴,担囊荷锸,尽堪娱老。怅何时把臂、对南山,从先生乐道。

柳梢青　题枫桥夜泊图

有客扁舟。枫林小泊,时候深秋。浒墅关中,姑苏城外,吴市梢头。　　推篷暗数更筹。恰夜半、钟鸣寺楼。渔火星明,乌啼霜落,月白江流。

管槲(1763—1817)　3首

字联韡,号萼楼,江苏如皋人。屡试不第,捐任盐课大使,签分两广,升兵马司指挥。著有《棠华书屋诗余》一卷。

双调望江南　题美人望远图

人何处,云树望依稀。几曲阑干心万里,一楼烟雨燕孤栖。争奈暮春时。　　屈指数,岁序暗推移。匝地垂杨空袅袅,连天芳草又萋萋。徒自锁双眉。

金缕曲　题葛芸洲红桥春泛图

迤逦平山路。记三春、牡丹初绽,桃花含露。画舫中流游行缓,夹岸莺啼芳树。听院落、笙歌几度。夕照红霞多变态,水东西、络绎争官渡。村店外,醉芳酤。　　回头常把良辰溯。笑依然、青衫落拓,美人迟暮。赖有渔湾多情士,一幅图成缣素。便幻出、烟岚无数。同滞燕台牵别梦,向晴窗、细领清幽趣。疑杜宇,催归去。

满庭芳　题张致轩天香染衣图

白下相逢,风檐携手,别来又隔经年。中宵起舞,拟着祖生鞭。报道木樨香绽,无端惹、惆怅花前。回头念,蕊宫在迩,嘉会让群仙。　　画图聊寄意,昂藏七尺,顾影谁怜。幸风流标格,尚未华颠。且尚小山阴里,闲消遣、酒地诗天。终须见,恩沾雨露,翔步五云边。

管亶　9首

字镜蓉,江苏如皋人。有词一卷,与管榔、管兆藕合刻为《棠华书屋诗余》。

壶中天　题刘一擎采芝图

丹崖峭壁,看山空树古,尘飞不到。吹过天风香满径,开遍琪花瑶草。篮竹挑云,衣襟染翠,林下容闲眺。者般趣味,教人顿叫绝倒。　　且喜芝兰有瑞,千年玄鹤,缓步花宫绕。好向商山偕伴侣,莫效终南径巧。宋玉工愁,文园善病,枉自寻烦恼。长生欲学,更谁何处蓬岛。

清平乐　题霁峰图册十六景之四

其一　草铺寒篝

行行且住。觅个安眠处。颓壁荒凉环堵宇。悬榻今宵谁主。　无人更具壶觞。疏灯也没余光。席地何妨草草,依然共话连床。

其二　客窗残月

酒阑人静。满地霜华印。院宇深沉忘漏永。好梦中宵安稳。　当窗树影零星。梦回辨不分明。认道东方既白,早教仆夫催程。

其三　郭园晓发

鸡声乱聒。仆从轻装发。刮面风尖须欲折。更怕板桥霜滑。　一钩残月欹斜。飞来天半朝霞。领略风光无限,奚囊吩咐随车。

其四　磨盘危坐

何来归客。蓬户偏增色。礼数野人真朴拙。揖让还多周折。　相看稚子候门。桑麻鸡犬成村。顿觉别开天地,浑疑身入桃源。

沁园春　题吴平坡梦骑鹤雪中采莲图册

鹤立鸡群,平生器宇,爱煞吴君。乃冲天有志,品偕鸾凤,束躬无策,眇笑鹔鹴。抗步徘徊,整翎容与,善舞何曾肯让人。从今后,羡羽毛丰满,准拟飞腾。　无端超越形神。纵梦里依稀不当真。看一朝振翮,冲开海日,数声清唳,叫破寒云。贯未缠腰,笙应随驾,恍在苍龙背上行。霎时候,竟翱翔万里,瑶岛蓬瀛。

其二

堪笑堪惊,无端变幻,花样翻新。顿黑甜乡里,青莲世界,海红帐内,白玉乾坤。冰雪聪明,烟霞骨相,品格纤毫不染尘。还惆怅,底邯郸未竟,遽尔翻身。　　先生莫怅缘轻。料仙佛定知有夙因。想如来宝座,还瞻九品,灵山慧业,好证三生。此际归来,他时重到,稳卧还教自在行。君须记,若相逢曼倩,问个分明。

月中行　题万山藏古寺图

芙蓉万朵迥难登。云气护层层。荒岩隐约折枯藤。瞥见白头僧。　　究难寻觅藏修地,我几番、欲学猿腾。痴狂纸上似堪凭。戏说有钟声。

沁园春　题晋水郭涵斋垂钓图

不下讲帷,不曳吟鞭,咄咄奇人。试龙门赋句,才堪夺锦,鹤桥题柱,志欲凌云。带笠冲烟,披蓑冒雨,踯躅前途几惯经。何年早,把丝纶收起,坐对松阴。　　羡君浩荡闲身。便终日常联鸥鹭群。想玉竿在手,巨鳌可钓,印金佩肘,走狗无成。云水生涯,菰蒲岁月,万境空明寄托深。从兹始,看溪山增色,日有新吟。

管兆蘐　3首

字湘枝,江苏如皋人。有词一卷,与管榔、管宣合刻为《棠华书屋诗余》。

满江红　题鸳鸯浴水图

锦浪齐飞,自有日、托身金殿。看彼此、红衣翠羽,往来系恋。水暖池塘春正永,波浮萍藻光尤艳。却怜多少,思妇离人,临渊羡。　　莫打鸭,恐余恨。三十六,情一片。喜春风绕处,巫云隐现。比目游鱼同戏泳,并头莲子偕红嫩。笑人世、牝牡漫成群,难同论。

少年游　题梁宛溪放乎中流图

玉轮滚滚任遨游。万里浪花浮。拟到蓬瀛,坐如天上,一叶听孤舟。却钦自在泛中流。顷刻莫稽留。从此扬帆,渺无终极,天际望悠悠。

一斛珠　题董尤廷红袖添香夜读书图册

琳琅万轴。又何得、软红香玉。此生信是修来福。漏转铜壶,袅袅炉烟馥。　明妆掩映纱窗绿。好述定把关雎读。音讹果否横波目。那比书痴,终日寒窗麀。

焦循(1763—1820)　11首

字里堂,一作理堂,号仲轩,江苏甘泉(今扬州)人。八岁明音韵反切,见赏于阮赓尧,阮氏以女字之。年二十补廪膳生。乾嘉间阮元督学山东、浙江,屡招同游。嘉庆六年(1801)举于乡,明年会试不第,归里养亲,绝意仕进,闭户著书十余载。博闻强记,识力卓拔,与阮元齐名,又与同里黄承吉、江藩、李钟泗并称"黄江焦李"。举凡经史、训诂、天文、历算之学,无一不精,所撰《雕菰楼易学三书》四十卷、《孟子正义》三十卷,名重海内,并世诸儒皆叹服。兼工文,以柳宗元为归。著有《红薇翠竹词》一卷、《里堂词集》二卷、《仲轩词》一卷。

河传　贾育仁妹婿以扇头鸲鹆捕螳螂画属题

鸲鹆。鸲鹆。喙钩脚局。不过遇之,强食弱肉。曾记焦尾声边。赳赳侮暮蝉。　当年怒臂当车辙。夸奇节。难喻鸠之性拙。问谁能容汝,向红叶西风。吊鸡虫。

唐多令　题阮梅叔秦淮饯秋图

江外月华明。江南老雁声。纵萧疏、到也怡人。我要留渠还不肯,那却去、促他行。　凉暖倏然更。秋行春渐生。洛城边、早有人迎。记得秦淮桥畔水,大古里、只般平。(梅叔名亭,芸台先生弟也,向来曾从余学时文。)

惜红衣　题汪榆谷冷香水榭填词图,步原韵

竹外虚亭,莲边曲榭,柳丝蕉影。寂寂阑干,缘何自凭凭。相羊不已,闲写罢、花间新韵。秋暝。歌付小红,把箫儿君品。　残衣未尽。鸥鹭相看,溪风半吹鬓。今宵梦里,脉脉动归兴。试问夕阳菰菜,究竟甚人能醒。只冷香吟处,时见野桥烟艇。

婆罗门引　题庆荟和尚名山行脚图

如来若见,坐禅习定总皆非。尘埃拂拭何为。可以闭关不出,可以出忘归。便清凉历过,又到峨眉。　孤云自飞。任来去、任东西。一杖一瓶一钵,影共身随。百年故纸谁钻得,空教学蝇痴。休更问、月黑山危。

渔家傲　题黄竹云舟隐图

寒产蝉媛声带郢。风波历尽扁舟稳。倦客天涯谁共隐。闲系艇。萧萧白发孤鸿影。　村酒自酤随量饮。名言不惜相持赠。言者醉兮听者醒。休再问。从来不告人名姓。

吴谷人先生《舟隐图诗序》:嘉庆丙寅夏五,黄生盛修有江上之行,见操舟者年约七十余,须发皓然,举止越俗。异而问之,则楚人也,家世读书,遭兵变,兄弟妻子相失,子身来江南,业此者十余载矣。历叙生平,言甚凄楚。且谓盛修曰:"吾子有何为,当以难进易退为主,幸勿忘。"邀与之饮,量极豪。至月上潮生,兴尽始罢。临别,出竹扇赠盛修。辞之,则曰:"聊以寄吾志耳。"问其姓

名,笑而不答。鼓棹夷犹而去。呜乎!翁益熟于世路风波之险,故风波无以入其胸,而遂不惜以风波老也。然则翁非舟人,翁殆隐于舟者欤?

琴调相思引　题江志和小照

曲曲阑干小径通。莺边那更怨娇红。今朝何事,独坐碧梧桐。　好韵几回推杜律,故人千里忆莲筒。思量未已,鬓影觉秋风。

点绛唇　题林小溪麻姑画

东海桑田,换来三度年犹小。髻云香绕。真个人间少。　米是灵砂,指点原非狡。丹青巧。怕人鞭拷。短画衫边爪。

疏影　为陈曼生题九里洲观梅图

斯真秀越。尽芳洲九里,都种香雪。五五三三,除却山青,相依只有明月。诗人岂尽伤寒饿,看数万、肝肠如铁。尺素中、约略摹来,远觉此间幽绝。
僧舍篱边坐处,想君梦寐里,余味犹烈。况复同行,主客师生,总是连环仙骨。帷筹已活沟中瘠,便岁暮、野无凄咽。杜少陵、易惹乡愁,应亦几回遥折。

满江红　题顾郑香风雪渡江图。郑香名廷抡,山阴人

一夜凄风,吹出得、琼瑶半江。当此际、寒梅花敛,瘦鹤声藏。有客独扬帆一叶,山阴百里到钱塘。对横波、放眼入空濛,豪兴长。　杯内酒,浇石肠。腰间剑,掣秋霜。任纷纷玉屑,乱打篷窗。乘兴而来君试说,剡溪曾效子猷王。且同君、高啸海天空,烟雾旁。

菩萨蛮　题汪饮泉填词图

天公赋与多情骨。情深似井寻难出。兀坐且填词。红窗秋满时。　长

亭何处酒。莫学屯田柳。旁有绿鬟人。惹他眉上颦。

扬州慢　朱詹抱犬图,为江子屏题

书可充饥,寒毡无恙,古人若是辛勤。念家徒壁立,更旅客孤身。笑骑鹤、腰缠未富,洛阳残纸,斯地谁珍。但茵边、黄耳依依,时共哀呻。　　赠袍纵有,正羞从、摇尾风尘。算此日穷途,他年学士,都督参军。岂是寄人篱下,悠游效、夔狗空陈。向图中看取,犹教流汗沾巾。

张若采(1763—?)　1首

字谷漪,号子白,江苏娄县(今属上海)人。乾隆五十五年(1790)进士,嘉庆四年(1799)任浙江新昌知县,官至甘肃泾洲知州。有诗名,尝与张问陶、黄钺、凌廷堪、彭兆荪辈相倡和。著有《听雨楼词》。

壶中天　题石瓠师赏雨茅屋图

绿天掀破,看一番风过,千声旋续。屋上三重愁卷去,苔罅跳珠盈斛。墙皴杨枝,堤浓草色,诗意萧斋足。山头神女,佩环来慰幽独。　　最喜愁境寻欢,喧中习静,灵府虚如谷。插架图书三十乘,消尽炷香清福。拭了琴樽,补将窗纸,缓缓排棋局。雅人深致,丹青收拾绡幅。

沈缥　1首

字蕙孙,号玉香,散花女史,江苏吴县(今苏州)人。起凤女,诸生林衍潮室。生于乾隆二十八年(1763)前后。乾隆五十年(1788)从任兆麟学诗,与闺秀李媞、张芬、江珠、尤澹仙等十人称"吴中十子"。著有《浣纱词》一卷。

清平乐　题素琴画兰,赠清溪夫人,并启

盖闻北渚芳兰,写三闾大夫之怨;东篱幽菊,寄五柳先生之情。结佩可以致醒,盈把可以忘醉,则兹二者适相当也。值三月三日之候,慨一咏一觞之虚。言念伊人,系情彼美。俄有一婢至,言素琴内史使持一幅兰、一幅菊见赠。余受而读之,不觉见兰如见静女之芳,见菊如见幽人之致,古人睹物兴怀,良有以也。于是缀以俚曲,附寄尺书,望勿贻笑为幸。独是落英难食,宁同一束之遗;不过枝叶难纫,聊结三秋之想云尔。

香生九畹。一幅生绡展。净几明窗供雅玩。仿佛幽人作伴。　　无言空谷含芳。纵然不采何妨。赢得灵均清梦,常萦画里潇湘。

王翰青　15首

字文虎,改字鄂舟,别号鹤野词客,浙江乌程(今湖州)人。生于乾隆二十八年(1763)前后。诸生,省试屡不售。乾隆五十一年(1786)入王昶云南布政使幕中,后随王昶之官江西。乾隆五十九年(1794)复馆于王昶家,充校雠之役。嘉庆五年(1800)杨秉初提学乌程,闻其诗名,未几以病卒。著有《东游草》一卷、《鹤野词》一卷。

重叠金　题荷净纳凉横卷

柳烟不隔鸥波近。小红娇面窥明镜。残暑入花融。嫩凉衣上风。　　开襟须对酒。杜老南邻叟。微雨浣吟怀。渼陂秋更佳。

多丽　题天台仙子横幅,为长兴沈作和

彩云遮。一山蒨绚参差。正销凝、武陵幽胜,春光误引渔艖。乍开帘、凤靴隐约,将见客、麟带欹斜。琼树双珍,泽门并皙,疗饥无用饭胡麻。身恍恍、此中采药,回首已惊嗟。猜不到,平原窥牖,博望乘槎。　　算重来、岩扃深

闲,溪头漠漠红砂。玉书沉、虫留篆迹,云液尽、石塪瑶华。碧藻清啼,烟萝淡忆,西邢闲断阿环家。浑忘却、捋香嫩约,难道各天涯。仙缘在,刘郎未老,说与小桃花。

满庭芳　题周桐桥妹丈松泉清韵横幅

激石成喧,循崖陡转,飞泉横界林皋。松风谡谡,清响若闻涛。耽隐买山难学,豁烦襟、气宇清豪。琴书静,南华读未,曲谱郁轮袍。　　消摇。青鬓客,专城四十,接叶金貂。待含香凤阙,爆直螭坳。偶尔幼舆丘壑,笑幽人、听树鸣瓢。胎禽两,缟衣映竹,不用赋词招。

百字令　题尹怀九西村垂钓图

纶竿袅袅,被溪翁全占,茗中烟雨。独放缺瓜船六尺,最好不多渔侣。船尾船唇,舍南舍北,止狎鸥来去。定嫌岑寂,绿头花鸭能语。　　何必甫里从游,严江高蹈,尚友磻溪吕。钩勒家林都入画,清绝蘋风如许。西塞堆蓝,西塘泻碧,侬亦西村住。黄昏渔火,隔桥遥辨归路。

其二

数椽老屋,只兰成枯树,小园零叶。庋置残书都上阁,那得琅函琼笈。花卧难扶,草衰易薙,石就岩墙贴。远山环绕,北窗供我支颊。　　有客促坐围炉,纵谈文艺,不数雕龙鰓。随意霜蔬和雪酒,宾主尽堪欢浃。莳竹阳坡,课鱼废沼,鄙事能兼摄。安排珍簟,日长容梦胡蝶。

婆罗门令　题静远上人自画闲云归岫小照

驱搴卫、帝京天际。呼小艇、又旧山栖寄。云出无心,还解得、思归未。归已决,不是无心矣。　　霜篷苦,茅屋贵。指淞南、不日缁尘避。琴书拥挡俱安稳,须到日、话朋旧乡里。此间差乐,又况初地。乍可模山范水,偶一看云意,辄作归云计。

买陂塘　题静远上人自画闲云归岫小照

浣京尘、缁衣转洁,似师谁比清莹。白云辞岫无心出,隔岁已归层磴。浮小艇。载画轴诗签,屡爇香螭鼎。袈裟一领。指烟雨淞南,柴门傍向,螺点九峰顶。　　绳床坐,瓶钵居然萧冷。软红不入禅定。塔名多宝今流播,丐笔中都殊胜。还记省。笑行脚鹅塘,偶着空中影。(余在乐平,归写《鹅塘行脚图》。)得公亲证。合寄语才江,范金相事,此意甚时准。

买陂塘　再题尹怀九自写西村垂钓小照,和韫叔弟韵

隔垂虹、桥南庐舍,重重烟树凝绿。苕流折入隍中去,两岸白鸥黄犊。春水足。泛一叶扁舟,短桨摇晴渌。旷怀绵邈。算意钓忘鱼,如兄伉爽,肯使曲钩曲。　　持竿稳,草泽随宜时服。朱衣恐碍庸目。似将渔火浔川景,写入西村横幅。炊黍熟。料不远、归家晚系篱门宿。比邻近局。合就我商量,蘋洲笛谱,相对话茆屋。

钓船笛　再题尹怀九自写西村垂钓小照,和韫叔弟韵

苕霅旧浮家,满挂船头答箸。细认田庐云树,好西村风景。　　黄昏渔火逗桥南,掩映乱林影。许否印须招我,共鸥波千顷。

买陂塘　题归味余渔隐小照

剪生绡、图成渔隐,拟君胡仔应否。清苕远泛扁舟去,镇日纶竿相守。凝坐久。且缆了船唇,罨画前溪口。阴阴杨柳。料无意搜罗,小鱼溅溅,此乃钓鳌手。　　林峦好,具区元是仙薮。浮名何苦奔走。头衔只署鸥亭长,世上切身唯酒。谁不朽。看吴越纷争,赢得鸱夷叟。丛书著就。合分付樵青,炊菰斫鲙,招我作溪友。

摸鱼子　题扬州张松坪荷净纳凉小照

认田田、东西南北,碧波鱼戏莲叶。藕花亭子新凉后,一桁阑干斜折。人影贴。唱水殿风来,香与鸥波接。暮云千叠。想十里平山,二分明月,中有笛声擘。　　缁尘海,那觅采芳菱艓。漫寻手版支颊。画楼若许人同倚,三尺碧箫应挟。冰簟阔。指明镜中央,小梦鸳鸯惬。银河难涉。只百顷风潭,千章夏木,都借画屏摄。

其二

写澄怀、江东渔者,皴来烟水犹湿。翠竿不拂珊瑚树,只挂随身圆笠。春溜急。看泼刺赪鳞,镇日矶头立。云涛出入。恐跃上龙门,猝难束缚,此事便无及。　　披图玩,萧散而今自得。柴车官价应给。非熊且谢营邱梦,未学太公腾蛰。香草拾。须棹个船儿,便谱蘋洲笛。浮家泛宅。笑恁若沉冥,红衣渲染,总不一钱值。

沉醉东风　兰泉少司寇属题三泖渔庄横幅

柔橹外、青山隐隐,凉篷底、疏雨纷纷。磻溪自有人。老懒循吾分。趁西风、月上收纶。若把竿头进步论。能几个、到头安稳。

满庭芳　题范声山莲塘纳凉照

青幔撑霞,碧筒沁雪,披襟恰对溪莲。晚来展笑,漠漠野塘烟。叠叶戛风零乱,韵秋声、高树残蝉。无人见,嫩凉如水,一帧绣江天。　　翛然。闲隐几,沉枪试茗,溜石调弦。更沙鸥同梦,且免盟寒。谁惜红衣谱曲,看檀郎、彩笔增妍。排珍簋,此间绝胜,不用渼陂船。

霜天晓角 题刘疏雨听雁小幅

一声萧槭。最感秋风客。试问参差筝柱,挥泪处、几多几飘。　　岑寂。偏呖呖。惜分飞已只。又况绣林烟暝,愁无际、听何极。

雷畹(1764—1814) 1首

字佩香,号蕙楼,江苏松江(今属上海)人。诸生。工草书。著有《兰囿词》。

临江仙 题石瓠师赏雨茅屋图

世外玉壶天地别,森森银竹阶除。凭君结个小蓬庐。双扉昼掩,蜗上纸窗初。　　静里会心真独得,不妨旧雨生疏。满庭书带绿匀芜。几株花倒,剪竹倩人扶。

孙云凤(1764—1814) 21首

字碧梧,浙江仁和(今杭州)人。按察使孙嘉乐女,诸生程懋庭妻。袁枚女弟子。诗笔苍健,高处不减唐人,兼工倚声,词情凄婉,尤擅小令,郭麐评其品在五代北宋间。著有《湘筠馆词》二卷。

贺新凉 题随园先生归娶图

骢马东风立。有丹青、公然留住,少年颜色。闲把生绡重展处,脉脉自怜陈迹。回首忆、玉堂瑶席。故我今吾谁解认,喜妆台、犹有人能识。春梦语,感而述。　　金莲宝炬人难得。况而今、杖朝已近,尚调琴瑟。如此恩荣如此寿,千古才人第一。真不羡、蓬莱仙客。佳话流传如隔世,念门人、生晚从何说。长短句,聊塞责。

声声慢　题花海叔惜花春起早图

柳塘残月,水阁明霞,阑干十二新晴。弄影霏香,东风吹遍园亭。帘前几番芳讯,勒花梢、燕子寒轻。最怕是,隔红墙弹鹊,缀上金铃。　　吟罢焦桐漫抚,向疏窗曲槛,独自闲凭。百五韶华,都教付与啼莺。催动千林晓色,听数声、画鼓春城。无人会、是搓酥滴露,一种柔情。

长亭怨慢　画梅寄仙品,作此阕题其上

看点点、林梢初透。倚竹无言,暗香盈袖。水远天长,素心独抱向谁剖。粉融脂溜,才过却、烧灯后。望断陇头云,镇寂寞、双蛾频皱。　　记否。共巡檐索句,手捻一枝还嗅。江城玉笛,翻吹出、关山杨柳。早又是、淡月疏帘,照清影、和人俱瘦。纵笔吐江花,难写春风如旧。

眼儿媚　题仕女图

云鬟玉貌小庭深。闲却紫琼琴。春纤乍露,银毫未落,几度沉吟。　　井梧揽得西风碎,清露滴罗襟。三分月色,半痕烟影,一点秋心。

满江红　题烛溪叔祖篷窗听雨图

一舸西风,吹暮雨、沙清渚白。尽吟啸、水云深处,鹭闲鸥逸。帆挂乡心生远浦,舻摇凉梦依秋荻。响萧萧、夜半听无眠,情怀别。　　渔火乱,蓬窗寂。峰隐翠,波涵碧。正暗潮吞吐,断崖千尺。点点轻迷天际树,声声清入烟中笛。展新图、忽忆下潇湘,浑如昔。

祝英台近　自题画木芙蓉

碧云高,黄叶卷。霜冷小庭院。闻说芙蓉,隔岸已开遍。最怜写入西风,美人清怨。暗惊觉、流光催换。　　慢留恋。试看无语盈盈,露湿绛罗软。渺渺余怀,天际绿波远。恍疑兰桨归来,醉红零乱。正一片、暮江秋晚。

喝火令　题余慈柏秋江独钓图

天净明霞敛,山遥翠黛浮。潇湘烟景画中收,输与长竿袅袅,独自钓清流。　逸思冥冥雁,闲情点点鸥。断无人处一扁舟。只有斜阳,只有晚风柔。只有荻花枫叶,月冷半江秋。

疏帘淡月　题李晨兰女史茶烟煮梦图

蕉阴竹影,并搅碎斜阳,雨晴庭院。静倚妆台,衣怯软罗寒浅。凤团初熟瓶笙沸,悄无人、绣帷低卷。星眸乍合,云鬟半堕,绿窗吟倦。　又何处、西风吹断。正池生谢草,花开江管。绿雪冰泉,肯许烦襟同浣。凭谁唤醒灵心问,望吴江、波阔天远。碧烟空绕,清香漫惹,画屏秋晚。

浣溪沙　自题画梅

冷蕊飞香上笔端。早春消息陇云寒。东风欲寄一枝难。　似色似空和月折,非烟非雾卷帘看。黄昏清影到阑干。

浪淘沙　题娴卿妹停琴伫月图

金鸭篆烟沉。风满罗襟。暮霞红断碧云深。输与阿连清兴好,石上横琴。　独坐漫沉吟。空际余音。待他蟾影挂疏林。一院嫩凉闲不寐,无限秋心。

点绛唇　题俌之叔醉墨图

座上春风,卷帘炉篆飘窗櫺。娱清昼。墨花香透。滋味浓于酒。　　满纸淋漓,一试挥毫手。披图久。砚池波皱。腕底烟云走。

十二时　题郭频伽浮眉楼图

霏霏烟影,濛濛柳色,盈盈秋水。高楼正相对,有伊人凝睇。　　十幅蒲帆归去矣。锦屏前、水晶帘底。双蛾代描却,比遥山还翠。

虞美人　自题海棠画帧

鹿卢破梦莺啼晓。庭外春多少。禁烟时节柳丝风。吹得海棠枝上、几分红。　　黄昏月澹纱窗薄。掩映阑干角。脂鲜黛绿总难描。犹比桃花丰韵、杏花娇。

减字木兰花　自题画梅

疏窗寒色。独抱冰心谁似得。瘦格玲珑。人倚珠帘第几重。　　风多雾重。昨夜冷香吹入梦。检点繁枝。犹胜春前雪压时。

齐天乐　题汪姑母感燕图

镜容已自分鸾影,喃喃更闻孤语。漠漠春深,阴阴昼永,似怨东风无侣。将飞又住。念憔悴红窗,伴人闲处。那更黄昏,杏梁相对暗酸楚。　　回肠系将彩缕。镇沉吟小坐,纤指频抚。柳絮池塘,梨花帘幕,不是年时情绪。流光暗度。记社日停针,几回延伫。莫便秋来,嫩凉催欲去。

疏影　题梁蕉屏表叔抚梅图

古梅瘦石。似隐栖九里,断无尘迹。枝北枝南,雪后霜前,几度问他消息。沉吟树底摩挲遍,定写入、春风仙笔。爱满庭、澹影疏香,有几人消得。　　犹记孤山山下,冻云吹散也,一湖寒碧。渺矣林逋,寂寞空亭,何似此中清绝。幽怀尽日忘言坐,共抱却、冬心高洁。想月明、烟冷黄昏,还有翠禽曾识。

卖花声　题邵庵叔桃花流水图

深树罥晴烟。栖处悠然。游踪常共白云还。细认仙凡都不是,好个溪山。黄鸟听间关。翠草芊绵。纸窗竹屋小吟笺。飞尽桃花浑不语,赢得春闲。

浪淘沙　题郭频伽春山埋玉图

香篆锁重云。梦也还真。年年芳草认罗裙。只有玉梅花万点,月逗春痕。寂寞软红尘。玉碎珠分。雪肤花貌可怜人。隔个绿波招不得,黯尽吟魂。

虞美人　题秀芬妹额粉庵联吟图

翠屏良夜疏帘晓。雪月花时好。鸾笺争擘句先成。应忆谢庭风絮、那时情。　　池塘梦草笼烟碧。江水盈盈隔。灵心试问绿窗人。分得画眉仙笔、几分春。

虞美人　题莳花小筑春饯图,送许宜芳女史于归吴门

屏开孔雀杯浮绿。有个人如玉。东风明月片帆轻。两点修蛾新斗、远山青。　　瑶笙翠馆相催去。紫燕双飞处。一庭春影醉斜阳。无限浓花熏得、绮罗香。

探春慢　题管湘玉女史小鸥波馆小影

高阁凌空,层楼倒影,一片澄波如练。斗鸭阑边,听鹂柳外,隐映春风人面。爱茜纱窗曲,半遮住、画屏山远。最好明月圆时,溶溶摇漾光满。　　绝代名姝有几,羡玉貌清才,仲姬重见。白雪吟成,绿筠写罢,闲却生花银管。无语闲凭处,掩翠袖、越罗香软。烟敛黄昏,碧痕飞上眉浅。

孙云鹤(？—1816)　14首

字兰友,浙江仁和(今杭州)人。嘉乐次女,云凤妹,县丞金玮室。袁枚女弟子,与姊云凤齐名。工诗画,兼长骈体文,词为吴兰修所深赏,助以付梓。著有《听雨楼词》二卷。

沁园春　题拈花微笑图

几叶华严,五千道德,今归一家。喜丹炉烧罢,长留诗卷,蒲团坐破,不着袈裟。称意如斯,无忧果尔,消受朝岚与夕霞。披图处,羡人间清福,几个如它。　　东风兰又生芽。正欢喜庭前绕膝哗。写心中静境,半桥流水,眼前真趣,万树梅花。三昧同参,凤根顿悟,却索芜词到绛纱。拈枝笑,把江毫剩彩,分与些些。

齐天乐　题松枝引鹤图

长天过雨尘氛少,遥峰正衔西景。写倦黄庭,翻余秋水,半榻茶烟人静。轻衫笠冷。趁满目烟霞,怡神适兴。万壑松涛,翠阴吹下羽衣影。　　俙然倚风长唳,亭亭尘外表,吟韵相应。珠树秋寒,瑶台夜永,清梦三更露警。高怀谁领。但自把松枝,引来幽径。却过前溪,为人留画境。

齐天乐　题紫霞女史画兰卷子

绣床昼永杨花卷。金炉暗消香篆。燕影低帘,莺声绕树,睡起绿窗人懒。沉沉深院。乍困倚熏笼,戏拈斑管。半向凝思,素绡闲向晚风展。　　梅寒竹瘦菊澹。幽怀无着处,聊寄湘畹。浅晕微烘,纤毫侧吮,忘把口脂痕染。风皴雨偃。似空谷幽人,者回重见。潇洒灵均,楚江春正晚。

柳梢青　题净香女史小照

红藕池塘,绿杨庭院,昼永人闲。风露香清,烟波梦远,脉脉凭阑。　　望中无限云山。何处听、珊珊佩环。渺渺予怀,盈盈秋水,凌乱高寒。

沁园春　题佩兰女史拈花小照

乍卷珠帘,初离明镜,云垂翠鬟。正碧窗香细,晴添午倦,绿阴昼永,风减春寒。静听流莺,轻拈香草,小立空庭意自闲。幽怀好,正素心相契,清极忘言。　　东风乍识朱颜。念欲缀芜词下笔难。况新诗风致,吟时楚楚,仙人环佩,听处珊珊。均写乌丝,神传粉本,人在盈盈一水间。披图久,喜芬芳气味,吹上毫端。

金缕曲　壬戌二月十九日,题碧梧姊癸丑岁画梅

重检东风笔。记当年、晴窗呵冻,木香书室。三载羁人罗浮梦,谁问南枝消息。但泪眼、酸心频拭。悔把江城三弄引,竟匆匆、吹入阳关笛。回首处,今非昔。　　故园又近黄梅节。料愁多、画盆慵理,粉脂狼籍。客舍脆圆还荐酒,却忆晓寒妆额。怕憔悴、旧时颜色。若向孤山还放艇,念天涯、展卷遥相忆。思折取,寄离别。

绮罗香　题缟仙女史小照

碧宇澄秋,黄葭浥露,天净月华如水。羽扇绡衣,分得翠蕉凉意。映清辉、香雾云鬟,恍吹下、瑶台环佩。最宜人、石几磁瓯,试茶闲领静中味。　　良宵佳景自赏,幽吟料应不减,鲍家才思。冰雪襟怀,悟澈广寒身世。谁写出、绝代丰神,恰伴取、一枝仙桂。好和它、金粟西风,芬芳传卷里。

水龙吟　寄题娴卿妹停琴伫月图

素琴良夜闲调,焚香谩把兰襟遣。瑶阶露冷,罗衣风薄,画帘高卷。流水声停,挥弦意懒,悄然凝盼。待更阑再鼓,谁陪深坐,还邀个、嫦娥伴。　　应忆雁行何处,隔关山、望穿心眼。拈毫自写,新图半幅,幽怀一片。指下徽音,卷中人面,碧云天远。但清光照处,盈盈千里,举头同见。

点绛唇　题铁峰妹画麻姑

水佩风鬟,挥毫人亦餐仙露。绡衣曳雾。貌出瑶池侣。　　一水盈盈,远似蓬莱路。披图处。迷津可渡。我欲乘槎去。

唐多令　题铁峰妹画麻姑采芝图

弱水浩无涯。蓬莱自有家。剪沧波、半叶轻查。笑曳铢衣归去也,山可即、路非赊。　　灵药一篮花。壶丹九转砂。驻芝颜、莫问年华。回首仙风吹世远,吹不断、海天赮。

迈陂塘　题罗绣云夫人听莺小影

剪东风、一声声唤,兰闺逗起诗思。春衣团扇闲听处,帘卷半庭晴翠。阑独倚。爱软语、绵蛮呖呖,新莺胞脆。幽怀会。正花点微波,鱼吹浅浪,影绰碧池水。　　沉吟久,应忆双柑旧事。阴阴柳边亭子。香罗小幕呢喃燕,输与珠喉流丽。丁宁记。算只有、鹦哥拾得三分慧。抛书情味。便红豆休弹,碧桃莫打,免得梦千里。

迈陂塘　题对庐书屋图

对匡庐、数椽矮屋,幽栖待抛簪组。林泉一幅倪迂笔,写出皋鱼风树。凭述取。道晚岁、天涯念切田园趣。东山杖履。怅箕尾神归,炉峰梦断,月冷读书处。　　平生志,手泽关心珍护。星星更题缣素。白云亲舍依稀在,指点屏风瀑布。红尘误。算水碧山青,面目长如故。那忘归去,念卷里烟椒,胸中丘壑,五柳旧门户。

满庭芳　题荔村草堂图

鹿□幽居,龙瞑妙笔,苍然画里人家。溪山幽折,水木自清华。况有千头荔子,离离实、结似丹砂。柴扉外,紫云深护,不数赤城霞。　　比邻同小隐,荆篱枳圃,略带桑麻。记香分,三百风味偏佳。好助研朱滴露,诗脾沁、绝胜浮瓜。熏风里,摊书坐对,红映绛帷纱。

酹江月　题秋江罢钓图

雨蓑烟笠,尽寄托万里,封侯怀褒。水阔沙平但俯仰,天迥山高月小。射虎雄心,雕龙绝技,肯任烟波老。云帆风便,矶边终岂垂钓。　　应是慷慨投竿,拂衣仗剑,鸥梦闲红蓼。缓带轻裘回首处,写幅秋江画稿。忠孝家风,文章世业,自是千秋少。沧浪一卷,旧游都付清啸。

李方湛(1764—1816)　9首

字光甫,号白楼,浙江仁和(今杭州)人。诸生,嘉庆初尝肄业于诂经精舍。从朱彭学诗,与黄孙灿、孙瀛、朱械辈倡和,所作刻入《同岑诗选》。词与姜安、倪稻孙齐名浙中,为王昶所赏。著有《红杏词》二卷。

高阳台　自题歌楼持钵图

　　射虎山中,钓鳌海上,家风记取当年。今则何为,无端顿被情牵。囊余一钵江南路,惯认他、红杏楼边。者情怀,忒甚风流,人笑狂颠。　　青衫落拓谁怜。知命非将相,生不神仙。检点生涯,氤氲使订前缘。莺莺燕燕皆知己,与几多、翠珥花钿。莫相猜,箫吹吴市,衣袒只园。

莺啼序
久客禾中,青湖夫子书来,命题湖湾种鱼图,敬填此阕,不知动几许归兴也

　　云山四围缭绕,作烟乡雾国。柳阴外、轻霭溟濛,久藏高士幽宅。镜奁启、縠纹不动,柴门倒映波光碧。念风尘、谁肯持竿,绿蓑青笠。　　有客秦淮,匹马揽古,旧生涯屡忆。忽图作、畸日天随,放船闲伴鸂鶒。买鱼苗湖湾,好去趁春晓,渔童携得。立苔矶,风帽欹斜,水天萧寂。　　而今可奈落拓。侯芭异乡亦浪迹。记十载、白公堤畔,学士桥边,载酒横琴,坐消残日。鳞书乍到,家山在望,东风老却垂纶手,照平湖、短发萧萧白。披裘竟去,但思结侣山樵,浩歌一曲长笛。　　披图仿佛,负笈年时,认曩游历历。我欲待、挂帆归也,绿水平篙,荔带重缝,芰衣重葺。安排罟罶,提携筊篸,一声欸乃仙源路,许追随、添注蓬壶籍。鱼租完却高眠,雪鹭沙鸥,定应省识。

梦横塘　题金稚鸿晓风残月图

　　晓烟萦鬟,淡月笼衣,酒醒凄绝离客。柳织情丝,剪不断、千条柔碧。橹点鸥波,缆牵沙岸,画船萧寂。唤雪儿、起按瑶笙,词新谱、春无迹。　　今年鼓棹鸳湖,怅屯田远去,燕赵游历。写翠裁红,谁共与、笑拈词笔。慰离恨、西风寄语,一舸吹回弄秋色。往日行踪问君,惟说有、香鬟知得。

孤鸾　题姜怡亭瘗花图

独持鸦嘴,向亚字栏边,欲埋幽恨。薄命难留,蓦地落红如阵。韶华可怜易换,但汍澜、泪珠相殉。杜宇一声声苦,似说东风忍。　　奈月明、庭院晶帘近。空望断香来,影亦难稳。柳外招魂,又恐露侵衣润。待寻旧时蝶梦,者腰支、为伊消损。须记年年寒食,酹一杯春酝。

满江红　题周健农磨钝图

一片雄心,销不尽、世人谁识。身三尺、气吞湖海,万夫堪敌。盾鼻成诗真可写,矛头有米何妨淅。且独持、巨阙石闲磨,苔花涩。　　毛锥子,吾当掷。中山酒,君须挹。看鼍膏初淬,电光难抑。冰锷未从天外倚,霜锋先向腰间拭。待他时、肉定割蛟螭,留为腊。

潇湘夜雨　题范白舫山塘雨泛图

梅子黄时,杨花飞后,江南草长黏天。吴娘招客上吴船。波渺渺、长洲苑里山。潇潇短簿祠边。无聊是、阑风伏雨,苦唤啼鹃。　　沅湘人去,旧游莫续,顿转华年。偶图成离绪,欲寄还艰。怅触起、联吟梦杳,惆怅甚、把臂缘悭。浔溪路,伤怀一样,分付与蛮笺。

水龙吟　题家西斋湖馆养疴图

藕花深处开门,槿篱水槛通渔汉。断桥西去,孤山北畔,鸥乡谁画。鱼浪吹香,竹风清梦,波光如呀。乍一番雨过,嫩凉天气,应容我、来消夏。　　多病沈郎无那,向湖湾、林亭先借。人虽消瘦,诗情未减,吟成自写。药裹身随,茶铛座置,琴囊壁挂。看垂杨影里,钓船闲系,鹭鸶飞下。

念奴娇　题明谢樗仙苏堤春色图

苏公堤远,亘湖面、界破水光山色。雾阁云窗缥缈在,一片柳城花国。拾翠人来,提壶鸟唤,踏遍青青陌。马蹄归去,落红吹满巾帻。　　当日描出东风,是谁渲采笔,吴中词客。挂向虚堂春淡沱,如在第三桥侧。翠袖当楼,眉痕相映处,远峰横碧。芙蓉奁启,更须添写双鹢。

水龙吟　题黄太然海樵图

青天碧海苍茫,波深浪阔浑无际。荷衣荔带,偶逢王质,看棋回矣。落日肩头,春风担上,神仙游戏。待枯槎斫取,支机乞得,银河路、飘然济。　　谁识圯桥苗裔。住蓬莱、吴刚同里。好藏玉斧,广寒非远,桂枝堪刈。今日披图,旧怀怅触,一竿思寄。愿钓鳌海上,与君结个,樵兄渔弟。

严烺(1764—1819)　3首

字存吾,号匡山,云南宜良(今属云南昆明)人。嘉庆元年(1796)进士,改庶吉士,授刑部主事。嘉庆十年(1805)由吏部员外郎考选浙江道监察御史,官至河南布政使,改甘肃布政使。著有《红茗山房诗余》一卷。

凤凰台上忆吹箫　题戴紫垣师藕花妓船图

白傅多情,藕堂十里,画船双载娉婷。羡风怀雅称,仙骨天成。坐拥碧天香海,抵多少、人月双清。箫鸣处,几声檀板,一阵歌莺。　　分明。这番着想,浑不是琵琶,江岸初停。笑后堂丝竹,空自纵横。争似绿杨小艇,消溽暑、烟水方生。天风起,花枝照人,何异蓬瀛。

金缕曲 题吴春畾广文雅奏图

满纸英雄气。借生绡、种花移柳,添些妍媚。跋扈词场谁不识,一任朔饥髡醉。直数载、长安游戏。羽箭雕弓聊自适,有几人、投笔侯封至。琴秒解,听歌吹。　　雪儿斗唱相思字。趁春风、声声偎傍,豆红蕉翠。料得江东重订谱,铁板铜琶亲试。早有个、黄鹂会意。回首旗亭肠断处,其樽前、记曲呼娘子。游倦也,骅骝系。

金菊对芙蓉 题巴益斋方伯引杯看剑图

生面谁开,一浓一淡,画堂小饮清豪。看佳人娓娓,双剑招摇。卫公直是多情者,倩吴钩、试舞招腰。指挥如意,重重花笑,阵阵霜飘。　　闲情一斗松醪。尽浅斟细酌,美景良宵。任诗题红杏,绛烛双烧。何如此手空空妙,绕氍毹、百种娆妖。樽前回首,有人望月,何处吹箫。

徐裕馨(1765—1791)　7首

字兰蕴,浙江钱塘(今杭州)人。大学士徐本女孙,诸生程焕妻。袁枚女弟子。工诗词,画法恽格,长于花卉。著有《兰蕴诗草》四卷,词附。

百字令 召棠三世姊以新词见嘱画扇,因写莺粟,并题,即次原韵

去年瑶岛,试想着、上苑琼林第几。漫泛霞觞吟月下,歌度春风花底。别后银笺,新传锦字,华藻辉书几。谢庭擅秀,惭我如何堪寄。　　恰值柳媚轻风,绣帘融卷,日吐花香细。遥忆文衮风景好,为写丽春如绮。众萼争辉竞芬芳,不似夭桃秾李。独笑粉染脂涂,偏辜雅意。

采桑子　题画扇

芳辉一片香痕艳,玉洞婵娟。湘浦神仙。检点春风若个妍。　　花舒彩笔多幽思,琼佩生烟。人面嫣然。试向春罗扇底怜。

千秋岁　题近蓬外太叔祖六十寿图

南山春艳。灼灼桃开遍。芝田秀,莎茵蒨。好娱情风景,任筹添鹤算。尘机化,霞觞云液何劳劝。　　幽逸成高愿。授南华一卷。水月映,烟霞染。看兰枝方茂,试金丹欲转。逍遥处,仙踪那许人争羡。

菩萨蛮　题梅花画扇

芸窗携得梅花月。烟霞染出幽闲色。最是景堪赊。低枝竹外斜。　　冉冉轻云袅。侧侧轻风好。何处暗香清。高人袖底春。

减字木兰花　题采莲画扇

绿蘋香起。湖上晚凉花似绮。何处飞仙。也向清流学采莲。　　芳芬茌冉。满袂荷风吹宛转。怕系兰舟。杨柳堤边惯惹愁。

七娘子　题画扇三秋图

金波掩映婆娑碧。护芳丛、披拂寒英逸。别有名芳,晴江朝日。爱亭亭、天然标格。　　恰正是、清风凉月。更炉烟、细袅诗窗寂。情情齐纨,香生彩笔。个人怜否三秋色。

生查子　题墨菊画扇

不用买胭脂,彩笔惭娇蒨。逸兴忆陶家,写作仁风扇。　　霜枝几许妍,细把秋光便。一片墨云香,瑟瑟风吹面。

舒位(1765—1815)　5首

字立人,号铁云,直隶大兴(今属北京)人。幼承家学,十岁下笔成文,十四岁随父官广西永福,赋《铜柱》诗,传诵一时。乾隆五十三年(1788)举人,九上春官不第。嘉庆元年(1796)入河间知府王朝梧幕,明年随朝梧入黔,任云贵总督勒保文书。客游南北,宾佐为生凡二十年。诗与孙原湘、王昙齐名,兼工书画。著有《青灯词》(又名《琴尾词》)一卷。

百字令　陈斗泉采珠图

调铅杀粉,写河神一个,嫣然欲语。十色五光离合处,消受明珠翠羽。才子黄初,小娘青廊,流水年华去。画叉才展,春风省识如许。　　当日西馆题诗,东阿纪梦,愁坐芝田女。暂肯招魂金带枕,不是高唐行雨。骨像应图,寂寥难慰,我有伤心句。十三行字,却教大令书与。

凤蝶令　蛱蝶画扇

粉腻秦台晓,金迷汉殿春。钗头枝上是谁真。却取霜纨斜展、认前身。　　扑处低红扇,行来化绿裙。画桥风细最怜君。记得一双飞逐、卖花人。

辘轳金井　用刘改之韵,为唐六秀才稚川题双梧留荫图

曲中芳树,记初来、满院绿阴还小。叶落银床,被西风吹了。双声人悄。

算不比、杏边春闹。只有芭蕉,和伊夜雨,滴成同调。　　难禁者回潦倒。叹桂林书远,梧宫秋老。细数归期,恨归期难早。桐花凤杳。剩几点、乱鸦啼到。一卷崔徽,三生杜牧,最难分晓。

贺新凉　折梅图

雪破空山晓。是何人、低搪云袖,拈花而笑。料理蛮笺书恨字,方便匆匆封好。怕寄去、江南春老。花谢花开君不见,况天涯、何处无芳草。三岁句,袖中少。　　金樽檀板都抛了。断春肠、离亭风笛,隔花缥缈。待款双扉闲贳酒,醉看罗浮山小。似此梦、几生修到。落月横星浑不记,算甚时、博得花神恼。倩翠羽,作青鸟。

菩萨蛮　秋千图

鸳鸯绣出抛红线。葳蕤春昼开深院。飞燕一身轻。天风笑语声。　　娇痴方喘立。香晕湘绡湿。兜上绿华鞋。低头堕玉钗。

胡成浚(1765—?)　7首

字在郊,号雪眉,安徽黟县人。乾隆末诸生。年五十绝意仕进,讲求性理之学,以吟咏自娱。博通经史,工书法。著有《雪眉诗钞》四卷,附《词钞》一卷。

永遇乐　赋光武燎衣图,用辛稼轩韵

汉火重光,千年犹识,燎帝衣处。冰合滹沱,龙媒踏裂,浪拥流澌去。凄凄冷冷,道旁空舍,肯信真人曾住。记昆阳、雷霆战斗,天威直震犀虎。　　芜亭豆粥,趋驾匆匆,那暇回旋却顾。画手传神,披图仿佛,风雨南宫路。如今驰想,春陵白水,剩有零钲断鼓。争知道、羊裘老子,正高卧否。

意难忘　石涛摹仇英百美图卷

人影衣香。画桥飞出,七十二鸳鸯。描蛾山学翠,扑蝶粉流光。花径曲、柳丝长。绿水绕江墙。想秋来、曾题片叶,郁损柔肠。　　蓬莱咫尺茫茫。漫笼云晕月,空里形相。绣茵纷作队,珠柱宛成行。呈皓齿、坠明珰。零露浸莲房。最苦是、欢阑兴极,梦冷银床。

好事近　徐青藤画马

顾视剧清高,意气全空万马。看取风鬣露鬐,趓千金高价。　　徐公倜傥无与伦,余技字诗画。倘不遇胡开府,问有谁能驾。

临江仙　汪侍御浣云画访雨图赠任伯子,为题其后

居士惯持竹伞,无时过我松斋。香温茶熟恣谈谐。清惊今日忆,风雨故人来。　　拟倩伊谁作画,水云横幅刚开。檐前梅子缒累累。西窗同剪烛,但醉莫徘徊。

水龙吟

家闻斋叔客汉阳,倩沈墨衣为图,中貌已像。卷端序论自云:"出入释老而归宗于儒。"故又画一僧、一道士。沈名观本,白下人,亦高士也。

汉江万里交流,天公付与逍遥处。闲拈玉笛,思骑黄鹤,飘然高举。坐破团蒲,一声钟动,十年无语。到悬崖撒手,自来自去,呼列子、齐风驭。　　历遍仙天佛海,叹尘寰雨泡花絮。开图绝羡,短笠深衣,神光如许。圆相方袍,道人童稚,行偕坐踞。待风清月白,幡然转脚,向濂溪去。

暗香 用白石原韵题吕昌龄梅墅图,汪竹坪画也

一溪冻玉,到板桥曲处,刚闻风笛。瘦影乍横,竹外枝高许谁摘。宜着何郎画里,还教诧、龙眠神笔。省记得、雪霁孤山,飞片点床席。　　花墅乌破寂。小步揽紫裘,路直霜积。美人已远,参月光微宛堪忆。惟有朝云未醒,东阁伴、寒松凝碧。料此际、春早也被君探得。

水龙吟 题查梅墅小像,卷为汪竹坪藏

雪花飘满高斋,披图瞥与飞仙遇。皎如云鹤,神如霜鹘,闲如沙鹭。叶落空山,泉流古硐,瘦筇孤去。怅先生归也,零缣断楮,黄金价,人间布。　　妙迹今谁接武。访传衣、竹坪深处。遗容入手,几更尘劫,其间有数。寒梅无恙,暗香盈壑,新诗谁赋。忆渔洋、感旧成编,重写出参禅句。

乐钧(1766—1814)　43 首

初名宫谱,字元淑,号莲裳,江西临川(今抚州)人。乾隆五十四年(1789)拔贡生,嘉庆六年(1801)举人。会试屡不第,尝入两淮盐运使曾燠幕中四年。侨寓江淮间,主扬州梅花书院。工诗,与吴嵩梁同为翁方纲及门弟子,兼擅骈文。著有《断水词》三卷。

倦寻芳 题采莲图

镜天荡影,箫路流歌,人度深柳。绿盖红衣,低映翠钗罗袖。珠佩晶晶摇不定,玉肌靡靡香应透。笑相逢,是兰姨蕙姊,隔船招手。　　念无数,莲花莲叶,莲子莲心,莲蒂莲藕。意苦思长,狂蝶野鸳知否。且去休妨南海睡,重来又恐西湖瘦。奈情何,怅年年,断肠依旧。

临江仙　题寒鸦古木图

白草烟寒红叶尽,西风黯淡吹光。楚乌如墨点昏黄。纷纷迎冷月,哑哑送斜阳。　镜里秋娘双鬓绿,学渠巧样梳妆。春心绣出满衣裳。紫兰飞蛱蝶,红藕宿鸳鸯。

西子妆　题仕女竹间对弈图

炉篆烟疏,簟纹水滑,绣户枣花帘动。兰姨蕙姊困天长,借楸枰、破除香梦。凉云翠涌。渐敲醒、满林青凤。费思量,镇钗撩鬓脚,手循衣缝。　眉痕重。一著争差,小语成娇哄。隔窗鹦鹉报花开,怕飞来、局边抓弄。残编闷拥。羡儿女、心灵犹用。便旁观、消得闲愁万种。

步蟾宫　题师启堂姬人瑶台望月图

玉娥戏剪云花裂。悄放出、一天明月。青荷小样自团圞,照不见、眉梢低结。　檀郎底事轻离别。要盼过、桂花时节。夜深香露湿生衣,正庭院、风摇金雪。

满庭芳　画紫薇

纶阁仙郎,玉堂词客,生来福分清华。月明风细,一干几丛花。道比芙蓉早放,秋深矣、尚映窗纱。芳名好、红能百日,端合让伊夸。　如今开罢了,晨消绛雪,暮散朱霞。问生绡写照,见自谁家。颜色依然艳冶,肌肤嫩、一任搔爬。真成错,关情妙处,何事画来差。

念奴娇　题汪饮泉秋隐庵填词图

客窗秋老,但井梧篱菊,冷闲相媚。一管生花兰蕊笔,蘸取小红眉翠。雁夜挐声,鱼天绘色,写入宫商里。酒边低唱,有人时醒时醉。　　怜我滴粉名虚,裁云技拙,短笛凭谁倚。几度垂杨堤上望,好片六朝山水。冷月虹桥,丛祠社鼓,自古填词地。江南江北,费人多少才思。

江亭怨　题饮泉万石园图

曲径红苔烟锁。深院绿梅风堕。楼阁化斜阳,愁绝兰孙重过。　　今日秋风滞我。三径黄花开么。一片故园心,更被寒蛩啼破。

琐窗寒　竹柏楼居图,为袁寿阶作

日黯苍筠,烟霄翠叶,北堂春远。茹荼食蘖,在日苦心谁见。听秋声、夜深卷帘,泪珠暗滴楼阑遍。似脱云片月,丛阶幽草,恋巢孤燕。　　难遣。孤儿恨,记课读催灯,停机落剪。春晖寸草,示我当年衣线。倩丹青、追写旧居,血痕渍满鹅溪绢。看图中、雪节霜柯,尚与西风战。

桃源忆故人　题寿阶红蕙卷

湘娥醉被琼宫谪。两颊春痕犹赤。待跨紫鸾无力。风露都怜惜。　　丹脂赪粉争涂饰。谁似者般标格。吹气已堪倾国。更占桃花色。

满庭芳　题单竹轩运判晚香图

俭府欹红,隋堤袅绿,可耐三日清霜。几家庭院,萧瑟剩斜阳。惟有疏花冷蕊,西风里、渐渐吹香。寒无那、金英数点,犹自向人黄。　　秋心怜晚节,轻纨写照,老圃寻芳。任枯丛蝶散,高树蝉凉。我亦东篱寂寞,眼前事、一醉都忘。寻诗处,云寒水冷,白雁楚天长。

满江红　题万梅皋刺史丈归帆图

铁瓮城边,归去也、石头津上。知一路、好山相送,布帆无恙。茂苑林香花万点,严陵石碧云千状。记年时、孤棹熟经过,江如掌。　　明镜里,推篷望。明月下,拈豪想。让诗翁消受,水柔风壮。野岸群鸥寻旧约,高空一鹤流清响。盼乡关、几度倚楼阑,潮消长。

琐窗寒　绣凤图

六曲银屏,三重翠幕,几生金剪。轻霞薄雾,颜色较量深浅。唾残绒、丝丝乱飘,落花惹向风中转。镇绣筐拈簌,无情无绪,昼长人倦。　　春院。飞孤燕。甚彩凤双栖,彩云一片。新桐裛碧,满树枝条都软。念萧郎、何处倚楼,玉箫冷落芳信远。问金针、不解穿愁,底事愁如线。

玉漏迟　天寒翠袖图

竹边人影腻。云添鬓绿,烟含眉翠。浅碧衣裳,衬出淡红双袂。信是佳人绝代,却不似、天寒愁倚。风渐起。侍儿报道,玉郎归矣。　　别有薄命幽居,但掩镜伤魂,罢琴揩泪。自惜红颜,脉脉又还梳洗。独立黄昏过了,有鹦哥、呼人帘里。愁不寐。禁他月明千里。

台城路　题何书田秀才皤山草堂图

江南处处宜花竹,君家草堂尤好。槛侧吹香,帘边滴翠,更有溪烟萦抱。庭阶净扫。向樵友渔兄,较量诗稿。白鹤归来,一双双、自卧芳草。　　人间清福最少。只编茅种树,奢愿难了。野馆呼云,荒台吊月,都是天涯歌笑。青山易老。便插剑囊琴,已输君早。满地江湖,水长归路杳。

减字木兰花　题李白楼鸳湖并载图

喁喁私语。同到湖心花里去。一瓣红莲。化作寻香载酒船。　　明明秋水。别有箫声随棹尾。莫忆当时。何处鸳鸯不并飞。

御街行　题画

小桃经雨新红透。小院里、春时候。枣花帘下卷帘人,报道炉烟初瘦。东风如剪,夕阳门巷,燕子归来否。　　天涯乞得丹青手。画蛱蝶、围衫袖。绿杨元是故乡情,缕缕丝丝依旧。相思无那,竹西歌吹,劝醉旗亭酒。

凤凰台上忆吹箫　题张秋崖小照

明镜非台,众香为国,情禅最是难参。但好花零落,便比优昙。谁识青莲世界,任玉女、来与同龛。安心竟,珠帘绣幕,总是茆庵。　　毵毵。几株翠柳,遮几曲阑干,春在江南。更一双红袖,两股瑶簪。莫问情长情短,分明是、自缚春蚕。相思处,烧残绛蜡,湿透青衫。

南乡子　题水南村舍图

何处水南村。绿是溪光白是云。飞过一双闲翡翠,柴门。十里桃花不见人。　　双桨荡吟魂。来看扬州月二分。冷雨寒风兼小雪,黄昏。一树梅花不算春。

一剪梅　题画

隐隐高楼玉笛吹。雪意垂垂。风意凄凄。孤山篱落悄寒时。花影微微。人影依依。　　纸帐铜瓶点缀宜。帘外敲棋。槛外寻诗。更须添个小吴姬。朝对描眉。暮对添衣。

南乡子　题杜宛兰后簪花图

花露湿云翘。镜里新妆笔底描。烟粉百年香未散,今朝。又写崔徽上素绡。　　雾阁对星桥。记拨鹍弦唱绿腰。闻说云英今嫁了,春宵。旧院余花只自飘。

潇湘夜雨　沈楚仙女史属题美人葬花图团扇

泪是明珠,愁如香草,被人比作湘君。飞花时节断肠人。怜绝艳、深宵堕雨,伤薄命、荒径锄云。花知否,侬非葬尔,自葬前身。　　家家庭院,落红未扫,都化轻尘。更东风吹去,落涢飘茵。凭画槛、忘归绣阁,拈翠带、斜跹湘裙。垂杨外,莺来蝶往,多少可怜春。

探春

郭频伽义女薛娟,字月璘,杭州人。姿性艳颖。年十七不肯字,殁于越州。频伽为返葬于孤山之侧,而铭其碣,作《春山埋玉图》,属题此阕。

桂殿呼鸾,梅梁减燕,冥冥天半轻雾。泪泮红冰,肌消艳雪,人掩西陵麝土。谁惜明珠堕,有他姓、阿耶慈母。孝娥江畔招魂,冷花吹遍归路。　　多少秋坟无主。算择地埋香,禁受风雨。鸳牒先烧,雀屏空画,未要萧郎诔墓。寒食清明节,任女伴、桃夭争赋。终更凄凉,玉钗知葬何处。

临江仙　题陈谦谷征梅山馆图

一树明珠千瓣玉,梦中先有香来。玲珑璧月淡云阶。枕边飞绿凤,恰似燕投怀。　　不比梨花云冷落,玉妃还下瑶台。铢衣轻拂水松牌。倚窗含笑说,要试谪仙才。

露华

方式亭同年将需次江右,以金陵女史王德卿画白桃花帧子属题。德卿习经史律历之学,兼能诗,二十余岁殁。式亭之表叔母也。

玉真跨凤,叹现过优昙,短似春梦。自写化身,开作瑶池仙种。素妆怕涴脂痕,只借碧云轻捧。风过处,盈盈淡魂,和影吹动。　　人间倍合珍重。问绢粉毫香,标韵谁共。谩说绛奴颜色,空迷溪洞。寄心露井银床,肯逐浪花红涌。潘令去,河阳定须遍种。

蕙兰芳引　为王晓塍题画

春送水流,水流处、渡名桃叶。看一舸摇风,帆影半明半灭。谢他燕子,傍画桨、替人迎接。想碎红逐浪,正值江南三月。　　柳絮狂飞,荷珠轻堕,处处伤别。更情种王郎,还把艳歌再叠。秦淮东去,路添几折。空断肠、烟外橹声都歇。

清平乐　题余姚方雨林小照

万山围屋。云浸衣裳绿。三尺枯桐横瘦玉。中有松风古曲。　　银筝锦瑟多情。年年和燕酬莺。今日逢君一笑,乱花吹遍芜城。

点绛唇　题吴小轩竹月当窗夜读书图

竹屋书声,半窗夜色摇秋影。未烦灯檠。悬出天边镜。　　映雪燃藜,古意饶君领。银壶静。露凉幽径。青凤眠都醒。

高阳台　题陶凫香客舫填词图

笛谱翻秋,笙囊贮夜,烟波一叶吴舲。雨雨风风,篷窗点点声声。年年处处愁无那,仗豪尖、与破愁城。又牵情、东岸飞花,西岸啼莺。　　如今不载江湖酒,已摇槎星汉,浣笔蓬瀛。笑问旁人,我词何似耆卿。鲈乡正有浮家客,砚池中、鱼唼轻萍。太痴生、怎为填词,换了科名。

法曲献仙音　题潘朗斋大令填词图

香露津豪,艳云蒸墨,的是陈髯才调。情剥蕉心,梦销桃靥,年年画中人笑。绣箔外,瑶窗里,声声和啼鸟。　　蜀冈道。认河阳、种花围县,花放也、闲笔又添词稿。解意一枝箫,甚闲愁、都替吹了。别自回肠,怕春风、仍未分晓。问灵均骚愁,定有几茎香草。

壶中天　题月香画兰,即书其兰言漫录后为赠

湘灵怨魄,被冰丝弹断,飘归何处。别有芳根成絮果,岁岁花开无主。露外零香,风余出态,小影亲描取。赠珠捐佩,汉皋重见神女。　　已分旧馆云虚,闲窗纱破,寂寞长如许。谁意楼前还系马,听诵当年题句。银甲调筝,玉壶倾酒,此段人多误。雕奁粉镜,照伊独自眉妩。

南楼令　题张云樵画

士女支颐独坐,几设酒果,若有所期,瓶梅交枝,媚映银烛。云仿仇十洲笔意。

花影绣铜虫。空房烛泪垂。怪檀郎、直恁痴迷。曾指镜儿通密约,应悟是、月圆时。　　倚户看参旗。当头又转西。唤雏奴、收了双卮。侬到者番才会得,再休与、说相思。

过秦楼　题谭君农郎中得渡图

慧是莲心,香为兰性,并种紫薇仙馆。编云作筏,泻月成波,游戏碧罗天半。浮世忒恁迷茫,情海风翻,爱河冰断。问因缘簿子,司花人注,散花人管。

都羡煞、少伯携家,尧章载酒,荡得五湖春满。参将镜影,悟彻炉烟,只了雇花公案。依已扁舟廿年,系柳津亭,泛桃溪岸,怅横塘旧路,一笑三生梦短。

台城路　周春田扇上画王吟香小影,汤雨生笔也,属题此阕

因缘不载鸳鸯牒,又不算金兰簿。戏认梅兄,乔呼月姊,颠倒生辰年谱。青春暗度。叹壶箭平催,瑟弦空数。燕颔蛾眉,镜中一样怨迟暮。　　凭君漫提旧语。那时歌吹歇,原是羁旅。醉送钿车,归搴纸帐,各自听风听雨。勾魂画取。记偷看弓鞋,赚伊回顾。巷曲垂杨,问今无恙否。

鬲溪梅令　题孙碧梧女史画芙蓉杨柳,应屠琴坞之属

月痕霜信小楼西。断肠时。闻道芙蓉如面、柳如眉。画来刚是伊。绿疏红冷两三枝。影离离。叹息春风未解、惜芳菲。问秋秋便知。

扫花游　伯冶为杜素芬写照,余名之曰怜影。虽取小青诗意,亦本素芬之恉云尔

晓妆镜掩,算此外怜侬,一池春水。影儿自媚。幸萧郎见后,更知心事。缕缕情丝,度入冰绡卷里。瘦相对。似月下冷梅,修竹斜倚。　　离恨知有几。便画槛同凭,也成千里。晚风又起。看玻璃皱处,脸红都碎。数点飞花,暗傍桥心雁齿。替弹泪。和侬身、一般根蒂。

瑶华　题折梅仕女图

微微春信,脉脉春心,只梅花堪证。霜离水阁,闲徙倚、蝴蝶都无踪影。瑶情漫寄,浑一片、嫩寒娇凝。被冻云、腻住香魂,又被晴风吹醒。　　仙姿合在琼楼,奈玉骨冰肌,难耐清冷。何郎何处,明月下、各自禁他孤另。红阑一带,有几个、凄凉人凭。待短墙笑弄青梅,已负十分芳景。

洞仙歌　王春波画斜倚熏笼图,陈曼生属题此阕

兰釭碎苗,赚秋波愁凝。绮壁朦胧鬓花影。渐沉烟绿散、兽炭红微,禁不起,夜久天寒人静。　　腰肢如此弱,底事眠迟,为怯鸳文绣衾冷。小梦恰凄迷、玉漏丁丁,连窗外、鹦哥都醒。更有个、愁人在天涯,正月苦霜辛、枕囊斜凭。

如梦令　题夏慈仲桃花春水渡江图

夹岸夭红万树。都被绿杨风妒。流过锦帆泾,便是西施葬处。春暮。春暮。别有秦淮古渡。

减字木兰花　为屠怡泉题汪素珍簪花图

幽花媚鬓。蛱蝶潜遭花气引。倚翠楼头。宛宛吴江荡远愁。　　同心密约。月下双双人影薄。月要重圆。还要嫦娥待五年。

其二

送郎何处。丁卯桥边千叠树。杜牧归迟。绿叶成阴子满枝。　　往情犹记。偷看新妆明镜里。记不曾真。今日崔徽卷里人。

湘月　马湘兰兰竹

南朝金粉,和暖云凉露,豪端挥洒。冶叶柔梢无限态,小照玉娥能写。燕尾拖香,鸾翎舞翠,影落丁帘下。青溪明月,一时留照歌榭。　　原是楚畹娟魂,湘滨秀骨,小谪红楼者。当日千金酬一笑,换得冰绡无价。佩结芬芳,金摇琐碎,想见房栊雅。卷中标韵,算伊亲自描画。

眉妩　柳如是小像

讶乌巾笼鬓,翠帔垂肩,依约露红袖。怪底人如玉,倚枯肠、当年偏嫁蒙叟。自家姓柳。肯再教、飞絮依旧。论青眼、本属云间客,问夫婿知否。

何处村名红豆。叹绛云楼烬,荣木楼朽。明月空无恙,梅梁下、娇魂应更回首。咏花对酒。占几多、良夜清昼。看图画朝云,还值得奓丝绣。

瑶华　题邹药庄二分明月图

无双亭畔,第一楼边,占许多明月。霓裳低按,三五夜、认得嫦娥亲切。牙筹赌酒,奈眉语、难分痴黠。算只有、骰子玲珑,入骨相思能说。　婷婷犹傍垂杨,问往日花枝,今被谁折。情因情果,空对着、画里朝云伤别。青天碧海,杳隔断、广寒宫阙。怪怎生不早商量,铸错料应无铁。

史蟠(1767—1808)　14首

字伯勋,号补堂,江苏溧阳人。国华子。幼随父居京师,为国子监生,困顿科场十余年。以父忧归里,徙居宜兴,漫游闽粤各地。嘉庆五年(1800)举于乡,因病屡不预会试,尝与修南京《莫愁湖志》。工诗,尤擅倚声,与吴锡麒、薛翰、乐钧辈相倡和,论者谓其词抑掩宛转、一往情深。著有《湘颂楼词》二卷、《都昙别谱》一卷。

卖花声　题仕女画册

香冷鹧鸪斑。心字先残。病来情绪梦来难。消尽梨花今夜雨,一枕春寒。　芸帙手慵翻。无语低鬟。罗襟犹忆去时攀。依旧银灯斜照影,独自羞看。

三姝媚 观吴山香自题柳桥晴絮图画卷,旧感新愁,一时怅触,为述此解

晴春摇影薄。正倚帘吹处,翠阴垂幕。细绾游丝,醉曲尘多少,燕梳莺掠。澹粉年光,消几度、斜阳楼角。无那东风,才到缠绵,便禁零落。　俊赏灵和曾托。奈画里相看,鬓丝轻约。直恁匆匆,想谢桥西埭,梦游如昨。慢卷飞花,怕燕子、归来寻着。度取山香一曲,烟魂消却。

鹊桥仙 题并肩仕女图

慵跳彩索,卷拈玉子,偎坐垂杨深处。春愁诉遍少人知,密枝上、金衣换语。　孙郎不见,周郎安在,算有梦魂堪据。如烟飞傍玉鸦叉,恰花下、微闻尔汝。

蝶恋花 题蛱蝶图

如画烟光晴昼悄。粉雨廉纤,远梦迷芳草。几度莺捎春未了。宿香枝上红犹闹。　别种丹山新样巧。逐队成团,打就滕王稿。一剪罗裙风细袅。玉奴花底蛾眉小。

齐天乐 为汪天潜题五湖卜居图

玉船几醉西湖月,浮家忽移烟棹。谢絮飞来,江花染就,催订入吴新稿。双铜春早。记风信梅边,一帆吹到。依约天随,五湖踪迹旧游钓。　樽前忽联旧雨,寓公翻作主,怅触幽抱。如画家山,如萍身世,孤负鸥盟多少。平波渺渺。可有分甍天,采香同笑。一帧秋清,冷吟空梦绕。

摸鱼子 为许西亭题西亭图

镇相逢、长源少日,双瞳秋水微注。添毫自觅传神手,写出萧疏竹树。偷

问取。是生小吴兴,家傍西亭住。钓游谁侣。占吴越溪山,齐梁烟月,清慧故如许。　　更展卷,频向画中凝觑。西湖有客羁旅。几回读遍江南曲,柳悻寻春此处。吾与汝。好乘马同归,唤起诗魂语。冷吟闲伫。恰蘋嫩楂香,蝶飞鱼暖,并入锦囊句。

齐天乐　为旅园主人蒋菊圃题蒲团枯坐图

儒衣忽幻跏趺想,消沉今古闲坐。雨洗山青,天连水碧,难向个中添个。凭谁印可。笑一枕云迷,一笫花锁。淡住倏然,无言自结净明果。　　西园胜侣还记,却繁华小梦,迅羽催过。万派惊波,千重艳雪,半晌茶烟清课。画禅参破。只对月招来,影边三我。剩照须眉,净留犁佛火。

疏影　为朱云岩题秋筠清听图

顿添凉意。剪梢梢数笔,扫尽炎瞥。一勺红泉,一卷黄庭,小领听秋风味。隔帘无限潇湘雨,暗洒遍、玉琴丝里。更响空、鹤语如䴉,一缕茶烟吹起。

点滴濯枝晴未。笑炎云客路,与竹同醉。诗鬓倏然,梦逐烟空,旧馆篔筜还记。吹花暖炙银篁字,消几度、月明风细。恰赋来、都作秋声,吟彻慕寒仍倚。

疏影　为林小桐题白莲画卷

水天凝碧。爱花如人意,长抱孤洁。瑟瑟绡衣,洗尽葑红,难访闲鸥踪迹。微波宛转通心素,问个里、相怜端的。恰和烟、淡到无痕,空度远香清绝。

许我移图重看,惹鬟丝禅榻,参遍空色。依约谁知,招取吟魂,都化粉云堆积。圆珠冷透鸳鸯水,判碎剪、秋心如雪。付玉纤、催桨归来,梦醒一陂凉月。

疏影　为吴巢松题花首携琴图

金荃一阕。记相逢珠浦,焦尾曾识。落落前游,风雨纷飘,又转华严几劫。

拈花偶结凌霞想,荡万古、云心凝碧。倩响泉、闲谱相思,天外紫涛飞立。

试舞胎仙三叠,向卷中潜认,癯貌犹昔。莫是丹台,旧有名留,应许瀛洲重历。空山我亦吟香久,问何处、海天孤绝。趁玉腰、飞破梅花,同泻指端明月。

西子妆　题湖山春晓图

送月槎回,寻烟路转,晓色湖山清美。红蘋一点破烟来,照春岩、万花残睡。轻凉飔袂。卷七十二峰飞翠。正天风,荡明霞万里,鹤衣晨晒。　　流临意。呼我盟鸥,忆旧游如此。六桥诗梦几时圆,最消魂、柳边莺脆。云英散水。许画里、花源同载。寄遥心,一笛蘋洲冷吹。

潇潇雨　题幽篁独坐图

响迤然鸾吹竹边听,片石对秋清。展文窗近底,湘云尺幅,感我幽情。消尽空山群籁,太古一琴横。谁伴萧疏影,和月双身。　　非为耽闲叩寂,只抱来仙骨,难系尘缨。足画中诗意,摩诘定前生。更樵青、不须呼取,冷风泉、自作煮茶声。待何日、邀寻三径,留伫烟深。

瑞鹤仙影　为任李唐题觅句图

有时自得还勤觅,吟髭笑里微捻。醉余梦起,苍茫独咏,浩怀谁见。琼台一点。放楼阁、华严千变。又何须、围香刻烛,趁取冶吟伴。　　却记年时事,镂笔题香,翠笺图艳。赋情老矣,渺秋空、水澄天远。散尽风花,逗仙句、飞来月满。对依依、瘦影似鹤,画半卷。

金缕曲　题陈晴峰坐隐图。坐观二童子对弈

倚竹闲吟罢。看雏奴、笑拈玉子,分行欲下。世事百年棋一局,成败谁真谁假。总则算、儿童戏耍。九斛玉尘输未尽,管瑶池、几度桃花谢。都付与,楸枰话。　　猛然对此乡心挂。记吾庐、万竿修竹,藉消长夏。清簟疏帘闲看

弈,潇洒如君此画。奈梦远、江南秋夜。坐到芭蕉凉雨歇,听丁丁、隔院敲来者。又身入,图中也。

屈秉筠(1767—1810)　16首

字宛仙,江苏常熟人。曾发女孙,保钧妹,赵同钰妻。工诗,与同钰倡和,时人以李清照之于赵明诚相拟。乾隆五十九年(1794)请业于袁枚,为其女弟子,与席佩兰、归懋仪、赵秉清诸闺秀并有才名。兼擅画,尤精白描花鸟,时号"闺阁李龙眠"。著有《韫玉楼词钞》一卷。

菩萨蛮　纳凉美人图

凉云悄度花阴碧。月钩钩起相思夕。卷上水明帘。惊回蝶梦纤。　玉阶闲立定。未觉弓鞋冷。生怕好风来。罗衣被揭开。

高阳台　木芙蓉小幅

红润霜腮,娇匀雨脸,几枝醉玉柔胭。秋梦偏佳,芳慵甘背春眠。清波倒影朱霞衬,傲东风、翠架雕阑。倩知心,白鹭相陪,同立沙湾。　幽闲。未识凄凉意,抱贞香静影,芦畔枫边。一幅生绡,凭谁图出鲜妍。诗魂欲涉秋江水,带新霜、携上归船。最关情,小字刚齐,六月红莲。

重叠金　梨花双燕便面

东风吹得梨云老。落茵几尺埋香草。蝴蝶梦无踪。残妆不肯浓。　看他双燕子。怜惜还如此。衔得一星星。无非是好春。

湘月　潘香谷夫人乞巧图

画屏银烛,好秋光、偷向花阴描出。一片轻云吹不去,飞上湘裙停碧。果砌冰盘,蛛安钿合,艳致殊幽绝。笑拈心字,夜深眠鸭频爇。　　谁似帝女聪明,流黄织罢,余巧随人乞。世上蛾眉须俊杀,不比牵牛成拙。底用临风,穿针约线,才称芳时节。嫩凉延伫,当头银汉如雪。

锦缠道　道华拈花小影

绝顶聪明,佛也笑而心折。洒天花、一枝眉笔。世间畴是亭亭立。让与伊人,独自神超绝。　　爱如兰素心,妙香吹彻。却嫣然、自家拈出。问几生、曾上龙华座,宿缘非浅,只我能相识。

献衷心　子梁心佛图

料佛非轻易,心许凡人。多则为、种前因。向妙莲花座,顶礼功深。还不若,方寸地,自家寻。　　无佛处,佛才真。此中空洞即檀林。把至情坚铸,不坏金身。毋退志,休褒念,莫分心。

金缕曲　题前朝女史李今生水墨花鸟卷,用卷中钱浣青夫人原韵

烟水萦归艇。剩萧萧、秋畦夕照,菊松三径。愁听念家唱破,清泪明珠比莹。借笔墨、闲情聊骋。缋出凄凉花鸟意,软红尘、不点生绡净。脂粉断、倍幽靓。　　宣和旧谱重思省。问当年、南朝烟月,雪泥鸿影。竹笑轩中春去久,一点佛灯低映。又收拾、笔床严整。展卷风流如可接,想鸥波、小梦同鸥醒。写不尽,韶光冷。

殢人娇 休宁戴小愚秀才以画兰作姬人照,联句应之

不少桃花,比得春风人面(子梁)。偏要把、国香轻占(宛仙)。湘云一朵,有客笑偷染(子梁)。须算是、真个者般妍倩(宛仙)。　空谷含芳,圆冰写艳(子梁)。问小影、真身谁辨(宛仙)。香名可巧,听同时饮遍(子梁)。将一卷、绝妙楚词来拚(宛仙)。

双荷叶 折荷美人图,归佩珊索题

霞光里,凌波冉冉来何处。来何处。衣绡犹带,藕花香气。　无边秋水花双起。折来花与人同媚。人同媚。艳情分付,一湾红翠。

壶中天 联句,题佩珊雨窗填辞图

帘栊秋霁,坐黄花、添得几分诗意(子梁)画里重阳凄寂甚,风雨飒然而至(宛仙)。梦绕山横,愁含水渺,不尽沉吟地(子梁)。乌丝闲写,莫教螺匣长闭(宛仙)。　何用玉笛频吹,银筝款语,传出玲珑致(子梁)。盼断疏棂云黯黯,一片苍凉尘世(宛仙)。绝妙才华,可怜境遇,付与湘筠翠(子梁)。只应自度,双鬟还是多事(宛仙)。

醉花间 写蛱蝶扇

飞双影。宿双影。双影长相并。花好向谁家,漫任香风领。　恰有绿窗人,裁成纨扇等。一蝶一琼枝,不画秋时病。

渔家傲 题画扇

一片莺声啼破晓。柳枝无力含风袅。棹个船如妆阁小。安顿了。瓶花书叶多轻巧。　瘦影刚临清水照。高怀羞带宜男草。画桨荡云春梦好。心暗

笑。沙堤正有双眠鸟。

南楼令　女郎春骑图

窄袖翠袍鲜。长堤划袜莲。试轻躯、扶上罗鞯。当作木兰犹未可，认得出、小婵娟。　胆弱怯施鞭。游缰控玉纤。石榴裙、何处留仙。闲看桃花山色里，香影外、四蹄烟。

踏莎行　秋士夫人秋闺遣梦遗像

漏隔花敲，灯舍风动。美人心事随秋种。迷离深锁一窗愁，惺忪小结三更梦。　冰簟波平，纱橱烟冻。如何永夜抛他空。搴帘独自听吟虫，收香何处栖幺凤。

点绛唇　恽南田荷花

雾縠风裳，水精宫殿倾城占。惊人妖艳。半借霞光染。　片叶玲珑，借作菱花鉴。看无厌。绿波潋滟。鸳梦零星检。

采桑子　画兰

佳人空谷年三五，体也芬芳。影也芬芳。一点贞心却自藏。　画中枝叶前身是，意也潇湘。梦也潇湘。独伴离骚九畹香。

王贞仪（1768—1797）　2首

字德卿，安徽天长人，寄居江苏江宁（今南京）。锡琛女，诸生詹枚室。少时随父奔祖丧至吉林，居塞外有年，年十六归江南，后漫游京师、陕西及楚、粤各地，多有吟咏。颖悟博学，精天文、算法、医卜之学，著述甚富。著有《德风亭初集》十三卷，收词一卷。

沁园春　题柳如是像

彼美人兮,河东旧氏,名姓争传。问底事蛾眉,爱才念切,改装巾帻,择士心坚。翠袖相投,红裙难认,老去尚书已可怜。休记取,恁茸城诗句,久地长天。　　只今回首当年。蓦京口扁舟桴鼓阗。更不较顾娘,泥涂容面,羞他卞女,泪洒兰笺。道服随身,青丝毕命,含笑章台质独捐。尤堪叹,便平康如许,若个名全。

踏莎行　题梅花水仙芝草合景小幅

庾岭春迟,洛川波迥。一般幽思谁能领。个侬同住水云乡,黄裳绛服欣联影。　　世外芳姿,寰中仙品。灵根堪结芝林隐。好将三秀拟三香,襟期冰雪偏宜冷。

吴琼仙(1768—1803)　3首

字子佩,江苏震泽(今苏州)人。义伦女,徐达源妻。工诗,为袁枚所赏,与彭兆荪、汪玉轸等相倡和,兼擅书画。著有《写韵楼诗集》五卷,词附。

南乡子　题廖织云女士画

烟锁云平。依稀此境昔曾经。鸡犬人家都不管。山花乱。屋角斜阳红一段。

唐多令　题竹阴美人画扇

对溜顿书仓。炉烟绕洞房。望妆台、只隔红墙。半露腰身刚一搦,便料得、小鞋帮。　　底事费回肠。推敲一字忙。碎秋心、记起还忘。最好几重寒玉影,千个字、正当窗。

清平乐　题冯甥《月夜听箫图》

碧桃开了。春事江南早。刻翠裁红诗思好。花信番番吟到。　阿谁红豆亲拈。碧箫偷撇檐前。赢得玉人双笑,秦楼月正纤纤。

戴珊(1769—1808)　8首

自号衣仙女史,浙江湖州人。懋由女,梁传系妻。从张九钺学诗,执贽为弟子。传系以资得官,随任于湖北广济县,夫妇吟咏,相从甚欢。著有《庑下吟词集》二卷。

凤凰台上忆吹箫　题黄心庵先生雪美人图,题寓悼亡意

云里黏身,幻中团色,由他捏素堆银。纵巧妆回雪,怎赋行云。耐着寒闺几日,渐消瘦、软玉谁温。非耶是,隔窗遥望,似李夫人。　真真。者番去也,随流水难追,立化冰魂。只梅花仍旧,愁落香茵。便认崔徽风貌,绡一尺、怎写精神。泡和影,牟尼座前,说与缘因。

东风第一枝　题朱涧东先生画兰手卷

淡吐心葩,浓含意萼,数枝墨影披偃。疑从平畹移栽,恍向回溪开见。紫茎丹荫,扫尽了、俗粉痴铅争绚。杂之萧艾弥清。佩以玲珑更幻。　记当年、湘浦停舟,飘何处、空香一线。似灵妃、鼓瑟声中,翩而下、明蛾修鬒。迷濛烟水,忽飞入、幽室明窗横卷。俨然姑射仙姿,应作骚人清玩。

玉女摇仙佩　题浣兰女史画兰便面

幽中幻色,闲外传香,不记空濛何地。谁把仙姿,收来伊扇,浅萼纤苞随

意。疑是仙妃佩。被春风吹落,水云无际。便飞作、墨痕数点,仍疑是、浓烟淡雨而已。休言太离披,乱服粗头,都增妩媚。　　说与黄磁作斗,文石为峰,未及者般安置。休贮锦囊,微揎鸾袖,领取一番风致。展向妆台绮。问九畹、丛中开未。论品格、苏姬慧性,孟光贤操,相看无二。才人配。诗成应再写芳字。

蝶恋花　题仲姊便面滕王蛱蝶图

忻展齐纨翻吊古。谁慨兴亡,摹写滕王谱。玉手轻摇犹栩栩。痴情暗逐东风舞。　　忆我昔年依绣户。一缕裙花,窗外飘红雨。把玩莫嫌吟太苦。梦迷芳草西园路。

踏莎行　题樵子晚炊图

十里青松,半山红树,樵人尽日闲游遍。秋高黄叶白云深,隔林笑语寻难见。　　漫拾残枝,多攀短干。晚炊留半朝炊便。晓同渔子汲清湘,一溪流水芦花乱。

诉衷情近　自题便面望亲图

泪珠盈睫。望断江楼残月。含烟远水迷离,隔雾暮山层叠。有日片帆归去,角酒争吟,醉击芙蓉楫。　　耳边怯。夜听雁声凄咽。欲写秋容,浓淡染成枫叶。挥毫捷。寸肠如裂。眼底新愁,心头旧事,图入手中箑。

桂枝香　题嫂氏便面螃蟹

夜留残热。尚团扇未辞,秋老时节。谁写吴江好景,荻花如雪。西风有恨无肠断,画绀螯、几番愁绝。霜华满地,故园何处,云山千叠。　　想此日、平沙籁设。但败苇残芦,爬沙相接。正说家乡旧事,忽逢湘箑。黄心难付厨娘剖,伴玉人、手中飘曳。侍儿携去,烹茶频拂,恍窥双睫。

疏影　题大姊六如便面梅花

佳人幽谷。爱老梅几树,雪中芳馥。每到良宵,叉手巡檐,吟遍竹园松屋。一从风雨飘零后,时想象、冷香寒玉。倩丹青、写向冰纨,也算探来林麓。

偶忆孤山旧事,便婆娑秋扇,掩映蛾绿。莫拂西风,怕有离人,吹入笛中成曲。当年冷淡交情久,休认做、空花旧轴,拈霜毫、欲赋迟徊,烧过半枝银烛。

周青　1首

字木君,江苏宜兴人。周济族祖。穷愁不遇,年三十而叹老,未几困瘁以死。殁后词稿由周济编定,于道光三年(1823)付梓。著有《柳下词》一卷。

齐天乐　题保绪梦游图

关河不隔年来梦,萧条壮游情绪。壁掩昏灯,帐惊仙蝶,一派迷离何处。乘风欲举。又竹影横云,乱山无数。掩映孤村,渡头帆拥暮潮路。　　低徊还记旧地,对黄昏冷月,岑寂无语。细雨惊回,荒鸡唤起,难把飞丝重驻。疏狂伴侣。叹半枕愁痕,细萦烟缕。莫遣霜毫,更重临旧谱。

王铮(1771—1808)　4首

初名鉴,字幼莹,号仲坚,上海人。诸生。工兰竹,精篆刻,以词与同邑李钟瀚、李钟潢、刘枢相倡和。著有《半农小稿》一卷,词附。

念奴娇　题附骥图

苍茫独立,睹天生骏骨,权奇卓越。自古群公多衮衮,总受名羁利绁。上国才华,男儿意气,局促心宁屑。一鞭先著,不愁峻阪九折。　谁云赏识无因,尘软天衢,便与凡侪别。红入霜蹄青入眼,回首云烟出没。道路谁开,识途非晚,抱负今朝雪。后来居上,岂是蹉跎岁月。

行香子　题采芝图

水后山前。曲径苍然。在白云、黄叶之间。天教消受,清福闲缘。胜满庭花,一帘月,半溪烟。　住占林泉。术慕神仙。劚得红芝带露鲜。倘逢邻叟,把臂流连。便诗无数,棋无敌,酒无边。

轮台子　题李秋塘乘槎图

琼宇果然能到。缥缈间、路通银汉。黄金璀璨楼台,怎有彩虹隔断。御风人去珊珊,凡骨登时换。算程途九万,策笼几辈人争叹。　何须石借支机,但咫尺、斗牛已贯。问吴刚、丛桂森然,花开曾半。高处最先攀,粟飞雨散。愿珍重携归,分与人间看。这分明、云泥早判。

沁园春　题深柳读书图

一剪波寒,千寻玉立,谁似丰标。□□□□□,安排经卷,壁间高挂,重叠诗瓢。水阁晴添,阑干雾积,约住轻风翠万条。容消受,□悄悄人静,帘卷香销。　簇来翡翠兰苕。早疑是无端蝶梦撩。更春光二月,莺花历乱,柳腰消瘦,争比吟腰。晓起携柑,晚来载舫,魂磈何须浊酒浇。看他日,□攀丝驿路,驻□□□。

葛秀英(1773—1791)　2首

字玉贞,江苏句容人,父贾吴门,遂家焉。乾隆五十四年(1789)为秦鳌妾。著有《澹香楼词草》一卷。

浣溪沙　题晓妆图

莺催日影上窗纱。睡起罗帏远梦赊。水晶屏曲绣帘遮。　　一缕香云金钏滑,二分明月玉梳斜。澹妆生爱不簪花。

浣溪沙　题夏闺图

雨过荷香暑气消。奁开月影黛重描。闲阶独立似无聊。　　藕覆半笼金缕袜,凤钗斜斲翠云翘。内家妆束不胜娇。

李佩金 26首

字纫兰,号琴和女史,江苏长洲(今苏州)人。邦燮女,何湘妻。生于乾隆三十八年(1773)前后。工词,与杨芸齐名。年三十余卒。著有《生香馆词》一卷。

青衫湿　题浔阳送客图

半帆冷月空江白,枫荻晚烟横。归鸿无数,乡心几许,如此秋声。　　尊前掩面,凄凄切切,细数生平。琵琶哀怨,青衫憔悴,一样消魂。

西子妆　题美人晓妆图

晓气如烟,春寒似剪。好梦莺声唤转。一番情思倦恹恹,拂菱花、碧纱窗畔。画眉人远。曾否念、镜中娇面。锁双弯,多少闲愁怨。归来始展。　　东风懒。不到天涯,那有鱼和雁。瘦腰无力倚妆台,掠云鬟、怕抬纤腕。鬓钗斜胃。记当日、花枝轻捻。指尖尖,笑染黛痕深浅。

潇湘夜雨　题葬花图

雨雨风风,花花草草,一番春梦谁怜。濛濛庭院絮如烟。多化作、彩云飞散,闲凝盼、底事缠绵。埋愁地,扫将旧恨,付与啼鹃。　　瘦人天气,落花时节,似水华年。想个侬病起,悄立阑边。判几许、泪珠缄裹,知多少、绿怨红残。游丝袅,韶华难绾,幽思上眉弯。

琴调相思引　题美人整琴图

雪影条条裂一痕。夜寒谁与诉秋魂。冰弦欲整,惆怅又还停。　　何处西风吹梦冷,凉丝先向鬓边生。回肠缕缕,难续此时心。

愁春未醒　题美人枕书图

春魂愁锁,不许游丝牵引。只无奈、深丛蝴蝶,约住芳魂。香雾模糊,扑帘花气作黄昏。东君知否,生来识字,即是愁根。　　倦掩道书,除非梦里,觅个分明。那能游仙,容易一霎薱腾。眼尾低垂,朦胧合了又还醒。卷中红泪,相思粒粒,好认啼痕。

绣停针　题陈蘅芳三姊倦绣图

小院静,见软日烘花,莺梭织锦。检点芸奁,深碧浅红,无力绣床斜凭。叶遮莲映。刺一对、鸳鸯栖稳。彩丝欲整还停。霎时柳眠花困。　　愁春清昼永。听杜宇枝头,声声离恨。翠影笼窗,鹦鹉帘前,低诵侬诗乍醒。金钱怕问。卜不出、天涯芳草,王孙归信。远山断烟痕迥。

虞美人　题团扇图

轻绡玉瘦犹嫌重。憔悴桐花凤。魂丝已是恐难胜。有甚心情还去、拜双星。　　湖山雨洗新阴嫩。绿遍苔衣润。冰纨无力扑流萤。小院凉生月上、又黄昏。

菩萨蛮　题吴兰雪新田十忆图

其一　花院奉觞

半帘香雨家山远。晴丝暖织春烟软。况听子规声。思归更不禁。　　花前瑶斝劝。一曲歌珠串。怊怅忆江南。秾华三月天。

其二　草堂寻句

绿芜春远裙腰衬。寻诗天气新晴稳。池草梦初醒。窗纱镂翠痕。　　小庭人静处。两两幽禽语。犹记擘吟笺。闲凭卍字阑。

其三　柘塘春步

野塘缓趁清游屐。垂杨瘦到无聊碧。风皱水粼粼。回旋荡縠纹。　　莺梭花底织。燕剪澄波色。红雨半溪烟。人家画里山。

其四　桐屋读书

香煎豆蔻屏纱透。文窗烟暝浓阴覆。蝉曳别枝风。凉飘一叶桐。　　芸编消永昼。山字吟肩瘦。凝睇送归鸿。断云烘晚霞。

其五　苏山秋望

水天如镜明秋霁。晓钟断续山坳寺。烟外澹斜阳。松花落石床。　　吟魂飞不起。愁在苍茫里。云逗一痕青。登临无限情。

其六　蕉阴茗话

庭笼翠幕清如水。绿天阴里茶烟起。湘榻设桃笙。帘波碧一泓。　　挑残青凤胫。话瘦缸花冷。瀹茗记当时。敲诗人睡迟。

其七　石溪鸥伴

荻花冷淡清溪畔。一痕晴雪苍烟晚。浅石枕中流。盟鸥溪水头。　　菱歌何处起。知在芦丛里。波活半江蓝。纤云弄远天。

其八　牛坳吹笛

晴峰向晚伤心碧。几声缥缈横秋笛。枫叶乱云堆。松风飐葛衣。　　水边渔唱散。墟落柴门掩。林外鸟争飞。夕阳牛背归。

其九　烟陇探梅

冷芳探取携吟屐。寒烟深锁春消息。数点绽冰花。啁啾翠羽哗。　　水天云断处。情绕孤山路。仿佛到江乡。惊回清梦香。

其十　稻田听水

春畦小步吟怀淡。急流如瀑飞银练。洗石响泠泠。依稀听雨声。　　平陂新涨浅。碧影连空远。何日得归耕。稻花香里行。

琐窗寒　题雪艳图

锁骨凝冰，虬枝缀玉，峭寒庭院。灯孤梦瘦，愁绝美人天远。傍阑干、横斜数枝，恍疑雪海珊瑚现。看春魂写出，花疏月澹，十分清艳。　　帘卷。琼瑶片。正乱点檐前，鬓丝轻罥。暗香盈袖，素萼折来低撚。料离心、定忆江南。故园几番风信转。送黄昏、翠羽惊寒，冻蕊霜华泫。

南乡子　题梁溪诗冢图

遥望九龙岑。断碣残碑秋草深。缥缈诗魂招不得，黄昏。冷月苍凉山鬼吟。　　好句怕飘零。肯付秦灰荡夕曛。卜得埋愁三尺地，孤坟。十丈灵光透碧云。

百字令　题虎山玩月图

香添芸饼，乍披图省识，吾家太白。石上霜华看激滟，入夜游氛都灭。松籁吟秋,金波泻影,千顷琉璃澈。谁吹横笛,余音空外如发。　　追昔金虎坟荒,吴宫剑冷,只剩当时月。坐对层峦看转碧,一线烟痕青裂。锦瑟初停,娇歌又起,好景无虚设。欲行又住,留连几度难别。

金缕曲　湘芷出示游仙图,因题其后

缥缈琼楼迥。正清宵、迷离好梦,游仙一枕。十二阑干波曲曲,红杏枝头香暝。却仿佛、旧曾游境。只恐吟魂飞不起,仗天风、吹上三山岭。明月堕,万松顶。　　玉池莲叶田田浸。怕回头、茫茫尘海,几层云影。小倚碧桃花下立,右拍洪崖笑问。说此去、蓬莱远近。同上瑶台深处望,著五铢、衣薄星华冷。骑鹤背,碧天永。

声声慢　题杨蕊渊琴清阁填词图

桐疏留月,竹密笼烟,小庭琴月双清。花叶题残,毫端别有秋声。明蟾暗窥瘦影,写新词、斜倚银屏。帘影外,一梢纤碧,阁住云阴。　　隔柳残星摇梦,听泠泠虚籁,都在楼心。玉轸弹冰,闲愁谱上瑶琴。依稀断霞天际,渺离情、一发余音。吟未稳,怕天风、吹入杳冥。

满庭芳　题听泉图

晴峰涌翠,冷石飞泉,临流细涤烦襟。闲云潇洒,来往自无心。仿佛当年曾听,倒词源、千尺滩鸣。疏林外,暮烟团碧,新月破黄昏。　　凉波鸥梦醒,寻幽何处,独自行吟。把旧游历历,写入丹青。此日重来啸傲,好湖山、犹识诗人。君知否,青衫已换,得意上林春。

摸鱼子　题归帆图

怅韶光、故园风月,莺花几度轻负。当时只恐浮名误,为忆莼鲈归去。芦荻浦。正一枕、潇潇卧听空江雨。推篷凝伫。见枫冷疏红,柳垂凄绿,好景共

谁语。　　秋水渡,浣尽十年尘土。寻盟两两鸥鹭。飘然自著玄真子,打幅沧浪渔谱。招隐赋。算合付、先生作个湖山主。笑携伴侣。载半艇晴云,烟波来往,啸傲碧天暮。

菩萨蛮　题佛手便面

香国花出纤纤手。佛前曾许拈花否。堪爱指玲珑。柔荑一握同。　　兜罗愁几许。名重群芳谱。幻悟掌中过。灵光夜有波。

金缕曲　题碧城仙梦图

缥缈琼楼迥。正清宵、迷离好梦,游仙一枕。十二阑干波曲曲,红杏枝头香暝。却仿佛、旧曾游境。只恐吟魂飞不起,仗天风、吹上三山岭。明月堕,万松顶。　　玉池莲叶田田浸。怕回头、茫茫尘海,几层云影。小倚碧桃花下立,右拍洪崖笑问。说此去、蓬莱远近。同上瑶台深处望,著五铢、衣薄星华冷。骑鹤背,碧天永。

屠元淳　1首

字谷诒,号拙斋,浙江嘉兴人。诸生。乾隆十五年(1750)前后在世。著有《寻乐类编》六卷,词附。

西溪子　题画

屋隐绿杨树里。舟隐白芦花里。夕阳斜,渔父坐。樵夫卧。蓑笠乱堆一处,酒樽翻。水云滩。

江浩然(1690—1750)　3首

字万原,浙江嘉兴人。诸生。久困科场,遂弃举业,游幕为生。与郑方坤交厚。酷嗜朱彝尊诗,撰《曝书亭诗录笺注》十二卷,又有《杜诗集说》二十卷。著有《江湖客词》一卷。

洞仙歌　题沈宪章小照

肠肥脑满,忆论交初地,展画窥颜正相似。讶乾坤漂泊、憔悴三年,差不类,松下科头姿制。　乡园俱好在,月影风声,为问凭谁主张是。何乃瘦而狂、征铎郎当,尘扑面、干卿奚事。须记取、逢人眼常青,离绿树重阴、大难希此。

金缕曲　题文载舅争子图

腐鼠何来吓。任群雄、熙熙攘攘,后先争席。为爱妇人钟淑气,解道长安似弈。且坐隐、枯棋三百。少女南风歌不竞,渐西封肆矣东隅失。围莫解,频呼吃。　能军娘子无奇策。乍微赪、娇嗔玉面,画梅省识。豪夺巧偷全未许,竖起须髯如戟。也忘了、逢场戏剧。决胜男儿须斗智,怕今朝、斗力输巾帼。防撒子,和盘掷。

洞仙歌　题朱正蕃乡思图

丹青莫状,倩王郎能手。惨淡经营白描就。但苍茫独立、阿堵传神,也不用、鸡犬图书添凑。　江湖怜杜牧,中酒年年,惯向长亭苦回首。一笠影飘萧、著作登车,下而揖、相逢谁某。算只合、归寻旧鸥盟,伴渔弟渔兄、拍歌铜斗。

胡作肃(1704—1766)　1首

　　字恭士,号卓亭,浙江天台人。雍正七年(1729)拔贡,乾隆中官两淮盐场大使。工诗,与同邑齐召南、徐秉文等倡和,书画、戏曲皆精。尝撰辑《唐诗解》一书,著有《秋水阁诗集》。

无俗念　题仙居张又同罢钓图

　　飘飘髯也,记旧时投分,陡惊英杰。幞被骑驴游上国,待诏玉墀瑶阙。捧檄之官,甘凉古戍,匹马凄清绝。十年为橼,唾壶醉后敲缺。　　归来两颊霜髭,柳阴湖外,消受闲花月。日把一竿垂直钓,钓得鲜鳞如雪。没甚风波,但饶烟水,是处真空阔。关山旧事,逢君剪烛重说。

吴廷采(1706—?)　1首

　　字章五,号葑田,江苏溧水人,原籍安徽。与闵华、余梦易、张四科、张世进等以诗词倡和。乾隆二十五年(1760)在世。

浪淘沙　题春桥桐溪垂钓图

　　碧玉一溪湾。流水潺潺。桐阴低覆钓矶寒。多少江湖潇洒意,分付鱼竿。　　蓑笠半生闲。风雨休还。蘋花开到白鸥滩。说与软红尘土事,了不相关。

王陈梁(1722—?)　1首

　　字次辰,江苏青浦(今属上海)人。诸生。家世行医,藏方书甚富,尝校刊宋人许叔微《普济本事方》十卷。乾隆五十一年(1786)年六十五尚在世。

烛影摇红　自题秋夜较书图

露白庭阶,夜凉芸馆牙签润。凤靴联步捧云函,排列共参订。亥豕沿讹细认,费推敲、丹铅点定。绮寮幽寂,四壁蛩喧,半帘梧印。　花甲余三,眼光那比当年俊。一编校罢手摩挲,偏自饶清兴。应被小鬟暗哂,怎频催、蕊煤重整。翠钿珠袅,红袖香添,顿忘华鬓。

杨谦(?—1785)　5首

字子让,号未孩,浙江秀水(今嘉兴)人。诸生。恂恂儒行,好读陆陇其、张履祥之书。向慕朱彝尊学行,撰《曝书亭集诗注》二十二卷、《续经义考》十卷。乾隆三十八年(1773)又纂成《梅里志》十二卷。工诗文,擅隶书。著有《木山阁诗钞》一卷。

双红豆　题金伯淳藕香图

鸳水流。绣水流。到眼芙蓉一镜秋。如花人倚楼。　是琼儿。是红儿。目断娉婷花几枝。兰桡归去迟。

渔父　题石帆兼葭秋水图

两岸苍葭一镜秋。月明风静浪花浮。诗几卷,酒千瓯。鸿雁声中独下钩。

鹤冲天　题柳村放鹤图

秋涨碧,藕花红。烟艇泛晴空。毿毿双鹤戏云中。遮莫自开笼。　频来去。忘朝暮。闲领沧洲情趣。梅花溪上水弯环。何必住孤山。

清平乐 题画

苍苔瘦石。漠漠秋阴积。寥沉碧天吹短笛。独自坐来烟夕。　　凉飙涤尽尘襟。疏林愈觉萧森。认取此间幽意,还期踏叶相寻。

百字令 题秋林读书画册

空山滴翠,爱鲜新爽气,草堂秋早。石磴苍苔初雨净,屐齿何人寻到。残暑才消,微凉乍逗,散帙穷幽讨。秋声听罢,剪灯窗底红小。　　最是万卷空怀,五车惯借,画里怜同调。羡尔笃虫心事在,落叶风林频扫。品定诗家,修成花谱,料得开怀抱。他年相访,树根同读真好。

焦妙莲(1729—?)　1首

字号未详,江苏金山(今属上海)人。华亭陆允恭妻。工吟咏,同里范熙之亟称之。嘉庆三年(1798)年七十尚在世。著有《日余诗钞》二卷,附词一卷。

点绛唇 题小姑遗照

瞥见芳姿,依稀眉目浑如故。茫然惊误。梦寐重相晤。　　傍轴喃喃,是把衷肠诉。君端坐。无言对我。不觉啼珠堕。

范铎(1730—?)　1首

字愚轩,浙江鄞县(今宁波)人。乾隆十二年(1747)举人,任浙江钱塘教谕六年,丁忧归。乾隆四十二年(1777)服阕引见,官至湖北当阳知县。

贺新郎 自题小影

弹指光阴速。笑头颅、峥嵘何在,半生征逐。十上金门空射策,悔不十年书读。徒潦倒、寒毡苜蓿。迤逦仲宣楼上望,奈嵯岈、一片山争矗。楚氛恶,归帆促。　　而今老大终输犊。写须眉、壮不如人,况兹残局。鼠目麈头君记取,尽是八州之督。莫漫诧、鹯飞退六。自是虞翻屯骨相,了余年、合把茅编屋。一曲水,数竿竹。

丁如琦（1731—?）　1首

字器淳,号菊圃,江苏无锡人。乾隆十八年(1753)举人,乾隆五十二年(1787)官浙江常山知县。著有《菊圃诗钞》,词附。

解佩令 题友人渔隐图

藕花千顷,桃花一棹。又开残、白蘋红蓼。随意风帆,任南北、东西都好。计生涯、此中粗了。　　停桡近浦,收纶斜照。且休论、得鱼多少。换酒归来,拼今夜、醉眠忘晓。这襟怀、尽堪娱老。

冯金伯（1738—1801）　2首

字冶堂,号墨香居士,江苏南汇(今属上海)人。贡生,官江苏句容训导。工书画,精鉴赏,兼好倚声,所辑《词苑萃编》二十四卷,有声于时。著有《南村词略》。

西江月 牧城寓舍摊烛作画

傍水霜柯掩映,蠹天翠嶂嵯峨。挑灯含墨破工夫,也算一番清课。　　岁晚穷庐风紧,年来旅鬓霜多。闲将笔墨当悲歌。黏壁糊窗俱可。

唐多令　题画,赠万友鸿

疏雨响帘栊。一身惊断蓬。数归期、已是残冬。结伴携尊来劝客,灯影畔、酒鳞红。　何日再相逢。酒浓愁更浓。听烟霄、一带征鸿。欲写离情无处写,聊写增、雨三峰。

吴廷燮　48首

字调玉,号梅原,江苏如皋人。史鸣皋表弟。生于乾隆三年(1738)前后。入国子监,应顺天乡试不售,以疾归。与同里江干、徐麟趾、冒国柱等结香山吟社。乾隆四十六年(1781)高宗南巡,迎銮献赋。著有《枫香阁词钞》一卷、《梅原词钞》一卷。

忆江南　题秦淮秋泛图二首

江南忆,最忆是新秋。松麈挥连蕉叶扇,苎衣香佩桂花球。人在木兰舟。

其二

江南忆,佳丽旧南朝。暮雨勾阑闻度曲,夕阳帘阁赛吹箫。何处不魂消。

忆江南　题河干纪遇图三首

河干遇,旧事那能忘。曾似有珠投郑甫,可还留枕与陈王。好梦已荒唐。

其二

后期杳,赢得是相思。梦到青溪三十曲,落花深处小姑祠。携手月明时。

其三

重提起,情种是卿卿。蚕子春眠丝自苦,芙蕖秋老藕难成。留取证来生。

忆江南　题罗四两峰秋灯说鬼图

罗生妙,说鬼近三更。未必全无论莫著,便饶是妄语堪听。灯色冷秋屏。

忆江南　戏题片石村塾图七首

村塾好,平丈我都都。五个教完教十个,早书上罢上中书。忙得没工夫。

其二

村塾好,童子蠢而顽。两臂白猿同矫捷,一声黄鸟逊缗蛮。夏楚可能闲。

其三

村塾好,半个也嫌多。上馆病牛犁废土,还家骏马注危坡。人静倚庭柯。

其四

村塾好,馆务颇纷纭。那要经师如李谧,只将奇字试扬云。牛券并烦君。

其五

村塾好,局面尽排场。但见请时推首座,更无客处据中央。南面百城王。

其六

村塾好,有限是脩金。汪菜范虀共饮馔,陶分禹寸度光阴。兀自望成名。

其七

村塾好,半世伴童蒙。已耐心肠为措大,可能头脑不冬烘。汩没几英雄。

长相思　题罗敷图

欲停车。且停车。五马桑中要彼姝。使君高义无。　　恼罗敷。笑罗敷。不道罗敷自有夫。东方千骑殊。

点绛唇　题玉台双影图

悄步香闺,镜中偷靠春风面。并头娇倩。风影花同颤。　　无那婵娟,看得春光贱。频流盼。憨容膼觍。一霎春魂眩。

点绛唇　题美人坐睡图

浴罢凉生,风来纨扇都抛去。芭蕉几树。香梦沉酣处。　　揭起罗裙,知否萧娘许。黑甜路。低声唤取。明月偷窥汝。

减字木兰花　题黄大瘦石编年图六首

其一　呼卢

玲珑六子。却似盘珠旋不止。拍手狂呼。刘毅公然竟得卢。　　亦知游戏。事大如天都可废。卿是何辜。不怕亡羊学牧猪。

其二　北征

疲驴破帽。落日秋风临古道。笑指神京。可有凌云荐赋人。　　匆匆归去。赢得空囊诗几许。大好西山。曾否当年挂笏看。

其三　文园

论文晨夕。却好竹溪符六逸。髯也超群。跌宕词场老斲轮。　　山河渺若。垂老垆边频泪落。往事回头。宾客西园散应刘。

其四　望庐

春风绿鬓。心血都缘儿女尽。生死平分。半付侬家半付君。　　何须入室。遥望空帘增惨恻。孤馆斜阳。落叶哀蝉几断肠。

其五　村舍

风流子久。丘壑胸中原自有。筑馆柴湾。樵弟渔兄共往还。　　裁诗满牍。卷比牛腰粗几束。乐府新翻。肠断当筵唱阿樊。

其六　抱疴

天花狼藉。方丈维摩犹示疾。消渴文园。鬓影春风转耐看。　　夫君不死。天与名山作诗史。老马长途。一到秋风病骨苏。

减字木兰花　题豢鹤图二首

仙人骐骥。闭汝雕笼非弃置。雨晦风凄。养就精神似木鸡。　　闻天闻野。此鸟一鸣应长价。况复冲霄。万里青云入羽毛。

其二

雪翎丹顶。也似诗人风骨迥。香稻朱门。暂恋君家豢养恩。　　浮丘善相。知己不逢空跌宕。何日风云。同作瑶天得意人。

清平乐　题美人采桑图

眉如柳叶。秋水凝双睫。玉断腰身莲步躧。情似十三明月。　　城南何处条桑。春风一路垂杨。底事提笼忘采，不关昨梦渔阳。

南柯子　为廌臼题对弈图

残劫争犹后，通盘算要先。东山赌墅是何缘。全仗一枰冷玉、破苻坚。　　清簟凉风缓，灯花夜色妍。从来此道说犹贤。消得人生豪气、过中年。

双调忆江南　题万巢南风木望云图

频年事,奔走向长途。慈母还余衣上线,先人遗得箧中书。何处旧田庐。
回头望,生死重踟躇。云外北堂萱草瘦,风前孤墓白杨疏。君子意何如。

双调忆江南　题王三菊田山塘纪遇图

山塘好,肠断是吴娘。粉蝶寻香窥鬓朵,春芜和露浣鞋帮。眉语隔垂杨。
蓦回首,昔梦已荒唐。已分今生输海燕,未知何日会文鸳。暮雨打船窗。

一剪梅　题披襟图,为拙庵

官阁当时净点埃。似水襟怀。似酒情怀。半酣闲坐碧山苔。人在春台。
风起兰台。　滴粉搓酥待妙才。绿绮休催。红豆新栽。秋风孤馆塞鸿回。
没个人来。记那人来。

一剪梅　题中酒图,为拙庵

曾到天边赋壮游。不唱甘州。便唱凉州。闲来花底酌金瓯。小史阶头。
小玉楼头。　一半春光去尚留。琴韵悠悠。垆篆悠悠。诗成一笑傲沧洲。
醉也休休。醒也休休。

钗头凤　题美人倦游图

梅和柳。还依旧。春光如此人消瘦。循花径。销春恨。芹泥香软。弓鞋
欲褪。趁。趁。趁。　东风骤。清明后。落红轻点春衫袖。心儿闷。身儿
困。绿茵如绣,双趺坐稳。衬。衬。衬。

钗头凤　题秘戏图

浓如漆。甘如蜜。鸳鸯自古惟成匹。眼波溜。眉痕皱。巫云巫雨,几时才匀。凑。凑。凑。　慈航得。阿弥佛。葫芦头是销魂物。春心骤。春酥透。妙明香味,更难消受。□。□。□。

醉春风　题窥浴图

冰簟新凉乍。睡起残妆卸。瑶池一朵玉莲花,怕。怕。怕。纤月光侵,檀郎声悄,偷窥帘罅。　明识偷窥也。忍把轻狂骂。罗巾欲掩掩何曾,罢。罢。罢。索性今宵,拼他怜惜,柳娇花姹。

惜秋华　题杏花燕子图

又几番风,问东君春到,何时才了。惹起春愁,丝丝柳条同袅。雕阑凭遍无人会,残梦苦萦怀抱。销魂煞、宋家墙上,一枝红悄。　算是杏花好。被烟凌雨困,春余多少。蜂和蝶、闲相闹,都无分晓。谢娘泪滴黄昏,要博个、有情天老。烦恼。只有他、红襟猜道。

满庭芳　题黄瘦石文园感旧图

水绘园空,露香馆废,汪伦重辟茅堂。海滨置驿,便是郑公乡。邀得仙才李白,吴融外、顾况刘沧。又还有、风流豪宕,奇绝大痴黄。　文园重问讯,主人鹤化,旧径苔荒。便生存几个,湖海茫茫。老我柴湾词客,孤馆里、几度斜阳。才凝注、秋林雁过,人字总成行。

满庭芳　题徐二湘浦狎鸥图

不用樵青,何须渔婢,飘然一苇中流。西风琴瑟,响起白蘋洲。可是季鹰未老,思鲈脍、江上寻秋。却早有、相亲相近,几点共夷犹。　　珊瑚竿七尺,银钩桂饵,那肯轻投。觅芦花伴侣,惟汝长留。说甚机心机事,鸥如我、我亦如鸥。堪游衍、烟痕破处,新月挂船头。

其二

是石麒麟,如金鸾鷟,鹓鸾班里曾游。拂衣一笑,早岁赋归休。占断莺花风月,尽不俗、西子湖头。问何事、栖迟海上,鸥鸟伴沉浮。　　人生期适意,匆匆手版,终欠风流。矧故园烟水,颇足勾留。情到十分闲澹,鸥忘我、我并忘鸥。从今始、荻芦深处,分我半江秋。

满庭芳　湘浦小史春帆善鼓琴,余绝爱之,醉后漫成二阕,即题其桐阴鼓琴小照

眉似山横,眼如波澈,西泠本是儿家。问年十五,云鬟学盘鸦。消得阿郎怜惜,氍毹上、一朵桃花。谁知又、避喧就寂,不肯按红牙。　　昨来禅院里,炉烟袅处,慢捻轻挝。只数声到耳,迥异筝琶。逗出香心几许,昭君外、塞上平沙。知何日、石床重鼓,一曲落桐花。

百字令　题秋水图

漆园傲吏,是何缘写出,一篇秋水。河伯望洋惊海若,不过寓言而已。之子萧疏,早年闻道,别悟南华旨。不冠不栉,翛然独坐于此。　　此际不借山光,不烦月色,空阔秋千里。屈子烦冤渔父乐,总是未窥其理。比水还澄,较秋尤洁,何处容纤滓。苍葭白露,惟君宛在中沚。

百字令　补题花朝谦集图

春光九十,叹良辰胜友,相兼能几。记得花朝风日好,天气暄妍无比。荀令衣香,乐家尘屑,花里氤氲起。翩然别去,一帆门外春水。　　谁料席帽风尘,半年飘泊,聚首还桑梓。指点图中惭老丑,玉树兼葭交倚。信远荼蘼,香飘丛桂,招隐新词美。愿天来岁,莫教花放婪尾。

百字令　题范实夫不系舟图

乾坤莽莽,想人生大抵,中流一叶。谁是恬波谁骇浪,风便总贪利涉。谁肯舣槎,谁能舍筏,到地谁迟捷。蓦然彼岸,登时谁勇谁怯。　　为爱小范当年,断齑画粥,功业人震詟。千载弓裘谁缵述,之子源流堪接。九派江头,万人海里,心底偏宁贴。听其所止,有时还我休歇。

沁园春　题何大春巢绕屋梅花三十树图

忽谩披图,令我意消,翛然出尘。想灞桥吟客,清寒不免,孤山处士,寂寞谁亲。何似淮南,水曹官阁,争把瑶华报早春。先生笑,笑除他明月,此是前身。　　临风一望嶙峋。那办是梅花是主人。看曲阑斜畔,平铺香雪,疏篱缺处,尽补春云。别样仙源,中无杂树,不许渔郎一问津。能容否,有拜梅旧侣,来结芳邻。

金缕曲　题片石敞庐风木图

风木悲如许。叹人生、零丁到此,凄凉谁诉。记得明珠珍掌上,还往雏雅分哺。岂知道、鹃归无路。门外白杨三十顷,到秋来、都作愁人语。才倾听,泪如雨。　　丰碑华表人争树。苦书生、破庐敞冢,断魂依附。一抹愁云空障目,回首春晖何处。又岂独、伤心惟汝。放眼乾坤如此阔,痛荒棺、安厝无坏土。鲜民恨,较君苦。

十六字令　题琵琶送别图

弹。弹到深更月也寒。声声怨,三叠抵阳关。

十六字令　题江七片石范堤观海图

堤。堤外清霜望欲迷。潮来去,金卤古亭西。

其二

堤。堤外青天覆水低。乘槎去,可许乞支机。

减字木兰花　题甬臼裹药图

谨身有素。意外相侵来二竖。药裹炉烟。细袅春风入画帘。　　新诗几许。枕上披吟严去取。别样文园。莫作相如病渴看。

满庭芳　题王澹庵独立图

惠锡名流,琅琊家世,先生技妙韩康。缁尘京洛,十载鬓毛苍。欲博黄金斗大,愿未遂、肘后成方。空赢得、蹇驴席帽,丽句满奚囊。　　而今归故里,炉香碗茗,书著长桑。把活人经术,小试江乡。记得茂陵秋病,刀圭赠、厄减黄杨。新来愈、未须独立,相伴咏苍茫。

谈起行　1首

字立峰,浙江德清人。雍正元年(1723)举人,官山西赵城知县。

醉春风　美人写真

似玉如花貌。对镜临清照。几番渲染细摹神,妙。妙。妙。一点秋波,半痕腮斗,似含微笑。　　乍脱生绡稿。顾影还分挍。春风面入画图中,肖。肖。肖。子细端相,那如真色,怎般娇好。

张玉轮 1首

字星让,浙江海盐人。著有《练峰词钞》一卷。

迈陂塘 题吴石帆南湖载酒图

问南湖、谁移钓艇,翩然清兴如许。浮家拟仿天随子,茶灶笔床都具。拼小住。爱巾漉春醪,醉眼迷香雾。翠篷容与。认杨柳丝多,鸳鸯梦冷,个里觅愁句。　　吟怀好,写边蓼汀芦沚,欹眠聊伴鸥鹭。棹回稳趁纤纤月,指点石帆青处。容唤渡。看故态狂奴,侧帽尊前舞。他时记取。约第五桥边,吾槎重泛,把盏肯来否。

李宗潮 1首

字坤四,号蕉窗,浙江秀水(今嘉兴)人。陈常子,宗仁弟。乾隆元年(1736)举人,选授广西灌阳知县。著有《二守斋诗钞》。

风中柳 题秦星堂韭溪老屋图

何地关情,久矣数椽零落。问几时、编茅重缚。溪梅绕阁。江枫如幕。算诗材、两难寄托。　　点笔传神,高致尽容商略。只愁来、酒醒犹昨。胸中丘壑。画中标格。渺云山、梦魂相薄。

李氏 1首

边连宝室。

清平乐　题画

乱山无数。一带斜阳暮。远树苍苍笼薄雾。宿鸟迷却归路。　　小桥流水西东。桥边罢钓渔翁。日晚欲投何处,此门只在云中。

毛健　1首

字今培,号鹤汀,江苏太仓人。贡生,官安徽祁门训导。著有《卧茨乐府》。

尉迟杯　展画像有感

双栖燕。记锦窝柳密夭桃暖。画栏团扇风流,情与月轮同满。瑶台梦短。春云冷、雨打梨花散。怅银屏、两鬓鸦蝉,彩笔生绡一展。　　依然笑靥柔婉。映帘外、梅梢竹影零乱。泪滴崔徽,魂销倩女,付与断鸿哀怨。虚房静、凭何消遣。闷不觉、纱窗苔千点。任尘思、琴荐笙囊,微病心情浑懒。

李均　1首

字平之,浙江鄞县(今宁波)人。裕子。诸生。少受庭训,诗词皆有法度。早卒,未竟所学。著有《焚余草》一卷。

百字令　题竹窗把卷图

个人老矣,问何时、呼取双鬟按曲。几度分题邀白战,漫向词场逐鹿。流水琴声,春风鬓影,对此潇湘绿。摩挲一卷,翻嫌泥他流俗。　　旧来我识先生,三年奉倩,空剩藏娇屋。多少黄昏消不去,除是花前书读。酒醒灯残,梦回月落,我也凄凉足。他时闲过,共听雨窗风竹。

李天根 1首

字云墟,江苏金匮(今无锡)人。著有《艳雪词》。

菩萨蛮　题蓉帆小影

既然绝意人间世。何妨终老烟波里。帆影逐风来。芙蓉花正开。　秋容犹未老。谱入丹青好。臭味冷于冰。丰神透骨清。

莫玉文 3首

字文中,号荆琰,江苏长洲(今苏州)人。诸生。著有《寒溪草堂词稿》。

念奴娇　题画

图开照眼,看烟护乔松,风摇修竹。草阁斜临苍翠里,遥映岚光如沐。茗碗炉熏,隐囊纱帽,把卷当窗读。桥边客到,想应家酿初熟。　可惜如此溪山,吾庐何处,策蹇东华逐。回首故园云树杳,对尔乡愁频触。鹤怨猿惊,林惭涧愧,顾影憎尘俗。新词题罢,今宵幽梦应续。

念奴娇　题髯翁先生踏雪寻梅小影

青笠红衫,是阿谁妙手,传神之笔。历乱虬髯真秀绝,本是瀛洲仙客。树树寒香,山山碎玉,偶着寻花屐。掀髯一笑,灞桥恁地萧瑟。　听说雪没边城,弓刀万骑,此景曾身历。安得画师乘快墨,洒作骅骝千匹。仿佛当年,鞭梢得句,勒马寒冈立。更须着我,花间偷弄烟笛。

贺新郎　题沈麟洲寻源图

一叶浮波小。泝空明、春流细腻,红深绿悄。卷起纶竿依倦桨,望里玉山将倒。试问是、谁欤之照。狂叫东阳呼瘦沈,更三毫、颊上神奇肖。有一语,漫相告。　何如添我同移棹。踞船头、子歌我和,我呼君啸。纵使桃花迷洞口,万叠苍崖峻峭。须共尔、寻源而到。莫倚孤舟成独往,恐迷离、仙境无人晓。狂言罢,掀髯笑。

张冕　3首

字冠伯,江苏丹徒(今镇江)人。诸生,著有《春雨楼词》。

祝英台近　题枫溪渔隐图

水齐篱,云抹笠,小艇荡烟渚。陡转前湾,红叶渡头去。尚余卖剩纤鳞,换来浊酒,且闲倚、孤篷听雨。　甚忧虑。不知人世风波,沙鸥是吾侣。魂梦清幽,只绕碧溪树。有时酒醒高歌,笛声悠飏,又撑入、芦花深处。

水调歌头　题友人画

碧嶂耸千仞,其下水潺湲。水穷嶂合无路,忽又转前湾。一径樵痕乍辟,别有仙巢佛窟,鸡犬护柴关。此境那能得,除是武陵源。　展生绡,凭净几,几回看。想卿胸次岂遂,不欲住人间。应自移家有愿,又恐买山无计,虚想托毫端。一笑且休矣,相对已忘言。

摸鱼儿　题李立夫小像

是何人、脱巾挥麈,丰神夷旷如许。双瞳炯炯珠光莹,非复隔尘眉宇。烟客侣。镇说道、含丹照白霞千缕。得无诳语。便吐纳清虚,遨游寥廓,溟海在何处。　　吾语子,试看流光迅羽。人生谁保长聚。虚辕纵使乘虚气,躯壳料应难驻。君莫误。君几见、纸驴茅狗能翔舞。胡为自苦。休去理琼函,清尊对引,一醉足千古。

范安澜　1首

江苏如皋人。

步蟾宫　题友人乘风破浪小影,兼送北上

年时曾共闻鸡起。默会汝、凌云大志。乘风破浪久相期,看今日、扬帆万里。　　琴书满载银涛里。鼓枻去、登仙何异。通材从此遇通津,也替得、吾侪吐气。

范捷　2首

字上之,号月三,江苏如皋人。

扬州慢　题姜在经天寒翠袖图

露白天高,衣轻簟冷,萧萧庭院惊凉。有碧梧金井,落叶响银床。正当是、空梁燕去,镜台人杳,雁足书荒。更灯残、漏永能禁,几遍回肠。　　重吟细数,算而今、总是荒唐。想少日朱颜,三生白骨,片刻黄粱。满地冷蟾如水,阑干外、孤影成双。尽冰魂浸透,凄凄立遍回廊。

水调歌头　题在经晓风残月图

画桡春水上,香雾倚云鬟。金樽细雨,红烛遥忆十年前。半晌魂消软语,一笑杯翻翠袖,此刻最留连。小泊定何处,绣被隐双鸾。　梦初酣,人欲去,夜将阑。此情未易申说,脉脉两无言。几次要留难住,一会相偎又起,百丈两心牵。别后那堪问,鸿爪总成烟。

吕纶　1首

字舜揆,号研山,江苏元和(今苏州)人。恩贡生。著有《砚北诗余》。

锦缠道　题钱讷生双鬟索句图

濯濯丰姿,半为有情消瘦。最难忘、菊芳兰秀。翠帏何事娱清昼。绿绮弹余,砚捧双红袖。　想当年韵人,倚桃偎柳。画图中、此风如旧。莫笑伊、诗句被催成,锦笺挥罢,好试簪花手。

姜文载　1首

字在经,别号西里,江苏如皋人。任修子,恭寿弟。弱冠补博士弟子员,与兄有"二陆"之称。工画,郑燮亟赏之。年三十而殁。著有《止心词》。

霜叶飞　自题晓风残月小册

一春烟雨,隋堤住,堤边花绽莺小。几曾耽阁得多时,腐草为萤早。蓦地想、因循过了,栖乌啼梦魂惊觉。奈欲去难行,又欲住难留,究竟是如何好。　惟向夜雨青灯,舒毫搁管,画出孤馆怀抱。柳丝牵惹玉绳低,夹岸蛩声悄。

一着笔、心情更恼。芙蓉江上秋波老。待买只船儿,去祖道清江,送人衰草。

史发葵   2首

号东原,江苏如皋人。鸣皋子。邑庠生,早卒。

探春   题罗两峰秋灯说鬼图

月黑秋林,灯青古屋,声动谯楼更鼓。三五宾朋,酒阑闲话,妄听何烦庄语。待持杯谈剑,又恐触、少年心绪。不如志怪齐谐,漫请先生挥麈。   四座客咸凝伫。觉冷雨盲风,微生庭树。何必然犀,直同铸鼎,一一精灵来聚。笑谓君休怪,问多少、美人黄土。眼下揶揄,只当一场歌舞。

探春   题墓祭图

试望平原,冷云罥日,知是何人坟墓。儿女犹存,纸钱空费,挂上白杨枯树。手奉盈尊酒,和血泪、齐浇抔土。重泉唤罢无闻,彻俎匆匆归去。   依旧冢眠狐兔。叹驹隙人生,空劳争骛。碑蚀青苔,陇藏白草,华屋于今谁处。但得留遗允,荐蘋藻、灵其休吐。踯躅行人,也感一般霜露。

倪一擎   1首

本姓凌,字建中,号嘉树,浙江仁和(今杭州)人。诸生。与杭世骏、吴锡麒辈交,以诗倡和。

摸鱼儿   题友人秋塘放鸭图

媚清秋、野塘波冷,短芦飞漾晴雪。舒凫不共双鸳宿,惯狎水帘千尺。开净碧。想放罢浮茵,碎簇沙棠楫。轻移片叶。正影乱溪云,声喧江雨,日暮断人迹。　　烟波阔,何似浮家泛宅。头衔新署狂客。青蒲淡染鹅溪绢,不数败荷崔白。真韵绝。听宛转新词,一缕传红颊。蘋洲谱笛。任鱼骇鸥惊,西风吹老,消领半汀月。

郑廷旸　1首

字嵋谷,江苏长洲(今苏州)人。钺子。监生。工诗书,与王昶交善。著有《兰笑词》一卷。

摸鱼儿　鸳湖钱夫人画册久留案头,一旦来索,怃然题此归之

溯鸳湖、兰闺纨素,争传几辈名媛。湘灵好句才人裔,留得旧家彤管。曾展玩。恰总是、粉脂洗净柔枝蔓。别开生面。又生艳生香,风前雨后,墨戏妙能擅。　　想当日,妆阁淋漓笔砚。绮窗停了针线。折枝都学徐熙法,意态青藤稍变。题小款。真纸上、和烟和露如堪捻。欲还犹恋。叹棐几牙签,无聊相对,已与寸心远。

李秉彝　1首

字中立,江苏长洲(今苏州)人。诸生。

诉衷情　题东坡琴操西湖泛舟图

一奁秋水浸秋天。轻棹荡轻烟。占尽六桥风月,羡煞是坡仙。　　无限事,语难传。且相怜。裙拖鬓耸,人在景中,景在人边。

沈光裕 2首

字礼门,江苏元和(今苏州)人。乾隆十七年(1752)举人,官直隶知县。乾隆中蒋重光辑《昭代词选》,光裕与张玉谷共为参定之。著有《拂云书屋词》。

永遇乐 自题小照

剑气双眉,电光两眼,写来雄壮。非俗非僧,不衫不履,筋骨都疏放。阮公垆上,嵇生柳下,恰配斯人斯相。若提起、云台麟阁,君面断然无望。　　壁间高挂,风前一揖,可喜近来无恙。袖里青蛇,囊中焦尾,吾道今何仗。毛锥负我,长镵托命,去作五湖之长。不然者、茫茫城市,岂容肮脏。

摸鱼儿 张在舲苦爱八分,朝夕临摹,即题其所书幅后

爱君书、运毫侵古,临摹专在分体。如沙锥画刀开玉,遒劲却兼流丽。书一纸。有当日、石经字里中郎意。晴窗展视。算柳骨颜筋,纵然苍浑,尚少汉人气。　　嘅然叹,何以时贤失计。临池偏爱唐隶。停匀骨肉天然好,只是嚼然无味。尤足异。是世上、惟工杜譔无真谛。翩然自喜。在楷字中间,横飞一笔,便号八分字。

朱文桥 1首

字毓奇,江苏吴县(今苏州)人。乾隆十七年(1752)举人,官江苏宿迁教谕。著有《愿息斋词》。

最高楼　题木兰画像

谁人笔,画出女英雄。潇洒跨花骢。铁衣冷耀云鬟翠,锦鞯艳衬凤靴红。想当时,投机杼,挽刀弓。　　也不羡、策勋十二转。也不羡、赏功千百满。辞可汗,见而翁。亏他虎旅同营垒,难将兔走辨雌雄。算惟君,真不愧,丈夫风。

计椿　2首

字仁安,号梦琏,江苏元和(今苏州)人。与王文治等唱和。著有《禺山词偶存》。

南乡子　题范桂堂放鹤图,和雪海韵

远势入云盘。何处仙禽刷雪翰。有个诗人开笼放,湖干。韵事彭城可一般。　　细认画中颜。玉树临风正少年。岂有抱才长伏翼,山间。飞即冲天鹤已然。

蝶恋花　题范青照独立苍茫图

迟向螭头簪笔侍。瘦影亭亭,独立湖之涘。搜句杜陵图内似。苍茫一派来诗思。　　但是眼光高出世。难道当今,没个奇男子。载酒倘容时问字。欣然也愿荷衣制。

浦安　2首

字静来,江苏金匮(今无锡)人。张玉谷室。著有《停梭词草》。

蝶恋花 题外独立图

试问图中长立者。何不摊书,何不龙泉把。想为抱才无用也。半生结习都抛下。　　遗世亭亭人俊雅。难道知心,真个人间寡。携馌扶犁偕隐罢。瘦腰一对重新画。

水调歌头 拜题先舅姑团圞行乐图

荆布是吾分,幸得嫔清门。所悲姑舅弃养,缘薄奉晨昏。拜展团圞遗像,恍睹倚花坐石,当日敬如宾。面目似含笑,应喜妇称新。　　膝前儿,双玉立,好丰神。执经伯氏游楚,小者我良人。丫髻手攀丹桂,想见爱怜同意,欲看步青云。愿早策高足,快慰画中亲。

朱剡光 1 首

字敬明,江苏吴江人。诸生。

南歌子 状元游街图

仙阙登鳌喜,天街走马忙。珠帘十里卷红妆。争羡宫花帽颤、锦衣郎。纵果才无耦,还因福寡双。披图对镜细端相。已是输他年少、占春光。

张梦鳌 1 首

字巨来,号后村,江苏青浦(今属上海)人。梁子。诸生。受业于缪谟,乾隆二十八年(1763)尝为其师整理遗稿,编成《雪庄词》一卷。精戏曲,与廖景文交善。著有《乃吾庐词》。

摸鱼子 为友人题照

以"渔舟买得鲈偏美,野店沽来酒倍香"写意,卷中渔妇绝佳。

问何缘、买鲈沽酒,拈来诗句如此。也知不作秋风感,却似冶春游戏。舟乍舣。恰有个渔娃,绰约腰支细。商量几尾。但古意论钱,嫌多道少,撇面那羞避。　　村醪好,唤取伻儿携致。身经林木阴翳。偶然寓目留情处,未饮可曾先醉。图画里。任写得婵娟,笑眼添娇媚。料量此际。盼绿蚁迢遥,素娥婉婉,忽地乱心意。

缪绥武　1首

初名元英,字侣峰,号雪堂,浙江秀水(今嘉兴)人。诸生。工诗,兼精篆刻。著有《髻山楼诗余》。

沁园春 自题郊扉晚计图

细雨吹凉,倦客惊心,离愁满怀。念妻衰已剧,不堪个影,朋凋过半,孰与同侪。鬓雪初匀,目花频眩,剩有郊扉晚计乖。描横幅,置白藤行笈,仍向天涯。　　寻思他日归来。可能得萧疏三径开。便科头跣足,长吟短啸,眠云钓水,放浪形骸。竹屋泥墙,芦帘纸阁,二仲莱妻任意偕。披图笑,问画中心事,何日方谐。

王湘　1首

字符夫,浙江秀水(今嘉兴)人。贡生。工诗词,与徒弟鸿宇称"二王"。著有《采荔居词稿》。

百字令　题豫材兄溪南渔屋图

溪光一曲,绕村南烟舍,水云相接。远望六峰晴霭里,树影当门罗列。瑟瑟秋风,涓涓凉露,丝柳犹含碧。图书盈几,夕阳帘幕齐揭。　　怅自北渡□□,东游雁荡,十载江乡隔。浅泊渔舟投笭箵,斜掩萧萧芦叶。许我携桡,共浮家去,胜坐春园月。笛声孤起,兰丛歌正重叠。

朱休承　2首

字伯承,号育泉,浙江秀水(今嘉兴)人。朱彝尊玄孙。乾隆十八年(1753)举人,官陕西城固知县。与孔继涵、张埙以词相倡和。

摸鱼子　题雅安高明府秋菘园图

对遥峰、数椽茅屋,小园约占三亩。黄芽白甲高低种,脱尽林泉窠臼。怅别久。记摘取山厨,更胜春初韭。良工图就。料金谷繁华,玉山雅集,此味孰能有。　　蜀江静,官阁垂帘永昼。从无菜色童叟。黎风雅雨讴思遍,忽忆宅边五柳。寄兴偶。见短柄长镵,老圃堪为友。他年归后。拟庾信寒畦,罗含草宅,此乐共知否。

太常引　题王云淙浣玉三十四岁小影

门材风貌并超群。阿堵妙传神。仿佛永和人,较禊饮、差多一春。　　兰亭书后,黄庭又出,恰值换鹅辰。疏索见天真。羡身外、笠檐杖尘。

朱乔 1首

初名杏芳,字云栽,自号黄稗老农,浙江长兴人。诸生。久试不第,笔墨自娱,工书画,精篆刻,通声律。乾隆十六年(1751)高宗南巡,江苏巡抚庄有恭延谱《迎銮新曲》。乾隆二十六年(1761)入两淮盐运使卢见曾幕,撰《玉尺楼》传奇,居扬州时金农、郑燮交善。后客游京师卒。著有《黄稗集》《旗亭集》。

庆青春近　题山气日夕佳图

晴昼春风,清宵秋月,人情几许娱适。旷喟舒怀,都来醉侣,吟客日夕。下春已过悬车矣,漫说是、羲和螭息。问谁人、赏兹嵫景,不遑日仄。　　讵识。树色涵苍,山光凝紫,野烟霭霭拖白。万象清虚,嚣尘此际,悉辟试即。夕阳影里立移时,管百斛、烦襟都涤。问谁人、知斯佳趣,惟陶彭泽。

陈鸿业 1首

字翼王,江苏南汇(今属上海)人。著有《欠山阁词钞》。

天仙子　题画

春水盈盈春草碧。钓丝风软蜻蜓立。渔翁欹脚卧斜阳,霜鬓白。闲吹笛。著破羊裘人不识。

魏攀龙 1首

字松涛,浙江嘉兴人。乾隆二十一年(1756)举人,历官江西进贤、信丰知县,署江西南昌、九江府同知。与汪启淑交善,乾隆五十四年(1789)尝为汪氏《安拙窝印寄》撰序。嘉庆十五年(1810)在世。

更漏子　题顾隶崖清宵听雁图

九秋风,三更月。催促棣华消歇。闲卷幔,独凭阑。清晖照影单。　雁飞初,宵将半。叫出伤心一片。音嘹呖,意凄凉。离群惜断行。

冯沄　1首

字竹生,浙江平湖人。诸生,官江苏巡检。

迈陂塘　自题东泖归帆图

剪秋痕、菱荒芡老,冷烟一碧如洗。几丝高柳斜阳外,柔橹声声轻曳。风乍起。更荻絮摇凉,作出秋滋味。舵楼吟倚。看塔影颓云,山眉写黛,浓压一篷翠。　春愁醒,看取青铜镜里。十年尘鬓如此。江湖冷被浮鸥笑,闲却一竿秋水。侬便拟。拟制了荷衣,好挂蜻蜓尾。晚潮生未。便荻渚捞虾,鸥乡斫鲙,粗了半生计。

陈济　1首

字用舟,号未庐,江苏金山(今属上海)人。贡生。著有《听莺词》一卷。

琵琶仙　榆村旧有"赢得罗浮新句在,倩他红袖乌丝"之句,绘图索题

明月罗浮,几人到、四百芙蓉奇境。曾是游迹飘零,多情绘仙影。春去矣、鸾笺象管,只留得、几篇清咏。梦杳灯残,参横月落,魂断梅岭。　最堪忆、

山水吟怀,向缣素、无聊弄余兴。低唱小红记否,算浮生薄幸。搔短鬓、年华似水,又一番、隐恨重省。想见书格簪花,绿窗风静。

朱莅恭 1首

字叔曾,一作肃征,号桂泉,安徽休宁人,寓居江苏长洲(今苏州)。研子,昂弟。贡生。弱冠能诗,偕父兄与王昶、吴泰来辈雅集倡和,兼工词,与从兄泽生、蒋业鼎称"三俊"。乾隆四十三年(1778)已卒。著有《雅材堂初稿》。

南浦　题沙斗初春江雨泛图

微雨滴前溪,趁柔波、早放瓜皮渔艇。飞燕啄芹泥,寻芳伴、谁更相逢香径。鱼云乍合,翠眉依约遥山暝。回首孤村芳草路,屋外空悬笭箵。　　一篙斜转荒湾,溯流花、正值东风欲定。凭眺倚篷窗,闲家具、只少药炉茶鼎。江乡好景。旧盟鸥鹭何人省。思共烟波栖隐去,吟遍绿杨红杏。

周翥华 1首

字白于,江苏太仓人。官湖北汉阳县丞。

沁园春　明君竹岩出双鬟伴读图索题,枨触无端,漫成是解

境占清凉,乡占温柔,兼之者谁。正青灯影里、一编静展,碧云罨处,双袖低垂。心字香浓,眉峰翠淡,让罢烦将彩笔挥。何须羡,说两行椽烛,罗绮成围。　　吴侬昔日唔咿。记刀尺相陪夜半时。叹清辉虚幌,闺中独倚,秋声孤馆,童子何知。金缕休歌,牛衣有梦,枨触心情似絮泥。盍归去,趁江村长夏,画纸弹棋。

曹自鋆 1首

自忍庵,安徽歙县人。监生,官户部员外郎,著有《忍庵诗钞》六卷。

迈陂塘　题三泖渔庄图

漾粼粼、微风吹绉,空明百顷如练。结庐溪畔同烟艇,系住垂杨弱线。安几砚。爱静著、丛书永昼拈筠管。斜阳弄晚。对几点螺痕,一行雁字,倚槛豁双眼。　　垂纶手,卅载京华游衍。更教滇蜀游遍。筹边草檄勋名重,万里功成初返。麟阁显。镇未许、闲身自乞归萧散。旧图重展。指芦荻萧萧,渔舟个个,幽兴正无限。

郑达 1首

字君颖,广东香山人。廪贡生,历任广东龙川、福建长乐等县教谕,补广东崖州学政。乾隆四十四年(1779)敕授修职郎,迁国子监典簿,升兵部司务。著有《怡心亭词》。

临江仙　题田明府画册,王摩诘诗八景之一,"柳市南头访隐沦"

想见芒鞋竹杖,生涯半杂渔樵。门前垂柳弄烟条。抱琴眠石磴,送客过溪桥。　　怅望蒹葭秋水,别来几度相招。江村道阻不辞遥。桑麻闲暮岁,诗酒话深宵。

邵炎 1首

字珉高,号玉蕖,江苏青浦(今属上海)人。诸生。屡试不第,逃禅自解,以母忧哀毁而卒。

洞仙歌　为王述庵题青溪小像

扬州烟月,问谁偕玉润。独倚屏山理吟鬓。记梅边蜡屐、竹下弹棋,闲风韵,不减谢郎刘尹。　　西园花尽也,药影茶香,偏向芳时易愁损。几折柳丝风、晕碧罗衫,应难禁、春寒成阵。正暮雨潇潇唱吴娘,好腻了红笺、搓酥滴粉。

金蓉　3首

字蘅撷,号采江,浙江秀水(今嘉兴)人。乾隆三十四年(1769)进士,授翰林院编修。乾隆三十九年(1774)丁母忧归里,不复仕进,以吟咏自娱。著有《听雨轩稿》。

百字令　朴如陈君自新安归里,以少时秋林清籁图索题

披图细认,记少时相见,者般颜色。四十年华弹指过,双鬓而今如雪。老树啼鸦,平冈走兔,满眼秋萧瑟。清商曲里,晚风飞遍黄叶。　　忆昨采药仙都,芒鞋一緉,踏破云千叠。更溯湘江烟月冷,应把霜筠吹裂。寒萼开时,征衫卸后,访我溪桥侧。豪情未减,酒边重话畴昔。

望江南　题扇上画

逃暑去,最好是江村。微有风时含雨气,更无人处绕烟痕。飞翠满柴门。

清平乐　题讷庵初日芙蓉图

曲阑闲倚。粉艳看初洗。水佩风裳清露底。消得几番凉意。　　日华相映嫣然。多情总在鸥边。一霎轻飔吹度,冷香飞上吟笺。

郑宗彝 1首

字毳五,江苏江宁(今南京)人。乾隆三十七年(1772)进士,官刑部郎中。嘉庆三年(1798)任顺天乡试同考,明年由吏部郎中考选浙江道御史。与毕沅、严长明等倡和往还。

金缕曲　竹岩同年嘱题双鬟伴读图

韵事真如许。碧阴阴、梧桐庭院,玉蟾初吐。半帙黄庭临过了,好把青箱检取。有解意、樊蛮仙侣。沦茗添香书案侧,更天然、秀色呈眉宇。娇相对,两无语。　春风鬟影应输与。又何需、高烧银烛,悄歌金缕。一卷芸编双翠袖,不信天公也妒。怅此日、玉人何处。十载盛衰同转瞬,剩宵来、月色还如故。年时事,忍重数。

周镈 1首

字缶如,浙江秀水(今嘉兴)人。

金缕曲　题李云客秋林读书图

君岂庸庸者。忆曩时、吟笺笔阵,蛇龙奔泻。买尽黄公垆畔醉,窄袖短衣驰马,原不减、英雄声价。今日秋风红树底,又逢君、把卷西窗下。垂钓约,几时暇。　无端吾亦耽风雅。叹频年、学书学剑,总成虚话。豪气半因潦倒尽,不似当年潇洒。更休怅、鬓华摧谢。愿得图书千万轴,向山房、讨论同朝夜。君试唱,我赓也。

卞树毓 1首

字培基,号近村布衣,江苏吴县(今苏州)人。太学生。与顾宗泰、张玉谷、沈德潜等交。

步蟾宫 听蒋德融桐叶题诗图

拈毫惯击催诗钵。共艳羡、宗之才捷。凭谁传出美丰姿,石阑畔、坐题桐叶。　　裁蕉也可龙蛇掣。宁独碧梧高洁。知君意取凤曾栖,凤沼上、他时墨泼。

司马锡朋 1首

字宾惠,江苏金匮(今无锡)人。诸生。著有《醉艇词钞》。

画堂春 题合乐图

谁拈红豆擅风骚。画阑风细声娇。潇湘翠馆紫檀槽。分付双乔。　　试听塞鸿徐引,更看彩凤频挑。参差玉笋小樱桃。一样魂消。

廖云锦 1首

字织云,号锦香居士,江苏青浦(今属上海)人。景文女。工诗画,为袁枚女弟子。著有《仙霞阁诗钞》。

鹊桥仙　题闺友盘山画

藤阴景歠,药阑披拂,过眼风光晼晚。幽闺料有惜花心,想素手、频题冰茧。　　经时病起,怀人愁绪,寄与折枝画卷。襟期肯许倩花盟,记后度、春深夏浅。

杨之灏　1首

字簣山,江苏娄县(今属上海)人。诸生。工诗,与王昶、陈廷庆、阮元、曾燠等倡和,嘉庆三年(1798)在世。

清平乐　题顾松泉东皋蚕月图

桑阴垂地。蚕事三眠起。豆熟芹香风日丽。最好温和天气。　　君家家住东皋。柴门寂寂谁敲。待得同功茧就,一樽可许相邀。

王绍舒　1首

字作明,江苏青浦(今属上海)人。诸生,与黄景仁倡和。著有《澹园词钞》。

扫花游　山窗扫叶图,为绎如弟作

小亭岑寂,看脱叶轻翻,疏枝斜堕。倦怀难赋。但匆匆赢得,落花无数。尊酒论文,休负新凉院宇。试凝伫。喜一点桂香,犹在高树。　　雪葭深几许。正峦光杳渺,怀人愁绪。扫除闲步。伴飞鸿清唳,砌蛩私语。欲诉相思,偏值濛濛细雨。听凄楚。看纷飞、又催秋暮。

庆兰 1 首

字似村,姓章佳氏,满洲镶黄旗人。尹继善子。诸生。工诗画,与王昶、袁枚有倡和。乾隆四十五年(1780)在世,卒年未及四十。著有《小友山房诗钞》《绚春园诗钞》。

蝶恋花　为竹岩公子题双鬟伴读图,碧梧翠竹,图中景也

十二曲阑花影绕。露展蕉心,月照梧桐悄。怪底书声听更好。相依一对云鬟小。　　香篆频烦添瑞脑。试数莲筹,已近三更了。莫再裁诗重起稿。应怜翠袖新寒峭。

孙慰祖 1 首

字耜田,浙江仁和(今杭州)人。乾隆四十六年(1781)官江苏盐城知县。

百字令　题竹岩醝尹明新双鬟伴读图

沉沉院落,正红蕉展蕊,碧梧凝露。双燕穿帘窥宋玉,人在绿天深处。汗简初开,唾壶漫击,亦莫歌金缕。吟声钏韵,相期长伴朝暮。　　好待咏罢香奁,重修新史,怎忍钗分股。似水华年如梦境,留得画中眉妩。一霎前尘,十年旧恨,怯向尊前诉。休嗟泡影,却欣丰度如故。

王开沃 1 首

字子良,号半庵,江苏太仓人。诸生。乾隆五十年(1785)王昶任陕西按察使,入其幕为客,尝与修《蓝田县志》。主关中礼泉书院十余载,卒于其地。著有《妙林词》。

清平乐　题潇湘暮雨图

依然极浦。一片清秋雨。漠漠水云朝复暮。中有楚魂来去。　　阳台隔断巫山。丹枫暗落江干。又是征鸿度也,玉箫锦瑟生寒。

徐大容　1首

字莪汕,号复堂,江苏娄县(今属上海)人。乾隆四十四年(1779)举人。少从沈大成游,覃精经术,兼工诗。著有《复堂诗钞》,词附。

金缕曲　题汪秋白照

呫呫无多说。笑先生、鹣鹣裘敝,西风吹葛。野屋绿杉无恙在,白板双扉堆雪。总莫禁、愁心如发。碌碌屠沽何足算,踏青山、长笑峰头月。肯浪鼓,齐门瑟。　　酸醵与俗原难别。但年来、著书闭户,时宜不合。好向画图留面目,认取柔情侠骨。任脱帽、狂呼奇绝。伏枥犹然悲老骥,且酣歌、醉拂双龙铁。匣底吼,霜花裂。

李隽　1首

字存卓,浙江秀水(今嘉兴)人。良年曾孙。诸生。与蒋士铨交。

疏影　自题剩舫话旧图,敬步曾大父秋柳原韵

船唇马首。叹长途短褐,南朔奔骤。沙嘴风翻,雁背霜飘,历尽古城荒堠。兄酬弟劝蘋洲屋,忍久负、月前花候。纵有时、垂橐归来,能得几番携手。　　回忆当年卜筑,有人泛小艇,还往溪口。树底行杯,刻烛联吟,簪盍各天朋

旧。而今遗泽流芬远,谁更向、水湄枢牖。倩画师,传写银光,赢得竹枝疏瘦。

周迪 2首

字纶渭,号藕塘,江苏宜兴人。诸生。卒于嘉庆中。

小重山　题衡门惜别图

离墨铜官旧结盟。青山青不断、送君送。衡门秋水思盈盈。骊歌唱、一笛响空清。　　好手说关荆。蛟桥折柳后、倍关情。儿童都识放翁名,扁舟远、篱菊记行程。

一斛珠　题雪中访古图

真能游者。此情值得图中写。分明张果骑驴下。不尔襄阳,孟浩然来也。　　好寒天雪花飘打。戴将毡笠空山罅。凭他绝顶容吾跨。封禅何年,碑篆龙蛇射。

熊钰 1首

字藕生,安徽桐城人。诸生。

迈陂塘　题三泖渔庄图

讶生绡、雨皴烟染,三间秋水围住。湖光堵影相依处,衬出重重云树。来问渡。算脱却朝衫,便是渔樵侣。细林黄浦。判独坐垂纶,露浓风小,吟断楝花雨。　　横云畔,几载放春逃暑。闲中领略幽趣。十年旧事浑如梦,鬓影清波如许。还自语。对画里溪山,尽可盟鸥鹭。功名付与。笑一事差强,长安米贵,明日便归去。

曹三选 2首

字兼之,号扶谷,一作凫谷,浙江桐乡人。乾隆五十三年(1788)举人,官直隶怀柔知县,以事谪四川华阳县丞。与顾修、杨夔生倡和,嘉庆十年(1805)在世。著有《吹云阁词》。

百字令　为顾君蒉崖题邓尉探梅图

试随春去,问铜坑铜井,濛濛千树。蓦地东风苏病眼,吹上雪花无数。明月前身,娇云旧梦,著个冰心付。商量年例,一枝幽艳如许。　休遣玉笛吹残,酒边灯畔,留伴幽人住。生面伊谁翻缩本,貌出奚囊新句。一笑相看,虎山桥近,可似花间路。广平兴到,还期偕我同赋。

水龙吟　用白石体,题杨伯夔与鸥为客图

十年一梦江湖远,解道青山如旧。旧盟好在,烟寒水阔,几回招手。我亦闲鸥,飘零人海,忘机已久。任满身凉影,一襟幽思,都画出、愁时候。　难得与君邂逅。且消磨、客中杯酒。白沙翠竹,秋光澹处,水哉吾友。万里难驯,安知燕雀,复合鸡狗。看芙蓉、开遍空江,肯为杜鹃低首。

顾修 1首

字仲欧,号松泉,浙江石门(今属桐乡)人。诸生。家富藏书,嘉庆四年(1799)辑刻《汇刻书目》十卷,开近世丛书目录之先,又仿鲍氏《知不足斋丛书》例刊《读画斋丛书》四十八种,校雠精审,为世所珍。著有《读画斋词》。

百字令 壬子春,探梅邓尉,信宿而归,嘱冯君秋鹤绘图,题此以邀和者

江南春到,想梅花破腊,疏疏盈树。倦向罗浮寻好梦,何处冲寒闲步。压雪枝低,临流影澹,消息骎骎露。鞭丝得得,且循邓尉山路。　　一任径转尧峰,市通光福,随意探幽去。恰喜清芬来习习,休怅美人迟暮。小槛三升,瘦筇七尺,迟我题新句。满溪明月,爱看疏影徐度。

金式珪 1 首

字夔斋,江苏青浦(今属上海)人。诸生。著有《凤栖山房集》,词附。

惜双双令　题侍史小影

春困牵情愁里度。香影袅、东风吹去。一向无欢绪。晓云更逐瑶台路。鸿书遥寄怀难诉。双碧合、前缘谁据。好梦知何处。者边空著相思树。

王壮寿 1 首

字椿龄,号砚佣,江苏青浦(今属上海)人,诸生。

青玉案　题秋夜校书图

嫩凉庭院明蟾吐。幸旧有、青箱贮。漫说曹仓兼杜库。总凭巨眼,鲁鱼帝虎。多少相沿误。　　烛花影里勤参互。赖红袖、能相助。却笑香山蛮与素。柳腰樱口,风流如许。但令工歌舞。

李莹 1首

字充玉,号柯亭,浙江秀水(今嘉兴)人。淦子。诸生,早卒。著有《梧轩诗稿》。

点绛唇　题郑氏斋头渔人饮酒图

斜日微黄,荻芦瑟瑟西风起。鸥朋鸳侣。莫漫催归去。　　瓮口春香,配取鲈鱼味。篷窗底。螺杯倾倒,也解藏钩戏。

杨蟠 2首

字旋吉,号文朴,浙江嘉兴人。谦子。诸生,受业于周春。嘉庆十二年(1807)在世。著有《晚香居词》。

疏影　题花影吹笙图

生绡莹净。看几番皴出,烟色初暝。柳外惺忪,帘额罗疏,微黄淡月相映。倘然坐对深宵好,奈料峭、春寒犹凝。对冰蟾、半臂添来,压住满身花影。　　犹爱玲珑石畔,玉笙细弄处,清韵堪听。冷浸丹唇,响转银簧,度出林梢花顶。笛家琴调吹箫谱,把一一、新声重订。算生来、不是神仙,怎得者般清兴。

百字令　题顾隶崖邓尉探梅图

虎山桥畔,记曾邀鸥侣,探梅三度。胜地经来劳梦想,惜未为花题句。我懒重游,君偏乘兴,独自骑驴去。暗香浮动,缟衣人在前路。　　最好晴雪初消,嫩寒未减,天色风吹暮。不遇探春名士到,怎把芳心轻露。待近黄昏,微笼淡月,寂历宜闲步。吟怀未倦,再寻西碛千树。

徐应坤 1首

字淑媛,江苏如皋人。人俊女,邹恭士室。著有《红余集》。

沁园春　题夫子小照

烟柳低迷,鹤唳猿啼,怪矣先生。笑衣冠不整,扁舟欲渡,俯观鲛室,仰啸苍冥。日月纵横,乾坤浩荡,谁更昏昏谁更醒。长江里,纵波涛拍岸,稳坐休惊。　　翛然把酒孤斟。且莫怨青袍误此身。有山川秀色,时堪娱目,性灵佳句,尽可陶情。莫问东吴,何分西楚,斜挂征帆缓缓行。前途邈,待风云万里,任意寻春。

庄棫(1830—1878)　6首

字中白,一字利叔,号东庄,又号蒿庵。江苏丹徒人。善言名理。客游京师,无所遇。曾文正延致淮南书局,勘定群籍,甚敬礼之。谭献谓其词"闺中之思,灵均之遗则,动于哀愉而不能自已"。陈廷焯谓其词"发源于国风、小雅,胎息于淮海、大晟,而寝馈于碧山也"。

国香慢　画梅

疏影横斜,是孤山往日,处士人家。幽香共谁寻觅,月色轻纱。不管清寒攀摘,一枝胃、流漾平沙。春风又相遇,涴地尘缁,穿径苔遮。　　芳心萦系久,却翠藤倒挂,俏露芳华。柔条披拂,倩谁寄与天涯。夜月沉沉妆阁,撇笛声、愁落琼葩。缤纷压寒碧,缥缈仙云,隐逐钿车。

传言玉女 白门久客春事将阑倩客写梅谱此遣兴

肠断崔徽,偏写淡妆人面。游丝冉漾,又嬉春情倦。昨夜三更,梦向西洲曾见。一枝枝,映杂花如霰。　　直到今朝,觉余香、尚眷恋。小窗横幅,锁重重幽怨。飘香未似,缭绕杨花满院。怕被香、把梦儿吹转。

浣溪沙 题士女图

础润苔衣湿不干,落红飞尽尚轻寒。庭前细雨更漫漫。　　古髻学成妆阁坐,腰支人觉带围宽。沉沉不语向阑干。

氐州第一 自题小影

磐石修篁,溪畔稳坐,荒村休说栖隐。过眼韶华,依人岁月,容我萧闲自省。添得髭须,好认取、旧时心影。词赋关情,江湖放浪,十年俄顷。　　难得良朋踪迹并,又何用、简编徐忖。旅况更番,归期未卜,正野塘春近。且休将、如意贴,萧楼寂、云沉意迥。待梦高唐,欲成眠、谁能睡稳。

壶中天慢 李易安酴醾春去小影

酴醾开候,早春光过了,芳时难觏。手折花枝将面映,天气恼人依旧。讶粉成团,疑冰簇水,好景须将就。销魂鬓影,轻衫红晕罗袖。　　山馆此日闲情,词翻玉井,似莺簧微溜。我亦工愁簪笔久,自卷珠帘清昼。一样婵娟,者般憔悴,空把闲情逗。日长人静,闭门清簟相守。

高阳台

丙子清明,题郭湘渠所持临宋人《上河图》一角画扇。感今怀古,念乱忧生,触绪成吟,不自觉其言之拉杂也。

飘拂微风,芊眠杨柳,上河时候清明。扇底嬉春,谁人一角重临。銮舆犹记曾来驻,更赵家、图画重寻。久消沉,梦华旧录,且说东京。 才人何事搜求苦,数弇州遗恨,直到而今。倦客相看,此时别自伤心。金戈铁马经过眼,看廿年、河外蜿旌。剩闲情,渡头艇子,打桨来迎。

谭献(1832—1901)　22首

初名廷献,字仲修,号复堂,浙江仁和人。同治六年(1867)举人,纳资为县令,后归隐,锐意撰述,为一时物望所归。工骈体文,于词致力尤深,选清人词为《箧中词》六卷,续三卷,至精审,学者奉为圭臬。其词多抒写文人情趣,文词隽秀,琅琅可诵,而含蓄隐曲,尤长小令,为近代词坛之一大宗师。著有《复堂类集》,词集《复堂词》。

踏莎行　画柳

玉树微寒,琐窗宿雨。分明梦到闲庭宇。一重帘幕对西风,离愁不断浮云去。　来雁惊秋,吟蛩向暮。江乡景物还如许。几番残月又新霜,当时折柳人何处。

南楼令　羊辛楣花溪吹笛图

岸柳晚飕飕。余酣漱碧流。却临风、三弄倚轻舟。吹得月华如水冷,有多少,古今愁。　一雁度南楼。关山音信休。忆春风、花影帘钩。曾是罗襟曾是酒,浑不似,少年游。

西河　用美成金陵词韵,题甘剑侯江上春归图

江上地。长亭草树犹记。梦回故国渺乡心,断鸿唤起。万方一概听笳声,烟波来去无际。　耿长剑,何处倚。杨枝渡口船系。乌衣巷畔有春风,晚芦故垒。倒吹泪点上征衣,知他江水淮水。　女墙夜月过小市。照飞蓬、归来

千里。往事几回尘世。只龙蟠虎踞山形,依旧还枕滔滔,寒流里。

最高楼

金眉老《烟雨寻鸥图》卷中有王定甫通政、陈实庵编修、蒋鹿潭大使、宗湘文郡守及眉老唱和词。

烟雨里,脉脉只悲秋。风片薄,酒波柔。绿杨不是灵和树,白头重上采菱舟。百年身,千古事,一登楼。　春去也、倡条和冶叶。人去也、断云还缺月。凉别袂,触乡愁。相逢客路如南雁,欲寻旧梦问闲鸥。剩华年,与流水,两悠悠。

齐天乐　许迈孙賫梦龕填词图

琐窗朱户寻消息,明蟾与花俱瘦。病榻玄谈,柔乡景事,曾付青春消受。微波似旧。问前度通辞,个侬知否。老却夫容,晚鸳独自恋珍偶。　轻飔罢吹暗牖,曲终人乍去,离绪拖逗。远水长东,残云渐暝,笛里情浓如酒。闲吟醉后。只烟外迷离,故园杨柳。便不相思,对欢何处有。

绮罗香　题李爱伯户部沅江秋思图,用梅溪韵

草瘦芳心,柳迷倦眼,回首佳人迟暮。一片愁魂,还被水云留住。思故国、不隔西风,奈离绪、尚萦南浦。最怜他、松柏同心,往来寂寞钿车路。　清秋江上望远,只恐回帆浪急,公今无渡。雾失峰青,憔悴镜中眉妩。垂翠袖、人忆当年,倚箪床、梦醒何处。恁禁得、弹冷筝丝,潇湘和雁语。

一萼红　爱伯桃花圣解庵填词图

昼阴阴,待题笺昵酒,华发谢冠簪。歌管东风,星霜别梦,前事都付销沈。黛眉浅、厌厌睡损,又唤起、帘外怨春禽。杏子单衫,梨花双靥,愁到而今。

犹有平生词笔,只空枝细草,日日伤心。木末关河,云中殿阙,风雨无伴登

临。愿重倚、如人宝瑟,数弦柱、芳岁共侵寻。记得班骓系门,一寸花深。

解语花　陶少筼珊帘试香图

花镂宝蕊,酒蘸香波,妙艳相思句。卷帘微雨。炉烟里、小坐避人不语。柔馨澹泞。在几曲、银屏深处。清夜游、微步珊珊,散满车尘路。　　我亦凤城小住。好沾兰染麝,姚冶游侣。分囊传帕,都销冷、但有暖心一缕。秋情未暮。更缭绕、月魂疑雾。襟袖寒、携向天涯留,旧恨如许。

百字令　和张樵野观察题倪云劬花荫写梦图

云英为水,荡春魂一片,落花浮席。鹦鹉帘栊人在否,属付东风留客。雷送车尘,月裁扇景,容易双成只。美人香草,百年难忘今夕。　　见说坠梦迷离,游仙大小,乐府翻新拍。多少相思红豆树,未抵明珠三百。种柳光阴,牵萝身世,付与谁怜惜。千丝织尽,支机天上余石。

瑞鹤仙影

白石客合肥,自度此曲,予用其韵题王五谦斋《小辋川图》,安得哑筚栗倚之。

越阡度陌。凉云下、芜城一例萧索。故山可隐,名园有主,不闻残角。倾襟未恶。更消受青尊酒薄。试重歌、蓝田辋曲,冷句写寂漠。　　回首芳林晚,读书弦诗,少时行乐。剪灯细雨,剩檐花、向人徐落。燕到淮南,者门巷年年记著。弄扁舟、却问野水,赋旧约。

摸鱼儿　用稼轩韵自题复堂填词图

唱潇潇、渭城朝雨,轻尘多少飞去。短衣匹马天涯客,遥见乱山无数。留不住。又只恐、飘零长剑悲岐路。旧时笑语。待寄与知心,被风吹断,晓梦托萍絮。　　瑶琴上,曲调金徽早误。深宫人复谁妒。一弦一柱华年赋,但有别情吟诉。鸲鹆舞。已草草、青春红袖归黄土。斜阳太苦。独自上高楼,迷离望眼,不见送君处。

蝶恋花　题瑞石山民画兰

林下水边春欲去。花自忘言,日日风吹雨。棐几湘帘寻伴侣。天涯香草浑无主。　憔悴灵均曾作赋。芳意如何,离思朝还暮。回首卅年空谷路。当时结佩人何处。

风入松　用俞国宝韵题宗载之陌上寻钿图

游丝低绾锦连钱。系马绿杨边。故人醒了当时酒,风吹鬓、还似从前。旧曲休调玉笛,皱波罢照秋千。　江南容易落莺天。栏外夕阳偏。博山却是无情物,难留恋、一气双烟。付与绵绵长恨,何时重见钗钿。

清平乐　用樊榭韵题溪楼延月补图

溪光月浣。楼上秋深浅。镜槛幽花开落半,情思巷中徒满。　百年艳冷愁荒。卷头点笔生凉。飞过轻鸿片片,微波旧影难藏。

台城路　题何青梠先生白门归棹图

三山二水浑萧瑟,秋随断鸿来去。玉佩前尘,舻棱昨梦,吹坠苍烟凄楚。花开背橹。指白下门前,夕阳多处。叶叶轻帆,客心摇曳遽如许。　沉吟今雨旧雨,记淮流月映,歌罢金缕。故国周遭,空城寂寞,眼底沧桑重数。西风问渡。恁老倦津梁,柳枝非故。词笔依然,写愁无一语。

真珠帘　题吴子述春眠风雨图

参差画阁灯昏了。忒匆匆、醉里曾眠芳草。草色绿依稀,染泪痕多少。针线春衣寻旧迹,傍枕函、残香犹绕。休道。者空房心胆,与乡同小。　　不分东风尘世,伴孤吟、只是青琴声杳。楼外雨潺潺,便花随人老。一二三更都数遍,算只有情天难晓。还早。却燕子梁间,何曾惊觉。

秋霁　嘉誉吴蜀乡南湖秋帆画卷

宵箪微凉,望向晓汀洲,晚柳颜色。载酒游踪,读骚心事,远天雁程萧瑟。渡头雨歇。绕船一片残荷碧。有影拂、萍棹、水楼娇燕已如客。　　还念绮岁,未折连枝,秀盈南湖,题句清绝。浣霞林、余飔送响,随流商调向人咽。横笛短箫浑寂寂。便讨春去,一样薄醉孤吟,弄芳盟誓,被愁将息。

醉太平　万硐民空羚诗思图

愁轻梦轻。风声水声。孤舟小泊空羚。正更残酒醒。　　今情古情。长亭短亭。竹枝赠与湘灵。续离骚未成。

虞美人　题李香君小像

东风冷向花枝笑。转眼花枝老。澹烟依旧送南朝。留得美人颜色、念奴娇。　　天涯一样文章贱。公子时相见。酒杯倾与隔江山。山下无多杨柳、不堪攀。

古香慢　为胡研樵题桂花画扇

翠锲片玉,黄唾灵芬,秋信江浦。等是林亭,倚到凉烟薄暮。不分伴孤吟,尚留得、凄蛮倦羽。络玲珑寄向万里,袖熏味却辛苦。　　更缥缈、蓬山河处。娥景高寒,国香无主。老质不眠,起粟肌消谁误。剪剪紫罗裳,算同瘦、瑶阶宿露。弄金风,又如墨、幂云筛雨。

小重山　用定山堂韵,题顾横波小像

人与江山并是柔。六朝新乐府、梦前游。玉梅花下月如钩。扶香影、幽绪上眉头。　柳下白门秋。几番欢笑罢、几番愁。内家梳裹倚风流。尚书老、惆怅旧妆楼。

柳梢青　再题鸎寝盦填词图

老去思量。香初茶后,总是欢场。定子当筵,笛家旧曲,唱出伊凉。林花几日芬芳。任邻蝶、寻花过墙。情只宜闲,迷还是悟,剩与荒唐。

冯煦(1842—1927)　42首

字梦华,号蒿庵,江苏金坛人。光绪十二年(1886)进士,授编修,官至安徽巡抚。辛亥革命后,寓居上海,以遗老自居。与修《江南通志》。工诗、词、骈文,尤以词名,得涩意,幽咽怨断。编有《宋六十一家词选》。有《蒿庵类稿》《蒙香室词》《蒿庵词话》。

壶中天　题心巢师春归杖履图

烟萝无恙,问春归几许,幽人先觉。宛转溪桥晴翠泻,输与闲鸥栖托。屋借林围,泉因笕引,差可团蒲着。独随霞往,一襟真想绵邈。　还忆四壁弦歌,东风飘瞥,旧梦浑如昨。甚日白田残月里,许我重携松屩。谢笠冲寒,呼筇溯远,来践琴边约。南云归晚,故山应有猿鹤。

徵招　题梦轩师江上闻筝图

离声蓦带归潮起,天涯冷帆初转。夜鹤引冰弦,怎霜空云乱。玉尊休更款。怕赢得、一衿幽怨。昨梦西津,雪回孤棹,暗尘先换。　谩遣。此时情,

哀琴咽、桓郎渐惊萧散。坠绪入荒烟,剪凉飕不断。曲中秋正远。又添了、隔江啼雁。峭歌拚、水驿灯凄,奈旧怀都倦。

徵招　题空帱鉴月图,同漱泉赋

酒醒香断眠还起,依依那时怀抱。素魄尚笼烟,奈修箫人杳。倚寒灯晕小。算虚幌、泪痕犹照。独下闲阶,满身梧影,絮虫声悄。　　换了。一分秋,凄凉意,纷如乱云难扫。幽梦已无凭,又疏星沈晓。暗尘惊渐老。怕孤馆、不禁重到。碧天峭、过尽南鸿,问寄愁多少。

齐天乐　题梦轩师金城柳色图

暝烟摇梦孤城闭。依依旧游如此。废驿霾云,荒堤咽雨,谁遣飘零身世。前尘易逝。便坠絮为萍,更无秋蒂。恻恻微波,再来总是断肠地。　　颓垣尚衔莫紫。暗风吹戍角,犹绾羁思。系马轻阴,调莺旧曲,不分而今憔悴。危阑更倚。也应念攀条,酒边书记。一抹残阳,乱鸦啼倦矣。

凄凉犯　再题梦轩师江上闻筝图

峭帆半掠。微云远、声声蓦带离索。去潮乍弄,烟沈断戍,暗回清角。芳尊谩酌。甚情绪、中年渐觉。想天涯、歌长梦窄,往事渐零落。　　无那空江暝,几许销凝,雁啼幽壑。岁华未晚,怎青衫、便成飘泊。莫倚冰弦,怕愁里、桓郎瘦削。待灯昏、曲冷更与溯旧约。

百字令　题秦淮秋泛图

两行倦柳,带湿烟摇暝、牵人羁绪。小簟重帘斜月里,阅尽兴亡无数。自笑疏慵,莺初燕晚,未问萧娘渡。江南秋色,断肠空在纨素。　　还记坠叶轻潮,嫩凉时候,与客携尊俎。无奈劳劳亭下笛,又唤扁舟西去。水驿灯昏,愁长梦窄,总是分携处。甚时重到,酒人零落如雨。

台城路　题箫声鬓影图

嫩阴帘幕微云敛,添来一声幽咽。旧曲吹寒,空奁照影,又是黄昏时节。花消酒祓。算如此清狂,候蛩能说。莫弄参差,夕阳满地坠残叶。　　西风片帆又别。汉南秋色晚,相望愁绝。梦醒荒桥,尘栖废馆,瘦尽当年新月。清歌未歇。怕听到更阑,渐惊华发。俊约无凭,杜郎心暗折。

清波引　盟心古井图,同潄泉各赋半阕

秋声凄楚。又惊醒、宿雅起舞。碎桐摇雨。拚灯黯无语。断甃絮吟蟀,惨共宵深机杼。自看寒井沉沉,忍冰雪、此终古。(肇麐)　　凝尘漫数。旧阑影、今在甚处。海云归否。认苔际庭宇。荒坟渺千里,我亦伤心孤露。剩有残月西楼,为吟愁句。(煦)

暗香

十二月五日大雪,舟过峡中,万山皆缟素,其上云气迷蒙,与天一色,山半枫柏萧萧,时露丹碧,下则奔涛千尺,如喷银沫,野鸥数点,拍拍过江去。此身恍在冰壶,曾不知世俗尘壒,此西征最胜处,亦予三十二年中第一奇遇也。拟作《峡中泛雪图》,先为此解纪之。

朔风正峭。又一篷夜雪,江空人杳。几片冻鸥,不管残寒下云表。休讶潘郎鬓点,算愁外、青山俱老。望万里、湿粉乾坤,疑是素蟾照。　　攲帽。更一啸。指石际冷枫,惨绿多少。软红尽扫。犹胜当年剡溪棹。赢得闲身画里,知碧宇、琼楼重到。甚峡影、悬似练,玉龙自绕。

水调歌头　题蒯子范先生坐翠微图

公也古循吏,杖节出夔州。千家山郭如画,岚翠上南楼。天遣婆娑老子,消受隐囊纱帽,来领峡中秋。万里控邛僰,何用觅封侯。　　梧竹暗,风日美,

足淹留。中兴绛灌何限,四顾邈无俦。却有渝童巴女,岁岁朱旗铜鼓,骹骲拜前驺。我起为公舞,一啸看吴钩。

石湖仙　江上晚霞图,用白石寿石湖居士韵,为薛丈题

春归烟浦。有天半朱霞,标映高处。尘海此回帆,望蓬莱、三山自去。诗情何在,且付与、素歌蛮舞。容与。共岫云、野鹤终古。　澄江一绳散绮,更重吟、宣城俊句。记得杭州,几度画船听雨。酒浣尘襟,镜消秋缕。好移琴柱。频寄语。前身合在琼府。

百字令　可园花瑞图,为雨生题

小园清昼,又繁英如绣,细禽啼处。委佩寒缣无恙否,莫问楚宫残舞。暖玉交柎,温麐比鄂,写入陔南谱。春长人寿,白华诗句重补。　记取谢屐寻秋,霜前丛菊,曾蹋修蛇路。输与阑阴双蛱蝶,省识东风无数。交吕攀秭,因群拜纪,春色偏孤负。甚时花下,一尊同醉芳醑。

浣溪沙　题栖霞残碑便面

狎客楼空莽夕烟。段侯旧宅竟谁边。尚留残字委蓁田。　欲起布公参一指,俗书姿媚有无闲。阿谁解脱北宗禅。

西河　题建侯江上春归图,用美成韵

游历地。年年燕子能记。废池乔木厌言兵,角声又起。谁挝马策过西州,青芜回首无际。　暮帆影,愁更倚。乡心一缕初系。杂花生后乱莺飞,夕阳倦垒。虫编蠹简渺秋烟,争奈清泪如水。　与君执手醉旧市。浣尘襟、长干南里。共话沧桑身世。算庾郎归也,断肠词赋,都付潇潇吴船里。

洞仙歌　题陈寅谷还砚图

一卷断碧,有鹮仙倦眼。曾识荆南旧池馆。记词甄、白石格仿黄庭,晴窗底、一片松漪初展。　揭来惊羽化,石老云荒,孤负香东墨西伴。谁易米家山,长物摩挲,似旧雨、秋宵重见。算我亦青毡昔同遗,恁辇下人归,尘封箧衍。

琐窗寒　题嫩冠夫人遗箧,为幼莲赋

有客寻秋,尘封镜槛,怨棠休茜。团团似月,怀袖当年曾见。展银笺、千叠冶云,旧题俊句珠网罥。怕双栖江表,空帘吊梦,妒他新燕。　画图视我,算露晚星初,半遮人面。残纨剩楮,赢得韦郎肠断。掩瑶笙、碧城旧游,夜凉鹤背归太晚。奈并刀、不剪柔情,宛转萦似茧。

忆江南　题何雪园先生出处十二图

其一　立雪听经

冬学晚,弦诵在南邻。快雪萧萧偎冻雀,落梅香里证闻根。何地不程门。

其二　牧豕遗经

芳甸外,游牧忆前尘。在手一编无觅处,斜阳脉脉草如茵。阿世笑平津。

其三　山樵供爨

平林织,荷斧几经过。重向蕲阳山下去,一绳幽径入云多。犹唱铁樵歌。

其四　河冰负渡

寒正峭,晓渡此担簦。本是同根枯菀集,相携来蹋一溪冰。鹤骨极崚嶒。

其五　蚊香照读

阑暑后,竟夕走雷声。拥鼻微吟秋树下,一篝冷碧碎于星。何事更囊萤。

其六　雪夜负米

残雪夜,樵路去伥伥。独荷一囊寻旧迹,飞鸿指爪认微茫。一曲赋迷阳。

其七　宵征遇鬼

前路暝,澹月上尘襟。记得楚辞吟怨句,一篇山鬼重相侵。恻恻女萝阴。

其八　六州夜口

黑石渡,戍火正凄迷。鬼雨冥冥山月堕,短衣匹马又淮西。孤愤咽征鼙。

其九　滇云远眺

容吏隐,讲肆日消磨。独自郁姑台上望,薄云如絮水如罗。青眼且高歌。

其十　秋风裙屐

襄水曲,五载滞儒冠。匡鼎说诗应共解,侯芭载酒若为欢。霜色一台寒。

其十一　鹿门归帆

淹药裹,楚客憺将归。一点斜帆和雁远,离心争逐片云飞。有泪上征衣。

其十二

尘梦断,禅榻证无生。北斗初横云漠漠,碧天无际鹤装轻。吹下步虚声。

齐天乐　题程与九望云图

春晖知在闲庭宇。回头渐迷平楚。枚宅巢猺,韩台絮蟀,都是旧曾游处。斑衣漫舞。甚淮水东边,白云终古。独自看天,断笺忍续采兰句。　彭城又成闲阻。变阴晴众壑,才散还聚。出岫无心,归村易失,莫忘垂纶前渡。乡愁正苦。指秋树萧萧,叶声如雨。问讯沤家,有南来倦羽。

浣溪沙　题仲莹画

独抱秋心此命骚。庭阴修竹晚萧萧。更谁清话似参寥。　　镜里白云闲似梦,尊前黄叶下如潮。远峰眉翠未全凋。

寿楼春　题实父山塘听雨图,兼讯啸坡

收沙边轻帆。正萧萧一弄,秋在江南。知有瘦腰沈约,断肠何戡。家楚甸、羁吴岚。算此情、柔如春蚕。去十里莲泾,和愁不断,和泪上征衫。

还迟我,霜中毚。奈鱼天易暝,雁书空缄。一样阻风中酒,倦怀都芟。物如此,人何堪。对野桥、衰杨毵毵。问瘦碧词人,西窗甚时来共谈。

百字令　题黄豪伯印度辨方图

云横西极,自经驮白马,杳无游屐。沙度绳行三万里,厉我摩秋健翮。祇树千盘,恒河一线,放眼乾坤窄。使星宵朗,侏儷罗拜前席。　　闻道卫藏传烽,纷争蛮触,谁展筹边策。玉斧分疆知许事,一笑风前岸帻。倚剑空同,乘查博望,回首成陈迹。须弥芥子,新图争忍重译。

扫花游　题陈沅小像

横塘旧曲,又一骑南征,碧鸡春窈。夕阳正裹。向玉关卷甲,和云先到。故国烟空,赢得修蛾自扫。楚歌悄。恁箜篌罢弹,素月双照。　　迢递春渐老。算解敫兰因,野鹃啼早。队欢似草。只眉楼一角,同此孤抱。证取丛祠,却恐南荒雁杳。画图渺。漫重吟、怨红凄调。

百字令

盦屋路山夫坏卜宅山阳城北,阎潜邱著书处也。边颐公亦尝居之,名之曰

苇西草堂。归安张叔宪度为作《拜诗图》,予赋此解,诗指潜邱也。

苇西一舸,是晋祠遗老,旧谭经处。汲冢坠文如扫叶,不辨何今何古。一卷烟空,百年电谢,有客重凝伫。琴歌谁续,沙边羁雁能语。　　记否交顾攀张,负乾坤清气,来守穷章句。一任淮南尘涴洞,赢得垫巾麏麈。枚宅孤吟,韩台罢钓,莫误寻秋路。披图怅触,甚时还叩幽宇。

一萼红　题楚宝竹居图,次白石韵

冶山阴。对一丛寒玉,散发此斜簪。虚白初生,软红不到,何有尘海飞沈。恁佳日、清芬自诵,采丹实、知有九苞禽。虚阁凌霞,层台款月,曾共登临。

一自北来仗策,奈年时孤负,酒赋琴心。空翠烟霏,古苔霜蚀,猿鹤无计重寻。算抱此、干霄劲节,忍一卷、虚牝掷黄金。待到西窗再来,已是秋深。

百字令　集玉田句,题蓉曙申江话别图

天涯倦旅,倚危楼一笛(《八声甘州》),散人来否。社燕盟鸥诗酒共,肯被水云留住。断碧分山,平波卷絮,却是阳关路。东瀛柳色,依依心事最苦。

凉意正满西洲,烟堤小舫,如把相思铸(《卜算子》)。欲趁桃花流水去,只恨剪灯听雨。万里潮生,一番春减,远思愁徐庾。雁书休寄,此时愁在何处。

霓裳中序第一　题迟庵师散花图

绳床伫澹月。虚阁笼寒尘事闃。清暇更绅梵夹。正籖列乍疏,炉熏初爇。明珰素袜。想步虚、声在瑶阙。诸天迥、缤纷队雨,款款上吟箧。　　骚屑。烦襟难雪。愿授我,维摩半揭。拈花来证慧业。别墅弹棋,小槛栖帢,华鬘吹一霎。有宝树、灵禽自答。还凝望、东山重起,莫断世闲法。

忆江南　题吴华卿一诗一研图

清芬渺,三泖昔栖迟。断石不随云景幻,一编重把琐窗西。恻恻夜乌啼。

满江红　题子危南竀春牧图，即用其见投韵

城上春阴，正俯仰、今古自斟。菰芦外、软红如驶，烟语重寻。万里乾坤无伯乐，龙媒伏枥孰知音。算此情、遥挹石湖仙，深复深。扶桑梦，伤我心。盘阿啸，且孤吟。奈一鞭斜照，触拨尘襟。望断辽东游牧地，年时铸泪有黄金。甚柳边、六辔正逍遥，调似琴。

卖花声　题陈衡山梧月山馆图

庭际碧梧轻。霁月笼明。一枝一叶总秋声。但到秋声听不得，听也凋零。琴绪断还生。故国霜清。絮虫莫更不平鸣。北斗渐阑书渐远，南雁无情。

浪淘沙　题唐慕潮梧院秋痕图

冰簟嫩凉生。断梦难成。一庭梧影剧凄清。依约旧时携手地，淡月笼明。忆否曲阑凭。琴语初停。乱虫莫更作秋声。零露渐晞星渐转，楚魄频惊。

金缕曲　题次珊前辈日照楼饯别图，用腥盦前辈韵

北望浮云叠。记楼阴、斜阳欲暝，脂车将发。袂上酒痕犹未浣，已远汉家宫阙。忍重话、软红烟月。苍狗白衣经几变，更倚天、长剑商歌阕。浑不为，伤春别。　江南丛树栖岩列。算年时、杜陵奔走，渐空皮骨。谏草如风传宙合，世事争禁千蜎。问朝士、贞元几绝。霜隼摩秋凋劲翮，况相逢、双鬓都成雪。铁如意，击将裂。

王鹏运（1848—1904）　9 首

字佑遐，号幼霞，晚号半塘老人、鹜翁，广西临桂人。同治九年（1870）举人。光绪间

官至礼科给事中,在谏垣十年,上疏数十,皆关政要。光绪二十八年(1902)至扬州主仪董学堂讲席。其词冶众制于一炉,运悲壮于沉郁,为"清季四家"之首。辑刊《四印斋所刻词》《宋元三十一家词》。词集晚删定为《半塘定稿》《半塘剩稿》。

念奴娇　星岑为题戴笠图,殷殷以事功相勖勉,倚调赋谢并致愧辞

男儿堕地,看风云咫尺,几曾心死。也识荒鸡声不恶,无那鬓星星矣。铅杵生涯,櫑椎事业,俯仰犹余耻。箧中鸣剑,夜深休吐光气。　堪叹得失鸡虫,百年未满,寸寸弯强似。坐对画图心语口,蓑笠谅非难事。丘壑因循,尘埃龌龊,微尚仍虚寄。愧君良厚,拂衣行钓云水。

卜算子　影照小像,倩颖生作图,先之以词

构景未须奇,要称萧闲我。丘壑中间谢幼舆,此意平生颇。　湍急倩山拦,峰崱将云裹。云淡山虚水自清,终老斯乡可。

浣溪沙　题丁兵备丈画马

苜蓿阑干满上林,西风残秣独沉吟。遗台何处是黄金?　空阔已无千里志,驰驱枉抱百年心。夕阳山影自萧森。

瑞鹤仙

古微移居上斜街,邻顾侠君小秀野草堂,即查查浦故居也,赋词征和。因忆咸同间吾宗龙壁翁居此时,适得王元章墨梅十二巨帧,遂榜其西斋曰十二洞天梅花书屋,事见《龙壁山房·庚申集》,藉广古微所未备,并以谂后之志东京梦华者,俾有考焉。

翠深天尺五,认秀野风流,银湾斜处。闲鸥淡容与。是百年见惯,骚坛旗鼓。春风胥宇。想生香、梅花万树。正南窗、暖入横枝,约略洞天云古。

凝伫。朋笺旧事,挂笏高情,承平簪组。藤交阴妩。谁共觅,旧题句。劝

先生莫忘,玉壶觞我,准备新诗赏雨。怕窥檐、一角西山,笑人自苦。

绮寮怨

以畴丈鹤公所书联吟词卷属叔问作感旧图于后卷中,同人惟瑟公与予尚无恙,而十年久别,万里相望,叹逝伤离,不能已已。用美成涩体以写鸣咽。

莫向黄垆回首,断歌催恨生。听燕语、似惜华年,行吟处、藓径尘凝。东风吹愁不去,空赢得、泪墨怀袖盈。忆旧游、望渺孤云,人天感、叹息还自惊。

想念素襟共倾。阑干万里,花前惜别同凭。顾影伶俜。剩华发、对山青。江关故人无恙,试说与、若为情。今宵酒醒。空梁月落处、愁更明。

虞美人　题校梦龛图

往与沤尹同校《梦窗词》成,即拟作图纪之。今年冬,见明王綦画轴,秋林茆屋,二人清坐,若有所思。笑谓沤尹曰:"是吾校梦龛图也,不可无词。"因拈此调。图作于万历丁酉,乃能为三百年后人传神写意,笔墨通灵,诚未易常情测哉。光绪庚子十月记。

檀栾金碧楼台好,谁打霜花稿。半生心赏不相违,难得劫灰红处画图开。

清愁闲对阑干起,自惜丹铅意。疏林老屋短檠边,便是等闲秋色尽堪怜。

念奴娇　逭暑焦山自然庵,为庵主六公题如此江山图,用东坡赤壁韵

云埋浪打,想髯翁、当日吟边风物。问讯江山无恙否,目断岩岩苍壁。断续惊涛,联翩游屐,好句留冰雪。焦仙醒未,为予唤起英杰。

最是帐触愁心,禅天梵放,云外清笳发。扑地苍烟飞不起,海气浮空明灭。秋色西来,中原北望,天远青如发。孤光不改,多情只有圆月。

翠楼吟

同槐庐粹父过圣安寺,寺在东湖柳林,旧有金世宗、章宗画像,古松二株,

亦数百年物,今并不可得见。惟明指挥商喜画壁犹存,光怪夺目。王阮亭、高念东诸先生圣安僧舍联句即此地也。

磬落风圆。花飞昼寂。东湖试寻初地。兴亡如梦过。算都付铜仙铅泪。诗心禅味。任历劫枯桑。流光飞辔。闲僧睡。有谁知得。古怀今意。

剧忆。仙客当年。拥翠笈斑管。雅游同记。奇观搜殿壁。看龙像。森岩余几。尘缘清未。更觅径花分。扪碑苔碎。伤憔悴。暮涛吹卷。碧云天际。

丑奴儿慢

南禅值社征题其《明湖问柳图》。按渔洋山人《秋柳》诗,李兆元笺云:"悼亡明而作。"赵国华以为纪明藩故宫人事,见《青草堂集》。词成示颀生,谓曾见旧家精华录《秋柳》诗,题下有"送寇白门南归"五字,云出自渔洋手稿,是又一说也。

东风柳眼,闲阅兴亡多少,尽摇漾、鹊华秋色,暮暮朝朝。拟托微波,暗愁空溯白门潮。几回眠起,亭荒北渚,梦冷南朝。　　算只旧时,栏干水面,亲见魂销。更谁访、尊前翠里,画外银箫。莫话沧桑,撩人风絮又倡条。长歌欲和,玉关怨曲,烟水迢迢。

郑文焯(1856—1918)　8首

字俊臣,号小坡、冷红词客,别号瘦碧、大鹤山人,汉军正黄旗人,占籍奉天铁岭。光绪元年(1875)举人,官内阁中书。精金石书画,通音律。尤长于词,词风遥接宋代周邦彦、姜夔,为"清季四家"之一。有《词源斠律》《大鹤山房全集》,词有《冷红词》《瘦碧词》《比竹余音》《苕雅余音》四种,晚年删定为《樵风乐府》。

虞美人　题红桥归骑画扇

澹烟洗得春山瘦,眉妩从谁斗。横桥西畔小桃枝,一自插花人去怨开迟。
马蹄芳草经游地,重到销魂易。红楼长占柳阴阴,只是柳条不系少年心。

虞美人　题燕池落花图

池在京西丹棱畔,旧名西湖。发源玉泉山,度圆明园宫墙,东流入清河。《水经注》所谓蓟县西湖,绿水澄淡,燕之旧池也。

西园旧是苍波苑,几度临花宴。蓬莱宫阙总生尘,犹有一湖春色解留人。

当年湖上游仙迹,换得伤心碧。麝尘蠹粉满亭池,惆怅倚帘人去未多时。

一萼红

光绪壬辰人日,用石帚淳熙丙午人日词韵,题其西湖遗像。

石湖阴。想梅边堕翠,曾上小红簪。经醉残山,伤春旧月,无奈风过萧沉。漫回首、垂虹戴雪,唤梦醒、空有绕枝禽。笠泽烟寒,玉峰云暗,凄绝重临。

宾主百年无几,问浮湘入沔,去住何心。南渡风流,东州雅旧,遗事休更追寻。算歌曲、江湖送老,抵当时、锅里几销金。待访城西马塍,只见花深。

望江怨　题北楼春饯图

东风笛,惜别残红旧衫湿。登高怀故国,画帘飞絮烟江夕。空尊泣,不见笛中人,断云和梦觅。

燕山亭　题自画蓟门秋柳图

衰柳空城,羌笛数声,湿了楼台烟雨。珠箔四垂,客燕迷归,栖老绿阴无主。弱不禁攀,更愁唱、阳关西去。凝伫。剩旧宛歌尘,暗飘金缕。　　还记骄马章台,正花拂长堤,觳波随步。而今莫问,解舞腰肢,凄凉故宫谁妒。便唤春回,忍再见,倚帘吹絮。歧路,肠断也,一丝丝苦。

念奴娇

友人见示《江南春图》,兼寄《金陵怀古》之什,感事因题。

酒旗风影,漾回波,不断春愁千斛。中有过江名士泪,销得新亭一掬。老子婆娑,英雄割据,莫举伤高目。江南春好,送人惟有哀曲。　　谁念玉麈风流,虚元谈未了,神州沉陆。空吊金城衰柳色,依旧江潭凄绿。故国鹃声,荒山龙气,终古苍黄局。歌尘如梦,野花开遍陵谷。

念奴娇

曩与同社张兄子复观梅玄墓山中,尝次韵白石是阕,为山僧觉阿题《梅花庵图》,游客辄见而和之。今春彊村、映盦诸子过此山楼,见旧题,感叹不置,亦连句属和。余既衰懒,未预斯游,诵其词,不禁伤春怀旧,交慨于心,因复怅然继作。

夜寒鹤梦,正沉沉,云海犹呼愁侣。自见伤春花溅泪,此恨都无年数。笛步波遥,诗痕雪在,曾卧山楼雨。苔阑如绣,胜看纱影笼句。　　长忆一别文园,蜀弦肠断,空送孤云去。欲寄陇头春不到,绿遍行吟烟浦。古寺遗芳,小桥疏影,留伴樵风住。游尘重省,乱花多少歧路。

祭天神　题归鹤图,为彊村翁作

叹岁寒残雪谁堪语。换苍苔、旧步荒江桥上路。西园梦后重寻,剩有闲鸥侣。奈沧江照影依依,阶前舞。　　寂寞送、孤云去。漫追惜、仙客归来误。江山在,人物改,一霎成今古。念茫茫、虫沙陈迹,天海风声,独立斜阳,自断凌霄羽。

陈锐(1860—1922)　9首

字伯弢,号裒碧。湖南武陵(今常德)人。清光绪二十九年(1903)举人。雅好为词,追摹二晏周柳,一洗铅华靡丽之习,沉着冲淡,格高律细。有《裒碧斋词话》,持论多精切。

浣溪沙　题王幼遐给谏春明感旧图,时同客沪上,将别矣

一卷生绢拂酒尘,歌吟曾见太平春,贞元朝士更无伦。　梦里河山莺寂寂,望中楼阁雪纷纷,北风残笛送车轮。

其二

一去燕台暗恨生,词人几辈似晨星,也知乔木厌谭兵。　拨瓮浮蛆新世界,看花啼鸟旧心情,铜仙清泪为谁倾。

其三

隔雨飘灯更不归,画阑惆怅几多时,问君行李又何之。　佳会也如钱易散,闲情惟与伎相宜,中年禁得鬓成丝。

雨霖铃　题张次珊通参词饯图,用屯田韵

西风清切,又疏帘底,菊蕊都歇。关河万里如雾,堪回首处,东门临发。夹道衣冠送酒,但携手凄咽。念故陌、铜狄青芜,热泪经天洒空阔。　江南带水留人别,自掩关、酌客销佳节。三千奏牍何用,金马梦、汉宫残月。此意冥冥,为语云中矰缴休设。算最有、烟柳无情,莫与寒蝉说。

买陂塘

题朱古微侍郎《斜街补屋图》,为查查浦故居,马平王定甫亦曾寓此。

剩西山、露皴烟妩,搴帘犹认残照。斜街一个诗人屋,堆赚乱愁如草。春又老,正往日、寻常莺燕迷昏晓。尘龛自扫。对浅壁荒灯,高城晶月,支枕忆年少。　　东华梦,前辈风流未杳。藤花曾共吟笑。玉柯金马扶归夜,还补沧桑词稿。君莫恼,君试问、晚晴定甫谁同调。神州坐啸。让老子婆娑,朝衫脱却,将去换清醥。

鹤冲天　晋太康九年画鹤砖砚拓本,为郑文焯题

宫井废,殿基颓,辽海夜飞回。家中名士几人灰,余恨涅青苔。凿诗龛,眠画帧,到眼片云秋莹。此时江左说飘零,残泪写谁听。

寿楼春　题张彦云娟镜楼图卷子

春之人翩然。记惊鸿顾影,要眇疑仙。几向微波通问,画屏寻欢。攘皓腕,歌幽兰。抗和予、旁皇无端。但镂想灵犀,镌芳丽碗,留照镜中年。　　三生事,花如烟。有珠囊旧物,脂谱新编。最念离鸾光隐,小蛾春寒。心上月,何时圆。拼艳才、消磨婵娟。便金屋安排,盈盈并肩卿可怜。

探春慢　题成竹山同年香雪寻诗图

轻暝笼寒,峭枝破腊,溪桥幽意如画。踏雪林深,提壶村近,还觉春心暗惹。消息东风里,料不许、玉人先嫁。细看芳脸琼肌,盈盈犹自无价。　　凭向南云唤起,磋老去何郎,孤恨难写。乱笛黄昏,扁舟西崦,眼暗年时游冶。才作梅边客,梦翠羽、唧啾今夜。有约疏篱,月明长伴潇洒。

倒犯　祖庚员外既逝之次年始获题其填词图，言哀已叹，聊当招魂之赋

梦影、共秋花半零，夜窗如雨。湘鸿叫侣。弦诗地、顿成凄楚。云笺晕研，留写相思缠绵语。认画里翩翩，玉貌无尘土。弄瑶华，按金缕。　　秦柳声名，弱岁推衿，词场相尔汝。矫首隘四极，素商疾、长飙阻。竟断折、垂天羽。念衰沉、人尘悲久旅。料醉墨孤吟，不寄重泉路。片魂归且住。

文廷式（1856—1904）　10首

字道希，号云阁，别号纯常子、罗霄山人、芗德。江西萍乡人，出生于广东潮州，少长岭南，为陈澧入室弟子。光绪十六年（1890）成进士，授编修，升翰林院侍读学士，兼日讲起居注。其词感时忧世，沉痛悲哀。强调比兴寄托，推尊词体，与常州词派相近，但又不为所囿。文廷式词，有门人徐乃昌刊本《云起轩词钞》和江宁王氏娱生轩影印家藏手稿本。龙榆生重校集评《云起轩词》后出。

木兰花慢

送黄仲弢前辈解官奉亲赴大梁，即题其《载书泛洛图》。

春明门外路，看迤逦，接天涯。任当道豺狼，处堂燕雀，起陆龙虵。莫邪。且藏匣底，饱河鱼，洛笋即为家。满载英光书画，闲吟嵩少烟霞。　　京华。聚散等抟沙。世事一长嗟。是楚泽椒兰，齐邱松柏，秦国蒹葭。灵槎。不浮天上，铸玲珑、无术教皇娲。他日刘郎重到，玄都认取桃花。

鹧鸪天

王幼霞御史得其友人由江南拓寄江总残碑，因作《秋窗忆远图》属题，为赋此阕。

壁满花秾世已更。读碑犹记擘笺名。屋梁月落怀人梦，易水霜寒变徵声。

家国恨,古今情。镜中白发可怜生。君知六代匆匆否,今夕沙边有雁惊。

虞美人　题朱艾卿洗马同年小像

临风玉树青春里。省可青春意。画堂端笏奉安舆。不是张梨周枣赋闲居。　华芝生柱皋禽唳。便有朱霞思。男儿好好画凌烟。才称风流张绪想当年。

南乡子　题易硕甫洞庭眺月图

云散晚山青。又泛扁舟过洞庭。月下一声吹铁笛,凄清。只恐鱼龙不惯听。　红烛夜冥冥。静写秋光入画屏。寄语幽兰兼白芷,芳馨。可解骚人万古情。

虞美人　题李香君小像

南朝一段伤心事,楚怨思公子。幽兰泣露悄无言,不似桃根桃叶、镇相怜。　若为留得花枝在,莫问沧桑改。鸳鸯䴔䴖一双双,欲采芙蓉、憔悴隔秋江。

高阳台　为江建霞题太常仙蝶图

柳外轻盈,花间绰约,滕王图绘难真。乍集闲庭,些些情意关人。江郎自有生花笔,写蘧仙、一段丰神。记当年、相见灵山,可是君身。　罗浮我亦曾清梦,有落花万片,雨积如茵。不似京华,污衣十丈缁尘。殷勤欲问西王使,遍人间、何处宜春。只怜他、薄酒微熏,腻粉初匀。

摸鱼儿　为黄仲韬题吴彩鸾骑虎图

倚苍岩、翠藤无路,琅玕芝草谁问。天风忽振疏林外,睹此烟鬟雾鬓。斜日冷。倩白虎从容,远上匡庐顶。松花满径。看银汉回波,石梁飞瀑,一啸万山应。　　吴家事,千古风流仙境。何人摹入金粉。箫声可似秦楼凤,甲帐瑶台偕隐。环佩整。羡儿女情痴,也有神仙分。清贫自哂。买十幅云笺,唤谁彩笔,重为写唐韵。

踏莎行　为人题照

淡淡修眉,盈盈润脸。无言恰似筵前见。花房肯酿蜜脾浓,春衫尚惜檀痕染。　　月幌休灯,风廊却扇。画屏十幅鲛绡展。雁声孤馆醉醒时,一场愁绪思量遍。

踏莎行　为人题照

舞蝶娇春,啼莺促曙。玉溪曾赋销魂句。嫦娥衣薄不禁寒,宓妃腰细才胜露。　　香印成灰,云鬟胜缕。红笺好共盈盈语。落花难伴绮罗春,劝君休向阳台住。

疏影　为思惠斋主人题蓬莱春影图

烟螺想髻。更柳疏枫密,芳思无际。缥缈空山,可是曾来,瞥见瑶阶仙侍。人言海水三清后,有琼瑟、玉杯重遗。恰无聊、化作朝云,一霎沧波迢递。

几度花开花落,对霞影犹忆。靓妆明惠。石径苔封,化鹤人归,黯淡蕊珠文字。浮萍偶值原无定,好认取、天花游戏。奈梦回、雨泻高檐,窗外叶声如悴。

况周颐(1859—1926)　24首

字夔笙,别号玉梅词人、玉梅词隐,晚号蕙风词隐,广西临桂(今桂林)人。光绪五年(1879)举人,授内阁中书。一生致力于词,凡五十年,尤精于词论。其词偏于凄艳一路,寄兴渊微,细腻熨贴,沉思独往,典丽风华,足称巨匠。著有《蕙风词》《蕙风词话》。

莺啼序　题王定甫师婴砧课诵图

周颐年十二,受知定甫先师,忽忽四十余年,垂白江湖,学殖益荒落,愧且罪已。丙辰岁暮晤补园十五兄沪上,出示《婴砧课诵图》。灵均博謇之节,少陵明发之痛,胥寓乎是。展对肃然,增伦教之重。复念吾广右词学,朱小岑先生依真倡之于前,吾师与翰臣、虚谷两先生继起而抵兴之。周颐得见虚谷先生手迹,自此图题咏始。又题词中如张兴冶、冯鲁川、顾子山三君,皆工倚声。周稚圭先生尤填词专家,端木子畴前辈曩同直薇省,奉为词师。有感气之雅,辄学邯郸之步,翔丁阳九,神州扰离,风雅弁髦,名教扫地。吾人今日处境之难堪,有甚于零丁孤露,饮冰茹檗,又岂吾师及诸先辈所及料!俯仰兴衰,曷能自已!歌哀响繁,不觉言之靦缕也。定甫师早孤,依姊氏。姊孀,家綦贫,有废圃数弓,梧桐一石,二姊课师读。师展卷,姊捣衣,各据一石。其后师官京朝,忆姊乡居,绘图征题。时道光乙巳丙午间也。

音尘画中未远,莽沧桑换几。賸依黯、昔日春明,秫归啼处离思。记分占、桐阴片石,书灯惨淡砧霜碎。便兰骚能貌,婵媛未抵情至。　垂老侯芭,载酒记省,怅华年逝水。为读画、怅触乡愁。梗萍行念身世,数承平、鸾笺象笔,擅荃艳、谁争臣里。向天涯、昨梦重寻,旧家诗事。　惊秋断杵,映雪寒窗,坐我更凄悱。差胜是、廿年亲舍,戏彩膝绕,蒜发荷衣,那禁清泪。故山雁断,新亭麦秀,唯应月姊知人怨。破书堆、万一埋忧地。披图涕雪,松楸望极南云。涨天可奈尘起。　趋庭卝角,雅学初程,授诵亦谢姊。重怆念、吟边雪絮,梦里昙花,此恨生离,未应得似。羁孤易感,情亲难再,人生能几年少日。况山河、风景而今异。填胸事往休论,四十年前,绛纱弟子。

金缕曲　题东轩老人山水画册,老人一号寐叟

遗恨横苍翠。算年时、多情海日,见人憔悴。满目江山残金粉,叟也何尝能寐、丘壑是、填胸垒块。叠嶂层峦空回合,甚兰根、欲着浑无地。知渲染,费清泪。　静观无那东轩寄。俯茫茫、同昏八表,涛惊云诡。陵谷迁流十年梦,并作无声诗史。聊付托、迂倪颠米。兜率海山堪盘礴,莫骖鸾、回首人间

世。墨黯淡,剡溪纸。

霜花腴　彊村先生霜腴图题词

醉扶寿客,近酒边、何知世有沧桑。风雨天涯,燠寒人境,十年顾影情芳。自持晚香。甚岁华、葵麦斜阳。费肠回、旧约东篱,义熙笺管几吟商。　　消得未荒三径,是怀姿卓杰,照映容光。彭泽秋高,郦泉花大,才知瘦亦寻常。校余梦凉。引镜看、诗鬓能苍。办餐英、驻景年年,采山烟路长。

临江仙　题葛毓珊部郎遗像

家世列仙官列宿,才名小集丹阳。当湖雅故在青箱。太冲原卓荦,叔度自汪洋。　　三十六年回首忆,共攀蟾窟天香,几人寥廓遂翱翔。沧州余病骨,辛苦看红桑。

百字令　题罗聘古寺鸣钟画轴诗堂

眼前丘壑,溯钟陵法乳,冬心高足。旧论桐阴神品重,看取溪藤尺幅。聒耳松声,荡胸云影,绀宇层霄矗。鲸铿数杵,有时飞度林麓。　　遥忆僧课花天,烟岚渲染,宝谛参金粟。鬼趣昔闻工谲幻,仙境更无尘俗。香积禅心,寒山客梦,入画谁能读。三台妙迹,碧琳合付装轴。

百字令　为隘庵先生题南窗寄傲图

琴书静对,共素心、除有孤松千尺。一角云山风雨外,高致幼舆消得。浮海苍茫,问天沈醉,有恨凭谁识。据梧深坐,篆烟萦损寒碧。　　堪叹陶令当年,义熙题遍,总是伤心笔。万一东篱寻旧约,吾骨嶙峋犹昔。珍重秋期,料量清课,暂许红尘隔。羲黄梦到北窗,无此闲逸。

减兰　题宋媛妳阑花样图

凤双蝶只。花样翻新随意出。宛宛春痕。钩勒巫云作软温。　　珠花乞借。琐录斜行菱影罅。证取芳时。玉刻苕华懒窟词。

惜秋华　瘿公薄游海上，以程郎艳秋小影见贻，赋此以志俊想

梦绮春明，对黄花秀色，西风沈醉。皎镜玉霜，人天更无红紫。歌尘荡入云罗，幻璧月、琼枝奇丽。应记。记瑶台旧游，霓裳仙队。　　芳倩竞蓉桂。向梅边清课，须为桃李。十二翠屏，消得护花心事。多情见说江东，占俊约、陈髯浑似。兰佩。渺余怀、秋容画里。

鹧鸪天　徐仲可属题其先德印香中翰复盦觅句图

湖水湖烟付阿谁。老泉诗笔小山词。当年撰杖题襟处，隔个云涯圣得知。梅偃蹇，鹤缡褷。记陪黄奇采华芝。直须更筑天苏阁，挹拍双高一展眉。

浣溪沙　为东迈公子题梅畹华合欢绶带便面

绾结同心绶带宜。合欢消息好春时。妍风怀袖美人贻。　　容易彩毫消玉腕，何如翠羽恋琼枝。白头犹自说相思。

减字浣溪沙　自题红梅图

文采风流易庆之。澄心妙迹继徐熙。春空霞绮在琼枝。　　世外仙源如可即，门中人面最相思。为谁珍重买胭脂。

百字令　为叔雍题高梧轩图

倚云撑碧,荫茜纱青玉,图书彝鼎。画栀壶天尘不到,何似结庐人境。公子乌衣,词仙黄绢,标格同清夐。桐花奇艳,衍波消得名盛。　　佳气鸣凤朝阳,舒荣郁秀,长共椿晖永。不数龙门高百尺,看取孙枝英挺。大好秋容,最宜商调,蝶恋花重咏。炉熏琴趣,翠阴帘幕深静。

八声甘州　题许奏云云亭垂钓图

足平生青笠绿蓑衣,披裘笑严光。莽尘涯回首,目迷苍狗,劫赶红羊。谁识直钩心事,矶断古苔荒。岸帻凭阑处,一角斜阳。　　玛瑙坡名证取,悄云根拂拭,遗恨沧桑。更梅癯鹤怨,金粉恁凄凉。撼秋声、挂瓢无树,算钓游、能得几鸥乡。烟波路、觅元真子,说与疏狂。

台城路　题戴锡三春帆入蜀图

大江瓴建山盘错,扁舟旧经行处。激石鸣榔,乘风挂席,别有绿波南浦。来时细雨。问野馆浓花,者回开否。树老云荒,拜鹃依约见臣甫。　　瞿塘西上更远,莫黄牛极目,朝暮如故。聚鹤寻峰,啼猿度峡,消得韶华如许。天涯倦旅。待着意酬春,锦官城路。画里前尘,放翁曾记取。

洞仙歌　题云窗授律图

尘飞不到,甚云闲如我。放鹤归来见深坐。有松岚合并,幽涧鸣泉,风动处、依约宫商迭和。　　一邱聊复尔,桐帽棕鞋,随分商量到清课。远致属岚家,淡墨溪山,君知否、个中薪火。蚤点检、秋期记兰荃,便袅尽炉烟,付它寒锁。

清平乐　为陈质庵题闲轩深坐图

断无尘浣。人境成清可。何必闲云来伴我。早是天空云过。　　君家嗜睡图南。一般道味醰醰。斯旨也通禅定,便如弥勒同龛。

鹧鸪天　题画丐丐画图

惨绿韶年付酒杯。江关萧瑟庾郎才。无声诗笔凭谁识,只合髯苏作伴来。腰带缓,鬓霜催。吹箫我亦老风埃。劝君莫唱莲花落,水逝风飘太可哀。

鹧鸪天　王星泉顾影自怜

返舍羲轮不可期。昔游都付玉箫吹。左徒惆怅余骚辩,张绪风流感鬓丝。惊梦蝶,惜驹驰。暂裴回处几矜持。与杯容易邀明月,与我周旋更阿谁。

百字令　为顾景炎题晴窗读书图

虎头三绝,证画禅金粟,宗风能继。玉蹙琼题多妙迹,不数倪迂清閟。触目琳琅,罗胸丘壑,尺幅堪千里。无声诗笔,野王高矩遗世。　　何止寄傲南窗,清芬洛诵,别有兰台秘。宗炳卧游奇胜处,看取牙签标识。上揖荆关,闲评吴恽,茶熟香温地。移来花影,素娥应见深致。

如梦令　自题缃梅图

明月一窗谁共。证取罗浮香梦。丝鬓耐吴霜,来作守花幺凤。珍重。珍重。端合瑶台移种。

南浦　题周湘云九石图之远浦涵星

秀极信能奇,乍凝眸、烟水迷离如许。波路旧归帆。遥情在,落月霜天笼曙。瑶光历历,种榆合傍云深处。江影平分秋伫雁,依约在东三五。　　仙源谁识支机,恰教人卧看,牵牛织女。望极似浔阳,依南斗、不转楚骚心苦。贞姿雪濯,聚星消得髯翁句。丘壑胸中堪列宿,骨傲未须怜汝。

八声甘州　题林铁尊半樱簃填词图

数词名当代一疆村,余音洗筝琶。更阿谁占取,暗香疏影,铁拨红牙。山水响来清远,吟思渺无涯。画罨樵歌路,和答烟霞。　　芳约瀛壖念省,道句留一半,也为樱花。绚春空琼树,飞梦欲随槎。黯笺尘、几番风雨,倚茜云、曾见夕阳斜。双鬟唱、画旗亭壁,珍重笼纱。

忆旧游　题鲍花潭中丞鸠江送别图

问清时宦迹,老辈风流,那处停桡。不尽平生意,道承明著述,休要轻抛。办装旧日情绪,杨柳拂河桥。算白纻歌边,青山酒后,都是魂销。　　飘摇。几风雨,怕满目芜城,残墨难描。殿早灵光圮,共沙沈戟折,空认□朝。百年过客如梦,离恨付回潮。只数叠江峰,相逢似说人未遥。

桂枝香　又题花潭中丞诒经书屋冬日课孙图

菟裘小筑。理旧业讲筵,人是名宿。□得清芬阅世,老怀差足。年时点颔浑如昨,几星霜、崭然头角。尔曹知否。休耽渴睡,漫夸便腹。　　任省识、冬烘面目。念经授瑶宫,晖映天禄。台省回翔卅载,隙驹何速。工诗早已□贻厥,况□笛、清绝尘俗。古芸凝处。家风无改,故山高躅。

朱祖谋（1857—1931） 8首

字古微，号沤尹、彊村，浙江归安（今湖州）人。专力为词，与王鹏运、郑文焯、况周颐等人交，号"清季四大家"。其词独幽忧怨悱，沉抑绵邈，莫可端倪。书法合颜、柳于一炉；写人物、梅花多饶逸趣。尝校刻唐、宋、金、元人词百六十余家为《彊村丛书》，又辑《湖州词征》二十四卷，《国朝湖州词征》六卷，《沧海遗音集》十三卷。其自为词，晚岁删为《彊村语业》二卷。

绕佛阁

崇效寺楸花最盛。往年徐芷帆养吾兄弟花时辄宴赏其下，予季彦俙闲亦一至。养吾下世晌已五年，彦俙墓亦宿草矣。芷帆作《楸阴感旧图》征题。属笔泫然，不止黄垆之悲也。

绀烟敛霁，香外梵歌，颓照萧寺。珠露飘蕊，惯催俊侣，年年赍春醉。画栏再倚，谁料素约，和恨难理。残酎沾地。夜深定有，秋魂暗惊起。　　蠹壁字零落，细数词流空百辈。何况故人伤高当日泪。总冷透西风，邻笛凄异。断鸿知未，有一样西堂，孤坐无睡。绕花阴、梦痕如水。

燕山亭　寄题郑叔问蓟门秋柳图

消尽毵毵，斜照淡黄，一夜惊鸦无数。移恨汉南，旧日栏干，只有乱尘随步。眠起无端，便忘了龙池烟雨。何苦。又按彻伊凉，换他金缕。　　身世愁寄孤根，是禁惯清霜，伴人羁旅。西风笛里，满眼关山，丝丝系春不住。自怯宫腰，几曾为倚帘人妒。归去。还梦绕一天风絮。

绮寮怨　为半塘翁题春明感旧图

笛里呼杯人尽，冻醪和泪凝。对冷月，卧仰空梁，枫林黑、断梦无凭。年时黄垆聚别,伤高眼、倦客相向青。怪瘴花、悴折朱丝,匆匆去,夜鲞寻坠盟。

最是故人茂陵。摩挲翠墨,情怀似醉还醒。细说飘零,有哀雁、两三声,天边唤回辽鹤,教认取、旧春城。诗魂定惊,花阴甚处是、尘暗生。

国香慢 为曹君直题赵子固凌波图

一帧湘魂,正捐珰水阔,泛瑟烟昏。江皋几丛憔悴,留伴灵均。日暮通词何许,有婵媛、北渚孤蘩。国香纵流落,未许东风,换土移根。　　经年亡国恨,料铜盘冷透,铅泪潸痕。故宫天远,鹅管从此无春。补作宣和残谱,尽消凝、老去王孙。不成被花恼,步入鸥波,满袜秋尘。(《宣和画谱》无水仙。)

丹凤吟 题蒋孟蘋密韵楼图

孟蘋既得宋本周密《草窗韵语》,为图纪之。《韵语》凡六稿,咸淳重光协洽陈存敬序,乙亥李彭老、李莱老题诗。按《癸辛杂志》,至大戊申,草窗年七十七,则生当绍定壬辰。《韵语》纪年至甲戌年四十三,盖中年以前之作。南宋江湖词人兼以诗传者,惟姜尧章最著。草窗诗风格稍逊,而举体修洁,庶几近之。又生长行都,栖息茗雪,间山水清音,自异凡响。卷中自元代至康熙时题识殆遍,乃未入藏家著录,洵希世之秘籍矣。

坐拥连床缃缥,带草春窗,英光深烛。真珠船到,开卷蠹尘轻簌。元和蜕取,义熙题遍,尽有书城,能消陵谷。过眼烟云漫省,唤起词仙,一笑来伴幽独。

按谱笛中世换,旧蘋断碧凄剩馥。蔓草王风感,甚芳椒疏雨,清事能续。吟边今古,一抹弁峰寒绿。送尽飞鸿三径晚,憺凭阑心目,古芸隐处,珍重文字福。

清平乐 何诗孙为梅兰芳北归画卷征题

残春倦眼,容易花前换。萼绿华来芳晼晚,消得闲情诗卷。　　天风一串珠喉,江山为被清愁。家世羽衣法曲,不成凝碧池头。

宴山亭

苍虬邃于词,复喜绘事。一日得宣和御笔牡丹,曰此词皇画也。为书"词皇阁",以榜其斋。

倾国春姿,金屋弄妆。照靥娇霞添妩。朱帔翠璎,蘸笔天香。弹压洛阳新谱。换劫燕脂,尚皴染、瑶台风露。分付,伴流落胡沙,杏花词句。　　曾是端冕群芳,又玉案宫绡,尽情抬举。衔花鹿去,挂榜人来,依稀朵云萦护。几阕清平,应未称,倚声家数。愁伫,红萼久、无人为主。

应天长

海绡翁客秋北来,坐我思悲阁,谈词流连浃旬。吴湖帆为作图饯别,翁示新章,借其起句答之。

玉风蔓草,歧路乱花,萍蓬逝水迟合。老去庾郎萧瑟,相思素笺叠。哀时意、怊问答,漫料理、曼吟囊箧。梦回处、一笑南云,卷送帆叶。　　同抱岁寒心,旧赏新欢,弦外最清发。作弄断鸿踪迹,凉风动天末。芳馨在,双醉颊。悄未隔、美人明月。待飞盏、共酹前修,随分闲业。

王国维(1877—1927)　2首

字静安,号观堂,浙江海宁人。清秀才。曾留学日本,归国后历任通州、苏州等地师范学堂教习,学部所属图书馆编译等。辛亥革命后,以遗老自居,晚为清华研究院教授。后自投北京颐和园昆明湖而亡。擅史学和文学研究,成就卓著。词多哀怨之思,意境幽美。有《海宁王静安先生遗书》。

百字令　题孙隘庵南窗寄傲图

楚灵均后,数柴桑、第一伤心人物。招屈亭前千古水,流向浔阳百折。夷叔西陵,山阳下国,此恨那堪说。寂寥千载,有人同此伊郁。　　堪叹招隐图成,赤明龙汉,小劫须臾阅。试与披图寻甲子,尚记义熙年月。归鸟心期,孤云身世。容易成华发。乔松无恙,素心还问霜杰。

清平乐　况夔笙太守索题香南雅集图

蕙兰同畹。着意风光转。劫后芳华仍婉转。得似凤城初见。　　旧人惟有何戡。玉宸官调曾谙。肠断杜陵诗句,落花时节江南。

引用书目

[南唐]李璟、李煜著,王仲闻校订,陈书良、刘娟笺注:《南唐二主词笺注》,中华书局,2013年。

[宋]苏轼撰,薛瑞生笺证:《东坡词编年笺证》,三秦出版社,1998年。

[宋]晁补之著,乔力校注:《晁补之词编年笺注》,齐鲁书社,1992年。

[宋]吴文英撰,陈邦炎校点:《梦窗词》,上海古籍出版社,1988年。

[明]释妙声:《东皋录》,文渊阁四库全书本。

[明]吴会:《吴书山先生遗集》,清乾隆刻本。

[明]程敏政编,王兆鹏、黄文吉、童向飞校点:《天机馀锦》,辽宁教育出版社,2000年。

[清]朱一是:《梅里词》,清清远堂刻本。

[清]朱黼:《画亭词草》,清乾隆增修本。

[清]周之琦:《心日斋词集》,清刻本。

[清]庄棫:《中白词》,民国刻本。

[清]朱孝臧著,白敦仁笺注:《彊村语业笺注》,浙江古籍出版社,2015年。

[清]徐釚著,王百里校笺:《词苑丛谈校笺》,人民文学出版社,1988年。

[清]谭献:《复堂词》,华东师范大学出版社,2010年。

[清]文廷式著,何东萍笺注:《云起轩词笺注》,岳麓书社,2011年。

[清]王鹏运:《半塘定稿·半塘剩稿》,清光绪三十二年刻本。

陈乃乾辑:《清名家词》,上海书店,1982年。

夏承焘等:《宋词鉴赏辞典》,上海辞书出版社,2013年。

曾昭岷等编撰:《全唐五代词》,中华书局,1999年。

唐圭璋编:《全宋词》,中华书局,2009年。

唐圭璋编:《全金元词》,中华书局,1979年。

饶宗颐初纂,张璋总纂:《全明词》,中华书局,2004年。

周明初、叶晔编:《全明词补编》,浙江大学出版社,2007年。

唐圭璋编:《词话丛编》,中华书局,1986年。

朱崇才编纂:《词话丛编续编》,人民文学出版社,2010年。

叶嘉莹主编:《秦观词新释辑评》,中国书店,2003年。

叶嘉莹主编:《王国维词新释辑评》,中国书店,2006年。